DIOGÈNE LAËRCE

Pedro M. Monteiro
Patos de Minas, X/2000

CLASSIQUES MODERNES

DIOGÈNE LAËRCE

VIES ET DOCTRINES DES PHILOSOPHES ILLUSTRES

Traduction française sous la direction de Marie-Odile Goulet-Cazé

Introductions, traductions et notes de J.-F. Balaudé, L. Brisson, J. Brunschwig, T. Dorandi, M.-O. Goulet-Cazé, R. Goulet et M. Narcy

Avec la collaboration de Michel Patillon

Deuxième édition, revue et corrigée

Ouvrage publié avec le concours du Centre National du Livre

La Pochothèque

LE LIVRE DE POCHE

AVANT-PROPOS

par Marie-Odile Goulet-Cazé

La présente traduction couvre les dix livres des *Vies et doctrines des philosophes illustres* de Diogène Laërce. Elle s'appuie sur le texte grec de l'édition d'Oxford publié en 1964 par H. S. Long, seul texte complet qui se fonde sur la collation des trois manuscrits de base : B (*Neapolitanus Burbonicus* III B 29), P (*Parisinus gr.* 1759) et F (*Laurentianus plut.* 69, 13). Même si nous partageons tout à fait les réserves qui ont été formulées contre cette édition, nous sommes contraints de l'utiliser en attendant que soit terminée la nouvelle édition entreprise pour la Collection des Universités de France par notre collègue Tiziano Dorandi qui, d'ailleurs, pour la traduction du livre IV dans le présent ouvrage, a utilisé la collation qu'il a faite des principaux témoins.

Face à l'ampleur de la tâche qui, au départ, nous avait été confiée par Dominique Grisoni, nous avons fait appel à plusieurs spécialistes, chercheurs et universitaires, qui, en fonction de leurs compétences et de leurs intérêts respectifs, se sont réparti le travail de la façon suivante :

- livre I : Prologue ; les Sages (Richard Goulet, CNRS – UPR 76) ;
- livre II : Présocratiques, Socrate (Michel Narcy, CNRS – UPR 76) ; Xénophon, Eschine, Cyrénaïques, Mégariques, Petits Socratiques, Ménédème (Marie-Odile Goulet-Cazé, CNRS – UPR 76) ;
- livre III : Platon (Luc Brisson, CNRS – UPR 76) ;
- livre IV : Académie (Tiziano Dorandi, CNRS – UPR 76) ;
- livre V : Aristote, Péripatos (Michel Narcy) ;
- livre VI : Antisthène, Cyniques (Marie-Odile Goulet-Cazé) ;
- livre VII : Stoïciens (Richard Goulet) ;

– livre VIII : Pythagore (Jean-François Balaudé, Université de Paris-X et Luc Brisson), École italique (Jean-François Balaudé) ;
– livre IX : Héraclite, Pyrrhon, les Sceptiques (Jacques Brunschwig, Université de Paris-I) ;
– livre X : Épicure (Jean-François Balaudé).

Signalons encore que l'ensemble du manuscrit a été revu par Michel Patillon (C.N.R.S. – I.R.H.T.).

Les *Vies* de Diogène Laërce combinent le genre de la biographie et celui de la doxographie, d'où leur importance pour l'histoire de la philosophie antique. Malgré ses imperfections, cet ouvrage reste, du fait qu'il est pratiquement le seul conservé d'une riche littérature antique consacrée à l'histoire de la philosophie, notre principale source d'information sur toutes les grandes écoles philosophiques de l'Antiquité et souvent l'unique témoignage dont nous disposions pour d'innombrables philosophes de second rang. Mais c'est un texte difficile à traduire où s'enchevêtrent ajouts et digressions. Chaque phrase, ou presque, exige une note pour devenir accessible au lecteur moderne dérouté par tel jeu de mots, telle allusion historique ou encore telle phrase doxographique qui, isolée de son contexte originel, paraît énigmatique. Nous avons essayé de respecter le plus fidèlement possible le texte grec et d'en expliquer, chaque fois que nous en étions capables, les obscurités. C'est avec beaucoup de modestie que nous livrons ce travail au public, car nous avons conscience qu'il reste encore beaucoup à faire pour rendre compte d'un ouvrage comme celui-là. A tout le moins espérons-nous avoir fait œuvre utile et avoir donné à d'autres le goût de passer au crible encore et encore les difficultés du texte laërtien.

Je remercie tous les collaborateurs du projet, qui non seulement ont assumé leur propre part de travail, mais ont tous accepté de relire d'autres livres que ceux dont ils avaient personnellement la charge. Chacun cependant reste entièrement responsable de la traduction du livre qui lui avait été confié. Quant à Richard Goulet qui, a harmonisé nos documents hétérogènes, en a assuré la mise en page finale et qui a compilé les index saisis par les différents collaborateurs, qu'il reçoive ici l'expression de notre reconnaissance collective.

Enfin, à notre collègue Michel Patillon qui, avec une grande générosité, a relu l'ensemble du manuscrit, je dis et redis notre dette. Grâce à lui, nombre de traits qui restaient énigmatiques ont pris sens ! Sa connaissance intime de la langue grecque et de la culture antique, tout comme son expérience de traducteur hors pair, nous ont ainsi évité à tous bien des erreurs.

INTRODUCTION GÉNÉRALE[1]

par Marie-Odile Goulet-Cazé

Un regain d'intérêt très net pour Diogène Laërce s'est manifesté ces dernières années. Le colloque consacré à l'auteur des *Vies*, qui s'est tenu à Naples et à Amalfi en 1985 et dont les Actes sont parus en 1986 dans la revue *Elenchos*[2], en témoigne ; par ailleurs, pour ne mentionner que les ouvrages collectifs, *Aufstieg und Niedergang der Römischen Welt* a consacré une bonne partie de ses tomes II 36, 5 et II 36, 6 à Diogène. On est sensible aujourd'hui à tout ce que l'histoire de la philosophie antique lui doit, malgré les nombreuses imperfections qu'il est possible de relever dans l'ouvrage : d'un style négligé, celui-ci comporte des passages elliptiques, d'autres qui exigent d'être décryptés ; quant au plan, à plusieurs reprises il contredit les déclarations faites par l'auteur à l'intérieur même de l'ouvrage. Il est par conséquent évident que les *Vies* auraient eu besoin d'une bonne relecture finale. Force cependant est de reconnaître que, si nous ne disposions pas de ce texte, notre vision de la philosophie grecque serait irrémédiablement tronquée. Des dizaines de noms de philosophes en effet auraient à jamais disparu ; des centaines de titres d'ouvrages n'auraient jamais été portés à notre connaissance ; des éléments de doctrines fondamentaux ne nous seraient jamais parvenus, que nous livrent les seules doxographies laërtiennes. Car, même si manifestement Diogène n'est pas un philosophe éminent, mais plutôt un historien de la philosophie doublé d'un érudit et d'un poète, il nous a transmis des documents, dont certains d'une valeur

1. Les sigles des périodiques employés dans les bibliographies et les notes sont ceux définis dans la Table des périodiques de *L'Année philologique*, et, pour les plus anciens, dans la Table des abréviations du *Dictionnaire des philosophes antiques*.

2. *Diogene Laerzio storico del pensiero antico* = *Elenchos* 7, 1986.

philosophique de tout premier ordre: les lettres d'Épicure à Hérodote, à Pythoclès et à Ménécée ainsi que les *Maximes capitales*; les doxographies dont l'apport est pour nous inestimable, mais que l'on doit manier avec précaution – doxographies cyrénaïque, platonicienne, péripatéticienne, cynique, stoïcienne, pythagoricienne, héraclitéenne, démocritéenne, sceptique, épicurienne; présentant un degré d'intérêt moindre, mais tout de même réel, les testaments de philosophes, plus précisément ceux de Platon, Aristote, Théophraste, Straton, Lycon, Épicure, ou encore un document comme le décret honorifique élaboré par les Athéniens en faveur de Zénon, qui attribue au philosophe, en remerciement pour sa vertu, une couronne d'or et un tombeau aux frais de l'État dans le quartier du Céramique.

Très longtemps le texte laërtien a été injustement traité puisque, sous l'impulsion de la *Quellenforschung*, on s'intéressait à lui uniquement du point de vue de ses sources. A force de vouloir prouver que derrière les *Vies* se cachaient une ou plusieurs sources auxquelles Diogène Laërce aurait puisé l'essentiel de son ouvrage, on eut tendance à oublier que l'ouvrage en question ne se voulait point une simple juxtaposition d'extraits, qu'il avait une unité et qu'il répondait au dessein d'un auteur possédant sa propre conception de la philosophie et une vision personnelle des philosophes dont il traitait.

Certes la somme que représentent les *Vies* est souvent déroutante; bien des inexactitudes s'y sont glissées, bien des incohérences sautent aux yeux du lecteur; il est vrai qu'on s'attendrait, pour un ouvrage de ce type, à davantage de recherche dans l'écriture et la composition. Et pourtant nombreux sont ceux qui, philosophes, historiens de la philosophie, historiens et philologues, continuent d'y trouver leur compte. La coexistence, voulue par l'auteur, du matériau biographique et du matériau doxographique est un des éléments qui font la richesse de l'ouvrage et qui permettent au lecteur d'appréhender les grands moments de la philosophie grecque. Malgré la présence de longues doxographies, il ne s'agit point là d'une histoire de la philosophie austère, érudite et didactique; les *Vies* offrent au lecteur une histoire populaire de la philosophie où le caractère des individus, leurs bons mots, leur comportement à la cour des princes, au marché, à une table d'auberge, aux bains, à la palestre, à l'école ou encore sur un bateau aux prises avec la tempête, sont pris en compte tout autant que leurs doctrines. De ce fait, lire Diogène Laërce, c'est aussi pénétrer dans le quotidien de la Grèce antique, à une époque où la philosophie et la vie se croisaient et s'influençaient l'une l'autre tout naturellement.

L'AUTEUR

Que savons-nous de Diogène Laërce ? Le paradoxe a été maintes fois relevé : de celui qui nous a transmis tant de détails sur les philosophes antiques, nous ne savons rien. Même l'interprétation de son nom suscite la discussion. Deux possibilités ont été envisagées par le passé pour la signification de Λαέρτιος. D'Étienne de Byzance[1], chez qui on trouve Διογένης δ' ὁ Λαερτιεύς [sic][2], mais aussi Λαέρτιος Διογένης[3] ainsi que l'ethnique Λαερτῖνος[4], à Ménage[5], puis à Fabricius et Harles[6], on a pensé que le mot Λαέρτιος pouvait renvoyer à une cité de Cilicie[7] : Laërtès ; mais d'autres à la même époque[8], et surtout Wilamowitz[9] ultérieurement, estimèrent que l'ap-

---

1. *Stephani Byzantii Ethnicorum quae supersunt, ex recensione Augusti Meinekii*, t. I, Berolini 1849.

2. *s.v.* Χολλεῖδαι (p. 695, 7 Meineke).

3. *s.v.* Δρυίδαι (p. 239, 14 Meineke).

4. *s.v.* Λαέρτης (p. 270, 22 Meineke).

5. *Aegidii Menagii observationes et emendationes in Diogenem Laertium* [notes composées en 1663], dans le tome III de l'édition Hübner [= t. I des *Commentarii*], Lipsiae-Londini 1830, p. 147 : « Je croirais volontiers que Diogène a été appelé *Laertius* à partir de la ville de Cilicie Laerta... »

6. J. A. Fabricius et G. Ch. Harles, *Bibliotheca Graeca*, t. V, Hamburgi 1796, p. 564 : « Diogène appelé Laertius, à partir de la cité de Cilicie Laertes ».

7. Et non de Carie, comme l'a écrit E. Schwartz par erreur, dans son article « Diogenes » 40, dans *RE* V 1, 1903, col. 738 (= *Griechische Geschichtschreiber*, Leipzig 1957, p. 453).

8. Cf. Fabricius et Harles, *op. cit.* à la note 6, p. 564 n. 1, qui citent le nom de H. Valesius.

9. U. von Wilamowitz-Moellendorff, *Epistula ad Maassium*, coll. « Philologische Untersuchungen » 3, Berlin 1880, p. 142-164, notamment p. 163 ; voir aussi *Id.*, « Lesefrüchte », *Hermes* 34, 1899, 629-633, notamment 629 (= *Kleine Schriften* IV, Berlin 1962, p. 100-103). Pour lui, il ne s'agirait donc pas d'un ethnique, mais d'un « signum formatum a Laerta Homerico ut Nestorios, Heraclios, Platonios innumeraque alia signa ».

pellation « Diogène Laërce » faisait référence à l'expression homérique au vocatif διογενὲς Λαερτιάδη[1] qui, dans l'*Iliade* et l'*Odyssée*, sert à désigner, toujours selon ce même ordre des termes, Ulysse, « rejeton divin et fils de Laërte ». Récemment Olivier Masson[2] a repris le problème à nouveaux frais et est revenu à la première interprétation : une ville du nom de Λαέρτης, citée par Strabon XIV 5, 3 et Étienne de Byzance [*s.v.* Λαέρτης][3], existait à l'ouest de la Cilicie, non loin de la côte, à une quinzaine de kilomètres environ de Korakesion [moderne Alanya]. Il rappelle par ailleurs que deux épigraphistes britanniques : George Bean et Terence B. Mitford, lors d'un voyage d'exploration en 1961, réussirent à localiser le site d'une ville grecque qui a fourni de nombreuses inscriptions (ne comportant malheureusement pas l'ethnique) et des monnaies (avec l'ethnique Λαερτειτῶν au revers), sur une montagne appelée actuellement Cebelireç Dagi. A leur suite, Olivier Masson pense qu'il faut identifier cette ville avec Λαέρτης. Si l'on adopte cette interprétation tout à fait plausible, il ne faut plus parler de Diogène Laërce, mais de Diogène de Laërtès.

Comme en IX 109 l'auteur parle d'Apollonidès de Nicée, qui était un grammairien auteur d'un commentaire sur les *Silles* de Timon de Phlionte, en disant : ὁ παρ' ἡμῶν, J. J. Reiske[4] a compris « notre compatriote », et on en a conclu que Diogène vivait à Nicée en Bithynie. Mais l'expression pourrait signifier aussi « celui qui appartient à la même école que nous, notre collègue », comme l'a traduit O. Apelt ("unser Sektengenosse"). C'est ce qu'a pensé par exemple Eduard Schwartz[5]. Si cette interprétation était juste, peut-être faudrait-il en

---

1. Par exemple *Iliade* II 173, IV 358, VIII 93, IX 308.624, X 144, XXIII 723 ; *Odyssée* V 203 ; XIV 484 ; XVI 167.

2. O. Masson, « La patrie de Diogène Laërce est-elle inconnue ? », *MH* 52, 1995, p. 225-230.

3. « Laertes. Place de Cilicie. Strabon livre 14. Alexandre dit "montagne et cité ". Ethnique Λαερτῖνος, mais Λαέρτιος est meilleur » (p. 270 Meineke).

4. H. Diels, « Reiskii animadversiones in Laertium Diogenem », *Hermes* 24, 1889, p. 302-325, notamment 324. Pour Reiske ὁ παρ' ἡμῶν est l'équivalent de ὁ ἡμέτερος.

5. E. Schwartz, art. « Diogenes », *RE* V 1, 1903, col. 761 (= *Griechische Geschichtschreiber*, p. 487), qui rappelle que Strabon, lorsqu'il emploie l'expression οἱ ἡμέτεροι, parle des Stoïciens, et qui pense par ailleurs que si Diogène Laërce avait voulu dire « notre compatriote », il aurait dit τῆς ἡμετέρας πόλεως.

conclure que Diogène Laërce, parce qu'il empruntait à Apollonidès des données de son commentaire sur les *Silles* de Timon, lui-même élève de Pyrrhon, appartenait à l'école sceptique; l'argument cependant reste bien mince[1]. De leur côté U. von Wilamowitz-Möllendorff[2] et H. Usener[3] avaient pensé que l'expression pouvait venir non pas de Diogène Laërce lui-même, mais de sa source, qu'Usener identifiait avec Nicias de Nicée, un auteur de *Successions de philosophes*. J. Mejer[4] a proposé encore une autre signification, qu'il fonde sur un rapprochement avec l'évangile de *Marc* 3, 21: « who belongs to my family ». Auquel cas Diogène Laërce appartiendrait à la famille d'Apollonidès. Récemment, J. Mansfeld[5] s'appuyant sur un parallèle offert par les manuscrits du *Sophiste* 242 d, est revenu à la première hypothèse – c'est-à-dire à celle qui fait de Diogène un citoyen de Nicée en Bithynie –, laquelle présente à ses yeux l'avantage d'expliquer pourquoi Diogène Laërce, habitant une petite ville de province, en l'occurrence pour lui Nicée, n'était pas au courant de l'aristotélisme tel que revigoré par Alexandre d'Aphrodise ou encore des tendances récentes du platonisme de son époque. La remarque pourrait valoir tout aussi bien d'ailleurs pour la ville de Laërtès.

Concernant la datation du personnage, nous ne sommes guère mieux renseignés. On a remarqué d'une part qu'il ne mentionnait ni Plotin, ni Porphyre, ni les néoplatoniciens postérieurs ni le néopythagorisme, d'autre part qu'il connaissait des gens du IIe siècle, et

---

1. Cf. ce que dit à juste titre J. Barnes, « Diogene Laerzio e il Pirronismo », *Elenchos* 7, 1986, p. 386 n. 4, qui refuse d'affilier Diogène Laërce à une école philosophique précise.

2. U. von Wilamowitz-Moellendorff, *Antigonos von Karystos*, coll. « Philologische Untersuchungen » 4, Berlin 1881, p. 32.

3. H. Usener, « Die Unterlage des Laertius Diogenes », *SPAW* 49, 1892, p. 1023-1034 (= *Kleine Schriften* 3, Leipzig-Berlin 1914, p. 163-175).

4. J. Mejer, *Diogenes Laertius and his Hellenistic Background*, coll. « Hermes-Einzelschriften », 40, Wiesbaden 1978, p. 46 n. 95. Cf. R. Goulet, art. « Apollonidès de Nicée », A 259, *DPhA* I, p. 279-280.

5. J. Mansfeld, « Diogenes Laertius on Stoic Philosophy », dans *Elenchos* 7, 1986, p. 300-301. L'Étranger d'Élée dans le *Sophiste* fait allusion à τὸ [...] παρ' ἡμῶν Ἐλεατικὸν ἔθνος.

même du début du IIIe siècle[1], comme Sextus Empiricus (IX 87.116), son disciple Saturninus[2] (IX 116) ou encore Théodose le Sceptique (IX 70). On en a donc déduit qu'il vivait dans la première moitié du IIIe siècle. Aucun autre renseignement ne nous est parvenu sur sa vie, sa famille, ses activités.

Son appartenance philosophique se révèle tout aussi incertaine : nous avons déjà évoqué la possibilité qu'il ait été sceptique (c'était la position par exemple de Gercke[3] ou de Schwartz[4]), tandis que d'autres, comme Maass ou Wilamowitz[5], voyaient en lui un épicurien. En fait, vouloir le rattacher à une école philosophique précise est probablement une erreur, comme M. Gigante[6] et J. Barnes[7] l'ont déjà dit. Diogène Laërce est plutôt un poète qui s'intéresse à la philosophie et qui prend plaisir, par goût pour l'érudition, par goût certainement aussi pour cette philosophie dont il affirme avec force qu'elle est grecque par son origine, à rassembler toute la documentation possible sur les grands noms de la philosophie grecque. Davantage intéressé par les hommes que par les doctrines, il aime à dire tout ce qu'il sait de ces philosophes, sur lesquels d'ailleurs il avait déjà écrit des épigrammes dans son *Pammétros*. A l'exception peut-être des ouvrages de Platon et d'Épicure, il n'avait, semble-t-il, qu'une connaissance indirecte de la philosophie, qu'il puisait dans des biographies et des ouvrages de *Successions des philosophes*. De sa personnalité nous devinons certains traits : il est particulièrement sensible à la renommée des philosophes (les *Vies* sont jalonnées de termes comme ἔνδοξος, ἐλλόγιμος...), et il éprouve un grand respect

1. Cf. A. Segonds, dans sa traduction de la *Vie de Platon*, coll. « Classiques en poche », Paris 1996, p. VIII et n. 2.

2. Saturninus ὁ Κυθηνᾶς que Mansfeld, art. cité, p. 302, propose, comme l'avait déjà fait Nietzsche, de corriger en ὁ καθ' ἡμᾶς.

3. A. Gercke, *De quibusdam Laertii Diogenis auctoribus*, Wissenschaftliche Beilage zum Vorlesungsverzeichniss der Universität Greifswald, Greifswald 1899.

4. E. Schwartz, art. « Diogenes » 40, *RE* V 1, 1903, col. 761 (= *Griechische Geschichtschreiber*, p. 487).

5. U. von Wilamowitz-Moellendorff, *Epistula ad Maassium*, p. 162 ; Id., *Antigonos von Karystos*, p. 321.

6. A la page 15 de sa traduction des *Vies*.

7. A la page 386 n. 4 de son article « Diogene Laerzio e il Pirronismo » cité p. 13 n. 1.

pour tout ce qui est ancien, d'où sa déférence dans les *Vies* pour les fondateurs des écoles et son habitude d'insérer dans la biographie de ceux-ci la doxographie de l'école, ce qui ne l'empêche pas d'ailleurs de donner aussi la biographie des dissidents (Ariston en VII 160, Hérillus et Denys d'Héraclée en VII 165 par exemple). C'est un homme qui adore les anecdotes, qui a une curiosité insatiable pour tous les détails biographiques, notamment ceux concernant la mort des philosophes, qui aime tout ce qui est étrange, inhabituel. Si la plupart du temps il reste neutre à l'égard des personnages dont il traite, il lui arrive cependant d'exprimer très clairement son opinion dans son livre : il se montre par exemple très sévère à l'égard d'un Bion de Borysthène qui avait toujours fait montre d'athéisme et qui, au moment de mourir, accepta de porter des amulettes[1], d'un Héraclide le Pontique qui demanda à un de ses amis de mettre sur son lit après son enterrement un serpent, pour faire croire qu'il était désormais passé chez les dieux[2] ou même d'un Pythagore dont il se moque assez durement dans ses vers[3]; il défend avec beaucoup d'énergie le statut d'*hairesis* du cynisme que d'aucuns contestaient, ou encore il refuse à Orphée le nom de philosophe. En revanche il ne s'essaie pas à critiquer les théories philosophiques qu'il expose. L'esprit systématique qui est le sien se contente de classer inlassablement écoles et doctrines. Curieusement, comme nous l'avons déjà signalé, Diogène Laërce n'est pas du tout au fait de ce qui se passe à son époque dans le milieu philosophique. Force est de constater qu'en réalité ses connaissances se limitent à celles de ses sources : pour l'histoire de l'Académie il ne nomme ni Philon de Larisse ni Antiochus d'Ascalon; il ne prend en compte ni la renaissance du platonisme, ni celle de l'aristotélisme, du pythagorisme ou du cynisme.

1. Cf. IV 54-57.
2. Cf. V 90.
3. Cf. VIII 44-45.

L'ŒUVRE : LE *PAMMÉTROS* ET LES *VIES*

Le *Pammétros*

Un passage du livre IV des *Vies* montre en quelle estime Diogène tenait la poésie par rapport à la prose : « Les poètes qui entreprennent d'écrire en prose réussissent, tandis que les prosateurs qui s'attaquent à la poésie échouent : cela montre que dans un cas il s'agit d'un don de nature et dans l'autre d'un effet de l'art » (IV 15). Ce don de nature, il pensait le posséder ; en tout cas il a lui-même écrit des poèmes. L'ouvrage qu'il cite (du moins le premier livre de cet ouvrage) sous le titre ἡ Πάμμετρος (s.e. βίβλος) était un recueil d'épigrammes écrites dans des mètres variés, qui comportait au moins deux volumes à en juger par l'expression utilisée en I 39 : ἐν τῷ πρώτῳ τῶν Ἐπιγραμμάτων ἢ Παμμέτρῳ. Diogène le présente ainsi en I 63 : « Le *Pammétros* déjà cité où j'ai traité de la fin de tous les hommes illustres dans tous les mètres et tous les rythmes, sous forme d'épigrammes et de chants. » Dans ses *Vies* il cite une cinquantaine de ces épigrammes, qui témoignent de sa grande habileté de versificateur et de son excellente connaissance de la métrique grecque. Du point de vue précisément de la métrique certains de ces poèmes sont de véritables tours de force[1]. Par ailleurs on y rencontre des mots rares, voire des hapax[2]. La plupart traitent de la mort des philosophes et expriment éventuellement un jugement sur les philosophes dont il est question. Le meilleur exemple est certainement le poème consacré à Bion de Borysthène (IV 55), ce philosophe que Diogène, tout au long de dix-huit trimètres iambiques catalectiques, condamne très sévèrement pour le revirement qu'il manifesta à l'égard de la religion au moment de sa mort. Dans l'ensemble ces épigrammes, qui mettent l'accent sur un événement caractéristique de la vie du personnage, sont assez plates et prosaïques ; elles valent

1. Sur Diogène poète, voir A. Kolár, « Diogenia Laertia Pammetros », *LF* n. s. 3, 1955, p. 190-195, en tchèque avec un résumé en latin ; *Id.*, « De quibusdam carminibus in Diogenis Laertii vitis », *Eunomia* 3, 1959, p. 59-67 ; J. Mejer, *Diogenes Laertius and his Hellenistic Background*, p. 46-50 ; M. Gigante, « Diogene Laerzio : da poeta a prosatore », *Sileno* 10, 1984, p. 245-248.

2. Cf. J. Mejer, *Diogenes Laertius and his Hellenistic Background*, p. 49 n. 105.

surtout par l'habileté technique de leur auteur. Trente-huit d'entre elles se retrouvent au livre VII de l'*Anthologie Palatine*.

Les *Vies*

Titre et destinataire

Aucun des titres transmis par les manuscrits n'est généralement considéré comme originel. B n'a pas de titre pour l'ensemble de l'ouvrage. Le manuscrit F de Florence donne le titre suivant (f. 2^{r}): λαερτίου διογένους βίων καὶ γνωμῶν τῶν ἐν φιλοσοφίᾳ εὐδοκιμησάντων καὶ τῶν ἑκάστῃ αἱρέσει ἀρεσάντων τῶν εἰς δέκα τὸ πρῶτον, c'est-à-dire « De Diogène Laërce, vies et pensées de ceux qui se sont illustrés en philosophie, et doctrines propres à chaque école, en dix livres; livre I ». Quant au manuscrit P de Paris (f. 2^{r}) il offre la version suivante: λαερτίου διογένους βίοι καὶ γνῶμαι τῶν ἐν φιλοσοφίᾳ εὐδοκιμησάντων καὶ τῶν ἑκάστῃ αἱρέσει ἀρεσκόντων (sous-entendu συναγωγή[1]), «De Diogène Laërce, vies et pensées de ceux qui se sont illustrés en philosophie, et recueil des doctrines de chaque école». Si dans le manuscrit B le titre est perdu, on lit cependant (f. 246^{r}) en tête du livre X λαερτίου διογένους φιλοσόφων βίων καὶ δογμάτων συναγωγῆς τῶν εἰς ι´ Ἐπίκουρος, « De Diogène Laërce, recueil des vies et des doctrines des philosophes en dix livres ; Épicure ». L'ouvrage est conservé dans sa totalité, avec toutefois une lacune importante à la fin du livre VII dont on sait, grâce au πίναξ κατὰ πρόσωπα contenu dans le manuscrit de Paris de Diogène Laërce[2] et dans ses apographes, qu'il traitait, après Chrysippe, de vingt autres philosophes stoïciens, le dernier mentionné étant Cornutus, un philosophe du Ier siècle après J.-C.[3].

Cette histoire de la philosophie antique comporte dix livres précédés d'un prologue et se termine par les *Maximes capitales* d'Épicure que Diogène introduit de la sorte: « Allons! ajoutons maintenant ce que l'on pourrait appeler le couronnement[4] de l'œuvre

---

1. Le mot figure dans le titre rappelé par la souscription finale, f. 251^{v}.
2. Codex P, folio 1^{v}.
3. Cf. T. Dorandi, « Considerazioni sull' *index locupletior* di Diogene Laertio », *Prometheus* 18, 1992, p. 121-126.
4. Le mot « colophon » signifie « couronnement, achèvement ». C'est pourquoi on l'utilisa ultérieurement afin de désigner la souscription qui se trouve à

entière aussi bien que de la biographie du philosophe, en citant ses *Maximes capitales*: nous apporterons ainsi une conclusion à l'ouvrage entier et nous ferons de la fin le commencement de la béatitude » (X 138). Au livre III, Diogène Laërce s'adresse à une dame qui « aime Platon » (φιλοπλάτωνι) [III 47], mais que nous n'avons aucun moyen d'identifier. On serait presque tenté de parler d'une dédicace[1], mais ce n'en est point une, car cette phrase est placée au beau milieu du livre III et non au début de l'ouvrage. C'est peut-être encore à cette même dame que s'adresse notre auteur lorsqu'en X 29 il dit à propos d'Épicure : « Nous donnerons aussi ses *Maximes capitales* et tout ce qui mérite d'être choisi et énoncé, de manière à ce que de partout tu apprennes à connaître l'homme et que tu saches le juger. »

Le genre littéraire

L'ouvrage se situe dans la tradition bio-doxographique du Péripatos. Mais il n'est pas facile de déterminer avec précision son genre littéraire. Il contient, en raison des sources mêmes utilisées par Diogène Laërce, des éléments qui relèvent à la fois du genre des Διαδοχαί *(Successions)*, ces ouvrages de l'époque hellénistique qui établissaient des filiations entre les philosophes d'une même école et éventuellement entre plusieurs écoles[2], de celui des Περὶ αἱρέσεων *(Sur les écoles)* qui classaient les philosophes par écoles et donnaient un énoncé systématique des doctrines de chacune de ces écoles[3], enfin de celui des *Vies* où sont fournies la biographie et la bibliographie

---

la fin des manuscrits. R. Devreesse, *Introduction à l'étude des manuscrits grecs*, Paris 1954, p. 46, explique ce que l'on entend d'ordinaire par « colophon » : « Il n'est pas rare de trouver à la fin de nos manuscrits quelques lignes ajoutées au texte par le scribe lui-même : il y donne son nom, les circonstances de son travail, l'année et le lieu où la tâche fut accomplie ; il ajoute parfois la destination du livre à son achèvement. »

1. « Pour toi qui as bien raison d'aimer Platon et qui mets un point d'honneur à t'informer des doctrines de ce philosophe de préférence à toute autre, j'ai pensé qu'il me fallait esquisser ce qui touche à la nature de ses œuvres, à l'ordre de ses dialogues... »

2. Avant D.L. le genre avait été illustré par Sotion, Sosicrate, Alexandre Polyhistor, Antisthène de Rhodes et Nicias de Nicée.

3. Ératosthène, Hippobote et Panétius avaient écrit des ouvrages *Sur les écoles*.

des philosophes[1]. La distinction entre ces trois genres, comme l'a souligné J. Mansfeld[2], était loin d'être claire. Dans le prologue de son ouvrage, Diogène Laërce fait intervenir à la fois le principe plus historique des Διαδοχαὶ τῶν φιλοσόφων (I 13-15) et celui plus systématique des Περὶ αἱρέσεων (I 18, 19-20), auquel il ajoute un classement fondé sur la distinction entre trois parties de la philosophie: physique, éthique et dialectique (I 18). C'est ainsi que dans les *Vies* on rencontre la première perspective avec la division de la philosophie en deux branches: ionienne et italique[3], la seconde avec une liste anonyme des dix écoles (I 18) et la liste des neuf écoles d'Hippobote (I 19), tandis que le troisième point de vue intervient pour le classement des doctrines à l'intérieur des doxographies.

Les *Successions* dans le prologue de l'ouvrage s'achèvent étonnamment tôt et surtout à des niveaux chronologiques fort disparates: les termes en sont Chrysippe (fin du IIIe siècle) pour les Stoïciens, Théophraste (début du IIIe siècle) pour le Péripatos et Clitomaque pour l'Académie qu'il dirigea de 127/126 à 110/109, alors que dans le corps de l'ouvrage Diogène Laërce les prolonge, au moins pour deux d'entre elles bien au-delà: jusqu'à Cornutus pour les Stoïciens (mais c'est dans la partie perdue) et jusqu'aux successeurs de Théophraste pour le Péripatos: Straton, Lycon, ainsi qu'un de ses autres disciples Démétrios de Phalère. Le plus souvent dans les *Vies* un philosophe bénéficie d'une biographie[4], d'une collection d'apophtegmes, d'une liste de ses ouvrages et, s'il est le fondateur de l'école, d'une doxographie. Cette alternance de biographies et de

1. Parmi les sources de Diogène Laërce, on relève plusieurs noms d'auteurs de βίοι, par exemple ceux d'Hermippe, de Satyros ou de Dioclès de Magnésie.

2. J. Mansfeld, art. cité, p. 304-306 : « The *Peri haireseon* literature, the *Successions,* and the individual or collective *Lives* did not constitute rigidly distinct domains; the difference is one of emphasis : historical in the *Bioi* and *Diadochai,* systematical in the *Peri haireseon.* »

3. Partant de l'affirmation que la philosophie est grecque, et non point barbare au départ, Diogène Laërce lui attribue une double origine, ionienne avec Anaximandre, élève de Thalès de Milet, et italique avec Pythagore, élève de Phérécyde. La première branche se développa jusqu'à Clitomaque, Chrysippe et Théophraste; la seconde jusqu'à Épicure.

4. La biographie laërtienne fait une large place à des informations qui, à nos yeux, peuvent relever de la légende. Diogène n'avait pas toujours les moyens de contrôler la vérité historique des témoignages qu'il recevait de la tradition.

doxographies est un des charmes des *Vies*. D'autres documents apparaissent, tels que testaments, lettres, décrets, poèmes composés par d'autres sur les auteurs traités, ainsi que de nombreuses citations d'auteurs anciens. L'ensemble présente peu d'homogénéité: une vie peut se limiter à une biographie succincte et à quelques titres (ex. Criton en II 121) ou à une liste de titres (ex. Glaucon en II 124) ou à une doxographie (ex. Leucippe en IX 30-33), tandis que d'autres, celle de Zénon par exemple, comportent de longues doxographies. Une grande variété règne d'un chapitre à l'autre et chaque livre a sa physionomie propre, même si l'on peut s'essayer à dégager, ainsi que l'a fait A. Delatte[1], les rubriques qui apparaissent comme des constantes dans les biographies. Diogène Laërce n'est point systématique dans sa méthode de composition: il accumule un matériau venu de sources nombreuses et diverses, qu'il juxtapose comme il peut, sans, il faut le reconnaître, de grands efforts stylistiques. A aucun moment le lecteur n'a l'impression qu'il a vraiment réfléchi de façon méthodique à la façon de composer une biographie.

Incohérences et erreurs

L'état du texte est loin d'être satisfaisant et tout le monde s'accorde à reconnaître l'absence d'une rédaction finale, même si l'ouvrage, à en juger par la phrase sur le colophon de X 138 citée plus haut, se présente comme fini. Si l'on en doutait, il suffirait de rappeler les incohérences qui se succèdent au fil des livres. Au niveau du plan par exemple: en VI 19, à la fin de la *Vie d'Antisthène*, Diogène laisse entendre qu'il vient de traiter les philosophes de la lignée d'Aristippe et de Phédon, et qu'il va aborder ceux de la lignée d'Antisthène, Cyniques et Stoïciens. Or curieusement les disciples d'Aristippe et de Phédon ont été traités au livre II, donc bien antérieurement. Par ailleurs, en II 47, Diogène annonce qu'il va traiter successivement Xénophon, Antisthène dans la partie consacrée aux Cyniques, les Socratiques et Platon; or l'ordre réellement suivi est différent puisque se succèdent Xénophon, les Socratiques, Platon suivi de l'Académie et du Péripatos, Antisthène suivi des Cyniques et des Stoïciens. C'est certainement le signe que Diogène Laërce a

1. A. Delatte, *La Vie de Pythagore de Diogène Laërce*, Bruxelles 1922; réimpr. Hildesheim 1988, p. 54-63.

modifié en cours de route l'ordre qu'il voulait suivre[1]. D'autres éléments témoignent d'un manque de cohérence : en I 15, par exemple, Xénophane est mentionné dans la succession italique, et pourtant on le retrouve en IX 20 dans un livre consacré partiellement aux « sporadiques », autrement dit aux inclassables (cf. VIII 91). La confusion entre des abréviations atteste également une certaine négligence, dont on ne sait si elle est le fait de Diogène Laërce, de ses sources ou d'un copiste : en II 1 confusion Anaxagore / Anaximandre[2] ou encore en VI 2 confusion Ménippe / Ménédème[3].

Faut-il penser que les conditions de travail de Diogène n'étaient pas faciles? Le fait par exemple d'habiter la petite ville de Laërtès, si l'on suit l'interprétation d'O. Masson, devait avoir pour conséquence qu'il ne disposait pas d'une bibliothèque importante comme c'eût été le cas s'il avait vécu dans une des grandes villes de l'Empire, Rome ou Alexandrie par exemple ; il lui fallait donc se contenter des ouvrages qui étaient sur place ou réussir à faire venir des copies, ce qui explique qu'il n'ait pas eu un accès direct à la plupart des grands philosophes dont il s'occupe. L'argument néanmoins doit être manié avec prudence, car Diogène fait état de documents rares et certains d'une grande richesse de contenu.

Par ailleurs sa façon même de travailler était certainement propice aux erreurs. Plusieurs explications ont été proposées[4], que nous ne

---

1. Cf. M.-O. Goulet-Cazé, « Le livre VI de Diogène Laërce », *ANRW* II 36, 6, p. 3880-4048, notamment p. 3882-3889. Voir aussi l'introduction du livre II dans le présent ouvrage, p. 159-163.

2. Anaximandre, à la page 57, l. 5-6 de l'édition Long, se voit attribuer la théorie d'Anaxagore selon laquelle la lune a une lumière empruntée qu'elle tire du soleil, lequel n'est pas plus petit que la terre et est un feu très pur (cf. Mejer, *Diogenes Laertius and his Hellenistic Background*, p. 22 et n. 43).

3. Cette confusion a été démontrée pour la première fois par W. Crönert, *Kolotes und Menedemos. Texte und Untersuchungen zur Philosophen- und Literaturgeschichte*, coll. « Studien zur Palaeographie und Papyruskunde » 6, Leipzig 1906 ; rp. Amsterdam 1965, p. 1-4. On trouve dans J. Mejer, *Diogenes Laertius and his Hellenistic Background*, p. 25-26, une liste de cas où ont pu se produire des confusions dues à l'usage des abréviations.

4. Ainsi par exemple H. Usener, *Epicurea*, Leipzig 1887, p. XXII-XXV, ou encore E. Schwartz, art. « Diogenes », *RE* V 1, 1903, col. 741 (= *Griechische Geschichtschreiber*, p. 458) : « Nicht selten sind Zettel ins falsche Kapitel verschlagen ».

pouvons rappeler ici, les dernières en date étant celles de J. Mejer (la technique des *excerpta*), de P. Moraux et de S.N. Mouraviev qui, tout en imaginant des conditions matérielles diverses, pensent que de toute façon des *marginalia* ont été ajoutés à un texte primitif déjà copié[1]. Le texte laërtien semble en effet être le résultat de multiples additions à un texte suivi rédigé par Diogène et comportant lui-même des éléments hétérogènes greffés par la tradition sur des matériaux primitifs. Le fait d'ailleurs que Diogène ait travaillé sur des rouleaux de papyrus ne devait pas lui faciliter la tâche[2]. On se trouve donc en présence d'une compilation de compilations, ce qui explique qu'à l'intérieur d'un même livre une même thématique puisse revenir en plusieurs endroits[3], qu'une même anecdote soit exposée dans plusieurs versions[4] ou encore que, face à des sources différentes se contredisant, Diogène, incapable de trancher, indique deux listes d'écrits pour tel philosophe[5].

Sources ou autorités?

Il est à peu près impossible de déterminer ce que Diogène Laërce a personnellement lu, à part peut-être des compilations comme celle de Favorinus d'Arles[6]. On ne peut même pas être sûr qu'il ait eu en

---

1. J. Mejer, *Diogenes Laertius and his Hellenistic Background,* p. 16-29; P. Moraux, « Diogène Laërce et le Peripatos », *Elenchos* 7, 1986, p. 254-255; S.N. Mouraviev, « La Vie d'Héraclite de Diogène Laërce, Analyse stratigraphique – Le texte de base – Un nouveau fragment d'Ariston de Céos ? », *Phronesis* 32, 1987, p. 1-33.

2. Voir ce que dit A. Segonds, dans *Diogène Laërce. Vie de Platon,* coll. « Classiques en poche », Paris 1996, p. XII-XIV.

3. C'est ainsi que dans la partie apophtegmatique du livre VI, on rencontre des anecdotes sur Platon en VI 25-26.41.53.58.67 et sur Alexandre en VI 32.38.44.60.68.

4. On dispose de cette façon de quatre versions de l'épisode de la vente de Diogène: la version de Ménippe en VI 29, celle d'Eubule en 30-32, une version anonyme en 74 et celle de Cléomène en 75.

5. C'est le cas par exemple pour Aristippe en II 84-85 et pour Diogène le Cynique en VI 80.

6. On ne sait même pas s'il a lu lui-même les ὑπομνήματα de Pamphilè d'Épidaure. Étienne de Byzance, *s.v.* ῥόπεις (p. 547, 14 Meineke), nous informe que Favorinus avait composé un *épitomé*, qui comptait au moins quatre livres, de l'ouvrage de Pamphilè. Diogène par conséquent a pu y avoir accès par l'intermédiaire de Favorinus.

main les ouvrages d'Hermippe, de Sotion d'Alexandrie, de Dioclès de Magnésie ou les *Homonymes* de Démétrios également de Magnésie. Il pouvait très bien en effet copier des compilations où se trouvaient déjà insérés des biographes, des doxographes ou des auteurs de *Successions*. Si à cela on ajoute le fait que la vie des disciples d'un philosophe pouvait venir s'emboîter dans la vie du maître, on peut parler d'une conception « gigogne » du *Bios* laërtien, qui repose sur de multiples emboîtements successifs[1].

La question des sources de Diogène Laërce a fait couler beaucoup d'encre. Des hypothèses envisagées par le passé aucune n'a vraiment réussi à s'imposer. Nietzsche[2] voyait en Dioclès de Magnésie, un biographe du Ier siècle av. J.-C. – lequel s'appuyait lui-même sur Démétrios, Antisthène, Alexandre Polyhistor et Hippobote –, la grande source de Diogène Laërce; mais Nietzsche fut réfuté par Diels[3] et Freudenthal[4]. Maass[5], lui, penchait pour Favorinus, mais il fut réfuté par Wilamowitz[6]. Usener[7] enfin proposait Nicias de Nicée, mais il fut réfuté par Gercke[8]. En fait, comme l'a montré

1. Les *Vies* d'Eubulide (II 108-109) et de Diodore Cronos (II 111-112) sont emboîtées dans la *Vie* d'Euclide, celles de Métroclès (VI 94-95) et d'Hipparchia (VI 96-98) dans la *Vie* de Cratès et la *Vie* de Persaios (VII 36) dans celle de Zénon.

2. Fr. Nietzsche, « De Laertii Diogenis fontibus », *RhM* 23, 1868, p. 632-653, notamment aux pages 632-642, où il étudie Dioclès de Magnésie et Favorinus comme sources de Diogène Laërce. Nietzsche a parlé également des sources de D. L., plus précisément de Démétrios de Magnésie, source de Dioclès, dans « De Laertii Diogenis fontibus », *RhM* 24, 1869, p. 181-228. Ses *Analecta Laertiana* se trouvent au tome 25, 1870, p. 217-231. Sur Nietzsche et Diogène Laërce, voir J. Barnes, « Nietzsche and Diogenes Laertius », *Nietzsche-Studien* 15, 1986, 16-40.

3. H. Diels, *Doxographi Graeci*, Berlin 1879, p. 161-163.

4. J. Freudenthal, « Der Platoniker Albinos und der falsche Alkinoos », dans *Hellenistische Studien* III, Breslau 1879, p. 305-315.

5. E. Maass, « De biographis graecis quaestiones selectae », coll. « Philologische Untersuchungen » 3 , Berlin 1880, p. 1-141.

6. U. von Wilamowitz-Moellendorff, *Epistula ad Maassium*, coll. « Philologische Untersuchungen » 3 , Berlin 1880, p. 142-164.

7. H. Usener, « Die Unterlage des Laertius Diogenes », *SPAW* 49, 1892, p. 1023-1034 (= *Kleine Schriften* 3, 163-175).

8. A. Gercke, *De quibusdam Laertii Diogenis auctoribus*, Greifswald 1899, p. 11-17.

Delatte[1], la complexité des sources est telle qu'il ne faut pas espérer trouver une réponse ferme et définitve, cela d'autant plus que Diogène Laërce omet souvent de citer sa source immédiate. Ainsi, quand il cite une source ancienne, le lecteur est porté à croire qu'il a eu accès à cette source, alors qu'il a très bien pu copier le passage sur un intermédiaire plus récent, mais qu'il ne cite pas. Ce qui est certain, c'est que, pour ses sections biographiques, il indique souvent les nombreuses sources qu'il a utilisées, sans hésiter à faire état de leurs divergences, alors que pour les sections doxographiques la plupart du temps il ne dit pas où il a emprunté son matériau.

Récemment R. Goulet a analysé le système des références laërtiennes et en a conclu que « ces références ne correspondent pas au point de vue moderne, qui est de garantir l'exactitude des propos en citant l'endroit où on peut les vérifier. C'est plutôt en tant que témoin que l'auteur est cité, mais pas nécessairement parce qu'on l'a lu directement »[2]. Il vaut donc mieux, dans le cas de Diogène Laërce, parler d'autorités plutôt que de sources. R. Goulet propose cependant quelques critères qui peuvent aider à dégager dans les références citées par Diogène des sources directes[3].

L'importance des chries

Une des originalités des *Vies* réside dans la place qu'elles accordent aux chries, ces dits de philosophes exprimés en prose, en général brefs et rappelant souvent avec une pointe d'esprit des paroles ou des actes dignes de rester gravés dans les mémoires. L'usage abondant qu'en fait Diogène Laërce est le signe que pour lui les philosophes, avant de professer des doctrines, sont des hommes engagés dans les situations bien concrètes de la vie. Ces chries, lorsqu'il s'agit

---

1. A. Delatte, *La Vie de Pythagore de Diogène Laërce,* Bruxelles 1922, p. 40-43, distingue parmi les sources de D. L. les sources savantes (*Diadochai* et *Peri Haireseôn*), les documents originaux (testaments, décrets...), les ouvrages de propagande publiés par les écoles elles-mêmes (par exemple les anecdotes, les récits miraculeux et édifiants, les œuvres de polémique et les pamphlets), enfin les œuvres d'imagination (celles des comiques, des sillographes, les contes...).

2. R. Goulet, « Les références chez Diogène Laërce : Sources ou autorités ? », dans J.-C. Fredouille *et alii* (édit.), *Titres et articulations du texte dans les œuvres antiques,* collection « Études Augustiniennes », Série Antiquité, 152, Paris 1997, p. 149-166, notamment p. 154.

3. *Ibidem,* p. 157-166.

de philosophies qui mettent l'accent sur la façon de vivre, comme c'est le cas dans les écoles cynique et cyrénaïque par exemple, délivrent un message philosophique tout aussi important que les doxographies. Même si leur authenticité historique n'est pas au-dessus de tout soupçon, elles visent très souvent à promouvoir un idéal philosophique qui, lui, est authentique. La place que Diogène Laërce leur accorde révèle qu'au fond ce qui intéresse le plus notre auteur c'est la petite histoire de la philosophie, là où les idées et la vie se rejoignent dans une forme de sagesse au quotidien[1].

Influence de l'œuvre

Un élève de Jamblique: Sopatros d'Apamée, au IVe siècle, utilisa dans le Livre IX de ses *Extraits variés* les livres I, V, IX et X des *Vies* de Diogène Laërce. Ce Sopatros est cité par Photius, *Bibliothèque, codex* 161[2]. Par la suite Étienne de Byzance, la *Souda* et l'*Anthologie Palatine* utilisèrent également Diogène Laërce. Enfin il faut rappeler que Montaigne lui rendit hommage dans ses *Essais* en le citant maintes et maintes fois. N'avait-il pas gravé sur les poutres de sa bibliothèque plusieurs maximes tirées des *Vies*?

LES ÉDITIONS ET LES TRADUCTIONS COMPLÈTES DES *VIES*

Depuis l'édition *princeps* de Frobenius à Bâle en 1533, de nouvelles éditions de Diogène Laërce sont parues régulièrement jusqu'à

1. Pour une définition de la chrie, voir par exemple ce que disent Aelius Théon dans ses *Progymnasmata*, ch. 3, p. 18-30 de l'édition de M. Patillon dans la Collection des Universités de France, et Hermogène dans ses *Progymnasmata* 3-4 Rabe (p. 133-135 dans *Hermogène, L'art rhétorique*, Traduction française intégrale, introduction et notes par Michel Patillon, [s.l.] [1997]). Sur le genre de la chrie, consulter J. F. Kindstrand, « Diogenes Laertius and the "Chreia" Tradition », dans *Diogene Laerzio storico del Pensiero antico* = *Elenchos* 7, 1986, p. 217-243. A la bibliographie qu'indique Kindstrand, p. 223 n. 18, on peut ajouter F. Trouillet, « Le sens du mot XPEIA des origines à son emploi rhétorique », *La licorne*, coll. « Publications de la faculté des Lettres et des Langues de l'Université de Poitiers », 1979, fasc. 3, p. 41-64; R. F. Hock et E. N. O'Neil, *The Chreia in Ancient Rhetoric*, t. I: *The progymnasmata*, coll. « Society of Biblical Literature - Texts and Translations », 27 – « Graeco-Roman Religion Ser. », IX, Atlanta (Georgia), 1986, XV-358 p.; M. Alexandre Júnior, « Importãncia da cria na cultura helenística », *Euphrosyne* 17, 1989, p. 31-62.
2. P. 125 de l'édition Henry (p. 104 a 2 Bekker).

la fin du XVIIe siècle à Paris, Genève, Rome, Londres, Amsterdam. On en trouvera la liste et les références par exemple dans l'édition Delatte de *La Vie de Pythagore* à la page 97, et une analyse dans l'Introduction à la *Vie de Ménédème* de D. Knoepfler. Au XIXe siècle il faut signaler en 1828-1833 l'édition Hübner à Leipzig en 4 volumes qui comporte une traduction latine, ainsi que les notes de Casaubon, Ménage et Kühn, et en 1850 l'édition Cobet chez Didot à Paris ; au XXe siècle celle de R. D. Hicks chez Heinemann en 1925 et celle de H. S. Long en 2 volumes à Oxford en 1964, qui est la seule à s'appuyer sur les trois manuscrits de base de Diogène Laërce, mais qui présente de nombreuses négligences au niveau des collations. Une nouvelle édition, fondée sur une collation à nouveaux frais de B, P, F et Φ est préparée actuellement par Tiziano Dorandi pour la Collection des Universités de France.

On trouvera la liste des éditions partielles dans J. Mejer, art. « Diogène Laërce » D 150, *DPhA* II, 1994, p. 824-825. Signalons cependant l'étape capitale que représente pour les études laërtiennes l'édition par Denis Knoepfler à Bâle en 1991 de la *Vie de Ménédème d'Érétrie*, puisque c'est la première édition qui propose un stemma des manuscrits.

Parmi les traductions, outre celle en latin d'Ambrosius Traversari au XVe siècle (1472 ?), donc bien antérieure à l'*editio princeps*, et celle de Thomas Aldobrandini en 1594, on peut citer des traductions en allemand (O. Apelt, 1921, traduction revue par K. Reich et H. G. Zekl en 1967), en anglais (R. D. Hicks, 1925), en français (R. Genaille, 1933)[1], en slovaque (M. Okál, 1954), en italien (M. Gigante, 1962, 1976², 1983³, 1987⁴, traduction qui a fait franchir un pas décisif aux études laërtiennes), en roumain (C. I. Balmus et A. M. Frenkian, 1963), en tchèque (L. Swoboda et A. Kolár, 1964), en espagnol (J. Ortiz y Sanz, 1964; A. Piqué Angordans, 1988) et en russe (L. Gasparov, 1986). Cet ouvrage était déjà sur épreuves lorsque est sortie la traduction de Fritz Jürß: *Diogenes Laertios, Leben und Lehre der Philosophen,* Aus dem Griechischen übersetzt

---

1. Tous ceux qui utilisent Diogène Laërce savent que malheureusement la traduction Genaille n'est absolument pas fiable en raison des contresens, des interprétations fantaisistes et des innombrables négligences qu'elle présente.

und herausgegeben von Fritz Jürß, coll. « Universal Bibliothek » 9669, Stuttgart 1998. Nous regrettons de n'avoir pu en tenir compte.

Signalons également le lexique des *Vies* proposé par K. Janáček, *Indice delle Vite dei filosofi di Diogene Laerzio,* coll. « Accademia Toscana di Scienze e Lettere "La Colombaria" », Studi 123, Firenze 1992.

BIBLIOGRAPHIE GÉNÉRALE

Édition critique

LONG H.S. (édit.), *Diogenis Laertii Vitae Philosophorum recognovit brevique adnotatione critica instruxit H. S. L.*, coll. « Oxford Classical Texts », Oxford 1964, t. I : XX, p. 1-246 ; t. II : XVI, p. 247-597.

Autres éditions

HUEBNER H.G. (édit.), *De vitis, dogmatis et apophtegmatis clarorum philosophorum libri decem*, Leipzig 1828-1831, 2 vol. ; *Commentarii in Diogenem Laertium*, Leipzig 1830-1833, 2 vol. [ces commentaires contiennent les notes d'Isaac Casaubon, de Gilles Ménage et de Joachim Kühn].

COBET C. G. (édit.), *Diogenis Laertii de clarorum philosophorum vitis, dogmatibus et apophtegmatibus libri decem*, Paris, Firmin-Didot, 1850.

Traductions

APELT O. (édit.), *Diogenes Laertius: Leben und Meinungen berühmter Philosophen*, übersetz und erläutert von O.A., Leipzig 1921, 2 vol.

HICKS R.D. (édit.), *Diogenes Laertius, Lives of Eminent Philosophers*, with an English translation, coll. « Loeb Classical Library » 184-185, Cambridge (Mass.)-London 1925 ; « reprinted » 1972 [avec une préface de H.S. Long], t. I: XXXVI-549 p. ; t. II : VI-704 p. [*Index nominum et rerum* : t. II, p. 679-697 ; *Index fontium* : p. 698-704].

GENAILLE R. (édit.), *Diogène Laërce. Vie, doctrines et sentences des philosophes illustres.* Traduction, notice et notes par R. G. [1933], coll. « Garnier-Flammarion », Paris 1965, 2 vol. : 314 p. et 310 p.

GIGANTE M. (édit.), *Diogene Laerzio, Vite dei filosofi,* a cura di M. G., Bari 1962 ; nouvelle édition, Roma-Bari 1983.

JÜRSS F., *Diogenes Laertios, Leben und Lehre der Philosophen,* Aus dem Griechischen übersetzt und herausgegeben von F. J., coll. « Universal Bibliothek » 9669, Stuttgart 1998.

Lexique

JANÁČEK K., *Indice delle Vite dei filosofi di Diogene Laerzio,* coll. « Accademia Toscana di Scienze e lettere "La Colombaria" », Studi 123, Firenze 1992.

Recueils d'études

Actes du colloque *Diogene Laerzio storico del pensiero antico* = *Elenchos* 7, 1986.

TEMPORINI H. et HAASE W. (édit.), *ANRW* II 36, 5, 1991 et II 36, 6, 1992 (plusieurs articles sur Diogène Laërce).

Études d'ensemble

DELATTE A., *Introduction* à son édition de *La Vie de Pythagore de Diogène Laërce,* Bruxelles 1922, p. 5-100.

DESBORDES B. A., *Introduction à Diogène Laërce,* thèse Utrecht [s.l.] [s.d.], 2 vol.

DIELS H., « Reiskii Animadversiones in Laertium Diogenem », *Hermes* 24, 1889, p. 302-325.

DORANDI T., « Considerazioni sull'*index locupletior* di Diogene Laertio », *Prometheus* 18, 1992, p. 121-126.

GERCKE A., *De quibusdam Laertii Diogenis auctoribus,* Wissenschaftliche Beilage zum Vorlesungsverzeichniss der Universität Greifswald, Greifswald 1899.

GIGANTE M., « Diogene Laerzio: da poeta a prosatore », *Sileno* 10, 1984, p. 245-248.

GOULET R., « Les références chez Diogène Laërce: Sources ou autorités ? », dans J.-C. Fredouille *et alii* (édit.), *Titres et articulations du texte dans les œuvres antiques,* collection « Études Augustiniennes », Série Antiquité, 152, Paris, 1997, p. 149-166.

HOPE R., *The Book of Diogenes Laertius, its Spirit and its Method,* New York 1930.

KOLÁR A., « Diogenia Laertia Pammetros », *LF* n. s. 3, 1955, p. 190-195, en tchèque avec un résumé en latin.

ID., « De quibusdam carminibus in Diogenis Laertii vitis », *Eunomia* 3, 1959, p. 59-67.

MARTINI E., « Analecta Laertiana », *LS* 19, 1899, p. 73-177 ; 20, 1901, p. 145-166.

MAASS E., « De biographis graecis quaestiones selectae », coll. « Philologische Untersuchungen » 3, Berlin 1880, p. 1-141.

MEJER J., *Diogenes Laertius and his Hellenistic Background*, coll. « Hermes-Einzelschriften » 40, Wiesbaden 1978, IX-109 p.

ID., « Diogenes Laertius and the transmission of Greek philosophy », dans H. Temporini et W. Haase (édit.), *ANRW* II 36, 5, 1991, p. 3556-3602.

ID., art. « Diogène Laërce », D 150, *DPhA* II, 1994, p. 824-833.

NIETZSCHE Fr., « De Laertii Diogenis fontibus », *RhM* 23, 1868, p. 632-653; 24, 1869, p. 181-228.

ID., « Analecta Laertiana, *RhM* 25, 1870, p. 217-231.

RICHARDS H., « Laertiana », *CR* 18, 1904, p. 340-346.

ROEPER G. « Emendationes zu Diogenes Laertius », *Philologus* 1, 1846, p. 652-663.

ID., « Conjecturen zu Diogenes Laertius », *Philologus* 3, 1848, p. 22-65; 9, 1854, p. 1-42.

ID., « Zu Laertios Diogenes I », *Philologus* 30, 1870, p. 557-577.

ROSE V., « Die Lücke im Diogenes Laërtius und der alte Übersetzer », *Hermes* 1, 1866, p. 367-397.

SCHWARTZ E., art. « Diogenes Laertios » 40, *RE* V 1, 1903, col. 738-763.

USENER H., « Die Unterlage des Laertius Diogenes », *SPAW* 49, 1892, p. 1023-1034 (= *Kleine Schriften* 3, Leipzig-Berlin 1914).

WILAMOWITZ-MOELLENDORFF U. von, *Epistula ad Maassium*, coll. « Philologische Untersuchungen » 3, Berlin 1880, p. 142-164.

LA TRADITION MANUSCRITE

par Tiziano Dorandi

Le texte des *Vies des philosophes* de Diogène Laërce a été transmis par un nombre relativement restreint de manuscrits. Les témoins les plus anciens de cette tradition sont trois manuscrits complets (BPF) et trois recueils d'extraits (Φ, Φh, Vi); les autres manuscrits, au nombre d'une trentaine, sont tardifs, datant des XIVᵉ, XVᵉ et XVIᵉ siècles, et constituent ce que l'on est convenu d'appeler la « vulgate ».

Nous donnons pour commencer une brève description des principaux manuscrits afin de pouvoir ensuite rendre compte de leurs relations mutuelles et mettre en évidence leur importance pour la reconstitution du texte de Diogène Laërce :

B cod. Neapolitanus Burbonicus gr. III B 29 (s. XII)
P cod. Parisinus gr. 1759 (s. XIII *ex.*)[1]
F cod. Laurentianus plut. 69.13 (s. XIII *in.*)
Φ épitomé de Diogène Laërce conservé dans le cod. Vaticanus gr. 96 (s. XII *in.*)
Φh épitomé de Diogène Laërce présenté de façon erronée sous le nom d'Hésychius de Milet et conservé dans le cod. Vaticanus gr. 96 (s. XII *in.*)
Vi extraits du livre III de Diogène Laërce conservés dans le cod. Vindob. phil. gr. 314 (daté de 925)[2].

A côté de ces témoins qui représentent la tradition directe de l'ouvrage de Diogène, il faut également tenir compte de l'apport de

1. Ce manuscrit est à la source de nombreux descendants: voir G. Basta Donzelli, « I codici P Q W Co H I E Y Jb nella tradizione di Diogene Laerzio », *SIFC* n.s. 32, 1960, p. 156-199.

2. Cf. T. Dorandi, « Estratti dal III libro di Diogene Laerzio in un codice di Vienna (Cod. phil. gr. 314) », *SCO* 43, 1993, p. 63-72 (paru en 1995).

la tradition indirecte, encore relativement mal explorée[1]: 1. L'*Anthologie Palatine* et l'*Anthologie Planudéenne* pour les épigrammes. 2. Les extraits de Diogène Laërce transmis par la *Souda.* 3. La traduction latine médiévale attribuée à Henri Aristippe, dont on retrouve la trace principalement dans l'œuvre du pseudo-Burley[2]. 4. La *Ionia* de Michel Apostolis et Arsénius[3]. 5. Enfin, les citations que l'on rencontre dans la littérature de la fin de l'Antiquité et de l'époque byzantine.

En revanche, la traduction latine d'Ambroise Traversari ne présente pratiquement aucune utilité, dans la mesure où elle a été effectuée sur des modèles grecs aujourd'hui identifiés comme appartenant au groupe des *recentiores*[4].

La première étude systématique sur la tradition manuscrite de Diogène se trouve dans la préface des *Epicurea* de H. Usener[5]. Ce philologue parvint à la conclusion que la constitution du texte de Diogène Laërce nécessite une recherche approfondie des relations entre les trois manuscrits les plus anciens : BPF. Edgar Martini s'est élevé contre la thèse d'Usener et la dévalorisation des *recentiores.* On peut résumer ainsi les conclusions de ce dernier[6]: d'un archétype commun dérivent de façon indépendante deux classes de manuscrits. La première classe (α) regroupe les *recentiores*, parmi

---

1. L'étude la plus approfondie est due à A. Biedl, *Zur Textgeschichte des Laertios Diogenes. Das grosse Excerpt Φ*, Città del Vaticano 1955, p. 41-47.

2. Cf. T. Dorandi, « La *versio latina antiqua* di Diogene Laerzio e la sua recezione nel Medioevo occidentale : Il *Compendium moralium notabilium* di Geremia da Montagnone e il *Liber de vita et moribus philosophorum* dello ps.Burleo », *Documenti e Studi sulla Tradizione Filosofica Medioevale* 10, 1999, sous presse.

3. Cf. T. Dorandi, *Studi sulla tradizione indiretta di Diogene Laerzio : La « Ionia » di Arsenio*, dans *Studi in onore di F. Adorno*, Firenze 1996, p. 169-180

4. Cf. Knoepfler 1991, p. 22-44 ; M. Gigante, *Ambrogio Traversari interprete di Diogene Laerzio*, dans G.C. Garfagnini (édit.), *Ambrogio Traversari nel VI centenario della nascita*, Firenze 1988, p. 367-459, et Id., *Index* 18, 1990, p. 83-86.

5. H. Usener, *Epicurea*, Lipsiae 1887, p. VI-XV. Les prémisses avaient été déjà posées par C. Wachsmuth dans son Introduction au *Corpusculum poesis epicae Graecae ludibundae*, II. *Sillographorum Graecorum reliquiae*, Lipsiae 1885², p. 51-55.

6. E. Martini, « Analecta Laertiana », *LS* 19, 1899, p. 73-177 *(pars I)* ; 20, 1900, p. 145-166 *(pars II).*

lesquels on distingue deux sous-classes (γ et δ) ; la seconde classe (β) est constituée pour sa part par les manuscrits les plus anciens. Puisque P et F offrent des fautes communes rejoignant tantôt le texte de B (le représentant le plus authentique de la classe β), tantôt le texte de la classe α, ces manuscrits doivent être considérés comme « mixtes ». Cette contamination peut être expliquée par le fait que le père de la classe α est très antérieur (XIe siècle) au plus ancien représentant du groupe des *recentiores,* V (*Vatic. gr.* 1302 : XIII s.). Malgré les sévères critiques de Gercke[1], qui remettait en cause la nécessité de postuler une classe α, Martini maintint sa classification[2], persistant à considérer que toute la tradition dépend de deux copies (α et β) d'un unique archétype. Gercke se déclara peu convaincu et renouvela[3] ses objections contre l'existence de α et β en soutenant que les seuls manuscrits qu'il est nécessaire de prendre en considération étaient BPF, dans la mesure où, étant les plus anciens, ils sont vraisemblablement les plus dignes d'autorité.

Le jugement dépréciatif de Gercke sur la « vulgate » a été récemment repris par Mme Donzelli[4], qui a réussi à démontrer que la valeur des *recentiores* est pratiquement nulle pour la constitution du texte laërtien et que les rares bonnes leçons qu'ils transmettent ne sont que des conjectures de savants humanistes.

En faveur de la tradition la plus ancienne se sont également prononcés Delatte et Düring. Delatte[5] a eu le mérite d'attirer l'attention sur la tradition indirecte représentée par la *Souda* et sur le témoignage des extraits conservés dans le manuscrit Φ. Selon ce savant, Φ et la *Souda* seraient les deux seuls témoins dérivant directement de l'archétype[6]. Düring restreint l'importance de la *Souda* et considère

---

1. A. Gercke, *DLZ* 11, 1900, p. 170-173.

2. E. Martini, « Zur handschriftlichen Überlieferung des Laertios Diogenes », *RhM* 55, 1900, p. 612-624.

3. A. Gercke, « Die Überlieferung des Diogenes Laertios », *Hermes* 37, 1902, p. 401-434. Il est suivi par E. Schwartz, art. « Diogenes » 40, *RE* V 1, 1903, col. 739-740 (= *Griechische Geschichtschreiber*, Leipzig 1957, p. 455-457).

4. G. Basta Donzelli, « Per un'edizione di Diogene Laerzio : i codici V U D G S », *BollClass* 8, 1960, p. 93-132 ; voir également l'article cité à la p. 31 n. 1.

5. A. Delatte, *La Vie de Pythagore de Diogène Laërce*, Bruxelles 1922, p. 63-97.

6. Voir le stemma, *op. cit.*, p. 95.

que Φ descend du même archétype que BPF, représentant une branche indépendante dans l'histoire du texte[1].

La tradition des extraits byzantins (conservés par Φ et par cinq autres manuscrits : Ψ, Π, Δ, Λ, *Pal. Heidelb. gr.* 129) a été étudiée, depuis Martini[2], de façon indépendante par Long[3] et Biedl[4]. Ce dernier a pu démontrer en particulier contre Long et de façon indiscutable que Φ est l'archétype de tous les autres manuscrits (seul Ψ peut être d'une certaine utilité lorsque le texte de Φ est illisible) et qu'il représente une branche indépendante de la tradition à côté de celle des trois manuscrits complets BPF[5].

Un pas en arrière, aux conséquences assez nocives, surtout si l'on réfléchit aux effets qu'elles ont entraînés sur la constitution du texte, a été marqué par les conclusions que présente Long dans la brève *Praefatio* de son édition critique des *Vies*[6]. Ce savant reconnaît la supériorité, par rapport à la « vulgate », des trois manuscrits *vetustiores* BPF, qu'il met, tous les trois, sur le même pied sans poser le problème des rapports entre BP ou BF et sans prendre en compte l'apport des *excerpta*. La tradition laërtienne, fondée sur un archétype qui comportait des variantes, aurait été irrémédiablement contaminée, si bien qu'il serait maintenant impossible de dessiner un stemma, fût-il approximatif et limité aux seuls témoins principaux.

Knoepfler a récemment examiné sur la base de nouveaux éléments l'ensemble de la tradition manuscrite, et est parvenu à des résultats qui semblent des plus convaincants, même s'ils sont fondés sur l'examen de la seule *Vie* de Ménédème d'Érétrie (II 125-144) et s'ils doivent par conséquent être vérifiés pour le reste de l'ouvrage[7].

---

1. I. Düring, *Aristotle in the Ancient Biographical Tradition*, Göteborg 1957, p. 13-27. Un stemma est proposé, *op. cit.*, p. 24.
2. Martini, « Analecta Laertiana », *pars II*, cité p. 32 n. 6.
3. H. S. Long, « The short forms of the text of Diogenes Laertius », *CPh* 44, 1949, p. 230-235.
4. A. Biedl, *Zur Textgeschichte des Laertios Diogenes. Das grosse Exzerpt Φ.*
5. Voir le stemma, *op. cit.*, p. 105. Ses conclusions ont été confirmées par L. Tartaglia, « L'estratto vaticano delle *Vite* di Diogene Laerzio », *RAAN* 49, 1974, p. 253-271.
6. Oxonii 1964, I, p. V-IX.
7. Les objections soulevées par A. Desbordes, *AAHG* 46, 1993, p. 190-201 ne sont pas convaincantes.

Voici les principaux résultats auxquels est parvenu Knoepfler. Parmi les manuscrits *vetustiores*, il faut mettre à part B, dont la supériorité repose non pas tellement sur sa date ancienne, que sur le fait qu'il dérive directement d'un *codex* perdu écrit en onciale (et donc antérieur à l'an 800). Malgré ses nombreuses fautes mineures, la tradition qu'offre ce manuscrit – non encore contaminée (si on laisse de côté les interventions ultérieures de B^2) par les corrections auxquelles a été soumis l'ancêtre de P et F – est supérieure à celle des représentants de la « vulgate » et à celle des deux autres manuscrits anciens complets, c'est-à-dire P (avec lequel il présente cependant des liens étroits de parenté[1]) et F, un manuscrit plus fantasque et diversement apprécié. Les trois manuscrits *vetustiores* complets auraient eu un archétype commun (Ω), distinct cependant de celui des manuscrits offrant les *excerpta* (Φ), même s'il était très proche de lui. Φ dépend d'un manuscrit proche de Ω, le modèle de BPF. A partir des divergences que l'on constate entre ces deux branches de la tradition, on peut déduire que l'*autographon excerptoris*, c'est-à-dire le modèle de Φ, qui remonte peut-être au XIe ou XIIe siècle, n'était pas celui de BPF, c'est-à-dire Ω, lequel devrait par conséquent être présenté comme un sous-archétype par rapport au véritable archétype X, ancêtre commun de Φ et Ω. Ces conclusions, ainsi que la prise en compte parallèle, inspirée par des recherches plus récentes, de certaines familles de la « vulgate » (dont le chef de file est désigné par Knoepfler sous le sigle α, qu'il ne faut pas confondre avec la première classe dans le stemma de Martini), ont permis à ce savant de présenter dans un stemma (p. 154) les rapports qu'entretiennent entre eux les manuscrits du texte de Diogène Laërce (une version simplifiée en est reproduite plus loin).

En ce qui concerne la localisation spatio-temporelle des témoins, Knoepfler distingue une branche italo-grecque, représentée par les manuscrits BPF et leurs descendants, et une branche orientale représentée par le manuscrit Φ copié à Byzance avant que ne se fasse sentir l'influence de la « vulgate ». Φ, étroitement apparenté à BPF, descend de X, par l'intermédiaire d'un manuscrit translittéré et pro-

---

1. L. Tartaglia, « Probabile *cognatio* dei codici *Neapolitanus (Burbonicus)* III B 29 (= B) e *Parisinus gr.* 1759 (= P) di Diogene Laerzio », *Vichiana* n.s. 3, 1974, p. 51-58.

blablement amendé sur bien des points (χ) qui dut servir de base au travail de l'*excerptor* et donc de Φ vers 1100. On peut supposer que la tradition orientale ne resta pas totalement inconnue en Occident et qu'elle exerça une influence indirecte dans la formation de la « vulgate ». Cette dernière, d'un autre côté, se serait également diffusée en Orient par l'intermédiaire de P, après avoir été corrigée, sur la base de α (recension P[4]); de l'Orient, P aurait été ramené en Italie par Guarino Veronese. A Florence il donna, par la suite, naissance au cod. *Laurentianus* 69.35 (H), l'un des exemplaires utilisés par Traversari pour sa traduction latine.

Il est désormais possible de résumer les conclusions de Knoepfler sous la forme d'un stemma simplifié et limité aux manuscrits *vetustiores*[1] :

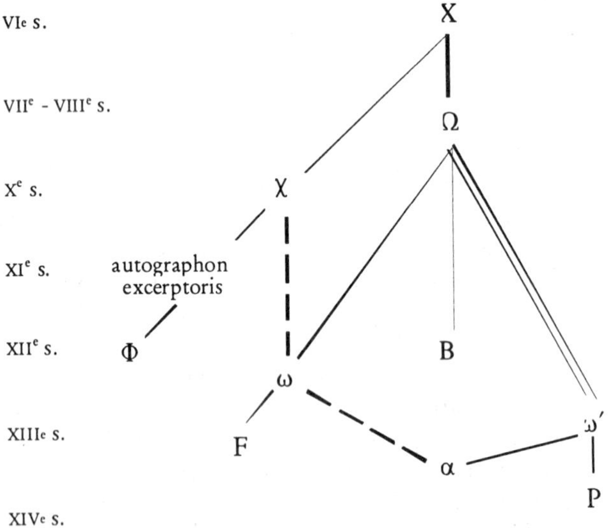

Les principales éditions du texte, dont aucune n'est vraiment « critique » selon les critères modernes, sont répertoriées à part[2].

1. ω et ω' représentent la correction survenue sur les manuscrits PF, mais qui n'a pas affecté B. Le trait discontinu représente une contamination.

2. Une étude minutieuse de la tradition imprimée et de sa valeur, bien que limitée à la *Vie de Ménédème*, a été faite par Knoepfler 1991, p. 44 *sqq*.

BIBLIOGRAPHIE SUR LA TRADITION MANUSCRITE

BASTA DONZELLI, G., « I codici P Q W Co H I E Y Jb nella tradizione di Diogene Laerzio », *SIFC* n.s. 32, 1960, p. 156-199.

EAD., « Per un'edizione di Diogene Laerzio : i codici V U D G S », *BollClass* 8, 1960, p. 93-132.

BIEDL, A., *Zur Textgeschichte des Laertios Diogenes. Das grosse Exzerpt Φ*, Città del Vaticano 1955.

DELATTE, A., *La Vie de Pythagore de Diogène Laërce*, Bruxelles 1922.

DÜRING, I., *Aristotle in the Ancient Biographical Tradition*, Göteborg 1957.

GERCKE, A., « Die Überlieferung des Diogenes Laertios », *Hermes* 37, 1902, p. 401-434.

KNOEPFLER, D., *La Vie de Ménédème d'Érétrie de Diogène Laërce. Contribution à l'histoire et à la critique du texte des* Vies des philosophes, Basel 1991.

MARTINI, E., « Analecta Laertiana », *LS* 19, 1899, p. 73-177 *(pars I)*; 20, 1900, p. 145-166 *(pars II)*.

TARTAGLIA, L., « L'estratto vaticano delle *Vite* di Diogene Laerzio », *RAAN* 49, 1974, p. 253-271.

ID., « Probabile *cognatio* dei codici *Neapolitanus (Burbonicus)* III B 29 (= B) e *Parisinus gr.* 1759 (= P) di Diogene Laerzio », *Vichiana* n.s. 3, 1974, p. 51-58.

VIES ET DOCTRINES DES PHILOSOPHES ILLUSTRES

LIVRE I

Introduction, traduction et notes

par Richard GOULET

INTRODUCTION

L'ouvrage commence directement avec une introduction générale sur la philosophie, sans aucune explication sur les intentions littéraires de l'auteur et sans dédicace. L'absence d'une telle dédicace n'aurait pas lieu de nous étonner si n'apparaissaient pas, plus loin, un ou plusieurs destinataires implicites révélés par l'emploi de la deuxième personne du singulier. Au livre III, Diogène s'adresse à une « amie de Platon » (III 47) à laquelle semble destinée l'introduction à l'étude de Platon qui va suivre[1]. Au livre X, il annonce qu'il va citer les lettres d'Épicure et les *Maximes capitales* du philosophe « afin que *tu* puisses par tous les moyens possibles avoir une connaissance complète de l'homme et que tu sois en mesure de le juger en connaissance de cause » (X 29). Le pronom personnel employé (σέ) dans ce second passage ne permet pas de savoir si Diogène s'adresse toujours à la dame du livre III. On a souvent supposé que la phrase de III 47 était maladroitement empruntée à la source copiée par Diogène dans les paragraphes suivants, mais cette explication ne vaut pas pour celle du livre X qui fait référence aux trois lettres d'Épicure et aux *Maximes capitales* qui seront successivement citées par Diogène. Puisqu'il faut au moins supposer que Diogène

1. Diogène justifie le caractère sommaire de son exposé sur l'œuvre et la doctrine de Platon par le fait que la dédicataire s'intéressait à ce philosophe plus qu'à tout autre. Lui offrir un exposé détaillé serait « apporter une chouette à Athènes ». Essais d'identification de cette dame inconnue signalés par A. Delatte, *La Vie de Pythagore de Diogène Laërce. Édition critique avec introduction et commentaire*, coll. « Académie Royale de Belgique. Classe des Lettres et des Sciences morales et politiques », XVII 2, Bruxelles 1922, réimpr. Hildesheim 1988, p. 8 n. 3. Cf. P. Von der Mühll, « Was Diogenes Laertios der Dame, der er sein Buch widmen will, ankündigt », *Philologus* 109, 1965, p. 313-315.

eût enlevé de tels propos s'il avait donné la dernière main à son ouvrage, on peut tout aussi bien supposer qu'il se proposait de dédier son ouvrage à une personne concrète, une dame curieuse des doctrines platoniciennes, même si la dédicace n'a pas été conservée ou, plus probablement, n'a jamais été écrite. Il faudrait alors voir en X 29 une volonté d'éveiller la destinataire de l'ouvrage à la philosophie épicurienne[1].

Le Prologue (I 1-21) enchaîne diverses explications générales sur la philosophie. Ce n'est qu'à la fin de I 20 que Diogène conclut en rappelant les quatre points qu'il a abordés jusque-là: « Voilà donc (1) les origines et (2) les successions qu'a connues la philosophie et voilà quelles en sont (3) les parties et (4) les écoles de pensée. » On reconnaît en effet dans les vingt premiers paragraphes :

- les origines ou « la découverte » (εὕρεσις)[2] de la philosophie (1-11);
- les successions des philosophes (13-15);
- les trois parties de la philosophie (18);
- les écoles de pensée ou les sectes diverses (19-20).

Le résumé de I 20 ne signale pas quelques développements plus brefs :

1. On peut se demander si le fait qu'Épicure soit traité dans le dixième et dernier livre ne correspond pas à une position de faveur dans l'ensemble des *Vies*. C'est peut-être ce que permettrait de conclure le rapprochement avec l'épicurien Philodème, qui traitait lui aussi Épicure dans le dixième (D. L. X 3) et vraisemblablement dernier livre de sa *Syntaxis des philosophes*. Et que Diogène ait gardé le meilleur pour la fin, on le voit en X 138, lorsqu'il introduit les *Maximes capitales* d'Épicure en ces termes : « Allons! ajoutons maintenant ce que l'on pourrait appeler le couronnement de l'œuvre entière aussi bien que de la biographie du philosophe, en citant ses *Maximes capitales* : nous apporterons ainsi une conclusion à l'ouvrage entier et nous ferons de la fin le commencement de la béatitude. » Il serait sans doute excessif de faire de Diogène un philosophe épicurien sur la base de ce passage ; il n'en reste pas moins que la position du dixième livre, la richesse et la longueur des documents cités, la défense d'Épicure développée en X 9-12 à la suite des attaques rapportées en X 3-8, l'insistance sur la cohésion de l'école et sa pérennité (X 9), ne s'expliquent pas par la simple utilisation d'une documentation épicurienne, mais révèlent une sympathie pour l'épicurisme qui n'a pas d'équivalent dans les vies des philosophes des autres écoles.

2. Voir la conclusion en I 11 : « Et voilà ce qu'il fallait dire concernant la découverte (de la philosophie). »

- l'origine du nom « philosophie » et « philosophe », de « sagesse » et de « sage » (12) ;
- la liste canonique des Sages (13) ;
- la répartition des philosophes entre « dogmatiques » et « éphectiques » (16 a) ;
- la classification des philosophes en fonction de leur engagement dans la production de traités écrits (16 b) ;
- la classification des écoles philosophiques en fonction de l'origine de leur appellation (17) ;
- une digression finale sur la secte « éclectique » de Potamon d'Alexandrie (21).

Des Sages parmi les philosophes

Le reste du premier livre est consacré aux Sages, c'est-à-dire aux sept Sages de la liste canonique déjà présentée en I 13 et à quelques autres. La présence des Sages dans les *Vies des philosophes* de Diogène Laërce ne semble pas avoir étonné. Elle implique cependant une nette dichotomie de la population diogénienne. Une transition capitale, en I 122, nous apprend en effet qu'il faut distinguer entre les *Sages* dont on vient de parler et les *philosophes* proprement dits qui feront l'objet des neuf livres suivants: « Et voilà quels furent ceux qu'on appelle les Sages [...] Mais il faut parler des philosophes » (Καὶ οὗτοι μὲν οἱ κληθέντες σοφοί [...]. Λεκτέον δὲ περὶ τῶν φιλοσόφων).

On peut évidemment trouver plusieurs justifications différentes à l'inclusion des Sages dans l'ouvrage de Diogène. Que les Sages aient été associés aux philosophes par d'autres historiens ne fait pas de doute. On apprend que Damon de Cyrène (*RE* 19) faisait place aux Sages dans un ouvrage intitulé *Sur les philosophes* (I 40) et il semble que des auteurs comme Hippobote (liste des Sages ἐν τῇ τῶν φιλοσόφων ἀναγραφῇ, I 42, fr. 6 Gigante) ou Sotion (I 98, fr. 2 Wehrli) aient parlé des Sages dans leurs ouvrages consacrés aux philosophes. Mais il faut savoir que Dicéarque par exemple trouvait que non seulement le titre de philosophe, mais même celui de Sage ne leur convenait pas vraiment (I 40, fr. 30 Wehrli).

La transition de I 122 qui marque, comme on l'a vu, un passage des Sages aux philosophes, ne correspond d'ailleurs pas exactement à la fin du Prologue consacré à la philosophie (I 21), où Diogène déclarait : « Mais il faut parler des hommes eux-mêmes et en premier lieu de Thalès » (Λεκτέον δὲ περὶ αὐτῶν τῶν ἀνδρῶν, καὶ πρῶτόν γε περὶ Θαλοῦ). A première vue, Diogène n'envisageait donc pas, à cet endroit, de subdivision majeure dans le groupe des personnages dont il allait écrire la vie.

Les Sages sont en vérité introduits de façon un peu surprenante : le développement général (καθολικῶς) qui leur est consacré (I 40-42) apparaît vers la fin de la vie de Thalès, avant la citation de deux lettres de Thalès à Phérécyde et à Solon ! C'est évidemment en introduction à la vie du premier Sage qu'on aurait dû insérer ce passage.

Cette présence de Thalès dans le livre consacré aux Sages et non en tête de la section suivante, consacrée aux philosophes, correspond au schéma de succession des philosophes que Diogène avait exposé dans son Prologue (I 13-15). Dans ce passage, Diogène a rapporté une sorte d'arbre généalogique associant dans un rapport de maître à disciple les plus grands philosophes de l'Antiquité, de Thalès à Clitomaque[1].

Il est facile de reconstituer le tableau que Diogène devait avoir sous les yeux[2].

1. Le mot « succession » n'apparaît pas dans le tableau comme tel, mais I 20, la fin du Prologue, fait référence à cette section du prologue sous le titre de διαδοχαί. Diogène aurait successivement abordé les thèmes ἀρχαί, διαδοχαί, μέρη, αἱρέσεις (φιλοσοφίας). La transition d'un philosophe à un autre est toujours assurée par des génitifs qui dépendent d'un verbe « être l'auditeur de » toujours sous-entendu.

2. C'est sans doute parce qu'il commente un semblable tableau que Diogène dit que ces diverses traditions s'achèvent (καταλήγειν) avec Clitomaque, Théophraste, Chrysippe ou Épicure. Il n'évoque sûrement pas la fin historique des différentes écoles, mais la fin des listes dont il énumère les éléments.

<table>
<tr><th colspan="3">Tradition ionienne</th><th>Tradition italique</th></tr>
<tr><td colspan="3">[Thalès de Milet]
Anaximandre
Anaximène
Anaxagore
Archélaos
Socrate
Socratiques :</td><td rowspan="3">[Phérécyde]
Pythagore
Télaugès
Xénophane
Parménide
Zénon d'Élée
Leucippe
Démocrite
[...] Nausiphane et Naucydès
Épicure</td></tr>
<tr><td colspan="2">Platon</td><td rowspan="2">Antisthène
Diogène
Cratès
Zénon
Cléanthe
Chrysippe</td></tr>
<tr><td>Speusippe et Xénocrate
Polémon
Crantor et Cratès
Arcésilas
Lacydès
Carnéade
Clitomaque</td><td>Aristote
Théophraste</td></tr>
</table>

Le plan de l'ouvrage de Diogène Laërce respecte pour l'essentiel ce schéma des deux traditions philosophiques : ionienne et italique. Le livre II commencera avec Anaximandre, le livre VIII avec Pythagore. Dans ce schéma, Thalès n'est que *le maître du fondateur* de l'école ionienne. C'est pourquoi il apparaît chez Diogène comme premier des Sages et non comme initiateur de l'école ionienne.

Tout cela est très cohérent, mais parfaitement absurde. Dans toute la tradition doxographique, d'Aristote (*Métaphysique*, 983 b 20) jusqu'aux manuels de philosophie de nos études au lycée, et dans tous les vestiges qui nous ont été conservés des *Successions des philosophes* (Διαδοχαὶ τῶν φιλοσόφων) produites par l'époque hellénistique[1], c'est Thalès et non Anaximandre qui figure comme fondateur de la tradition ionienne.

1. Les fragments provenant d'ouvrages portant ce titre, sauf ceux de Sotion (déjà publiés par F. Wehrli, *Sotion,* coll. « Die Schule des Aristoteles : Texte und Kommentar », Supplementband 2, Basel-Stuttgart 1978, 71 p.), ont été édités et commentés par Rosa Giannattasio Andria 1989. Sur les successions de philosophes, voir aussi W. von Kienle 1961.

Diogène est-il donc le témoin d'une tradition divergente[1] ? Même pas. Dans la conclusion du premier livre (I 122), c'est en effet Thalès et non Anaximandre qui est présenté comme l'initiateur de cette tradition : « Mais il faut parler des philosophes et commencer tout d'abord par *la philosophie ionienne, qu'inaugura Thalès,* dont Anaximandre fut l'auditeur » (καὶ πρῶτόν γε ἀρκτέον ἀπὸ τῆς Ἰωνικῆς φιλοσοφίας, ἧς καθηγήσατο Θαλῆς, οὗ διήκουσεν Ἀναξίμανδρος). La transition entre l'école ionienne et l'école italique désignera de même l'école ionienne comme étant *issue de Thalès* : τὴν ἀπὸ Θαλοῦ (VIII 1).

Lorsque Diogène, à la fin de son Prologue, commençait à exposer la vie de Thalès, c'était donc bien en tant que premier des philosophes et comme fondateur de la tradition ionienne. Le schéma de successions du Prologue ne parvient d'ailleurs pas à dissimuler complètement ce fait : la tradition « ionienne » est désignée ainsi « parce que Thalès qui était ionien, puisqu'il était de Milet, enseigna à Anaximandre ». On voit immédiatement que c'est à cause de Thalès et non d'Anaximandre, pourtant lui aussi milésien, que l'école ionienne porte son nom.

Ce passage du Prologue a donc été reformulé de manière à correspondre à la disposition finalement retenue par Diogène et cela, malgré une ou deux affirmations qui le contredisent. Reste à expliquer pourquoi Diogène a décidé cette modification. La chose s'explique facilement lorsqu'on se rappelle que Thalès était dans la tradition ancienne à la fois un philosophe et un des sept Sages. En rédigeant sa biographie, Diogène a sans doute voulu tirer profit d'un matériel biographique provenant d'un ouvrage sur les sept Sages ou d'une histoire des philosophes où figuraient les Sages. Influencé par cette documentation, il aura alors décidé d'inclure, à la suite de Thalès, l'ensemble des Sages. Cette insertion d'un bloc aussi important s'est produite apparemment en cours de rédaction de la vie de

1. W. K. C. Guthrie, *A History of Greek Philosophy*, vol. I, *The Earlier Presocratics and the Pythagoreans*, Cambridge 1967, p. 45, approuve le choix opéré par Diogène : « There is much to be said for the view of this late compiler that, so far as our knowledge goes, Thales ought to be regarded as a forerunner, and that the first philosophical system of which we can say anything is that of Anaximander. »

Thalès. On ne voit pas en effet comment expliquer autrement l'apparition d'un développement général sur les Sages au beau milieu de la vie de Thalès (I 40-42), ou, si l'on veut, à la fin de cette dernière, si l'on suppose que les deux lettres pseudépigraphiques finales qu'elle comprend ont été ajoutées ultérieurement[1]. Un indice complémentaire peut être tiré de la présence dans la vie de Thalès de l'excursus sur le trépied destiné par l'oracle de Delphes « au plus sage » et que les sept Sages se font passer les uns aux autres jusqu'à ce qu'il revienne à Apollon (I 27-33). Les sept ou huit versions de l'épisode transmises par Diogène auraient pu figurer dans un chapitre général consacré aux Sages. Or l'excursus explique le remplacement chez Platon de Périandre par Myson (I 30) comme si n'allait pas figurer quelques paragraphes plus loin une telle section générale, où d'ailleurs ces explications sont reprises (I 41). On peut enfin observer que dans le Prologue la liste des Sages (I 13) apparaît entre les deux premiers des quatre points énumérés dans le résumé de I 20: ἀρχαί, διαδοχαί, μέρη, αἱρέσεις (φιλοσοφίας). Le paragraphe sur les Sages fait donc figure de pièce rapportée dans cette construction.

En incluant l'équivalent d'un livre entier sur les Sages, Diogène rompait la continuité de la succession ionienne qu'il entendait exposer et il a tiré la conséquence de son choix en promouvant maladroitement Anaximandre au rang de fondateur de cette tradition.

Les diverses composantes de la vie de Thalès illustrent d'ailleurs cette double appartenance au monde des philosophes et des Sages et témoignent de l'utilisation d'une double documentation littéraire. De nombreux éléments de cette vie correspondent aux vies des autres Sages (apophtegmes, préceptes, inscriptions, chants), mais elle seule par exemple comporte des éléments doxographiques (début de 27) qui la rapprochent des vies des Milésiens du livre II[2]. On lit un premier développement sur les écrits *philosophiques* de Thalès en I 23 (l'authenticité de ces écrits est d'ailleurs mise en doute) et un autre plus loin (I 34), emprunté à Lobôn d'Argos, qui lui prête « deux cents vers » (ἔπη). L'attribution de poèmes, avec indication

1. Cf. Goulet 1997, p. 158-160.
2. On comparera I 27 avec II 1, II 3, II 8-9, II 16-17.

du nombre de vers, toujours en chiffres ronds, est caractéristique des vies des Sages[1].

A titre de confirmation du caractère hétérogène du livre consacré aux Sages dans les *Vies* de Diogène Laërce, on peut faire valoir qu'un grand nombre d'*autorités* citées dans le premier livre (si on en exclut le Prologue) ne réapparaissent pas dans les neuf autres livres. On relève les noms d'Anaxilaos, Andron d'Éphèse, Archétimos, Choirilos, Clitarque, Cratinos, Daïmachos, Damon de Cyrène, Dieuchidas, Démodocos, Dionysios, Dioscouridès, Éleusis, Euanthès de Milet, Eudème de Rhodes, Eutyphron, Hécatée, Léandre de Milet, Lobôn d'Argos[2], Mimnerme, Minyas, Phanodicos, Phlégon et Sosibios. Inversement, plusieurs sources habituelles de Diogène sont absentes de cette section de l'ouvrage. Citons des noms comme Antigone de Caryste, Ariston de Chios, Ariston de Céos, Chamailéon d'Héraclée, Démétrios de Phalère (sauf en I 22, à propos de Thalès), Dioclès de Magnésie, Hécaton de Rhodes, Héraclide Lembos, Idoménée de Lampsaque, Hiéronymos de Rhodes (sauf en I 26-27, à propos de Thalès), Panétius de Rhodes, Persaios de Kition, Phainias d'Érèse, Philémon, Philochoros, Polémon d'Ilion, Timon de Phlionte (sauf en I 34, à propos de Thalès). Cette absence de recoupement dans les autorités du livre I et des autres livres peut en partie être due au hasard – ou au simple fait que telle ou telle source ne traitait que d'un ensemble plus restreint de philosophes – et il est toujours possible qu'un des auteurs de ces listes ait été cité anonymement dans le premier ou les autres livres, mais le grand nombre de noms relevés indique probablement une diversité de documentation de base[3].

---

1. On y voit généralement, comme pour les citations de chants et d'épigrammes funéraires, des emprunts au traité de Lobôn d'Argos *Sur les poètes*.

2. Mais l'influence de Lobôn se retrouvait dans d'autres livres, sans que la source soit nommée. Il se pourrait en fait que les différents passages qu'on peut rattacher à cet auteur soient dans le texte de Diogène des ajouts tardifs.

3. Toutes ces sources propres au livre I n'avaient pas la même valeur historique, pour ne pas dire la même historicité. D. Fehling, *Die sieben Weisen und die frühgriechische Chronologie. Eine traditionsgeschichtliche Studie*, Bern-Frankfurt am Main-New York 1985, a même supposé que plusieurs avaient tout simplement été inventées par Diogène Laërce. Ce point de vue excessif est sévèrement critiqué par Jan Bollansée dans F. Jacoby, *Die Fragmente der*

Quelques ajouts remarquables

La topique des *Vies* imposait un certain ordre de composition. En général, Diogène ne commence pas par la mort du philosophe, il garde ce thème pour la fin. Tout de suite après, il cite l'épigramme qu'il a composée sur la mort du philosophe. Malgré une certaine liberté dans la succession des thèmes, les informations sur la chronologie ne sont jamais très éloignées de ces paragraphes sur la mort. De plus, certaines vies plus développées distinguent nettement biographie et doctrine, parfois même doctrine et bons mots. Enfin, l'élément qui conclut le plus souvent une vie est tout naturellement la liste des homonymes du philosophe. Lorsque par conséquent une notule vient s'interposer à un emplacement inattendu par rapport à ce regroupement normal des informations, on peut supposer que Diogène l'a insérée là où il le pouvait, *après* la composition originale de son ouvrage.

Les lettres des Sages

Les lettres des Sages du livre I illustrent assez bien ce phénomène littéraire. Toutes ces lettres ont un air de famille incontestable. Plusieurs d'entre elles s'appellent d'ailleurs les unes les autres. La lettre de Thalès à Phérécyde en I 43-44 est une réponse à la lettre de Phérécyde à Thalès citée en I 122. La lettre de Pisistrate à Solon en I 53-

---

griechischen Historiker continued, IV : *Biography and Antiquarian Literature* edited by G. Schepens, IV A 1 : *The Pre-Hellenistic Period* by J. Bollansée, J. Engels, G. Schepens, E. Theys, Leiden 1998, notamment p. 128-131. Plusieurs de ces sources qui n'apparaissent que chez Diogène Laërce portent des noms qui semblent décalquer ceux de sources historiques mieux attestées. On ne peut manquer d'être frappé par les rapprochements suggérés par Fehling entre Andron d'Éphèse (I 30 et 119) et Androtion, Évanthe de Milet (I 29) et Évanthe de Samos, Daïdachos le Platonicien (I 30 *codd.*) et Daïmachos de Platées, Alexôn de Myndos (I 29) et Alexandre de Myndos, Léandrios de Milet (I 28) et Méandrios de Milet, Phanodicos (I 31-32) et l'atthidographe Phanodémos. Sans imaginer que Diogène ait pu inventer de telles figures, on peut raisonnablement prendre en considération la possibilité qu'elles aient été forgées par la tradition littéraire des sept Sages, tout comme les soi-disant témoignages poétiques de Lobôn d'Argos ou les Lettres qu'auraient échangées ces sages.

54 répond à celle qui est citée en I 66. La lettre de Solon à Épiménide en I 64-66 reçoit une réponse en I 113[1].

Ces lettres se fondent sur des détails généralement bien connus de la biographie des Sages. En revanche, Diogène Laërce ne les exploite jamais dans son propre exposé biographique. Elles apparaissent généralement à la fin des vies, souvent même après la section consacrée aux homonymes, ce qui montre qu'elles constituent des ajouts tardifs dans le texte de Diogène et qu'elles appartiennent donc à la couche la plus récente de la composition des *Vies*: Solon I 64-67 (mais non 52-54), Chilôn I 73, Pittacos I 81, Cléobule I 93, Périandre I 99-100, Anacharsis I 105, Phérécyde I 122. Les lettres de Thalès à Phérécyde et à Solon (I 43-44) sont citées non seulement après le paragraphe sur les homonymes (I 38), mais après un développement général sur les sept Sages (I 40-42), lui-même curieusement placé – ainsi que nous l'avons vu – à la fin de la vie de Thalès, le premier Sage, et non en tête de toutes les vies des Sages.

La lettre de Pisistrate à Solon (I 52-54) semble mieux intégrée dans le contexte des vies, mais il reste significatif qu'elle n'apparaisse pas immédiatement à l'intérieur de la section sur la querelle avec Pisistrate I 50, mais après l'évocation de l'exil chez Crésus et la fondation de Soles (I 50-51), comme si Diogène n'avait pas voulu interrompre un développement littéraire préexistant. Cette lettre de

1. D'autres lettres pourraient faire partie de ce corpus. On relève ainsi un lien direct entre les lettres d'Anaximène et de Pythagore (II 5 et VIII 49-50), ainsi qu'entre celles échangées par Darius et Héraclite (IX 13-14). Ces dernières s'intercalent en effet à titre secondaire dans un contexte préexistant; il est en tout cas facile de constater qu'elles n'entretiennent aucun rapport organique avec le développement où elles apparaissent (S. N. Mouraviev, « La *Vie d'Héraclite* de Diogène Laërce. Analyse stratigraphique – Le texte de base – Un nouveau fragment d'Ariston de Céos? », *Phronesis* 32, 1987, p. 7 et 15, voit dans ces lettres une addition au « texte de base »). Ces deux lettres sont assez différentes des lettres d'inspiration cynique du reste de la collection (voir H. W. Attridge, *First-Century Cynicism in the Epistles of Heraclitus.* Introduction, Greek text and translation, coll. « Harvard Theological Studies » 29, Missoula [Montana], Scholars Press, 1976, x-92 p.) et n'ont apparemment été transmises que par Diogène Laërce. On peut ici laisser de côté la question de leur appartenance au recueil épistolaire qui a transmis les lettres du premier livre de Diogène Laërce. Sur les lettres d'Héraclite, voir Pedro Pablo Fuentes González et Juan Luis López Cruces, art. « Héraclite (Pseudo), Lettres », *DPhA* III, 1999 (à paraître).

Pisistrate à Solon reçoit sa réponse en I 66-67, à la fin de la vie de Solon, ce qui montre qu'elle provient du même recueil. Elle suit une conclusion de la section biographique (καὶ οὗτος μὲν ταῦτα: I 52) et est elle-même suivie d'une conclusion (Ταῦτα μὲν Πεισίστρατος: I 55).

La vie d'Épiménide présente un passage révélateur. Diogène fait mention d'une lettre de Solon à Épiménide (I 112), non sans rappeler que Démétrios de Magnésie dans son ouvrage *Sur les poètes et les écrivains homonymes* rejetait l'authenticité du document sur la base de considérations dialectologiques. Il cite cependant une lettre d'Épiménide à Solon (I 113) qu'il dit avoir lui-même trouvée (ἐγὼ δὲ καὶ ἄλλην εὗρον ἐπιστολὴν...). Cette lettre apparaît en fait comme la réponse à la lettre de Solon à Épiménide qui avait été citée en I 64-66, preuve qu'elle provient d'un même corpus pseudépigraphique.

Un trait commun à tout ce corpus de lettres est l'emploi de formes dialectales correspondant à l'origine supposée de chaque auteur. Ces lettres sont en effet émaillées d'atticismes, de dorismes, d'ionismes ou d'éolismes – parfois infidèlement transmis par la tradition manuscrite – qui entendent authentifier cette production pseudépigraphique. Il ne semble pas cependant que le caractère artificiel de ce langage ait conduit Diogène à douter de l'authenticité de ces documents.

On peut tirer de cette analyse deux conclusions:

Premièrement, Diogène a mis à profit, dans le premier livre (et peut-être ailleurs), un recueil épistolaire homogène, marqué par des renvois internes, exploitant les détails biographiques de la biographie des Sages (ou d'autres personnages d'époque ancienne). Cette production littéraire peut être rapprochée, quant au genre littéraire, d'un ouvrage comme le *Banquet des Sept Sages* de Plutarque. On a récemment supposé que ces diverses lettres constituaient un véritable roman épistolaire[1]. Cette interprétation est contestable, car les

1. Dührsen 1994, p. 84-115 (avec traduction allemande des lettres, p. 90-95). Dührsen ajoute aux 16 lettres du livre I la correspondance entre Anaximène et Pythagore (II 4-5 et VIII 49), mais rejette l'échange épistolaire entre Héraclite et Darius (IX 13-14). Même en s'en tenant aux lettres du livre I, on peut se demander s'il est opportun de parler des *Lettres des sept Sages* : on dénombre au moins

liens que l'on décèle entre les différentes lettres ne suggèrent pas une progression thématique fort marquée[1].

huit Sages (Solon, Chilôn, Thalès, Cléobule, Phérécyde, Pittacos, Épiménide et Anacharsis, sans compter Bias qui est mentionné en I 44 dans une lettre de Thalès) et la lettre de Thrasybule, tyran de Milet, à Périandre ne s'adresse pas à un sage, mais à un collègue en tyrannie. Périandre invite d'ailleurs lui-même le groupe des Sages à venir à Corinthe et montre par là qu'il n'en faisait pas partie.

1. Partisan de cette interprétation, Dühren est contraint de reconnaître qu'il est difficile d'établir la cohérence et la progression narrative de ce corpus littéraire. En vérité, comme c'est le cas dans l'ensemble des lettres pseudépigraphiques, chaque lettre se fonde sur un ou deux détails de la figure ou de la vie des personnages sans présupposer une continuité narrative. L'inscription de ces lettres dans le genre du roman par lettres risque d'entraîner des erreurs d'interprétation. Ainsi Dürhsen voit-il dans l'« apologie » de Pisistrate (I 53-54) l'expression de la sournoiserie trompeuse du tyran (*loc. cit.*, p. 109-110). Mais la réponse de Solon (I 66-67) reconnaît ouvertement les mérites du tyran : « de tous les tyrans tu es le meilleur ». Voir déjà Aristote, *Constitution des Athéniens* 14, 3 (et 16, 2).

La structure du livre I

1-12a	Sur l'origine, grecque ou barbare de la philosophie		
12b		Liste des Sages	
13-15	Sur les successions		
16-17		Typologie des philosophes	
18a	Sur les parties de la philosophie		
18b-20	Sur les écoles de pensée		
21		L'école éclectique de Potamon d'Alexandrie	
22-27a	[L'école ionienne :] Thalès de Milet (a)		
27b-33a	Excursus sur la légende du trépied delphique		
33b-40a	Thalès de Milet (b)		
40b-42		Introduction générale sur les Sept Sages	
43-44			Lettres de Thalès
45-67		Solon	Lettres (53-54 ; 64-67)
68-73		Chilôn	Lettre (73b)
74-81		Pittacos	Lettre (81b)
82-88		Bias	
89-93		Cléoboulos	Lettre (93b)
94-100		Périandre	Lettres (99b-100)
101-105		Les autres Sages Anacharsis	 Lettre (105b)
106-108		Myson	
109-115		Épiménide	Lettre (113)
116-122a		Phérécyde	Lettre (122a)
122b	 Reprise: l'école ionienne: Anaximandre	Conclusion sur les Sages	

Deuxièmement, ces lettres, ajoutées à la toute fin des vies, souvent même après les homonymes, appartiennent à la couche la plus récente de la composition des *Vies*. Leur insertion est même postérieure à l'ajout du livre I sur les Sages.

D'après ces divers indices, il est possible de reconstituer le plan du livre I en dégageant un projet initial, un remaniement en profondeur dû à l'introduction des vies des Sages et des ajouts rédactionnels. (Voir tableau, page précédente.)

Matériaux poétiques

Les vies des Sages, notamment celles des sept premiers Sages canoniques, ont en commun un certain nombre de développements qui trahissent l'emploi d'une documentation homogène.

Pour plusieurs Sages, Diogène fournit les *titres d'ouvrages poétiques* qu'ils ont composés ou du moins le genre littéraire dans lequel ils se sont illustrés, toujours en précisant le nombre de vers: Thalès (I 34, qui forme doublet avec I 23), Solon (I 61), Chilôn (I 68), Pittacos (I 79), Bias (I 85), Cléobule (I 89), Périandre (I 97), Anacharsis (I 101), Épiménide (I 111). Dans les autres livres, de semblables indications sont fournies pour Empédocle (VIII 77) et Xénophane (IX 20). Il est légitime de penser que cette documentation provient d'une même source. Or dans le premier passage, l'information est empruntée à Lobôn d'Argos[1] (I 34), auteur d'un Περὶ ποιητῶν cité en I 111, tout de suite après une liste d'ouvrages poétiques d'Épiménide. Le fait que des écrits poétiques, par ailleurs nulle part attestés, soient systématiquement attribués à chacun des Sages suscite des doutes importants sur l'authenticité de l'érudition de Lobôn. De même l'emploi de chiffres ronds (200, 5000, 200, 600, 2000, 3000, 2000, 800, 5000, 6500, 4000, 5000, 600, 2000) pour indiquer le *nombre de vers* ou de lignes des écrits énumérés sonne faux.

Les *vies* des six premiers Sages contiennent les citations des *chants* (τῶν δὲ ᾀδομένων αὐτοῦ...) attribués à chacun: I 35, 61, 71, 78, 85 et 91.

---

1. Sur Lobôn d'Argos, voir W. Kroll, art. « Lobon », *RE* XIII 1, 1926, col. 931-933. Ces vers ont été regroupés comme fragments de Lobôn par Crönert 1911, p. 123 *sqq.*, et dans le recueil de Lloyd-Jones et Parsons, *Supplementum Hellenisticum*, n°s 502-526, p. 251-257.

Les vies des trois premiers Sages comprennent la citation d'un *distique* inscrit sur leur portrait (ἐπὶ τῆς εἰκόνος): Thalès (I 34), Solon (I 62), Chilôn (I 73). Les *quatre* vers inscrits sur la statue (ἐπὶ τοῦ ἀνδριάντος) d'Épicharme (VIII 77) n'appartiennent sans doute pas au même ensemble. De même l'inscription relevée sur « les portraits » d'Anacharsis n'est pas un distique, mais une sentence en prose. On peut légitimement penser que l'information ne provient pas de la même source.

Cinq vies dans le groupe des sept premiers Sages comportent la citation de l'*inscription funéraire* (un distique) qui figurait sur leur tombe: Thalès (I 39), Pittacos (I 79), Bias (I 85), Cléobule (I 93), Périandre (I 96). La vie de Phérécyde (qui ne fait pas partie du groupe des sept premiers Sages) comporte une citation semblable, dite empruntée à Douris (I 119-120): mais dans ce cas, il ne s'agit pas d'un distique. En revanche, dans son Prologue, Diogène cite de semblable façon les inscriptions funéraires de Musée à Phalère (I 3), de Linos en Eubée (I 4) et d'Orphée en Macédoine (I 5). Il s'agit dans les trois cas de distiques. Comme, pour chacun de ces trois auteurs, Diogène prend la peine d'évoquer leur activité poétique (la théogonie de Musée, la cosmogonie de Linos, dont il cite l'*incipit*, et la théologie d'Orphée), on peut se demander si ces inscriptions ne sont pas à nouveau empruntées à la même source[1]. L'inscription gravée sur la tombe d'Anaxagore à Lampsaque pourrait provenir de la même collection (II 15). Ni Crönert ni Lloyd-Jones et Parsons n'ont cependant retenu ce distique dans leur édition des fragments de Lobôn d'Argos auxquels ils rattachent les autres inscriptions signalées, y compris celles des auteurs du Prologue (Musée, Linos et Orphée). Les trois épitaphes de Platon (III 43-44) ne sont pas des distiques et ne remontent sans doute pas à la même source. La vie de Diogène le Cynique (VI 78) comporte de même une inscription, mais doit, elle aussi, dépendre d'une source différente, car l'inscription comprend quatre vers[2].

---

1. Rappelons que, selon Diogène, seul Hippobote incluait Orphée et Linos dans son catalogue des Sages : I 42.

2. Voir S. Follet, « Les Cyniques dans la poésie épigrammatique à l'époque impériale », dans M.-O. Goulet-Cazé et R. Goulet (édit.), *Le Cynisme ancien et ses prolongements*, Paris 1993, p. 359-380, notamment p. 362-363.

Il est certain que tout ce matériel poétique présente un air de famille et on peut supposer que Diogène l'a trouvé dans une même source, mais il est difficile de démontrer de façon incontestable qu'il provient de Lobôn et encore plus d'établir par quel biais il a pu parvenir à Diogène.

Apophtegmes et sentences

J. F. Kindstrand[1] a examiné les nombreux blocs d'apophtegmes ou de bons mots que l'on rencontre dans les vies des Sages et a montré qu'il faut distinguer deux groupes d'éléments: (a) un premier, formé d'apophtegmes, assez similaire aux collections classées selon l'ordre alphabétique comme le *Gnomologium Vaticanum* ou le *Corpus Parisinum,* (b) un second, formé principalement de sentences, peut-être emprunté aux *Apophtegmes des Sept Sages,* recueil attribué à Démétrios de Phalère[2]. Cette juxtaposition de deux formes littéraires ne se retrouve pas dans les autres vies de Diogène Laërce.

D'autres vies des Sages comportent des apophtegmes (Anacharsis par exemple en I 103-105), mais on ne retrouve plus de listes de sentences ou de préceptes comme dans les sept premières.

L'homogénéité littéraire des courtes maximes du deuxième groupe identifié par Kindstrand est frappante[3]. Elles sont parfois présen-

---

1. Kindstrand 1986, p. 217-243.

2. Ce recueil est conservé chez Stobée III 1, 172; cf. DK 10 A 3. Sur ce matériel gnomologique, voir maintenant Maria Tziatzi-Papagianni 1994.

3. La ligne de démarcation entre les apothtegmes et les sentences est souvent à peine visible chez Diogène. Dans la vie de Thalès, on distingue les éléments suivants: (1) une série de six énigmes, présentées comme des « apophtegmes » (I 35): ce qui est le plus ancien, le plus beau, le plus grand, etc., (2) une collection d'apophtegmes véritables (I 35-36), (3) une série de maximes introduites par des φησι (I 37), à partir de φίλων παρόντων. Les sections 1 et 2 pourraient à la rigueur provenir d'un même contexte. On lit également d'autres apophtegmes en I 33-34 qui pourraient provenir de la documentation relative à Thalès en tant que philosophe et non en tant que Sage. On y voit apparaître les noms d'Hermippe et de Timon de Phlionte (qui seraient autrement absents du livre I). On relève de même, pour Solon, une série de dits ou d'apophtegmes (I 58-60), puis, à partir de τοῖς τε ἀνθρώποις συνεβούλευσεν, la liste des maximes. Dans la vie de Chilôn, les maximes, introduites par προσέταττε, sont précédées d'apophtegmes (I 69-70). On reconnaît la même structure dans la vie de Pittacos (I 76-78): les maximes commencent avec ὃ μέλλεις πράττειν, μὴ πρόλεγε. C'est de même le terme συνεβούλευε qui marque en I 87 et I 92 le passage des apo-

tées comme des conseils ou des préceptes du Sage (συνεβούλευσε: I 60, 87, 92; προσέταττε, I 69). L'une de ces sections est dite empruntée au Περὶ τῶν φιλοσόφων αἱρέσεων d'un certain Apollodore[1] (I 60), qui pourrait être l'intermédiaire entre le recueil de Démétrios et Diogène.

Diogène termine les vies des sept premiers Sages par ce qu'il appelle un « apophtegme » caractéristique: I 40, 63 (ἀπεφθέγξατο), 73 (ἀπεφθέγξατο), 79 (ἀπόφθεγμα αὐτοῦ), 88 (ἀπεφθέγξατο), 93 (ἀπεφθέγξατο), 99. Il s'agit plus exactement dans chaque cas d'une sentence et Diogène l'a généralement empruntée au recueil de sentences qu'il avait précédemment utilisé: dans celui de Démétrios – tel qu'il est conservé par Stobée – elle figure systématiquement en tête de celles qui sont prêtées à chaque Sage. La seule exception est l'interversion des sentences prêtées à Chilôn et à Thalès.

Ici et là Diogène fournit de précieuses indications sur la chronologie des Sages. Comme elles comprennent des références aux années d'Olympiades et aux archontes athéniens, elles remontent certainement à une reconstitution chronologique cohérente, vraisemblablement celle d'Apollodore d'Athènes[2]. Ces renseignements sont cependant souvent lacunaires, détériorés par la tradition manuscrite, parfois contradictoires, provenant de sources diverses qui dépendaient de façon plus ou moins directe de la *Chronologie* d'Apollodore. Rapprochés les uns des autres, comparés avec les autres vestiges de l'ouvrage d'Apollodore, ils retrouvent une certaine cohérence et permettent de rattacher ces figures légendaires à un arrière-plan historique. Pour l'interprétation de ces dates, on se reportera aux notes sur chaque passage.

La traduction et les notes

La traduction du livre I est fondée, sauf mentions contraires, sur le texte établi par H. S. Long. Ce texte porte la trace d'assez lourdes interventions éditoriales. On y relève au moins 73 conjectures. En

---

phtegmes aux préceptes de Bias et de Cléobule. Dans la vie de Périandre, on voit les sentences succéder aux apophtegmes à partir de la transition ἔλεγε δὲ καὶ τάδε en I 97.

1. Peut-être l'épicurien Apollodore d'Athènes (*DPhA* A 243).

2. Non plus l'épicurien évoqué dans la note précédente, mais l'auteur de la *Chronologie* (*DPhA* A 244).

64 autres passages, le texte s'appuie sur la leçon des *deteriores*. Quant aux leçons isolées d'un des trois manuscrits principaux (BPF), on constate que Long suit 15 fois B seul, 13 fois P seul et au moins 50 fois F seul (qui rejoint parfois la leçon de P^{pc}). Dans un ouvrage où l'auteur n'exprime pas une pensée personnelle, mais se borne à rapporter des propos et à citer des documents, il est très difficile d'établir si une faute, à nos yeux manifeste, est due à la tradition manuscrite, si elle a pu être commise par Diogène lui-même ou si elle se trouvait déjà dans les documents reproduits. S'abstenir systématiquement de corriger en pareil cas serait cependant se condamner à multiplier les obscurités dans un texte déjà fort elliptique.

Signalons pour terminer que les notes se proposent d'éclairer le texte de Diogène Laërce pour lui-même, sans tenter d'apprécier la valeur historique des témoignages ou de les comparer au reste de la tradition. Les parallèles ne sont généralement cités que lorsqu'ils élucident un récit trop succinct chez Diogène. Pour l'identification des noms propres innombrables qui apparaissent dans le texte de Diogène, on se reportera à l'index final[*].

---

* Je remercie M. Patillon, T. Dorandi et M.-O. Goulet-Cazé qui ont bien voulu relire ma traduction et me faire part de leurs remarques.

BIBLIOGRAPHIE SUR LE LIVRE I

CRÖNERT W., « De Lobone Argivio », dans *Χάριτες Friedrich Leo,* Berlin 1911, p. 123 *sqq.*

DÜHRSEN N. C., «Die Briefe der Sieben Weisen bei Diogenes Laertios. Möglichkeiten und Grenzen der Rekonstruktion eines verlorenen griechischen Briefromans», dans *Der griechische Briefroman. Gattungstypologie und Textanalyse,* herausgegeben von N. HOLZBERG unter Mitarbeit von S. MERKLE, coll. « Classica Monacensia » 8, Tübingen 1994, p. 84-115 (avec traduction allemande des lettres, p. 90-95). A signaler dans le même ouvrage la bibliographie sur les recueils épistolaires antiques préparée par A. BESCHORNER, « Griechische Briefbücher berühmter Männer. Eine Bibliographie », p. 169-190.

GIANNATTASIO ANDRIA Rosa, *I frammenti delle «Successioni dei filosofi»,* coll. « Università degli Studi di Salerno – Quaderni del dipartimento di scienze dell'Antichità » 5, Napoli 1989, 179 p.

GIGON O., « Das Prooemium des Diogenes Laertios: Struktur und Probleme », *Freundesgabe für W. Wili,* Bern 1960, p. 37-64.

GOULET R., «Des Sages parmi les philosophes. Le premier livre des "Vies des philosophes" de Diogène Laërce», dans *ΣΟΦΙΗΣ ΜΑΙΗΤΟΡΕΣ, Chercheurs de sagesse. Hommage à Jean Pépin,* publié sous la direction de M.-O. GOULET-CAZÉ, G. MADEC, D. O'BRIEN, «Collection des Études Augustiniennes», série Antiquité, 131, Paris, Institut d'Études Augustiniennes, 1992, p. 167-178.

ID., « Les références chez Diogène Laërce: sources ou autorités ? », dans *Titres et articulations du texte dans les œuvres antiques.* Actes du colloque international de Chantilly, 13-15 décembre 1994, édités par J.-C. FREDOUILLE, M.-O. GOULET-CAZÉ, Ph. HOFFMANN, P. PETITMENGIN avec la collaboration de

S. DELÉANI, « Collection des Études Augustiniennes », Série Antiquité, 152, Paris, Institut d'Études Augustiniennes, 1997, p. 149-166.

JACOBY F., *Apollodors Chronik. Eine Sammlung der Fragmente*, coll. « Philologische Untersuchungen », Berlin 1902.

KINDSTRAND J. F., « Diogenes Laertius and the Chreia Tradition », dans le recueil *Diogene Laerzio, storico del pensiero antico* = Elenchos 7, fasc. 1-2, 1986, p. 217-243.

LLOYD-JONES H. et PARSONS P., *Supplementum Hellenisticum*. Indices in hoc Supplementum necnon in Powellii Collectanea Alexandrina confecit H.-G. Nesselrath, coll. « Texte und Kommentare » 11, Berlin-New York, 1983, XXXII-863 p.

TZIATZI-PAPAGIANNI Maria, *Die Sprüche der Sieben Weisen. Zwei byzantinische Sammlungen. Einleitung, Text, Testimonien und Kommentar*, coll. « Beiträge zur Altertumskunde » 51, Stuttgart-Leipzig 1994, XXVI-497 p.

SNELL B., *Leben und Meinungen der Sieben Weisen. Griechische und lateinische Quellen aus 2000 Jahren.* Mit deutschen Übertragung [1938], coll. « Tusculum-Bücherei », 4e éd., München 1971.

SPOERRI W., *Späthellenistische Berichte über Welt, Kultur und Götter*, coll. « Schweizerische Beiträge zur Altertumswissenschaft » 9, Basel 1959, XVI-274 p., notamment p. 53-69 (« Untersuchungen zur Vorrede des Diogenes Laertius »).

VON KIENLE W., *Die Berichte über die Sukzessionen der Philosophen in der hellenistischen und spätantiken Literatur* (Diss. Freie Universität Berlin), Berlin 1961, 119 p.

<PROLOGUE>

L'origine de la philosophie[1]

1 L'activité philosophique, certains disent qu'elle tient son origine des Barbares[2]. Il y eut en effet, dit-on, chez les Perses les « Mages », chez les Babyloniens ou les Assyriens les « Chaldéens », ainsi que les « Gymnosophistes » chez les Indiens et, chez les Celtes et les Gaulois, ceux qu'on appelle « Druides » et « Semnotheoi »[3], comme le dit[4] Aristote dans son traité *Sur l'art des Mages*[5], et aussi Sotion dans le vingt-troisième[6] livre de la *Succession*.

---

1. Sur le plan du prologue, voir Introduction au livre I, p. 47-48.

2. Une liste semblable de « philosophes » barbares est donnée par Clément d'Alexandrie, *Strom.* I 71. Clément mentionne les prophètes égyptiens, puis les Chaldéens chez les Assyriens, les Druides chez les Gaulois, les Chamanes chez les Bactriens, d'autres philosophes chez les Celtes, puis les Mages en Perse, les Gymnosophistes en Inde (Clément distingue Σαρμᾶναι et Βραχμᾶναι), etc. On s'étonnera, dans la liste de Diogène, de l'absence des Égyptiens, dont il fera grand cas dans la suite de son prologue.

3. Ce nom de formation étrange rappelle les Σαμαναῖοι (Chamanes) bactriens de Clément, d'où la conjecture de G. Röper, *Philologus* 1, 1846, p. 652 : Σαμαναίους pour Σεμνοθέους.

4. Diogène emploie fréquemment un singulier φησιν pour signaler plusieurs sources parallèles (voir I 29 et 98 ; VII 55, 101, 102, 110, 150). Il ne faut donc pas en conclure systématiquement que les références complémentaires ont été ajoutées après coup.

5. Fr. 661 Gigon. Le *Magikos* (qui sera cité également en I 7) est un pseudépigraphe aristotélicien d'époque hellénistique qui était également connu comme l'œuvre d'Antisthène d'Athènes (*DPhA* A 211) ou, grâce à une correction de Ῥόδωνι en τῷ Ῥοδίῳ proposée par Bernhardy, d'Antisthène de Rhodes (*DPhA* A 214). Il présentait, selon la *Souda* (*s.v.* Ἀντισθένης), le mage Zoroastre comme « inventeur de la sagesse ». Voir O. Gigon, *Aristotelis Opera*, III : *Librorum deperditorum fragmenta*, Berlin 1987, fr. 660-665.

6. Fr. 35 Wehrli. Cette référence abrégée aux *Successions <des philosophes>* de Sotion (le titre complet n'apparaîtra qu'en II 12) est un peu inattendue. On a

(On dit) également qu'Ôchos[1] était phénicien, Zamolxis thrace et Atlas libyen[2].

Essais de datation de la philosophie barbare

Selon les Égyptiens en effet, de Nilos naquit un fils, Héphaistos, qui fut à l'origine d'une philosophie à laquelle présidaient des prêtres et des prophètes; **2** de ce personnage jusqu'à Alexandre de Macédoine[3], se sont écoulées quarante-huit mille huit cent soixante-trois années, période au cours de laquelle se produisirent trois cent soixante-treize éclipses de soleil et huit cent trente-deux (éclipses) de lune[4].

Depuis les Mages, dont le premier fut Zoroastre le Perse, jusqu'à la prise de Troie, Hermodore le Platonicien[5], dans son traité *Sur les mathématiques*, dit qu'il y eut cinq mille ans. Xanthos le Lydien[6] pour sa part dit qu'il y eut six mille ans de Zoroastre jusqu'à la traversée de Xerxès[7] et qu'après lui[8] se succédèrent de nombreux

---

pensé que la référence visait plutôt le 13e livre des *Successions*, mais Diogène citera de même le 23e livre en I 7.

1. Selon Posidonios (fr. 285 Edelstein-Kidd, *apud* Strabon XVI 2, 24), Mochos de Sidon, à une époque antérieure à la guerre de Troie, aurait déjà conçu la théorie atomiste. C'est sans doute le même personnage qui se cache ici sous le nom d'Ôchos.

2. Diogène ne tire aucune conclusion de cette information. Faut-il y voir des philosophes barbares ? Atlas fut, selon Clément, *Strom.* I 74, 1, 1, l'inventeur de la navigation. D'après I, 73, 3, 1, il aurait appris à Héraclès la science des choses célestes. Selon Cicéron, *Tusculanes* V 3, 8, la mythologie aurait divinisé Atlas, Prométhée et Céphée parce qu'ils s'étaient illustrés par leur connaissance des choses célestes.

3. Mort en 323 av. J.-C.

4. Sur ce témoignage étrange et inexpliqué qui présuppose un cycle de 131 années pour les éclipses du soleil et de 58 années pour les éclipses de lune, voir F. Boll, art. « Finsternisse », *RE* VI 2, 1909, col. 2340.

5. Fr. 6 Isnardi Parente. Hermodore de Syracuse était un disciple de Platon.

6. *FGrHist* 765 F 32.

7. 480/479. Cette référence chronologique est également utilisée pour la datation d'Anaxagore en II 7. La même datation relative de Zoroastre apparaît dans Plutarque, *De Iside et Osiride* 46, 369 e. Hermodore est mentionné à nouveau par Diogène en I 8, toujours à propos de Zoroastre (fragment absent de l'édition de M. Isnardi Parente, *Senocrate-Ermodoro*, Napoli 1982). Voir aussi Pline, *H.N.* XXX 3 (6000 ans avant Platon).

8. C'est-à-dire Zoroastre.

Mages, qui avaient nom: Ostanas et Astrampsychos, Gôbryas et Pazatas, jusqu'à l'anéantissement des Perses par Alexandre.

L'origine grecque ou barbare de la philosophie

3 Mais ces auteurs ne s'aperçoivent pas qu'ils attribuent aux Barbares les réalisations des Grecs[1], lesquels furent à l'origine en vérité non seulement de la philosophie, mais même de la race humaine. Songeons en tout cas qu'il y eut chez les Athéniens Musée, chez les Thébains Linos[2].

L'un était, dit-on, fils d'Eumolpe et il fut le premier à mettre en vers une *Théogonie* et une *Sphère*; il dit que tout provient d'un seul (principe) et se dissout en ce même (principe); il mourut à Phalère et on composa pour son épitaphe le distique élégiaque suivant[3]:

> Le sol de Phalère retient le fils bien-aimé d'Eumolpe,
> Musée, corps mort, sous ce tombeau.

C'est également du père de Musée que les Eumolpides chez les Athéniens tirent leur nom.

4 Quant à Linos, (on dit qu') il est le fils d'Hermès et de la Muse Ourania; il mit en vers une *Cosmogonie*, le parcours du soleil et de la lune, ainsi que les origines des animaux et des fruits. Voici le début des poèmes qui lui sont attribués:

> Oui, il y eut autrefois ce temps où simultanément toutes choses se
> [trouvaient venues à l'existence.

C'est en s'inspirant de ce vers qu'Anaxagore a dit que toutes les choses devinrent en même temps, puis que l'Intellect arriva et les mit

---

1. Diogène ne partage donc pas le point de vue d'une origine barbare de la philosophie, sur lequel il reviendra plus loin.

2. On peut comparer les informations que Diogène donne sur Musée, Linos et Orphée à celles qu'il donne pour plusieurs Sages et quelques philosophes plus loin; on y retrouve les mêmes éléments: parents, écrits poétiques, circonstances de la mort et épitaphe sous la forme d'un distique. Cette documentation homogène pourrait provenir de l'ouvrage *Sur les poètes* de Lobôn d'Argos, cité en I 112 (voir aussi I 34). Elle ne concerne en rien le problème de l'origine, grecque ou barbare, de la philosophie.

3. *Anth. Pal.* VII 615. Lobôn, fr. 504 *Suppl. Hell.*

en ordre[1]. (On rapporte que) Linos mourut en Eubée frappé par une flèche d'Apollon et que pour lui fut composée cette épitaphe[2]:

C'est ici que la terre a reçu Linos le Thébain à sa mort,
le fils de la Muse Ourania à la belle couronne.

Ainsi donc, c'est avec les Grecs que commença la philosophie, dont même le nom[3] exclut que l'appellation soit (d'origine) barbare.

5 Mais ceux qui concèdent aux premiers[4] la découverte (de la philosophie) avancent également (le nom d') Orphée le Thrace, disant qu'il fut un philosophe et le plus ancien. Pour ma part, je ne sais s'il faut appeler philosophe celui qui a révélé de telles choses à propos des dieux[5], et (j'ignore) de quel nom il faut appeler celui qui n'a pas hésité à prêter aux dieux la totalité de la passion humaine, y compris les actes obscènes commis rarement par certains hommes au moyen de l'organe de la parole. Cet homme, la légende rapporte que des femmes le firent périr; mais l'épigramme (conservée) à Dios[6] de Macédoine (dit) qu'il fut frappé par la foudre[7], puisqu'elle est formulée ainsi[8]:

Ici les Muses ont enseveli Orphée, le Thrace à la lyre d'or,
Lui que Zeus qui règne sur les hauteurs a occis d'un trait fumant.

Résumé des philosophies barbares

6 Mais ceux qui disent que la philosophie tient son origine des Barbares exposent également le mode propre qu'elle a revêtu chez chacun (de ces peuples). Ils disent que les Gymnosophistes et les Druides font de la philosophie en prescrivant dans des énigmes d'honorer les dieux, de ne rien faire de mal[9] et de s'entraîner au cou-

---

1. Il s'agissait, selon II 6, du début de l'ouvrage d'Anaxagore (DK 59 B 1).
2. *Anth. Pal.* VII 616. Lobôn, fr. 505 *Suppl. Hell.*
3. Par son étymologie : « amour de la sagesse ».
4. ἐκείνοις, c'est-à-dire non pas aux Grecs, mais aux Barbares.
5. Allusion aux *Rhapsodies orphiques* ?
6. Ou Dion.
7. Selon Pausanias IX 30, 5, Orphée aurait été foudroyé pour avoir dévoilé aux hommes, dans les mystères, des doctrines qu'ils n'avaient jamais entendues auparavant.
8. *Anth. Pal.* VII 617. Lobôn, fr. 508 *Suppl. Hell.*
9. Honorer les dieux et ne rien faire de mal. On distingue de même dans la doxographie concernant les Mages (6 et 7) une section sur les *dieux* et une autre

rage. Le fait est que Clitarque dans son douzième livre[1] dit que les Gymnosophistes vont jusqu'à mépriser la mort.

La philosophie des Mages

(Ils disent) aussi (que) les Chaldéens s'occupent d'astronomie et de prédictions; que les Mages s'adonnent au culte des dieux, aux sacrifices et aux prières, considérant qu'eux seuls sont écoutés; ils s'expriment au sujet de l'essence et de l'origine des dieux, qu'ils disent être feu, terre et eau; mais ils condamnent les statues et surtout ceux[2] qui disent qu'il y a des dieux de sexe masculin et (d'autres) de sexe féminin; **7** ils traitent également de la justice et considèrent comme impie la pratique de la crémation; ils croient pieux de s'unir à sa mère ou à sa fille[3], comme le dit Sotion dans son vingt-troisième livre[4]; ils pratiquent la mantique et les prédictions, disant aussi que des dieux leur apparaissent et qu'en outre l'air est plein de simulacres qui pénètrent dans les yeux de ceux qui ont la vue perçante selon un processus d'émanation produit par une exhalaison; (on rapporte encore) qu'ils interdisent les parures et les bijoux en or. Leur vêtement est blanc, leur couche faite de feuillages et leur nourriture composée d'un légume, de fromage et de pain grossier; leur bâton, un roseau avec lequel, dit-on, ils piquaient le fromage pour le saisir et le manger.

8 Quant à la magie destinée à tromper, ils ne l'ont même pas connue, à ce que dit Aristote dans son traité *Sur l'art des Mages*[5], de

---

sur la *justice*, topique encore reprise à propos des Égyptiens (10) et qui peut servir à caractériser la source doxographique de ce passage, à défaut de pouvoir l'identifier.

1. *FGrHist* 137 F 6. Unique référence chez Diogène Laërce à cet historien d'Alexandre (*RE* 2), dont l'ouvrage n'est même pas cité de façon explicite.

2. Ou peut-être: « *celles* qui disent (en les représentant de la sorte) qu'il y a des dieux mâles et femelles... »

3. La perspective de cet ajout, emprunté à Sotion, n'est pas la même que pour le reste de la doxographie : elle s'inspire au mieux d'un relativisme ethnologique et non d'une valorisation des conceptions philosophiques des peuples barbares. Long semble envisager qu'un espace blanc (d'environ quatre lettres selon T. Dorandi) dans P ait pu contenir un οὐχ avant ὅσιον. Il faudrait alors comprendre: « ils tiennent pour impie... ».

4. Fr. 36 Wehrli.

5. Fr. 662 Gigon.

même que Dinôn au cinquième livre de ses *Histoires*[1] ; ce dernier dit que la traduction du nom de Zoroastre signifie « qui sacrifie aux astres » ; Hermodore[2] dit cela également.

Mais Aristote, dans le premier livre *Sur la philosophie*[3], dit encore qu'ils sont plus anciens que les Égyptiens.

(On dit[4] qu') il y a selon eux deux principes, un bon démon et un mauvais démon ; le nom du premier est Zeus et Ôromasdès, celui du second Hadès et Areimanios. Hermippe aussi dit cela dans son premier livre *Sur les mages*[5], de même qu'Eudoxe[6] dans le *Périple* et Théopompe dans le huitième livre de ses *Philippiques*[7] ; **9** ce dernier dit que selon les Mages les hommes revivront et qu'ils seront immortels et que les êtres perdureront grâce à leurs invocations[8]. Eudème de Rhodes[9] rapporte lui aussi les mêmes informations. Mais Hécatée[10] (prétend) également (que) selon eux les dieux ont eu un commencement. Quant à Cléarque de Soles, dans son traité *Sur l'éducation*[11], il dit que les Gymnosophistes sont aussi les descendants des Mages ; certains disent que les Juifs aussi en sont les descendants. De plus, ceux qui ont écrit sur les Mages condamnent Hérodote, (arguant que) Xerxès ne saurait avoir lancé des traits vers le soleil[12] ni jeté des entraves dans la mer[13], puisque les Mages voyaient dans ces réalités des dieux. Il est cependant vraisemblable qu'il détruisit les statues (des dieux)[14].

---

1. *FGrHist* 690 F 5.
2. Fragment absent de l'édition Isnardi Parente.
3. Fr. 6 Rose[3] = fr. 6 Ross.
4. Il est possible que Diogène continue ici de rapporter les propos d'Aristote.
5. Fr. 3 Wehrli.
6. Fr. 341 Lasserre.
7. *FGrHist* 115 F 64.
8. Le texte a été diversement corrigé.
9. Fr. 89 Wehrli.
10. Sans doute Hécatée d'Abdère, *FGrHist* 264 F 3.
11. Fr. 13 Wehrli.
12. Voir Hérodote V 105, mais le passage concerne Darius et non Xerxès.
13. Hérodote VII 35.
14. Cf. Hérodote I 131 et VIII 109. Selon Cicéron, *De republica* III 14 et *De legibus* II 26, Xerxès fit détruire les temples d'Athènes parce qu'il ne voulait pas que les dieux, maîtres de l'univers, soient ainsi séquestrés dans l'enceinte d'un temple.

La philosophie des Égyptiens

10 Voici quelle est la philosophie des Égyptiens à propos des dieux et au sujet de la justice. (On rapporte qu') ils disent que le principe est la matière, puis que les quatre éléments ont été séparés à partir d'elle et que certains animaux ont été produits. Le soleil et la lune sont des dieux, le premier est Osiris, la seconde est (la déesse) appelée Isis ; ces dieux sont désignés en énigmes au moyen du scarabée, du serpent, du faucon et de certains autres (animaux), comme le dit Manéthon dans son *Résumé des doctrines physiques*[1], de même qu'Hécatée dans son premier livre *Sur la philosophie des Égyptiens*[2]. (On dit qu') ils élèvent des statues et édifient des sanctuaires, parce qu'ils ne connaissent pas[3] la figure du dieu. **11** (Selon eux,) le monde a eu un commencement[4], il est corruptible et sphérique ; les astres sont du feu et de leur mélange[5] résulte ce qui se produit sur la terre ; la lune s'éclipse en passant dans l'ombre de la terre ; l'âme perdure et se réincarne ; les pluies sont produites par un changement dans l'air ; et ils fournissent une explication physique pour les autres phénomènes, comme le rapportent Hécatée et Aristagoras[6]. Ils ont également promulgué en faveur de la justice des lois qu'ils ont rapportées à Hermès ; et ils considéraient comme des dieux les animaux qui sont utiles. Ils disent[7] aussi que ce sont eux qui ont découvert la géométrie, l'astronomie et l'arithmétique.

Et voilà ce qu'il fallait dire concernant la découverte (de la philosophie).

---

1. *FGrHist* 609 F 17.
2. *FGrHist* 264 F 1.
3. τῷ μὴ εἰδέναι τὴν τοῦ θεοῦ μορφήν.
4. Ou bien : « est engendré ».
5. Sur cette théorie du mélange des puissances primaires des astres, voir Spoerri, *Späthellenistiche Berichte*, p. 61.
6. *FGrHist* 608 F 5. Aristagoras <de Milet> (*RE* 12) sera à nouveau cité en I 72. Il avait écrit des Αἰγυπτιακά en au moins deux livres.
7. Ou bien : *On dit* (λέγουσι), mais Diogène emploie plutôt φασι en ce sens. Il ne s'agit pas des Égyptiens eux-mêmes, mais des partisans de l'origine barbare de la philosophie.

Origine du nom de la philosophie

12 Le premier à avoir utilisé le nom de philosophie et, pour lui-même, celui de philosophe, fut Pythagore[1], alors qu'il discutait à Sicyone avec Léon, le tyran de Sicyone – ou bien de Phlionte, comme le dit Héraclide le Pontique dans son traité *Sur l'inanimée*[2]; car (il considérait que) nul [homme] n'est sage, si ce n'est Dieu. La philosophie était trop facilement appelée « sagesse », et « sage » celui qui en fait profession – celui qui aurait atteint la perfection dans la pointe extrême de son âme –, alors qu'il n'est que « philosophe » celui qui chérit la sagesse.

Les Sages

Mais les Sages étaient également appelés sophistes, et non seulement eux, mais aussi les poètes étaient (dits) sophistes, ainsi que Cratinos[3] dans ses *Archiloques* appelle, pour les louer, les (poètes comme) Homère et Hésiode[4].

13 Voici ceux qui étaient considérés comme des Sages[5]: Thalès, Solon, Périandre, Cléobule, Chilôn, Bias, Pittacos. A ce nombre on ajoute Anacharsis le Scythe, Myson de Chéné, Phérécyde de Syros, Épiménide le Crétois; certains (incluent aussi) Pisistrate le tyran[6]. Et voilà qui furent les Sages[7].

---

1. Comp. VIII 8 (Sosicrate de Rhodes). Sur l'historicité de ce témoignage, voir W. Burkert, « Platon oder Pythagoras ? Zum Ursprung des Wortes "Philosophie" », *Hermes* 88, 1960, p. 159-177.

2. Fr. 87 Wehrli.

3. Cratinos, fr. 2 Kassel & Austin. Le vers de Cratinos (Ve s. av. J.-C.) est cité dans un contexte similaire par Clément, *Strom.* I 24, 1-2 : « C'est pourquoi les Grecs eux aussi ont appelé également des " sophistes ", de façon paronyme, les sages qui se sont occupés de n'importe quel sujet. De fait, Cratinos, dans ses *Archiloques*, après avoir énuméré des poètes, dit: " Vous tâtonnez comme un essaim de sophistes " ».

4. Littéralement : « les Homère et les Hésiode » (τοὺς περὶ Ὅμηρον καὶ Ἡσίοδον).

5. C'est, dans le désordre, la liste retenue par Diogène.

6. Pour Pisistrate, voir I 122. Notons que les Sages ne sont pas pris en compte dans le plan rétrospectif du prologue exposé en I 20.

7. Plusieurs corrections ont été proposées pour ce membre de phrase. J'opte pour καὶ οἵδε μὲν σοφοί... (ainsi Röper, Richards, Gigante). Voir par exemple I 20 fin.

Tradition ionienne et tradition italique[1]

La philosophie a connu deux points de départ : l'un qui remonte à Anaximandre, l'autre à Pythagore. Anaximandre avait été l'auditeur de Thalès, tandis que le maître de Pythagore avait été Phérécyde. La première (tradition) s'appelait ionienne, parce que Thalès – un Ionien puisqu'il était originaire de Milet – fut le maître d'Anaximandre, l'autre italique, d'après Pythagore, parce que c'est en Italie que ce dernier exerça la philosophie le plus longtemps.

14 L'une se termine[2] avec Clitomaque, Chrysippe et Théophraste [l'ionienne] ; l'italique avec Épicure.

Thalès en effet (enseigna) Anaximandre, celui-ci Anaximène, celui-ci Anaxagore, celui-ci Archélaos, celui-ci Socrate qui introduisit la philosophie morale ; celui-ci (enseigna) les divers socratiques, dont Platon qui fonda l'Ancienne Académie. Ce dernier (enseigna) Speusippe et Xénocrate, celui-ci Polémon, ce dernier Crantor et Cratès, celui-ci Arcésilas qui inaugura la Moyenne Académie ; celui-ci Lacydès qui philosopha selon la Nouvelle Académie, celui-ci Carnéade, celui-ci Clitomaque. Et c'est ainsi (qu'elle se termine) avec Clitomaque.

15 Elle se termine avec Chrysippe de la façon suivante : Socrate (enseigna) Antisthène, celui-ci Diogène le Chien, celui-ci Cratès de Thèbes, celui-ci Zénon de Kition, celui-ci Cléanthe, celui-ci Chrysippe.

Avec Théophraste comme ceci : Platon (enseigna) Aristote, celui-ci Théophraste.

Et c'est de cette façon que se termine la (tradition) ionienne.

Pour la (tradition) italique, c'est de la façon suivante : Phérécyde (enseigna) Pythagore, celui-ci son fils Télaugès, celui-ci Xénophane, celui-ci Parménide, celui-ci Zénon d'Élée, celui-ci Leucippe, celui-ci

1. Sur cette *diadochè* et la structure du premier livre de Diogène, voir l'Introduction au livre I.

2. Ce mot n'implique pas ici une cessation historique, puisque Diogène lui-même connaît des scholarques plus tardifs pour la plupart des écoles énumérées. Diogène pense plutôt à l'endroit où « s'arrêtent » les différentes listes dans le tableau qu'il reproduit.

Démocrite, celui-ci de nombreux philosophes, parmi lesquels il faut nommer Nausiphane [et Naucydès][1] qui (enseignèrent) Épicure.

Typologie des philosophes et de leurs écoles

16 Parmi les philosophes, les uns furent dogmatiques, les autres éphectiques[2]; dogmatiques sont tous ceux qui, à propos des réalités, affirment qu'elles sont compréhensibles; éphectiques sont tous ceux qui suspendent leur jugement à leur propos, en considérant qu'elles sont incompréhensibles.

Parmi ces philosophes, les uns ont laissé des traités, d'autres n'ont absolument rien écrit, par exemple, selon certains, Socrate, Stilpon[3], Philippe[4], Ménédème, Pyrrhon, Théodore[5], Carnéade[6], Bryson; selon d'autres, Pythagore[7], Ariston de Chios, si ce n'est quelques lettres[8]; d'autres n'ont écrit qu'un ouvrage: Mélissos, Parménide, Anaxagore; mais Zénon[9] en écrivit beaucoup, plus encore Xénophane[10], plus encore Démocrite, plus encore Aristote, plus encore Épicure, plus encore Chrysippe[11].

---

1. Diels a supprimé ce nom qui ne réapparaîtra pas chez Diogène (ni ailleurs). Le ὧν renvoie à un pluriel, mais ce peut être les πολλοί de la ligne précédente et non les deux philosophes Nausiphane et Naucydès.
2. Les sceptiques, c'est-à-dire ceux qui *suspendent* (leur jugement). Sur l'équivalence des deux dénominations, voir IX 69-70 et Sextus, *H. P.* I 7 : éphectique ou suspensif viendrait de l'état d'esprit résultant de l'investigation sceptique.
3. En II 120, Diogène lui attribuera pourtant neuf dialogues.
4. On a pensé que ce nom inattendu de Philippe cachait celui d'Aristippe (ainsi Nietzsche), car Sosicrate de Rhodes prétendait que ce dernier n'avait rien écrit (II 84). Mais Diogène connaissait pour sa part de nombreux écrits d'Aristippe.
5. En II 98, Diogène Laërce rapporte avoir lu personnellement un traité de Théodore *Sur les dieux*.
6. Cf. IV 65.
7. Cf. VIII 6-8. Diogène marquera son désaccord sur ce point.
8. Cf. VII 163 (selon Panétius).
9. Zénon d'Élée (cf. IX 26) ou Zénon de Kition ?
10. Ici encore, Ritschl et Nietzsche ont pensé à une confusion avec Xénocrate (voir la longue liste de IV 11-14).
11. Comparaison entre la production d'Épicure et de Chrysippe : VII 180-181 et X 26-27.

17 Parmi les philosophes, les uns ont reçu leur appellation à partir du nom des cités (dont ils étaient originaires), comme les Éliaques, les Mégariques, les Érétri(a)ques et les Cyrénaïques ; d'autres à partir du nom des lieux (où ils enseignaient), comme les Académiciens et les Stoïciens ; d'autres à partir de caractères accidentels (de leur activité), comme les Péripatéticiens, ou à partir de railleries (dont ils faisaient l'objet), comme les Cyniques ; d'autres à partir de dispositions (qu'ils cherchaient à atteindre), comme les Eudémoniques[1] ; certains (ont reçu leur appellation) à partir de ce qu'ils prétendaient être, comme les Amis de la Vérité, les Réfutateurs[2] ou les Analogistes[3] ; certains (aussi) à partir (du nom) de leurs maîtres, comme les Socratiques et les Épicuriens, et ainsi de suite.

Et les uns sont dits physiciens, à cause de l'application qu'ils portent à l'étude de la nature ; d'autres moralistes, à cause de leur préoccupation pour les mœurs ; dialecticiens furent appelés tous ceux qui s'occupent de la subtilité des raisonnements[4].

Les parties de la philosophie

18 Il y a trois parties de la philosophie : la physique, l'éthique et la dialectique ; la physique a pour sujet le monde et les êtres qu'il contient ; l'éthique a pour sujet la vie et les affaires qui nous concernent ; la dialectique est la partie qui s'occupe des raisonnements (mis en œuvre par les) deux autres parties. Et jusqu'à Archélaos il y avait l'espèce physique[5] ; à partir de Socrate, il y eut, comme on l'a dit[6], l'espèce éthique ; à partir de Zénon d'Élée, l'espèce dialectique.

---

1. Cf. IX 60 (Anaxarque). Pour les autres témoignages sur cette appellation, voir T. Dorandi, « I frammenti di Anassarco di Abdera », *AATC* 45, 1994, p. 20-21, fr. 5A-6H.

2. Ἐλεγτικοί. Long attribue par erreur la leçon de F à l'*editio princeps* de Frobenius (fr). BP ont ici « les Éclectiques ». Cette leçon pourrait être avantageusement conservée. Sur l'école éclectique, voir I 21.

3. On ne connaît pas d'autre attestation de ce mouvement philosophique.

4. Long suit ici le texte de F (καταγίνονται). La leçon de BP (κατατρίβονται) mériterait sans doute d'être conservée : *ceux qui passent (tout) leur temps autour de (ou dans) la subtilité des raisonnements.*

5. Cf. II 16.

6. En I 14.

Les dix écoles éthiques

Pour l'éthique, il y eut dix écoles de pensée : académicienne, cyrénaïque, éliaque, mégarique, cynique, érétri(a)que, dialectique, péripatéticienne, stoïcienne, épicurienne.

Les fondateurs

19 A la tête de l'école académicienne antique, il y eut Platon, la moyenne eut à sa tête Arcésilas, la nouvelle Lacydès. A la tête de la cyrénaïque, il y eut Aristippe de Cyrène, de l'éliaque Phédon d'Élis, de la mégarique Euclide de Mégare, de la cynique Antisthène d'Athènes, de l'érétri(a)que Ménédème d'Érétrie, de la dialectique Clitomaque de Carthage[1], de la péripatéticienne Aristote de Stagire, de la stoïcienne Zénon de Kition; quant à l'école épicurienne elle est appelée d'après le nom d'Épicure lui-même.

La liste d'Hippobote

Hippobote cependant, dans son traité *Sur les écoles de pensée*[2], dit qu'il y a neuf écoles de pensée ou mouvements : 1° l'école mégarique, 2° l'érétri(a)que, 3° la cyrénaïque, 4° l'épicurienne, 5° l'annicérienne, 6° la théodoréenne, 7° la zénonienne, également (appelée) stoïcienne, 8° l'académicienne antique[3], 9° la péripatéticienne ; mais (il ne retient) ni la cynique, ni l'éliaque, ni la dialectique.

---

1. On considère depuis Nietzsche que l'académicien Clitomaque de Carthage (*DPhA* C 149) a été ici introduit par erreur à la place de Clinomaque de Thurium [*DPhA* D 146] (comp. D. L. II 112 et *Souda*, *s.v.* Σωκράτης = fr. 32A et 34 Döring). A noter que Diogène distingue ici l'école dialectique de l'école mégarique. Voir de même, au paragraphe suivant, la remarque de Diogène qui distingue manifestement les écoles mégarique (mentionnée par Hippobote) et dialectique (absente de la liste d'Hippobote). Sur cette distinction, voir les articles de D. Sedley, « Diodorus Cronus and Hellenistic philosophy », *PCPhS* 23, 1977, p. 74-120, et de K. Döring, « Gab es eine dialektische Schule ? », *Phronesis* 34, 1989, p. 293-310, ainsi que l'ouvrage de Th. Ebert, *Dialektiker und frühe Stoiker bei Sextus Empiricus. Untersuchungen zur Entstehung der Aussagenlogik*, coll. « Hypomnemata » 95, Göttingen 1991, 347 p., et le compte rendu de R. Chiaradonna, « La nascita della logica proposizionale », *Elenchos* 16, 1995, p. 387-400.
2. Fr. 1 Gigante.
3. Détail surprenant, car la formule présuppose l'existence et le rejet implicite d'une ou de plusieurs Académies plus récentes.

Qu'est-ce qu'une école de pensée ?

20 Car l'école pyrrhonienne, la plupart ne l'incluent pas non plus[1] à cause de son obscurité. Certains cependant disent qu'elle est une école de pensée sous un certain rapport et qu'elle ne l'est pas sous un autre. Il semble cependant qu'elle soit une école de pensée. Nous considérons en effet comme une école de pensée[2] celle qui suit ou semble suivre une certaine façon de penser en respectant les apparences. Selon ce principe, on appellerait à juste titre l'école sceptique une école de pensée. Si au contraire nous concevions l'école de pensée comme l'adhésion à des doctrines présentant un enchaînement, on ne saurait plus l'appeler une école de pensée, car elle ne possède pas de doctrines.

Conclusion

Voilà donc les origines et les successions qu'a connues la philosophie et voilà quelles en sont les parties et les écoles de pensée.

L'école éclectique

21 Mais récemment il y eut aussi une école dite éclectique, introduite par Potamon d'Alexandrie[3], qui choisissait ses opinions en les

1. Ou : « même pas ».

2. Sextus, *H.P.* I 16-17, distingue de même deux acceptions d'*hairesis* et n'en accepte qu'une pour l'appliquer au mouvement sceptique. Cf. J. Glucker, *Antiochus and the Late Academy,* Göttingen 1978, p. 178 ; M.-O. Goulet-Cazé, « Le cynisme est-il une philosophie ? », dans M. Dixsaut (édit.), *Contre Platon,* t. I : *Le platonisme dévoilé,* coll. « Tradition de la pensée classique » <1>, Paris 1993, p. 278-280.

3. Une inscription d'Éphèse (*I.Eph.* III 789), d'époque incertaine, honore un philosophe alexandrin, qualifié d'éclectique, dont la première lettre du nom rend vraisemblable une identification avec le Potamon de Diogène Laërce : ἡ βουλὴ [καὶ ὁ δῆμος] | ἐτίμησαν Π[ ] | Ἀλεξανδρέα, ἀπὸ [τοῦ Μουσείου] | [φ]ιλόσοφον ἐγλεκ[τικόν]. L'identification a été proposée par D. T. Runia, « Philosophical Heresiography : Evidence in two Ephesian Inscriptions », *ZPE* 72, 1988, p. 241-242. La *Souda* connaît par ailleurs un Potamon d'Alexandrie, philosophe ayant vécu à l'époque d'Auguste (« avant et après Auguste »), qui fut l'auteur d'un *Commentaire sur la République de Platon* (Π 2126, t. IV, p. 181, 27-28 Adler). I. Hadot, « Du bon et du mauvais usage du terme " éclectisme " dans l'histoire de la philosophie antique », dans R. Brague et J.-F. Courtine (édit.), *Herméneutique et ontologie.* Mélanges en hommage à Pierre Aubenque,

prenant dans chacune des écoles de pensée. A son opinion, d'après ce qu'il dit dans son *Enseignement élémentaire*, sont critères de la vérité, d'une part ce par quoi est prononcé le jugement, c'est-à-dire la partie directrice (de l'âme), d'autre part ce au moyen de quoi il se produit, par exemple la représentation la plus exacte. Sont principes de l'univers la matière et la cause efficiente, la qualité et le lieu ; car c'est à partir de quoi, par quoi, en quelle manière et en quoi (tout provient). La fin est ce à quoi tout est rapporté : la vie parfaite conforme à toute vertu, sans qu'elle soit privée des (biens) du corps conformes à la nature et des (biens) extérieurs.

Mais il faut parler des hommes eux-mêmes et en premier lieu de Thalès[1].

Paris 1990, p. 148-149, considère cependant qu'il peut s'agir d'un platonicien homonyme, mais distinct.

1. Ce n'est qu'en I 122, à la fin du premier livre, qu'on apprendra qu'il faut distinguer entre les Sages et les philosophes proprement dits.

<LES SEPT SAGES>

THALÈS[1]

Origines

22 Thalès donc, comme le disent Hérodote[2], Douris[3] et Démocrite[4], avait pour père Examyas et pour mère Cléoboulinè, (tous

---

1. Sur Thalès, voir C. J. Classen, art. « Thales » 1, *RESuppl* X, 1965, col. 930-947. Le statut particulier de Thalès dans le groupe des Sages est précisé par Plutarque, dans sa *Vie de Solon* 3, 6-8 : après avoir expliqué que Solon ne s'était intéressé qu'à la morale et à la politique, n'offrant en physique que des conceptions naïves et archaïques, il conclut que seul Thalès avait « poussé la science par la théorie au-delà de l'utilité pratique : c'est à leurs mérites d'ordre politique que les autres sages durent leur réputation » (trad. Flacelière, Chambry et Juneaux).

2. En vérité, Hérodote I 170 dit seulement que Thalès était d'origine phénicienne (DK 11 A 4). La *Souda* (DK 11 A 2) rapporte correctement l'information : « selon Hérodote il était phénicien ». Une *Scholie sur la République de Platon* 600 a (DK 11 A 3), qui dépend de l'*Onomatologos* d'Hésychius, de même : « Thalès, fils d'Examyas, de Milet. (Il était) phénicien selon Hérodote. C'est lui qui le premier fut appelé " Sage ". Il découvrit en effet que le soleil s'éclipsait du fait que la lune passait en dessous. Il connut lui-même la Petite Ourse et les solstices, premier des Grecs (à le faire), et (traita) de la grandeur du soleil et de sa nature. (Il montra) également, à partir de l'aimant et de l'ambre, que les êtres inanimés ont une sorte d'âme. (Il prétendit que) le principe des éléments est l'eau. Il a dit par ailleurs que le monde est doué d'une âme et plein de démons. Il fut instruit en Égypte par les prêtres. De lui est le "Connais-toi toi-même". Il mourut seul, âgé, en regardant un concours gymnique, défaillant sous l'effet d'un coup de soleil. » Voir aussi Clément, *Strom.* I 62, 3 : « Comme Léandrios et Hérodote le rapportent, il était phénicien, mais comme certains l'ont supposé, milésien. »

3. *FGrHist* 76 F 74.

4. DK 68 B 115 a.

deux) descendants de la famille des Thélides, des Phéniciens qui furent les plus nobles des descendants de Cadmos et d'Agénor[1].

<Il était du nombre des sept Sages>[2], comme Platon lui aussi le dit[3] et il fut le premier à recevoir le nom de sage, sous l'archontat de Damasios[4] à Athènes, à l'époque duquel aussi les Sept furent appelés Sages, comme le dit Démétrios de Phalère dans son *Registre des archontes*[5].

Il reçut cependant la citoyenneté de Milet, lorsqu'il y vint avec Neileôs[6], quand ce dernier fut banni de Phénicie.

Mais, au dire de la majorité, il était d'authentique naissance milésienne et venait d'une famille illustre.

Production littéraire

23 Après avoir exercé une carrière politique, il s'intéressa à la science de la nature. Selon certains, il ne laissa aucun ouvrage, car l'*Astronomie maritime* qu'on lui prête[7] est, dit-on, de Phocos de Samos.

Callimaque[8] cependant le connaît comme le découvreur de la Petite Ourse, puisqu'il dit dans ses *Iambes* :

> Et du Chariot il avait, dit-on, mesuré les petites étoiles,
> (cette constellation) dont se servent les Phéniciens pour naviguer.

Selon d'autres, il n'écrivit que deux ouvrages, *Sur le solstice* et *(Sur) l'équinoxe*, ayant jugé que les autres sujets étaient incompréhensibles.

---

1. Père de Cadmos.
2. Le texte a été ainsi reconstitué par Diels. Ce paragraphe interrompt le développement consacré par Diogène aux origines familiales de Thalès.
3. *Protagoras* 343 a.
4. En 582/1.
5. *FGrHist* 228 F 1; fr. 149 Wehrli.
6. Fondateur mythique de Milet.
7. Cf. Simplicius, *in Phys.* t. I, p. 23, 29-33 Diels (DK 11 B 1). L'ouvrage était en vers selon Plutarque, *De Pyth. or.* 18, 402 e (DK 11 B 1).
8. Callimaque, *Iambes*, fr. 191 Pfeiffer. Ces vers sont empruntés à un poème qui a par ailleurs été partiellement conservé par un papyrus (*P. Oxy.* 1011). Cf. DK 11 A 3a. Voir R. Pfeiffer (édit.), *Callimachus*, Oxford 1949 et 1953, t. I, p. 167, fr. 191, 54-55.

Découvertes

Selon certains, il semble avoir été le premier à s'être adonné à l'astronomie et à avoir prédit les éclipses solaires[1] (et les solstices)[2], comme le dit Eudème[3] dans son *Histoire des connaissances astronomiques*; c'est pourquoi Xénophane[4], de même qu'Hérodote[5], marque de l'admiration pour lui. Héraclite[6] également lui rend témoignage, de même que Démocrite[7].

24 Certains disent que ce fut lui également qui le premier prétendit que les âmes étaient immortelles ; le poète Choirilos[8] est de ce nombre.

Le premier aussi il découvrit le passage (du soleil) d'un tropique à l'autre et, selon certains, il fut le premier à dire que la dimension du soleil <par rapport au cercle héliaque, tout comme la dimension de la lune>[9] par rapport au cercle lunaire, représentait un sept-cent-vingtième. Le premier aussi il appela le demier jour du mois le « trentième ». Il fut, selon certains, le premier à avoir disserté sur la nature.

---

1. Selon Pline, *H.N.* II 53 (DK 11 A 5), Thalès aurait prédit l'éclipse d'Ol. 48,4 (585/4), soit celle du 28 mai 585, qui intervint, selon Hérodote I 74, en la sixième année de la guerre entre les Mèdes et les Lydiens. Cet événement a servi à Apollodore (cf. I 37-38) pour fixer l'*acmè* de Thalès et en déduire les dates de sa naissance et de sa mort.

2. Il pourrait s'agir d'une addition : Thalès a peut-être parlé des solstices (voir I 24), mais en quel sens a-t-il pu les prédire ? Hésychius écrit avec plus de vraisemblance : αὐτὸς ἔγνω καὶ τὰς τροπὰς πρῶτος Ἑλλήνων. Voir aussi plus bas : « Le premier aussi il découvrit le passage (du soleil) d'un tropique à l'autre. »

3. Fr. 144 Wehrli. Un autre fragment d'Eudème, conservé par Théon de Smyrne, p. 198, 14 *sqq.* Hiller (= fr. 145 Wehrli) rapporte que « Thalès découvrit l'éclipse du soleil et son circuit entre les tropiques, (précisant) qu'il ne se produit pas toujours de manière égale ».

4. DK 21 B 19. Voir cependant IX 18 : Xénophane se serait opposé aux idées de Thalès et de Pythagore.

5. Hérodote I 74.

6. DK 22 B 38.

7. DK 68 B 19.

8. Fr. 12 Bernabé.

9. Reconstitution proposée par Diels.

Mais Aristote[1] et Hippias[2] disent qu'il attribuait des âmes même aux êtres inanimés, prenant comme indice la pierre magnétique[3] et l'ambre.

Ayant étudié la géométrie auprès des Égyptiens, dit Pamphilè[4], il fut le premier à avoir circonscrit un triangle rectangle dans un cercle et il offrit un bœuf en sacrifice (à cette occasion). **25** D'autres disent que c'est Pythagore, parmi lesquels Apollodore l'arithméticien[5]; c'est lui (Pythagore) qui fit le plus[6] progresser les découvertes dont Callimaque[7] dans ses *Iambes* attribue l'invention à Euphorbe le Phrygien[8], par exemple « (polygones) scalènes et triangles »[9], et tout ce qui touche à la théorie géométrique.

Activité politique

Il semble également avoir été du meilleur conseil dans les affaires publiques[10]. De fait, lorsque Crésus eut envoyé une ambassade aux Milésiens pour requérir une alliance militaire, il empêcha (cet accord)[11], mesure qui sauva la cité lors de la victoire de Cyrus.

Caractère

Lui-même, selon ce que rapporte Héraclide[12], dit qu'il vivait solitaire et en reclus. **26** Certains cependant (disent) qu'il se maria et eut un fils du nom de Kybisthos, alors que d'autres (prétendent) qu'il

---

1. Aristote, *De anima* A 2, 405 a 19.
2. DK 86 B 7.
3. C'est-à-dire l'aimant.
4. *FHG* III 520.
5. Cf. D. L. VIII 12.
6. On peut également comprendre : « ce dernier (Apollodore) citait (en ce sens) principalement les découvertes que Callimaque... »
7. Dans le poème déjà cité plus haut (= DK 11 A 3a., fr. 191, 59-61 Pfeiffer). Voir également Diodore de Sicile X 6, 4 qui cite les vers de Callimaque.
8. Euphorbe le Phrygien avait été une incarnation antérieure de Pythagore. C'est donc ce dernier que désignait Callimaque sous le nom d'Euphorbe.
9. On pourrait aussi entendre : triangles scalènes et équilatéraux, ou simplement triangles scalènes. Mais voir Hésychius, *s.v.* σκαληνόν· ... πολύγωνον.
10. Selon Hérodote I 170, il aurait suggéré la constitution d'une fédération ionienne dont le siège central aurait été localisé à Téos.
11. Selon I 38, Thalès aurait pourtant aidé Crésus à traverser l'Halys en détournant son cours.
12. Plutôt Héraclide le Pontique (fr. 45 Wehrli) qu'Héraclide Lembos.

resta célibataire et qu'il adopta le fils de sa sœur[1]. Et lorsqu'on lui demanda pourquoi il n'engendrait pas de fils, il répondit: Par amour des enfants[2]. Quand sa mère, dit-on également, voulait le forcer à se marier, il disait: « Le moment n'est pas venu »; par la suite, ayant passé l'âge, il dit, alors qu'elle le pressait: « Ce n'est plus le moment ».

Hiéronymos de Rhodes[3] dit aussi, dans le deuxième livre de ses *Mémoires dispersés*, que, voulant montrer qu'il était facile de s'enrichir, il loua les pressoirs à huile d'olive alors qu'il prévoyait qu'une importante récolte[4] approchait et amassa de grandes richesses[5].

Doxographie

27 Il supposa que le principe de toutes choses était l'eau, que le monde était animé et plein de démons. On dit également que c'est lui qui découvrit les saisons de l'année et qui divisa celle-ci en trois cent soixante-cinq jours[6].

Formation

Personne ne fut son maître, sauf que, s'étant rendu en Égypte, il vécut dans la fréquentation des prêtres[7]. Mais Hiéronymos[8] dit qu'il

---

1. Plutarque, *Vie de Solon* 7, 2, présente de fait Kybisthos comme le fils de la sœur de Thalès.
2. La réplique est prêtée à Anacharsis chez Stobée IV 26, 20.
3. Fr. 39 Wehrli.
4. F ajoute « d'olives ».
5. Le récit qu'Aristote, *Politique* A 11, 1259a6 *sqq.* (DK 11 A 10), donne de l'épisode est plus riche en détails : « Comme on lui faisait des reproches de sa pauvreté, qu'on regardait comme une preuve de l'inutilité de la philosophie, l'histoire raconte qu'à l'aide d'observations astronomiques et, l'hiver durant encore, il avait prévu une abondante récolte d'olives. Disposant d'une petite somme d'argent, il avait alors versé des arrhes pour utiliser tous les pressoirs à huile de Milet et de Chios, dont la location lui était consentie à bas prix, personne ne se portant enchérisseur. Quand le moment favorable fut arrivé, il se produisit une demande soudaine et massive de nombreux pressoirs, et il les sous-loua aux conditions qu'il voulut. Ayant ainsi amassé une somme considérable, il prouva par là qu'il est facile aux philosophes de s'enrichir quand ils le veulent, bien que ce ne soit pas l'objet de leur ambition » (trad. Tricot).
6. Une suite de cette doxographie se trouve peut-être à la fin de I 37 (sur le Nil).
7. Comp. Clément, *Strom.* I 62, 4.
8. Fr. 40 Wehrli.

mesura les pyramides à partir de leur ombre, en faisant ses observations au moment où elles[1] ont la même grandeur que nous[2]. Il vécut également avec le tyran Thrasybule de Milet, comme le dit Minyas[3].

Excursus sur la légende du trépied[4]

Ce qu'on raconte à propos du trépied découvert par les pêcheurs et envoyé aux Sages par le peuple de Milet est bien connu. **28** On dit en effet que des jeunes Ioniens avaient acheté au marché la pêche de pêcheurs milésiens. Comme on avait retiré le trépied (dans ce filet), il y avait une contestation (à son sujet) jusqu'à ce que les Milésiens envoient une délégation à Delphes. Et le Dieu rendit l'oracle suivant :

> Rejeton de Milet, tu interroges Phébus à propos d'un trépied ?
> Qui est par sa sagesse le premier de tous, je déclare qu'à lui est le [trépied.

Ils le donnent donc à Thalès, celui-ci à un autre (sage) et celui-là à un autre, jusqu'à ce qu'il parvienne à Solon. Ce dernier dit que le premier pour la sagesse, c'est le dieu et il l'envoya à Delphes.

Callimaque, dans ses *Iambes*[5], raconte cette histoire autrement, s'inspirant de Léandrios[6] de Milet. Un certain Bathyclès d'Arcadie

---

1. Je traduis littéralement le texte unanime des manuscrits, qu'il faut comprendre à partir d'un parallèle chez Plutarque, *Banquet des Sept Sages* § 2, 147 a (DK 11 A 21 <b> en partie). On édite généralement, à la suggestion de Ménage approuvée par Diels, ou on traduit (parfois sans signaler la correction) ἰσομεγέθης ἐστίν. Il faudrait comprendre : « le moment où l'ombre (celle des pyramides, mais tous les traducteurs comprennent : notre ombre) est de la même grandeur que nous ».

2. Il faut comprendre : « la même grandeur (apparente) que nous ». C'est une application du théorème de Thalès. Voir les témoignages dans DK 11 A 21.

3. *FHG* II 335, 3

4. Jusqu'ici, Diogène a mis à profit une documentation qui présentait Thalès essentiellement comme un philosophe de l'école ionienne, comme les Milésiens du début du deuxième livre. A partir de l'excursus sur le trépied, c'est le Sage Thalès qui fera l'objet du reste de la biographie. Voir l'Introduction au livre I.

5. Toujours dans le même poème déjà cité à deux reprises (fr. 191 Pfeiffer). Cf. DK 11 A 3 a. Mais Callimaque n'est sans doute pas la source directe, puisque Diogène connaît par exemple la source de son récit : Léandre de Milet. Les deux vers du § 29 sont intégrés au fragment dans le *Nachtrag*, p. 485.

6. *FGrHist* 492 F 18. Keil a proposé de corriger en Méandrios. Voir aussi I 41. Contre cette identification, voir E. Bux, art. « Leandros aus Milet », *RE*

avait en effet légué une phiale et prescrit de « la donner au sage le plus utile ». Elle fut donc donnée à Thalès et, au terme d'un circuit, à nouveau à Thalès ; **29** celui-ci l'envoya à Apollon Didymos[1], ayant déclaré, selon Callimaque :

Thalès qui a reçu deux fois ce prix d'excellence
Me donne au Gardien du peuple de Neileôs,

ou bien, dans la version en prose : « Thalès, fils d'Examyas, de Milet, à Apollon Delphinios, l'ayant reçu deux fois comme prix d'excellence chez les Grecs ». Quant à celui qui avait fait circuler la phiale, c'était un fils de Bathyclès appelé Thyriôn[2], comme le dit Éleusis dans son ouvrage *Sur Achille*[3], ainsi qu'Alexôn de Myndos[4] dans le neuvième livre de ses *Mythiques*.

Eudoxe de Cnide[5] et Évanthès de Milet[6] disent qu'un des amis de Crésus reçut du roi une coupe en or, afin qu'il la donnât au plus sage des Grecs ; celui-ci la donna à Thalès. **30** Et (la coupe) passa à Chilôn, lequel demanda à (Apollon) Pythien qui était plus sage que lui-même. Et (Apollon) répondit : « Myson ». Nous reparlerons de lui[7]. Eudoxe[8] met ce sage à la place de Cléobule, tandis que Platon[9] le met à la place de Périandre. A propos de Myson justement (Apollon) Pythien répondit par les vers suivants :

Je dis qu'un certain Myson de Chéné, sur l'Œta,
Est plus affermi que toi par la sagesse de son cœur.

XII 1, 1924, col. 1047, qui signale que Léandros ou Léandrios est cité beaucoup plus souvent que Méandrios et que le nom n'est sans doute pas corrompu dans tous ces passages. Arguments complémentaires dans R. Laqueur, art. « Maiandrios aus Milet », *RE* XIV 1, 1928, col. 534-535.

1. Dans son sanctuaire de Milet.
2. Selon les Διηγήσεις VI 8-10 sur les *Iambes* de Callimaque (p. 163 Pfeiffer), la coupe aurait été confiée à Amphalkès, « celui du milieu » parmi les fils de Bathyclès.
3. *FGrHist* 55 F 1.
4. *FGrHist* 25 F 1.
5. *FGrHist* 1006 F 1 ; fr. 371 Lasserre.
6. *FHG* III 2 n.
7. En I 106-108.
8. Littéralement : « les auteurs du cercle d'Eudoxe ».
9. Platon, *Protagoras* 343 a.

L'auteur de cette demande était Anacharsis[1].

Mais Daïmachos de Platées[2] et Cléarque[3] (disent) que la phiale avait été envoyée par Crésus à Pittacos et que c'est ainsi qu'elle commença à circuler.

Andrôn dans son *Trépied*[4] (dit) que les Argiens offrirent comme prix d'un concours de vertu un trépied destiné au plus sage des Grecs. En fut jugé digne Aristodème le Spartiate, qui le céda à Chilôn.

31 Alcée[5] fait lui aussi mention d'Aristodème de la façon suivante :

> Aristodème à Sparte, dit-on, ne prononça pas un jour des mots [maladroits
> Quand il déclara : « La richesse, c'est l'homme. Nul pauvre n'atteint [l'excellence »[6].

Certains disent qu'un navire chargé fut envoyé par Périandre[7] au tyran de Milet Thrasybule. Ce navire ayant fait naufrage dans la mer de Cos, le trépied fut plus tard retrouvé par des pêcheurs.

Phanodicos[8] pour sa part (dit) qu'il fut retrouvé dans la mer près d'Athènes et qu'ayant été emporté en ville, à la suite d'une assemblée, il fut envoyé à Bias : **32** pour quelle raison, nous le dirons dans la vie de Bias[9].

D'autres disent que (le trépied) avait été fabriqué par Héphaistos et donné par le dieu à Pélops à l'occasion de son mariage. Par la suite il vint en possession de Ménélas, puis, enlevé par Alexandre avec

---

1. Comp. I 106 et Diodore de Sicile IX 6. Cette remarque apparaît comme une correction, car dans les lignes précédentes (et chez Plutarque, *Quaest. Rom.* 84, 284 c), c'est Chilôn qui interrogeait l'oracle.
2. *FGrHist* 65 F 6.
3. Fr. 70 Wehrli.
4. *FGrHist* 1005 F 2.
5. Fr. 360 Lobel-Page.
6. Long ajoute « ni la considération » (οὐδὲ τίμιος) d'après *Schol. Pind. Isthm.*, II, 17. L'addition de ces mots n'est cependant pas indispensable : Diogène a pu citer les vers de façon incomplète. Voir D. Russell, *CR* 15, 1965, p. 175 (compte rendu de l'édition Long).
7. Le tyran de Corinthe (I 94-100).
8. *FGrHist* 397 F 4 a.
9. En I 82.

Hélène, il fut jeté dans la mer de Cos sur ordre de la Laconienne qui avait dit qu'il ferait l'objet de combats[1]. Avec le temps, alors que certains Lébédiens au même endroit avaient acheté (le contenu d') un filet (de pêche), le trépied fut acquis avec le reste et, comme ils se battaient avec les pêcheurs, l'affaire remonta jusqu'à Cos. Comme on n'arrivait à rien, ils en informent les Milésiens, Milet étant leur métropole. Ceux-ci, après avoir envoyé des ambassades sans que l'on tienne compte de leur avis, font la guerre aux gens de Cos. Et beaucoup tombant de part et d'autre, un oracle est rendu (prescrivant) de donner (le trépied) au plus sage. Et les uns et les autres se mirent d'accord sur (le nom de) Thalès. Mais, ce dernier, après que le trépied eut circulé[2], l'offre à Apollon Didymos.

33 L'oracle rendu aux gens de Cos était formulé ainsi :

> La querelle entre les fils de Mérops et les Ioniens ne cessera pas
> Avant que le trépied d'or qu'Héphaistos jeta dans la mer
> Vous ne l'expédiez hors de la cité et qu'il ne parvienne à la maison
> D'un homme qui soit sage concernant le présent, le futur et le [passé[3].

Celui aux Milésiens :

> Rejeton de Milet, tu interroges Phébus, à propos d'un trépied ?

La suite a été citée plus haut[4]. C'est tout pour ce récit.

Retour à la vie de Thalès

Hermippe, dans ses *Vies*[5], attribue à Thalès le mot que certains attribuent à Socrate : il disait en effet, à ce qu'on rapporte, qu'il était reconnaissant à la Fortune pour les trois motifs suivants : « D'abord parce que je suis né homme et non bête sauvage, ensuite homme et non femme, troisièmement grec et non barbare. »

---

1. Ou bien : *que (sinon) il ferait l'objet de combats.* La Laconienne est Hélène.
2. Cf. I 28-29.
3. τά τ' ἐόντα τά τ' ἐσσόμενα πρό τ' ἐόντα. La formule concerne le devin Chalcas chez Homère (*Il.* I 70). Voir encore *Certamen Homeri et Hesiodi* B 97 Allen et Hésiode, *Théogonie* v. 38. L'ensemble de la tradition semble rapporter l'expression aux trois moments du temps. Un rapprochement est parfois établi entre le trépied d'Apollon et la triple référence de la formule homérique. Par exemple, *Souda* T 20.
4. I 28.
5. Fr. 11 Wehrli.

34 On dit que conduit hors de la maison par une vieille femme[1] pour observer les astres, il tomba dans un trou et que la vieille lui dit, en l'entendant se lamenter : « Eh bien, Thalès, tu n'es pas capable de voir où tu mets les pieds et tu prétends connaître les choses du ciel ! »

Timon le connaît également comme astronome et dans les *Silles*[2] il le loue en disant :

> Comme, parmi les sept Sages, Thalès expert dans l'observation des [astres.

Écrits[3]*, inscription, chants*

Lobôn d'Argos dit que ses écrits atteignaient deux cents vers.

Sur sa statue sont inscrits les vers suivants[4].

> Milet en Ionie a nourri et fait connaître ce Thalès,
> L'astronome, de tous le plus vénérable[5] par sa sagesse.

35 Aux chants qu'il a écrits appartiennent les vers suivants :

> En aucun cas, des paroles nombreuses n'expriment une opinion [sensée.
> Ne recherche qu'une chose : ce qui est sage.
> Ne choisis qu'une chose : ce qui a de la valeur.
> Car tu lieras[6] les langues aux discours infinis des hommes bavards.

---

1. Dans la version de Platon, *Théétète* 174 a (DK 11 A 9), il s'agit d'une jolie servante Thrace. Sur l'anecdote et son histoire jusqu'à l'époque moderne, voir H. Blumenberg, « Der Sturz des Protophilosophen. Zur Komik der reinen Theorie. Anhand einer Rezeptionsgeschichte der Thales-Anekdote », dans W. Preisendanz et R. Warning (édit.), *Das Komische*, coll. « Poetik und Hermeneutik » 7, München 1976, p. 11-64 et 429-444 ; Id., *Das Lachen der Thrakerin. Eine Urgeschichte der Theorie*, coll. « Suhrkamp Taschenbuch Wissenschaft » 652, Frankfurt am Main 1987.
2. Fr. 23 Di Marco.
3. Ces développements sur la production poétique, les inscriptions relevées sur la statue (ou le buste) du personnage, les chants qu'on lui prête ou les épitaphes se retrouveront dans plusieurs vies des Sages (voir aussi Anaxagore en II 15, que certains considéraient comme l'un des Sages, I 42, peut-être Empédocle, VIII 77, et Xénophane, IX 20). Ils sont peut-être empruntés à l'ouvrage de Lobôn d'Argos *Sur les poètes* (mentionné en I 112) et ont dû être ajoutés par Diogène après qu'il eut introduit son premier livre sur les Sages.
4. *Anth. Pal.* VII 83 = Lobôn, fr. 509 *Suppl. Hell.*
5. πρεσβύτατον : « le plus ancien » ?
6. Lire δήσεις, avec Diels, Hicks, Gigante.

Apophtegmes

De Thalès on cite les apophtegmes[1] suivants : « Le plus ancien des êtres : Dieu, car il est incréé. Le plus beau : le monde, car c'est l'œuvre de Dieu. Le plus grand : le lieu, car il comprend toutes choses. Le plus rapide : l'intellect, car il court à travers tout. Le plus puissant : la Nécessité, car elle maîtrise toutes choses. Le plus sage : le temps, car il découvre tout. »

Il disait que la mort ne diffère en rien de la vie. « Et toi donc, dit quelqu'un, pourquoi ne meurs-tu pas ? » « Parce que ça ne fait aucune différence », dit-il.

36 A celui qui demandait qu'est-ce qui était venu en premier, la nuit ou le jour, il dit : « La nuit, car elle est antérieure d'un jour »[2].

Quelqu'un lui demanda si un homme pouvait commettre une injustice à l'insu des dieux. « Il ne peut même pas en avoir l'idée (à leur insu) », dit Thalès.

A l'homme adultère qui lui demandait s'il devait jurer ne pas avoir commis l'adultère, il dit : « Le faux serment n'est pas pire que l'adultère ».

Comme on lui demandait ce qui est difficile, il dit : « Se connaître soi-même. » Ce qui est aisé ? « Conseiller les autres ». Le plus plaisant ? « Réussir. » Qu'est-ce que le divin ? « Ce qui n'a ni commencement ni fin. » Qu'avait-il vu de (plus) désagréable ? « Un tyran devenu vieux. » Comment peut-on supporter l'infortune le plus facilement ? « En voyant ses ennemis connaître des ennuis encore pires. » Comment mener la vie la meilleure et la plus juste ? « En ne faisant pas nous-mêmes ce que nous reprochons aux autres. » **37** Qui est heureux ? « Celui qui est sain de corps, plein de richesses en son âme,. bien éduqué naturellement.[3] »

---

1. Les véritables apophtegmes commenceront au § 36.

2. Chez Plutarque, *Alex.* 64, 6, un Gymnosophiste, pareillement interrogé, répond : « Le jour, d'un jour seulement ». Le passage parallèle chez Clément, *Strom.* VI 38, 7 a été corrigé dans le sens de Diogène Laërce. Comme me le signale M. Patillon, il est possible que l'astuce de la réponse consiste à relancer la question dans la réponse: c'est la nuit du premier jour. A propos de l'œuf et de la poule, ou pourrait répondre de même: l'œuf de la première poule...

3. FP^{pc} ont : « bien doté par la fortune, bien formé dans son âme ».

Conseils[1]

Il dit de se souvenir de ses amis, qu'ils soient présents ou absents (1). Ne pas s'embellir extérieurement, mais être beau par ses activités (2). « Ne t'enrichis pas de façon mauvaise (3), dit-il, et qu'une parole ne te discrédite pas auprès de ceux qui partagent ta confiance » (5). « Les contributions, dit-il, que tu as apportées pour tes parents, attends les mêmes aussi de la part de tes enfants » (8).

Doxographie (suite)

Il a dit que le Nil grossit du fait que les courants sont refoulés par les vents étésiens venant en sens contraire[2].

Chronologie

Apollodore dit, dans sa *Chronologie*[3], qu'il naquit en la première année de la trente-neuvième[4] Olympiade. **38** Il mourut à l'âge de soixante-dix-huit ans ou, comme le dit Sosicrate[5], de quatre-vingt-dix ans ; il mourut en effet lors de la cinquante-huitième Olympiade[6], ayant vécu à l'époque de Crésus, à qui il proposa de franchir l'Halys sans pont, après avoir détourné le cours du fleuve[7].

1. Cf. la collection des *Apophtegmes des Sept Sages* attribuée à Démétrios de Phalère, conservée par Stobée III 1, 172 (DK 10, t. I, p. 62-66). Les chiffres entre parenthèses renvoient à la numérotation des maximes chez Stobée. La section similaire présentant les « conseils » de Solon (I 60) sera attribuée au traité d'Apollodore (l'Épicurien ?), *Sur les sectes philosophiques*.

2. Voir aussi les témoignages de DK A 16.

3. *FGrHist* 244 F 28.

4. En 624/3. Les manuscrits ont 35e, soit 640/39. La correction de Diels est acceptée par Jacoby (*Apollodors Chronik*, p. 178), bien que Diels lui-même l'ait par la suite abandonnée. Pour sa justification, voir Note complémentaire 1 (p. 158). Il est évidemment possible que Diogène ait déjà connu des chiffres erronés. A cette date de naissance (624/3) correspond parfaitement une *acmè* en 585/4 (Ol. 48,3) ; or c'est, d'après I 23, l'année de l'éclipse prédite par Thalès!

5. Fr. 1 Giannattasio Andria.

6. Voir Note complémentaire 1 (p. 158).

7. Cf. Hérodote I 75.

Homonymes[1]

Il y eut, selon Démétrios de Magnésie dans ses *Homonymes*[2], cinq autres Thalès : un rhéteur de mauvais goût, originaire de Callatis[3] ; un peintre de grand talent, originaire de Sicyone ; un autre très ancien, contemporain d'Hésiode, d'Homère et de Lycurgue ; un quatrième mentionné par Douris dans son ouvrage *Sur la peinture*[4] ; un cinquième, plus récent, peu connu, mentionné par Denys[5] dans ses *Études critiques*.

Mort et épitaphe

39 Le sage donc mourut[6] en regardant un concours gymnique – de chaleur, de soif et de faiblesse –, alors qu'il était déjà âgé. Et sur son tombeau fut inscrit[7] :

> Ce tombeau est certes étroit, mais considère qu'elle atteint les [dimensions du ciel,
> La gloire de Thalès, l'homme très sensé.

Épigramme laërtienne

Nous avons nous-même écrit à son sujet l'épigramme suivante dans le premier livre de nos *Épigrammes*, également intitulé *Pammétros*[8] :

---

1. La place normale de ce développement sur les homonymes d'un philosophe devrait être à la toute fin de la vie.
2. Fr. 8 Mejer.
3. En Mysie. Le terme κακόζηλος dont se sert Diogène pour qualifier ce rhéteur est expliqué par Quintilien, *Instit. Orat.* VIII 3, 56, comme *mala adfectatio per omne dicendi genus.* Cf. E. Diehl, art. « Thales » 2, *RE* V A 1, 1934, col. 1212. Voir aussi Pseudo-Hermogène, *De inventione*, IV 12, p. 202-204 Rabe; traduit dans M. Patillon, *Hermogène, L'art rhétorique*, Paris 1997, p. 310-312 (« Le style fautif »).
4. *FGrHist* 76 F 31.
5. Denys d'Halicarnasse?
6. D'autres témoignages situent la mort du philosophe sur l'île de Ténède (DK A 8). Une lettre apocryphe citée par D. L. en II 4 fait de la chute de Thalès dans un fossé alors qu'il allait observer les étoiles, l'occasion de sa mort. Cf. l'anecdote de I 34.
7. *Anth. Pal.* VII 84 = Lobôn, fr. 510 *Suppl. Hell.*
8. *Anth. Pal.* VII 85. Le recueil intitulé *Pammétros* était apparemment le premier livre des *Épigrammes* de Diogène Laërce. Selon I 63, Diogène y traitait de « la fin de tous les hommes illustres dans tous les mètres et tous les rythmes,

Un jour, alors qu'une fois encore il regardait un concours gymnique,
Tu enlevas du stade, Zeus-Soleil, Thalès, l'homme sage.
J'approuve que tu l'aies rapproché de toi.
Car il est vrai que le vieil homme ne pouvait plus voir les astres
[depuis la terre.

Maxime principale

40 Il est l'auteur du « Connais-toi toi-même », dont Antisthène[1], dans ses *Successions*, dit qu'il est de Phémonoé[2] et que Chilôn se l'est approprié.

<INTRODUCTION GÉNÉRALE SUR LES SEPT SAGES>[3]

Sur les Sept – il convient en effet de faire mention d'eux en termes généraux en cet endroit –, on rapporte les choses suivantes.

Damon de Cyrène, qui a écrit *Sur les philosophes*[4], les prend tous à partie, mais surtout les Sept.

Anaximène[5] dit que tous se sont appliqués à la poésie.

Dicéarque[6] dit qu'ils ne furent ni sages ni philosophes, mais des hommes avisés et des législateurs.

---

sous forme d'épigrammes et de chants ». La plus grande partie des épigrammes qu'il cite dans les *Vies* concerne effectivement la mort des philosophes.

1. *FGrHist* 508 F 3 = fr. 3 Giannattasio Andria. Antisthène de Rhodes était l'auteur de *Successions des philosophes*, dont le titre complet figure en II 39.

2. Fille d'Apollon.

3. Ce développement général sur les sept Sages aurait dû figurer en tête des vies des Sages. Pour une explication de son emplacement actuel, voir l'Introduction au livre I.

4. *FHG* IV 377.

5. *FGrHist* 72 F 22.

6. Fr. 32 Wehrli.

Archétimos de Syracuse[1] a consigné un échange tenu entre eux chez Cypsélos[2], où lui-même se trouvait être présent ; Éphore[3] cependant (situe cet échange) chez Crésus sans Thalès. Certains disent qu'ils se sont rencontrés à Paniônion[4], à Corinthe et à Delphes.

41 On constate des désaccords concernant les déclarations (qui leur sont attribuées) et la même est prêtée à l'un ou à l'autre, comme c'est le cas (pour la déclaration suivante) :

Il y avait un sage lacédémonien du nom de Chilôn qui a dit ceci :
Rien de trop[5]. A point nommé viennent toutes les belles choses.

On discute également au sujet de leur nombre. Car Léandrios[6] retient, à la place de Cléobule et Myson, Léophantos, fils de Gorsiadas, de Lébédée ou d'Éphèse, et Épiménide le Crétois. Platon dans le *Protagoras*[7] (met) Myson à la place de Périandre. Éphore[8], lui, (met) à la place de Myson Anacharsis. Certains inscrivent aussi (dans la liste) le nom de Pythagore.

Quant à Dicéarque[9], il nous transmet quatre (noms) unanimement acceptés : Thalès, Bias, Pittacos, Solon. Il en nomme six autres parmi lesquels trois sont choisis : Aristodème, Pamphylos, Chilôn de Sparte, Cléobule, Anacharsis, Périandre. Certains ajoutent Acousilaos, fils de Caba ou de Scabra, d'Argos.

42 Hermippe, dans son ouvrage *Sur les Sages*[10], dit (qu'on en a connu) dix-sept, parmi lesquels on a choisi différents groupes de sept. Il s'agit de Solon, Thalès, Pittacos, Bias, Chilôn, <Myson,> Cléobule, Périandre, Anacharsis, Acousilaos, Épiménide, Léophantos, Phérécyde, Aristodème, Pythagore, Lasos, fils de Charmantidès

---

1. *FHG* IV 318.
2. Tyran de Corinthe, le père de Périandre selon I 94.
3. *FGrHist* 70 F 181.
4. Sanctuaire près de Mycale.
5. Μηδὲν ἄγαν sera présenté comme le mot caractéristique de Solon en I 63.
6. *FGrHist* 492 F 16. Keil a proposé de corriger ici, comme en I 28 (voir la note), Léandrios en Méandrios.
7. Platon, *Protagoras* 343 a.
8. *FGrHist* 70 F 182.
9. Fr. 32 Wehrli.
10. Fr. 6 Wehrli.

ou de Sisymbrinos – ou encore, selon Aristoxène[1], de Chabrinos –, d'Hermione, Anaxagore.

Mais Hippobote dans son *Registre des philosophes*[2] (donne les noms suivants) : Orphée, Linos, Solon, Périandre, Anacharsis, Cléobule, Myson, Thalès, Bias, Pittacos, Épicharme, Pythagore.

Lettres[3]

Circulent aussi de Thalès les lettres suivantes[4] :

Thalès à Phérécyde[5].

43 « J'apprends que tu seras le premier des Ioniens à faire paraître chez les Grecs des traités sur les réalités divines. Et peut-être ta décision est-elle juste de rendre public (cet) écrit, plutôt que de confier la chose à n'importe qui sans aucun profit. Si cela te plaît, je veux bien devenir ton correspondant[6] pour tout ce que tu écris ; et si tu m'y invites, j'irai près de toi à Syros. Car Solon d'Athènes et moi-même, nous ne serions pas raisonnables, assurément, si nous avions fait voile vers la Crète pour étudier le savoir de cette région et si nous avions fait voile vers l'Égypte pour nous entretenir avec tous les prêtres et les astronomes que compte ce pays, mais ne faisions

1. Fr. 86 Wehrli.
2. Fr. 6 Gigante.
3. Ces lettres ont été ajoutées tardivement par Diogène, après l'insertion de l'exposé général sur les Sages. Diogène a dû considérer que la vie de Thalès s'achevait au point précis où commençait la vie de Solon, oubliant qu'il était entré dans une longue digression. Sur ce matériel littéraire, voir l'Introduction au livre I.
4. P. 740 Hercher.
5. La réponse de Phérécyde se lit en I 122.
6. Λεσχηνώτης ne revient que dans les deux lettres d'Anaximène à Pythagore citées par Diogène en II 4 et 5, ce qui est, en passant, une preuve de la commune origine pseudépigraphique de ces lettres. La *Souda* donne un sens invraisemblable : ὁ ὑϐρίστης. Dans les lettres d'Anaximène, il a assez nettement le sens de « disciple ». Anaximène dit, à propos de Thalès, puis de ses propres disciples : ἡμέες δὲ οἱ λεσχηνῶται... οἵ τε ἡμέων παῖδές τε καὶ λεσχηνῶται. Dans la seconde lettre, il parle des disciples siciliotes de Pythagore : φοιτέουσι δέ τοι λεσχηνῶται καὶ ἐκ Σικελίης. Ici, le terme évoque plutôt un rapport littéraire, l'éventualité que Thalès se rende auprès de Phérécyde, pour y devenir son « disciple » ou son « interlocuteur » n'étant envisagée que dans la phrase suivante.

pas voile vers toi. Solon en effet viendra lui aussi, si tu le permets. **44** Toi qui es attaché à ton pays, tu viens rarement en Ionie et le désir (de rencontrer) des étrangers ne t'étreint pas, mais, ainsi que je le suppose, tu ne t'adonnes qu'à une seule activité : écrire. Nous en revanche qui n'écrivons pas nous parcourons la Grèce et l'Asie. »

Thalès à Solon[1].

« Si tu quittes les Athéniens, il me semble qu'il serait pour toi des plus approprié d'établir ta demeure à Milet, parmi les colons de chez vous. Car ici il n'y a pour toi aucun danger. Si tu es irrité par le fait que nous aussi les Milésiens sommes sous le joug d'un tyran[2] – tu détestes en effet tous les dictateurs[3] –, tu pourrais au moins te réjouir de vivre avec nous tes compagnons. Mais Bias aussi t'a écrit de venir à Priène. Si la ville de Priène te convient davantage, alors va y habiter et c'est nous qui irons habiter auprès de toi. »

1. P. 740 Hercher.
2. Thrasybule de Milet (cf. I 27).
3. Littéralement : « les asymnètes ».

SOLON

45 Solon[1], fils d'Exèkestidès, de Salamine.

Les lois de Solon

Il introduisit tout d'abord la séisachthie[2] à Athènes. Il s'agissait d'une délivrance des personnes et des propriétés. On prêtait en effet en prenant les personnes en gage et beaucoup travaillaient à gages à cause de leur indigence[3]. Alors que sept talents[4] lui étaient dus par droit d'héritage paternel, le premier il y renonça et incita les autres à faire de même. Et cette loi fut appelée séisachthie : on voit clairement pour quelle raison.

Par la suite il promulgua les autres lois – il serait trop long de les passer en revue – et il les consigna sur les tablettes pivotantes[5].

La conquête de Salamine[6]

46 Mais son plus grand titre de gloire (doit être raconté). Alors que sa patrie [Salamine] faisait l'objet d'une dispute entre Athéniens et Mégariens et que les Athéniens, qui avaient à plusieurs reprises

---

1. Cf. A. Martina, *Solon, Testimonia Veterum,* Roma 1968.
2. Cf. Aristote, *Constitution des Athéniens* 6, 1. Plutarque, *Vie de Solon* 15, 2-6, voit dans ce terme (litt. *rejet d'un fardeau*) un des euphémismes qu'affectionnaient les Athéniens : il désignait les ordonnances libérant de l'esclavage pour dette. On discutait dans l'Antiquité pour savoir si les dettes elles-mêmes avaient été abolies ou seulement leurs intérêts allégés. Plutarque cite des vers de Solon supportant la première interprétation.
3. Cf. Aristote, *Constitution des Athéniens* 2, 2.
4. Plutarque, *Vie de Solon* 15, 9, connaît d'autres chiffres. La préparation de la loi donna lieu à un « délit d'initiés » chez quelques amis de Solon qui s'endettèrent au bon moment. Cf. Aristote, *Constitution des Athéniens* 6, 2-3 ; Plutarque, *Vie de Solon* 15, 7-9.
5. Sur les *axones*, voir Plutarque, *Vie de Solon* 25, 1-2, qui précise que des vestiges en étaient encore conservés au Prytanée de son temps.
6. Voir le récit plus détaillé donné par Plutarque, *Vie de Solon* 8-10.

essuyé des revers dans leurs batailles, avaient voté la condamnation à mort de quiconque proposerait encore de partir en guerre pour la conquête de Salamine, notre homme qui contrefaisait le délire prophétique[1] et s'était mis une couronne sur la tête[2] se précipita sur l'agora; là, il fit lire aux Athéniens, par la voix du héraut, les vers élégiaques qui visaient l'engagement pour Salamine[3] et il les poussa en ce sens. Et une fois encore ils se mirent en guerre contre les Mégariens et obtinrent la victoire grâce à Solon. **47** Les vers élégiaques qui touchèrent le plus les Athéniens étaient les suivants[4]:

> Que ne suis-je en ce moment de Pholégandros ou de Sicinos
> plutôt que d'Athènes, grâce à un changement de patrie!
> Car la rumeur suivante pourrait rapidement circuler parmi les [hommes:
> Cet homme vient de l'Attique, un de ceux qui ont perdu Salamine!

Ensuite[5]:

> Allons à Salamine, combattre pour une île
> désirée et rejeter une honte accablante.

Il les persuada aussi de s'emparer également de la Chersonnèse de Thrace[6]. **48** Mais afin de ne pas avoir l'air de s'être emparé de Salamine seulement par la force, mais aussi en vertu du droit, il fit déterrer quelques tombes et montra que les morts étaient tournés vers l'Orient[7], conformément à la coutume funéraire à Athènes; de plus, que les tombes elles-mêmes regardaient vers le Levant et que les

---

1. Comme me l'indique M. Patillon, la couronne et l'intervention du héraut suggèrent de ne pas voir dans μαίνεσθαι une simple folie.

2. Un petit bonnet *(pilidion)* ridicule selon Plutarque, *Vie de Solon* 8, 1.

3. Selon Plutarque, *Vie de Solon* 8, 2, ce poème intitulé *Salamine* comprenait cent vers.

4. Fr. 2 West.

5. Fr. 3 West.

6. Cette phrase fait figure d'addition interrompant le récit de la conquête de Salamine.

7. Solon voulait donc montrer qu'anciennement les coutumes funéraires de Salamine étaient identiques aux coutumes athéniennes. Selon Plutarque, *Vie de Solon* 10, 4, ces morts avaient leur visage tourné vers l'occident et non vers l'orient; c'est au contraire à Mégare qu'ils regardaient vers l'orient. Un oracle delphique rendu à Solon (cf. Plutarque, *Vie de Solon* 9, 1) semble confirmer le point de vue de Plutarque, appuyé également par Élien, *Hist. Var.* V 14.

noms gravés indiquaient les dèmes d'origine, pratique qui était propre aux Athéniens.

Certains disent qu'il aurait également inséré dans le *Catalogue* d'Homère[1] – à la suite du vers

> De Salamine, Ajax amenait douze nefs –
> Qu'il a conduites là, près des troupes d'Athènes[2].

Solon et Pisistrate

49 Par la suite le peuple lui était attaché et aurait volontiers consenti à l'avoir comme tyran[3]. Lui cependant ne le voulut point. Bien plus, ayant pressenti les ambitions personnelles de Pisistrate – son parent[4] à ce que dit Sosicrate[5] –, il lui fit obstacle. Ayant bondi en effet dans l'assemblée avec une lance et un bouclier, il annonça à l'avance aux membres (de l'assemblée) l'ambition de Pisistrate; bien plus, (il déclara) qu'il était prêt à porter secours (aux Athéniens), en prononçant les mots suivants : « Citoyens d'Athènes, je suis plus avisé que certains, plus courageux que d'autres : plus avisé que ceux qui ne perçoivent pas la fourberie de Pisistrate, plus courageux que ceux qui sont au courant, mais qui se taisent parce qu'ils ont peur »[6]. Et le Conseil, formé de gens du parti de Pisistrate, dit qu'il était fou. A cause de cela, il dit ce qui suit[7] :

> Sous peu de temps, à coup sûr, aux citoyens mon délire apparaîtra.
> Oui, il apparaîtra, quand sur la place publique la vérité s'avancera.

50 Quant aux vers élégiaques dans lesquels il a prédit la tyrannie de Pisistrate, voici quels ils étaient[8] :

---

1. Homère, *Il.*, II 557-558.
2. Je reprends la traduction donnée par R. Flacelière pour le parallèle dans Plutarque, *Vie de Solon* 10, 2. Ce vers permettait d'appuyer sur l'antique témoignage d'Homère les droits d'Athènes sur Salamine.
3. Cf. Plutarque, *Vie de Solon* 14, 4-9.
4. Selon Héraclide du Pont (*ap.* Plutarque, *Vie de Solon* 1, 3), la mère de Solon était cousine germaine de la mère de Pisistrate.
5. Fr. 2 Giannattasio Andria.
6. Cf. Aristote, *Constitution des Athéniens* 14, 2 ; Plutarque, *Vie de Solon* 30, 4.
7. Fr. 10 West.
8. Fr. 9 West.

De la nuée provient la force de la neige et de la grêle;
Et le tonnerre naît de l'éclair brillant[1].
D'hommes puissants vient la perte d'une Cité; mais c'est l'ignorance
Qui plonge un peuple dans la servitude d'un souverain absolu.

Alors que déjà Pisistrate était au pouvoir, comme on ne le croyait pas, il déposa les armes devant le quartier général.

Les voyages de Solon

Après avoir dit: « Ma patrie, je t'ai porté secours par mes paroles et mes actions »[2], il prit la mer en direction de l'Égypte[3] et de Chypre et se rendit chez Crésus. C'est à cette occasion qu'à la question: « Qui te semble heureux ? », il répondit: « Tellos d'Athènes, Cléobis et Biton » et fit les autres déclarations bien connues[4]. **51** Certains disent que Crésus, après s'être paré de tous ses atours et s'être assis sur son trône, lui demanda s'il avait déjà contemplé plus joli spectacle. Solon répondit: « (Oui,) des coqs faisans[5] et des paons, car ils sont parés d'un éclat naturel et mille fois plus beau ». Ayant quitté cet endroit[6] il vint en Cilicie et fonda une ville qu'il appela Soles[7],

---

1. Plutarque, *Vie de Solon* 3, 7, cite ce distique, suivi d'un autre (Diehl, fr. 11 = 12 West = 13 Gentili-Prato), pour illustrer la « simplicité archaïque » des théories physiques de Solon.

2. Selon Aristote, *Constitution des Athéniens* 11, 1 et Plutarque, *Vie de Solon* 25, 5-6, c'est pour ne pas être obligé de modifier ses lois sous la pression des citoyens que Solon quitta Athènes pour dix ans. Ces voyages n'étaient donc pas liés à la tyrannie de Pisistrate.

3. Solon y aurait philosophé avec les prêtres savants Psénopis d'Héliopolis et Sonkhis de Saïs, de qui il apprit l'histoire de l'Atlantide (Plutarque, *Vie de Solon* 26, 1). Sur l'ouvrage qu'il avait commencé sur ce sujet et dont le thème fut repris par Platon, voir *ibid.*, 31, 6 - 32, 2.

4. La rencontre de Solon et de Crésus (Hérodote I 29-33), dont on dénonçait l'anachronisme déjà dans l'Antiquité (Plutarque, *Vie de Solon* 27, 1), est racontée en détail par Plutarque (27, 1-9). Sur Tellos, Cléobis et Biton, voir Hérodote I 30-31.

5. Cobet et Long comprennent ici: « des coqs <et> des faisans et des paons ». Mais φασιανούς peut ici être compris comme un adjectif (cf. II 30), ainsi que l'a souligné M. Gigante, *Gnomon* 45, 1973, p. 548, et dans sa traduction, p. 463 n. 159.

6. Cf. Hérodote I 33.

7. Plutarque, *Vie de Solon* 26, 2-4, ne parle pas de la fondation de Soles en Cilicie (voir Étienne de Byzance, *s.v.* Σόλοι), mais raconte que Solon suggéra au roi Philokypros de Chypre (une visite de Solon chez ce roi est déjà connue

d'après son propre nom. Il y établit quelques Athéniens, dont on a dit qu'avec le temps, à cause de la rupture linguistique avec leur patrie, ils commettaient des *solécismes*[1]. Et les habitants de cette ville s'appellent les Soles, tandis que ceux de Chypre s'appellent les Soliens.

Lorsqu'il apprit que d'ores et déjà Pisistrate exerçait la tyrannie, il écrivit aux Athéniens ce qui suit[2] :

52 Si vous avez gravement souffert du fait de votre bassesse,
N'attribuez pas ces vicissitudes aux dieux comme une fatalité.
Car ces gens, c'est vous-mêmes qui les avez fait grandir, en donnant [des gages,
Et c'est pour cela que vous avez supporté une dure servitude.
Chacun de vous marche sur les traces du renard,
Mais à vous tous ensemble n'appartient qu'un esprit léger.
Car vous êtes attentifs à la langue et au discours trompeur d'un [homme,
Mais vous ne voyez jamais l'acte qui se réalise[3].

Voilà les paroles de Solon.

Lettre de Pisistrate

Pisistrate écrivit à Solon alors en exil en ces termes[4] :

---

d'Hérodote V 113) de déplacer et d'agrandir sa ville d'Aïpéia : en reconnaissance le roi fit rebaptiser la ville du nom de Soles.

1. Cf. Strabon XIV 2, 28.
2. Fr. 11 West.
3. Plutarque, *Vie de Solon* 30, 8, cite (avec des variantes) les deux premiers distiques. Il avait auparavant (30, 3) cité les deux derniers en ordre inverse et en omettant le vers qui chez Diogène vient à la fin. Le vocabulaire des deux premiers distiques pourrait suggérer que ces quatre vers se rapportaient à la législation des séisachthies plutôt qu'à la lutte contre la tyrannie de Pisistrate.
4. P. 490 Hercher. La réponse de Solon à Pisistrate sera citée en I 66-67. En interprétant cette lettre dans le cadre du « roman par lettres » que constitueraient, selon lui, les lettres des sept Sages, Dührsen (dans son article signalé dans l'introduction au livre I) est amené à voir dans les paroles de Pisistrate la fourberie du tyran. La réponse de Solon en I 66-67 et le témoignage d'Aristote invitent au contraire à reconnaître une certaine bonne volonté dans le comportement du tyran athénien.

Pisistrate à Solon.

53 « Je ne suis pas le seul des Grecs à avoir aspiré à la tyrannie et ce n'était pas une prétention déplacée pour moi, un descendant de Codros. Car j'ai repris possession de ce que les Athéniens avaient juré d'accorder à Codros et à sa descendance, mais qu'ils lui avaient enlevé. Pour le reste, je ne commets aucune faute ni concernant les dieux, ni concernant les hommes : c'est selon les lois que tu as toi-même mises en place pour les Athéniens que je les laisse mener leur vie publique. Et ils vivent politiquement mieux qu'en démocratie. Je ne laisse en effet personne marquer de la démesure. Et moi, le tyran, il ne m'est accordé aucun honneur ni aucune considération d'exception[1], mais seulement les privilèges expressément accordés déjà aux rois des temps passés. Chaque Athénien apporte la dixième partie de ses revenus[2], non pas à moi, mais à une caisse dont les fonds seront dépensés pour les sacrifices publics et pour tout autre besoin collectif, ou bien dans le cas où une guerre nous serait imposée.

54 Toi cependant, je ne te reproche pas d'avoir révélé mon intention, car tu l'as fait par bienveillance pour la cité plutôt que par inimitié à mon égard ; c'est aussi par ignorance de la sorte de pouvoir que j'allais mettre en place, car, l'ayant su, tu aurais vraisemblablement toléré qu'il se mette en place et tu n'aurais pas pris le chemin de l'exil. Reviens donc chez toi, me faisant confiance sans qu'il soit besoin de serment (quand je dis) que Solon ne subira jamais rien de fâcheux de la part de Pisistrate. Sache en effet qu'aucun autre de mes ennemis n'a subi de dommages. Si en revanche tu juges bon d'être l'un de mes amis, tu seras parmi les premiers, car je ne vois en toi rien de trompeur ni de perfide. Mais si (tu préfères) habiter Athènes à un autre titre, cela te sera permis. Mais à cause de nous ne reste pas privé de ta patrie. »

55 Voilà ce que lui écrivit Pisistrate.

Solon dit que la limite de la vie humaine est de soixante-dix ans[3].

1. Cf. Aristote, *Constitution des Athéniens* 16, 8 (à propos de Pisistrate) : « Il voulait gouverner selon les lois sans s'accorder aucune prérogative. »

2. Ou : « de son héritage » (κλῆρος). Cf. Aristote, *Constitution des Athéniens* 16, 4 : « Il prélevait la dîme des produits. »

3. Déjà chez Hérodote I 32.

Les lois de Solon

C'est lui, semble-t-il, qui a établi les plus belles des lois : *Si quelqu'un ne nourrit pas ses parents, qu'il soit privé de ses droits civiques.* Et de même[1] pour celui qui a dilapidé son patrimoine. Et aussi : *Que l'oisif soit tenu à rendre des comptes à quiconque voudra l'assigner en justice.* Lysias cependant dans son *Contre Nicidas*[2] dit que c'est Dracon qui a écrit cette loi et que Solon a stipulé d'exclure le prostitué de la tribune.

Solon et les athlètes[3]

Il limita également les honneurs décernés aux athlètes dans les compétitions, fixant pour un vainqueur aux Jeux Olympiques la somme de cinq cents drachmes, pour un vainqueur aux Jeux Isthmiques cent et pour les autres une somme proportionnelle[4]. C'était en effet un manque de goût que d'honorer ces gens-là, plutôt que ceux-là seuls qui étaient morts à la guerre : eux dont il fallait en outre nourrir et former les fils aux frais de l'État. **56** A la suite de ces mesures, de nombreux citoyens s'efforçaient de devenir de valeureux combattants à la guerre, tels Polyzélos, Cynégiros, Callimaque, et tous les combattants de Marathon. Ce fut également le cas d'Harmodios et Aristogiton, de Miltiade, et de milliers d'autres. Quant aux athlètes, leur entraînement coûte cher, vainqueurs ils sont dangereux ; la couronne de leur victoire, ils l'emportent davantage contre leur patrie que contre leurs adversaires ; en vieillissant, selon le vers d'Euripide :

---

1. Long met un point entre ὁμοίως et καί (p. 23, 9-10). On pourrait couper la phrase avant ὁμοίως ou ne pas la couper du tout. Il en résulterait deux interprétations supplémentaires : dans le premier cas, celui qui dilapide son patrimoine recevrait le même châtiment que le fils indigne, puis serait examiné le cas de l'oisif (pour Ὁμοίως καί en début de phrase, voir VI 39, VII 144, VII 51). Dans l'autre cas, celui qui dilapide son patrimoine recevrait la même peine que l'oisif (pour ce sens d'ὁμοίως καί, voir VII 112, X 25).

2. Le nom est diversement transmis par les manuscrits, le discours de Lysias est perdu et son authenticité douteuse. Cf. Lysias, *Discours* 100 Thalheim.

3. La diatribe contre les athlètes doit être rapprochée de Diodore de Sicile IX 2, 5 (sortie contre les athlètes dans une vie de Solon).

4. Cf. Plutarque, *Vie de Solon* 23, 3.

Ils s'en vont comme des manteaux qui ont perdu leur fil[1].

Voyant cela, Solon les accueillit sans excès de faveur.

Autres lois

Une autre loi excellente est la suivante: *Le tuteur ne vivra pas avec la mère des orphelins et celui à qui doit aller l'héritage à la mort des orphelins ne sera pas leur tuteur.* **57** Celle-ci encore: *Il n'est pas permis à un graveur de sceaux de conserver l'empreinte de l'anneau qu'il a vendu.* Et: *Si quelqu'un crève l'œil d'un borgne, qu'on lui crève les deux yeux. Ce que tu n'as pas mis en dépôt, ne le reprends pas; sinon, la peine est la mort. Pour l'archonte, s'il est surpris en état d'ivresse, la peine est la mort.*

Solon et Homère

Il décréta par écrit que les rhapsodies d'Homère devaient être récitées l'une à la suite de l'autre: en ce sens que, là où s'était arrêté le premier, le suivant devait commencer[2]. Solon a donc davantage que Pisistrate éclairé Homère, comme le dit Dieuchidas dans le cinquième livre de ses *Mégariques*[3]. Cela concernait principalement les vers suivants: « Ensuite ceux qui habitaient Athènes », etc.[4]

Inventions de Solon

58 Solon le premier appela le trentième jour (du mois) ancien et nouveau[5]. Le premier il institua l'assemblée des neuf archontes[6] pour qu'ils discutent (entre eux), comme le dit Apollodore dans le deuxième livre *Sur les législateurs*[7].

---

1. Euripide, fr. 282, 12 Nauck[2].
2. Cette pratique devait correspondre à une volonté de stabiliser le texte d'Homère.
3. *FGrHist* 485 F 6.
4. Diogène pense au catalogue des vaisseaux achéens, notamment ceux d'Athènes (Homère, *Il.* II 546-556).
5. Cf. Plutarque, *Vie de Solon* 25, 4-5.
6. Cf. Aristote, *Constitution des Athéniens* 3, 5; Plutarque, *Vie de Solon* 19, 1.
7. Apollodore l'Épicurien (*DPhA* A 243).

Lorsque survint la guerre civile il ne se rangea ni avec ceux de la ville, ni avec ceux de la plaine, ni non plus avec ceux de la côte[1].

Dits

Il disait que le discours est un reflet des actions ; que le roi est le plus fort par sa puissance; les lois sont pareilles à des toiles d'araignée: car si quelque chose de léger et faible tombe dedans, elles l'empêchent de passer, mais si c'est quelque chose de plus grand, cela rompt la toile et s'en va[2]. Il disait que le sceau de la parole est le silence, le sceau du silence le moment opportun[3]. **59** Il disait que ceux qui ont du pouvoir aux côtés des tyrans sont pareils aux cailloux qu'on utilise pour compter: chacun de ceux-ci en effet vaut tantôt plus, tantôt moins ; et chacun de ceux-là, les tyrans le rendent tantôt grand et illustre, tantôt privé d'honneur.

Comme on lui demandait pourquoi il n'avait établi aucune loi contre les parricides, il dit: « Par espoir que cela n'arrive pas[4] ». « Comment (faire) pour que les hommes commettent le moins possible d'injustices ? » « Ce serait, dit-il, si ceux qui ne sont pas lésés le supportaient aussi mal que ceux qui sont lésés ». (Il disait aussi que) « la satiété est engendrée par la richesse, la démesure par la satiété[5] ».

Il demanda aux Athéniens de compter les jours d'après la lune.

Il empêcha Thespis de faire représenter des tragédies, arguant que le mensonge n'est pas profitable[6]. **60** Lorsque par conséquent

---

1. Sur ces partis athéniens, cf. Aristote, *Constitution des Athéniens* 13, 4 ; Plutarque, *Vie de Solon* 13, 2 et 29, 1. Ces sources ne parlent pas d'un parti de la ville, mais d'un parti de la montagne, dirigé par Pisistrate.

2. La comparaison est attribuée à Anacharsis par Plutarque, *Vie de Solon* 5, 4 (où elle vise d'ailleurs l'activité législatrice de Solon), Valère Maxime VII 2 ext. 14 et Eunape, *Chronique* I 269, 5. Cf. J.F. Kindstand, *Anacharsis. The Legend and the Apophthegmata*, Uppsala 1981, p. 118-119, fr. A 41 A-B qui ne semble pas connaître le passage d'Eunape.

3. Autrement dit, il faut savoir se taire et parler au bon moment.

4. C'est le sens que propose LSJ pour ἀπελπίσαι, plutôt que « parce que le cas m'a paru désespéré », car cela ne justifierait pas l'absence d'une loi.

5. Aristote, *Constitution des Athéniens* 12, 2, cite de Solon le distique suivant : « Car la satiété engendre la démesure, quand une grande fortune échoit à ceux qui n'ont pas une sagesse suffisante » (trad. Mathieu et Haussoullier).

6. Parce que l'*hypocrisia* de l'acteur est une incitation à l'hypocrisie tout court.

Pisistrate se blessa lui-même[1], il dit que c'est de là[2] que venaient de tels comportements.

Conseils

Il donna aux hommes les conseils suivants, d'après Apollodore dans son traité *Sur les écoles de pensée philosophiques*[3]. Fais davantage confiance à la bonté morale qu'à un serment (4). Ne mens pas (6). Pratique les belles actions (7). Ne te fais pas rapidement des amis; ceux que tu t'es faits, ne les rejette pas (9). Commande en ayant d'abord appris à être commandé (10). Ne donne pas les conseils les plus agréables, mais les meilleurs (12). Prends pour guide la raison. Ne fréquente pas les méchants (14). Honore les dieux. Respecte tes parents.

Solon et Mimnerme

On dit qu'alors que Mimnerme avait écrit[4]:

> Ah oui ! puissé-je, sans maladie ni pénible inquiétude
> A l'âge de soixante ans trouver la mort qui m'est destinée !

61 Solon dit sous mode de reproche à son endroit[5]:

> En vérité, si tu veux bien m'en croire en ce moment encore,
> Supprime ce vers. Et ne m'en veux pas d'avoir retravaillé ton vers.
> Et change ton poème, Chanteur harmonieux. Chante comme ceci :
> A l'âge de quatre-vingts ans, trouver la mort qui m'est destinée !

Chants

Parmi les chants qu'on lui attribue figurent les suivants :

---

1. Ce détail relatif à l'accession de Pisistrate à la tyrannie est évoqué dans la lettre de Solon à Épiménide citée en I 64-66.

2. Du mensonge accepté dans la représentation dramatique.

3. Cet ensemble de conseils que l'on trouve pour les sept premiers Sages (pour Thalès, voir plus haut I 37) et qui sont conservés parallèlement dans les *Apophtegmes des Sept Sages* attribués à Démétrios de Phalère (dans Stobée III 1, 172) est donc ici présenté comme un emprunt à Apollodore (sans doute le scholarque épicurien du IIe s. av. J.-C. = *DPhA* A 243). Cf. Diels-Kranz, t. I, p. 13-24. Les chiffres entre parenthèses renvoient à la numérotation des maximes chez Stobée.

4. Fr. 6 West.

5. Fr. 20 West.

Surveillant tout un chacun, vois
S'il n'y a aucune haine cachée dans son cœur,
Alors qu'il parle avec un visage radieux,
Et s'il n'a pas une langue au double langage
Qui lui vient d'un esprit sombre.

Écrits

Il a écrit, bien sûr, les lois, des discours publics et des conseils à lui-même destinés, des élégies, ainsi que les vers, au nombre de cinq mille, sur Salamine et la constitution des Athéniens, et encore des iambes et des épodes.

Inscription

62 Sur le buste qui le représente[1] sont inscrits les vers suivants[2]:

La Salamine qui a mis un terme à l'injuste démesure des Mèdes,
c'est elle qui donne naissance à Solon, le législateur sacré que voici.

Chronologie

Il était donc dans la force de l'âge en la quarante-sixième Olympiade, dans la troisième année de laquelle il fut archonte à Athènes[3], comme le dit Sosicrate[4]: c'est à ce moment-là aussi qu'il promulgue ses lois. Il mourut à Chypre (ayant vécu) quatre-vingts ans[5], après

1. Il ne s'agit pas d'inscriptions sur des statues officielles, mais de maximes portées sur des bustes privés. Diogène en rapporte pour plusieurs sages, peut-être à la suite de Lobôn d'Argos.

2. Lobôn, fr. 511 *Suppl. Hell.* Long renvoie à *Anth. Pal.* VII 86 qui est semblable, mais l'épigramme de Diogène Laërce est celle qui est citée en IX 595 *bis.* Les deux poèmes sont anonymes dans l'*Anthologie.* Plutôt que τεκνοῖ, l'*Anthologie* a ἔχει, qui convient mieux pour le sens et pour les temps: « qui conserve (le corps) de Solon... » Mais il faut laisser à Diogène son texte.

3. 594/593. La naissance de Solon était donc fixée quarante ans auparavant, soit en Ol. 36(,3 ou 4), vers 634/2, selon Jacoby, *Apollodors Chronik,* p. 173.

4. Fr. 3 Giannattasio Andria.

5. Plutarque, *Vie de Solon* 32, 3, rapporte que selon Phanias de Lesbos (ou d'Érèse) Solon mourut sous l'archontat d'Hégestratos (561/560), alors que Pisistrate avait commencé à exercer la tyrannie sous l'archonte précédent, Coméas. On ne peut mettre cette date (par ailleurs vraisemblable, selon Jacoby, *Apollodors Chronik,* p. 174) en accord avec la date de naissance déduite de l'*acmè* retenue par Diogène (voir note 3 ci-dessus) qu'en rejetant le témoignage

avoir prescrit aux siens de rapporter ses ossements à Salamine et, une fois incinérés, d'en ensemencer les champs. C'est aussi pourquoi Cratinos dans *Les Chirons*[1] lui fait dire :

> J'habite[2] une île, comme on le rapporte chez les hommes,
> car je fus disséminé sur toute la cité[3] d'Ajax.

Épigramme laërtienne

63 Nous avons nous aussi écrit une épigramme dans notre *Pammétros* déjà citée où j'ai traité de la fin de tous les hommes illustres dans tous les mètres et tous les rythmes, sous forme d'épigrammes et de chants. La voici[4] :

> Le corps de Solon, le feu chypriote l'a détruit sur une terre [étrangère ;
> Mais Salamine contient ses os, dont la poussière est devenue grains [de blé.
> Son âme cependant, des tablettes pivotantes[5] aussitôt l'ont amenée [au ciel,
> Car il a superbement établi à leur intention les plus légères des lois.

Apophtegme distinctif

On dit que son apophtegme était : « Rien de trop ».

Selon Dioscouride dans ses *Mémorables*[6], alors qu'il pleurait la mort de son fils – dont pour notre part nous n'avons rien appris (dans nos lectures) –, il répondit à celui qui lui disait : « Tu n'y peux rien » : « Voilà pourquoi je pleure : parce que je n'y puis rien ».

---

relatif à l'âge de Solon à sa mort. Le poème cité en I 61 a pu inspirer ce témoignage...

1. Cratinos, *Chirons,* fr. 246 Kassel & Austin,. Sur la valeur du pluriel, voir Kassel, *PCG,* t. IV, 1983, p. 121 à propos des *Archiloques* du même Cratinos : « [...] sed numerus pluralis ut in Κλεοβουλίναις et Ὀδυσσεῦσιν ad chorum potius spectat, ut Archilochum eiusque sectatores, Cleobulinam sociasque mulieres, Ulixem comitesque significat. »

2. Kassel recommande de lire οἰκέω δέ avec BP.

3. Il faut comprendre : le territoire de l'île de Salamine (cf. LSJ II et Kassel).

4. *Anth. Pal.* VII 87.

5. Sur les tablettes pivotantes où étaient inscrites les lois, voir I 45. Elles évoquent par synecdoque les lois de Solon elles-mêmes.

6. *FGrHist* 594 F 6.

Lettres[1]

On attribue également à Solon les lettres suivantes :

Solon à Périandre[2].

64 « Tu me fais savoir que beaucoup complotent contre toi. Si tu te proposes de te débarrasser de tous ces gens, tu ne saurais en venir à bout. Quelqu'un pourrait comploter, même parmi ceux que tu ne soupçonnerais pas, l'un parce qu'il craint pour lui-même, l'autre parce qu'il s'est aperçu que tu as peur de tout. Et il mériterait la gratitude de la cité en cherchant à découvrir si tu n'as pas des soupçons. Dès lors, le mieux serait de te retirer pour être débarrassé de ce sujet d'accusation. Si en revanche il te faut exercer la tyrannie à tout prix, songe au moyen d'avoir une puissance mercenaire supérieure en nombre à ceux qui habitent la cité[3] et (alors) personne ne représentera plus pour toi un danger. Et toi ne te débarrasse plus de personne. »

Solon à Épiménide[4]

« Mes lois n'étaient donc pas destinées à beaucoup profiter aux Athéniens et toi non plus, en purifiant la ville[5], tu n'as pas été d'un grand profit. Car en rien le (culte) divin et les législateurs ne peuvent être utiles aux cités, mais ceux qui toujours conduisent la multitude (peuvent leur être utiles) selon la façon dont ils s'attachent au bon sens. Ainsi, le (culte) divin et les lois sont utiles si ces gens gouvernent bien, mais ne sont d'aucun profit s'ils gouvernent mal.

65 Mes lois non plus, de même que toute ma législation ne sont pas meilleures. Mais ceux qui laissaient faire ont fait du tort au bien public, eux qui n'ont pas empêché Pisistrate d'aspirer à la tyrannie. Moi qui les prévenais, on ne me croyait pas. Lui on le croyait davantage quand il flattait les Athéniens que moi qui disais la vérité. Pour

---

1. Diogène a déjà cité en I 53-54 une lettre de ce corpus pseudépigraphique (Pisistrate à Solon). Voir aussi Thalès à Solon en I 44.

2. P. 636 Hercher.

3. Ou bien : « aux soldats qui servent dans la cité ».

4. P. 636 Hercher. La réponse d'Épiménide à Solon sera citée en I 113.

5. Sur la purification d'Athènes, voir Plutarque, *Vie de Solon* 12, 7-12 et D. L. I 110.

ma part, en déposant les armes devant le quartier général, je déclarai être plus intelligent que ceux qui ne percevaient pas que Pisistrate aspirait à la tyrannie, plus brave que ceux qui hésitaient à se défendre. Eux cependant condamnaient la folie de Solon. A la fin, j'en appelai au témoignage (de la patrie) : " Ma patrie ! Moi Solon que voici, je suis prêt à te défendre en paroles et en actes ; mais aux yeux de ceux-ci je passe une fois de plus pour un fou, de sorte que je ne prends plus part pour toi à la vie publique, puisque je suis le seul adversaire de Pisistrate, tandis que ceux-ci, qu'ils s'adjoignent à ses gardes du corps, s'ils le désirent. "

Sache en effet, mon ami, que cet homme a atteint la tyrannie de la façon la plus habile. Il commença par faire de la démagogie[1]. **66** Ensuite, après s'être infligé à lui-même des blessures et s'être présenté au tribunal d'Héliée, il dit, en poussant des cris, qu'il avait subi ces blessures sous les coups de ses ennemis. Et il demanda qu'on lui octroie comme gardes quatre cents jeunes gens. Les autres, sans m'avoir écouté, lui accordèrent les hommes (demandés). Ceux-ci étaient des porte-gourdin[2]. Et après cela il demanda la dissolution de l'assemblée du peuple. C'est en vain que je m'efforçais de libérer les pauvres de leur condition de thètes, eux qui maintenant servent tous le seul Pisistrate.»

Solon à Pisistrate[3]

« Je suis sûr de ne subir de ta part aucun tort. Car avant que tu ne deviennes tyran, j'étais ton ami et maintenant mon désaccord est celui de n'importe quel Athénien que la tyrannie insupporte. Qu'il soit pour eux meilleur d'être commandés par un seul ou de vivre dans la démocratie, que chacun se fie à ce qu'il en connaît. **67** Et je dis que de tous les tyrans tu es le meilleur[4]. Mais je vois qu'il n'est pas bien pour moi de revenir à Athènes, de peur qu'on ne me reproche, à moi qui ai accordé aux Athéniens l'égalité des droits civiques

1. Cf. Aristote, *Constitution des Athéniens* 14, 1-2.
2. Cf. Plutarque, *Vie de Solon* 30, 3.
3. P. 637 Hercher. Cette lettre répond à la lettre de Pisistrate à Solon déjà citée par Diogène en I 53-54. Elle est beaucoup moins hostile à Pisistrate que la précédente.
4. Aristote, *Constitution des Athéniens* 14, 3, reconnaît que Pisistrate « gouverna plutôt en bon citoyen qu'en tyran » (voir aussi 16, 2).

et, lorsque j'étais présent, ai refusé d'exercer la tyrannie, d'approuver, en revenant maintenant, ce que tu fais. »

Solon à Crésus[1]

« La bienveillance que tu manifestes à mon endroit m'émerveille. Et, par Athéna, si je ne souhaitais pas par-dessus tout habiter dans une démocratie, je préférerais établir ma demeure dans ton palais plutôt qu'à Athènes, où Pisistrate impose par la force sa tyrannie. Mais il m'est plus agréable encore de vivre là où tous ont des droits qui soient égaux. Quoi qu'il en soit, je viendrai donc[2] chez toi, car je désire ardemment devenir ton hôte. »

1. P. 637 Hercher.
2. Il faut comprendre : je viendrai pour te rendre visite, mais pas pour habiter chez toi. Voir plus loin d'autres lettres offrant une conclusion similaire (I 81 et I 105).

CHILÔN

68 Chilôn, fils de Damagétos, de Lacédémone. Cet homme composa des élégies comprenant deux cents vers et il disait que la prévision de l'avenir atteinte par la réflexion constitue la vertu d'un homme.

Éphorat

A son frère qui supportait mal de ne pas devenir éphore, alors que lui-même l'était, il dit : « C'est que moi je sais subir l'injustice, mais pas toi[1] ». Il fut cependant éphore en la cinquante-sixième[2] Olympiade – Pamphilè[3] dit qu'en la sixième[4] [et] il fut le premier à devenir éphore – sous l'archontat d'Euthydème, comme le dit Sosicrate[5]. Et le premier il introduisit (la coutume d') associer des éphores aux rois[6]. Satyros[7] cependant dit que c'est Lycurgue (qui le fit).

Apophtegmes

(Chilôn), comme le dit Hérodote dans son premier livre[8], conseilla à Hippocrate[9] qui offrait à Olympie un sacrifice, (au cours

1. Cf. Plutarque, *Reg. et imperat. apopht.* 190 a; *Apopht. lacon.* 232 b.
2. On a corrigé à tort « cinquante-cinquième » (d'après F).
3. *FHG* III 520.
4. 756/5-753/2. Pamphilè aurait confondu l'institution de l'éphorat et l'éphorat de Chilôn. Pour une explication (astucieuse) de cette erreur, voir F. Jacoby, *Apollodors Chronik*, p. 187.
5. Fr. 4 Giannattasio Andria. Pour l'interprétation de ce passage, voir F. Jacoby, *Apollodors Chronik*, p. 183 *sqq.* Euthydème est effectivement connu comme l'archonte d'Ol. 56,1.
6. Sur l'éphorat à Sparte, voir l'article de E. Szanto, art. « Ephoroi », *RE* V 2, 1905, col. 2860-2864, et L. Pareti, « Origini e sviluppo dell'eforato spartano », dans *Studi minori di storia antica*, t. I, Roma 1958, p. 101-220.
7. *FHG* III 162.
8. Hérodote I 59.
9. Le père du futur Pisistrate, tyran d'Athènes, et non le médecin célèbre.

duquel) on constata que les chaudrons bouillaient d'eux-mêmes, ou bien de ne pas se marier ou bien, s'il avait une épouse, de divorcer et de ne pas reconnaître ses enfants.

69 On dit qu'il demanda à Ésope[1] ce que Zeus faisait. L'autre répondit : « Il humilie ce qui est élevé et élève ce qui est humble ».

Alors qu'on lui demandait en quoi les gens cultivés se distinguent des incultes, il dit : « Par de belles espérances ». – Qu'est-ce qui est difficile ? – « Garder les secrets, bien occuper ses loisirs et être capable de supporter une injustice ».

Maximes[2]

Il recommandait encore ceci : Garder sa langue, et surtout dans un banquet (2). Ne pas médire de son prochain, sous peine d'entendre des paroles dont il y aura lieu de s'affliger (4). Ne menacer personne, car c'est une pratique de femmes (3). Se déplacer plus rapidement pour les infortunes des amis que pour leurs succès (5). Se marier en toute simplicité (6). Ne pas médire de celui qui est mort (7). Honorer la vieillesse (8). Se protéger soi-même. Préférer une perte d'argent à un gain honteux. Car l'une n'afflige qu'une seule fois, l'autre pour toujours (10). Ne pas rire d'un infortuné (11). Quand on est fort, être doux, afin que le prochain marque du respect plutôt que de la peur (12). Apprendre à bien gouverner sa propre maisonnée (13). Que la langue ne devance pas la pensée (14). Maîtriser son emportement (15). Ne pas détester la divination. Ne pas désirer l'impossible (16). Ne pas se hâter en chemin (17). Quand on parle, ne pas agiter la main, car c'est un geste d'insensé (18). Obéir aux lois (19). Rester tranquille.

Chants

71 Parmi les chants qu'il a composés, le plus célèbre est le suivant :

> Sur des pierres de touche l'or est éprouvé,
> Donnant une preuve évidente d'authenticité ;
> Sur l'or, c'est l'intelligence des hommes,
> Bons et méchants, qui donne une preuve (de sa valeur).

---

1. Reiske a corrigé le texte de façon à ce que la question soit adressée par Ésope à Chilôn.

2. DK 10, 3, t. I, p. 63, 24-35. Les chiffres entre parenthèses rappellent le numéro de la maxime chez Stobée III 1, 172.

Caractère

On dit qu'un jour, déjà âgé, il dit qu'il n'avait vu en sa propre vie aucun manquement à la loi. Il n'avait de doute que dans un seul cas : un jour, en effet, alors qu'il jugeait une affaire (mettant en cause) un ami, il le fit pour sa part en conformité avec la loi, mais il persuada son collègue[1] de l'acquitter, afin de préserver et la loi et son ami.

Mais il fut principalement célèbre chez les Grecs pour avoir fait une prédiction à propos de l'île de Cythère en Laconie. Ayant en effet étudié sa situation, il dit : « Plût au ciel qu'elle ne fût pas ou qu'ayant été elle eût sombré dans l'abîme ! » Et sa prédiction fut avisée. **72** Car Démaratos, qui avait été banni par les Lacédémoniens, conseilla à Xerxès de rassembler ses vaisseaux (au large de) l'île. Et la Grèce eût été perdue, si Xerxès s'était laissé persuader[2]. Plus tard, Nicias, lors des événements du Péloponnèse, soumit l'île, y établit une garnison athénienne et infligea nombre de malheurs aux Lacédémoniens[3].

Il était taciturne. C'est pourquoi Aristagoras de Milet[4] appelle un tel style *chilônien*[5]. <...> est de Branchos, celui qui a fondé le sanctuaire des Branchidées.

Chronologie et mort

Il était âgé vers la cinquante-deuxième Olympiade[6], quand Ésope le fabuliste était dans la force de l'âge.

Il mourut, comme le dit Hermippe[7], à Pisa[8], après avoir embrassé son fils, vainqueur aux Jeux Olympiques à la boxe[9]. Cela lui arriva par un excès de joie associé à une faiblesse due au nombre des

1. Les mss ont « l'ami ».
2. Cf. Hérodote VII 235.
3. Cf. Thucydide IV 53-57.
4. *FGrHist* 608 F 11.
5. Plutarque, *De aud. poet.* 14, 35 f, évoque τὰ Χίλωνος παραγγέλματα.
6. 572/571–569/8. Ce témoignage est difficilement compatible avec la chronologie rencontrée en I 68 (éphorat en 556/5). Elle correspond plutôt à la tradition de la légende des Sages. Apollodore aurait, en consultant la liste des éphores de Sparte, rajeuni Chilôn de quelques dizaines d'années.
7. Fr. 12 Wehrli.
8. Près d'Olympie.
9. Comp. Pline, *N.H.* VII 119, et Tertullien, *De anima* 52.

années. Et tous ceux qui participaient à la panégyrie l'escortèrent avec les plus grands honneurs.

Épigramme laërtienne

Sur ce sage aussi nous avons composé une épigramme[1] :

73 Porteur de lumière, Pollux, je te sais gré que le fils
De Chilôn a remporté au pugilat le vert laurier.
Mais si le père, en voyant son fils couronné, défaillit de plaisir,
Il ne faut pas s'en indigner : puisse une telle mort être la mienne.

Portrait et apophtegme

Sur son portrait est inscrit ce qui suit[2] :

Sparte couronnée de lances a fait pousser ce Chilôn,
Lui qui des Sept Sages fut par sa sagesse le premier.

Son apophtegme était : « Gage donné, malheur prochain. »[3]

Lettre

On possède également de lui la courte lettre qui suit :

Chilôn à Périandre[4]

« Tu nous écris que tu vas participer personnellement à une expédition militaire à l'étranger. Pour ma part, je pense que pour un monarque même les affaires domestiques sont dangereuses et je considère comme bienheureux parmi les tyrans celui qui meurt chez lui de sa belle mort. »

---

1. *Anth. Pal.* VII 88.
2. *Anth. Pal.* IX 596 = Lobôn, fr. 512 *Suppl. Hell.*
3. Cette maxime est attribuée à Thalès dans la collection transmise par Stobée (n° 1). Voir Platon, *Charmide* 165 a. Pour le sens, voir Diodore de Sicile, IX 10, 1 et 4-5 qui y voit une recommandation à ne pas se marier ou bien à éviter les affirmations ou les engagements péremptoires en ce qui concerne les choses humaines. Chez Plutarque, *Conv. VII Sap.* 21, 164 b, un convive demande quelle est la signification de cet apophtegme qui amena beaucoup d'hommes à ne pas se marier, beaucoup à ne pas accorder leur confiance et certains à ne plus parler. Diogène donnera une interprétation sceptique de cette maxime en IX 71 : « les formules des Sept Sages, disent-ils, sont des formules sceptiques, par exemple le " Rien de trop ", ou le " Caution appelle malédiction ", qui signifie que si l'on donne sa caution fermement et avec conviction, la malédiction s'ensuit » (trad. J. Brunschwig).
4. P. 193 Hercher.

PITTACOS

74 Pittacos, fils d'Hyrrhadios, de Mytilène. Douris[1] cependant dit que son père était thrace. Associé aux frères d'Alcée, il supprima Mélanchros, le tyran de Lesbos[2]. Au temps de la guerre entre les Athéniens et les Mytiléniens à propos du territoire de l'Achillétide[3], il commandait (aux Mytiléniens)[4], alors que commandait aux Athéniens le pancratiaste Phrynôn, champion olympique. Or, il fut convenu qu'il combattrait contre ce dernier en combat singulier. En gardant caché un filet sous son bouclier, il en enveloppa Phrynôn et, l'ayant tué, il récupéra le territoire[5].

Par la suite, d'après Apollodore dans ses *Chroniques*[6], il y eut un procès intenté par les Athéniens contre les Mytiléniens au sujet de ce

---

1. *FGrHist* 76 F 75.

2. La *Souda* (*s.v.* Πίτταϰος) situe cet événement en Ol. 42(,1), soit en 612/1 et la naissance de Pittacos quarante ans plus tôt en Ol. 32(,1), soit en 652/1.

3. L'Achillétide était la région où se trouvait le tombeau d'Achille (Strabon XIII 1, 39). L'épisode est raconté avec plus de détails par Strabon XIII 1, 38. Plutarque, *De Herodoti malignitate* 15, 858 a-b, reproche à Hérodote de ne pas avoir relaté les hauts faits de Pittacos : « Alors qu'Athéniens et Mytiléniens se faisaient la guerre pour Sigéion et que le général Phrynôn défiait n'importe quel adversaire en combat singulier, Pittacos vint à sa rencontre et, enveloppant dans un filet cet homme qui était grand et fort, il le tua. Comme les Mytiléniens lui donnaient des présents magnifiques, après avoir lancé son javelot il ne voulut que le terrain couvert par son lancer. Et le terrain est encore appelé de nos jours le Pittacée. »

4. Il faut sans doute supposer, avec Casaubon et Jacoby, qu'un second Μυτιληναίων est tombé à côté de celui qui est transmis par les manuscrits.

5. Eusèbe situe cet événement en Ol. 43,2. Voir Jacoby, *Apollodors Chronik*, p. 159 n. 10.

6. *FGrHist* 244 F 27.

territoire; Périandre qui jugeait l'affaire se prononça en faveur des Athéniens[1].

75 Mais pour lors, les Mytiléniens rendirent à Pittacos les plus grands honneurs et mirent le pouvoir entre ses mains[2]. Lui, l'ayant détenu pendant dix ans et ayant remis les affaires publiques en ordre, déposa le pouvoir et vécut encore dix autres années. Les Mytiléniens lui attribuèrent un terrain. Il en fit un territoire sacré, qui est maintenant appelé Pittacée. Sosicrate[3] dit cependant qu'après en avoir soustrait une petite partie (pour lui-même) il déclara que la moitié est plus que le tout[4]. De plus, alors que Crésus lui donnait des biens, il les refusa, après avoir dit qu'il avait le double de ce qu'il voulait: comme son frère en effet était mort sans laisser d'enfant, il avait hérité de ses biens[5].

76 Pamphilè dit cependant dans le second livre de ses *Mémoires*[6] qu'un forgeron à Cymé, d'un coup de hache tua Tyrrhaios, le fils de Pittacos, qui était assis chez le barbier. Comme les Cyméens avaient envoyé le meurtrier à Pittacos, ce dernier, après avoir pris connaissance des faits et avoir fait relâcher l'individu, déclara: « Le pardon est meilleur que le repentir ». Mais, selon Héraclite[7], c'est alors qu'il avait Alcée sous sa domination et après l'avoir fait relâcher qu'il déclara: « Le pardon est meilleur que le châtiment »[8].

---

1. Il faut voir dans ce paragraphe, dont l'information remonte à Hérodote V 95, une addition qui rompt l'enchaînement du récit.
2. Aristote, *Politique* 1285 a 36, parle d'une tyrannie élective: les Mytiléniens élurent Pittacos pour résister aux exilés qui avaient mis à leur tête Antiménide et le poète Alcée.
3. Fr. 5 Giannattasio Andria.
4. Cf. Diodore IX 12, 1.
5. Cf. Plutarque, *De frat. amore*, 506 c.
6. *FHG* III 521.
7. Ou Héraclide si l'on corrige Ἡράκλειτος en Ἡρακλείδης comme l'a proposé Röper.
8. Cf. Diodore de Sicile IX 12, 3. L'hostilité entre Pittacos et les frères Alcée et Antiménide sera rappelée par Diogène Laërce en II 46 dans le cadre de la citation d'un fragment d'Aristote, *Sur les poètes*, fr. 7 Ross.

Lois

Il établit des lois : *Pour celui qui est en état d'ivresse, s'il commet un délit, la peine sera doublée*[1]. C'était pour réprimer l'ivresse, le vin étant abondant dans l'île.

Dits et apophtegmes

Il dit également qu'« il est difficile d'être excellent », parole également mentionnée par Simonide[2] quand il dit :

Devenir un homme de bien est difficile en vérité : le mot est de [Pittacos.

77 Platon également fait mention de Pittacos dans le *Protagoras*[3] : « Même les dieux ne luttent pas contre la Nécessité ».

(Il dit) aussi : « Le pouvoir montre l'homme. »

Comme on lui demandait : qu'est-ce qui est le meilleur, il dit : « Bien faire le travail du moment ». Et alors que Crésus lui demandait quel est le pouvoir suprême, il dit : « Celui du bois décoré », désignant (ainsi) la loi[4].

Il disait également de s'assurer des victoires sans verser de sang. Il dit encore au Phocéen qui recommandait de chercher un homme de bien : « Mais si tu le cherches trop (bon)[5], [dit-il,] tu ne le trouveras pas. »

A ceux qui voulaient connaître ce qui est reconnaissant, il dit : « Le temps ». – Ce qui est invisible ? – « L'avenir ». – Ce qui est sûr ? – « La terre ». – Ce qui n'est pas sûr ? – « La mer »[6].

---

1. Cf. Aristote, *Politique* 1274 b 18-23 ; *Rhétorique* 1402 b 11 ; *Éthique à Nicomaque* III 5, 8 (et les commentateurs de ces passages). Chez Athénée X, 427 e, Pittacos conseille de même à Périandre de Corinthe de ne pas s'enivrer. Le passage pourrait provenir d'une lettre pseudépigraphique.

2. Fr. 542 Page.

3. L'interprétation du poème de Simonide dans lequel était critiquée la maxime de Pittacos fait l'objet d'une longue discussion entre Protagoras et Socrate dans le *Protagoras.* La phrase qui suit apparaît chez Platon (345 d) dans le cadre d'une citation de Simonide et non de Pittacos.

4. Cf. Diodore de Sicile IX 27, 4.

5. Ou bien : « Même (κἂν) si tu le cherches très fort, ... », selon la conjecture de H. Richards, *CPh.* 18, 1904, p. 341 retenue par Gigante. Je suis l'interprétation de A. S. Ferguson, *CR* 31, 1917, p. 97.

6. Cf. DK 10, maxime 10 de Pittacos, t. I, p. 64, 17.

78 Il disait aussi que c'est la marque des hommes intelligents, avant que ne surviennent les difficultés, de faire en sorte qu'elles ne surviennent pas; celle des hommes courageux, une fois qu'elles sont survenues, de bien les affronter.

Maximes[1]

Ce que tu te proposes de faire, ne le dis pas à l'avance, car, si tu échoues, on se moquera de toi (2). Ne pas reprocher (à quelqu'un) une infortune, par crainte de la Vengeance (5). Restituer ce qu'on a reçu en dépôt (6). Ne pas dire du mal d'un ami, mais pas non plus d'un ennemi (8). Pratiquer la piété. Aimer la tempérance. Tenir à la vérité, à la fidélité, à l'expérience, à la dextérité, à la sociabilité, à la sollicitude (13).

Chants et poèmes

Parmi les chants qu'il a composés, le plus connu est le suivant[2]:

C'est avec un arc et un carquois rempli de flèches,
qu'il faut marcher contre l'homme mauvais.
Car la parole qui sort de sa bouche n'est en rien crédible;
il parle en ayant en son cœur une pensée trompeuse.

79 Il écrivit également des vers élégiaques au nombre de 600, ainsi qu'un ouvrage en prose *En faveur des lois* à l'intention de ses concitoyens.

Chronologie

Il était donc dans la force de l'âge en la quarante-deuxième Olympiade[3]; il mourut sous (l'archontat d')Aristomène en la troisième année de la cinquante-deuxième Olympiade[4], ayant vécu plus de soixante-dix ans, à un âge déjà avancé[5].

---

1. DK 10, 3, t. I, p. 64, 11-20. Les chiffres entre parenthèses rappellent le numéro de la maxime chez Stobée III 1, 172.
2. Lobôn, fr. 524 *Suppl. Hell.*
3. En 612/611–609/608. Jacoby suppose que Diogène pense à la première année et que l'*acmè* avait été synchronisée par Apollodore avec l'assassinat du tyran Mélanchros. La *Souda* situe effectivement la naissance de Pittacos en Ol. 32 et l'assassinat de Mélanchros en Ol. 42.
4. En 570/569.
5. Si Pittacos avait 40 ans en Ol. 42(,1), il avait en Ol. 52,3 non seulement plus de 70 ans, mais plus de 80. On a voulu en conséquence ou bien corriger

Inscription funéraire

Sur son tombeau a été inscrit le distique suivant[1] :

De ses propres larmes, celle qui a enfanté
Pittacos, la sainte Lesbos, pleure son (fils) <mort>.

Son apophtegme est : « Connais le bon moment ».

Homonymes

Il y eut un autre Pittacos, législateur, comme le dit Favorinus dans le premier livre de ses *Mémorables*[2], ainsi que Démétrios dans ses *Homonymes*[3] : c'est celui qu'on surnomma « le Petit ».

Callimaque[4]

C'est en tout cas le sage qui, dit-on, répondit un jour à un jeune homme qui le consultait sur le mariage ces mots que rapporte Callimaque dans ses *Épigrammes*[5] :

80 Un étranger venant d'Atarnée posa à Pittacos,
de Mytilène, le fils d'Hyrrhadios, la question suivante :
Bon vieillard, je suis sollicité par deux offres de mariage :
L'une des épouses est de mon rang par la richesse et la naissance,
L'autre est d'un rang supérieur au mien. Quel est le meilleur parti ?
Allons ! Conseille-moi : laquelle dois-je prendre pour épouse ?
Il dit. L'autre, levant son bâton, arme du vieillard :
Vois. Ceux-ci te diront tout ce qu'il y a à dire.
Des enfants en vérité qui avaient des toupies rapides
A un vaste carrefour les faisaient tourner de leurs coups.
Suis-les à la trace, dit-il. Et lui se plaça plus près.

ἑβδομήκοντα en ὀγδοήκοντα (Meursius) ou bien supprimer δευτέρας (Jacoby, non sans hésitations), pour que la mort soit datée d'Ol. 50,3. L'archontat d'Aristomène n'étant pas daté par d'autres sources, il ne permet pas de choisir une correction plutôt qu'une autre. Jacoby a également envisagé la possibilité que Diogène ait confondu la date de la mort avec la date de la fin de l'asymnétie de Pittacos, antérieure de dix années selon I 75. Selon le Pseudo-Lucien, *Macrob.* 18, Pittacos aurait vécu 100 ans, comme Solon et Thalès.

1. *Anth. App.* II 3 = Lobôn, fr. 513 *Suppl. Hell.*
2. Fr. 1 Mensching.
3. Fr. 9 Mejer.
4. Le passage sur les homonymes marque la fin originale de cette vie. Diogène y ajoute le fruit de ses lectures personnelles : deux poètes, Callimaque et Alcée, Cléarque et une lettre pseudépigraphe.
5. Callimaque, *Epigramme* 1 Pfeiffer ; *Anth. Pal.* VII 89.

Les enfants disaient : Conduis[1] celle qui est à ta portée.
Entendant ces paroles, l'étranger évita de convoiter
la plus grande maison, en accord avec le cri des enfants.
De même que cet homme conduisit dans sa modeste demeure
[l'épouse de rang inférieur,
De même, toi aussi, Dion[2], prends celle qui est à ta portée.

81 Il semble avoir donné ce conseil en tenant compte de sa propre situation. Car sa femme, qui était de plus haute naissance que lui, puisqu'elle était la sœur de Dracon[3], fils de Penthilos, le traitait avec la plus haute condescendance.

Surnoms

Alcée[4] lui donne le nom de σαράπους et de σάραπος (« larges pieds »), du fait qu'il avait de grands pieds et les traînait en marchant ; de χειροπόδης (« pieds crevassés »), parce qu'il avait des crevasses aux pieds, ce qu'on appelait des χειράδες ; de γαύρηξ (« vantard »), parce qu'il se vantait sans raison ; de φύσκων (« enflé ») et de γάστρων (« ventru »), parce qu'il était gros ; et encore de ζοφοδορπίδας (« dîneur de l'ombre »)[5], parce qu'il (mangeait) sans lampe ; de ἀγάσυρτος (« sale »), parce qu'il était négligé et malpropre.

Son exercice physique était de moudre le blé, comme le dit Cléarque le philosophe[6].

1. Littéralement : « pousse ou fais tourner ». Mais le même mot sera employé à propos de l'épouse au dernier vers, ce qui nous oblige à employer un terme moins précis.

2. L'*Anth. Pal.* VII 89, qui dépend de Diogène Laërce, a ici καὶ σύ γ' ἰών plutôt que καὶ σύ, Δίων.

3. Non pas Dracon d'Athènes (*RE* 8, mentionné en I 55), comme le suppose H. S. Long dans son *Index nominum*, mais un homonyme de Mytilène (absent de la *RE*), fils de Penthilos, peut-être le souverain assassiné par Smerdis dont parle Aristote, *Politique* V 10, 1311 b 29 (= *RE* 2). Mais d'autres Penthilides à Lesbos ont dû porter ce nom.

4. Fr. 429 Lobel & Page.

5. Plutarque, *Quaest. conv.* 726 b connaît une explication différente de l'épithète employée par Alcée (fr. 37 b) : Alcée n'aurait pas voulu dire « qu'il dînait tard, mais qu'il se plaisait principalement dans la compagnie de convives sans renom et vils » (ὡς ἀδόξοις τὰ πολλὰ καὶ φαύλοις ἡδόμενον συμπόταις).

6. Fr. 71 Wehrli. Cf. Plutarque, *Banquet des Sept Sages* 14, 157 e ; Clément d'Alexandrie, *Pédagogue* III x, 50, 2 : « le roi Pittacos tournait la meule et pratiquait ainsi un exercice vigoureux » (trad. Mondésert et Matray). Voir aussi

Lettre

Nous possédons de lui la courte lettre qui suit:

Pittacos à Crésus[1]:

« Tu m'invites à me rendre en Lydie afin que je puisse voir ta prospérité. Pour ma part, je suis convaincu, même sans l'avoir vu, que le fils d'Alyattès est le plus riche en or de tous les rois, et il ne peut résulter aucun avantage de ma venue à Sardes, car je n'ai pas besoin d'or et je possède des biens suffisants, même pour mes compagnons. Néanmoins, je viendrai, afin de m'entretenir avec toi, en t'ayant comme hôte. »

Carmina Popularia (PMG, fr. 23): ἄλει μύλα ἄλει· | καὶ γὰρ Πιττακὸς ἄλει | μεγάλας Μυτιλήνας βασιλεύων.

1. P. 491 Hercher.

82 Bias, fils de Teutamos, de Priène, celui que Satyros[1] préfère parmi les Sept. Certains disent qu'il fut riche, mais Douris[2] qu'il était un étranger.

La sagesse de Bias

Phanodicos[3] (raconte) qu'il racheta de jeunes captives de Messène, qu'il les éleva comme ses filles, leur donna des dots et les renvoya à leurs pères[4] à Messène. Quelque temps plus tard, à Athènes, ainsi que nous l'avons déjà dit[5], quand fut trouvé par les pêcheurs le trépied de bronze portant l'inscription « au Sage », Satyros dit que les jeunes filles – d'autres, dont Phanodicos, disent que ce fut leur père – se présentèrent à l'Assemblée et dirent que c'est Bias qui était le sage, après avoir raconté leurs aventures[6]. Et le trépied (lui) fut envoyé. Et Bias, en (le) voyant dit que c'était Apollon qui était le sage et ne l'accepta pas. **83** D'autres disent qu'il le consacra à Héraclès à Thèbes, parce qu'il était lui-même un descendant de Thébains qui avaient fondé une colonie à Priène. C'est aussi ce que dit Phanodicos.

Activité politique

On dit également qu'au temps où Alyattès assiégeait Priène, Bias engraissa deux mules et les poussa en direction du camp (des assié-

---

1. *FHG* III 162.
2. *FGrHist* 76 F 76.
3. *FGrHist* 397 F 4 b.
4. Il faut peut-être comprendre : « leurs parents », car la suite du récit n'évoquera à propos de ces jeunes filles qu'un seul père.
5. En I 31.
6. Le récit n'est pas parfaitement unifié : que font ces jeunes filles de Messène à Athènes ? Sont-elles toutes sœurs ? On avait parlé de *leurs* pères. Voir également la version fournie par Diodore de Sicile IX 13, 1-2.

geants); voyant cela, (le roi) fut consterné de constater que l'excellente condition (physique) des citoyens s'étendait jusqu'aux bêtes. Il résolut de faire une trêve et dépêcha un messager. Mais Bias, après avoir entassé des tas de sable et les avoir recouverts de blé, (les) montra à l'individu. Et finalement, en apprenant (cela) Alyattès fit la paix avec les citoyens de Priène. Ayant envoyé un peu trop vite (quelqu'un) à Bias pour que ce dernier vînt chez lui, Bias lui dit: « Pour ma part, j'invite Alyattès à manger des oignons [c'est-à-dire à pleurer].[1] »

84 On dit encore qu'il fut un orateur des plus habiles dans les causes judiciaires; toutefois il mettait la force de ses discours au service du bien[2]. Aussi Démodocos de Léros[3] fait-il allusion à ce fait quand il dit:

> Si tu es sous le coup d'une condamnation, plaide comme on le fait à [Priène[4].

Et Hipponax[5]:

> Et plaider mieux que Bias de Priène.[6]

Mort

Il mourut de la façon suivante: ayant plaidé en faveur de quelqu'un, alors qu'il était déjà d'un âge avancé, après avoir achevé son discours, il pencha la tête sur les genoux du fils de sa fille. Lorsque la partie adverse eut parlé et que les juges eurent prononcé leur verdict en faveur du client de Bias, quand la Cour se dispersa il fut découvert mort sur les genoux (de son petit-fils). **85** Et la Cité l'enterra en grande pompe et on inscrivit (sur son tombeau les vers suivants)[7]:

---

1. Hübner a vu dans ces derniers mots (omis dans le parallèle de la *Souda* en K 2464) une glose. Cf. Philon, *Quod omnis probus* 153. Bias (ou Pittacos) aurait également dissuadé Crésus d'attaquer les Ioniens des îles, selon Hérodote I 27.
2. Cf. Diodore de Sicile IX 13, 3.
3. Fr. 6 Diehl.
4. Nous suivons P. Von der Mühll, « Was war Bias von Priene », *MH* 22, 1965, p. 178-180, qui lit τίνων (que dissimuleraient τηνων B, τινων PQ, τήνων P^pc^). Long retient ici le texte du manuscrit h.
5. Fr. 73 Diehl.
6. Cité également par Strabon XIV 1, 12.
7. *Anth. Pal.* VII 90 = Lobôn, fr. 514 *Suppl. Hell.*

Cette pierre dissimule Bias, insigne ornement
des Ioniens, né sur le sol glorieux de Priène.

Mais nous aussi (nous avons composé les vers suivants)[1]:

Ici je contiens Bias, celui qu'Hermès
a conduit paisiblement vers l'Hadès,
quand il avait une chevelure enneigée par les ans.
Il a plaidé, oui il a plaidé la cause d'un ami.
Puis, ayant incliné la tête dans les bras d'un enfant,
il prolongea son long sommeil.

Poèmes et chants

Il composa un poème *Sur l'Ionie,* exposant la meilleure façon d'assurer sa prospérité[2], en deux mille vers. Des chants qu'il a écrits, les vers les plus connus sont les suivants[3]:

Complais à tous les citoyens dans la cité. <...> où tu habites.
Car cela suscite la plus grande gratitude.
Mais le caractère arrogant souvent brille
d'un dérèglement néfaste.

Sentences

86 Et devenir fort est l'œuvre de la nature, mais pouvoir dire les paroles utiles à la patrie est le propre d'une âme et du bon sens. Pour beaucoup, l'abondance de biens arrive même par fruit du hasard.

Il disait: Infortuné celui qui ne supporte pas l'infortune, et c'est une maladie de l'âme de désirer les choses impossibles et d'être oublieux des malheurs d'autrui.

---

1. *Anth. Pal.* VII 91.
2. Cf. Hérodote I 170: «Dans leurs malheurs, les Ioniens ne cessaient cependant pas de se réunir au Panionion; et l'on me dit que Bias de Priène leur donna un conseil excellent qui, s'ils l'avaient suivi, aurait fait d'eux les plus heureux des Grecs. Bias leur proposa de former une expédition commune et de partir pour la Sardaigne où ils fonderaient une ville unique pour tous les Ioniens: délivrés de l'esclavage, ils vivraient heureux dans la plus grande de toutes les îles et commanderaient à d'autres; s'ils restaient en Asie, leur dit-il, il ne les voyait plus jamais libres. Voilà ce que leur proposa Bias de Priène après leur défaite» (trad. Barguet).
3. Lobôn, fr. 525 *Suppl. Hell.*

Apophtegmes

Comme on lui demandait ce qui est difficile, il dit: « Supporter noblement une détérioration de sa situation ».

Faisant un jour voile en compagnie d'impies, comme le navire affrontait une tempête et que ceux-ci imploraient les dieux, il dit: « Taisez-vous, de peur qu'Ils perçoivent que vous êtes à bord de ce navire ! »

Comme un homme impie lui demandait ce qu'est la piété, il se taisait. Comme l'autre lui demandait la cause de son silence, il dit: « Je me tais, parce que tu m'interroges à propos de choses qui ne te concernent pas ».

87 Comme on lui demandait ce qui est doux pour les hommes, il dit: « L'espérance ».

Il disait qu'il était plus agréable de juger entre deux ennemis qu'entre deux amis; car nécessairement d'un des amis on se fera un ennemi, tandis que d'un des ennemis on se fera un ami.

Comme on lui demandait quelle activité procurait à l'homme de la joie, il dit: « Faire du profit ».

Il disait de mesurer la vie comme si on allait vivre et longtemps et peu de temps, d'aimer comme des gens qui haïront (un jour)[1], car la plupart (des hommes) sont mauvais[2].

Conseils[3]

Il donnait les conseils suivants: Entreprends tes actions sans te presser, mais ce que tu as choisi, ne cesse pas de t'y maintenir fermement (3). Ne parle pas vite, car cela dénote la folie (4). **88** Aime le bon sens (7). Au sujet des dieux, dis qu'ils existent (8). Ne loue pas un homme qui n'en est pas digne du simple fait de sa richesse (13). Prends par la persuasion, non par la force (14). S'il t'arrive quelque chose d'heureux, impute-le aux dieux (15). Prends la sagesse comme

1. Cf. Aristote, *Rhétorique* B 13, 1389 b 23: « [...] selon le précepte de Bias, ils aiment comme s'ils devaient haïr, et haïssent comme s'ils devaient aimer. »

2. Voir I 88. Cette sentence apparaît également sur un hermès du Vatican (*IG* XIV 1145) à l'effigie de Bias.

3. Cf. DK 10, t. I, p. 65, 1-13. Les chiffres entre parenthèses rappellent le numéro de la maxime chez Stobée III 1, 172.

viatique, de la jeunesse à la vieillesse (16), car cela est plus sûr que toutes les autres possessions.

Attestations anciennes

Hipponax[1] mentionne Bias, ainsi que nous l'avons dit[2]. Et le peu complaisant Héraclite l'a loué plus que tout autre quand il a écrit : « A Priène vivait Bias, le fils de Teutamos, dont la réputation dépasse celle des autres[3]. »

Et les gens de Priène lui consacrèrent un enclos (réservé) appelé le Teutameion.

Son apophtegme : « La plupart (des hommes) sont mauvais ».

---

1. Fr. 73 Diehl.
2. I 84.
3. DK 22 B 39. On a pensé (Gomperz) que la phrase suivante est également empruntée à Héraclite (voir la note de Diels et Kranz *ad loc.*).

CLÉOBOULOS

89 Cléoboulos, fils d'Évagoras, de Lindos – ou de Carie selon Douris[1]; certains font remonter sa famille à Héraclès. (On rapporte) qu'il se distinguait par la force[2] et la beauté, et qu'il avait eu part à la philosophie qui est (pratiquée) en Égypte. (On dit) aussi qu'il eut une fille, Cléoboulinè, qui composa des énigmes poétiques en hexamètres[3]; elle est également mentionnée par Cratinos dans la pièce qui porte son nom, bien que le titre soit au pluriel[4].

(On rapporte) aussi qu'il restaura le temple d'Athéna fondé par Danaos[5].

Œuvres. L'épigramme de Midas

(Cléoboulos) composa des chants et des énigmes qui atteignent trois mille vers. Certains disent également qu'il aurait composé l'épigramme (qui figurait) sur (le tombeau de) Midas[6]:

> Je suis une vierge de bronze qui repose sur le tombeau de Midas
> Tant que l'eau coulera et que de grands arbres verdoieront,
> 90 tant que le soleil brillera en se levant, tout comme la lune brillante,
> tant que les fleuves suivront leurs cours et que la mer soulèvera ses [vagues,
> restant sur son tombeau couvert de pleurs,
> j'annoncerai aux passants qu'ici est enseveli Midas.

1. *FGrHist* 76 F 77.
2. Texte de FP. B a γνώμη (« jugement »).
3. D'après Plutarque, *Septem sapientium convivium* 3, 148 d, elle s'appelait Eumètis, mais son père l'appelait Cléoboulinè.
4. Quelques fragments sont conservés de cette pièce de Cratinos qui s'intitulait *Cleoboulinai*, fr. 1 Kassel & Austin. Alexis avait lui aussi écrit une comédie portant ce titre. Pour le pluriel, voir la note sur I 62.
5. Sur le temple d'Athéna Lindia à Lindos, voir Fr. Hiller von Gaertringen, art. « Rhodos », *RESuppl* V, 1931, col. 758.
6. *Anth. Pal.* VII 153 (omet les v. 3 et 4); *Cert. Hom. et Hes.* 265 Allen, etc.

On allègue comme témoignage un chant de Simonide[1], où (le poète) dit :

Qui donc approuverait, s'il se fonde sur son bon sens,
Cléoboulos, l'habitant de Lindos,
qui a comparé à des fleuves aux flots éternels et aux fleurs
[printanières,
à la flamme du soleil et de la lune dorée,
de même qu'au tourbillon de la mer, la puissance d'une stèle ?
Car toutes choses sont inférieures aux dieux.
Quant à la pierre, même les mains mortelles
l'effritent. Voilà (donc) l'avis d'un homme insensé.

L'épigramme, en effet, n'est pas d'Homère[2], qui a vécu, dit-on, bien des années avant Midas.

Énigme

Dans les *Commentaires* de Pamphilè[3], on lui attribue également l'énigme[4] qui suit :

91 Un seul père ; douze enfants.
Chacun a deux fois trente filles qui ont deux formes possibles :
Les unes sont de couleur blanche, les autres au contraire de couleur
[noire.
Bien qu'elles soient immortelles, toutes disparaissent.

Il s'agit de l'année[5].

Chants

Parmi les chants (qu'on lui attribue), les vers les plus célèbres sont les suivants :

L'inculture a la part la plus belle parmi les mortels,
De même que la profusion des mots. Mais le bon moment suffira.
Aie à l'esprit ce qui est noble. Que la gratitude ne soit pas vaine[6].

---

1. Fr. 581 Page.
2. Comme l'affirment par exemple la *Vie d'Homère* attribuée à Hérodote (li. 131 *sqq.* Allen) ou le *Certamen Homeri et Hesiodi* (li. 262 *sqq.* Allen).
3. *FHG* III 521.
4. *Anth. Pal.* XIV 101. Cf. Stobée I 8, 37.
5. Dans les extraits de Φ, une explication est donnée : « C'est l'année. Elle engendre douze mois. Et chacun des mois trente jours. »
6. Lobôn, fr. 526 *Suppl. Hell.* Le texte est très douteux. Nous traduisons le texte de Crönert (Lobôn, fr. 13), signalé par Gigante et adopté par Lloyd-Jones et Parsons : μὴ μάταιος || ἁ χάρις (avec P) γενέσθω (avec B).

Dits

Il a dit qu'il faut marier ses filles quand elles sont jeunes en âge, mais femmes quant au jugement[1], suggérant par là qu'il faut instruire les jeunes filles aussi.

Il disait aussi qu'il faut rendre service à son ami, pour qu'il soit (encore) plus un ami; à son ennemi, pour s'en faire un ami. Car il faut se garder du reproche de ses amis et du complot de ses ennemis.

Quand on sort de sa maison, il faut se demander tout d'abord ce que l'on va faire; et lorsqu'on rentre il faut se demander ce qu'on a fait.

Conseils[2]

92 Il donnait comme conseil de bien entraîner son corps (3); d'écouter plutôt que de parler (4); de préférer l'instruction à l'ignorance (5); de réserver sa langue à des paroles de bon augure (6); de se faire le familier de la vertu, l'étranger du vice (7); de fuir l'injustice (8); de conseiller à sa cité le meilleur parti (9); de dominer le plaisir (10); de ne rien faire par la force (11); d'instruire ses enfants (12); de mettre un terme à l'inimitié (14); de ne pas manifester de tendresse pour sa femme ni se quereller avec elle en présence d'étrangers; car dans un cas c'est faire montre de légèreté, dans l'autre de folie (16); de ne pas châtier un serviteur quand on est sous l'emprise du vin, car on semblerait avoir le vin mauvais; (17) de se marier avec une personne de son rang; car si tu choisis quelqu'un de supérieur, dit-il, tu auras comme maîtres ses parents[3] (18); **93** ne pas rire de ceux qui sont ridiculisés, car on soulèverait leur haine (19). Ne sois pas arrogant dans la prospérité; ne t'abaisse pas dans le besoin (20); sache supporter avec noblesse les changements de la Fortune.

---

1. Cf. Stobée IV 22d, 106.

2. Cf. DK 10, 3, t. I, p. 63, 1-12. Les chiffres entre parenthèses rappellent le numéro de la maxime chez Stobée III 1, 172.

3. Comp. Plutarque, *De lib. educ.* 19, 13 f - 14 a.

Mort et épitaphe

Il mourut âgé, après avoir vécu soixante-dix ans. Son épigramme (funéraire) est la suivante[1] :

Elle pleure Cléoboulos, homme sage, (aujourd'hui) disparu,
Sa ville natale, Lindos, qui tient sa gloire de la mer.

Son apophtegme : « La mesure est le mieux » (1).

Lettre

Il écrivit à Solon la lettre suivante[2] :

Cléoboulos à Solon

« Certes tu as de nombreux compagnons et un séjour partout ; mais je dis que pour Solon le plus agréable sera Lindos, qui est gouvernée par son peuple. Et l'île est en pleine mer : celui qui y habite n'encourt aucun danger de la part de Pisistrate. Et de partout des compagnons viendront auprès de toi. »

1. *Anth. Pal.* VII 618 = Lobôn, fr. 515 *Suppl. Hell.*
2. P. 207 Hercher.

PÉRIANDRE[1]

94 Périandre, fils de Cypselos[2], de Corinthe, issu de la famille des Héraclides. Ayant épousé Lysidè – lui-même l'appelait Mélissa[3] –, la fille de Proclès, tyran d'Épidaure, et d'Éristhénée, fille d'Aristocratès et sœur d'Aristodème[4], lesquels régnaient sur pratiquement toute l'Arcadie, comme le dit Héraclide le Pontique[5] dans son traité *Sur le pouvoir*, il eut d'elle deux enfants : Cypselos et Lycophron ; le plus jeune était intelligent, l'aîné un imbécile. Au bout d'un certain temps, dans un mouvement de colère, il tua son épouse, alors enceinte, en la frappant avec un tabouret ou en lui donnant un coup de pied, parce qu'il avait accordé foi aux accusations portées par des concubines que par la suite il fit brûler vives.

---

1. Voir F. Schachermeyr, art. « Periandros » 1, *RE* XIX 1, 1937, col. 704-717, qui souligne que l'inclusion de Périandre dans le groupe des Sages n'a pu se faire qu'à une époque ancienne, avant que ne se développent les traditions hostiles au personnage que l'on relève déjà chez Hérodote. Platon substitue Myson à Périandre, comme l'a rappelé Diogène (I 41 ; voir aussi plus loin I 99). Il est amusant et significatif que Lucien dise avoir rencontré dans les *Îles des Bienheureux*, entre autres célébrités, « tous les sages, sauf Périandre » (*Histoire Vraie* II 17). Plutarque, *De E apud Delphos* 3, 385 e, met en cause lui aussi la vertu et la sagesse de Cléobule et de Périandre, les deux sages en surnombre par rapport au groupe originel des 5 sages. Un arbre généalogique de la famille de Périandre est fourni par Schachermeyr, col. 711-712.
2. Tyran de Corinthe, cf. I 40.
3. Diogène est le seul à donner à la femme de Périandre le nom de Lysidè. Pausanias II 28, 8, vit à Épidaure les tombeaux de Mélissa et de son père Proclès.
4. Aristomède, selon BP.
5. Fr. 144 Wehrli.

Il fit également exiler à Corcyre son fils du nom de Lycophron, parce qu'il pleurait sa mère[1]. **95** Mais, déjà parvenu à un âge avancé, il le fit appeler pour qu'il reprît la tyrannie: les Corcyréens, devançant ses projets, firent périr son fils[2]. A la suite de quoi, dans un accès de colère, il envoya leurs fils chez Alyattès pour qu'ils soient castrés. Mais lorsque le navire mouilla à Samos, ils se rendirent comme suppliants auprès d'Héra et furent sauvés par les Samiens[3].

Chronologie

Lui-même mourut de découragement,[4] ayant déjà atteint l'âge de quatre-vingts ans. Sosicrate[5] dit cependant qu'il mourut quarante et un an avant Crésus, <trois ans> avant la quarante-neuvième Olympiade[6].

---

1. Voir Hérodote III 50-53, où l'on voit que c'est Proclès, le père de Mélissa, qui avait révélé à Lycophron la culpabilité de son père. Voir plus loin la lettre citée par Diogène en I 100.
2. Selon Hérodote III 53, Périandre se proposait d'installer son fils comme tyran à Corinthe et de prendre sa place à Corcyre. C'est pour prévenir l'arrivée du tyran que les Corcyréens tuèrent Lycophron.
3. Voir Hérodote III 48.
4. L'épigramme de Diogène (I 97) reprendra ce thème, sans préciser quel désir inassouvi plongea Périandre dans un tel découragement.
5. Fr. 6 Giannattasio Andria.
6. Texte corrigé par Schwartz: Σωσικράτης δέ φησι πρότερον Κροίσου τελευτῆσαι αὐτὸν ἔτεσι τεσσαράκοντα καὶ ἑνί, <τρισὶ> πρὸ τῆς τεσσαρακοστῆς ἐνάτης ὀλυμπιάδος. H. Diels (« Chronologische Untersuchungen über Apollodors Chronika », *RhM* 31, 1876, p. 19-21) introduisait un signe de ponctuation avant καὶ ἑνί et rattachait ces mots à ce qui suit, situant la mort de Périandre « l'année précédant la quarante-neuvième Olympiade ». Dans cette perspective, Périandre aurait régné pendant quarante ans d'Ol. 38(,4), date de son *acmè* selon I 98, jusqu'en Ol. 48(,4), date de sa mort à 80 ans, soit quarante ans après son *acmè*. La correction de Schwartz tient compte d'un autre ensemble de données. Tout d'abord, le passage fait référence à la mort de Crésus, c'est-à-dire à la prise de Sardes qu'Apollodore situait en Ol. 58,3 en 546/5 (cf. D. L. II 3). « Quarante et un ans » plus tôt nous amène en Ol. 48,2, en 587/6, en calculant de façon inclusive. Si cette année (587/6) est la quatre-vingtième et dernière de la vie de Périandre, la quarantième doit être située en 627/6 (Ol. 38,2). Voir Jacoby, *Apollodors Chronik*, p. 150-153. Mais cette reconstitution présuppose que la dernière année de règne de Périandre n'est pas l'année de sa mort, parce que les derniers mois de sa dernière année incomplète de règne (cf. Aristote, *Politique* E 12, 1315 b 22) auraient été attribués à son successeur Psammétique. Il peut sembler étrange qu'un chronographe date un événement

Hérodote dit dans son premier livre[1] qu'il fut l'hôte de Thrasybule, le tyran de Milet.

Caractère

96 Aristippe, dans le premier livre de son ouvrage *Sur la sensualité des Anciens*[2], rapporte à son propos les détails suivants: sa mère Cratéia qui était éprise de lui couchait avec lui en secret[3] et il y trouvait du plaisir. Mais lorsque l'affaire fut découverte, il se montra insupportable envers tous du fait que la découverte le faisait souffrir[4].

Ajoutons qu'Éphore[5] raconte qu'il jura, s'il l'emportait à Olympie dans la course de chars, de consacrer une statue en or. Après avoir triomphé, comme il manquait d'or, voyant à l'occasion d'une

---

par rapport à l'Olympiade qui suit, mais cela n'est pas inimaginable s'il a en vue un événement important par rapport auquel se définit l'événement qu'il doit dater. Dans le cas présent, Ol. 49,1 correspondrait à la chute des Cypsélides à Corinthe.

1. Hérodote I 20.

2. Cf. L. Radermacher, « Eine wandernde Novelle und Aristippos περὶ παλαιᾶς τρυφῆς », *RhM* 91, 1942, p. 181-185.

3. Il faut comprendre : « sans se faire reconnaître par lui », comme le montre l'anecdote de Parthenius rapportée dans la note suivante.

4. Parthénius, *Narrationes amatoriae* 17, 1-7, donne de cette anecdote, dont la source historique est par ailleurs des plus douteuses, une version qu'on a peine à retrouver sous le pâle résumé de Diogène. Périandre était au début un homme raisonnable et doux et non le tyran meurtrier que connaît la tradition. Sa mère était amoureuse de lui. Tant qu'il ne fut qu'un enfant, son désir était satisfait par les baisers qu'elle pouvait lui donner. Par la suite, pour séduire le jeune homme, elle lui fit croire qu'une belle femme souhaitait se donner à lui à condition qu'il n'y eût aucune lumière et qu'elle ne fût pas contrainte à parler. C'est ainsi que la mère de Périandre devint la maîtresse inconnue de son fils. Un jour, ne supportant plus de ne pas connaître la femme dont il était maintenant amoureux, Périandre fit cacher une lampe qu'il courut chercher lorsque sa mystérieuse compagne vint le rejoindre. En découvrant la vérité, il voulut tuer sa mère, mais fut retenu par l'apparition d'un démon. Sa mère se tua et lui-même sombra dans une démence qui l'amena à exterminer nombre de ses concitoyens. Allusions à l'épisode chez Plutarque, *Banquet des Sept Sages* 2, 146 d. Voir D. Gourevitch, « Quelques fantasmes érotiques et perversions d'objet dans la littérature gréco-romaine », *MEFR* 94, 1982, p. 823-842.

5. *FGrHist* 70 F 178.

fête locale les femmes parées (de bijoux), il mit la main sur toutes ces parures et envoya l'offrande (promise)[1].

Sa mort

Certains disent que voulant que sa sépulture ne soit pas connue, il conçut le stratagème suivant. Il ordonna à deux jeunes gens à qui il avait indiqué un chemin, de sortir de nuit et de supprimer celui qu'ils rencontreraient, puis de l'ensevelir. Ensuite (il ordonna) à quatre autres d'aller à la poursuite des premiers, puis de les supprimer et de les ensevelir. A nouveau, il en envoya encore un plus grand nombre à la poursuite de ces derniers. Et ainsi il fut lui-même supprimé en rencontrant les premiers.

Épigramme funéraire

Les Corinthiens inscrivirent sur son cénotaphe[2]:

97 Ici la terre ancestrale de Corinthe aux golfes marins
contient Périandre, qui tenait la première place par la richesse et la [sagesse.

Nous avons pour notre part composé les vers suivants[3]:

Ne t'afflige pas de ne pas obtenir quelque chose.
Au contraire, réjouis-toi de tous les bienfaits que Dieu t'accorde.
Car le Sage Périandre s'est éteint par découragement
Pour n'avoir pas obtenu une affaire qu'il désirait.

Maxime

De lui est la maxime: Ne rien faire pour l'argent. Car il faut gagner ce qui mérite d'être gagné.

Œuvres

Il composa également des *Conseils* qui atteignaient deux mille vers.

Dits

Il a dit que ceux qui veulent exercer une tyrannie sans risque doivent se donner comme garde la bienveillance et non des armes.

---

1. Contexte différent chez Hérodote V 92.
2. *Anth. Pal.* VII 619 = Lobôn, fr. 516 *Suppl. Hell.*
3. *Anth. Pal.* VII 620.

Comme un jour on lui demandait pourquoi il se conduisait en tyran, il dit: « Parce que se désister volontairement et être dépossédé (du pouvoir) présentent du danger »[1].

Conseils[2]

Il disait également ce qui suit: La tranquillité est une belle chose (2). La précipitation conduit à la chute (3). Le gain est honteux (4)[3]. La démocratie est meilleure que la tyrannie (5). Les plaisirs sont corruptibles, mais les honneurs sont immortels (6). **98** Dans la prospérité sois modéré, dans l'infortune sensé (7). Sois le même pour tes amis qu'ils soient dans le succès ou dans l'insuccès (11). Ce dont tu as convenu, respecte-le. Ne dévoile pas de paroles secrètes (13)[4]. Corrige non seulement ceux qui pèchent mais aussi ceux qui vont le faire (15).

Il fut le premier à avoir des gardes du corps et à transformer le pouvoir en tyrannie. Et il ne laissait pas qui le voulait habiter en ville, comme le dit Éphore[5], de même qu'Aristote[6].

Chronologie

Il était dans la force de l'âge en la trente-huitième Olympiade[7] et il exerça la tyrannie pendant quarante ans[8].

1. Cf. Stobée IV 1, 79.
2. Cf. DK 10, 3 ; t. I, p. 65, 14 - 66, 3. Les chiffres entre parenthèses rappellent le numéro de la maxime chez Stobée III 1, 172.
3. Long indique ici pour F une lacune qui se trouve en réalité dans P (selon T. Dorandi). Il faudrait supposer: « Le gain honteux est <***> » (le point en haut devrait d'ailleurs suivre la lacune). Voir Stobée III 1, 72 : κέρδος αἰσχρὸν φύσεως κατηγορία, et III 10, 48 : κέρδος αἰσχρὸν βαρὺ κειμήλιον. Mais, telle que formulée par Diogène, la sentence est compréhensible.
4. Cf. Stobée III 41, 7.
5. *FGrHist* 70 F 179.
6. Fr. 521 Gigon ; cf. *Const. Ath.* 16, 3.
7. En 628/5. Apollodore semble avoir fait coïncider l'*acmè* de Périandre avec le début de sa tyrannie. Voir note sur I 95.
8. Quarante années et demie, selon Aristote, *Politique* V 12, 1315 b 25-26.

Homonymes

Sotion[1], Héraclide[2] et Pamphilè, dans le cinquième livre de ses *Commentaires*[3], disent qu'il y eut deux Périandre. L'un tyran, l'autre (un) Sage, originaire d'Ambracie[4]. **99** C'est aussi ce que dit Néanthe de Cyzique[5], qui (rapporte encore) qu'ils étaient apparentés. Et Aristote[6] dit que c'est le Corinthien qui était le Sage. Mais Platon[7] ne le mentionne pas (parmi les Sages).

Maxime

De lui est la maxime: « Tout est dans l'exercice ».

Il voulait également creuser (un canal à travers de) l'isthme (de Corinthe).

Lettres

On lui attribue également de courtes lettres[8]:

Périandre aux Sages

« J'éprouve une grande reconnaissance envers Apollon Pythien du fait que je vous ai retrouvés réunis tous ensemble et mes lettres (vous) amèneront aussi à Corinthe. Quant à moi, je vous recevrai, ainsi que vous le savez vous-mêmes, de la façon la plus démocratique. J'apprends que l'an dernier vous vous êtes rassemblés chez (le roi) de Lydie à Sardes. N'hésitez donc pas maintenant à venir aussi

1. Fr. 2 Wehrli.
2. Fr. 145 Wehrli.
3. *FHG* III 521.
4. Cf. Élien, *H. V.* XII 35. Le tyran Périandre d'Ambracie est mentionné par Aristote, *Politique* V 4, 1304 a 31-33, et par Plutarque, *Amatorius* 23, 768 f. La distinction a peut-être été conçue afin de rejeter le tyran de Corinthe du groupe des Sages.
5. *FGrHist* 84 F 19.
6. Fr. 522 Gigon.
7. *Prot.* 343 a. Diogène dit seulement: « Mais Platon dit que non.»
8. Nous adoptons la conjecture de Röper: ἐπιστόλια, compatible avec le singulier φέρεται. Les manuscrits BPF ont «une lettre» (ἐπιστολή, corruption facile d'ἐπιστόλια en onciale). En effet Diogène en citera deux, sans compter celle de Thrasybule... Le manuscrit co (un descendant de P) a « des lettres » (ἐπιστολαί). P. 408 Hercher.

auprès de moi, le tyran de Corinthe. Car les Corinthiens seront enchantés de vous voir fréquenter dans la maison de Périandre. »

Périandre à Proclès[1]

100 « Le meurtre de mon épouse fut involontaire. Mais toi c'est délibérément que tu (me) fais du tort en m'ayant rendu odieux à mon fils. Ou bien donc fais cesser la sévérité de l'enfant, ou bien moi je me vengerai sur toi. Car pour ma part j'ai payé depuis longtemps mes dettes envers ta fille, en faisant brûler avec elle les vêtements de toutes les Corinthiennes. »

Thrasybule également lui écrivit la lettre qui suit[2] :

Thrasybule à Périandre[3]

« Je n'ai rien répondu à ton héraut, mais, l'ayant conduit dans un champ de blé, je fauchais, en les frappant d'un coup de bâton, les épis qui dépassaient, alors qu'il m'accompagnait. Et il te fera part, si tu le lui demandes, de ce qu'il a entendu ou de ce qu'il a vu auprès de moi. Et toi agis de la sorte, si du moins tu veux renforcer ta dictature[4] : supprime les citoyens qui se distinguent, qu'ils te paraissent des ennemis ou non. Car pour un dictateur[5], tout homme soulève la suspicion, fût-il du nombre de ses compagnons. »

---

1. La lettre brode sur le récit d'Hérodote III 50 et 52.
2. P. 787 Hercher.
3. A nouveau inspiré d'Hérodote V 92. Voir aussi Aristote, *Politique* III 13, 1284 a 28-33, et V 10, 1311 a 20-22, mais Aristote inverse les rôles des deux tyrans.
4. Littéralement : « ton asymnétie ».
5. Littéralement : « un asymnète ».

<LES AUTRES SAGES>

ANACHARSIS[1]

101 Anacharsis le Scythe était le fils de Gnouros et le frère de Caduidas, roi des Scythes, mais il était de mère grecque. C'est pourquoi il était bilingue.

Œuvres

Il écrivit un poème de huit cents vers (sur) les coutumes des Scythes et celles des Grecs du point de vue de la simplicité de la vie et des choses de la guerre.

Mais il fournit aussi l'occasion d'un proverbe à cause de sa liberté de langage : « Parler comme un Scythe ».

Chronologie

Sosicrate[2] dit qu'il se rendit à Athènes dans la quarante-septième Olympiade, sous l'archonte Eucratès[3].

Solon et Anacharsis

Hermippe[4] dit qu'en arrivant dans la maison de Solon Anacharsis ordonna à un des serviteurs d'annoncer (à Solon) que venait chez lui

1. Sur Anacharsis, voir J.F. Kindstrand, *Anacharsis. The Legend and the Apophthegmata*, coll. « Acta Universitatis Upsaliensis : Studia Graeca Upsaliensia » 16, Uppsala 1981, XXII-176 p. ; *Id.*, art. « Anacharsis » A 155, *DPhA* I, 1989, p. 176-179.

2. Fr. 7 Giannattasio Andria.

3. En 592/1-589/8. L'archonte Eucratès n'est pas daté par d'autres sources. Sosicrate (Apollodore) pourrait avoir en tête la première année de cette Olympiade.

4. Fr. 9 Wehrli.

Anacharsis qui voulait le voir, et, si possible, devenir son hôte[1]. **102** Et le serviteur, après l'avoir annoncé, reçut de Solon l'ordre de lui dire qu'on se faisait des hôtes étrangers quand on était dans sa propre patrie[2]. Partant de cette réponse[3], Anacharsis dit que (Solon) était maintenant dans sa patrie et qu'il lui appartenait de se faire des hôtes étrangers. Solon, frappé par cet à-propos le fit entrer et en fit son plus grand ami.

Sa mort

Au bout d'un certain temps, comme il était retourné en Scythie et avait la réputation[4] de renverser les coutumes de sa patrie, du fait qu'il faisait grand cas des valeurs helléniques, il fut atteint d'une flèche par son frère à la chasse et mourut, après avoir dit qu'il était revenu de Grèce sain et sauf grâce à son langage, mais avait été perdu chez lui par jalousie. Certains disent qu'il fut tué alors qu'il pratiquait des rites helléniques[5].

Épigramme laërtienne

Et nous avons écrit sur lui l'épigramme suivante[6]:

---

1. L'anecdote repose sur l'ambiguïté, en grec comme en français, du concept d'hôte *(xenos)*.

2. Je comprends : l'étranger n'a pas à venir nous demander de nouer avec lui de telles relations. Comp. avec Plutarque, *Vie de Solon* 5, 2 : « Anacharsis, dit-on, s'étant rendu à Athènes chez Solon, frappa à la porte et déclara qu'étant étranger il était venu pour former avec lui des liens d'amitié et d'hospitalité. Solon, ayant répondu qu'il valait mieux former des amitiés chez soi : " Eh bien, répartit Anacharsis, puisque tu es chez toi, fais de moi ton ami et ton hôte " » (trad. *CUF*). Voir encore la lettre 2 d'Anacharsis et Himérius, *Or.* 29, 14-15 (lacunaire) : ἐπεὶ ἦν εἴσω θυρῶν...

3. Nous conservons ici la leçon unanime de BPF ἐλθών, que Long corrige à la suite de Cobet en ἑλών (avec des manuscrits tardifs) : « Tirant parti de ces mots... »

4. M. Patillon me suggère d'adopter la leçon des manuscrits Φ : νομιζόμενος. Les manuscrits de la famille α ont νομίζων, corrigé depuis Cobet (que suit aussi Long, mais aussi Kindstrand, *Anacharsis*, p. 10 n. 15) en δοκῶν. On aurait mal interprété une finale abrégée. Voir Flavius Josèphe, *Contre Apion* II 269 : « Anacharsis, dont les Grecs admiraient la sagesse, fut mis à mort par les Scythes à son retour, parce qu'il leur paraissait revenir infecté des coutumes grecques » (trad. L. Blum légèrement modifiée).

5. Rappelle Hérodote IV 76.

6. *Anth. Pal.* VII 92.

103 Quand Anacharsis vint en Scythie, après avoir longuement erré,
Il voulut persuader tout le monde de vivre selon les coutumes de [l'Hellade.
Alors qu'il avait encore à la bouche la parole inachevée,
Un roseau ailé l'emporta immédiatement chez les Immortels.

Apophtegmes et dits[1]

C'est lui qui a dit que la vigne porte trois grappes : la première est celle du plaisir, la seconde celle de l'ivresse, la troisième celle du dégoût.

Il disait trouver étonnant que chez les Grecs les spécialistes participent aux concours, mais que les juges (de ces concours) soient des non-spécialistes[2].

Alors qu'on lui demandait comment on pouvait ne pas devenir ivrogne, il dit : « En ayant devant les yeux les conduites honteuses des gens ivres. »[3]

Il disait trouver étonnant que les Grecs légifèrent contre ceux qui commettent des actes violents, mais honorent les athlètes du fait qu'ils se battent entre eux.

Apprenant que l'épaisseur (de la coque) d'un navire faisait quatre doigts, il dit que telle était la distance qui séparait les passagers de la mort[4].

104 Il disait que l'huile (d'olive) est un poison qui rend fou, car les athlètes qui en sont oints sont pris de folie les uns envers les autres[5].

Pourquoi, disait-il, interdit-on le mensonge et ment-on ouvertement dans les boutiques ?

---

1. On trouvera dans Kindstrand, *Anacharsis*, p. 107-121, des parallèles à plusieurs des apophtegmes rapportés par Diogène.

2. Les parallèles cités par Kindstrand (A 42 A-F), notamment Plutarque, *Solon* 5, 6, suggèrent que le contexte originel de la sentence n'était pas le concours, sportif ou artistique, mais les débats politiques de l'*ecclésia* démocratique : seuls les spécialistes interviennent, mais tous les ignorants peuvent voter.

3. Cf. Stobée III 18, 34.

4. Parallèles dans les *Schol. vetera in Aratum* (294, 31), les *Schol. sur l'Iliade* (XV 628) et chez Eustathe, *in Il.* III, p. 774, 20.

5. Le thème est développé par Dion Chrysostome, *Discours* 32, 44.

Il est étonnant, dit-il encore, que les Grecs pour commencer boivent dans de petites coupes et, lorsqu'ils sont rassasiés, dans de grandes.

Statue et inscription

Sur les portraits qui le représentent est inscrit : « Maîtriser sa langue, son ventre, ses parties honteuses ».

Apophtegmes et dits

Comme on lui demandait s'il y a chez les Scythes des flûtes, il dit : « Pas plus qu'il n'y a de vignes »[1].

Comme on lui demandait quels vaisseaux sont relativement sûrs, il dit : « Ceux qui sont en cale sèche ».

Et il dit que ce qu'il avait vu de plus étonnant chez les Grecs était qu'ils laissaient la fumée dans les montagnes et introduisaient les morceaux de bois dans la Cité[2].

Comme on lui demandait lesquels sont les plus nombreux, les vivants ou les morts, il dit : « Dans quelle catégorie ranges-tu ceux qui naviguent ? »

Alors qu'un citoyen de l'Attique l'injuriait parce qu'il était scythe, il dit : « En vérité, ma patrie m'est un sujet de reproche, mais toi tu es un sujet de reproche pour ta patrie »[3].

105 Comme on lui demandait ce qui est chez les hommes à la fois bon et mauvais, il dit : « La langue ».

Il disait qu'il valait mieux avoir un ami de grande valeur que plusieurs ne valant rien.

Il dit que le marché se définit comme un lieu fait pour se tromper les uns les autres et pour s'enrichir.

---

1. Propos déjà prêté à Anacharsis par Aristote, *Anal. post.* I 13, 78 b 30-32.

2. Anacharsis pense au charbon de bois. Voir O. Lagercrantz, art. « Kohle », *RE* XI 1, 1921, col. 1038-1045. Plutarque, *Quaest. conv.* 693 a, parle explicitement d'*anthrakeia* qui peut désigner aussi bien le charbon que le charbon de bois. Voir Kindstrand, *Anacharsis*, p. 155-156.

3. Cf. Stobée IV 29 a, 16 : « Raillé par quelqu'un du fait qu'il était scythe, Anacharsis dit : " (Je le suis) par naissance, mais non pas par mon mode de vie " ».

Insulté par un adolescent dans une beuverie, il dit : « Jeune homme, si étant jeune tu ne supportes pas le vin, quand tu seras devenu vieux tu porteras de l'eau ».

Inventions

Selon certains[1], il découvrit pour les besoins de la vie l'ancre et le tour de potier.

Lettre

Il écrivit la lettre[2] suivante[3] :

Anacharsis à Crésus

« Ô Roi des Lydiens, moi je suis venu au pays des Grecs pour être instruit de leurs coutumes et de leurs pratiques. L'or, je n'en ai aucun besoin : il me suffit de retourner chez les Scythes en homme meilleur. Cependant, je viens à Sardes, car j'attache beaucoup d'importance au fait d'entrer dans ton estime. »

---

1. Dont Éphore selon Strabon VII 3, 9, qui doute de la valeur de ce témoignage, du fait que le tour de potier est déjà mentionné chez Homère (*Il.* XVIII 600-601). De même le scholiaste sur Apollonius, *Argon.* v. 1276-1277 a, qui signale l'ancre (double ?) du navire des Argonautes. Sur les inventions d'Anacharsis (qu'évoque déjà Platon, *République* X, 600 a), voir Kindstrand, *Anacharsis*, p. 68-73.

2. Sur les lettres d'Anacharsis, voir F. H. Reuters, *De Anacharsidis epistulis*, Diss. Bonn 1957, 156 p. (lettre 10) ; Id., *Die Briefe des Anacharsis griechisch und deutsch*, coll. « Schriften und Quellen der alten Welt » 14, Berlin 1963, VI-34 p. ; trad. anglaise par Anne M. McGuire dans A. J. Malherbe (édit.), *The Cynic Epistles. A study edition*, coll. « Society of Biblical Literature : Sources for Biblical Study » 12, Missoula (Montana) 1977, p. 6-9 et 36-51.

3. P. 105 Hercher.

MYSON

106 Myson, fils de Strymôn – comme le dit Sosicrate[1] qui cite Hermippe[2] –, originaire de Chéné, un village de l'Œta ou de Laconie, est mis au nombre des Sept. On dit aussi de lui qu'il était le fils d'un tyran.

Oracle sur Myson

Un auteur[3] raconte qu'à l'intention d'Anacharsis, qui lui demandait si quelqu'un était plus sage que lui, la Pythie proféra l'oracle rapporté dans la *Vie de Thalès* à propos de Chilôn[4]:

> Je dis qu'un certain Myson de Chéné, sur l'Œta,
> Est plus affermi que toi par la sagesse de son cœur.

Poussé par la curiosité, (Anacharsis) alla dans ce village et trouva l'homme en train d'adapter en plein été une poignée à sa charrue. Il lui dit: « Myson, ce n'est pas la saison de la charrue ». Et l'autre de dire: « C'est précisément le moment de la réparer ».

Ses origines

107 D'autres disent que l'oracle portait les mots:

> A Étis, je dis qu'il y a...

Et on cherche où se trouve cette localité d'Étis. Parménide[5] dit qu'il s'agit d'un dème de Laconie d'où Myson était originaire. Sosi-

1. Fr. 8 Giannattasio Andria.
2. Fr. 14 Wehrli.
3. Λέγεται δὴ πρός τινος, Ἀναχάρσιδος... Il ne faut pas comprendre « un certain Anacharsis », car un seul Anacharsis est connu et l'anecdote a déjà été racontée (en I 30). Voir Gigante, note 277, qui rappelle que Reiske (*Hermes* 24, p. 307) a proposé de corriger τινός en τινῶν.
4. En I 30, Diogène hésitait déjà entre Chilôn et Anacharsis.
5. On corrige généralement ici en *Parméniscus.* Diogène peut avoir mal relu un nom qu'il avait noté de façon abrégée.

crate, dans ses *Successions*[1], dit que son père était d'Étis, mais sa mère de Chéné. Eutyphron, le fils d'Héraclide le Pontique[2], dit qu'il était crétois, car Éteia est une ville de Crète. Anaxilaos[3] qu'il était arcadien.

Attestation littéraire

Il est également mentionné par Hipponax[4] qui a dit :

Et Myson qu'Apollon
a déclaré de tous les hommes le plus sage.

Misanthropie

Aristoxène cependant dit dans ses *Notes dispersées*[5] qu'il n'était pas très différent de Timon et d'Apèmantos, car il était misanthrope. 108 On le vit en tout cas (dit-il) à Lacédémone rire tout seul dans un endroit désert. Soudain, comme quelqu'un se présentait et lui demandait pourquoi il riait alors que personne n'était là, il dit : « C'est justement pour cette raison ».

Aristoxène dit que s'il n'était pas célèbre, c'est parce qu'il n'était pas originaire d'une ville, mais d'un village, qui plus est obscur. C'est pourquoi, à cause de son manque de célébrité, certains ont rattaché ce qui le concerne à Pisistrate le tyran, mais ce n'est pas le cas de Platon le philosophe. Car lui aussi le mentionne dans le *Protagoras*[6], où il le met à la place de Périandre[7].

Sentence

Il disait qu'il ne fallait pas scruter les faits en se fondant sur les paroles, mais scruter les paroles en se fondant sur les faits. Car ce

---

1. Fr. 9 Giannattasio Andria.
2. *FGrHist* 1007 F 1. Le père d'Héraclide le Pontique s'appelait Eutyphron: D. L. V 86 et 91. Le nom a fort bien pu être donné à son petit-fils.
3. *Anaxilaos* est peut-être une nouvelle erreur chez Diogène pour Anaxilaïdès, dont l'ouvrage *Sur les philosophes* sera cité en III 2 (voir, au début du paragraphe une confusion possible, entre Parménide/Parméniscus). Voir *DPhA* A 162-164.
4. Fr. 61 Diehl.
5. Fr. 130 Wehrli.
6. *Protagoras* 343 a.
7. Voir déjà I 30 et 41.

n'est pas en vue des paroles que les faits sont réalisés, mais c'est en vue des faits que les paroles sont (prononcées).

Il mourut après avoir vécu quatre-vingt-dix-sept ans.

ÉPIMÉNIDE[1]

109 Épiménide, comme le disent Théopompe[2] et de nombreuses autres (sources), avait pour père Phaistios ; d'autres disent Dôsias, d'autres encore Agésarque. Il était crétois, de la descendance de Cnossos, bien qu'il ait changé son apparence en se laissant pousser les cheveux.

Le sommeil d'Épiménide

Envoyé un jour par son père dans la campagne pour rechercher un mouton, il dévia de son chemin à midi et il s'endormit dans une grotte pour cinquante-sept ans. En se réveillant après tout ce temps, il cherchait le mouton, croyant avoir dormi peu de temps. Comme il ne le retrouvait pas, il vint dans le champ ; découvrant que tout avait changé et appartenait à quelqu'un d'autre, il revint vers la ville tout perplexe. Et là, entrant dans sa maison il rencontra des gens qui lui demandèrent qui il était, jusqu'à ce qu'il trouve son plus jeune frère, maintenant déjà âgé, et apprenne de lui toute la vérité. **110** Quand on l'eut reconnu, il fut considéré chez les Grecs comme l'homme le plus aimé des dieux.

La peste d'Athènes

Aussi[3], comme la peste affligeait alors les Athéniens, la Pythie leur prescrivit dans un oracle de purifier la cité. Les Athéniens envoient en Crète un navire, ainsi que Nicias, fils de Nicératos[4], pour faire

1. La Vie d'Épiménide ne répond pas au modèle des Vies des sages. On n'y trouve pas de maxime par exemple. Léandre le retenait parmi les Sages (I 41), de même qu'Hermippe (I 42).

2. *FGrHist* 115 F 67 a.

3. C'est parce qu'il est considéré comme θεοφιλέστατος qu'Épiménide est sollicité par les Athéniens.

4. Il ne s'agit évidemment pas du général de la fin du Ve siècle, lui aussi fils de Nicératos, mais d'un Athénien du début du VIe siècle (absent de la *RE*).

appel à Épiménide. Celui-ci vint en la quarante-sixième Olympiade[1] pour purifier leur cité et fit cesser la peste de la manière suivante. Ayant pris des brebis noires et des blanches, il les conduisit sur l'Aréopage. Et là il les laissa aller où elles voulaient, après avoir ordonné à ses assistants d'offrir, là où chacune d'elles se coucherait, un sacrifice au dieu du voisinage[2]. Et c'est ainsi que le mal cessa. C'est pourquoi encore aujourd'hui il est possible de découvrir dans les dèmes d'Athènes des autels anonymes, en souvenir de la propitiation qui fut alors célébrée.

D'autres rapportent qu'il aurait dit que la cause de la peste était la souillure liée à l'affaire de Cylon[3] et qu'il aurait indiqué[4] la façon de s'en débarrasser. Et pour cette raison on aurait fait mourir deux jeunes gens, Cratinos et Ctésibios, et le fléau aurait été dissipé.

111 Les Athéniens votèrent afin qu'un talent lui fût donné, de même qu'un navire pour le (re)conduire en Crète. Lui cependant n'accepta pas l'argent, mais il fit conclure une alliance d'amitié et d'assistance militaire entre les Cnossiens et les Athéniens.

Sa mort

Revenu chez lui il mourut peu de temps après, ayant vécu cent cinquante-sept ans, à ce que dit Phlégon dans ses *Records de longévité*[5]; mais les Crétois disent trois cents ans moins une année. (Ou encore), comme Xénophane de Colophon[6] dit l'avoir entendu : cent cinquante-quatre ans.

1. En 596/5-593/2. L'archontat de Solon se situe, on se le rappelle, en Ol. 46,3.
2. Ou bien : « de les sacrifier, là où chacune d'elles se coucherait, au dieu du voisinage ».
3. Plutarque, *Vie de Solon* 12, 1-2, établit lui aussi un lien entre l'intervention d'Épiménide et le massacre sacrilège, par l'archonte Mégaclès, des partisans de Cylon, réfugiés sous la protection d'Athéna. La tentative d'accession à la tyrannie de l'Olympionique Cylon d'Athènes est racontée par Hérodote V 71 et Thucydide I 126.
4. Les manuscrits BPF ont plutôt : « ces sources indiquant de quelle façon on se débarrassa de cette souillure ».
5. *FGrHist* 257 F 38.
6. DK 21 B 20.

Œuvres d'Épiménide

Il composa en vers un poème sur l'*Origine des Courètes et des Corybantes,* ainsi qu'une *Théogonie,* en cinq mille vers, et six mille cinq cents vers sur *La Construction du vaisseau Argos et la traversée de Jason vers la Colchide.* **112** Il écrivit également en prose *Sur les sacrifices* et (sur) la *Constitution de la Crète,* de même que *Sur Minos et Rhadamanthe* en quatre mille lignes.

Il fonda aussi à Athènes le sanctuaire des Déesses Augustes, comme le dit Lobôn d'Argos[1] dans son traité *Sur les poètes.*

On dit encore qu'il fut le premier à purifier les maisons et les champs et à fonder des sanctuaires.

Il s'en trouve qui prétendent qu'il ne s'est pas endormi, mais qu'il s'est éloigné pendant un certain temps pour étudier[2] la cueillette des racines.

Lettres

Circule de lui aussi une lettre adressée à Solon le législateur, qui contient la constitution que Minos établit pour les Crétois. Mais Démétrios de Magnésie, dans son ouvrage *Sur les poètes et les écrivains homonymes*[3], essaie de prouver que la lettre est tardive et qu'elle n'a pas été écrite en dialecte crétois, mais dans un dialecte attique qu'il faut dater d'époque récente.

De mon côté, j'ai retrouvé une autre lettre qui est formulée comme suit :

Épiménide à Solon[4]

113 « Courage, mon ami. Car si Pisistrate avait dirigé son complot contre les Athéniens alors qu'ils étaient encore des esclaves *(thètes)* et n'étaient pas encore soumis à une bonne législation, il détiendrait le pouvoir à tout jamais, après avoir asservi les citoyens. Mais en réalité il réduit en esclavage des hommes qui ne sont pas mauvais.

---

1. Fr. 16 Crönert. On se serait attendu à ce que Lobôn ait été plutôt la source du paragraphe précédent.
2. Ou : « occupé par ».
3. Fr. 10 Mejer.
4. Cette lettre, oubliée par Hercher, semble répondre à celle qui avait été citée en I 64-66.

Ceux-ci souffrent dans la honte en se rappelant les avertissements de Solon et ne supporteront pas d'être tyrannisés. Même si Pisistrate tient la cité en main, je ne m'attends pas à ce que le pouvoir passe à ses enfants. Car il est difficile que des hommes qui ont vécu libres sous les lois les meilleures vivent dans la servitude.

Quant à toi, n'erre pas, mais viens auprès de moi en Crète. Car ici le monarque ne constituera pas pour toi un danger, tandis que si les amis de Pisistrate tombent sur toi, au cours de tes errances, je crains qu'il ne t'advienne quelque chose de grave. »

114 Voilà ce qu'il écrivit.

Compléments divers

Démétrios[1] cependant dit que certains rapportent qu'il reçut des Nymphes une nourriture particulière et qu'il la conserva dans un sabot de bœuf. En prenant de cette nourriture un tout petit peu à la fois, il ne rejetait aucun excrément et paraissait ne jamais manger.

Timée[2] le mentionne également dans son deuxième livre.

Prédictions d'Épiménide

Certains disent que les Crétois lui offrent des sacrifices comme à un dieu. On dit en effet qu'il était des plus habiles dans l'art divinatoire. En tout cas, lorsqu'il vit le port de Munichie à Athènes, il dit que les Athéniens ignoraient tous les maux que cet endroit allait leur causer, sinon ils le démantèleraient fût-ce avec leurs dents[3]. Voilà ce qu'il disait bien des années avant les événements.

On dit aussi que dans une première vie il s'appelait Éaque – et qu'il prédit aux Lacédémoniens la prise (de leur cité) par les Arcadiens – et qu'il prétendait avoir souvent recommencé de nouvelles vies.

115 Théopompe, dans ses *Récits merveilleux*[4], (dit qu')alors qu'il construisait le sanctuaire des Nymphes, une voix surgit du ciel

---

1. Fr. 11 Mejer.
2. *FGrHist* 566 F 4.
3. Cf. Plutarque, *Vie de Solon* 12, 10. La prédiction *(post eventum ?)* semble liée à l'occupation macédonienne de Munichie en 322 av. J.-C. (Cf. Plutarque, *Vie de Démosthène* 28, 1).
4. *FGrHist* 115 F 69.

(disant): « Épiménide, (ne construis) pas (de sanctuaire) pour les Nymphes, mais pour Zeus ».

Il prédit aussi aux Crétois que la cité des Lacédémoniens serait défaite par les Arcadiens, comme il a été dit plus haut[1]. Et le fait est que les Lacédémoniens furent pris à Orchomène.

Il vieillit durant un nombre de jours égal aux années au cours desquelles il avait dormi. C'est en effet ce que dit encore Théopompe.

Myronianus cependant, dans ses *Similitudes*[2], dit que les Crétois l'appelaient Courète.

Et les Lacédémoniens conservent sa dépouille chez eux, par respect pour un oracle, comme le dit Sosibius de Laconie[3].

Homonymes

Il y eut deux autres Épiménide: l'auteur de *Généalogies* et, le troisième, celui qui écrivit sur Rhodes en dialecte dorien.

---

1. I 114.
2. *FHG* IV 454.
3. *FGrHist* 595 F 15. Contredit I 112 qui situe la mort d'Épiménide peu après son retour en Crète. Mais voir Plutarque, *Vie de Pélopidas* 21, 3 (cité à propos de I 117).

PHÉRÉCYDE[1]

116 Phérécyde, fils de Badys[2], de Syros[3], comme le dit Alexandre dans ses *Successions*[4], fut l'auditeur de Pittacos[5]. Il fut le premier, dit Théopompe[6], à écrire *Sur la nature et les dieux*[7] pour les Grecs[8].

Trois prédictions

On rapporte à son propos nombre de faits merveilleux. Alors qu'il se promenait le long de la grève à Samos[9] et qu'il voyait un

---

1. Sur Phérécyde, voir H. S. Schibli, *Pherekydes of Syros*, Oxford 1990, XIV-225 p. Sur sa vie : p. 1-13. « Testimonia and fragments » dans l'Appendice 2, p. 140-175 (90 textes), à compléter par les *Addenda*, p. 178-179, où sont signalés de nouveaux parallèles.

2. Badys est en effet ici la leçon des principaux manuscrits (BPF). Les éditeurs corrigent en Babys d'après w (*Vatic. gr.* 140), la *Souda* (Φ 214) et Strabon, X 5, 8, p. 487 C (DK 7 A 2 et 3).

3. La *Souda* (Φ 214) précise que Syros (qu'elle appelle Syra) est une île des Cyclades, près de Délos.

4. *FGrHist* 273 F 85; fr. 1 Giannattasio Andria.

5. On peut penser que Diogène voulait plutôt dire que Phérécyde avait été le maître de Pythagore.

6. *FGrHist* 115 F 71.

7. Ou plus probablement : Sur la nature et <la genèse> des dieux, en ajoutant, comme le propose Gomperz, <γενέσεως>, sur le modèle de DK A 5 ; t. I, p. 45, 40 : *deorum uero naturam et originem ante omnes descripsit.* Long prête à F une omission du καί de la ligne 10, ce qui amène Schibli (p. 3, n. 6) à traduire: « Sur la nature des dieux ». En vérité, le καί est commun à BPF selon T. Dorandi. Les lettres pseudépigraphiques font allusion à ces écrits théologiques. Voir la lettre de Thalès à Phérécyde citée en I 43-44 et celle de Phérécyde à Thalès en I 122.

8. On pourrait aussi lire <παρ'> Ἕλλησι, « chez les Grecs ». La plupart des éditeurs, dont Long, préfèrent supprimer Ἕλλησι, mais voir la lettre de Thalès en I 43 (p. 18, 5-6 Long).

9. En lisant Σάμου avec w, plutôt que ψάμμου avec BPF (le long d'une plage de sable). La correction s'appuie sur le parallèle offert par Porphyre (cf. DK 7 A 6). Un parallèle (Apollonius Paradoxographus, *Historiae mirabiles* 5, p. 125 Giannini = F 17 Schibli) précise qu'il se rendait au sanctuaire d'Héra à Samos.

navire profiter d'un bon vent, il dit qu'il allait sombrer sous peu : et (ce navire) sombra sous ses yeux.

Buvant de l'eau qu'on venait de tirer d'un puits, il prédit qu'il y aurait le troisième jour un tremblement de terre[1]. C'est ce qui se produisit.

Comme il montait d'Olympie à Messène, il conseilla à son hôte Périlaos de partir avec les siens. L'autre ne lui obéit pas et Messène fut prise[2].

117 Aux Lacédémoniens il dit d'honorer ni or ni argent, comme le dit Théopompe[3] dans ses *Récits merveilleux*[4] : c'est Héraclès qui lui avait donné cet ordre dans un rêve et le même avait ordonné aux rois, la même nuit, d'obéir à Phérécyde.[5]

---

1. La scène est située à Syros par Apollonius (voir note précédente) et à Samos par Maxime de Tyr (XIII 5, 19, p. 163 Hobein = F 19 Schibli).

2. Selon Schibli (p. 6), cette guerre serait antérieure à la naissance de Phérécyde.

3. Bien que Théopompe ne soit mentionné comme source que pour l'insertion concernant les Lacédémoniens, il est sans doute la source des trois anecdotes relatives aux prédictions de Phérécyde. Un extrait de la *Philologos akroasis* de Porphyre conservé par Eusèbe, *P. E.* X, 3 6-9, nous rapporte une discussion sur le plagiat littéraire tenue chez Longin à Athènes, lors de la célébration des Πλατωνεῖα. On y apprend que Théopompe avait emprunté au *Trépied* d'Andrôn (d'Argos ou d'Éphèse : D. L. I 119) diverses anecdotes relatives à Pythagore qu'il avait attribuées à Phérécyde. Pour assurer la vraisemblance du récit, il avait modifié les noms de lieux. La prédiction du séisme aurait été déplacée de Métaponte à Syros, le vaisseau aurait été vu à Samos et non au large de Mégara en Sicile, la ville prise aurait été Messène et non Sybaris. Il aurait également pour faire bonne mesure donné un nom à l'hôte qu'il aurait appelé Périlaos ! On retrouve donc les trois anecdotes résumées par Diogène. Selon Schibli (p. 6), la confusion entre Phérécyde et Pythagore « was undoubtedly based upon the close association that was assumed to have existed between the two men ».

4. *FGrHist* 115 F 71.

5. Un parallèle intéressant est offert par Olympiodore, *in Alc.* § 164 = F 24 Schibli : Après avoir cité l'oracle delphique rendu à Lycurgue : « L'amour de la richesse détruit la cité de Sparte, mais (ne fait) rien d'autre » (comp. Diodore de Sicile VII 12, 5), Olympiodore poursuit : « On rapporte que pour cette raison Lycurgue recommandait que les pièces de monnaie chez eux soient en fer (ou en cuivre ? ⟦σιδηρᾶ⟧ χαλκᾶ) et qu'elles soient plongées dans le vinaigre de façon à ce qu'elles se corrompent rapidement et ne subsistent pas longtemps chez eux. On dit que Phérécyde, le maître de Pythagore, dont on mentionne par ailleurs un livre de théologie, vint chez les Lacédémoniens et qu'il eut une vision (en

Mais certains rattachent ces histoires à Pythagore[1].

La mort de Phérécyde

Hermippe[2] dit qu'au cours de la guerre entre les Éphésiens et les Magnésiens[3], comme il voulait que les Éphésiens remportent la victoire, il demanda à un passant d'où il était. Comme l'autre répondit « d'Éphèse », il lui dit : « Traîne-moi donc par les jambes et dépose-moi sur le territoire des Magnésiens[4], puis annonce à tes concitoyens de m'ensevelir sur place après la victoire. (Dis-leur que c'est là) ce qu'a prescrit Phérécyde. » **118** L'autre <donc> transmit ce message. Quant aux Éphésiens, le lendemain, ayant lancé une attaque, ils l'emportent sur les Magnésiens, ensevelissent sur place Phérécyde qui était mort et lui rendent des hommages somptueux.

---

songe), (lui enjoignant) de dire aux rois des Lacédémoniens de ne pas faire cas des richesses, et, la même nuit, dit-on, il fut révélé au second des rois d'obéir à Phérécyde. Et lorsque Phérécyde se fut levé et eut parlé au roi, on dit que <les Lacédémoniens> modifièrent à nouveau leur constitution, alors qu'elle allait sombrer dans l'oligarchie. » Il se pourrait que cette addition (en I 117) qui ne concerne plus les prédictions de Phérécyde mette en cause une confusion avec un autre Phérécyde (*RE* 2). Plutarque connaissait en effet un « Phérécyde le Sage mis à mort par les Lacédémoniens » et dont la peau aurait été gardée par les rois conformément à un oracle (*Vie de Pélopidas* 21, 3). Le même auteur rapporte ailleurs (*Vie d'Agis* 10, 6 = F 23 Schibli) que Terpandre, Thalès et Phérécyde étaient honorés à Sparte, parce que leurs enseignements étaient en harmonie avec ceux de Lycurgue.

1. Si l'on voit dans le début de 117 une addition de Diogène, cette phrase serait la conclusion originelle des trois prédictions de 116 : rapporter à Pythagore le conseil donné aux Lacédémoniens est plus difficile et le parallèle de Porphyre ne porte que sur les trois prédictions.

2. Fr. 17 Wehrli.

3. Selon Schibli (p. 8), ce conflit serait bien antérieur à Phérécyde, puisqu'il remonterait à la première moitié du VIIe siècle.

4. « The rationale of the story might be that by dying in Magnesia and lying there unburied Pherekydes polluted the land and thus caused its defeat. » (Schibli, p. 8). Mais, comme Phérécyde tient à ce que les Éphésiens soient prévenus, on peut aussi penser qu'il veut les forcer à venir récupérer son cadavre... L'épigramme de Diogène en I 121 semble présupposer que Phérécyde n'aurait fait que se conformer à un oracle qu'il connaissait.

Certains cependant disent qu'il se rendit à Delphes et se précipita du haut du mont Côrycos[1].

Aristoxène, dans son traité *Sur Pythagore et ses disciples*[2], dit qu'au terme d'une maladie il fut enseveli par Pythagore à Délos.

D'autres (rapportent) qu'il mourut atteint d'une *phtiriasis*[3]. Lorsque Pythagore vint lui rendre visite[4] et lui demanda comment il se portait, il fit passer son doigt par (le trou de) la porte et dit: « Ma peau le montre clairement ». Et c'est à partir de là que chez les philologues l'expression est prise en mauvaise part; ceux qui l'emploient dans un sens positif font erreur.

119 Il disait aussi que les dieux appellent la table (des sacrifices) θυωρός.

Homonymes

Andrôn d'Éphèse[5] dit qu'il y eut deux Phérécyde de Syros: l'un astronome, l'autre théologien, fils de Badys, celui avec qui Pythagore a étudié. Ératosthène[6] cependant dit que les deux ne faisaient qu'un[7] et qu'il y en eut un autre, athénien, auteur de *Généalogies.*

Œuvres

Est conservé de (Phérécyde) de Syros le livre qu'il a composé et qui commence par les mots: « Zeus, Chronos et C(h)thonie étaient

---

1. Il n'y a pas, selon la *Realenzyklopädie*, de mont Côrycos à Delphes, mais on connaît une caverne portant ce nom dans cette région. Voir E. Pieske, art. « Κωρύκιον ἄντρον », *RE* XI 2, 1922, col. 1448-1450.

2. Fr. 14 Wehrli.

3. La *phtiriasis* de Phérécyde est déjà connue par Aristote, *H.A.* 557 a 1-3 = F 32 Schibli. Élien, *H.V.* IV 28 = F 37 a Schibli, y voit la punition de son impiété. Sur cette maladie, voir J. Schamp, « La mort en fleurs. Considérations sur la maladie " pédiculaire " de Sylla », *AC* 60, 1991, p. 139-170, et A. Keaveney et J. A. Madden, « Phtiriasis and its victims », *SO* 57, 1982, p. 87-99.

4. Non pas à Délos, comme le suppose le paragraphe précédent, mais à Samos, s'il faut en croire Héraclide Lembos (*Politeiai* 32, p. 24 Dilts), Jamblique et Porphyre. Selon Dicéarque (fr. 34 Wehrli) « et les auteurs plus exacts », la mort de Phérécyde serait survenue avant que Pythagore ne quitte Samos (cf. Porphyre, *Vie de Pythagore* 56): d'autres supposaient que Pythagore était venu depuis la Sicile, puis reparti en Italie.

5. *FGrHist* 1005 F 4.

6. *FGrHist* 241 F 10.

7. Ou bien: « qu'un seul était (de Syros) » (ainsi Gigante).

depuis toujours. C(h)thonie reçut le nom de Terre (Γῆ), parce que Zeus lui donna la terre en guise de privilège (γέρας)»[1].

Est conservé également un cadran solaire sur l'île de Syros[2].

Épigrammes

Douris, dans le deuxième livre de ses *Saisons*[3] dit que l'épigramme suivante fut composée pour lui[4]:

120 Le sommet de toute sagesse est en moi. Mais s'il en existe une
[supérieure,
dis[5] qu'elle appartient à mon ami Pythagore, car il est le premier de
[tous
par toute la terre hellène: je ne mens pas en m'exprimant ainsi.

Ion de Chios[6] dit à son sujet:

Ainsi donc, cet homme orné de courage, ainsi que de gravité,
Même mort, vit en son âme une vie délicieuse,
Si du moins le Sage Pythagore véritablement[7]
a vu et appris de tous les hommes leurs pensées.

Il y a également de nous le poème suivant en vers phérécratiens[8]:

---

1. Sur ce passage de Phérécyde concernant les principes, voir les parallèles en DK 7 A 8-9.

2. Cet *héliotrope* pourrait être un appareil destiné à marquer les solstices. Voir les explications de Schibli, *Pherecydes*, p. 5. Les manuscrits ont ici Syra et non Syros.

3. Les manuscrits ont ici ἱερῶν et non Ὡρῶν. Ce poème anonyme (que Schibli, p. 12, attribue à Douris de Samos lui-même) était cité parce qu'il honorait Pythagore, la gloire de Samos. Voir W. Spoerri, art. «Douris de Samos» D 226, *DPhA* II, 1994, p. 907.

4. *FGrHist* 76 F 22; *Anth. Pal.* VII 93.

5. Schibli comprend : « dis à mon ami Pythagore qu'il est … »

6. Fr. 5 Diehl. Voir maintenant Aloisius Leurini (édit.), *Ionis Chii. Testimonia et Fragmenta*, collegit, disposuit, adnotatione critica instruxit A. L., coll. « Classical and Byzantine monographs » 23, Amsterdam 1992, XXXII-270 p.

7. Schibli lit ici σοφός, <ὅς>, à la suite de Burkert (*Lore and Science*, p. 123) et de Sandbach, *PCPhS* n.s. 5, 1958-1959, p. 36. Mais la scansion du vers s'en accommoderait mal, nous semble-t-il. Il faut apparemment comprendre que Pythagore a témoigné de la béatitude connue par Phérécyde après sa mort.

8. Du nom de Phrérécrate d'Athènes, poète de l'ancienne comédie attique. Le poème de Diogène montre que le récit de la mort, dans la version d'Hermippe qui la situait sur le territoire de Magnésie, omettait quelques détails essentiels à sa compréhension, notamment l'intervention d'un oracle.

L'illustre Phérécyde
qu'enfanta un jour Syros
a perdu, rapporte-t-on, son ancien aspect
121 quand il fut (dévoré) par les poux.
Il ordonna qu'on le mît
chez les Magnésiens pour donner victoire
aux valeureux citoyens d'Éphèse.
Car il y avait un oracle, que lui seul connaissait,
qui prescrivait ce geste.
Et il meurt chez eux.
Ainsi il serait vrai de dire:
si quelqu'un est réellement sage,
il est utile et quand il vit
et quand il n'est plus.

Chronologie

Il vécut en la cinquante-neuvième Olympiade[1].

Lettre

Il écrivit la lettre suivante[2]:

Phérécyde à Thalès[3]

122 « Puisses-tu connaître une belle mort quand viendra pour toi ce qui doit advenir. La maladie m'a surpris alors que je recevais ta lettre. J'étais tout entier couvert[4] de poux et la fièvre me terrassait. J'ai donc enjoint à mes serviteurs, lorsqu'ils m'auront enseveli, de t'apporter ce que j'ai écrit. Si toi, avec les autres Sages, tu en approuves (le contenu), rends-le public comme il est. Si en revanche vous ne l'approuvez pas, ne le rends pas public. Car (l'ouvrage) ne me satisfait pas encore. La certitude des faits n'est pas (établie) et je ne prétends pas connaître la vérité, mais seulement ce qu'on peut dire

---

1. En 544-541. Selon Jacoby, *Apollodors Chronik*, p. 210-215, Apollodore aurait daté Phérécyde de 583/2 à 499/8. Diogène ferait donc ici allusion à l'*acmè* de Phérécyde.
2. P. 460 Hercher.
3. Cette lettre est la réponse à la lettre de Thalès en I 43-44.
4. En lisant ἔϐρυον comme l'a édité Frobenius, et non ἔθυον. Même texte et même correction, p. 56, 9.

en discourant sur les dieux[1]. Le reste est matière à réflexion ; car je formule tout sous forme énigmatique[2].

Alors que j'étais toujours davantage opprimé par la maladie, je ne laissais plus entrer aucun des médecins ni des compagnons[3] ; comme ils se tenaient à la porte et me demandaient comment j'allais, en faisant passer mon doigt par le trou de la serrure je leur montrai comme j'étais dévoré[4] par le mal. Et je leur ai dit à l'avance de venir le lendemain pour les obsèques de Phérécyde. »

Conclusion du premier livre

Et voilà quels furent ceux qu'on appela les Sages. Certains leur adjoignent le tyran Pisistrate[5].

Mais il faut parler des philosophes[6] et commencer tout d'abord par la philosophie ionienne, qu'inaugura Thalès, dont Anaximandre fut l'auditeur.

---

1. Le passage est probablement corrompu et a fait l'objet de nombreuses reconstitutions depuis l'époque de Casaubon.

2. Cf. Proclus, *in Tim.* t. I, p. 129, 15 Diehl : αἰνιγματώδης (DK 7 A 12).

3. Il faut sans doute restituer ici, comme on l'a fait ailleurs, la forme ionienne : ἑτάρους.

4. En lisant ἔϐρυον, comme le propose Cobet.

5. En vérité, Pisistrate n'est mentionné dans aucune des listes énumérées en I 41-42. Voir cependant I 108. Il faisait partie, comme Crésus, Thrasybule et peut-être Périandre, des personnages secondaires de la légende des Sages. A ce titre il apparaissait comme correspondant dans les lettres pseudépigraphiques (I 53-54 et I 66-67 ; voir aussi I 65 et 66, I 67, I 93).

6. Sur cette distinction inattendue entre Sages et philosophes, voir l'Introduction au livre I, p. 47.

Note complémentaire (livre I)

1. En 548-545. Apollodore situait apparemment la mort de Thalès en Ol. 58,3 (546/5), année de la chute de Sardes. Il aurait aidé Crésus l'année précédente, au début de la guerre contre Cyrus. Cette donnée sûre, associée à l'âge retenu par Apollodore pour la mort de Thalès (78 ans), permet de corriger les chiffres transmis pour l'année de la naissance. Voir p. 90 n. 4. La correction de Sosicrate supposerait, selon Jacoby (*Apollodors Chronik,* p. 179), la même date pour la mort, mais Sosicrate aurait calculé à partir de la date erronée transmise également par Diogène : Ol. 35,1. Cette interprétation nécessite cependant de corriger le « 90 ans » de Sosicrate en « 94 ans » (de 640/39 à 546/5).

LIVRE II

Introduction, traduction et notes

par Michel NARCY (1-47)

et

Marie-Odile GOULET-CAZÉ (48-144)

INTRODUCTION

Le livre II de Diogène Laërce est constitué de trois ensembles :

- II 1-17 le groupe Anaximandre → Anaximène → Anaxagore → Archélaos
- II 18-46 Socrate

  II 47 est un paragraphe de transition qui annonce le passage aux successeurs de Socrate

- II 48-144 les Socratiques et leurs disciples.

La réunion de tous ces philosophes en un même livre semble à première vue cohérente avec la perspective des *Successions*. Anaximandre de Milet est le maître d'Anaximène; celui-ci le maître d'Anaxagore de Clazomènes, lequel eut pour disciple Archélaos d'Athènes (ou de Milet), le maître de Socrate. A la suite de Socrate viennent ses disciples. Mais l'ordre où se succèdent ceux-ci a été apparemment modifié au cours de la rédaction des *Vies*. Le problème est suffisamment complexe pour qu'on en indique ici à grands traits les divers éléments.

L'ORDRE DE SUCCESSION DES SOCRATIQUES

[M.-O. Goulet-Cazé]

Le paragraphe 47, qui introduit les Socratiques, pose un certain nombre de problèmes d'interprétation, si bien qu'il a suscité des propositions de remaniements assez compliquées. Il est manifeste que son sens, dans l'état du texte transmis par les manuscrits, n'est pas satisfaisant[1]. En outre, la succession de philosophes qu'annonce ce paragraphe se trouve en contradiction avec l'ordre réel suivi par Diogène Laërce dans le reste de son ouvrage. Alors que l'ordre clairement annoncé en II 47 est le suivant : 1. Xénophon; 2. Antisthène; 3. les Socratiques; 4. Platon, « puisqu'il inaugure les dix écoles traditionnellement citées et qu'il a lui-même fondé la première Académie »[2], on constate que l'ordre réel est différent : 1. Xénophon; 2. les Socratiques; 3. Platon, « tête de file de l'Ancienne Académie », suivi de l'Académie et du Péripatos; 4. Antisthène suivi des Cyniques et des Stoïciens. Ce problème de plan, qui met en cause la cohérence interne du livre, ne saurait, même s'il ne concerne pas directement le contenu des *Vies*, laisser indifférent le lecteur, car les modifications de plan traduisent en réalité, de la part de Diogène Laërce lui-même, un changement dans la conception de son ouvrage.

Entre le moment où il écrivit le paragraphe II 47 et celui où il constitua l'ordre définitif des *Vies*, Diogène Laërce décida de modifier l'ordre dans lequel il voulait traiter les philosophes parce que sa perspective en cours de rédaction avait changé. Au départ après Socrate devaient arriver tous ses disciples, dans l'ordre annoncé en II 47. Mais, à un moment quelconque qu'il ne nous est pas possible de

---

1. Sur les difficultés que soulève ce texte, voir Michel Narcy, p. 164-169 de la présente introduction et la Note complémentaire 2 au livre II (p. 360-361). Cf. aussi M.-O. Goulet-Cazé, « Le livre VI de Diogène Laërce : analyse de sa structure et réflexions méthodologiques », *ANRW* II 36, 6, Berlin 1992, p. 3880-4048, notamment les pages 3883-3889; R. Goulet, « Des sages parmi les philosophes. Le premier livre des *Vies des philosophes* de Diogène Laërce », *ΣΟΦΙΗΣ ΜΑΙΗΤΟΡΕΣ, Hommage à Jean Pépin*, Paris 1992, p. 167-178. A la différence de M. Narcy, j'adopte dans mon article, pour établir le texte de II 47, les remaniements suggérés par E. Schwarz (et signalés dans sa note *ad loc.* par M. Narcy), qui permettent de bien distinguer d'une part Platon, Xénophon, Antisthène, les trois figures les plus éminentes parmi les disciples de Socrate, d'autre part ceux qui répondent à l'appellation de Socratiques, et dont les plus remarquables sont Eschine, Phédon, Euclide et Aristippe. Diogène Laërce distingue, au niveau de l'appellation uniquement, car il est évident que les trois disciples présentés comme les coryphées sont à ses yeux les disciples les plus brillants de Socrate, un groupe qu'il appelle « les Socratiques » et par ailleurs Platon, Xénophon, Antisthène. Un autre passage, la dernière phrase du livre II, sépare de même très clairement les Socratiques et le chef de file de l'Académie.

2. Cf. la liste des dix écoles énoncée en I 18 et 19, où l'ancienne Académie est classée numéro 1 et où Platon est désigné comme son chef de file.

préciser, Diogène Laërce choisit de mettre les disciples de Socrate en tête de leurs écoles respectives. Plutôt que de suivre, regroupés, la *Vie de Socrate*, les disciples devaient se retrouver chacun à la tête de l'école qu'il avait fondée. L'ouvrage laërtien prenait désormais comme principe de base la réalité de l'école[1], traitait de celle-ci à la suite de son fondateur et, le plus souvent, mettait les théories de l'école sous le nom de ce dernier. On peut penser que Diogène Laërce, dans sa première perspective, se conformait au genre littéraire des *Successions de philosophes* et que par la suite il adopta celle d'un ouvrage Περὶ αἱρέσεων, *Sur les écoles.* M. Narcy, un peu plus loin, propose une explication intéressante de ce changement de perpective de la part de Diogène Laërce.

Le paragraphe II 47 appartiendrait à la phase « Successions » [τῶν δὲ διαδεξαμένων αὐτόν], et non à la phase « Sur les écoles ». Il exprime donc une étape dans l'élaboration du texte qui n'est pas la solution finale à laquelle s'est résolu Diogène Laërce, mais qui n'est peut-être pas non plus la conception la plus primitive de l'auteur. Le détail qui me conduit à formuler cette hypothèse se trouve au début de la *Vie* d'Aristippe: en II 65, Diogène Laërce affirme que Platon, dans son traité *Sur l'âme,* a dit du mal d'Aristippe, et il précise: « comme nous l'avons dit ailleurs ». Or cet « ailleurs », nous le découvrons dans la *Vie de Platon* où Diogène Laërce évoque effectivement l'inimitié entre Platon et Aristippe. Mais, et c'est là que surgit l'incohérence, cette *Vie de Platon*, au lieu de précéder II 65 comme on aurait pu s'y attendre en raison de la formulation, lui est postérieure, l'inimitié entre les deux philosophes étant signalée en III 36. Force est donc de conclure qu'au moment où il écrivait II 65 et où il précisait « comme nous l'avons dit ailleurs », Diogène Laërce avait déjà traité la *Vie de Platon.* Par conséquent il est fort probable qu'il y eut un état du texte où Platon était abordé avant les Socratiques, en tant peut-être que disciple le plus illustre de Socrate. C'est pourquoi je suggère que l'ordre annoncé en II 47 et qui fait se succéder Xénophon, Antisthène, Socratiques, Platon, n'est pas l'ordre le plus primitif. Dans celui-ci Platon devait précéder Xénophon, Antisthène et les Socratiques. La première phrase de II 47 qui

1. Cf. II 105 : « De Ménédème nous parlerons ultérieurement, parce que lui aussi fonde une école philosophique. »

nomme les coryphées dans l'ordre Platon, Xénophon, Antisthène pourrait bien refléter cette conception primitive que voulait mettre en œuvre Diogène Laërce.

Il reste cependant encore à comprendre comment, dans l'ouvrage tel que nous l'ont transmis les manuscrits, l'ordre a pu devenir le suivant : Xénophon, les Socratiques, Platon, Antisthène.

Deux passages, II 85, qui clôt la *Vie* d'Aristippe, et VI 19, qui clôt celle d'Antisthène, peuvent nous aider à voir plus clair, car eux aussi font intervenir des données concernant le plan. En II 85, Diogène Laërce écrit : « Puisque nous avons écrit la vie d'Aristippe, eh bien maintenant parcourons ceux de sa lignée, les Cyrénaïques [...], ainsi que ceux de la lignée de Phédon, dont les coryphées sont les Érétriques ». A suivre le libellé de la phrase, on remarquera qu'il n'est pas question ici de Phédon, mais uniquement de ses successeurs, ce qui invite à penser que Phédon avait été traité antérieurement, avant Aristippe. Le passage de VI 19, à la fin de la vie d'Antisthène, se situe dans la même phase de rédaction laërtienne : « Puisque nous avons passé en revue ceux qui appartiennent à la lignée d'Aristippe et de Phédon, enchaînons maintenant avec ceux de la lignée d'Antisthène, Cyniques et Stoïciens ». Ces deux passages de II 85 et de VI 19 sont devenus bien sûr obsolètes dans l'état définitif de l'ouvrage. Ils sont les vestiges d'un état du texte où les *Vies* de Phédon, d'Aristippe et d'Antisthène étaient traitées selon la perspective des Successions et où leurs écoles étaient regroupées plus loin. On notera d'ailleurs que l'ordre des écoles, tel qu'on peut le déduire de VI 19, était l'ordre inverse de celui des philosophes têtes de file que l'on suppose à partir de II 47 et 85: Antisthène, Phédon, Aristippe / Cyrénaïques, Érétri(a)ques, Cyniques et Stoïciens. Mais quand il changea sa perspective d'ensemble, Diogène Laërce regroupa fondateur et école, donc Phédon avec les Érétri(a)ques, Aristippe avec les Cyrénaïques, Antisthène avec les Cyniques et Stoïciens.

Conformément à la nouvelle perspective, il est normal qu'Antisthène, dans l'ordre définitif, précède ceux de sa lignée, Cyniques et Stoïciens. En revanche on est contraint de se demander pourquoi Diogène Laërce, une fois adoptée la perspective des ouvrages Περὶ αἱρέσεων, a finalement décidé de déplacer Antisthène et ses disciples au-delà de Platon et de ses successeurs.

On peut formuler l'hypothèse suivante. Une fois Platon mis après les Socratiques (ordre de II 47), Diogène Laërce, s'il avait laissé Antisthène (et ses disciples) à la place originellement prévue pour Antisthène, aurait dû traiter Antisthène, Cyniques et Stoïciens avant Platon, ce qui, sur le plan chronologique, eût été choquant. Il préféra donc traiter d'abord Platon, l'Académie et le Péripatos, et ensuite seulement Antisthène et ses disciples.

Tous ces détails un peu compliqués prouvent que Diogène Laërce a écrit son texte dans la durée, qu'il a en cours de rédaction changé d'avis sur sa perspective d'ensemble et qu'en dernière instance il n'a pas eu le temps de relire son texte ni d'en supprimer les incohérences. Aucune explication vraiment satisfaisante du texte du paragraphe 47 n'a été donnée jusqu'à présent, et pour cause. C'est un texte remanié par Diogène Laërce lui-même, qui dans l'état où nous le connaissons, comporte des incohérences dont nous ne sommes pas en mesure de rendre compte.

Voici résumées sous forme de tableau les étapes successives du classement laërtien :

Ordre primitif	Ordre intermédiaire déduit de II 47, II 85 et VI 19	Ordre définitif

Platon
Xénophon
Antisthène
Socratiques
(...)
	Xénophon
	Antisthène
	Socratiques :
	  Phédon
	  Aristippe
	    Cyrénaïques
	    Érétri(a)ques
	    Cyniques et Stoïciens
	Platon
		Xénophon
		Socratiques :
		  Aristippe + Cyrénaïques
		  Phédon + Éliaques et Érétri(a)ques
		Platon
		  + Académie et Péripatos
		Antisthène
		  + Cyniques et Stoïciens

INTRODUCTION AUX PARAGRAPHES II 1-47

[Michel Narcy]

Ayant annoncé à la fin du livre I, consacré aux « sages », que pour parler des « philosophes » il commencera par la philosophie ionienne, Diogène, au livre II, suit exactement, jusqu'à Socrate inclus, l'ordre de succession indiqué dans le Prologue (I 14): Anaximandre[1], Anaximène, Anaxagore, Archélaos, Socrate. Comme on vient de le voir, après Socrate apparaissent, et dans le livre II et dans le plan général de l'ouvrage, des bouleversements dont l'explication tient au fait que le plan initial de Diogène, fondé sur le principe de la succession des philosophes par le biais de la relation de maître à disciple, s'est trouvé compliqué par l'introduction d'un regroupement des philosophes en écoles[2]. Un des signes que ce changement de point de vue est intervenu en cours de rédaction peut être observé dans le Prologue, où Diogène trace à l'intérieur de la philosophie deux divisions tout à fait différentes, voire incompatibles : celle qui, en rattachant tous les philosophes les uns aux autres par la relation de maître à disciple, les ordonne en deux filiations, l'ionienne et l'italique (I 13-15), et la division de la philosophie en trois parties, éthique, physique et dialectique (I 18-19)[3], qui donne lieu à l'énumération des dix écoles ou « sectes » (αἱρέσεις) entre lesquelles se divise

---

1. Au livre I déjà (ch. 13), Anaximandre est indiqué comme le premier des philosophes ioniens, mais c'est pourtant à Thalès, dont il fut l'auditeur, que la philosophie ionienne doit d'être appelée ainsi – probablement parce que c'est avec lui qu'elle a son véritable commencement. Où l'on peut voir Diogène Laërce aux prises, une fois de plus, avec l'une de ses classifications – ici la distinction entre « sages » (parmi lesquels Thalès) et « philosophes ». Sur cette question, voir R. Goulet, art. cit. (*supra* p. 161 n. 1), notamment p. 173-178.

2. Cf. II 47, et la Note complémentaire 2 (p. 360-361).

3. Deux autres classifications des philosophes sont proposées entre temps : selon qu'ils sont dogmatiques ou sceptiques (I 16) ou selon l'origine de leur appellation (I 17); mais elles n'ont aucune incidence sur le plan suivi dans la suite par Diogène Laërce.

la partie éthique et, à cette occasion, à la première apparition du terme (I 18). Qu'il y ait là deux principes de classement incompatibles, on peut en voir la preuve dans le fait qu'Épicure, une première fois désigné comme le dernier rejeton de la branche italique (I 14. 15), reparaît plus loin en tant qu'éponyme de la dixième des écoles entre lesquelles se divise la « partie éthique » de la philosophie (I 18. 19), ce qui revient à le ranger dans le même groupe que les écoles directement ou indirectement issues de Socrate.

On aurait tort, cependant, sous prétexte de cette apparente répugnance de Diogène à trancher entre des principes de composition différents, de voir en lui un écrivain inconséquent. On peut se demander au contraire si l'introduction, à côté de celui de la « succession », d'un principe de classement tiré de la division de la philosophie en trois parties, n'est pas destinée à contourner le problème très spécifique posé par Socrate. La place de Socrate dans la succession des philosophes n'allait en effet probablement pas de soi. Appliquer à Socrate, au même titre qu'à ses prédécesseurs, la transitivité de la relation de maître à disciple obligeait à faire de lui à son tour un maître, par exemple celui de Platon[1], ce qui était aller à l'encontre de la tradition autorisée depuis ce même Platon, qui avait fait de l'absence de disciples l'un des points de la défense de Socrate à son procès[2]; suivre au contraire à la lettre cette tradition, c'était rompre, à partir de Socrate, avec le schéma des successions. Même abstraction faite de cette difficulté, Socrate occupait en tout état de cause une place singulière dans la succession des philosophes, puisque c'est à partir de lui seulement que cette succession commence à présenter des ramifications : en même temps que Platon, Socrate eut pour auditeurs (c'est-à-dire, dans ce schéma, pour successeurs) « les autres Socratiques » (I 14), Diogène se voyant pour cela obligé, une fois donnée la liste des Académiciens jusqu'à Clitomaque, de repartir de Socrate pour indiquer la filiation cynico-stoïcienne qui conduit d'Antisthène à Chrysippe (I 15) – ce qui est encore bien loin d'épuiser la filiation socratique !

1. Mais il y a déjà là une autre difficulté, sur laquelle nous allons revenir plus loin : l'existence à côté de Platon d'autres Socratiques.

2. Cf. Platon, *Apologie de Socrate* 33 a.

On peut donc au moins se demander si ce n'est pas précisément pour répondre à cette double difficulté – la tradition qui fait de Socrate un maître sans disciples, en même temps que la complication apportée au schéma unilinéaire de la succession par la multiplicité des lignées qui se réclament de Socrate – que Diogène a eu recours à la division de la philosophie en trois « parties », physique, éthique et dialectique. Cette division, en effet, a pour premier résultat, et semble donc avoir pour première utilité, d'aménager, sous le double rapport que l'on vient d'indiquer, l'épineuse question de la succession de Socrate.

Il est significatif en effet que ce soit à la faveur de cette division que soit introduite la notion d'école (αἵρεσις), et qu'elle ne le soit qu'en rapport avec la partie éthique de la philosophie, c'est-à-dire précisément celle qui ne remonte pas plus haut que Socrate. « Jusqu'à Archélaos exista la forme physique (*scil.* de la philosophie); à partir de Socrate, comme on l'a déjà dit, l'éthique », écrit en effet Diogène (I 18; cf. I 14); puis: « A sa forme éthique ont appartenu dix écoles (αἱρέσεις): Académique, Cyrénaïque, Éliaque, etc. ». Alors qu'au chapitre précédent (I 17) on lisait que les Socratiques et les Épicuriens tiennent leur nom *de leurs maîtres* (ἀπὸ τῶν διδασκάλων), on sera sensible au fait que le nom de Socrate ne sert à désigner aucune des dix écoles auxquelles a donné naissance l'introduction qu'on lui attribue de l'éthique en philosophie. En résumé, pas d'école avant Socrate[1], mais pas d'école non plus qui puisse se réclamer de Socrate: voilà ce que permet à Diogène la double division qu'il introduit, de la philosophie en trois parties et de l'une de ces parties en écoles.

Il paraît donc légitime de penser que ce n'est pas seulement pour avoir trouvé, avec le livre *Sur les écoles* (Περὶ αἱρέσεων) d'Hippobote, dont il paraît d'ailleurs contester la valeur[2], une source d'in-

---

1. Aucune école non plus en dehors de l'éthique : la troisième partie de la philosophie, la dialectique, qui a pour origine Zénon d'Élée, ne donne pas plus que la physique lieu à une énumération d'écoles. Diogène ne semble pas redouter d'équivoque en appelant dialectique l'une des dix écoles éthiques. On peut voir là la contre-épreuve du fait que la notion d'école n'intéresse Diogène qu'en rapport avec Socrate.

2. Cf. I 19: bien loin de l'indiquer comme l'une de ses sources, Diogène paraît opposer à la liste donnée par Hippobote celle qu'il a lui-même, sans faire

formation supplémentaire, mais aussi ou peut-être surtout parce que Socrate en faisait éclater l'insuffisance, que Diogène a été amené à introduire, à côté du schéma des successions, le regroupement en écoles.

Plus, d'ailleurs, qu'à le remplacer, ce dernier procédé paraît destiné à relayer le précédent là où il cesse de suffire: c'est ce qu'on peut déduire du fait que tout le premier tiers du livre II (c'est-à-dire jusqu'à Socrate inclusivement) se conforme au principe de la succession unilinéaire où chaque disciple devient à son tour le maître d'un autre. Rien ne fait penser, en particulier, à une « école ionienne». Par opposition aux philosophes postérieurs, les Ioniens ou physiciens[1] se singularisent en effet par le trait suivant: alors qu'une école se caractérise par l'homogénéité de doctrine, au point qu'en règle générale Diogène en attribue les thèses au seul fondateur, nous privant par là même de toute information sur la philosophie propre de ses sectateurs même éloignés dans le temps, il n'est au contraire pas une des quatre premières *Vies* du livre II, si pauvre soit-elle d'informations, qui ne comporte, en général aussitôt après l'indication de l'origine familiale et géographique du philosophe dont il est question, au moins l'énoncé du «principe» dont il faisait dépendre la réalité dans son ensemble: l'infini pour Anaximandre, l'air pour Anaximène, l'intelligence pour Anaxagore. Seul Archélaos ne donne pas lieu à l'énoncé d'un tel «principe»; encore Diogène nous fournit-il un sommaire de sa doctrine cosmologique, assorti du rappel de quelques-unes des opinions qu'il aurait soutenues. Nonobstant, donc, la mention faite pour chacun qu'il en fut l'«auditeur» ou le «disciple»[2], chacun des Ioniens est réputé avoir innové par rapport à son prédécesseur: si, dans le cadre d'une école, les questions de doctrine étant réglées une fois pour toutes avec le fondateur, l'intérêt

---

état de sa ou ses source(s), fournie avant même de signaler l'existence de cet ouvrage.

1. Cf. I 18, déjà cité : « Jusqu'à Archélaos exista la forme physique (*scil.* de la philosophie) ».

2. Anaximène « écouta (ἤκουσεν)» Anaximandre, et Anaxagore, Anaximène ; Archélaos, qui là encore semble faire exception, fut « disciple (μαθητής) » d'Anaxagore. Ouvrant avec Anaximandre l'exposé de la filiation ionienne, Diogène, fort logiquement, ne lui donne pas de maître, mais il a indiqué au livre I, 13, qu'il «écouta» Thalès.

de Diogène se porte essentiellement sur la personnalité de ses successeurs, ce qui frappe dans le cas des Ioniens, c'est qu'ils sont dotés aussi – ou peut-être même avant tout – d'une personnalité philosophique.

A la lumière de ces remarques, le traitement de Socrate par Diogène paraît d'autant plus paradoxal. Socrate est à la fois celui dont l'appartenance à la tradition ionienne est affirmée le plus fortement : il fut l'auditeur successivement d'Anaxagore et d'Archélaos ; et celui qui a poussé le plus loin l'innovation : jusqu'à la rupture, puisqu'il a introduit l'éthique en lieu et place de la physique. Celui chez qui, par conséquent, l'affirmation de la personnalité, en honneur au sein de la tradition ionienne, semble avoir été poussée le plus loin : mais si loin que la personnalité de Socrate en vient à occulter sa philosophie. De Socrate, il nous est dit qu'il fut l'introducteur de l'éthique; que, « s'étant rendu compte que l'observation de la nature n'est pour nous d'aucune importance, c'est des questions éthiques qu'il recherchait la connaissance» (II 21). Mais ce n'est pas là le prélude à un exposé de l'éthique socratique: la phrase se poursuit par l'indication que cette connaissance, Socrate la cherchait «aussi bien dans les ateliers que sur la place publique». Autrement dit, si elle consiste dans la réorientation de l'intérêt vers les questions éthiques, les questions «qui nous concernent»[1] – nous les humains –, plutôt que vers les questions qui concernent la nature, l'originalité de Socrate se marque en premier lieu par le fait que cet intérêt le porte à fréquenter les hommes au lieu de s'en isoler dans la contemplation de la nature[2].

Rien là que de cohérent, dira-t-on: dès lors que la philosophie prend pour objet « les questions qui nous concernent » de préférence à celles qui concernent la nature, il n'y a pas lieu d'être surpris que

---

1. Cf. I 18 : des trois parties de la philosophie, physique, éthique et dialectique, «l'éthique est celle qui porte sur la façon de vivre et les questions qui nous concernent (ἠθικὸν δὲ τὸ περὶ βίου καὶ τῶν πρὸς ἡμᾶς)» ; II 21 : «s'étant rendu compte que l'observation de la nature n'est pour nous d'aucune importance (μηδὲν εἶναι πρὸς ἡμᾶς)... ».

2. Le contraste est flagrant à cet égard avec Anaxagore : «A la fin il s'en alla, et se cantonnait à l'observation des réalités naturelles, sans s'inquiéter des affaires de la cité. C'est alors que, à celui qui lui disait : "N'as-tu aucun souci de ta patrie ?", il répondit : "Tais-toi ! Car moi, de ma patrie, j'ai souci, et grandement", et il montrait le ciel » (II 7).

l'observation des hommes[1] prenne la place de celle de la nature. Rien non plus de surprenant pour le lecteur de Platon dans le silence de Diogène sur la doctrine de Socrate: n'est-ce pas le lieu commun le plus répandu sur Socrate, dûment rapporté d'ailleurs par Diogène (II 32), qu'il professait ne rien savoir, et ne savoir que cela ? De sorte qu'en faisant de sa *Vie de Socrate* une collection d'anecdotes et d'apophtegmes, Diogène ne ferait que donner un reflet fidèle de l'image de Socrate philosophiquement consacrée[2].

Au regard cependant de cette même tradition, le Socrate laërtien a ceci de surprenant qu'il apparaît, parmi les philosophes répertoriés par Diogène, comme l'un de ceux qui ont le plus suscité d'attaques à la fois des contemporains et des générations suivantes. Mis à part un fragment d'Euripide (II 44) et l'épigramme composée à sa mémoire par Diogène lui-même (II 46), la totalité des passages poétiques cités par ce dernier à propos de Socrate sont extraits d'auteurs comiques qui le prennent pour cible. Outre ces attaques satiriques, Diogène rapporte un nombre impressionnant de rumeurs scandaleuses colportées au sujet de Socrate jusque dans les générations suivantes. Rumeurs anciennes et, à l'époque de Diogène, rejetées même par les auteurs chrétiens, mais qui, colportées et, pour certaines, probablement nées bien après Socrate, nous font comprendre que, contrairement aux Modernes, la tradition ancienne relative à Socrate était loin d'être unanime. Un bon nombre, d'ailleurs, des apophtegmes socratiques rapportés par Diogène témoignent du fait que Socrate avait à faire front à la moquerie et à l'hostilité, non des seuls poètes, mais de leur public, c'est-à-dire de ses concitoyens. Ainsi Diogène fait-il apparaître Socrate environné d'un climat d'hostilité, en partie suscitée d'ailleurs par Socrate lui-même[3], dont les dialogues de Platon ne nous donnent par comparaison qu'une faible idée. La *Vie de Socrate* ne fait d'ailleurs à cet égard que grossir un trait qui se

1. Encore que Socrate fréquentât les hommes moins pour les observer que pour les inciter à s'amender.

2. Autre paradoxe de la *Vie de Socrate* chez Diogène Laërce : c'est celle dont les sources sont pour nous les plus facilement identifiables : bon nombre des maximes qui sont prêtées à Socrate (voir en particulier II 29-32) peuvent être sans hésitation rapportées à Platon et à Xénophon, lesquels d'ailleurs sont à plusieurs reprises explicitement cités par Diogène.

3. Voir en particulier II 21.

retrouve dans la plupart des *Vies* laërtiennes à travers leurs collections d'apophtegmes : le fait que l'existence du philosophe antique était inséparable de la controverse, et pas seulement de la controverse philosophique, puisque la fonction de l'apophtegme est le plus souvent de répondre à une critique qui vise, non la doctrine du philosophe, mais sa conduite et sa manière de vivre. C'est en ce sens que Diogène nous apporte, sur la condition du philosophe antique, une information que les ouvrages des philosophes eux-mêmes ne laissent que fort peu transpirer.

LES SOCRATIQUES ET LEURS DISCIPLES

[Marie-Odile Goulet-Cazé]

1. Xénophon

Les Modernes hésitent à faire de Xénophon un philosophe à part entière. Ils ont plutôt tendance à voir en lui l'historien de l'*Anabase* ou l'auteur de la *Cyropédie*. Il est par conséquent intéressant de se demander comment Diogène Laërce appréhendait pour sa part le personnage. Notons tout d'abord qu'une de ses sources : Dioclès dans ses *Vies des philosophes*, avait une rubrique Xénophon (cf. II 54). Mais quelle que fût l'influence exercée par cette source sur Diogène Laërce, l'essentiel aux yeux de celui-ci, c'est que Xénophon ait été le disciple de Socrate[1], qu'il ait, le premier, pris en notes ce que disait le maître, et qu'il ait écrit les *Mémorables*. De son point de vue en tout cas cette circonstance suffisait amplement à justifier la présence de Xénophon dans son ouvrage. Mais Diogène Laërce ne s'est pas contenté de faire de Xénophon un philosophe ; il le présente, aux côtés de Platon et d'Antisthène, comme « un des chefs de file » parmi ceux qui ont succédé à Socrate. Certes la production historique de

---

1. Dans les *Vies* de Xénophon, Phédon et Platon, Diogène Laërce emploie la même formule pour évoquer la conversion à la philosophie que représenta pour ces hommes la rencontre avec Socrate : II 48 καὶ τοὐντεῦθεν ἀκροατὴς Σωκράτους ἦν ; II 105 : καὶ τοὐντεῦθεν ἐλευθερίως ἐφιλοσόφει ; III 6 τοὐντεῦθεν δὴ γεγονώς, φασίν, εἴκοσιν ἔτη διήκουσε Σωκράτους.

Xénophon est mentionnée, mais à titre accessoire, un peu comme une originalité du personnage: « Il fut le premier des philosophes à écrire un ouvrage historique» (II 48). Puisqu'il n'a pas eu de disciples, Diogène Laërce le met en tête des Socratiques, seul; on constate qu'il ne fournit pas d'exposé sur sa philosophie. Par ailleurs, dans sa *Vie de Socrate,* il met abondamment à profit les *Mémorables* (II 19.45) et le *Banquet* (II 31.32).

Pour écrire la *Vie de Xénophon,* Diogène a lu d'abord les ouvrages de celui dont il traite, notamment l'*Anabase* qui lui fournit maints détails biographiques. Il a mis en outre à profit deux ouvrages de nature biographique: les *Vies des philosophes* de Dioclès de Magnésie, déjà signalées (II 54), mais aussi un ouvrage de Démétrios de Magnésie (II 52.56), selon toute probabilité *Sur les poètes et écrivains homonymes,* qui comportait une vie de Xénophon s'inspirant d'un discours de Dinarque. Ce sont là ses principales sources, mais pour tel détail croustillant, Diogène Laërce fait appel à l'ouvrage attribué à tort à Aristippe, *Sur la sensualité des Anciens* et, selon son habitude, quand il trouve sur le personnage dont il écrit la vie quelques vers dans les *Silles* de Timon, il ne manque pas l'occasion de les citer (II 55).

Deux détails au moins semblent indiquer que Diogène Laërce n'a pas eu le temps de revoir sa copie.

– En II 50, alors qu'il évoque l'*Anabase* et l'atmosphère conflictuelle qui régnait entre Xénophon et Ménon de Pharsale, il ajoute un détail, emprunté certes à l'*Anabase* (en III 1, 26), mais qui n'a pas grand-chose à voir avec ce qui précède, sinon qu'il se situe dans le même contexte: « Xénophon reproche en outre à un certain Apollonidès de s'être fait percer les oreilles. » Le lien lâche par le biais d'un ἀλλὰ καί ne suffit pas à donner une cohérence à cet ajout. Diogène Laërce, séduit par le pittoresque du détail, a noté celui-ci, mais n'a pas eu le temps, ou n'a pas pris la peine, de mieux l'insérer dans la trame de son texte.

– Alors qu'il a parlé en II 51 de l'exil de Xénophon, il aborde à nouveau ce sujet en II 59. Autre phénomène de répétition analogue: en II 55 il propose une datation de l'*acmè* de Xénophon et en II 59 il précise qu'il a trouvé ailleurs l'indication d'une autre *acmè.* On peut supposer que dans les deux cas s'il avait eu le temps de relire son texte il aurait réuni les deux indications.

La *Vie de Xénophon* pose par ailleurs des problèmes d'ordre chronologique.

– A quelle date faut-il situer l'*acmè* du philosophe, et par voie de conséquence sa naissance ? Nous disposons à cet égard de deux groupes de données divergentes.

* D. L. II 55 situe l'*acmè* de Xénophon lors de la quatrième année de la quatre-vingt-quatorzième Olympiade, c'est-à-dire en 401/400. Cette datation s'appuie certainement sur Apollodore[1]. Elle correspond à la date du voyage avec Cyrus.

La *Souda*[2] la situe lors de la quatre-vingt-quinzième Olympiade. La *Chronique d'Eusèbe*[3] la place dans ce même intervalle. Dans la version de Jérôme en effet cette *acmè* tombe la première année de la quatre-vingt-quinzième Olympiade, soit en 399, date de la mort de Socrate ; dans la version arménienne en revanche, l'*acmè* se situe la quatrième année de la quatre-vingt-quinzième Olympiade, soit en 396.

Treu[4] rejette ces datations qui tournent autour de 400, car elles impliquent que l'on place la naissance de Xénophon vers 440, ce qui contredirait les données fournies par *Anabase* III 1, 25[5] et VII 3, 46[6].

* D. L. II 59 situe cette *acmè* pendant la quatre-vingt-neuvième Olympiade, c'est-à-dire en 424-420, ce qui supposerait une date de naissance autour de 460. Une telle datation se présente comme une *acmè* valable aussi pour tous les autres Socratiques, précision insensée, comme le remarque Jacoby[7]. Cette donnée de II 59 s'explique par le fait que Xénophon, croyait-on, avait participé au banquet qu'il raconte dans son *Banquet* et qui eut lieu en 422, alors qu'en réalité il devait être tout petit à ce moment-là. Il faut rapprocher la datation fournie par D. L. II 59 de D. L. II

---

1. Cf. F. Jacoby, *Apollodors Chronik. Eine Sammlung der Fragmente*, coll. « Philologische Untersuchungen » 16, Berlin 1902, p. 302.
2. *Souda*, *s.v.* Ξενοφῶν, t. III, p. 494, 31 Adler.
3. Version de Jérôme, p. 118 dans R. Helm, *Eusebius Werke*, Bd. VII : *Die Chronik des Hieronymus*, Berlin 1956, et version arménienne dans *Eusebius Werke*, Bd. V : *Die Chronik* aus dem armenischen übersetzt von J. Karst, Leipzig 1911, p. 195.
4. M. Treu, art. « Xenophon von Athen », *RE* IX A 2, 1983, col. 1572.
5. En 401, alors que cinq stratèges ont été faits prisonniers par Tissapherne, dont Proxène qui avait la trentaine, Xénophon songe à devenir lui-même stratège, et il dit que son âge ne constitue pas un obstacle ; il doit donc avoir moins de la trentaine.
6. Xénophon est à la tête de soldats qui n'ont qu'une trentaine d'années. Voir aussi VI 4, 25.
7. F. Jacoby, *Apollodors Chronik*, p. 303

22, où Diogène Laërce, s'appuyant sur une donnée que l'on rencontre aussi chez Strabon IX 2, 7, montre Xénophon tombé de cheval à la bataille de Délion, en 424, et sauvé par Socrate qui le porte sur ses épaules. Il semblerait qu'on ait fait une confusion et qu'on ait reporté sur Xénophon l'anecdote concernant Alcibiade à Délion (cf. Plutarque, *Alcibiade* 7, 4). Treu rejette également cette datation indéfendable.

Pour sa part, s'appuyant sur les passages de l'*Anabase* cités plus haut (III 1, 25 et VII 3, 46), qui contraignent à penser qu'en 401, au début de l'expédition des Dix Mille, Xénophon n'avait pas encore trente ans, il suggère une date de naissance entre 430 et 425[1].

– La date de la mort pose également problème: Stésicleidès[2] la situe en 360/359, tandis que Démétrios de Magnésie se contente de dire que Xénophon est mort à Corinthe déjà assez âgé (cf. II 56). Le Pseudo-Lucien, *Macrobii* 21, prétend qu'il mourut au-delà de quatre-vingt-dix ans, mais il fait erreur, se fondant probablement sur l'anecdote de Délion rapportée par Strabon. Treu [3] rejette la donnée de Stésicleidès, accepte celle beaucoup plus vague de Démétrios et conseille de regarder les dates des œuvres. Les *Helléniques* ont été écrites après 358/357 (cf. *Hell.* VI 4, 37) et les *Revenus,* dont il admet l'authenticité, en 355 (cf. *Revenus* V 9). Il propose donc de considérer que Xénophon est mort quelque temps après 355, alors qu'il avait un peu plus de 70 ans[4].

Cette *Vie de Xénophon* contient presque uniquement des détails biographiques, Diogène Laërce restant très discret sur la « philosophie » du personnage. On perçoit qu'il porte un jugement favorable sur l'homme, à en juger par les qualificatifs qu'il emploie pour le caractériser à la fin de II 56 et par les deux épigrammes qu'il ajoute de son cru (II 58). L'une met l'accent sur la démarche empreinte de religiosité du personnage et sur sa sagesse toute socratique, tandis

1. P. Masqueray, *Introduction* à son édition *de l'Anabase, CUF,* Paris 1930, p. IV, situe cette naissance en 427, et É. Delebecque, *Essai sur la vie de Xénophon,* Paris 1957, en 426.

2. U. von Wilamowitz-Moellendorff, *Antigonos von Karystos,* coll. « Philologische Untersuchungen » 4, Berlin 1881, p. 335 n. 20, propose d'identifier ce Stésicleidès avec le Ctésiclès, auteur de *Chroniques,* que cite Athénée VI, 272 c et X, 445 d.

3. M. Treu, art. « Xenophon von Athen », *RE* IX A 2, 1983, col. 1573.

4. É. Delebecque, *op. cit.* , p. 495 propose la date de 354.

que l'autre semble lui donner raison contre les Athéniens qui lui reprochaient son amitié envers Cyrus.

2. Eschine

Tout comme Xénophon, Eschine ne bénéficie pas d'un exposé qui concernerait sa philosophie. Une fois encore, il suffit à Diogène Laërce qu'Eschine ait été un disciple de Socrate pour qu'il soit jugé digne d'avoir sa place dans les *Vies des philosophes*. Diogène insiste en II 63 sur le fait qu'Eschine imitait Gorgias, qu'il était un orateur de talent (ἦν δὲ καὶ ἐν τοῖς ῥητορικοῖς ἱκανῶς γεγυμνασμένος) et qu'il écrivait aussi des discours judiciaires. On rencontre dans la *Vie de Socrate* II 19 un détail assez similaire concernant Socrate : ἦν γὰρ καὶ ἐν τοῖς ῥητορικοῖς δεινός, mais cette fois la source est précisée : « comme le dit Idoménée » ; un peu plus loin, en II 20, Diogène Laërce poursuit dans le même sens : « Socrate fut le premier, à ce que dit Favorinus dans son *Histoire variée,* à avoir enseigné, avec son disciple Eschine, la rhétorique. Idoménée dit cela également dans son ouvrage *Sur les Socratiques* ». Il est fort probable qu'Idoménée soit la source à la fois du passage sur Socrate en II 19 et du passage de II 63 sur Eschine, car Idoménée de Lampsaque, mentionné en II 60, est une des sources du chapitre sur Eschine.

La biographie d'Eschine met l'accent, comme c'est très souvent le cas chez Diogène Laërce, sur la petite histoire ; elle dévoile les mauvaises relations qu'Eschine entretenait avec Platon, ainsi que les calomnies dont il était victime de la part de Ménédème. On apprend aussi (II 62) qu'en raison de la renommée très grande de Platon et d'Aristippe Eschine, une fois arrivé à Athènes, n'osa pas donner des cours comme sophiste (σοφιστεύειν), mais qu'il fit des conférences payantes. Une tradition hostile laisse entendre par ailleurs qu'il plagiait les discours des autres (II 62).

La *Vie* d'Eschine comporte un passage particulièrement compliqué, celui où est traitée la question des écrits du philosophe[1]. Diogène Laërce dans ce passage (II 60-61) procède par associations d'idées, insère fréquemment des notes de lecture dans une trame de base et recourt à une multiplicité d'autorités sans vraiment maîtriser les données qu'il énonce et qu'il se contente de juxtaposer. Le passage nous laisse deviner un arrière-plan de querelles très complexes dans le milieu socratique après la mort du maître. On voulut même spolier Eschine de ses écrits les plus brillants et lui attribuer des dialogues dépourvus d'intérêt littéraire et philosophique : les dialogues dits « acéphales ». Mais alors que Diogène Laërce donne la liste des dialogues socratiques d'Eschine, il ne fait que mentionner l'existence de ces dialogues acéphales, sans indiquer leurs titres. Ceux-ci en revanche ont été conservés par la *Souda*. L'étude des paragraphes II 60 et 61 m'a permis, dans l'article signalé en note, de distinguer l'existence de deux clans antagonistes que l'on perçoit à travers les remarques de Diogène Laërce, l'un hostile à Eschine avec Phédon, Ménédème et Pasiphon ; l'autre favorable au philosophe avec Aristippe, Persaios, Péristrate et Panétius. En outre, grâce à un parallèle trouvé chez Athénée XIII, 611, il m'a été possible de montrer qu'en II 60 c'est en fait la position de Ménédème d'Érétrie, dont le nom n'est pas mentionné, que cite Idoménée.

Notons encore, même si nous ne pouvons interpréter cette donnée de façon satisfaisante, que la partie apophtegmatique présente une similitude frappante avec les *Vies* de Socrate, Aristippe, Euclide, Stilpon et Ménédème. Un certain nombre de paragraphes offrent en effet une structure analogue : énoncé d'une qualité, puis commentaire ou apophtegmes illustrant cette qualité. La récurrence assez frappante, dans quatorze cas au moins pour le seul livre II, de cette structure qui, à chaque fois, est soutenue par l'emploi d'une tournure stylistique similaire[2], pourrait plaider en faveur de l'hypothèse

1. Cf. M.-O. Goulet-Cazé, « Les titres des œuvres d'Eschine chez Diogène Laërce », dans J.-C. Fredouille *et al.* (édit.), *Titres et articulations du texte dans les œuvres antiques*, Paris 1997, p. 167-190.

2. *Vie de Socrate* : II 19 : ἦν γὰρ καὶ ἐν τοῖς ῥητορικοῖς δεινός, ὥς φησι καὶ Ἰδομενεύς. II 24 : ἦν δὲ καὶ ἰσχυρογνώμων καὶ δημοκρατικός, ὡς δῆλον ἔκ τε τοῦ μὴ εἶξαι τοῖς περὶ Κριτίαν κελεύουσι ... αὐτάρκης τε ἦν καὶ σεμνός. II 25 :

d'une même source, à moins qu'il ne s'agisse d'un tic propre à Diogène Laërce biographe.

3. Aristippe et les Cyrénaïques

Le chapitre consacré à Aristippe et à ses successeurs est le principal document que nous possédions sur la philosophie cyrénaïque. Plutarque avait composé un ouvrage intitulé *Sur les Cyrénaïques,* qui porte le n° 188 dans le catalogue de Lamprias; mais cet ouvrage est perdu. La richesse du chapitre laërtien tient à la présence des quatre doxographies (cyrénaïque, hégésiaque, annicérienne et théodoréenne) qui font suite à la vie d'Aristippe et à la liste de ses successeurs.

Voici le plan du chapitre consacré à Aristippe et à ses successeurs:

- détails biographiques (II 65);
- apophtegmes (II 66-83 début);
- liste d'homonymes (II 83 suite);
- deux listes de titres (II 84-85);
- une phrase doxographique isolée (en II 85);
- un paragraphe annonçant la succession d'Aristippe (II 85-86);
- doxographie cyrénaïque (II 86-93);

εὔτακτός τε ἦν τὴν δίαιταν... II 27 : ἦν δ' ἱκανὸς καὶ τῶν σκωπτόντων αὐτὸν ὑπερορᾶν. II 29 : ἱκανὸς δ' ἀμφότερα ἦν, καὶ προτρέψαι καὶ ἀποτρέψαι... ἦν γὰρ ἱκανὸς ἀπὸ τῶν πραγμάτων τοὺς λόγους εὑρίσκειν. On peut lire dans la *Vie d'Eschine* une phrase de structure très semblable. II 63 ἦν δὲ καὶ ἐν τοῖς ῥητορικοῖς ἱκανῶς γεγυμνασμένος· ὡς δῆλον ἔκ τε τῆς ἀπολογίας τοῦ πατρὸς Φαίακος... La similitude s'étend aussi à la *Vie d'Aristippe*: II 66 ἦν δὲ ἱκανὸς ἁρμόσασθαι καὶ τόπῳ καὶ χρόνῳ..., à celle d'Euclide en II 111: ἦν δὲ καὶ οὗτος διαλεκτικός, à celle de Stilpon en II 114: ἦν δὲ καὶ πολιτικώτατος, en II 117: ἦν δ'οὖν ὁ Στίλπων καὶ ἀφελὴς καὶ ἀνεπίπλαστος... et à celle de Ménédème en II 127: ἦν γὰρ καὶ ἐπικόπτης καὶ παρρησιαστής, en II 130: ἦν δέ, φασί, καὶ ἐκκλινὴς καὶ τὰ τῆς στολῆς ἀδιάφορος..., en II 132: ἦν δέ πως ἠρέμα καὶ δεισιδαιμονέστερος..., en II 133: ἦν δὲ καὶ φιλυπόδοχος..., en II 134: ἦν δὲ καὶ δυσκατανόητος ὁ Μενέδημος... En II 19, dans la *Vie* de Socrate, la source est précisée: Idoménée de Lampsaque, dont l'ouvrage *Sur les Socratiques*, est cité en II 20. La tournure apparaît dans d'autres livres, en IV 4 (Speusippe; source: Timothée dans son ouvrage *Sur les vies*), 7 (Xénocrate), 20 (Polémon), 27 (Crantor), 33.37 (Arcésilas), 52.53 (Bion) et 63 (Carnéade). De même en V 67 (Lycon; source: Hermippe), en VI 91 (Cratès), VII 15 (Zénon), 182 (Chrysippe), IX 110 (Timon; source: Antigone de Caryste) et 113 (Timon) et X 23 (Métrodore; source: Épicure).

– doxographie hégésiaque (II 93-96) ;
– doxographie annicérienne (II 96-97) ;
– Théodore et les Théodoréens (II 97-99).

A. Aristippe

La biographie laërtienne d'Aristippe comme telle s'appuie sur plusieurs autorités : Phanias d'Érèse le Péripatéticien, Timon de Phlionte présent ici aussi, Dioclès et son ouvrage *Sur les vies des philosophes*, enfin Sotion et Panétius pour une des deux listes d'ouvrages d'Aristippe.

Diogène Laërce, dans le portrait qu'il esquisse du philosophe, rappelle d'emblée que de tous les Socratiques Aristippe aurait été le premier à exiger de ses élèves un salaire et que cette façon de faire ne plaisait pas à Socrate. Dans le vocabulaire même, Aristippe, probablement à cause de cette pratique, est assimilé à un sophiste (σοφιστεύσας en II 65); on voit Métroclès le traiter avec mépris de σοφιστής et lui reprocher d'avoir tant d'élèves, autrement dit d'avoir besoin de tant d'argent (en II 102). Aristippe s'attirait en outre critiques et antipathies à cause de la doctrine du plaisir qu'il professait; le même phénomène devait se produire par la suite avec Épicure. L'identité de trois auteurs hostiles à Aristippe est précisée par Diogène Laërce : Xénophon dans ses *Mémorables*, un certain Théodore que nous ne connaissons pas par ailleurs et qui écrivit un ouvrage *Sur les écoles philosophiques* et Platon dans le *Phédon*.

Le lecteur ne trouvera pas dans le livre II un véritable portrait moral d'Aristippe. La personnalité du philosophe se dégage en fait de la riche collection d'apophtegmes qui commence après la citation de Timon (II 66). Cette collection est introduite par deux traits qui sont certainement parmi les plus caractéristiques du philosophe et qui apparaissent comme un condensé de sa personnalité : il sait jouer son rôle en toute circonstance et il a la sagesse de se contenter des plaisirs qui sont à sa portée dans le moment présent. Une telle sagesse était faite pour plaire à Diogène le Cynique, qui traitait Aristippe de « chien royal ». (II 66) Plutôt que de voir là, comme d'aucuns l'ont suggéré, une critique de la part du Cynique, qui aurait ainsi fustigé la servilité d'Aristippe envers Denys, j'y décèle le plus bel éloge que pouvait décerner le Chien.

La collection d'apophtegmes consacrée au philosophe ressemble beaucoup à celle consacrée à Diogène le Cynique au livre VI, à tel point qu'on peut légitimement supposer pour toutes deux la provenance d'un même recueil. Ce lien entre les deux passages est encore renforcé par les remarques que fait Diogène Laërce quand, à plusieurs reprises dans les livres II et VI, il signale que tel dit attribué à l'un des deux philosophes l'est également à l'autre[1]. Si l'on se souvient encore qu'Aristippe et Diogène fréquentèrent tous deux la courtisane Laïs, il n'est pas exagéré de dire que les deux hommes avaient bien des points communs. On a certainement trop insisté sur ce qui les opposait et on a mis une certaine complaisance à schématiser, voire à caricaturer l'opposition entre les deux tempéraments: l'un recherchait l'ἡδονή et l'autre poursuivait le πόνος ; l'un fréquentait la cour raffinée de Denys et l'autre passait son temps à « aboyer » dans la rue contre ses contemporains. Il était facile d'imaginer des apophtegmes plus ou moins caricaturaux où on les dressait l'un contre l'autre. On ne s'en priva point (ex. en II 68). Mais le qualificatif, à mon avis positif, de «chien royal» employé par Diogène à l'égard d'Aristippe impose de la prudence à l'égard de cette opposition trop tranchée, commode au niveau de la rhétorique, douteuse quant à l'exactitude.

L'image traditionnelle qu'on se fait d'Aristippe, apôtre du plaisir, et qui est fondée sur des sources qui lui sont hostiles, reçoit un démenti cinglant quand on lit la collection d'apophtegmes présentée par Diogène Laërce. Le philosophe qu'on y rencontre fait preuve de tempérance (II 67 et 69 fin), enseigne à sa fille le mépris du superflu (II 72), est conscient de sa dette envers Socrate (II 71) et reconnaît avoir retiré de la philosophie un grand profit: celui d'« être capable de m'entretenir hardiment avec tous» (II 68). C'est dans cette

1. Ainsi en II 78, Diogène Laërce prête un apophtegme à Aristippe et ajoute la formule : « D'autres disent que le mot est de Diogène ». De même en VI 25, à la suite d'une anecdote qui met en scène Platon et Diogène, il ajoute : « Favorinus, dans son *Histoire variée,* dit que c'est Aristippe qui a dit cela ». Et en VI 32 à propos d'une anecdote qui présente le Cynique crachant au visage d'un interlocuteur en déclarant qu'il n'a pas trouvé d'endroit pire, on retrouve un ajout similaire : « D'autres disent que le mot est d'Aristippe ». Il arrive aussi que les deux philosophes soient les protagonistes d'une même anecdote : ainsi en II 68, avec un rappel en II 103.

collection qu'est rapporté le mot célèbre d'Aristippe à propos de la courtisane Laïs : « Je la possède, mais je ne suis pas possédé par elle. Car le plus grand bien, ce n'est pas de s'abstenir des plaisirs, c'est de les maîtriser sans être subjugué par eux » (II 75). Loin de s'abandonner passivement au plaisir, Aristippe sait donc prendre sur soi-même afin de toujours rester maître de la situation[1]. L'hédonisme va de pair chez lui avec un constant maintien de la liberté intérieure et s'il fait preuve en toute circonstance d'un réalisme opportuniste, jamais il n'abdique cette liberté: quand il a besoin de sagesse, il va chez Socrate ; quand il a besoin d'argent, il va chez Denys et il n'en éprouve aucune gêne, puisqu'il reste maître de la situation (II 78). Ces apophtegmes confirment tout à fait le trait de caractère que Diogène Laërce prête à Aristippe en II 66 : « Il était capable de s'adapter au lieu, au moment et à la personne, et de jouer son rôle convenablement en toute circonstance » (II 66). La *Vie d'Aristippe,* telle que nous la connaissons à travers Diogène Laërce, invite donc à considérer avec une extrême prudence la tradition qui fait d'Aristippe un apôtre du plaisir. Sans vouloir gommer les différences, et il n'en manquait pas, j'ai le sentiment que l'Aristippe historique devait, en tant que personnalité morale, ressembler par bien des traits à Diogène le Cynique. Mais la tendance hostile tout autant que la pratique rhétorique, habituée à fabriquer des portraits antithétiques, ont brouillé son image.

La production écrite du philosophe est problématique puisque Diogène Laërce indique deux listes de titres. La première en II 84 signale une histoire de la Libye en trois livres ainsi qu'un ouvrage regroupant vingt-cinq dialogues, écrits en attique pour les uns, en dorien pour les autres et dont Diogène Laërce précise les titres. Formant transition entre les deux listes, une phrase complète les données de la première liste : « Certains disent qu'il écrivit également six livres de diatribes ; d'autres, dont Sosicrate de Rhodes, qu'il n'écrivit rien du tout. » Vient ensuite (en II 85) la seconde liste due à Sotion et à Panétius, lequel, peut-on supposer, cite Sotion ; cette

---

1. Horace, *Epistula* I 1, 18, était très séduit par cette philosophie d'Aristippe : « [...] tantôt je me laisse insensiblement retomber dans les principes d'Aristippe et je m'efforce d'établir mon joug sur les choses sans subir le leur » (trad. F. Villeneuve).

seconde liste compte cinq titres communs avec la première; elle ajoute les six livres de diatribes évoqués dans la phrase de transition; là où la première liste signalait trois chries indépendantes, elle annonce trois livres de chries, et surtout elle présente six titres nouveaux.

On ne peut pas ne pas rapprocher ces deux listes des deux listes d'écrits de Diogène le Cynique en VI 80. Le phénomène est identique: deux listes coexistent, l'une anonyme et l'autre due à Sotion; une phrase de transition les sépare où intervient également Sosicrate, accompagné cette fois de Satyros, tous deux déclarant que rien n'est de Diogène. A tout le moins il semble légitime de penser que Diogène Laërce a emprunté ces listes des écrits d'Aristippe et de Diogène à une même source. Dans le cas de Diogène, K. von Fritz[1] avait proposé une explication de la présence de deux listes d'écrits: celle de Sotion pourrait bien être d'inspiration stoïcienne; elle aurait volontairement expurgé de l'ensemble des écrits du philosophe cynique ceux qui paraissaient trop audacieux aux Stoïciens: la fameuse *Politeia* ou les tragédies par exemple, et aurait en contrepartie intégré des ouvrages de facture stoïcienne, du genre Περὶ ἀρετῆς ou Περὶ ἀγαθοῦ. Pourquoi une telle prudence de la part des Stoïciens ? Selon von Fritz, certains Stoïciens, qui se voulaient disciples de Socrate par le truchement d'Antisthène le Socratique, en qui ils voyaient le maître de Diogène, ne supportaient pas les écrits les plus scandaleux du Chien.

Mais si cette explication peut valoir pour les listes de Diogène, quelle explication donner pour celles d'Aristippe ? La seconde liste est empruntée par Diogène Laërce à Sotion, qui a dû lui-même l'emprunter au Stoïcien Panétius. On relève dans cette seconde liste des titres qui pourraient eux aussi être de facture stoïcienne: Περὶ παιδείας, Περὶ ἀρετῆς, Προτρεπτικός. A titre d'hypothèse, on pourrait suggérer que le raisonnement de von Fritz vaut également, même si c'est de façon moins directe, pour les deux listes d'Aristippe: un Stoïcien soucieux de revendiquer une origine socratique pour son école avait tout intérêt à ce qu'Aristippe, disciple direct de Socrate,

1. K. von Fritz, *Quellenuntersuchungen zu Leben und Philosophie des Diogenes von Sinope*, coll. « Philologus » Supplementband 18, 2, Leipzig 1926, p. 54-60.

n'ait pas publié des ouvrages qui pouvaient choquer et à ce que ces ouvrages soient remplacés par d'autres plus recommandables.

La succession d'Aristippe que présente Diogène Laërce en II 86 fait état de trois générations de disciples. Selon cette liste Aristippe n'aurait donc eu, personnellement, que trois disciples, dont sa propre fille:

Aristippe de Cyrène

Arétè, sa fille	Aithiops de Ptolemaïs	Antipatros de Cyrène
Aristippe Métrodidacte		Épitimidès de Cyrène
Théodore l'Athée		Parébatès
		Hégésias et Annicéris

Cette liste pose un problème, puisque Théodore y est présenté comme le disciple d'Aristippe Métrodidacte, alors qu'en II 98 on nous le donne pour disciple d'Annicéris et de Denys le dialecticien.

B. La doxographie cyrénaïque

L'apport essentiel de la section sur les Cyrénaïques réside dans la présence de quatre doxographies successives: cyrénaïque, hégésiaque, annicérienne et théodoréenne. L'interprétation de ces quatre ensembles doctrinaux n'est pas facile, ne serait-ce qu'en raison de leur caractère doxographique. La première difficulté que rencontre le lecteur tient à l'appellation «Cyrénaïques». Qui se cache derrière cette dénomination ? La question est d'importance si l'on veut savoir à qui attribuer la première doxographie, que Diogène Laërce (II 86) introduit ainsi: « Ceux qui restèrent fidèles à la manière de vivre [ou à l'école: ἀγωγή] d'Aristippe et furent appelés Cyrénaïques, professaient les doctrines suivantes... » A cette difficulté vient s'en ajouter une seconde: Aristippe lui-même doit-il être considéré comme un Cyrénaïque ? est-ce bien lui qui a fondé l'école cyrénaïque et qui, par conséquent, a élaboré le fonds doctrinal attribué à cette école ? On rencontre un certain nombre de témoignages qui le suggèrent:

– D. L. I 19: Κυρηναϊκῆς Ἀρίστιππος ὁ Κυρηναῖος (s.e. προέστη). Pour Diogène Laërce il ne fait pas de doute qu'Aristippe de Cyrène a été à l'origine de l'école cyrénaïque, donc qu'il faut le compter parmi les Cyrénaïques. Cf.

Eusèbe, *Préparation évangélique* XIV 18, 31 : ὁ ᾿Αρίστιππος ὁ τὴν καλουμένην Κυρηναϊκὴν συστησάμενος αἵρεσιν.

– D. L. II 83 : τοῦ δὴ Κυρηναϊκοῦ φιλοσόφου φέρεται βιβλία...

– Théodoret, *Thérapeutique des maladies helléniques* XII 50 : ᾿Αρίστιππος δέ ὁ Κυρηναϊκός. Ce passage néanmoins n'est pas significatif, puisque la source de Théodoret: Clément, *Stromate* II 20, 117,5-118,1 a la forme ᾿Αρίστιππος ὁ Κυρηναῖος.

– Olympiodore, *Prolégomènes* 3 r, p. 3, 15 Busse : ἀπὸ ᾿Αριστίππου τοῦ Κυρηναϊκοῦ.

– Pseudo-Acron, *In Hor. epist.* I 1, 18 : Aristippus Cyrenaicus.

Ces témoignages font d'Aristippe un Cyrénaïque, alors qu'ailleurs il est simplement présenté comme Κυρηναῖος, de Cyrène. Le problème, qui dépasse de loin celui de la simple appellation, puisqu'il s'agit en fait de l'attribution des doctrines de la doxographie cyrénaïque de II 86-93, est lié à son tour à l'interprétation de la phrase qui clôt II 85 et précède la διαδοχή cyrénaïque. En voici une traduction : « Nous, puisque nous avons écrit sa vie, eh bien parcourons désormais ceux de sa lignée, les Cyrénaïques – certains d'entre eux se donnèrent les uns le nom d'Hégésiaques, d'autres celui d'Annicériens, d'autres encore celui de Théodoréens [τοὺς ἀπ' αὐτοῦ Κυρηναϊκούς, οἵτινες ἑαυτοὺς οἱ μὲν ... οἱ δέ ... οἱ δὲ ... προσωνόμαζον]. » Pour ma part, je comprends qu'Annicériens, Hégésiaques et Théodoréens, tout en restant des Cyrénaïques, se dotèrent d'une appellation plus spécifique. Je donne en effet à οἵτινες son sens étymologique : « qui, pour certains d'entre eux ». Car, si le relatif était l'équivalent d'un simple οἵ, la phrase impliquerait que tous ceux qui se réclament d'Aristippe et qui portent l'appellation générale de Cyrénaïques doivent se rattacher à l'une des trois branches mentionnées. Or une telle interprétation est embarrassante, puisqu'on ne saurait où ranger les Cyrénaïques de la première génération des disciples, comme Arétè, Aithiops de Ptolemaïs et Antipatros de Cyrène, qui se cachent certainement derrière l'expression de II 86: Οἱ μὲν οὖν τῆς ἀγωγῆς τῆς ᾿Αριστίππου μείναντες. Si on ne tire pas de οἵτινες le sens d'un relatif qui, à l'intérieur du groupe des Cyrénaïques, établit la distinction d'un sous-groupe indéterminé – lequel reçoit immédiatement après une détermination grâce aux trois branches qui suivent: οἱ μέν, οἱ δέ, οἱ δέ –, on ne peut qu'être embarrassé. C'est ainsi que Schwartz[1], suivi sur ce point par Mannebach[2], a opté pour une solution radicale : il supprime les mots qui vont de Κυρηναϊκούς à προσωνόμαζον, dernier mot de la phrase, sous prétexte qu'il s'agirait d'une glose marginale. K. Döring[3] de son côté propose de changer οἵτινες en οἵ suivi de la particule de liaison τε, relatif sans antécédent, afin d'obtenir quatre branches : « Parcourons les Cyrénaïques ainsi que ceux qui s'appelaient les uns Hégésiaques, les autres Annicériens et les autres Théodoréens. » Cette solution est très astucieuse; mais, dans la mesure où elle amène à corriger le texte, elle me semble moins satisfaisante que celle précédemment proposée et qui invite à l'interprétation suivante : l'expression τοὺς ἀπ' αὐτοῦ Κυρηναϊκούς désigne l'ensemble des philosophes qui se réclamèrent d'Aristippe ; à l'intérieur de cet ensemble des Cyrénaïques, certains voulurent marquer leur spécificité : ce sont les trois tendances qui signifièrent l'originalité de leurs positions doctrinales en se donnant chacune une appellation distinctive, tout en continuant d'ailleurs de faire partie des Cyrénaïques ; d'autres en revanche restèrent fidèles à l'enseignement originel. Ce sont ceux que Diogène Laërce en II 86 désigne de la façon suivante : οἱ μὲν οὖν τῆς ἀγωγῆς τῆς 'Αριστίππου μείναντες.

L'examen de cette phrase nous conduit au problème de fond important : quelles sont les doctrines qui, dans la doxographie présentée comme cyrénaïque, reviennent à Aristippe, le disciple de Socrate ? La question est délicate, puisque cette doxographie peut remonter à Aristippe seul, à son petit-fils Aristippe Métrodidacte, dont l'homonymie dut entraîner maintes confusions, ou au groupe des premiers disciples, mais qu'elle peut aussi contenir des positions adoptées ultérieurement par les trois tendances précédemment mentionnées qui, malgré leurs innovations, continuaient à se réclamer de l'enseignement cyrénaïque.

---

1. E. Schwartz, art. « Diogenes » 40, *RE* V 1, 1903, col. 758.
2. *Aristippi et Cyrenaicorum fragmenta*, Leiden-Köln, 1961, fr. 133 et p. 89.
3. K. Döring, *Der Sokratesschüler Aristipp und die Kyrenaiker*, « Akademie der Wissenschaften und der Literatur », *AAWM/GS*, Stuttgart, Jahrgang 1988, n° 1, p. 34 et n. 56.

Les Modernes ont émis des interprétations divergentes[1]. Voici très brièvement résumées quelques-unes des positions adoptées sur ce problème.

J. Classen[2] remarque que dans la *Vie* d'Aristippe il y a une coupure entre la partie biographique et la partie doxographique, une phrase isolée séparant les deux ensembles : « Il démontrait que la fin est le mouvement lisse qui débouche sur une sensation. » Le verbe au singulier indique que la phrase revient au seul Aristippe ; d'autre part Classen constate que le mot τέλος employé ici ne désigne pas la fin de la vie, mais plutôt l'objectif propre à chaque action. (cf. Clément, *Stromates* II 21, 130, 7). Ainsi il n'y aurait point de contradiction avec Eusèbe, *Préparation évangélique* XIV 18, 31, où il est dit qu'Aristippe n'a jamais défini le *télos* de l'existence, mais que cette définition revient à son petit-fils. Classen estime que la doxographie cyrénaïque qui suit exprime les positions de l'école, non celles d'Aristippe. Celui-ci aurait été un modèle pour ses disciples par son mode de vie (cf. τῆς ἀγωγῆς en II 86), mais il n'aurait pas eu de doctrine personnelle. Selon cette optique, il paraît difficile de faire d'Aristippe le fondateur d'une école. On peut donc le dire « de Cyrène », sa ville d'origine, mais pas « cyrénaïque », qui signifierait membre de l'école. Quant à l'enseignement que les doxographes attribuent aux Cyrénaïques, il reviendrait à Aristippe Métrodidacte et à son école. Le fait que les auteurs contemporains ne mettent pas Aristippe en relation avec ces enseignements et que les sources tardives ne les attribuent jamais au seul Aristippe, mais aux Cyrénaïques en général va en ce sens. L'article de J. Classen date de 1958 ; or la même année G. Giannantoni publiait ses *Cirenaici* où, après examen du problème, il parvenait à une conclusion semblable à celle de Classen[3].

En revanche, E. Mannebach dans son édition de 1961[4] pensait que c'était Aristippe qui avait élaboré le noyau des *placita* et que c'étaient ses successeurs, notamment son petit-fils Aristippe Métro-

---

1. On trouvera un état de la question dans Giannantoni, *SSR* IV, note 18, p. 173-184.

2. J. Classen, « Aristippos », *Hermes* 86, 1958, p. 182-192.

3. G. Giannantoni, *I Cirenaici,* Firenze 1958, p. 70-71.

4. *Aristippi et Cyrenaicorum fragmenta*, p. 86-107 et 119-121.

didacte, qui les avaient par la suite développés. Mannebach se fonde lui aussi sur un passage très important de la *Préparation évangélique* d'Eusèbe[1] (certains prétendent que ce texte provient du Περὶ φιλοσοφίας d'Aristoclès de Messine[2], mais d'autres récusent cette origine) :

« Aristippe qui avait fondé l'école appelée cyrénaïque, à qui Épicure emprunta les rudiments de son exposé sur la fin (τέλος), était un disciple de Socrate. Aristippe était très mou quant à sa façon de vivre et il aimait le plaisir, mais il ne donna pas du tout ouvertement son point de vue sur la fin ; en puissance cependant il disait que le fondement du bonheur réside dans les plaisirs. En effet, faisant constamment des discours sur le plaisir, il fit soupçonner à ceux qui le fréquentaient qu'il disait que la fin c'est de vivre dans le plaisir. Il eut pour auditeurs, parmi d'autres, sa fille Arétè. Celle-ci eut un fils qu'elle appela Aristippe et qui fut surnommé Métrodidacte parce que c'est sa mère qui le conduisit vers les arguments de la philosophie. C'est lui qui donna une définition claire de la fin : " vivre dans le plaisir ", enregistrant comme plaisir le plaisir en mouvement. Il affirmait qu'il y a trois états relatifs à notre constitution : l'un selon lequel nous souffrons et qui ressemble à la tempête en mer ; le deuxième selon lequel nous éprouvons du plaisir et qui peut être comparé à la vague douce – le plaisir en effet est un mouvement doux, analogue à un vent favorable ; le troisième est un état intermédiaire selon lequel nous ne souffrons ni n'éprouvons du plaisir, qui est semblable à une mer calme. C'est de ces seules passions, disait-il, que nous avons la sensation. »

Il est affirmé ici sans ambiguïté que la définition du τέλος comme le fait de vivre dans le plaisir revient à Aristippe Métrodidacte, même si une telle définition pouvait être déduite des propos tenus par son grand-père. Mannebach distingue à juste titre lui aussi entre deux sens de τέλος. Pour Aristippe l'Ancien, si l'on en juge par Sextus, *Adversus Mathematicos* VII 199 (= *SSR* IV A 213), le τέλος, c'est le terme extrême des biens, qui est à identifier au plaisir, c'est aussi le terme extrême des maux, qui est à identifier à la souffrance et le terme intermédiaire qui n'est ni bien ni mal. En revanche pour Aristippe Métrodidacte, comme on peut le voir dans le texte d'Eusèbe, le τέλος qu'il définit comme τὸ ἡδέως ζῆν, a un tout autre sens, celui que lui donnait Aristote de « fin de l'existence » à laquelle l'homme doit aspirer. Tenant compte de ces nuances, Mannebach, à la différence de Classen qui pense qu'en dehors de la phrase doxo-

1. Eusèbe, *Préparation évangélique* XIV 18, 31-32.
2. *SSR* IV A 173 et B 5.

graphique attribuée à Aristippe il n'y avait pas un enseignement doctrinal élaboré dû à Aristippe, estime que le philosophe a jeté les bases du système doctrinal cyrénaïque en élaborant un noyau de *placita* originel, mais que ce sont ses successeurs, notamment son petit-fils, qui ont mis en forme ces *placita.*

Une étape décisive a été franchie en 1988 avec l'étude de K. Döring[1] qui analyse successivement les témoignages sur la théorie cyrénaïque de la connaissance, puis ceux sur les enseignements éthiques de l'école. Nous renvoyons au détail de ces analyses à la fois perspicaces et fines, en nous contentant d'en résumer les grandes lignes.

La théorie de la connaissance ne concerne qu'une phrase de la doxographie cyrénaïque laërtienne, en II 92 : τά τε πάθη καταληπτά, ἔλεγον οὖν αὐτά, οὐκ ἀφ' ὧν γίνεται. Mais cette phrase est capitale. Döring, qui examine minutieusement les autres témoignages sur l'épistémologie cyrénaïque, notamment Plutarque, *Adversus Coloten* 24, 1120 b-f, Sextus, *Adversus Mathematicos* VII 191-200, et le passage d'Eusèbe signalé plus haut, montre comment cette théorie est au fondement non seulement de l'épistémologie, mais aussi de l'enseignement éthique des Cyrénaïques. Les πάθη sont notre seul moyen de connaissance, mais les Cyrénaïques précisent bien : les πάθη, non leurs causes. Les mêmes choses peuvent en effet, chez des hommes différents, produire des affections différentes, ce qui signifie qu'il n'y a pas de critère de la vérité commun à tous les hommes. Döring démontre de façon convaincante que l'enseignement de la connaissance qui est attribué de façon générale aux Cyrénaïques a été formulé avant Aristippe le jeune, donc qu'il remonte au premier Aristippe. Il suggère par ailleurs que cet enseignement fondé sur l'idée que seules les affections sont compréhensibles est en fait une prise de position dans la controverse qui s'était développée au sein du milieu socratique, à propos de la question du τί ἐστι, à laquelle Platon et Antisthène apportèrent aussi chacun leur réponse.

Quant à Annicéris, Hégésias et Théodore, leurs apports semblent concerner seulement l'éthique. Effectivement le passage de II 95 où il est dit que les Hégésiaques rejetaient les sensations parce qu'elles

---

1. *Der Sokratesschüler Aristipp und die Kyrenaiker*, Stuttgart 1988.

ne produisent pas une connaissance exacte, n'introduit pas de véritable nouveauté par rapport à la doctrine traditionnelle, laquelle subit seulement une radicalisation.

Le passage de la théorie cyrénaïque de la connaissance à l'éthique se fait tout naturellement par le biais des πάθη; si les affections agréables sont bonnes, si celles qui provoquent une souffrance sont mauvaises et si les intermédiaires ne sont ni bonnes ni mauvaises, cela signifie que ces affections jouent un rôle essentiel dans l'éthique cyrénaïque: le plaisir est le τέλος, le terme extrême des biens, et la souffrance, le terme extrême des maux.

Concernant la doctrine éthique, qui constitue l'essentiel du morceau doxographique laërtien, Döring tire plusieurs conclusions. Il constate d'abord des incohérences: en II 87 le plaisir est présenté comme corporel, alors qu'on lit en II 89 que les plaisirs et les souffrances de l'âme ne dépendent pas tous de plaisirs et de souffrances corporels. Il souligne en outre les trois références qui sont faites à Épicure à l'intérieur même de la doxographie cyrénaïque. A partir de là il conclut qu'Annicéris a introduit une grande nouveauté – que Diogène Laërce d'ailleurs ne signale pas clairement –, dans le corpus doctrinal cyrénaïque. Avant lui les Cyrénaïques avaient pour τέλος le plaisir corporel, c'est-à-dire un plaisir de l'âme qui prend sa source dans une sensation corporelle. Mais cette théorie cyrénaïque présentait, selon Döring, un inconvénient: elle rendait l'homme dépendant des circonstances extérieures (par exemple, si notre corps est malade, on ne peut éprouver du plaisir); c'est pourquoi les Cyrénaïques de l'époque d'Épicure, confrontés précisément aux attaques épicuriennes, essayèrent de modifier l'enseignement cyrénaïque primitif en réduisant cette dépendance. Annicéris aurait réussi à régler le problème en introduisant, à côté des plaisirs corporels, des plaisirs spécifiques de l'âme, c'est-à-dire qui sont éprouvés par l'âme et dont la source est l'âme (pour exprimer ces plaisirs psychiques, il recourt au terme χάρα et non au terme ἡδονή). Un plaisir psychique autonome peut avoir comme source par exemple le sentiment que l'on éprouve envers un ami ou celui que l'on ressent quand notre patrie remporte un succès. Quand bien même les circonstances extérieures seraient défavorables, quand bien même il souffrirait en son corps, l'homme peut éprouver de la joie en son âme, et il dépend donc beaucoup moins de ce qui lui est extérieur que dans le cas de plaisirs d'origine corporelle. Cette nouveauté doctrinale que Döring prête à Annicéris permettait selon lui de continuer d'affirmer la spécificité cyrénaïque face à la nouvelle doctrine que soutenait Épicure, lequel ramenait en dernière instance tous les plaisirs, même les psychiques, au corps et à ses impressions sensorielles[1], opposait au plaisir en mouvement des Cyrénaïques un plaisir au repos et voyait dans l'absence de souffrance corporelle le plaisir suprême. Mais Annicéris reste un Cyrénaïque convaincu. Aussi, pour atténuer son innovation, insiste-t-il sur la supériorité des plaisirs corporels par rapport aux plaisirs psychiques (II 90). On comprendra bien sûr que l'hypothèse formulée par Döring l'amène nécessairement à distinguer dans la doxographie cyrénaïque un état de la doctrine antérieur à Épicure et un état annicérien qui prendrait en compte les critiques faites par Épicure, le tout se compliquant du fait de la construction doxographique sous-jacente. Le texte laërtien serait donc l'écho direct des débats entre Cyrénaïques et Épicuriens à l'époque d'Annicéris.

Conséquent avec son interprétation du texte, K. Döring peut désigner dans la doxographie cyrénaïque des points de doctrine annicériens et d'autres qui ne le sont pas.

En II 89 on lit que la suppression de la douleur n'est pas un plaisir, pas plus que la suppression du plaisir n'est une souffrance. L'état intermédiaire sans plaisir ni souffrance est neutre, et semblable à l'état de quelqu'un qui dort. Cette position est pour Döring annicérienne. Elle s'oppose à Épicure qui voyait au contraire dans l'état sans souffrance le plus grand plaisir et donc le τέλος. Un texte important de Clément, *Stromates* II 21, 130, 7-8, appuie la position de Döring. On y voit en effet les Annicériens rejeter la définition d'Épicure et comparer l'absence de souffrance à l'état d'un mort. A. Grilli[2] a suggéré que la position de II 89 selon laquelle le plaisir et la souffrance sont des mouvements et qui compare l'absence de souffrance à l'état d'un homme qui dort, pourraient être le fait des Cyrénaïques, alors que les Annicériens, tout en conservant la position de leurs prédécesseurs, lui auraient donné, avec la comparaison du mort, une tournure plus polémique qui s'expliquerait dans le cadre de la querelle avec Épicure. A. Laks[3] a raison de manifester du scepticisme face à cette

---

1. Cf. Clément, *Stromates* II 21, 130, 8 : « Épicure pense que toute joie s'appuie sur une affection antérieure de la chair (πᾶσαν χαρὰν τῆς ψυχῆς ἐπὶ πρωτοπαθούσῃ τῇ σαρκὶ γενέσθαι). »

2. A. Grilli, recension de G. Giannantoni, *I Cirenaici*, *RSF* 14, 1959, p. 437.

3. A. Laks, « Annicéris et les plaisirs psychiques : quelques préalables doxographiques », dans J. Brunschwig et M. C. Nussbaum, *Passions and Perceptions* :

idée, en soulignant que la comparaison de II 89 avec l'homme qui dort se situe déjà très clairement dans un contexte de polémique avec Épicure. Il vaut mieux penser que les deux comparaisons sont le fait des Annicériens, toutes deux visant à montrer, avec plus ou moins de radicalité, que l'absence de souffrance ne saurait constituer un plaisir.

En II 89 toujours, on lit que « les plaisirs et les souffrances de l'âme ne dépendent pas tous de plaisirs et de souffrances corporels ». Or dans la doxographie annicérienne on apprend que les Annicériens admettent l'amitié, la reconnaissance, le respect des parents et l'engagement au service de la patrie. Ce sont précisément ces attitudes, que les Cyrénaïques ne prenaient pas en considération parce qu'elles n'étaient pas d'origine corporelle, qui peuvent produire le plaisir de l'âme, la χάρα, sans qu'interviennent les sens. La phrase de II 89 pourrait donc être d'inspiration annicérienne.

En II 90, ce serait à Annicéris plutôt qu'à Aristippe qu'il faudrait attribuer le passage : « Ils disent que les plaisirs ne se situent pas dans la seule vision ou audition. » On sait en effet par Plutarque, *Quaestiones convivales* V 1, 674 a, que c'était un point de litige entre les Épicuriens et leurs contemporains cyrénaïques.

Dans ce même paragraphe les plaisirs corporels sont présentés comme étant de loin supérieurs à ceux de l'âme, et les souffrances corporelles comme étant bien pires. Ainsi que nous l'avons déjà dit, cela suppose une forme d'enseignement où, à côté du plaisir corporel, existe un plaisir de l'âme, mais cela suppose en même temps l'aspiration à un compromis qui sauvegarde l'essentiel de la doctrine cyrénaïque primitive.

Grâce à ces distinctions établies avec soin, il devient possible de déterminer plus facilement ce qui revient à Aristippe. Döring cependant ne nie pas que des vues du jeune Aristippe aient pu par erreur être attribuées à Aristippe l'Ancien. Il ne nie pas non plus que les vues hédonistes d'Aristippe aient pu ne pas être systématisées, alors qu'elles allaient l'être chez ses successeurs. Mais ce qui nous est transmis par Diogène Laërce de II 86 à 93 comme un enseignement des Cyrénaïques remonte selon lui, à l'exception bien sûr des passages où l'on trouve des positions annicériennes, à Aristippe pour le fond, même si la forme définitive de cet enseignement a été donnée par les générations qui ont suivi, notamment par Aristippe Métrodidacte.

Si l'on accepte les conclusions de Döring, on peut attribuer à Aristippe (et à son petit-fils) les idées forces suivantes :

---

studies in Hellenistic philosophy of mind, Proceedings of the fifth symposium Hellenisticum, Cambridge-New York 1993, p. 18-49, notamment p. 43-44.

– Plaisir et souffrance sont des mouvements de nature corporelle.

– Alors que le plaisir est un mouvement lisse, la souffrance est un mouvement rugueux.

– Il n'y a pas de différence quantitative ni de différence qualitative entre les plaisirs.

– Le plaisir est limité au présent ; c'est un plaisir de l'instant et un plaisir particulier (κατὰ μέρος); Aristippe prône une morale subjectiviste où l'homme est attentif à l'événement « qui tombe », à l'instant même où il tombe (cf. le participe προσπίπτουσαν en II 91).

– Le bonheur est la somme des plaisirs particuliers que l'homme accumule au cours de son existence ; ce qu'il faut viser c'est le plaisir de l'instant.

– Même si Aristippe n'a pas parlé ouvertement de τέλος, l'idée que le plaisir du corps est la fin vers laquelle l'existence humaine doit tendre était certainement déjà présente dans sa philosophie.

– L'amitié se justifie par les avantages qu'elle procure (la notion d'utilité reviendra souvent chez les héritiers d'Aristippe : εὐχρηστία / ἄχρηστα en II 92 ; de même χρείας dans la doxographie hégésiaque [II 94] et dans la doxographie théodoréenne [II 98]).

– Ce qui importe, c'est de savoir se conduire dans la vie pratique ; aussi est-il inutile d'apprendre des disciplines comme les mathématiques ou la physique.

La construction de K. Döring est très séduisante et, pour ma part, j'en adopte les grandes conclusions, frappée que je suis à la fois par l'omniprésence de la polémique épicurienne dans le tissu doxographique présenté comme cyrénaïque, et par le témoignage de Strabon[1] qui définit Annicéris comme ὁ δοκῶν ἐπανορθῶσαι τὴν Κυρηναϊκὴν αἵρεσιν, celui qui a la réputation d'avoir corrigé, redressé l'école cyrénaïque.

Depuis le travail de Döring cependant, André Laks[2] a publié un article à la fois brillant et très élaboré, qui remet en cause le point de vue de Döring et propose à son tour une autre interprétation, elle aussi par bien des aspects séduisante, dont nous ne pouvons ici qu'indiquer brièvement la riche substance. A la perspective de Döring qu'il qualifie d'« analytique », il substitue une perspective « unitarienne » qui refuse de voir dans l'exposé de la doctrine cyrénaïque « une combinaison entre un état plus ancien (anté-épicurien) de la doctrine, et une version révisée, qui tiendrait compte de l'en-

1. Strabon XVII 3, 22 (= *SSR* IV G 1).

2. Art. cité (p. 190 n. 3).

seignement du Jardin et serait à mettre au compte d'Annicéris »[1]. Dans la présence d'Épicure il voit l'effet de la construction doxographique plutôt qu'un reflet direct du débat Cyrénaïques / Épicuriens. Quant à Annicéris, ce n'est pas lui qui aurait nécessairement introduit les plaisirs psychiques. Il pourrait très bien, sous la pression de la position épicurienne, s'être contenté de réorganiser le fonds doctrinal cyrénaïque ancien où il aurait déjà été question de plaisirs propres à l'âme. Annicéris toutefois aurait joué un rôle de premier ordre dans la mesure où il aurait réagi contre les positions hégésiaques qui, en niant que le bonheur puisse exister et en donnant une définition négative du τέλος, s'éloignaient de l'orthodoxie cyrénaïque. Cette hypothèse est plausible, les positions hégésiaques et cyrénaïques étant assez fortement opposées. Cependant j'émettrai une réserve sur un des arguments importants avancés par A. Laks. En II 96, on lit : « Les Annicériens ont pour tout le reste les mêmes opinions que ceux-ci (s.e. les Hégésiaques traités juste avant), mais ἀπέλιπον l'amitié dans l'existence, la reconnaissance, le respect des parents et le dévouement à la patrie ». A. Laks comprend que par opposition aux Hégésiaques les Annicériens « laissent subsister » les sentiments altruistes, et que ce serait en tant que défenseurs de l'orthodoxie qu'ils auraient redressé, pour reprendre l'expression de Strabon, l'école cyrénaïque. C'est un fait qu'ἀπολείπω, peut signifier « laisser », au sens de « laisser subsister », « maintenir », ou encore d'« abandonner » ou d'« omettre ». Mais ici, c'est un troisième sens du verbe qu'il convient, me semble-t-il, d'utiliser, sens attesté à la fois chez D. L. II 93, VII 54, et chez Plutarque (*De Stoic. repugn.* 20, 1043 d), à savoir « admettre ». Les Annicériens admettaient, s'opposant en cela à l'égoïsme hégésiaque, qu'il y a place dans l'existence pour des sentiments altruistes. En procédant ainsi, ils ne revenaient pas, me semble-t-il, à une quelconque orthodoxie cyrénaïque. L'altruisme des Annicériens me paraît au contraire une nouveauté par rapport à l'orthodoxie cyrénaïque qui ne considérait l'ami que dans la mesure où il pouvait se révéler utile. En réalité Hégésiaques et Annicériens ont sur cette question infléchi selon deux directions différentes l'orthodoxie cyrénaïque. Les Hégésiaques n'ont fait que

1. A. Laks, « Annicéris et les plaisirs psychiques », p. 20.

pousser dans ses conséquences négatives la position cyrénaïque orthodoxe: si l'ami n'a d'intérêt que parce qu'il est utile, l'amitié, une fois que l'ami n'est plus utile, se retrouve privée de sens; aussi les Hégésiaques ne reconnaissent-ils pas l'existence de l'amitié. Les Annicériens, par réaction peut-être contre cette radicalisation opérée par les Hégésiaques de la position cyrénaïque orthodoxe, ont orienté celle-ci dans un sens positif et altruiste.

Il conviendrait d'examiner un à un les différents arguments que développe A. Laks contre la thèse de Döring, mais ce n'est point le lieu ici. Il a très certainement raison quand il affirme que « de toute évidence, les Annicériens avaient, contre le pessimisme hégésiaque, mobilisé les vertus d'une *catégorie* particulière de plaisirs "psychiques", ceux qui sont liés au don de soi ». Cependant, sans vouloir à tout prix « sauver » et sa thèse et celle de K. Döring afin d'éviter d'avoir à choisir entre l'une et l'autre, je me demande si l'on ne peut pas tirer profit des deux pour voir plus clair dans une doxographie particulièrement complexe: l'hypothèse de deux strates formulée par Döring, l'une antérieure et l'autre postérieure aux débats des Cyrénaïques avec les Épicuriens, me paraît devoir être maintenue, car elle permet d'expliquer la juxtaposition de doctrines qui ne s'harmonisent pas; mais de son côté A. Laks a très bien mis en lumière tout ce qu'avaient d'antithétique les positions hégésiaque et annicérienne; on peut penser, me semble-t-il, que les Annicériens ont eu à se battre sur deux fronts : face aux Épicuriens sur la question du *télos* et sur la nature du plaisir, mais aussi face aux Hégésiaques sur la question d'autrui et sur celle du bonheur. Hégésiaques et Annicériens durent cependant continuer à se considérer comme des Cyrénaïques.

C. *Les doxographies hégésiaque, annicérienne et théodoréenne*

Les remarques précédentes ont déjà fait intervenir les branches dissidentes par rapport à la doctrine cyrénaïque orthodoxe. Il convient maintenant de les examiner chacune dans leur spécificité.

1. *La doxographie hégésiaque*

Avec la doxographie hégésiaque on assiste à une radicalisation de l'enseignement des Cyrénaïques. Dans le domaine épistémologique tout d'abord: tandis que ces derniers se contentent de constater que les sensations ne disent pas toujours vrai (II 93), les Hégésiaques rejettent les sensations, au motif qu'elles ne produisent pas une connaissance exacte (II 95). Sur la question du bonheur, la radicalisation est encore plus forte: alors que pour les Cyrénaïques le bonheur existe même s'il n'est pas le plaisir suprême (cf. II 88), les Hégésiaques, se fondant sur l'expérience, déclarent le bonheur totalement impossible. Comment serait-il possible, alors que notre corps est accablé de souffrances, que notre âme qui participe à ces souffrances est troublée et que la Fortune empêche nos espoirs de se réaliser? Ce pessimisme fondamental est poussé jusque dans ses conséquences les plus extrêmes, puisque pour les Hégésiaques la mort vaut la vie et que l'on peut choisir l'une aussi bien que l'autre. Ce n'est pas sans raison que leur chef de file Hégésias avait pour surnom l'« apologète du suicide ». Leur définition du τέλος est complètement négative, la fin étant pour eux de ne vivre ni dans la peine ni dans le chagrin. Les Hégésiaques vont au-delà de la conception cyrénaïque utilitariste de l'amitié en n'admettant même pas l'existence de l'amitié et en faisant de même pour la reconnaissance et la bienfaisance. Ce pessimisme hégésiaque s'accompagne d'une sorte d'égalitarisme social, somme toute assez proche des conceptions cyniques: tous les hommes sont à égalité devant le plaisir, qu'ils soient riches ou pauvres, libres ou esclaves, qu'ils soient de noble ou de basse naissance, qu'ils aient bonne ou mauvaise réputation. Mais les Hégésiaques qui, toujours comme les Cyniques, font une distinction très forte entre l'insensé et l'homme sensé, ont une conception orgueilleuse du sage: celui-ci, estimant qu'aucun autre n'est aussi estimable que lui, fait tout pour soi-même. Une telle conception, de prime abord assez déplaisante par l'autosuffisance et l'égocentrisme qu'elle suppose, est à nuancer notablement, comme dans le cas des Cyniques d'ailleurs qui, tout en passant leur temps à aboyer contre leurs contemporains, se préoccupaient constamment de les convertir à la vertu par l'exemple de leur ascèse. Les Hégésiaques en effet manifestent en dernière instance une conception intelligente de la relation à autrui: il faut savoir pardonner, disent-ils, car les fautes commises par autrui ne sont pas volontaires; l'important est de ne pas éprouver de haine, mais d'avoir le souci de convertir en enseignant (καὶ μὴ μισήσειν, μᾶλλον δὲ μεταδιδάξειν, en II 95). La vision négative que l'on peut avoir par ailleurs des Hégésiaques doit tenir compte de cet élément. Ces philosophes au pessimisme indubitable, qui ne reconnaissent pas l'existence de l'amitié, avaient, paradoxalement, une attitude constructive à l'égard d'autrui : point de haine envers l'insensé et même le souci de le faire devenir sage. C'est pourquoi je nuancerais tout de même le jugement porté par A. Laks[1] sur les Hégésiaques : « Tout se passe comme si le cyrénaïque hégésiaque était irrémédiablement livré à la solitude, comme il l'est aux affects. »

2. La doxographie annicérienne

Avec les Annicériens qui, comme les Cyrénaïques orthodoxes, persistent à croire que le sage est heureux, s'opère une double évolution. Ce sont eux probablement qui, comme le pense Döring, sont à l'origine de la distinction entre plaisirs d'origine corporelle et plaisirs propres à l'âme ; par ailleurs, ils attachent beaucoup d'importance à la relation à autrui, puisqu'ils admettent l'amitié, la reconnaissance, le respect des parents et le dévouement à la patrie. Leur conception de l'amitié est beaucoup moins étroite que celle des Cyrénaïques qui n'étaient sensibles dans l'amitié qu'aux services que l'ami était susceptible de rendre. Dans la perspective annicérienne, on va jusqu'à éprouver de la bienveillance envers l'ami et même jusqu'à souffrir pour lui, ce qui bat carrément en brèche le pur hédonisme cyrénaïque : « Si on pose le plaisir comme fin et si on souffre d'en être privé, on supportera cependant bien volontiers cette privation à cause de l'affection que l'on éprouve pour son ami » (II 97). Cette réhabilitation des valeurs sociales les oppose aux Hégésiaques, comme si, avec ces deux tendances, l'école cyrénaïque avait connu deux évolutions diamétralement opposées : la radicalisation pessimiste hégésiaque et l'humanité annicérienne.

3. La doxographie théodoréenne

La doxographie théodoréenne fait état, elle aussi, d'une évolution doctrinale. Théodore était l'élève d'Annicéris (II 98) ; mais à la différence de son maître, il semble qu'il ait relégué les plaisirs corporels nettement derrière les plaisirs psychiques. En tout cas, selon l'évo-

1. A. Laks, « Annicéris et les plaisirs psychiques », p. 35.

lution amorcée par Annicéris, les concepts de χάρα et de λύπη, joie et chagrin, supplantent désormais ceux d'ἡδονή et de πόνος. Le plaisir et la souffrance de nature corporelle laissent la place avec Théodore au plaisir et à la souffrance de l'âme qui deviennent les aboutissements extrêmes de nos actions. Le plaisir suprême comme la souffrance suprême relèvent désormais de l'âme, et non plus du corps. Parallèlement ἡδονή et πόνος corporels ne sont plus que des intermédiaires entre les biens de l'âme d'un côté (joie, sagesse, justice) et les maux de l'âme de l'autre (chagrin, démence, injustice). Ils sont devenus en quelque sorte neutres. Les seuls biens que vise désormais le sage sont ceux de l'âme et ce sont les maux de l'âme qu'il cherche à éviter.

Sur le plan éthique, les Théodoréens auraient tendance à se rapprocher davantage des Hégésiaques que des Annicériens qui savaient, eux, donner une consistance et un sens à l'amitié. Ils suppriment purement et simplement l'amitié : si on est insensé, l'amitié disparaît quand l'avantage qu'on en tire n'existe plus, et si on est sage, on se suffit à soi-même, donc on n'a pas besoin d'amis. Quand les Annicériens trouvent positif de se dévouer à la patrie (II 96), eux jugent inutile de mourir pour celle-ci, car à leurs yeux les insensés ne méritent pas que le sage fasse pour eux un tel sacrifice (II 98). Comme les Cyniques, les Théodoréens se veulent des adeptes du cosmopolitisme et proclament que le monde est leur patrie. Comme eux encore, ils estiment que le sage peut avoir des relations sexuelles en public. Comme eux enfin ils mettent l'accent sur le caractère social, non naturel de la morale : c'est la réputation, et non la nature, qui dit que voler, commettre l'adultère, faire des vols sacrilèges est honteux, et cette réputation ne se justifie que pour faire peur aux insensés.

Ces trois branches dissidentes de l'école cyrénaïque restent fidèles à quelques principes de base : le plaisir et la souffrance sont des mouvements ; le bonheur n'est plus la fin ultime, comme c'était le cas chez Aristote ; c'est désormais le plaisir particulier qui joue ce rôle. Mais l'existence de ces trois branches traduit une évolution doctrinale certaine. Sur le plan théorique d'une part : avec les Hégésiaques le bonheur est considéré comme impossible, ce qui est tout à fait contraire à l'idée d'Aristippe d'un bonheur qui se constitue peu à peu par l'accumulation des plaisirs particuliers ; avec les Théodoréens ἡδονή et πόνος, de *télos* qu'ils étaient au départ, ne sont plus que des intermédiaires entre les biens et les maux de l'âme. Sur le plan des relations humaines d'autre part : à la base on rencontre chez les Cyrénaïques une conception purement utilitariste de l'amitié ; à partir de là on assiste à deux évolutions opposées : d'un côté Hégésiaques et Théodoréens vont refuser de reconnaître l'existence de l'amitié ; de l'autre les Annicériens vont développer une conception véritablement altruiste des relations humaines qui, parce qu'elle admet que l'on puisse souffrir pour son ami, risque de mettre en péril les fondements hédonistes de la doctrine cyrénaïque.

4. Phédon

Dans cette vie très succincte, Diogène Laërce évoque le problème des écrits de Phédon, car l'authenticité de plusieurs d'entre eux était contestée dès l'Antiquité. On prétendait même que deux d'entre eux revenaient à Eschine[1].

On apprend que les disciples de Phédon s'appelèrent Éliaques, du nom de la ville d'Élis d'où était originaire Phédon, mais qu'à partir de Ménédème d'Érétrie ils prirent le nom d'Érétri(a)ques.

5. Euclide et ses successeurs : Mégariques, Éristiques et Dialecticiens

Le chapitre consacré par Diogène Laërce aux Mégariques est assez décevant, car relativement court et peu fourni du point de vue doxographique. En II 106, Diogène Laërce dit que les successeurs d'Euclide ont été appelés Mégariques, puis Éristiques, puis Dialecticiens, et il précise à propos de ce dernier nom que « Denys de Chalcédoine fut le premier à le leur donner, du fait qu'ils disposaient leurs arguments sous la forme de questions et de réponses ». D. Sedley[2], s'appuyant sur le passage de II 113 où, selon un certain Philippe de Mégare, Stilpon attirait à lui des élèves qu'il enlevait à différentes écoles, notamment trois qui venaient ἀπὸ τῶν διαλεκτικῶν, considère que si Mégariques et Dialecticiens avaient été

1. Cf. II 105.

2. D. Sedley, « Diodorus Cronus and Hellenistic philosophy », *PCPhS* 203, 1977, p. 74-120, notamment p. 74-77. Th. Ebert, *Dialektiker und frühe Stoiker bei Sextus Empiricus. Untersuchungen zur Entstehung der Aussagenlogik*, coll. « Hypomnemata » 95, Göttingen 1991, adopte les conclusions de Sedley.

confondus dans une seule et même école, l'attitude de Stilpon aurait été incorrecte; il en conclut qu'il y avait une école dialectique distincte de l'école de Mégare et dont les principaux représentants auraient été Diodore Cronos et Philon. Ce serait parce qu'on a confondu la notion de διαδοχή, de généalogie, qui est une construction due aux biographes hellénistiques, et celle d'αἵρεσις, qu'on ne se serait pas aperçu que les deux écoles étaient rivales. Selon Sedley, les trois appellations indiquées par Diogène Laërce seraient des appellations appliquées à des époques différentes à des groupes distincts de philosophes traditionnellement regardés comme des héritiers d'Euclide. Il ne s'agirait point d'une seule et même école, mais d'une généalogie. Les Mégariques étaient un groupe de tendance cynicisante dont le meilleur représentant est Stilpon; les Éristiques (qui n'ont pas dû se donner à eux-mêmes ce nom peu flatteur) se regroupaient quant à eux autour d'Eubulide, contemporain d'Aristote; enfin les Dialecticiens, dont les idées remontaient à Clinomaque de Thurioi (cf. II 112) qui jeta les bases de la logique propositionnelle, entreprirent une étude constructive de la logique. A la fin du IVe siècle Dialecticiens et Mégariques étaient des écoles entièrement distinctes. L'école dialectique ne dura pas longtemps, car la logique propositionnelle devait peu de temps après trouver son lieu dans la Stoa, ce qui priva l'école dialectique de sa raison d'être.

Cette thèse de Sedley a été fermement contestée par K. Döring[1] qui veut continuer à ranger les Dialecticiens parmi les Mégariques. Étudiant les emplois des désignations « mégarique », « éristique » et « dialecticien » et reprenant le schéma des dix écoles qu'on rencontre dans le Prologue de Diogène Laërce – schéma qui distingue l'école dialectique de la mégarique et qu'il considère comme une construction d'historien de la philosophie antique –, il conclut qu'il n'y eut jamais d'enseignements communs à tous les Mégariques et qu'il n'y eut jamais une école de Mégare comme telle, dotée de liens institutionnels et dont les membres auraient reconnu un fonds de doctrines commun. Ce ne serait pas un hasard si le livre sur les Mégariques ne comporte pas de doxographie mégarique. Diogène en avait trouvé une pour les Cyrénaïques et une pour les Cyniques; il ne pouvait en

1. K. Döring, « Gab es eine dialektische Schule ? », *Phronesis* 34, 1989, p. 293-310.

trouver une pour les Mégariques, car elle n'existait pas. Si l'on adopte ce point de vue, il ne faut pas parler d'une école de Mégare, mais seulement de philosophes mégariques qui reçurent leur formation chez Euclide ou chez un de ses élèves. Tous avaient en commun l'intérêt pour l'éristique, c'est pourquoi on pouvait les désigner comme des éristiques et des dialecticiens. R. Muller[1] quant à lui reste prudent sur toute cette question, constatant que « certaines affinités doctrinales (notamment sur la notion de possible) rapprochent de toute manière Diodore des Mégariques et invitent à maintenir l'affiliation traditionnelle ».

De la vie que Diogène Laërce consacre à Euclide, il ressort que le philosophe faisait en quelque sorte la synthèse entre Parménide et Socrate. En effet, d'une part Diogène Laërce le traite parmi les Socratiques. Il précise même, en s'appuyant sur Hermodore l'Académicien, que c'est chez Euclide que vinrent, par crainte de la cruauté des tyrans, Platon et les autres philosophes après la mort de Socrate (II 106). Mais le fait qu'Euclide ait refusé les raisonnements par analogie montre qu'il ne suivait pas inconditionnellement son maître qui, lui, usait de ce type de raisonnement (II 107). D'autre part Diogène Laërce précise qu'Euclide étudia les écrits de Parménide (II 106).

La doxographie d'Euclide, si on la compare à celle des Cyrénaïques par exemple, est réduite à une peau de chagrin. Elle se résume en effet chez Diogène Laërce à deux petites phrases qui ont trait au bien : « Euclide prouvait que le bien est un, fût-il désigné par des appellations multiples : tantôt prudence, tantôt dieu, tantôt intellect, etc. Tout ce qui s'oppose au bien, il le rejette, disant que cela n'existe pas » (II 106). Döring, comme nous l'avons dit plus haut, explique le caractère minimal de cette doxographie par le fait qu'il n'y aurait pas eu de fonds de doctrines commun à l'école de Mégare.

Diogène Laërce mentionne deux disciples d'Euclide en II 109 : Eubulide de Milet, qui formula les fameux arguments mégariques et qui s'opposait à Aristote, ainsi que l'orateur Démosthène qui avait des problèmes de prononciation qu'Euclide aida à régler. Mais en II

---

1. R. Muller, art. « Diodoros Cronos » D 124, *DPhA* II, p. 781 ; voir aussi *idem*, art. « Diphilos du Bosphore » D 213, *DPhA* II, p. 887-888, et « Cleinomaque de Thurium » C 146, *DPhA* II, p. 422-423.

112, après avoir parlé de la succession d'Eubulide, Diogène Laërce revient à la succession d'Euclide qu'il clôt en évoquant les noms de trois autres disciples : Ichthyas, que Diogène le Cynique prit pour cible dans un de ses dialogues précisément intitulé *Ichthyas*, Clinomaque de Thurioi et Stilpon de Mégare. Le procédé de composition, ici, est semblable à celui dont nous avons démonté le mécanisme dans la *Vie de Cratès le Cynique* au livre VI[1]. Diogène Laërce, après avoir parlé d'un grand philosophe, cite ses disciples. Mais quand certains de ceux-ci ont eux-mêmes des successeurs, il insère alors, après chacun, ceux qui lui ont succédé. Cependant lorsqu'il a fini ces « petites successions », il reprend la liste de la succession de départ. C'est ainsi qu'à l'intérieur de la succession d'Euclide Diogène Laërce développe toute la succession d'Eubulide de Milet avant de revenir, avec Ichthyas, Clinomaque et Stilpon, à la succession première.

Parmi les disciples d'Eubulide que cite Diogène Laërce, à savoir Alexinos d'Élis, l'auteur de tragédies Euphante d'Olynthe, le roi Antigone et Apollonios Cronos, il fait un sort particulier à Alexinos d'Élis. Celui-ci avait rêvé de fonder à Olympie « une école philosophique olympique », une Ὀλυμπικὴ αἵρεσις, mais son rêve tourna court, car ses disciples reculèrent devant les frais occasionnés et l'insalubrité du lieu pressenti. Le malheureux Alexinos finit ses jours dans la solitude en compagnie d'un unique esclave.

6. Stilpon

Stilpon est d'abord présenté en II 112 comme un philosophe tout à fait remarquable, élève d'Euclide. Mais en II 113, Diogène Laërce lui attribue plusieurs maîtres : « Stilpon, originaire de Mégare en Grèce, fut l'élève de certains disciples d'Euclide ; d'autres affirment même qu'il écouta Euclide en personne[2], mais aussi, à ce que dit Héraclide, Thrasymaque de Corinthe, qui était un familier d'Ichthyas. »

La force d'attraction exercée par Stilpon est si grande que Diogène Laërce, s'appuyant sur un certain Philippe de Mégare, cite toute une liste de gens que Stilpon aurait réussi à détourner de leur éco-

---

1. Voir M.-O. Goulet-Cazé, « Une liste de disciples de Cratès le Cynique en 6, 95 », *Hermes* 114, 1986, p. 247-252.

2. Cf. note *ad loc.*

le originelle (on remarquera les verbes très forts ἀπέσπασεν, ἐθήρασεν, ἀφείλετο, προσηγάγετο). Il va jusqu'à dire, maniant l'hapax, que pour un peu toute la Grèce, les yeux fixés sur Stilpon, se serait mise à « mégariser » (II 113 ; cf. II 119 : « On raconte qu'à Athènes il exerçait une telle attirance sur les gens qu'on accourait des échoppes pour le voir »). Les disciples ainsi « recrutés » par Stilpon appartiennent à des horizons philosophiques très différents : péripatéticien, cyrénaïque, dialecticien, cynique et stoïcien, ainsi qu'au milieu des orateurs.

Alors que Diogène Laërce formule rarement des jugements personnels, il fait une exception concernant Stilpon. A la fin de la vie d'Euclide, il avait déjà fait son éloge en le qualifiant de tout à fait remarquable (διασημότατος). Ici, à la suite d'une anecdote qu'il cite et qui fait intervenir Stilpon et Théodore, il déclare : « Ce Théodore était vraiment plein d'audace et Stilpon plein d'esprit » (II 116).

Le portrait de l'homme Stilpon est plutôt sympathique : « Stilpon était simple, sans affectation et bien disposé envers les gens ordinaires. » Sur le plan intellectuel, Diogène Laërce souligne son habileté à inventer des arguments, sa subtilité (II 113), ainsi que son habileté en éristique qui le rend même capable de réfuter la théorie des Idées (II 119). Une fois de plus nous pouvons constater que l'auteur escamote les opinions du philosophe dont il traite, puisque son refus des Idées est la seule opinion qui nous est rapportée. En revanche apophtegmes et anecdotes sont abondamment cités (II 118-119).

7. Criton, Simon, Glaucon, Simmias, Cébès

Plusieurs Socratiques sont évoqués ensuite, mais de façon très schématique. Pour quatre d'entre eux il est dit que leurs dialogues respectifs circulent en un seul volume : 17 dialogues sont cités pour Criton, 33 pour Simon, 9 pour Glaucon, 23 pour Simmias. Quant à Cébès seuls sont cités de lui trois dialogues, dont le fameux *Tableau*, sans que soit précisé s'ils circulaient ou non en un volume.

Si Criton d'Athènes et Simon d'Athènes ont droit à un petit paragraphe qui indique quelques détails de leur biographie, ce n'est même pas le cas pour Glaucon, Simmias et Cébès, dont seuls sont évoqués les ouvrages. On a l'impression que Diogène Laërce ici est allé vite, que l'état actuel des *Vies* de ces philosophes relève plutôt de l'ébauche que du travail achevé, à moins que la documentation dont disposait Diogène n'ait pas offert grand-chose sur ces Socratiques.

Simon est présenté comme le premier à avoir composé des dialogues socratiques : οὗτος πρῶτος διελέχθη τοὺς λόγους τοὺς Σωκρατικούς. Il s'agit certainement ici des « dialogues de cordonnerie », ainsi dénommés, selon Diogène Laërce, parce que Simon prenait en notes tout ce que disait Socrate quand il venait dans son échoppe[1].

Les listes de titres indiquées par Diogène Laërce pour ces Socratiques indépendants appellent quelques remarques qui font planer un doute sur l'authenticité des listes en question.

– La liste de Criton et celle de Simon présentent deux titres identiques : Περὶ τοῦ καλοῦ et Περὶ νόμου.

– Le titre Περὶ τοῦ καλοῦ se trouve répété deux fois dans la liste des écrits de Simon.

– Les deux listes présentent encore deux titres qui se ressemblent : Περὶ τοῦ κακουργεῖν (Criton) et Περὶ κακουργίας (Simon).

– La liste des écrits de Glaucon comporte uniquement des noms propres.

– Dans celle des écrits de Simmias, tous les titres commencent par Περὶ, sauf un Τί τὸ καλόν, titre que l'on retrouve également chez Simon.

8. Ménédème d'Érétrie

Ménédème fut à la fois philosophe et décorateur de théâtre. Ce disciple de Phédon fréquenta l'Académie de Platon et fut également auditeur de Stilpon. C'est à cause de ce rattachement à l'école de Mégare que Ménédème est traité seulement ici, après Stilpon, alors qu'on aurait pu s'attendre tout aussi bien à ce qu'il fût traité après Phédon. S'il bénéficie d'une *Vie* chez Diogène Laërce, c'est parce qu'il fonda une école (cf. II 105).

Les qualificatifs qui le caractérisent : σεμνός (grave), ἐπικόπτης καὶ παρρησιαστής (sévère et franc), montrent qu'il s'agissait d'un homme austère dont on craignait d'ailleurs les jugements (cf. II 127 et plusieurs des anecdotes rapportées par D. L. dans la collection

---

1. Voir commentaire, p. 313 n. 3.

d'apophtegmes consacrée à Ménédème, notamment celles en II 127-130 où interviennent Hiéroclès, Antigone ou le tyran Nicocréon).

La *Vie de Ménédème*, comme nous l'avons déjà souligné, est fondée, au moins pour une partie, sur l'énoncé de plusieurs traits de caractère, illustrés par des apophtegmes. C'est ainsi qu'on apprend qu'il n'aimait pas se fatiguer (130), qu'il était superstitieux (132), angoissé et qu'il faisait grand cas de sa réputation (131). Il aimait à donner l'hospitalité (133) et c'était un ami attentionné (137), mais dans l'invention des arguments il apparaissait comme un rude adversaire (134).

Diogène Laërce fait état d'interprétations divergentes sur le patriotisme de Ménédème. Selon l'une, Ménédème, à cause de son amitié pour le roi Antigone, dut émigrer parce que les gens d'Érétrie le soupçonnaient d'avoir livré par trahison sa cité à Antigone. Il serait donc parti d'abord en Béotie, puis auprès d'Antigone et là serait mort de découragement. Selon l'autre interprétation, dont il est précisé qu'elle est d'Héraclide (et qu'on la trouve aussi chez Antigone de Caryste), Ménédème aurait libéré à plusieurs reprises sa patrie des tyrans. Les allégations selons lesquelles il aurait livré sa cité à Antigone seraient des calomnies mensongères. S'il fréquentait chez Antigone, c'est qu'il voulait en réalité libérer sa patrie. Antigone ne cédant pas, Ménédème, découragé, se serait abstenu de manger pendant sept jours et serait mort.

Les renseignements précis sur le cadre concret de la vie scolaire étant plutôt rares dans nos textes philosophiques, il vaut la peine de relever les quelques lignes de II 130 sur l'école de Ménédème qui, semble-t-il, était assez mal tenue, le maître étant indifférent au désordre qui régnait dans la salle de classe: les bancs n'étaient pas disposés en cercle; chacun, qu'il marchât ou qu'il fût assis, écoutait de l'endroit où il se trouvait, et il en était de même pour Ménédème.

Le livre II éclaire sur quelques points la façon dont travaillait Diogène. Il enregistre une donnée, puis il en trouve une autre, éventuellement contradictoire, et finalement il indique les deux. On le voit en II 59, alors qu'il a déjà précisé antérieurement la date de maturité de Xénophon, ajouter qu'il a trouvé ailleurs une autre indication chronologique. Parfois il nous laisse entrevoir comment il s'est documenté: en II 97, alors qu'il traite de Théodore et des

Théodoréens, il nous dit qu'il « est tombé par hasard » (περιετύχομεν) sur un ouvrage important de Théodore consacré aux dieux. Le fait qu'il le précise montre bien qu'il emprunte ses doxographies à des ouvrages où celles-ci sont déjà constituées et que ce n'est qu'exceptionnellement qu'il a accès aux ouvrages des philosophes dont il parle. Quand cette occasion lui est donnée, Diogène n'hésite pas à exprimer le jugement qu'il porte : l'ouvrage de Théodore n'est pas du tout à mépriser et Épicure apparemment s'en est inspiré. Diogène en tout cas l'a lu et s'est fait une idée personnelle.

Même si la perspective finale de l'ouvrage est celle des ouvrages *Sur les écoles*, l'auteur garde toujours en arrière-plan sa première perspective d'un ouvrage de *Successions* et on sent constamment chez lui le souci d'établir une διαδοχή. Ainsi en II 47.108.109. Il a également le souci de justifier les appellations des philosophes dont il traite. II 97 : les Théodoréens tirent leur nom de Théodore (le disciple d'Aristippe Métrodidacte) ; 105 : les disciples de Phédon s'appelèrent d'abord Éliaques, à cause de la ville d'Élis d'où était originaire le maître, puis ils prirent le nom d'Érétri(a)ques à cause de Ménédème (cf. II 126) ; 106 : les disciples d'Euclide de Mégare s'appelèrent Mégariques, ensuite Éristiques, et pour finir Dialecticiens, nom que leur donna Denys de Chalcédoine, du fait qu'ils disposaient leurs arguments sous la forme de questions et réponses.

Souvent, Diogène ajoute personnellement des citations de Timon (II 19.55.66.107.126), ce qui laisse à penser qu'il avait sous la main un exemplaire des *Silles* de cet auteur. Enfin quatre de nos Socratiques ont bénéficié d'une épigramme de la part de Diogène Laërce : Xénophon en II 58 ; Euclide en II 110 ; Diodore Cronos en II 112 et Stilpon en II 120. Nous avons du mal aujourd'hui à apprécier la poésie de ces petits poèmes qui partent d'un détail de la vie du philosophe et souvent laissent transparaître un jugement de la part de Diogène ; mais on sent que celui-ci a voulu mettre toute sa technique prosodique et son esprit dans ces courts morceaux dont l'intérêt est de nous rendre plus proches ces Socratiques qui, sans Diogène, ne seraient plus pour nous que des noms*.

* Nous remercions M. Patillon, T. Dorandi et R. Goulet qui ont révisé notre traduction, ainsi que J. Brunschwig qui a révisé la partie consacrée à Aristippe et à ses successeurs.

BIBLIOGRAPHIE SUR LE LIVRE II

Socrate

GALLO I., « Citazioni comiche nella *Vita Socratis* di Diogene Laerzio », *Vichiana*, n.s. 12, 1983, p. 201-212.

GIANNANTONI G., « Socrate e i Socratici in Diogene Laerzio », dans *Diogene Laerzio storico del pensiero antico* = *Elenchos* 7, 1986, p. 183-216.

ID., « Il secondo libro delle 'Vite' di Diogene Laerzio », *ANRW* II 36, 5, 1992, p. 3603-3618.

Xénophon

DELEBECQUE E., *Essai sur la vie de Xénophon*, coll. « Études et commentaires » 25, Paris 1957.

MASQUERAY P., introduction à son édition de l'*Anabase*, t. I, p. I-XIV, *CUF*, Paris 1964.

NATALICCHIO A., *Diogene Laerzio. Senofonte*, avec une préface de L. Canfora, coll. « La città antica », 12, Palermo 1992.

TREU M., art. « Xenophon von Athen » 6, *RE* IX A 2, 1983, col. 1569-1982, avec des *indices* de H.R. Breitenbach, col. 1982-2051.

Eschine de Sphettos

DITTMAR H., *Aischines von Sphettos. Studien zur Literaturgeschichte der Sokratiker*, coll. « Philologische Untersuchungen » 21, Berlin 1912.

GOULET-CAZÉ M.-O., art. « Aischinès de Sphettos » A 71, *DPhA* I, p. 89-94.

EAD., « Les titres des œuvres d'Eschine chez Diogène Laërce », dans J. Fredouille *et al.* (édit.), *Titres et articulations du texte dans les œuvres antiques,* « Collection des Études Augustiniennes », Série Antiquité 152, Paris 1997, p. 167-190.

KRAUSS H., *Aeschinis Socratici Reliquiae,* Leipzig 1911.

NATORP P., art. « Aischines » 14, *RE* I 1, 1893, p. 1048-1050.

Aristippe de Cyrène et ses successeurs

CAUJOLLE-ZASLAWSKY F., GOULET R. et QUEYREL F., art. « Aristippe de Cyrène » A 356, *DPhA* I, p. 370-375.

DÖRING K., *Der Sokratesschüler Aristipp und die Kyrenaiker, AAWM/GS,* Stuttgart, Jahrgang 1988, n° 1, 71 p.

DORANDI T., art. « Aristippe de Cyrène » A 357, *DPhA* I, p. 375-376.

GIANNANTONI G., *I Cirenaici,* coll. « Pubblicazioni dell'Istituto di filosofia dell'Università di Roma », Firenze 1958, 520 p.,

ID., *Socratis et Socraticorum Reliquiae,* 4 vol., Roma 1990, t. II, p. 3-103 (fragments) ; t. IV, notes 13 à 18, p. 136-184 (commentaire).

LAKS A., « Annicéris et les plaisirs psychiques : quelques préalables doxographiques », dans J. Brunschwig et M.C. Nussbaum, *Passions and Perceptions : Studies in Hellenistic Philosophy of Mind,* Proceedings of the fifth Symposium Hellenisticum, Cambridge-New York 1993 p. 18-49.

MANNEBACH E., *Aristippi et Cyrenaicorum fragmenta,* Leiden - Köln 1961, XI-141 p. (sur le texte laërtien, voir les pages 101-105).

NATORP P., art. « Aristippos » 8, *RE* II 1, 1895, col. 902-906.

STENZEL J., art. « Kyrenaiker », *RE* XII 1, 1924, col. 137-150.

TSOUNA MCKIRAHAN V., « The Cyrenaic Theory of Knowledge », *OSAPh* 10, 1992, p. 161-192.

Phédon d'Élis

GIANNANTONI G., *Socratis et Socraticorum Reliquiae,* t. II, p. 487-494 (fragments) ; t. IV, note 11, p. 115-127 (commentaire).

VON FRITZ K., art. « Phaidon », *RE* XIX 2, 1938, col. 1538-1542.

Les Mégariques

DÖRING K., *Die Megariker. Kommentierte Sammlung der Testimonien,* coll. « Studien zur antiken Philosophie » 2, Amsterdam 1972.

GIANNANTONI G., *Socratis et Socraticorum Reliquiae,* t. I, p. 375-483 (fragments) et IV, p. 33-113 (commentaire).

MONTONERI L., *I Megarici,* Studio storico-critico e traduzione delle testimonianze antiche, Università di Catania 1984.

MULLER R., *Les Mégariques. Fragments et témoignages,* coll. « Histoire des doctrines de l'Antiquité classique » 9, Paris 1985.

ID., *Introduction à la pensée des Mégariques,* coll. « Bibliothèque d'histoire de la philosophie » et « Cahiers de philosophie ancienne », 6, Bruxelles 1988.

STENZEL J. et THEILER W., art. « Megarikoi », *RE* XV 1, 1931, col. 217-220.

VON FRITZ K., art. « Megariker », *RESuppl* V, 1931, col. 707-724.

Ménédème d'Érétrie

GIANNANTONI G., *Socratis et Socraticorum Reliquiae,* t. I, p. 503-518 (fragments) et IV, p. 129-135 (commentaire).

KNOEPFLER D., *La Vie de Ménédème d'Érétrie de Diogène Laërce. Contribution à l'histoire et à la critique du texte des « Vies des philosophes »,* coll. « Schweizerische Beiträge zur Altertumswissenschaft », 21, Basel 1991.

ANAXIMANDRE

1 Anaximandre, fils de Praxiadès, originaire de Milet[1].

Doctrine

Il affirmait, lui, que c'est l'infini qui est principe et élément, sans le définir air, eau ni autre chose. Il affirmait aussi que, si les parties en changent, le tout est immuable; qu'en son milieu se trouve la terre, occupant la place centrale, elle qui est de forme sphérique; que la lune n'émet pas vraiment de la lumière, et qu'elle est éclairée par le soleil; mais aussi que le soleil n'est pas plus petit que la terre, et qu'il est un feu très pur.

Inventions

Selon ce que dit Favorinus[2] dans l'*Histoire variée*, il fut aussi le premier inventeur du gnomon[3], et il le plaça sur les cadrans solaires à Lacédémone, pour indiquer les solstices et les équinoxes; il fabriqua aussi des horloges. **2** Il fut le premier à figurer sur une carte

1. Cité ionienne d'Asie Mineure, au sud de l'embouchure du fleuve Méandre et au débouché de la Lydie.
2. Fr. 28 Mensching = 60 Barigazzi.
3. Selon Hérodote II 109, ce sont les Babyloniens qui furent les inventeurs du gnomon, qui leur permettait sans doute, par simple observation des limites minimale et maximale de la longueur de l'ombre méridienne, de déterminer la date des solstices. Anaximandre est peut-être en revanche l'inventeur de la méthode permettant de *calculer* la date des équinoxes (cf. Á. Szabó, *Les Débuts de l'astronomie, de la géographie et de la trigonométrie chez les Grecs,* trad. de l'allemand par M. Federspiel, Paris 1986, p. 33-35). La connaissance de la longueur exacte de l'ombre méridienne équinoxiale du gnomon en un lieu donné permettant de situer ce lieu géographiquement (*ibid.*, p. 36), il peut y avoir un lien entre cet usage du gnomon et l'établissement d'une carte attribué plus loin à Anaximandre.

les contours de la terre et de la mer, et il construisit aussi une sphère[1].

Chronologie

Il a publié un sommaire de ses doctrines, que le hasard fit tomber entre les mains d'Apollodore[2] d'Athènes, lequel dit aussi dans ses *Chroniques* que, la deuxième année de la cinquante-huitième Olympiade[3], Anaximandre avait soixante-quatre ans et qu'il mourut peu après, ayant atteint le sommet de sa carrière à peu près à l'époque où Polycrate était tyran de Samos[4].

Apophtegme

Alors qu'il chantait, dit-on, les enfants se moquèrent: lui, s'en étant aperçu, dit: «En effet, pour un public d'enfants, il nous faut chanter mieux.»

---

1. Il semble exclu qu'il s'agisse d'une sphère armillaire, incompatible avec ce qu'on sait par ailleurs de la cosmologie d'Anaximandre. Il faut probablement comprendre qu'il s'agit d'une représentation en deux dimensions de la voûte céleste, c'est-à-dire d'une carte du ciel (G.S. Kirk, J.E. Raven, M. Schofield, *Les Philosophes présocratiques.* Traduit de l'anglais par H.A. de Weck, sous la direction de D.J. O'Meara, Fribourg-Paris 1995, p. 109); C.J. Classen (*RESuppl* XII, 1970, col. 34) laisse ouverte l'hypothèse d'un globe céleste inspiré de la représentation babylonienne, qui aurait servi à Anaximandre à illustrer sa spéculation cosmologique.

2. *FGrHist* 244 F 29.

3. 547-546[a].

4. Si l'on se fie à la datation d'Apollodore pour la tyrannie de Polycrate (soixante-deuxième Olympiade), cette indication est incompatible avec la précédente : Anaximandre aurait dû, pour être contemporain de cet événement, vivre jusqu'à quatre-vingts ans, et non mourir «peu après» ses soixante-quatre ans ; R. Mondolfo (Zeller-Mondolfo I 2, p. 136 n. 1) fait observer qu'Anaximandre peut avoir vécu jusqu'à la tyrannie de Polycrate, puisque nous n'en connaissons pas le début : mais à supposer même que Polycrate fût déjà tyran à Samos au moment de la mort d'Anaximandre, ce ne peut être le moment de l'*acmè* de ce dernier. H. Diels (*RhM* 31, 1876, p. 25) a supposé une confusion avec Pythagore ; à sa suite F. Jacoby (*FGrHist* Apollodore 244 F 339) est même allé jusqu'à supposer une lacune où aurait disparu l'indication qu'Anaximandre aurait été le maître de Pythagore, de sorte que c'est ce dernier qui aurait connu son *acmé* sous Polycrate.

Homonyme

D'autre part, il y a eu aussi un autre Anaximandre, historien, lui aussi de Milet, qui écrivait en dialecte ionien[1].

1. Situé par la *Souda* (*s.v.* Ἀναξίμανδρος) dans la première moitié du IVe, il est l'auteur d'une *Explication des symboles pythagoriciens (ibid.)* et d'une *Histoire des héros*, Ἡρωολογία (Athénée XI, 498 a-b). Fragments et témoignages : *FGrHist* 9. Voir aussi *DPhA* A 166.

ANAXIMÈNE

3 Anaximène, fils d'Eurystrate, originaire de Milet.

Ses maîtres et sa doctrine

Il fut l'auditeur d'Anaximandre. Quelques-uns disent qu'il fut aussi l'auditeur de Parménide. Il déclara, lui, que c'est l'air qui est principe, et aussi l'infini[1]; que les astres se meuvent, non pas sous la terre, mais autour de la terre. Il utilise un dialecte ionien simple et dépouillé.

Chronologie

Il a vécu, selon ce que dit Apollodore, à l'époque de la prise de Sardes, et il est mort dans le courant de la soixante-troisième Olympiade[2].

---

1. H. Diels a corrigé le texte de manière à obtenir « que c'est l'air qui est principe, et qu'il est infini ».

2. En 528-525ª. Je traduis le texte établi par Simson et Diels (*RhM* 31, 1876, p. 27) et retenu depuis. Au prix de l'inversion, par rapport aux manuscrits, des repères chronologiques (prise de Sardes et soixante-troisième Olympiade), on obtient une chronologie en accord avec la *Souda* (DK A 2 : Anaximène vécut ou « fut actif » à l'époque de la prise de Sardes aux Lydiens par les Perses = 546ª) et Hippolyte (DK A 7 : l'*acmè* d'Anaximène se situe dans la cinquante-huitième Olympiade = 548-544ª). Cela implique que, contrairement à l'usage attesté par ailleurs (cf. I 35 [Thalès], II 7 [Anaxagore]), γεγένηται désigne ici, non pas la naissance d'Anaximène, mais son *acmè* (cf. E. Rohde, « Γέγονε in den Biographica des Suidas », *RhM* 33, 1878 = *Kleine Schriften*, Tübingen-Leipzig 1901, I [114-184], p. 163-164). G.B. Kerferd (« The Date of Anaximenes », *MH* 11, 1954, p. 117-121) a rejeté la double hypothèse d'une altération du texte des manuscrits et du sens de γεγένηται : s'il s'agit de la prise de Sardes, non par Cyrus en 546ª, mais par les Ioniens révoltés contre les Perses en 498ª (cf. Hérodote V 100), l'indication est cohérente avec la deuxième des lettres rapportées ensuite par D. L., et trente ans de vie (528ª-498ª) sont suffisants pour qu'Anaximène se soit rendu célèbre par un traité. Selon Kirk, Raven et Schofield (*op. cit.*, p. 151 n. 1), il reste cependant difficile d'attribuer à Apollodore la notice ainsi com-

Homonymes

Il y a eu deux autres Anaximène, originaires de Lampsaque, un orateur et un historien [1]; ce dernier était le fils de la sœur de l'orateur qui a rédigé la *Geste d'Alexandre.*

Lettres

Quant à lui, le philosophe, voici une lettre qu'il écrivit :

4 Anaximène à Pythagore

« Thalès, fils d'Examyas, parvenu à la vieillesse, est mort, mais non de sa belle mort : de nuit, comme il en avait l'habitude, s'avançant hors de son logis accompagné de sa servante, il observait les astres; et – bien sûr il ne s'en souvint pas –, étant descendu, en les observant, jusqu'à l'escarpement [2], il tombe. Telle est donc, pour les habitants de Milet, la fin de leur astronome; mais nous, les habitués de ses réunions, souvenons-nous de cet homme, nous-mêmes ainsi que nos enfants, les habitués de nos réunions, et puissions-nous nous entretenir encore de ses discours. Que le début de tout ce que nous disons soit consacré à Thalès. »

Et en voici encore une :

---

prise : faisant mourir Anaximandre avant 528ª, il aurait ignoré la relation de maître à disciple entre lui et Anaximène, et utilisé, avec la prise de Sardes au début de la révolte ionienne, un repère chronologique complètement inusité. Enfin, cette chronologie d'Anaximène est inconciliable avec l'indication d'Hippolyte (*acmè* en 546/545), qui s'accorde au contraire fort bien avec la correction de Simson et Diels et leur interprétation de γεγένηται.

1. Sur ces deux Anaximène, voir J. Brzoska, *RE* I 2, 1894, col. 2086-2098. Sur l'orateur, voir en outre M.-O. Goulet-Cazé, *DPhA* I, p. 194 (A 167). Considéré aujourd'hui comme l'auteur de la *Rhétorique à Alexandre*, c'est lui également qui rédigea la *Geste d'Alexandre* ('Αλεξάνδρου πράξεις) dont fait mention Diogène aussitôt après, ce qui explique probablement que plus loin (V 10) il le nomme à la place d'Anaxarque d'Abdère comme rival de Callisthène d'Olynthe auprès d'Alexandre. Le neveu historien (*RE* 4), à qui on attribue parfois les *Morts royales* mentionnées par Athénée (XII, 531 d), ne semble pas connu par ailleurs.

2. ἐς τὸ κρημνῶδες : l'emploi de l'article défini s'explique-t-il par une référence au « fossé » déjà mentionné en I 34 ? Dans ce dernier passage, qui fait plutôt écho à la version platonicienne de l'anecdote (Platon, *Théétète* 174 a), la chute de Thalès n'entraîne cependant pas sa mort.

5 Anaximène à Pythagore

« Tu étais le plus avisé d'entre nous, quand tu as émigré de Samos à Crotone : là tu vis en paix, alors que les fils d'Aiakès[1] commettent des crimes ineffaçables et que chez les Milésiens se succèdent les tyrans[2]. Et nous avons à craindre le roi des Mèdes, sauf bien sûr si nous consentons à payer tribut ; bien plutôt, les Ioniens s'apprêtent, pour la liberté de tous, à entrer en guerre contre les Mèdes ; mais si nous en arrivons là, il n'y a plus pour nous d'espoir de salut. Comment donc Anaximène aurait-il encore le cœur de parler du ciel, quand il est dans la crainte de la mort ou de l'esclavage ? Mais toi, tu es en faveur auprès des habitants de Crotone, en faveur aussi auprès du reste des Italiotes ; et même de Sicile on vient pour suivre tes entretiens. »

---

1. Il s'agit selon toute vraisemblance de Polycrate, tyran de Samos de 533/532[a] à 522[a], d'abord avec ses frères Pantagnotos et Syloson, puis seul quand il eut tué le premier et chassé le second (cf. Hérodote III 39).

2. Littéralement : « ... que les Milésiens ne manquent pas d'aisymnètes », ce que je comprends comme une litote. Le terme d'aisymnètes est difficile à comprendre ici : ce titre était porté, particulièrement dans les cités d'Asie Mineure, par un homme désigné d'un commun accord par les partis opposés et doté des pleins pouvoirs pour servir d'arbitre entre eux (cf. Aristote, *Politique* III 14, 1285 a 31 - b 3). C'est ce que firent les Milésiens quand ils firent appel à l'arbitrage des Pariens pour mettre un terme à leurs dissensions, mais le mot « aisymnète » n'apparaît pas dans le récit d'Hérodote (V 28-29). Cet arbitrage s'étant, semble-t-il, conclu à la satisfaction générale, on ne voit cependant pas bien pourquoi Anaximène aurait dû y trouver un motif de lamentation, à mettre en parallèle avec le poids de la tyrannie à Samos. D'autre part, la fin de la lettre, qui s'inquiète de la volonté des Ioniens de résister aux Perses, nous place dans une période antérieure à l'arbitrage des Pariens, qui intervint alors que Milet était déjà sous la domination perse. Il est probable au contraire que les craintes prêtées à Anaximène par l'auteur de cet apocryphe se réfèrent aux signes avant-coureurs de l'offensive perse de la fin du VIe siècle av. J.-C. contre les cités grecques d'Asie : sous l'appellation d'aisymnètes il faut donc peut-être entendre une allusion aux tyrannies qui auparavant se succédèrent à Milet à la faveur de guerres civiles pendant près d'un demi-siècle. Le mot est d'ailleurs manifestement employé au sens de tyran dans une lettre supposée adressée par Thalès à Solon (*supra*, I 44 ; cf. I 100).

ANAXAGORE

6 Anaxagore, fils d'Hégésibule ou d'Eubule, originaire de Clazomènes[1].

Ses maîtres, sa doctrine

Il fut l'auditeur d'Anaximène, et il fut le premier à soumettre la matière à l'intelligence. Voici le début qu'il donna à son traité, qui est d'un style plaisant et altier: « Toutes choses étaient ensemble; ensuite vint l'intelligence qui les mit en ordre[2] ». C'est pour ces mots qu'il fut surnommé « Intellect ».

Témoignage poétique

Voici également ce que dit de lui Timon dans les *Silles*[3]:

Et peut-être dit-on qu'Anaxagore est le valeureux héros
Intellect parce qu'elle fut bien la sienne, l'intelligence qui, les
[éveillant subitement,
Lia ensemble toutes choses, auparavant mêlées en désordre.

Apophtegmes

Cet homme se distinguait par la noblesse de sa naissance et par sa richesse, mais aussi par son humeur altière, lui qui abandonna son patrimoine à ses proches. 7 Comme ils l'accusaient en effet de ne pas s'en soucier: « Pourquoi, dit-il, n'en prenez-vous pas soin vous-mêmes ? » Et à la fin il s'en alla, et se cantonnait dans l'observation

---

1. Cité ionienne d'Asie Mineure, proche de Smyrne (Izmir).
2. Selon J. Burnet (*Plato's Phaedo,* Oxford 1911, n. *ad* 97 c 1), il ne s'agit pas ici d'une citation mais d'un résumé de la doctrine. Pour la première phrase, cf. Anaxagore, DK 59 B 1; pour la seconde, cf. DK 59 B 12, mais aussi DK A 42, 46, 47, 48 et 55.
3. Cf. M. Di Marco (édit.), *Timone di Fliunte, Silli.* Introduzione, edizione critica, traduzione e commento, Roma 1989, p. 81 (fr. 24), 103, 162-165.

des réalités naturelles, sans s'inquiéter des affaires de la cité. C'est alors que, à celui qui lui disait : « N'as-tu aucun souci de ta patrie ? », il répondit : « Tais-toi ![1] Car moi, de ma patrie, j'ai souci, et grandement », et il montrait le ciel.

Chronologie

On dit qu'au moment de l'expédition de Xerxès il avait vingt ans, et qu'il a vécu soixante-douze ans. Apollodore dit d'autre part dans ses *Chroniques* qu'il est né dans la soixante-dixième Olympiade[2], et qu'il mourut la première année de la quatre-vingt-huitième[3]. D'autre part, il commença de philosopher à Athènes, sous l'archontat de Callias[4], quand il avait vingt ans, comme le dit Démétrios de

1. Εὐφήμει : injonction à connotation religieuse, recommandant de garder le silence pour éviter de prononcer des paroles blasphématoires.

2. 500-497ª. *FGrHist* 244 F 31.

3. 428ª.

4. Si l'on entend par là le moment où il commença, non pas à professer, mais à étudier la philosophie, Anaxagore peut bien avoir commencé à philosopher à vingt ans, mais pas sous l'archontat de Callias (456ª), puisqu'il avait vingt ans au moment de la deuxième guerre médique (480ª). C'est pourquoi on admet généralement que le nom de Callias vaut ici pour Calliadès (voir les différentes explications possibles pour cette substitution dans E. Derenne, *Les Procès d'impiété intentés aux philosophes à Athènes au* V^e *et au* IVe *siècle avant J.-C.*, Liège-Paris 1930, p. 31), dont l'archontat (480ª) coïncide avec l'expédition de Xerxès et les vingt ans d'Anaxagore. Cependant, d'après les indications données par Diodore (XII 38 *sq.*) et par Plutarque (*Périclès* 32), le procès d'Anaxagore eut lieu peu avant le commencement de la guerre du Péloponnèse (431ª), ce qui n'est pas compatible avec l'information fournie ici par D. L. d'un séjour de trente ans à Athènes. À cette difficulté, plusieurs solutions ont été proposées. (1) Venu pour la première fois à Athènes en 480ª, Anaxagore y aurait passé par la suite trente ans, mais pas de façon continue (W. K. C. Guthrie, *HGP* II, p. 323). (2) C'est bien sous l'archontat de Callias (456ª), et non de Calliadès, qu'Anaxagore serait arrivé à Athènes, mais pas à l'âge de vingt ans : cette précision ne serait dans le texte de D. L. qui nous est transmis qu'une répétition par inadvertance de l'indication donnée quelques lignes plus haut, et il conviendrait de la supprimer ; Anaxagore, âgé alors de plus de quarante ans, aurait à cette date commencé d'enseigner à Athènes, et non d'y étudier la philosophie (G. Giannantoni, « Il secondo libro delle 'Vite' di Diogene Laerzio », *ANRW* II 36, 5, Berlin 1992 [3603-3618], p. 3604-3607). (3) L'indication « à Athènes » concerne l'archontat de Callias (= Calliadès), et non les débuts d'Anaxagore en philosophie (E. Derenne, *loc. cit.*) : D. L. a fourni plus haut, pour Thalès, une datation du même type, elle aussi empruntée à Démétrios de Phalère. Mais contre ce rappro-

Phalère[1] dans sa *Liste des archontes*; c'est là, dit-on, qu'il passa trente ans.

Doxographie

8 C'est lui – d'autres disent que c'est Tantale[2] – qui disait que le soleil est une masse métallique incandescente et qu'il est plus grand que le Péloponnèse; que la lune a des habitations, mais aussi des sommets et des ravins; que ce sont les homéoméries[3] qui sont principes : de même, en effet, que l'or est constitué de ce qu'on appelle les paillettes, de même le tout est composé des corpuscules homéomères. Et l'intelligence, d'une part, est principe de mouvement; parmi les corps, d'autre part, les graves occupent le lieu inférieur, comme la terre, et les légers le lieu supérieur, comme le feu; et l'eau et l'air prennent place au milieu : ainsi en effet la mer s'étend sur la terre, qui est plate, son humidité s'évaporant sous l'action du soleil. 9 Quant aux astres, au début leur translation ressemblait à celle d'une coupole, en telle façon que le pôle, visible en permanence, était à la verticale de la terre[4]; mais ensuite ils prirent leur inclinaison. Et la Voie lactée est un reflet de la lumière des astres qui ne sont pas éclairés par le soleil[5]. Les comètes, ce sont un conglomérat de

chement et l'hypothèse qu'il autoriserait, on doit faire remarquer que la syntaxe des deux passages n'est pas la même : alors que le tour employé en I 22 (ἄρχοντος Ἀθήνησι Δαμασίου) ne laisse planer aucune ambiguïté, il est plus naturel ici de faire porter l'indication « à Athènes » (Ἀθήνησι) sur les mots qui précèdent (ἤρξατο δὲ φιλοσοφεῖν : « il commença de philosopher ») que sur ceux qui suivent (ἐπὶ Καλλίου : « sous l'archontat de Callias »).

1. Fr. 150 Wehrli.

2. Le supplice de Tantale le plus connu est celui décrit par Homère (*Odyssée* XI 582 *sq.*) : dévoré par la faim et la soif mais ne pouvant atteindre les fruits ni l'eau qui sont à sa portée. Mais Pindare (*Olympiques* I 57) et Platon (*Cratyle* 395 d) le représentent dans l'Hadès, une pierre suspendue au-dessus de la tête. D'où probablement l'idée venue à un auteur comique de lui comparer Anaxagore affirmant que le soleil au-dessus de nos têtes est une pierre (cf. F. Schwenn, art. « Tantalos », *RE* IV A 2, 1932, col. 2227).

3. Les corps dont toutes les parties sont identiques.

4. La terre d'Anaxagore étant plate, comme l'indique la phrase précédente, il s'agit naturellement du pôle (extrémité de l'axe de rotation) de la voûte céleste.

5. C'est-à-dire dont le soleil n'obscurcit pas l'éclat (cf. D. Lanza [édit.], *Anassagora, Testimonianze e frammenti*, Firenze 1966, *ad loc.*). Je traduis le texte édité par Long, qui intègre plusieurs corrections : καὶ τὸν γαλαξίαν ἀνά-

planètes émettant des flammes[1], et les étoiles filantes sont projetées par l'air comme des étincelles. Des vents surviennent quand l'air se raréfie sous l'action du soleil. Les coups de tonnerre, c'est une collision de nuages; les éclairs, une violente friction de nuages; un tremblement de terre, un affaissement d'air sur la terre.

Les êtres vivants naissent de l'humide, du chaud et d'une substance terreuse, et ensuite les uns des autres; et les mâles sont issus du côté droit, les femelles du côté gauche.

Prédictions fameuses

10 On dit qu'il a prédit la chute de la pierre qui s'est produite près d'Aigos Potamos[2]: cette pierre, a-t-il dit, c'était du soleil qu'elle tomberait. C'est la raison pour laquelle, dit-on, Euripide[3], qui était son disciple, a dit dans *Phaéton* que le soleil est une motte d'or. Mais

---

κλασιν εἶναι φωτὸς <τῶν ὑπὸ (Aldobrandinus)> ἡλίου (P. von der Mühll: ἡλιακοῦ codd.) μὴ καταλαμπομένων [τῶν (secl. Aldobr.)] ἄστρων (ἀστέρων *Souda, s. v.* γαλαξίας; cf. M. Gigante: *stelle*). A la condition de voir dans καταλαμπομένων un moyen et non pas un passif, on peut comprendre sans correction le texte des manuscrits de la façon suivante : « la Voie lactée est un reflet de la lumière solaire auquel les astres (*scil.* de la Voie lactée) n'opposent pas leur propre éclat ».

1. Selon M. L. West (*Journal of the British Astronomical Association* 70, 1959-1960, p. 368-369 n. 6), cette description se fonde sur l'aspect d'une comète dont un passage est signalé du vivant d'Anaxagore (voir note suivante) et que ce dernier peut donc avoir observée. Si tel est bien le cas, on peut en conclure que la comète présentait un noyau multiple (au moins double) visible à l'œil nu.

2. Les différentes sources concordent à une année près sur la date de cet événement: 468/467^{a} selon le Marbre de Paros (*FGrHist* 239 A 57); 467/466^{a} d'après Pline (*Histoire naturelle* II 149), 466^{a} d'après la *Chronique* d'Eusèbe (cf. 59 A 11 D.-K.). Selon M. L. West (art. cité), il s'agit d'une météorite dont la chute fut précédée, soixante-quinze jours auparavant, par l'apparition d'une comète (Sénèque, *Questions naturelles* VII 5, 3; Plutarque, *Vie de Lysandre* 12) communément identifiée avec la comète de Halley. Aucun lien n'existant entre le passage d'une comète et la chute d'une météorite, fait en soi imprévisible, M. L. West conclut que, si cette prédiction réalisée n'est pas un enjolivement postérieur de la légende d'Anaxagore, ce dernier peut avoir vu dans l'apparition de la comète le signe avant-coureur d'une confirmation de sa conception du ciel (voir *infra* II 12), la conformité de l'événement à sa prédiction n'étant qu'une coïncidence. L'indication qui suit, selon laquelle la météorite tomberait du soleil, n'est selon lui qu'un enjolivement postérieur de l'anecdote, fondé sur ce qui était certainement la doctrine la plus connue d'Anaxagore.

3. Fr. 783 Nauck^{2}.

on dit aussi que, lorsqu'il alla à Olympie, il s'assit enveloppé dans un manteau de cuir, comme s'il allait pleuvoir; et c'est ce qui arriva. On rapporte qu'à celui qui lui demanda si les monts de Lampsaque seraient jamais une mer, il répondit: « Si du moins le temps ne fait pas défaut. »

Nouveaux apophtegmes

Une fois qu'on lui demandait à quelle fin il avait été engendré, il répondit: « Pour observer le soleil, la lune et le ciel. »

A celui qui lui dit: « Tu as été privé des Athéniens », il répondit: « Bien sûr que non, mais eux, de moi. »

Quand il vit le tombeau de Mausole[1], il dit: « Un tombeau somptueux, c'est le fantôme d'une fortune[2] pétrifiée. »

11 A celui qui s'irritait de mourir en terre étrangère, il répondit: « D'où qu'elle se fasse, la descente aux enfers est pareille. »[3]

Innovations

D'après ce que dit Favorinus[4] dans l'*Histoire variée*, il semble qu'Anaxagore fut le premier à faire apparaître que les poèmes d'Homère ont pour objet la vertu et la justice[5]; et Métrodore de Lampsaque[6], qui était son disciple, soutint encore davantage ce type d'explication: c'est lui qui, le premier, s'est intéressé à la façon dont le

---

1. Anaxagore, mort en 428ª, n'a pu voir le célèbre tombeau de Mausole ou Mausolée, érigé par la veuve de celui-ci en 350ª au plus tôt. (Mausole fut roi de Carie de 377ª à 353ª.) Ou bien donc cet aphorisme lui est faussement attribué, ou bien il fut prononcé en une autre occasion.

2. Οὐσία. Il peut y avoir ici un jeu de mots, οὐσία signifiant également « essence, être » : « ... le fantôme d'un être pétrifié ».

3. Cf. Cicéron, *Tusculanes* I 104. La même idée fut attribuée à Aristippe (Télès, *Diatribes*, p. 29, 13 - 30, 1 Hense[2] ; p. 350-351 Fuentes-González) et à Diogène le Cynique (*SSR* V B 86). Voir aussi p. 515 n. 6.

4. Fr. 29 Mensching = 61 Barigazzi.

5. Malgré un témoignage tardif (Métrodore de Lampsaque, DK 61 A 6) attribuant aux « anaxagoréens » une interprétation allégorique des dieux, ce passage n'autorise pas à attribuer à Anaxagore la pratique de l'allégorie. Il peut avoir simplement souligné l'enseignement moral qu'il est possible de tirer des poèmes homériques, précédant en cela aussi bien Aristophane que Socrate (cf. Platon, *Apologie de Socrate* 28 c-d).

6. Cf. Platon, *Ion* 530 d.

poète[1] traite de la nature. Anaxagore fut le premier à publier aussi un livre de prose[2].

Théorie du ciel

Silène, dans le premier livre de ses *Histoires*[3], dit que, pendant l'archontat de Démylos[4], une pierre tomba du ciel, **12** et qu'Anaxagore déclara que le ciel tout entier était constitué de pierres, qu'il devait sa cohésion à la force de son mouvement de rotation, et que, si cette cohésion s'affaiblissait, il s'écroulerait[5].

Procès

Il y a divergence dans ce qu'on rapporte à propos de son procès. En effet, Sotion[6], d'une part, dit, dans la *Succession des philosophes,* qu'il fut accusé d'impiété par Cléon, pour avoir dit que le soleil est une masse métallique incandescente[7]; et que, son élève Périclès ayant plaidé pour lui, il fut condamné à une amende de cinq talents et banni. Tandis que Satyros[8] dans ses *Vies* dit que c'est Thucydide, s'opposant à la politique de Périclès, qui intenta le procès, et non seulement pour impiété, mais aussi pour intelligence avec les

1. Homère.

2. Le texte ne fait pas difficulté, si l'on admet pour συγγραφή son sens courant en ionien-attique : discours en prose, écrit et non récité. Cf. C. Diano, « La data di pubblicazione della syngraphè di Anassagora », dans *Anthemon. Scritti in onore di C. Anti,* Firenze 1955 (235-252), p. 241.

3. Silène de Callatis en Scythie ou, plus vraisemblablement (cf. F. Jacoby, art. « Silenos », *RE* III A 1, 1927, col. 54), de Kalè Actè en Sicile (*FGrHist* 175 F 1), auteur d'un ouvrage en quatre livres sur la Sicile et d'une histoire d'Hannibal.

4. On ne connaît pas d'archonte Démylos. Diels a suggéré qu'entre Δη- et -μύλου aurait disparu la fin du nom de l'archonte Démotion, archonte en 470[a], le génitif μύλου désignant alors la nature de la pierre : une meule. Cette date ne coïncidant pas avec celle de la chute d'une météorite qu'aurait prédite Anaxagore, on a proposé de lire, à la place de Δημύλου, Λυσιστράτου μύδρον ἢ λίθον : « sous l'archontat de Lysistratès (467[a]), une masse métallique ou une pierre tomba du ciel ». Enfin, Roeper a proposé de lire le nom de Diphilos, archonte en 442[a], à la place de celui de Démylos.

5. Cf. Plutarque, *Vie de Lysandre* 12.

6. Fr. 3 Wehrli.

7. Cf. *supra* II 8.

8. Fr. 14 Müller.

Mèdes[1]; et que, n'étant pas là, Anaxagore fut condamné à mort[2]. **13** Satyros ajoute que lorsqu'on lui annonça les deux choses à la fois, sa condamnation et la mort de ses fils, il répondit, au sujet de sa condamnation: « Contre eux et contre moi, il y a bien longtemps que la nature a rendu son verdict »; et au sujet de ses enfants: « Je savais que je les avais engendrés mortels. » (Certains attribuent ce mot à Solon, d'autres à Xénophon.[3]) Démétrios de Phalère[4], dans son *De la vieillesse*, dit que c'est lui qui les enterra de ses propres mains. Hermippe[5], dans ses *Vies*, dit qu'il fut incarcéré dans l'attente de son exécution. Périclès se présenta et demanda si l'on avait quelque chose à lui reprocher sur la vie qu'il menait; « Rien », lui répondit-on[6]: « Eh bien moi, dit-il, je suis l'élève de cet homme; ne vous laissez donc pas entraîner par des calomnies à tuer cet homme, mais écoutez-moi et relâchez-le. » Et Anaxagore fut relâché, mais n'ayant pas supporté l'outrage qui lui avait été fait, il se suicida. **14** Enfin Hiéronymos[7], au livre II de ses *Notes dispersées*, dit que Périclès le présenta au tribunal ravagé et affaibli par la maladie, si bien qu'il fut relâché par pitié plutôt qu'en vertu d'un jugement. Et ce sont là toutes les informations concernant son procès.

1. G. Giannantoni (art. cité, p. 3607-3608) fait l'hypothèse d'une coalition contre Périclès des « démocrates radicaux » conduits par Cléon et du « parti conservateur » emmené par Thucydide. Il est cependant difficile que Thucydide (fils de Mélésias), frappé d'ostracisme en 443[a], et Cléon, dont l'ascension politique est contemporaine des dernières années de Périclès, aient pu s'associer contre Anaxagore. J. A. Davison (*CQ* 1953) a fait l'hypothèse qu'Anaxagore aurait en réalité été deux fois forcé de quitter Athènes à la suite d'un procès: une première fois avant 443[a], à cause des poursuites engagées contre lui par Thucydide, puis une deuxième fois peu avant 430[a], une amnistie décrétée vers 432[a] lui ayant entre temps permis de revenir à Athènes.

2. Peut-être Anaxagore fut-il condamné par contumace (Gigante, Lanza), mais l'expression appropriée (ἔρημος ou ἐρήμη δίκη) n'est pas celle qu'emploie D. L.

3. Une réplique presque mot pour mot identique est en effet placée plus loin dans la bouche de Xénophon (II 55). La réaction de Solon à la mort de ses enfants (I 63) est au contraire tout à fait différente, voire opposée.

4. Fr. 82 Wehrli.

5. Fr. 30 Wehrli.

6. Ou: « ne recevant pas de réponse ».

7. Fr. 41 Wehrli.

Il semble avoir aussi rencontré quelque hostilité de la part de Démocrite, avec qui il ne parvint pas à avoir de discussion[1].

Fin à Lampsaque

Et à la fin il s'en alla à Lampsaque, et c'est là qu'il mourut. C'est alors que, les archontes de cette ville lui demandant ce qu'il souhaitait qu'on fasse pour lui, il dit de laisser jouer les enfants, chaque année, pendant le mois qui serait celui de sa mort. **15** Et la coutume s'en conserve encore aujourd'hui. D'ailleurs après sa mort les habitants de Lampsaque l'ensevelirent avec honneur et gravèrent cette inscription :

> Ici, après avoir plus que quiconque approché le terme de la vérité
> Du monde céleste, gît Anaxagore.

---

1. Au livre IX (34-35), Diogène rapporte que, selon Favorinus, c'est Démocrite qui montra de l'hostilité à l'égard d'Anaxagore, « parce qu'il ne l'accepta pas », où l'on comprend d'ordinaire que c'est Anaxagore qui n'accepta pas Démocrite comme disciple alors qu'ici ce serait curieusement l'inverse. Mais on peut interpréter autrement le passage du livre IX : au lieu de comprendre que Démocrite « lui (*scil.* à Anaxagore) témoigna de l'hostilité » (ἐχθρῶς ἔχοντα πρὸς αὐτόν), « parce qu'il (*scil.* Anaxagore) ne l'accepta pas (*scil.* parmi ses disciples) », ce qui suppose que le même démonstratif (αὐτόν) désigne à quatre mots d'intervalle deux personnes différentes et que propositions principale et subordonnée n'ont pas le même sujet, il est grammaticalement plus simple de comprendre que c'est Démocrite, « parce qu'il ne l'acceptait pas (= n'acceptait pas sa doctrine) », qui témoigna de l'hostilité à Anaxagore. Cet emploi de la tournure προσιέναι τινα trouve un parallèle chez Aristote (*Met.* A 6, 987 b 4 : ἐκεῖνον ἀποδεξάμενος) : Platon, « l'ayant accepté (*scil.* Socrate) », c'est-à-dire ayant accepté sa doctrine. Dans cette hypothèse, au lieu d'être contradictoires, l'indication donnée ici par D. L. et celle qu'il donne en IX 35 se complètent : ne partageant pas les doctrines d'Anaxagore, Démocrite lui manifesta son hostilité (IX 35) en allant jusqu'à refuser d'en discuter avec lui (II 14). Cette interprétation dispense d'attribuer à D. L. l'hypothèse étrange d'un Anaxagore cherchant vainement à devenir le disciple d'un Démocrite de quarante ans son cadet. Reste une difficulté : selon notre passage, c'est Anaxagore qui aurait montré de l'hostilité à Démocrite (ἀπεχθῶς ἐσχηκέναι), alors qu'en IX 35 c'est l'inverse. Une solution peut être trouvée dans le fait que l'adjectif ἀπεχθής a un sens aussi bien actif que passif, « haineux » ou « haï » : on peut attribuer la même ambivalence à l'expression ἀπεχθῶς ἐσχηκέναι, et comprendre ici, non pas qu'Anaxagore témoigna de l'hostilité à Démocrite, mais qu'il fut en butte à son hostilité, ou tout au moins, de façon neutre, que les relations entre eux furent empreintes d'hostilité.

Épigramme laërtienne

Et voici ce que nous lui avons dédié :

Il disait une fois que le soleil est du métal en feu,
Et pour cela devait mourir Anaxagore ;
Périclès son ami le sauva pourtant, mais lui
De lui-même quitta la vie, pour la délicatesse de sa sagesse.

Homonymes

Il y a eu aussi trois autres Anaxagore, en aucun desquels ne se rencontre tout ce qu'on associe à ce nom. Au contraire[1] l'un était orateur, de l'école d'Isocrate[2], un autre, dont fait mention Antigone[3], sculpteur, un autre, grammairien, disciple de Zénodote.

---

1. Diverses corrections des mots qui précèdent ont été proposées depuis Diels. A la suite de M. Gigante, j'ai cherché une traduction qui donne un sens au texte transmis par les manuscrits, mais au lieu de comprendre comme lui « en aucun desquels ne se trouvèrent toutes les vertus d'Anaxagore », je suggère qu'il s'agit d'un argument en faveur de l'existence de plusieurs Anaxagore : les traits qu'ils présentent sont si divers qu'ils ne peuvent appartenir qu'à des personnages différents. Richards (*CR* 18, 1904, p. 344) suggère de lire ταὐτά pour πάντα, ce qui signifierait : « en aucun desquels on ne trouve les mêmes qualités », à savoir, toujours selon Richards, l'attachement à la philosophie, etc.

2. G. Ménage a proposé l'identification de cet Anaxagore avec celui auquel Élien (*V. H.* IV 14) attribue un *Sur la royauté.* Cette identification a été cependant abandonnée depuis que R. Hercher (*C. Aeliani Varia Historia*, Leipzig 1870), reprenant une hypothèse de Fabricius, a corrigé dans le texte d'Élien 'Αναξαγόρας en 'Ανάξαρχος. Acceptée par Wilamowitz (*Kleine Schriften* IV, Berlin 1962, p. 572), la correction de Hercher a été suivie par M. R. Dilts (*C. Aeliani Varia Historia*, Leipzig 1974), et le passage d'Élien est aujourd'hui tenu pour un fragment d'Anaxarque (DK 72 B 2 = Anaxarchus, fr. 66 Dorandi).

3. T. Dorandi (« Prolegomeni per una edizione dei frammenti di Antigono di Caristo II », *MH* 51, 1994 [5-29], p. 7 n. 13), à la suite de U. von Wilamowitz-Moellendorff (*Antigonos von Karystos*, Berlin, 1881, p. 10 n. 8) et de C. Robert (*RE* I 2, 1894, col. 2077), identifie cet Anaxagore sculpteur avec celui, originaire d'Égine, qui fut l'auteur de la statue de Zeus consacrée par les Grecs à Olympie après la victoire de Platées en 479ª (cf. Hérodote IX 91 ; Pausanias V 23, 1 *sq.*). Il est question d'une autre œuvre du même Anaxagore d'Égine dans une épigramme « anacréontique » de l'*Anthologie Palatine* (VI 139).

ARCHÉLAOS

16 Archélaos, originaire d'Athènes ou de Milet, fils d'Apollodore (mais selon certains de Midon), disciple d'Anaxagore, maître de Socrate.

Son rôle dans l'histoire de la philosophie

C'est lui le premier qui, d'Ionie, transporta la philosophie naturelle à Athènes[1], et on l'appela le naturaliste. C'est ce qui fit que la philosophie naturelle s'arrêta à lui, Socrate ayant introduit l'éthique. Mais lui aussi semble avoir touché à l'éthique. (Et en effet il a philosophé à propos des lois, c'est-à-dire à propos de ce qui est beau et juste.) C'est de lui que Socrate la reçut, et comme il la porta jusqu'à son sommet, on pensa qu'il en était l'inventeur.

Doxographie

Il disait qu'il y a deux causes du devenir, le chaud et le froid; et que les êtres vivants ont été engendrés à partir de la boue; et que le juste est, ainsi que le honteux, non par nature mais par convention.

17 Quant à la doctrine qui lui est propre, la voici. Il déclare que, liquéfiée sous l'action de la chaleur, dans la mesure où au <milieu> elle est compacte comme de la boue[2], l'eau produit la terre, alors

---

1. Clément d'Alexandrie (*Stromates* I 36) attribue ce rôle à Anaxagore, mais c'est cependant Archélaos que désigne le démonstratif qui ouvre la phrase, puisqu'on sait depuis le Prologue (I 18) qu'il est aux yeux de D. L. le dernier représentant de la philosophie naturelle. Qu'Archélaos soit apparu comme l'« importateur » à Athènes de la philosophie ionienne lui valut peut-être l'épithète de « Milésien », ce dont témoigneraient les premiers mots de la notice : « Archélaos, Athénien ou Milésien... ».

2. À la conjecture de W. Kranz, suivi par Long, εἰς τὸ <μέσον> (« au <milieu> » ; les mots διὰ τό, conjecturés par W. Kranz et avant lui par H. Diels, me paraissent inutiles), je joins la correction proposée par E. Zeller, πηλῶδες (« boueuse »), pour le πυρῶδες (« ignée ») des manuscrits. En effet, il est contra-

que, dans la mesure où, sur le pourtour, elle est fluide, elle engendre l'air. D'où il résulte que la terre est maintenue par l'air, et l'air, par la translation du feu à sa circonférence. Il déclare que les êtres vivants sont engendrés à partir de la terre, quand elle est chaude et qu'elle émet une boue qui, se rapprochant du lait, est comme un aliment; c'est bien de cette façon qu'elle a fait aussi les hommes. Il fut le premier à dire que l'origine du son, c'est l'air qui est frappé ; que la mer s'est rassemblée dans les creux en s'infiltrant à travers la terre ; que le plus grand des astres est le soleil, et que le tout est infini.

Homonymes

Il y a eu aussi trois autres Archélaos: le cartographe de la terre parcourue par Alexandre[1], l'auteur du poème des *Particularités naturelles*[2], un autre, orateur, auteur d'un traité de rhétorique[3].

---

dictoire de dire que l'eau se liquéfie sous l'action de la chaleur, puis qu'elle doit à son caractère igné d'avoir de la compacité. Dès lors, si c'est là où elle n'est pas échauffée que l'eau reste compacte, il est logique également que ce soit en son centre qu'elle soit le moins fluide, par opposition au pourtour qu'évoque le préfixe περι- du verbe περιρρεῖν, «s'écouler»: la conjecture de Kranz, <μέσον>, est donc meilleure que celle de Diels, <κάτω> (« en bas »).

1. Cet Archélaos (*RE* 15) ne fut pas seulement cartographe: arrière-petit-fils et homonyme du lieutenant de Mithridate VI Eupator qui défendit le Pirée contre les Romains lors de la guerre de Mithridate (88-86[a]), il dut à l'amour de Marc-Antoine pour sa mère Glaphyra d'être fait roi de Cappadoce en 41[a]. Il mourut à Rome en 17. Pline l'Ancien (*N.H.* XXXVII 46) rapporte de lui un renseignement sur l'ambre: il pourrait donc être identique avec l'Archélaos mentionné par Stobée et le Pseudo-Plutarque comme l'auteur de deux traités, *Des pierres* et *Des fleuves.*

2. Cet Archélaös (*RE* 34) était probablement contemporain d'Antigone le paradoxographe, qui cite de lui deux épigrammes. Son poème semble avoir consisté en un recueil d'épigrammes décrivant des animaux étranges ou rares.

3. Τεχνογράφος : le mot τέχνη, «art», appliqué à un écrit, désigne couramment un traité ou un manuel de rhétorique. D'époque indéterminée, cet Archélaos (*RE* 35) n'est pas connu par ailleurs.

SOCRATE

18 Socrate, d'une part, était le fils d'un sculpteur, Sophronisque et, comme l'affirme Platon dans le *Théétète*[1], d'une accoucheuse, Phénarète ; il était d'Athènes, du dème d'Alopékè.

Socrate et Euripide : témoignages poétiques

D'autre part il avait la réputation de collaborer avec Euripide, d'où vient que Mnésilochos[2] dit ainsi :

> *Les Phrygiens* sont cette nouvelle pièce d'Euripide,
> ....pour laquelle Socrate
> dispose le petit bois.

---

1. Cf. Platon, *Théétète* 149 a.

2. Ces vers ont un parallèle dans une *Vie et généalogie d'Euripide* (E. Schwartz, *Scholia in Euripidem* I, p. 2, 1-3 = R. Kassel & C. Austin, *Poetae Comici Graeci* VII, Teleclides fr. 41) :

> Mnésilochos est celui qui cuisine une nouvelle pièce
> Pour Euripide, et Socrate dispose le petit bois.

On peut en conclure que Diogène ou sa source a fait une confusion entre le nom de l'auteur de ces vers, Téléclidès, et celui de Mnésilochos (peut-être le beau-père d'Euripide, ou son fils, qui était acteur). J.M. Edmonds (*The Fragments of Attic Comedy*, vol. I, Leiden 1957 : Telecleides fr. 39) a proposé la reconstitution suivante des vers cités par D. L. :

> *Les Phrygiens* sont cette nouvelle pièce d'Euripide
> Pour laquelle Socrate dispose le petit bois
> Ainsi que ce fameux Mnésilochos.

Mais le titre même de la pièce (Φρύγες) est douteux: il pourrait s'agir d'une interprétation erronée du jeu de mots φρύγει (« il cuisine ») - φρύγανα (« le petit bois ») (Satiro, *Vita di Euripide*, a cura di G. Arrighetti, Pisa 1964, p. 113). Selon Arrighetti (*op. cit.*, p. 114), l'interprétation donnée par D.L. de ce passage et du suivant est abusive : Téléclidès (s'il en est bien l'auteur) peut fort bien avoir fait allusion à une inspiration socratique chez Euripide, et non à une collaboration proprement dite. Voir en sens contraire I. Gallo, « Citazioni comiche nella *Vita Socratis* di Diogene Laerzio », *Vichiana*, n.s. 12, 1983 (201-212), p. 201-208.

Et encore :

Des Euripide bricolés à la Socrate.

Et Callias dans ses *Captifs* [1] :

A. Pourquoi donc as-tu l'air si solennel[2] et hautain ?
B. J'en ai bien le droit : c'est Socrate l'auteur.

Aristophane dans les *Nuées* [3] :

Celui qui compose pour Euripide les tragédies,
les bavardes, les savantes, c'est lui.

Ses maîtres

19 Ayant été, d'après certains, l'auditeur d'Anaxagore, mais aussi de Damon, selon Alexandre dans ses *Successions*[4], après la condam-

---

1. Callias, fr. 15 Kassel & Austin.

2. Je traduis la correction de Dindorf éditée par Long, τί δὴ (la leçon des trois principaux manuscrits est ἤδη) σὺ σεμνή : « Pourquoi es-tu solennelle ? » Pour expliquer ce féminin, on a supposé, soit que le personnage d'Euripide était confié à un rôle féminin, soit que ces mots s'adressent à la Muse d'Euripide, soit enfin à la tragédie elle-même.

3. Dans la version qui nous en est parvenue, *Les Nuées* d'Aristophane font seulement d'Euripide l'auteur de référence, en quelque sorte, du cercle socratique (voir vv. 1377-1378), sans parler de collaboration entre Socrate et Euripide. Le passage rapporté par Diogène Laërce (fr. 392 Kassel & Austin) ne figurant pas dans les *Nuées* d'Aristophane telles que nous les connaissons, on y a vu soit un vestige d'une hypothétique première version de la comédie, soit un extrait d'une comédie de Téléclidès intitulée elle aussi *Les Nuées*, d'où serait résultée une confusion avec Aristophane. G. Arrighetti (*op. cit.*, p. 114) a fait remarquer à juste titre que c'est seulement grâce à la correction de Cobet (le datif Εὐριπίδῃ [= « pour Euripide »] à la place du nominatif Εὐριπίδης) que le passage est en accord avec ce que veut lui faire dire D. L. Contrairement cependant à ce qu'il écrit, cette correction ne suffit pas à faire de ces deux vers, où Socrate n'est pas nommé, un témoignage plus probant que les vers de Callias cités auparavant.

4. Alexandre Polyhistor (né entre 110ᵃ et 105ᵃ, mort après 40ᵃ), *FGrHist* 273 F 86 = fr. 2 Giannattasio Andria (*I Frammenti delle « Successioni dei filosofi »*, Napoli 1989). Sur Damon, voir D. Delattre, art. « Damon d'Athènes » D 13, *DPhA* II, p. 600-607. Des multiples mentions de Damon dans Platon (*Alcibiade I* 118 c; *Lachès* 180 d, 197 d, 200 a, 200 b), une seule (*République* III, 400 b) peut être considérée comme une allusion de Socrate à un enseignement qu'il aurait reçu de Damon. Selon R. Giannattasio Andria (*op. cit.*, p. 121), l'établissement d'un lien de maître à élève entre Damon et Socrate peut s'expliquer

nation du premier il fut l'auditeur d'Archélaos le naturaliste; Aristoxène[1] affirme qu'il en devint aussi le mignon.

De la sculpture à la rhétorique et à l'éthique

Douris[2], d'autre part, dit qu'il fut aussi esclave et qu'il travailla la pierre: même les Grâces de l'Acropole revêtues de draperies, disent quelques-uns, sont de lui[3]. D'où vient que Timon dit dans ses *Silles*[4]:

> Et d'eux[5] par conséquent s'écarta le sculpteur[6] qui prêchait le [respect des lois[7],
> ensorceleur des Grecs, qu'il rendit[8] maîtres en arguties,

---

comme une tentative de rattacher la philosophie de Socrate, et par conséquent celle de ses disciples, à celle de Pythagore, Damon étant pour sa part réputé pythagoricien. Si cette hypothèse est exacte, D. L. ferait converger en Socrate les deux traditions philosophiques qu'il a distinguées dans le Prologue (I 13), l'ionienne et l'italique.

1. Fr. 52 A Wehrli.

2. *FGrHist* 76 F 78.

3. Cette tradition, attestée par Pausanias (I 22, 8 ; IX 35, 7), la *Souda* (*s.v.* Σωκράτης) et une scholie aux *Nuées* d'Aristophane (v. 773), est contredite par Pline l'Ancien (*Histoire naturelle* XXXVI 32), selon qui le sculpteur des Grâces de l'Acropole fut un autre Socrate, de Thèbes.

4. Voir Note complémentaire 1 (p. 360).

5. D'après Sextus Empiricus (*Adv. Math.* VII 8) et Clément d'Alexandrie (*Strom.* I 14, 63), il s'agit des philosophes occupés seulement de physique.

6. *Laxoos* (« sculpteur »): ce mot résulte d'une correction de Meineke, les manuscrits portant *lithoxoos* (« tailleur de pierres »). La correction de Meineke permet, en accord avec le goût de Timon pour les amphibologies, de conserver le double sens dont peut être porteuse la leçon transmise par Sextus Empiricus et Clément d'Alexandrie, *laoxoos*, où l'on peut entendre la référence à la fois au premier métier de Socrate, qui motive l'insertion du fragment aussitôt après l'information due à Douris, et à la mission qu'il revendiquait, d'exhorter ses concitoyens à se soucier de leur âme et de la vertu.

7. ἐννομολέσχης : le mot peut se prendre en bonne ou en mauvaise part, suivant qu'on suppose que le respect des lois est pour Timon une valeur positive, ou qu'on entend au contraire (Cortassa, Gallo) qu'il ravale de cette façon les exhortations socratiques au niveau d'un bavardage conformiste.

8. Même ambiguïté: comme M. Di Marco, je suis l'interprétation de H. Lloyd Jones & P. Parsons (*Supplementum Hellenisticum*, Berlin-New York 1983, p. 377) ; mais ἀποφαίνω signifie aussi « faire voir », « déclarer », « démontrer », si bien qu'on peut comprendre à l'inverse, en un sens plus favorable à Socrate : « en qui il dénonça des maîtres en arguties ».

nez de moqueur au profil de rhéteur[1], incapable d'une ironie [attique[2].

Car il était redoutable aussi dans la rhétorique, comme le dit Idoménée[3]; au point que les Trente l'empêchèrent d'enseigner les techniques de discours, comme le dit Xénophon[4]. 20 Et Aristophane le représente dans une de ses comédies comme faisant prévaloir le discours le plus faible[5]. Et en effet il fut le premier, comme le dit Favorinus[6] dans son *Histoire variée*, avec son disciple Eschine[7], à enseigner la rhétorique; Idoménée le dit aussi dans son ouvrage *Sur les Socratiques*[8]. Il fut aussi le premier à discuter du genre de vie, et

---

1. μυκτὴρ ῥητορόμυκτος : μυκτὴρ(littéralement « nez, narine ») est attesté comme un équivalent d'εἴρων, « ironiste » (Pollux 2, 78). L'interprétation du mot suivant dépend du jugement sur Socrate qu'on attribue à Timon : favorable, il fait de Socrate un « moqueur se moquant des rhéteurs », Socrate partageant l'aversion de Timon pour les rhéteurs (mais dans ce cas on ne comprend pas pourquoi D. L. semble aussitôt après rattacher ces vers de Timon à la réputation de rhéteur redoutable attachée au nom de Socrate) ; un jugement hostile à Socrate fait au contraire de ce dernier un « moqueur aux moqueries de rhéteur », assimilé par là aux autres philosophes que rien ne distingue aux yeux de Timon de rhéteurs et de sophistes.

2. ὑπαττικός : ici encore les interprètes se partagent. Si le sens est favorable à Socrate, celui-ci est qualifié d'ironiste « quelque peu attique » (LSJ). G. Cortassa (art. cité, p. 144), à partir de l'équivalence entre μυκτήρ et εἴρων et de l'expression proverbiale ἀττικὸς μυκτήρ (cf. Sénèque : *nasus atticus*) pour qualifier quelqu'un d'« ironiste atticisant », comprend ὑπαττικός comme l'opposé, à valeur négative, de l'élégance attique : Socrate s'efforçait sans l'atteindre à l'ironie attique.

3. *FGrHist* 338 F 16 = F 24 Angeli.

4. Xénophon, *Mémorables* I 2, 31.

5. Cf. Aristophane, *Nuées* 112-118.

6. Fr. 30 Mensching = 62 Barigazzi.

7. Cf. *infra* II 63.

8. *FGrHist* 338 F 16 = F 25 Angeli. Ouverte et close par deux citations de l'épicurien Idoménée de Lampsaque, cette série de témoignages qui font de Socrate un maître de rhétorique lui est évidemment hostile : d'où l'idée qu'inspirée par la malveillance, l'accusation est sans fondement. Aussi O. Gigon (*Kommentar zum ersten Buch von Xenophons Memorabilien*, Basel 1953, p. 57-58) considère-t-il que l'épisode rapporté par Xénophon et rappelé ici par D. L. n'est qu'une fiction destinée à défendre Socrate contre une accusation elle-même forgée par les accusateurs au procès de Socrate. Tout en acceptant cette opinion, A. Angeli (« I frammenti di Idomeneo di Lampsaco », *CronErc* 11, 1981 [41-101], p. 58-60, 92) a, contre F. Jacoby (*FGrHist* III b, p. 90), défendu l'histo-

le premier parmi les philosophes à mourir par suite de sa condamnation. Aristoxène[1], fils de Spintharos, dit qu'il fit aussi des opérations financières. Par exemple, il faisait un placement, accumulait la petite somme qu'il en tirait, puis, quand il l'avait dépensée[2], faisait un nouveau placement.

Démétrios de Byzance dit que c'est Criton qui le fit sortir de son atelier et qui l'éduqua, parce qu'il s'était épris de la grâce répandue en son âme.

21 S'étant rendu compte que l'observation de la nature n'est pour nous d'aucune importance, c'est des questions éthiques qu'il recherchait la connaissance, aussi bien dans les ateliers que sur la place publique ; voilà, disait-il, l'objet de sa recherche :

> parce que c'est bien dans les maisons qu'il se fait du bien et du mal[3].

Traits de caractère et anecdotes

Comme souvent, dans le cours de ses recherches, il discutait avec trop de violence, on lui répondait à coups de poing et en lui tirant les cheveux, et la plupart du temps il faisait rire de lui avec mépris ; et tout cela il le supportait patiemment. D'où vient qu'après qu'il se fut laissé battre à coups de pied, quelqu'un s'en étonnant, il dit : « Et si c'était un âne qui m'avait donné une ruade, lui intenterais-je un procès ? » Voilà donc ce que dit Démétrios.

22 Voyager, comme font la plupart, il n'en éprouva pas le besoin, sauf par obligation militaire[4]. Mais le reste du temps, fixé à demeure, il cherchait plutôt la victoire dans les recherches auxquelles il asso-

---

ricité du double témoignage d'Idoménée (ici même, et plus haut, II 19) en se fondant sur l'idée que, loin de se traduire, à la manière d'Aristophane, par une confusion entre Socrate et les sophistes, c'est proprement l'habileté dialectique déployée par Socrate et l'enseignement éthico-politique dont elle était le véhicule que prend pour cible son détracteur épicurien.

1. Fr. 59 Wehrli.

2. Je traduis le texte des manuscrits. W. Crönert (*Kolotes und Menedemos*, Leipzig 1906, p. 173), suivi par F. Wehrli (*Die Schule des Aristoteles*, Heft 2, Basel-Stuttgart 1967, Aristoxène fr. 59), a corrigé ἀναλώσαντα en διπλώσαντα (= « doublée »). Selon Wehrli (*op. cit.*, p. 66), Aristoxène aurait accusé Socrate de pratiquer l'usure, en réponse au reproche fait par Platon aux sophistes, de gagner de l'argent.

3. *Odyssée* IV 392. Cf. *infra* VI 103.

4. Cf. Platon, *Criton* 52 b.

ciait ses interlocuteurs, non pas de façon à les déconsidérer, mais de façon à essayer de bien comprendre la vérité. On dit d'autre part qu'Euripide, après lui avoir donné le recueil d'Héraclite, lui demanda: « Que t'en semble ? » ; et qu'il répondit: « Ce que j'en ai compris vient de bonne source, ce que je n'ai pas compris aussi, je crois ; sauf qu'il y faut un plongeur de Délos[1]. »

Il avait aussi le souci de son entraînement physique, et il était en bonne forme. Par exemple il fut de l'expédition à Amphipolis[2]; et, quand Xénophon tomba de cheval pendant la bataille de Délion[3], il le sauva en le prenant sur son dos. **23** Cette fois-là, alors que tous les Athéniens fuyaient, lui se retirait sans hâte, surveillant calmement ses arrières pour se défendre si on l'attaquait. Il fut aussi de l'expédition à Potidée[4], qui se fit par mer: par voie terrestre ce n'était pas possible, parce que la guerre y faisait obstacle[5]. C'est alors, dit-on, qu'il resta une nuit entière dans la même position[6], et que, s'étant distingué là-bas par sa valeur, il en laissa la récompense à Alcibiade,

---

1. Ariston, fr. 30 Wehrli: c'est d'Ariston de Céos que vient cette anecdote, nous apprendra D. L. dans sa *Vie d'Héraclite* (cf. *infra* IX 11-12), tout en indiquant que selon une autre source (un certain Croton cité par Séleucos le grammairien) le mot ne serait pas de Socrate mais de celui-là même qui introduisit en Grèce le livre d'Héraclite, un certain Cratès (cf. *infra* IX 11-12).

2. 422[a].

3. 424[a]. Cf. Platon, *Banquet* 221 a-b ; *Lachès* 181 a. Xénophon, qui n'avait alors que deux ou trois ans, ne peut avoir participé à la bataille de Délion. Ou bien donc l'anecdote est forgée sur le modèle du sauvetage d'Alcibiade par Socrate à la bataille de Potidée (cf. Platon, *Banquet* 220 e), ou bien il s'agit tout simplement d'une confusion entre Xénophon et Alcibiade.

4. 432-429[a]. Cf. Platon, *Banquet* 219 e-220 e; *Charmide* 153 a.

5. Selon R. D. Hicks (n. *ad loc.*), cette explication est inutile, car les communications entre Athènes et la Thrace se faisaient normalement par mer, et anachronique, car le siège de Potidée commença un an avant la guerre du Péloponnèse. D'où la suggestion de reporter plus bas, après « à l'Isthme » (23, 10), les mots διὰ θαλάττης ... κωλύοντος (« par mer... y faisait obstacle ») : au début de la guerre du Péloponnèse, il était en effet plus sûr pour un Athénien de se rendre à Corinthe par mer en évitant de passer par le territoire de Mégare. Si cependant l'indication du voyage par mer est empruntée au récit de la campagne de Potidée par Thucydide (I 61, 1), comme le pense I. Düring (*Herodicus the Cratetean. A Study in Anti-Platonic Tradition*, Stockholm 1941, p. 43), il n'y a pas lieu d'adopter cette hypothèse.

6. Cf. Platon, *Banquet* 220 c-d.

dont il était épris, dit Aristippe au Livre IV du *Sur la sensualité des Anciens.*

Ion de Chios[1] dit que dans sa jeunesse aussi il fit un voyage avec Archélaos à Samos ; il alla aussi à Delphes, dit Aristote[2] ; mais aussi à l'Isthme[3], selon Favorinus[4] au Livre I de ses *Mémorables.*

24 Il était à la fois inébranlable dans ses opinions et partisan de la démocratie[5] ; c'est ce qui ressort avec évidence de son refus d'obéir aux gens de l'entourage de Critias qui lui ordonnaient de leur amener Léon de Salamine, un homme riche, pour qu'il fût mis à mort[6] ; mais en outre il fut le seul à voter contre la mise en accusation des dix stratèges[7]. Et, alors qu'il lui était possible de s'échapper de sa prison, il refusa[8] ; de plus il réprimanda ceux qui pleuraient[9] et c'est dans les chaînes qu'il développa les discours magnifiques que l'on connaît.

---

1. Fr. 11 Blumenthal. Il n'y a guère de raison d'identifier dans ce « voyage » la campagne de Samos (441-440), à laquelle du reste Archélaos (présenté plus haut comme le maître de Socrate) n'avait aucune raison de participer.
2. Fr. 2 Rose[3] = 861 Gigon.
3. Cf. Platon, *Criton* 52 b.
4. Fr. 2 Mensching = 33 Barigazzi.
5. Aucune source, on le notera, n'est mentionnée par D. L. à l'appui de cette affirmation, contraire en réalité à l'ensemble des témoignages dont nous disposons. Si l'épisode rapporté ensuite par D. L. montre que Socrate s'est à un certain moment opposé aux Trente, d'autres témoignages (par exemple l'un des apophtegmes rapportés par D. L. lui-même : voir *infra* II 34 fin et note *ad loc.*) indiquent que ce ne fut qu'à un certain moment. Voir sur ce point G. Giannantoni, *Che cosa ha veramente detto Socrate,* Roma 1971, p. 141-143.
6. Cf. Platon, *Apologie de Socrate* 32 c. L'épisode se situe sous la tyrannie des Trente (403[a]).
7. Il s'agit du procès intenté aux stratèges après la bataille navale des Arginuses (406[a]), pour n'avoir pas recueilli les naufragés. Seul des cinquante prytanes, Socrate refusa de voter leur mise en accusation collective, qui était illégale. Cf. Platon, *Apologie de Socrate* 32 b ; Xénophon, *Helléniques* I 7, 15 ; *Mémorables* I 1, 18 ; IV 4, 2. Le nombre de dix stratèges mentionné par D. L. indique qu'il dépend du récit platonicien : Xénophon nous apprend dans les *Helléniques* que, des dix stratèges, huit seulement prirent part à la bataille, et que parmi ces huit six seulement revinrent à Athènes où ils furent jugés et exécutés. Cf. P. Vidal-Naquet, « Platon, l'histoire et les historiens », dans *La Démocratie grecque vue d'ailleurs,* Paris 1990, (121-137), p. 125-126.
8. Cf. Platon, *Criton* 50 a *sqq.*
9. Cf. Platon, *Phédon* 117 d-e.

Se suffisant à lui-même, il y mettait de la fierté. Une fois, même, alors qu'Alcibiade, selon ce que dit Pamphilè[1] au Livre VII de ses *Notes,* lui offrait un grand terrain pour qu'il s'y construisît une maison, il dit: « Et s'il me fallait des chaussures et que tu me donnes du cuir pour que je m'en fasse des chaussures, je serais ridicule de le prendre. » **25** Souvent, considérant la quantité de choses en vente, il se disait: « De combien de choses, moi, je n'ai pas l'usage! » Et il déclamait continuellement ces iambes:

> Vaisselle d'argent et habits de pourpre sont
> utiles aux tragédiens, non à la vie.[2]

Il se montra hautain avec Archélaos de Macédoine[3], Scopas de Crannone et Euryloque de Larissa: il ne les laissa pas lui envoyer d'argent, pas plus qu'il ne se déplaça pour aller chez eux. En outre, il vivait suivant un régime si bien réglé que, lorsque à plusieurs

---

1. Pamphilè d'Épidaure (Iᵃ), auteur de *Notes historiques* (cf. O. Regenbogen, *RE* XVIII 3, 1949, col. 309-328, notamment col. 314).

2. Ces deux vers sont attribués par Stobée (*Florilegium* 56, 15 = Philémon fr. 105, 4-5 Kassel & Austin) au poète comique Philémon, dans un contexte qui oppose l'argent et la pourpre à la simplicité de la vie des champs. Si cette attribution est exacte, Socrate ne peut pas avoir connu ces vers. Sans fournir d'attribution précise, Clément d'Alexandrie renforce cependant la présomption en faveur de Stobée, puisqu'il cite lui aussi ces deux vers (*Paedagogus* II 10, 108) en y intercalant «comme dit le comique». Le double témoignage de Stobée et de Clément d'Alexandrie écarte l'attribution proposée par F. Dümmler (*Akademika*, Giessen 1889, p. 6 n. 1) de ces vers à Cratès. Dans Stobée, les deux vers sont immédiatement suivis du lemme « Socrate » : la confusion peut être le fait de la source de D. L., sur le même matériel anthologique qu'aurait ensuite utilisé Stobée. Voir I. Gallo, « Cratete cinico o Filemone ? (Nota a Diogene Laerzio II 25) », *QUCC* n.s. 20, n° 2, 1985, p. 151-153.

3. Fils du roi Perdiccas II et d'une esclave, cet Archélaos succéda à son père en 413ᵃ. Il est à l'origine de l'organisation militaire de la monarchie macédonienne, dont il transféra la capitale à Pella. Il fit décorer son palais par Zeuxis, fit venir à sa cour poètes et musiciens grecs, parmi lesquels Agathon d'Athènes et Euripide. Il fut assassiné en 399ᵃ. C'est lui que, dans le *Gorgias* de Platon, Socrate déclare le plus malheureux des hommes (470 c-472 d ; 478 e-479 e; 525 d). Selon Sénèque (*De Beneficiis* V 6, 2-7), la raison alléguée par Socrate pour refuser de se rendre à l'invitation d'Archélaos fut qu'il ne pourrait lui rendre les bienfaits qu'il recevrait de lui, mais son motif véritable était le refus d'entrer dans une servitude volontaire, quand même une cité libre ne pouvait supporter la liberté de sa conduite.

reprises la peste se déclara à Athènes, il fut le seul à ne pas être malade.

26 Aristote dit qu'il épousa deux femmes: Xanthippe la première, dont il eut Lamproclès, et Myrto la deuxième, la fille d'Aristide le Juste, qu'il prit même sans dot, et dont il eut Sophronisque et Ménéxène. D'autres disent qu'il épousa Myrto la première; il y en a aussi certains, parmi lesquels Satyros[1] et Hiéronymos de Rhodes[2], qui disent qu'ils les eut toutes les deux ensemble. En effet, disent-ils, quand les Athéniens, à cause du manque d'hommes, voulurent accroître leur population, ils votèrent qu'il fallait épouser une Athénienne, mais avoir des enfants aussi d'une autre: d'où vient que Socrate aussi le fit[3].

---

1. Fr. 15 Müller.
2. Fr. 45 Wehrli.
3. Cf. Plutarque, *Vie d'Aristide*, 27, 3-4; Athénée XIII, 555 d-556 b; Porphyre *ap.* Cyrille d'Alexandrie (*Contra Iulianum* VI 186) et Théodoret de Cyr (*Graecarum affectionum curatio* XII 64-67). Comme D. L., Plutarque et Athénée font remonter cette tradition d'une bigamie de Socrate à Aristote, plus précisément à son traité *De la noblesse* (dont Plutarque suspecte cependant l'authenticité), mais ils mentionnent en outre comme intermédiaires, le premier, Démétrios de Phalère, Hiéronymos de Rhodes et Aristoxène, le second, Callisthène, Démétrios de Phalère, Satyros et Aristoxène. Porphyre (*Philosophos historia*, fr. XII Nauck = 215 F Smith), qui ne fait apparemment pas mention d'Aristote, s'appuie sur la *Vie de Socrate* d'Aristoxène. Sans le mentionner ici, D. L. fait remonter à ce même Aristoxène les rumeurs selon lesquelles Socrate fut le mignon de son maître Archélaos (II 19) et se livrait à des spéculations financières (II 20). Selon Athénée, il était chronologiquement impossible que Myrto fût la fille d'Aristide le Juste: l'Aristide dont elle était la fille était lui-même le « troisième à partir » du Juste, soit son petit-fils; selon Plutarque, Myrto était la petite-fille d'Aristide le Juste. Ces deux auteurs signalent, sans nous rapporter cependant ses arguments, que Panétius de Rhodes rejetait cette tradition d'une bigamie de Socrate, d'ailleurs inconnue, semble-t-il, de Platon et de Xénophon : si Platon, en particulier, attribue bien trois enfants à Socrate (*Apologie de Socrate* 34 d, *Phédon* 115 b), il fait apparaître Xanthippe, le jour de la mort de Socrate, portant dans ses bras le dernier né, probablement Ménéxène (*Phédon* 60 a). On peut noter également le silence, relevé par Athénée, des auteurs comiques adversaires de Socrate, et enfin le fait que D. L. ne fait dans la suite aucune mention de Myrto (voir en particulier II 34, 36-37, où les anecdotes relatives aux démêlés conjugaux de Socrate ne mettent en scène que Xanthippe). Pour une étude approfondie des témoignages anciens et des discussions auxquelles ils ont donné lieu chez les modernes, voir J. Pépin, « Περὶ εὐγενείας, Fragment 3 », dans *Aristote. De la richesse. De la prière. De la noblesse. Du*

27 Il était capable de regarder de haut même ceux qui se moquaient de lui. Il était fier de sa frugalité, et ne se fit jamais payer de salaire[1]. Il disait que, plus il avait de plaisir à manger, moins il avait besoin d'assaisonnement; plus il avait de plaisir à boire, moins il comptait sur la boisson qui n'était pas à sa portée[2]; plus réduits étaient ses besoins, plus il était proche des dieux.

Témoignages poétiques

D'ailleurs on pourra tirer cela même des auteurs comiques, qui ne s'aperçoivent pas que, dans les passages où ils le moquent, ils font son éloge. Ainsi, d'abord, Aristophane[3]:

> Homme qui, à bon droit, désires la haute sagesse,
> quelle vie heureuse tu mèneras chez les Athéniens et chez les Grecs[4]!
> Car tu as bonne mémoire et bonne intelligence, et supporter la [peine, tu y es
> tout disposé ; tu ne te fatigues non plus ni de rester debout ni de [marcher,
> avoir froid ne te dérange pas trop, les raffinements, tu ne les désires [pas,
> de vin, tu t'abstiens, comme de gloutonnerie et des autres sottises[5].

---

plaisir. De l'éducation. Fragments et témoignages traduits et commentés sous la direction et avec une préface de P. M. Schuhl, Paris 1968, p. 116-133. Voir aussi, dans le même sens, L. Woodbury, « Socrates and the Daughter of Aristides », *Phoenix* 27, 1973, p. 7-25.

1. Sur le fait que Socrate n'enseignait pas moyennant salaire, cf. Platon, *Apologie de Socrate* 31 b-c ; Xénophon, *Mémorables* I 2, 60 et 6, 11-14.

2. D. L. cite ici presque littéralement une réplique de Socrate aux critiques d'Antiphon le sophiste (Xénophon, *Mémorables* I 6, 5).

3. Cf. Aristophane, *Nuées* 412-417. On relève dans cette citation d'importantes divergences par rapport aux manuscrits de la pièce d'Aristophane (recensées par G. Giannantoni, «Socrate e i Socratici in Diogene Laerzio », dans *Diogene Laerzio storico del pensiero antico = Elenchos* 7, 1986, fasc. 1-2, p. 191 n. 11). Selon K. J. Dover (Aristophanes, *Clouds*, Oxford 1968, comm. *ad loc.*), D. L. a ici pour source non pas la comédie d'Aristophane, où c'est d'ailleurs Strepsiade qu'accueille le chœur, mais une version du passage extraite de son contexte et modifiée de façon à en faire un compliment à l'adresse de Socrate.

4. C'est-à-dire dans le reste de la Grèce ; ce que, selon Dover (*op. cit.*, n. *ad* 413), il faut comprendre comme « dans le reste du monde ».

5. Selon Dover (*op. cit.*, n. *ad* 417), euphémisme probable pour désigner les plaisirs sexuels.

28 Voici ensuite ce que dit Ameipsias, qui le fait apparaître couvert d'un manteau élimé[1] :

A. Socrate, toi le meilleur d'un petit nombre d'hommes, mais d'un [grand nombre[2] le plus vain, tu te joins
toi aussi à nous ? Tu es résistant, c'est vrai : pourquoi aurais-tu un [manteau ?
B. Ce maudit personnage[3] est une insulte aux fabricants de peaux !
A. Celui-là, tout affamé qu'il est, n'a encore jamais supporté de [flagorner!

D'ailleurs, cette superbe et cette humeur altière qui étaient les siennes, Aristophane aussi les met en lumière quand il parle ainsi :

Car tu vas, hautain, par les rues, tu lances des coups d'œil de côté,
nu-pieds, tu endures bien des maux, et au milieu de nous tu gardes [l'air fier.[4]

Pourtant quelquefois, pour s'accorder aux circonstances, il s'habillait aussi élégamment : comme il le fait justement dans le *Banquet* de Platon[5], quand il va chez Agathon.

---

1. Fr. 9* Kassel & Austin. Le fragment a été rapporté par Ménage au *Connos* d'Amipsias, qui mettait en scène un maître du chant accompagné de la lyre, auprès de qui Socrate avait pris des leçons (cf. Platon, *Ménéxène* 235 e ; *Euthydème* 272 c, 295 d) ; on pense que Socrate était l'un des personnages de la pièce, où figurait aussi un chœur de penseurs.

2. A la suite de M. Gigante, je traduis ici, à l'encontre de Long, la leçon de FP, πολλῶν, retenue également par Kassel & Austin.

3. Τουτὶ τὸ κακόν : dans les *Oiseaux* d'Aristophane (v. 931, 992), la même expression est par deux fois appliquée à un personnage présent sur scène ; le deuxième interlocuteur peut donc ici l'appliquer à Socrate. La suite de la phrase faisant clairement allusion à l'habitude légendaire de Socrate d'aller nu-pieds, on peut aussi comprendre que ces mots désignent la souffrance que Socrate s'inflige de la sorte (cf. le vers 363 des *Nuées* d'Aristophane, cité aussitôt après : « nu-pieds, tu endures bien des maux [κακά] »). De toute façon la réplique semble supposer qu'il ait déjà été fait allusion à cette habitude de Socrate : certains interprètes (par exemple J. M. Edmonds, *The Fragments of Attic Comedy*, I, Leiden 1957, p. 480) supposent une lacune entre les vers 2 et 3. Cf. le parallèle suggéré par K. J. Dover (Aristophanes, *Clouds*, Oxford 1968, p. LIV n. 2) avec l'interrogatoire de Philocléon dans les *Guêpes*.

4. Aristophane, *Nuées* 362-363.

5. Cf. Platon, *Banquet* 174 a.

Sa force de persuasion

29 Persuader et dissuader, il était capable de faire les deux. A telle enseigne que, à l'issue de leur entretien sur la science, il renvoya Théétète enthousiaste, selon ce que dit aussi Platon[1], tandis qu'Euthyphron, qui avait intenté à son père un procès pour le meurtre d'un étranger, il l'en détourna, à l'issue de leur entretien sur certains points relatifs à la piété[2]. Lysis[3] aussi, il le rendit très moral par ses exhortations. Il était expert, en effet, à tirer de la pratique ses arguments[4]. Il fit changer d'avis aussi Lamproclès, son fils, qui était en colère contre sa mère, comme Xénophon le dit quelque part[5]. Et Glaucon, le frère de Platon, qui voulait s'occuper de politique, il l'en détourna, parce qu'il manquait d'expérience, comme le dit Xénophon[6]; Charmide au contraire, parce qu'il avait la disposition appropriée, il l'y encouragea[7].

30 Il incita à la prudence Iphicrate, le stratège, en lui montrant les coqs du barbier Midias qui battaient des ailes devant ceux de Callias. Et Glauconidès[8] soutenait qu'il présentait pour la cité le même intérêt qu'un faisan ou un paon.

Apophtegmes

Il est étonnant, disait-il, que chacun puisse facilement dire quelle quantité de biens[9] il a, mais qu'il ne puisse nommer tous les amis qu'il s'est faits : tant on en fait peu de cas.

Voyant Euclide[10] s'intéresser aux discours éristiques : « Euclide, dit-il, avec des sophistes tu pourrais frayer, mais avec des hommes,

---

1. Cf. Platon, *Théétète* 210 b.
2. Cf. Platon, *Euthyphron* 4 a.
3. Cf. Platon, *Lysis.*
4. Cf. *supra* I 108 (Myson).
5. Cf. Xénophon, *Mémorables* II 2, 1-2.
6. Cf. Xénophon, *Mémorables* III 6, 1-2.
7. Cf. Xénophon, *Mémorables* III 7, 1-2.
8. Selon Gigante, qui s'appuie sur Xénophon (*Mémorables* III 7), ce nom signifie « le fils de Glaucon », et désigne donc Charmide, le neveu de Platon.
9. Ou selon une autre leçon (Cobet, Hicks) : « à combien de têtes se monte son troupeau ».
10. Euclide de Mégare. Voir le commentaire de ce passage (fr. 9 Döring = *SSR* II A 3) par R. Muller, *Les Mégariques. Fragments et témoignages,* coll. « Histoire des doctrines de l'Antiquité classique » 9, Paris 1985, p. 98. G. Giannantoni

pas du tout. » Car il pensait que cette manière vétilleuse de parler de ces questions est sans utilité, comme Platon le dit aussi dans l'*Euthydème*[1].

31 Quand Charmide lui offrit des esclaves, pour qu'il lui en revînt quelque profit, il ne les prit pas ; il méprisa la beauté d'Alcibiade[2], selon certains ; il louait le loisir comme la plus belle des possessions, selon ce que dit Xénophon dans le *Banquet* [3]. Mais il disait aussi qu'il n'y a qu'un seul bien, la science, et un seul mal, l'ignorance[4] ; que richesse et bonne naissance ne comportent rien d'honorable, mais tout au contraire du mal. Par exemple, comme quelqu'un lui disait qu'Antisthène était de mère thrace[5] : « Mais croyais-tu, dit-il, qu'il aurait eu pareille noblesse, s'il était né de deux Athéniens ? »

Et Phédon qui, ayant été fait prisonnier, séjournait dans une maison close, il prescrivit à Criton de le racheter, et il en fit un philosophe[6].

32 Mais en outre, déjà vieux[7], il apprenait à jouer de la lyre, disant qu'il n'y a rien d'étrange à apprendre ce qu'on ne sait pas. Et en plus il dansait continuellement, parce qu'il croyait que ce genre d'exercice servait à la bonne condition physique, comme le dit aussi Xénophon dans le *Banquet*[8]. Il disait aussi que son démon lui annonçait

---

(*SSR* IV, p. 36), à la suite de E. Zeller et de K. Döring, pense que la tradition ici rapportée est d'origine purement littéraire. Bien que contestée depuis E. Zeller, la tradition ancienne selon laquelle, après la mort de Socrate, Platon et d'autres Socratiques auraient cherché refuge à Mégare auprès d'Euclide atteste les bons rapports entre Socrate, puis Platon, et Euclide.

1. La référence probable est au jugement exprimé à la fin du dialogue par l'interlocuteur anonyme de Criton (*Euthydème* 304 e).

2. Cf. Platon, *Banquet* 216 d *sqq.*

3. Cf. Xénophon, *Banquet* IV 44.

4. Cf. Platon, *Euthydème* 281 e.

5. Cf. *infra* VI 1. Cf. Giannantoni, *SSR* IV, p. 198 et n. 15.

6. Cf. *infra* II 105.

7. Je traduis la correction de Ménage adoptée par Long : ἤδη γηραιός. La leçon des manuscrits est : ὅτε καιρός (« quand il en avait l'occasion »), ce que Reiske (*Hermes* 24, 1889, p. 307-308) a proposé de corriger en ὅτε <οὐκέτι> καιρός (« quand l'occasion <en était passée> »), et Diels (*ibid.*) en : ὅτε καιρὸς <μηκέτ' ἦν> ἔτι μανθάνειν (« quand l'occasion d'apprendre encore <était passée> »). Dans tous les cas, la référence probable est à Platon, *Euthydème* 272 c.

8. Cf. Xénophon, *Banquet* II 16-20.

ce qui allait lui arriver[1]; que prendre un bon départ n'est pas peu de chose, mais tient à peu de chose[2]; qu'il ne savait rien, sauf qu'il savait justement cela[3]. Et ceux qui payent cher pour se procurer les choses avant le temps, c'est qu'ils n'ont pas l'espoir, disait-il, d'en atteindre la saison. Et, une fois qu'on lui demandait quelle est la vertu d'un jeune homme : « rien de trop », dit-il. Il disait aussi qu'il ne faut faire de géométrie qu'autant que nécessaire pour être capable d'acquérir et de céder la terre avec mesure[4].

33 Au moment où Euripide, dans <*Augès*[5]>, dit à propos de la vertu :

> Le mieux est de laisser ces choses, une fois parties, aller à leur [convenance,

il se leva et sortit, après avoir dit qu'il est ridicule, quand c'est un esclave qu'on ne trouve pas, de juger bon de le chercher, et la vertu,

---

1. Selon Platon (*Apologie de Socrate* 31 d), le démon de Socrate le dissuadait d'accomplir certaines actions, mais ne le poussait jamais à agir. D.L. suit ici le témoignage de Xénophon (*Mémorables* I 1, 2-9, 19 ; IV 8, 1) qui sur ce point contredit celui de Platon.

2. Cf. l'aphorisme analogue attribué à Zénon (*infra* VII 26) : le parallèle est si flagrant que, note D. L., certains l'attribuent à Socrate. La différence entre les deux passages (II 32 : εὖ ἄρχεσθαι, « prendre le départ » ; VII 26 : εὖ γένεσθαι, « être heureux ») s'estompe si, avec Cobet, on ne lit pas ici le verbe ἄρχεσθαι, qui manque dans deux des manuscrits : on peut alors comme lui comprendre dans les deux cas que le bien (ou la rectitude : *rectum*) n'est pas une petite chose mais tient à peu de chose. M. Gigante, qui conserve ici ἄρχεσθαι, comprend ce verbe au sens non pas de « commencer » mais d'« être commandé », soit d'« obéir ». Le sens est alors selon lui le suivant : savoir obéir n'est pas une petite chose, mais s'acquiert peu à peu (traduction parallèle en VII 26, s'agissant de « ce qui est bien » et non d'obéir).

3. Cf. Platon, *Apologie de Socrate* 21-22.

4. Cf. Xénophon, *Mémorables* IV 7, 2.

5. Le vers que cite D. L. est le v. 379 de l'*Électre* d'Euripide. Ou bien donc son attribution à la pièce perdue *Augès* est le fruit d'une confusion de la part de D. L. (ou d'un copiste : le titre de la pièce ne figure en réalité dans aucun des trois principaux manuscrits, et Long, pour cette raison, ne l'édite pas) ; ou bien, comme l'a suggéré U. von Wilamowitz-Moellendorff (*Analecta Euripidea*, Berlin 1875, p. 192-193), ce vers y aurait été introduit à partir d'*Augès*, où D. L. (ou sa source) a pu les lire (cf. A. Nauck, *Tragicorum Graecorum Fragmenta*², p. 437).

de la laisser ainsi périr. Comme on lui demandait que choisir, se marier ou non, il répondit :

> Que tu aies fait l'un ou l'autre, tu t'en repentiras.

Il disait aussi que ceux qui se font faire leur portrait en pierre l'étonnaient : toute leur attention va à la pierre, qu'elle soit tout à fait ressemblante, alors que d'eux-mêmes, ils n'ont cure, de sorte qu'ils ne se montrent pas ressemblants à leur statue. Il jugeait bon aussi que les jeunes gens se regardent continuellement dans un miroir, afin que, s'ils sont beaux, ils en deviennent dignes, et que s'ils sont laids, ils dissimulent sous leur éducation leur vilaine apparence.

34 Ayant invité à dîner des hommes riches, et Xanthippe en concevant de la honte, il dit : « Courage : car s'ils ont le sens de la mesure, ils s'adapteront ; mais s'ils ne valent rien, nous n'aurons pas à nous soucier d'eux. » Il disait aussi que les autres hommes vivent pour manger, tandis que lui mangeait pour vivre. A l'égard de la masse de ceux qui ne méritent pas qu'on parle d'eux, il disait[1] que ce serait pareil, si quelqu'un, rejetant comme fausse monnaie un unique tétradrachme, acceptait comme de bon aloi le tas fait de la même monnaie. Quand Eschine lui dit : « Pauvre que je suis, je ne possède sans doute rien d'autre, mais je me donne à toi », « Est-ce que, dit-il, tu n'as pas le sentiment de me donner ce qu'il y a de plus important ? »[2]

A celui qui, passé inaperçu lors de l'insurrection des Trente, en concevait du dépit : « Peut-être, dit-il, te repens-tu de quelque chose ? »[3] **35** A celui qui lui dit : « Les Athéniens t'ont condamné à

---

1. Voyant ici une référence à l'entretien de Socrate avec Charmide dans Xénophon (*Mémorables* III 7 5-6), Richards (*CR* 18, 1904, p. 342) a proposé une correction (τὸν οὐκ ἀξιόλογον πλῆθος <αἰδούμενον> ἔφασκεν) qui donne le sens suivant : « A l'égard de celui qu'intimide la foule de ceux qui ne méritent pas qu'on parle d'eux... » M. Patillon suggère de corriger πρὸς τὸ οὐκ ἀξιόλογον πλῆθος en πρὸς τὸ δοκεῖν ἀξιόλογον πλῆθος : « Contre le fait de prendre en considération le grand nombre, ... ».

2. Cf. Sénèque, *De Beneficiis* I 8, 1-2.

3. Comme si ce qui dépitait l'interlocuteur, c'était d'avoir échappé à un châtiment mérité. Cf. la thèse défendue par Socrate dans le *Gorgias* : mieux vaut subir une injustice que la commettre et, si on l'a commise, en subir le châtiment plutôt qu'y échapper. On peut aussi comprendre : « N'y a-t-il rien dont tu te repentes ? », l'idée étant alors que pour vouloir attirer l'attention des Trente, il

mort », « Eux aussi, dit-il, la nature les y a condamnés. » Certains disent que c'est Anaxagore qui a dit cela[1]. Quand sa femme lui dit :« Ce n'est pas juste que tu meures », « Mais toi, dit-il, voulais-tu que ce soit juste ? »[2] Ayant cru en rêve que quelqu'un lui disait :

Au troisième jour, tu gagneras la fertile Phthie,

il dit à Eschine[3] : « Après-demain je mourrai. » Et au moment où il s'apprêtait à boire la ciguë, Apollodore lui offrait un beau manteau, pour qu'il mourût enveloppé dedans. Et lui : « Quoi, dit-il, mon manteau suffisait pour y vivre, mais pas pour y mourir ? »

A celui qui lui dit : « Un tel parle mal de toi », « C'est qu'il n'a pas appris, dit-il, à bien parler. »

36 Comme Antisthène exhibait aux yeux de tous les trous de son manteau : « C'est ta vanité, dit-il, que je vois à travers ton manteau »[4]. A celui qui lui dit : « Un tel ne t'injurie-t-il pas ? », « Non, dit-il, car ce n'est pas à moi que cela s'applique. »

Il disait d'ailleurs qu'il faut délibérément s'exposer aux auteurs comiques : car s'ils disent quelque chose qui s'applique à nous, ils nous corrigeront ; sinon, cela ne nous concerne pas. A Xanthippe qui, l'injuriant d'abord, allait ensuite jusqu'à l'arroser : « Ne disais-je pas, dit-il, que Xanthippe en tonnant ferait aussi la pluie ? » A Alcibiade, qui disait que Xanthippe, quand elle l'injuriait, n'était pas supportable, « Pourtant moi, dit-il, j'y suis habitué, exactement com-

---

faut avoir la conscience tranquille, et donc la certitude de ne rien risquer de leur part. Cela ne nous éloigne pas beaucoup de l'interprétation précédente, puisque dans un cas comme dans l'autre, les Trente sont placés par Socrate dans le rôle de justiciers.

1. Cf. II 13.

2. Le même apophtegme est rapporté par Aelius Théon (*Progymnasmata* 99, 34-100, 1 = *SSR* I C 139), mais c'est Apollodore, non Xanthippe, qu'il en indique comme le destinataire.

3. La citation homérique (*Iliade* IX 363) se retrouve dans le *Criton* 44 b, où c'est à Criton que Socrate adresse les mots rapportés ensuite par D. L. Eschine, et non Criton, ayant été également présenté par l'épicurien Idoménée de Lampsaque comme l'auteur de la proposition de faire évader Socrate (cf. II 60), Giannantoni (art. cit., p. 196 ; cf. « Il secondo libro delle 'Vite' di Diogene Laerzio », *ANRW* II 36, 2, 1992, p. 3611 n. 22) pense que D. L. tient ici son information de la même source.

4. *SSR* V A 15. Cf. *infra* VI 8, où G. Giannantoni voit, comme ici, un écho de la polémique entre Platon et Antisthène (cf. *SSR* IV, p. 206, 396).

me si j'entendais continuellement des poulies; **37** et toi, d'ailleurs, dit-il, tu supportes les oies quand elles crient ?» L'autre lui répondant: «Mais elles me donnent des œufs et des oisons», «Moi aussi, dit-il, Xanthippe me donne des enfants.[1]» Une fois que, sur la place publique, elle l'avait dépouillé de son manteau, ses disciples lui conseillaient d'user de ses mains pour se défendre: «Oui, par Zeus, dit-il, pour que, pendant que nous échangeons des coups, chacun de vous dise: "Bravo, Socrate!", "Bravo, Xanthippe!" ?» Il avait commerce[2], disait-il, avec une femme acariâtre, tout comme les cavaliers avec des chevaux fougueux. «Eh bien, dit-il, tout comme eux, une fois qu'ils les ont domptés, maîtrisent facilement les autres, moi, de même, qui ai affaire à Xanthippe, je saurai m'adapter aux autres humains.»[3]

L'oracle delphique et ses conséquences

Pour ces paroles et ces comportements-là, et d'autres semblables, il fut cité en exemple par la Pythie, quand, à Chéréphon, elle rendit cet oracle si souvent rapporté:

De tous les hommes sans exception, Socrate est le plus sage.[4]

38 C'est à cause de cela surtout qu'il fut en butte à la malveillance, et aussi, bien sûr, parce que, ceux qui avaient une haute opinion d'eux-mêmes, il les réfutait comme des sots; ce fut le cas par exemple avec Anytos, selon ce qu'il y a dans le *Ménon* de Platon[5]. En effet, cet Anytos, ne supportant pas d'être ridiculisé par Socrate, excita tout d'abord contre lui l'entourage d'Aristophane, puis persuada aussi Mélétos de déposer une plainte[6] contre lui pour impiété et corruption de la jeunesse.

---

1. Cf. Télès, p. 18, 4-8 Hense[2]; p. 263-267 Fuentes González.
2. Συνεῖναι a certes une acception plus large, mais la comparaison avec les cavaliers montant des chevaux fougueux invite à en souligner ici la connotation explicitement sexuelle.
3. Cf. Xénophon, *Banquet* II 10.
4. Cf. Platon, *Apologie de Socrate* 20 e-21 a; Xénophon, *Apologie de Socrate* 14; Scholies à Aristophane, *Nuées* 144.
5. Cf. Platon, *Ménon* 89 e – 95 a.
6. Ἀπενέγκασθαι γραφήν: il s'agit d'une expression technique du vocabulaire judiciaire. Cf. Eschine, *Contre Ctésiphon* 217; Démosthène, *Sur la couronne* 54; Athénée XV, 696 a.

Le procès

La plainte fut donc déposée par Mélétos, alors que le réquisitoire[1] fut prononcé par Polyeucte, comme le dit Favorinus[2] dans l'*Histoire variée*; et son discours fut rédigé par Polycrate le sophiste[3], comme le dit Hermippe, ou par Anytos, selon certains; et tout fut préparé par Lycon, le meneur du parti populaire.

39 Antisthène[4], dans ses *Successions des philosophes*, et Platon, dans l'*Apologie*, disent qu'ils furent trois à l'accuser, Anytos, Lycon et Mélétos; Anytos irrité au nom des artisans et des hommes politiques, Lycon au nom des orateurs, et Mélétos au nom des poètes: tous ceux-là avaient été l'objet des railleries de Socrate. Favorinus, lui, au livre I de ses *Mémorables*, dit que le discours de Polycrate contre Socrate n'est pas authentique: en effet, dit-il, il y fait mention

1. La δίκη: ce terme désignait en principe, après l'*anakrisis* ou instruction, le prononcé de leurs plaidoiries par les deux parties (*Dictionnaire des antiquités grecques et romaines*, sous la direction de Ch. Daremberg et E. Saglio, tome II, p. 204); ici, il ne désigne évidemment que le discours prononcé au nom des plaignants.

2. Fr. 31 Mensching = 63 Barigazzi.

3. Écho de la tradition selon laquelle l'« Accusation de Socrate » du sophiste Polycrate aurait été rédigée à l'époque même du procès de Socrate, où elle aurait même été lue (cf. Thémistius 23, 357; *Souda*, *s.v.* Πολυκράτης; Quintilien II 17, 4). Le témoignage d'Hermippe (Fr. 32 Wehrli) est contredit par celui de Favorinus rapporté au chapitre suivant (39), qui met en lumière l'anachronisme de l'« accusation » de Polycrate. Selon G. Giannantoni (« Socrate e i Socratici... », *Elenchos* 7, 1986, p. 198; cf. *ANRW* II 36, 5, p. 3612), la transmission par D. L. du témoignage de Favorinus est un des facteurs déterminants qui ont permis de dater le pamphlet de Polycrate en 393[a] et d'éclairer ainsi les différentes « apologies » écrites par presque tous les Socratiques. Sur le pamphlet de Polycrate, voir J. Humbert, *Polycratès, l'accusation de Socrate et le « Gorgias »*, Paris 1930 = « Le pamphlet de Polycratès et le *Gorgias* de Platon », *RPh* 57, 1931, p. 20-77; Id., *Socrate et les petits Socratiques*, Paris 1967, p. 50-51, 65-66.

4. Antisthène de Rhodes, *FGrHist* 508 F 4 = fr. 4 Giannattasio Andria. D. L. cite ici textuellement l'*Apologie de Socrate* (23 e) de Platon (raison pour laquelle Casaubon a corrigé le περί [« au sujet des »] des manuscrits en ὑπέρ [« au nom des »]): mis à part les derniers mots de la phrase (« tous ceux-là avaient été l'objet des railleries de Socrate ») qui, ne figurant pas dans Platon, semblent provenir sans équivoque d'Antisthène de Rhodes, la question se pose de savoir si ce dernier citait déjà l'*Apologie*, et si c'est à lui par conséquent qu'il faut attribuer le changement de ὑπέρ en περί.

de la reconstruction des murs par Conon, qui a eu lieu six ans après la mort de Socrate. Et tel est bien le cas.

40 La déclaration sous serment, constitutive de l'action intentée[1], était libellée ainsi (car elle est disponible encore aujourd'hui, dit Favorinus[2], dans le Métrôon[3]) : « Voici la plainte déposée sous serment par Mélétos, fils de Mélétos, du dème de Pitthée, contre Socrate, fils de Sophronisque, du dème d'Alopekè : Socrate enfreint la loi, parce qu'il ne reconnaît pas les dieux que reconnaît la cité, et qu'il introduit d'autres divinités nouvelles ; et il enfreint la loi aussi parce qu'il corrompt la jeunesse[4]. Peine requise : la mort. »

Quant au philosophe, Lysias ayant écrit pour lui un plaidoyer, il le lut d'un bout à l'autre et dit : « C'est un beau discours, Lysias, pourtant il ne me va pas. » Car il relevait évidemment pour la plus grande part du genre judiciaire, plus que de la philosophie. **41** Et, comme Lysias lui répondait : « Si le discours est beau, comment ne t'irait-il pas ? », il dit : « Parce que de beaux habits ou de belles chaussures ne m'iraient pas non plus.[5] »

Et alors qu'on le jugeait, dit Juste de Tibériade[6] dans sa *Guirlande,* Platon monta à la tribune et dit : « Moi qui suis le plus jeune, Athéniens, de ceux qui, à cette tribune, sont montés... » ; mais les juges s'écrièrent : « ...descendus ! », ce qui voulait dire :

---

1. Ἀντωμοσία τῆς δίκης. L'emploi ici de cette expression semble donner raison à G. Glotz, selon qui (*Dictionnaire des antiquités grecques et romaines,* sous la direction de Ch. Daremberg et E. Saglio, t. III, Paris 1900, art. « Jusjurandum ») l'ἀντωμοσία désignait le serment prêté au début de la procédure par chacune des parties à un procès, sans qu'il faille distinguer, comme certains lexicographes d'époque tardive, προωμοσία (le serment prêté par le plaignant de ne pas s'écarter de l'objet du litige, ni de produire dans le débat de nouveaux faits, témoignages, documents, etc.) et ἀντωμοσία (le serment prêté, en réponse, par l'accusé).

2. Fr. 3 Mensching = 34 Barigazzi.

3. Le Métrôon était, à Athènes, le temple de la mère des dieux. Situé sur l'agora, il était attenant au *bouleutèrion,* et les archives de l'État y étaient conservées.

4. Cf. Platon, *Apologie de Socrate* 24 b ; Xénophon, *Mémorables* I 1, 1.

5. Il existe un parallèle à cette anecdote chez Cicéron, *De Oratore* I 232. Ni Cicéron ni D. L. n'en indiquent la source.

6. *FGrHist* 734 F 1.

« Descends ! »[1] Quant à lui, il y eut en faveur de sa condamnation deux cent quatre-vingt-une voix de plus qu'en faveur de son acquittement[2]. Et pendant que les juges fixaient quelle peine il devait subir ou quelle amende payer, il dit qu'il paierait une amende de vingt-cinq drachmes. **42** Eubulide[3], il est vrai, dit qu'il concéda cent drachmes; mais après que les juges se furent bruyamment récriés : « Eu égard, dit-il, à ce que j'ai accompli, je propose comme peine d'être entretenu au Prytanée. »[4] Et eux le condamnèrent à mort, quatre-

---

1. Les juges avaient la faculté d'interrompre l'orateur en lui criant « Descends ! » (*scil.* de la tribune) : κατάϐα (cf. Aristophane, *Guêpes* 979). D'après le récit reproduit par D. L., ils auraient en l'occurrence donné à cette injonction la forme d'une rectification du dernier mot prononcé par Platon, ἀναϐάντων (« ...montés »), en substituant le préfixe κατα- à ἀνα-; cette manière de faire dire à l'intéressé le contraire de ce qu'il voulait suffisant apparemment à lui signifier la volonté du jury. La correction de Ménage, qui, suivi par Cobet et Long, substituait l'impératif κατάϐα, κατάϐα au jeu de mots sur καταϐάντων rapporté par les manuscrits de D. L., est inutile.

2. Platon (*Apologie de Socrate* 36 a) parle seulement d'une différence de trente voix. La confusion est probablement du côté de D. L. : sur cinq cents votants, une majorité de trente voix donne le chiffre de deux cent quatre-vingts votes hostiles, soit, à une unité près, le chiffre rapporté par D. L. Même ainsi compris, le chiffre rapporté par D. L. est difficile à accorder avec le témoignage de Platon. Trente voix de moins sur deux cent quatre-vingt-une donnent deux cent cinquante et une : pour que cela suffît à obtenir l'acquittement, il fallait que le nombre de voix favorables à Socrate fût le même, ce qui donne un total de cinq cent deux juges. On s'attendrait plutôt à cinq cents, ou à cinq cent un pour faire en sorte que se dégage toujours une majorité d'au moins une voix. Ou bien donc, si les juges étaient cinq cent un, il aurait fallu un déplacement de trente et une voix (non de trente) pour acquitter Socrate, et c'est l'indication de Platon qui est fausse; ou bien, une inexactitude de la part de Platon paraissant peu vraisemblable, c'est le chiffre donné par D. L. (et peut-être déjà par sa source) qui est faux. On trouvera le détail de la controverse dans S. Erasmus-Celle, « Richterzahl und Stimmenverhältnisse im Sokratesprozess », *Gymnasium* 71, 1964, p. 40 *sqq.*

3. *SSR* II B 14.

4. Cf. Platon, *Apologie* 36 d. Contrairement à ce que son nom pourrait faire croire, contrairement aussi à l'usage d'autres cités grecques, à Athènes, ce n'est pas au Prytanée que demeuraient les prytanes pendant la durée de leur mandat, mais dans la Tholos, également appelée *prytanikon*, voisine du *bouleutèrion*. Le Prytanée servait à la réception des hôtes de marque de la cité. Y étaient également entretenus aux frais de la cité les citoyens qui avaient bien mérité d'elle : héros militaires, vainqueurs aux Jeux Olympiques, etc., et parfois même leurs

vingts autres voix s'étant ajoutées aux précédentes. Et, ayant été emprisonné, peu de jours plus tard il but la ciguë, après avoir tenu beaucoup de beaux propos, que Platon rapporte dans le *Phédon*.

Parenthèse : Socrate poète

Mais selon certains il fut aussi l'auteur d'un péan, dont voici le début :

> Apollon Délien, salut, et Artémis, enfants illustres.

Mais Dionysodore[1] dit que ce péan n'est pas de lui. Il fut aussi l'auteur d'une fable à la manière d'Ésope, pas très réussie, dont voici le début :

> Ésope dit une fois aux habitants de la ville de Corinthe
> de ne pas juger la vertu à l'aune de la sagesse d'un verdict populaire.

Réactions à la mort de Socrate

43 Lui, donc, n'était plus parmi les hommes ; mais les Athéniens se repentirent aussitôt, au point de fermer palestres et gymnases. Et les uns, ils les bannirent, tandis que Mélétos, ils le condamnèrent à mort. Et à Socrate, ils firent hommage de son effigie en bronze, qui fut l'œuvre de Lysippe, et qu'ils placèrent dans le Pompéion[2]. Et quand Anytos vint s'établir chez eux, les habitants d'Héraclée l'expulsèrent le jour même. Et ce n'est pas seulement dans le cas de Socrate que pareil accident est arrivé aux Athéniens, mais à maintes reprises. En effet, à Homère aussi, selon ce que dit Héraclide[3], ils

---

descendants. À la différence de la Tholos, les fouilles n'ont pas permis de localiser le Prytanée, dont Pausanias (I 18, 3-4) indique avec précision la situation au pied du versant nord de l'Acropole (cf. H. A. Thompson et R. E. Wycherley, *The Agora of Athens*, Princeton 1972, p. 41-42, 46-47 ; S. G. Miller, *The Prytaneion. Its Function and Architectural Form*, Berkeley-Los Angeles-London 1978, chap. I et chap. III).

1. Ce Dionysodore est d'identification douteuse : il peut s'agir d'un certain Dionysodore le Béotien (*RE* 15), ou du grammairien Dionysodore de Trézène (*RE* 18 ; cf. *FHG* II 84).

2. Il s'agit sans doute d'un édifice destiné à entreposer les vases sacrés et autres objets cultuels utilisés lors des processions religieuses ; on peut penser en particulier à celle des Panathénées.

3. Répertorié par Müller comme le fragment 13 d'Héraclide Lembos, ce passage est chez Wehrli (*Die Schule des Aristoteles,* Heft VII, Basel-Stuttgart 1969)

infligèrent une amende de cinquante drachmes sous prétexte qu'il était fou; Tyrtée, ils dirent qu'il délirait; et Astydamas, de la famille d'Eschyle[1], fut le premier à qui ils firent l'hommage de son effigie en bronze. **44** Euripide les blâme aussi quand il dit dans son *Palamède*[2]:

Vous l'avez tué, vous l'avez tué, le
très sage, <ô Danaens>[3],
l'inoffensif[4] rossignol des Muses.

Et ce sont là ses mots. Philochore[5] pourtant dit qu'Euripide mourut avant Socrate.

Chronologie

D'autre part il naquit, selon ce que dit Apollodore[6] dans ses *Chroniques,* sous l'archontat d'Aphepsion, la quatrième année de la soixante-dix-septième Olympiade[7], le six de Thargélion, le jour où les Athéniens purifient la cité et où, disent les Déliens, naquit Artémis. Et il mourut la première année de la quatre-vingt-quinzième

---

le fragment 169 d'Héraclide du Pont, dont on sait par ailleurs qu'il fut l'auteur d'un ouvrage sur Homère (cf. Wehrli, Héraclide du Pont, fr. 170).

1. Cet Astydamas, descendant en ligne paternelle d'une sœur d'Eschyle, est identifié comme le tragédien qui fut vainqueur en 340ª (Astydamas II, fr. 8 a Kannicht-Snell =*TrGF* 1, Göttingen 1986², p. 199), et ne peut donc avoir été honoré par les Athéniens « avant Eschyle », comme il résulterait du texte édité successivement par Cobet, Hicks et Long: πρότερον τῶν περὶ Αἰσχύλον. Je traduis le texte repris de Ménage et Casaubon par Wehrli (Héraclide du Pont, fr. 169), Kannicht-Snell (*loc. cit.*) et Gigante: πρῶτον τῶν περὶ Αἰσχύλον.

2. Euripide, fr. 588 Nauck².

3. Ces mots, qui ne figurent pas dans les manuscrits de D. L., ont été restitués par Nauck (*TGF,* 1889², p. 556) à partir du parallèle fourni par Philostrate (*Heroicus* 168).

4. « Inoffensif » traduit οὐδὲν ἀλγύνουσαν (participe présent) ou ἀλγύνασαν (participe aoriste). S'il s'agissait d'une allusion à la mort de Socrate, on devrait avoir la deuxième forme: « le rossignol des Muses qui ne *faisait* de mal à personne ». La première forme incline à opter pour l'interprétation de Wilamowitz (*Die Textgeschichte der griechischen Lyriker*, Berlin 1900, p. 116 n. 2), selon qui il s'agirait seulement d'une métaphore pour désigner l'inspiration poétique.

5. *FGrHist* 328 F 221.

6. *FGrHist* 244 F 34.

7. 469-468ª.

Olympiade[1], âgé de soixante-dix ans[2]. Démétrios de Phalère[3] dit aussi la même chose. Quelques-uns[4] disent qu'il est mort à soixante ans.

45 Ils furent tous deux les auditeurs d'Anaxagore, lui et Euripide, lequel naquit la première année de la soixante-quinzième Olympiade, sous l'archontat de Callias[5].

Un doute de Diogène

A mon avis, d'autre part, Socrate s'est entretenu aussi de physique, là au moins où il s'entretient aussi de la providence; c'est ce que dit aussi Xénophon[6], bien qu'il dise que Socrate discourait sur les seules questions éthiques[7]. En outre, quand Platon, dans l'*Apologie*, fait mention d'Anaxagore et d'autres questions de physique, dont Socrate nie s'être occupé[8], c'est lui qui parle de ces questions, bien qu'il attribue tout à Socrate.

D'autre part, Aristote dit qu'un mage, venu de Syrie à Athènes, entre autres malédictions à l'encontre de Socrate, décréta en particulier qu'il mourrait de mort violente[9].

1. 400-399[a].
2. Ce calcul de l'âge de Socrate est traditionnel: cf. Platon, *Apologie de Socrate* 17 d, *Criton* 52 e. Socrate n'aurait pourtant atteint soixante-dix ans en 399[a] qu'à la condition d'être né au début de la quatrième année de la soixante-dix-septième Olympiade, soit en 469[a]: or, le mois de Thargélion se situant au printemps, il est né en réalité en 468[a] (cf. R. Goulet, *DPhA* I, p. 418).
3. Fr. 153 Wehrli.
4. Long imprime ici la leçon des manuscrits BPF: γὰρ. Je me range plutôt à la conjecture de Cobet, suivi par Hicks et Wehrli: δὲ.
5. 480-479[a].
6. Cf. Xénophon, *Mémorables* I 4, 6.
7. Cf. Xénophon, *Mémorables* I 1, 16.
8. Cf. Platon, *Apologie de Socrate* 26 d-e; cf. *Phédon* 97 b – 99 c. Ce jugement sur Platon contredit l'opinion antérieure, fondée sur le témoignage de Xénophon, selon laquelle Socrate se serait occupé de physique. D'ailleurs O. Gigon (*DLZ* 86, 1965, col. 105) considère ce passage comme un « non-sens ». G. Giannantoni en revanche (« Socrate e i Socratici... », p. 200; cf. *ANRW* II 36, 5, p. 3612 n. 25) y voit l'un des très rares cas où D. L. s'exprime de façon critique sur l'une de ses sources, le cas présent attestant sa familiarité avec le texte platonicien.
9. Aristote, fr. 32 Rose[3].

Épigramme laërtienne

46 Et voici ce que nous lui avons dédié:

Bois, maintenant que tu es chez Zeus, Socrate: car toi, oui,
le dieu t'a réellement dit sage, et la sagesse, dieu[1].
Des Athéniens, en effet, tu n'as que reçu la ciguë,
mais ce sont eux qui par ta bouche l'ont bu jusqu'à la dernière goute.

Rivaux et successeurs

Il avait pour rivaux, selon ce que dit Aristote au livre III de son *Sur la poétique*, un certain Antilochos de Lemnos, ainsi qu'Antiphon le devin[2], comme Pythagore avait pour rivaux Cylon et Onatas[3]; et Homère, de son vivant, Suagros[4], mais, après sa mort, Xénophane de Colophon; et Hésiode, de son vivant, Cécrops, mais après sa mort, Xénophane, déjà mentionné; et Pindare, Amphiménès de Cos; Thalès, Phérécyde; Bias, Salaros de Priène; Pittacos, Antiménidas et Alcée[5]; Anaxagore, Sosibios; et Simonide, Timocréon.

47 Parmi ses successeurs, ceux qu'on appelle Socratiques, les principaux chefs de file, d'une part, sont Platon, Xénophon, Antisthène; parmi les dix de la tradition, d'autre part, les plus remarquables sont quatre: Eschine, Phédon, Euclide, Aristippe[6]. Eh bien, c'est de Xénophon qu'il faut parler d'abord, puis d'Antisthène, parmi les Cyniques; ensuite des Socratiques puis, de la même façon, de Platon,

---

1. Je traduis le texte de l'*Anthologie Palatine* (VII 96): ... σοφὸν εἶπε θεὸς καὶ θεὸν ἡ σοφίη.

2. On pense qu'il s'agit du livre III d'un ouvrage perdu d'Aristote *Sur les poètes* (fr. 75 Rose^3). Ce passage est rangé par Diels parmi les témoignages relatifs à « Antiphon le sophiste » (DK 87 A 5.).

3. Onatas est mentionné dans le « catalogue » des Pythagoriciens de Jamblique (DK 58 A). La mention d'un Pythagoricien comme « rival » de Pythagore a sans doute inspiré la correction de Ménage en « Cylon de Crotone », correction suivie par Long mais rejetée par Diels, M. Timpanaro Cardini, Gigante, etc.

4. A la leçon des manuscrits, σάγαρις, l'ensemble des éditeurs s'accorde à substituer le nom de ce poète épique, en s'appuyant sur une tradition rapportée par Élien (*Histoire variée* 14, 21) et Eustathe (*Commentaires à l'Iliade et à l'Odyssée* I, p. 4, 20), selon laquelle Suagros, contemporain plus âgé d'Homère, aurait le premier chanté la guerre de Troie.

5. Cf. *supra* I 81.

6. Voir Note complémentaire 2 (p. 360-361).

puisqu'il vient en tête des dix écoles et qu'il fonda lui-même la première Académie[1]. Tel est donc l'ordre à suivre[2].

Homonymes

Il y a eu un autre Socrate, historien, qui a écrit un guide d'Argos ; un autre, péripatéticien, de Bithynie ; un autre, auteur d'épigrammes ; et celui de Cos, qui a écrit des appellations des dieux[3].

1. Cf. *supra* I 14 ; 19.
2. Voir Note complémentaire 3 (p. 361-362).
3. Ce Socrate de Cos pourrait être le Socrate, auteur lui aussi d'*Appellations* (*scil.* des dieux) dont parlent, sans indiquer son origine, Athénée (III, 11 b) et une scholie à Apollonius de Rhodes I 966 (cf. Alois Tresp, *Die Fragmente der griechischen Kultschriftsteller*, Giessen 1914, p. 211). Selon F. Susemihl (*Geschichte der griechischen Literatur in der Alexandrinerzeit,* t. II, Leipzig 1892, p. 59), les ouvrages mentionnés dans la scholie à Apollonius de Rhodes devraient être attribués tous au même Socrate, qu'il soit dit d'Argos, de Rhodes ou (ici seulement) de Cos, ce qui a conduit Gudeman (*RE* III A 1, col. 804-805) à penser que le premier et le dernier homonyme de Socrate mentionnés par D. L. pourraient ne faire qu'un.

XÉNOPHON

Biographie[1]

48 Xénophon était le fils de Gryllos[2]; c'était un Athénien, du dème d'Erchia[3]; il était réservé et d'une beauté extrême, au-delà de toute mesure. Socrate, dit-on, le rencontra dans une ruelle étroite, tendit son bâton et l'empêcha de passer, lui demandant où[4] se vendait chacun des aliments dont on se nourrit[5]. Quand Xénophon eut répondu, il lui posa une autre question: où les hommes deviennent-ils des hommes de bien? Devant l'embarras de Xénophon, il dit:

---

1. Sur Xénophon, voir entre autres la longue notice très complète de M. Treu, art. « Xenophon von Athen » 6, *RE* IX A 2, 1983, col. 1569-1982, avec des *indices* de H.R. Breitenbach, col. 1982-2051; l'introduction de P. Masqueray à son édition de l'*Anabase*, t. I, p. I-XIV, *CUF*, Paris, 1964; l'étude de E. Delebecque, *Essai sur la vie de Xénophon*, coll. « Études et commentaires » 25, Paris 1957, 532 p., et la traduction italienne annotée de A. Natalicchio, avec une préface de L. Canfora, *Diogene Laerzio. Senofonte*, coll. « La città antica » 12, Palerme 1992, 100 p. Xénophon naquit entre 430 et 425, et mourut peu après 355.

2. Personnage inconnu par ailleurs. Xénophon est présenté comme fils de Gryllos dans de nombreuses sources (ex. Pausanias V 6, 5, Arrien de Nicomédie, *Anabase* II 8, 11, Strabon IX 2, 7 et Athénée, *Deipnosophistes* X, 427 f). La version arménienne de la Chronique d'Eusèbe, t. II, p. 110 Schoene, indique le nom de sa mère : Diodora.

3. Isocrate venait également de ce dème, situé à une quinzaine de kilomètres au nord-est d'Athènes entre l'Hymette et le Pentélique.

4. Nous suivons Long qui choisit d'écrire ποῦ, à la suite de la traduction « ubinam » proposée par T. Aldobrandini. En effet aucune des leçons offertes par les manuscrits: οἱ (B), οἶ (P) et εἰ (F) n'est satisfaisante. La présence de ποῦ dans la question suivante est un argument en faveur de la traduction d'Aldobrandini.

5. τῶν προσφερομένων ἕκαστον : on retrouve le même verbe en II 68 et 71; ces parallèles invitent à choisir ici pour le participe le sens de « manger », « se nourrir ».

« Suis-moi donc et apprends-le ». Et à partir de ce moment Xénophon était l'auditeur de Socrate[1]. Il fut le premier à prendre en notes[2] les paroles du philosophe, qu'il livra aux hommes sous le titre de *Mémorables*[3]. Il fut aussi le premier des philosophes à écrire une Histoire[4].

49 Aristippe, dans le quatrième livre de son ouvrage *Sur la sensualité des Anciens*[5], dit qu'il s'éprit de Clinias[6] et qu'il tint sur celui-ci les propos suivants : « Actuellement, il m'est plus doux, à moi, de contempler Clinias que de contempler toutes les autres beautés que l'on voit chez les hommes. J'accepterais d'être privé de la vue de toutes les autres beautés plutôt que d'être privé de celle du seul Clinias. Je souffre de la nuit et du sommeil, parce que je ne le vois

---

1. La rencontre entre Socrate et Xénophon eut lieu en 404, alors que Xénophon avait un peu plus de vingt ans (cf. Masqueray, p. VI). Le jeune homme fréquenta le philosophe environ trois ans.

2. ὑποσημειοῦσθαι. Le substantif ὑποσημείωσις est employé en II 122 à propos de Simon le cordonnier prenant en notes ce que dit Socrate dans son échoppe.

3. La tradition des *Mémorables* devait se poursuivre : c'est ainsi que Zénon le Stoïcien écrivit des *Mémorables* de Cratès le Cynique dont il était le disciple (VII 4).

4. Xénophon écrivit en effet l'*Anabase* et les *Helléniques*. Cf. Cicéron, *De oratore* II 58 : « Denique etiam a philosophia profectus princeps Xenophon Socraticus ille ... scripsit historiam. » Une autre traduction, reposant sur une construction différente, serait théoriquement possible : il fut le premier à écrire une histoire des philosophes. C'est ainsi que l'ont compris la *Souda* et plus récemment Hicks, mais de façon erronée, car nulle part ailleurs n'est mentionnée une histoire des philosophes qui serait due à Xénophon.

5. *FHG* II 79; *SSR*, fr. IV A 154. Cet ouvrage est mentionné par Diogène Laërce en I 96, II 23.48, III 29, IV 19, V 3.39, mais son attribution à Aristippe a été contestée, notamment par U. von Wilamowitz-Moellendorff, *Antigonos von Karystos*, coll. « Philologische Untersuchungen » 4, Berlin 1881, p. 48-53 (cf. G. Giannantoni, *I Cirenaici*, Firenze 1958, p. 59-60 ; *SSR* IV, n. 16, p. 164 et note 46) : l'ouvrage, qui cite des personnages postérieurs à Aristippe, comme Polémon ou Théophraste, aurait été en fait composé à Athènes dans la seconde moitié du IIIe siècle et attribué après coup à Aristippe. Il concernait probablement les mœurs des philosophes, mais les présentait de façon tendancieuse.

6. Clinias était le fils d'Axiochos, lui-même fils d'Alcibiade l'ancien et oncle du jeune Alcibiade. Cf. S. Follet, « Deux épigrammes platoniciennes pour Phèdre », *REG* 77, 1964, p. XIII-XIV ; L. Brisson, art. « Clinias des Scambonides », C 174, *DPhA* II, p. 442-443.

pas. En revanche je sais le plus grand gré au jour et au soleil de ce qu'ils me donnent à voir Clinias.[1] »

Voici comment il devint l'ami de Cyrus. Il avait un intime du nom de Proxène, béotien d'origine, qui était disciple de Gorgias de Léontini et par ailleurs ami de Cyrus[2]. Cet homme, qui vivait à Sardes[3] auprès de Cyrus, envoya une lettre à Athènes à l'intention de Xénophon, l'invitant à venir afin qu'il devînt l'ami de Cyrus. Xénophon montra la lettre à Socrate et lui demanda conseil. **50** Ce dernier l'envoya à Delphes consulter le dieu[4]. Xénophon obéit, arrive auprès du dieu et lui demande non point s'il lui faut aller chez Cyrus, mais de quelle façon y aller. Aussi s'attira-t-il les reproches de Socrate, qui néanmoins lui conseilla de partir. Et voici Xénophon auprès de Cyrus[5], dont il devint l'ami tout autant que l'était Proxène. Quant au reste, c'est-à-dire à tout ce qui se passa pendant la montée puis pendant la descente[6], il nous le raconte lui-même avec suffisamment de détails[7]; mais il était en mauvais termes avec

1. Dans le *Banquet* IV 10, Xénophon met ces paroles dans la bouche de Critobule, qui était le fils de Criton et un des disciples de Socrate présents à sa mort (cf. *Phédon* 59 b). Il semble que l'ouvrage *Sur la sensualité des Anciens* ait confondu Xénophon et Critobule. Les deux personnages s'entretiennent avec Socrate dans *Mémorables* I 3, 8-13.

2. Tout ce passage sur Cyrus est un écho d'*Anabase* III 1, 4-7, où Proxène est présenté comme l'hôte de Xénophon depuis des années.

3. Sardes est une ville d'Asie Mineure, capitale de la Lydie.

4. Socrate avait peur des conséquences que pouvaient entraîner ces liens entre Xénophon et Cyrus. Celui-ci, parce qu'il avait soutenu en 407 et en 406 les Lacédémoniens dans leur guerre contre Athènes en fournissant des sommes d'argent importantes à Lysandre et à Callicratidas, passait en effet pour prospartiate (cf. *Helléniques* I 6 et II 1).

5. Xénophon débarqua donc à Éphèse et rejoignit son ami Proxène à Sardes.

6. Il s'agit de l'expédition des 10 000 soldats grecs qui, à la solde de Cyrus le Jeune, partirent lutter contre Artaxerxès. La montée (ἀνάϐασις) des Grecs eut lieu d'abord depuis Sardes jusqu'aux environs de Babylone. Puis, après Cunaxa, les Grecs continuèrent de monter, notamment quand ils franchirent le massif d'Arménie. Mais ensuite ils descendirent (κατάϐασις) vers l'Euxin qu'ils rejoignirent à Trapézonte. L'expédition comporta une troisième phase, la παράϐασις, correspondant à la marche des troupes longeant la mer jusqu'à Byzance.

7. Ce récit constitue l'*Anabase,* que Xénophon semble avoir rédigée à Scillonte en deux temps: une première partie, peu après 386, la suite plus tard vers 377 (cf. Delebecque, *Essai sur la vie de Xénophon,* p. 186, 199 et 288). La façon

Ménon de Pharsale[1] qui, pendant la montée, était le chef des troupes étrangères ; c'est dans ces circonstances que Xénophon, pour l'insulter, dit que Ménon a des mignons plus âgés que lui-même[2]. Il reproche en outre à un certain Apollonidès de s'être fait percer les oreilles[3].

51 Une fois la montée achevée et après les graves difficultés rencontrées sur le Pont et la violation par Seuthès[4], le roi des Odryses, des pactes conclus avec lui, Xénophon vint en Asie auprès d'Agési-

---

dont s'exprime Diogène Laërce laisse entendre qu'il avait l'*Anabase* sous les yeux.

1. Cf. *Anabase* II 6, 21-29 où Xénophon trace du personnage un portrait peu flatteur : Ménon aurait été avide d'argent, de commandement et d'honneurs, menteur et fourbe, faux à l'égard de ses amis. Ce portrait n'a rien à voir avec celui qu'en donne Platon. Il est possible que Xénophon, concernant Ménon, se soit laissé égarer par la jalousie, en raison de l'amitié étroite qui unissait celui-ci à Socrate. Voir aussi Athénée, *Deipnosophistes* XI, 505 a-b, qui évoque ces deux portraits antithétiques de Ménon par Xénophon et Platon. Diodore de Sicile XIV 19, 8, présente Ménon comme étant de Larisse, alors qu'ici Diogène le dit de Pharsale. Les deux données ne se contredisent pas vraiment puisque Pharsale était une petite ville de Thessalie, qui faisait partie du nome de Larisse.

2. Cf. *Anabase* II 6, 28 où Xénophon cite un de ces mignons : Tharypas.

3. Cf. *Anabase* III 1, 26, où Apollonidès, qui parle le dialecte béotien, s'oppose à ce que Xénophon prenne la tête des Grecs, et III 1, 31, où un certain Agasias de Stymphale dit qu'Apollonidès n'est pas un vrai Béotien, mais qu'il a, comme un Lydien, les deux oreilles percées. Apollonidès devait donc être un Lydien qui fut vendu comme esclave en Béotie avant d'être enrôlé dans l'armée grecque. Notre passage, où seul est indiqué le détail pittoresque des oreilles percées, ne peut se justifier que parce qu'il se situe dans le même contexte que celui sur Ménon. Mais il est bien mal intégré dans la trame du récit.

4. Il s'agit de Seuthès II qui était le fils d'un dynaste thrace, Maesadès, soumis au roi des Odryses ; quand ce dynaste mourut, son fils fut élevé à la cour du roi des Odryses Médocos. A l'époque où il rencontre Xénophon, en 400, Seuthès pille le territoire sur lequel régnait son père, qui avait pour sujets les Mélandites, les Thynes et les Tranipses. En *Anabase* VII 2, 32-38, Xénophon expose comment s'est conclu l'accord entre lui-même et Seuthès, qui fixait le salaire que devaient recevoir les soldats, les lochages et les stratèges faisant campagne avec Seuthès ; dans les paragraphes suivants il décrit les conflits qui l'opposèrent à Seuthès. Mais si l'on se fonde sur *Anabase* VII 7, 48-55, on constate que le texte de Diogène Laërce s'écarte de la vérité, quand il affirme que Seuthès n'a pas respecté les pactes conclus avec Cyrus, puisque finalement il versa et l'argent et le bétail qu'il avait promis.

las, le roi des Lacédémoniens[1], à qui il fournit comme mercenaires les soldats de Cyrus[2]; son amitié pour Agésilas dépassait toute mesure. C'est durant le temps de cette amitié qu'il fut condamné à l'exil par les Athéniens pour laconisme[3]. Se trouvant à Éphèse et ayant sur lui une somme d'or, il en donne la moitié à Mégabyze[4], le prêtre d'Artémis, avec mission de la garder jusqu'à son retour. Mais s'il ne revenait pas, Mégabyze devait faire ériger une statue et la consacrer à la déesse. Avec l'autre moitié, il envoya des offrandes à

---

1. Cf. *Anabase* V 3, 6 et Plutarque, *Agésilas* 20. Xénophon écrivit un panégyrique d'Agésilas, mentionné par Diogène Laërce en II 57 et conservé.

2. A. Natalicchio, *Diogene Laerzio. Senofonte,* p. 52 n. 14, explique qu'il y a ici confusion dans les données. C'est dès la fin de la collaboration avec Seuthès, c'est-à-dire en 399, que les Grecs se mirent en Asie au service de Sparte d'abord sous les ordres de Thibron, puis sous ceux de Dercylidas (*Anabase* VII 6, 1 et VII 8, 24; *Helléniques* III 1, 4-10), alors que c'est seulement en 396 qu'Agésilas, le roi de Sparte, se rendit en Asie (*Helléniques* III 4, 3-5).

3. C'est-à-dire pour attachement à la cause spartiate. La date de cet exil est très controversée. On le place soit en 399 (cf. E. Delebecque, *Essai sur la vie de Xénophon,* p. 118-123), soit en 394 comme semble le faire ici Diogène Laërce (cf. A. Croiset, *Histoire de la littérature grecque,* t. IV, p. 345 n. 3, qui situe le décret de bannissement au plus tôt dans l'été 394 ; P.J. Rahn, « The date of Xenophon's exile », *Classical Contributions. Studies in Honour of M.F. McGregor,* New York, 1981, p. 103-119, qui place l'exil sous l'archontat d'Euboulidès fin 394 ou début 393 ; A. Natalicchio, p. 54 n. 16; Ch. Tuplin, « Xenophon's exile again », dans *Homo viator. Classical essays for J. Bramble,* ed. by Michael Whitby, Philip Hardie and Mary Whitby, Bristol Classical Press, 1987, p. 59-68, qui hésite entre la fin de 395/394 et le tout début de 394/393). L'incertitude est liée à une phrase d'*Anabase* V 3, 7 qui fait allusion à cet exil, mais dont le texte n'est pas sûr : les manuscrits hésitent entre ἐπειδή et ἐπεί ainsi qu'entre ἔφευγεν, πέφευγεν et ἔφυγε. Dans l'hypothèse de 399, on considère qu'outre le fait qu'il avait été cavalier des Trente et disciple de Socrate, c'est sa participation à l'expédition de Cyrus qui fut la cause du bannissement de Xénophon ; dans celle de 394, il faut supposer qu'on lui reproche d'avoir porté les armes contre sa patrie à Coronée à la mi-août 394 (cf. la fin du § 51), quand les Spartiates avec Agésilas remportèrent la victoire sur les Thébains alors secondés par des contingents d'Athènes, d'Argos, de Corinthe, ainsi que par des Aenianes, des Eubéens et des Locriens.

4. Les prêtres d'Artémis d'Éphèse portaient traditionnellement le nom de Mégabyze. Cf. Pline, *Histoire Naturelle* 35, 93 et 132; Strabon XIV 1, 23. Sur ce personnage précis, voir *Anabase* V 3, 6-7. Sur la pratique qui consistait dans l'Antiquité à déposer, pour des raisons de sécurité, son argent dans les temples auprès des prêtres, voir Cicéron, *De legibus* II 41.

Delphes. Puis il partit pour la Grèce avec Agésilas qu'on avait rappelé afin de faire la guerre contre les Thébains[1]; et les Lacédémoniens lui accordèrent le titre de proxène[2].

52 Puis il quitta Agésilas et vint à Scillonte[3], une localité de la région d'Élis, pas très éloignée de la cité. Il était accompagné de sa femme qui s'appelait Philésia[4], selon ce que dit Démétrios de Magnésie[5], et de ses deux fils, Gryllos et Diodore[6], comme le dit Dinarque[7] dans son ouvrage *Contre Xénophon pour une affaire*

---

1. Agésilas remporte alors la victoire de Coronée. Dans cette guerre qui opposa Sparte à la ligue de Corinthe, Xénophon fut amené à lutter contre Athènes, sa propre patrie, qui était membre de la ligue. Cf. Plutarque, *Agésilas* 18.

2. La proxénie est une institution qui comporte deux aspects : une fonction (la fonction consiste à rendre des services à une cité grecque et à aider les étrangers de cette cité qui sont de passage) et un honneur (en échange, celui qui reçoit la proxénie est honoré par la cité à laquelle il rend service et dont il devient le proxène). Un étranger exilé peut résider dans la cité qui le nomme proxène et il y jouit d'un certain nombre de privilèges. Voir F. Gschnitzer, art. « Proxenos », *RESuppl* XIII, 1973, col. 629-730 ; Ph. Gauthier, *Les Cités grecques et leurs bienfaiteurs (IVe-Ier siècle av. J.-C.)*, coll. « BCH, Supplément » XII, Paris 1985, p. 131-149. Xénophon reçoit la proxénie à cause des services qu'il a rendus à Sparte au cours de la guerre contre la ligue de Corinthe.

3. Petite ville de Triphylie en Élide, située au sud d'Olympie, sur les bords du Sélinonte, un affluent de l'Alphée. Cf. Xénophon, *Anabase* V 3, 7-13. Voir F. Geyer, art. « Skillus », *RE* 3 A 1, 1927, col. 526. Il séjourna dans cette ville une vingtaine d'années, de 390 environ à 371.

4. Le terme employé : γύναιον, qui peut être assez méprisant, laisserait entendre qu'il s'agit d'une union illégitime avec une femme non athénienne, ce qui aurait pour conséquence que les enfants de Xénophon ne seraient pas citoyens athéniens. Mais, comme le fait remarquer O. Apelt, t. I, p. 316, le terme est employé en II 137, sans nuance péjorative, à propos de l'épouse de Ménédème.

5. Fr. 12 Mejer. La donnée provient certainement de l'ouvrage de Démétrios *Sur les poètes et écrivains homonymes* cité en I 112 et V 3. On sait par ailleurs, grâce à Denys d'Halicarnasse, *Dinarque* XII 1, 2, que Démétrios de Magnésie parlait également de Dinarque dans ses *Homonymes*.. On peut donc penser qu'une des sources utilisées par Démétrios pour la vie de Xénophon est l'ouvrage de Dinarque contre Xénophon, évoqué juste après, même si le Xénophon présent dans le titre est le petit-fils de l'historien plutôt que l'historien lui-même (cf. plus bas n. 7).

6. Xénophon s'est inspiré des noms de ses parents : Gryllos et Diodora, pour choisir ceux de ses enfants.

7. Pour des raisons chronologiques, Dinarque étant né vers 361, le Xénophon en question ne peut être l'historien, mort peu après 355 ; on a suggéré qu'il

d'apostasie[1]; lesquels deux fils étaient surnommés les Dioscures[2]. Mégabyze, profitant de l'occasion des Jeux Olympiques, était venu le rejoindre : Xénophon recouvra son argent, acheta un domaine et le consacra à la déesse[3]; à travers ce domaine coulait un fleuve, le Sélinonte, homonyme de celui d'Éphèse[4]. A partir de ce moment il passa son temps à chasser, à recevoir ses amis à sa table et à écrire ses ouvrages historiques[5]; Dinarque dit que les Lacédémoniens lui firent don et d'une maison et d'une terre[6].

---

s'agissait de son petit-fils, mais les avis sont partagés pour décider si celui-ci était le fils de Diodore ou celui de Gryllos.

1. Denys d'Halicarnasse, *Dinarque* XII 12, 28, indique parmi les ouvrages de Dinarque le titre suivant : Ἀποστασίου ἀπολογία Αἰσχύλῳ πρὸς Ξενοφῶντα, qui est certainement le titre de l'ouvrage signalé ici par Diogène Laërce. M. Patillon rapproche, pour la construction, ce titre de celui du Discours 8 de Lysias : Πρὸς τοὺς συνουσιαστὰς κακολογιῶν (trad. Gernet-Bizos : « Contre des co-associés pour injures », ou encore de celui du Discours 29 de Démosthène : Πρὸς Ἄφοβον Ὑπὲρ Φάνου ψευδομαρτυριῶν (trad. Gernet : « Contre Aphobos, Défense de Phanos poursuivi pour faux témoignage »). Ce Xénophon avait mené une action juridique contre un affranchi, un certain Eschyle, qui avait manqué aux devoirs auxquels il s'était engagé envers son patron au moment de son affranchissement, autrement dit qui s'était attaché à un autre patron et s'était ainsi rendu coupable d'apostasie. Sur la δίκη ἀποστασίου, voir Démosthène, *Discours* 35, 48, « Contre Locritos » ; Aristote, *Constitution d'Athènes* 58, 3 et *Souda*, *s.v.* ἀποστασίου δίκη, t. I, p. 320, 19-26 Adler.

2. Castor et Pollux, appelés les Dioscures, étaient deux frères jumeaux nés des amours de Zeus et de Léda. Faut-il déduire de ce surnom que les fils de Xénophon étaient jumeaux ? Ou bien le surnom s'explique-t-il uniquement par l'amitié qui unissait les deux frères ? P. Masqueray, p. X, n. 2 de son édition de l'*Anabase*, fait remarquer que le surnom est lacédémonien et qu'à Sparte on jurait souvent par les Dioscures.

3. C'est-à-dire à Artémis.

4. Cf. *Anabase* V 3, 7-10.

5. D'autres historiens grecs ont composé leurs ouvrages en exil ; cf. Plutarque, *De exilio* 14, 605 c, qui cite, outre Xénophon à Scillonte, Thucydide en Thrace, Philistos en Épire, Timée de Taormina à Athènes et Androtion d'Athènes à Mégare. Quant à Xénophon, il a composé à Scillonte l'*Apologie*, les *Mémorables* I et II, l'*Économique* I et IV, et, comme ouvrages plus proprement historiques, les *Helléniques* III 1-V 3, ainsi que l'*Anabase*.

6. Cf. *Anabase* V 3, 7 et Pausanias V 6, 4.6. Le domaine de Xénophon était sur la route qui va de Sparte à Olympie.

53 Mais on dit aussi que le Spartiate Phylopidas lui fit parvenir là-bas[1] à titre de présent des esclaves venant de Dardanos[2], qu'il avait fait prisonniers, et que Xénophon[3] les mettait en vente comme il voulait. On dit aussi que les Éléens marchèrent sur Scillonte et qu'en raison du retard des Lacédémoniens ils ravagèrent la place[4]. C'est dans ces circonstances que les fils de Xénophon se retirèrent à Lépréon[5] avec quelques serviteurs, tandis que de son côté Xénophon se rendit d'abord à Élis, puis à Lépréon auprès de ses enfants, et de là se réfugia avec eux à Corinthe où il se fixa[6]. Comme à cette époque les Athéniens avaient décidé par vote de porter secours aux Lacédémoniens, Xénophon envoya ses fils à Athènes combattre pour la défense des Lacédémoniens[7]. **54** Ils avaient en effet été élevés là-bas à Sparte[8], comme le dit Dioclès dans ses *Vies des philosophes*[9].

---

1. C'est-à-dire à Scillonte. On ne sait rien d'autre sur ce Phylopidas.
2. Ville située sur la côte asiatique de l'Hellespont, au sud d'Abydos, en face de la Chersonèse de Thrace.
3. Les manuscrits ont τόν, ce qui est curieux. M. Patillon suggère de corriger en τόν<δε> ou en αὐτόν.
4. L'invasion de Scillonte par les Éléens est racontée par Pausanias V 6, 5. A l'origine du coup de force d'Élis, il y a peut-être la défaite de Leuctres infligée à Sparte par Thèbes en 371.
5. Cette cité, située à une vingtaine de kilomètres au sud de Scillonte, est la plus grande de la Triphylie. Cf. K. Fiehn, art. « Lepreon », *RESuppl* V, 1931, col. 550-555.
6. Pourquoi Xénophon choisit-il de s'installer à Corinthe ? É. Delebecque, *Essai sur la vie de Xénophon,* p. 318, explique ainsi sa décision : « Le choix d'un tel séjour est plein de sens : Xénophon s'écarte de Sparte et se rapproche d'Athènes. Nouvel exilé de Scillonte, ancien exilé d'Athènes, il fait halte à mi-chemin, à l'entrée de l'Isthme, c'est-à-dire à la porte même qui lui permet de passer en Attique ou de pénétrer une fois de plus en Péloponnèse. » Voir J. K. Anderson, *Xenophon,* London, 1974, p. 192, qui pense que Xénophon pouvait, là, rester en contact avec ses pairs, les officiers spartiates.
7. A. Natalicchio, *Diogene Laerzio. Senofonte,* p. 73 n. 36, fait remarquer que ce trait de philolaconisme est le signe que le passage provient du discours de Dinarque.
8. Voir Plutarque, *Agésilas* 20, 2 (= *Apopht. Laced.* 50, 212 b). Jacoby, comme le signale Long dans son apparat, voulait supprimer "à Sparte". C'est un fait qu'αὐτόθι et ἐν τῇ Σπάρτῃ font double emploi. Ἐν τῇ Σπάρτῃ est peut-être une glose explicative.
9. Dioclès est l'auteur d'une Ἐπιδρομὴ τῶν φιλοσόφων (D. L. VII 48 et X 11) et de Βίοι τῶν φιλοσόφων (D.L. II 82), dont on se demande si elles constituent

Or, sans avoir rien accompli de remarquable, Diodore sort sain et sauf du combat – et il lui naît un fils qui porte le même nom que son frère[1] –, tandis que Gryllos, posté en face des cavaliers[2] – la bataille se déroulait autour de Mantinée[3] – mourut après s'être courageusement battu, comme le dit Éphore[4] dans son vingt-cinquième livre, alors que Céphisodore[5] commandait la cavalerie et qu'Hégésiléos était stratège[6]; c'est à cette bataille que tomba aussi Épaminondas[7]. On raconte qu'à ce moment-là Xénophon était en train de faire un sacrifice, la tête ceinte d'une couronne. Quand on lui annonça la mort de son fils, il enleva la couronne. Mais ensuite, quand il eut appris que son fils était mort noblement, il remit la couronne[8]. **55** D'aucuns disent qu'il ne versa même pas une larme. « C'est que, dit-il[9], je savais que j'avais engendré un mortel. » Aristote dit qu'il y

une seule et même œuvre ou s'il convient de les distinguer. Cf. R. Goulet, art. « Dioclès de Magnésie » D 115, *DPhA* II, p. 775-777.

1. Il y eut par conséquent trois Gryllos dans l'entourage de Xénophon : son père, un de ses deux fils et le fils de son fils Diodore.

2. Il s'agit de la cavalerie thébaine, ennemie de Sparte. Pour une construction similaire, cf. *Anabase* II 3, 19 : τῶν κατὰ τοὺς Ἕλληνας τεταγμένων.

3. Ce combat, qui eut lieu en 362, marqua la fin de l'hégémonie thébaine (cf. *Helléniques* VII 5, 15-17, et Pausanias I 3, 3, VIII 11, 5-6 et IX 15, 5). Delebecque, *Essai sur la vie de Xénophon*, p. 382 n. 31, signale que Diogène commet une légère erreur : en fait Gryllos est tombé dans un engagement qui eut lieu avant Mantinée, alors qu'Épaminondas, le Spartiate victorieux, est mort, lui, à la bataille de Mantinée comme telle.

4. *FGrHist* 70 F 85. Éphore de Cumes est un historien, auteur d'une histoire universelle en 30 livres. Cf. E. Schwartz, art. « Ephoros » 1, *RE* VI 1, 1907, col. 1-16.

5. Il s'agit de l'hipparque Céphisodore de Marathon. Cf. Pausanias VIII 9, 10.

6. Hégésiléos était le cousin d'Eubule, l'homme d'État athénien adversaire de Démosthène (cf. Démosthène, *Sur l'ambassade* 290); Xénophon le mentionne en *Revenus* 3 et 7.

7. Ce général qui, avec Pélopidas, commandait les forces thébaines, avait été le vainqueur de la bataille de Leuctres en 371, où il avait infligé une grave défaite aux hoplites lacédémoniens.

8. Xénophon veut signifier par là qu'à ses yeux la valeur morale et civique est plus importante que la vie.

9. Cobet, suivi par Hicks et Gigante, a conjecturé ici une lacune. La construction en effet est un peu étrange à cause du γάρ. M. Patillon suggère de garder le texte, mais de le ponctuer autrement : « ἀλλὰ γάρ », εἰπεῖν, « ᾔδειν... ». C'est ce texte que je traduis. Il fait en outre remarquer que la tournure ἀλλὰ

eut d'innombrables auteurs pour composer des éloges et une oraison funèbre de Gryllos, un certain nombre d'entre eux afin d'être également agréables à son père[1]. En outre Hermippe, dans son ouvrage *Sur Théophraste*[2], dit qu'Isocrate aussi avait écrit un éloge de Gryllos.

Timon[3] raille Xénophon en ces vers :

> Une dyade de discours sans force ou une triade ou encore plus :
> ainsi en est-il de Xénophon et du vigoureux Eschine qui se laisse [persuader
> d'écrire[4].

γάρ ouvre souvent un discours (cf. Platon, *Rép.*, 365 c). Pour l'anecdote, voir Plutarque, *Consolatio ad Apollonium* 33, 118 f – 119 a; Élien, *Histoire variée* III 3. On retrouve la même réflexion attribuée à Anaxagore (D. L. II 13).

1. Fr. 68 Rose³ = fr. 1 Ross. Aristote lui-même avait écrit un dialogue Περὶ ῥητορικῆς ἢ Γρῦλος en un livre, cité par D. L. V 22 et Quintilien, *Institution oratoire* II 17, 14. Comme le fait remarquer Natalicchio, p. 76-77, « non è ovvia la connessione tra un'opera sulla retorica e Grillo : forse anche Aristotele intendeva celebrare l'eroe di Mantinea o forse la messe di scritti celebrativi in onore di Grillo costituiva oggetto di analisi ».

2. Fr. 52 Wehrli. Voir F. Wehrli, *Hermippos der Kallimacheer*, coll. « Die Schule des Aristoteles », Suppl. I, Basel-Stuttgart, 1974², p. 77-78, qui rappelle qu'Isocrate avait été défendu contre Aristote par un écrit de son élève Céphisodore. Wehrli pense donc que l'information d'Hermippe remonte sans aucun doute à l'écrit polémique d'Aristote. L'ensemble du fragment 52 de Wehrli, qui couvre le texte depuis φησὶ δ' Ἀριστοτέλης jusqu'à γεγραφέναι, doit donc être considéré comme hermippéen. Il faut par ailleurs signaler que rien ne nous est parvenu de l'éloge d'Isocrate.

3. Fr. 26 Di Marco. Cf. II 62. Timon de Phlionte dans ses *Silles* critiquait les Socratiques. Sur Timon et ses *Silles*, voir M. Dal Pra, *Lo scetticismo greco*, t. I, Bari 1975, p. 83-111 ; A. A. Long, « Timon of Phlius : Pyrrhonist and Satirist », *PCPhS* 204, 1978, p. 68-83 ; M. di Marco, *Timone di Fliunte. Silli*, Introduzione, edizione critica, traduzione e commento, Roma 1989.

4. J'accepte l'ajout de ἴς (ici et en II 62), indispensable si l'on veut sauver la syntaxe et la métrique du second vers. Le mot ἴς a été suggéré par I. Casaubon, qui fut suivi par G. Roeper, « Conjecturen zu Diogenes Laertius », *Philologus* 3, 1848, p. 22-65, notamment 55-57. Casaubon (cf. H. G. Hübner, *Commentarii in Diogenem Laertium*, t. I, Leipzig 1830, p. 381) comprenait ἴς τ' Αἰσχίνου comme « Aeschines ipse », genre de tournure fréquente chez Homère, qui donne plus de force et de solennité à un mot (cf. Hésiode, *Théogonie* v. 951 : ἲς Ἡρακλῆος, « le vigoureux Héraclès »). Autre difficulté : οἷος. Di Marco, dans son commentaire du fragment 26, p. 171-174, comprend que D. L. établit un rapport entre la médiocre qualité des écrits de Xénophon et d'Eschine et la

Chronologie

Telle fut sa vie. Il était dans la force de l'âge[1] lors de la quatrième année de la quatre-vingt-quatorzième Olympiade[2] et il partit en expédition avec Cyrus sous l'archontat de Xénainétos l'année qui précéda la mort de Socrate[3].

Mort

56 Il cessa de vivre, à ce que dit Stésicleidès d'Athènes dans sa *Liste des archontes et des vainqueurs olympiques*[4], la première année de la cent-cinquième Olympiade, sous l'archontat de Callimédès[5], année où Philippe, fils d'Amyntas, commença à régner sur les Macé-

---

nature médiocre de ces personnages. Selon cette interprétation le pronom οἷος ne jouerait pas ici son rôle courant de «relatif catégoriel», mais il introduirait, fonction qui est bien attestée mais plus rare, une exclamation indirecte donnant la raison de ce qui précède. Di Marco propose donc de traduire: « una coppia [...] di discorsi fiacchi: quale fu Senofonte! ed Eschine, che era cosi facile convincere a scrivere!» Pour ma part, je pense qu'οἷος a le même sens comparatif qu'en D. L. II 66, dans un parallèle emprunté également à Timon: οἷα τ' Ἀριστίππου τρυφερὴ φύσις ἀμφαφόωντος ψεύδη. Quant au sens de ἀπιθής, il peut être actif: «qui persuade» ou passif: «qui se laisse persuader». Di Marco pense qu'ici ce sens ne peut être que passif et il a certainement raison. L'adjectif serait une allusion ironique aux discours qu'Eschine faisait passer pour siens et qui en fait étaient de Socrate.

1. *FGrHist* 244 F 343.

2. C'est-à-dire en 401/400. Pour cette indication qui amène à situer la naissance de Xénophon en 440, D. L. s'appuie apparemment sur une donnée qui vient de Strabon IX 2, 7. Quand ce dernier affirme que Socrate à la bataille de Délion (qui eut lieu en novembre 424) sauva la vie à Xénophon tombé de cheval, il semble confondre Alcibiade et Xénophon. Aujourd'hui on situe la naissance de Xénophon en 427 (cf. par exemple P. Masqueray, p. II-IV) ou en 426 (Delebecque, p. 23) ou de façon moins précise en 430-425 (Treu, *RE* IX A 2, col. 1571). Voir Introduction au livre II, p. 174.

3. Il s'agit toujours de cette même année 401/400. C'est le départ avec Cyrus qui constitue ici l'*acmè* de Xénophon. Pour une critique de cette datation, voir Introduction au livre II, p. 174.

4. *FGrHist* 245 F 3. Wilamowitz, *Antigonos von Karystos*, p. 335 n. 20, a proposé de corriger Στησικλείδης en Κτησικλείδης et d'identifier ce personnage avec le Ctésiclès, auteur de *Chroniques*, cité par Athénée en VI, 272 c, et X, 445 d.

5. En 360-359. Cette datation pose problème, car elle ne s'harmonise pas avec les dates que fournissent les œuvres de Xénophon lui-même, puisque les *Revenus* ont été écrits en 355. Cf. Introduction au livre II, p. 175.

doniens. Il mourut à Corinthe, comme le dit Démétrios de Magnésie, à un âge manifestement déjà assez avancé[1]. C'était un homme accompli en tout point, notamment grand amateur de chevaux, grand amateur de chasse, et habile tacticien militaire, comme le prouvent ses ouvrages[2]. Il était pieux, aimait à offrir des sacrifices, savait lire dans les entrailles des victimes ; et c'était un disciple très zélé de Socrate.

Ses écrits

Il écrivit environ[3] quarante livres, que les uns divisent d'une façon, les autres d'une autre[4] :

57– l'*Anabase*, pour laquelle il composa une introduction par livre, mais pas d'introduction générale[5];

– une *Cyropédie* ;
– des *Helléniques* ;
– des *Mémorables* ;
– un *Banquet* ;
– un *Économique* ;
– *Sur l'art équestre* ;
– un *Cynégétique* ;
– un *Traité sur les devoirs du commandant de cavalerie* ;
– une *Apologie de Socrate* ;

1. Fr. 13 Mejer. Cf. Pseudo-Lucien, *Macrobii* 21, qui prétend qu'il était nonagénaire, mais qui devait s'appuyer sur la date de naissance erronée (440) que suggérait le texte de Strabon IX 2, 7 (cf. l'Introduction au livre II, p. 175).

2. Cf. *De l'art équestre*, le *Cynégétique* et le *Traité sur les devoirs du commandant de cavalerie.*

3. Ménage (t. III, p. 382 de l'édition H. G. Hübner) avait suggéré de traduire πρὸς τὰ τετταράκοντα par « ultra quadraginta ». C'est ainsi que l'avait compris également la *Souda* : ἔγραψε βιβλία πλείονα τῶν μ΄. Mais ce sens de πρός n'est pas attesté dans LSJ. C'est pourquoi j'adopte le sens d'« environ » qui, lui, est bien attesté (LSJ, *s.v.* III 8 cite Polybe XVI 7, 5).

4. Voir les exemples de divisions divergentes donnés par Natalicchio, p. 85 n. 54, à partir des *Helléniques*, de la *Cyropédie*, des *Mémorables* et de l'*Économique*.

5. Cf. Lucien, *Quomodo historia scribenda sit* 23.

– *Sur les revenus*[1];

– un *Hiéron*[2] ou *Traité sur la tyrannie*;

– un *Agésilas*[3];

– une *Constitution des Athéniens et des Lacédémoniens*, dont Démérios de Magnésie dit qu'elle n'est pas de Xénophon[4]. On raconte que c'est lui qui rendit célèbres aussi les ouvrages de Thucydide, demeurés jusque-là cachés, alors qu'il pouvait se les approprier[5]. La douceur de son style lui valut même d'être appelé « Muse attique »[6]; de là vint que Platon et lui furent jaloux l'un de l'autre, comme nous le dirons dans le chapitre consacré à Platon[7].

---

1. Dans cet ouvrage écrit en 355, et qui est le dernier rédigé par Xénophon, l'auteur, pour seconder, semble-t-il, l'orateur Eubule qui l'avait rappelé d'exil et qui devait diriger Athènes de 355 à 339 au lendemain de la guerre sociale, propose des moyens pour nourrir les pauvres dans une Athènes où les fermiers de l'impôt fraudent l'État et où les citoyens sont ruinés du fait des contributions de la guerre sociale.

2. Hiéron était tyran de Sicile. Il succéda à son frère Gélon sur le trône de Syracuse en 477.

3. Xénophon combattit aux côtés du roi de Sparte Agésilas à Coronée, contre les Athéniens, les Thébains et les Argiens.

4. Fr. 14 Mejer. En fait, il s'agit de deux ouvrages distincts : *La Constitution des Athéniens* et *La Constitution des Lacédémoniens.* La critique moderne a montré que le premier de ces ouvrages ne pouvait être de Xénophon. Voir M. Gigante, *La Costituzione degli Ateniesi. Studi sullo pseudo-Senofonte,* Napoli 1953, p. 82; M. Treu, art. « Xenophon von Athen », *RE* IX A 2, 1967, col. 1928-1982; L. Canfora, *Studi sull'Athenaion Politeia,* coll. « Memorie dell'Accademia delle Scienze di Torino » 5, 4, Torino 1980; Id., *Anonimo Ateniese. La democrazia come violenza,* Palermo 1982, et *Id.*, « Non bastano gli "atimoi" per abbattere la democrazia », *QS* 22, 1985, p. 5-8. Pour Canfora, *La Constitution des Athéniens* pourrait être du Socratique Critias.

5. Cf. L. Canfora, *Tucidide Continuato,* coll. « Proagones » 10, Padova 1970, p. 11 et 73, et *Id.*, « Storia antica del testo di Tucidide », *QS* 6, 1977, 3-39, notamment p. 4-8. En écrivant les *Helléniques,* Xénophon a voulu donner une suite à l'œuvre de Thucydide. Le « supplément » xénophontéen à Thucydide se trouve dans *Helléniques* I-II 3, 10. Dans certains manuscrits d'ailleurs les *Helléniques* ont pour titre Ξενοφῶντος Θουκυδίδου Παραλειπόμενα.

6. Cf. Cicéron, *Orator* 62. La *Souda*, *s.v.* Ξενόφων, Ξ 47, t. III, p. 494, 30 Adler, le traite d'abeille attique.

7. En III 34; voir aussi Aulu-Gelle XIV 3, Athénée XI, 504 e-505 b et Eusèbe, *Préparation évangélique* XIV 12. Le simple fait que Platon et Xénophon aient écrit sur des sujets identiques (cf. D. L. III 34) et qu'ils aient donné à leurs ouvrages un certain nombre de titres semblables est un signe de leur rivalité.

Épigrammes

58 Il y a aussi sur Xénophon des épigrammes de mon cru, du genre de celle-ci[1]:

Non seulement Xénophon monta chez les Perses à cause de [Cyrus[2],
mais, parce qu'il cherchait un chemin qui le fît monter, à partir de [l'éducation qu'il avait reçue[3], jusqu'à Zeus,
il rappela, après avoir décrit les exploits helléniques[4],
combien était belle la sagesse de Socrate[5].

En voici une autre sur la façon dont il mourut.

Xénophon, les concitoyens de Cranaos et de Cécrops[6]
ont eu beau te condamner à l'exil à cause de ton amitié pour Cyrus,
Corinthe hospitalière aux étrangers t'a accueilli
pour ainsi t'être agréable à toi qui t'y plaisais[7]. Et c'est là que tu as [décidé de rester[8].

59 J'ai trouvé ailleurs[9] qu'il était dans la force de l'âge autour de la quatre-vingt-neuvième Olympiade, en même temps que les autres

---

1. *Anth. Pal.* VII 97. Diogène Laërce s'amuse dans l'épigramme qui suit à évoquer discrètement les titres des différents ouvrages de Xénophon.

2. Allusion à l'*Anabase*.

3. Allusion derrière le terme παιδείης à la *Cyropédie*. Je suis le texte de Long qui adopte la correction proposée par Reiske, « Animadversiones in Laertium Diogenem », *Hermes* 24, 1889, p. 308. Celui-ci en effet remplace γάρ par παρ' au vers 3 de l'épigramme. On peut facilement expliquer la confusion au niveau de l'écriture onciale, Π étant devenu Γ. On pourrait aussi, comme M. Gigante, faire de l'expression παιδείης παρ' ἑῆς le complément de δείξας: « Poiché mostrò che le imprese dei Greci erano il resultato della sua educazione ».

4. Allusion aux *Helléniques.*

5. Allusion claire aux *Mémorables.*

6. Cranaos était un roi mythique d'Athènes qui succéda à Cécrops, le premier roi de la cité. Derrière cette formule, Diogène Laërce veut donc désigner les Athéniens.

7. Il faut comprendre ἀρέσκῃ comme un subjonctif présent passif à la seconde personne du singulier. La relative a une valeur finale. Mot à mot : « Afin que toi qui t'y plaisais tu fusses ainsi satisfait d'elle. »

8. *Anth. Pal.* VII 98. En 371 la guerre entre Sparte et Élis contraint Xénophon à abandonner Scillonte, où il s'était installé une vingtaine d'années auparavant ; il se fixa alors à Corinthe.

9. A noter l'intervention directe de l'auteur qui fait état de sources contradictoires (ce passage, qui situe l'*acmè* de Xénophon entre 424 et 420, s'oppose à II

Socratiques. Istros dit qu'il fut exilé sur un décret d'Eubule et qu'il revint sur un décret du même Eubule[1].

Homonymes

Il y eut sept Xénophon : le premier est celui dont nous traitons ; le deuxième est un Athénien – frère du Nicostratos[2] auteur de la *Théséide* –, qui avait écrit entre autres une *Vie d'Épaminondas et de Pélopidas*[3] ; le troisième était un médecin de Cos[4] ; le quatrième écrivit une *Histoire d'Hannibal*[5] ; le cinquième est l'auteur de légendes merveilleuses[6] ; le sixième, de Paros, est un sculpteur[7] ; le septième est un poète de la Comédie Ancienne[8].

---

55 où, à la suite, semble-t-il, d'une confusion, l'*acmè* de Xénophon était placée la quatrième année de la quatre-vingt-quatorzième olympiade, soit en 401/400. Mais l'indication donnée ici n'est pas valable non plus.).

1. *FGrHist* 334 F 32. Cf. II 51. Istros est le seul à parler d'un retour de Xénophon. Ce retour serait le signe que Xénophon fut réhabilité. A. Natalicchio, p. 89 n. 63, fait remarquer que, si Gryllos et Diodore ont pu combattre à Mantinée dans les rangs de la cavalerie athénienne (cf. II 54), c'est qu'ils avaient la citoyenneté athénienne ; or ils n'auraient pu obtenir celle-ci, si leur père n'avait pas été réhabilité. Selon Delebecque, *Essai sur la vie de Xénophon,* p. 340, Xénophon fut amnistié vers 368/367 et il quitta Corinthe en 366 pour venir à Athènes. On n'a pas de précision sur l'auteur du décret d'exil. Mais s'il est le même que l'Eubule qui a rappelé Xénophon, il s'agit de l'homme politique bien connu, qui administra les finances d'Athènes et fut l'adversaire de Démosthène (cf. J. Kirchner, art. « Eubulos » 8, *RE* VI 1, 1907, col. 876-877).

2. B et F ont la leçon Νικοστράτου, tandis que P a Πυθοστράτου.

3. Cf. K. Wickert, art. « Xenophon » 8, *RE* IX A 2, 1983, col. 2051.

4. Ménage l'identifie au médecin personnel de l'empereur Claude cité dans les *Annales* de Tacite XII 61. Il faut, semble-t-il, le distinguer du médecin, élève de Praxagoras de Cos, auquel est consacrée la treizième notice « Xenophon » dans *RE.* Cf. F. Kudlien, art. « Xenophon » 13, *RE* IX A 2, 1983, col. 2090.

5. *FGrHist* 179 F 1. Inconnu par ailleurs. Cf. K. Wickert, art. « Xenophon » 9, *RE* IX A 2, 1983, col. 2051.

6. *FGrHist* 24 F 1. Cf. Athénée I, 19 e qui l'appelle Ξενοφῶν ὁ θαυματοποιός. Cf. K. Wickert, art. « Xenophon » 12, *RE* IX A 2, 1983, col. 2089.

7. Cf. A. Rumpf, art. « Xenophon » 15, *RE* IX A 2, 1983, col. 2091.

8. Vainqueur aux Grandes Dionysies à la fin du Ve siècle. Cf. A. Körte, art. « Xenophon » 7, *RE* IX A 2, 1983, col. 2051. Ménage mentionne toute une liste d'autres « Xénophon » connus (H.G. Hübner, *Commentarii in Diogenem Laertium,* t. III, p. 385) ; on trouve par ailleurs dix-huit rubriques « Xenophon » dans la *RE*.

ESCHINE

Biographie[1]

60 Eschine, fils du charcutier Charinos – selon d'autres, de Lysanias[2] –, Athénien, porté dès sa jeunesse à l'effort; c'est pourquoi il ne s'éloigna pas de Socrate. Aussi ce dernier disait-il: « Seul le fils du charcutier sait nous marquer de l'estime ». C'est lui, disait Idoménée[3], qui, dans la prison, conseilla à Socrate de s'enfuir, et non Criton[4]; mais Platon, parce que Eschine avait plus d'amitié pour Aristippe que pour lui-même, attribua les paroles à Criton[5].

1. Eschine naquit peu après 435. Les fragments d'Eschine ont été rassemblés par H. Krauss, *Aeschinis Socratici reliquiae*, Leipzig 1911, X-125 p., et par H. Dittmar, *Aischines von Sphettos. Studien zur Literaturgeschichte der Sokratiker*, coll. « Philologische Untersuchungen » 21, Berlin 1912, IX-328 p. Pour la prosopographie, voir P. Natorp, art. « Aischines » 14, *RE* I 1, 1893, p. 1048-1050; M.-O. Goulet-Cazé, art. « Aischines de Sphettos » A 71, *DPhA* I, p. 89-94.

2. Sur ce Lysanias, voir Platon, *Apologie* 33 e: Socrate aurait demandé entre autres à Lysanias de Sphettos d'attester devant les juges, à titre de témoin, que lui, Socrate, n'avait pas perverti la jeunesse.

3. Fr. 26 Angeli. Idoménée de Lampsaque, disciple d'Épicure et auteur d'un ouvrage *Sur les Socratiques*, vécut de 325 environ à 270. Dans cet ouvrage, il faisait état des relations d'amitié et d'inimitié qu'entretenaient les différents Socratiques entre eux, notamment Platon, Eschine et Aristippe. Il présentait en outre Socrate comme un maître de rhétorique et procédait de même pour Eschine (D. L. II 19. 20 = fr. 24.25 Angeli).

4. Cf. D. L. III 36. L'ouvrage d'Idoménée est certainement à l'arrière-plan à la fois de II 60 et de III 36.

5. Après la mort du maître, les Socratiques eurent entre eux des relations difficiles d'où la jalousie n'était point absente: cf. D. L. II 65 (Aristippe et Xénophon). Voir aussi ce que dit Hégésandre de Delphes dans Athénée, *Deipnosophistes* XI, 507 a-c.

Ses écrits[1]

Eschine faisait l'objet de calomnies, surtout de la part de Ménédème d'Érétrie[2] qui prétendait que la plupart des dialogues, Eschine se les était appropriés, alors qu'ils étaient de Socrate et qu'il les avait reçus de Xanthippe[3]. De ces dialogues d'Eschine, les uns, ceux qu'on appelle « acéphales »[4], sont tout à fait relâchés et ne manifestent pas la vigueur socratique ; c'est d'eux que Péristrate d'Éphèse[5] disait

---

1. Sur le passage concernant l'authenticité des ouvrages d'Eschine (D.L. II 60-62), voir mon article « Les titres des œuvres d'Eschine chez Diogène Laërce », dans J. Fredouille *et alii*, *Titres et articulations du texte dans les œuvres antiques*, « Collection des Études Augustiniennes, Série Antiquité » 152, Paris, 1997, p. 167-190.

2. La position que Diogène Laërce attribue ici à Ménédème, c'est Idoménée qui la soutient dans Athénée, *Deipnosophistes* XIII, 611 d-e. Ménédème d'Érétrie, né au plus tôt vers 345 av. J.-C., appartenait à l'école de Phédon d'Élis et avait été aussi l'élève de Stilpon. En fait, Idoménée devait rapporter dans son ouvrage la position de Ménédème, qui était son aîné d'une vingtaine d'années. Ainsi Diogène Laërce n'a pas précisé que c'était aussi chez Idoménée, cité d'ailleurs juste après, qu'il trouvait ce qu'il dit de Ménédème.

3. Cf. Athénée XIII, 611 d-e ; Aelius Aristide, *De Rhetorica*, t. II, p. 24 Dindorf : « Eschine est un authentique compagnon de Socrate. C'est ce qu'atteste aussi l'opinion fausse de quelques-uns parmi ceux qui soutiennent que ces discours d'Eschine sont de Socrate lui-même ... Ces discours ont été jugés si conformes et si apparentés à la manière de Socrate qu'il y a même eu place pour cette opinion. »

4. La *Souda*, *s.v.* Αἰσχίνης, Αι 346, t. II, p. 183, 27-31 Adler, présente une liste des dialogues acéphales d'Eschine, qui compte sept titres : *Phédon*, *Polyainos*, *Dracon*, *Éryxias*, *Sur la vertu*, *Érasistrate* (au pluriel en grec), *Dialogues scythes*. Le mot « acéphale » peut aussi bien signifier « sans commencement narratif », ce qui pour un dialogue revient à dire qu'il est sans prologue (cf. Platon, *Phèdre* 264 c), que vouloir dire « qui ne va pas jusqu'à sa fin, jusqu'à son *telos* », ce qui a pour conséquence que le dialogue en question reste inachevé, erre dans tous les sens (cf. Platon, *Gorgias* 505 c-d et *Lois* VI, 752 a).

5. B et P ont transmis la leçon Περίστρατος, tandis que F offre la *lectio facilior* Πεισίστρατος. Dans une épigramme anonyme de l'*Anthologie grecque* XVI 189, le nom de Péristrate est attesté. Nous avons donc décidé de garder la *lectio difficilior*. La conjecture Μνησίστρατος ὁ Θάσιος proposée par G. Roeper, « Conjecturen zu Diogenes Laertius », *Philologus* 3, 1848, p. 58-61, qui faisait référence à un contemporain des Stoïciens Sphairos et Persaios, ne s'impose donc pas.

qu'ils n'étaient point d'Eschine ; **61** et concernant encore ces sept dialogues[1] Persaios[2] dit que la plupart sont de Pasiphon l'Érétrique[3] et que celui-ci les a rangés[4] parmi les dialogues d'Eschine; qui plus est, parmi les dialogues d'Antisthène, il a fabriqué frauduleusement[5] le *Petit Cyrus*, l'*Héraclès mineur*, *Alcibiade*[6], ainsi que les faux des autres (Socratiques)[7]. Quant à la seconde catégorie des dialogues d'Eschine, c'est-à-dire ceux qui portent l'empreinte de la manière socratique[8], ils sont au nombre de sept[9]: en premier *Miltiade*[10] (c'est pourquoi il est, en quelque sorte, plus faible[11]) ; *Callias*[12], *Axiochos*[13], *Aspasie*[14], *Alcibiade*[15], *Télaugès*[16], *Rhinon*.

1. Voir Note complémentaire 4 (p. 362).
2. Sur Persaios voir D. L. VII 36. Cf. *SVF* I 435-462.
3. Voir Note complémentaire 5 (p. 362).
4. Je tire le sujet de κατατάξαι du génitif Πασιφῶντος qui précède.
5. Voir Note complémentaire 6 (p. 362-363).
6. Voir Note complémentaire 7 (p. 363).
7. Il y a trois interprétations possibles de l'expression καὶ τοὺς τῶν ἄλλων δέ : (1) « les dialogues des autres Socratiques », mais cela reviendrait à attribuer à Pasiphon toute la production des Socratiques; (2) « les *Alcibiade* des autres Socratiques » (c'est-à-dire ceux d'Antisthène, Platon, Euclide et Phédon); (3) « les faux des autres Socratiques », l'idée de faux étant tirée de ἐσκευώρηται. On pense par exemple au *Nicias* de Phédon qui est un faux de Pasiphon.
8. Cf. Démétrios, *Du style* 297 : « ce qu'on appelle proprement la forme socratique, que semblent avoir imitée surtout Eschine et Platon ».
9. Philostrate, *Epistula ad Juliam Augustam* (Lettre 73, 3 Hercher) signale un Περὶ τῆς Θαργελίας, qui n'est pas cité ici ni dans la liste des acéphales. Sur les sept dialogues authentiques d'Eschine, voir le commentaire de H. Krauss, *Aeschinis Socratici Reliquiae*, p. 62-113.
10. Cf. Dittmar, *Aischines von Sphettos*, p. 178-185.
11. Voir Note complémentaire 8 (p. 363).
12. Cf. Athénée, *Deipnosophistes* V, 220 b. Voir Dittmar, *Aischines von Sphettos*, p. 186-210; H. Allmann, « Über die beste Erziehung. Zum Dialog "Kallias" des Sokratikers Aischines », *Philologus* 116, 1972, p. 213-253.
13. Cf. *ibid.*, V, 220, c. Voir Dittmar, *Aischines von Sphettos*, p. 159-163.
14. Cf. *ibid.*, V, 220, b. Voir Dittmar, *Aischines von Sphettos*, p. 152-159.
15. Cf. *ibid*, XIV, 656 f. Voir Dittmar, *Aischines von Sphettos*, p. 178-185.
16. Cf. *ibid.*, V, 220 a-b; Pseudo-Démétrios, *Du style* 291 ; Marc-Aurèle, *Pensées* VII 66.

Biographie (suite)

On raconte que si Eschine vint en Sicile chez Denys[1], c'est à cause de sa pauvreté, et que Platon lui prodigua son mépris, tandis qu'Aristippe l'introduisit[2]. Pour avoir offert à Denys certains de ses dialogues, Eschine reçut des présents. **62** Puis, revenu à Athènes, il n'osa pas tenir école comme un sophiste[3], parce qu'à cette époque-là grande était la renommée de Platon et d'Aristippe[4]. Mais il donna des leçons payantes[5], puis il écrivit des discours judiciaires en faveur des victimes d'injustices, ce qui fit dire à Timon :

> (...) le vigoureux Eschine qui se laisse persuader
> d'écrire[6].

Comme Eschine était opprimé par la pauvreté, Socrate, à ce qu'on raconte, lui dit de se faire à lui-même un emprunt en diminuant sa nourriture.

---

1. Le passage de II 63 qui parle de la chute du tyran et du retour de Dion implique qu'il s'agit ici plutôt de Denys le Jeune que de Denys l'Ancien.

2. Cf. III 36. Pour un emploi parallèle du verbe συσταθῆναι, voir Xénophon, *Anabase* III 1, 8 : « Xénophon fut introduit auprès de Cyrus [συνεστάθη Κύρῳ]. » La tradition atteste qu'Aristippe et Eschine entretenaient des relations d'amitié. Même s'il arrivait à Aristippe de se fâcher contre son ami, il proposait ensuite lui-même la réconciliation (cf. D. L. II 82-83 ; Plutarque, *De cohibenda ira* 14, 462 d, et *Lettre pseudépigraphe* 23 d'Eschine à Phédon, p. 625 Hercher). Contrairement à Diogène Laërce, Plutarque, *Quomodo adulator ab amico internoscatur*, 67 c-e, montre Platon parlant à Denys en faveur d'Eschine et amenant ainsi le tyran à recevoir le philosophe.

3. Σοφιστεύειν : le verbe est employé par Plutarque dans *Lucullus* 22, 7 à propos du rhéteur Amphicratès et dans *César* 3, 1 à propos du professeur d'éloquence Apollonios, fils de Molon qui fut le maître de Cicéron et de César. Quant à l'expression οἱ περὶ Πλάτωνα καὶ Ἀρίστιππον, elle peut signifier aussi bien « les disciples de Platon et d'Aristippe » que « Platon et Aristippe », cette dernière solution étant plus plausible ici.

4. K. Steinhart, *Platon's Leben*, Leipzig 1873, p. 305 n. 33, a corrigé Ἀρίστιππον en Ἀριστοτέλη et E. Zeller, *Die Philosophie der Griechen in ihrer geschichtlichen Entwicklung*, t. II 1, Leipzig 1922, p. 340 n. 1 en Σπεύσιππον. Mais le passage de II 65 où D. L. applique à Aristippe le participe σοφιστεύσας inviterait plutôt à garder « Aristippe ».

5. Cf. II 65 où Diogène Laërce explique qu'Aristippe fut le premier des Socratiques à donner des cours payants.

6. Cf. II 55.

Même[1] Aristippe mettait en doute l'authenticité de ses dialogues. En tout cas on raconte qu'un jour où Eschine faisait une lecture publique à Mégare[2], Aristippe se moqua de lui en disant: « Où as-tu pris cela, voleur ? »[3]

63 Polycrite de Mende, dans le premier livre de l'ouvrage qu'il consacre à Denys[4], dit qu'Eschine vécut avec le tyran jusqu'à la chute de celui-ci et (qu'il resta en Sicile) jusqu'au retour de Dion à Syracuse[5]; il ajoute qu'il y avait aussi avec lui Carcinos[6], l'auteur tragique. On cite également une lettre d'Eschine à Denys[7].

Eschine était aussi assez bien entraîné dans les exercices rhétoriques, comme le montre sa défense du père du stratège Phéax[8] et de

---

1. D. L. (ou sa source, en l'occurrence hostile à Eschine) veut certainement dire que même quelqu'un qui était lié par l'amitié à Eschine avait des doutes sur sa production littéraire, ce qui vient confirmer les remarques de II 60-61 sur les écrits d'Aristippe et les problèmes d'authenticité qu'ils posent.

2. Selon O. Apelt, dans une note *ad loc.* de son édition, il s'agirait ici de Mégare en Sicile.

3. Compte tenu de l'amitié qui unissait les deux philosophes (II 61), il est probable que c'est la source hostile à Eschine qui a inventé cette anecdote faisant intervenir un autre Socratique, ceci afin de donner plus de poids à la thèse de l'inauthenticité des ouvrages d'Eschine. Cf. Anna Angeli, « I frammenti di Idomeneo di Lampsaco », *CronErc* 11, 1981, p. 93.

4. *FGrHist* 559 F 1. Il s'agit de Denys II le Jeune. L'expression περὶ Διονύσιον n'est pas un titre, car περί est suivi de l'accusatif et non du génitif.

5. En 356.

6. Il s'agit de Carcinos (d'Athènes selon la *Souda*), dont l'*acmè* se situait en la centième Olympiade (cf. *Souda*, *s.v.* Καρκίνος K 394; t. III, p. 34, 2-11 Adler; Athénée VIII, 351 f et XIII, 559 f, qui cite deux vers de sa *Sémélé*, et Diodore V 5, 1 qui atteste ses fréquents voyages à Syracuse où il assistait aux jeux et aux panégyries; voir E. Diehl, art. « Καρκίνος » 5, *RE* X 2, 1919, col. 1953), et non de son grand-père Carcinos, stratège et poète attique (cf. *Souda*, *s.v.* Καρκίνος K 396; t. III, p. 34, 13 - 35, 4 Adler, et Athénée III, 94 e; voir E. Diehl, art. « Καρκίνος » 4, *RE* X 2, 1919, col. 1951-1952).

7. Cette lettre devait faire partie du corpus pseudépigraphe des Socratiques qui compte plusieurs lettres attribuées à Eschine, mais elle ne semble pas avoir été conservée.

8. Le père du stratège Phéax était Érasistrate (cf. J. Kirchner, art. « Erasistratos » 1, *RE* VI 1, 1907, col. 333). Dans Thucydide V 4 -5, le démagogue Phéax est envoyé en ambassade au printemps 422 avec deux collègues en Sicile et en Italie pendant la guerre du Péloponnèse. Sur Phéax, voir Th. Lenschau, art. « Phaiax » 4, *RE* XIX 2, 1938, col. 1534-1536; J. K. Davies, *Athenian Propertied Families (600-300 BC)*, Oxford 1971, p. 521-524.

Dion[1]. C'est surtout Gorgias de Léontini qu'il imite[2]; Lysias composa contre lui un discours qu'il intitula *Sur les manœuvres du sycophante*[3]. On voit donc bien qu'Eschine était aussi un homme doué pour la parole.

Disciple

On ne cite qu'un seul disciple d'Eschine, à savoir Aristote surnommé Le Mythe[4].

Écrits (suite)

64 A vrai dire, de tous les dialogues socratiques, Panétius[5] estime que sont vrais[6] ceux de Platon, Xénophon, Antisthène, Eschine; il

---

1. Long omet de signaler dans son apparat critique que les mots καὶ Δίωνος résultent d'une correction de Cobet au texte des manuscrits, lesquels présentent les leçons δι' ὧν ou δίων. Si l'on maintient la correction de Cobet, on peut supposer que le Dion en question est celui évoqué au début de II 63, c'est-à-dire Dion de Syracuse.

2. Cf. Philostrate, *Epistula ad Iuliam Augustam* (Lettre 73, 3 de Philostrate, p. 487 Hercher), qui dit qu'Eschine n'hésitait pas à « gorgianiser » (γοργιάζειν) dans son discours Περὶ τῆς Θαργελίας.

3. Sur Lysias et Eschine, voir Athénée XIII, 611 d-e. Un passage d'un discours de Lysias contre Eschine : Πρὸς Αἰσχίνην τὸν Σωκρατικὸν χρέως, *Contre Eschine le Socratique pour une affaire de dette,* est conservé par Athénée XIII, 611 e - 612 f. Ce discours est peut-être à identifier avec le Περὶ συκοφαντίας dont parle Diogène Laërce.

4. Cf. V 35 où il est le cinquième dans la liste des huit Aristote homonymes. Voir W.M. Calder, « Was Aristotle a myth ? (D.L. 2, 63) », *Mnemosyne* 45, 1992, p. 225, qui propose de corriger ὁ Μῦθος en ὁ Νυθός. Voir aussi R. Goulet, art. « Aristote ὁ μῦθος» A 411, *DPhA* I, p. 411. En fait, Athénée XI, 507 c mentionne un autre disciple d'Eschine : Xénocrate [de Chalcédoine] : « Alors qu'Eschine était pauvre et n'avait qu'un seul disciple, Xénocrate, Platon attira ce disciple à lui. »

5. Fr. 126 van Straaten, fr. 145 Alesse.

6. Quel sens donner à ἀληθεῖς ? Ce mot signifie-t-il « authentiques » ou « fidèles à l'enseignement de Socrate » ? En l'occurrence les deux sens peuvent se compléter : Panétius, à la recherche d'un critère pour déterminer l'authenticité de la production des Socratiques, a pu se fonder sur la fidélité dont témoignent ces écrits par rapport à l'enseignement de Socrate. Il avait l'habitude, probablement dans son Περὶ αἱρέσεων, de se prononcer avec sévérité sur l'authenticité de la production des philosophes dont il traitait ; c'est ainsi par exemple qu'il niait l'authenticité de l'ensemble de la production d'Ariston de Chios, hormis les *Lettres* (D. L. VII 163).

doute de ceux de Phédon et d'Euclide[1]; quant aux autres, il les rejette tous.

Homonymes[2]

Il y eut huit Eschine: le premier est celui dont nous traitons; le deuxième est celui qui écrivit les traités de rhétorique[3]; le troisième est le rhéteur contemporain de Démosthène[4]; le quatrième, un Arcadien, disciple d'Isocrate[5]; le cinquième un Mytilénien, qu'on appelait aussi «fouet des rhéteurs[6]»; le sixième, de Naples, était un philosophe académicien, disciple et mignon de Mélanthios de Rhodes[7]; le septième, de Milet, un écrivain politique[8]; le huitième un sculpteur[9].

1. Fr. 18 Döring. Curieusement l'ordre dans lequel sont cités ici les Socratiques est le même que celui de II 47 (seul manque Aristippe en dernière position).

2. Ménage, t. III, p. 392 de l'édition Hübner, complète la liste de Diogène Laërce en citant sept autres Eschine.

3. Il s'agit d'Eschine d'Éleusis. Cf. J. Brzoska, art. «Aischines» 16, *RE* I 1, 1893, col. 1062.

4. Cf. Th. Thalheim, art. « Aischines» 15, *RE* I 1, 1893, col. 1050-1062.

5. Cf. J. Brzoska, art. « Aischines» 17, *RE* I 1, 1893, col. 1062.

6. ῥητορομάστιξ. Cf. J. Brzoska, art. « Aischines»18, *RE* I 1, 1893, col. 1062.

7. *TrGF* T 3 Snell. Cf. von Arnim, art. «Aischines» 20, *RE* I 1, 1893, col. 1063; R. Goulet, art. «Aischines de Naples» A 70, *DPhA* I, p. 89. Plutarque, *An seni gerenda sit respublica* 791 a, présente cet Eschine comme un disciple de Carnéade dont il avait suivi les leçons alors que celui-ci était déjà vieux. Sur l'Académicien Mélanthios, élève lui aussi de Carnéade, voir Cicéron, *Academica* II 6.

8. Cf. Cicéron, *Brutus* 325; Strabon XIV 1, 7 et Sénèque l'Ancien, *Controverses* I 8, 11.16. Voir J. Brzoska, art. « Aischines» 19, *RE* I 1, 1893, col. 1062-1063. C'était un contemporain de Pompée et son adversaire politique.

9. Cf. J. Brzoska, art. « Aischines» 22, *RE* I 1, 1893, col. 1063.

ARISTIPPE

Biographie[1]

65 Aristippe était originaire de Cyrène[2], mais il vint à Athènes attiré, à ce que dit Eschine[3], par la renommée de Socrate[4]. Alors qu'il tenait école comme sophiste[5], il fut le premier des Socratiques, à ce que dit Phainias, le Péripatéticien d'Érèse[6], à exiger un salaire[7],

---

1. Les dates sont incertaines : env. 435-356. Sur Aristippe, voir P. Natorp, art. « Aristippos » 8, *RE* II 1, 1895, col. 902-906 ; J. Stenzel, art. « Kyrenaiker », *RE* XII 1, 1924, 137-150; F. Caujolle-Zaslawsky, R. Goulet et F. Queyrel, art. « Aristippe de Cyrène » A 356, *DPhA* I, p. 370-375. Les témoignages ont été rassemblés et traduits par G. Giannantoni, *I Cirenaici,* coll. « Pubblicazioni dell'Istituto di filosofia dell'Università di Roma », Firenze 1958, 520 p., puis l'édition a été reprise dans *SSR* II, p. 3-103, et les fragments sont commentés au tome IV, dans les notes 13 à 18, p. 136-184. La biographie d'Aristippe est commentée à la note 13, p. 135-140. Autre édition des fragments dans E. Mannebach, *Aristippi et Cyrenaicorum fragmenta,* Leiden-Köln 1961, XI-141 p. (sur le texte laërtien, voir les pages 101-105). Voir aussi K. Döring, *Der Sokratesschüler Aristipp und die Kyrenaiker,* coll. *AAWM/GS,* Stuttgart, 1988, 71 p.

2. Colonie grecque sur la côte africaine. La *Souda, s.v.* 'Αρίστιππος, A 3908 ; t. I, p. 354, 22 Adler, indique le nom de son père : « 'Αρίστιππος 'Αριτάδου ».

3. Fr. 49 Dittmar, *vestigium* XXIV Krauss.

4. En VI 10, Diogène Laërce fait allusion à des jeunes gens du Pont, également attirés à Athènes par la renommée de Socrate. Sur les circonstances de la rencontre entre Aristippe et Socrate, voir Plutarque, *De curiositate* 2, 516 c (= *SSR* IV A 2).

5. Cf. II 62, où le verbe σοφιστεύειν est employé à propos d'Eschine.

6. Fr. 31 Wehrli. Chez D. L. on trouve Φαινίας, alors que dans la Souda *s.v.* Φανίας ἢ Φαινίας Φ 73 ; t. IV, p. 696, 20 Adler, sont proposées les deux orthographes : Φανίας ἢ Φαινίας 'Ερέσιος. F. Wehrli, *Phainias von Eresos. Chamaileon. Praxiphanes,* coll. « Die Schule des Aristoteles. Texte und Kommentar » IX, Basel-Stuttgart, 1962², p. 7, explique que la première forme est attestée pour Lesbos, la seconde pour l'Attique.

7. Il sera encore fait allusion à ce salaire en D. L. II 72.74. Cf. Xénophon, *Mémorables* I 2, 60 qui rappelle que Socrate, lui, n'exigea jamais de salaire, alors

et il fit parvenir de l'argent à son maître. Un jour qu'il lui avait envoyé vingt mines, il se les vit retourner, Socrate ayant déclaré que son démon ne lui permettait pas d'accepter, car il n'aimait pas cette façon de faire[1]. Xénophon avait de l'antipathie à l'égard d'Aristippe[2]. C'est pourquoi le discours contre le plaisir qu'il mit dans la bouche de Socrate était dirigé contre Aristippe[3]. Mais ce dernier a été maltraité aussi par Théodore[4] dans son ouvrage *Sur les écoles philosophiques* et par Platon dans son ouvrage *Sur l'âme*[5], comme nous l'avons dit ailleurs[6].

66 Il était capable de s'adapter au lieu, au moment et à la personne, et de jouer son rôle[7] convenablement en toute circonstan-

---

que plusieurs de ses disciples vendaient cher leur enseignement. Voir *SSR* IV A, note 14, p. 141-145.

1. On peut se demander si le sujet de ἐδυσχέραινε est le démon de Socrate, auquel cas c'est Socrate qui parle, conformément à notre traduction, ou si ce sujet est Socrate lui-même, auquel cas ce serait Diogène Laërce qui parlerait et il faudrait traduire : « Socrate en effet n'aimait pas cette façon de faire. »

2. Sur les rapports d'Aristippe avec les autres Socratiques, voir *SSR* IV A, note 15, p. 147-154.

3. Cf. Xénophon, *Mémorables* II 1.

4. Nous ne savons pas de quel Théodore il est question ici; il est peu probable qu'il s'agisse de Théodore l'Athée (cf. *SSR* t. IV, p. 190). Curieusement ce Théodore ne semble pas être mentionné parmi les vingt Théodore homonymes que signale Diogène Laërce en II 103-104.

5. Cf. Platon, *Phédon* 59 c. Platon, en disant qu'Aristippe et Cléombrote étaient à Égine au moment de la mort de Socrate, laisse entendre que si Aristippe l'avait vraiment voulu, il aurait pu facilement revenir d'Égine à Athènes.

6. Ménage pensait qu'il y avait là une allusion à un ouvrage autre que les *Vies* et la *Pammetros*. En fait, Diogène Laërce fait plutôt allusion ici à III 36. Il est certes curieux que le passage en question soit postérieur dans les *Vies*. Voir E. Mannebach, *Aristippi et Cyrenaicorum Fragmenta*, Leiden 1961, p. 102, qui pense que Diogène Laërce a transcrit une donnée empruntée à une de ses sources secondaires, en oubliant de l'adapter à son développement personnel. Pour ma part je crois plutôt que ce détail tend à prouver que le plan envisagé initialement par Diogène Laërce n'est pas celui dont nous disposons aujourd'hui. Au moment où il écrivit son chapitre sur Aristippe, il devait avoir déjà traité de Platon; par la suite l'ordre fut bouleversé; cf. mon étude : « Le livre VI de Diogène Laërce », *ANRW* II 36, 6, Berlin 1992, p. 3882-3889, et l'Introduction au livre II, p. 163.

7. Bion de Borysthène conseille de bien jouer le rôle qui nous est attribué par la Fortune (Cf. Télès, p. 5, 4-6 Hense², p. 135 et 148-162 Fuentes González) et Ariston compare le sage au bon acteur (D. L. VII 160). Cf aussi Épictète (fr. A

ce[1]; aussi était-il auprès de Denys plus apprécié[2] que les autres, car il envisageait toujours du bon côté les situations qui se présentaient: il jouissait du plaisir que lui procuraient les biens présents et il ne se donnait pas la peine de poursuivre la jouissance de ceux qu'il n'avait pas[3]; c'est pourquoi Diogène le traitait de « chien royal »[4]. Timon[5] en revanche le mordit à belles dents[6] pour sa mollesse, disant en substance :

Tel est le sensuel Aristippe qui manie les mensonges[7].

---

11 Schenkl). Sur la vie comparée à une pièce de théâtre, voir M. Kokolakis, *The Dramatic Simile of Life*, Athènes 1960.

1. Peut-être conviendrait-il d'éditer καὶ <κατὰ> πᾶσαν περίστασιν (cf. VII 121. 165 et IX 92).

2. On rencontre chez D. L. des imparfaits sans augment (cf. II 110). Alors qu'on attendrait ηὐδοκίμει, on a εὐδοκίμει. Sur les problèmes que pose l'identification du Denys de Syracuse mentionné à plusieurs reprises dans la *Vie d'Aristippe*, voir M.-O. Goulet-Cazé, art. « Aischinès de Sphettos » A 71, *DPhA* I, p. 90. C'est probablement la cour de Denys le Jeune que fréquenta Aristippe (de même qu'Eschine, cf. II 63).

3. Même idée exprimée par Cratès dans Télès (p. 38, 10-39, 1 Hense[2] ; p. 369 et 397 Fuentes González); cf. Athénée XII, 544 a-b ; Élien, *Histoire variée* XIV 6 (Aristippe préconise de ne pas s'inquiéter après coup du passé ni à l'avance de l'avenir, mais bien plutôt de se concentrer non seulement sur le jour où l'on est, mais sur la partie du jour où l'on se trouve précisément en train d'agir et de penser) ; Horace, *Epistula* I 17, v. 23-24.

4. Mannebach, p. 69, estime que βασιλικόν constitue un renvoi à Denys et il suppose que cette phrase est issue d'un contexte où il était précédemment question de Denys. C'est pourquoi son fragment 29 regroupe cette phrase et le début du paragraphe 66. On pourrait comprendre aussi, et c'est plutôt mon interprétation, que l'attitude pleine de sagesse manifestée par Aristippe en toute circonstance de la vie suscitait l'admiration de Diogène qui voyait en lui un « chien » de qualité supérieure, éloge suprême pour un Cynique. D'ailleurs, le δέ qui introduit ensuite le jugement de Timon souligne l'opposition entre le jugement positif de Diogène et le jugement négatif de l'auteur des *Silles*.

5. Fr. 27 Di Marco. Commentaire aux pages 174-175 de l'édition.

6. Casaubon rapproche, pour la métaphore, ce passage de la formule de Gnathon dans Térence, *Eunuque*, acte V, v. 1086 : « Hunc comedendum et deridendum vobis praebeo ».

7. Il est difficile de préciser de quels mensonges il s'agit. Timon veut peut-être laisser entendre que la doctrine cyrénaïque du plaisir n'est que fausseté. Concernant la langue, on peut rapprocher οἷα τ' Ἀριστίππου τρυφερὴ φύσις de l'expression employée en II 55 : οἷος Ξεινοφόων ἠτ' Αἰσχίνου οὐκ ἀπιθὴς <ἴς> γράψαι.

Anecdotes

Un jour, dit-on, il donna l'ordre d'acheter une perdrix pour cinquante drachmes; quelqu'un lui en ayant fait reproche, il dit: « Mais toi, pour une obole, ne l'aurais-tu pas achetée ? » Comme l'autre acquiesçait, Aristippe dit: « Eh bien pour moi cinquante drachmes valent une obole »[1].

67 Un jour que Denys lui avait demandé de choisir une courtisane parmi trois qui étaient là, il les emmena les trois en disant: « Ce ne fut pas un avantage pour Pâris d'en préférer une seule ». A vrai dire, il les emmena, dit-on, jusqu'à son vestibule et les laissa partir, tant il était fort et pour prendre et pour dédaigner[2]. C'est pourquoi un jour Straton[3], selon d'autres Platon, lui dit: « Il n'y a que toi qui puisses porter aussi bien une chlanide[4] que des haillons ». Comme Denys lui avait craché à la figure, il supporta l'insulte; mais quelqu'un lui ayant reproché son attitude, il dit: « Et alors ? Les pêcheurs supportent bien d'être arrosés par l'eau de mer pour attraper un goujon, et moi, je ne supporterais pas d'avoir été arrosé par un crachat pour prendre une baveuse ?[5] »

68 Un jour qu'Aristippe passait, Diogène, qui lavait des légumes, se moqua de lui en disant: « Si tu avais appris à manger ces légumes, tu ne ferais pas la cour aux tyrans »; à quoi Aristippe rétorqua: « Et

1. Cf. II 75. Voir aussi Athénée VIII, 343 c-d.
2. Cf. Athénée XII, 544 d.
3. Certainement pas le Péripatéticien de Lampsaque, puisqu'il vivait au IIIe siècle et non au IVe.
4. C'était un manteau élégant de fine laine (cf. Télès, p. 40, 10 et 53, 9 Hense²).
5. De même que le pêcheur est prêt à se faire tremper pour attraper un goujon, de même Aristippe est prêt à supporter les crachats de Denys, pour « attraper » celui-ci, c'est-à-dire pour obtenir de lui qu'il le laisse bénéficier des avantages de la cour à Syracuse. L'anecdote est injurieuse pour Denys, car la baveuse, à en croire Athénée VII, 288 a, est un petit poisson qui ressemble à un goujon. En outre il y a un jeu de mots, car βλέννος désigne la baveuse (*blennius* en latin, la blennie en français) et βλεννός celui qui bave, d'où par extension celui qui est stupide. Sur cette anecdote, voir W. Schmid, « Die Netze des Seelenfängers. Zur Jagdmetaphorik im philosophischen Protreptikos des Demetrius Lakon *(Pap. Herc. 831)* », *PP* 10, 1955, p. 446-447; A. Grilli, « Cyrenaica », *SIFC* 32, 1960, p. 200-214, notamment p. 200-203. Pour une anecdote parallèle, cf. Athénée XII, 544 d.

toi, si tu étais capable de vivre dans la compagnie des hommes, tu ne laverais pas des légumes! »[1] Comme on lui avait demandé quel profit il retirait de la philosophie; il dit: « Être capable de m'entretenir hardiment avec tous[2] ». Alors qu'on lui reprochait un jour de mener grand train de vie, il dit: « Si ce comportement était mauvais, on ne l'adopterait pas lors des fêtes des dieux ». Comme on l'avait un jour interrogé sur ce que les philosophes ont en plus, il dit: « Si toutes les lois étaient supprimées, nous continuerions à vivre de la même façon ».

69 Denys lui ayant demandé pourquoi les philosophes viennent aux portes des riches, alors que les riches ne viennent pas à celles des philosophes, il dit: « Parce que les uns savent ce dont ils ont besoin, tandis que les autres ne le savent point »[3]. [Alors que Platon lui reprochait un jour de mener grand train de vie, il dit: « Denys te semble-t-il quelqu'un de bien? » Comme Platon acquiesçait, il dit: « Et pourtant il mène plus grand train de vie que moi. Donc rien n'empêche et de mener grand train et de vivre bien »[4]]. Comme on lui avait demandé quelle différence sépare les gens éduqués de ceux qui sont sans éducation, il dit: « La même qui sépare les chevaux domptés des indomptés ». Au moment où il entrait, un jour, dans la maison d'une courtisane, comme un des jeunes gens qui l'accompagnaient s'était mis à rougir, Aristippe dit: « Ce qui est mal, ce n'est pas d'entrer, mais c'est de ne pas pouvoir sortir ».

70 Comme quelqu'un lui avait proposé une énigme et lui disait: « dénoue », il répondit: « Pourquoi veux-tu, stupide, dénouer ce qui,

---

1. Cf. D. L. II 102 et VI 58. Voir aussi Horace, *Epistula* I 17, v. 13-32.
2. Pour d'autres réponses d'Aristippe à la même question, voir Giannantoni, *SSR* IV A 104. Antisthène, lui, répondait: « Être capable de m'entretenir avec moi-même » (D. L. VI 6).
3. Cf. II 70. Un dit similaire est attribué à Antisthène (*Gnom. Vat.* 743, n° 6 = *SSR* V A 166) et à Simonide par Aristote, *Rhétorique* II 16, 1391 A.
4. Cet apophtegme se trouve à cet endroit avec cette formulation dans les manuscrits d, g, et t. Dans B^{ac}, P^{ac} et F^{ac}, il est situé en II 76 dans une version très légèrement différente. Il convient par conséquent de le mettre ici entre crochets droits comme l'a fait Long. En revanche en II 76, celui-ci a eu tort de le mettre entre crochets obliques, puisque l'apophtegme, d'après l'apparat, est dans B, P et F.

même attaché, nous met dans l'embarras ? »[1] « Mieux vaut mendier », disait-il, « qu'être sans éducation; car si les mendiants manquent d'argent, les gens sans éducation manquent, eux, d'humanité[2]. » Tandis que quelqu'un, un jour, l'injuriait, il s'éloigna. Comme l'autre le poursuivait et lui demandait : « Pourquoi fuis-tu ? », Aristippe répondit : « Parce que, si toi tu as la liberté de dire des injures, moi j'ai celle de ne pas les écouter ». Comme quelqu'un lui disait qu'il voyait toujours les philosophes à la porte des riches[3], il dit : « Les médecins aussi sont aux portes des malades; aucun pourtant ne choisirait d'être malade plutôt que médecin[4] ».

71 Un jour qu'il faisait une traversée en direction de Corinthe et qu'il subissait les assauts de la tempête, il lui arriva d'éprouver de la frayeur. A qui lui dit : « Nous les gens ordinaires, nous ne craignons pas, tandis que vous, les philosophes, vous êtes morts de peur ! », il répondit : « En effet, ce n'est pas pour une âme de même espèce que vous et nous éprouvons de l'inquiétude »[5]. Alors que quelqu'un se vantait de son grand savoir, il dit : « De même que les gens qui mangent le plus et font de l'exercice ne sont pas en meilleure santé que les gens qui ne portent à leur bouche que ce qu'il faut, de même les sages, ce ne sont pas non plus ceux qui lisent beaucoup, mais ceux qui lisent utile ». Au logographe, qui avait plaidé avec succès sa cause, et qui, ensuite, lui demandait : « En quoi Socrate t'a-t-il aidé ? », il répondit : « En ceci que les paroles que tu as dites pour ma défense sont vraies ».

---

1. Cf. Montaigne, *Essais* I 26 : « Pourquoi le deslieray-je, puis que, tout lié, il m'empesche ? »

2. Sur ce terme ἀνθρωπισμός voir W. Nestle, *Die Sokratiker in Auswahl*, Jena, 1922², p. 289 et O. Apelt dans sa traduction *ad loc.*, t. I, Leipzig 1921, p. 317 n. 70, qui voit dans ce terme un calque grec tardif du latin « humanitas ».

3. Cf. II 69.

4. Autrement dit, les philosophes ne sont pas tentés par la richesse.

5. La vie d'un fat ne mérite pas qu'on se fasse du souci pour elle, alors que la vie d'Aristippe le mérite; cf. Aulu-Gelle XIX 1 ; Élien, *Histoire variée* IX 20, où Aristippe dit à son interlocuteur : « Dans votre cas, le désir de survivre et le danger actuel ont pour enjeu une vie misérable, tandis que dans mon cas c'est une vie heureuse qui est en cause » (trad. A. Lukinovich et A.-F. Morand).

72 Il éduquait sa fille Arétè[1] selon les meilleurs principes, l'entraînant à mépriser le superflu. Quelqu'un lui ayant demandé en quoi l'instruction rendrait son fils meilleur, il répondit: « A défaut d'autre chose, en ceci à tout le moins qu'au théâtre ce n'est pas une pierre qui s'assiéra sur une pierre ». Comme quelqu'un voulait lui confier son fils, Aristippe lui demanda cinq cents drachmes[2]. L'autre réagit en disant: «Mais pour ce prix-là, je peux acheter un esclave». Aristippe alors de répliquer: « Achète donc et tu en auras deux». Il a dit que s'il recevait de l'argent de ses disciples, ce n'était pas pour le dépenser lui-même, mais pour qu'eux sachent à quoi il faut dépenser son argent. Un jour qu'on lui reprochait d'avoir payé dans un procès un orateur, il dit: « Quand j'ai un repas à faire, je paie bien un cuisinier ! »

73 Contraint un jour par Denys de parler philosophie, il dit: «Il serait risible que tu t'informes auprès de moi sur l'art de parler et que le moment où il faut parler ce soit toi qui me l'enseignes». Vivement indigné par ce propos, Denys le mit en bout de lit. Et lui de dire: « Tu as voulu donner plus d'honneur à cette place»[3]. Comme quelqu'un s'enorgueillissait de savoir plonger, il dit: « N'as-tu pas honte de te vanter de ce que peut faire un dauphin ? » Un jour qu'on lui demandait en quoi le sage diffère du non-sage, il dit: «Envoie-les tous deux nus vers des gens qui ne les connaissent pas et tu sauras la différence». Comme quelqu'un s'enorgueillissait de beaucoup boire et de ne pas être ivre, il dit: « Un mulet en fait autant».

74 A qui lui reprochait d'habiter avec une courtisane, il dit: « Est-ce que par hasard il y aurait une différence entre prendre une maison qui a déjà été habitée par beaucoup et une qui ne l'a été par personne ? » L'autre répondit que non. «Entre naviguer sur un bateau qui a déjà porté des milliers de passagers et sur un qui n'en a porté aucun ? » « Point de différence ». «Eh bien, il n'y en a pas non plus

---

1. Les textes concernant Arétè et Aristippe Métrodidacte sont rassemblés dans Giannantoni, *SSR* IV B, et dans Mannebach, p. 34. Cf. F. Caujolle-Zaslawsky, art. « Arétè de Cyrène » A 328, *DPhA* I, p. 349-350.

2. Un parallèle à cette histoire dans Pseudo-Plutarque, *De liberis educandis* 7, 4 f-5 a, où il est question de 1 000 drachmes. Alexis, cité par Athénée XII, 544 e (fr. 37 Kassel & Austin), mentionne dans sa *Galatée* un élève d'Aristippe qui payait à son maître un talent.

3. Cf. Hégésandre chez Athénée XII, 544 c-d (*FHG* IV 417; fr. 18).

entre coucher avec une femme qui a fréquenté beaucoup d'hommes et une qui n'en a fréquenté aucun[1]. » A qui l'accusait de recevoir, lui, disciple de Socrate, de l'argent (de ses élèves), il répondit : « C'est vrai. Socrate, quand des gens lui envoyaient à manger et à boire, en prenait un peu et renvoyait le reste. C'est qu'il avait pour assurer son approvisionnement les premiers des Athéniens, alors que moi je n'ai qu'Eutychidès, un esclave que j'ai acheté! » Il fréquentait même la courtisane Laïs[2], à ce que dit Sotion au livre II des *Successions*.

75 A ceux qui ne manquaient pas de lui en faire reproche, il disait: « Je possède Laïs[3], mais je ne suis pas possédé par elle. Car c'est de maîtriser les plaisirs et de ne pas être subjugué par eux qui est le comble de la vertu, non point de s'en abstenir. » A qui lui reprochait sa table coûteuse, il dit: « Toi, pour trois oboles, n'aurais-tu pas acheté tout cela ? » Comme l'autre répondait que si, il dit: « Ce n'est donc pas que moi j'aime le plaisir, mais c'est que toi, tu aimes l'argent »[4]. Un jour que Simos, l'intendant de Denys, lui montrait des maisons somptueuses, pavées de mosaïques – c'était un Phrygien et un sinistre individu! –, Aristippe expectora, lui envoyant un crachat au visage. Comme l'autre se mettait en colère, il dit: « Je n'avais pas d'endroit plus approprié »[5].

---

1. Cf. Athénée XIII, 588, e-f, où l'interlocuteur d'Aristippe est Diogène le Chien.

2. Cf. Athénée XII, 544 d : Aristippe passait deux mois par année avec elle à Égine au moment des fêtes de Poséïdon. Laïs était une courtisane de Corinthe qui fut aimée à la fois d'Aristippe et de Diogène (cf. Athénée XIII, 588 e). Parmi les écrits d'Aristippe sont cités un Πρὸς Λαΐδα (D. L. II 84. 85) et un Πρὸς Λαΐδα περὶ τῆς κατόπτρου. Cf. F. Geyer, art. « Lais » 1, *RE* XII 1, 1924, col. 514-515.

3. Ménage, suivi par Long, supprime Λαΐδα après ἔχω, à cause du parallèle d'Athénée XII, 544 d (ὁ δ' 'Αρίστιππος ἐπὶ τῆς Λαΐδος ἔλεγεν «ἔχω καὶ οὐκ ἔχομαι»). Cependant, en raison de la règle générale qui veut que la tradition perde des mots beaucoup plus souvent qu'elle n'en ajoute et parce que le mot Λαΐδα a toute son importance, comme le montrent le καί dans ἐχρῆτο καὶ et le οὖν dans πρὸς οὖν τοὺς μεμφομένους, je choisis de garder le texte des manuscrits.

4. Pour une variante de cette anecdote mettant en scène Aristippe et Platon, cf. Athénée VIII, 343 cd. Voir une anecdote du même style en D. L. II 76-77.

5. Cf. VI 32 où une anecdote similaire met en scène Diogène le Cynique et un individu anonyme.

76 A Charondas – ou selon d'autres à Phédon – qui demandait: « Qui s'est parfumé ? », il répondit : « C'est moi le misérable, mais il y a plus misérable que moi, à savoir le roi des Perses. Attention cependant : si être parfumé n'enlève rien de ses qualités à aucun autre vivant, il en est de même pour l'homme[1]. Puissent périr de male mort ces méchants débauchés, quels qu'ils soient, qui discréditent notre beau parfum![2] » A Platon[3] qui lui reprochait son train de vie excessif, il dit : « Est-ce qu'à tes yeux Denys est quelqu'un de bien ? » Comme Platon acquiesçait, il dit: « Et pourtant il mène plus grand train de vie que moi. C'est donc que rien n'empêche de mener grand train et de vivre en homme de bien ».[4] Interrogé sur la façon dont mourut Socrate, il répondit : « De la façon dont moi-même je souhaiterais mourir. » Le sophiste Polyxène lui rendit un jour visite ; à la vue des femmes qui étaient là et des aliments coûteux, il fit des reproches à Aristippe, lequel lui demanda quelques minutes après : « Peux-tu, toi aussi, te joindre à nous aujourd'hui ? » **77** Polyxène ayant répondu affirmativement, Aristippe dit : « Pourquoi donc m'avoir blâmé ? Car apparemment, ce que tu nous reproches, ce n'est pas la table, mais ce qu'il a fallu dépenser »[5]. Alors que son serviteur, au cours d'un voyage, portait de l'argent et était accablé sous le faix, comme le dit Bion dans ses diatribes[6], Aristippe lui cria :

---

1. Grâce à un parallèle chez Clément d'Alexandrie, *Pédagogue* II 8, 64, 1 on comprend mieux cette phrase un peu obscure : « Aristippe menait une vie de mollesse. Il interrogea une fois quelqu'un de cette manière fallacieuse : un cheval oint de parfum ne perd rien quant à ses qualités de cheval, et un chien non plus, s'il est oint, quant à ses qualités de chien; par conséquent l'homme non plus, ajoutait-il en conclusion » (trad. Mondésert).

2. Cette attaque contre les débauchés se retrouve aussi chez Clément, un peu plus loin, en II 8, 69, 1 « Aristippe le philosophe répétait, quand il s'était oint de parfums, que les débauchés devaient misérablement périr en misérables pour avoir discrédité cette chose salutaire, et l'avoir fait passer pour infamante » (trad. Mondésert).

3. Platon dans ses écrits ne cite jamais le nom d'Aristippe sinon dans le *Phédon* 59 c pour dire qu'Aristippe était absent au moment de la mort de Socrate, parce qu'il se trouvait à Égine.

4. Cf. II 69 et p. 277 n. 4.

5. T. 217 Döring. Voir une anecdote du même style en II 75.

6. T 8 A Kindstrand. Le Grec οἱ περὶ τὸν Βίωνα désigne ici Bion seul, et non Bion et ses disciples. Sur Bion considéré comme fondateur de la diatribe, voir J.F. Kindstrand, *Bion of Borysthenes. A Collection of the Fragments with Intro-*

« Laisse tomber le surplus et ne porte que ce que tu peux porter ». Un jour qu'il était en mer, quand il comprit que le navire qui approchait était un navire pirate, il prit son or et le compta, puis, comme sans faire exprès, il le jeta par-dessus bord à la mer et aussitôt se mit à pousser des gémissements. Selon d'autres, il ajouta qu'il valait mieux voir disparaître cet argent du fait d'Aristippe plutôt qu'Aristippe du fait de cet argent. Comme Denys lui demandait un jour pourquoi il venait le voir, il dit que c'était pour lui donner une part de ce qu'il avait[1] et recevoir en échange une part de ce qu'il n'avait pas[2]. **78** Il en est pour dire que sa réponse fut la suivante : « Quand j'avais besoin de sagesse, j'allais chez Socrate ; mais maintenant que j'ai besoin d'argent, c'est chez toi que je viens »[3].

Il blâmait les hommes de faire résonner les ustensiles dans les boutiques du marché et de se fier au hasard pour mettre à l'épreuve les genres de vie. D'autres attribuent ce mot à Diogène[4]. Un jour, pendant un banquet, Denys ordonna à chacun de mettre un vêtement de pourpre et de danser. Platon déclina l'invitation en disant :

Pas question pour moi de porter une robe de femme[5].

Aristippe en revanche prit le vêtement et, sur le point de danser, fit cette habile répartie :

Car aux fêtes de Bacchus, celle qui est sage ne saurait être [corrompue[6].

79 Un jour qu'il demandait à Denys une faveur pour un ami et qu'il ne l'obtenait point, il tomba aux pieds du tyran. A qui le raillait pour son attitude, il dit : « Ce n'est pas ma faute, mais celle de Denys qui a les oreilles dans les pieds ». Comme il séjournait en Asie et

---

duction and Commentary, coll. « Acta Universitatis Upsaliensis. Studia Graeca Upsaliensia 11 », Uppsala 1976, p. 21-25 ; sur la question de la diatribe, *ibidem*, p. 97-99 ; sur ce passage en particulier, p. 248-249. Sur la diatribe en général, voir P. P. Fuentes González, *Les Diatribes de Télès*, Paris 1998, notamment p. 44-78.

1. C'est-à-dire de l'esprit.
2. C'est-à-dire de l'argent.
3. Cf. II 80.
4. En VI 30.
5. Euripide, *Bacchantes*, v. 836.
6. Euripide, *Bacchantes*, v. 317-318.

qu'il avait été fait prisonnier par le satrape Artapherne[1], il dit à qui lui demandait: « Tu te sens du courage en pareille circonstance ? » : « Quand donc, pauvre sot, pourrais-je me sentir plus de courage que maintenant, au moment où je vais discuter avec Artapherne ? »

Ceux qui ont eu leur part de l'enseignement encyclique[2], mais qui ont été privés de philosophie, il les comparait aux prétendants de Pénélope. Ceux-ci avaient en effet à leur disposition Mélanthô, Polydôra et les autres servantes ; mais tout leur était permis sauf épouser la maîtresse elle-même[3]. **80** Ariston faisait lui aussi le même genre de comparaison[4]: Ulysse, lors de sa descente chez Hadès, avait vu et rencontré tous les morts ou presque, mais la reine elle-même, il ne l'avait point contemplée [5].

Aristippe en tout cas[6], comme on lui demandait quelles sont les disciplines qu'il faut enseigner aux enfants doués, répondit : « Celles qui leur serviront une fois devenus adultes ». A qui l'avait accusé d'avoir quitté Socrate pour Denys, il dit : « Mais si je suis allé chez

---

1. Cf. F. Cauer, art. « Artaphernes » 5, *RE* II 3, 1979, col. 1308

2. Sur l'ἐγκύκλιος παιδεία, voir Ilsetraut Hadot, « Arts libéraux et philosophie dans la pensée antique », Paris 1984, p. 270-276, où l'auteur explique que les disciplines encycliques, appelées aussi λογικαὶ τέχναι, sont « les arts fondés sur le raisonnement », qui servent de matière propédeutique à l'étude de la philosophie. Pour expliquer ἐγκύκλιος, elle s'appuie (p. 268) sur une scholie de l'*Art grammatical* de Denys le Thrace qu'elle traduit ainsi : « *Enkuklioi* sont les arts que quelques-uns appellent λογικαί (= fondés sur le raisonnement), comme l'astronomie, la géométrie, la musique, la philosophie, la médecine, la grammaire, la rhétorique. On les appelle *enkuklioi,* parce que celui qui apprend un art (ὁ τεχνίτης) doit, en les parcourant tous, introduire dans son art à lui ce qu'il trouve d'utile dans chacun d'eux » (*Grammatici Graeci* I 3 : *Scholia in Dionysii Thracis Artem grammaticam,* éd. A. Hilgard, Leipzig 1901, p. 112, 16-20).

3. Cf. Gorgias, DK 82 B 29; Pseudo-Plutarque, *De liberis educandis* II 10, 7 c-d, où un mot similaitre est attribué à Bion (= F 3 Kindstrand).

4. Il s'agit d'Ariston de Chios le Stoïcien (= *SVF* I 349; voir aussi I 350). Il faut comprendre qu'Ariston faisait la même distinction qu'Aristippe entre la philosophie et l'enseignement encyclique. Mais les deux philosophes ne mettaient pas à profit les mêmes épisodes homériques.

5. Il s'agit de Perséphone, la reine des Enfers. Au Chant XI de l'*Odyssée* en effet, elle n'est pas mentionnée parmi les gens qu'Ulysse rencontra, quand il descendit aux Enfers.

6. La liaison par δ' οὖν permet de reprendre l'affirmation d'Aristippe concernant l'enseignement de la philosophie, par-dessus le passage sur Ariston.

Socrate c'était pour m'instruire (παιδείας), alors que chez Denys, c'était pour me divertir(παιδίας)»[1]. Comme il avait gagné de l'argent en enseignant, Socrate lui dit: « D'où te vient tout cet argent ? », à quoi Aristippe répondit: « De là d'où il t'en vient si peu »[2].

81 Comme une courtisane lui disait: « Je suis enceinte de toi », il dit: « Tu n'en es pas plus sûre que si, marchant à travers des joncs, tu affirmais avoir été piquée par tel jonc précis ». Quelqu'un l'accusait de repousser avec mépris son fils, comme s'il n'était pas de lui. A quoi il répondit: « La pituite et les poux aussi nous savons qu'ils naissent de nous, mais parce qu'ils sont inutiles, nous les rejetons le plus loin possible »[3]. Comme Aristippe avait accepté l'argent qui venait de Denys alors que Platon, lui, n'avait fait que prendre un livre, Aristippe dit à qui lui en faisait reproche: « C'est que moi j'ai besoin d'argent alors que Platon a besoin de livres ». A qui lui demandait pour quelle raison Denys lui faisait des reproches, il répondit: « Pour la même raison que les autres en font »[4].

82 Il demandait de l'argent à Denys, lequel lui dit: « Pourtant, le sage, à t'entendre, ne sera pas dans le besoin ». Aristippe dit en l'interrompant: « Donne et nous examinerons la question ». Denys donna; Aristippe dit alors: « Tu vois que je ne suis pas dans le besoin ? »

Denys lui ayant dit:

> Quiconque s'en va chez un tyran en est l'esclave, même s'il y est allé [librement[5].

1. Cf. II 78.

2. C'est-à-dire de l'enseignement que tu dispenses et qui ne te rapporte pas grand chose. Socrate en effet ne faisait pas payer son enseignement. Cf. A. Grilli, recension de G. Giannantoni, *I Cirenaici*, *RSF* 88, 1960, p. 343-351, notamment p. 345.

3. Pour l'idée que l'homme doit retrancher de son corps ce qui est inutile et superflu, cf. Xénophon, *Mémorables* I 2, 54

4. Cet apophtegme est ambigu, car on ne sait quel complément supposer à ἐλέγχουσιν: Aristippe (pour la même raison que les autres m'en font) ou Denys (pour la même raison que les autres lui en font) ? De plus, on ne sait de quels reproches il s'agit.

5. Sophocle, fr. 789 Nauck^2.

Aristippe l'interrompit en disant:

Il n'est pas esclave, s'il est libre d'aller[1].

C'est ce que dit Dioclès dans son ouvrage *Sur les vies de philosophes.* D'autres en fait attribuent le mot à Platon[2].

Comme Aristippe s'était fâché contre Eschine[3], il lui dit peu de temps après: « N'allons-nous pas nous réconcilier et cesser de dire des bêtises ? Vas-tu attendre que quelqu'un nous réconcilie autour de la coupe de vin[4]? » « Je suis bien content qu'on se réconcilie », dit Eschine. **83** « Souviens-toi donc », dit Aristippe, « que c'est moi qui ai fait les premiers pas, bien que je sois un vieillard. » Et Eschine lui dit: « Par Héra, voilà qui est parlé selon la raison! Car l'initiative qui t'appartient[5] est bien meilleure que la mienne: à moi de décider la guerre, à toi de faire la paix ». Tels sont les propos qu'on lui attribue.

Homonymes

Il y eut quatre Aristippe: celui dont nous parlons[6]; le deuxième, qui écrivit sur l'Arcadie[7]; le troisième, le Métrodidacte, qui est le fils de la fille du premier[8]; le quatrième, celui de la nouvelle Académie[9].

---

1. Il y a jeu sur l'aspect verbal dans les deux emplois, par Denys et par Aristippe, de l'expression ἂν ἐλεύθερος μόλῃ. Dans sa réplique, Aristippe veut signifier qu'il peut partir et reprendre sa liberté quand il le souhaite.

2. Plutarque, *De audiendis poetis* 33 d et *Vie de Pompée* 78, l'attribue à Zénon. Il n'est pas exclu qu'il y ait eu confusion dans les manuscrits entre Ζήνωνα et Πλάτωνα.

3. Chez Stobée IV 27, 19 c'est contre son frère que s'est fâché Aristippe. En revanche, chez Plutarque, *De cohibenda ira* 462 d, c'est bien contre Eschine.

4. ἐπὶ τῆς κύλικος. Cf. le titre Πρὸς τὸν ἐπὶ τῆς κύλικος en II 84. On peut rapprocher l'expression de Platon, *Banquet* 214 a: οὔτε τι λέγομεν ἐπὶ τῇ κύλικι οὔτε τι ᾄδομεν; de Plutarque, *Vie de Démosthène* 25: Οὐκ ἀκούσεσθε, ὦ ἄνδρες Ἀθηναῖοι, τοῦ τὴν κύλικα ἔχοντος; La coupe, lors d'un banquet, passait de main en main et celui qui l'avait devait chanter. Voir aussi Lucien, *Timon ou le Misanthrope* 55: λόγοι πολλοὶ ἐπὶ τῇ κύλικι.

5. Avec ἄρχεις, ὑπάρχεις a ici son sens premier : « prendre une initiative ».

6. Signalons qu'un dialogue de Stilpon s'intitule *Aristippe ou Callias* (D. L. II 120) et un ouvrage de Speusippe *Aristippe de Cyrène* (D. L. IV 4).

7. Voir Note complémentaire 9 (p. 363).

8. Voir P. Natorp, art. « Aristippos » 9, *RE* II 1, 1895, col. 906 ; F. Caujolle-Zaslawsky, art. « Aristippe Métrodidacte » A 360, *DPhA* I, p. 376-377.

9. Voir H. von Arnim, art. « Aristippos » 10, *RE* II 1, 1895, col. 906; T. Dorandi, art. « Aristippe de Cyrène » A 357, *DPhA* I, p. 375-376.

Ses écrits[1]

Du philosophe cyrénaïque[2] on cite trois livres d'une histoire de la Libye[3] envoyés à Denys et un livre unique contenant vingt-cinq dialogues[4], écrits les uns en dialecte attique, les autres en dorien ; ce sont :

84 *Artabaze*[5],
Aux naufragés[6],

---

1. Sur l'ensemble du catalogue, voir Mannebach, p. 76-84, et Giannantoni, *SSR* IV, note 16, p. 155-168. Ménage (p. 409 Hübner), avait déjà remarqué que l'ouvrage d'Aristippe signalé par D. L. dans sa *Vie de Pythagore* VIII 21 : Περὶ φυσιολογιῶν était absent des deux listes. Par ailleurs celles-ci ne mentionnent pas non plus le Περὶ παλαιᾶς τρυφῆς pourtant cité en D. L. I 96, II 23. 48-49, III 29, IV 19, V 3. 39. En fait, H. von Arnim, art. « Aristippos » 10, *RE* II 1, 1895, col. 906, a établi que le premier ouvrage revient non pas à Arisitippe de Cyrène, mais à Aristippe l'Académicien. Quant au second, U. von Wilamowitz-Moellendorff, *Antigonos von Karystos*, p. 48-53, a montré qu'il s'agissait d'une œuvre du IIIe s. av. J.-C., dont on ignore le nom de l'auteur. Par ailleurs Ibn Al-Qifti (*SSR* IV A 162) attribue aussi à Aristippe deux ouvrages mathématiques : *Sull'operazione dell'algebra* et *Sulla divisione dei numeri.*

2. Mannebach, p. 87, s'appuyant sur d'autres témoignages où est employée l'expression « Le philosophe de Cyrène » (fr. 9 D-E, 50 B, 52 C, 90 dans son édition), pense qu'il faut remplacer Κυρηναϊκοῦ (indiquant l'appartenance philosophique) par Κυρηναίου (indiquant le lieu d'origine). Mais en I 19 Aristippe est présenté comme étant à la tête de l'école cyrénaïque. A la suite de C. J. Classen, recension de l'édition des fragments par E. Mannebach, dans *Gnomon* 35, 1963, p. 135-141, notamment p. 141, et de K. Döring, *Der Sokratesschüler Aristipp und die Kyrenaiker,* p. 36, je garde le texte des manuscrits.

3. *FGrHist* 759 T 1.

4. Si l'on compte un titre par item dans la liste qui suit, on arrive à un βιϐλίον contenant vingt-trois dialogues et non vingt-cinq. De toute façon cette liste pose des problèmes : faut-il considérer comme un dialogue la lettre d'Aristippe à sa fille ? faut-il compter pour un seul ouvrage les deux questions, de même que les trois chries ?

5. Pour R. Hirzel, *Der Dialog. Ein Literarischer Versuch,* Leipzig 1895, p. 108-109, l'Artabaze en question serait celui qui avait conduit l'armée de Xerxès. Mais Mannebach, p. 80, estime qu'il pourrait s'agir plutôt d'Artabaze, fils de Pharnabaze, satrape de Phrygie qu'Aristippe aurait rencontré durant son séjour en Asie (*Gnom. Vat.* 42 = *SSR* IV A 108). Voir Giannantoni, *SSR* IV, p. 159-160.

6. Cf. *SSR* IV A 50, où il est question d'un naufrage d'Aristippe.

Aux exilés[1],
A un mendiant[2],
A Laïs[3],
A Prôros[4],
A Laïs, à propos du miroir[5],
Hermias[6],
Un Songe,

---

1. Télès, *Sur l'exil* (p. 29, 13-30, 1 Hense², p. 281 et 350-351 Fuentes González) cite une parole d'Aristippe tirée probablement de cet ouvrage: « N'est-il pas, d'où qu'il parte, un et le même le chemin qui conduit à l'Hadès? » La même idée est exprimée par Épictète, *Entretiens* II 6, 18; cf. aussi Anaxagore dans Cicéron, *Tusculanes* I 43, 104.

2. Une œuvre de Diogène le Cynique s'intitule Πτωχός (cf. VI 80). Mannebach, p. 82, suggère qu'Aristippe dans cet ouvrage répondait à l'ouvrage de Diogène, auquel cas il faudrait traduire: « Contre "Le mendiant" »; mais l'expression ici ne comporte pas d'article. Comme par ailleurs dans les titres suivants πρός n'a pas de valeur adversative, il me semble que l'interprétation « A un mendiant » est plus plausible.

3. Les fragments concernant Aristippe et Laïs sont regroupés en *SSR* IV A 91-96. Sur cette courtisane, voir plusieurs épigrammes de l'*Anthologie Palatine* V 250 (Paul le Silentiaire), V 302 (Agathias le Scholastique), VI 1 (Platon), VI 18, 19 et 20 (Julien, préfet d'Égypte), VI 71 (Paul le Silentiaire), VII 218 (Antipater de Sidon), 219 (Pompeius Macer Junior), 220 (Agathias le Scholastique), 260 (Secundus de Tarente), XI 67 (Myrinos), et l'épigramme 53 d'Ausone. Par ailleurs Epikrates, un poète de la Comédie Moyenne, écrivit une comédie intitulée *Antilaïs* (cf. Athénée XIII, 570 b; voir G. Kaibel, art. « Epikrates » 21, *RE* VI 1, 1907, col. 120-121).

4. W. Crönert, *Kolotes und Menedemos, Texte und Untersuchungen zur Philosophen- und Literaturgeschichte,* coll. « Studien zur Palaeographie und Papyruskunde » 6, Leipzig 1906, rp. Amsterdam 1965, p. 96, propose de corriger Πῶρον en Πρῶρον. La même correction a été proposée de façon indépendante par U. von Wilamowitz-Moellendorff, « Lesefrüchte », *Hermes,* 1928, p. 384. Dans ce cas il pourrait s'agir du vainqueur olympique de 360 (épreuve de la course) évoqué par Diodore de Sicile XVI 2 et Pausanias X 2, 3. Il est à signaler qu'on connaît également à l'époque d'Aristippe un Prôros de Cyrène, pythagoricien (cf. DK 54).

5. Cf. les épigrammes de Platon dans *Anth. Pal.* VI 1, de Julien, préfet d'Égypte, dans *Anth. Pal.* VI 18, 19 et 20, et l'épigramme 53 d'Ausone: Laïs, qui ne supporte pas de voir sa beauté disparaître sous les assauts du temps, préfère offrir son miroir à Aphrodite, qui, elle, n'a rien à craindre pour sa beauté.

6. Selon Mannebach, p. 81-82, cet Hermias serait à identifier avec l'Hermias 'Αταρνεύς, ami d'Aristote, qui était à Athènes après 367. Cf. P. Natorp, art. « Hermias » 11, *RE* VIII 1, 1912, col. 831-832.

A celui qui a la coupe[1],
Philomèle[2],
A ses intimes
A ceux qui lui reprochent d'avoir vin vieux et courtisanes,
A ceux qui lui reprochent le luxe de sa table[3],
Lettre à sa fille Arétè[4],
A celui qui s'exerçait pour Olympie,
Question,
Autre question,
Chrie adressée à Denys[5],
Autre chrie sur la statue,
Autre chrie sur la fille de Denys,
A celui qui se pensait déshonoré,
A celui qui entreprenait de donner des conseils.

---

1. Même expression qu'en II 82. Gigante traduit par « Al ministro delle coppe » et Giannantoni par « Al maestro di conviti ». On pourrait donc traduire « Au préposé à la coupe », en supposant que dans les banquets un homme était chargé de faire circuler la coupe parmi les convives. Mais l'expression peut ici tout simplement désigner le convive qui, dans un banquet, parle ou chante la coupe à la main.

2. Selon Mannebach, p. 83, il s'agit de Philomèle d'Athènes, fils de Philippide et disciple d'Isocrate. Cf. K. Fiehn, art. « Philomelos » 2, *RE* XIX 2, 1938, col. 2524.

3. Cf. une des anecdotes de II 75.

4. Il est curieux qu'une lettre soit rangée parmi les dialogues. Une lettre pseudépigraphe destinée à sa fille est conservée, que Mannebach, p. 81, date des années 200 av. J.-C. (*SSR* IV A 226). On trouve les lettres pseudépigraphes d'Aristippe dans *SSR* IV A 222-226. Cf. J. Sykutris, art. « Sokratikerbriefe », *RESuppl* V, 1931, col. 981-987.

5. La chrie est un dit en prose, souvent accompagné d'un élément d'esprit (cf. Introduction générale, p. 25 n. 1). En IV 40 sont mentionnées les *Chries* d'Aristippe. En V 18, Diogène Laërce rapporte une anecdote où l'on voit Diogène sur le point de déclamer une chrie. Métroclès le Cynique, élève de Cratès, passe pour le premier auteur de chries que l'on connaisse. Mais peut-être Aristippe l'avait-il précédé sur cette voie. Cf. J.F. Kindstrand, « Diogenes Laertius and the *Chreia* Tradition », *Elenchos* 7, 1986, p. 219-243, qui pense cependant que les *Chries* attribuées à Aristippe sont des chries rapportant des dits d'Aristippe plutôt qu'un ouvrage de chries d'Aristippe rapportant des dits d'autres personnages, comme c'était le cas pour Métroclès.

Certains disent qu'il écrivit également six livres de diatribes[1], d'autres, dont Sosicrate de Rhodes[2], qu'il n'écrivit rien du tout.

85 Selon Sotion,[3] dans son livre II, et selon Panétius[4], ses ouvrages sont les suivants[5]:

---

1. Théopompe de Chios dans Athénée XI, 508 c, accuse Platon d'avoir emprunté la matière de la plupart de ses dialogues aux diatribes d'Aristippe. Sur le problème de la diatribe qui a fait couler beaucoup d'encre, voir un état de la question dans P. P. Fuentes González, *Les Diatribes de Télès,* Paris 1998, p. 44-78.

2. Fr. 10 Giannattasio Andria (= *FGrHist* 461 T 3). Sosicrate en VI 80 dit de même que Diogène n'a rien écrit et en VII 163 qu'Ariston n'a rien écrit sauf des *Lettres.*

3. Fr. 16 Wehrli.

4. Fr. 123 Van Straaten, fr. 150 Alesse. F. Nietzsche, « De Laertii Diogenis fontibus », *RhM* 24, 1869, p. 181-228, notamment 187-188, constatant qu'il y avait une contradiction entre cette affirmation de II 85 et celle de II 64 où il est dit que pour Panétius les dialogues des Socratiques, hormis ceux de Platon, Xénophon, Antisthène et Eschine, ne sont pas authentiques, a proposé de corriger le texte, en ajoutant καὶ Παναίτιος après Σωσικράτης à la ligne précédente et en supprimant καὶ Παναίτιον après Σωτίονα ἐν δευτέρῳ. Dans le même esprit F. Dümmler, *Antisthenica,* Diss. Berlin 1882, p. 66 n. 1, et A. Chiappelli, « De Diogenis Laertii loco quodam restituendo », *RFIC* 13, 1885, p. 522-527, ont suggéré d'ajouter Παναίτιος avant καὶ Σωσικράτης et de supprimer καὶ Παναίτιον. C'est à cette solution que s'est rangé M. Gigante qui remarque qu'ainsi les noms de Panétius et Sosicrate se succèdent comme en VII 163. A la suite de Zeller, Giannantoni, *SSR* IV, p. 158, signale que ἀληθεῖς en II 64 peut signifier « authentiques », mais aussi « véridiques », et que, par ailleurs, le fait que Panétius ait nié l'authenticité des dialogues socratiques d'Aristippe n'empêche pas qu'Aristippe ait pu écrire des ouvrages autres que des dialogues socratiques (c'est-à-dire où Socrate était le personnage principal). Giannantoni, *SSR* IV, p. 163, fait remarquer que la présence d'un *Protreptique* en II 85 prouve bien qu'Aristippe écrivit aussi des ouvrages qui n'étaient pas des dialogues. Il rappelle qu'Antisthène également écrivit un *Protreptique.*

5. La seconde liste compte cinq titres absents de la première. Panétius – si du moins l'on maintient la mention de Panétius à cet endroit – a pu l'emprunter aux *Successions* de Sotion et la citer dans son ouvrage *Sur les écoles philosophiques.* J. Humbert, *Socrate et les petits Socratiques,* Paris 1967, p. 252-254, estime que le catalogue de Sotion et Panétius est meilleur que le catalogue anonyme, parce qu'il a un plus grand contenu philosophique. Pour ma part, je crois que ce catalogue a été revu par des Stoïciens qui, soucieux de leur lointaine origine socratique, auraient, comme dans le cas de Diogène le Cynique, supprimé des ouvrages qui ne leur plaisaient pas, et en auraient introduit d'autres de leur propre fabrication. A l'appui de cette hypothèse, on relève la présence d'un

Sur l'éducation[1],
Sur la vertu,
Protreptique,
Artabaze,
Naufragés,
Exilés,
Six livres de diatribes,
Trois livres de chries,
A Laïs,
A Prôros,
A Socrate,
Sur la Fortune.

Il démontrait que la fin est le mouvement lisse qui débouche sur une sensation[2].

Περὶ ἀρετῆς (Sur la vertu) dans le catalogue de Sotion relatif à Diogène et également dans celui relatif à Aristippe. Cf. Introduction au livre II, dans le présent ouvrage, p. 181-182.

1. L'authenticité de cet ouvrage a été contestée par A. Dyroff, *Die Ethilk der alten Stoa*, Berlin 1897, p. 241.

2. Fr. 193 Mannebach. On remarque que cette phrase doxographique est isolée à la fin de la vie d'Aristippe et que la présence du verbe ἀπέφαινε implique qu'elle revient au seul Aristippe et non à l'école cyrénaïque. Voir l'Introduction au livre II, p. 186. Döring pense que l'idée qui était implicite dans la façon de vivre et de s'exprimer d'Aristippe a été condensée dans la littérature doxographique en un enseignement explicitement formulé. Il faut évidemment supposer que dans la phrase d'Aristippe qui nous a été transmise c'est bien du plaisir qu'il s'agit. Dans ce cas, si le plaisir est « un mouvement lisse qui débouche sur une sensation », cela implique, comme le remarque Döring, que pour Aristippe il existe des mouvements trop doux pour être ressentis et des mouvements violents ressentis non comme du plaisir, mais comme de la souffrance.

LES CYRÉNAÏQUES[1]

Nous, puisque nous avons écrit sa vie, eh bien parcourons désormais ceux de sa lignée, les Cyrénaïques – certains d'entre eux se donnèrent[2] les uns le nom d'Hégésiaques, d'autres celui d'Annicériens, d'autres encore celui de Théodoréens[3] –; mais il faut parcourir aussi ceux de la lignée de Phédon, dont les coryphées[4] sont les Érétriques[5].

86 Voici comment se présente la succession[6]. Disciples d'Aristippe: Arétè, sa fille[7], ainsi qu'Aithiops de Ptolémaïs[8] et Antipatros de

---

1. Outre les ouvrages de G. Giannantoni (*I Cirenaici*, p. 74-115; *SSR* IV, p. 173-187), de E. Mannebach (p. 106-121), de K. Döring, *Der Sokratesschüler Aristipp und die Kyrenaiker* déjà cités, on consultera sur la doctrine des Cyrénaïques C. J. Classen, « Aristippos », *Hermes* 86, 1958, p. 182-192, J. Bollack, *La pensée du plaisir. Épicure: Textes moraux, Commentaires*, Paris 1975; V. Tsouna McKirahan, « The Cyrenaic Theory of Knowledge », *OSAPh* 10, 1992, p. 161-192, ainsi que A. Laks, « Annicéris et les plaisirs psychiques. Quelques préalables doxographiques », dans J. Brunschwig et M. Nussbaum (édit.), *Passions and Perceptions. Studies in Hellenistic Philosophy of Mind*, Cambridge, 1993, 18-49.

2. Cf. Introduction au livre II, p. 184.

3. E. Schwartz, art. « Diogenes » 40, *RE* V 1, 1903, col. 759, voulait supprimer tous les mots de Κυρηναϊκούς à προσωνόμαζον. Cf. Introduction au livre II, p. 185.

4. Le même terme est employé en II 47 à propos de Platon, Xénophon et Antisthène, que D. L. désigne comme les coryphées des Socratiques.

5. Cf. p. 344 n. 7.

6. Sur les noms des successeurs d'Aristippe consulter Crönert, *Kolotes und Menedemos*, p. 94 : « Philosophennamen aus Kyrene ».

7. Alors que tous les autres témoignages font d'Arété la fille d'Aristippe, Élien, *Animalium historia* III 40 (= *SSR* IV B 6) la présente comme sa sœur. Pour une hypothèse explicative, voir F. Caujolle-Zaslawsky, art. « Arétè de Cyrène » A 328, *DPhA* I, p. 350.

8. Cf. F. Caujolle-Zaslawsky, art. « Aithiops de Ptolemaïs » A 77, *DPhA* I, p. 95-96. Ce passage est la seule occurrence où apparaît ce nom. E. Schwartz,

Cyrène[1]; disciple d'Arétè: Aristippe surnommé le Métrodidacte[2]; disciple de cet Aristippe: Théodore l'Athée, dit ensuite « Dieu »[3]; disciple d'Antipatros: Épitimidès de Cyrène; disciple d'Épitimidès: Paraibatès; disciples de Paraibatès: Hégésias, l'apologète du suicide[4], et Annicéris qui paya la rançon de Platon[5].

Doxographie cyrénaïque[6]

Ceux qui restèrent fidèles au mode de vie[7] d'Aristippe et furent appelés Cyrénaïques[8] professaient les doctrines suivantes. Ils po-

---

art. « Diogenes Laertios » 40, *RE* V 1, 1903, col. 759, pense qu'il y a un anachronisme dans le fait qu'un disciple d'Aristippe puisse être dit de Ptolemaïs, vu que la cité a été fondée par Ptolémée III Évergète dans la seconde moitié du IIIe siècle.

1. Cf. F. Caujolle-Zaslawsky, art. « Antipatros de Cyrène » A 204, *DPhA* I, p. 219. On sait par Cicéron, *Tusculanes* V 112, qu'il était aveugle.

2. Son surnom lui vient de ce qu'il reçut de sa mère sa formation philosophique. Cf. F. Caujolle-Zaslawsky, art. « Aristippe Métrodidacte » A 360, *DPhA* I, p. 376-377. Pour Mannebach, p. 89, le surnom de « Métrodidacte » implique qu'Aristippe le jeune n'a pas connu son grand-père, ou qu'il était trop jeune quand celui-ci mourut. Le fait que le grand-père et le petit-fils aient porté le même nom favorisa à coup sûr les confusions au niveau de la transmission des doctrines respectives.

3. Cf. II 116. Les fragments de Théodore ont été rassemblés par M. Wyniarczyk, *Diagorae Melii, et Theodori Cyrenaei Reliquiae*, coll. *BT*, Leipzig 1981. Voir aussi *Id.*, « Theodoros ὁ ἄθεος », *Philologus* 125, 1981, p. 64-94; *Id.*, « Theodoros ὁ ἄθεος und Diogenes von Sinope, *Eos* 69, 1981, p. 37-42.

4. Mot à mot: celui qui conseille de mourir. Voir *SSR* IV, p. 189 n. 1 (note bibliographique). Avec Hégésias on quitte l'optimisme d'Aristippe pour tomber dans un pessimisme quasi absolu. Suite à son enseignement, il y eut tellement de suicides que Ptolémée Ier se vit contraint d'interdire tous ses ouvrages.

5. En fait la chronologie impose que l'on distingue entre l'aurige Annicéris de Cyrène mentionné en III 20, qui paya la rançon de Platon lorsque ce dernier, confié au Spartiate Pollis par Denys de Syracuse, fut vendu comme esclave à Égine, et l'Annicéris de Cyrène, philosophe cyrénaïque, disciple et successeur d'Aristippe l'Ancien et maître de Théodore l'Athée. Voir R. Goulet, art. « Annicéris de Cyrène » A 185 et 186, *DPhA* I, p. 204-207. Par la *Souda*, *s.v.* Ἀννίκερις A 2466; t. I, p. 220, 22 Adler, on sait que le Cyrénaïque avait un frère Nikotélès dont Posidonios fut le disciple.

6. Voir Note complémentaire 10 (p. 363-364).

7. Voir Note complémentaire 11 (p. 364).

8. Les critiques ne sont pas d'accord sur l'identité du fondateur de l'école cyrénaïque: s'agit-il d'Aristippe l'Ancien ou de son petit-fils Aristippe Métrodidacte ? La formule employée au début de cette phrase, celle du prologue I 19:

saient à la base deux affections : souffrance et plaisir ; l'une, le plaisir, est un mouvement[1] lisse ; l'autre, la souffrance, un mouvement rugueux[2]. **87** Un plaisir ne diffère pas d'un plaisir[3] et quelque chose n'est pas davantage source de plaisir qu'autre chose[4]. Le plaisir semble bon à tous les vivants, alors que la souffrance, ils estiment devoir la repousser. Par plaisir toutefois ils entendaient le plaisir du corps – qui est aussi pour eux la fin, à ce que dit Panétius[5] dans son ouvrage *Sur les écoles philosophiques*–, et non le plaisir au repos qui dépend de la suppression des douleurs et se veut une espèce d'absence de trouble, plaisir admis par Épicure[6] et que celui-ci donne comme fin[7].

... προέστη ... Κυρηναϊκῆς (*scil.* αἱρέσεως) 'Αρίστιππος ὁ Κυρηναῖος, ainsi qu'un passage d'Eusèbe, *Préparation évangélique* XIV 18, 31, (= IV A 173) qui parle clairement d'Aristippe comme de « celui qui a fondé (συστησάμενος) l'école qu'on appelle cyrénaïque », invitent à pencher en faveur d'Aristippe l'Ancien, malgré le scepticisme des critiques. Cf. Introduction au livre II, p. 183.

1. Épicure, lui, admet à côté du plaisir en mouvement un plaisir au repos. Il donne comme exemples de plaisir stable l'absence de trouble et l'absence de peine (D. L. X 136 où Diogène Laërce cite le Περὶ αἱρέσεων d'Épicure à identifier peut-être avec le Περὶ αἱρέσεων καὶ φυγῶν cité en X 27). L'idée que plaisir et peine sont toujours des mouvements communiqués à l'âme est une des originalités de la doctrine cyrénaïque.

2. Cf. Cicéron, *Tusculanes* V 73 : « neque quicquam ad nos pertinere, nisi quod aut leve aut asperum in corpore sentiatur ». « Leve » et « asperum » correspondent à λεία et τραχεῖα.

3. On retrouve cette absence de différence qualitative entre les plaisirs chez Platon, *Philèbe* 13 c, où Protarque soutient qu'un plaisir ne diffère pas d'un autre plaisir.

4. Si les objets qui sont source de plaisir sont mis à égalité quant à la quantité de plaisir qu'ils procurent, cela signifie qu'il n'y a pas non plus de différence quantitative entre les plaisirs.

5. Fr. 49 Van Straaten, fr. 141 Alesse. Augustin, *Cité de Dieu* XVIII 41, s'étonnait de ce que deux philosophes socratiques, Aristippe et Antisthène, aient pu soutenir des positions aussi différentes, Aristippe plaçant le souverain bien dans le plaisir du corps, Antisthène soutenant que c'est plutôt grâce à la vertu de l'âme que l'homme acquiert le bonheur.

6. Sur les rapports Cyrénaïques/Épicuriens, voir notamment D. L. X 136-137. Cf. J. Bollack, *La Pensée du plaisir*, Paris 1975, notamment p. 145-207 ; Giannantoni, *SSR* IV, note 19, p. 185-187.

7. Bollack, *La Pensée du plaisir*, p. 192, signale que le καί, qui précède τέλος εἶναι φησιν, n'est pas dans les manuscrits, comme le laisse entendre l'édition Long, mais que c'est une addition de Cobet. Par ailleurs nous suivons Long qui adopte φησιν, leçon de deux manuscrits récents : n et co, plutôt que le φασιν des

Ils pensent aussi que la fin est différente du bonheur[1]. La fin en effet est le plaisir particulier[2], tandis que le bonheur est la résultante des plaisirs particuliers[3], parmi lesquels on compte aussi tant les plaisirs passés que ceux à venir[4].

---

trois manuscrits de base qu'a retenu J. Bollack, suivi sur ce point par A. Laks. La phrase me semble en effet reposer sur deux sortes de plaisirs qui s'opposent grâce à la négation οὐ : τὴν τοῦ σώματος ... οὐ τὴν καταστηματικήν. L'opposition est entre le plaisir corporel cyrénaïque, qui est mouvement lisse, selon ce qui a été dit un peu avant, et le plaisir corporel épicurien, qui est un plaisir au repos. Après avoir indiqué la conception cyrénaïque transmise par Panétius, Diogène Laërce se reprend afin d'éviter toute confusion: la plaisir cyrénaïque est corporel, mais ne doit cependant pas être confondu avec le plaisir catastématique épicurien, corporel lui aussi, mais de nature différente. Il me paraît difficile de faire porter le οὐ, comme le suggère J. Bollack, sur un φασιν très éloigné en fin de phrase. Le fait qu'en plusieurs endroits de la doxographie Diogène Laërce fasse intervenir Épicure (II 87 et II 89 deux fois) a amené Döring à penser qu'on se situe à certains moments dans le cadre de la polémique contre les Épicuriens, donc qu'on n'est plus à l'époque d'Aristippe et de ses disciples directs (cf. Introduction au livre II, p. 186-190).

1. Mannebach assigne ce passage (fr. 169 dans son édition) aux Annicériens. Mejer, « Diogenes Laertius and the transmission of Greek philosophy », dans H. Temporini et W. Haase (édit.), *ANRW* II 36, 5, 1991, p. 3566 n. 40, remarque cependant que l'idée d'un bonheur différent du plaisir correspond bien à ce qui est dit à propos d'Aristippe en D. L. II 66, dans Athénée XII, 544 a-b, et Élien, *H. V.* XIV 6.

2. Cf. M. Giusta, *I Dossografi di etica,* t. I, Torino, 1964, p. 385. Un plaisir particulier ne dure que le temps dont a besoin son mouvement pour se réaliser.

3. Le bonheur est donc l'ensemble des moments heureux qui s'ajoutent de façon discontinue dans le temps d'une vie.

4. Döring, *Der Sokratesschüler Aristipp und die Kyrenaiker,* p. 40, explique ainsi l'idée : en tant que mouvement la sensation de plaisir est inscrite dans le temps ; de ce fait même elle ne peut être sans fin ; par conséquent un état où l'on ressentirait de façon constante le plaisir est impossible ; ainsi voir dans un tel état le bonheur n'aurait pas de sens ; par conséquent le bonheur ne peut être qu'une accumulation de plaisirs indépendants, passés, présents et futurs. Ce bonheur n'a pas de valeur en soi ; sa valeur vient des plaisirs dont il est la somme. La thèse des Cyrénaïques s'oppose à la conception développée par Aristote dans *L'Éthique à Nicomaque* I 7, 1098 a 18-20, qui présente le bonheur comme la fin de nos actions. Laks, « Annicéris et les plaisirs psychiques », p. 31, a raison de souligner combien la position des Cyrénaïques est originale à l'intérieur de la philosophie hellénistique, puisque Épicuriens et Stoïciens sont restés fidèles sur ce point à la position d'Aristote.

88 Le plaisir particulier doit être choisi[1] pour lui-même, tandis que le bonheur ne l'est pas pour lui-même, mais à cause des plaisirs particuliers. La preuve que le plaisir est la fin, c'est que, dès l'enfance, nous lui sommes instinctivement[2] attachés; que, si nous l'avons rencontré, nous ne recherchons rien de plus et que nous ne fuyons rien tant que son contraire, la souffrance. Le plaisir est un bien, même s'il procède de la conduite la plus honteuse, comme le dit Hippobote dans son ouvrage *Sur les écoles philosophiques.* Car même si l'action était déplacée, il n'en resterait pas moins que le plaisir devrait être choisi pour lui-même et serait un bien[3].

89 Mais la suppression de la douleur[4], telle qu'elle est envisagée par Épicure, n'est pas un plaisir à leurs yeux, pas plus que l'absence de plaisir n'est une souffrance. Douleur et plaisir sont en effet tous deux dans le mouvement, alors que ni l'absence de souffrance ni l'absence de plaisir ne relèvent du mouvement, puisque l'absence de souffrance, c'est en quelque sorte la condition d'un homme qui dort[5]. Ils disent que même le plaisir, certains peuvent, par perver-

---

1. Mannebach, p. 113, fait remarquer que le terme αἱρετός que l'on trouve deux fois en II 88, une fois en II 90, une fois en II 91, ainsi que l'adverbe ἀπροαιρέτως (II 88) et le verbe μὴ αἱρεῖσθαι (II 89) – tout comme d'ailleurs les termes φευκτός et φεύγειν –, ne se trouvent pas dans les fragments des deux Aristippe, mais qu'en revanche ils sont fréquents dans la terminologie des Annicériens.

2. ἀπροαιρέτως : mot à mot « sans que la volonté ait à intervenir », « sans que préalablement il y ait eu choix de notre part ».

3. On peut en conclure que le plaisir est indifférent aux valeurs morales.

4. Ἡ δὲ τοῦ ἀλγοῦντος ὑπεξαίρεσις : mot à mot « la suppression du souffrant ». La formule se retrouve dans les *Maximes Capitales* d'Épicure en X 139.

5. Les Cyrénaïques, contrairement à Épicure, ne voyaient pas dans la suppression de la douleur un plaisir, pas plus qu'ils ne voyaient dans la suppression du plaisir une souffrance. Ces états intermédiaires, liés à l'absence de mouvement, étaient neutres à leurs yeux. Ils comparaient l'absence de souffrance à l'état d'un homme qui dort, alors que les Annicériens (Clément, *Stromate* II 21, 130, 7-8) la comparaient à celui d'un mort. Quand on vit en dehors du plaisir et en dehors de la douleur, on ne vit pas vraiment. A. Grilli, recension de Giannantoni, *I Cirenaici*, 1958, dans *RSF* 14, 1959, p. 343-351, notamment 347-348, supposait que le changement dans la comparaison (avec un dormeur pour les Cyrénaïques, avec un cadavre pour les Annicériens) s'expliquait par le contexte de la polémique contre Épicure à laquelle étaient confrontés les Annicériens. Mais André Laks a remarqué que la comparaison avec l'homme qui

sion[1], ne pas le choisir. A vrai dire, les plaisirs et les douleurs de l'âme ne dépendent pas tous de plaisirs et de douleurs corporels[2]. En effet, la simple prospérité de la patrie, comme la nôtre propre[3], suscitent en nous la joie[4]. Mais ils nient que le plaisir, s'il est fonction du souvenir ou de l'attente des choses bonnes[5], parvienne à son

---

dort se situait déjà dans un contexte de polémique avec Épicure. Voir Introduction au livre II, p. 190-191.

1. Le terme διαστροφή est d'emploi courant chez les Stoïciens (cf. l'index des *SVF*, t. IV, p. 40 et celui des fragments de Posidonios, p. 273 Edelstein-Kidd). Bollack, p. 196, signale un passage de Sextus, *Hypotyposes pyrrhoniennes* III 194, où les Épicuriens emploient l'adjectif ἀδιάστροφα pour caractériser les êtres qui ne sont pas pervertis et qui, par conséquent, s'élancent naturellement vers le plaisir.

2. Selon Döring (p. 54) il s'agit ici d'une doctrine annicérienne (cf. II 96). Les Cyrénaïques de l'époque d'Épicure : Hégésias, Annicéris et Théodore, auraient essayé de modifier l'enseignement cyrénaïque primitif qui, avec son *télos* identifié au plaisir corporel, rendait l'individu dépendant des circonstances extérieures. Ils y seraient parvenus en introduisant des plaisirs spécifiques de l'âme qui, eux, ne dépendent pas des circonstances extérieures. Pensons par exemple à des plaisirs purement intellectuels qui ne font intervenir aucune sensation corporelle ou encore à l'exemple qui va suivre, du plaisir que l'on éprouve quand son pays connaît la prospérité. Cette tentative leur permettait à la fois de réagir aux critiques d'Épicure qui admettait des plaisirs de l'âme, même s'il conférait à ceux-ci un fondement corporel (fr 185 Mannebach), et de se démarquer de celui-ci en faisant état de plaisirs propres à l'âme. C'est certainement à cause de cette évolution doctrinale que Strabon (XVII 3, 22) affirmait des philosophes annicériens qu'ils avaient redressé (ἐπανορθῶσαι) les doctrines philosophiques de l'école cyrénaïque. Selon Döring, c'est ainsi que dans la doxographie « cyrénaïque » seraient attestés deux états de développement de la doctrine du plaisir : celui signalé par Panétius en II 87 (le plaisir en cause est le plaisir corporel) et celui de II 89 qui laisse place à des plaisirs propres à l'âme, n'ayant pas tous un fondement corporel.

3. Les manuscrits ont la leçon τῇ τῆς πατρίδος εὐημερίᾳ ἤπερ τῇ ἰδίᾳ. Hermann, suivi par Long, a corrigé en ὥσπερ; Roeper, «Conjecturen zu Diogenes Laertius», *Philologus* 3, 1848, p. 64, propose ᾗπερ qui me semble difficile à concevoir grammaticalement.

4. Mannebach, p. 113, rappelle que ce terme χαρά a été utilisé après Aristote pour désigner le plaisir de l'âme. Cf. D. L. II 98 et X 136.

5. Cf. Élien, *H. V.* XIV 6 (= *SSR* IV A 174): «μόνον γὰρ ἔφασκεν (*scil.* ὁ Ἀρίστιππος) ἡμέτερον εἶναι τὸ παρόν»; Athénée XII, 544 a-b, où l'ἡδυπάθεια selon Aristippe est dite μονόχρονος. Pour les Cyrénaïques, un plaisir, en tant qu'il est un mouvement, ne dure que pendant la durée de ce mouvement et s'épuise jusqu'à l'état de repos. Mais quand il est au repos, il est impossible de le

achèvement – comme le pensait Épicure[1] –, car le mouvement de l'âme s'épuise avec le temps[2].

90 Ils disent que les plaisirs ne se produisent pas non plus en fonction de la simple sensation de la vue ou de l'ouïe[3]. Nous écoutons par exemple avec plaisir ceux qui imitent les chants funèbres[4], mais sans plaisir ceux qui les chantent pour un deuil réel. L'absence de plaisir et l'absence de souffrance, ils les appelaient des états intermédiaires[5]. Les plaisirs corporels à vrai dire sont de loin supérieurs à ceux de l'âme, et les souffrances corporelles bien pires[6]. Aussi est-ce

---

faire revivre, car il y a eu interruption du mouvement. Par ailleurs s'il n'existe pas encore, on ne peut éprouver le plaisir qu'il est censé procurer.

1. Fr. 453 Usener. Pour Épicure, le plaisir de l'âme naît d'un plaisir sensoriel éprouvé une fois, qui renaît grâce au souvenir ou grâce à l'état où l'on est quand on attend qu'il se reproduise.

2. Tous les disciples d'Aristippe estiment que le plaisir sensoriel est limité à l'instant présent, car en tant que mouvement il se dissout nécessairement avec le temps et finit par s'interrompre. Cf. Laks, « Annicéris et les plaisirs psychiques », p. 37 n. 82 : « Je comprends que le "temps" qui nous sépare de l'affect, vers l'avant comme vers l'arrière, empêche le mouvement de l'âme, en l'occurrence la mémoire ou l'attente, de parvenir à son terme : l'élan du plaisir se brise, pour ainsi dire sur le vide temporel qui s'intercale entre "le bien" et moi-même. »

3. Döring, p. 55, rappelle, en s'appuyant sur un passage de Plutarque, *Quaestiones convivales* V 1, 674 a, où l'on voit qu'il s'agissait d'un point de litige entre Épicuriens et Annicériens, que cette phrase ne peut être attribuée à Aristippe.

4. Plutarque, dans le passage cité à la note précédente, évoque les représentations théâtrales où se lamentent des personnages comme Philoctète et Jocaste. Ce genre de plaisir peut être qualifié de plaisir esthétique et il est à ranger parmi les plaisirs psychiques, car la pensée intervient pour distinguer ce qui est imitation et ce qui est réalité. Dans l'hypothèse de Döring, nous aurions affaire ici à une doctrine annicérienne.

5. Grâce à Eusèbe, *Préparation évangélique* XIV 18, 32 (texte cité dans l'Introduction au livre II, p. 187), on sait qu'Aristippe Métrodidacte distinguait trois états physiques chez l'homme et qu'il exprimait ces états à l'aide de trois comparaisons. Quant à Épicure, Cicéron, *De finibus* I 38, explique qu'il n'y avait pour lui que deux états : « Épicure n'a pas admis l'existence d'un certain état qui fût intermédiaire entre la douleur et le plaisir, cet état même qui semble à certains philosophes intermédiaire, étant à ses yeux, par le fait que toute douleur en est absente, non seulement un plaisir, mais même le plaisir suprême » (trad. Martha).

6. Doctrine annicérienne selon Döring : les plaisirs psychiques existent à côté des plaisirs corporels. Ceux-ci cependant restent supérieurs, ce qui, malgré la

plutôt des châtiments corporels que l'on fait subir à ceux qui commettent des fautes. Ils supposaient en effet que la souffrance est plus difficile à supporter et le plaisir plus approprié[1] – de là vient qu'ils se préoccupaient davantage de la gestion[2] du second. C'est pourquoi, alors que le plaisir doit être choisi en soi[3], les causes pénibles qui produisent certains plaisirs sont souvent contraires au plaisir[4], si bien que l'accumulation des plaisirs, ne produisant pas dans ce cas le bonheur, leur semblait fort désagréable[5]. **91** A leur

---

nouveauté introduite, marque une sorte de fidélité à l'enseignement cyrénaïque primitif. C'est là une divergence avec Épicure qui trouve que les plaisirs de l'âme sont de loin supérieurs et que les châtiments subis par celle-ci sont plus pénibles que ceux du corps, dans la mesure où interviennent le remords et la crainte de l'avenir (D. L. X 137).

1. Sur οἰκεῖος, voir Mannebach, p. 111-112. Cf. Clément, *Stromates* II 21, 128, 1 (= fr. 509 Usener): « Épicure et les Cyrénaïques disent d'abord que le plaisir est approprié (οἰκεῖον). C'est en effet parce qu'elle se présente en vue du plaisir que la vertu fait naître le plaisir. »

2. Plusieurs expressions dans ce qui suit se rapportent à la gestion du plaisir : πολλάκις, πάντα, κατὰ τὸ πλεῖστον, κατὰ μίαν.

3. La leçon de BPF: κατὰ ταύτην, que conserve J. Bollack, et qui implique que le pronom démonstratif renvoie nécessairement à οἰκονομίαν qui précède, n'a pas grand sens ici, alors que la leçon καθ' αὑτήν, transmise par les manuscrits plus récents d, g, n et t, trouve son parallèle dans les δι' αὑτήν du début et de la fin du paragraphe 88, et présente un sens correct.

4. Cf. Épicure, *Maxime Capitale* VIII : « Nul plaisir n'est en soi un mal ; mais les causes productrices de certains plaisirs apportent de surcroît des perturbations bien plus nombreuses que les plaisirs. »

5. Ce passage est difficile à comprendre. J'adopte, comme Mannebach et Gigante, le texte des manuscrits BPF (l'apparat de Long une fois de plus est fautif) : μὴ ποιοῦντα, plutôt que la correction proposée par Ménage et adoptée par Long et Giannantoni ποιουσῶν, qui aboutit soit à la traduction suivante, peu compatible avec la doctrine cyrénaïque du plaisir : « l'accumulation des plaisirs qui produisent le bonheur leur semblait très déplaisante », soit à celle, plus satisfaisante, de Giannantoni « si che a loro pareva che la cosa piu difficile fosse la sintesi dei piaceri che danno la felicita ». Il me semble tout de même qu'il vaut mieux garder μὴ ποιοῦντα et comprendre que les plaisirs sont obtenus souvent au prix d'efforts désagréables (ex. c'est au prix de l'ascèse que le sportif obtient la victoire), que l'accumulation de plaisirs de ce type suppose l'accumulation de sources de plaisir désagréables, ce qui peut entraver l'avènement du plaisir, et par voie de conséquence du bonheur qui résulte de l'addition des plaisirs particuliers. Pour une construction différente de la phrase, voir Bollack, p. 202.

avis, le sage ne vit pas une vie totalement agréable[1], ni l'homme mauvais une vie pénible totalement, mais pour la plus grande part. Il suffit de goûter un par un les plaisirs qui se présentent[2].

Ils disent que la sagesse pratique est un bien, qui cependant ne doit pas être choisi pour soi, mais pour ses conséquences; l'ami est un bien à cause des avantages qu'il nous procure[3]; une partie de son corps aussi on l'aime, tout le temps dont on en dispose. Certaines des vertus se forment même chez les insensés. L'ascèse physique contribue à l'acquisition de la vertu[4]. Le sage ne cédera ni à l'envie, ni à la passion amoureuse[5], ni à la superstition[6], tous sentiments issus en effet d'une opinion sans fondement. Cependant il éprouvera du chagrin et de la crainte[7], car ces sentiments sont naturels. **92** La richesse produit du plaisir, mais elle n'est pas désirable par elle-

---

Le passage peut être mis en relation avec II 91 : « Il suffit de goûter un par un les plaisirs qui se présentent.»

1. Πάντα est de toute évidence un neutre pluriel, accusatif de relation, complément de ζῆν, et non un accusatif masculin, comme le veut Bollack, p. 203, qui de ce fait a bien du mal à justifier la place de πάντα d'un côté après τὸν σόφον, de l'autre avant φαῦλον. En outre la présence de κατὰ τὸ πλεῖστον, qui introduit une restriction à πάντα, ne peut qu'aller en ce sens.

2. Cette idée s'harmonise avec celle d'un plaisir particulier et instantané, exprimée en II 88 et 89. Pour un emploi d'ἐπανάγειν accompagné d'un adverbe, voir par exemple A. S. Hunt et J. G. Smyly, *The Tebtunis Papyri*, London 1933, n° 755, l. 6, p. 176.

3. Sur les conceptions différentes de l'amitié que l'on rencontre chez Aristippe et ses successeurs, voir aussi, outre ce passage, II 93.95.96.97.98. La conception présentée ici s'oppose à celle des Stoïciens, telle qu'elle est exprimée en VII 124 par exemple : « L'ami doit être choisi pour lui-même. »

4. Cette conception qui relie ascèse physique et vertu est très proche de la conception cynique de la vertu fondée sur une ascèse physique à finalité morale (VI 70-71) ; en revanche la conception stoïcienne telle qu'exprimée en VII 123 : « Le sage acceptera l'entraînement en vue de la résistance du corps », est moins claire sur le rôle moral de l'entraînement physique.

5. Voir le mot d'Aristippe à l'égard de Laïs : « ἔχω Λαΐδα, ἀλλ' οὐκ ἔχομαι » (II 75) ; cf. D. L. X 118, où la même conception est attribuée à Épicure.

6. On peut en conclure que sur le plan religieux les Cyrénaïques avaient au moins une attitude critique.

7. En II 92 est signalée la crainte de la mort. Cf. D. L. X 119 où on retrouve la même idée chez Épicure. En revanche le sage stoïcien, lui, n'éprouve pas de chagrin (cf. VII 118).

même[1]. Les affections sont compréhensibles[2]; ils voulaient dire les affections, et non leurs causes[3]. Ils renonçaient aussi à la physique à cause de son caractère incompréhensible manifeste[4]. En revanche ils s'attachaient à la logique à cause de son utilité[5]. Mais Méléagre, dans le livre II de son ouvrage *Sur les opinions*[6] et Clitomaque[7] dans le livre I de son ouvrage *Sur les écoles philosophiques* disent que les Cyrénaïques considèrent comme inutiles et la partie physique et la partie dialectique[8]. En effet est capable de bien parler, d'être exempt de superstition et d'échapper à la crainte de la mort, celui qui a appris à fond la théorie des biens et des maux[9]. **93** Rien n'est par

1. Plusieurs anecdotes illustrent ce fait que la richesse n'a pas de valeur en soi : ex. II 66.69.76.77.

2. Au sens où on peut les connaître (le vocabulaire ici est stoïcien). Tout le premier chapitre de Döring, *Der Sokratesschüler Aristipp und die Kyrenaiker*, p. 8-32, porte sur cette assertion.

3. Un parallèle chez Sextus, *Adv. Math.* VII 191, rend la pensée beaucoup plus explicite : « Les Cyrénaïques disent que les affections sont les critères et qu'elles seules sont compréhensibles et infaillibles, alors que les causes des affections n'ont rien de compréhensible ni d'infaillible. En effet, que nous ressentons la blancheur et la douceur, nous pouvons le dire infailliblement et de façon irréfutable. En revanche, que ce qui produit l'affection est blanc ou doux, il est impossible de le démontrer. Car il est vraisemblable que quelqu'un ait une sensation de blancheur qui ne soit pas produite par du blanc et de douceur qui ne soit pas produite par du doux ». Bollack renvoie à un excellent parallèle dans le *Commentaire anonyme au* Théétète (fr. 214 Mannebach).

4. En fidèle disciple de Socrate, Aristippe, comme les Cyniques et comme Ariston de Chios, ne s'intéresse qu'à la morale ; la logique n'est prise en compte que pour son utilité. Quant à la physique non seulement elle est difficile à saisir, mais elle est inutile, car elle ne rend ni plus sage, ni plus juste, ni plus courageux, ni plus tempérant. Cf. Eusèbe, *Préparation évangélique* XV 62, 7 (= *SSR* IV A 166).

5. La logique est utile par exemple pour exprimer sur le mode du raisonnement discursif les principes de l'éthique. Cf. ce que diront les Stoïciens : « Toutes les réalités sont vues par le mode d'examen qui s'exprime dans les raisonnements, tout ce qui concerne le lieu physique et aussi tout ce qui concerne le lieu éthique » (D. L. VII 83).

6. On ne sait rien par ailleurs sur ce Méléagre.

7. Sur cet Académicien, successeur de Cratès de Tarse à la tête de l'Académie, voir T. Dorandi, art. « Cleitomaque de Carthage » C 149, *DPhA* II, p. 424-425.

8. Voir Note complémentaire 12 (p. 364-365).

9. Si on connaît à fond la théorie des biens et des maux, on est capable de bien parler, auquel cas la dialectique devient inutile. Un tel point de vue accorde à

nature juste, beau ou laid, mais ce l'est par convention et par usage[1]. L'homme vertueux cependant n'accomplira rien de déplacé lorsqu'il est sous la menace du châtiment ou de l'opinion. D'autre part le sage existe[2]. Ils admettent le progrès[3] et en philosophie et dans les autres domaines. Ils affirment qu'une personne peut ressentir davantage qu'une autre le chagrin et que les sensations ne disent pas toujours vrai.

Doxographie hégésiaque

Les philosophes dits Hégésiaques[4] avaient les mêmes buts[5]: plaisir et souffrance. La reconnaissance, l'amitié, la bienfaisance n'é-

---

l'éthique une place prépondérante. Cf. ce que dit Thémistius, *Discours* 34, 5 à propos de Socrate : ἅπασαν δὲ ἐποιεῖτο τὴν σκέψιν περὶ ἀγαθῶν καὶ κακῶν. Et Thémistius précise que Cébès, Phédon, Aristippe et Eschine faisaient de même. La correction proposée par A. Grilli, « Cyrenaica », *SIFC* 32, 1960, p. 214, qui souhaite remplacer εὖ λέγειν par εὖ διάγειν, ne me semble pas s'imposer.

1. On rencontre la même dénonciation du caractère conventionnel de la morale chez les Cyniques qui prônaient la « falsification de la monnaie » afin de revenir aux valeurs naturelles (cf. la fin de VI 71).

2. Gigante, p. 484 n. 247, propose εἶναι γὰρ σόφον : car il est sage, plutôt que εἶναι δὲ τὸν σόφον. Mais il est contraint ainsi de supprimer l'article. A. Grilli, « Cyrenaica », p. 205, ponctue différemment le passage et lit : εἶναι δὲ τὸν σοφὸν προκοπήν τε ἀπολείπουσι, « ils admettent qu'existent le sage et un progrès en philosophie ». Mais le τε est ici la marque d'un nouveau développement dont les étapes sont les suivantes dans les paragraphes 92 et 93: Τά τε πάθη καταληπτά... μηδέν τε εἶναι φύσει... προκοπήν τε ἀπολείπουσι...

3. Le progrès était admis par d'autres écoles. Cf. D.L. VII 127 : « Les Péripatéticiens disent qu'entre la vertu et le vice il y a le progrès » ; VII 91 : « Posidonios, dans le premier livre de son *Traité d'éthique*, dit que la preuve que la vertu peut exister est donnée dans le fait que les Socrate, les Diogène, les Antisthène se sont faits progressivement » ; VI 10 : « Antisthène démontrait que la vertu peut s'enseigner. »

4. Du nom d'Hégésias, l'apologète du suicide (cf. II 86). Sur cette doxographie, voir l'Introduction au livre II, p. 194-196.

5. Si on s'en tient au texte transmis par les manuscrits, il s'agit des mêmes buts que les Cyrénaïques. Mais selon Mannebach, p. 104, l'ordre des paragraphes aurait été inversé non par Diogène Laërce mais par un copiste du Moyen Age, et en réalité au départ les Annicériens arrivaient après les Cyrénaïques et avant les Hégésiaques. Si on suit Mannebach, il faudrait par conséquent comprendre que les Hégésiaques auraient eu les mêmes buts que les Annicériens. Cette interversion me semble peu plausible. Voir p. 303 n. 9. Quoi qu'il en soit de l'ordre, il faut remarquer que cette phrase, de même que celle qui introduit la

taient rien à leurs yeux puisque nous ne les choisissons pas pour elles-mêmes, mais à cause des avantages qu'elles procurent[1] et que, si ces avantages disparaissent, celles-ci ne subsistent plus. **94** Le bonheur est chose absolument impossible, car le corps est accablé de nombreuses souffrances, l'âme qui participe à ces souffrances du corps en est aussi troublée, enfin la Fortune empêche la réalisation de bon nombre de nos espoirs, si bien que pour ces raisons le bonheur n'a pas d'existence réelle. La vie comme la mort peuvent être choisies autant l'une que l'autre [2]. Ils supposaient que par nature rien n'est plaisant ni déplaisant. C'est à cause du manque, de la nouveauté ou de la satiété que les uns éprouvent du plaisir et les autres du déplaisir. Pauvreté et richesse ne comptent pour rien dans le plaisir, car il n'y a pas de différence dans la façon dont les riches et les pauvres éprouvent du plaisir. L'esclavage, à égalité avec la liberté, est indifférent quand il s'agit de mesurer le plaisir, de même la noblesse de naissance à égalité avec la basse naissance et la bonne réputation avec la mauvaise. **95** Si pour l'insensé vivre est avantageux, pour l'homme sensé c'est indifférent. Le sage fera tout en vue de soi-même, car il pense qu'aucun autre n'est aussi estimable que lui[3]. En effet, même s'il paraît recevoir[4] les plus grands avantages, ceux-ci ne

---

doxographie annicérienne, vise à rappeler que les dissidents restent tout de même fidèles à l'orthodoxie cyrénaïque sur un certain nombre de points. On remarquera par ailleurs que le terme employé ici n'est pas τέλος, mais σκοπός. Je ne suis pas sûre qu'il faille voir une différence conceptuelle entre les deux termes. En II 87 en effet ἡδονή est considéré comme un *télos.* Par conséquent, si l'on dit que les Hégésiaques ont les mêmes *skopoi* que les Cyrénaïques et si l'un de ces *skopoi* est l'ἡδονή, il me semble que les deux termes peuvent être considérés comme des équivalents. Pour sa part, Laks, « Annicéris et les plaisirs psychiques », voit une différence qu'il formule ainsi : « Dans la mesure où ceux-ci (les *skopoi*) se rapportent tant à la douleur qu'au plaisir, *skopos* doit désigner, non ce que l'on vise (une vie sans douleur), mais ce que l'on prend en considération, ou qu'on examine quand on vise la fin ».

1. Position similaire concernant l'amitié chez les Cyrénaïques (cf. II 91).

2. La mort vaut la vie et réciproquement. Ce pessimisme fondamental est la caractéristique des Hégésiaques qui, comme leur chef de file, admettaient le suicide.

3. Cet égoïsme va de pair avec leur refus de la reconnaissance, de l'amitié et de la bienfaisance.

4. G. Roeper, « Conjecturen zu Diogenes Laertius », *Philologus* 3, 1848, p. 22-65, a proposé (p. 64) de corriger le παρ' αὐτοῦ des manuscrits en παρὰ

se comparent pas à ceux que lui-même apporte. Ils rejetaient aussi les sensations, parce qu'elles ne produisent pas une connaissance exacte[1]. Ils disaient[2] d'accomplir toutes celles des actions qui paraissent conformes à la raison. Les fautes doivent être pardonnées, disaient-ils, car on les commet non pas volontairement, mais sous la contrainte de quelque passion[3]. Ils disaient qu'il ne faut pas éprouver de haine, mais bien plutôt convertir en enseignant[4]. La supériorité du sage ne sera pas tant de choisir les biens que de fuir les maux[5], parce qu'il pose pour fin de ne vivre ni dans la peine ni dans le chagrin[6], **96** un résultat qu'obtiennent en réalité ceux qui sont indifférents à l'égard des causes du plaisir[7].

Doxographie annicérienne[8]

Les Annicériens ont, pour tout le reste, les mêmes opinions que ceux-ci[9], mais ils admettaient qu'il y a place dans la vie pour

---

του. Long a adopté cette correction. Celle-ci cependant ne me paraît pas nécessaire, dans la mesure où παρ'αὑτοῦ fait sens. Mot à mot : « même si les plus grands avantages semblent être récoltés par lui ».

1. Cf. II 93 : « Les sensations ne disent pas toujours vrai. » H. Richards, « Laertiana », *CR* 18, 1904, p. 341, pense que devant οὐκ ἀκριβούσας il y avait un ὡς qui est tombé.

2. Pour que ce membre de phrase à l'infinitif ait du sens, il faut d'abord mettre une ponctuation forte dans le grec avant τῶν τ' εὐλόγως, et supposer un verbe d'ordre sous-entendu. Même verbe sous-entendu trois lignes plus bas devant καὶ μὴ μισήσειν, μᾶλλον δὲ μεταδιδάξειν.

3. Cela rejoint la conviction de Socrate selon laquelle nul ne fait le mal volontairement.

4. Voir l'Introduction au livre II, p. 195-196.

5. Un traité d'Épicure, cité en X 27, a pour titre Περὶ αἱρέσεων καὶ φυγῶν. La conception formulée ici par les Hégésiaques illustre bien leur vision pessimiste de l'existence.

6. Cette fin totalement négative contraste fortement avec la définition cyrénaïque de la fin qui consiste à vivre dans le plaisir.

7. Τὰ ποιητικὰ τῆς ἡδονῆς : cf en II 90 τὰ ποιητικὰ ἐνίων ἡδονῶν.

8. L'article de A. Laks, « Annicéris et les plaisirs psychiques », examine de très près les rapports entre les doxographies cyrénaïque, annicérienne et théodoréenne.

9. Voir p. 301 n. 5. Τούτοις devrait désigner ici les Hégésiaques, mais Mannebach, p. 104, pense qu'il y a eu interversion du passage sur les Hégésiaques et de celui sur les Annicériens, cette interversion étant due non à Diogène Laërce, mais à un copiste du Moyen Age ; il faudrait donc lire les doxographies dans

l'amitié[1], la reconnaissance[2], le respect des parents et le service de la patrie[3]. Par conséquent le sage, dût-il à cause de cela connaître des tourments[4], n'en sera pas moins heureux[5], même si les plaisirs qui pour lui en résultent sont peu nombreux. Le bonheur de l'ami ne doit pas être choisi pour lui-même, car il n'est pas, pour celui qui est proche, perceptible par les sens. La raison ne suffit pas pour avoir confiance en soi et se situer au-dessus de l'opinion du grand nombre. Il faut en fait former son caractère, compte tenu des mauvaises dispositions qui se sont développées en nous depuis très longtemps. **97** Ce n'est pas seulement à cause des services qu'il nous rend qu'on accueille l'ami – sinon, quand ces services font défaut, on ne se tournerait plus vers lui – mais c'est aussi en raison des liens qui se sont créés et qui font qu'on est même prêt à supporter des souffrances[6]. En vérité, bien qu'on se donne le plaisir comme fin et qu'on souffre

---

l'ordre suivant: Cyrénaïques, Annicériens, Hégésiaques, Théodoréens. Selon ce point de vue, τούτοις renverrait aux Cyrénaïques. Mejer, « Diogenes Laertius and the transmission of Greek Philosophy », p. 3568 n. 44, affirme cependant qu'il ne peut s'agir que des Hégésiaques et qu'il ne convient pas de changer l'ordre du texte. Les Annnicériens en effet sont d'accord avec les Hégésiaques sur tout, sauf sur les valeurs sociales qu'eux respectent et que les Hégésiaques rejettent. Dans le même sens, voir Laks, « Annicéris et les plaisirs psychiques », p. 29 n. 44.

1. Sur le sens d' ἀπέλιπον, voir l'Introduction au livre II, p. 191.

2. Pour les Cyrénaïques, il n'y avait pas de plaisir dans le souvenir ou l'attente d'un bien (II 89) ; les Annicériens, en donnant une valeur positive à la reconnaissance, semblent s'écarter de cette perspective.

3. Cf. II 89, dans la doxographie cyrénaïque : « La simple prospérité de la patrie suscite en nous la joie. »

4. Ὀχλήσεις ; cf. ὀχληρά en II 90 et ἀοχλησία en II 87.

5. Les Annicériens défendent, à la différence des Hégésiaques, la possibilité du bonheur. Comme le dit Laks dans « Annicéris et les plaisirs psychiques », « Le refus du pessimisme hégésiaque s'appuie chez lui [Annicéris] sur une critique de leur utilitarisme, qui, ne laissant aucune place aux sentiments altruistes, se privait en même temps des seuls moyens dont dispose l'homme pour s'assurer du bonheur, *i.e.* d'une quantité suffisante de plaisirs. De toute évidence, l'idée, qui éclaire en retour la position d'Hégésias, est que l'amitié et la reconnaissance, auxquelles Annicéris joignait la vénération des parents et l'engagement pour la patrie, induisent des plaisirs psychiques en nombre suffisant pour compenser ce que la vie comporte de malheurs inévitables ».

6. Une telle conception est en rupture avec l'hédonisme cyrénaïque orthodoxe.

d'en être privé, on supportera cependant bien volontiers cette privation à cause de l'affection qu'on éprouve pour son ami.

Doxographie théodoréenne

Ceux qu'on a appelés Théodoréens ont tiré leur nom du Théodore mentionné plus haut et ils ont adopté ses doctrines. Théodore rejetait complètement les croyances en des dieux[1]. Nous sommes tombé par hasard sur un ouvrage de lui intitulé *Sur les dieux*, qui ne prête pas au mépris[2]. C'est à ce livre, dit-on, qu'Épicure emprunta la plupart des choses qu'il a dites[3].

98 Théodore écouta et les leçons d'Annicéris et celles de Denys le dialecticien[4], comme le dit Antisthène dans ses *Successions de philosophes*[5]. Il posait comme fins joie et chagrin[6], l'une dépendant de la sagesse pratique, l'autre de la démence; comme biens sagesse pratique et justice, comme maux les attitudes contraires, et comme états intermédiaires plaisir et souffrance[7]. Mais il rejetait lui aussi[8] l'amitié parce qu'elle n'existe ni chez les insensés ni chez les sages. Pour les premiers en effet, une fois éliminé l'avantage qu'on en tire, l'amitié elle aussi disparaît; quant aux sages, puisqu'ils se suffisent à eux-mêmes, ils n'ont pas besoin d'amis. Il disait également qu'il est raisonnable que l'homme vertueux ne risque pas sa vie pour sa patrie, car il ne faut pas perdre sa sagesse pour être utile aux insensés.

---

1. Les fragments de Théodore ont été réunis, en même temps que ceux de Diagoras de Mélos, par M. Winiarczyk dans *Diagorae Melii et Theodori Cyrenai Reliquiae*, coll. *BT*, Leipzig 1981. Voir aussi *Id.*, « Theodoros ὁ ἄθεος », *Philologus* 125, 1981, p. 64-94.
2. Certainement au sens qu'il n'est pas facile de le réfuter.
3. Fr. 391 Usener.
4. T 46 Döring. Sur Denys le dialecticien, voir R. Muller, art. « Denys de Chalcédoine » D 83, *DPhA* II, p. 726.
5. F 5 Giannattasio Andria.
6. En II 93 les *télos* cyrénaïques étaient définis comme étant ἡδονή et πόνος; avec les Annicériens ont été introduits à côté des plaisirs corporels les plaisirs de l'âme; Théodore, disciple d'Annicéris, va encore plus loin dans l'innovation, puisqu'il fait de χάρα, le plaisir de l'âme, et de λύπη, la souffrance de l'âme, les deux *télos*.
7. Les deux *télos* des Cyrénaïques : le plaisir et la souffrance d'origine corporelle sont devenus de simples intermédiaires entre la joie et le chagrin d'origine psychique.
8. Comme les Hégésiaques (cf. II 93).

99 Il disait que le monde était sa patrie[1]. Il volerait, commettrait l'adultère, pillerait les temples si l'occasion l'exigeait, car aucun de ces actes n'est honteux par nature, une fois enlevée l'opinion qui s'y rattache, et qui n'est là que pour retenir les insensés. Aux yeux de tous, sans gêne aucune, le sage aura des relations sexuelles avec ceux qu'il aime[2]. C'est pourquoi il formulait des raisonnements par interrogation du genre : « Une femme instruite en grammaire pourrait-elle être utile pour autant qu'elle est instruite en grammaire ? » « Oui. » « Un garçon ou un jeune homme <instruit en grammaire> pourrait-il être utile pour autant qu'il est instruit en grammaire ? » « Oui. » « Donc une femme belle pourrait également être utile pour autant qu'elle est belle ? De même un garçon ou un jeune homme beau pourrait être utile pour autant qu'il est beau ? » « Oui. » « Donc un garçon ou un jeune homme beau pourrait être utile pour ce pour quoi il est beau[3] ? » « Oui. » « Or il est utile pour faire l'amour ? » **100** Une fois cela admis, il poursuivait le raisonnement : « En conséquence, si quelqu'un fait l'amour, pour autant que cela est utile, il ne commet pas de faute ; donc il n'en commettra pas non plus s'il se sert de la beauté pour autant qu'elle est utile. » C'est avec des raisonnements par interrogation de ce type qu'il donnait de la force à son discours.

Anecdotes

Il semble qu'il ait été appelé « Dieu »[4], parce que Stilpon lui avait posé la question suivante : « Théodore, ce que tu affirmes être, tu l'es

1. Sur les relations avec la patrie, pour Aristippe voir Xénophon, *Mémorables* II 1, 13 : « Je ne m'enferme pas dans ma patrie, mais je suis partout étranger » ; pour les Cyrénaïques voir D. L. II 89 et pour les Annicériens D. L. II 96.

2. Position assez proche de celle des Cyniques (cf. l'union en public de Cratès et Hipparchia).

3. M. Patillon suggère de corriger καλός en κάλλος dans πρὸς ὃ κάλος ἐστι et par conséquent le χρήσιμος qui suit en χρήσιμον. Changer κάλος en κάλλος se justifierait à cause de la présence du mot dans εἰ κάλλει χρήσαιτο au début du paragraphe 100. La phrase telle que transmise par les manuscrits ayant cependant un sens, je garde le texte.

4. Pour expliquer le sophisme de Stilpon, voir le commentaire de L.-A. Dorion, p. 99 et 223 de son édition des *Réfutations sophistiques*, Paris 1995, à propos de 166 a 11 qui présente un sophisme similaire, où le mot « pierre » remplace le mot « Dieu » : ἆρα ὃ σὺ φῂς εἶναι, τοῦτο σὺ φῂς εἶναι ; φῂς δὲ λίθον

bien? » Comme celui-ci faisait un signe de tête affirmatif, Stilpon dit: « Or tu affirmes que Dieu est ». Théodore ayant acquiescé, Stilpon conclut: « Donc tu es dieu ». Théodore ayant pris la chose avec satisfaction, Stilpon éclata de rire et dit: « Mais malheureux, avec un raisonnement comme celui-là, tu reconnaîtrais aussi bien être un geai ou mille autres choses »[1].

101 Théodore, un jour qu'il s'était assis auprès du hiérophante[2] Euryclidès, lui demanda: « Dis-moi, Euryclidès, quels sont ceux qui se montrent impies à l'égard des mystères ? » Euryclidès ayant répondu : « Ceux qui les dévoilent aux non-initiés », « Donc toi aussi tu es impie, dit Théodore, puisque tu les expliques à des non-initiés. » Et en vérité peu s'en fallut qu'il ne fût conduit à l'Aréopage, si Démétrios de Phalère ne l'avait tiré de là[3]. Amphicratès, dans son ouvrage *Sur les hommes illustres* dit qu'il fut condamné à boire la ciguë[4].

102 Tandis qu'il séjournait à la cour de Ptolémée, fils de Lagos[5], ce dernier l'envoya un jour comme ambassadeur auprès de Lysimaque[6]. A cette occasion, alors que Théodore s'exprimait avec une

---

εἶναι. σὺ ἄρα φῂς λίθος εἶναι. Dorion explique que ce genre de sophisme repose sur une amphibolie due à une ambiguïté de nature syntaxique, selon qu'on considère ὅ et τοῦτο comme des accusatifs sujets de εἶναι ou comme des nominatifs attributs de σύ. On peut comprendre en effet soit (sens A): « La chose dont tu affirmes l'existence, affirmes-tu que cette chose existe ? », soit (sens B): « Affirmes-tu être ce que tu affirmes être ? ». On peut s'étonner que dans le raisonnement de Stilpon, Théodore reconnaisse l'existence de Dieu, mais l'épithète d'athée pouvait être attribuée à quelqu'un qui ne niait pas l'existence de la divinité, mais qui tenait sur elle des propos impies.

1. T. 182 Döring.

2. C'est le prêtre qui initie aux mystères.

3. Fr. 23 Wehrli. Démétrios de Phalère est un homme d'État athénien, qui suivit les cours du péripatéticien Théophraste et écrivit une œuvre immense (cf. D. L. V 75-85). Voir J.-P. Schneider et F. Queyrel, art. « Démétrios de Phalère » D 54, *DPhA* II, p. 628-635.

4. *FHG* IV 300, fr. 2. Amphicratès d'Athènes est un rhéteur athénien du Iᵉʳ siècle de notre ère. Athénée XIII, 576 c, cite également son ouvrage.

5. Ptolémée Iᵉʳ, le fondateur de la dynastie des Lagides.

6. Le général d'Alexandre qui prit part, avec Cassandre et Séleucus, à la bataille d'Ipsos en 301 contre Antigone. Lysimaque devint ensuite l'allié de Ptolémée dont il épousa la fille Arsinoé. Cicéron, *Tusculanes* I 43 et V 40, met en scène Lysimaque menaçant de mort Théodore.

grande franchise, Lysimaque lui dit: « Mais dis-moi, Théodore, n'est-ce pas toi qui as été banni d'Athènes ? » A quoi Théodore répliqua: « On t'a bien informé. En effet la cité d'Athènes, comme elle n'était pas capable de me supporter, m'a expulsé, tout comme Sémélè a expulsé Dionysos[1]. » Lysimaque reprit : « Eh bien, tâche de ne plus te retrouver chez nous ». « Pas de risque, dit Théodore, sauf si Ptolémée m'y envoie. » Mithrès, le trésorier de Lysimaque, qui se trouvait là, lui dit : « Non content de ne pas reconnaître les dieux, tu sembles ne pas reconnaître non plus les rois ». « Comment, dit Théodore, puis-je ne pas reconnaître les dieux, alors que précisément, je te considère, toi, comme un ennemi des dieux ?[2] » On raconte qu'un jour où il passait à Corinthe entraînant avec lui de nombreux disciples, Métroclès le Cynique, qui était en train de laver des brins de cerfeuil, lui dit: « Hé toi, le sophiste, tu n'aurais pas besoin de tant de disciples si tu lavais des légumes! » A quoi Théodore, en l'interrompant, rétorqua: « Et toi, si tu savais t'entretenir avec les hommes, tu n'aurais pas affaire à ces légumes! » **103** La même anecdote est rapportée, comme je l'ai dit plus haut, à Diogène et Aristippe[3].

Tels étaient Théodore et les discours qu'il tenait[4]. Finalement il partit pour Cyrène, vécut avec Magas[5] et continua à recevoir de grands honneurs. Quand, au début, il fut chassé de là, il eut, dit-on, un mot plaisant. Il dit en effet: « Vous agissez comme il convient, gens de Cyrène, en m'exilant de la Libye vers la Grèce ».

---

1. La légende veut que Sémélè, aimée de Zeus, ait eu de lui un fils, Dionysos, et qu'elle ne put supporter d'aller jusqu'à terme. Cf. Philon, *Quod omnis probus liber sit* 127-130, où l'anecdote et la comparaison sont plus détaillées.

2. Cf. VI 42 où une anecdote similaire met en scène Diogène et Lysias l'apothicaire.

3. Cf. II 68.

4. On trouve une formule similaire en II 136 (τοιοῦτος ἐν τοῖς λόγοις ὑπάρχων) ; c'est pourquoi nous interprétons κἀν τούτοις comme καὶ ἐν τούτοις τοῖς λόγοις.

5. Les manuscrits ont la leçon μαρίῳ. Ménage dit que Μάγᾳ est une conjecture de Grentemesnil. Ce Magas était le fils de Bérénice Ière et d'un Macédonien, un certain Philippe ; il fut adopté par Ptolémée Ier et il régna sur Cyrène probablement de 300 à 250. Cf. F. Geyer, art. « Magas » 2, *RE* XIV 1, 1974, col. 293-297.

Homonymes

Il y eut vingt Théodore[1]. Le premier était un Samien[2], fils de Rhoecos; c'est lui qui avait conseillé de mettre du charbon sous les fondations du temple d'Éphèse. Le lieu étant en effet très humide, une fois que le charbon aurait, disait-il, perdu sa partie ligneuse, sa partie dure elle-même ne serait pas affectée par l'eau. Le deuxième, de Cyrène, était un géomètre[3], dont Platon fut le disciple[4]. Le troisième est le philosophe dont j'ai parlé plus haut[5]. Le quatrième est celui dont on cite un très beau livre sur l'art d'exercer sa voix. **104** Le cinquième est celui qui rédigea un ouvrage sur les compositeurs de musique[6], en commençant par Terpandre[7]. Le sixième est un Stoïcien[8]. Le septième est celui qui composa l'ouvrage sur les Romains[9]. Le huitième est un Syracusain qui écrivit sur la tactique militaire. Le neuvième, de Byzance, était spécialiste de discours politiques[10]. Il en est de même du dixième qu'Aristote mentionne dans

---

1. Il est à noter qu'en II 65 Diogène Laërce a cité le Περὶ αἱρέσεων d'un certain Théodore et que celui-ci n'apparaît pas dans cette liste.

2. Athénée XII, 514 f, parle d'un cratère en or de Théodore de Samos ; voir aussi Pline l'Ancien XXXV 43, qui explique que c'est à Samos qu'eut lieu l'invention de l'art plastique et que ceux qui, les premiers de tous s'y consacrèrent, s'appelèrent Rhoecos et Théodore. Rhoecos, est mentionné aussi par Hérodote III 60, qui le présente comme le premier architecte du plus grand de tous les temples que connaît Hérodote.

3. Théodore de Cyrène, DK 43 A 3. Cf. K. von Fritz, art. « Theodoros » 31, *RE* V A, 2, 1934, col. 1811-1825.

4. Ce Théodore apparaît au début du *Sophiste* et du *Politique*, ainsi que dans le *Théétète.*

5. Cf. K. von Fritz, art. « Theodoros » 32, *RE* V A 2, 1934, col. 1825-1831.

6. Cf. E. Bux, art. « Theodoros » 27, *RE* V A 2, 1934, col. 1810, qui propose d'identifier les Théodore nos 4 et 5, ainsi que peut-être le n° 16 de la liste de Diogène Laërce.

7. Musicien et poète du VIIe s. av. J.-C.

8. Nous ignorons son lieu d'origine. D. L. mentionne trois Stoïciens dans cette liste : les nos 6, 18 (de Chios) et 19 (de Milet). Cf. W. Capelle, art. « Theodoros » 33, *RE* V A 2, 1934, col. 1831, qui suggère que le Théodore mentionné par D. L. X 5, auteur d'un ouvrage contre Épicure, pourrait être un de ces trois Stoïciens.

9. Cf. E. Bernert, art. « Theodoros » 22, *RE* V A 2, 1934, col. 1810.

10. Cf. Fr. Solmsen, art. « Theodoros » 38, *RE* V A 2, 1934, cols 1839-1847. Il vivait au Ve s. av. J.-C. et était à Athènes un concurrent de Lysias. Il écrivit un « Contre Thrasybule » et un « Contre Andocide ». On peut se demander si

son abrégé des orateurs[1]. Le onzième était un sculpteur de Thèbes; le douzième un peintre cité par Polémon[2]; le treizième un peintre, un Athénien sur qui écrit Ménodote[3]; le quatorzième un peintre d'Éphèse cité par Théophanès dans son ouvrage *Sur la peinture*[4]; le quinzième un poète auteur d'épigrammes[5]; le seizième écrivit sur les poètes; le dix-septième était un médecin[6], disciple d'Athénée[7]; le dix-huitième, de Chios, était un philosophe stoïcien; le dix-neuvième, de Milet, un philosophe stoïcien lui aussi[8]; le vingtième un poète auteur de tragédies[9].

---

l'expression λόγων πολιτικῶν n'est pas une erreur pour λόγων ῥητορικῶν (cf. Aristote, *Réfutations sophistiques* 34, 183 b 28 et 33). Ménage, dans son commentaire *ad loc.*, proposait de garder ὁ ἀπὸ λόγων πολιτικῶν, et de comprendre « in causis civilibus versatus ».

1. Fr. 127 Gigon. Il s'agit de l'ouvrage perdu d'Aristote Τεχνῶν συναγωγή.
2. Fr. 67 Müller. Polémon était l'auteur d'un Περὶ ζωγράφων adressé à Antigone, cité par Athénée XI, 474 c. Voir aussi Athénée XIII, 567 b où est cité de ce même Polémon un Περὶ τῶν ἐν Σικυῶνι Πινάκων. Polémon est cité aussi en D. L. VII 188.
3. *FGrHist* 541 F 3. Cf. W. Kroll, art. « Menodotos » 1, *RE* XV 1, 1931, col. 900-901, qui se demande s'il faut identifier le Ménodote signalé ici par Diogène Laërce avec le Ménodote de Samos, auteur d'un ouvrage intitulé Τῶν κατὰ τὴν Σάμον ἐνδόξων ἀναγραφή, cité par Athénée XV, 672 a-673 d.
4. Fr. 7 Müller. E. Bux, art. « Theophanes » 3, *RE* V A 2, 1934, col. 2127, reconnaît qu'il n'y a pas d'argument confirmant ou infirmant l'identité de ce Théophanès avec Théophanès de Mytilène, l'historien et homme politique du Ier siècle av. J.-C. qui accompagna Pompée dans la guerre contre Mithridate.
5. S'agit-il du poète que la *Souda*, *s.v.* Θεόδωρος, Θ 152, t. II, p. 696, 5-6 Adler, présente comme l'auteur de διάφορα δι' ἐπῶν καὶ εἰς Κλεοπάτραν δι' ἐπῶν (cf. E. Diehl, art. « Theodoros » 18, *RE* V A 2, 1934, col. 1809) ou du poète Théodore de Colophon (*idem*, art. « Theodoros » 19, *RE* V A 2, 1934, col. 1809-1810) ?
6. Cf. Pline XX 103 et XXIV 120.
7. Cet Athénée, d'après Ménage, est celui contre qui écrivait Galien au livre I de son Περὶ τῶν καθ' Ἱπποκράτην στοιχείων *(De elementis ex Hippocratis Sententia*, éd. Ph. de Lacy, *CMG* V 12, p. 102, 9.13 ; 104, 19 ; 110, 21 etc.). Il s'agit d'Athénée d'Attaleia, le fondateur de l'école pneumatique de médecine qui vécut probablement au Ier siècle av. J.-C. Cf. R. Goulet, art. « Athénaios d'Attaleia » A 480, *DPhA* I, p. 643.
8. Cf. W. Capelle, art. « Theodoros » 33, *RE* V A 2, 1934, col. 1831.
9. *TrGF* T 134 Snell.

PHÉDON

105 Phédon d'Élis, de la famille des Eupatrides[1], fut fait prisonnier au moment où sa patrie fut prise[2], et contraint à rester dans une maison close. Mais quand il en fermait la porte[3], il participait aux entretiens avec Socrate, jusqu'au moment où celui-ci invita Alcibiade ou Criton à le racheter[4]. De ce moment il put philosopher en

1. Le terme « Eupatrides » désigne le plus souvent l'aristocratie athénienne de façon générale (c'est Thésée qui, selon la légende, avait réuni la population de l'Attique en une seule cité, qu'il appela Athènes ; cette population, il la divisa en trois classes : les nobles [Eupatrides »], les paysans [Géomores] et les ouvriers [Démiurges] ; cf. Plutarque, *Vie de Thésée* 25). Mais à côté de cette désignation générale de l'aristocratie, il semble, à en juger par quelques témoignages (Isocrate XVI 25 pour Alcibiade, *FHG* III 131 pour Polémon et *IG* III 267 pour les « exégètes » élus parmi les Eupatrides) que le terme pouvait désigner une famille précise de l'ancienne aristocratie athénienne. Ici il est plutôt employé en ce second sens. Cf. J. Oehler, art. « Εὐπατρίδαι » 1 et 2, *RE* VI 1, 1907, col. 1164 et 1165. Sur la vie et les écrits de Phédon, voir K. von Fritz, art. « Phaidon », *RE* XIX 2, 1938, col. 1538-1542 ; Giannantoni, *SSR* IV, note 11, p. 115-127. Platon donna pour titre à un de ses plus célèbres dialogues le nom de *Phédon*. De même un dialogue acéphale d'Eschine porte ce titre (cf. *Souda*, *s.v.* Αἰσχίνης, Αι 346, t. II, p. 183, 27 Adler).

2. L. Preller, « Studien zur griechischen Litteratur », *RhM* 4, 1846, p. 377-405, notamment 391-395, avait déjà formulé, tout en manifestant sa préférence pour la seconde, les deux hypothèses que l'on peut soutenir concernant cette prise d'Élis. Il s'agit soit du saccage de la cité et de son territoire au début de la guerre du Péloponnèse en 431 (cf. Thucydide II 25), soit de la guerre éliaque sous la conduite de Sparte aidée par Athènes en 401-400 (cf. Xénophon, *Helléniques* III 2, 21-31).

3. Cela signifie probablement que Phédon jouissait d'une certaine liberté et qu'une fois l'établissement fermé, il pouvait faire ce qu'il voulait. Il choisissait alors d'assister aux entretiens avec Socrate, ce qui implique d'ailleurs qu'à cette époque-là il était à Athènes. L'imparfait μετεῖχε indique que l'action s'est répétée plusieurs fois.

4. Cf. II 31 dans la *Vie* de Socrate. Selon un autre témoignage (Aulu-Gelle, *Nuits attiques* II 18, 1-5), ce serait Cébès qui aurait racheté Phédon.

homme libre[1]. Hiéronymos, dans son ouvrage *Sur la suspension du jugement*[2], s'attaqua à lui en le traitant d'esclave. Il écrivit des dialogues[3]: *Zopyre*[4], *Simon*[5], qui sont authentiques, *Nicias* dont l'authenticité est mise en doute[6], *Médeios*[7], que certains attribuent à

---

1. Sur la façon dont on devient philosophe dans l'Antiquité, voir O. Gigon, « Antike Erzählungen über die Berufung zur Philosophie», *MH* 3, 1946, p. 1-21. Phédon resta un des disciples les plus proches de Socrate jusqu'à la mort de celui-ci.

2. Fr. 24 Wehrli. La tradition manuscrite offre la leçon Περὶ ἐποχῆς, qui donne au titre une couleur sceptique. Mais, comme le fait remarquer M. Gigante, « Biografia e dossografia in Diogene Laerzio », dans *Diogene Laerzio storico del pensiero antico = Elenchos* 7, 1986, p. 59-63, *POxy.* 3656 mentionne un Περὶ συνοχῆς de Hiéronymos de Rhodes. L'éditeur du papyrus: Parsons, n'exclut pas que Hiéronymos ait écrit deux ouvrages différents portant les deux titres. Mais Gigante pense plutôt que la leçon des manuscrits est une faute qui remonte à l'archétype médiéval de Diogène Laërce. Si l'on adopte la leçon du papyrus, quel sens donner à συνοχή ? Parsons propose de traduire le titre par *On coherence,* tandis que Gigante propose *Dell'impedimento*, c'est-à-dire soit un état de contrainte matérielle, soit l'idée d'une prison des passions, d'un état qui empêche le libre développement de la personne.

3. La *Souda, s.v.* Φαίδων, Φ 154; t. IV, p. 707, 29-30, transmet une liste d'écrits de Phédon qui ne fait pas mention des σκυτικοὶ λόγοι, mais ajoute trois autres titres : *Simmias, Alcibiade* et *Critolaos.* Sur les problèmes posés par la liste laërtienne, voir *SSR* IV, p. 119-127.

4. Zopyre était un physiognomoniste, c'est-à-dire qu'il prétendait pouvoir définir le caractère de quelqu'un, ses mœurs, à partir de son corps, de ses yeux, de son visage, de son front (cf. Cicéron, *De fato* 10, qui raconte comment Zopyre avait caractérisé Socrate). Cf. L. Rossetti, « Ricerche sui "Dialoghi Socratici" di Fedone e di Euclide », *Hermes* 108, 1980, p. 183-200, qui examine les témoignages sur ce dialogue ; K. Ziegler, art. «Zopyros » 3, *RE* X A, 1972, col. 768-769 ; K. von Fritz, art. « Phaidon », *RE* XIX 2, 1938, col. 1539-1540, qui tente de reconstruire le contenu du dialogue.

5. Voir Note complémentaire 13 (p. 365).

6. Ce dialogue est peut-être le même que le *Nicias* de Pasiphon, dont Plutarque, *Nicias* 4, évoque le contenu. Nicias était un homme politique et un général athénien qui fit la guerre du Péloponnèse. Cf. G. Reincke, art. « Nikias » 5, *RE* XVII 1, 1936, p. 323-333 ; R. Flacelière et É. Chambry, introduction à la *Vie de Nicias* de Plutarque, *CUF*, Paris 1972, p. 129-143.

7. Ménage avait corrigé Μήδιον en Μηδεῖον, mais il continuait à comprendre qu'il s'agissait d'un Mède. C'est Crönert, *Kolotes und Menedemos,* p. 30 n. 158, qui a proposé, et il a certainement raison, de lire Μήδειον, ce qui permet d'y voir un nom propre attique.

Eschine, d'autres à Polyainos[1], *Antimaque ou les vieillards*[2], dont l'authenticité est également mise en doute, et des *dialogues de cordonnerie* qui, eux aussi, sont attribués par certains à Eschine[3].

Il eut pour successeur Plistane d'Élis[4]; puis, à la troisième génération, Ménédème d'Érétrie[5] et Asclépiade de Phlionte[6], qui

---

1. La *Souda, s.v.* Αἰσχίνης, Αι 346, t. II, p. 183, 30 Adler, mentionne parmi les dialogues acéphales d'Eschine un dialogue qui s'intitule *Polyainos.* Il faut donc se demander si le *Polyainos* qui a donné son nom au dialogue acéphale d'Eschine et le Polyainos, auteur présumé du *Médeios,* sont une seule et même personne. L'auteur du *Médeios* pourrait être Polyainos de Lampsaque, le disciple d'Épicure, mentionné à trois reprises dans le livre X de D. L.; mais la choronologie exclut que le personnage dont le nom sert de titre au dialogue d'Eschine soit cet Épicurien. Crönert, *Kolotes und Menedemos,* p. 30 n. 158, a proposé de corriger Πολυαίνου en Πλεισταίνου, Plistane d'Élis étant cité en II 105, immédiatement après.

2. Le catalogue transmis par la *Souda, s.v.* Φαίδων, Φ 154, t. IV, p. 707, 29 Adler, a le singulier πρεσβύτης. De quel Antimaque s'agit-il ? Une possibilité est qu'il s'agisse du poète Antimaque de Colophon, dont l'œuvre suscitait l'intérêt de Platon. Plus tard Zoticus, un disciple de Plotin, devait corriger son texte (cf. Porphyre, *Vita Plotini* 7, 13), et Longin en faire le lexique (cf. la *Souda, s.v.* Λογγῖνος, Λ 645, t. III, p. 279, 11).

3. Cf. II 122, où Diogène Laërce explique que Simon était un cordonnier athénien qui prenait en notes toutes les paroles de Socrate, quand celui-ci venait dans son échoppe pour discuter. Je traduis « dialogues de cordonnerie » plutôt que « dialogues de cordonnier », comme on le fait d'ordinaire, car il s'agissait d'un type de dialogue qui avait pour particularité de rassembler dans l'échoppe d'un cordonnier, en l'occurrence Simon, divers Socratiques. Par ailleurs, la *Souda, s.v.* Αἰσχίνης, Αι 346, t. II, p. 183, 27-31, signale parmi les acéphales d'Eschine des Σκυθικοί. Il est tentant de corriger ce Σκυθικοί en σκυτικοί. Sinon il faut, comme l'ont proposé Meibom, Ménage et Hübner, comprendre qu'il s'agit de discours scythiques, et penser à des discours mis dans la bouche d'un Scythe célèbre, par exemple Anacharsis.

4. On ne sait rien de plus sur lui. Cf. K. Ziegler, art. « Pleistainos » 3, *RE* XXI 1, 1951, col. 195; G. Roeper, « Conjecturen zu Diogenes Laertius », *Philologus* 3, 1848, p. 64-65, qui signale que le nom Πλείσταινος est formé par analogie avec Πολύαινος. En II 126 sont nommés deux autres disciples de Phédon: Anchipyle et Moschos.

5. Cf. II 125-144. Sur Ménédème, né au plus tôt vers 345 av. J.-C., voir D. Knoepfler, *La Vie de Ménédème d'Érétrie de Diogène Laërce. Contribution à l'histoire et à la critique du texte des « Vies des philosophes »*, Bâle 1991.

6. Cf. R. Goulet, art. « Asclépiadès de Phlionte » A 449, *DPhA* I, p. 622-624. Les fragments sont rassemblés dans *SSR* I, p. 179-180. Asclépiade était l'amant

venaient de chez Stilpon[1]. Jusqu'à eux on appelait ces philosophes Éliaques, mais à partir de Ménédème ils reçurent le nom d'Érétriaques[2]. De Ménédème nous parlerons ultérieurement[3], parce que lui aussi est à l'origine d'une école de pensée.

---

de Ménédème. L'affection que lui portait Ménédème est comparée à celle de Pylade pour Oreste (II 137).

1. T 171 Döring. Cf. II 126.
2. Voir p. 344 n. 8.
3. En II 125-144.

EUCLIDE

Biographie

106 Euclide[1], de Mégare sur l'Isthme, ou selon certains, de Géla[2], comme le dit Alexandre dans ses *Successions*[3]. Il pratiquait les écrits de Parménide[4] et ses successeurs s'appelèrent Mégariques, ensuite Éristiques[5] et pour finir Dialecticiens[6], nom que Denys de Chalcédoine[7] fut le premier à leur donner, du fait qu'ils disposaient leurs arguments sous la forme de questions et réponses. C'est chez lui, dit Hermodore[8], que vinrent Platon et les autres philosophes après la mort de Socrate, car ils craignaient la cruauté des tyrans[9]. Euclide

---

1. Voir Note complémentaire 14 (p. 365-366).

2. Mégare est située sur l'Isthme entre Corinthe et Éleusis, Géla est située sur la côte sud de la Sicile.

3. Fr. 3 Giannattasio Andria. Tous les critiques modernes s'accordent pour considérer Mégare comme la patrie d'Euclide.

4. Il est difficile de déterminer la part de l'éléatisme et celle du socratisme dans la philosophie d'Euclide.

5. Cette appellation est formée sur ἔρις, la querelle, et fait allusion à la combativité dialectique de ces philosophes, à leur passion pour la controverse, à leur goût de la dispute pour la dispute.

6. Sur ces trois appellations, dont la première est la plus courante, voir Muller, *Les Mégariques*, p. 108. Alors qu'ici D. L. cite trois appellations d'une même école, D. Sedley, « Diodorus Cronus and Hellenistic philosophy », *PCPhS* 23, 1977, p. 74-78, distingue une école dialectique, différente de l'école de Mégare, et dont Diodore Cronos serait le principal représentant. Contre l'avis de Sedley, voir K. Döring, « Gab es eine dialektische Schule ? », *Phronesis* 34, 1989, p. 293-310, qui considère que les dialecticiens sont bien des Mégariques. Cf. Introduction au livre II, p. 198-199.

7. Philosophe mégarique, maître de Théodore l'Athée. Cf. R. Muller, art. « Denys de Chalcédoine » D 83, *DPhA* II, p. 726.

8. Fr. 4 Isnardi Parente. Cf. III 6, où il est précisé que Platon avait vingt-huit ans quand il vint à Mégare avec les autres Socratiques.

9. On ne sait combien de temps dura ce séjour.

soutenait que le Bien est un[1], malgré des appellations multiples : tantôt prudence, tantôt dieu, tantôt intelligence, etc.[2] Tout ce qui est opposé au Bien, il le rejetait, disant que cela n'existe pas[3].

107 Quand il s'opposait aux démonstrations (des autres), ce n'était pas aux prémisses qu'il s'attaquait, mais à la conclusion[4]. Il rejetait aussi le raisonnement par analogie[5], disant que ce raisonnement s'établit soit à partir de termes semblables soit à partir de termes dissemblables. Or, si c'est à partir de termes semblables, il vaut mieux qu'on se tourne vers les choses elles-mêmes plutôt que vers celles qui leur sont semblables. Et si c'est à partir de termes dissemblables, le rapprochement est forcé. D'où ce que dit à son

---

1. On a voulu voir ici une identification du Bien avec l'Un et donc le signe qu'Euclide faisait un compromis entre la philosophie socratique et l'éléatisme de Parménide. Ainsi par exemple Humbert, p. 276 : « Cet Éléate mérite pourtant de figurer parmi les Socratiques parce que, profondément influencé par Socrate, l'Être est devenu à ses yeux une entité de nature éthique – le Bien – alors que pour les autres Éléates elle était une entité de nature logique... L'originalité d'Euclide consiste principalement dans la synthèse d'une logique de type éléatique et d'une éthique de type socratique. » Pour une critique de ce genre d'interprétation, voir Muller, *Les Mégariques,* p. 101-103 ; *Introduction,* p. 71-75, qui voit dans cette thèse d'Euclide une interrogation d'école sur le Bien, sans lien avec la conception éléatique de l'unicité de l'être.

2. Cf. Cicéron, *Academica* II 42: « Les Mégariques disaient que le seul bien est ce qui est constamment un, semblable et identique. » Muller, *Introduction,* p. 73, replace cette phrase dans son contexte afin de montrer que cette formulation rapproche plutôt les Mégariques de Platon que des Éléates.

3. Muller, *Introduction,* p. 74-75, voit dans cette phrase « un refus d'accorder au mal et à ses diverses manifestations le statut de l'être authentique : le mal n'est pas, il n'a pas de réalité substantielle, il n'est qu'apparence ou imagination ».

4. Dans sa traduction, Gigante, p. 485 n. 280, fait remarquer que la terminologie utilisée (λέμματα, ἐπιφοράν) est stoïcienne. Voir aussi Muller, *Les Mégariques,* p. 106 : « Qu'on accepte ou non d'attribuer à Euclide l'usage de cette terminologie (c'est-à-dire la stoïcienne), on croit comprendre que le Mégarique n'intervenait pas dans le déroulement de l'argumentation d'un adversaire, mais attendait le résultat, la conclusion, et s'attaquait alors à elle. » Cf. Id., *Introduction,* p. 41 n. 21, qui remarque qu'une telle pratique fait penser à Zénon d'Élée, mais aussi à Socrate dans le *Théétète* 163 d *sq.* ; 171 a-c.

5. Ce type de raisonnement caractérisait Socrate. Euclide, qui, ici, curieusement s'oppose à Socrate, apparaît comme un partisan de la rigueur et de l'exactitude.

propos Timon, qui de surcroît taille en pièces aussi les autres Socratiques[1] :

> Je ne me soucie pas de ces bavards[2], ni d'ailleurs de personne
> d'autre, ni de Phédon, quel qu'il fût[3], ni d'Euclide
> le disputeur qui inspira aux gens de Mégare la rage de disputer.

108 Euclide écrivit six dialogues[4] : *Lamprias*[5], *Eschine*[6], *Phénix*, *Criton*, *Alcibiade* et un dialogue *Sur l'amour*[7].

Les successeurs d'Euclide

A la succession d'Euclide appartient notamment Eubulide de Milet[8] qui formula en dialectique de nombreux raisonnements par

---

1. Fr. 28 Di Marco. Commentaire aux pages 175-177.

2. Cf. VI 18, où Timon traite Antisthène de παντοφυῆ φλέδονα, de « bavard qui produit n'importe quoi ». Les bavards en question ici sont les autres Socratiques, comme l'indique la formule introductive au fragment.

3. A juste titre Di Marco, p. 176, souligne l'homophonie Φαίδων / Φλέδων, renforcée par le fait qu'à l'époque de Timon il y avait monophtongaison de αι en ε dans la langue parlée. Il rappelle que ὅτις = ὅστις (cf. Hom., *Odyssée* I 47 ; V 445) et que l'expression traduit du mépris.

4. La *Souda*, *s.v.* Εὐκλείδης, E 3539, t. II, p. 454, 12-13 Adler, présente les mêmes titres, mais dans un ordre différent, et ajoute à la fin καὶ ἄλλα τινά. Le fait que ces écrits soient des dialogues s'inscrit bien dans la tradition socratique. Panétius émettait des doutes sur l'authenticité de ces dialogues (cf. II 64). On trouvera cependant de solides arguments en faveur de leur authenticité chez Muller, *Introduction*, p. 40 n. 19. Dans son édition, p. 79, Döring remarque que trois des personnages qui ont donné leurs noms à ces dialogues : Eschine, Criton et Alcibiade, appartiennent au cercle des familiers de Socrate.

5. Personnage inconnu. Döring, p. 79 n. 4, signale que le seul Lamprias que nous connaissions à l'époque d'Euclide est un aulète, fils d'Eucharidès (*IG* II^2 3029, 3).

6. Il s'agit d'Eschine de Sphettos. L. Rossetti, « Tracce di un Λόγος Σωκρατικός alternativo al Critone e al Fedone platonici », *A&R* 20, 1975, p. 34-43, a essayé de montrer qu'on retrouvait des traces de l'*Eschine* d'Euclide notamment chez Xénophon et Diogène Laërce.

7. Cf. Muller, *Les Mégariques*, p. 188 n. 63 qui montre que ce dialogue n'est pas sans évoquer plusieurs écrits d'autres Socratiques : « les *Banquets* de Platon et de Xénophon, ou encore l'*Aspasie* d'Eschine, ou le *Traité du Mariage* d'Antisthène ».

8. Cf. P. Natorp, art. « Eubulides von Milet », *RE* VI 1, 1907, col. 870. On fait souvent d'Eubulide un élève d'Euclide ; en fait ici Diogène Laërce dit seulement qu'il appartient à la succession d'Euclide. Cet Eubulide a-t-il un rapport avec

interrogation[1]: le Menteur[2], le Caché, l'Électre, le Voilé[3], le Sorite[4], le Cornu[5] et le Chauve[6]. D'Eubulide un des comiques dit:

> Eubulide le disputeur qui interrogeait sur des raisonnements cornus[7]
> et qui, par ses arguments faux[8] et prétentieux, confondait les orateurs,
> s'en est allé emportant le bavardage rempli de « r » mal prononcés
> [de Démosthène[9].

l'auteur d'un ouvrage *Sur Diogène* cité en D. L. VI 20. Voir note *ad loc.* dans le présent ouvrage.

1. Voir Note complémentaire 15 (p. 366).

2. Si un homme dit qu'il ment, doit-on considérer qu'il dit la vérité ou qu'il ment? Sur les diverses formes que peut prendre l'argument et sur sa portée philosophique, voir Muller, p. 114-115, et Montoneri, p. 97-100.

3. Le Caché, le Voilé et l'Électre étaient trois exemples d'un seul et même raisonnement. Pour une formulation simple, voir Pseudo-Alexandre, *In Soph. el.*, p. 161, 12-14 Wallies (= Comment. de *Réf. Soph.*, p. 179 a 26 *sqq.*) traduit par Muller, *Les Mégariques*, p. 78 : « Connais-tu celui qui s'approche et qui est voilé ?– Non. – (Ils enlèvent alors le voile). Mais quoi, tu connais cet homme ? – Oui. – Donc tu connais et ne connais pas le même homme. » De même pour l'Électre, cf. Lucien, *Vitarum auctio* 22-23, où l'argument est expliqué par Chrysippe : « L'Électre, c'est ce personnage bien connu, la fille d'Agamemnon, qui à la fois connaît et ne connaît pas les mêmes choses : en effet, quand Oreste se tient à côté d'elle sans s'être encore fait connaître, elle connaît certes Oreste en tant qu'il est son frère, mais elle ignore que l'homme qui est près d'elle est Oreste » (trad. Muller). Voir commentaire, *ibid.*, p. 115-116, et L. Montoneri, *I Megarici, Studio storico-critico e traduzione delle testimonianze antiche*, Università di Catania 1984, p. 109-110.

4. L'argument tire son nom du grec σόρος, « tas ». A partir de quel grain ajouté peut-on dire qu'il y a un tas de blé, et à partir de quel grain enlevé peut-on dire qu'il n'y a plus de tas ? Sur la forme mathématique et sur la forme physique que peut prendre l'argument, ainsi que sur les applications à des notions morales, voir les textes rassemblés par Muller, p. 79-84. Commentaire, *Ibid.*, p. 116-118. Voir le commentaire de Montoneri, *I Megarici*, p. 101-108.

5. L'argument est le suivant : Ce que tu n'as pas perdu, tu l'as ; or tu n'as pas perdu de cornes ; donc tu as des cornes. Il est attribué également à Chrysippe en VII 187. Cf. Montoneri, *I Megarici*, p. 110-111.

6. Argument assez proche du Sorite : à partir de quel nombre de cheveux enlevés dit-on que quelqu'un est chauve ? Commentaire de Muller, p. 118-119.

7. Allusion directe à l'argument du Cornu.

8. Peut-être y a-t-il dans cette expression (ψευδαλαζόσιν) une allusion à l'argument du Menteur (τὸ ψευδόμενον).

9. *Adesp.* 294 Kock. Les manuscrits présentent la leçon ῥωϐοστωμυλήθραν ; le mot στωμυλήθραν signifie « bavardage » (cf. Athénée IX, 381 b), mais le premier terme du composé ῥωϐο- n'a pas de sens attesté. C'est probablement

109 Il semble en effet que Démosthène aussi ait été son disciple[1] et qu'auprès de lui les difficultés qu'il avait à prononcer le « r » cessèrent. Eubulide par ailleurs était en désaccord avec Aristote qu'il critiqua sur bien des points[2].

Entre autres successeurs d'Eubulide il y avait Alexinos d'Élis[3], un homme qui adorait la querelle. Aussi le surnomma-t-on Elenxinos[4].

---

pour cette raison que la *Souda* a corrigé en ῥομϐοστωμυλήθραν. Cependant la présence chez Plutarque, *Vie de Démosthène* 9, 5, du terme ῥωποπερπερήθραν, qui signifie « bonimenteur » et qui est utilisé par un comique comme surnom de Démosthène, a conduit Meineke, suivi par Long, à remplacer par ce mot la leçon des manuscrits. Bien avant lui, Ménage, qui avait déjà étudié la question (t. III de l'édition Hübner, p. 433) et qui avait déjà songé à cette possibilité, estimait inutile ce remplacement, vu que στωμυλήθρα a le même sens que περπερήθρα. Il proposait donc de garder ῥωϐοστωμυλήθραν, donnant à ῥωϐός le sens qu'a l'adjectif ῥωϐικός créé par Diogène Laërce et employé juste après (II 109), c'est-à-dire celui qui n'arrive pas à prononcer les « r ». Cette solution est très tentante, car elle conserve le texte des manuscrits et elle s'harmonise bien avec la phrase explicative qui suit. C'est donc ce mot que nous traduisons. Sur ce passage voir G. Roeper, « Conjecturen zu Diogenes Laertius », *Philologus* 9, 1854, p. 1-42, notamment 5. Cf. aussi Döring, p. 103-104 et Muller, *Les Mégariques,* p. 111-112, qui pensent qu'il y avait au départ ῥωποπερπερήθραν, auquel on aurait substitué fautivement ῥωϐοστωμυλήθραν, στωμυλ- étant plus courant que περπερ-. D. L. aurait mal interprété ἀπῆλθ' ἔχων et aurait compris qu'Eubulide avait enlevé à Démosthène son défaut de prononciation, alors que, si on prend le mot qui, selon eux, devait être là à l'origine : ῥωποπερπερήθραν, l'expression signifiait seulement qu'Eubulide avait un bavardage stérile à la manière de Démosthène.

1. Muller, *Les Mégariques,* p. 111, se montre sceptique sur le lien maître/disciple qui aurait existé entre Eubulide et Démosthène. Il voit là le résultat de la mauvaise interprétation du dernier vers du poète comique : « A partir du moment, donc, où le Mégarique passe pour avoir débarrassé l'orateur d'un défaut quelconque, il est naturel qu'on évoque la difficulté à prononcer les "r" ; et s'il a eu cette action décisive sur lui, c'est qu'il était son maître. Ainsi serait née cette tradition par ailleurs suspecte. »

2. Témoignages sur cette polémique anti-aristotélicienne dans les fragments 59 à 62 de l'édition Döring. Eubulide écrivit un ouvrage contre Aristote dont Aristoclès (fr. 60 Döring) évoque le contenu.

3. Döring, p. 116, situe sa vie dans les décennies qui précédèrent et suivirent 300[a]. Cf. R. Muller, art. « Alexinos d'Élis » A 125, *DPhA* I, p. 149-151.

4. A partir du verbe ἐλέγχειν : réfuter, donc « le Réfutateur ». Réputation bien méritée, puisqu'il se disputa notamment avec Ménédème (D. L. II 136), Stilpon (Plutarque, *De vitioso pudore* 18, 546 a-b), Zénon et l'historien Éphore (D. L. II 110). Mais « contrairement à ce que suggère cette réputation d'éristi-

Il était en désaccord surtout avec Zénon[1]. Hermippe dit de lui qu'après avoir quitté Élis pour Olympie, c'est à cet endroit-même qu'il pratiqua la philosophie[2]. Comme ses disciples lui demandaient pourquoi il s'établissait là, il répondit qu'il voulait fonder une école de pensée qui s'appellerait Olympique. Mais sous la pression des frais occasionnés et comme ils se rendaient compte que l'endroit était insalubre, ils s'en allèrent, et Alexinos passa le reste de ses jours dans la solitude avec un unique serviteur. Plus tard cependant, alors qu'il nageait dans l'Alphée, il fut piqué par la pointe d'un roseau et en mourut.

110 Il y a aussi sur son compte une épigramme de mon cru ainsi tournée :

Il n'était donc pas sans fondement
 le conte que l'on fait du malchanceux
qui trouva le moyen en nageant
 d'avoir le pied transpercé par un clou ;
car cet homme grave[3] qu'était Alexinos,
 un jour, avant d'atteindre l'autre rive de l'Alphée,
mourut piqué par un roseau.

Alexinos écrivit non seulement contre Zénon, mais il composa encore bien d'autres ouvrages[4], en particulier un contre l'historien Éphore[5].

---

que, plusieurs informations sur son activité dialectique méritent philosophiquement de retenir l'attention : telles son objection à Zénon sur la divinité du monde (fr. 94), ou sa position nuancée sur les rapports entre dialectique et rhétorique (fr. 88) » (Muller, *Introduction,* p. 50).

1. Le fragment 94 Döring (Sextus Empiricus, *Adv. Math.* IX 104 et 108) donne une idée de la façon dont Alexinos pouvait réfuter Zénon de Kition.

2. Fr. 36 Wehrli. On remarquera qu'il ne tient pas école à Mégare ; par ailleurs on sait qu'il polémiqua contre un autre Mégarique : Stilpon (fr. 83 Döring). C'est pourquoi la notion d'école de Mégare ne doit pas être prise en un sens trop strict.

3. L'adjectif σεμνός est ironique, car dans cette épigramme Diogène Laërce présente Alexinos comme un champion de la poisse, devenu le héros d'un μῦθος populaire.

4. D'autres titres sont effectivement mentionnés dans les fragments concernant Alexinos : des Ἀντιγραφαί (fr. 87), un Περὶ ἀγωγῆς (fr. 88), des Ἀπομνημονεύματα (fr. 90) et un péan (fr. 91).

5. *FGrHist* 70 F 31. Sur cet historien de Cumes, voir p. 259 n. 4.

Eubulide eut encore pour <disciple[1]> Euphante d'Olynthe qui écrivit des ouvrages d'histoire contemporaine[2] et fut également l'auteur de nombreuses tragédies qui lui valaient la célébrité dans les concours publics[3]. Il fut aussi le maître du roi Antigone[4], cet Antigone pour qui il rédigea un traité *Sur la royauté* qui est particulièrement apprécié. Il mourut de vieillesse.

111 Eubulide eut encore bien d'autres auditeurs, parmi lesquels Apollonios Cronos[5], dont Diodore[6] d'Iasos[7], fils d'Ameinias, surnommé lui aussi Cronos[8], fut l'élève; c'est de celui-ci que Callimaque dit dans ses épigrammes:

---

1. Cobet a ajouté γνώριμος. Sur Euphante, voir Muller, *Les Mégariques*, p. 119 et note 171.
2. *FGrHist* 74 T1.
3. *TGFr* T 118 Snell.
4. Il s'agit selon toute probabilité d'Antigone II Gonatas né vers 320[a].
5. Cet Apollonios venait de Cyrène, nous dit Strabon XVII 3, 22 (fr. 97). Voir R. Muller, art. « Apollonios de Cyrène » A 276, *DPhA* I, p. 288.
6. Sur Diodore, voir P. Natorp, notice « Diodoros » 42, *RE* V 1, 1903, col. 705-707 ; R. Muller, art. « Diodoros Cronos » D 124, *DPhA* II, p. 779-781. Si l'on suit l'hypothèse formulée par Sedley, « Diodorus Cronus and Hellenistic philosophy », *PCPhS* 23, 1977, p. 74-77, Diodore Cronos et Stilpon auraient été les principaux représentants de l'école dialecticienne – à laquelle auraient appartenu également Denys de Chalcédoine et Philon – qui serait en fait une rivale de l'école de Mégare. Sedley analyse, p. 78-118, la vie, les vues philosophiques et l'influence de Diodore.
7. Ville de Carie en Asie Mineure.
8. Cf. Strabon XIV 2, 21 (fr. 98). Celui-ci explique que si Diodore put également porter le surnom de Cronos, qui avait déjà été le surnom de son maître, c'est parce que celui-ci jouissait de bien peu de célébrité. Döring (p. 124) signale la valeur négative et la valeur positive que peut avoir le surnom, en rappelant les expressions Κρονόληρος « radoteur comme Cronos » et Κρόνος ἀγκυλομήτης, « subtil comme Cronos ». Selon Muller, *Les Mégariques*, p. 128, « la plaisanterie de Ptolémée [fin de II 111], aurait alors consisté à retourner en mauvaise part un terme exprimant primitivement la subtilité dialectique du Mégarique ». On peut ajouter aussi que Κρόνος au sens de « vieux fou » était un sobriquet déjà employé par Aristophane et qu'en outre l'étymologie populaire rapprochait Κρόνος et χρόνος (cf. p. 323 n. 2). Diodore était un philosophe éminent, « le seul philosophe de Mégare sur lequel nous ayons conservé un ensemble de textes relativement cohérent et substantiel » (Muller, *Introduction*, p. 51). Il eut pour disciples Philon, Zénon de Sidon, Zénon de Kition ainsi que ses propres filles Ménéxénè, Argéia, Théognis, Artémisia, Pantacléia. Alors que Diogène Laërce range Diodore parmi les Mégariques, D. Sedley, « Diodorus Cronus and

Mômos[1] lui-même
écrivait sur les murs : « Cronos est sage »[2].

Ce Diodore aussi était un dialecticien, qui passe, selon certains, pour être le premier à avoir découvert l'argument voilé et l'argument cornu[3]. Alors qu'il vivait à la cour de Ptolémée Sôter, Stilpon lui soumit des raisonnements dialectiques. Incapable de les résoudre sur-le-champ, il s'attira des reproches de la part du roi ; entre autres, il s'entendit appeler Cronos par manière de plaisanterie. **112** Il quitta alors le banquet, et, après avoir écrit un traité sur le problème posé, de découragement il se suicida. Il y a aussi de nous sur son compte les vers suivants :

Diodore Cronos, lequel parmi les dieux
à un funeste découragement t'a contraint,
pour que de toi-même tu te sois précipité dans le Tartare,
parce que tu n'avais pas résolu les énigmatiques
paroles de Stilpon ? Tu t'es bien révélé « Cronos »,
sans le R et sans le C[4].

Hellenistic Philosophy », *PCPhS* 23, 1977, 74-120, le considère comme le principal représentant d'une école dialectique distincte de l'école de Mégare.

1. Mômos était le dieu de la raillerie. Il est le symbole ici des railleurs qui écrivent sur les murs.

2. Fr. 393 Pfeiffer. Chez Sextus Empiricus, *Adversus Mathematicos* I 309, sont cités deux autres vers d'une épigramme de Callimaque concernant Diodore Cronos. A la première lecture l'épigramme pourrait signifier que même les railleurs sont contraints de reconnaître la sagesse de Diodore Cronos. Mais à coup sûr la plaisanterie n'est pas absente de ces vers. Le fait que l'étymologie populaire ait rapproché Κρόνος (qui désigne le Titan, père de Zeus, mais qui signifie aussi par extension « vieux fou », « vieux radoteur », cf. Aristophane, *Nuées* v. 929, et *Guêpes* v. 1480) et Χρόνος (le Temps) pourrait expliquer la pointe. « Cronos est sage » signifierait à la fois « Le temps est sage » et « Le vieux fou [en l'occurrence Diodore] est sage ». Voir aussi p. 321 n. 8.

3. Ces arguments étaient attribués plus haut à Euclide. Diodore est surtout connu par l'argument dit du Souverain ou encore du Dominateur (ὁ κυριεύων λόγος) [fr. 130 à 139 Döring; commentaire de Muller, *Les Mégariques*, p. 142-158, et Montoneri, p. 146-202].

4. Autrement dit : « onos », mot qui en grec signifie l'âne.

Parmi les successeurs d'Euclide[1] il y a encore Ichthyas, fils de Métallos[2], un homme au caractère noble, contre qui[3] Diogène le Cynique écrivit un dialogue[4]; Clinomaque de Thurioi[5] qui, le premier[6], écrivit sur les propositions, les prédicats[7] et autres questions de même nature; et Stilpon de Mégare, philosophe remarquable entre tous, dont il nous faut parler.

---

1. On remarquera ici le même phénomène de composition qu'en VI 95 où Diogène Laërce revient à la liste des disciples de Cratès, après avoir traité de Métroclès (cf. M.-O. Goulet-Cazé, « Une liste de disciples de Cratès le Cynique en Diogène Laërce 6, 95 », *Hermes* 114, 1986, p. 247-252). Ici, après avoir parlé d'Eubulide de Milet en II 108 et des disciples d'Eubulide en II 109-112, il revient à la fin du par. 112 aux disciples d'Euclide.

2. G. Roeper, « Conjecturen zu Diogenes Laertius », *Philologus* 9, 1854, p. 5, propose de corriger Μετάλλου en Μεγάλλου.

3. On ne peut exclure que πρός signifie « à l'intention de », et que Diogène ait dédié à Ichthyas un dialogue portant son nom. L'enchaînement γενναῖος, πρὸς ὃν καὶ irait peut-être plus dans le sens de cette interprétation. On peut cependant remarquer que dans la seconde liste des écrits de Diogène en VI 80, liste expurgée d'inspiration stoïcienne, *Ichthyas* a disparu. Dans l'hypothèse de πρός signifiant « contre », on peut penser que des Stoïciens soucieux de filiation socratique ne tenaient pas à montrer qu'un Cynique pouvait écrire contre un Mégarique.

4. Cf. VI 80 où l'ouvrage est cité dans la liste anonyme des ouvrages de Diogène le Cynique.

5. Cf. R. Muller, art. « Cleinomaque de Thurium » C 146, *DPhA* II, p. 422-423; voir aussi D. Sedley, « Diodorus Cronus and Hellenistic philosophy », *PCPhS* 23, 1977, p. 76 et n. 18, qui pense que Clinomaque pourrait être le modèle de l'Étranger du *Sophiste* de Platon. Le rôle de Clinomaque semble avoir été décisif, puisque c'est à partir de lui que l'école aurait cessé de s'appeler mégarique et aurait pris le nom de dialectique (fr. 34 et 35 Muller).

6. Muller, *Introduction*, p. 112: « On mesure l'importance de cette précision pour l'histoire de la logique. » Sedley considère que Clinomaque jeta les fondements de la logique propositionnelle, que développèrent ensuite les Dialecticiens (qu'il distingue des Mégariques) et ultérieurement les Stoïciens.

7. Le vocabulaire: ἀξιώματα, κατηγορήματα porte la marque stoïcienne, comme le remarque Muller, *Les Mégariques*, p. 109, qui renvoie à D. L. VII 64-65.

STILPON

Ses maîtres et ses disciples

113 Stilpon[1], originaire de Mégare en Grèce, fut l'auditeur de certains des disciples d'Euclide; d'autres affirment qu'il écouta même Euclide en personne[2], mais aussi, à ce que dit Héraclide[3], Thrasymaque de Corinthe[4], qui était un disciple d'Ichthyas[5]. Il surpassait tellement les autres par son habileté à inventer des arguments et sa subtilité que, pour un peu, toute la Grèce, les yeux fixés sur lui, se serait mise à « mégariser. »[6] Philippe le Mégarique[7] dit de lui textuellement: « De chez Théophraste il arracha Métrodore le théoré-

1. Les fragments de Stilpon sont cités, comme ceux des autres Mégariques, dans l'édition Döring.

2. Cette fréquentation d'Euclide par Stilpon semble pratiquement exclue, mais pas absolument impossible (cf. Döring, p. 140, et Muller, *Les Mégariques,* p. 161-162; *Introduction,* p. 57 et n. 54). Döring propose comme datation de la vie de Stilpon *ca* 360–*ca* 280.

3. Héraclide Lembos, l'abréviateur de Sotion (*FHG* III, p. 170, fr. 14 = Sotion, fr. 8 Wehrli).

4. On ne sait rien sur lui.

5. Ichthyas, le disciple d'Euclide, dont il a été question en II 112. La tradition attribue à Stilpon deux autres maîtres : Pasiclès de Thèbes, le frère de Cratès (fr. 148 A) et Diogène de Sinope (fr. 149).

6. C'est-à-dire à adopter la philosophie d'un Mégarique (τὰ Μεγαρέως δοξάσαι), selon la glose de la *Souda*, *s.v.* Μεγαρίσαι, M 388, t. III, p. 345, 2 Adler.

7. Peut-être à identifier avec le Philippe mentionné dans le prologue de D.L. en I 16, qui fait partie, aux côtés de Socrate, Stilpon, Ménédème, Pyrrhon, Théodore, Carnéade et Bryson, des philosophes qui n'ont rien écrit (cf. note *ad loc.*, où l'on voit qu'il faut peut-être corriger le Philippe de I 16 en Aristippe, auquel cas I 16 ne nous apprendrait rien sur Philippe de Mégare). Cf. Döring, p. 144 n. 6. Sur Philippe de Mégare, cf. R. Laqueur, art. « Philippos » 39, *RE* XIX 2, 1938, col. 2349.

matique[1] et Timagoras de Géla[2]; de chez Aristote le Cyrénaïque[3], Clitarque[4] et Simmias[5]; du côté des dialecticiens[6] d'une part il arracha Paioneios à Aristide, d'autre part Diphile du Bosphore[7] à <...; de...> fils d'Euphante[8], et de Myrmex, fils d'Exainétos[9], venus tous deux pour le réfuter, il se fit des disciples zélés. »

---

1. Cf. K. von Fritz, art. « Metrodoros » 18, *RE* XV 2, 1932, col. 1480. L'épithète se retrouve en D. L. III 49 où πρακτικός et θεωρηματικός désignent les deux caractères du dialogue platonicien ὑφηγητικός. Ménage voulait corriger θεωρηματικός en θεωρητικός, mais ce n'est pas nécessaire, d'autant plus que comme le remarque Roeper, « Conjecturen zu Diogenes Laertius », *Philologus* 9, 1854, p. 7, il est peu vraisemblable qu'un θεωρητικός originel ait été altéré en θεωρηματικός ; c'est l'inverse qui est plus plausible. Si on veut traduire θεωρηματικός par un terme qui existe en français, on pourrait proposer « dogmatique ». Comme il s'agit d'un surnom, nous préférons lui garder sa couleur grecque.

2. Inconnu par ailleurs. Cf. K. von Fritz, art. « Timagoras » 2, *RE* VI A 1, 1936, col. 1073.

3. H. von Arnim voulait corriger Aristote en Aristippe; Roeper, « Conjecturen zu Diogenes Laertius », *Philologus* 9, 1854, p. 7-8, Κυρηναϊκοῦ en Κυρηναίου, « de Cyrène ». Alors que Giannantoni, *I Cirenaici*, p. 440-443, a gardé ce passage dans sa collection de textes cyrénaïques, ainsi que quatre autres mentionnant un Aristote de Cyrène, E. Mannebach, *Aristippi et Cyrenaicorum fragmenta*, Leiden-Köln 1961, l'exclut de la sienne. Cf. F. Caujolle-Zaslawsky, art. « Aristote de Cyrène » A 412, *DPhA* I, p. 411.

4. *FGrHist* 137 F 3. Il s'agit de l'historien d'Alexandre. Cf. F. Jacoby, art. « Kleitarchos » 2, *RE* XI 1, 1921, col. 622.

5. Certainement le gendre de Stilpon, mentionné en II 114. Cf. Hobein, art. « Simmias » 5, *RE* III A 1, 1927, col. 155.

6. Si l'on admet qu'en II 106 les dialecticiens sont des Mégariques, cela signifie que Stilpon enlève des gens à sa propre école. D'où l'interprétation de Sedley (cf. p. 316 n. 6), qui, en distinguant les Dialecticiens des Mégariques, rendrait le fait moins curieux. Pour une critique de cette interprétation par Döring, voir Introduction au livre II, p. 197-198.

7. Paioneios et Aristide sont inconnus par ailleurs. Cf. R. Muller, art. « Aristide (de Mégare ?) » A 352, *DPhA* I, p. 368. G. A. Gerhard, *Phoinix von Kolophon*, Leipzig-Berlin 1909, 215 A 3, estimait que l'identification de Diphile du Bosphore avec Diphile, le Stoïcien élève d'Ariston (D. L. VII 161) était possible. Cf. R. Muller, art. « Diphilos du Bosphore » D 113, *DPhA* II, p. 887-888.

8. Voir Note complémentaire 16 (p. 366).

9. Cf. K. von Fritz, art. « Myrmex », *RE* XVI 1, 1933, col. 1107. Quant à Exainétos, les manuscrits ont Ἐξαινέτου, mais Ménage, à partir de Stéphane de Byzance, *s.v.* Ἐνετοί, qui avait lu fautivement ἐξ Ἐνετοῦ dans le passage de

114 En plus de ceux-là il attira Phrasidème[1] le Péripatéticien qui était expert en physique, Alcimos[2], qui était fort en rhétorique et tenait le premier rang parmi tous les orateurs de la Grèce sans exception, ainsi que Cratès[3] et d'autres, très nombreux, qu'il captiva[4]. Ajoutons encore Zénon le Phénicien[5] qu'il entraîna avec ceux-ci.

Détails biographiques

Il était aussi très versé en politique[6].

Il avait une femme légitime, et il vivait avec une courtisane, Nicarète[7], comme le dit quelque part Onétor[8]. Il eut une fille aux mœurs dissolues qu'épousa un de ses familiers, Simmias de Syracuse. Celle-ci ne vivant pas de façon convenable, quelqu'un dit à Stilpon qu'elle le déshonorait. Mais lui répliqua : « Pas davantage que moi je ne l'honore »[9].

Diogène Laërce, avait proposé de corriger en ἐξ 'Ενετοῦ, qui désignerait alors une ville. Döring, p. 145, rejette à juste titre la correction.

1. Inconnu par ailleurs. Cf. K. O. Brink, art. « Phrasidemos », *RE* XX 1, 1941, col. 742.

2. Certains ont proposé d'identifier cet Alcimos avec l'auteur des Σικελικά (*FGrHist* 560), qui est peut-être le même que l'auteur du Πρὸς 'Αμύνταν (D. L. III 9-17). Cf. Döring, p. 146 et n. 3 et 4 ; R. Goulet, art. « Alcimos » A 90, *DPhA* I, p. 110-111.

3. Il s'agit de Cratès le Cynique (cf. Sénèque, *Epistula* 10, 1 = fr. 166 Döring).

4. En II 125, on apprend que Ménédème vint à Mégare chez Stilpon avec son ami Asclépiade de Phlionte et en IX 109 que Timon fréquenta aussi Stilpon.

5. Zénon de Kition ; cf. II 120 ; VII 2.24.

6. En VI 76, Stilpon apparaît, avec Phocion le Bon, comme un des hommes politiques qui furent élèves de Diogène le Sinope. Il dut participer activement à la vie politique de Mégare, ce que confirment les relations qu'il entretint avec Ptolémée Sôter et Démétrios Poliorcète (II 115).

7. Nicarète avait reçu une bonne éducation et elle fut l'auditrice de Stilpon (Athénée XIII, 596 e = fr. 156 Döring). Sur les courtisanes philosophes, voir Athénée XIII, 588 b-589 c.

8. Onétor est cité aussi en III 9 et le titre de son ouvrage, ou d'un de ses ouvrages, est indiqué : « Le sage s'occupera-t-il d'affaires d'argent ? »

9. Plutarque, *De tranquillitate animi* 6, 468 a, rapporte un dialogue entre Stilpon et le Cynique Métroclès qui lui reproche de vivre gaiement alors que sa fille se conduit mal.

115 Ptolémée Sôter l'accueillit, dit-on, à sa cour, et quand il se fut emparé de Mégare[1], il lui donna de l'argent et l'invita à s'embarquer avec lui pour l'Égypte. Mais si Stilpon accepta un peu d'argent, il refusa le voyage et s'en alla à Égine en attendant que Ptolémée eût repris la mer. De plus, quand Démétrios[2], le fils d'Antigone[3], se fut emparé de Mégare, il veilla à ce que la maison de Stilpon lui fût laissée intacte et à ce que tout ce qui avait été enlevé au philosophe lui fût restitué. C'est à cette occasion qu'il voulut obtenir de lui la liste des biens qu'il avait perdus[4], et que Stilpon lui dit qu'il n'avait rien perdu de ce qui lui appartenait en propre : personne ne lui avait enlevé sa culture, et il avait toujours sa raison et ses connaissances[5].

116 Il discuta avec Démétrios de la bienfaisance à l'égard des hommes et le séduisit tellement que Démétrios s'attacha à lui. Concernant l'Athéna de Phidias, il formula, dit-on, un raisonnement par interrogation tel que celui-ci : « Est-ce qu'Athéna, la fille de Zeus, est un dieu ? » Comme on lui répondait « oui », il reprit : « Mais celle-ci n'est pas de Zeus, elle est de Phidias ». L'autre en convenant, il dit : « Donc ce n'est pas un dieu ». Cela lui valut d'être convoqué devant l'Aréopage où, loin de nier ce qu'il avait dit, il soutint avoir correctement raisonné. Athéna en effet n'est pas un dieu, mais une déesse ; ce sont les mâles qui sont des dieux. Néanmoins les mem-

1. Les occupations successives de Mégare par Ptolémée Sôter et par Démétrios Poliorcète eurent lieu dans les années 308-306. Ces événements historiques sont précieux pour la chronologie de Stilpon (cf. Muller, *Les Mégariques*, p. 162 : « Pour que Ptolémée et Démétrios aient souhaité rencontrer notre philosophe, il faut que celui-ci ait été déjà célèbre, ce qui implique qu'il n'était pas trop jeune à cette époque »).

2. Il s'agit de Démétrios Poliorcète.

3. Il s'agit d'Antigone Ier dit le Borgne.

4. La *Lettre* 9, 18 de Sénèque (fr. 151 H Döring) précise qu'il avait perdu ses enfants et sa femme, tandis que dans le *De constantia sapientis*, Sénèque dit qu'il avait abandonné son patrimoine en butin de guerre et que l'ennemi avait enlevé ses filles (fr. 151 G Döring).

5. Avec Stilpon, beaucoup plus qu'avec les autres Mégariques, apparaît clairement l'aspect éthique de la philosophie de Mégare. Alors que K. von Fritz, art. « Megariker », *RESuppl* V, 1931, col. 721, voyait dans les positions éthiques de Stilpon le signe de l'influence de Diogène et des Cyniques sur sa philosophie, Muller, *Introduction*, p. 193-197, insiste sur les différences qui séparent Stilpon des Cyniques et essaie de montrer qu'il n'est pas nécessaire de chercher en dehors de la philosophie mégarique les fondements de l'attitude de Stilpon.

bres de l'Aréopage lui intimèrent l'ordre de quitter la cité sur-le-champ. C'est à cette occasion que Théodore, surnommé « Dieu », lui dit en se moquant : « D'où Stilpon savait-il cela ? Aurait-il retroussé son vêtement et regardé son "jardinet[1]" ? » Ce Théodore était vraiment plein d'audace, mais Stilpon, lui, était plein d'esprit.

Apophtegmes et anecdotes

117 En tout cas Cratès lui ayant demandé si les dieux se réjouissent des génuflexions et des prières, on dit que Stilpon fit cette réponse : « Ne m'interroge pas là-dessus en pleine rue, insensé que tu es, mais seul à seul ». C'est la même réponse que fit Bion quand on lui demanda si les dieux existent :

> Ne disperseras-tu pas loin de moi la foule, calamiteux vieillard ?[2]

Cela dit, Stilpon était simple, sans affectation et bien disposé envers les gens ordinaires. En tout cas, un jour que Cratès le Cynique, au lieu de répondre à la question qu'il lui posait, avait lâché une pétarade, Stilpon lui dit : « Je savais bien que tu dirais tout sauf ce qu'il faut ». **118** Un jour que Cratès lui tendait une figue sèche tout en lui posant une question, Stilpon prit la figue et la mangea. Cratès dit alors : « Par Héraclès, j'ai perdu la figue ». « Pas seulement la figue, dit Stilpon, mais aussi la question dont la figue était le gage[3]. »

---

1. F et P ont κῆπον; B a κόλπον. La leçon de B pourrait à la rigueur convenir, puisque κόλπος désigne le pli d'un vêtement, mais il vaut peut-être mieux adopter κῆπος, en lui donnant un sens obscène (cf. LSJ, *s.v.* III).

2. F 25 Kindstrand; ce fragment est commenté par J. F. Kindstrand, *Bion of Borysthenes*, Uppsala 1976, p. 224-226. L'anecdote peut s'interpréter au moins de deux façons : il est dangereux de parler des dieux de façon critique, car on risque de s'attirer le reproche d'athéisme ; ou encore : quand on parle des dieux, il faut que ceux qui nous écoutent soient assez astucieux pour comprendre exactement ce que l'on veut dire. Le Cratès qui intervient dans cette anecdote est certainement le même que celui qui est mentionné quelques lignes plus loin, à savoir Cratès le Cynique qui était le frère d'un des maîtres de Stilpon : Pasiclès de Thèbes.

3. R. Muller rapproche l'anecdote du fr. 199 (= D.L. II 119) et dit dans les *Mégariques*, p. 166 : « Il est très vraisemblable que Cratès montre une figue, et demande à Stilpon si "cela" est une figue ; la réplique du Mégarique, qui mange la figue, signifierait alors l'irréalité de la chose sensible particulière par opposition à l'idée. » On peut suggérer une interprétation plus simple : Cratès pose une question à Stilpon en lui disant que s'il répond il aura une figue ; mais Stilpon commence par manger la figue, si bien qu'il n'a plus aucun intérêt à répondre à

Une autre fois, en hiver, Stilpon vit Cratès qui avait mis le feu à son vêtement[1]. « Cratès, dit-il, tu me sembles avoir besoin d'un manteau neuf (ἱματίου καινοῦ) » [ce qui signifiait d'un manteau et de jugeote (ἱματίου καὶ νοῦ)][2]. Offensé, Cratès le parodia en ces vers :

En vérité j'ai vu Stilpon en proie à de méchantes souffrances
à Mégare, où se trouve, dit-on, le gîte de Typhôn[3].
C'est là qu'il disputait, avec de nombreux disciples autour de lui[4].
Ils passaient leur temps à courir après la vertu[5] en changeant les [lettres[6].

119 On raconte qu'à Athènes il exerçait une telle attirance sur les gens qu'on accourait des échoppes pour le voir. Et comme quelqu'un lui disait : « Stilpon, ils t'admirent comme une bête curieuse », il répliqua : « Pas du tout, mais comme un homme véritable[7]. » Comme il était très habile en éristique, il rejetait même les Idées. Il

---

la question. Cratès a donc perdu et la figue et la question, puisque aucune réponse ne lui sera donnée.

1. Il ne semble pas nécessaire de corriger συγκεκαυμένον en συγκεκαμμένον (de συγκάμνω : souffrir avec) comme le voulait Roeper, « Conjecturen zu Diogenes Laertius », *Philologus* 9, 1854, p. 9. Il faut supposer que Cratès s'était chauffé de trop près à un brasero et que son manteau avait été brûlé.

2. Cf. en VI 3, un jeu de mots du même genre dans une anecdote mettant en scène Antisthène et un jeune homme du Pont. Voir aussi le mot d'Isocrate qu'Aelius Théon, *Progymnasmata* 100, 16, p. 23 éd. M. Patillon, prend comme exemple d'amphibologie.

3. Monstre de Cilicie aux cent têtes. Cratès fait de Mégare le lieu de séjour de τῦφος (jeu de mots sur τῦφος : l'orgueil, et Τυφωέος, le monstre). En fait le monstre n'a aucun lien dans la mythologie avec la ville de Mégare.

4. Le vers 1 imite *Odyssée* XI 582 ; le vers 2 *Iliade* II 783 et le vers 3 *Iliade* VIII 537.

5. Jeu de mots : τὴν δ' ἀρετήν renvoie certainement à Νικαρέτην, qui est le nom de la courtisane que fréquentait Stilpon. Cf. D. R. Dudley, *A History of Cynicism from Diogenes to the 6th Century A. D.*, London 1937, p. 57.

6. *Suppl. Hell.* 347. Παρὰ γράμμα : Diels, *Sill. Graec.* II 193, renvoie à Aristote, *Rhétorique* III 11, 1412a26–b3, où le philosophe donne plusieurs exemples de plaisanteries παρὰ γράμμα, c'est-à-dire fondées sur des modifications de lettres dans un mot, qui changent le sens du mot.

7. Stilpon ne revendique pas d'être un homme d'exception, il lui suffit d'être un homme avec toutes les exigences que cela comporte.

allait jusqu'à dire que quand on dit « homme », on ne dit personne[1], car on ne dit ni cet homme-ci ni cet homme-là. Pourquoi en effet serait-ce plutôt celui-ci que celui-là ? Par conséquent ce n'est pas non plus celui-ci. Ou encore : « le légume » n'est pas ce légume qu'on me montre, car le légume existait il y a plus de dix mille ans. Ce n'est donc pas ce légume-ci[2]. On raconte qu'au beau milieu d'un entretien avec Cratès, il courut acheter du poisson. A Cratès qui essayait de le retenir et qui disait : « Tu laisses tomber la discussion ? », Stilpon dit : « Moi, pas du tout ; la discussion je la garde, mais c'est toi que je laisse tomber ; car si la discussion, elle, peut attendre, le poisson, lui, va être vendu ».

Ses écrits[3]

120 On cite de lui neuf dialogues au style ampoulé[4] :

---

1. Nous rétablissons, à la suite de Roeper, « Conjecturen zu Diogenes Laertius », *Philologus* 9, 1854, p. 14, le texte des manuscrits B^{ac}, P^{ac}, F^{ac} : λέγειν μηδένα. Long avait choisi la leçon εἶναι μηδένα offerte par δ, π, φ.

2. Cf. O. Apelt, « Stilpon », *RhM* 53, 1898, p. 621-625 ; Döring, p. 155-156 ; Muller, *Les Mégariques*, p. 174 ; ce dernier explique que d'ordinaire on met en avant ce fragment pour démontrer que Stilpon n'admettait pas l'universel et les Idées ; il n'est pas d'accord et il explique pourquoi il voit dans ce passage au contraire la preuve que Stilpon n'admet que l'universel ; il considère qu'il y a là comme « une critique de l'Idée platonicienne, en tant que celle-ci implique justement une participation du sensible à l'universel ».

3. La liste qui suit s'oppose à ce que dit D. L. dans le prologue I 16, où il range Stilpon parmi les auteurs qui n'ont rien écrit. Comme le remarque Muller, *Les Mégariques*, p. 167, Stilpon reste fidèle à la tradition des dialogues socratiques en écrivant des dialogues dont les titres sont des noms de personnes, sauf une fois dans le cas de *A sa fille*. Un extrait du *Métroclès* transmis par le *Lexicon Patmense, s.v.* 'Ενεβρίμει (fr. 190 Döring), montre que Stilpon se mettait en scène dans ses dialogues.

4. Ψυχρός signifie « froid » en rigueur de terme, et par extension « fade », « insipide ». Mais à en juger par le développement qu'on trouve chez Aristote, *Rhétorique* III 3 sur le style froid (ψυχρός) caractérisé par l'abondance des mots composés, des glossèmes, des périphrases et des métaphores, et chez Démétrios, *Du style* 114-118, qui définit le style froid par l'enflure de l'expression, l'exagération de la pensée et l'absence de tout rythme, il m'a semblé qu'il valait mieux traduire par « au style ampoulé ».

Moschos[1],
Aristippe ou Callias[2],
Ptolémée[3],
Chérécrate[4],
Métroclès[5],
Anaximène[6],
Épigène,
A sa fille[7],
Aristote[8].

Biographie (fin)

Héraclide dit que Zénon, le fondateur du Portique, fut lui aussi son auditeur[9]. Hermippe dit que Stilpon mourut âgé, après avoir bu du vin afin de mourir plus vite[10].

Nous avons écrit sur son compte les vers suivants :

---

1. Élève de Phédon d'Élis. Cf. II 126.

2. Selon Mannebach, dans son édition des fragments d'Aristippe (p. 84), l'Aristippe en question serait Aristippe l'Ancien, et Callias serait cet Athénien très riche que l'on connaît grâce à Platon, Xénophon et Eschine. Callias, fils d'Hipponicos, est en effet un des interlocuteurs du *Protagoras* de Platon et du *Banquet* de Xénophon ; son nom sert de titre à un dialogue d'Eschine (D. L. II 61).

3. Probablement Ptolémée Sôter [367/366-283] (cf. II 115).

4. Chérécrate et Épigène sont mentionnés par Xénophon (*Mémorables* I 2, 48) et Platon (*Apologie* 33 e) comme appartenant au cercle de Socrate. Voir aussi pour Épigène D. L. II 121. Il n'est pas sûr toutefois qu'il s'agisse ici des mêmes personnages.

5. Cynique, frère d'Hipparchia et disciple de Cratès de Thèbes (cf. VI 94-95). Un fragment de ce dialogue est conservé (fr. 190 Döring) ; c'est le seul fragment original de Stilpon.

6. Selon Döring, peut-être le rhéteur bien connu de Lampsaque.

7. A juste titre Döring constate que ce titre renvoie plutôt à une lettre (cf. D. L. II 84 dans le chapitre sur Aristippe : Ἐπιστολὴ πρὸς Ἀρήτην τὴν θυγατέρα) qu'à un dialogue. La destinataire est la fille de Stilpon aux mœurs dissolues mentionnée en II 114.

8. Il peut s'agir du Stagirite, mais aussi d'Aristote de Cyrène mentionné en II 113.

9. Héraclide Lembos, *FHG* III 170, fr. 14 (= Sotion, fr. 9 Wehrli). Cf. VII 24. En VII 25 un autre Mégarique, Diodore, est présenté aussi comme maître de Zénon.

10. Fr. 35 Wehrli. Le penchant de Stilpon pour la boisson est signalé par Cicéron, *De fato* V 10 (fr. 158 Döring).

Stilpon de Mégare, tu le connais certainement,
a été terrassé par la vieillesse, puis par la maladie, attelage infernal.
Mais il trouva dans le vin un cocher bien meilleur
que ce couple funeste. Car, après avoir bu, il prit les devants[1].

Le comique Sophilos[2] se moqua de lui dans sa pièce intitulée *Le mariage* :

Le raisonnement de Charinos[3] , c'est les bouchons de Stilpon[4].

---

1. Je traduis le texte proposé par Meineke et signalé dans l'apparat de Long : πιὼν γὰρ ἤλασεν πρόσω. ἐσκώφθη δὲ... Πρόσω rappelle θᾶττον employé par Diogène Laërce juste avant qu'il ne cite ses vers. La correction de Meineke a en outre cet avantage que γάρ se retrouve à la seconde place, ce qui donne un texte meilleur que celui adopté par Long : <χανδὸν> πιὼν γὰρ ἤλασεν. προσεσκώφθη δέ, l'adverbe étant un ajout de Cobet.

2. Voir Note complémentaire 17 (p. 366-367).

3. Charinos est certainement un personnage de la pièce à propos duquel est cité Stilpon. Rien n'autorise à établir un lien avec Charinos, le charcutier, père d'Eschine (II 60), ou avec l'archonte Charinos dont l'existence est attestée lors de la première année de la 118e Olympiade (cf. Diodore de Sicile XX 37).

4. Fr. 3 Kassel & Austin. Roeper, « Conjecturen zu Diogenes Laertius », *Philologus* 9, 1854, p. 14-15, pense que βύσματα, les bouchons, peut faire penser à πύσματα, les questions, au sens d'interrogations captieuses. Selon cette interprétation, il y aurait un jeu de mots malheureusement intraduisible : « Le raisonnement de Charinos, c'est les bouchons / questions de Stilpon ». Βύσματα pourrait aussi se justifier par le fait que Stilpon, avec ses sophismes captieux, ferme la bouche de ses adversaires.

CRITON

121 Criton d'Athènes[1]. C'est lui surtout qui portait à Socrate une très grande affection, et il s'occupait tellement de lui que jamais Socrate ne manquait de quoi que ce soit dont il pouvait avoir besoin[2]. Et les enfants de Criton: Critobule[3], Hermogène, Épigène et Ctésippe[4], furent les auditeurs de Socrate. Quant à Criton il écrivit dix-sept dialogues qui circulent réunis en un seul volume; ce sont ceux indiqués ci-dessous[5]:

Que ce n'est pas l'instruction qui rend les hommes bons,
Sur le fait d'avoir plus[6],

1. Platon a donné le nom de ce disciple comme titre à l'un de ses premiers dialogues. Sur Criton voir L. Brisson, art. « Criton d'Alopékè » C 220, *DPhA* II, p. 522-526. Les témoignages sont réunis par Giannantoni, *SSR* II, p. 635-636.

2. Criton assista, avec un de ses fils, Critobule, au procès du philosophe *(Apologie* 33 d-e) et à sa mort *(Phédon* 59 b-c)

3. Cf. L. Brisson, art. « Critobule d'Alopékè » C 217, *DPhA* II, p. 520-521. Critobule est l'interlocuteur de Socrate dans les six premiers chapitres de l'*Économique* de Xénophon. Son frère Hermogène et lui-même font partie des interlocuteurs du *Banquet.* Les témoignages sont rassemblés dans *SSR* II, p. 634-635.

4. Cf. L. Brisson, art. « Ctésippe de Péanée » C 227, *DPhA* II, p. 532-533. J. K. Davies, *Athenian Propertied Families 600-300 B. C.*, Oxford, 1971, n° 8823, p. 336, émet des doutes sur l'existence historique d'Hermogène, Épigène et Ctésippe, entre autres parce que Ctésippe est présenté dans l'*Euthydème* 273 a comme étant du dème de Péanée, alors que son père Criton et son frère Critobule sont originaires du dème d'Alopékè.

5. On considère généralement que ces titres sont apocryphes et que Criton n'a rien écrit. La *Souda* dit que Criton écrivit une *Apologie de Socrate.* Il n'est pas question de ce dialogue dans la liste de Diogène Laërce.

6. Allusion peut-être à la richesse de Criton. M. Patillon suggère de corriger Περὶ τοῦ πλέον ἔχειν en Περὶ τοῦ πλεονεκτεῖν: Sur le fait d'être cupide.

Qu'est-ce qui est approprié ou le Politique[1],
Sur le beau,
Sur le fait de mal agir,
Sur l'amour de l'ordre,
Sur la loi,
Sur le divin,
Sur les arts,
Sur la fréquentation[2],
Sur la sagesse,
Protagoras ou le Politique,
Sur les lettres,
Sur l'art de la poésie [Sur le beau[3]*],*
Sur l'instruction,
Sur le fait de connaître ou sur la science
Qu'est-ce que savoir ?

1. Ce sous-titre est identique à celui du *Protagoras* mentionné plus bas. Roeper, « Conjecturen zu Diogenes Laertius », *Philologus* 9, 1854, p. 16 propose de le remplacer par βουλευτικός, celui qui peut conseiller.

2. Il faut probablement comprendre : sur la fréquentation d'un philosophe.

3. Ce titre répète le quatrième titre de la liste : *Sur le beau.* C'est pourquoi Cobet a proposé de supprimer ces mots ici.

SIMON

122 Simon d'Athènes, cordonnier[1]; celui-ci, quand Socrate venait dans son échoppe et discutait sur un sujet quelconque, prenait en notes tout ce dont il se souvenait. C'est pourquoi on appelle ses dialogues des dialogues de cordonnerie[2]. Il y en a trente-trois[3] qui circulent réunis en un seul volume:

Sur les dieux,
Sur le bien,
Sur le beau,
Qu'est-ce que le beau ?[4],
Sur le juste, livres I et II,
Sur la vertu, qu'elle ne peut s'enseigner,
Sur le courage, livres I, II et III,

---

1. Les témoignages sont rassemblés par Giannantoni, *SSR* II, p. 640-641. On trouvera quelques passages supplémentaires et des suggestions nouvelles dans R. Goulet, « Trois cordonniers philosophes », dans M. Joyal (édit), *Studies in Plato and the Platonic Tradition*, Essays presented to John Whittaker, Aldershot 1997, p. 119-125. Sur Simon, voir Note complémentaire 13 (p. 365).

2. En II 105, D. L. dit que certains attribuent à Eschine les σκυτικοὶ λόγοι de Phédon d'Élis. Cf. p. 313 n. 3.

3. En réalité trente seulement sont cités. Le chiffre trente-trois s'explique certainement par le fait que *Sur le juste* et *Sur le courage* ont respectivement deux et trois livres. La liste de Simon et celle de Criton se ressemblent par le biais de plusieurs titres *(Sur le beau, Sur la malfaisance* [*Sur le fait de mal agir* chez Criton], *Sur la loi*). On peut aussi rapprocher le titre Περὶ τοῦ πλέον ἔχειν et le titre Περὶ φιλοκερδοῦς.

4. Ce titre est cité deux fois dans le catalogue, de même que celui *Sur le beau* et celui *Sur la poésie* (qui se trouve répété dans B et P). C'est certainement le signe que ce catalogue demandait encore à être vérifié. En outre on peut se demander si les titres *Sur le beau* et *Qu'est-ce que le beau ?* ne correspondent pas à un seul et même ouvrage. Cf. J. J. Reiske, dans H. Diels, « Reiskii animadversiones in Laertium Diogenem », *Hermes* 24, 1889, p. 109.

Sur la loi,
Sur la démagogie,
Sur les marques d'honneur,
Sur la poésie,
Sur le confort[1],
Sur l'amour,
Sur la philosophie,
Sur la science,
Sur la musique,
[Sur la poésie][2],
[Qu'est-ce que le beau ?],
Sur l'enseignement,
Sur la pratique du dialogue,
Sur le jugement,
Sur l'être,
Sur le nombre,
Sur la sollicitude,
Sur le travail,
Sur l'amour du gain,
Sur la vantardise,
[Sur le beau].

D'autres ajoutent

Sur la délibération,
Sur la raison ou *Sur la qualité de ce qui est approprié*[3],
Sur la malfaisance[4].

---

1. Le mot εὐπάθεια peut signifier aussi "plaisir". Nous lui donnons ici le sens qu'il a dans Plutarque, *De tuenda sanitate praecepta,* 132 c-d.

2. Ce titre qui est une répétition du onzième titre est transmis seulement par B et P, et non conservé par Long. Il convient effectivement de le supprimer, comme le suivant et le vingt-septième.

3. J.J. Reiske, dans H. Diels, « Reiskii animadversiones in Laertium Diogenem », *Hermes* 24, 1889, p. 309, propose soit de rajouter πολιτικοῦ devant λόγου à cause du titre de II 121 : τί τὸ ἐπιτήδειον ἢ Πολιτικός, soit de supprimer ἤ, auquel cas le titre pourrait signifier : « Sur le raisonnement concernant ce qui est approprié ».

4. Περὶ κακουργίας; cf. II 121 : περὶ τοῦ κακουργεῖν.

C'est lui qui, le premier, dit-on, pratiqua les dialogues à la manière socratique. Quand Périclès offrit de pourvoir à son entretien et lui demanda de venir auprès de lui, il répondit qu'il ne vendrait pas sa franchise[1].

124 Il y eut encore un autre Simon qui écrivit des traités de rhétorique[2]; un autre qui fut médecin à l'époque de Séleucus Nicanor[3], et un qui fut sculpteur.

1. La franchise (παρρησία) était aussi la grande caractéristique des Cyniques. R. F. Hock, « Simon the Shoemaker as an Ideal Cynic », montre comment le personnage de Simon fonctionne comme un idéal cynique du « working-philosopher » qui préserve sa franchise et atteint l'autarcie.

2. On ne sait rien d'autre sur ce Simon; cf. L. Wickert, art. « Σίμων» 9, *RE* III A 1, 1927, col. 175.

3. Cf. H. Gossen, art. «Σίμων» 14, *RE* III A 1, 1927, col. 180. Séleucus Ier Nicanor (*ca* 358-281 av. J.-C.) avait accompagné Alexandre à Babylone et, après la mort de celui-ci, avait obtenu la satrapie de Babylone.

GLAUCON

Glaucon d'Athènes[1]; de lui circulent neuf dialogues réunis en un seul volume[2]:

Pheidylos,
Euripide,
Amyntichos,
Euthias,
Lysitheidès,
Aristophane,
Céphalos,

---

1. Les témoignages sont rassemblés dans Giannantoni, *SSR* II, p. 637-638. Sur Glaucon, voir P. Natorp, art. « Glaucon » 7, *RE* VII 1, 1910, col. 1402-1403. Glaucon était le fils d'Ariston et le frère d'Adimante, de Platon et de Potoné (cf. D. L. II 29 et III 4, ce dernier témoignage curieusement étant absent de *SSR* VI B 63).

2. Rien n'a été conservé de ces dialogues dont tous les titres sont des noms de personnages probablement historiques. Nous reconnaissons Euripide et Aristophane qui sont certainement les deux poètes bien connus. Quant à Céphalos, on peut penser qu'il s'agit de Céphalos de Clazomènes, le narrateur principal du *Parménide* de Platon qui rencontre Adimante et Glaucon sur l'agora (cf. R. Goulet, art. « Céphalos de Clazomènes » C 78, *DPhA* II, p. 262-263). Mais on ne peut exclure une identification avec Céphalos de Syracuse, le père de Lysias, de Polémarque et d'Euthydème, que Platon met en scène dans le livre I de la *République* (cf. R. Goulet, art. « Céphalos de Syracuse » C 79, *DPhA* II, p. 263-266); ou encore avec Céphalos de Collytos, le démocrate athénien qui exerça une grande influence lors de la guerre du Péloponnèse (cf. W. Kroll, art. « Kephalos » 2 et 3, *RE* XI 1, 1921, col. 221-222). Ménéxène pourrait être le disciple de Socrate, qui était présent lors de la mort du maître, et dont le nom a fourni le titre d'un dialogue de Platon (cf. R. Hanslik, art. « Menexenos » 8, *RE* XV 1, 1931, col. 858). Le nom d'Euthias est attesté pour un triérarque en 342 (IG II 803 e 75) et un riche Athénien, élève d'Isocrate, portait le nom de Lysitheidès (cf. J. Miller, art. « Lysitheides », *RE* XIV 1, 1928, col. 67), mais aucun indice n'invite à conclure qu'il s'agit des mêmes personnages.

Anaxiphème,
Ménéxène.

De lui circulent aussi trente-deux autres dialogues qui sont des faux.

SIMMIAS

Simmias de Thèbes[1]. De lui circulent vingt-trois dialogues réunis en un seul volume[2].

Sur la sagesse,
Sur le raisonnement,
Sur la musique,
Sur la poésie épique,
Sur le courage,
Sur la philosophie
Sur la vérité,
Sur les lettres,
Sur l'enseignement,
Sur l'art,
Sur le fait de gouverner,
Sur les convenances,
Sur ce qu'il faut rechercher et ce qu'il faut fuir,
Sur l'ami,
Sur le savoir,
Sur l'âme,
Sur le fait de bien vivre,
Sur ce qui est possible,
Sur les richesses,

---

1. Simmias de Thèbes, qui est un Pythagoricien, élève de Philolaos de Crotone, est un proche de Cébès de Thèbes et un des interlocuteurs du *Phédon*. Il était présent à la mort de Socrate. Cf. H. Hobein, art. « Simmias » 4, *RE* III A 1, 1927, col. 144-155.

2. La liste de Simmias présente sept titres en commun avec celle de Simon (*Sur la musique, Sur le courage, Sur la philosophie, Sur l'enseignement, Qu'est-ce que le beau ?, Sur la sollicitude, Sur l'amour*) et au moins deux en commun avec celle de Criton : *Sur l'art* (*Sur les arts* chez Criton), *Sur les lettres*.

Sur la vie,
Qu'est-ce que le beau ?
Sur la sollicitude,
Sur l'amour.

CÉBÈS

125 Cébès de Thèbes[1]. De lui circulent trois dialogues :

Le tableau[2],
Le septième jour[3],
Phrynichos[4].

---

1. Comme Simmias, il fut l'élève du Pythagoricien Philolaos, quand celui-ci résidait en Béotie. Puis il vint à Athènes où, avec Simmias, il fréquenta Socrate. C'est un des interlocuteurs du *Phédon*, présent à la mort du philosophe. Voir L. Brisson, art. « Cébès de Thèbes » C 62, *DPhA* II, p. 246-248.

2. *Le Tableau* de Cébès est conservé. Relevant de l'*ecphrasis*, il donne, par le biais de la description que fait un vieillard à deux jeunes gens, une peinture allégorique de la vie humaine. Cf. *Cébès : Tableau de la vie humaine* », trad. française par Mario Meunier, à la suite de *Marc Aurèle, Pensées pour moi-même*, Paris 1930, p. 253-283 ; *The Tabula of Cebes*, translated by J.T. Fitzgerald and L.M. White, coll. « Texts and translations » 24, « Graeco-Roman religion series » 7, Chico (Calif.) 1983, X-225 p. Voir J.-M. Flamand, art. « Le tableau de Cébès », *DPhA* II, p. 248-251, qui rappelle que la datation du *Tableau* au Iᵉʳ siècle de notre ère ne fait plus de doute aujourd'hui. Par conséquent il ne s'agit en aucun cas d'un ouvrage de Cébès, mais bien d'un apocryphe, marqué par le stoïcisme et le cynisme auxquels viennent s'ajouter certains traits de néo-pythagorisme.

3. Ce titre renvoie probablement à la date de naissance d'Apollon, qui fut aussi la date de naissance de Platon (cf. III 2), à savoir le septième jour du mois de Thargélion.

4. Ce nom fut porté par un poète tragique du Vᵉ s. av. J.-C. et par un poète comique du Vᵉ s. également. Mais aucun élément ne permet une identification avec le personnage que Cébès a choisi pour le titre de son dialogue.

MÉNÉDÈME <D'ÉRÉTRIE>[1]

Détails biographiques

Ménédème <d'Érétrie>. Celui-ci, qui appartenait à l'école de Phédon, était le fils du Clisthène de la tribu dite des Théopropides[2], un homme de bonne naissance, mais par ailleurs architecte et pauvre. Selon d'autres, ce Clisthène était aussi un décorateur de théâtre et Ménédème aurait appris les deux métiers. Aussi quand il proposa un décret, un disciple d'Alexinos[3] s'attaqua à lui, disant que le sage ne doit composer ni décor de théâtre ni projet de décret. Quand Ménédème fut envoyé par les Érétriens en garnison à Mégare[4], il se rendit à l'Académie pour voir Platon[5]; captivé[6], il quitta l'expédition.

---

1. Voir Note complémentaire 18 (p. 367).

2. Cf. Knoepfler, p. 171 n. 3 : « *Génos* (?) non attesté par ailleurs, dont le nom suggère qu'il avait un caractère sacerdotal (comme ceux des Kéryces et des Eumolpides à Éleusis) : on devait y recruter les *théopropoi* ou consultants officiels de l'oracle delphique. »

3. T 85 Döring. Il s'agit d'Alexinos d'Élis, (cf. D. L. II 109). Curieusement Knoepfler, p. 171 n. 4, fait d' Alexinos d'Élis un élève de Stilpon de Mégare, comme Ménédème. Mais cette fréquentation du Mégarique par Alexinos n'est attestée dans aucun des témoignages réunis par Döring. Alors que Ménédème, lui, apparaît bien comme un disciple de Stilpon (D. L. II 126), on nous dit d'Alexinos que dans son cours il disait beaucoup de mal de Stilpon (Plutarque, *De vitioso pudo*re 18, 536 a-b = fr. 83 Döring. Voir Muller, p. 122-123).

4. C'était au moment de la guerre lamiaque qui opposa la Ligue hellénique dirigée par Athènes à la Macédoine et à ses alliés, Mégariens et Érétriens.

5. Cf. Knoepfler, p. 171 : « Il est rigoureusement impossible que Ménédème, né vers 345 au plus tôt, ait pu encore fréquenter Platon, mort en 347. A l'origine de cette erreur certaine se trouve sans doute une simple faute de copie dans les sources de Diogène (ΣΤΙΛΠΩΝ ayant été lu ΠΛΑΤΩΝ) ; puis a joué le fait qu'un membre de l'Ancienne Académie s'appelait aussi Ménédème (de Pyrrha), d'où entre les deux philosophes homologues une longue suite de confusions dès la basse époque hellénistique au moins ».

6. Ce terme très fort (θηραθείς) est employé par exemple en II 114 à propos de Stilpon qui attira des élèves d'autres écoles et en VI 96 pour Hipparchia (ἐθηράθη) qui fut captivée par Cratès.

126 Mais, entraîné par Asclépiade de Phlionte[1], il se retrouva à Mégare chez Stilpon dont ils furent tous deux les auditeurs[2]. De là ils prirent la mer pour Élis où ils se mirent à fréquenter Anchipyle[3] et Moschos[4], qui appartenaient à l'école de Phédon[5]. Jusqu'à eux, comme nous l'avons dit plus haut dans le chapitre consacré à Phédon[6], les philosophes de cette école s'appelaient Éliaques. Ils reçurent ensuite le nom d'Érétriques[7], du nom de la patrie de celui dont nous sommes en train de parler.

---

1. Voir R. Goulet, art. « Asclépiadès de Phlionte » A 449, *DPhA* I, p. 622.

2. T 170 Döring.

3. Sur ce philosophe, voir R. Goulet, art. « Anchypilos d'Élis » A 170, *DPhA* I, p. 196. Alors que B et P ont la leçon ἀγχιπύλῳ, le manuscrit F présente la leçon ἀρχιπύλῳ. Par ailleurs Roeper a proposé de corriger en Ἀγχιμόλῳ, ce nom étant attesté, en compagnie de celui de Moschos, chez Hégésandre de Delphes, dans Athénée II 21, 44 c, pour désigner deux sophistes qui vivaient à Élis. Knoepfler maintient la leçon de B et P.

4. Un dialogue de Stilpon avait pour titre *Moschos* (II 120).

5. On peut se demander, à partir de ce que dit Diogène Laërce en II 105, si Anchipyle et Moschos n'ont pas été disciples de Plistane d'Élis plutôt que de Phédon lui-même.

6. En II 105.

7. On constate un flottement dans la façon d'écrire le mot grec. Ici en II 126 les manuscrits ont la leçon Ἐρετρικοί. Certes cette forme est couramment attestée chez Diogène Laërce et ailleurs pour désigner l'école ou ses membres (I 17. 18.19 ; II 61.85 ; VI 91). On la retrouve aussi par exemple dans Athénée II, 55 d : Ménédème, ἀφ' οὗ ἡ τῶν Ἐρετρικῶν ὠνομάσθη αἵρεσις. Néanmoins une autre forme Ἐρετριακοί est employée par Diogène en II 105 et en VII 178 (Sphaïros du Bosphore écrivit un ouvrage intitulé Περὶ τῶν Ἐρετριακῶν φιλοσόφων). De même Cicéron, *Premiers Académiques* II 42, 129 écrit : « A Menedemo autem, quod is Eretrius fuit, Eretriaci appellati ». Il semble également que les manuscrits de Strabon pour IX 1, 8 et X 1, 11 où l'expression est employée, hésitent entre les deux formes. On peut penser soit qu'une des deux formes est fausse soit que les deux formes coexistaient. Knoepfler ne pose pas le problème de cette double appellation, mais dans la liste des témoignages qu'il donne *ad loc.*, p. 172, il semble s'étonner de ce qu'Hésychius dans la *Souda*, *s.v.* Σωκράτης (IV, 404 Adler) et Φαίδων (IV, 707 Adler) écrive « Ἠλειακή - Ἐρετριακὴ *(sic)* σχολή ».

Portrait à partir d'anecdotes et d'apophtegmes

Ménédème en imposait beaucoup, semble-t-il. D'où cette parodie de Cratès[1] à son endroit:

> Asclépiade de Phlionte et le taureau d'Érétrie[2].

Et ce vers de Timon[3]:

> Ayant débusqué... un lièvre[4], avec ses airs de fanfaron qui fronce [les sourcils[5] ...

127 Il en imposait tellement qu'Euryloque de Casandrée[6], invité par Antigone en même temps qu'un jeune homme, Cleïppidès de

---

1. Cratès de Thèbes, le philosophe cynique, dont les fragments poétiques manifestent un goût certain pour la parodie. Il se moque notamment des philosophes contemporains : outre Asclépiade et Ménédème qu'il ne ménage pas (cf. II 131), il décocha ses traits contre Stilpon (II 118) et Xénocrate (Marc-Aurèle VI 13, 5). Cratès exerça de ce point de vue une influence sur Timon, l'auteur des *Silles* (cf. A. A. Long, « Timon of Phlius : Pyrrhonist and Satirist », *PCPhS* 204, 1978, p. 68-91).

2. *Suppl. Hell.* 348.

3. Fr. 29 Di Marco. Commentaire aux pages 177-179 de l'édition Di Marco.

4. Les manuscrits présentent la leçon λόγον qui n'a pas de sens ; Hadrianus Junius a proposé λῆρον à cause du surnom donné à Ménédème en II 140, Ludwich et Diels ὄγκον et Bywater ὄχλον ou λαόν. Knoepfler a adopté la leçon ὄχλον, mais avec un point d'interrogation. Di Marco, p. 177, suggère, à la suite de F. Schöll, de corriger la leçon des manuscrits : λόγον ἀναστήσας en <ὣς> λόφον ἀναστήσας. L'attitude qui consiste à dresser le cou est un signe de suffisance et de superbe ; l'expression pourrait traduire de la part de Timon une certaine ironie à l'égard du « taureau d'Érétrie ». De son côté M. Patillon me suggère de corriger λόγον en λάγον, accusatif de ὁ λαγός, οῦ, le lièvre. Ce dernier a en effet la réputation d'être un animal peureux. Ménédème prendrait donc des airs de fier à bras, alors qu'il ne ferait que débusquer un animal poltron. Outre le sens qui devient satisfaisant, cette solution a l'intérêt de proposer paléographiquement une correction minimale.

5. D'autres traductions sont possibles. Aldobrandini avait proposé « insipienter strepens », « qui fait stupidement grand bruit ». Di Marco qui s'appuie sur un passage d'Aristophane, *Thesmophories* 45 et 48, et sur un de Plaute, *Pseud.* 365, où est employé *bombax*, lit ἄφροσι βόμβαξ en deux mots et comprend que l'attitude hautaine de Ménédème ne peut impressionner que les imbéciles. Pour ma part, j'ai choisi l'écriture en un seul mot et le sens de fanfaron, de fier à bras.

6. Un Euryloque, disciple de Pyrrhon, est mentionné en IX 68 et un autre est présenté comme l'auteur d'une lettre à Épicure en X 13, tandis qu'en X 28 on apprend qu'Épicure avait dédié un *Euryloque* à Métrodore. Le disciple de Pyrrhon et le destinataire de la lettre d'Épicure sont peut-être à identifier (cf.

Cyzique[1], déclina l'invitation[2], car il craignait que Ménédème ne l'apprît. Celui-ci était en effet un critique sévère, au parler franc[3]. En tout cas un jour qu'un jeune homme se montrait trop hardi[4], Ménédème ne dit rien, mais il prit un brin de paille et traça sur le sol le dessin d'un jeune homme qui se faisait enculer, ceci jusqu'au moment où, tout le monde voyant le dessin, le jeune homme comprit l'outrage et s'éloigna. Hiéroclès, qui commandait le Pirée[5], allait et venait avec lui dans le sanctuaire d'Amphiaraos[6] et lui parlait longuement de la prise d'Érétrie[7]. Sans rien dire d'autre, Ménédème lui demanda dans quel but il se faisait enculer par Antigone.

128 A l'adultère fier de ses exploits, il dit : « Ignores-tu qu'il n'y a pas que le chou qui ait un bon jus, mais qu'il y a aussi les raves ?[8] » Au tout jeune homme qui avait crié, il dit : « Vas-y! Que tout le monde sache que tu as quelque chose dans le cul! ». Comme Antigone[9] demandait à Ménédème ce qu'il lui faudrait dire[10] s'il se rendait à une partie fine, le philosophe l'invita à faire savoir seulement,

---

Usener, *Epicurea*, Leipzig 1887, p. 407). Mais aucun élément ne permet de suggérer une identification entre eux et celui de Casandrée. L'Antigone de ce passage est probablement le roi Antigone Gonatas, le fils de Démétrios Poliorcète.

1. Personnage inconnu par ailleurs.
2. Knoepfler suit Wilamowitz qui corrige ἀντειπεῖν en ἀπειπεῖν.
3. Une formule presque identique : ἐπικόπτης θ' ἱκανῶς καὶ παρρησιάστης, se trouve dans la *Vie* d'Arcésilas, en IV 33.
4. Formule similaire en IV 34 : πρὸς τὸν θρασύτερον διαλεγόμενον νεανίσκον.
5. Cf. Diogène Laërce IV 39. Sur Hiéroclès, voir Knoepfler, p. 175 n. 13.
6. Ce devin, protégé d'Apollon et de Zeus, était roi d'Argos. Il prit part à l'expédition des Sept contre Thèbes, au cours de laquelle il mourut. Son sanctuaire se situait en face d'Érétrie, sur le territoire d'Oropos.
7. Knoepfler, p. 174 n. 15 : « Cette mainmise d'Antigone sur Érétrie – qui était alors à l'état de projet – eut lieu effectivement quelques mois ou années plus tard, vers 265, en tout cas avant le décès de Ménédème. »
8. Knoepfler, p. 175 n. 16 : « Claire allusion à la *rhaphanidôsis*, punition infligée (à Athènes et sans doute ailleurs) aux adultères, et qui consistait à leur enfoncer une rave dans le fondement (cf. Aristoph., *Nub.* 1083 et *Plut.* 168, avec les scolies ; Hsch. *Lex.* II p. 567, 196 Latte). » Il signale en outre que κράμβη et ῥάφανος peuvent désigner aussi la tige du chou, donc le phallus.
9. Il s'agit toujours d'Antigone Gonatas.
10. Knoepfler adopte la leçon du Pseudo-Hésychius : συμβουλευομένου τί εἴποι εἰ, alors que B, P et F ont seulement συμβουλευομένου εἰ.

sans faire état du reste[1], qu'il était fils de roi. A l'individu stupide qui lui rapportait quelque chose en parlant à tort et à travers, il demanda s'il possédait un champ. L'autre ayant répondu qu'il avait même de nombreuses terres, Ménédème dit : « Eh bien, va donc t'en occuper, pour éviter et la ruine de tes terres et la perte d'un ignorant qui joue les subtils »[2]. A qui lui demandait si le sage doit se marier[3], il dit : « Est-ce que moi, je te parais sage, oui ou non ? » L'autre ayant répondu que oui, il dit: « Eh bien moi, je suis marié ». **129** A qui lui avait dit qu'il existe de nombreux biens, il demanda quel était leur nombre et si à son avis il y en avait plus que cent[4]. Incapable de débarrasser de sa prodigalité un de ceux qui l'invitaient à dîner, un jour qu'on l'avait invité il ne dit mot. Mais tout en se taisant, il fit la leçon au maître de maison en ne portant à sa bouche que des olives[5]. Cette franchise en fait faillit lui faire courir des dangers à Chypre alors qu'il était avec son ami Asclépiade chez Nicocréon[6]. Le roi célébrait en effet une fête mensuelle[7] à laquelle il les avait conviés comme il avait convié les autres philosophes; Ménédème dit alors

1. Les manuscrits ont σιωπήσας τἄλλα, ce qui impliquerait de traduire : « il l'invita, en passant le reste sous silence, à faire savoir seulement... ». A juste titre M. Patillon suggère de corriger σιωπήσας τἄλλα en σιωπήσαν<τα> τἄλλα et de comprendre qu'Antigone ne doit retenir qu'un seul élément dans sa présentation : « Antigone, fils de roi ».

2. Pendant qu'il parle à tort et à travers, cet individu n'accorde pas tous ses soins à ses terres et en plus, par son discours, il révèle sa sottise.

3. La question était fréquemment posée aux philosophes (cf. Socrate II 33 ; Bion IV 48 ; Antisthène VI 3 ; Diogène VI 54 ; pour d'autres références, voir Kindstrand, *Bion of Borysthenes,* p. 272).

4. La question de Ménédème est ironique. Lui-même soutenait en effet que la vertu, qui est le seul bien véritable, est une, même si on se sert de plusieurs noms pour la désigner. Cf. Plutarque, *De virtute morali* 2, p. 440 e; Cicéron, *Premiers Académiques* II 42, 129, qui range Ménédème et l'école d'Érétrie à la suite d'Euclide (cf. D. L. II 106 : « Euclide prouvait que le bien est un, fût-il désigné par des appellations multiples : tantôt prudence, tantôt dieu, tantôt intelligence etc. ») et de l'école de Mégare, et qui précise ainsi la position des Érétriaques : « Ils plaçaient tout bien dans l'esprit et dans l'acuité de l'esprit qui permet de discerner le vrai. »

5. Les olives passaient pour une nourriture frugale (cf. VI 50 et 55).

6. Nicocréon était le roi de Salamine de Chypre qui régna de 331 à 311/310 (cf. D. L. IX 58-59 ; Athénée VIII, 337 e et 349 e).

7. Cf. la *Souda, s.v.* 'Επιμήνια, E 2477, t. II, p. 370, 22-23 Adler.

que si c'était une bonne chose de réunir de tels hommes, il fallait que la fête eût lieu chaque jour; mais que si ce n'était pas le cas, dans la circonstance présente aussi c'était superflu. **130** A quoi le tyran répondit en disant que c'était ce jour-là qu'il avait du loisir pour écouter les philosophes; Ménédème insista en s'obstinant de plus belle, démontrant au beau milieu du sacrifice qu'il fallait écouter les philosophes en toute circonstance, au point que si un joueur de flûte ne les avait pas fait partir, c'en était fini d'eux. Aussi, comme ils étaient aux prises avec la tempête sur le bateau qui les ramenait, Asclépiade dit, à ce qu'on raconte, que si l'art du joueur de flûte les avait sauvés, la franchise de Ménédème en revanche les avait perdus[1].

Il n'aimait pas se fatiguer[2], dit-on, et l'état de son école[3] le laissait indifférent; en tout cas il n'était pas possible de voir chez lui un ordre quelconque, les bancs n'étaient pas non plus disposés en cercle, mais chacun écoutait de l'endroit où il se trouvait, qu'il ait été en train de marcher ou qu'il ait été assis, et Ménédème se comportait de même.

131 C'était cependant, dit-on, un homme anxieux qui, notamment, faisait grand cas de sa réputation. C'est ainsi qu'au début, alors que lui-même et Asclépiade construisaient une maison pour un charpentier[4], Asclépiade se montrait nu sur le toit, apportant le mortier, tandis que Ménédème se cachait, toutes les fois qu'il voyait quelqu'un arriver. Lorsqu'il toucha à la politique[5], son anxiété était telle qu'il lui arriva même de se tromper et de verser de l'encens à côté de l'encensoir. Un jour que Cratès le coinçait et lui reprochait

1. L'impiété de Ménédème perturbant le sacrifice offert par Nicocréon avait provoqué la colère des dieux qui en punition envoyèrent la tempête.

2. Les manuscrits ont la leçon ἐκκλιτής qui semble un hapax. Long adopte la correction de R. Burn : ἐκκλίνης, « incliné », qui, lui, est bien attesté, mais Knoepfler revient au texte des manuscrits et traduit par « nonchalant ». Je choisis aussi ἐκκλιτής.

3. Long a choisi de ne pas conserver la leçon des manuscrits σχολῆς et d'adopter la correction de R. Burn στολῆς. Knoepfler a, à juste titre, maintenu σχολῆς.

4. τέκτονι συνοικοδομοῦντες : on pourrait comprendre aussi « avec un charpentier ».

5. Ménédème fut en effet πρόβουλος à Érétrie, membre du Conseil (II 143). La fonction comportait des aspects religieux, comme le montre l'anecdote. Cf. H. Schaefer, art. « πρόβουλος », *RE* XXIII 1, 1957, col. 1221-1231.

de faire de la politique[1], Ménédème ordonna qu'on le jetât en prison. Mais Cratès n'en continuait pas moins à guetter son passage et, en penchant sa tête au dehors, à le traiter de « Rejeton d'Agamemnon » et d'« Hégésipolis »[2].

132 Il était également, dirais-je, du genre plutôt[3] superstitieux. En tout cas, un jour qu'en compagnie d'Asclépiade il avait, dans une auberge, mangé sans le savoir de la viande de déchet[4], il eut, quand il l'apprit, des nausées et devint tout pâle, cela jusqu'au moment où Asclépiade lui eût adressé des reproches, disant que ce n'étaient pas du tout les morceaux de viande qui l'avaient indisposé, mais le soupçon qu'il portait sur eux. Par ailleurs, c'était un homme magnanime et d'une grande libéralité. Quant à sa constitution physique, alors même qu'il était déjà d'un certain âge, il avait l'aspect robuste et bronzé d'un athlète, continuant à se graisser d'huile et à se frictionner[5]. Quant à la taille, il était bien proportionné, comme le montre la petite statue qui se trouve dans l'ancien stade à Érétrie. Elle est en effet, comme il convient[6], presque nue, laissant voir la plus grande partie du corps.

---

1. Les Cyniques, qui se déclarent « sans cité », « sans maison » et « citoyens de l'univers », prônent en effet l'abstention à l'égard de tout engagement politique.
2. C'est-à-dire d'après l'étymologie : « gouverneur de la cité ». Nous laissons le terme sous sa forme grecque, car c'était un vrai nom d'homme.
3. On trouve un emploi de l'adverbe ἠρέμα avec ce sens chez Lucien, *De mercede conductis* 28 (référence signalée par LSJ) : « Le fait qu'un homme affamé, oui par Zeus, et assoiffé, se parfume avec de la myrrhe et qu'il ait une couronne sur la tête, est plutôt ridicule (ἠρέμα καὶ γελοῖον). »
4. Knoepfler comprend qu'il s'agit de viande qui ne pouvait pas être offerte en sacrifice, soit parce qu'elle provenait d'un animal insacrifiable, soit parce que l'animal était mort avant le sacrifice. Une autre interprétation a été suggérée par Reiske, « Animadversiones in Laertium Diogenem », p. 309 : « Il fait allusion aux repas que les riches avaient coutume de déposer aux carrefours en l'honneur d'Hécate et des dieux infernaux ».
5. Je pense que τετριμμένος renvoie ici à la τρίψις, la friction à la palestre. Une autre interprétation est possible, celle qu'a d'ailleurs choisie Knoepfler, à savoir s'exercer, s'entraîner. Sur la bonne constitution physique de Ménédème et d'Asclépiade, voir Athénée IV, 168 a-b.
6. Sous-entendu : sur un stade. Une autre traduction de ὡς ἐπίτηδες est possible : « comme à dessein ». Pour montrer les belles proportions de Ménédème, le statuaire l'aurait exprès représenté en grande partie dévêtu.

133 Il était aussi très hospitalier et, comme le climat d'Érétrie était malsain[1], il organisait de nombreux banquets, entre autres des réunions de poètes et de musiciens[2]. Il accueillait volontiers aussi Aratos[3], Lycophron le poète tragique[4] et Antagoras de Rhodes[5]; mais plus que tout il s'appliquait à étudier Homère, ensuite les poètes lyriques, puis Sophocle et aussi Achaios[6] à qui il accordait même le second rang dans le drame satyrique, réservant le premier à Eschyle. C'est pourquoi, contre ses opposants politiques, il avançait, dit-on, ces vers :

Est-ce donc que le rapide se faisait attraper par les faibles
Et l'aigle par la tortue en un instant ?[7]

---

1. En raison de la présence d'un marais à l'est de la cité.

2. Le lien entre le climat et l'organisation des banquets n'est pas évident. Les banquets devaient être le moyen qu'avait trouvé Ménédème pour faire venir et retenir les artistes que le climat rebutait. En II 139-140, Diogène Laërce donne une description de ces banquets. Ce passage s'inspire directement de la *Vie de Ménédème* d'Antigone de Caryste ; il est en effet parallèle à un passage d'Athénée X, 419 e-420 a, qui cite sa source.

3. Aratos de Soles, l'auteur des Φαινόμενα, qui fut appelé en 276 à la cour d'Antigone Gonatas où il se trouva en même temps que le Stoïcien Persaios et le poète épique Antagoras de Rhodes, dont Diogène Laërce parle juste après. Aratos fut l'élève du Péripatéticien Xénophane de Mytilène et plus tard de Zénon de Kition. En outre la *Souda, s.v.* Ἄρατος, A 3745, t. I, p. 338, 2 Adler, le présente comme un élève de Ménédème et de Timon. Voir G. Knaack, art. « Aratos » 6, *RE* II 1, 1895, col. 391-399 ; P. Robiano, art. « Aratos de Soles » A 298, *DPhA* I, p. 322-324.

4. *TrGF* T 5 Snell. Lycophron de Chalcis pourtant écrivit une pièce satyrique intitulée *Ménédème*. Dans cette pièce, à en croire D. L. II 140, il faisait l'éloge de Ménédème, alors que selon Athénée il tournait en ridicule le philosophe (Athénée II, 55 d et X, 420 a-b).

5. Ce poète écrivit une *Thébaïde* dont rien n'est conservé, ainsi que des épigrammes (cf. *Anth. Pal.* VII 103 et IX 147). Diogène Laërce IV 26 transmet sept hexamètres de sa composition. Voir G. Knaack, art. « Antagoras » 4, *RE* I 2, 1894, col. 2338.

6. *TrGF* T 6 Snell. Achaios est un poète tragique d'Érétrie dont on connaît 19 titres, dix d'entre eux étant des drames satyriques. Voir A. Dieterich, art. « Achaios » 6, *RE* I 1, 1893, col. 207-208.

7. *TrGF* F 34 Snell. La présence d'ἆρα dans le premier vers implique que la phrase est interrogative, ce que n'ont pas vu Long ni Knoepfler. Le rapide et l'aigle représentent certainement Ménédème, tandis que les faibles et la tortue

134 Ces vers sont tirés du drame satyrique d'Achaios, *Omphale*[1]. Aussi font-ils erreur ceux qui prétendent que Ménédème n'avait rien lu sinon la *Médée* d'Euripide, que l'on dit être de Néophron de Sicyone[2]. Parmi les maîtres de philosophie, il méprisait ceux de l'école de Platon et de Xénocrate, ainsi que Paraibatès de Cyrène[3]; en revanche il admirait Stilpon. Un jour qu'on l'avait interrogé à son sujet, il se contenta de dire que Stilpon était un homme d'une grande libéralité. Ménédème était difficile à comprendre et c'était, dans l'agencement des arguments, un rude adversaire. Son esprit s'exerçait dans toutes les directions et il était ingénieux dans l'invention des arguments[4]. Il était très fort en éristique, comme le dit Antisthène dans ses *Successions*[5]. Il avait notamment l'habitude de proposer ce raisonnement par interrogation: – « Une chose différente d'une autre est autre? – Oui. – Or l'utile est différent du bien? – Oui. – Donc l'utile n'est pas un bien. »

135 Il rejetait, dit-on, les propositions négatives, admettant seulement les affirmatives[6]. Et parmi les affirmatives, il acceptait les simples et rejetait les non-simples, c'est-à-dire[7] les conditionnelles et les conjonctives[8]. Héraclide dit qu'il est platonicien dans ses doc-

---

sont ses ennemis politiques. En l'absence de contexte il est difficile d'en dire plus.

1. Omphale est une reine de Lydie chez qui Héraclès fut esclave. Elle le chargea de débarrasser son royaume de brigands et de monstres qui nuisaient. Finalement elle l'épousa et lui donna un fils.

2. *TGFr* T 3 Snell. Néophron est un auteur du IVe siècle, qui avait écrit cent-vingt tragédies, dont une *Médée.* Cf. E. Diehl, art. « Neophron », *RE* XVI 2, 1935, col. 2432-2433.

3. Philosophe cyrénaïque, disciple d'Épitimidès de Cyrène et maître d'Hégésias et d'Annicéris (cf. II 86).

4. Même caractéristique attribuée à Arcésilas en IV 37.

5. Fr. 6 Giannattasio Andria.

6. Cette phrase ne se comprend que si l'on sous-entend « afin de former des raisonnements valables ».

7. Knoepfler corrige λέγων δὲ, leçon de BP en λέγων <ὧ>δε (cf. p. 98, sa note 12), auquel cas il faudrait traduire: « voulant dire par là ». Je préfère garder λέγω δέ, la leçon de F, car on trouve des parallèles de cette tournure dans les *Vies* (ex. en VII 16. 91; IX 70).

8. Le même type de problématique et de vocabulaire se retrouve en VII 69-72, dans l'exposé sur la logique stoïcienne, où sont donnés un exemple de

trines, mais qu'il se moque de la dialectique[1]. Ainsi, un jour où Alexinos lui demandait s'il avait cessé de battre son père, il répondit : « En vérité je ne le battais pas et je n'ai pas cessé de le battre ». Comme Alexinos rétorquait qu'il fallait dissiper l'équivoque en disant « oui » ou « non », « il serait ridicule, dit-il, que je vous suive sur vos terres[2], alors qu'il m'est possible de résister sur le pas de la porte »[3]. Comme Bion s'appliquait à poursuivre les devins, Ménédème disait qu'il égorgeait des cadavres[4].

136 Ayant entendu un jour quelqu'un prétendre que le plus grand bien c'est d'obtenir tout ce que l'on désire, il dit : « C'en est un beaucoup plus grand que de désirer ce qu'il faut ». Antigone de Caryste dit qu'il n'écrivit rien, qu'il ne composa aucun ouvrage de manière à éviter aussi de se fixer sur une doctrine quelconque[5]. Mais dans les débats philosophiques il était à ce point combatif, dit Antigone, qu'il se retirait avec les yeux au beurre noir. Quoi qu'il en soit, malgré cette violence qu'il manifestait dans ses paroles, il était d'une extrême bonté[6] dans ses actes. En tout cas, alors qu'il se moquait souvent

---

conditionnelle (« S'il fait jour, il fait clair ») et un exemple de conjonctive (« Et il fait jour et il fait clair »). Cf. Hermogène, *De ideis*, p. 316, 15-16 Rabe.

1. Héraclide Lembos, l'abréviateur de Sotion (*Sotion*, fr. 12 Wehrli).

2. Jeu de mots sur νόμοις : les lois, les règles (je me plie à vos règles), et νομοῖς: le territoire, les terres (je vous suis sur vos terres). En raison de la présence de ἐν πύλαις, j'accentue νομοῖς, contrairement à Long et Knoepfler.

3. T 84 Döring. Ménédème dénonce ainsi le jeu dialectique qui consiste à répondre aux questions par oui ou par non. Cf. Aulu-Gelle, *Nuits attiques* XVI 2, 1: « C'est une loi de la dialectique que, si on enquête et on dispute à propos d'une chose, et qu'on est amené à répondre à une question, on ne dise rien de plus que cela seul qui est demandé, à savoir oui ou non. Ceux qui n'observent pas cette règle, et qui font une réponse plus longue ou une réponse différente sont considérés comme des gens sans éducation, qui ne respectent pas la coutume et la loi du débat. »

4. F 32 Kindstrand. Le fragment est commenté par Kindstrand *Bion of Borysthenes*, Uppsala, 1976, p. 237-239. L'expression, comme l'avaient déjà noté I. Casaubon et Aeg. Ménage était proverbiale. Pour un témoignage sur les relations aigres que Ménédème entretenait avec Bion et son entourage, voir Diogène Laërce IV 54.

5. Cf. U. von Wilamowitz-Moellendorff, *Antigonos von Karystos*, coll. « Philologische Untersuchungen » 4, Berlin 1881, p. 95-102.

6. Knoepfler a choisi la *lectio difficilior* de P πρακτικώτατος, alors que F, les *recentiores* et la plupart des éditions ont πραότατος, leçon que l'éditeur de la

d'Alexinos et qu'il le raillait durement, il lui rendit cependant service, en escortant de Delphes à Chalcis[1] sa femme qui avait peur des vols et des attaques de brigands de grand chemin[2].

137 C'était surtout un ami attentionné, comme le montre sa bonne entente avec Asclépiade, qui ressemblait tout à fait à la vive affection éprouvée par Pylade[3]. Mais comme c'était Asclépiade le plus âgé, on disait que c'était lui le poète et que Ménédème était l'acteur[4]. On raconte qu'un jour où Archipolis[5] leur avait assigné trois mille drachmes, aucun des deux ne voulut céder quand il fallut décider qui prendrait sa part en second, si bien que ni l'un ni l'autre ne prit l'argent. On dit aussi qu'ils étaient mariés, Asclépiade avec la fille et Ménédème avec la mère. Après la mort de sa femme, Asclépiade prit celle de Ménédème[6], et ce dernier, à son tour, quand il fut à la tête de

---

Vie de Ménédème qualifie d'insipide. De son côté B présente une leçon fautive πραξιώτατος. Exceptionnellement, nous nous écartons du texte de Knoepfler, car il nous semble que seule la leçon de F permet de maintenir l'opposition entre l'attitude violente adoptée par Ménédème au niveau des paroles et l'attitude morale positive qu'il manifeste dans ses actes. La traduction adoptée par Knoepfler : « Il était au plus haut point, dans la vie active, disposé à faire le bien », suppose un sens de l'adjectif πρακτικός, employé sans complément, qui ne semble pas attesté dans les dictionnaires. Il faudrait, pour traduire ainsi, que l'adjectif soit accompagné par exemple de τῶν καλῶν, comme c'est le cas dans Aristote, *Éthique à Nicomaque* 1099 b 31 : « rendre les citoyens bons et capables de faire le bien (πρακτικοὺς τῶν καλῶν)». Quant à πρᾳότατος, il n'est pas plus insipide ici que πρᾶος employé en I 70 dans les préceptes de Chilon (ἰσχυρὸν ὄντα πρᾶον εἶναι) et en V 86 pour qualifier Héraclide. Son sens en tout cas rend bien compte de l'anecdote qui suit et qui est censée illustrer la façon dont Ménédème se comportait dans ses actes.

1. Ville d'Eubée.
2. T 82 Döring.
3. A l'égard d'Oreste.
4. Je suppose que c'est parce que son âge lui donne plus d'autorité qu'Asclépiade est présenté comme l'auteur, car les acteurs ne sont évidemment pas nécessairement plus jeunes que l'auteur. M. Patillon me suggère de voir plutôt ici un renvoi au cycle épique : poète et rhapsode, avec peut-être un jeu de mots, par allusion, à connotation sexuelle, ποιητήν désignant le partenaire actif (cf. πράττειν pour signifier la relation sexuelle) et ὑποκριτήν le partenaire passif.
5. On ne sait pas de qui il s'agit.
6. Knoepfler, p. 191 n. 56, renvoyant à W. Erdmann, *Die Ehe im alten Griechenland,* München 1934, p. 397 n. 31, signale qu'« un tel divorce à l'amia-

la cité, épousa, dit-on, une femme riche[1]. Cependant, comme ils partageaient une seule et même demeure, Ménédème n'en aurait pas moins confié l'administration à sa première femme.

138 C'est Asclépiade qui mourut le premier à Érétrie, à un âge déjà avancé, après avoir mené avec Ménédème une vie d'une extrême simplicité, malgré des revenus importants. Quelque temps après, comme le mignon d'Asclépiade était venu à une partie fine et que les serviteurs qui étaient là lui interdisaient l'accès, Ménédème demanda de le laisser entrer, disant que c'était Asclépiade qui, même sous terre, lui ouvrait sa porte. Ceux qui subvenaient à leurs besoins étaient Hipponicos de Macédoine[2] et Agétor de Lamia[3]. Le second leur remit à chacun trente mines, tandis qu'Hipponicos donna à Ménédème deux mille drachmes pour la dot de ses filles. Celles-ci étaient au nombre de trois, à ce que dit Héraclide[4], et Ménédème les avait eues d'une femme originaire d'Orôpos.

Détails biographiques

139 Voici de quelle façon il organisait ses banquets[5]. Il mangeait préalablement, en compagnie de deux ou trois personnes jusqu'à une heure tardive de la journée; ensuite on appelait les gens qui étaient arrivés et qui, eux aussi, avaient déjà dîné[6]. Par conséquent, si quelqu'un était venu trop tôt, il faisait les cent pas et demandait à ceux

---

ble, avec cession de l'épouse à un tiers, n'est pas sans exemple dans l'Athènes du IVe siècle », et donc que l'épisode n'est pas invraisemblable.

1. Certainement la femme originaire d'Orôpos de qui il eut trois filles et qui est mentionnée à la fin de 138.

2. Un Macédonien du nom d'Hipponicos avait été envoyé par Philippe II de Macédoine à Érétrie en 343 (cf. Démosthène, *Philippiques* III 58). L'Hipponicos en question ici pourrait être un de ses descendants, éventuellement son petit-fils.

3. A identifier peut-être avec l'Agetor, acteur tragique, qui remporta les Lénéennes de 294 (cf. M. Bonaria, art. « Agetor », *RESuppl* X, 1965, col. 7).

4. Héraclide Lembos, *FHG* III 171, fr. 15.

5. Voir p. 350 n. 2.

6. Parmi les invités de Ménédème, il y avait certainement Ctésibios de Chalcis qu'Antigone de Caryste présente comme un familier de Ménédème, que tout le monde invitait tant on appréciait son esprit et son humeur agréable (Athénée IV, 162-163 a). Cf. R. Goulet, art. « Ctésibios de Chalcis » C 225, *DPhA* II, p. 531.

qui sortaient[1] ce qu'il y avait sur la table et où l'on en était. Si l'on en était au légume ou au poisson salé, on s'en allait; si l'on en était à la viande, on entrait. Il y avait l'été sur les lits une natte de jonc et l'hiver une peau de mouton; il fallait apporter son coussin. La coupe qui circulait ne dépassait pas un cotyle[2]. Le dessert était fait de graines de lupin ou de fèves, parfois aussi de fruits de saison: poire, grenade, ers[3] ou, par Zeus, figues sèches. **140** Tout cela est raconté par Lycophron dans le drame satyrique qu'il composa et intitula *Ménédème*, un drame à la gloire du philosophe[4]. En voici quelques vers:

> A la suite d'un médiocre repas la modeste coupe
> circule avec mesure parmi les assistants; mais pour dessert
> ceux qui aiment écouter reçoivent le discours de sagesse[5].

Au début Ménédème était méprisé: les Érétriens le traitaient de «chien»[6] et de «radoteur». Par la suite cependant il suscita l'admiration au point même qu'on remit la cité entre ses mains. Envoyé en

---

1. Le parallèle d'Athénée X 15, 419 f, montre qu'il s'agit des serviteurs qui enlevaient les plats (τῶν ἐξιόντων παίδων).

2. Environ un quart de litre. Lycophron dans son drame satyrique *Ménédème* évoque cette « modeste coupe » (II 140), cette petite coupe remplie d'un vin à cinq oboles coupé d'eau (Athénée X, 420 b).

3. Il s'agit d'une légumineuse qui a une feuille oblongue et une tige rampante (cf. Théophraste, *Enquête sur les plantes* VIII 1, 3 ; VIII 3, 1.2). Par Athénée X, 420 a, on sait que c'est une plante qui pousse au printemps. Par Phanias, dans son ouvrage *Sur les plantes* que cite Athénée II, 54 f, on apprend que cette plante, quand elle est tendre, se mange en dessert, alors que, quand elle est sèche, elle se mange comme un légume, bouillie ou grillée.

4. Le terme ἐγκώμιον employé ici semble contredire l'expression ἐπὶ καταμωκήσει qu'on rencontre chez Athénée II, 55 d, où il est dit que Lycophron dans sa pièce tourne en ridicule Ménédème et raille les banquets de philosophes. Pour une interprétation de cette contradiction, voir J. Wikarjak, « De Menedemo a Lycophrone in fabula satyrica irriso», *Eos* 48, 1949, p. 127-137; C. A. Van Rooy, *Studies in Classical Satire and Related Literary Theory*, Leiden 1965, p. 127-134.

5. Lycophron, *TrGF* F 3 Snell. Athénée X, 420 a-b cite d'autres vers tirés du *Ménédème* de Lycophron, et en 420 c il cite avec une variante la deuxième partie des vers donnés par Diogène Laërce.

6. Faut-il donner à ce mot le sens technique de « cynique » ou n'y voir qu'une simple injure ? La seconde solution paraît plus plausible, même si la franchise de Ménédème pouvait le rapprocher des Cyniques.

ambassade auprès de Ptolémée[1] et de Lysimaque[2], il reçut partout des marques d'honneur. On l'envoya pourtant également auprès de Démétrios[3] et il réussit à diminuer de cinquante talents le tribut de deux cents talents que la cité versait pour l'année en cours[4] à ce dernier. Accusé auprès de Démétrios de vouloir remettre la cité entre les mains de Ptolémée[5], il se défend par une lettre qui commence ainsi : **141** « Ménédème au Roi Démétrios, salut! J'apprends qu'on t'a fait un rapport sur notre[6] compte. » Le bruit courut que c'était un de ses opposants politiques, Eschyle[7], qui l'avait calomnié. Il mena, paraît-il, avec une très grande dignité, une ambassade auprès de Démétrios afin de défendre Oropos[8], comme le rappelle Euphante dans ses *Histoires*[9]. Antigone aussi avait de l'affection pour lui et se proclamait son disciple[10]. Quand il remporta la

1. Ptolémée II Philadelphe.

2. Lysimaque, le diadoque d'Alexandre, roi de Thrace et de Macédoine. Selon Knoepfler, p. 197 n. 69, l'ambassade auprès de Ptolémée « a chance de dater de 279/278 » et celle auprès de Lysimaque eut lieu sans doute vers 285.

3. Démétrios Poliorcète.

4. Knoepfler, p. 197 n. 71, explique qu'il ne faut pas traduire πρὸς ἔτος par « chaque année », mais qu'« il dut s'agir d'une contribution de guerre tout à fait exceptionnelle (d'où son montant très élevé même après réduction) à mettre en relation avec les préparatifs militaires des années 289-288 ».

5. Ptolémée Ier Sôter. Cf. Knoepfler, p. 197 n. 72 : « La date qui s'impose pour cette accusation est 288, quand Ptolémée Sôter envoya en Grèce une flotte importante pour détacher les cités de Démétrios. »

6. On peut comprendre, comme l'a fait Knoepfler qui précise entre parenthèses « à nous Érétriens », que le ἡμῶν est ici un collectif qui désigne Ménédème et les Érétriens. Mais comme manifestement c'est Ménédème qui est directement visé, je préfère comprendre qu'il s'agit d'un pluriel de politesse.

7. Personnage identifié par Wilamowitz avec Eschyle, fils d'Antandridès, qui fut polémarque à Érétrie en 285 (cf. Knoepfler, p. 197 n. 73).

8. Oropos et Érétrie se font face de chaque côté du détroit de l'Euripe. Cf. E. Honigmann, art. « Oropos » 1, *RE* XVIII 1, 1939, col. 1171-1174. Knoepfler remet en cause la datation de 304 proposée par Louis Robert pour cette ambassade. « C'est en 295 (ou même seulement, à la rigueur, en 287) que Ménédème plaida pour Oropos contre Athènes assiégée par Démétrios. »

9. *FGrHist* 74 F 2 = F 71 Döring. L'historien Euphante d'Olynthe était un disciple du Mégarique Eubulide (cf. II 110 et 113).

10. Ménédème avait de très nombreux disciples (Plutarque, *De tranquillitate animi* 13, 472 e = *SSR* III F 2). Les noms de quelques uns d'entre eux nous sont parvenus. Nous savons qu'il y eut Denys d'Héraclée (D. L. VII 166), Arcésilas

victoire sur les barbares près de Lysimacheia[1], Ménédème rédige à son intention un décret simple et sans flatterie qui commence ainsi: « Les stratèges et les *probouloi* ont déclaré : **142** "Puisque le roi Antigone, vainqueur des barbares au combat, rentre dans son pays et qu'en toutes choses par ailleurs il agit sagement, le Conseil et le peuple ont décidé..." ».

C'est précisément à cause de cela, à cause aussi de l'amitié qui le liait par ailleurs au roi, que Ménédème, soupçonné de lui livrer par trahison sa cité, émigra, victime des calomnies d'Aristodème[2]. Il séjourna à Oropos dans le sanctuaire d'Amphiaraos[3]. Mais là, comme des coupes en or avaient disparu, à ce que dit Hermippe[4], un décret confédéral[5] des Béotiens lui intima l'ordre d'aller ailleurs. De ce moment, découragé, il se rendit en cachette dans sa patrie, prit avec lui sa femme et ses filles, se rendit chez Antigone et là mourut de découragement.

143 Mais Héraclide[6] dit qu'il fit tout le contraire : devenu *proboulos* des Érétriens, Ménédème libéra à plusieurs reprises sa patrie des tyrans qui faisaient[7] intervenir Démétrios. Il n'aurait donc pas livré sa cité à Antigone, mais il se serait attiré des calomnies mensongères. S'il fréquentait chez Antigone, c'est qu'il voulait libérer sa patrie.

(Timon dans D. L. IV 33 et Eusèbe, *Préparation évangélique* XIV 5, 13), Aratos (*Souda, s.v.* Ἄρατος, I, p. 338 Adler), et Ctésibios de Chalcis (Athénée IV, 162 e). On admet, même s'il n'est pas présenté expressément comme tel, qu'il eut un autre disciple : Pasiphon d'Érétrie, dont parle D. L. en II 61. Sur l'hostilité de Ménédème envers Eschine le Socratique et sur l'activité de faussaire de Pasiphon qui passe pour avoir écrit des dialogues circulant sous le nom d'Eschine, voir M.-O. Goulet-Cazé, « Les titres des œuvres d'Eschine », dans J.-C. Fredouille *et alii*, *Titres et articulations du texte dans les œuvres antiques*, « Collection des Études augustiniennes, Série Antiquité » 152, Paris 1997, p. 167-190.

1. En 278.
2. Cf. Knoepfler, p. 199 n. 81 : « La relative banalité du nom dans cette cité [Érétrie] ne permet pas une identification précise. »
3. Cf. II 127 où il est déjà fait allusion à ce sanctuaire.
4. Fr. 38 Wehrli.
5. Knoepfler, p. 199 n. 83, explique qu'Oropos avait en effet réintégré la Confédération béotienne en 287 ou 286.
6. Héraclide Lembos, *FHG* III 171, fr. 15 Müller (= Sotion, fr. 10 Wehrli).
7. Knoepfler adopte à juste titre la correction de Meibom : ἐπαγομένων, plutôt que la leçon des manuscrits BPF : ἐπαγόμενον, qui impliquerait que c'est Ménédème lui-même qui fit appel à Démétrios, ce qui serait aberrant.

Mais comme celui-ci ne cédait pas, Ménédème, sous l'effet du découragement, s'abstint de manger pendant sept jours et quitta la vie. Antigone de Caryste donne la même version qu'Héraclide. Seul Persaios[1] fut l'objet d'une lutte acharnée de la part de Ménédème. En effet, quand Antigone voulut rétablir la démocratie chez les Érétriens pour faire plaisir à Ménédème, Persaios décida d'empêcher que cela se fît. **144** C'est pourquoi un jour, au cours d'un banquet, Ménédème qui avait réfuté Persaios dans une discussion, fit entre autres cette réflexion : « Cet individu est certes un philosophe, mais comme homme, de tous ceux qui sont et qui seront, il est le pire. »

Il mourut, selon Héraclide[2], alors qu'il était dans la quatre-vingt-quatrième année de sa vie[3].

Nous avons écrit sur son compte les vers suivants :

J'ai appris ton destin, Ménédème, comment de ton plein gré
Tu t'éteignis en ne mangeant rien pendant sept jours :
Eh bien, tu as posé un geste digne d'un Érétrique[4], mais indigne d'un [homme,
car le guide qui t'a poussé, c'est la pusillanimité.

---

1. *SVF* I 460. Persaios est un disciple de Zénon de Kition (cf. par exemple VII 6.13.36). Ne souhaitant pas répondre à l'invitation d'Antigone parce qu'il se sentait trop âgé, Zénon avait en effet envoyé à Pella deux de ses disciples : Persaios et Philonidès.

2. Héraclide Lembos, l'abréviateur de Sotion, (Sotion, fr. 10 Wehrli).

3. Alors que P, F², les *recentiores* et les éditions modernes ont la leçon ἑβδομηκοστόν, Knoepfler rétablit sur des bases paléographiques solides la leçon de B et de F¹ : ὀγδοηκοστόν. Voir p. 16-18 de son édition. Cette correction est lourde de conséquences comme l'indique l'éditeur p. 18 : « Il nous est apparu d'emblée qu'en allongeant de dix ans l'existence de ce dernier [Ménédème] on pouvait non seulement résoudre, de façon beaucoup plus satisfaisante qu'on ne l'a fait jusqu'ici, les problèmes chronologiques que pose sa biographie, mais aussi et surtout aboutir à des conclusions nouvelles, parfois d'assez grande portée, sur maintes questions d'histoire érétrienne ou eubéenne, voire béotienne, delphique ou attique. »

4. On ne voit pas avec quel point de la doctrine érétrique ce comportement est mis en rapport. Knoepfler a compris que le geste était digne d'un Érétrien et il renvoie à Hérodote VI 101, 2 (p. 203 n. 94 : « c'est une allusion à la trahison de 490 av. J.-C., quand deux Érétriens ouvrirent les portes de la ville aux Perses après *sept jours* de siège et donc de jeûne »). Mais Hérodote ne parle pas de jeûne et un siège de sept jours aurait-il provoqué un jeûne aussi proverbial ?

Transition

C'étaient là les Socratiques et leurs successeurs; il faut passer à Platon, qui fut à l'origine de l'Académie, et à tous ceux de ses successeurs qui acquirent grande réputation.

1. Fr. 25 Di Marco (*Timone di Fliunte, Silli, op. cit.* Traduction et commentaire, p. 103-104 et 166-171). Timon de Phlionte (*ca* 325ª-*ca* 235ª) est un disciple de Pyrrhon (voir *infra* IX 69, 102, 109): son poème intitulé *Silles* est une critique des philosophes dogmatiques qui n'épargne que le seul Pyrrhon – mais il pouvait épargner aussi Socrate, si Timon le tenait pour un précurseur de Pyrrhon dans la critique du dogmatisme. Il est difficile d'en juger sur la base des trois vers cités par D. L., qui comportent plusieurs hapax sur la valeur péjorative ou laudative desquels il est difficile de se prononcer. M. Dal Pra (*Lo Scetticismo greco*, Roma-Bari 1975², p. 99) semble pencher pour un jugement moins défavorable sur Socrate que sur les Socratiques; G. Cortassa (« Note ai *Silli* di Timone di Fliunte », *RFIC* 106, 1978, 140-155, notamment p. 140-146), I. Gallo, (« Il Giudizio di Timone di Fliunte su Socrate (Diog. Laert. II 19) », dans *Filologia e forme letterarie.* Studi offerti a Francesco Della Corte, Urbino 1987, I, p. 327-333) et M. Di Marco (*loc. cit.*) tiennent Timon pour aussi défavorable à Socrate qu'aux autres philosophes.

2. Alors que l'ensemble de « ceux qu'on appelle Socratiques » inclut « les principaux chefs de file» (οἱ κορυφαιότατοι), Platon, Xénophon et Antisthène, et « les plus remarquables (οἱ διασημότατοι) parmi les dix de la tradition », il semble résulter du plan annoncé plus bas par D. L. (Xénophon, Antisthène, les Socratiques, Platon) que les Socratiques forment un groupe d'où sont exclus précisément les trois « principaux chefs de file ». A cette première contradiction s'en ajoute une autre: si, comme il paraît probable, les « dix écoles », en tête desquelles vient l'Académie fondée par Platon, sont celles qui sont mentionnées dans le Prologue (I 18), qui peuvent être « les dix de la tradition » une fois exclus Platon et Antisthène ? La solution proposée par H. Schmidt (*Studia Laertiana*, Bonn 1906, p. 32), consistant à supprimer tout simplement les mots « parmi les dix de la tradition, d'autre part, les plus remarquables sont quatre », ne peut être retenue, puisque dans ce cas le μέν (« d'une part ») qui suit οἱ κορυφαιότατοι (« les principaux chefs de file ») reste en suspens. Peu avant H. Schmidt, E. Schwartz (*RE* V 1, 1903, col. 757) avait, quant à lui, proposé un véritable réaménagement du texte consistant à modifier la place des différentes désignations utilisées par D.L.: dans sa version, les mots « ceux qu'on appelle Socratiques » ne désignent pas les trois « principaux chefs de file » mais les quatre « plus remarquables », Platon, Xénophon et Antisthène étant ainsi distingués d'emblée du groupe des Socratiques ; les Socratiques ne pouvant plus être dix une fois qu'en sont soustraits Platon, Xénophon et Antisthène, la mention des « dix de la tradition » (τῶν δὲ φερομένων δέκα) qui précède les noms des quatre « plus remarquables » est supprimée, le seul mot φερομένων (« de la tradition ») étant réinséré plus bas, là où sont mentionnées les « dix écoles ». Le texte établi par Schwartz donne le sens suivant :

> « Parmi ses successeurs, les principaux chefs de file, d'une part, furent Platon, Xénophon, Antisthène ; parmi ceux qu'on appelle Socratiques,

> d'autre part, les plus remarquables sont quatre : Eschine, Phédon, Euclide, Aristippe. Eh bien, c'est de Xénophon qu'il faut parler d'abord, puis d'Antisthène, parmi les Cyniques ; ensuite des Socratiques puis, de la même façon, de Platon, puisqu'il vient en tête des dix écoles traditionnellement citées et qu'il fonda lui-même la première Académie. »

Le texte, certes, gagne en cohérence à ce réaménagement, puisque les deux contradictions mentionnées ci-dessus en sont effacées. Reste cependant qu'il est étrange de voir Platon, Xénophon et Antisthène exclus du groupe des Socratiques. Rappelons que dans le Prologue Platon n'apparaissait dans la filiation ionienne que parmi « les autres Socratiques » (Σωκράτης... οὗ οἵ τε ἄλλοι Σωκρατικοὶ καὶ Πλάτων, I 14), au sein desquels était d'ailleurs ensuite distingué aussi son rival Antisthène (I 15). Les voir ici mentionnés (en compagnie cette fois de Xénophon, ignoré dans le Prologue) comme les « principaux chefs de file » au sein du même groupe n'a donc rien pour surprendre. Notre texte se bornerait-il à cette indication, le plan annoncé ensuite par D. L. (qui ne sera d'ailleurs pas respecté) pourrait se comprendre assez aisément : d'abord Xénophon, peut-être parce qu'à la différence de Platon et d'Antisthène il n'a fondé aucune école ; ensuite les écoles socratiques, en commençant (ce qui ne sera en réalité pas le cas) par Antisthène ; et enfin Platon, placé en dernier peut-être en raison même de son éminence et de la longévité de l'école qu'il a fondée. Seule vient donc en réalité perturber ce schéma la mention des « dix de la tradition » et des quatre « plus remarquables » d'entre eux. Il est tentant de voir dans le nombre dix un rappel des dix écoles (encore qu'aucune école n'ait été rattachée jusque-là à Eschine). S'il en était ainsi, la mention des « principaux chefs de file, d'une part », des « dix de la tradition, d'autre part », pourrait se comprendre comme le signe de la tentative faite par D.L. de fondre en un seul les deux schémas qu'il a présentés successivement dans le Prologue (I 13-15 ; 18-19). Reste que dans cette hypothèse Platon et Antisthène font évidemment partie des dix, et en ont même été déclarés « les principaux chefs de file » : pourquoi n'en sont-ils donc pas, par le fait même, « les plus remarquables » ? Une solution serait de considérer que l'article devant διασημότατοι est une faute de copiste, et de comprendre cet adjectif comme un superlatif absolu et non pas relatif. Le sens serait alors le suivant :

> « Parmi ses successeurs, ceux qu'on appelle Socratiques, les principaux chefs de file, d'une part, furent Platon, Xénophon, Antisthène ; parmi les dix de la tradition, d'autre part, quatre sont très remarquables : Eschine, Phédon, Euclide, Aristippe. Eh bien, c'est de Xénophon qu'il faut parler d'abord, puis d'Antisthène, parmi les Cyniques ; ensuite des Socratiques puis, de la même façon, de Platon, puisqu'il vient en tête des dix écoles et qu'il fonda lui-même la première Académie. »

3. En réalité, ce n'est qu'au livre VI qu'il sera traité d'Antisthène et des Cyniques. Pour remédier à cette incohérence, I. N. Madvig a proposé (*Adversaria critica ad scriptores Graecos et Latinos*, t. I, Copenhague-Leipzig 1871, p. 712) de déplacer les mots « puis d'Antisthène, parmi les Cyniques » (εἶτα περὶ Ἀντι-

σθένους ἐν τοῖς Κυνικοῖς) après la mention de Platon, mais il ne semble avoir été suivi par aucun éditeur. Il paraît à la fois philologiquement plus prudent et exégétiquement plus intéressant de voir ici l'une des traces des remaniements qu'a apportés D. L. en cours de rédaction au plan initial de son ouvrage. Voir M.-O. Goulet-Cazé, « Le livre VI de Diogène Laërce : analyse de sa structure et réflexions méthodologiques », *ANRW* II, 36, 6, Berlin 1992, p. 3886-3889 ; R. Goulet, « Des sages parmi les philosophes. Le premier livre des *Vies des philosophes* de Diogène Laërce », dans *ΣΟΦΙΗΣ ΜΑΙΗΤΟΡΕΣ « Chercheurs de sagesse »*, Hommage à Jean Pépin, Paris, 1992, p. 167-178, notamment 173-178.

4. L'expression peut désigner soit les acéphales soit les dialogues à la manière socratique qui étaient également au nombre de sept. L'hypothèse des acéphales me semble avoir plus de chances d'être exacte (voir *DPhA* I, p. 91-92, et « Les titres des œuvres d'Eschine chez Diogène Laërce » [art. cité, p. 267 n. 1], p. 174, 175, 179-182) ; c'est pourquoi je donne à l'article défini une valeur démonstrative : « mais concernant encore ces sept dialogues ». Le balancement, selon moi, se fait entre οἱ μὲν (p. 82, 18 Long) et οἱ δὲ (p. 82, 25). M. Patillon cependant considère que c'est καὶ τῶν ἑπτὰ δὲ qui répond à οἱ μὲν et que, par conséquent, les sept en question seraient les sept dialogues à la manière socratique. Quant à οἱ δ' οὖν (p. 82, 25), il traduit par « quoi qu'il en soit, ceux qui portent... ». C'est un fait que l'expression δ' οὖν est ainsi traduite par A. J. Festugière dans les commentaires de Proclus où elle revient très souvent. Aucune des deux solutions ne saurait donc être absolument exclue. Celle que j'adopte a l'avantage, me semble-t-il, de s'harmoniser avec ce que nous savons des relations tendues entre Ménédème et Persaios. Ménédème vécut à la cour d'Antigone Gonatas, dont Persaios, le philosophe stoïcien disciple de Zénon, était devenu le conseiller. Les deux philosophes s'opposèrent sur une question politique. Tandis que Ménédème souhaitait qu'Antigone rétablît la démocratie en Érétrie, Persaios usa de toute son influence sur le roi pour l'amener à refuser. Les deux hommes par conséquent se détestaient ; on peut donc imaginer que Ménédème ait cherché à calomnier Eschine et que Persaios, au courant de la falsification opérée par Pasiphon, élève de Ménédème, ait dénoncé celle-ci.

5. Il faut veiller à ne pas traduire de la même façon Μενεδήμου τοῦ Ἐρετριέως et Πασιφῶντος τοῦ Ἐρετρικοῦ. Dans le premier cas on veut signaler que Ménédème est originaire de la ville d'Érétrie ; dans le second que Pasiphon appartient à l'école Érétri(a)que, qui certes avait ses assises à Érétrie. Depuis A. Dyroff, *Die Ethik der alten Stoa*, coll. « Berliner Studien für classische Philologie und Archaeologie », N. F. 2, Berlin 1897, p. 350, on admet que ce Pasiphon appartenait à cette école et que c'était un élève de Ménédème. L'adjectif Ἐρετρικοῦ, on le notera, plaide tout à fait en faveur de cette interprétation. Pasiphon avait une réputation de faussaire professionnel : il passait pour avoir écrit des tragédies qu'il mit sous le nom de Diogène après sa mort (cf. D. L. VI 73), et il était l'auteur d'un *Nicias* qui circulait sous le nom de Phédon (cf. D. L. II 105 et Plutarque, *Nicias* 4).

6. Susemihl a proposé de corriger δὲ ἐσκευώρηται en διεσκευώρηται. Ce dernier verbe signifie remanier, réorganiser. Remarquons cependant que δέ s'em-

ploie souvent après le dernier terme d'une énumération (cf. J. D. Denniston, *The Greek Particles*², Oxford, 1970, p. 202). Par ailleurs dans le présent contexte, le verbe simple qui signifie « faire un faux », « fabriquer frauduleusement », semble mieux convenir. Quant au sujet de ce verbe, ce peut être Pasiphon ou Eschine ; mais le premier nous semble préférable, car de cette façon la phrase est une illustration supplémentaire des qualités de faussaire de Pasiphon.

7. Ces ouvrages font partie du dixième et dernier tome des ouvrages d'Antisthène (cf. D. L. VI 18). Susemihl, « Der Idealstaat des Antisthenes und die Dialoge Archelaos, Kyros und Herakles », *Jahrbücher für Classische Philologie* 135, 1887, p. 207-210, a suggéré que les écrits contenus dans ce tome n'étaient pas authentiques et que, s'ils avaient été authentiques, ils auraient dû, en raison de leur caractère éthique, prendre place dans les tomes II à V. Susemihl et plusieurs savants jusqu'à Patzer, *Antisthenes der Sokratiker. Das literarische Werk und die Philosophie, dargestellt am Katalog der Schriften* [Teildruck] (Diss), Heidelberg 1970, p. 131-133, s'appuient en effet sur D. L. II 61, où ils comprennent que le *Petit Cyrus* et l'*Héraclès mineur* sont présentés comme écrits frauduleusement par Eschine, pour mettre en cause l'authenticité des écrits du tome X. Si l'on comprend que le sujet est plutôt Pasiphon, deux interprétations sont possibles. Ou l'on voit en Pasiphon un faussaire, comme je l'ai fait dans la traduction, ou l'on en fait un plagiaire, comme l'a fait G. Giannantoni, *SSR* IV, n. 25, p. 236-238, qui admet par conséquent l'authenticité des écrits du dernier tome.

8. Il était habituel de considérer que les premiers écrits d'un auteur ne manifestaient pas la pleine vigueur de sa pensée. Cf. par exemple Porphyre, *Vita Plotini* 6, 30-37. Lucien, dans *Le Parasite* 32, explique néanmoins, par la bouche de Simon, que lorsque Eschine vint en Sicile avec ses dialogues, dans l'intention de se faire connaître de Denys, il lut à ce dernier son *Miltiade* et que cela lui valut une grande renommée. Soit Denys avait un goût littéraire déplorable, soit le *Miltiade* n'était pas aussi mauvais que le laisse entendre Diogène Laërce.

9. *FGrHist* 317 T 1. Voir E. Schwartz, art. « Aristippos » 7, *RE* II 1, 1895, col. 902. Ménage (t. III de l'édition Hübner, c'est-à-dire t. I des *Commentarii*, p. 408) recense d'autres Aristippe qui ne sont pas mentionnés par D. L., à savoir le tyran d'Argos qui lutta contre Aratos de Sicyone (Plutarque, *Vie d'Aratos* 25-30), le sophiste dont parle Aristote en *Métaphysique* II 2, 996 a 32, un peintre (Pline l'Ancien XXXV 10) et deux philosophes : Aristippe de Larisse évoqué par Socrate dans le *Ménon* (cf. R. Goulet, art. « Aristippe de Larisse » A 358, *DPhA* I, p. 376), et Aristippe de Tarente, philosophe pythagoricien, dont le nom est mentionné par Jamblique dans sa *Vie de Pythagore* (cf. B. Centrone, art. « Aristippe de Tarente » A 359, *DPhA* I, p. 376). Giannantoni et Mannebach n'hésitent pas à reconnaître Aristippe de Cyrène dans le « sophiste » mentionné par Aristote. Son opinion sur les mathématiques conviendrait bien à un Socratique fortement antiplatonicien.

10. Cf. l'introduction au livre II, p. 183-194. On s'est demandé d'une part si Aristippe était le fondateur de l'école cyrénaïque et d'autre part si cette doxographie présentée comme « cyrénaïque » remontait ou non à Aristippe. Pour un

état de la question voir Giannantoni, *I Cirenaici*, p. 74-115 et *SSR* IV, note 17, p. 169-171, et note 18, p. 173-184. Deux points de vue s'opposent. Selon le premier, il s'agit de la doctrine de l'école et non de celle d'Aristippe. Celui-ci aurait été un modèle pour ses disciples par son mode de vie, mais il n'aurait pas eu de doctrine personnelle. Dans cette optique, il semble difficile de faire d'Aristippe le fondateur d'une école. Telle est la position par exemple de J. Classen et de Giannantoni, *SSR* IV, p. 179-180. L'autre point de vue est représenté par Mannebach, *Aristippi et Cyrenaicorum fragmenta*, p. 101-117, qui pense qu'Aristippe est le fondateur de l'école, dans la mesure où il a élaboré un noyau de *placita* que ses successeurs, notamment son petit-fils, développèrent par la suite, ou encore par Döring, *Der Sokratesschüler Aristipp und die Kyrenaiker*, p. 1-70, qui, après avoir repris un à un tous les arguments, considère comme probable que l'essentiel de la doctrine cyrénaïque remonte à Aristippe. Les paragraphes 86-93 du livre II exprimeraient l'enseignement d'Aristippe et donc les positions orthodoxes de l'école. Sur cette doxographie, voir aussi J. Stenzel, art. « Kyrenaiker », *RE* XII 1, 1924, col. 137-150 ; M. Giusta, *I Dossografi di etica*, I, Torino 1964, p. 135-138, 264-265, 414-419; t. II, p. 203-208 ; J. Bollack, *La Pensée du plaisir. Épicure : Textes moraux, commentaires*, Paris 1975, p. 149-151, qui dresse point par point la liste des arguments développés dans la doxographie cyrénaïque et dans la doxographie épicurienne; J.C.B. Gosling et C.C.W. Taylor, *The Greeks on Pleasure*, Oxford 1984 ; J. Mejer, « Diogenes Laertius and the tranmission of Greek Philosophy », *ANRW* II 36, 5, Berlin 1991, p. 3556-3602, notamment. p. 3564-3569 ; A. Laks, « Annicéris et les plaisirs psychiques. Quelques préalables doxographiques » dans J. Brunschwig et M. C. Nussbaum (édit.), *Passions and Perceptions. Studies in Hellenistic Philosophy of Mind*, Cambridge 1992, p. 18-49.

11. Ceux qui refusent à Aristippe l'Ancien la paternité des *placita* invoquent comme argument le fait qu'ἀγωγή ne signifie pas la même chose que δόγματα ou αἵρεσις. Il est vrai que le terme désigne surtout le mode de vie : ex. D.L. IV 51 ; Sextus Empiricus, *Hypotyposes pyrrhoniennes* I 145 et 150 ; parfois cependant il peut être synonyme d'école, cf. D. L. I 19 : « Hippobote dans son ouvrage *Sur les écoles philosophiques* dit qu'il y a neuf αἱρέσεις καὶ ἀγωγάς» ; IX 115. Je traduis par « mode de vie », en comprenant qu'il s'agit ici du mode de vie caractéristique d'Aristippe qu'on avait coutume dans l'Antiquité d'opposer à celui de Diogène (cf. Sextus). En réalité adopter ce sens « mode de vie » n'interdit pas de penser qu'Aristippe a développé lui-même un corps de doctrines, la façon de vivre s'appuyant nécessairement sur un certain nombre de convictions philosophiques.

12. On constate que le point de vue de Méléagre et de Clitomaque s'oppose à ce qui vient d'être dit sur l'utilité de la logique. La doxographie laertienne fait donc état de deux traditions concernant la position cyrénaïque à l'égard de la logique : selon l'une la logique est utile (τὴν εὐχρηστίαν); selon l'autre la dialectique (équivalent de la logique) est inutile (ἄχρηστα). On retrouve un écho de ces deux positions, dont on peut penser que l'une était celle d'Aristippe et l'autre celle de certains de ses successeurs, chez Sextus, *Adv. Math.* VII 11 *sqq.* :

« Selon certains, les gens de l'école de Cyrène accueillent uniquement la partie éthique et rejettent la physique et la logique, sous prétexte qu'elles ne contribuent en rien à la vie heureuse [écho de notre ἄχρηστα]. Cependant il en est d'autres qui estiment que les gens de Cyrène renversent l'argument du fait qu'ils divisent l'éthique en lieux : celui sur ce qu'il faut choisir et ce qu'il faut fuir, celui sur les affections, un autre sur les actions, encore un sur les causes et finalement celui sur les arguments. Parmi ces lieux, celui sur les causes, disent-ils, relève de la partie physique, tandis que celui sur les arguments relève de la partie logique [auquel cas la logique, intégrée à l'éthique, aurait une εὐχρηστία]... [15] Certains, selon le témoignage de Sotion, rapportent aux gens de l'école de Cyrène l'expression de l'opinion selon laquelle éthique et logique sont des parties de la philosophie. » La première position énoncée par Diogène Laërce serait donc celle dont faisait état Sotion dans ses *Successions.* On remarquera d'ailleurs que Sotion est cité deux fois à propos d'Aristippe en II 74 et en II 85. D'autre part on constate que le vocabulaire employé dans l'exposé des deux thèses n'est pas le même, puisque dans un cas on parle de logique et dans l'autre de dialectique. Il faut rappeler que la division tripartite de la philosophie remonte à Xénocrate, aux Péripatéticiens et aux Stoïciens, comme le rappelle Sextus, *Adv. Math.* VII 16. Cette division est donc postérieure à Aristippe. Par ailleurs ce sont les Stoïciens qui semblent avoir utilisé pour la première fois le terme de « logique » afin de désigner cette partie de la philosophie que l'Ancienne Académie appelait « dialectique » [cf. P. Hadot, « Les divisions des parties de la philosophie dans l'Antiquité », *MH* 36, 1979, p. 202-223, notamment p. 206-207].

13. Il s'agit de Simon le cordonnier, une des figures importantes des *Lettres pseudépigraphes* des Socratiques. Cf. H. Hobein, art. « Σίμων », *RE* III A 1, 1927, col. 163-173 ; U. von Wilamowitz-Moellendorff, « Phaidon von Elis », *Hermes* 14, 1879, p. 187-193 et 476-477, a essayé de reconstruire ce dialogue à partir des *Lettres* 12 et 13 des Socratiques. Comme Simon n'est mentionné ni par Platon ni par Xénophon, on en était venu à mettre en doute le fait qu'il ait existé. Ainsi Wilamowitz, « Phaidon von Elis », p 187, qui pensait que le cordonnier Simon pourrait bien n'avoir jamais existé, mais être une invention de Phédon dans son dialogue intitulé *Simon.* En revanche R. F. Hock, « Simon the Shoemaker as an Ideal Cynic », *GRBS* 17, 1976, 41-53 [repris dans M. Billerbeck, *Die Kyniker in der modernen Forschung,* coll. « Bochumer Studien zur Philosophie » 15, Amstersdam, 1991, p. 259-271], croyait à l'existence historique de Simon. En fait, la découverte archéologique d'une boutique de cordonnier datant de la fin du Ve siècle, devant laquelle a été retrouvé un fragment de vase portant le nom de Simon va à l'encontre du scepticisme. Cf. Dorothy Burr Thompson, « The House of Simon the Shoemaker », *Archaeology* 13, 1960, p. 234-240. Voir aussi R. Goulet, « Trois cordonniers philosophes » dans M. Joyal (édit), *Studies in Plato and the Platonic Tradition,* Essays presented to John Whittaker, Aldershot 1997, p. 119-125.

14. Sur Euclide et ses disciples, voir K. von Fritz, art. « Megariker », *RESuppl* V, 1931, col. 707-724 ; J. Stenzel et W. Theiler, art. « Megarikoi », *RE* XV 1,

1931, p. 217-220; K. Döring, *Die Megariker. Kommentierte Sammlung der Testimonien*, coll. « Studien zur antiken Philosophie » 2, Amsterdam 1972; L. Montoneri, *I Megarici, Studio storico-critico e traduzione delle testimonianze antiche*, Catania 1984; R. Muller, *Les Mégariques. Fragments et témoignages*, Paris 1985; Id., *Introduction à la pensée des Mégariques*, coll. « Bibliothèque d'histoire de la philosophie. Cahiers de philosophie ancienne n° 6 », Paris-Bruxelles 1988, et Giannantoni, *SSR* I, p. 375-483 (fragments) et IV, p. 33-113 (commentaire). Nous citons les fragments dans l'édition Döring. Il faut remarquer que plusieurs Mégariques répertoriés dans l'édition Döring, notamment Pasiclès de Thèbes, le frère de Cratès le Cynique, que D. L. évoque pourtant en VI 89, ainsi que deux Mégariques de l'entourage de Diodore: Philon dont il parle en VII 16 et Panthoïdès dont il parle en V 68 et en VII 193, ne sont pas mentionnés par Diogène Laërce dans sa *Vie* d'Euclide. Rappelons qu'il ne faut pas confondre Euclide le Socratique de Mégare avec Euclide le mathématicien auteur des *Éléments*. On admet comme dates pour Euclide de Mégare : autour de 450 pour la naissance et 369-366 pour la mort.

15. Autre traduction possible: « des raisonnements à prémisses dialectiques ». L'expression technique ἐρωτᾶν λόγους s'emploie pour des raisonnements qui ont tous la même forme: on pourrait mettre un point d'interrogation après chacune des propositions, sauf après la dernière. Cela signifie que le raisonnement progresse en supposant l'assentiment du destinataire après chaque énoncé préparatoire (cf. l'expression ὧν δεδομένων en II 100: « Une fois cela admis... »). Dans la forme primitive de ce raisonnement, qui est précisément celle que l'on a ici, aux paragraphes 99-100, cet assentiment est demandé et acquis à chaque étape. Voir aussi les emplois en II 108.111 et 116. Certains de ces raisonnements sont attribués à Chrysippe ou aux Stoïciens (D. L. VII 82, 186-187 et 196-198). Voir Muller, *Les Mégariques*, Annexe I, p. 75-86, et commentaire, p. 113-119; Id., *Introduction*, p. 138-147.

16. A identifier probablement avec Euphante d'Olynthe, l'élève d'Eubulide. Döring, dans l'édition de ce fragment (= fr. 164 A) introduit une lacune τὸν Βοσποριανὸν <ἀπὸ ... τὸν> Εὐφάντου qu'il justifie de façon tout à fait convaincante. Il distingue, p. 144-145, trois groupes de disciples de Stilpon: (1) ceux qu'il a enlevés à d'autres écoles : Métrodore et Timagoras d'une part, Clitarque et Simmias de l'autre; (2) ceux qu'il a enlevés aux dialecticiens, c'est-à-dire aux gens de sa propre école; (3) ceux qui étaient venus pour le réfuter et qu'il réussit à s'attacher. Dans ce dernier groupe qui compte deux élèves, le nom du premier ne nous est pas parvenu, mais le nom de son père, Euphante, a été conservé. Pour une lecture différente du passage, voir M. Gigante, dans son c. r. de Döring, *PP* 29, 1974, p. 292-293.

17. La *Souda*, *s.v.* Σώφιλος, t. IV, p. 410, 20-21 Adler, dans la liste qu'elle donne des pièces du poète de la Comédie Moyenne Sophilos n'indique pas de *Mariage*. C'est pourquoi Aldobrandinus et Ménage proposèrent de corriger Σωφίλου en Διφίλου, Athénée VI, 254 e, citant en effet un passage du *Mariage* d'un certain Diphilos. Roeper, « Conjecturen zu Diogenes Laertius », *Philologus* 9, 1854, p. 14-15, propose de corriger en Φιλήμονος, car il y a plusieurs pièces

de Diphile et de Philémon qui portent le même titre. Cependant Döring maintient Sophilos (cf. T. B. L. Webster, *Studies in later Greek Comedy*, Manchester 1953, p. 153). Sur Sophilos, poète de la Comédie Moyenne, voir A. Körte, art. « Sophilos », *RE* III A 1, 1927, col. 1039.

18. Sur cette *Vie de Ménédème*, consulter l'excellente édition avec traduction et notes de D. Koepfler, *La Vie de Ménédème d'Érétrie de Diogène Laërce. Contribution à l'histoire et à la critique du texte des « Vies des Philosophes »*, coll. « Schweizerische Beiträge zur Altertumswissenschaft » 21, Bâle 1991. C'est le texte de cette édition que nous traduisons. Très souvent nous renverrons aux explications que donne l'auteur dans ses notes. Voir aussi Giannantoni, *SSR* I, p. 503-518 (la *Vie* de Diogène Laërce, mais aussi tous les autres fragments sur le philosophe) et IV, p. 129-135 pour le commentaire. Wilamowitz dans son *Antigonos von Karystos*, a montré que cette biographie de Ménédème d'Érétrie venait en grande partie d'Antigone de Caryste, un contemporain de Ménédème, que Diogène Laërce aurait connu à travers Héraclide Lembos. Mais aujourd'hui, contrairement à l'avis de Wilamowitz qui croyait que Diogène Laërce n'avait fait que démarquer Héraclide Lembos, on a tendance à relativiser le rôle joué par Héraclide. F. Wehrli, dans *Sotion*, coll. « Die Schule des Aristoteles », Suppl. II, Basel-Stuttgart 1978, p. 41-42, suggère que Diogène Laërce a pu connaître la *Vie de Ménédème* d'Antigone de Caryste à travers d'autres auteurs qu'Héraclide, par exemple Sotion. Quoi qu'il en soit, Antigone de Caryste reste la grande source de la présente *Vie*. Selon Knoepfler, Ménédème serait né en 345 au plus tôt et serait mort à 84 ans (cf. p. 358 n. 3). Selon A. Concolino Mancini, « Sulle opere polemiche di Colote », *CronErc* 6, 1976, p. 61-67, le Ménédème qu'attaque Colotès dans ses œuvres polémiques serait Ménédème d'Érétrie, et non Ménédème le Cynique de Lampsaque, comme on le pensait depuis Crönert. Mais Giannantoni, *SSR* t. II, p. 588-589 ; t. IV, p. 581-583, n'est pas très convaincu ; M. Gigante non plus.

LIVRE III

Introduction, traduction et notes

par Luc BRISSON

INTRODUCTION

Le livre III des *Vies et doctrines des philosophes illustres* porte sur Platon[1]. Il comprend deux parties annoncées dans le titre général de l'ouvrage, et que viennent séparer quelques lignes qui ont l'allure d'une dédicace. Les deux parties sont à peu de chose près de la même longueur[2] :

A) La vie de Platon : 466 lignes.
B) La dédicace : 5 lignes.
C) Les écrits de Platon et sa doctrine : 541 lignes.

Et sa construction d'ensemble obéit à une cohérence interne particulièrement rigoureuse, qu'on peut retrouver dans d'autres livres[3]. En effet, dans le livre III, se succèdent ces dix rubriques : 1. Nom et origine (1-4); 2. Formation (4-7); 3. École philosophique (7-16); 4. Faits notables de la vie de Platon (16-25); 5. Caractère (25-40); 6. Mort (40-45); 7. Disciples (46-47); 8. Écrits (48-66); 9. Doctrines (67-109); 10. Homonymes (109).

A la différence des autres introductions à la vie et à l'œuvre de Platon qui sont parvenues jusqu'à nous, le livre III s'adresse, comme semble l'indiquer la dédicace, non à un auditoire de spécialistes, mais à un public cultivé pour qui la littérature sous toutes ses formes revêt au moins autant, sinon plus, d'importance que la philosophie. Lu dans cette perspective, le livre III se révèle être une mine de

---

1. Pour un véritable commentaire du livre III, on se reportera à mon étude parue dans *ANRW* II 36, 5, 1992, p. 3619-3760.

2. L'édition Long étant prise pour référence.

3. Comme l'a montré A. Delatte, dans Diogène Laërce, *Vie de Pythagore*, coll. « Académie Royale de Belgique. Classe des Lettres et des Sciences Morales et Politiques, Mémoires » 2ème série, tome XVII, 2, Bruxelles 1922; réimpr. Hildesheim 1988.

renseignements moins sur Platon que sur le platonisme des premiers siècles après J.-C.

La première partie du livre III (1-47), c'est-à-dire la vie de Platon[1], s'insère dans une tradition, dont voici les principaux témoins conservés : Philodème[2], Apulée[3], Olympiodore[4], un auteur anonyme[5], *Souda*[6].

Une lecture de cette partie du livre III se doit d'être critique. Toute information, dont on ne trouve pas mention dans le corpus platonicien ou que n'évoque aucune autre source indiscutable, doit être systématiquement soupçonnée d'inauthenticité. Le fait qu'un événement soit inauthentique ou douteux ne le prive pourtant pas de signification, et cela à condition de comprendre quelle intention amène Diogène Laërce à transmettre cette information. Pour fabriquer cette *Vie de Platon*, un certain nombre de recettes ont été systématiquement appliquées. (a) Interprétation biographique de passages de l'œuvre de Platon. (b) Mise en rapport de Platon avec tous ses contemporains illustres et participation du philosophe à tous les événements marquants de l'histoire grecque de l'époque, cette der-

---

1. Pour l'explication de cette première partie, l'ouvrage de référence que j'ai retenu est celui d'Alice Swift Riginos, *Platonica. The Anecdotes concerning the life and writings of Plato*, coll. « Columbia Studies in the Classical tradition» 3, Leiden 1976. J'ai aussi consulté Gertrude Kühhas, *Die Platonvita des Diogenes Laertios*, Dissertation, Graz 1947.

2. *Academicorum philosophorum index Herculanensis* [Ier siècle av. J.-C.], edidit D. Mekler, Berlin 1902. Cf. maintenant, K. Gaiser, *Philodems Academica. Das Berichte über Platon und die Alte Akademie in zwei herkulanensischen Papyri*, coll. «Supplementum Platonicum » 1, Stuttgart-Bad Cannstatt 1988, ainsi que la nouvelle édition publiée par T. Dorandi (édit.), *Storia dei filosofi. Platone e l'Academi (PHerc. 1021 e 164).* Edizione, traduzione e commento a cura di T. D., coll. « La Scuola di Epicuro » 12, Napoli 1991.

3. Apulée [IIe siècle apr. J.-C.], *De Platone et dogmate eius* dans *Opuscules Philosophiques et Fragments*, texte établi, traduit et commenté par J. Beaujeu, *CUF*, Paris 1973.

4. Olympiodoros [VIe siècle apr. J.-C.], *Commentary on the First Alcibiades of Plato*, by L. G. Westerink, Amsterdam 1956.

5. *Prolégomènes à la philosophie de Platon* [VIe apr. J.-C.], texte établi par L. G. Westerink et traduit par J. Trouillard avec la collaboration de A. Ph. Segonds, *CUF*, Paris 1990.

6. Suidas [que j'appelle la *Souda*, Xe siècle apr. J.-C.], hrsg. Ada Adler, 5 vol, Leipzig 1928-1938.

nière pratique n'allant pas sans un certain nombre d'invraisemblances. (c) Volonté systématique de décerner le blâme ou l'éloge, c'est-à-dire de porter un jugement de valeur.

Voici une présentation très schématique de cette première partie.

Platon était le fils d'Ariston et de Périctionè (cf. le tableau généalogique, p. 387). Du côté maternel, la famille de Platon remonte jusqu'à Solon, et du côté paternel, jusqu'à Mélanthos, dont le fils Codros aurait été roi d'Athènes. Par son père et par sa mère, Platon se rattacherait à Poséidon. Il aurait vécu de 428/7 à 348/7, soit, dans le système d'Apollodore, 81 années comptées inclusivement. On fit à un moment courir le bruit qu'il était en fait le fils d'Apollon. Voilà pourquoi, dans les écoles platoniciennes, on fêtait l'anniversaire de Platon le jour de la naissance d'Apollon, et l'anniversaire de Socrate, la veille, le jour de la naissance de la sœur jumelle d'Apollon[1]. Platon serait né à Égine où son père se serait provisoirement installé comme colon, mais il aurait vécu surtout à Athènes. Il eut pour frères Adimante et Glaucon, qui interviennent dans la *République* notamment, et pour sœur Potonè qui fut la mère de Speusippe le successeur de Platon à la tête de l'Académie.

C'est un Platon qui suit le cours normal des études d'un jeune garçon à Athènes que décrit Diogène Laërce non sans tomber dans l'anachronisme. Et ce faisant il a l'occasion d'expliquer que c'est son maître de gymnastique qui aurait donné à Aristoclès le nom de « Platon ». Platon aurait aussi étudié la peinture. Il aurait pratiqué la poésie et la rhétorique. Sa formation philosophique, il la doit à Socrate, qui aurait dans un songe été averti par Apollon de la venue de Platon. Après la mort de Socrate, Platon se serait attaché à Cratyle, l'Héraclitéen, à Euclide de Mégare et à Théodore le mathématicien. Il se serait rendu en Italie du Sud où il aurait rencontré les Pythagoriciens, Philolaos et Eurytos. En outre, il serait parti pour l'Égypte et pour la Perse. Dans son ensemble, cette section peut être considérée comme une illustration narrative des principales influences théoriques qui se seraient exercées sur Platon.

De retour à Athènes, il aurait à l'instar de tout autre citoyen athénien participé à des campagnes militaires ; et il aurait fondé une

1. Sur les liens entre Platon et Apollon, voir les témoignages réunis dans *Platonismus* II, 1990, Baustein 58.

école dans un jardin attenant à un gymnase dédié au héros Académos. Si on croit Aristote, sa doctrine aurait fait la synthèse entre celle d'Héraclite, celle de Pythagore et celle de Socrate. Ce qui permet à Diogène Laërce de montrer comment Platon aurait plagié Pythagore à travers le poète Épicharme; en outre, Platon n'aurait pas hésité à imiter Sophron, l'auteur de mimes. En fait, le thème du plagiat se présente fondamentalement comme une dramatisation négative de la notion d'influence.

Dans la section suivante, Diogène Laërce énumère ce qu'il considère comme les faits notables de la vie de Platon: ses voyages en Sicile, son activité politique et les innovations qui lui sont dues. Platon serait allé trois fois en Sicile, suivant la *Lettre* VII. Diogène Laërce travaille sur le même canevas, mais c'est un autre dessin qu'il brode. Au cours de son premier voyage, Platon aurait attiré sur lui la colère de Denys l'Ancien qui l'aurait fait vendre comme esclave. Ce récit pourrait illustrer l'idée que les humains sont les esclaves des dieux et donc des compagnons d'esclavage[1]. Diogène nous donne deux versions de cette anecdote qui semble dépourvue de bases historiques solides. La première version, négative, insiste sur l'inutilité du philosophe, alors que la seconde, positive, illustre l'indifférence du philosophe face aux tribulations de ce monde. Platon serait venu une deuxième fois en Sicile pour demander à Denys le jeune un territoire où puisse s'élever une cité organisée suivant ses conceptions en matière politique. Et Platon serait revenu une troisième fois en Sicile pour tenter de réconcilier Denys le Jeune et Dion; ce fut un échec. A Athènes, Platon refusa de se mêler de politique, comme il répondit négativement à l'invitation de donner des lois à Mégapolis. Et Diogène Laërce termine cette section en évoquant quelques innovations dues à Platon: invention de la forme dialoguée, de l'analyse en géométrie, d'un certain nombre de termes, étude de la grammaire et doxographie.

Une cinquième section évoque le caractère du philosophe, ses qualités et ses défauts. La renommée de Platon s'étend à toute la Grèce et jusqu'en Perse. Elle repose sur sa réserve et sur sa sagesse. Mais le philosophe avait un certain nombre de défauts qui furent

1. *Phédon* 62 a, 63 d; *Critias* 109 d; *Lois* IV, 726 a, X, 902 c.

raillés par les auteurs comiques : le caractère paradoxal de certaines de ses doctrines, sa « platitude », sa « manie » pour la promenade, l'inutilité des connaissances transmises dans l'Académie, sa morosité, et son bavardage. Par ailleurs, Diogène Laërce attribue à Platon des épigrammes amoureuses adressées à cinq (ou quatre) hommes : Aster (peut-être Phèdre), Dion, Alexis, Phèdre et Agathon, et pour trois femmes : Archéanassa, une inconnue et Xanthippe, la femme de Socrate. Les rapports que Platon aurait entretenus avec Denys le Jeune, Xénophon, Antisthène, Socrate, Aristippe et Eschine ne sont pas décrits sous un jour particulièrement favorable. Enfin, après une remarque générale sur le style de Platon, Diogène Laërce fait un certain nombre de remarques particulières sur le *Phédon*, les *Lois* et l'*Épinomis*, la *République* et le *Phèdre*. Cette section se termine sur une série d'anecdotes, de sentences et d'apophtegmes censés illustrer l'attitude de Platon à l'égard de choses aussi diverses que le jeu de dés, le désir d'une postérité, la colère, l'orgueil, l'ivrognerie, le sommeil, la vérité et la misanthropie.

Platon serait mort en 348/7 mangé par les poux ou victime de sa gourmandise, la mort des philosophes constituant un thème célèbre à l'époque. Il aurait été inhumé à l'Académie. Une partie de ce qui aurait été son testament est citée par Diogène Laërce. Enfin, sont évoquées les épigrammes qui lui auraient été consacrées sur son tombeau.

Une sixième section dresse un répertoire de ses disciples.

Cette vie de Platon qui constitue la première partie du livre III est suivie par une dédicace. Cette dédicace, dont il est impossible de savoir à qui elle est adressée est importante à plus d'un titre. Elle permet d'opérer une transition entre les deux parties du livre III : la vie de Platon d'une part, son œuvre et ses doctrines d'autre part. Elle annonce le programme que veut suivre Diogène Laërce, même si, dans la troisième partie, il fait preuve d'une certaine négligence à cet égard.

Cette troisième partie du livre III comprend deux sections : l'une sur les écrits de Platon (48-109) et l'autre sur ses doctrines (57-109).

La section sur les écrits de Platon présente la structure suivante. Après avoir donné une définition du dialogue comme forme littéraire, Diogène Laërce propose une classification des dialogues en fonction de leur type (χαρακτήρ).

A) Exposition de doctrines
- a) Théorique
  - 1) Physique: *Timée*
  - 2) Logique: *Politique*, *Sophiste*, *Cratyle*, *Parménide*
- b) Pratique
  - 1) Politique: *République*, *Lois*, *Minos*, *Épinomis*, *Critias*
  - 2) Éthique: *Apologie*, *Criton*, *Phédon*, *Phèdre*, *Banquet*, *Lettres*, *Ménexène*, *Clitophon*, *Philèbe*, *Hipparque*, *Amants*

B) Recherche
- a) Exercice
  - 1) Maïeutique: le grand *Alcibiade*, *Théagès*, *Lysis*, *Lachès*
  - 2) Critique: *Euthyphron*, *Ménon*, *Ion*, *Charmide*
- b) Controverse
  - 1) Probatoire: *Protagoras*
  - 2) Réfutatif: *Euthydème*, *Gorgias*, les deux *Hippias*

Puis Diogène Laërce tente de définir le type d'argumentation qui aurait été utilisé par Platon considéré comme un philosophe dogmatique, qui toutefois aurait exposé ses doctrines sous le masque d'un certain nombre de personnages; le fait que Diogène Laërce insiste sur l'induction traduit une influence stoïcienne sur l'interprétation de Platon dont il se fait l'écho.

Suit un long passage où Diogène Laërce évoque le classement des dialogues de Platon par Thrasylle et par Aristophane de Byzance. Dans le catalogue de Thrasylle, les dialogues, dotés d'un titre et de deux sous-titres, le second correspondant à son type (cf. *supra*), constituent neuf tétralogies. Dans son «édition» Aristophane de Byzance avait groupé les dialogues en trilogies; seules quatre de ces trilogies sont évoquées. Puis Diogène Laërce passe aux problèmes afférents à la lecture des dialogues: ordre de lecture, problèmes d'authenticité, vocabulaire, règles d'interprétation, signes critiques. Cette section se termine sur quelques lignes très obscures qui feraient référence à l'édition académicienne des dialogues de Platon.

Dans cette section du livre III, Diogène Laërce semble mentionner trois éditions du corpus platonicien[1]:

1) Une édition académicienne réalisée avant 314 av. J.-C., sous le scholarcat de Xénocrate, et qu'évoquerait III 66[2].

2) Une édition de la fin du IIIe siècle ou du début du IIe, due à Aristophane de Byzance et qu'évoquerait III 61. Les dialogues de Platon y étaient distribués en trilogies et comportaient dans leurs marges des signes critiques, pas forcément ceux qui sont énumérés en III 65-66[3].

3) Une édition commandée, dans la dernière moitié du Ier siècle av. J.-C., par T. Pomponius Atticus, l'ami de Cicéron, et qui s'inspirait de celle d'Aristophane de Byzance, mais où les dialogues étaient classés par tétralogies, classement qu'auraient connu Dercyllide et Thrasylle. Il est vrai que Diogène Laërce ne mentionne que le nom de Thrasylle lorsqu'il évoque (III 56-62) le classement des dialogues en tétralogies. Mais Albinos (*Isagogè* IV 12-13) signale que Dercyllide et Thrasylle sont d'avis d'admettre ce classement. Il est vrai que Dercyllide n'est connu que par quelques citations tirées de Théon, de Proclus et de Simplicius qui ne permettent pas de le situer historiquement, et que l'ordre de citation chez Albinos ne signifie par une préséance chronologique. Cela dit, dans son *De lingua latina* (VII 37) écrit entre 47 et 45 av. J.-C. et publié avant la mort de Cicéron, Varron parle du *Phédon* comme d'un quatrième livre, ce qui est le cas dans la première tétralogie. Par suite, Thrasylle mort en 36 apr. J.-C. ne peut être la source de Varron. Une précision supplémentaire peut être apportée à cette liste de témoignages, celui de Galien (131-201 apr. J.-C.) Commentant *Timée* 77b-c[4], le médecin a sous les yeux deux leçons de 77c4 dont l'une κατὰ τὴν τῶν 'Αττικιανῶν ἔκδοσιν. On pense immédiatement aux activités d'éditeur d'Atticus, qui aurait aussi édité les œuvres d'Eschine et de Démosthène, et qui aurait eu comme collaborateurs Tyrannion pour la littérature grec-

1. Pour une présentation d'ensemble, on lira maintenant Y. Lafrance, *Pour interpréter Platon,* II. *La ligne en* République *VI 509d-511e. Le texte et son histoire*, coll. « Noêsis », Montréal 1994, chap. 1.

2. Voir Note complémentaire 1 (p. 464).

3. Voir Note complémentaire 1 (p. 464).

4. Schröder, *CMG Suppl.* I, 1934, p. 13, 3-4.

que et Cornelius Nepos et Varron pour la littérature latine. D'où la conclusion: Atticus aurait édité, en s'appuyant sur l'édition d'Aristophane de Byzance, les œuvres de Platon à Rome, en les classant par tétralogies, peut-être, sous l'influence de Dercyllide. Et c'est cette classification qu'aurait retenue Thrasylle pour l'établissement de son catalogue des œuvres de Platon, en 9 tétralogies, c'est-à-dire 9 (le nombre parfait pour un Pythagoricien, premier carré du premier impair) fois 4 (la *tétraktys*, pour un Pythagoricien, était la racine de toutes choses). Cette édition, dont l'existence reste hypothétique, ne peut cependant être ravalée au rang de mythe[1].

Puis Diogène Laërce passe à un exposé sommaire des doctrines de Platon.

Les doctrines de Platon (67-109)
- Physique (67-77)
- Éthique (78-80)
- Dialectique (80-109)

Dans cet exposé sommaire des doctrines de Platon, quatre influences sont perceptibles: médio-platonisme, stoïcisme, aristotélisme et [néo-] pythagorisme[2].

L'influence du médio-platonisme explique l'insistance que met Diogène Laërce à rappeler l'existence de ces trois principes que sont Dieu, le Modèle et la Matière (III 76), qui peuvent jusqu'à un certain point être réduits à deux, Dieu et la Matière (III 70), le Modèle, c'est-à-dire la Forme, se trouvant assimilée à la « pensée du Dieu ».

Alors que l'influence du médio-platonisme sur le livre III paraît historiquement tout à fait naturelle, l'importance de l'influence du stoïcisme, notamment sur l'interprétation du *Timée*, ne laisse pas de surprendre, car elle se rattache à un stade beaucoup plus primitif du platonisme, celui de l'Académie à l'époque d'Antiochus d'Ascalon. Voici une liste des points sur lesquels se fait sentir cette influence : la définition de l'âme du monde comme « forme du souffle répandu dans toutes les directions » (III 67), la constitution de l'âme à partir

1. J. Mansfeld, *Prolegomena*, Leiden 1994, p. 64 n. 111.

2. Sur le sujet on pourra s'aider de J. Whittaker, « Platonic philosophy in early centuries of the Empire », *ANRW* II 36, 1, Berlin 1987, p. 81-123, et de J. Mejer, *Diogenes Laertius and his Hellenistic Background*, coll. « Hermes-Einzelschriften » 40, Wiesbaden 1978.

« des éléments (?) » (III 68), l'attribution d'une forme sphérique à Dieu (III 72), l'idée d'une destruction du monde « en Dieu » (III 72), et l'usage du terme « incorporel » (III 77). A tout cela, il faut ajouter la prédominance de l'induction comme méthode de démonstration (III 55) et la distinction entre les choses qui sont bonnes, celles qui sont mauvaises et celles qui ne sont ni bonnes ni mauvaises (III 102).

L'influence d'Aristote est déterminante et se manifeste de façon variée. L'usage du terme ὕλη pour désigner la matière va de soi, même si ce terme n'est jamais employé en ce sens chez Platon. L'idée que les Formes se trouvent dans le sensible semble exprimée en III 15 et reprise en III 75. Mais c'est dans le domaine de l'éthique que l'influence d'Aristote se fait le plus sentir, avec la prise en compte notamment de l'idée de « biens extérieurs » (III 78). La longue citation des *Divisions* attribuées à Aristote, sur laquelle se termine le livre III, constitue un argument de poids en faveur de l'influence aristotélicienne sur l'image de Platon que nous propose Diogène Laërce au livre III.

On peut aussi déceler une influence néo-pythagoricienne, chaque fois que peut être invoquée la symbolique des nombres. L'œuvre de Platon est divisée en neuf (9) tétralogies (4); la justice est la quatrième division, etc.

Un tel syncrétisme ne va pas sans contradictions majeures. Mais, à titre de témoignage sur l'interprétation de Platon dans un milieu non scolaire dans la première moitié du IIIᵉ siècle, le livre III de Diogène Laërce présente le plus grand intérêt.

L'exposé des doctrines de Platon suit l'ordre suivant : physique, éthique, logique, se conformant ainsi à la classification des parties de la philosophie évoquée en III 56. Diogène Laërce, qui doit alors s'inspirer de Thrasylle, commence par établir un parallèle très astucieux entre le nombre croissant des acteurs dans la tragédie grecque[1], telle que la décrit Aristote dans la *Poétique* (1449 a 9-19), et le nombre croissant des parties de la philosophie, dans la représentation qu'Aristote se faisait de son histoire (*Topiques* 105 b 19-25).

1. Sur cette histoire, cf. A. Pickard-Cambridge, *The Dramatic festivals at Athens* [1953], Oxford 1968 [2ᵉ éd. revue par J. Gould et D. M. Lewis].

Thespis	Présocratiques	physique
Eschyle	Socrate	physique + éthique
Sophocle	Platon	physique + éthique + dialectique.

Comme l'a bien expliqué Pierre Hadot[1], les manuels platoniciens de l'époque impériale[2], restent comme Diogène Laërce, peut-être sous l'influence d'Antiochus d'Ascalon qui voulait réaliser une synthèse entre aristotélisme, platonisme et stoïcisme, fidèles à l'esprit du stoïcisme, lorsqu'ils conçoivent l'achèvement de la philosophie dans le cadre d'une structure trinitaire. Une telle classification des parties de la philosophie remonte à l'Ancienne Académie, mais elle exprime avant tout l'unité de la réalité suivant le stoïcisme. C'est le même *logos* qui produit le monde, qui illumine l'homme dans sa conduite et qui s'exprime dans le discours humain.

La section sur la physique est assez confuse. Très grossièrement, on peut dire qu'elle se divise en deux parties. Une première partie portant sur la description du monde sensible: âme, corps et composé. Et une seconde partie évoquant les causes et les principes qui rendent compte de la génération du monde. Tout naturellement, cette partie se réduit presque exclusivement à un résumé des passages les plus importants du *Timée*.

Mais quelles influences ont présidé à la réalisation de cet exposé sommaire du *Timée* ? K. Praechter[3] et à sa suite un certain nombre d'autres commentateurs ont décelé une forte influence médio-platonicienne. En revanche, dans un travail relativement récent, M. Untersteiner[4] a voulu montrer que les paragraphes 67-80 du livre III

1. P. Hadot, « Les divisions des parties de la philosophie dans l'Antiquité », *MH* 36, 1979, p. 211.

2. Apulée, *De Plato. dogm.* I [III] 186 ; Atticos, chez Eusèbe, *P.E.* XI 2, 1 ; Augustin, *Contra Acad.* III 17, 37.

3. K. Praechter, *Die Philosophie des Altertums*, dans Fr. Überweg, *Grundriss der Geschichte der Philosophie* I, 13ᵉ éd., Basel 1953, p. 544-545.

4. M. Untersteiner, *Posidonio nei placita di Platone secondo Diogene Laerzio III*, coll. « Antichità classica e cristiana » 7, Brescia 1970. Sans reprendre l'hypothèse combattue en 1921 par K. Reinhardt, suivant laquelle Posidonius aurait consacré un commentaire au *Timée* (cf. Sextus Empiricus, *Adv. math.* VII 93), l'auteur s'autorise du fait que Posidonius aurait subi l'influence de l'Ancienne

de Diogène Laërce remontaient à Posidonius d'Apamée, et cela exclusivement. Même si son caractère radical la discrédite d'entrée de jeu, la démarche de M. Untersteiner n'est pas dénuée d'intérêt, dans la mesure où elle permet de constater que, sur beaucoup de points, l'exposé fait par Diogène Laërce trahit une forte influence stoïcienne[1]. La chose n'a rien d'étonnant, car tout un courant du médio-platonisme présente une telle proximité avec le stoïcisme que peut être qualifié tout aussi bien de platonicien que de stoïcien le même interprète de Platon, Alcinoos[2] par exemple, dont le *Didaskalikos*[3] constituera, dans les notes de la traduction, le texte parallèle dont je me servirai pour tenter de mieux comprendre cette section du livre III. Voilà pourquoi, dans un article récent, Bruno Centrone[4], marquant son opposition aux thèses de M. Untersteiner, en revient à une position qui se rapproche de celle de Praechter.

Cela dit, on notera que le courant du moyen-platonisme, auquel ressortit cet exposé de la doctrine de Platon, ne manifeste aucune hostilité à l'égard d'Aristote[5], dont, au contraire, il s'inspire, comme je viens de le dire.

Après ce bref exposé sur la physique de Platon, Diogène Laërce évoque l'éthique. Cette présentation de l'éthique platonicienne est extrêmement succincte et très mal construite. Pour la compléter, on

---

Académie et qu'il aurait étudié de très près le *Timée*, pour essayer de montrer que les paragraphes 67-80 du livre III de Diogène Laërce remontent à Posidonius. L'objection massive qu'on peut faire à ce travail est la suivante : jamais Posidonius n'est explicitement nommé par Diogène Laërce comme source du livre III, et son nom ne peut être rattaché sans hésitation qu'à la définition de l'âme du monde proposée en III 67. On lira les commentaires critiques de M. Carbonara Naddei, « Platone e Posidonio », *Logos* 1970, p. 523-554.

1. Un bon représentant de ce courant d'interprétation est Antiochus d'Ascalon, cf. J. Dillon, *The Middle Platonists*, London 1977, p. 52-113.

2. J. Whittaker, art. « Alcinoos » A 92, *DAPh* I, 1989, p. 112-113.

3. Alcinoos, *Enseignement des doctrines de Platon* [= *Didaskalikos*], introduction, texte établi et commenté par J. Whittaker et traduit par P. Louis, *CUF*, Paris 1990. Les notes à cette traduction constituent une mine inépuisable pour qui veut cerner le vocabulaire du médio-platonisme.

4. B. Centrone, « Alcune osservazioni sui *Placita* di Platone in Diogene Laerzio III 67-80 », *Elenchos* 8, 1987, p. 105-118.

5. Comme en présente Atticos, cf. J. Dillon, *The Middle Platonists*, London 1977, p. 247-258.

pourra à nouveau s'aider d'Alcinoos (*Didaskalikos*, p. 179, 34–189, 11 Hermann). Elle évoque pêle-mêle la question du bien et du mal, de l'existence des dieux et de la Providence, du beau, de la rectitude des mots et du dialogue, de la justice et du mythe. Beaucoup de ces thèmes seront repris dans la citation des *Divisions* aristotéliciennes.

Qualifier de « logique » la dernière partie de l'exposé que propose Diogène Laërce des doctrines de Platon reste très discutable. Seul présente un caractère logique l'instrument dialectique qui s'y trouve systématiquement utilisé – à savoir la division – pour analyser des notions éthiques et ontologiques. Il n'en reste pas moins que cette division de la philosophie en trois parties correspond à une pratique courante à l'époque[1].

Diogène Laërce prétend tirer les derniers paragraphes du livre III (80-109) d'un ouvrage *Sur les divisions*, attribué à Aristote[2]. Sur les 69 divisions que compte le codex *Marcianus* édité par Mutschmann[3], Diogène Laërce n'en retient que 29 : en revanche trois, les n°s 20, 21 et 28 ne sont rapportés que par Diogène Laërce.

Après avoir présenté[4] les différentes éditions, peu nombreuses, auxquelles a donné lieu cet ouvrage, C. Rossitto se demande quelle a

1. Cf. l'analyse de la structure du *Disdaskalikos*, Paris 1990, p. LXX-LXXII.

2. Fragment 114 Rose^3 = fr. 82 Gigon.

3. L'édition la plus récente est la suivante : *Divisiones* quae vulgo dicuntur Aristoteleae, praefatus edidit testimoniisque instruxit Hermannus Mutschmann, coll. *BT*, Leipzig 1906. J'ai repris pour les divisions les numéros attribués dans cette édition. Alors que Mutschmann n'éditait que le codex Marcianus, P. Moraux (« Témoins méconnus des *Divisiones Aristoteleae* », *AC* 46, 1977, p. 100-127) examine deux autres manuscrits, le codex *Paris. gr. 39* et le *Cod. Leid. Voss. gr. Q 11*, en dressant une liste de leçons parallèles, et en proposant des *corrigenda* et des *addenda* à l'édition de Mutschmann. – Le texte édité par Mutschmann a été traduit en italien et commenté par Cristina Rossitto qui a aussi tenu compte des importantes remarques de P. Moraux : Aristotele et altri, *Divisioni*, introduzione, traduzione e commento di Cristina Rossitto, coll. « Studia Aristotelica » 11, Padova 1984. En ce qui concerne la transmission des *Divisions*, on se reportera maintenant à l'article essentiel de T. Dorandi, « Ricerche sulla trasmissione delle *Divisioni aristoteliche* », dans K. A. Algra, P. W. Van der Horst et D. T. Runia (édit.), *Polyhistor. Studies in the history and historiography of ancient philosophy presented to Jaap Mansfeld on his sixtieth birthday*, Leiden 1996, p. 145-165.

4. *Divisioni*, 1984, p. 13-18.

pu être l'origine de ces divisions et ce qu'elles nous apprennent sur Platon et sur Aristote[1].

Dans un premier temps, on remarquera que des *Divisions* ont été attribuées non seulement à Aristote, mais aussi à Platon (*Lettre* XIII [apocryphe] 360 b), à Speusippe (T 1 Tarán = fr. 2 Isnardi Parente = Diogène Laërce IV 5) et à Xénocrate (fr. 2 Isnardi Parente = Diogène Laërce IV 13). La récurrence de ce titre semble faire référence à un usage répandu dans l'Académie: celui de résumer la doctrine platonicienne en la structurant à l'aide du procédé de la dichotomie[2].

Ces définitions font référence à des passages de plusieurs dialogues de Platon: *Protagoras, Gorgias, République, Politique, Lois, Cratyle, Sophiste* et *Théétète* notamment. En ce qui concerne un certain nombre de points de doctrines qui ne se rencontrent dans aucun dialogue, on a pensé qu'il s'agissait de traces de l'enseignement oral que Platon réservait aux membres de l'Académie. Voilà pourquoi des tenants de l'existence de « doctrines non écrites » comme Krämer et Gaiser ont considéré que les divisions 23 et 37 de Diogène Laërce et les divisions 64-69 du codex *Marcianus* devaient être considérées comme des témoignages relatifs à ces « doctrines non écrites[3] ».

Pour ce qui est d'Aristote, les *Divisions* feraient allusion à des points de doctrines dont on trouve trace dans un certain nombre de dialogues perdus et dans le *Protreptique* d'une part, et dans certains passages des *Topiques*, du livre Δ de la *Métaphysique*, et surtout des *Catégories* d'autre part. Plusieurs allusions à l'*Éthique à Nicomaque*, à l'*Éthique à Eudème* et à la *Rhétorique* peuvent être retracées.

Voilà pourquoi C. Rossitto a pensé que les *Divisions* d'Aristote pouvaient avoir eu pour ancêtre lointain des notes de cours prises par Aristote, alors qu'il se trouvait à l'Académie, notes qui auraient été transformées et amplifiées au cours des âges. Cette hypothèse

---

1. *Divisioni*, 1984, p. 18-33.
2. On remarquera que c'est le même procédé qui sert à structurer le classement des dialogues par « tendances », cf. *supra*.
3. Pour un état récent de la question, cf. H.J. Krämer, « Die Ältere Akademie », dans *Grundriss der Geschichte der Philosophie*, [Ueberweg-Praechter] *Die Philosophie der Antike* 3, Basel-Stuttgart 1983, p. 141-142 surtout.

confère une certaine importance à cet ouvrage très scolaire[1]. En l'absence de tout point de référence indubitable, je reste pour ma part, dans un doute bienveillant, mais ferme. Les *Divisions* tirent-elles leur origine d'une pratique réelle dans le cadre de l'Ancienne Académie, ou ne sont-elles qu'une compilation tardive, représentation idéalisée de ce que devait être le travail dans l'Académie ? En l'état actuel de nos connaissances, il est impossible de le dire.

Au premier abord, cette dernière partie du livre III donne une impression très nette de décousu. Cela est exact, mais si l'on y regarde d'un peu plus près, on s'aperçoit que ces divisions s'emboîtent les unes dans les autres pour constituer un corps de doctrines présentant une certaine cohérence. Voyons rapidement ce qu'il en est.

Les réalités font l'objet d'une double division, l'une d'orientation ontologique (n° 18, 31 et 32) et l'autre d'orientation éthique (n° 24 et 27).

Les réalités peuvent avoir pour causes ultimes la loi, la nature, l'art et le hasard (n° 18). Elles peuvent être indivisibles ou divisibles, et, dans ce cas, constituées de parties semblables ou dissemblables (n° 31). On peut aussi distinguer, parmi les réalités, celles qui existent par elles-mêmes et celles qui n'existent qu'en relation avec autre chose, comme le fait d'être plus grand, plus petit, etc. (n° 32). Ces distinctions, on le notera, peuvent s'appliquer exclusivement au monde des choses sensibles.

Les autres divisions intéressent non plus l'ontologie, mais l'éthique. Dans un premier temps, on distingue, parmi les réalités, celles qui sont bonnes, celles qui sont mauvaises et celles qui ne sont ni bonnes ni mauvaises (n° 34). Cela étant, on peut dire non seulement que le bien est le contraire du mal, mais aussi que le mal peut être le

1. Pratiquement toutes les divisions sont construites sur le même modèle :

a) introduction : inventaire généralement introduit par un γάρ ;

b) définition sommaire et exemple pour chaque espèce ;

c) conclusion introduite en général par un ἄρα : reprise de l'inventaire.

Je n'ai pas traduit le verbe διαιρεῖται toujours de la même façon, non seulement pour des raisons d'ordre stylistique, mais aussi pour rendre possible un sens en français. En effet, il est difficile de dire du bien « qu'il se divise en trois » ; il vaut mieux dire qu'il présente trois variétés.

contraire du mal, et que quelque chose qui n'est ni bien ni mal peut être le contraire de ce qui n'est ni bien ni mal (n° 27).

Parmi les biens, dont on trouve par ailleurs un inventaire très concret (n° 23), on peut distinguer ceux qu'on peut posséder, les vertus par exemple, ceux auxquels on peut participer, le Bien par exemple, et les biens effectifs, être bon, juste, etc. (n° 28).

Parmi les biens qu'on peut posséder, il en est qui intéressent l'âme: justice, sagesse, etc., d'autres qui intéressent le corps: beauté, santé, etc., et il y a les biens extérieurs: amis, richesses, etc. (n° 1). Ce sont les biens de cette dernière espèce qui donnent la puissance (n° 19).

L'âme comporte trois parties: une partie rationnelle, une partie agressive et une partie désirante (n° 12). A ces parties, correspondent les vertus parfaites: justice, sagesse, courage et modération (n° 13). La justice peut s'exercer à l'égard des dieux, des hommes et des défunts (n° 4). La sagesse, ou le savoir, est de trois sortes: savoir théorique, savoir pratique et savoir qui vise à la production (n° 5). Le savoir qui vise à la production ou bien fournit les matières premières, ou bien transforme ces matières en produits finis ou bien utilise ces produits dans le cadre de techniques diverses (n° 22). Dans les divisions, quatre techniques sont évoquées: la musique (n° 9), la médecine (n° 6), la rhétorique (n° 15) et la politique (n° 3), le pouvoir politique présentant cinq variétés (n° 14).

Pour ce qui est du corps, un seul bien est évoqué, la beauté (n° 11), dont on distingue trois espèces, suivant qu'elle est fonction de l'éloge, de l'utilité ou de l'avantage.

Enfin, en ce qui concerne les biens extérieurs, seule l'amitié (n° 2) est prise en considération, celle qui découle des liens naturels, celle qu'entraîne la solidarité et celle qu'impose l'hospitalité.

Par ailleurs, un certain nombre de biens effectifs se trouvent décrits: le bonheur (n° 21), la noblesse (n° 10), faire le bien (n° 17), la délibération (n° 29), la civilité (n° 20), la légalité (n° 25), qui implique au préalable une définition de la loi (n° 7) et qui a pour contraire l'illégalité (n° 26) et le fait de bien parler (n° 16) qui implique une définition du discours (n° 8) et ultimement une distinction des différentes espèces de sons (n° 30).

Cette reconstruction sommaire est loin d'être satisfaisante. Elle laisse toutefois apparaître une certaine organisation, qui, on peut le penser, ne devait pas être absente de la collection primitive dont sont tirées ces divisions.

L'existence d'homonymes posait de redoutables problèmes d'identification aux bibliothécaires et aux doxographes. Voilà pourquoi on trouve régulièrement chez Diogène Laërce cette rubrique, en fin de notice ou à la fin d'un livre comme ici.

Pour un historien de la philosophie, le livre III des *Vies et doctrines des philosophes illustres* par Diogène Laërce constitue une source inappréciable de renseignements, notamment sur la transmission du texte de Platon et sur les signes utilisés dans les manuscrits en circulation à l'époque de Diogène Laërce. Par ailleurs, Diogène Laërce présente une forme de platonisme originale, qui se caractérise par un syncrétisme envahissant où le stoïcisme et l'aristotélisme jouent un rôle déterminant.

Cela dit, on ne peut, à la suite de cette lecture « savante », manquer de faire une constatation importante. L'image de Platon que nous donne Diogène Laërce, bien qu'elle soit nourrie d'une lecture des textes de Platon, est cependant largement déformée par les interprétations successives qu'ont données du platonisme des philosophes influencés par des doctrines concurrentes, entre autres l'aristotélisme et le stoïcisme. Si le corpus des œuvres de Platon n'avait pas été intégralement conservé, il serait très difficile de retrouver, à travers le témoignage de Diogène Laërce et des écrivains de son époque, une image de Platon plus authentique, celle qu'essaie de reconstituer un historien contemporain de la philosophie, à partir d'une lecture systématique et assidue du corpus platonicien. Cette constatation doit nous inviter à la plus grande prudence lorsqu'il s'agit d'interpréter la pensée de philosophes dont l'œuvre est perdue, en totalité ou en partie, et pour lesquels Diogène Laërce constitue notre seule ou notre principale source d'information*.

* Je remercie M. Patillon, ainsi que T. Dorandi, M.-O. Goulet-Cazé et R. Goulet qui ont relu cette traduction et m'ont fait part de leurs remarques.

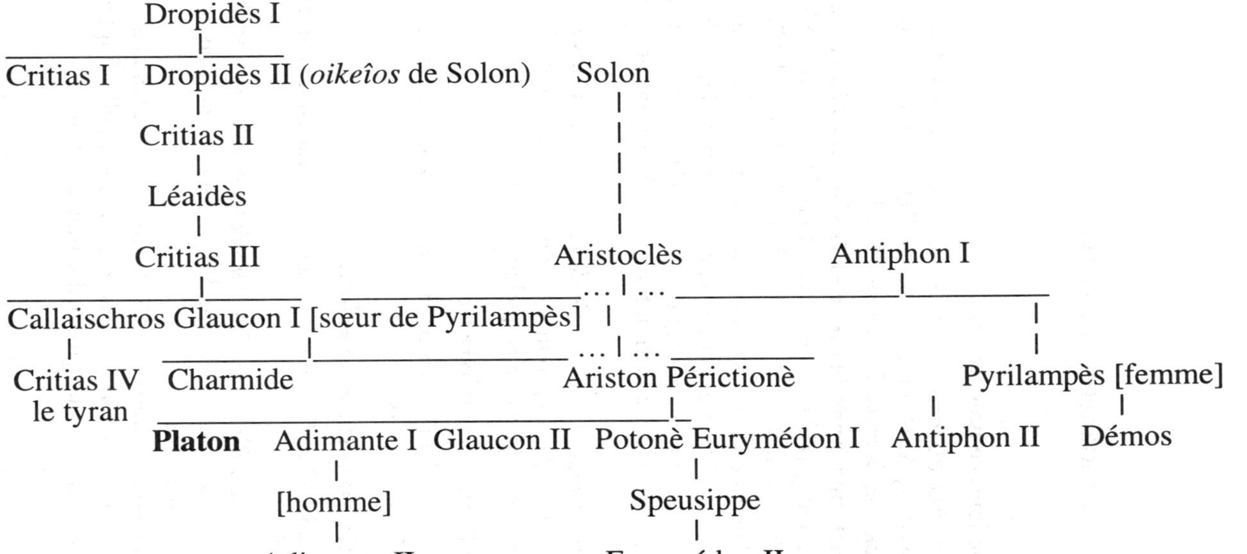

Arbre généalogique de la famille de Platon

BIBLIOGRAPHIE SUR LE LIVRE III

Éditions, traductions, commentaires

Diogenis Laertii Vita Platonis, recensebant H. BREITENBACH, F. BUDDENHAGEN, A. DEBRUNNER, P. VON DER MÜHLL, Sonderabdruck von *Juvenes dum sumus*, Basel 1907.

DÖRRIE Heinrich und Anne-Marie, BALTES M., *Der Platonismus in der Antike*, Stuttgart-Bad Cannstatt, I, 1987, II, 1990, III, 1993, IV, 1996, V, 1997; un index aux tomes I-IV a été publié en 1997.

BRISSON L., « Diogène Laërce, " Vies et doctrines des philosophes illustres ". Livre III : Structure et contenu », *ANRW* II 36, 5, 1992, p. 3619-3760, avec un index paginé 1*-25*. On trouvera dans cette étude une nouvelle traduction française très largement commentée.

SEGONDS A. Ph., *Diogène Laërce. Vie de Platon*, coll. « Classiques en poche », Paris 1996. Reproduction du texte de Cobet (Paris 1862), introduction, traduction et quelques notes.

Remarques sur l'ensemble du livre III

PERETTI M.M., « Su alcuni passi della *Vita di Platone* di Diogene Laerzio », *RFIC* 1965, p. 447.

Remarques sur la Vie et sur les anecdotes

KÜHHAS Gertrude, *Die Platonvita des Diogenes Laertios*, Dissertation, Graz 1947.

SWIFT RIGINOS Alice, *Platonica. The Anecdotes concerning the life and writings of Plato*, coll. « Columbia Studies in the Classical tradition » 3, Leiden 1976.

GAISER K., *Philodems Academica. Das Berichte über Platon und die Alte Akademie in zwei herkulanensischen Papyri*, coll. « Supplementum Platonicum » 1, Stuttgart-Bad Cannstatt 1988.

DORANDI T. (édit.), *Storia dei filosofi. Platone e l'Academia (PHerc. 1021 e 164).* Edizione, traduzione e commento a cura di T. D., coll. « La Scuola di Epicuro » 12, Napoli 1991.

Remarques sur III 29-33

LUDWIG W., « Plato's love epigrams », *GRBS* 4, 1963, p. 59-82.

Remarques sur III 43-45

NOTOPOULOS J. A., « Plato's Epitaph », *AJPh* 63, 1942, p. 272-293.

TARÁN L., « Plato's alleged epitath », *GRBS* 25, 1984, p. 63-82.

Remarques sur III 65-66

ALLINE H., *Histoire du texte de Platon*, coll. « Bibliothèque de l'École des Hautes Études » 118, Paris 1915 ; réimpr. Genève 1984.

BARTOLETTI V., « Diogene Laerzio III 65-66 », dans *Mélanges Tisserant* I, Città del Vaticano 1964, p. 25 *sq.*

CARLINI A., « Linea di una storia del testo del *Fedone* », *SCO* 17, 1968, p. 135 *sq.* [repris dans *Studi sulla tradizione antica e medievale del* Fedone, Roma 1972, p. 20 *sq.*].

LAFRANCE Y., *Pour interpréter Platon*, t. II : *La ligne en* République *VI, 509 d - 511 e. Le texte et son histoire,* Montréal 1994, p. 19-110.

MANSFELD J., *Prolegomena. Questions to be settled before the study of an author, or a text,* coll. « Philosophia Antiqua » 61, Leiden 1994.

Placita

UNTERSTEINER M., *Posidonio nei placita di Platone secondo Diogene Laerzio III,* Brescia 1970.

CENTRONE B., « Alcune osservazioni sui *Placita* di Platone », *Elenchos* 8, 1987, p. 105-118.

Divisions

DORANDI T., « Ricerche sulla trasmissione delle Divisioni Aristoteliche », dans K. A. Algra, P. W. van der Horst et D. T. Runia, *Polyhistor. Studies in the history and historiography of ancient philosophy presented to Jaap Mansfeld on his Sixtieth birthday,* Leiden 1996, p. 145-165.

PLATON

1 Platon, fils d'Ariston et de Périctionè, ou de Potonè[1], Athénien.

Famille

Sa mère, par sa famille, remontait jusqu'à Solon. En effet, Solon avait pour frère Dropide, dont descendirent successivement Critias, Callaischros, Critias – qui fut l'un des Trente[2] – et Glaucon, Charmide et Périctionè, laquelle avec Ariston eut pour fils Platon, à la sixième génération depuis Solon. Solon, lui, remontait par sa famille jusqu'à Nélée et à Poséidon. On raconte aussi que le père de Platon avait, lui, pour ancêtre Codros, le fils de Mélanthos, lesquels sont dits, selon Thrasylle[3], descendre de Poséidon.

Anecdote sur sa conception

2 Speusippe, dans son ouvrage intitulé: *Banquet funéraire de Platon*[4], Cléarque, dans son *Éloge de Platon*[5] et Anaxilaïde, dans le deuxième livre de son ouvrage *Sur les philosophes*[6], rapportent une

---

1. Suivant tous les autres témoignages, Potonè est la sœur de Platon et non sa mère.

2. DK 88 A 2. Cf. L. Brisson, art. « Critias », C 216, *DPhA* II, 1994, p. 512-520.

3. *FHG* III, fr. 6, p. 505 Müller. On peut penser que Thrasylle, à qui D.L. attribue aussi une édition de Démocrite (IX 37, 38, 41, 45), avait, comme le fera Porphyre plus tard pour Plotin, fait précéder l'édition des œuvres de Platon par une notice sur *La Vie et l'Œuvre de Platon* dont D.L. citerait ici un extrait. Voir aussi H. Tarrant, *Thrasyllan Platonism*, Ithaca-London 1993.

4. Fr. 27 Lang = fr. 147 Isnardi Parente = fr. 1a Tarán. Pour un inventaire des témoignages concernant la naissance de Platon, voir *Platonismus* II, 1990, Baustein 58, 1-8.

5. Fr. 2a Wehrli.

6. Anaxilaïde, nom qui résulte d'une correction proposée par Cobet, reste inconnu par ailleurs et aucune raison valable ne permet de l'identifier à Anaxi-

histoire qui courait à Athènes : Ariston voulut forcer l'hymen[1] de Périctionè, qui était dans la fleur de l'âge[2], mais il n'y parvint pas ; quand il eut mit un terme à ses tentatives, il vit Apollon lui apparaître[3]. A partir de ce moment, il s'abstint de consommer le mariage[4] jusqu'à ce que Périctionè eût accouché.

Naissance et mort

Platon est né, comme le rapporte Apollodore dans sa *Chronique*[5], au cours de la quatre-vingt-huitième Olympiade[6], le septième jour du mois de Thargélion, le jour où les gens de Délos disent qu'est né Apollon[7]. Et Platon est mort – au cours d'un repas de noce[8] comme

---

laos de Larisse, le Pythagoricien. L'anecdote que lui emprunte D. L. aurait été aussi rapportée par Cléarque de Soles, un disciple d'Aristote, dans son *Éloge de Platon*, et par Speusippe dans son *Banquet funéraire de Platon*. Or, en IV 5, D. L. attribue à Speusippe un *Éloge de Platon*. Les érudits se demandèrent si D. L. n'aurait pas commis une confusion. Pour un résumé de cette discussion, cf. L. Tarán, *Speusippus of Athens. A Critical study, with a Collection of the Related Texts and Commentary*, Leiden 1981, p. 228-235.

1. Je donne βιάζεσθαι à une valeur conative. La suite montre qu'Ariston et Périctionè étaient mariés.

2. Je crois, comme Tarán, que l'expression ὡραίαν οὖσαν τὴν Περικτιόνην implique que Périctionè était vierge à l'époque de la conception de Platon. Si tel n'était pas le cas, l'anecdote perdrait tout intérêt. Sur le même thème, cf. III 45.

3. L'expression ἰδεῖν ὄψιν n'implique pas qu'il s'agisse d'un rêve, comme l'ont compris certains traducteurs.

4. A. W. Harrison (*The Law of Athens*, I : *The Family and the Property*, Oxford 1968, p. 2) écrit : « Γάμος as a word had the basic sense of "pairing" and was used of the physically consumated marriage. »

5. *FGrHist* 244 F 37.

6. En 428/7.

7. La naissance de Platon tombait le septième jour du mois de Thargélion (mi-mai – mi-juin), jour anniversaire d'Apollon. L'anniversaire de Socrate tombait le sixième jour du même mois, jour anniversaire d'Artémis, la sœur jumelle d'Apollon. Dans les « écoles » qui se réclamaient de Platon, celle de Plotin (Porphyre, *V. Plot.* 15, 1 et 2, 39-42) à Rome et celle de Longin (Eusèbe, *P. E.* X 3, 1 et 24) à Athènes, on fêtait ces anniversaires, en offrant un sacrifice et en organisant un banquet, au cours duquel on lisait des poèmes et on discutait philosophie.

8. Je rapporte ἐν γάμοις δειπνῶν à τελευτᾷ et non à φησιν comme Long, Breitenbach, Buddenhagen, Debrunner, Von der Muehl, et même Hicks qui pourtant traduit comme moi. C'est bien ainsi que D. L. lui-même comprenait ; car, un peu plus loin (III 40 ; p. 140, 19-21 Long), il reviendra sur le sujet en

le dit Hermippe[1] – la première année de la cent-huitième Olympiade[2], à l'âge de quatre-vingt-un ans[3]. **3** Cependant, Néanthe[4] prétend que Platon est mort à l'âge de quatre-vingt-quatre ans. Il est donc plus jeune qu'Isocrate de six ans[5]; en effet, ce dernier est né sous l'archontat de Lysimaque[6], tandis que Platon est né sous celui d'Ameinias[7], l'année de la mort de Périclès.

Lieux de résidence

Il était du dème de Collytos[8], comme le dit Antiléon[9] au second livre de sa *Chronologie*. Selon certains, Platon est né à Égine[10], dans

---

attribuant une autre cause à la mort de Platon, et en III 45, p. 140, 14-17 Long, il citera une épigramme de lui évoquant la mort de Platon au cours d'un banquet de noces. L'accusation de goinfrerie fut portée contre Platon de son vivant même par Diogène le Cynique (D.L. VI 25), accusation d'autant plus ironique qu'elle contredit la condamnation de la cuisine qu'il prononce dans le *Gorgias* (463 b, 465 d, 518 b) et le cri d'indignation qu'il lance contre la table sicilienne dans la *Lettre* VII (326 b-d). La référence au repas de noces pourrait être inspirée d'un passage de la *Lettre* XIII [apocryphe] (361 c), où Platon écrit à Denys le Jeune qu'il devra s'occuper du mariage des quatre filles de ses nièces.

1. Fr. 41 Wehrli. Hermippe de Smyrne (IIIe siècle av. J.-C.), biographe péripatéticien, sectateur de Callimaque. Pour un inventaire des témoignages sur la mort de Platon, voir *Platonismus* II, 1990, Baustein 60, 1.

2. En 348/7.

3. Dans le système de la *Chronologie* d'Apollodore, 81 ans correspondent aux 81 archontes éponymes qui se sont succédé de l'année de la naissance de Platon à l'année de sa mort. Il ne faut pas chercher à y retrouver 81 années révolues.

4. *FGrHist* 84 F 20. L'identification de ce Néanthe ne fait pas l'unanimité.

5. Je traduis le texte des manuscrits qui portent ἕξ, mais cette leçon ne peut être maintenue. On a pensé que ἕξ résulterait d'une confusion entre ζ′ (7) et ς′(6).

6. Que l'on date de 436/5.

7. Que l'on date de 428/7.

8. Sur les dèmes à Athènes, cf. B. Haussoulier, *La Vie municipale en Attique. Essai sur l'organisation des dèmes au quatrième siècle*, coll. « Bibliothèque des Écoles françaises d'Athènes et de Rome » 38, Paris 1880; John Trail, *Demos and Trittys. Epigraphical and Topographical Studies in the Organization of Attica*, Toronto 1986 ; et surtout David Whitehead, *The Demes of Attica 508/7 ca. 250 B.C. A Political and Social Study*, Princeton 1986.

9. *FGrHist* 247 F 1.

10. Un rapprochement doit être opéré avec le fait historique suivant. En 431, les Athéniens, craignant qu'Égine ne devînt une base péloponnésienne, en chas-

la maison de Pheidiadès, le fils de Thalès[1], comme le rapporte Favorinus dans son *Histoire variée*[2], car, avec d'autres, son père avait été envoyé à Égine comme colon, et il était rentré à Athènes lorsqu'ils furent chassés par les Lacédémoniens venus prêter main-forte aux Éginètes.

Par ailleurs, il fut chorège à Athènes, la dépense ayant été défrayée par Dion, comme le dit Athénodore[3] au livre 8 de ses *Promenades.*
4 Il eut pour frères Adimante et Glaucon, et pour sœur Potonè, qui eut pour fils Speusippe[4].

Formation

Il apprit à lire et à écrire chez Denys, celui dont il fait mention dans les *Rivaux*[5]. Son éducation physique, il la reçut d'Ariston le lutteur d'Argos. C'est celui-ci qui lui changea son nom en « Platon », à cause de sa constitution robuste, car avant il s'appelait « Aristoclès », du nom de son grand-père, selon ce que dit Alexandre[6] dans ses *Successions.* Quelques-uns prétendent cependant que c'est l'ampleur de son style qui lui valut ce nom; ou encore la largeur de son front, comme le prétend Néanthe[7]. Certains disent qu'il a participé

---

sèrent toute la population qu'ils remplacèrent par des Athéniens, comme à Scyros, à Potidée et à Mélos. Les Éginètes furent réinstallés par les Lacédémoniens aux confins de la Laconie et de l'Argolide (Thucydide II 27).

1. Il ne s'agit évidemment pas du philosophe milésien.

2. Fr. 32 Mensching = fr. 64 Barigazzi. E. Mensching pense que, à partir d'un certain moment, à Égine, une maison était proposée à la curiosité des « touristes » comme ayant abrité la naissance de Platon, et que Thalès, fils de Pheidiadès, et donc petit-fils de celui qui est mentionné dans le texte, était le propriétaire de cette maison. On s'expliquerait mal en effet qu'on se soit rappelé le nom du propriétaire de la maison dans laquelle Platon serait né en 428/7 av. J.-C., six siècles avant que n'écrive Favorinus.

3. Sur ce personnage, cf. R. Goulet, art. « Athénodore » A 486, *DPhA* I, 1989, p. 651. D. L. cite à quatre reprises (III 3, V 36, V 181, IX 42) les Περίπατοι. Le titre de cet ouvrage ne permet toutefois pas de déduire que cet auteur, qu'il est impossible de situer dans le temps, était un Péripatéticien.

4. Voir l'arbre généalogique de la famille de Platon, p. 387.

5. *Rivaux*, 132 a.

6. Alexandre de Milet, dit Polyhistor (*FGrHist* 273 F 88 = fr. 4 Giannattasio Andria). Cf. R. Goulet, art. « Alexandros de Milet » A 118, *DPhA* I, 1989, p. 144-145.

7. *FGrHist* 84 F 21.

aux compétitions de lutte à l'occasion des Jeux Isthmiques. **5** Selon ce que raconte Dicéarque[1] dans le premier livre de son ouvrage *Sur les genres de vie*, il pratiqua la peinture et il écrivit des poèmes, d'abord des dithyrambes, puis des vers lyriques et des tragédies. Il avait, dit-on, une voix grêle, comme le dit Timothée d'Athènes[2] dans son ouvrage *Sur les genres de vie*.

On raconte que Socrate fit un rêve. Il avait sur ses genoux le petit d'un cygne[3], qui en un instant se couvrit de plumes et s'envola en émettant des sons agréables. Le lendemain Platon lui fut présenté, et Socrate déclara que l'oiseau c'était Platon. Platon pratiquait la philosophie, comme sectateur d'Héraclite[4], d'abord dans l'Académie, puis dans le jardin regardant vers Colone[5], comme le rapporte Alexandre[6] dans ses *Successions*. Un peu plus tard cependant, alors qu'il allait participer à un concours de tragédie, il décida, parce qu'il

---

1. Fr. 40 Wehrli.
2. *FHG* IV, p. 523 Müller. Cf. E. Mensching, « Timotheos von Athen, Diogenos Laertios und Timaios », *Hermes* 92, 1964, p. 382-384. Voici à quelles conclusions aboutit l'auteur : « Sollten diese Interpretationen das Richtige treffen, wäre T. von Diogenes selbst exzerpiert : für diese Vermutung spricht ferner, daß von den fünf Fragmenten vier (3, 5 ; 4, 4a; 5, 1 ; 7, 1) Kuriositäten behandeln, die Diogenes selten verschmäht hat. Dies bedeutet aber, T. frühestens im 1. Jh. v. Chr. wahrscheinlich aber in nachchristlicher Zeit gelebt hat. »
3. Cet oiseau était l'animal emblématique d'Apollon.
4. C'est ainsi que j'interprète le καθ' Ἡράκλειτον. Peut-être faut-il mettre en rapport cette allusion avec l'information suivant laquelle, après la mort de Socrate, Platon « s'attacha à Cratyle l'Héraclitéen » (III 6 ; p. 123, 8 Long) ? On relira Aristote, *Métaph.* A 6, 987 a 32 ; voir aussi plus loin III 8.
5. Sur le sens probable de l'expression ἐν τῷ κήπῳ τῷ παρὰ τὸν Κολωνόν, cf. J. Glucker, *Antiochus and the Late Academy*, coll. « Hypomnemata » 56, Göttingen 1978, p. 227 n. 4. Colone était un petit dème. A Athènes, le territoire de ce dème se trouvait à moins de deux kilomètres au nord de l'Acropole, non loin de l'Académie. Un sanctuaire dédié à Poséidon s'y élevait. En vérité, à cette époque de sa vie où il héraclitisait, Platon n'avait pas encore fondé l'Académie. C'est ce qui amène E. Schwartz, art. « Diogenes Laertios » 40, *RE* V 1, 1903, col. 748-749, à considérer comme douteuse la phrase ἐν Ἀκαδημείᾳ ... παρὰ τὸν Κολωνόν.
6. *FGrHist* 273 F 89 = fr. 5 Giannattasio Andria.

avait entendu Socrate devant le théâtre de Dionysos[1] et qu'il lui avait prêté l'oreille, de jeter ses poèmes au feu, en disant:

Héphaistos, viens ici; oui, Platon a besoin de toi[2].

6 C'est à partir de ce moment-là, il avait alors vingt ans dit-on, que Platon devint le disciple de Socrate.

Après la mort de Socrate, il s'attacha à Cratyle l'Héraclitéen, et à Hermogène qui en philosophie professait les doctrines de Parménide.

Voyages

Ensuite, à l'âge de vingt-huit ans[3], selon ce que dit Hermodore[4], il se retira à Mégare chez Euclide, avec quelques autres disciples de Socrate[5]. Puis, il se rendit à Cyrène auprès de Théodore le mathématicien. Et de là, il partit pour l'Italie rencontrer les Pythagoriciens Philolaos et Eurytos. Par la suite, il alla en Égypte chez les prêtres du haut clergé[6]. On raconte qu'Euripide l'y accompagna et que là-bas, étant tombé malade, il fut guéri par les prêtres grâce à un traitement à l'eau de mer. Voilà sans doute pourquoi il a dit:

La mer lave tous les maux des hommes[7],

---

1. Élien (*V. H.* II 30) écrit πρὸ τῶν Διονυσίων « avant les Dionysies », ce qui donne un sens beaucoup plus satisfaisant: la version rapportée par D. L. est particulièrement théâtrale. Pour ma part, je rapporte πρὸ τοῦ Διονυσιακοῦ θεάτρου à κατέφλεξε.

2. Le vers cité est une adaptation d'un vers de l'*Iliade*: « Héphaistos, viens ici; oui, Thétis a besoin de toi » (XVIII 392). Thétis vient alors demander à Héphaistos de forger de nouvelles armes pour Achille. Ici ce n'est pas au dieu forgeron que s'adresse Platon, mais au dieu du feu.

3. Si en 399 Platon a 28 ans, cela implique qu'il en né en 427.

4. Fr. 5 Isnardi Parente.

5. Sur l'ensemble des voyages, voir *Platonismus* II, 1990, Baustein 65, 1.

6. Je traduis ainsi προφήτας à la suite de LSJ, *s.v.* 2 b. Le terme ἱερέων, à la ligne suivante, vient appuyer cette décision. Sur Platon et l'Égypte, cf. L. Brisson, « L'Égypte de Platon », *EPh* 1987, p. 153-168.

7. *Iphigénie en Tauride*, v. 1193. A la fin de son *Électre*, Euripide annonce qu'il situera en Égypte les aventures d'Hélène. Présentée en 412, son *Hélène* sera, l'année suivante, parodiée par Aristophane dans ses *Thesmophories*. On comprend dès lors que le nom d'Euripide ait pu être associé à l'Égypte; de là à imaginer un voyage dans cette contrée, il n'y avait qu'un pas.

7 et il a ajouté que, suivant Homère[1], tous les hommes disent que les Égyptiens sont des médecins. Platon décida alors d'aller rencontrer les Mages, mais il en fut empêché par les guerres qui faisaient rage en Asie.

Retour à Athènes et fondation de l'Académie

De retour à Athènes, il enseigna[2] à l'Académie. C'est un gymnase hors les murs, planté d'arbres et qui tient son nom d'un héros, Hécadémos, comme le dit Eupolis dans *Ceux qui n'ont jamais porté les armes*[3] :

> Dans les allées ombragées du divin Hécadémos.

Par ailleurs, Timon[4] dit sur le compte de Platon :

> Le plus large[5] de tous marchait devant ; c'était un beau parleur
> à la langue mielleuse, image des cigales[6] qui, perchées dans l'arbre
> d'Hécadémos, font entendre des chants doux comme des lys.

8 Auparavant en effet, le nom de cet endroit était Hécadémia avec Hé.

Quoi qu'il en soit, notre philosophe était l'ami d'Isocrate, et Praxiphane[7] a consigné par écrit une conversation qu'ils eurent, à la campagne, sur les poètes, alors qu'Isocrate était l'hôte de Platon.

---

1. *Odyssée* IV 229-232. Sur le rapport entre la citation de D. L. et le texte de l'*Odyssée*, cf. la note de M. Gigante à sa traduction de ce passage, qui propose de lire, comme dans l'édition de Bâle, ἀλλὰ καὶ Ὅμηρον plutôt que ἀλλὰ καθ' Ὅμηρον.
2. Sur le sens de διέτριβεν, cf. J. Glucker, *Antiochus, op. cit.*, p. 162-166 ; on lira aussi avec intérêt la suite, p. 166-192.
3. Fr. 14 Kassel & Austin.
4. Fr. 30 Di Marco.
5. A la suite de Di Marco je retiens la leçon πλατίστατος qui est le texte de B, que j'interprète comme un iotacisme pour πλατύστατος, d'ailleurs fourni par Hésychius. Dans FP, on trouve πλατίστακος qui désigne un gros poisson de l'espèce μῦλος (Athénée, *Deipnosph.* III, 118 c). Le calembour joue sur la racine **plat-*.
6. Allusion au *Phèdre*, qui prépare, inconsciemment peut-être, l'allusion à Isocrate.
7. Fr. 11 Wehrli. Wehrli édite συνέγραψε. Praxiphane est un philosophe péripatéticien du IVe siècle, début du IIIe siècle av. J.-C., qui devint le disciple de Théophraste et qui travailla à Rhodes. L'essentiel de son travail se concentra sur la γραμματική et sur la critique littéraire. Il fut avec l'Épicurien Carneiscus

Campagnes militaires

Aristoxène[1] raconte que Platon fit trois campagnes militaires, la première à Tanagra, la deuxième à Corinthe, et la troisième à Délion; c'est là qu'il remporta le prix de bravoure[2].

Influences et plagiat

Il fit une synthèse des doctrines d'Héraclite, de Pythagore et de Socrate. Pour le sensible, c'est selon Héraclite qu'il philosophait, pour l'intelligible, selon Pythagore, et pour la politique, selon Socrate[3].

9 Certains, dont Satyros[4], racontent que Platon écrivit à Dion en Sicile pour lui demander d'acheter à Philolaos trois livres concernant la doctrine de Pythagore, pour 100 mines. En effet, Platon était, dit-on, dans l'aisance, puisqu'il avait reçu de Denys plus de 80 talents[5];

---

mêlé à la controverse sur l'amitié. Il est difficile de savoir si l'anecdote que rapporte ici D. L. appartenait au Περὶ φιλίας de Praxiphane ou à son Περὶ ποιητῶν.

1. Fr. 61 Wehrli.

2. Réminiscence probable de *Iliade* IV 208, où apparaît ἀριστεῦσαι. La campagne de Tanagra, à l'été 457 av. J.-C., se solda par une défaite des Athéniens et de leurs alliés face aux Lacédémoniens; Platon, né en 428/7, ne put donc y participer, pas plus d'ailleurs qu'à une autre bataille de Tanagra à laquelle Antisthène participa en 426 (voir D. L. VI 1 et Thucydide III 91). La campagne de Corinthe eut lieu en 394, et celle de Délion, en 424. La mention de cette dernière campagne résulte d'une confusion entre la biographie de Platon et celle de Socrate (D. L. II 22, cf. *Apologie* 28 e). Élien (*V. H.* VII 14) ne cite que Tanagra et Corinthe.

3. La source de cette remarque semble être Aristote, *Métaph.* A 6, 987 a 29 *sq.* ; M 4, 1078 b 9 *sq.*

4. *FHG* III, fr. 16, p. 163-164 Müller. Satyros (IIe siècle av. J.-C.) est un biographe péripatéticien de Callatis sur le Pont qui notamment écrivit à Alexandrie des *Vies d'hommes illustres*. Il faut mettre cette anecdote en relation avec celle racontée en VIII 85 et rapportée à Hermippe. Sur ce sujet, voir *Platonismus* II, 1990, Baustein 38, 7-8.

5. Voici ce que pouvait constituer cette somme. A l'époque de Platon, 1 drachme représentait le salaire moyen quotidien d'un ouvrier qualifié; or, il fallait 100 drachmes pour faire une mine, et 60 mines pour faire un talent [1 talent = 60 mines = 60 x 100 drachmes]. Pour avoir une idée des prix alors pratiqués, cf. M. Austin et P. Vidal-Naquet, *Économies et sociétés en Grèce antique*, Paris 1972 [régulièrement réimprimé].

c'est ce que dit Onétor[1] dans son ouvrage intitulé : *Le sage peut-il s'occuper d'affaires d'argent ?*

Platon s'est beaucoup aidé également d'Épicharme, le poète comique, dont il a transcrit la plupart des œuvres, comme le dit Alcimos dans son ouvrage *Contre Amyntas*[2] qui compte quatre livres. Dans le premier livre de cet ouvrage[3], Alcimos écrit ce qui suit :

« Il est évident que Platon aussi reprend beaucoup d'idées d'Épicharme. Qu'on en juge ! Platon[4] dit que le sensible, c'est ce qui jamais ne demeure identique ni en qualité ni non plus en quantité, mais ne cesse de s'écouler et de se transformer, 10 en sorte que, si on leur enlève le nombre, les choses sensibles perdent leur égalité, leur détermination, leur quantité et leur qualité. Ce sont des choses qui deviennent toujours sans avoir jamais d'être[5]. L'intelligible en revanche, c'est ce à quoi rien n'est enlevé, ni ajouté. Voilà la nature des choses éternelles, nature à laquelle il appartient d'être toujours semblable, toujours identique. Eh bien, voyez avec quelle clarté Épicharme s'est exprimé sur le sensible et l'intelligible :

1. Onétor n'est connu que par deux témoignages de D. L. : celui-ci et II 114.

2. Le Πρός est ambigu, il peut vouloir dire « Contre » ou « Pour ». J'ai opté pour la première solution. Pour une discussion, cf. *DPhA* I, 1989, p. 110-111. Sur les accusations de plagiat lancées contre Platon, cf. L. Brisson, « Les accusations de plagiat lancées contre Platon », dans Monique Dixsaut (édit.), *Contre Platon,* I : *Le Platonisme dévoilé*, coll. « Tradition de la pensée classique », Paris 1993, p. 339-356. On croit généralement maintenant que l'Alcimos cité par D. L. est un rhéteur et historien, disciple de Stilpon (à la fin du IVe ou au début du IIIe siècle av. J.-C.), et qu'il s'adresse ici à Amyntas d'Héraclée, mathématicien disciple de Platon, ou bien qu'il polémique contre lui. Alcimos veut montrer que Platon a emprunté à Épicharme l'essentiel de sa doctrine, et notamment la distinction entre l'intelligible et le sensible. Épicharme aurait écrit des comédies à Syracuse sous le règne de Gélon (485-478) et sous celui de Hiéron (478-467). Une certaine tradition veut qu'il ait été l'auditeur de Pythagore. C'est cette dernière information qui a amené Alcimos à vouloir trouver chez lui les prémices de la doctrine platonicienne des Formes, ce point de doctrine venant de Pythagore. Sur III 9-17, voir *Platonismus* I, 1987, Baustein 3 a-d.

3. *FGrHist* 560 F 6.

4. Cf. *Phédon* 83 b, *Cratyle* 411 a, 439 c, *Phèdre* 249 b, *Théétète* 182 c, *République* VI, 509 d *sq.*, *Timée* 48 e *sq.*, 51 a *sq.*

5. *Timée* 27 d - 29 a.

– A. Mais les dieux, tu le sais, ont toujours été là et n'ont jamais manqué, et les choses divines[1] sont toujours là semblables et identiques toujours.

– B. Mais on dit que le Chaos fut antérieur aux dieux[2].

– A. Comment cela se pourrait-il ? Il n'y avait rien de quoi il pût venir, et rien d'antérieur vers quoi il pût aller.

– B. Alors rien n'est venu en premier ?

– A. Ni même en second, par Zeus, **11** parmi ces choses dont nous sommes en train de parler de la sorte, mais elles ont toujours été.

..............[3]

– A. Si tu ajoutes un caillou à un nombre impair de cailloux, ou si tu préfères à un nombre pair, ou si tu enlèves l'un de ceux qui sont déjà là, crois-tu que leur nombre va rester le même ?

– B. Non, je ne le crois pas.

– A. De même, si on décide d'ajouter à une mesure d'une coudée, une autre longueur ou de retrancher cette longueur à la mesure qui était déjà là, est-ce que cette mesure va subsister ?

– B. Non.

– A. Maintenant considère de la même façon les êtres humains. L'un croît, alors que l'autre dépérit ; au changement tous sont soumis tout le temps. Ce qui par nature change et ne reste jamais dans le même état doit maintenant être différent de ce qui a changé. Ainsi donc toi et moi hier nous étions autres, aujourd'hui nous sommes autres, et nous serons autres demain, et à ce compte-là, selon cet argument, nous ne sommes jamais les mêmes[4]. »

12 Et Alcimos poursuit en disant : « Il y a des choses, disent les sages[5], que l'âme perçoit par le moyen du corps, lorsque par exemple elle voit, elle entend ; tandis qu'il y en a d'autres qu'elle pense par elle-même, sans faire aucun usage du corps. Voilà pourquoi[6], parmi

---

1. J'interprète ainsi le τάδε.

2. Et non : « le premier des dieux » (πρᾶτον... τῶν θεῶν), car le contexte invite à rechercher s'il n'y avait pas quelque chose avant que les dieux n'existent. Cf. Hésiode, *Théogonie* 116.

3. Diels estime que commence ici un extrait différent. Dans le premier l'immutabilité des « Formes » (?) est expliquée par celle des dieux, alors que dans le second se trouve décrit le changement qui affecte les choses sensibles.

4. *CGF*, fr. 170 Kaibel ; *FCGM*, fr. 152 Olivieri ; DK 23 B 1-2. Pour une traduction et un commentaire, cf. A. Pickard-Cambridge, *Dithyramb, Tragedy and Comedy*, second ed. revised by T. B. Webster, Oxford 1962, p. 248-251.

5. *Phédon*, 79 c *sq.*, *Sophiste* 246 b.

6. Platon, *Phédon* 92 a *sq.*

les réalités, les unes sont sensibles, tandis que les autres sont intelligibles. Et c'est aussi la raison pour laquelle Platon disait que[1] ceux qui désirent saisir les principes de tout ce qui existe[2] doivent d'abord distinguer les Formes en les considérant en elles-mêmes, par exemple la Ressemblance, l'Unité, la Pluralité, la Grandeur, le Repos et le Mouvement; deuxièmement, supposer l'existence en soi du Beau, du Bien, du Juste et des réalités du même genre; **13** et en troisième lieu[3] saisir parmi les Formes toutes celles qui sont relatives les unes par rapport aux autres, par exemple, le Savoir, la Grandeur ou le Pouvoir. Ces gens-là doivent se mettre dans l'esprit que les réalités que nous percevons portent le même nom que les Formes, parce qu'elles y participent[4]. Je veux dire, par exemple, qu'est appelé « juste » tout ce qui participe à la Justice, et « beau », tout ce qui participe à la Beauté[5]. Chacune de ces Formes est éternelle[6]; c'est un concept qui en outre ne subit pas d'affection[7]. Voilà justement pourquoi Platon dit que les Formes sont, dans la nature, comme des modèles, alors que les autres choses en sont des copies, puisqu'elles entretiennent avec elles un rapport de ressemblance[8]. Eh bien, voici en quels termes Épicharme parle du Bien et des Formes :

14 – A. Est-ce que l'art de jouer de la flûte est une réalité ?
– B. Bien sûr.
– A. Est-ce un homme que l'art de jouer de la flûte ?
– B. Bien sûr que non.

---

1. *Théétète* 181 d ; *Sophiste* 250 a, 251 d; *Parménide* 129 e, 130 b *sq.*, 133 d *sq.* ; *Phèdre* 265 d ; *Lois* XII, 965 b *sq.*
2. Je comprends ainsi τοῦ παντός.
3. *Parménide* 133 c *sq.*
4. Platon, *Phédon* 100c-103b; *Timée* 52 a; Aristote, *Métaphysique* I 6, 987 b 12 *sq.*, I 9, 991 a 20 *sq.*, 992 a 28 *sq.*, VI 15, 1040 a 27, VII 6, 1045 b 8 *sq.*, XIII 5, 1079 b 25 *sq.*
5. Aristote, *Topiques* VII, 148 a 20.
6. Ce passage ἔστι δὲ... ἀπαθές est semé d'embûches. J'ai traduit le plus fidèlement possible, non sans quelques hésitations.
7. Pour l'ensemble, cf. Platon, *Parménide* 132 b; *Timée* 29 a, Timée de Locres 97 d; Aristote, *Métaphysique* II 2, 997 b 5 *sq.* ; XI 6, 1071 b 14 *sq.* ; *Éthique à Eudème* I 1218 a 10 *sq.*
8. Sénèque, *Epist.* 58, 10 *sq.*; cf. 65, 7, Apulée, *De Platone* 15 *sq.* ; Platon, *Théétète* 176 e; *Timée* 51 a.

– A. Voyons donc, qu'est-ce qu'un joueur de flûte ? Qu'en penses-tu ? Est-ce un homme ou non ?

– B. Un homme assurément.

– A. Ne penses-tu pas qu'il en va de même aussi pour le Bien ? Le Bien en soi est une chose[1], et celui qui l'a appris et le sait est d'ores et déjà bon. Car, de même que celui qui a appris l'art de jouer de la flûte est un flûtiste, que celui qui a appris l'art de danser est un danseur, et qu'est un tisserand celui qui a appris l'art de tisser, de même aussi celui qui aura appris un art de cette sorte, quel que soit l'art que tu désires prendre en considération, cet individu ne sera pas l'art, mais celui qui maîtrise cet art[2].

15 Platon[3], dans ses réflexions sur les Formes[4], dit : « Si la mémoire existe, les Formes doivent faire partie de la réalité[5], car la mémoire porte sur quelque chose de stable et de permanent. Or, rien ne présente de permanence sinon les Formes. De quelle façon en effet, demande-t-il, les vivants survivraient-ils, s'ils n'avaient pas de contact avec la Forme et si à cette fin ils n'avaient pas par nature reçu l'intellect en partage ? Effectivement les animaux se rappellent à qui ils ressemblent[6] et quelle nourriture leur convient, ce qui montre bien que tous les animaux possèdent la faculté innée de discerner la

---

1. Non pas dans le sens platonicien de l'expression. Le Bien n'est pas une « chose en soi », parce que c'est une Forme. C'est tout simplement une réalité qu'on peut distinguer de la personne qui sait ce qu'est « le Bien » et qui y conforme sa conduite.

2. *CGF*, fr. 171 Kaibel ; *FCGM*, fr. 153 Olivieri ; DK 23 B 2-3 . Pour une traduction anglaise et un commentaire, cf. A. Pickard-Cambridge, *Dithyramb, Tragedy and Comedy*, 1962², p. 251-253.

3. On est toujours dans la citation d'Alcimos.

4. On peut se demander si ἐν τῇ περὶ τῶν ἰδεῶν ὑπολήψει doit être considéré comme un titre ou non. Si oui, on peut être tenté d'interpréter ce passage comme une allusion à une démonstration systématique de l'existence des Formes dans l'Académie. Cf. K. Gaiser « Die Platon-Referate des Alkimos bei Diogenes Laertios (III 9-17) », dans *Zetesis, Mélanges É. de Strycker*, Antwerpen-Utrecht 1973, p. 61-79 ; et H. J. Krämer, « Die Ältere Akademie », dans *Grundriss der Geschichte der Philosophie, Die Philosophie der Antike*, Basel-Stuttgart 1983, p. 134-139, cf. bibliographie, p. 150.

5. C'est ainsi que je comprends ; si D. L. veut bien dire cela, il reprend une interprétation aristotélicienne de la doctrine platonicienne des Formes. Chez Platon, en effet, les choses sensibles participent des Formes, les Formes ne se trouvent pas en elles.

6. Je traduis ainsi τῆς ὁμοιότητος, qui fait problème.

similitude. C'est pourquoi aussi ils reconnaissent les autres vivants de leur espèce[1]. » Voici donc comment Épicharme voit les choses[2] :

16 Eumée, le savoir ne se trouve pas dans une seule espèce.
Mais tout ce qui vit, sans exception, possède aussi la réflexion.
Et en effet la femelle du coq,
si tu veux bien y prendre garde, n'enfante pas des rejetons
vivants, mais elle pond des œufs qu'elle couve pour leur donner
[une âme.
Mais ce savoir, la nature seule sait comment il se fait qu'elle l'ait
car c'est elle-même qui l'a enseigné.

Et encore[3] :

Il n'y a rien d'étonnant au fait que nous parlions ainsi,
que nous nous plaisions et que nous paraissions
avoir fière allure ; pour le chien aussi le chien
paraît être ce qu'il y a de plus beau, pour le bœuf, le bœuf,
pour l'âne, l'âne est ce qu'il y a de plus beau, pour le cochon, le
[cochon sans aucun doute. »

17 Voici entre autres choses ce que tout au long de ses quatre livres épingle Alcimos comme preuves pour démontrer quelle assistance Platon tire d'Épicharme.

Qu'Épicharme lui-même n'ait pas été non plus ignorant de sa propre sagesse, on peut aussi le constater d'après ces vers dans lesquels il prédit que quelqu'un sera son émule[4].

Comme je le crois, car je tiens cela pour certain,
On se souviendra de ces vers, plus tard.
Quelqu'un les prendra, dénouera le mètre qui est maintenant le leur,
leur donnera un vêtement de pourpre et les fera scintiller avec de
[beaux mots.
Difficile à vaincre, cet homme fera apparaître les autres comme des
[adversaires faciles à vaincre.

---

1. *Phédon* 96 b. Cf. aussi *Parménide* 128 e.

2. *CGF*, fr. 172 Kaibel ; *FCGM* 154 Olivieri ; DK 23 B 3. Pour une traduction anglaise et un commentaire, cf. A. Pickard Cambridge, *Dithyramb, Tragedy and Comedy*, 1962², p. 253-255.

3. *CGF*, fr. 173 Kaibel ; *FCGM*, fr. 154 Olivieri ; DK 23 B 4. Pour une traduction anglaise et un commentaire, cf. A. Pickard Cambridge, *Dithyramb, Tragedy and Comedy*, 1962², p. 253-255.

4. *CGF*, fr. 254 ; *FCGM*, fr. 218 Olivieri ; DK 23 B 6. Pour une traduction anglaise et un commentaire, cf. A. Pickard Cambridge, *Dithyramb, Tragedy and Comedy*, 1962², p. 246-247.

18 Platon fut aussi, paraît-il, le premier à faire venir à Athènes les livres comportant les œuvres de Sophron, l'auteur de mimes, qu'on avait jusque-là négligées, et à s'inspirer des personnages inventés par cet auteur ; et ces livres on les trouva sous son oreiller[1].

Voyages en Sicile

Par trois fois, Platon prit le bateau pour se rendre en Sicile. La première fois, ce fut pour voir l'île et ses cratères[2]. Et à cette occasion, Denys, fils d'Hermocrate, qui était tyran, força Platon à entrer en rapport avec lui[3]. Mais quand, au cours d'une conversation sur la tyrannie, Platon soutint que ne pouvait être considéré comme le bien suprême ce qui était dans l'intérêt[4] du seul tyran, à moins que ce dernier ne se distinguât par sa vertu, il offensa Denys. En colère, Denys lança en effet : « Tu parles comme un petit vieux », et Platon rétorqua : « Et toi, comme un tyranneau. » Cette réplique mit en fureur le tyran qui dans un premier temps entreprit de faire périr Platon. **19** Par suite de l'intercession de Dion et d'Aristomène[5],

---

1. Sophron, un Syracusain du VIe siècle qui écrivit des « mimes » : cette anecdote doit prendre pour acquis que c'est lors de ses séjours à Syracuse que Platon connut et apprécia les œuvres de Sophron. Le mime est un genre voisin de la comédie, et le premier représentant en est, pour nous, Sophron. Le genre pratiqué par Sophron ne se bornait pas à l'imitation de gestes typiques. Il représentait par la parole ou par le chant des scènes bouffonnes et des parodies. Le mime était le divertissement populaire par excellence, auquel semble s'attaquer Platon au livre III de la *République* (396 b). Voilà pourquoi Platon aurait dissimulé ces livres sous son oreiller.

2. La mention des volcans de Sicile dans le *Phédon* (111 e) a pu suggérer à un biographe l'idée que Platon les avait vus de ses yeux.

3. Chez D. L., c'est le premier de ces voyages, qui se situe en 388/7 av. J.-C. (*Lettre* VII, 324 a) et au retour duquel Platon aurait été vendu en esclavage, qui reçoit le traitement le plus long, alors que Platon ne consacre à l'événement que quelques lignes (326 e - 327 c) où il explique pourquoi il s'est attaché à Dion ; aucune mention n'est faite de Denys l'Ancien. Un tel silence constituait une aubaine pour un faussaire. On notera par ailleurs que, à la différence de ce qu'on peut lire dans la *Lettre* VII, D.L. dissocie le voyage de Platon en Italie du Sud (mentionné en III 6) de son premier voyage en Sicile.

4. Le texte n'est pas sûr à cet endroit.

5. Personnage inconnu par ailleurs. Peut-être s'agit-il en fait d'une erreur de copie pour Aristomaque, la sœur de Dion et l'épouse syracusaine de Denys l'Ancien. A tout hasard, on notera qu'un Aristomène de Métaponte figure dans le catalogue pythagoricien (*Vit. Pyth.* 36, 267, p. 144, 4 Deubner).

Denys ne mit pas son projet à exécution ; mais il livra Platon à Pollis[1], le Lacédémonien, qui pour lors était venu en ambassade, pour qu'il le vendît comme esclave.

Pollis amena Platon à Égine, où il le fit mettre en vente. C'est alors que Charmandre, le fils de Charmandride[2], requit contre Platon la peine de mort en vertu de la loi en vigueur chez les Éginètes aux termes de laquelle tout Athénien qui mettrait le pied sur l'île serait mis à mort sans jugement. Cette loi avait d'ailleurs été établie par lui-même, suivant ce que raconte Favorinus dans son *Histoire variée*[3]. Mais, quand quelqu'un eut fait remarquer, par manière de plaisanterie, que l'Athénien qui avait débarqué était un philosophe, les Éginètes relaxèrent Platon.

Certains racontent que Platon fut conduit devant l'Assemblée et que là, gardant obstinément le silence, il attendit sans broncher la suite des événements. Les Éginètes décidèrent de ne pas le faire mettre à mort et jugèrent préférable de le faire mettre en vente, comme si c'était un prisonnier de guerre.

20 C'est alors qu'Annicéris de Cyrène[4], qui se trouvait là par hasard, le rachète pour vingt mines – d'autres disent trente – et le renvoie à Athènes auprès de ses amis[5]. Ces derniers lui envoyèrent immédiatement la somme d'argent. Annicéris la refusa en déclarant qu'ils n'étaient pas les seuls à être dignes de s'occuper de Platon.

---

1. Pollis fut navarque en 396/5, et il combattit en mer Égée, contre Conon ; en 393, il fut *epistoleus* de la flotte lacédémonienne à Corinthe. Tous les témoignages sur la vente de Platon en esclavage ont été réunis et analysés par K. Gaiser, « Der Ruhm des Annikeris », dans *Festschrift R. Muth*, coll. « Innsbrucker Beiträge zur Kulturwissenschaft » 22, Innsbruck 1983, p. 11-128. On lira aussi A. Swift Riginos, *Platonica*, Leiden 1976, anecd. 33-36, p. 86-89. Une version de cette anecdote se trouve chez Philodème (*Academica*, col. 2, 43 - 3, 34 Gaiser). Je tiens cette anecdote pour fictive.
2. Personnages inconnus par ailleurs.
3. Fr. 33 Mensching = fr. 65 Barigazzi.
4. Cf. R. Goulet, art. « Annicéris de Cyrène » A 185, *DPhA* I, 1989, p. 204-205.
5. En grec, ἑταῖρος présente un très grand nombre de sens (cf. la note à ma traduction de la *Lettre* VII, 323 d). Ici, j'ai traduit par « ami », en sachant pertinemment qu'il peut s'agir d'un associé ou même d'un disciple.

Certains racontent que Dion aussi envoya l'argent et qu'Annicéris ne le garda pas, mais acheta pour Platon le petit jardin[1] qui se trouve dans l'Académie.

On raconte par ailleurs que Pollis fut vaincu par Chabrias et que plus tard il fut englouti dans la mer à Hélikè, victime d'un châtiment divin, pour avoir ainsi traité ce philosophe, suivant le témoignage de Favorinus dans le premier livre de ses *Mémorables*[2]. **21** Denys lui-même ne fut pas sans éprouver d'inquiétude. Ayant appris ce qui s'était passé, il écrivit à Platon de ne pas dire du mal de lui. A quoi Platon répondit dans une lettre qu'il n'avait pas assez de loisir pour s'occuper de Denys.

Platon se rendit une deuxième fois en Sicile pour demander à Denys le Jeune un territoire et des hommes qui vivraient conformément à sa constitution. Bien qu'il ait fait des promesses, Denys ne tint pas parole. Certains racontent que Platon se trouva même en danger, pour avoir encouragé Dion et Théodotas à libérer l'île. C'est alors qu'Archytas, le Pythagoricien, fit parvenir une lettre à Denys, pour intercéder en faveur de Platon et obtint qu'il rentre sain et sauf à Athènes. Voici quelle était la teneur de cette lettre[3] :

---

1. Probablement celui évoqué plus haut en III 5 ; p. 123, 1-2 Long. Cf. la note à ma traduction de ce passage.

2. Fr. 4 Mensching = fr. 35 Barigazzi. En 376, raconte notamment Xénophon (*Helléniques* V 4, 61), Sparte et ses alliés avaient fait armer 60 trirèmes commandées par Pollis, qui, croisant dans les eaux d'Égine, de Chios et d'Andros, empêchaient le ravitaillement en blé d'Athènes. En guise de riposte, les Athéniens armèrent plus de 80 navires qui sous la direction de Chabrias, dont Platon prendra plus tard la défense (cf. *infra*, III 24), attaquèrent Naxos, le principal allié de Sparte dans les Cyclades, forçant ainsi les forces lacédémoniennes commandées par Pollis à engager un combat qui se solda pour elles par une défaite.

3. Hercher 132 = Thesleff, p. 45 ; cette lettre est évidemment pseudépigraphe, comme la plupart de celles que cite Diogène Laërce. Dans la *Lettre* VII, Archytas intervient pour convaincre Platon d'accepter la seconde invitation de Denys le Jeune et d'entreprendre un troisième voyage en Sicile (338 c-d), et pour intercéder auprès de Denys le Jeune en faveur de Platon qui veut quitter l'île (350 a-b). Tout cela intéresse le troisième voyage, mais pas le deuxième, à cette différence près que Platon nous apprend que, avant de quitter Syracuse, à la fin de son premier séjour auprès de Denys le Jeune, il avait favorisé un rapprochement entre le tyran et Archytas (338 c-d).

« Archytas à Denys, bonne santé.

22 Nous, tous les amis de Platon, t'avons envoyé Lamisque et Photidas avec pour mission de prendre livraison de notre homme aux termes de l'accord que nous avons conclu avec toi. Tu ferais bien de te rappeler ton zèle lorsque tu nous exhortais tous à assurer la venue de Platon, nous demandant de le pousser et de nous porter garants, entre autres choses, de sa sécurité durant son séjour et quand il voudrait s'en aller. Rappelle-toi aussi tout ce que tu as fait pour qu'il vienne et que, depuis son arrivée, tu l'as chéri plus que personne à ta cour. Même s'il t'a offensé, tu dois le traiter avec humanité et nous le rendre sans lui faire aucun mal. En effet, ce faisant, tu agiras conformément à la justice et tu nous feras grand plaisir. »

23 Il vint une troisième fois en Sicile pour réconcilier Dion et Denys. Et c'est sans avoir obtenu de résultat qu'il revint dans sa patrie.

Activités politiques

Là, il ne s'occupa pas de politique, même si c'était un spécialiste en la matière, comme en témoignent ses écrits. La chose s'explique par le fait que le peuple était déjà accoutumé à d'autres institutions politiques[1].

Dans le vingt-cinquième livre de ses *Mémorables*, Pamphilè[2] raconte que les Arcadiens et les Thébains firent appel à Platon pour qu'il soit leur législateur, quand ils fondèrent Mégalopolis[3]. Mais,

1. Le constat fait par D. L. : à savoir que Platon ne s'occupa pas des affaires politiques de sa cité, et les raisons qu'il donne à cette abstention : à savoir que ses concitoyens étaient trop accoutumés à d'autres types de constitution, correspondent bien en gros à ce qu'on lit dans la *Lettre* VII (324 b – 326 d ; cf. aussi *République* VI, 496 b *sq.*)

2. *FHG*, fr. 8, III, p. 521 Müller. Pamphilè d'Épidaure était une femme érudite et une historienne de la littérature qui vécut à Rome sous Néron.

3. La cité fut fondée en 368 à l'entrée de la vallée de l'Alphée sur la voie de passage de la Laconie vers l'Arcadie occidentale et vers Élis, mais par les Arcadiens seuls, pour empêcher toute résurgence de l'hégémonie de Sparte. La raison du refus de Platon alléguée par D.L. fait peut-être référence à *Lettre* VII (324 b - 326 d).

ayant appris qu'ils ne désiraient pas vivre sous un régime d'égalité des lois, Platon ne fit pas le voyage.

On raconte aussi que Platon prit la défense de Chabrias, le stratège, alors que ce dernier était passible de la peine de mort, ce qu'aucun autre Athénien n'avait consenti à faire. **24** Comme Platon montait à l'Acropole avec Chabrias[1], Crobyle[2], le sycophante, le rencontra et lui dit : « Tu viens prendre la défense d'un autre, sans te rendre compte que toi aussi t'attend la ciguë de Socrate ? » Ce à quoi Platon rétorqua : « De même que je courais des risques, lorsque je défendais ma patrie comme soldat, de même j'en cours maintenant en remplissant mon devoir envers un ami. »

Innovations

Platon fut le premier à produire un discours par questions et par réponses, comme l'affirme Favorinus[3] au livre VIII de son *Histoire variée* ; le premier à initier Léodamas de Thasos à la méthode de recherche par analyse[4] ; le premier aussi à employer en philosophie les termes : « antipodes », « élément », « dialectique », « qualité », « promèque » (pour le nombre), « surface plane » (pour les limites) et « providence divine ».

---

1. Soldat professionnel (*ca* 420-357/6 av. J.-C.), il fut, pendant trente ans, engagé dans des combats pour le compte d'Athènes (où on le nomma stratège 13 fois) et pour le compte des rois de Chypre et d'Égypte en révolte contre la Perse. Cf. aussi H. W. Parke, *Greek Mercenary Soldiers from the Earlier Time to the Battle of Ipsus*, Oxford 1933. D. L. fait probablement allusion au procès intenté en 366 par Callistrate et Léodamas d'Acarnanie (cf. Aristote, *Rhétorique* I 7, 1364 a 19-23 ; III 14, 1411 b 6-8) à Chabrias, qu'ils accusaient d'avoir livré Oropos aux Thébains. Défendu par Lycoléon, le stratège fut acquitté.

2. Personnage inconnu par ailleurs.

3. Fr. 25 Mensching = fr. 57 Barigazzi.

4. Léodamas de Thasos, personnage connu et lié à l'Académie. Proclus (*In Euclid.*, p. 211, 18-23 Friedlein) le cite d'après la liste d'Eudème de Rhodes, le disciple d'Aristote, parmi les grands mathématiciens du IVe siècle av. J.-C. aux côtés de Théétète et d'Archytas notamment. Toujours selon Proclus, qui s'accorde en cela avec D. L., Platon lui aurait suggéré de faire usage de l'analyse en géométrie (*De Léodamos de Thasos à Philippe d'Oponte*, témoignages et fragments, édition, traduction et commentaire par Fr. Lasserre, Napoli 1987, n° 2). Déjà Philodème semble disposer de cette information. D. L. le connaît aussi (III 61) comme le destinataire d'une lettre de Platon (cf. *supra* III 60).

25 Il fut aussi le premier philosophe à répondre au discours de Lysias, le fils de Céphale, discours qu'il a repris mot pour mot dans le *Phèdre*. Le premier, il reconnut l'importance de la grammaire. Comme il fut le premier aussi à disputer contre tous ses prédécesseurs, ou presque, on se demande pourquoi il n'a pas fait mention de Démocrite.

Éloge, qualités

Néanthe de Cyzique[1] raconte que, lorsque Platon se rendit à Olympie, tous les Grecs se retournèrent sur son passage[2]; à cette occasion, il eut un entretien avec Dion qui était sur le point de lancer une expédition militaire contre Denys. Au premier livre des *Mémorables* de Favorinus[3], on rapporte que Mithridate, le Perse, fit élever une statue en l'honneur de Platon dans l'Académie et y fit graver cette inscription : « Mithridate[4], fils d'Orontobate[5], le Perse, a dédié aux Muses ce portrait de Platon, que Silanion a réalisé. » **26** Héraclide[6] déclare que, dans sa jeunesse, Platon fit preuve de tant de réserve et de tant de retenue que jamais on ne le vit rire excessivement.

1. *FGrHist* 84 F 22.
2. Diogène place cette anecdote à Olympie, lorsque, au retour de son troisième voyage à Syracuse, Platon y rencontre Dion, à l'occasion des Jeux de 366 av. J.-C. Cette rencontre est évoquée dans la *Lettre* VII (350 b-d).
3. Fr. 5 Mensching = fr. 36 Barigazzi.
4. Il est impossible d'identifier ce personnage. K. Gaiser pense (*Philodems Academica*, Stuttgart-Bad Canstatt 1988, p. 434-435) que le Chaldéen qui, selon Philippe d'Oponte cité par Philodème, aurait adouci de ses chants les derniers moments de Platon aurait pu être ce Mithridate dont parle ici D. L. ; mais rien n'est moins sûr, car cette anecdote se borne, me semble-t-il, à illustrer le fait que Platon était connu et admiré à l'étranger, et même en Perse, où dans un premier temps il avait pensé se rendre (cf. III 7).
5. Ὀροντοβάτου est une correction. Les manuscrits portent en effet Ῥοδοβάτου. Pour une justification de cette correction, cf. la note de M. Gigante à sa traduction.
6. Héraclide Lembos, IIᵉ siècle av. J.-C., qui aurait fait un abrégé de Satyros et de Sotion, *FHG* fr. 16, III, p. 171 Müller. O. Gigon (*MH* 16, 1959, p. 72) pense qu'il pourrait plutôt s'agir d'Héraclide du Pont.

Blâme, défauts

Ces qualités ne l'empêchèrent pourtant pas d'être ridiculisé par les auteurs comiques.

En tout cas, Théopompe[1], dans son *Héducharès*[2], dit:

> . . . . l'un en effet n'est même pas un
> et deux est à peine un, comme le dit Platon.

Bien plus, Anaxandride[3], dans son *Thésée*[4], dit:

> Quand il croquait les olives sacrées[5], comme Platon.

Pour sa part, Timon[6] fait ce jeu de mots sur son nom:

> Comme l'a imaginé Platon, <lui qui> connaissait des inventions [étonnantes[7].

27 Dans sa *Méropis*[8], Alexis[9] dit:

> Tu arrives à point, car embarrassée
> et déambulant en long et en large comme Platon,
> je n'ai rien trouvé, mais j'ai les jambes fatiguées.

---

1. Théopompe, poète comique dont l'activité se situe entre *ca* 410 et *ca* 370.
2. Fr. 16 Kassel & Austin. La leçon ῾Ηδυχάρει est une correction proposée par Casaubon.
3. Auteur comique du IVe siècle av. J.-C.
4. Fr. 20 Kassel & Austin.
5. Ce vers qui décrit Platon dévorant les olives sacrées (μορίας), fruits d'arbres poussant dans l'enceinte de l'Académie (cf. M.-F. Billot, art. « Académie », *DPhA* I, 1989, p. 736-739), doit être mis en rapport avec une autre anecdote évoquée par Diogène Laërce en VI 25 (cf. A. Swift Riginos, *Platonica,* Leiden 1976, anecd. 68, p. 113-114).
6. Timon de Phlionte (320-230), philosophe sceptique, sectateur de Pyrrhon. Il aurait écrit des Σίλλοι (*Satires*) en hexamètres contre les philosophes dogmatiques, dont Platon. La citation de D. L. pourrait en être un extrait.
7. Fr. 19 Di Marco. Vers cités aussi par Athénée (*Deipnosoph.* XI, 505 e) qui met ce mot dans la bouche de Gorgias. Les jeux de mots sont intraduisibles. Le premier porte sur la racine **plat-*: ἀνέπλασσε Πλάτων ὁ πεπλασμένα; et le second porte sur le dernier mot de la phrase εἰδώς qui me semble être une allusion à l'invention qui caractérise Platon, celle de la forme intelligible (εἶδος).
8. Fr. 151 Kassel & Austin.
9. Poète comique (*ca* 375-*ca* 275) né à Thurium, mais qui passa le plus clair de son temps à Athènes. Méropis désigne l'île de Cos, la terre des Méropes, les descendants de Mérops, le premier roi de l'île. C'est à cet Alexis que Platon aurait adressé une de ses épigrammes érotiques, cf. III 31.

et dans son *Ankylion*[1] :

Tu parles de choses que tu ignores ; cours rejoindre
Platon, et tu sauras tout sur le nitre[2] et sur l'oignon.

Amphis, dans son *Amphicrate*[3], dit :

A. En quoi consiste le bien, que tu vas obtenir
par son intermédiaire, je ne le sais pas plus,
maître, que je ne sais en quoi consiste le bien pour Platon.
[B. Prête-moi toute ton attention.

28 et dans son *Dexidémide*[4] :

.... Platon,
comme tu ne sais rien faire d'autre que de prendre un air morose
en relevant solennellement le sourcil comme les limaçons.

Cratinos[5], dans son *Pseudupobolimaios*[6], dit :

A. Pour sûr que tu es un homme et que tu as une âme,
comme le veut Platon. B. Je n'en sais rien, mais je suppose que j'en
[ai une.

Alexis[7], dans son *Olympiodore*[8], dit :

Mon corps, ce qu'il y a de mortel en moi, s'est desséché,
alors que ce qu'il y a d'immortel s'est élevé dans les airs.
N'est-ce pas ce qu'enseigne Platon ?

et dans son *Parasite*[9] :

ou bien bavarder[10] avec Platon en tête à tête.

1. Fr. 1 Kassel & Austin.
2. Du carbonate de soude mêlé à de l'huile, c'est-à-dire du savon.
3. Fr. 6 Kassel & Austin. Amphicrate, sculpteur connu pour sa lionne qui représentait une courtisane introduite dans l'intimité d'Harmodios et d'Aristogiton, et qui refusa de révéler, même sous la torture, le complot des tyrannicides (Pline, *H. N.* XXXIV 72).
4. Fr. 13 Kassel & Austin. Sur ces vers, cf. la longue note de M. Gigante à sa traduction.
5. Auteur comique de la seconde moitié du Ve siècle.
6. Fr. 13 Kassel & Austin.
7. Auteur comique (*ca* 375-*ca* 275)
8. Fr. 163 Kassel & Austin.
9. Fr. 185 Kassel & Austin.
10. En grec, ἀδολεσχεῖν.

Se moque aussi de lui Anaxilas[1], dans son *Botrylion*[2], dans sa *Circé*[3] et dans ses *Femmes riches*[4].

Vie amoureuse

29 Aristippe, au quatrième livre de son ouvrage *Sur la sensualité des Anciens*, raconte que Platon était épris d'un jeune homme du nom d'Aster qui étudiait avec lui l'astronomie, tout comme de Dion, dont mention a été faite plus haut; certains disent de Phèdre aussi. Sont la preuve de son amour ces épigrammes qu'il écrivit pour eux[5].

> Tu contemples les astres, mon Aster ; puissé-je être
> le ciel, pour te contempler avec des yeux innombrables[6].

et une autre :

> Aster, jadis tu brillais parmi les vivants, étoile du matin,
> alors que maintenant, trépassé, tu brilles, étoile du soir, parmi les [morts[7].

30 Et pour Dion celle-ci :

> Les larmes d'Hécube et des femmes d'Ilion
> furent par les Moires filées dès l'heure de leur naissance

---

1. Auteur comique du IVe siècle.
2. Fr. 5 Kassel & Austin.
3. Fr. 14 Kassel & Austin.
4. Fr. 26 Kassel & Austin.
5. Cf. W. Ludwig, « Plato's love epigrams », *GRBS* 4, 1963, p. 59-82.
6. *Anth. Pal.* VII 669 = 4 Diehl^3 = 1 Page.
7. *Anth. Pal.* VII 670 = 5 Diehl^3 = 2 Page. Simone Follet, « Deux épigrammes platoniciennes pour Phèdre », résumé d'une communication à l'Association des études grecques, dans *REG* 77, 1964, p. XIII-XIV. Cf. aussi maintenant R. Goulet, art. « Astèr » A 464, *DPhA* I, 1989, p. 636-637. Tout le problème est de savoir s'il faut interpréter ἀστήρ comme un nom propre ou comme un nom commun. D. L. ou sa source opte pour le nom propre, choix, qui, par l'intermédiaire d'un mauvais calembour, a engendré l'anecdote suivant laquelle l'Aster en question étudiait l'astronomie avec Platon. Or, même si seul Apostolios nomme Phèdre comme destinataire de ces deux épigrammes, S. Follet a raison de faire remarquer que ἀστήρ pourrait désigner métaphoriquement Phèdre, le « Brillant ». La répétition du verbe λάμπω et l'existence dans le corpus platonicien de plusieurs indications confirmant l'intérêt de Phèdre pour les μετέωρα viendraient étayer cette hypothèse tout à fait séduisante. Cela dit, un problème chronologique rend cette identification très difficile si on la considère non sur un plan littéraire, mais sur celui de la réalité, car Phèdre était de vingt et un ans l'aîné de Platon. Voir note sur III 31, p. 413 n. 3.

Mais à toi, Dion, qui dressas un trophée de belles actions,
les divinités t'avaient versé largement l'espérance.
Et voilà que tu gis dans ta vaste patrie, honoré par tes concitoyens
toi qui as rendu mon cœur fou d'amour, Dion[1].

Cette épigramme se trouve inscrite, raconte-t-on, sur le tombeau de Dion, à Syracuse.

31 On raconte encore certes qu'il fut épris d'Alexis et de Phèdre, comme je l'ai dit plus haut, et qu'il composa cette épigramme en la tournant ainsi :

Eh bien, je n'ai eu qu'à dire d'Alexis « Il est beau »[2],
et voilà qu'on le regarde, que de toute part tous les regards se [tournent vers lui.
Mon cœur, pourquoi montrer un os à des chiens, et avoir de la peine [après ?
N'est-ce pas ainsi que nous avons perdu Phèdre[3] ?

Il posséda[4] aussi Archéanassa, pour qui il composa l'épigramme suivante :

---

1. *Anth. Pal.* VII 99 = 6 Diehl³ = 10 Page. Inspiré de la fin de la *Lettre* VII (351e).

2. Sur la construction et la traduction de ce vers, cf. W. Ludwig, *GRBS* 4, 1963, n. 28, p. 69.

3. *Anth. Pal.* VII 100 = 7 Diehl³ = 6 Page. Cette épigramme, qui associe le nom d'Alexis à celui de Phèdre, ne laisse pas de poser un problème historique grave. Phèdre en effet serait né aux environs de 450 av. J.-C. Il avait donc vingt ans de plus que Platon. On ne voit pas comment dans ces conditions, il aurait pu être l'« aimé » de Platon, l'aimé étant toujours le plus jeune dans une relation homosexuelle. Reste l'hypothèse qu'il s'agisse d'un autre Phèdre que celui mis en scène dans le dialogue platonicien qui porte ce nom ; ce qui ne fait que compliquer le problème. En revanche, si Alexis est bien l'auteur comique connu (*ca* 375-*ca* 275 av. J.-C.), il est né alors que Platon avait déjà 53 ans, et il avait 27 ans à la mort de Platon ; étant donné cet écart chronologique, il est assez peu vraisemblable qu'il ait été l'« aimé » de Platon. En fait, l'évocation d'Alexis, un poète comique, peut être interprétée comme un pendant à l'évocation d'Agathon, le poète tragique, qui fera l'objet lui aussi d'une épigramme amoureuse en III 31.

4. L'ambiguïté porte sur le verbe ἔχω. Suivant Diogène Laërce, il s'agit d'une épigrammme funéraire composée par Platon. En fait comme le montre W. Ludwig (*GRBS* 4, 1963, p. 64-67), les vers qui suivent sont une mauvaise copie d'une épigramme funéraire, présentant la forme d'une épitaphe, composée par Asclépiade de Samos (*floruit* 300-270 av. J.-C.), et conservée par Méléagre (poète et philosophe cynique qui vécut vers 100 av. J.-C.). Antipater de Sidon,

Je renferme[1] Archéanassa, la courtisane de Colophon,
dont les rides mêmes abritaient l'ardent amour.
Malheureux, vous qui la rencontrâtes dans sa jeunesse
lorsque pour la première fois elle prit le bateau pour venir, quel
[brasier avez-vous traversé[2] !

32 Il composa cette autre épigramme pour Agathon :

Mon âme, lorsque j'embrassais Agathon, je l'avais sur mes lèvres
elle y était venue, oui, la malheureuse, comme pour passer en lui[3].

En voici une autre :

Une pomme est le trait que je te lance : si tu consens à m'aimer,
accepte-la et en échange, abandonne-moi ta virginité ;
mais si telle n'est pas ton intention, garde quand même la pomme,
et vois comme la beauté est éphémère[4].

En voici une autre :

Je suis une pomme : celui qui me lance, c'est quelqu'un qui t'aime ;
[eh bien, accède à ses désirs,
Xanthippe ; moi et toi sommes destinés à nous flétrir[5].

Autres épigrammes attribuées à Platon

33 On prétend aussi que l'épigramme sur les Érétriens qui furent capturés comme dans une seine est de lui :

---

un contemporain de Méléagre, interpréta lui aussi cette épigramme comme une épitaphe, et tenta de faire mieux en composant sur le même modèle une épigramme funéraire pour une courtisane corinthienne, Laïs (*Anth. Pal.* VII 218).

1. Épitaphe fictive où le tombeau est censé parler au passant. Sur le sens à donner à ἔχω, cf. W. Ludwig, *GRBS* 4, 1963, p. 64-67.

2. *Anth. Pal.* VII 217 = 8 Diehl³ = 9 Page.

3. *Anth. Pal.* V 77 = 1 Diehl³ = 3 Page. Le thème de l'âme qui par l'intermédiaire du baiser passe en l'« aimé » se retrouve dans deux autres épigrammes : *Anth. Pal.* V 14 et 171. Cf. Bion, *Epit. Ad.* 47, Aulu-Gelle XIX 11. Comme Agathon, l'auteur tragique qui fête sa victoire dans le *Banquet*, doit être né dans les années 448-447 av. J.-C. (P. Lévêque, *Agathon*, coll. « Annales de l'Université de Lyon », 3ᵉ Série, Lettres, Fasc. 26, Paris 1955), le même problème historique se pose pour lui. Comment Platon aurait-il pu avoir pour « aimé » ce contemporain de Phèdre ?

4. *Anth. Pal.* V 78 = 2 Diehl³ = 3 Page.

5. *Anth. Pal.* V 79 = 2 Diehl³ = 4 Page.

Nous qui sommes d'Érétrie en Eubée, près de Suse
nous gisons; las ! comme c'est loin de notre patrie ![1]

et celle-ci:

Cypris dit aux Muses: « Petites filles, Aphrodite, il vous faut
l'honorer, sinon j'armerai Éros contre vous. »
Et les Muses de répondre à Cypris: « Garde tes babillages pour
[Arès,
ce n'est pas pour nous que vole ce bambin[2]. »

et une autre:

Un homme trouva de l'or et laissa une corde; ensuite, celui qui ne
[trouva pas l'or
qu'il avait laissé se noua la corde autour du cou[3].

Inimitiés

34 Mais Molon[4] qui avait certainement des sentiments hostiles à l'égard de Platon dit: « L'étonnant ce n'est pas que Denys soit venu à Corinthe, mais que Platon ait séjourné en Sicile. »

Xénophon, lui aussi, semble n'avoir pas été en bons termes avec Platon. En tout cas, comme s'ils rivalisaient l'un avec l'autre, ils écri-

1. *Anth. Pal.* VII 259 = 9 Diehl³ = 11 Page. Il s'agirait des Érétriens faits prisonniers par Datis et emmenés non à Ecbatane, mais à Suse (Hérodote VI 119; Platon, *Lois* III, 698 c-d; *Ménexène* 240 a-c). D. L. emploie le verbe (σαγηνευθέντας) d'usage rare, qu'on trouve en *Lois* III, 698d 4, et qui décrit le procédé utilisé par les Perses pour ne laisser échapper aucun Érétrien; les soldats se seraient déployés en se donnant la main pour être sûrs de capturer tous les Érétriens comme des poissons dans une seine.

2. *Anth. Pal.* IX 39 = 13 Diehl³ = 7 Page.

3. *Anth. Pal.* IX 44 = 11 Diehl³ = 31 Page. Dans l'*Anthologie Palatine*, ces vers, qui jouent sur une inversion des sujets, des verbes et des compléments, sont attribués à un certain Statyllius Flaccus, inconnu par ailleurs. On a de la peine à expliquer comment cette épigramme en est venue à être mise sous le nom de Platon.

4. Apollonius Molon, le célèbre rhéteur de Rhodes qui fut le maître vénéré de Cicéron, aurait écrit un livre *Contre les philosophes*, dans lequel, il y a tout lieu de le croire, on trouvait cette déclaration qu'on pourrait expliquer ainsi. Cité de la richesse et de la luxure, Corinthe était la métropole de Syracuse: voilà deux bonnes raisons expliquant que Denys le Jeune s'y réfugie (cf. Plutarque, *Vie de Timoléon* 14, 3). En revanche, Syracuse, dont Platon dénonce la richesse et la luxure dans la *Lettre* VII (372 b-c), et qu'Athènes avait voulu envahir, ne semblait pas être pour Platon un lieu de visite et de séjour très recommandable.

virent des ouvrages similaires : un *Banquet*, une *Apologie de Socrate*, et des *Mémorables* relevant de la littérature morale[1] ; ensuite l'un écrivit une *République*, et l'autre une *Éducation de Cyrus.* En outre, dans ses *Lois*[2], Platon déclare que son *Éducation* est une fiction, car Cyrus n'était pas tel. L'un et l'autre font mention de Socrate, mais nulle part l'un ne fait mention de l'autre, sauf Xénophon qui fait mention de Platon au livre III de ses *Mémorables*[3].

35 On raconte aussi qu'Antisthène, qui allait donner lecture de l'un de ses écrits, invita Platon à assister à la lecture. Et, comme Platon lui demandait sur quoi allait porter la lecture, Antisthène répondit que ce serait sur l'impossibilité de porter la contradiction. Alors Platon s'exclama : « Comment donc peux-tu écrire précisément là-dessus ? » Comme Platon lui montrait qu'il se réfutait lui-même[4], Antisthène écrivit contre Platon un dialogue qu'il intitula *Sathon*[5]. A partir de ce moment-là, ils furent constamment brouillés l'un avec l'autre.

On raconte encore que Socrate, qui venait d'entendre Platon donner lecture du *Lysis*, s'écria : « Par Héraclès, que de faussetés dit sur moi ce jeune homme. » De fait, Platon a consigné par écrit un nombre non négligeable de choses que Socrate n'a pas dites.

---

1. Je paraphrase τὰ ἠθικὰ ἀπομνημονεύματα. L'expression fait ici référence à la fois aux *Mémorables* de Xénophon et aux dialogues « socratiques » de Platon.
2. *Lois* III, 694 c.
3. *Mémorables* III 6, 1.
4. Aristote nous renseigne sur ce paradoxe : « Ces considérations montrent la naïveté de la doctrine d'Antisthène, qui pensait que rien ne peut être attribué à un être que son énonciation propre, un seul prédicat étant affirmé d'un seul sujet ; il en concluait qu'il n'y a pas de contradiction, et, à peu de chose près, que rien n'est faux » (*Métaph.* Δ 29, 1024 b 32-34 ; voir aussi *Topiques* I 11, 104 b 20-21). Diogène Laërce évoque ce paradoxe en IX 53. En écrivant sur ce paradoxe, qui entre en contradiction avec ce que pense le grand nombre, Antisthène montre que la contradiction est possible, il se réfute lui-même, comme le lui fait remarquer Platon.
5. En grec, Σάθων vient de σάθη, la « verge » ; la grossièreté du contexte voudrait qu'on traduise Σάθων en français, par quelque chose comme *Quéquette*. LSJ signale qu'il s'agit notamment là du surnom affectueux que donne une nourrice à un nourrisson mâle dans une comédie.

36 Platon manifesta de l'hostilité à l'égard d'Aristippe aussi[1]. En tout cas, dans son dialogue *Sur l'âme*[2], il médit de lui en faisant remarquer qu'il n'était pas présent à la mort de Socrate, mais qu'il se trouvait à Égine, c'est-à-dire tout près.

Il éprouva de la jalousie à l'endroit d'Eschine également, raconte-t-on, pour cette raison que Denys tenait Eschine en grande estime[3]. Lorsque Eschine, à cause de son indigence, vint à la cour de Denys, Platon le prit de haut, mais Aristippe soutint Eschine[4]. Les paroles que Platon met dans la bouche de Criton[5], quand, dans la prison, il conseille à Socrate de s'enfuir, sont en fait d'Eschine, soutient Idoménée[6], et c'est par inimitié envers Eschine que Platon les aurait mises dans la bouche de Criton. **37** En outre, nulle part dans ses propres écrits Platon ne fait mention d'Eschine, excepté dans le *Sur l'âme*[7] et dans l'*Apologie*[8].

Style

Aristote[9] remarque que le style de ses dialogues se trouve à mi-chemin entre la poésie et la prose.

---

1. Cette inimitié pourrait s'expliquer par leur rivalité à la cour de Denys le Jeune de Syracuse (Plutarque, *Dion* 19, 3, cf. *Lettre* VII, 327 c).

2. C'est-à-dire le *Phédon*, dont c'est le sous-titre (cf. III 58). Le passage visé est 59 d.

3. D. L. (II 61) et Philostrate (*Vie d'Apollonius de Tyane* I 34, repris par la *Souda*) racontent qu'Eschine se rendit auprès de Denys (probablement le Jeune), à qui il offrit certains de ses dialogues en échange de quoi il reçut du tyran des présents.

4. Cf. aussi Athénée (*Deipnosoph.* XI, 507 c), qui renchérit en racontant que, même s'il savait qu'Eschine était pauvre, Platon le priva de son seul disciple, Xénocrate.

5. *Criton* 45 a-46 a.

6. *FGrHist* 338 F 17 b, cf. D. L. II 60.

7. *Phédon* 59 b.

8. *Apologie de Socrate* 34 a, 38 b.

9. Fr. 73 Rose = fr. 862 Gigon. Cf. *Platonismus* II, 1990, Baustein 53, 1. Ce témoignage est analysé par Friedrich Walsdorff, *Die antiken Urteile über Platons Still,* coll. « Klassisch-Philologische Studien » 1, Bonn, 1927, p. 34-36.

Anecdotes relatives à des dialogues

Favorinus raconte quelque part qu'Aristote fut le seul à rester auprès de Platon, qui était en train de faire lecture de son dialogue *Sur l'âme*, alors que les autres s'étaient tous levés pour partir[1].

Certains prétendent que Philippe d'Oponte recopia les *Lois* de Platon qui se trouvaient sur des tablettes de cire[2]. Ils soutiennent aussi que l'*Épinomis* est de lui[3].

Euphorion[4] et Panétius[5] ont prétendu avoir trouvé plusieurs versions du début de la *République*[6], cette *République* dont Aristoxène[7] prétend qu'elle se retrouve tout entière ou presque dans les *Controverses* de Protagoras[8].

38 On raconte que le premier dialogue qu'il écrivit fut le *Phèdre*. En effet, le sujet de ce dialogue présente quelque chose de juvénile[9].

---

1. Peut-être une confusion avec l'anecdote concernant la leçon *Sur le Bien*, évoquée par Aristoxène (*Elem. Harm.* 30-31, p. 39-40 Da Rios).

2. Il faut prendre l'expression ἐν κηρῷ dans un sens métaphorique : un exemplaire des *Lois* destiné au public n'avait pas été encore confectionné, ce qui revient à dire que les *Lois* n'avaient pas encore été « éditées », car on imagine mal la masse de tablettes nécessaires pour consigner par écrit les *Lois*. Cf. T. Dorandi, *ZPE* 87, 1991, p. 31 *sq.*

3. Sur le sujet, cf. L. Tarán, *Plato, Philip of Opus, and the Pseudo-Platonic « Epinomis »*, coll. « Memoirs of the American Philosophical Society » 107, Philadelphia 1975.

4. Fr. 152 Scheidweiler. Euphorion, poète de Chalcis, né en 276/5, aussi mentionné par D. L. en IX 56.

5. Fr. 130 Van Straaten = T 149 Alesse.

6. Même témoignage dans Denys d'Halicarnasse, *De comp. verb.* 25, 2, p. 137, 7 *sq.* U.-R., et chez Quintilien VIII 6, 64.

7. Fr. 67 Wehrli.

8. Protagoras, DK 80 B 5. L'information vient en fait de Favorinus. Voir III 57 et p. 431 n. 1.

9. On lit μειρακιῶδες. Le passage du *Phèdre*, où Socrate dit qu'il est allé jusqu'à adopter le ton du dithyrambe (*Phèdre* 238 d, cf 241 e) a dû suggérer une association d'idées entre le dialogue en question et le genre dithyrambique, dont on a appris plus haut (III 5) que Platon le pratiqua avant d'écrire de la poésie lyrique et des vers tragiques, et surtout avant de rencontrer Socrate. D'où cette conclusion : le *Phèdre* est le premier dialogue que Platon ait écrit.

Dicéarque[1] pour sa part dénonce le style de l'ensemble de son œuvre comme boursouflé[2].

Gestes et mots mémorables

En tout cas, on raconte que Platon, voyant quelqu'un qui jouait aux dés, lui fit des reproches. Ce dernier répondit qu'il jouait pour peu de chose. « Mais l'habitude, répondit Platon, ce n'est pas peu de chose. »

Comme on lui demandait si on composerait à son propos des *Mémorables* comme à propos de ses prédécesseurs, il répondit : « Il faut d'abord se faire un nom, beaucoup de choses viendront par surcroît. »

Un jour que Xénocrate entrait chez lui, Platon lui demanda de donner le fouet à son esclave, expliquant qu'il ne le pouvait lui-même, parce qu'il était en colère. **39** Par ailleurs, il dit aussi à l'un de ses esclaves : « Tu aurais reçu le fouet, si je n'étais pas en colère. »

Un jour qu'il était monté à cheval, il en descendit aussitôt, en déclarant qu'il prenait garde de n'être pas atteint par l'orgueil associé au cheval[3].

A ceux qui s'enivraient, il conseillait de se regarder dans un miroir, dans l'idée qu'ils s'abstiendraient alors de cette pratique disgracieuse. Boire jusqu'à l'ivresse nulle part ne convient, disait-il, sinon lors des fêtes en l'honneur du dieu qui nous a aussi donné le vin.

Beaucoup dormir lui déplaisait aussi. En tout cas, dans les *Lois*[4], il déclare : « Un homme endormi ne vaut rien. »

---

1. Fr. 42 Wehrli.

2. On lit φορτικόν. Comme le fait remarquer Fr. Walsdorff, *op. cit.*, p. 37, φορτικόν désigne l'emploi de procédés rhétoriques en prose, emploi décrit par Aristote en *Rhétorique* III 7, 1408 b. Dicéarque reprendrait ainsi à son compte le jugement d'Aristote exprimé au paragraphe 37. Platon ne se contente pas de transmettre les doctrines qu'il croit vraies, mais il le fait dans un style relevé qui s'apparente à la poésie.

3. J'essaie ainsi de traduire ἱπποτυφία. Ἱπποτυφία est un mot difficile à traduire ; il désigne l'orgueil qui est associé à la possession d'un beau cheval, d'un bel équipement et à l'allure que s'imagine avoir celui qui monte à cheval ; *mutatis mutandis*, on pourrait aujourd'hui évoquer la voiture au lieu du cheval.

4. Le passage visé est *Lois* VII, 807 e - 808 c. Dans sa *Vie de Plotin* (8, 21-22), Porphyre raconte que Plotin ne s'accordait que peu de sommeil. Et, dans son

Il dit aussi que la vérité est ce qu'il y a de plus doux à entendre. D'autres disent : « dire la vérité ». Et dans les *Lois*[1] il parle ainsi de la vérité : **40** « C'est une chose belle, une acquisition stable que la vérité, étranger, mais c'est apparemment quelque chose dont la persuasion n'est pas facile. »

Mais en outre il désirait laisser un souvenir de lui soit chez ses amis, soit dans les livres qu'il avait écrits.

De plus, il se tenait à l'écart la plupart du temps, suivant ce que certains racontent[2].

Décès

Et il est décédé de la façon que nous avons dite[3], la treizième année du règne de Philippe, selon ce que raconte Favorinus au troisième livre de ses *Mémorables*[4] ; et ce roi, raconte Théopompe[5], rendit des honneurs funèbres au philosophe. Myronianus, dans ses *Parallèles*[6], dit que Philon[7] mentionne des proverbes sur les poux de Platon, laissant entendre par là que les poux avaient causé sa mort. Et il fut inhumé à l'Académie[8], où il avait passé la plus grande partie de sa vie à philosopher. **41** Voilà pourquoi l'école dont il est le fondateur a été appelée académicienne. Toute la population d'Athènes se joignit au cortège funèbre qui venait de l'Académie.

De abstinentia (I 27, 4-5), il fait allusion à cette symbolique du sommeil et de la veille qui remonte probablement jusqu'à Héraclite (DK 22 B 75 et 89) et qu'évoque même le *Corpus hermeticum* ([I] *Poimandrès* 27 Nock-Festugière). Imitant en cela les dieux qui restent toujours éveillés et se distinguent ainsi des mortels qui passent une grande partie de leur vie à dormir, celui dont la vie est orientée vers l'intellect organise tout en vue de rester éveillé le plus longtemps possible.

1. Le passage visé est *Lois* II, 663 e.
2. Probablement une allusion malveillante à la misanthropie de Platon.
3. En III 2.
4. Fr. 13 Mensching = 43 Barigazzi
5. *FGrHist* 115 F 294.
6. *FHG* IV, fr. 2, p. 454 Müller. D. L. cite Myronianus d'Amastrée quatre fois (IV 8, IV 14, V 36, X 3).
7. Le nom est trop commun, pour permettre une identification.
8. Au Ier siècle de notre ère, Pausanias (I 30, 3) se serait rendu sur le tombeau de Platon, situé non loin de l'Académie ; témoignage qui ne contredit pas forcément celui de D. L. (Sur le sujet, voir M.-F. Billot, art. « Académie », *DPhA* I, 1989, Annexe, p. 786-787.)

Son testament

Les termes de son testament sont les suivants.

« Voici ce que Platon a laissé et les dispositions qu'il a prises. Le terrain[1] qui se trouve sur le territoire de la tribu des Iphistiades, que bordent du côté du Borée la route qui vient du temple qui s'élève sur le dème de Céphise, du côté du Notos le temple d'Héraclès sur le territoire de la tribu des Iphistiades, du côté du soleil levant la propriété d'Archestratos du dème de Phréarrios, et du côté du soleil couchant la propriété de Philippe du dème de Chollidès. J'interdis à quiconque de vendre ou d'aliéner ce terrain; qu'il soit la propriété du jeune Adimante, dans la mesure du possible[2]. **42** Le terrain qui se trouve sur le territoire de la tribu des Eirésides, que j'ai acheté à Callimaque, et que bordent du côté du Borée la propriété d'Eurymédon de Myrrhinonte, du côté du Notos la propriété de Démostrate de Xypète, du côté du soleil levant la propriété d'Eurymédon de Myrrhinonte et du côté du soleil couchant le Céphise. Trois mines d'argent[3]. Un vase d'argent pesant 165 drachmes. Une petite coupe valant 45 drachmes. Un anneau en or et un pendant d'oreille en or, valant ensemble quatre drachmes et trois oboles.

Euclide, le tailleur de pierres me doit trois mines. J'affranchis Artémis. Je laisse quatre serviteurs: Tychon, Biktas, Apolloniadès et Denys.

43 Mobilier[4] ... inventaire écrit, dont Démétrios possède un duplicata.

Je ne dois rien à personne.

---

1. Pour J. Glucker *(Antiochus, op. cit.*, p. 244, n. 72), « χωρίον is merely the technical term for a piece of landed property for sale or rent... »

2. Voici comment J. Glucker (*Antiochus, op. cit.*, p. 231) voit les choses: « Plato had no choice, under the Athenian law of property, but to leave his estates to his nearest male agnate relative, and that relative was not Speusippus but the boy Adimantus. » Cet Adimante, R. Dareste (« Les testaments des philosophes grecs », *Annuaire de l'Association pour l'encouragement des études grecques en France* 16, 1882, p. 1-21, surtout p. 4) en fait soit un fils de Glaucon soit un petit-fils d'Adimante, les deux frères de Platon.

3. Sur la valeur représentée par cette somme, cf. note sur III 9, p. 398 n. 5.

4. Lacune dans le texte grec. J. Glucker (*Antiochus, op. cit.*, p. 230, n. 14) pense qu'on trouvait à cet endroit la liste des livres légués par Platon. Si cette hypothèse était juste, cette lacune serait particulièrement malencontreuse.

Mes exécuteurs testamentaires sont Léosthène, Speusippe, Démétrios, Hégias, Eurymédon, Callimaque et Thrasippe[1]. »

Tels étaient les termes de son testament.

Épitaphes

Voici les épigrammes qui furent inscrites sur son tombeau[2].

Première épigramme[3] :

L'emportant sur les mortels pour la modération, les mœurs justes,
ici repose le divin Aristoclès ;
Si jamais entre tous quelqu'un reçut pour sa sagesse grande louange,
c'est lui qui a la plus large part, et sans susciter aucune jalousie.

44 Une autre[4] :

La terre en son sein cache le corps mortel[5] de Platon,
mais elle occupe un rang immortel chez les bienheureux.
l'âme du fils d'Ariston, lui à qui tout homme de bien, même s'il [habite au loin,
rend hommage, car il a vu la vie divine.

Et une autre plus récente[6]:

Aigle, pourquoi surmontes-tu ce tombeau ? De quel dieu, dis-moi,
ton regard cherche-t-il la demeure étoilée ?
– Je suis l'image de l'âme de Platon qui s'est envolée vers l'Olympe,
alors que son corps, qui est né de la terre, c'est la terre de l'Attique [qui le garde.

45 Et il y en a une autre de nous-même qui se présente ainsi[7] :

Et comment Phoibos, s'il n'avait en Grèce donné le jour à Platon,
pourrait-il guérir les âmes des hommes par les lettres ?

---

1. Parmi ces personnages, deux sont connus : Speusippe (Test. 27 Tarán) et Eurymédon, qui pourrait être le père de Speusippe, cf. le tableau généalogique, *supra*, p. 387. Plus haut dans le testament sont cités Callimaque et Démétrios.
2. Sur ces épigrammes funéraires, cf. J.A. Notopoulos, « Plato's epitaph », *AJPh* 63, 1942, p. 272-293. Voir aussi L. Tarán, « Plato's alleged epitath », *GRBS* 25, 1984, p. 63-82.
3. *Anth. Pal.* VII 60.
4. *Anth. Pal.* VII 61.
5. J'ai voulu insister sur la valeur du τόδε.
6. *Anth. Pal.* VII 62.
7. *Anth. Pal.* VII 108.

En effet, tout comme Asclépios qui est son rejeton guérit
notre corps, de même c'est l'âme immortelle que guérit Platon[1].

Et une autre, qui évoque de quelle manière il mourut[2]:

Phoibos engendra pour les mortels Asclépios et Platon,
ce dernier pour la santé de leur âme, le premier pour celle de leur
[corps.
Un jour qu'il était à un banquet de noce, Platon partit pour la cité
[qu'il s'était lui-même
construite[3], et il fixa son séjour dans la demeure de Zeus.

Telles étaient ces épigrammes.

Ses disciples

46 Ses disciples furent: Speusippe d'Athènes[4], Xénocrate de Chalcédoine[5], Aristote de Stagire, Philippe d'Oponte[6], Hestiaios de Périnthe[7], Dion de Syracuse[8], Amyclos d'Héraclée[1], Érastos et

1. H. Richards, *CR* 18, 1904, p. 341, 344, a proposé un certain nombre de corrections. Phoibos désigne Apollon qui est le père de Platon suivant certains (III 2). Asclépios qui est aussi un fils d'Apollon est le dieu de la médecine et se trouve donc préposé aux soins du corps, alors que Platon, comme philosophe, se préoccupe de l'âme.

2. *Anth. Pal.* VII 109.

3. La cité idéale décrite dans la *République*.

4. Speusippe (*ca* 410/406-*ca* 339/338), le fils de la sœur de Platon, Potonè, et d'un certain Eurymédon; il devint, à la mort de son oncle, chef de l'Académie; cf. D.L. IV 1-5. Les fragments de Speusippe ont été réunis par L. Tarán et aussi par M. Isnardi Parente.

5. Xénocrate (*ca* 396/5-*ca* 314/3) est le dernier chef de l'Académie à avoir connu personnellement Platon. Originaire de Chalcédoine, sur le Bosphore, en face de Byzance, il succéda à Speusippe à la tête de l'Académie, qu'il dirigea pendant 25 ans. Auteur prolifique, Xénocrate (D.L. IV 6-15) marqua fortement de son empreinte le platonisme. Les fragments de Xénocrate ont été réunis par M. Isnardi Parente.

6. Philippe d'Oponte (*ca* 418-*ca* 340) aurait édité les *Lois* et composé l'*Épinomis* (cf. *supra* III 37). Les fragments qui subsistent de son œuvre ont été réunis par L. Tarán et par Fr. Lasserre.

7. Pour les témoignages et les fragments, cf. Fr. Lasserre, *De Léodamos de Thasos à Philippe d'Oponte*, coll. « La Scuola di Platone » 2, Napoli 1987, n° 9.

8. La *Lettre* IV [apocryphe] est adressée à Dion de Syracuse, qui dut faire un séjour à l'Académie, cf. Platon, *Lettres*, coll. *GF* 466, Paris 1987, Introduction par L. Brisson.

Coriscos de Scepsis[2], Timolaos de Cyzique[3], Évaéon de Lampsaque[4], Python et Héraclide d'Aenos[5], Hippothale et Callippe d'Athènes[6], Démétrios d'Amphipolis[7], Héraclide du Pont et bien d'autres. A ces hommes, il faut adjoindre deux femmes : Lasthénia de Mantinée et Axiothéa de Phlionte[8], laquelle portait des vêtements d'homme, comme le rapporte Dicéarque[9].

Certains soutiennent que Théophraste aussi fut son disciple[10].

---

1. Il pourrait s'agir d'Amyntas (*supra*, III 9). Pour les témoignages et les fragments, cf. Fr. Lasserre, *De Léodamos de Thasos à Philippe d'Oponte*, Napoli 1987, n° 7.

2. La *Lettre* VI [inauthentique] est adressée à Hermias, Érastos et Coriscos. Pour les témoignages et les fragments concernant Érastos et Coriscos, cf. Fr. Lasserre, *De Léodamos de Thasos à Philippe d'Oponte*, Napoli 1987, n° 10.

3. Le nom de Timolaos aurait été ajouté au-dessus de la ligne et en marge du *PHerc.* 1021, cf. Philodème, *Hist. Acad.*, col. 6, 12 Mekler = fr. 12, 2 Dorandi.

4. Cité par Démocharès (fr. 1 Marasco), le neveu de Démosthène ; il aurait tenté de s'emparer du pouvoir à Cyzique.

5. Cf. Philodème, *Hist. Acad.*, col. 6, 15-20 Dorandi.

6. Callippe est très probablement cet Athénien, l'ami et le partisan de Dion, puis son meurtrier. Il prit le pouvoir à Syracuse en juin 354 et le perdit en juillet 353. Il fut tué devant Rhégion quelque temps plus tard. Dans la *Lettre* VII, on peut lire : « Or, plus tard, alors même que Dion revient au pays, il ramène d'Athènes deux frères, qui étaient devenus ses amis non à cause de la philosophie, mais par cette solidarité courante, qui fait la plupart des amis, celle qui résulte de rapports d'hospitalité et qu'entraîne le fait d'être "myste" et "épopte" (333 d-e). » La *Lettre* VII enchaîne sur la trahison et le meurtre de Dion par ses amis. Plutarque ne parle que de Callippe (*Vie de Dion* 54, 1), alors que Cornelius Nepos (*Dion* 9) mentionne les noms des deux frères : Callicrate (qui serait une forme plus « ronflante » que Callippe) et Philostrate. C'est probablement à ce frère que veut faire ici allusion D. L., soit qu'il ait commis une erreur sur le nom, soit qu'il ait utilisé une source inconnue portant ce nom. Voir L. Brisson et R. Goulet, art. « Callippe d'Athènes » C 31, *DPhA* II, p. 177-179.

7. Personnage inconnu par ailleurs. Cf. P. Natorp, art. « Demetrios » 93, *RE* IV, 2, 1901, col. 2844.

8. Avec Lasthénia de Mantinée, Axiothéa de Phlionte se trouve aussi dans la liste des disciples féminins de Speusippe (D. L. IV 2). Pour un recueil des témoignages qui subsistent sur ces deux femmes, cf. T. Dorandi, « Assiotea e Lastenia : Due donne all'Academia », *AATC* 54, 1989, 51-66. Cf. aussi R. Goulet, « Axiothéa de Phlionte » A 517, *DPhA* I, 1989, p. 690-691.

9. Fr. 44 Wehrli.

10. Cf. D. L. V 36, qui cite Athénodore dans ses Περίπατοι.

Chaméléon[1] ajoute Hypéride, l'orateur, et Lycurgue[2]; Polémon[3] fait de même. **47** Sabinus[4] dit que Démosthène[5] aussi fut son disciple, en citant comme autorité Mnésistrate de Thasos[6], au livre IV de son ouvrage intitulé: *Matériaux pour s'exercer*[7]. Ce qui est vraisemblable.

La dédicace

Pour toi qui as bien raison d'aimer Platon et qui mets un point d'honneur à t'informer des doctrines de ce philosophe de préférence à tout autre, j'ai pensé qu'il me fallait esquisser ce qui touche à la nature de ses œuvres[8], à l'ordre de ses dialogues[9] et à sa méthode de raisonnement inductif[10], de façon aussi élémentaire[11] que possible et sous forme de sommaires[12], pour éviter que les informations que j'ai réunies sur sa vie ne se trouvent coupées de ses doctrines. Ce serait apporter une chouette à Athènes, comme on dit[13], si je devais[14] tout t'exposer par le détail.

---

1. Fr. 45 Wehrli. Pseudo-Plutarque, *Vit. X or.* VIII, 848 d.
2. Ps.-Plut., *Vit. X or.* VII, 841 b, IX, 848 b; Olympiodore, *in Gorg.* 166.
3. *FHG* III, fr. 9, p. 117 Müller. Polémon est un Grec d'Ilion (*fl. ca* 190 av. J.-C.), géographe stoïcien.
4. Sophiste de l'époque d'Hadrien, commentateur de Thucydide. Cf. K . Gerth, art. « Sabinus » 22 a, *RE* I A 2, 1920, [Nachträge] col. 2555.
5. Cicéron, *De or.* I 20, 89; *Brutus* 31, 121; *De or.* IV 15; *De off.* I 1, 4; Quintilien, *Inst.* XII 2, 22 et 10. 24; Plutarque, *Demosth.* 5; Pseudo-Plutarque, *Vit. X or.* VIII, 844 b; Aulu-Gelle, *Nuits attiques* III 13, 1.
6. Inconnu par ailleurs.
7. C'est ainsi que je comprends Μελετητικὴ ὕλη. Il s'agirait d'un livre d'exercices oratoires.
8. Cf. III 48-52.
9. Cf. III 56-fin.
10. Cf. III 52-55.
11. Pour des parallèles, cf. VII 48 et 131, IX 7 et 30; mais surtout VI 103.
12. On trouve un parallèle intéressant dans le *Commentaire* de Damascius *sur le Phédon* (I 208, 1-4, p. 125-137 Westerink). Sur le sens à donner à κεφάλαιον, cf. M.-O. Goulet-Cazé, « L'édition porphyrienne des *Ennéades* » dans Porphyre, *La Vie de Plotin*, t. I: *Travaux préliminaires et index grec complet* par Luc Brisson *et alii*, Paris 1982, p. 317-320.
13. Proverbe dont l'équivalent français serait : « porter de l'eau à la rivière ». Athéna, divinité tutélaire d'Athènes, avait la chouette pour emblème.
14. Le texte est incertain à cet endroit. En ce qui concerne le σοι, il doit renvoyer à la dédicataire (cf. aussi X 29).

LES ÉCRITS DE PLATON ET SA DOCTRINE

Forme littéraire : dialogue et dialectique

48 Eh bien, on dit que c'est Zénon d'Élée qui le premier écrivit des dialogues. Mais Aristote, au livre I de son ouvrage *Sur les poètes*[1], dit que c'est Alexamène de Styrée ou de Téos, suivant Favorinus dans ses *Mémorables*[2]. A mon avis cependant, parce qu'il a porté à sa perfection cette forme littéraire, Platon doit aussi recevoir le premier prix aussi bien pour la beauté que pour l'invention.

Le dialogue est un discours, où se mêlent questions et réponses sur un sujet philosophique ou politique, et qui tient compte du caractère propre des personnages qui interviennent avec une expression ornée. Quant à la dialectique c'est l'art du discours qui nous permet de réfuter ou d'établir[3] une thèse au moyen des questions que posent et des réponses que font les interlocuteurs.

Classement des dialogues suivant leur type

49 En fait, pour ce qui est du dialogue platonicien[4], les types les plus généraux sont au nombre de deux : ceux qui ressortissent à l'exposition et ceux qui ressortissent à la recherche. L'exposition se divise en deux autres types : théorique et pratique. De ce groupe, le théorique se divise en physique et en logique, alors que le pratique se divise en éthique et en politique. Par ailleurs, les types qui ressor-

---

1. Fr. 72 Rose³ = fr. 14 Gigon.
2. Fr. 17 Mensching = 47 Barigazzi.
3. Sur le sens de ces deux termes typiquement aristotéliciens : κατασκευάζειν et ἀνασκευάζειν, cf. Aristote, *Topiques* (livres I-IV), texte établi et traduit par Jacques Brunschwig, *CUF*, Paris 1967, p. XXI-XXX.
4. Sur le texte de Platon et son histoire, on lira maintenant Y. Lafrance, *Pour interpréter Platon*, t. II : *La ligne en* République *VI, 509 d - 511 e. Le texte et son histoire*, Montréal 1994, p. 19-110. Et J. Mansfeld, *Prolegomena. Questions to be settled before the study of an author, or a text*, Leiden 1994, p. 58-116.

tissent à la recherche sont eux aussi au nombre de deux : gymnastique et polémique. Le gymnastique présente deux types : maïeutique et critique, alors que le polémique présente comme types : probatoire et réfutatif.

50 Certains, nous ne sommes pas sans le savoir, affirment que les dialogues se répartissent autrement. Ils disent en effet que les uns sont des drames, d'autres des récits et d'autres encore ont une forme mixte. Mais ces gens-là utilisent, pour distinguer les dialogues, des termes qui conviennent mieux à la poésie tragique qu'à la philosophie.

Comme exemples du type physique, citons : le *Timée* ; du type logique : le *Politique*, le *Cratyle*, le *Parménide* et le *Sophiste* ; du type éthique : l'*Apologie*, le *Criton*, le *Phédon*, le *Phèdre*, le *Banquet*, le *Ménexène*, le *Clitophon*, les *Lettres*[1], le *Philèbe*, l'*Hipparque*, et les *Rivaux* ; du type politique : la *République*, les *Lois*, le *Minos*, l'*Épinomis* et l'*Atlantique*[2] ; **51** du type maïeutique : les *Alcibiade*, le *Théagès*, le *Lysis*, et le *Lachès* ; du type critique : l'*Euthyphron*, le *Ménon*, l'*Ion*, le *Charmide* et le *Théétète* ; du type probatoire : comme le *Protagoras* ; et du type réfutatif : l'*Euthydème*, le *Gorgias*, et les deux *Hippias*. Sur le dialogue, ce qu'il est et quelles en sont les variétés, en voilà assez[3].

Platon, philosophe dogmatique ?

Comme un grand débat oppose ceux qui voient en Platon un dogmatique et ceux qui ne sont pas d'accord, examinons la question dans le détail[4]. Eh bien être un philosophe dogmatique c'est établir des doctrines, tout de même qu'être un législateur c'est établir des lois. Or sont appelées « doctrines » l'une et l'autre de ces choses :

1. Il est étonnant de voir apparaître ici les *Lettres* de Platon comme exemple de dialogue éthique.

2. C'est-à-dire le *Critias*.

3. Le texte fait problème à cet endroit. Il faut introduire un τοσαῦτα, une conjecture de Diels retenue par Long.

4. Ce désaccord existait à l'intérieur même de l'Académie à l'époque de Cicéron par exemple, cf. C. Lévy, *Cicero Academicus*, « Collection de l'École française de Rome » 162, Paris 1992. On trouve des échos de ce débat chez Numénius (fr. 24-28 des Places) et dans les *Prolégomènes* (10-11). Voir *Platonismus* I, 1987, Baustein 10, 4.

l'opinion exprimée et l'opinion elle-même[1]. **52** De ces deux choses, l'opinion exprimée, est une proposition, tandis que l'opinion est une conception.

Personnages des dialogues

Eh bien, Platon fait connaître les doctrines qu'il a conçues, il réfute à fond celles qu'il considère comme fausses, et il suspend son jugement devant celles qui sont obscures. Pour ce qui est des doctrines qu'il admet, il les expose par l'intermédiaire de quatre personnages: Socrate, Timée, l'Étranger d'Athènes[2], l'Étranger d'Élée[3]. Ces étrangers sont non pas, comme certains l'ont supposé, Platon et Parménide, mais des personnages fictifs anonymes. Même lorsqu'il fait dire quelque chose à Socrate ou à Timée, Platon expose des doctrines qui sont les siennes. Pour ce qui est des doctrines fausses, il fait intervenir des personnages qui sont réfutés comme Thrasymaque, Calliclès, Polos, Gorgias, Protagoras, et encore Hippias et Euthydème et leurs pareils.

Argumentation

53 Lorsqu'il construit ses preuves, Platon fait surtout usage de l'induction[4], qui présente non pas une seule forme[5], mais deux. L'induction, en effet, est un raisonnement qui par le moyen de certaines

---

1. Cf. Clément d'Alexandrie, *Stromates* VIII 6, 16. D. L. peut jouer sur la proximité morphologique entre δόγμα, δοξαζόμενον, et δόξα.

2. Interlocuteur principal dans les *Lois*.

3. Interlocuteur principal dans le *Sophiste* et dans le *Politique*.

4. Voici la définition que propose Alcinoos de l'induction: « On appelle induction (ἐπαγωγή), tout raisonnement qui va du semblable au semblable ou du particulier à l'universel: l'induction est très utile pour mettre en mouvement les idées innées (ἀνακινεῖν τὰς φυσικὰς ἐννοίας) » (*Didaskalikos* 5, p. 157, 44-158, 4 Hermann). Cette phrase montre la volonté de concilier les doctrines des grandes écoles. Ἐπαγωγή est un terme aristotélicien, ἀνακινεῖν un terme platonicien et τὰς φυσικὰς ἐννοίας, une expression stoïcienne. Pour une interprétation d'ensemble, à laquelle je ne souscris pas, cf. Fr. Caujolle-Zaslawsky, « Note sur l'ἐπαγωγή dans le *Sophiste*. A propos de Diogène Laërce III 53-55 », dans P. Aubenque (édit.), *Études sur le* Sophiste *de Platon*, Napoli 1991, p. 509-534.

5. En cela, D. L. se distingue d'Aristote, pour lequel l'induction « consiste à partir de cas individuels pour accéder aux énoncés universels » (*Topiques* I 2, 105 a 13-14).

propositions vraies infère de façon appropriée[1] la vérité d'une proposition qui leur est semblable[2]. Or, il y a deux sortes d'induction: l'une procède par opposition et l'autre par consécution.

L'induction par opposition, c'est le raisonnement où la conséquence sera pour toute réponse le contraire de la question. Prenons l'exemple suivant: « Mon père est ou bien autre que le tien ou bien le même ? Si donc ton père est autre que le mien, puisqu'il est autre qu'un père, il ne sera pas un père. Mais, s'il est le même que mon père, puisqu'il est le même que mon père il sera mon père. »[3] **54** Autre exemple: « Si l'homme n'est pas un être vivant, ce sera une pierre ou du bois de construction. Mais ce n'est pas une pierre ou du bois de construction, car il est doté d'une âme et il se meut de lui-même. C'est donc un être vivant. Or, si c'est un être vivant, et si un chien ou un bœuf est un être vivant, l'homme, parce qu'il est un être vivant, sera un chien ou un bœuf. »[4] Cette sorte d'induction, c'est l'induction par contradiction, c'est-à-dire par incompatibilité[5], dont s'est servi Platon non pour exposer ses doctrines, mais pour réfuter.

Pour sa part, l'induction par consécution est de deux sortes. L'une qui démontre par le particulier la conclusion particulière que l'on cherche à établir, l'autre qui démontre l'universel par le particulier[6].

La première sorte d'induction par consécution convient à la rhétorique, la seconde à la dialectique. Prenons un exemple. Dans le cas de la première sorte d'induction par consécution, on cherche à savoir si un tel a commis un meurtre. La preuve réside dans le fait qu'au moment où a été commis le meurtre on a trouvé cet homme couvert de sang. **55** Cette sorte d'induction par consécution convient à la rhétorique, puisque la rhétorique traite du particulier,

---

1. On peut comprendre οἰκείως comme signifiant « logiquement ».
2. Dans le texte grec, on trouve ἑαυτῷ qui ne peut dépendre que de τὸ ὅμοιον. Ce singulier fait problème, car on attend tout naturellement un pluriel se rapportant à ἀληθῶν. C'est d'ailleurs un pluriel que j'ai traduit.
3. *Euthydème* 297 e – 298 c.
4. *Euthydème* 298 c - 299 a
5. Pour cette traduction de μάχην, cf. Alcinoos, *Didaskalikos* 6, p. 158, 17 Hermann.
6. A cet endroit, le texte comportait une lacune, qui a été comblée dans certains manuscrits à partir de la définition d'Aristote dans les *Topiques* (I 12, 105 a 13-14). C'est le seul type d'induction qui corresponde à la définition d'Aristote.

et non de l'universel. En effet, la rhétorique s'interroge non pas sur le juste en soi, mais sur des comportements particuliers qui sont justes.

L'autre sorte d'induction par consécution est dialectique, parce que l'universel y est préalablement établi à partir du particulier. Soit cet exemple. On se demande si l'âme est immortelle et si les vivants viennent des morts. Voilà précisément ce qu'on trouve démontré dans le dialogue *Sur l'âme*[1] grâce à une proposition universelle, à savoir que c'est des contraires que viennent les contraires. Mais cet universel lui-même est établi à partir de cas particuliers. Par exemple : le sommeil vient de la veille et vice versa ; le plus grand vient du plus petit et vice versa. C'est ce genre d'induction par consécution qu'utilisait Platon pour établir ses propres doctrines.

Les parties de la philosophie

56 De même qu'autrefois dans la tragédie le chœur était d'abord le seul élément dramatique, et que par la suite Thespis innova en faisant intervenir un acteur pour permettre au chœur de reprendre son souffle, Eschyle, un deuxième, et Sophocle, un troisième, portant la tragédie à son achèvement, de même aussi la philosophie ne parla d'abord que d'une chose, à savoir la physique, puis, dans un deuxième temps, Socrate ajouta l'éthique[2] et, dans un troisième temps, Platon y joignit la dialectique, amenant la philosophie à sa perfection[3].

Classement tétralogique des dialogues

Thrasylle dit qu'il a publié les dialogues en prenant modèle sur le classement des tragédies en tétralogies[4]. On sait que les auteurs tragiques concouraient avec quatre pièces – aux Dionysies, aux Lénéennes, aux Panathénées, et aux Chytries. De ces quatre pièces, la quatrième était un drame satyrique. Or, l'ensemble de ces quatre pièces était appelé une « tétralogie »

57 Eh bien, dit Thrasylle, les dialogues authentiques de Platon sont en tout au nombre de cinquante-six, si on divise la *République*

1. *Phédon* 70 d -72 a.
2. Cf. Aristote, *Mét.* I 6, 987 b 1.
3. Sur ce paragraphe, voir *Platonismus* IV, 1996, Baustein 110, 1.
4. Pour III 56-61, voir *Platonismus* II, 1990, Baustein 48, 1.

en dix livres – Favorinus[1] prétend au second livre de son *Histoire variée* que ce dialogue se trouve déjà presque en totalité dans les *Controverses*[2] de Protagoras – et les *Lois*, en douze livres. Mais il n'y a que neuf tétralogies, si on compte la *République* pour un seul livre, et les *Lois* pour un seul aussi.

Thrasylle met donc première la tétralogie qui a un sujet commun, car il souhaite définir quel devrait être le mode de vie du philosophe. En outre, il affecte deux titres à chacun des livres, **58** le premier d'après le nom (de l'interlocuteur principal) et le second d'après le sujet[3].

Le premier dialogue de la tétralogie qui tient le premier rang est l'*Euthyphron* ou *Sur la piété* ; c'est un dialogue critique. Le deuxième est l'*Apologie de Socrate*, éthique. Le troisième, le *Criton* ou *Sur ce qu'il faut faire*, éthique. Le quatrième, c'est le *Phédon* ou *Sur l'âme*, éthique.

La deuxième tétralogie s'ouvre sur le *Cratyle* ou *Sur la justesse des termes*, logique, (que suivent) le *Théétète* ou *Sur la science*, critique, le *Sophiste* ou *Sur l'être*, logique, et le *Politique* ou *Sur la royauté*, logique.

La troisième tétralogie commence par le *Parménide* ou *Sur les formes*, logique, (que suivent) le *Philèbe* ou *Sur le plaisir*, éthique, le *Banquet* ou *Sur le bien*, éthique, et le *Phèdre* ou *Sur l'amour*, éthique.

59 La quatrième tétralogie s'ouvre sur l'*Alcibiade* ou *Sur la nature de l'homme*, maïeutique, (que suivent) le second *Alcibiade* ou *Sur la*

---

1. Fr. 23 Mensching = 55 Barigazzi. Plus haut en III 37, D.L. attribuait le même témoignage à Aristoxène. Il n'y a aucune contradiction entre les deux passages. La différence s'explique essentiellement par la négligence de D. L. qui dans un cas cite probablement la source que lui-même utilise, c'est-à-dire Favorinus, et dans l'autre la source qu'utilisait et citait probablement Favorinus, c'est-à-dire Aristoxène.

2. Comme il ne subsiste aucun fragment de l'ouvrage de Protagoras (DK 80 B 5), il est impossible d'expliquer sur quel fondement s'appuyait l'accusation de plagiat.

3. Il semble que le premier des titres vient de Platon lui-même. Platon renvoie au *Sophiste* dans le *Politique* et Aristote cite le titre de huit dialogues. Sur tout cela, cf. J. Mansfeld, *Prolegomena*, *op. cit.*, 1994, p. 71-72.

prière, maïeutique, l'*Hipparque* ou *L'Amoureux du gain*, éthique, et les *Rivaux* ou *Sur la philosophie*, éthique.

La cinquième tétralogie commence par le *Théagès* ou *Sur la philosophie*, maïeutique, (que suivent) le *Charmide* ou *Sur la modération*, critique, le *Lachès* ou *Sur le courage*, maïeutique, et le *Lysis* ou *Sur l'amitié*, maïeutique.

La sixième tétralogie s'ouvre sur l'*Euthydème* ou l'*Éristique*, réfutatif, (que suivent) le *Protagoras* ou *Les Sophistes*, probatoire, le *Gorgias* ou *Sur la rhétorique*, réfutatif, et le *Ménon* ou *Sur la vertu*, critique.

60 La septième tétralogie commence par les deux *Hippias* – le premier *Sur le Beau*, le second *Sur l'erreur* –, réfutatifs, (que suivent) l'*Ion* ou *Sur l'Iliade*, critique, et le *Ménexène* ou l'*Oraison funèbre*, éthique.

La huitième tétralogie commence par le *Clitophon* ou le *Protreptique*, éthique, (que suivent) la *République* ou *Sur le juste*, politique, le *Timée* ou *Sur la nature*, physique, et le *Critias* ou l'*Atlantique*, éthique[1].

La neuvième tétralogie s'ouvre sur le *Minos* ou *Sur la loi*, politique, (que suivent) les *Lois* ou *Sur la législation*, politique, l'*Épinomis* ou le *Conseil nocturne* ou le *Philosophe*[2], politique, **61** et treize *Lettres*, éthiques. Dans ces lettres Platon écrit : « ComPorte-toi bien », alors qu'Épicure écrit : « Aie une vie agréable » et Cléon[3] : « Salut »[4]. Il y a une lettre à Aristodème (X)[5], deux à Archytas (IX, XII), quatre à Denys (I, II, III, XIII), une à Hermias, Érastos et

---

1. En III 50, ces deux dialogues sont classés dans le genre politique.

2. Dans les manuscrits A (= *Parisinus graecus* 1807, saec. IX ex.) et O (*Vaticanus graecus* 1 saec. IX ex.), on trouve comme sous-titre ἤ φιλόσοφος, mais dans aucun manuscrit on ne trouve comme sous-titre ἤ νυκτερινὸς σύλλογος. On se souviendra que dans le *Sophiste* (217 a, cf. 253 c, e *sq.*, 254 b) un *Philosophe* est annoncé, que Platon n'a jamais écrit.

3. Il s'agit sans doute du pythagoricien Cléon dont des lettres pseudépigraphiques devaient circuler dans l'Antiquité. Voir R. Goulet, art. « Cléon » C 167, *DPhA* I, p. 440-441.

4. Si D. L. tient à les citer, c'est que les formules de salutation devaient jouer un rôle déterminant dans l'authentification des *Lettres*. Sur le sujet, cf. Platon, *Lettres*, introd., trad. et notes par L. Brisson, Paris 1987, p. 10-11, n. 2.

5. En fait, à Aristodore, nom que portent tous nos manuscrits des *Lettres*.

Coriscos (VI), une à Léodamas (XI), une à Dion (IV), une à Perdiccas (V) et deux aux proches[1] de Dion (VII, VIII).

Voilà la division adoptée par Thrasylle et par certains autres.

Classement trilogique des dialogues

Mais quelques-uns, dont Aristophane[2] le grammairien, regroupent les dialogues en trilogies[3]. Ils mettent en premier une trilogie, qu'ouvre la *République* et (que suivent) le *Timée* et le *Critias*. En deuxième une trilogie (qui comprend) le *Sophiste*, le *Politique* et le *Cratyle*. **62** En troisième: les *Lois*, le *Minos* et l'*Épinomis*. En quatrième: le *Théétète*, l'*Euthyphron* et l'*Apologie*. En cinquième: le *Criton*, le *Phédon* et les *Lettres*. Quant aux autres œuvres, elles demeurent chacune à part sans classement.

Ordre de lecture des dialogues

Les uns, comme je l'ai dit plus haut[4], commencent par la *République*, les autres par le grand *Alcibiade*[5], d'autres par le *Théagès*[6],

---

1. En fait elles sont aussi adressées aux amis (φίλοις) de Dion.

2. Fr. 403 Slater. Grammairien d'Alexandrie (*ca* 257-*ca* 180 av. J.-C.) qui succéda à Ératosthène comme responsable de la célèbre bibliothèque, et qui aurait donné une édition des œuvres de Platon. Cf. R. Goulet, art. « Aristophane de Byzance » A 405, *DPhA* I, 1989, p. 406-408; sur son édition, cf. H. Alline, *Histoire du texte de Platon*, Paris 1915, p. 78-103. Voir *Platonismus* II, 1990, Baustein 47.

3. Avec F. Solmsen (« The Academic and Alexandrian edition of Plato's works », *ICS* 6, 1981, p. 102-111), je ne crois pas que la formule utilisée ici par D. L. implique que la classification en tétralogies soit antérieure au regroupement en trilogies proposé par Aristophane de Byzance. Voir *Platonismus* II, 1990, Baustein 50, 2.

4. Il s'agit d'Aristophane de Byzance qui plaçait la *République* en tête de la première trilogie (cf. III 61).

5. Dans les *Prolégomènes* (26, 24-26), on lit : « Il faut donc expliquer en premier lieu l'*Alcibiade*, parce que, dans ce dialogue, nous apprenons à nous connaître nous-mêmes ; or il est juste, avant de connaître les objets extérieurs, de se connaître soi-même. » Comme son sous-titre : *Sur la nature de l'homme* l'indique, ce dialogue a pour sujet principal la connaissance de soi (Proclus, *in Alc.* 6, 3-7, 1. ; Olympiodore, *In Alc.* 3, 3-4 ; cf. 4, 15-17).

6. Lorsqu'il évoque la division naturelle des dialogues selon leur type, Albinos (chap. 3) donne cet inventaire de type logique : « *Théagès, Cratyle, Lysis, Sophiste, Lachès* et *Politique* ». Or, si la logique est considérée comme la première partie de la philosophie, c'est le *Théagès* qu'il faut lire en premier.

quelques-uns par l'*Euthyphron*[1], d'autres par le *Clitophon*[2], certains par le *Timée*[3], d'autres par le *Phèdre*[4], d'autres encore par le *Théétète*[5]; beaucoup mettent l'*Apologie*[6] au point de départ.

Authenticité des dialogues

Mais on s'entend pour déclarer inauthentiques certains dialogues: le *Midon* ou l'*Éleveur de chevaux*[7], l'*Éryxias* ou l'*Érasistrate*[8], l'*Alcyon*[9], des dialogues dépourvus de titre[10], le *Sisyphe*, l'*Axiochos*[11], les

---

1. C'est le premier dialogue dans le classement tétralogique de Thrasylle (cf. III 58).

2. Ce choix pourrait être l'indice d'une tentative pour établir un compromis entre le classement trilogique d'Aristophane de Byzance qui commençait avec la *République*, et le classement tétralogique de Thrasylle qui faisait précéder la *République*, suivie du *Timée* et du *Critias*, par le *Clitophon*.

3. Parce que ce dialogue décrit l'origine de l'univers, de l'homme et de la société.

4. Ce dialogue aurait, selon certains, été le premier écrit par Platon. (cf. III 38).

5. Peut-être en raison de son sous-titre: *Sur la science*. Comme le philosophe se définit par son désir d'atteindre la science (cf. III 63), il faut avant tout savoir en quoi consiste la science.

6. La mort de Socrate constitue le « mythe » fondateur de l'œuvre de Platon. Voir mon introduction à la traduction de l'*Apologie*, coll. *GF* 848, Paris 1997.

7. Suivant D. L. (V 81), Démétrios de Phalère avait écrit un dialogue portant le même titre. Par ailleurs, Alexis (Athénée, *Deipnosoph.* XV, 700 a) et Antiphane (Pollux, *Onom.* X 152) auraient écrit des comédies portant ce titre. Sur le contenu du dialogue, cf. C. W. Müller, *Die Kurzdialogue des Appendix Platonica*, coll. « Studia et testimonia antiqua » 17, München 1975, n. 4, p. 193.

8. Dialogue conservé dans les manuscrits médiévaux du corpus platonicien.

9. Le texte de cet écrit figure traditionnellement dans les éditions de Lucien (n° 72, t. IV de l'édition M. D. McLeod, Oxford 1987). Cf. A. Carlini, *CPF* I, 1**, 1992, n° 64, 1, p. 463-466.

10. Cette traduction de ἀκέφαλοι s'inspire des remarques de C. W. Müller, *Die Kurzdialoge der Appendix Platonica*, *op. cit.*, n. 1, p. 39. Suivant Müller, ces dialogues dépourvus de titre seraient: *Sur le juste*, *Sur la vertu* et les trois dernières sections (II, III, IV) du *Démodocos*, dialogues qui se trouvent dans les manuscrits médiévaux du corpus platonicien, mais qui ne sont pas mentionnés par D. L.

11. Le *Sisyphe* et l'*Axiochos* se trouvent dans les manuscrits médiévaux du corpus platonicien.

Phéaciens[1], le *Démodocos*[2], l'*Hirondelle*[3], le *Septième jour*[4] et l'*Épiménide*[5]. De ce groupe, l'*Alcyon* est considéré comme étant d'un certain Léon[6], ainsi que le dit Favorinus au livre V de ses *Mémorables*[7].

Vocabulaire

63 Platon a employé une variété de mots pour rendre sa doctrine difficilement accessible aux ignorants[8]. Il estime, prenant le terme dans le sens le plus spécifique, que le savoir c'est la science des intelligibles, c'est-à-dire des choses qui sont réellement, science qui, dit-il, porte sur dieu et l'âme séparée du corps. En un sens particulier, il appelle aussi « savoir » la philosophie, qui est aspiration vers le savoir que possède la divinité[9]. En un sens général, « savoir » désigne chez

---

1. Les *Phéaciens* devaient faire référence d'une manière ou d'une autre au récit d'Homère dans l'*Odyssée*. Müller (*op. cit.*, n. 1 p. 38) évoque comme texte parallèle le *Ad juvenes* 5, de Basile de Césarée.

2. En fait, Diogène Laërce ne ferait référence ici qu'à la première partie du *Démodocos*, tel qu'il nous est parvenu. Les trois autres parties devaient être rangées, suivant Müller, parmi les ἀκέφαλοι, cf. p. 434 n. 10.

3. Cet écrit figure traditionnellement parmi ceux qui sont attribués à Lucien (le n° 72, t. IV de l'édition McLeod, Oxford 1987).

4. En II 125, D. L. attribue un ouvrage de ce genre à Cébès le Thébain, celui qui intervient dans le *Phédon* ; le nombre sept avait une signification tout à fait particulière dans le cadre du [néo-] pythagorisme. Ce titre paraît faire référence à la date de naissance d'Apollon qui est aussi celle de Platon (cf. III 2).

5. Ouvrage qui devait exprimer les sympathies de Platon pour les Κρητικά, comme c'est aussi le cas dans les *Lois* (où Épiménide est cité en I, 642 d et en III, 677 d) et dans le *Minos*.

6. Un membre de l'Académie, Léon de Byzance (cf. aussi Athénée, *Deipnosoph*. XI, 506 b), à ne pas confondre avec son homonyme, disciple d'Aristote, qui, en 340, aurait travaillé contre Philippe de Macédoine (Plutarque, *Phocion* 14 ; Philostrate, *Vit. Soph.* 485).

7. Fr. 15 Mensching = 45 Barigazzi. On notera cependant qu'Athénée XI, 506 d cite comme source de cette information Nicias de Nicée. Une fois de plus, D. L. semble avoir cité Favorinus sans indiquer la source sur laquelle celui-ci prétendait s'être appuyé. Voir *Platonismus* II, 1990, Baustein 48, 4.

8. Principe d'une lecture qui peut fonder une interprétation « allégorique » de Platon. Voir *Platonismus* III, 1993, Baustein 97, 1.

9. Ce passage de D. L. présente beaucoup de similitudes avec le début du *Didaskalikos* d'Alcinoos (1, p. 152, 1-6 Hermann). Il semble inspiré du *Banquet* 204 a et du *Phèdre* 278 d. On trouve des formulations analogues en *République* V, 475 b et en *Définitions* 414 b 7.

lui tout savoir-faire ; par exemple, quand il dit que l'artisan est pourvu d'un savoir[1]. Et il lui arrive d'utiliser le même terme en des sens différents. En tout cas, le terme *phaûlos* est utilisé chez lui dans le sens de « simple[2] », comme c'est aussi le cas chez Euripide dans le *Licymnios*[3] où il est appliqué à Héraclès en ce sens :

> simple, franc, d'une honnêteté extrême,
> bannissant dans ses actes toute
> ruse, ne se perdant pas en palabres.

64 Pourtant, il arrive à Platon d'utiliser le même mot[4] pour désigner aussi ce qui est mauvais[5], quelquefois même pour désigner ce qui est minable[6]. Par ailleurs, souvent il utilise aussi des termes différents avec le même sens. En tout cas, il appelle la forme intelligible[7] « forme[8] », « genre[9] », « modèle[10] », « principe[11] » et « cause[12] ». Il lui arrive aussi d'utiliser des expressions contraires pour désigner la même chose[13]. De fait, il appelle le sensible « ce qui est et n'est pas » : « ce qui est », parce que le sensible vient à l'être, et « ce qui n'est pas », parce que le sensible ne cesse de changer ; de même il appelle « forme intelligible » ce qui n'est ni en mouvement ni en repos ; et la même chose il la dit « une et multiple[14] ». Et il a l'habitude de faire de même dans plusieurs autres cas.

---

1. Cf. *Lois* III, 677 c, *Théagès* 123 e.
2. C'est-à-dire ἁπλοῦς. Cf. *Théétète* 147 c.
3. Fr. 474 Nauck².
4. C'est-à-dire φαῦλος.
5. Comme dans *Théétète* 194 a ; *Protagoras* 327 c ; *Gorgias* 486 b.
6. *Théétète* 179 d ; *Politique* 263 a.
7. En grec, ἰδέα.
8. C'est-à-dire εἶδος. Ainsi, en *Parménide* 132 d; *Banquet* 210 b; *Grand Hippias* 289 d.
9. C'est-à-dire γένος. Ainsi, en *Sophiste* 257 a; *Parménide* 129 c, 135 a.
10. C'est-à-dire παράδειγμα. Ainsi, en *Théétète* 176 e, et en *Timée* 29 b.
11. C'est-à-dire ἀρχήν.
12. C'est-à-dire αἴτιον.
13. La seconde partie du *Parménide* offre un remarquable exemple de cette pratique.
14. *Sophiste* 244 b-245 e, *Parménide*, 129 b, *Philèbe* 14 c *sq.* ; Galien, *Meth. med.* X 130 *sq.* Kühn.

Règles d'interprétation

65 L'interprétation de ce qu'il dit doit obéir à trois étapes. En effet, il faut d'abord expliquer ce que signifie chacune des choses qu'il dit. Déterminer ensuite dans quel but il la dit : pour exposer un point essentiel ou à titre d'illustration, pour établir des points de doctrine ou pour confondre l'interlocuteur. Et troisièmement examiner si ce qu'il dit est juste ou non[1].

Signes dans les marges

Et puisqu'il y a des signes[2] dans les marges de ses livres, il nous faut bien en dire quelques mots. La lettre *khi*[3] est utilisée pour indiquer les expressions, les figures et de façon générale les tournures propres à Platon. La *diplè*[4], pour appeler l'attention sur les doctrines et les opinions propres à Platon. **66** Le *khi* pointé[5], pour attirer l'attention sur les passages de choix et les beautés de style. La *diplè* pointée[6] pour signaler les corrections dues à certains critiques. L'*obèle* pointé[7] pour dénoncer les athétèses sans fondement[8]. L'*antisigma* pointé[9], pour indiquer les répétitions et les transpositions. Le *kéraunion*[10] pour les questions philosophiques. L'*astérisque*[11], pour indiquer l'harmonie entre les doctrines. L'obèle signale l'athétèse[12].

---

1. Cette troisième étape semble suggérer que Diogène Laërce exprime un point de vue extra-académicien.
2. Voir *Platonismus* III, 1993, Baustein 49, 2.
3. C'est-à-dire X (abréviation de χρῆσθαι).
4. En grec διπλῆ. Le signe correspondant est >.
5. C'est-à-dire ⋇.
6. C'est-à-dire >̣.
7. En grec, ὀϐελός, c'est-à-dire ÷.
8. C'est-à-dire l'emploi inconsidéré de l'obèle simple (–) par les autres éditeurs.
9. C'est-à-dire ἀντίσιγμα: Ͽ.
10. En grec, κεραύνιον, T. A proprement parler, le foudre. On l'utilisait pour indiquer les passages obscurs, déjà commentés ou qui appelaient un commentaire.
11. En grec, ἀστερισκός, ⋇.
12. L'obèle simple (–) signale l'athétèse. Son usage n'offre rien de singulier, il est parfaitement conforme à l'usage inauguré par Zénodote et adopté par ses successeurs, dans la critique d'Homère d'abord, puis d'autres écrivains. Il indique les mots, les phrases que les éditeurs jugent indignes du texte, tout en se faisant scrupule de les supprimer purement et simplement.

Voilà pour ces signes[1] et le nombre de ses livres.

Remarque sur l'édition « académicienne »

Antigone de Caryste[2] dit, dans son ouvrage *Sur Zénon*, que celui qui souhaitait lire d'un bout à l'autre les livres de Platon, qui venaient tout juste d'être édités, devait payer une certaine somme à ceux qui les possédaient[3].

1. Sur tous ces signes, cf. V. Bartoletti, « Diogene Laerzio III 65-66 e un papiro della raccolta fiorentina », dans *Mélanges Tisserant* I, Città del Vaticano 1964, p. 25 *sq.* ; A. Carlini, « Linea di una storia del testo del *Fedone* », *SCO* 17, 1968, p. 135 *sq.* [repris dans *Studi sulla tradizione antica e medievale del* Fedone, Roma 1972, p. 20 *sq.* Voir maintenant, J. Mansfeld, *Prolegomena,* Leiden 1994, p. 198-199, et T. Dorandi, *ZPE* 106, 1995, p. 84-85.

2. Antigone (IIIe siècle av. J.-C.), originaire de Caryste, vécut et exerça son activité à Pergame, où il avait été appelé par Attale Ier (241-197 av. J.-C.). Son œuvre la plus intéressante est sans doute ses *Vies de philosophes* qu'a tenté de reconstruire U. von Wilamowitz-Moellendorff, *Antigonos von Karystos*, coll. « Philologische Untersuchungen » 4, Berlin-Zürich 1881, réimpr. 1965, p. 27-129. Une nouvelle édition des fragments, préparée par T. Dorandi pour la *CUF*, est sous presse.

3. Voir Note complémentaire 1 (p. 464).

DOCTRINES

67 Voici quelles étaient ses doctrines.

Physique

Il soutenait que l'âme est immortelle, qu'elle revêt plusieurs corps[1] et qu'elle a pour principe les nombres arithmétiques, alors que le corps a pour principe les figures géométriques[2]. Il définissait ainsi l'âme: la forme du souffle répandu dans toutes les directions. Il disait que l'âme est automotrice[3] et qu'elle comporte trois parties[4]. Sa partie rationnelle[5] se trouve établie dans la région de la tête, la partie agressive dans la région du cœur, et la partie désirante a son siège dans la région du nombril et du foie[6].

68 L'âme enveloppe circulairement le corps dans sa totalité à partir de son centre[7] et elle est constituée à partir des éléments.[8] Étant

---

1. *Ménon* 81 c; *Rép.* X, 608 d, 611 d, 621 c; *Timée* 42 e - 43 a; *Lois* XII, 959 b, 967 d ; cf. aussi *Axiochos* 365 e; *Lettre* VII, 335 a.

2. Passage difficile, dont M. Untersteiner (*Posidonio nei placita di Platone secondo Diogene Laerzio III*, Brescia 1970, p. 28-31) a voulu donner une lecture stoïcienne. Avec B. Centrone (« Alcune osservazioni sui *Placita* di Platone », *Elenchos* 8, 1987, p. 108), je ne crois pas qu'on puisse construire τὸ δὲ σῶμα γεωμετρικήν comme un accusatif de relation, même si le δέ ne répond à aucun μέν et comprendre que l'âme, lorsqu'elle est séparée, a un principe arithmétique, et, lorsqu'elle est incarnée, un principe géométrique.

3. *Phèdre* 246 a *sq.*, 253 c *sq.*; *Rép.* IV, 438 d *sq.*, VIII, 550 b, IX, 580 d; *Timée* 89 e; *Lois* X, 896 a et même *Déf.* 411 c).

4. *Phèdre* 246 a *sq.*, 253 c *sq.* ; *République* IV, 438 d *sq.*, VIII, 550 b, IX, 580 d ; *Timée* 69 c *sq.*, 89 e.

5. L'usage du terme λογιστικόν pour désigner la partie rationnelle de l'âme humaine n'est pas platonicien, mais stoïcien.

6. Allusion à un passage fameux du *Timée* (69 e - 70 b)

7. *Timée* 34 b - 36 d.

8. L'âme est constituée à partir des éléments (ἐκ τῶν στοιχείων); dans le *Timée* 35 a, on lit seulement ἐκ τῶνδε. On peut expliquer ce membre de phrase

divisée suivant des intervalles harmoniques[1], elle forme deux cercles soudés l'un à l'autre[2]. De ces cercles, celui qui se trouve à l'intérieur a été découpé six fois et forme sept cercles en tout[3]. En outre, ce cercle se meut au-dedans de cet arrangement suivant une diagonale vers la gauche, alors que l'autre se meut suivant un côté vers la droite[4]. Et c'est bien parce qu'il est un que ce cercle domine ; l'autre cercle qui se trouve à l'intérieur a en effet été divisé. L'un est le cercle du Même, et les autres, ceux de l'Autre, ce qui veut dire que le mouvement de l'âme est le mouvement du monde dans son ensemble et les révolutions des planètes[5].

69 Puisqu'elle est ainsi divisée en deux moitiés soudées à leur extrémité[6], l'âme connaît les réalités[7] et elle assure leur harmonie[8], parce qu'elle possède en elle les éléments[9] de façon harmonieuse. Quand le cercle de l'autre va dans le droit chemin[10], il en résulte

---

particulièrement elliptique chez Diogène Laërce de deux façons. Ou bien, on penche pour une interprétation stoïcienne de la doctrine de Platon : pour les Stoïciens en effet, l'âme est corporelle et se trouve constituée à partir des quatre éléments sous une forme plus subtile. Ou bien on penche pour une interprétation plus métaphysique. En effet, on retrouve l'expression (ἐκ τῶν στοιχείων) au début du fameux passage du *De anima* (404 b 16-30) évoqué plus haut : « C'est de la même manière que Platon dans le *Timée* fabrique l'âme à partir de ces éléments... » Dès lors, on peut se demander s'il faut supposer, après στοιχείων, l'existence d'une lacune plus ou moins longue, qui résumerait ce que dit Aristote. La première explication me paraît la plus simple et la plus économique. M. Patillon propose de lire ἐκ τ<ρι>ῶν στοιχείων, en comprenant que Diogène Laërce veut ainsi faire allusion aux trois éléments constitutifs de l'âme du monde: ἡ οὐσία, τὸ ταὐτόν, τὸ ἕτερον, suivant *Timée* 35 a-b.

1. Ce membre de phrase fait allusion à *Timée* 35 b - 36 b.
2. Cf. *Timée* 36 b-c.
3. Le cercle de l'autre qui se trouve à l'intérieur a été divisé six fois pour former les sept cercles, sur lesquels se meuvent les planètes, cf. *Timée* 36 d.
4. Cf. *Timée* 36 c-d.
5. Cf. *Timée* 38 c - 39 e.
6. Cf. *Timée* 36 b-c.
7. Il s'agit là d'une allusion évidente à *Timée* 37 a-c.
8. Probablement une allusion au mouvement qu'elle instaure.
9. Allusion à Aristote, *De anima* (404 b 16-30).
10. Cette condition me semble indiquer que D. L. veut expliquer la connaissance humaine, et non celle de l'âme du monde dont le mouvement ne souffre jamais du désordre.

l'opinion, tandis que quand c'est le cercle du même, il en résulte la science.

Il déclarait qu'il y a deux principes de l'univers : le dieu et la matière[1], dieu qu'il appelle aussi intellect et cause[2]. Quant à la matière, elle est dépourvue de toute figure et elle est indéterminée[3], et c'est d'elle que viennent les réalités composées[4]. Auparavant elle se mouvait, dit-il, de façon désordonnée jusqu'à ce que le dieu la rassemblât en un seul lieu[5], parce qu'il estimait que l'ordre était supérieur au désordre[6]. 70 Cette réalité a été changée en ces quatre éléments que sont le feu, l'eau, l'air, la terre, et c'est à partir de ces éléments que le monde lui-même est engendré, de même que les corps qu'il contient[7]. Il dit que seule la terre ne se transforme pas, estimant que cet état de fait s'explique par la différence des surfaces qui la constituent[8]. En effet, il déclare que les surfaces dont sont formés les autres éléments sont semblables[9] – car toutes résultent du

---

1. Le terme ὕλη est un terme d'origine aristotélicienne qu'on ne trouve jamais en ce sens chez Platon. Par là, D. L. se montre tributaire d'une tradition déjà solidement établie à son époque, et notamment chez les médio-platoniciens (Alcinoos, *Didaskalikos* 8, p. 162, 29–163, 10 Hermann). Par ailleurs l'opposition entre un principe actif, Dieu, et un principe passif, la matière, est un dogme stoïcien (cf. VII 134). Voir *Platonismus* IV, 1996, Baustein 119, 2.

2. Pour comprendre, il faut inverser l'ordre des mots, qui en grec est le suivant: θεὸν καὶ ὕλην ; alors θεόν devient l'antécédent à ὅν. M. Gigante, qui invoque III 76, où l'on retrouve le même ordre des mots s'oppose à cette inversion ; mais il reprend avec un « dio » qui paraphrase ὅν. M.M. Peretti, « Su alcuni passi della *Vita di Platone* di Diogene Laerzio », *RFIC* 1965, p. 447 pense par ailleurs que ὃν καὶ νοῦν προσαγορεύει καὶ αἴτιον est une glose interpolée : la chose est tout à fait possible. Mais M. Untersteiner (*Posidonio*, *op. cit.*, p. 50, n. 38) refuse cette hypothèse en faisant valoir que ce membre de phrase constitue une remarque sinon attendue, du moins plausible. Il n'en reste pas moins qu'on attendrait un membre de phrase parallèle qui fournirait la désignation platonicienne de la matière, peut-être une allusion à la χώρα.

3. *Timée* 50 d-e, 51 a.

4. En grec τὰ συγκρίματα. Ce terme désigne non seulement les éléments dont sont constitués les corps, mais même leurs ébauches.

5. Cette expression est très surprenante. Elle pourrait résulter d'une lecture approximative de *Timée* 31 b-c.

6. *Timée* 30 a, 69 b ; Eusèbe, *P. E.* XV 5, 2 ; 6, 4.

7. *Timée* 50 b-c, 53 a-b.

8. *Timée* 56 d ; Aristote, *De caelo* III, 306 a 20.

9. Eusèbe, *P. E.* XV 7, 4.

triangle rectangle scalène[1] –, tandis que la figure de la terre est particulière. L'élément feu en effet est la pyramide, l'élément air, l'octaèdre, l'élément eau, l'icosaèdre, tandis que l'élément terre est le cube[2]. De là vient que la terre ne peut se transformer en ces éléments, et que ceux-ci ne peuvent se transformer en terre.

71 Les éléments ne se trouvent pas dispersés chacun suivant son lieu propre, parce que la révolution de l'univers en faisant pression sur eux et en les poussant ensemble vers le centre, fait se rassembler les petites particules, et se disperser les grandes. Voilà bien pourquoi les espèces (d'éléments) qui se transforment les uns dans les autres changent aussi de lieu.

Il existe un monde unique, engendré[3], puisqu'il est sensible, ayant été fabriqué par dieu[4]. Il est doté d'une âme, parce que ce qui est doté d'une âme vaut mieux que ce qui n'en est pas doté[5], et parce que cet ouvrage est supposé venir d'une cause parfaite[6]. Il a été produit en un seul exemplaire et non pas en nombre indéterminé d'exemplaires, parce qu'était unique le modèle[7] à partir duquel le dieu l'a fabriqué[8].

72 Il est sphérique[9], puisque telle est aussi la figure de celui qui l'a engendré[10]. Car celui-ci contient les autres vivants, alors que celui-là contient les figures de tous. Il est lisse et, sur son pourtour, il n'est doté d'aucun organe, parce qu'il n'en a aucun besoin. Qui plus est, le monde reste incorruptible, parce qu'il ne se dissout pas dans le

---

1. Cf. *Timée* 53 c - 55 c.
2. *Timée* 55 d - 56 b.
3. *Timée* 31 a-b, 33 a, 55 c-d, 92 c.
4. *Timée* 28 b 8-9.
5. *Timée* 30 b.
6. *Timée* 30 a-b, 55 c-d.
7. En grec, on trouve ὑπόδειγμα. Le terme platonicien serait plutôt παράδειγμα. Alcinoos (*Didaskalikos* 5, p. 157, 13 Hermann) utilise le verbe ὑποδεικνύναι pour désigner un mode d'accès à l'intelligible.
8. *Timée* 31 a-b, 55 c-d.
9. *Timée* 33 c-d, 34 b, 62 d, 63 a.
10. Il pourrait s'agir là d'une doctrine stoïcienne (Plutarque, *Opinions des philosophes* I 7, 881 a); Cicéron, *De natura deorum* I 18 et 24; Sénèque, *Apocoloquintose* 8, 2); pour les Stoïciens en effet, dieu se confond avec l'univers, dont la forme est celle d'une sphère. Par suite, dieu est sphérique. Voir *Platonismus* IV, 1996, Baustein 119, 3.

dieu[1]. Et la cause de la génération tout entière est le dieu, parce que par nature le bien est bienfaisant[2]. Mais ... est la cause de la génération du ciel[3]. En effet, ce qu'il y a de plus beau parmi les choses engendrées[4] a pour cause ce qu'il y a de meilleur parmi les intelligibles. Il s'ensuit que, comme le dieu est tel, le ciel, qui est semblable à ce qu'il y a de meilleur, puisque, en tout cas, il est le plus beau, ne peut être semblable à aucune réalité engendrée, mais seulement à dieu[5].

73 Le monde est composé de feu, d'eau, d'air, de terre. De feu, de façon à ce qu'il soit visible; de terre, de façon à ce qu'il soit solide; d'eau et d'air, de façon qu'il y ait proportion entre les éléments qui le composent, car les solides se trouvent en proportion à l'aide de deux médiétés[6] de façon à ce que le tout constitue une unité. Et l'univers a été engendré à partir de la totalité des éléments, pour qu'il soit parfait et incorruptible[7].

---

1. Le texte transmis par les manuscrits (διὰ τὸ μὴ διαλύεσθαι εἰς τὸν θεόν) ne se comprend qu'en réaction à la thèse stoïcienne de l'embrasement universel en Zeus. Voir Untersteiner, *op. cit.*, p. 63-65. L'édition de Bâle remplace εἰς par ἐᾶν. Il faudrait alors comprendre : « parce que le dieu ne permet pas la destruction », ce qui serait une allusion à une thèse platonicienne bien connue » (*Politique* 273 d-e; *Timée* 32 c, 33 a, 38 b, 41 a, 43 c). Mais il s'agit sans doute d'une conjecture d'humaniste.

2. *Timée* 32 c, 33 a, 38 b, 41 a, 43 d.

3. Je considère, avec la plupart des éditeurs, qu'il y a une lacune entre τὸ et αἴτιον.

4. M. M. Peretti (« Su alcuni passi della *Vita di Platone* di Diogene Laerzio », *RFIC* 1965, p. 446) considère que τῶν γεννητῶν est une glose interpolée. Mais avec M. Untersteiner *(Posidonio, op. cit.*, p. 66), je ne crois pas que cette hypothèse soit nécessaire. Il n'en reste pas moins que le texte des manuscrits fait problème : rédaction relâchée ou mauvaise transmission ?

5. *Timée* 29 e-30 a, 42 e.

6. *Timée* 31 b-33 a. Je considère αἱ δυνάμεις comme une expression vide. L'idée est la suivante, c'est celle qui est développée dans le *Timée* en 31 b - 33 a. Entre deux figures planes, une seule médiété est nécessaire, alors qu'entre deux figures solides, ce qui est le cas pour les polyèdres réguliers associés au feu (tétraèdre) et à la terre (cube), deux médiétés sont nécessaires: l'air (octaèdre) et l'eau (dodécaèdre). La proportion permet de retrouver une unité dans la multiplicité.

7. Parfait, parce qu'il ne lui manque rien, et incorruptible, parce que rien ne viendra l'agresser de l'extérieur, cf. *infra* III 77 ; p. 152, 9-10 Long.

Le temps est une image de ce qui est éternel[1]. Alors que ce qui est éternel se trouve toujours en repos, le temps, c'est l'évolution du ciel. En effet, la nuit et le jour, le mois et tout ce qui est tel sont des parties du temps[2]. C'est pourquoi sans le monde il ne peut y avoir de temps, car le monde acquiert en même temps l'être et le temps[3].

74 C'est en vue de la génération du temps que sont apparus le soleil, la lune et les planètes. Et c'est pour rendre parfaitement évident le nombre des saisons et pour que les vivants aient part au nombre, que le dieu a allumé la lumière du soleil[4]. Dans le cercle situé au-dessus de la terre se trouve la lune, dans le suivant, le soleil, et dans ceux qui se trouvent plus haut, les planètes[5]. Le monde est animé en toutes ses parties, parce qu'il est lié à un mouvement animé[6].

C'est pour assurer au monde engendré la ressemblance la plus parfaite avec le vivant intelligible, que les autres vivants vinrent à l'être. Donc, puisque le vivant intelligible les contient[7], le ciel aussi doit les contenir[8]. Il contient donc des dieux qui sont le plus souvent faits de feu; il contient aussi les trois autres genres de vivants: ailé, aquatique, terrestre.

75 Par ailleurs, la terre est la plus ancienne des divinités qui se trouvent dans le ciel, et elle a été engendrée pour être l'artisan qui fait la nuit et le jour[9]. Se trouvant au milieu du monde, elle se meut autour de son centre[10].

1. *Timée* 37 d, cf. *Déf.* 411b.
2. *Timée* 39 b-d.
3. *Timée* 37 d-38 b. Dans ces deux occurrences φύσις est un terme vide.
4. *Timée* 47 a-b
5. *Timée* 38 c-d.
6. *Timée* 36 d-e.
7. Cf. *Timée* 30 c - 31 b
8. Cf. *Timée* 39 e - 41 d.
9. Je traduis *ad sensum* un texte très douteux, en jetant les yeux sur ce passage du *Timée*: «Γῆν ... φύλακα καὶ δημιουργὸν νυκτός τε καὶ ἡμέρας ἐμηχανήσατο, πρώτην καὶ πρεσβυτάτην θεῶν ὅσοι ἐντὸς οὐρανοῦ γεγόνασιν» (40 b-c), auquel pourrait faire allusion D. L. M.-O. Goulet-Cazé me suggère de comprendre ὡς δημιούργημα comme une sorte d'attribut à l'expression νύκτα καὶ ἡμέραν, c'est-à-dire «pour faire comme productions la nuit et le jour.»
10. Dans le *Timée* on lit: «Γῆν ... εἱλλομένην δὲ τὴν περὶ τὸν διὰ παντὸς πόλον τεταμένον» (40 b). L'exégèse de ce passage a fait l'objet d'un débat qui se poursuit. Diogène Laërce tranche en faveur du mouvement de la terre.

Or, puisqu'il y a deux causes, il faut dire, déclare Platon, que certaines choses sont dues à l'intellect, alors que d'autres sont dues à cette cause qu'est la nécessité[1]. Ressortissent à cette cause, l'air, le feu, la terre, l'eau – lorsqu'ils ne sont pas des éléments en toute rigueur de terme, mais leurs réceptacles[2]. Ceux-ci proviennent de triangles associés les uns aux autres et c'est en ces triangles qu'ils se dissolvent. Leurs éléments constitutifs sont le triangle rectangle scalène et le triangle rectangle isocèle[3].

76 Sont donc principes et causes des choses dont il y a un modèle les deux qu'on a dites, le dieu et la matière. Cela étant, les principes sont aussi les deux causes évoquées plus haut ...[4] des choses dont il y a un modèle, le dieu et la matière.

Il est nécessaire que la matière soit dépourvue de forme, comme c'est aussi le cas pour les autres réalités qui jouent le rôle de réceptacle[5]; mais pour toutes ces réalités[6] il y a nécessairement une cause. Car ce qui d'une façon ou d'une autre reçoit les formes engendre les réalités[7]. En outre, la matière est en mouvement, parce que la force s'y répartit inégalement, et son mouvement meut en sens opposé les choses qu'elle engendre[8]. Ces choses-là étaient dans un premier temps secouées par un mouvement échappant à toute rationalité et à toute régularité, mais lorsqu'elles commencèrent de constituer le monde, dans la mesure où la chose était possible[9], elles reçurent du dieu symétrie et ordre.

77 En effet, ces deux causes existaient avant même la fabrication du ciel – et le devenir vint en troisième lieu –, mais elles n'étaient pas

---

1. *Timée* 46 d-e, 47 e, 48 a, 68 e, 69 a.
2. *Timée* 49 a *sq.*, 50 b - 51 b, 52 a-d.
3. *Timée* 53 c - 55 c; Aristote, *De caelo* III, 289 b 33 *sq.*, 305 b 28 *sq.*, IV, 312 b 23 ; *De gen.* II, 329 a 21 *sq.*
4. M.M. Peretti (« Su alcuni passi della *Vita di Platone* di Diogene Laerzio », *RFIC* 1965, p. 447-449) qui suppose qu'il y a là un problème textuel, lacune ou déplacement, propose une solution qui ne me paraît pas s'imposer. M. Baltes dans *Platonismus* IV, 1996, Baustein 119, 4, supprime μὲν ὧν παράδειγμα.
5. *Timée* 50 b-51 b.
6. Ce τούτων renvoie à ὧν παράδειγμα.
7. La χώρα est assimilée par Platon à une mère (*Timée* 50 d).
8. *Timée* 52 d, 53 b, 57 c, 69 b-c.
9. Expression qui équivaut à κατὰ δύναμιν (*Timée* 30 a) et à κατὰ τὸ δυνατὸν (*Timée* 46 c). Elle revient en III 82.

apparentes, elles n'existaient que sous forme de traces et elles étaient plongées dans le désordre. Cependant, lorsque le monde vint à l'être, elles aussi reçurent l'ordre. Et le ciel fut formé de tous les corps qui venaient à l'existence.

Platon estime que le dieu, tout comme l'âme, est « incorporel »[1] et que c'est précisément pour cette raison qu'il échappe à la destruction et à toute affection. Platon prend pour acquis que les Formes, comme on l'a dit plus haut, sont causes et principes du fait que les choses sont naturellement constituées telles qu'elles sont.

Éthique

78 Sur les biens et les maux, voici ce qu'il disait. La fin est l'assimilation la plus complète possible à dieu[2]. La vertu suffit au bonheur[3]; mais elle a besoin en sus des instruments que sont les avantages corporels : force, santé, acuité sensorielle, etc.[4], et aussi des biens extérieurs[5] : richesse, naissance et réputation. Le sage n'en sera pas moins heureux, quand bien même ces instruments lui feront défaut.

Par ailleurs, le sage s'occupera des affaires de la cité[6], se mariera[7] et il se gardera de violer les lois en vigueur[8]. Dans la mesure du possible, il établira des lois pour sa propre patrie, à moins qu'il ne constate que la situation est absolument sans issue en raison de la trop grande disparité dans le peuple[9].

---

1. Notion stoïcienne.
2. *Théétète* 176 b-c ; *Phèdre* 248 a, 253 a ; *Rép.* X, 613 a ; *Timée* 90 d.
3. *Phédon* 69 a *sq.* ; *Théétète* 176 a *sq.* ; *Gorgias* 470 e, 506 b ; *Rép.* X, 612 a-b.
4. *Philèbe* 63 d *sq.* ; *Euthydème* 281 d ; *Ménexène* 246 e-f ; *Rép.* VI, 491 c.
5. L'expression τὰ δ' ἐκτὸς ἀγαθά vient directement d'Aristote, *Éthique à Nicomaque* I 8, 1098 b 13 et *Éthique à Eudème* II 1, 1218 b 32.
6. Même si Platon n'y est pas arrivé.
7. Cf. *Lois* VI, 772 d-e.
8. Cf. *Apologie* 31 e.
9. Cette phrase présente de redoutables difficultés d'ordre textuel. Je crois qu'il vaut mieux suivre Casaubon, qui propose comme conjecture ἀπαραίτητα, que les manuscrits qui ont εὐπαραίτητα. Par ailleurs, je prends διαφορᾷ dans son sens le plus courant, celui de « différence ». On peut établir un lien avec III 23.

79 Platon estime que les dieux s'intéressent aux affaires humaines[1] et qu'il y a des « démons[2] ».

Platon est le premier qui ait défini la notion du beau[3] comme ce qui dépend de ce qui est digne d'éloge, rationnel, utile, convenable et harmonieux. Toutes ces caractéristiques dépendent de ce qui suit la nature et qui se trouve en accord avec elle[4].

Il a discuté de la justesse des mots[5], de sorte qu'il est aussi le premier à avoir développé une science pour poser des questions et y répondre correctement[6], science dont il a fait un usage intensif.

Dans ses dialogues, il concevait aussi la justice comme une loi divine, parce que c'était une incitation plus efficace à agir selon la justice pour ne pas être châtié, même après la mort, comme malfaiteur[7].

80 Voilà pourquoi il apparaît à certains trop friand de mythes. Il a introduit ce genre de récits dans ses œuvres[8], pour retenir les hommes de commettre l'injustice, en leur rappelant que nous ne savons rien de précis sur ce qui advient après la mort[9].

Et voilà les doctrines qui sont les siennes.

---

1. *Sophiste* 265 c-d ; *Philèbe* 28 d *sq.* ; *Timée* 30 b, 44 c ; *Lois* V, 709 b, X, 899 d *sq.*, 901 d ; *Épinomis* 930 d.
2. *Apologie* 27 c *sq.* ; *Cratyle* 397 e *sq.* ; *Banquet* 202 e ; *République* III, 392 a ; *Timée* 40 d ; *Lois* IV, 713 e, 717 b.
3. Pour des allusions à cette définition du beau, cf. *Cratyle* 416 c *sq.* ; *Banquet* 206 d ; *Gorgias* 474 d *sq.* ; *Hippias majeur* 290 c - 291 c ; 293 e - 294 e ; 295 c - 297 d.
4. Notion très importante dans l'éthique stoïcienne.
5. C'est le sous-titre du *Cratyle* (voir III 59).
6. Sur l'invention du dialogue et de la dialectique par Platon, cf. III 24 et 48.
7. *Gorgias* 523 a ; *République* II, 364 b, X 613 a ; *Timée* 42 b ; *Lois* IV, 716 a, X, 904 b.
8. Exemples de mythes sur la rétribution après la mort : *Phédon* 107 d-e, 113 d ; *Théétète* 177 a ; *Phèdre* 249 a-b ; *Gorgias* 523 a *sq.* ; *République* X, 614 a *sq.* ; *Lois* X, 903 b - 905 d.
9. A cet endroit, le texte est incertain. J'ai traduit *ad sensum*, comme si on lisait διὰ † τοῦ ἄδηλον εἶναι τὸ πῶς ἔχειν, en m'appuyant sur ces passages : *Phèdre* 245 c - 256 c ; *Phédon* 107 c - 108 c ; *République* X, 614 b - 621 d ; *Gorgias* 523 a - 527 c.

Les Divisions

Platon, dit Aristote[1], divisait les réalités de la manière suivante.

[1][2] Parmi les biens, certains résident dans l'âme, d'autres dans le corps, et d'autres sont extérieurs. Par exemple, la justice, la sagesse, le courage, la modération, etc., résident dans l'âme; la beauté, la bonne constitution, la santé et la force résident dans le corps; les amis, la prospérité de sa patrie et la richesse sont des biens extérieurs. **81** Il y a donc trois espèces de biens: ceux qui résident dans l'âme, ceux qui résident dans le corps et les biens extérieurs[3].

[2] Il y a trois sortes d'amitié: l'une est imposée par la nature, une autre par la solidarité et la troisième par l'hospitalité. Par amitié naturelle, nous entendons celle que les parents portent à leurs rejetons, et celle que se portent mutuellement les membres d'une même famille; cette sorte d'amitié, les autres vivants l'ont aussi reçue en partage. Par amitié due à la solidarité[4], nous entendons celle qui naît de la fréquentation et qui n'a rien à voir avec la parenté, comme par exemple l'amitié de Pylade pour Oreste[5]. Quant à l'amitié liée à

1. Fragment 114 Rose[3] = fr. 82 Gigon.

2. Je numérote ainsi de façon continue les différentes divisions, telles qu'elles apparaissent chez Diogène.

3. Cette distinction se trouve attestée chez Platon (*Lois* III, 697 b, IV, 717 c, 724 a, IX, 870 b ; *Euthydème* 278 e; *Philèbe* 48 d-e; *Phèdre* 238 d *sq.*) et chez Aristote (*Rhétorique* I 5, 1360 b 25 *sq.* ; *Politique* VII 1, 1323 a 21-38, cf. aussi *Éthique à Nicomaque* I 8, 1098 b 12-16; *Éthique à Eudème* II 1, 1218 b 32-33 ; *Protreptique* fr. 3 Ross = fr. 76, 1 Gigon = Stobée; *Anth.* III 3, 25; *Grande Morale* I 3, 1184 b 1-6).

4. Le terme ἑταιρία présente une multiplicité de sens. Être l'ἑταῖρος d'un individu ou d'un groupe, c'est être lié à un individu ou à un groupe dont on partage les convictions, que ces convictions ressortissent à la philosophie, à la religion ou à la politique, et dont on partage l'activité ou dont on appuie l'action.

5. Pylade est l'ami par excellence d'Oreste, comme Achate est celui d'Énée. Quelques mots d'explication. Lorsque, à son retour, Agamemnon fut assassiné par Égisthe et par Clytemnestre, Oreste échappa au massacre grâce à sa sœur Électre; celle-ci l'emmena secrètement chez Strophios, qui régnait sur Crisa en Phocide. Strophios, qui avait pour épouse Anaxibie, la sœur d'Agamemnon, éleva Oreste avec son propre fils Pylade. Ainsi se noua l'amitié légendaire entre Oreste et Pylade. C'est surtout lors de son voyage en Tauride que Pylade fut d'un grand secours pour Oreste. Des tragédies d'Euripide comme *Oreste* et *Iphigénie en Tauride* évoquent cette amitié.

l'hospitalité, c'est celle que l'on porte à des étrangers et que nouent recommandation et échange de lettres. En ce qui concerne l'amitié, il y en a donc trois sortes : celle qui découle des liens naturels, celle qu'entraîne la solidarité et celle qu'impose l'hospitalité. Certains ajoutent une quatrième sorte : celle qu'entraîne la passion amoureuse[1].

82 [3] Il y a cinq sortes de constitutions politiques : l'une d'elles en effet est la démocratie, une autre l'aristocratie, la troisième l'oligarchie, la quatrième la royauté, la cinquième, la tyrannie. Il y a démocratie dans les cités où c'est le grand nombre qui a le pouvoir et qui choisit lui-même ses magistrats et ses lois. Il y a aristocratie dans la cité où ce ne sont ni les riches ni les pauvres ni les gens illustres qui exercent le pouvoir, mais où ce sont les meilleurs citoyens qui dirigent. Il y a oligarchie, quand c'est en fonction du cens que sont choisis les magistrats ; car les riches sont moins nombreux que les pauvres. La monarchie peut dépendre de la loi ou de la naissance. Effectivement, à Carthage[2], la monarchie dépend de la loi, car elle va au plus offrant. **83** A Lacédémone et en Macédoine elle dépend de la naissance, car c'est à partir d'une famille qu'ils constituent la royauté. Quant à la tyrannie, c'est le régime où les gens, soumis par la ruse ou par la force, sont gouvernés par un individu. Ainsi donc, comme constitution politique, il y a la démocratie, l'aristocratie, l'oligarchie, la royauté et la tyrannie[3].

[4] Il y a trois sortes de justice. L'une en effet s'exerce à l'égard des dieux, l'autre à l'égard des hommes et une autre à l'égard des défunts. Ceux qui conformément aux lois offrent des sacrifices aux

---

1. On peut retrouver des allusions aux trois premiers termes de cette division chez Aristote (*Rhétorique* II 4, 1381 b 34 ; *Éthique à Nicomaque* VIII 5, 1157 b 22-24 ; *Éthique à Eudème* VII 12, 1245 a 24-26).

2. Platon fait probablement référence à Carthage, lorsqu'il évoque les ὠνηταὶ βασιλεῖαι en *République* VIII, 544 d. Aristote reprend la même épithète τὰς μεγίστας ὠνητάς lorsque, dans la *Politique* (II 11, 1273 a 36), il décrit la constitution de Carthage. Voilà pourquoi on a pu penser (Gigante entre autres) que, à l'origine, au lieu de πωλητή, on lisait ὠνητή dans le texte de D. L. Cf. aussi Polybe (VI 56, 4).

3. Cette division, qui se trouve dans le *Politique* (291 d - 294 c) de Platon, a été reprise par Aristote dans la *Politique* (II 7-11, cf. aussi *Rhétorique* I 8, 1365 b 29-30). Au livre VIII de la *République* (544 d), Platon décrit les transformations mutuelles et hiérarchiques de ces régimes politiques.

dieux et participent à l'entretien des temples font évidemment preuve de piété. Ceux qui rendent les biens qu'ils ont empruntés ou qu'ils ont reçus en dépôt se montrent justes envers les hommes. Ceux enfin qui participent à l'entretien des tombeaux remplissent évidemment leur devoir à l'égard des défunts. Donc la première espèce de justice s'exerce à l'égard des dieux, la deuxième à l'égard des hommes et la troisième à l'égard des défunts[1].

84 [5] Il y a trois sortes de savoir. Le savoir pratique, le savoir qui vise à la production et le savoir théorique. L'art de construire des maisons et celui de fabriquer des navires sont des savoirs qui visent à la production, car on peut voir le produit qu'ils réalisent. L'art politique, l'art de jouer de la flûte et celui de jouer de la cithare, etc., sont des savoirs pratiques, car ils ne produisent rien de visible[2], mais ils font quelque chose. Dans un cas, l'artiste joue de la flûte ou de la cithare, dans l'autre il fait de la politique. La géométrie, la théorie musicale et l'astronomie sont des savoirs théoriques. En effet, elles n'effectuent rien, elles ne produisent rien. Mais le géomètre considère comment les lignes sont en rapport les unes avec les autres, le théoricien de la musique s'intéresse aux sons, et l'astronome contemple les corps célestes et le monde. Il y a donc trois sortes de savoirs : théoriques, pratiques et productifs[3].

85 [6] Il y a cinq sortes de médecine : la pharmaceutique, la chirurgicale, la diététique, la nosognomonique et la boéthétique. La

1. Les deux premières espèces de justice sont évoquées chez Platon (*Euthyphron* 12 e; *Gorgias* 507 b ; *Lois* IV, 717 a-c). Dans le *De virtutibus et vitiis*, ouvrage attribué à Aristote (5, 1250 b 19-20; 7, 1251 a 31 - b 3), se trouvent évoqués les défunts, les dieux, la cité, les démons, la patrie et les parents.

2. Il semble qu'il y ait là une lacune dans le texte transmis. Notre traduction suit une suggestion de M. Patillon qui propose de corriger †θετον† en ἔργον.

3. La distinction entre savoir pratique et savoir théorique apparaît en *Politique* 258 e (cf. aussi *Charmide* 163 b-d, *Gorgias* 449 e *sq.*, 450 d, 451 c). Il est cependant difficile de savoir si, dans son ensemble, cette division vient d'Aristote (*Éthique à Nicomaque* VI 1, 1139 a 6-15, 2, 1139 a 27 - b 4 ; *Topiques* V 6, 145 a 15-16 ; VIII 1, 157 a 10-11 *Métaphysique* E 1, 1025 b 18 *sq.*, 1064 a 16 ; *Protreptique* fr. 6 Ross = Jamblique, *Protreptique* 7, 42-43) ou si, dans son ouvrage *Sur la sagesse*, Xénocrate (fr. 259 Isnardi Parente = fr. 6 Heinze = Clément d'Alexandrie, *Stromates* II 5) en a été le promoteur. On lira aussi Maxime de Tyr XXXIII 4 ; Stobée (*Anthol.* II, p. 45, 18-20 Wachsmuth) ; Cicéron, *Premiers Académiques* II 22, cf. *De natura deorum* I 2, [51] 77.

pharmaceutique soigne les maladies à l'aide de médicaments; la chirurgicale guérit en coupant et en brûlant; la diététique élimine les maladies en prescrivant un régime; la nosognomonique agit en déterminant les symptômes de la maladie; et la boéthétique apporte un soulagement immédiat en supprimant la douleur. Donc la première sorte de médecine est la pharmaceutique, la deuxième, la chirurgicale, la troisième, la diététique, la quatrième, la boéthétique et la cinquième, la nosognomonique[1].

86 [7] La loi se divise en deux variétés: l'une d'elles est la loi écrite, l'autre, la loi non écrite. Celle qui nous sert à gouverner les cités, c'est la loi écrite, tandis que celle qui est conforme aux coutumes, c'est celle qu'on appelle loi non écrite, par exemple celle qui interdit de se promener tout nu sur la place publique ou de porter des vêtements de femme. Agir ainsi en effet, aucune loi écrite ne l'interdit, mais nous ne nous conduisons pourtant pas ainsi, parce qu'une loi non écrite l'interdit. Il y a donc deux variétés de lois, la loi écrite et la loi non écrite[2].

[8] On peut distinguer cinq sortes de discours. L'une de ces variétés est celle dont font usage les hommes politiques à l'assemblée du peuple; on l'appelle « politique ». **87** Une autre variété de discours est celle que les orateurs rédigent par écrit en vue de le déclamer en public et qu'ils prononcent[3] pour l'éloge, le blâme ou l'accusation : il s'agit de la variété « rhétorique ». Il y a une troisième variété de discours, celle dont se servent les particuliers lorsqu'ils s'entretiennent les uns avec les autres; ce genre de discours, on le qualifie de « privé ». Il y a une autre variété de discours, celle qui procède par courtes questions et réponses; voilà ce qu'on appelle le discours

---

1. Il s'agit probablement là d'une réminiscence de *Protagoras* 354 a. Mais plusieurs autres passages du corpus platonicien peuvent être invoqués à l'appui de cette division.

2. Thématisée dans la tragédie, et notamment dans l'*Antigone* de Sophocle, cette distinction reprend un certain nombre de passages platoniciens (*République* VIII, 563 d; *Politique* 295 e, 298 e, 299 a; *Lois* III, 680 a, VII, 793 a-b). On la retrouve chez Aristote (*Éth. Nic.* X 10, 1080 b 1 ; *Rhétorique* I, 1368 b 7; *Politique* III 16, 1287 b 5, VII, 1324 b 22). Il semble enfin qu'elle soit reprise par Cicéron (*De Leg.* I 2), par le pseudo-Archytas (chez Stobée, *Anth.* II, p. 134, 24 M.) et par Dion Chrysostome (*Or.* 14, 14).

3. Il semble qu'il manque un καί avant προσφέρουσιν.

« dialectique ». La cinquième variété de discours, c'est celle qu'emploient les artisans pour discuter de leur art ; on l'appelle « technique ». Il y a donc cinq variétés de discours : politique, rhétorique, privé, dialectique et technique[1].

88 [9] On peut distinguer trois sortes de musique. En effet, il y a d'abord celle qui est produite par la bouche seulement, par exemple le chant. Deuxièmement, il y a celle qui est produite par la bouche et par les mains, par exemple le chant avec accompagnement de cithare. Et la troisième qui est produite par les mains seulement, quand on joue de la cithare, par exemple. Il y a donc trois sortes de musique, celle qui est produite par la bouche seulement, celle qui est produite par la bouche et par les mains, et celle qui est produite par les mains seulement[2].

[10] On peut distinguer quatre sortes de noblesse. Première sorte : si les ancêtres sont beaux, bons[3] et justes, on dit que ceux qui en descendent sont nobles. Deuxième sorte : si les ancêtres ont été princes ou magistrats, on dit que ceux qui en descendent sont nobles. Troisième sorte : si les ancêtres ont laissé un nom, parce qu'ils ont été stratèges ou parce qu'ils ont obtenu des couronnes dans des compétitions[4] ; en effet, nous qualifions de nobles aussi ceux qui en descendent. **89** Quatrième sorte : si quelqu'un fait lui-même preuve de générosité et de grandeur d'âme, on dit que cet homme est noble ; et c'est là la forme la plus élevée de noblesse. Donc, la noblesse dépend d'ancêtres qui sont soit excellents, soit puissants, soit illustres, ou encore de la valeur personnelle[5].

---

1. Les trois premières variétés font sûrement allusion au *Phèdre* (261 a-b) de Platon et à la *Rhétorique* (I 3, 1358 b 6-13) d'Aristote. La quatrième est une réminiscence du *Gorgias*, et la seconde partie du *Parménide* en offre un excellent exemple (cf. aussi *Protagoras* 329 b, 335 b-e et Aristote, *Réfutations sophistiques* 11, 172 a 17-18). On ne trouve rien sur la dernière variété, qui cependant présente le plus grand intérêt.

2. Le passage le plus susceptible d'être visé par cette distinction est celui du second livre des *Lois* (669 b - 670 c, cf, *République* III, 393 *sq.*). Cf. aussi le dernier livre de la *Politique* d'Aristote.

3. On trouve καλοὶ κἀγαθοί.

4. Le terme ἀγών désigne toute sorte de compétition, aussi bien musicale que gymnique.

5. J'ai traduit ainsi ἀπὸ τῆς αὐτοῦ καλοκἀγαθία. Cette division est probablement une réminiscence d'un passage du *Théétète* (174 e *sq.*) de Platon.

[11] La beauté se divise en trois sortes. Une première sorte de beauté en effet, c'est ce qui fait l'objet d'éloge, par exemple une forme qui plaît à l'œil. Une autre, c'est ce qui présente une utilité, par exemple un instrument, une maison et tout ce qui de façon similaire est beau parce qu'utile. D'autres choses encore qui ressortissent aux lois, aux mœurs et à des pratiques de ce genre sont belles parce qu'elles sont avantageuses. Donc une sorte de beauté est fonction de l'éloge, une autre de l'utilité et une dernière de l'avantage[1].

90 [12] L'âme est divisée en trois parties. En effet, elle se compose d'une partie rationnelle[2], d'une partie désirante et d'une partie agressive. De ces trois parties, c'est la partie rationnelle qui est cause de la délibération, du calcul, de la compréhension et de toutes les activités de ce genre. La partie désirante de l'âme est cause du désir de manger, de faire l'amour et de toutes les activités de ce genre. La partie agressive est cause du courage, du fait d'être charmé ou contrarié ou de la colère[3]. Il y a donc trois parties de l'âme : une partie rationnelle, une partie désirante et une partie agressive[4].

[13] La vertu parfaite[5] comporte quatre espèces : l'une est la sagesse, une deuxième la justice, une autre le courage et une quatrième la

---

Aristote qui aborde la question dans la *Rhétorique* (I 5, 1360 b 31-38) aurait, on le notera, écrit un dialogue *Sur la noblesse* (fr. 1-3 Ross = fr. 68-71 Gigon).

1. Cette division s'inspire essentiellement du *Grand Hippias* (et plus précisément 293 c - 303 d) qui a pour sous-titre *Sur la beauté* ; on peut aussi invoquer, en ce qui concerne les deux premières sortes, le *Gorgias* (474 e) et la *République* (X 601 d). Pour ce qui est d'Aristote, on ne trouve, sur le sujet, que des fragments épars (*Topiques* I 15, 106 a 20-22 ; *Rhétorique* I 5 ; *Grande Morale* I 2 118 b 20-37 ; *Problème* 52, 896 b 22, *Éth. à Eudème* VIII 5, 1248 b 16 *sq.*).

2. Le terme λογιστικόν ne présente pas encore chez Platon le sens technique qu'il revêtira d'abord chez Aristote, puis chez les Stoïciens (III 67).

3. Je prends τοῦ ἥδεσθαι καὶ λυπεῖσθαι au sens moral.

4. Cette division correspond globalement à celle que propose Platon dans la *République* (IV, 439 d-e notamment, cf. aussi *Phèdre* 246 a *sq.*, 253 c) et dans le *Timée*. Aristote (*Protreptique*, fr. 6 Ross = fr. 73 Gigon = Jamblique, *Protreptique* 7, *Éthique à Nicomaque* I 13, VI 1, 1139 a 6-15) s'en inspirera.

5. C'est ainsi que je traduis τέλειος. Voici ce qu'écrit Apulée sur le sujet : « Parmi les vertus, certaines sont parfaites *(perfectae)*, d'autres imparfaites *(imperfectae)*; les vertus imparfaites sont celles qui naissent chez tous les hommes de la seule faveur de la nature ou qui s'acquièrent par l'étude seule, à l'école de la raison ; celles qui résultent de tous ces facteurs, nous dirons donc qu'elles sont parfaites » (*De Plat.* II [VI] 228, cf. la note de J. Beaujeu à sa traduction).

modération. **91** La première de ces espèces est la sagesse qui est cause de la conduite droite. La justice incite à respecter la justice dans les relations sociales et en affaires. Le courage fait que, devant les dangers et les frayeurs, au lieu d'abandonner son poste, on y reste. La modération fait qu'on domine ses désirs, qu'on n'est esclave d'aucun plaisir, qu'au contraire on mène une vie ordonnée. La vertu comporte donc quatre espèces : d'abord la sagesse, puis la justice, troisièmement le courage, quatrièmement la modération[1].

[14] On peut distinguer cinq variétés de pouvoir politique : l'une selon la loi, une autre selon la nature, une autre encore selon la coutume, une quatrième selon la naissance et une cinquième selon la force. **92** Ceux-là donc qui, dans les cités, gouvernent pour avoir été élus par leurs concitoyens tirent leur pouvoir de la loi. Ceux qui tiennent leur pouvoir de la nature, ce sont les mâles, pas seulement chez les hommes, mais aussi chez les autres animaux: partout en effet les mâles dominent presque toujours les femelles. Voici des exemples de pouvoir qui se fonde sur la coutume : celui que les maîtres d'école exercent sur leurs élèves et celui que les professeurs exercent sur leurs disciples. Voici des exemples du pouvoir qu'on dit fondé sur la naissance : celui qu'exercent les rois de Sparte, car la royauté est réservée à une famille. Et en Macédoine aussi c'est de la même manière que les rois obtiennent le pouvoir ; et en effet la royauté y est fondée sur la naissance. C'est par la force ou par la ruse que d'autres imposent leur pouvoir contre le gré de leurs concitoyens ; on dit qu'un tel pouvoir est fondé sur la force. Il y a donc cinq variétés de pouvoir, selon la loi, selon la nature, selon la coutume, selon la naissance, selon la force[2].

Les vertus parfaites impliquent donc conjointement de bonnes dispositions naturelles et un enseignement doctrinal. Il s'agit peut-être là du résultat d'une exégèse d'un passage de la *République* IV, 431 c.

1. On retrouve là la liste des quatre vertus cardinales décrites dans la *République* (IV, 427 c, cf. aussi *Phédon* 69 b-c ; *Lois* I, 630 b). Dans le *Protagoras*, la piété est ajoutée à cette liste.

2. Cette division fait allusion à des textes bien connus de Platon (*Gorgias* 483 c-d, cf. *Lois* III, 690 a *sq.*) et d'Aristote (*Politique* III 6, 1278 b 30 - 1279 a 10). Il faut rapprocher cette division de celle sur la puissance et de celle sur les constitutions.

93 [15] Les espèces de discours oratoire sont au nombre de six. Quand les orateurs incitent à faire la guerre ou à conclure une alliance avec quelqu'un, ils ont recours à ce qu'on appelle une « exhortation ». Quand ils demandent de ne pas faire la guerre ou de ne pas conclure une alliance, mais plutôt de rester tranquille, ils font usage d'une dissuasion. Une troisième espèce de discours oratoire consiste à déclarer qu'on est victime d'une injustice de la part de quelqu'un et à prouver que ce dernier est coupable de plusieurs méfaits ; on appelle « accusation » cette espèce particulière de discours oratoire. La quatrième espèce de discours oratoire[1] consiste à prouver qu'on ne commet aucune injustice, ni aucun autre écart de conduite ; voilà ce qu'on appelle une « défense ». **94** La cinquième espèce de discours oratoire consiste à dire du bien et à montrer l'excellence[2] ; on appelle « éloge » cette espèce particulière de discours oratoire. Une sixième espèce consiste à montrer l'indignité ; voilà ce qu'on appelle un « blâme ». Il y a donc six espèces de discours oratoire : l'éloge, le blâme, l'exhortation, la dissuasion, l'accusation et la défense[3].

[16] Le discours correct présente quatre aspects : ce qu'il faut dire ; en combien de mots il faut le dire ; troisièmement, à qui il faut le dire ; et quatrièmement, à quel moment il faut le dire. Eh bien, ce qu'il faut dire, c'est ce qui sera profitable aussi bien pour celui qui parle que pour celui qui écoute. En combien de mots il faut le dire, cela revient à n'utiliser ni plus ni moins de mots qu'il en faut. **95** A qui il faut le dire : si on s'adresse à des gens plus âgés[4], il faut tenir des discours adaptés à des gens plus âgés ; et si on s'adresse à des gens plus jeunes, il faut tenir des discours adaptés à des gens plus jeunes. A quel moment il faut le dire, cela revient à dire ni trop tôt ni

---

1. Avec Cobet, je supprime ἀπολογία καλεῖται, qui se trouve dans les manuscrits, mais qui fait double emploi et qui pose des problèmes insolubles de construction grammaticale.

2. J'ai ainsi traduit καλὸν κἀγαθόν.

3. Quintilien (*Inst. orat.* III 4, 9) fait remonter à Anaximène de Lampsaque cette classification des espèces de discours oratoires qu'on retrouve chez Aristote (*Rhétorique* I 3, 1358 b 6-20) et dans la *Rhétorique à Alexandre* (2, 1421 b 8-11).

4. Avec Ménage et Apelt, je supprime le ἁμαρτάνοντας (« qui ont commis une faute ») qu'on trouve pourtant dans les manuscrits, et qui ne fait pas sens. C'était peut-être une mauvaise leçon marginale pour l'ἁρμόττοντας qui suit.

trop tard. Si ces conditions ne sont pas remplies, on se trompera et on ne tiendra pas un discours correct[1].

[17] On peut distinguer quatre moyens de faire le bien : par ses richesses, par son corps, par son savoir, et par ses discours. En utilisant ses richesses, quand on aide quelqu'un à sortir d'un embarras financier. On se conduit bien les uns envers les autres en utilisant son corps, lorsqu'on vient en aide aux gens battus en leur prêtant main-forte. **96** Ceux qui éduquent et qui exercent la médecine et qui transmettent par leur enseignement quelque chose de bien, ces gens-là font le bien en utilisant leur savoir. Quand quelqu'un va au tribunal pour être le défenseur d'autrui et prononce un discours qui lui vient en aide, cet homme-là fait le bien par son discours. Il y a donc quatre façons de faire le bien : en utilisant ses richesses, son corps, son savoir ou quatrièmement ses discours[2].

[18] Ce qui assure l'accomplissement des choses est de quatre sortes. Les choses peuvent trouver leur accomplissement dans la loi, quand un décret est déposé et que la loi le réalise. Les choses trouvent leur accomplissement dans la nature, par exemple le jour, l'année et les saisons. Les choses trouvent leur accomplissement dans l'art, par exemple l'art de construire des maisons; c'est grâce à lui qu'on assure la réalisation de la maison. Il en va de même pour la construction des navires ; c'est grâce à lui qu'on assure la construction des navires. **97** Les choses peuvent encore trouver leur accomplissement dans le hasard, quand elles ne se produisent pas comme on l'attendait, mais autrement. Les choses peuvent donc trouver leur accomplissement de quatre façons : selon la loi, la nature, l'art et le hasard[3].

---

1. Ce développement se fonde notamment sur des passages du *Protagoras* (314 a) et du *Phèdre* (268 b, 272 a, 275 e), et se trouve explicité dans la *Rhétorique* (I 3, 1358 a 37 - b 1). Voir aussi Cicéron, *De oratore* 43. On notera que ce paragraphe n'a pas de conclusion.

2. Cette division fait probablement allusion à un passage de la *Rhétorique* (I 5, 1361 a 28-32) d'Aristote. Cf. aussi Anaximène de Lampsaque (p. 88, 23 *sq.* Fuhrmann).

3. Ces distinctions faites par Platon (*Lois* X, 888 e *sq.*) sont reprises par Aristote (*Physique* II 1-3, 4-7 ; cf. aussi *Éthique à Nicomaque* III 3, 1112 a 32-34, VI 4, 1140 a 14-19, *Protreptique* fr. 11 Ross = fr. 73 Gigon = Jamblique, *Protreptique* 9, 49, 3-11). Stobée attribue ces distinctions à Aristote (*Anth.* I,

[19] On peut distinguer quatre espèces de puissance. D'abord, la puissance que donne la pensée, calculer ou supposer. Ensuite, celle qui nous permet, en nous servant du corps, par exemple de marcher, de donner, de prendre, etc. Troisièmement, la puissance que nous procure une masse de soldats et de richesses ; de là vient qu'on dit d'un roi qu'il est très puissant. Il y a une quatrième variété de puissance : celle de pâtir ou d'agir en bien ou en mal, par exemple nous pouvons être malade ou être éduqué, recouvrer la santé, etc.[1]. La puissance peut donc se trouver, dans la pensée, dans le corps, dans l'armée et les richesses, ou dans le fait d'agir et de pâtir[2].

98 [20] La civilité[3] s'exprime de trois façons. L'une s'exprime par le moyen de la salutation, par exemple en ces occasions où certaines personnes saluent toute personne qu'elles rencontrent par la parole et en leur tendant la main droite. Elle s'exprime d'une autre façon, quand on vient en aide à toute personne tombée dans l'infortune. C'est d'une autre sorte de civilité que font preuve les gens qui aiment offrir des banquets. La civilité peut donc s'exprimer dans le fait de saluer, d'être bienfaisant, de recevoir des amis à sa table et de s'entretenir avec eux.

[21] Le bonheur se divise en cinq. Le bon jugement en est en effet une variété, le bon fonctionnement des sens et la santé du corps en est une autre, la réussite dans ce qu'on entreprend en est une troisième, la bonne réputation auprès des hommes en est une quatrième, et l'abondance de richesses et ce qui est nécessaire à la vie en est une cinquième. **99** On acquiert la capacité d'avoir un jugement sain par l'éducation et par une expérience étendue. Le bon fonctionnement des sens dépend des parties du corps, par exemple, si quelqu'un a les yeux qui voient, les oreillles qui entendent, le nez et la bouche qui perçoivent comme il faut ; voilà en quoi consiste le bon fonctionnement des sens. La réussite s'obtient quand on atteint correctement

---

p. 87, 9 - 88, 6 Wachsmuth) et à Diotogène le Pythagoricien (I 8, p. 93, 1-14 Wachsmuth).

1. Les exemples ne couvrent pas toutes les divisions.

2. Aristote s'est effectivement interrogé sur le sens à donner à ce terme : *Métaphysique* Δ 12, 1019 a 15-16 ; 1019 b 34 - 1020 a 6 ; Θ 1, 1046 a 10-11 ; *Protreptique* fr. 14 Ross = fr. 73 Gigon = Jamblique, *Protreptique* 11, 56, 15-22.

3. En grec φιλανθρωπία. Ni chez Platon ni chez Aristote, on ne trouve d'équivalent à cette division.

les objectifs que doit réaliser l'homme sage. La bonne réputation s'obtient quand on entend parler de soi en bien. Et on est dans l'abondance quand on est suffisamment pourvu de ce qui est nécessaire à la vie pour en faire profiter ses amis et pour s'acquitter des dépenses publiques en rivalisant de munificence. Celui qui possède tous ces avantages, celui-là est parfaitement heureux. Les variétés de bonheur sont donc : le bon jugement, le bon fonctionnement des sens et la santé du corps, la réussite, la bonne réputation et l'abondance de richesses[1].

100 [22] Les techniques[2] se divisent en trois : la première, la deuxième et la troisième. La première donc inclut l'exploitation des mines et l'exploitation forestière ; ce sont des techniques qui fournissent des matériaux. La technique du forgeron et celle du menuisier sont des techniques qui transforment ces matériaux ; en effet, c'est en utilisant du fer que le forgeron fabrique des armes, et en utilisant du bois que le menuisier fabrique des flûtes et des lyres. Et la troisième sorte, c'est celle qui utilise les instruments ainsi fabriqués, par exemple la technique hippique utilise les mors, la technique militaire utilise les armes et, pour pratiquer la technique musicale, il faut utiliser les flûtes et la lyre. Il y a donc trois espèces de technique, la première, la deuxième et la troisième[3].

101 [23] Le bien se divise en quatre genres. Premièrement, nous disons que l'homme qui possède la vertu est individuellement bon. Par ailleurs, nous disons que la vertu elle-même et la justice sont de bonnes choses. Troisièmement, nous disons par exemple que la nourriture, des exercices convenables et des médicaments sont de bonnes choses. Quatrièmement, nous déclarons que sont de bonnes choses, par exemple, l'art de jouer de la flûte, l'art dramatique et les autres arts du même genre. Donc il y a quatre espèces de biens. D'abord le fait de posséder la vertu, ensuite la vertu elle-même, troi-

---

1. On trouve, dans cette division, plusieurs allusions à des passages aristotéliciens (*Eth. Nicom.* VII 13, 1153 b 17 - 19 ; *Rhét.* I 5, 1360 b 14 - 29).

2. Dans le texte, on trouve τέχναι.

3. Cette division s'inspire de passages platoniciens (*Euthydème* 289 c ; *Politique* 287 d - 289 b ; *Protagoras* 321 d ; *Gorgias* 517 e ; *Banquet* 187 d ; *Sophiste* 219 c) et aristotéliciens (*Éthique à Nicomaque* I 1, 1094 a 9 ; *Économique* I 1, 1343 a 4 ; *Politique* I 1, 1258 b 27).

sièmement la nourriture et les exercices utiles, et quatrièmement l'art de jouer de la flûte, l'art dramatique et la poésie[1].

102 [24] Parmi les réalités, les unes sont mauvaises, d'autres bonnes, d'autres encore ni bonnes ni mauvaises. Nous disons que sont mauvaises celles qui sont toujours susceptibles de nuire, par exemple le manque de jugement, le manque de modération, l'injustice et les autres choses du même genre. Les choses contraires sont bonnes. Ce qui est tantôt utile tantôt nuisible, par exemple se promener, s'asseoir ou manger, ou ce qui n'est absolument pas susceptible d'être utile ou nuisible, cela n'est bien entendu ni bien ni mal. Parmi les réalités, les unes sont bonnes, d'autres mauvaises, d'autres encore ni mauvaises ni bonnes[2].

103 [25] La légalité se divise en trois aspects. L'un, si les lois sont bonnes est, disons-nous, la légalité. Le deuxième, si les citoyens respectent les lois établies, est aussi, disons-nous, la légalité. Le troisième, si, même en l'absence de lois[3], les citoyens se conduisent comme il faut en suivant leurs mœurs et leurs coutumes, est aussi, disons-nous, la légalité. De la légalité donc, un aspect est que les lois soient établies avec soin; le deuxième, que les citoyens respectent les lois établies ; et le troisième, que les citoyens aient des mœurs et des coutumes bonnes[4].

[26] L'illégalité se divise en trois aspects. D'abord, si les lois sont perverses aussi bien pour les étrangers que pour les citoyens; **104** si encore les citoyens n'obéissent pas aux lois en vigueur; si enfin, il n'y a pas de loi du tout. L'illégalité règne donc premièrement quand les lois sont perverses, quand deuxièmement les citoyens n'obéissent

1. Cette distinction fait allusion à un certain nombre de passages aristotéliciens (*Grande Morale* I 2, 1183 b 20-37; *Éthique à Eudème* VIII 3, 1248 b 16-37 notamment).

2. Sextus Empiricus (*Adv. Eth.* 3 *sq.*) attribue cette division non seulement à Xénocrate (fr. 231 Isnardi Parente), mais aussi aux Péripatéticiens et aux Stoïciens. C'est aussi aux Stoïciens que D. L. (VII 101-102 = *SVF* III 117) rapporte cette distinction. Voir plus haut III 102.

3. Je supprime le τῶν avec Mutschmann.

4. Cette division fait probablement allusion à des passages de la *Rhétorique* (I 15, 1375 a 25 - b 25) et de la *Politique* (IV 8, 1294 a 3-9 ; III 16, 1287 b 5-8) d'Aristote. On trouve peut-être une réminiscence de ce passage dans Ménandre le rhéteur (*Rhet. Gr.* III, p. 363, 4-10 Spengel = p. 64-66 Russell & Wilson).

pas à celles qui sont en vigueur et troisièmement quand il n'y a pas de loi du tout[1].

[27] Les contraires se divisent en trois classes, à savoir : les biens sont les contraires de maux à la façon dont la justice est le contraire de l'injustice, la sagesse le contraire de la déraison et ainsi de suite. Par ailleurs, les maux sont les contraires de maux; par exemple la prodigalité est le contraire de l'avarice, être injustement torturé est le contraire d'être torturé à bon droit; et les maux de ce genre sont contraires à des maux. Enfin, le lourd est le contraire du léger, le rapide du lent, le noir du blanc, dans la pensée que les choses qui ne sont ni bien ni mal sont les contraires de choses qui sont ni bien ni mal. **105** Parmi les contraires, il y a donc d'abord ceux qui, en tant que biens, sont contraires à des maux; ceux qui ensuite sont, en tant que maux, contraires à des maux ; et encore ceux qui, n'étant ni des biens ni des maux, sont contraires de choses qui ne sont ni bonnes ni mauvaises[2].

[28] Il y a trois sortes de biens: ceux qu'on peut posséder, ceux qu'on peut partager et les biens effectifs. Donc, les biens que nous pouvons posséder, ce sont tous ceux qu'il est possible d'avoir, par exemple la justice et la santé. Les biens qu'il est possible de partager, ce sont tous ceux qu'il n'est pas possible d'avoir, mais auxquels il est possible d'avoir part; par exemple, il n'est pas possible de posséder le bien en soi, mais il est possible d'y avoir part. Les biens effectifs, ce sont tous ceux auxquels il n'est pas possible d'avoir part et qu'il n'est pas possible de posséder, mais qui doivent être rendus effectifs, par exemple le fait d'être sérieux, et le fait d'être juste sont des biens ; et ces biens, il n'est possible ni de les posséder ni d'y avoir part, mais ils doivent être rendus effectifs[3]. **106** Parmi les biens, il y a donc ceux qu'on possède, ceux auxquels on a part et les biens effectifs[4].

---

1. On trouve une allusion pour cette division chez Anaximène de Lampsaque (p. 84, 20 *sq.* Fuhrmann).

2. On trouve un parallèle de cette division dans un fragment d'Aristote (fr. 124 Rose³ = fr. 628 Gigon). On a inclus cette division dans l'ensemble des témoignages relatifs à la doctrine non écrite de Platon (*App.* III Krämer = *Test. Plat.* 44b Gaiser).

3. Avec les éditeurs de Bâle, je supprime σπουδαῖον εἶναι καὶ δίκαιον εἶναι Mais je pense que tout le passage de καὶ ταῦτα à ἀγαθῶν est une dittographie.

4. Peut-être une allusion à l'*Éthique à Eudème* (VIII 3, 1099 b 27).

[29] On peut distinguer trois variétés de délibération: d'abord celle qui se tire du temps passé, celle qui se tire de l'avenir, et celle qui se tire du présent. Celle qui se tire du passé évoque des exemples, ainsi ce que subirent les Lacédémoniens pour avoir accordé leur confiance[1]. La délibération qui se tire du présent, consiste par exemple à montrer que les remparts présentent des faiblesses, que les gens sont lâches, qu'il y a peu de blé. Et la délibération qui se tire de ce qui va arriver invite, par exemple, à se garder de tout acte injuste inspiré par le soupçon contre les ambassadeurs, pour éviter que la Grèce ne perde sa réputation[2]. Il y a donc une délibération qui se tire du passé, une autre qui se tire du présent, et une autre encore qui se tire du futur[3].

107 [30] Le son se répartit en deux classes: celle de l'animé et celle de l'inanimé. A la classe de l'animé ressortit les sons émis par les êtres vivants, à la classe de l'inanimé, les bruits et l'écho. Parmi les sons émis par les êtres vivants, les uns peuvent être mis par écrit[4], les autres non. Les sons qui peuvent être mis par écrit sont ceux émis par les hommes, ceux qui ne le peuvent sont ceux émis par les animaux. Le son se répartit donc en deux classes: celle de l'animé et celle de l'inanimé[5].

[31] Parmi les réalités, les unes sont divisibles, tandis que les autres sont indivisibles. Parmi les réalités divisibles, les unes sont homéomères, les autres non. Les réalités indivisibles, ce sont celles qui ne supportent pas la division et qui ne sont composées de rien d'autre, par exemple l'unité, le point et le bruit. Sont divisibles, toutes les réalités qui résultent d'un mélange, par exemple les syllabes, les accords, les vivants, l'eau et l'or. **108** Sont homéomères toutes les réalités qui sont constituées de parties semblables, et dont le

1. Il est difficile de savoir s'il s'agit là d'une allusion historique précise.
2. Pour chaque genre de délibération, l'exemple est toujours le même, celui d'une ville assiégée.
3. Probablement une allusion à *Rhétorique* (I 3, 1358 a 36–b 20; I 11, 1370 a 32).
4. Le Stoïcien Diogène de Babylonie définissait la λέξις comme un son vocal transcriptible, φωνὴ ἐγγράμματος (VII 56).
5. Réminiscence de Xénocrate (fr. 88 Isnardi Parente = Porphyre, *In Ptol. Harm.*, p. 8, 22 *sq.* Düring) et d'Aristote *De anima* (II 8, 420 b 5-10). On ne voit pas très bien ce que vient faire ici une telle division.

tout ne diffère en rien de la partie si ce n'est par sa masse, par exemple l'eau, l'or, tout ce qui est fusible, et ce qui est apparenté. Ne sont pas homéomères toutes les réalités constituées de parties dissemblables, par exemple la maison et les réalités similaires. Parmi les réalités, il y a donc celles qui sont divisibles, et celles qui ne le sont pas ; et parmi les divisibles, celles qui sont homéomères et celles qui ne le sont pas[1].

[32] Parmi les réalités, les unes existent par elles-mêmes, les autres sont dites relativement à quelque chose. Eh bien, les réalités qui sont dites exister par elles-mêmes, ce sont toutes celles qui n'ont besoin de rien d'autre pour être explicitées. **109** Ces réalités ce pourrait être par exemple l'homme, le cheval et les autres êtres vivants. En effet, une explicitation ne leur apporte rien. En revanche, les réalités qui sont dites exister par relation à quelque chose sont toutes celles qui ont besoin d'une explicitation, par exemple ce qui est plus grand, ce qui est plus rapide, ce qui est plus beau et ainsi de suite. En effet ce qui est plus grand est plus grand qu'un plus petit et ce qui est plus rapide est plus rapide que quelque chose. Parmi les réalités, donc, les unes sont dites exister par elles-mêmes et les autres exister relativement à quelque chose[2].

Voilà donc les premières divisions qu'effectuait Platon, si l'on en croit Aristote.

Homonymes

Il y eut un autre Platon, philosophe de Rhodes, disciple de Panétius[3] suivant ce que rapporte Séleucos le grammairien[4] au premier

---

1. Cette distinction se fonde sur des passages platoniciens (*Timée* 35 a *sq.*) et sur des passages aristotéliciens (*Physique* I 4 ; *De part. anim.* II 1, 646 a 8-24). Alexandre d'Aphrodise (*In Metaph.* p. 1014 a 26) semble y faire allusion.

2. Cette division (cf. aussi le n° 67 de Mutschmann) fait peut-être allusion à certains textes platoniciens : *Sophiste* 255 c ; *République* 438 a ; *Parménide* 133 c. Hermodore (fr. 7 Isnardi Parente = Simplicius, *In Arist. Phys.*, p. 247, 30 *sq.* Diels) aurait attribué à Platon une telle division des réalités que Gaiser et Krämer mettent en rapport avec les doctrines non écrites (*App.* III 28 Krämer = *Test. Plat.* 43 Gaiser), et qu'ils rapprochent d'un long passage de Sextus Empiricus (*Adv. Math. X* 248 -263 = *App.* III 12 Krämer = *Test. Plat.* 32 Gaiser).

3. Fr. 157 van Straaten, T 45 Alesse.

4. *FHG* III, p. 500 Müller. Séleucos d'Alexandrie, le grammairien, est peut-être le même que celui que Suétone situe sous Tibère. Sur ce personnage, cf.

livre de son ouvrage *Sur la Philosophie* ; un autre encore, péripatéticien, disciple d'Aristote[1] ; et un troisième, disciple de Praxiphane[2] ; et un autre, le poète de l'Ancienne Comédie[3].

B. A. Müller art. « Seleukos » 44, *RE* II A 1, 1921, col. 1251-1256 (voir aussi Seleukos 28).

1. Cf. [Johanna Schmidt], art. « Plato » 8, *RE* XX 2, 1950, col. 2542.
2. Praxiphane, fr. 6 Wehrli.
3. Un contemporain d'Aristophane et d'Eupolis notamment (fr. 431-548 Kassel & Austin). Cf. A. Korte, art. « Platon » 2, *RE* XX 2, 1950, col. 2537-2541.

Note complémentaire (livre III)

1. Tout comme H. Alline (*Histoire du texte de Platon*, Paris 1915, p. 46-49), je donne pour antécédent à ἅπερ non pas τὰ σημεῖα, mais τὰ βιβλία qui est plus proche. Dès lors, ce passage se trouve coupé des informations fournies sur les signes critiques. Si cette information est bien indépendante, l'hypothèse avancée par M. Gigante, « Biografia e dossografia in Diogene Laerzio », dans *Diogene Laerzio storico del pensiero antico* [Atti del Convegno 1985], *Elenchos* 7, 1986, p. 67-71, devient intenable. Selon cet auteur, la source de Diogène Laërce III 66 serait non pas l'édition alexandrine de Platon, mais Antigone de Caryste (241-177 av. J.-C.) qui exerça son activité à Pergame et auquel M. Gigante rapporte un fragment de papyrus de Florence, datant du IIe ou du IIIe siècle après J.-C. (publié par V. Bartoletti, « D. L. III 65-66 e un papiro della raccolta fiorentina », dans *Mélanges Tisserant*, coll. « Studi e testi » 231, Città del Vaticano 1964, p. 25-30. Le texte de ce papyrus se trouve maintenant édité dans *Der Platonismus in der Antike* II, 1990, Baustein 49.1). Selon M. Gigante, Diogène Laërce se serait bien inspiré d'Antigone de Caryste sans pourtant suivre le même ordre dans la présentation des signes. Suivant cette hypothèse, les signes critiques énumérés par Diogène Laërce renverraient non pas à l'édition alexandrine de la fin du IIIe siècle avant J.-C., mais à une édition académicienne du milieu du même siècle, une édition produite sous le scholarcat d'Arcésilas, suivant l'hypothèse avancée par A. Carlini, « Linea di una storia del testo del *Fedone* », *SCO* 17, 1968, p. 135 *sq.* [repris dans *Studi sulla tradizione antica e medievale del* Fedone, Roma 1972, p. 20 *sq.*]. Si on n'accepte pas l'hypothèse de M. Gigante et si on comprend que l'expression νεωστὶ ἐκδοθέντα (« qui venaient tout juste d'être éditées ») fait référence à la venue de Zénon de Kition à Athènes évoquée aussi par Diogène Laërce en VII 28, on doit situer l'édition académicienne à la fin du IVe siècle, c'est-à-dire à l'époque où Xénocrate dirigeait l'Académie.

LIVRE IV

Introduction, traduction et notes

par Tiziano DORANDI

INTRODUCTION

A la suite de la biographie de Platon qui occupe, avec l'exposition des *dogmata*, la totalité du troisième livre des *Vies*, Diogène Laërce aborde, avec le livre IV, l'histoire de l'Académie[1].

Dans le schéma des *Successions des philosophes* exposé dans son Prologue (I 14), Diogène se fondait sur une division tripartite de l'Académie qui ignorait ou du moins ne prenait pas en compte la subdivision en cinq phases qu'on retrouve dans ce quatrième livre[2]: Speusippe, Xénocrate, Polémon, Cratès, Crantor, Arcésilas, fondateur de la Moyenne Académie, Lacydès qui fut à l'origine d'une nouvelle phase dans la pensée académicienne en fondant la Nouvelle Académie, Carnéade et Clitomaque. Diogène laisse de côté Héraclide du Pont, qu'il traitera avec les Péripatéticiens au livre V[3]; en revanche, il insère, de manière inattendue, entre la biographie d'Arcésilas et celle de Lacydès, une vie de Bion de Borysthène.

On n'a pas encore fourni d'explication convaincante de la présence de Bion parmi les Académiciens. Kindstrand[4] reprend l'ancienne hypothèse de Leo qui considérait que la *Vie de Bion* de Diogène Laërce dépendait d'une *Histoire* anonyme de l'Académie[5]. A

1. On trouvera une discussion approfondie des nombreux problèmes soulevés dans ce quatrième livre (la *Vie de Bion* exceptée) dans Dorandi, « Academia », p. 3761-3792.

2. Cf. aussi D. L. I 19 ; IV 28, 59 et Gigante, « Biografia e dossografia », p. 48 *sq.* Les témoignages sur les différentes périodisations de l'histoire de l'Académie ont été rassemblés par Gigante dans Isnardi, *Speusippo*, p. 17-25.

3. V 86-94. En III 46 Héraclide est cependant mentionné parmi les disciples de Platon. Cf. Dorandi, « Academia », p. 3762.

4. Kindstrand, *Bion*, p. 19 *sq.*

5. Leo, p. 70-72. Gaiser, p. 129-133, a soulevé, à juste titre, de sérieux doutes à l'égard de l'hypothèse de Leo.

l'origine, Bion devait avoir été enregistré parmi les Académiciens en tant qu'élève de Cratès (ainsi que de Crantor, si l'on accepte l'hypothèse vraisemblable de Gaiser[1]) ; ce n'est que dans un second moment, que l'on aurait construit autour de son personnage une véritable biographie, enrichie par des anecdotes et d'autres détails accessoires, tels qu'en offre la *Vie* transmise par Diogène Laërce.

Nous nous proposons d'analyser de plus près le contenu des différentes biographies qui composent le livre IV afin de définir, autant qu'il est possible, la position de Diogène Laërce comme historien de l'Académie, à côté d'Antigone de Caryste et Philodème, et de dégager les caractéristiques de sa narration.

Speusippe

La courte *Vie de Speusippe* (1-5) repose sur une tradition hostile au premier scholarque. C'est à cette tradition qu'il faut rapporter l'information malveillante qui raconte que Speusippe, en proie à la colère, aurait jeté son petit chien dans un puits et, pour satisfaire son plaisir, se serait rendu en Macédoine au mariage de Cassandre ; le reproche qui lui fut adressé par Denys, le tyran de Syracuse, d'avoir eu comme élèves deux femmes : Lasthéneia de Mantinée et Axiothéa de Phlionte ; l'information selon laquelle, âgé et paralysé, il se faisait conduire à l'Académie sur une charrette et, malgré les critiques de Diogène le Cynique qui lui reprochait d'être trop attaché à la vie, ne se serait suicidé qu'à la fin, dans un moment de découragement ; l'anecdote enfin qui raconte que Speusippe aurait dit à un homme riche qui aimait une femme laide que pour dix talents il était disposé à lui en trouver une plus belle. La *Vie* comprend cependant des informations objectives ou plus favorables au philosophe : Speusippe, Athénien du dème de Myrrhinonte, était le fils d'Eurymédon et de Potonè, la sœur de Platon ; il fut scholarque pendant huit ans à partir de 348/7. Il éleva des statues des Grâces dans le sanctuaire des Muses fondé par Platon dans l'Académie. Il resta fidèle à la doctrine platonicienne. Au moment de choisir un successeur, il fit appeler Xénocrate, alors absent d'Athènes. C'est à la même tradition qu'il

1. Pour les études de Bion chez Cratès, voir D.L. IV 23 et 51 ; pour un séjour chez Crantor, voir Philodème, *Acad. hist.* S 30 *sq.* tel qu'interprété par Gaiser, p. 530 *sq.*

faut rapporter le témoignage de Timonidès, prétendant que Speusippe avait pris part à l'entreprise sicilienne de Dion, et peut-être aussi celui de Favorinus concernant l'acquisition par Aristote des ouvrages du scholarque académicien.

La section consacrée aux εὑρήματα (2-3) est unique dans le quatrième livre[1]. Diogène rapporte que Speusippe fut le premier à considérer ce que toutes les sciences ont en commun et à les mettre le plus possible en relation les unes avec les autres ; il rapporte également que, selon un certain Caineus, Speusippe avait dévoilé les doctrines secrètes de l'art rhétorique d'Isocrate et enseigné la manière dont les fagots d'osier pouvaient être portés facilement.

La *Vie* est complétée par l'épigramme funéraire composée par Diogène pour Speusippe ; par la mention d'un homonyme, médecin alexandrin de l'école d'Hérophile, et par le catalogue des écrits du scholarque, transmis dans un état désordonné et incomplet, mais qu'il ne faut pas corriger de façon arbitraire comme l'a fait Lang[2].

Xénocrate

Dans la *Vie de Xénocrate* (6-15), les éléments négatifs, prédominants, se mêlent à d'autres éléments positifs et restreignent notablement la valeur historique du récit de Diogène Laërce pour la reconstruction de la biographie de Xénocrate, ainsi que l'ont mis en évidence Leo[3] et Isnardi[4].

Xénocrate avait suivi depuis sa jeunesse les leçons de Platon et l'avait accompagné en Sicile (dans le deuxième ou le troisième voyage du philosophe, en 367 ou en 361 av. J.-C.). Il avait succédé à Speusippe en 339/8, et avait dirigé l'Académie pendant vingt-cinq ans. Si l'on rapproche ces renseignements de l'information ultérieure (14), selon laquelle Xénocrate aurait vécu quatre-vingt deux ans, on peut situer sa naissance en 396/5 et son arrivée à Athènes vers 370. L'épisode de l'élection de Xénocrate comme scholarque doit être complété par les informations données par Diogène antérieurement

1. Cf. Leo, p. 56 n. 1 (en général, sur les *euremata*, p. 46-49), et Tarán, p. 180-182.

2. P. Lang, *De Speusippi Academici scriptis*, Bonnae 1911, p. 48. Cf. Gigante, p. 579 *sq.*

3. Leo, p. 60 *sq.*

4. Isnardi, « Biografia », p. 129-162.

(3): le philosophe avait été rappelé à Athènes par Speusippe malade et personnellement désigné par ce dernier comme son successeur[1].

Il faut peut-être rapporter à une tradition défavorable au philosophe la description de Xénocrate comme un « âne », lent à apprendre comparé à Aristote, « cheval de race », ainsi que l'allusion à l'invitation que lui adressait Platon de « sacrifier aux Grâces », ce qui n'exclut pas que le premier motif au moins puisse cacher une pointe dirigée contre Aristote et entende révéler une qualité positive chez Xénocrate, présenté ainsi comme un disciple fidèle de Platon[2]. L'histoire des rapports de Xénocrate avec les courtisanes Phryné et Laïs, l'une et l'autre repoussées par le philosophe, a sans doute été conçue pour mettre en évidence la vertu de tempérance, mais elle est introduite par Diogène dans un contexte qui a tendance à dénigrer Xénocrate. C'est également à une tradition défavorable à Xénocrate qu'il faut attribuer l'anecdote racontant que le philosophe risqua d'être vendu comme esclave parce qu'il n'avait pas les moyens financiers suffisants pour payer la taxe imposée aux métèques (μετοίκιον) – il aurait été sauvé grâce à l'intervention de Démétrios de Phalère –, ainsi que l'information selon laquelle le philosophe serait mort à quatre-vingt deux ans, après être tombé la nuit, et s'être heurté la tête contre une cuvette.

Face à ce matériel, on relève toute une série d'informations favorables au philosophe: Xénocrate avait choisi l'Académie comme résidence permanente ; il en sortait rarement pour aller à Athènes et jouissait alors des plus hautes formes de respect[3]. Le philosophe avait une grande maîtrise de soi. On lui reconnaissait une telle honnêteté que les Athéniens lui avaient accordé le privilège unique de témoigner sans prêter serment. Par esprit d'indépendance, Xénocrate avait refusé une importante somme d'argent envoyée par

---

1. De cet épisode sont nées deux lettres pseudépigraphes de Speusippe à Xénocrate (fr. 157-158 Isnardi). Cf. Isnardi, *Speusippo*, p. 403-405, et *Ead.*, « Due epistole socratiche e la storia dell'Accademia antica », *La cultura* 18, 1980, p. 280-282.

2. Isnardi, « Biografia », p. 136 *sq.*

3. Selon Plutarque, *De exilio* 603 b-c (= fr. 22 Isnardi), Xénocrate ne quittait l'Académie qu'à l'occasion des Dionysies. Polémon (D.L. IV 19 = fr. 42 Gigante et Philodème, *Acad. hist.* XIV 35-42 = fr. 44) établit lui aussi sa demeure dans l'Académie. Cf. Isnardi, « Biografia », p. 148 *sq.*

Alexandre. Selon d'autres sources, il n'en avait conservé qu'une petite partie ; il n'avait pas accepté non plus de l'argent envoyé par Antipatros. Il dédia à Hermès la couronne d'or qu'il avait remportée durant la fête des Conges organisée par le tyran Denys. A l'occasion d'une ambassade envoyée auprès du roi Philippe II, Xénocrate fut le seul qui ne se laissa pas corrompre et, face aux fausses accusations lancées par les autres ambassadeurs qui lui reprochaient de n'avoir pas défendu la cause du peuple d'Athènes, il sut démontrer son innocence de façon convaincante, innocence qui fut par la suite confirmée par le roi macédonien lui-même. Ambassadeur auprès d'Antipatros, il parvint à faire libérer les prisonniers de la guerre lamiaque. Il ne répondait jamais aux injures lancées par Bion et refusa à un interlocuteur qui n'avait étudié ni la musique, ni la géométrie, ni l'astronomie, le droit de suivre ses cours. A Denys qui avait menacé de faire couper la tête de Platon, il avait répondu qu'il lui faudrait tout d'abord couper la sienne, à lui. Quand Antipatros vint à Athènes, Xénocrate ne répondit pas à son salut avant d'avoir fini ce qu'il était en train de dire. Il était cependant tout à fait dépourvu d'orgueil et souvent, au cours de la journée, il se retirait dans la méditation et restait une heure en silence.

Le catalogue des écrits, en prose ou en vers, du scholarque, complété par des titres supplémentaires et des indications stichométriques, l'épigramme funéraire et la liste des six homonymes sont des éléments récurrents dans le récit biographique de Diogène.

Polémon

A partir de la *Vie de Polémon* (16-20) et jusqu'à celle d'Arcésilas inclusivement, la valeur incomparable de la source biographique – certainement constituée par les *Biographies* d'Antigone de Caryste – confère davantage de crédibilité au récit de Diogène. La comparaison de la biographie de Polémon avec les pages parallèles de l'*Academicorum historia* de Philodème ne se borne pas à montrer de façon évidente que le noyau central du texte diogénien dépend d'Antigone[1] tout en permettant de dégager les modifications secondaires apportées par Diogène au modèle original, mais permet éga-

1. Cf. Dorandi, « Antigono », p. 85-87.

lement de se représenter quelles étaient la structure formelle et les principales caractéristiques d'un *bios* d'Antigone.

La biographie de Polémon est principalement marquée par une préoccupation éthique : elle est primordiale dans la description de la vie dissipée du jeune Polémon et dans l'épisode de sa « conversion » à la philosophie sous l'influence de Xénocrate. Un jour, en état d'ivresse, il pénétra avec ses amis dans l'école de Xénocrate. Le philosophe, imperturbable, continua son cours, dont le thème était la modération. Polémon s'arrêta pour écouter et fut fasciné par les paroles de Xénocrate au point de devenir son disciple, puis son successeur comme scholarque.

Polémon était le fils d'un riche citoyen athénien, éleveur de chevaux pour les courses de char ; un procès lui avait été intenté par son épouse qui l'accusait d'avoir des rapports sexuels avec des jeunes gens. Il amenda ses mœurs à la suite de sa rencontre avec Xénocrate et, à partir de ce moment, il manifesta de la fermeté ; sa voix était immuable ; il resta impassible lorsqu'un chien enragé lui mordit le mollet et lorsqu'il apprit qu'il y avait de l'agitation en ville. Dans les spectacles théâtraux également, il ne manifestait aucune émotion. Alors que le poète Nicostratos récitait, devant Polémon et Cratès, quelques vers d'Homère, Cratès manifesta une vive sympathie, tandis que Polémon resta impassible, comme s'il n'avait pas écouté. Dans son caractère se manifestaient assurance et sécheresse. Polémon soutenait qu'il fallait s'entraîner dans les faits concrets de la vie et non pas dans les spéculations dialectiques, afin d'éviter de ressembler à celui qui a écrit un traité d'harmonie musicale mais n'en met pas les principes en pratique. Il ne recherchait pas à susciter l'admiration pour son habileté dialectique, mais plutôt pour la cohérence interne de sa propre vie. Polémon était brillant et noble ; il ne discutait jamais en restant assis, mais toujours en marchant ; il était honoré par ses concitoyens à cause de la noblesse de ses sentiments : malgré cela, il préférait vivre dans le jardin de l'Académie, où ses disciples avaient dressé des baraques afin de pouvoir rester près de lui. Il tentait d'imiter Xénocrate en toutes choses, au point qu'on disait, pour le calomnier, qu'il était épris de lui.

La *Vie* s'achève par quelques jugements de Polémon sur la poésie de Sophocle et d'Homère, ajoutés par Diogène à la biographie d'Antigone. La mort par consomption de Polémon à un âge avancé a inspiré à Diogène une épigramme funéraire[1]. On ne trouve pas dans cette vie de liste des œuvres du philosophe, bien que le biographe y fasse allusion[2].

Cratès

La brève *Vie de Cratès* (21-23), à nouveau fondée sur Antigone de Caryste, constitue la source principale de la reconstruction de la vie du philosophe académicien, successeur de Polémon comme scholarque.

Cratès devint disciple et amant de Polémon, ainsi que son successeur à la tête de l'Académie. Leur liaison fut si intense, que durant toute leur vie, ils partagèrent les mêmes intérêts et les mêmes activités, avant d'être ensevelis dans une tombe commune. Le poète Antagoras de Rhodes composa pour eux une épitaphe dans laquelle il rappelait la concorde qui unissait les deux hommes et le caractère inspiré de leurs paroles sacrées, inspiration fondée sur une solide doctrine et qui constituait l'ornement d'une vie divine de sagesse. On peut trouver un signe de l'heureuse situation qui s'était créée dans l'Académie durant le scholarcat de Polémon, grâce aussi à la présence de Cratès et de Crantor, dans le jugement formulé à leur propos par Arcésilas quand, après avoir quitté l'école de Théophraste, il se tourna vers l'Académie: Polémon, Cratès et Crantor lui étaient apparus comme des dieux ou des survivants des hommes de la Race d'or. L'appartenance de cette section aux *Biographies* d'Antigone – à travers peut-être des *Mémoires d'Arcésilas* écrits par son disciple Lacydès de Cyrène, comme l'a suggéré Gaiser – reste controversée[3]. Polémon et Cratès dédaignaient la faveur de la foule et préféraient se comparer au peu populaire joueur de flûte Dionysodoros plutôt qu'à Isménias. Diogène rapporte que Cratès et Crantor faisaient table commune et qu'ils vivaient tous deux ensemble avec Arcésilas en parfaite harmonie. Arcésilas et Crantor habitaient dans la même maison que Polémon, tandis que Cratès vivait avec Lysiclès. Cratès était l'amant de Polémon, Arcésilas celui de

1. Sur la date probable de sa mort (270/69), cf. Dorandi, *Ricerche*, p. 3-6.
2. Cf. K. von Fritz, art. « Polemon » 8a, *RE* XXI 2, 1952, col. 2526.
3. Cf. Dorandi, « Antigono », p. 69-70.

Crantor. A sa mort, Cratès laissa de nombreux livres : des œuvres philosophiques, un écrit sur la comédie, des discours tenus devant l'Assemblée ou à l'occasion d'ambassades. Parmi ses disciples on mentionne Arcésilas et Bion de Borysthène.

La *Vie,* qui ne comporte pas d'épigramme de Diogène, est complétée par une liste de dix homonymes empruntée à Démétrios de Magnésie[1].

Crantor

C'est à nouveau Antigone de Caryste[2] qui est la source de la biographie de Crantor (24-27), originellement poète, puis disciple de Xénocrate et de Polémon à l'Académie. Crantor ne fut pas scholarque, car il mourut avant Polémon.

Originaire de Soles, Crantor quitta sa ville natale, où il jouissait d'une grande réputation comme poète, pour se rendre à Athènes à l'école de Xénocrate, où il fut condisciple de Polémon. Sa vaste production littéraire était attribuée par certains à Arcésilas. Il fut attiré vers Polémon par la qualité de sa voix, dont le ton était toujours égal. On raconte que, malade, il s'était retiré dans le temple d'Asclépios et que de nombreuses personnes étaient accourues en cet endroit, croyant qu'il avait l'intention d'ouvrir sa propre école. De ce nombre était Arcésilas qui souhaitait être recommandé par Crantor à Polémon. Une fois guéri, Crantor recommença à suivre les leçons de Polémon. A sa mort, Crantor légua son patrimoine à Arcésilas.

Il fut un poète célèbre et déposa ses poésies scellées dans le temple d'Athéna à Soles. A l'occasion de sa mort, le poète Théétète composa une épigramme où il déplorait la brièveté de la *Vie de Crantor* et invitait la terre à accueillir dans sa paix l'homme sacré. Diogène traite ensuite avec une certaine ampleur des idées esthétiques et littéraires du philosophe académicien, ainsi que de sa production poétique. Entre tous les poètes, Crantor admirait Homère et Euripide, lequel avait réussi dans ses vers à atteindre l'élévation tragique et à

1. O. Regenbogen, art. « πίναξ », *RE* XX 2, 1950, col. 1452.

2. Le nom d'Antigone n'apparaît pas dans le chapitre de D.L. consacré à Crantor, mais la comparaison avec l'*Academicorum historia* de Philodème permet d'établir qu'il constituait une source primaire pour la composition de cette *Vie* (coll. XVI-S).

susciter la compassion en employant le langage de la vie quotidienne. Un bref poème sur les pouvoirs d'Éros, attribué par certains au poète Antagoras, avait peut-être été composé ou inspiré par Crantor. Le philosophe avait fait montre d'une particulière habileté dans la création de mots nouveaux et dans l'utilisation d'expressions courantes dans des significations nouvelles.

La *Vie* s'achève par une allusion au livre de Crantor *Sur le deuil* et sur l'indication que Crantor serait mort avant Polémon et Cratès, d'hydropisie, détail qui inspira l'épigramme funèbre de Diogène.

Arcésilas

A. A. Long[1] a mis en évidence les caractéristiques qui font de la *Vie d'Arcésilas* (28-45) l'une des plus intéressantes de celles qui composent ce livre IV de Diogène[2]. La question des rapports de cette biographie avec celle qu'avait composée Antigone de Caryste est complexe. Je ne crois pas pouvoir accepter le point de vue de Wilamowitz et Long qui considèrent que le chapitre diogénien, à la seule exception des informations sur la mort d'Arcésilas et de la liste des homonymes, provient d'Antigone[3].

Arcésilas fut l'initiateur de la Moyenne Académie et le premier à suspendre son jugement devant des arguments contradictoires. Il fut le premier également à établir une méthode dialectique fondée sur l'examen des thèses des deux points de vue opposés, et à modifier la façon de discuter pratiquée depuis Platon pour la rendre plus adaptée à la controverse par questions et réponses. Arcésilas avait quatre frères plus âgés, dont deux étaient issus de la même mère et deux du même père. L'aîné des frères issus de la même mère était Pyladès, l'aîné des frères issus du même père Moiréas, qui fut également le tuteur du philosophe. Avant de venir à Athènes, Arcésilas avait suivi à Pitane les leçons de son concitoyen, le mathématicien Autolycos. A Athènes, il fut disciple du musicien Xanthos et fréquenta l'école de Théophraste. Sa rencontre avec Cratès et sa conversion définitive

1. Long, « Arcesilaus », p. 429-449.
2. D'autres informations sur Arcésilas se trouvent en IV 22-25, en VII 162, 171 (sur la polémique anti-stoïcienne) et en IX 114 *sq.* (en rapport avec Timon de Phlionte).
3. Cf. Dorandi, « Antigono », p. 77-80.

à la philosophie semblent n'être survenues que plus tardivement, après qu'Arcésilas eut surmonté l'hostilité de son frère Moireas qui voulait qu'il étudiât la rhétorique. A partir de ce moment, Arcésilas passa à l'Académie et vécut avec Crantor, au plus grand déplaisir de Théophraste qui regrettait d'avoir perdu ce disciple.

Je ne vois aucun argument permettant de faire remonter à Antigone les deux épigrammes d'Arcésilas ou le passage concernant l'admiration manifestée par le scholarque envers Homère et Pindare, de même que l'allusion aux études consacrées par Arcésilas à Ion de Chios dans sa jeunesse et le récit sur ses études auprès du géomètre Hipponicos.

A la mort de Crantor – le détail est à nouveau emprunté à Antigone, car on le retrouve chez Philodème –, Arcésilas obtint la direction de l'école après qu'un certain Socratidès se fut désisté en sa faveur. Dans les paragraphes qui suivent, Diogène raconte qu'à cause de la suspension du jugement certains auteurs considéraient qu'Arcésilas n'avait écrit aucun livre; mais, selon d'autres, il fut surpris en train de corriger certaines des œuvres de Crantor qu'il aurait ultérieurement publiées ou brûlées. Il possédait une copie des *Dialogues* de Platon. On parle ensuite des rapports d'Arcésilas avec Pyrrhon ; de ses études dans la ligne de l'école d'Érétrie, qui furent objet de dérision de la part d'Ariston de Chios et de Timon de Phlionte ; des qualités dialectiques et rhétoriques d'Arcésilas.

Je doute que la longue série d'anecdotes et reparties spirituelles relatées à propos d'Arcésilas et l'énumération de certains aspects de la vie privée du scholarque dérivent d'Antigone. Dans les premiers paragraphes (34-36), Long voit une confirmation du fait qu'Arcésilas n'enseignait pas une méthode dialectique fondée sur l'argumentation pour et contre des thèses ; il voit plutôt dans sa philosophie une activité visant à soumettre à examen les opinions sur tous les sujets donnés[1]. C'est en rapport avec ces anecdotes, qu'il convient d'examiner la description du caractère du philosophe (37), doué d'un grand esprit d'invention quand il s'agissait d'affronter les objections, de ramener le cours de la discussion sur le thème principal ou de s'adapter à n'importe quelle situation. Il eut un grand

1. Long, « Arcesilaus », p. 447 *sq.*

nombre d'auditeurs et d'élèves. Comme exemple de la générosité d'Arcésilas, Diogène rapporte le don d'une somme d'argent à Ctésibios. Grâce à une recommandation au roi Eumène, il avait aussi obtenu une charge importante pour Archias d'Arcadie. Le philosophe était libéral et détaché de l'argent ; il recueillait des dons pour venir en aide aux nécessiteux. Ses richesses provenaient d'une propriété sise à Pitane qui permettait à son frère Pyladès de l'approvisionner, ainsi que de la générosité du roi Eumène Ier de Pergame, auquel Arcésilas avait dédié ses écrits[1]. Il ne se rendit pas à la rencontre d'Antigone Gonatas lorsque ce dernier vint à Athènes ; il était en revanche dans les meilleurs termes avec le commandant de Munichie et du Pirée, Hiéroclès. Ce dernier ne réussit cependant pas à le convaincre de rendre hommage à Antigone, qu'il ne visita pas, même après la bataille navale de Cos (262 av. J.-C.) ; il fit cependant sa connaissance en qualité d'ambassadeur à Démétrias, sans obtenir toutefois le succès escompté. Si on laisse de côté cet épisode, Arcésilas s'abstint toujours de toute activité politique et passa tout son temps dans l'Académie. Il était amateur de luxe et de magnificence au point d'être défini comme un second Aristippe : il fréquentait les banquets et vivait publiquement avec les courtisanes d'Élis, Théodotè et Philè. Il s'adonnait aussi à l'amour des jeunes gens, ce qui lui valut les critiques d'Ariston de Chios. Le Péripatéticien Hiéronymos de Rhodes critiquait Arcésilas surtout lorsqu'il se réunissait avec ses amis pour fêter l'anniversaire d'Halcyoneus, le fils disparu d'Antigone Gonatas. Au cours des banquets, le philosophe ne s'engageait jamais dans des discussions doctrinales. Parmi ceux qui l'accusaient d'être un ami de la foule, Timon avait dans certains de ses vers montré une particulière dureté. Arcésilas fut d'une grande modestie, au point d'inciter ses propres élèves à suivre aussi les leçons des autres philosophes. Il alla même jusqu'à accompagner et à recommander un jeune homme de Chios à son adversaire Hiéronymos de Rhodes.

Près de mourir, Arcésilas laissa tous ses biens à son frère Pyladès qui l'avait soutenu dans l'étude de la philosophie. Arcésilas ne se maria jamais et n'eut pas d'enfants. Il fit trois testaments et en

---

1. Cf. Wilamowitz, *Antigonos*, p. 229-231 ; E.V. Hansen, *The Attalids of Pergamum*, Ithaca-New York 1971, p. 396-399.

déposa un à Érétrie, un deuxième à Athènes chez des amis, et en envoya un troisième à son parent Thaumasias à Pitane, en l'accompagnant d'une lettre citée par Diogène Laërce.

Hermippe raconte qu'Arcésilas mourut à l'âge de soixante-quinze ans pour avoir bu trop de vin pur. L'épisode a inspiré Diogène pour son épigramme. Suit une liste d'homonymes, parmi lesquels un Arcésilas sculpteur, dédicataire d'une épigramme de Simonidès. A la fin, on lit un renseignement tiré d'Apollodore à propos de la chronologie du philosophe.

Bion

On remarque à nouveau dans la *Vie de Bion* (46-58) une tendance nettement négative à l'égard du philosophe[1].

La biographie commence par un témoignage personnel de Bion s'adressant à Antigone Gonatas[2]: dans le bref dialogue avec le roi de Macédoine, le philosophe se défend contre les calomnies dont il était l'objet de la part des deux Stoïciens Persaios et Philonidès. Il présente avec une ironie moqueuse sa propre généalogie. Son père était un affranchi, marchand de salaisons, de souche borysthénite; il portait sur le front une marque d'infamie; sa mère était une prostituée. Son père, fut vendu comme esclave avec toute sa famille pour avoir fraudé le fisc. Le jeune Bion fut acheté par un rhéteur à cause de sa beauté. A la mort du rhéteur, il brûla ses livres, vendit tout et, avec l'argent de la vente, se rendit à Athènes pour étudier la philosophie. Ici Bion apparaît plutôt comme un sophiste, ennemi de la vraie philosophie, bien que personne affable et capable de se jouer de l'orgueil. Après un bref développement sur le caractère de la production littéraire de Bion, Diogène reproduit un grand nombre d'apophtegmes qui se suivent sans aucun ordre précis (48-51) et constituent le noyau proprement dit de la biographie, comme c'est le cas plus loin pour Diogène le Cynique. Il est impossible de donner ici une énumération, fût-elle sommaire, de toutes ces anecdotes et de chercher à les situer dans une tradition apophtegmatique plus vaste[3].

1. Cf. Kindstrand, *Bion*, p. 16, et n. 68.
2. Kindstrand, *Bion*, p. 14-16.
3. Kindstrand répartit cette section en une série de fragments qu'il commente en détail.

Bion avait eu comme premier maître en philosophie l'Académicien Cratès – c'est là sans doute la raison, ou une des raisons, qui ont amené à insérer sa biographie parmi celles des Académiciens. Dans un deuxième temps, il s'était converti au cynisme et avait été également attiré par les idées de Théodore l'Athée; enfin, il avait suivi les leçons de Théophraste[1]. Le philosophe avait recours à un style théâtral et, au témoignage d'Ératosthène, fleuri. Il était enclin par nature à la parodie, comme le montrent certains de ses vers sur le musicien Archytas. Il aimait plaisanter sur la musique et la géométrie. Il était amateur de luxe et d'ostentation; il s'entourait de jeunes gens pour la satisfaction de ses plaisirs; il n'eut pas de véritables disciples; il conserva une attitude irrespectueuse à l'égard des dieux, à la manière de son propre maître Théodore. Gravement malade à Chalcis dans l'île d'Eubée, Bion se laissa convaincre de recourir à des amulettes et de se repentir des injures qu'il avait adressées aux dieux. Le roi Antigone lui vint en aide en ces moments pénibles.

Pour composer son épigramme Diogène Laërce s'inspira de l'épisode de la «conversion» de Bion face à la mort. Une liste de neuf homonymes de Bion, empruntée à Démétrios de Magnésie, achève la biographie du philosophe de Borysthène[2].

Lacydès

Dans sa *Vie de Lacydès* (59-61), Diogène considère ce philosophe académicien, originaire de Cyrène, comme le fondateur de la Nouvelle Académie et comme le successeur d'Arcésilas à la tête de l'école. Lacydès était un homme sérieux entouré d'admirateurs; zélé dès sa jeunesse, mais pauvre, il dut son ascension au caractère aimable de sa conversation. Son unique défaut était son avarice: chaque fois qu'il prenait quelque chose dans son garde-manger, il refermait la porte en y apposant son sceau, puis jetait l'anneau à l'intérieur à travers une fente pour éviter qu'on ne le vole. Ses serviteurs s'aperçurent du procédé: ils brisaient régulièrement le sceau, emportaient ce qu'ils voulaient, refermaient la porte et remettaient l'anneau dans la pièce à travers la même fente sans jamais être découverts. On

---

1. Sur les rapports de Bion avec les autres écoles philosophiques, cf. Kindstrand, *Bion*, p. 56-73; sur la pensée de Bion, p. 73-78.

2. Voir Kindstrand, *Bion*, p. 17, et n. 70.

retrouve chez Philodème l'image de Lacydès comme initiateur de la Nouvelle Académie, ainsi que le thème de la pauvreté[1]; en revanche le subterfuge des serviteurs ne se retrouve que chez Numénius, avec plus de détails[2].

Lacydès donnait ses cours dans l'Académie, dans le jardin créé par le roi Attale et appelé Lacydeum du nom du philosophe[3]. D'après la tradition que suit Diogène Laërce, il aurait été le seul scholarque à avoir confié, de son vivant, l'école à ses deux élèves Téléclès et Évandre, tous deux de Phocée. L'information est fausse: Carnéade fut lui aussi contraint à abandonner la direction de l'Académie à cause de son mauvais état de santé. A Évandre succéda Hégésinos et à celui-ci Carnéade. Ces informations intéressantes sur la *diadochè* académicienne, sont suivies de deux anecdotes banales; la réponse adressée par Lacydès au roi Attale qui lui demandait de venir et sa réponse à quelqu'un qui s'était mis tardivement à étudier la géométrie. Lacydès mourut dans la quatrième année de la cent trente-quatrième Olympiade (241/0), après avoir dirigé l'école pendant vingt ans. Sa mort aurait été causée par une paralysie provoquée par la boisson. La biographie s'achève sur l'épigramme de Diogène Laërce.

Carnéade

La *Vie de Carnéade* (62-66) est, elle aussi, caractérisée par sa brièveté et son manque de toute information d'importance[4].

Carnéade était originaire de Cyrène. Il s'adonnait à la lecture des ouvrages de Chrysippe, sans lequel, comme il avait coutume de dire, lui-même n'aurait pas existé. Il fut particulièrement versé dans l'étude de l'éthique et de la physique et s'y appliquait avec une telle attention qu'il négligeait de se couper les cheveux et les ongles. Ses qualités de philosophe attiraient aussi à ses cours des rhéteurs (62). La partie centrale de la biographie contient quelques informations de caractère anecdotique relatives à la vie publique et privée du

1. Philodème, *Acad. hist.* XXI. Cf. D. L. I 14 et 19.
2. Lacydès, test. 3 Mette.
3. Cf. Glucker, p. 235.
4. Leo, p. 65.

scholarque[1] : Carnéade avait l'habitude de crier, si bien que le gymnasiarque était souvent contraint d'intervenir. Le philosophe était extrêmement sévère dans ses critiques envers les autres et supérieur à tous dans les controverses. Favorinus racontait l'historiette amusante de Mentor de Bithynie, un élève de Carnéade, qui séduisit une maîtresse du maître et fut écarté de l'école par ce dernier. Carnéade se montra lâche devant la mort, comme en témoigne son comportement en apprenant que le Stoïcien Antipatros de Tarse s'était volontairement donné la mort en absorbant un poison. L'épisode a inspiré Diogène Laërce pour son épigramme.

Apollodore situe la mort de Carnéade dans la quatrième année de la cent soixante-deuxième Olympiade, à l'âge de quatre-vingt cinq ans. A la mort de Carnéade il y eut une éclipse de lune pour montrer, si l'on peut dire, la compassion du plus bel astre après le soleil. N'ont été conservées du philosophe que deux lettres adressées au roi de Cappadoce Ariarathès; les autres œuvres auraient en fait été composées par ses disciples, du fait que le philosophe avait décidé de ne confier à l'écriture aucun aspect de sa pensée. La *Vie* se termine par une note sur le mauvais état de santé du scholarque, affligé de cataracte, par une indication sur le fait que Clitomaque fut son disciple et par la mention d'un homonyme, auteur d'élégies que l'on trouvait froides. Il est significatif que Diogène fasse allusion à l'affection oculaire de Carnéade mais ne mentionne pas la nécessité qui contraignit le philosophe à abandonner, en 137/6, le scholarcat au profit de Carnéade, fils de Polémarque, qui, lui, mourut en 131/0, en laissant la direction à Cratès de Tarse[2]. Mais plus remarquable encore est le silence de Diogène, et peut-être aussi de Philodème, sur l'ambassade à Rome à laquelle participa Carnéade en 155 av. J.-C. afin de défendre devant le Sénat romain la cause d'Athènes dans l'affaire d'Oropos. A cette ambassade participèrent également le Péripatéticien Critolaos et le Stoïcien Diogène de Babylone[3].

---

1. H. von Arnim, art. « Karneades » 1, *RE* X 2, 1919, col. 1965, les croit dépourvues de valeur.
2. Philodème traite de tout cet épisode en suivant Apollodore. Cf. Dorandi, p. 72-74.
3. Cf. J.-L. Ferrary, *Philhellénisme et impérialisme*, coll. *BEFAR* 271, Paris 1988, p. 351-363.

Clitomaque

La *Vie de Clitomaque* n'occupe qu'un seul paragraphe (67). Diogène rapporte que le nom véritable de Clitomaque, originaire de Carthage, était Asdrubal. Après avoir enseigné la philosophie dans sa patrie en langue punique, il était venu à Athènes déjà âgé de quarante ans ; là, il suivit les leçons de Carnéade, qui l'instruisit dans la langue grecque et assura sa formation scientifique. Il succéda à Carnéade à la tête de l'école et écrivit plus de quatre cents livres où il consigna la pensée de son maître. Il consacra son temps aux trois écoles philosophiques académicienne, péripatéticienne et stoïcienne.

Les sources littéraires du livre IV

Déjà dans les pages précédentes, j'ai pu aborder le problème des rapports entre Diogène et ses sources littéraires dans ce quatrième livre. Il est apparu évident, en particulier, que, pour les *Vies* de Polémon, de Cratès, de Crantor et d'Arcésilas, on accepte communément la thèse d'une influence des *Biographies* d'Antigone de Caryste. En revanche, en ce qui concerne les autres *Bioi*, la situation n'est pas aussi simple et, dans la plupart des cas, il faut se borner à rappeler les références que Diogène Laërce fait aux différents auteurs dans le cours de son récit.

Dans la *Vie de Speusippe,* Diogène cite les *Mémorables* de Diodore, un ouvrage d'un certain Caineus (2), la *Vie de Lysandre et de Sylla* de Plutarque, le livre *Sur les vies* de Timothéos (3) et les *Mémorables* de Favorinus (5). On reconnaît également une trace probable de la *Chronologie* d'Apollodore (1)[1], de l'*Histoire de l'Attique* de Philochore à propos de l'information sur les statues des Grâces (1), et des *Homonymes* de Démétrios de Magnésie (5). La source des remarques sur le mauvais état de santé de Speusippe, expliqué par sa vie dissolue, pourrait être Hermippe ou l'ouvrage *Sur la sensualité des Anciens* du Pseudo-Aristippe[2].

---

1. Les renseignements empruntés à Apollodore sont parvenus à Diogène de façon indirecte, à travers des tableaux chronologiques qui reconvertissaient les synchronismes du chronographe, fondés sur les années des archontes athéniens, en années des Olympiades. Cf. F. Jacoby, *Apollodors Chronik*, Berlin 1902, p. 50.

2. Cf. Isnardi, *Speusippo*, p. 207 *sq.*

Dans la *Vie de Xénocrate*, outre Apollodore (14) et Démétrios de Magnésie (15), on relève la présence des *Chapitres historiques similaires* de Myronianus d'Amastrée, cités par Diogène (8 et 14) à propos du refus, par Xénocrate, de l'argent offert par Alexandre et de l'épisode du paiement de l'impôt des métèques[1]. En revanche, ce n'est pas à Myronianus qu'est emprunté le récit de l'ambassade de Xénocrate auprès de Philippe, mais son ouvrage est à la source de la tradition rapportant l'ambassade du philosophe auprès d'Antipatros (9)[2]. La version ridiculisante de la mort peut remonter à Hermippe.

Le fait que, dans le livre IV, seules les deux premières *Vies* comportent un catalogue des écrits du philosophe est sans doute significatif et suggère vraisemblablement que Diogène a eu recours à des sources différentes pour les diverses biographies qui constituent ce livre.

La source principale des *Vies* de Polémon, Cratès, Crantor et Arcésilas est constituée par les *Biographies* d'Antigone de Caryste (17, 22). Le matériel de ces chapitres est emprunté par Diogène Laërce à Antigone à travers une source intermédiaire qui a enrichi le texte originel d'éléments adventices. En revanche, c'est de première main que Philodème cite Antigone dans son *Histoire de l'Académie*, où l'on peut encore lire de nombreux extraits du texte originel. Parmi les sources postérieures à Antigone ajoutées par Diogène ou son modèle, il faut signaler les citations d'Apollodore et du Pseudo-Aristippe dans la *Vie de Polémon* (18 et 19), d'Apollodore et de Démétrios de Magnésie dans la *Vie de Cratès* (23), d'Apollodore dans la *Vie d'Arcésilas* (28 et 45).

Dans la *Vie d'Arcésilas* sont encore cités Hermippe (44) et implicitement Démétrios (45). Une source commune a pu fournir les poèmes d'Antagoras et de Théétète dans la *Vie de Crantor* (25-27) et les deux épigrammes d'Arcésilas (30-31)[3].

---

1. Cf. Isnardi, *Senocrate*, p. 277, et « Biografia », p. 129 *sq.* n. 3.

2. Sur l'épisode mettant en cause Philippe, cf. Leo, p. 61, et Isnardi, *Senocrate*, p. 277 ; sur Antipatros, j'accepte l'interprétation de Mme Isnardi, « Biografia », p. 129 *sq.* n. 3.

3. Cf. Von der Mühll, « Die Gedichte des Philosophen Arkesilaos », dans *Studi U.E. Paoli*, Firenze 1955, p. 717, article repris dans id., *Ausgewählte Kleine Schriften*, coll. « Schweizerische Beiträge zur Altertumswissenschaft » 12, Basel 1976, p. 277 *sq.*

Bien que Diogène ne donne que deux références dans sa *Vie de Bion*, un extrait autobiographique se présentant sous la forme d'un échange entre Bion et le roi Antigone Gonatas (46-47), et Favorinus (54), la critique moderne n'a pas hésité à se prêter à des reconstructions souvent fort arbitraires[1]. De façon plus vraisemblable, Kindstrand[2] a décelé que tout le récit, sauf le recueil d'apophtegmes, présentait une coloration hostile dans l'image qu'il donnait de Bion : ce fait tend à infirmer l'hypothèse d'un recours à des sources différentes (une favorable et une hostile) et à remettre en cause les tentatives, encore plus fragiles, faites au XIXe siècle, pour identifier des auteurs ou des ouvrages précis (le Pseudo-Aristippe et une source stoïcienne).

A partir de la *Vie de Lacydès* les références aux sources se font plus rares. C'est sans doute à Hermippe qu'est emprunté le récit de la mort.

Dans la *Vie de Carnéade* sont cités Alexandre Polyhistor (62), Favorinus (63) et Apollodore (65). On relève une référence implicite aux *Homonymes* de Démétrios de Magnésie.

Aucun auteur n'est cité pour la *Vie de Clitomaque.*

De façon plus générale, on a présupposé[3] que Diogène avait pu trouver un modèle pour la structure principale des dix livres de son ouvrage dans les dix livres de l'*Histoire des philosophes* de Philodème, qu'il cite d'ailleurs dans sa *Vie d'Épicure*[4]. On a mis en rapport le fait que Philodème aille jusqu'à Antiochus et son frère et successeur Ariston d'Ascalon, tandis que Diogène achève son histoire de l'Académie au livre IV avec Clitomaque, avec le système « hérétique » des successions, exposé dans le premier livre, qui divise la philosophie ionienne en trois branches qui se terminent respectivement avec Clitomaque, Chrysippe et Théophraste[5]. Des variantes significatives dans les récits de Philodème et de Diogène invitent, à mon avis, à remettre en question l'hypothèse d'un rapport d'inter-

1. Voir Kindstrand, *Bion*, p. 17-19.
2. Kindstrand, *Bion*, p. 18 *sq.*
3. Gigante, « Biografia e dossografia », p. 25-34.
4. Cf. T. Dorandi, « Filodemo storico del pensiero antico », *ANRW* II 36, 4, Berlin-New York 1990, p. 2407 *sq.*
5. Gigante, « Biografia e dossografia », p. 29.

dépendance directe entre les deux auteurs. On peut également envisager[1] que le système « hérétique » défini par Diogène dans son prologue ne soit pas l'expression d'une théorie sur la « cessation historique » de l'école académicienne partagée par le biographe tardif, mais simplement, pour chaque école, le point final où s'arrêtait chaque liste dans le tableau que Diogène reproduisait*.

1. C'est ce que suggère R. Goulet dans ce volume, p. 48 n. 2.

* Je remercie, pour les remarques qu'ils m'ont communiquées sur ma traduction du livre IV, M. Patillon, R. Goulet et L. Brisson.

BIBLIOGRAPHIE SUR LE LIVRE IV

DORANDI T. (édit.), *Filodemo, Storia dei filosofi [.]: Platone e l'Academia*, coll. « La scuola di Epicuro » 12, Napoli 1991, 293 p.

ID., « Il quarto libro delle 'Vite' di Diogene Laerzio : l'Academia da Speusippo a Clitomaco », *ANRW* II 36, 5, Berlin-New York 1992, p. 3761-3792.

ID., « Prolegomeni per una edizione dei frammenti di Antigono di Caristo. III », *ZPE* 106, 1995, p. 61-90.

ID., *Ricerche sulla cronologia dei filosofi ellenistici*, coll. « Beiträge zur Altertumskunde » 19, Stuttgart 1991, XVI-92 p.

GAISER K., *Philodems Academica. Die Berichte über Platon und die Alte Akademie in zwei herkulanensischen Papyri*, coll. « Supplementum Platonicum » 1, Stuttgart-Bad Cannstatt 1988, 573 p.

GIGANTE M., *Diogene Laerzio. Vite dei filosofi*, Roma-Bari 1987, CXVIII-643 p.

ID., « Biografia e dossografia in Diogene Laerzio », *Elenchos* 7, 1986, p. 7-102.

ID., « Poesia e critica letteraria nell'Academia antica », in *Miscellanea A. Rostagni*, Torino 1963, p. 237-242.

GLUCKER J., *Antiochus and the Late Academy*, coll. « Hypomnemata » 56, Göttingen 1978, 510 p.

ISNARDI PARENTE M., « Per la biografia di Senocrate », *RFIC* 109, 1981, p. 129-162.

EAD., *Senocrate-Ermodoro. Frammenti*, coll. « La scuola di Platone » 3, Napoli 1981, 460 p.

EAD., *Speusippo. Frammenti*, coll. « La scuola di Platone » 1, Napoli 1980, 418 p.

KINDSTRAND J. F., *Bion of Borysthenes.* A collection of the fragments with introduction and commentary, coll. «Studia Graeca Upsalensia» 11, Uppsala 1976, XXII-310 p.

LEO F., *Die griechisch-römische Biographie nach ihrer literarischen Form*, Leipzig 1901, 330 p.

LONG A. A., «Diogenes Laertius, Life of Arcesilaus», *Elenchos* 7, 1986, p. 429-449.

METTE H. J., «Zwei Akademiker heute: Krantor von Soloi und Arkesilaos von Pitane», *Lustrum* 26, 1984, p. 7-94.

TARÁN L., *Speusippus of Athens.* A critical study with a collection of the related texts and commentary, coll. «Philosophia Antiqua» 39, Leiden 1981, XXVIII-522 p.

WHITEHEAD D., «Xenocrates the metic», *RhM* 124, 1981, p. 223-244.

WILAMOWITZ-MOELLENDORFF U. VON, *Antigonos von Karystos*, Berlin 1881, 356 p.

SPEUSIPPE

1 Tels sont les renseignements qu'il nous a été possible de rassembler concernant Platon, après avoir examiné avec application ce qu'on rapporte à son propos.

Speusippe succède à Platon

Son successeur fut Speusippe, fils d'Eurymédon, Athénien du dème de Myrrhinonte et fils de Potonè, la sœur de Platon. Il resta à la tête de l'école pendant huit ans, à partir de la cent huitième Olympiade[1], et il fit élever des statues des Grâces dans l'enceinte consacrée aux Muses qu'avait construite Platon dans l'Académie[2]. Il resta fidèle aux doctrines de Platon, mais il n'avait pas le même caractère que lui : il était en effet enclin à la colère et se laissait dominer par les plaisirs[3]. On dit, en tout cas, que, dans un accès de fureur, il jeta son

1. En 348-344. Il faut entendre Ol. 108 <1>, qui correspond à 348, année de la mort de Platon sous l'archontat de Théophile. Les huit ans ne couvrent pas toute la période qui va de 348/7 à 339/8 (Xénocrate élu scholarque de l'Académie sous l'archontat de Lysimachidès : cf. IV 14) ; on a donc supposé avec vraisemblance qu'il y a eu un interrègne et que l'année de mort de Speusippe n'est pas celle du début du scholarcat de Xénocrate (Voir Tarán, p. 7, 176-177 et 209-210).

2. Apollodore, *FGrHist* 244 F 344 a. Parallèle chez Philodème, *Acad. hist.* VI 30-38 (= *FGrHist* 328 F 224). Philodème cite également l'épigramme votive que composa Speusippe à cette occasion : « Ces divines Grâces, Speusippe les a dédiées aux divines Muses en remerciement pour les révélations reçues » (fr. 155 Isnardi = 86 Tarán).

3. La mention de la fidélité de Speusippe à Platon peut être interprétée ou bien comme la marque d'une tradition opposant l'Académie antique à la Nouvelle (Tarán, p. 177) ou bien comme une manifestation d'hostilité, accentuée par la description du caractère du scholarque, colérique et adonné au plaisir (Isnardi, *Speusippo*, p. 209). La même description du caractère de Speusippe se lit chez Philodème, *Acad. hist.* VII 14-18.

petit chien dans un puits et que, sous l'emprise du plaisir, il se rendit en Macédoine pour le mariage de Cassandre[1].

Lasthénéia et Axiothéa, élèves de Speusippe

2 On dit qu'il avait comme auditrices Lasthéneia de Mantinée et Axiothéa de Phlionte, qui avaient été élèves de Platon[2]. C'est à cette occasion que Denys, dans une lettre qu'il lui adressa, lui dit d'un ton moqueur: « Grâce à ton élève arcadienne, il est possible d'apprendre (la nature de) ta sagesse; Platon ne demandait pas d'honoraires à ceux qui le fréquentaient, tandis que toi tu exiges un tribut et tu réclames (des honoraires) de tous (tes élèves), qu'ils le veuillent ou non[3]. »

Innovations de Speusippe

Il fut le premier, à ce que dit Diodore dans le premier livre de ses *Mémorables*, à considérer ce que toutes les sciences ont en commun et à les mettre le plus possible en relation les unes avec les autres[4]. Le premier aussi, comme le dit Caineus (?)[5], il dévoila les prétendues

---

1. La seconde information, répétée par Philostrate (fr. 9 Isnardi = test. 38 Tarán), avec une justification différente (l'avarice du scholarque), est erronée d'un point de vue chronologique: Cassandre, en vérité, épousa Thessalonikè, fille de Philippe II, seulement en 316, alors que Speusippe était déjà mort depuis un certain temps.

2. Cf. T. Dorandi, « Assiotea e Lastenia: Due donne all'Academia », *AATC* 54, 1989, p. 53-66 et test. 7-12: notamment test. 9.

3. Athénée VII, 279 e (= Axioth. & Lasth. test. 10 Dorandi; Speus. fr. 7 Isnardi Parente = test. 39 Tarán) fait, lui aussi, allusion à la lettre de Denys à Speusippe. Cf. T. Dorandi, « Assiotea e Lastenia », art. cité, p. 58 *sq*. Il s'agit peut-être d'une lettre pseudépigraphe comme la plupart de celles citées par Diogène Laërce.

4. Le fait qu'on ne sache presque rien de ce Diodore (cf. T. Dorandi, art. « Diodoros », *DPhA*, t. II, 1994, p. 778) rend incertaine la traduction de μαθήματα. J'ai traduit « sciences » et non « sciences mathématiques ». Voir Tarán, p. 418-420.

5. M. Gigante, « 'Αφαρεύς in Diogene Laerzio IV 2 ? », *PP* 24, 1969, p. 47-49 suppose que *Caineus* serait une transcription erronée du nom d'*Aphareus*, le fils adoptif d'Isocrate qui avait pris part aux polémiques entre l'Académie et Isocrate; de lui proviendrait également l'information malveillante qui suit. Cette hypothèse est acceptée par Isnardi, *Speusippo*, p. 207, mais non par Tarán, p. 181 *sq*.

doctrines secrètes d'Isocrate. **3** Le premier aussi il découvrit le moyen de donner du volume aux fagots de petit bois[1].

Maladie et mort de Speusippe

Alors que son corps était déjà ruiné sous l'effet de la paralysie, il envoya chercher Xénocrate en l'invitant à venir et à lui succéder à la tête de l'école[2]. On raconte que, transporté sur une charrette en direction de l'Académie, il rencontra Diogène[3] et lui dit: «Joie à toi». L'autre lui répondit: «Mais non à toi qui supportes de vivre dans un pareil état». A la fin, pris de découragement, il quitta la vie volontairement, à un âge avancé[4].

Épigramme de Diogène Laërce

Nous lui avons consacré une épigramme[5]:

Si je n'avais appris que Speusippe mourut ainsi,
personne n'aurait pu me convaincre de dire
qu'il n'était pas du même sang que Platon; car[6]
il ne se serait pas laissé mourir de découragement pour si peu de [chose.

---

1. Comp. D.L. IX 53 (Protagoras) et Athénée VIII, 354 a (Aristote, Περὶ παιδείας, fr. 2 Ross), avec le commentaire de R. Laurenti, *Aristotele. I frammenti dei Dialoghi*, trad., intr. e comm. a c. di R. Laurenti, Napoli 1987, p. 967-980.

2. Fr. 19 Isnardi. Philodème, *Acad. hist.* VI 41-VII 18 rapporte, au contraire, que Xénocrate fut élu scholarque par les « jeunes » de l'Académie à cause de son bon sens, qui le distinguait de Speusippe, lequel était trop adonné aux plaisirs. Il est impossible de concilier les deux versions, cf. Isnardi, « Biografia », p. 141.

3. Le philosophe cynique (*SSR* V B 66). Sur la maladie de Speusippe, cf. Philodème, *Acad. hist.* VI 38. La rencontre avec Diogène est mentionnée par Stobée dans une version favorable à Speusippe (fr. 21 Isnardi = test. 40 Tarán).

4. Le développement narratif du passage est expliqué de la façon suivante par Tarán (p. 183) : *a.* Speusippe est paralysé; *b.* il rappelle donc Xénocrate à Athènes et lui confie l'école ; *c.* sa condition lamentable est illustrée par l'anecdote qui met en cause Diogène ; *d.* à cause de sa maladie, Speusippe se laisse mourir.

5. *Anth. Pal.* VII 101.

6. La conclusion de l'épigramme est ironique (marquée par σφόδρα): puisque Speusippe est mort ainsi, il n'est pas de la lignée de Platon.

Causes de sa mort et anecdote

4 Plutarque, dans sa *Vie de Lysandre et de Sylla* dit qu'il mourut infesté de vermine[1]. Son corps avait même fini par perdre toute consistance, comme le rapporte Timothée dans son livre *Sur les vies*[2]. (Timothée) raconte qu'à un homme riche qui aimait une femme disgracieuse (Speusippe) déclara : « Quel besoin as-tu d'une telle femme ? Moi, pour dix talents, je t'en trouverai une bien plus belle[3]. »

Écrits de Speusippe

Il a laissé de très nombreux ouvrages et beaucoup de dialogues, parmi lesquels *Aristippe de Cyrène*[4]. On peut citer[5] :

Sur la richesse, en un livre ;
Sur le plaisir, en un livre ;
Sur la justice, en un livre ;
Sur la philosophie, en un livre[6] ;
Sur l'amitié, en un livre ;
Sur les dieux, en un livre ;

---

1. Information erronée. Plutarque, *Sulla* 36, 5-6 ne mentionne pas Speusippe parmi les victimes de cette maladie. Cf. Dorandi, « Academia », p. 3765. Sur la *phthiriasis* comme cause de la mort des philosophes, cf. L. Jerphagnon, « Les mille et une morts des philosophes antiques. Essai de typologie », *RBPhH* 69, 1981, p. 17-28, A. Keaveney-J. A. Madden, « Phthiriasis and its victims », *SO* 57, 1982, 87-99, et J. Schamp, « La mort en fleurs. Considération sur la maladie " pédiculaire " de Sylla », *AC* 60, 1991, p. 139-170.

2. *FHG* IV 523. Cf. R. Laqueur, art. « Timotheos » 15, *RE* VI A 2, 1937, col 1338 *sq.*

3. Je suis le texte transmis par les manuscrits (εὐμορφοτέραν) et non la conjecture de H. Richards, *CR* 18, 1904, p. 345 : ἀμορφότερον. Le témoignage n'entend pas présenter Speusippe comme un entremetteur (Leo, p. 58), mais insister plutôt sur son amour de l'argent (Tarán).

4. Je considère ἐν οἷς καὶ Ἀρίστιππον τὸν Κυρηναῖον comme une note qu'on peut attribuer à D. L. lui-même ou à sa source : cf. Tarán, p. 191 *sq.* La ponctuation de la phrase remonte à I. Bywater, *JPh* 12, 1883, p. 27 n. 1.

5. Sur le contenu probable des ouvrages ainsi cités, voir les hypothèses d'Isnardi, *Speusippo*, p. 212-217 et de Tarán, p. 188-199.

6. Dans la *Vie de Parménide* (IX 23) Diogène cite un ouvrage intitulé Περὶ φιλοσόφων : λέγεται δὲ καὶ νόμους θεῖναι (*scil.* Parménide) τοῖς πολίταις, ὥς φησι Σπεύσιππος ἐν τῷ Περὶ φιλοσόφων (fr. 3 Isnardi = 3 Tarán). Voir Tarán, p. 237-239.

Le Philosophe, en un livre;
A Céphalos, en un livre;
Céphalos, en un livre;
Clinomaque ou Lysias, en un livre;
Le Citoyen, en un livre;
Sur l'âme, en un livre;
5 *A Gryllos*, en un livre;
Aristippe, en un livre;
Réfutation des manuels (de rhétorique), en un livre;
Commentaires sous forme de dialogues[1];
Sur l'art (rhétorique), en un livre;
Dialogues (?) Sur la doctrine des similitudes, I, II, III, IV, V, VI, VII, VIII, IX, X[2];
Divisions et suppositions concernant des choses similaires;
Sur les exemples de genres et d'espèces;[3]
Contre le discours Sans témoin;[4]
Éloge de Platon;
Lettres à Dion, Denys, Philippe;
Sur la législation;
Le Savant;
Mandrobolos;
Lysias;
Définitions.

Total des écrits (de Speusippe): en tout 224 075 lignes[5].

C'est à lui que Timonidès[6] a dédié ses *Histoires* consacrées aux hauts faits de Dion [et de Bion][7]. Favorinus, dans le deuxième livre

1. Tarán, p. 195 suggère de traduire « Mnemonic dialogues, i. e. dialogues to help memorize » (Tarán).
2. Titre corrompu. Voir Tarán, p. 196.
3. Tarán, p. 66 traduit: « Concerning paradigmatic kinds and classes ».
4. Il s'agit du discours *Sans témoin* d'Isocrate (Πρὸς ἀμάρτυρον).
5. Je suis le texte et l'interprétation de Tarán, 197 *sq.*
6. *FGrHist* 561 T 3b. Les mss ont *Simonidès*. Le nom a été corrigé en *Timonidès* par Westermann (*ap.* Müller, *FHG* II, p. 83) et M. A. Fischer, *De Speusippi Atheniensis vita*, Rastadii 1845, p. 16.
7. *Bion* est une glose, supprimée par Müller (*FHG* II, p. 83), *i.e.* une variante pour « Dion » qui fut ultérieurement introduite dans le texte.

de ses *Mémorables*, rapporte qu'Aristote acheta les livres de Speusippe pour la somme de trois talents[1].

Homonyme

Il y eut un autre Speusippe, originaire d'Alexandrie, un médecin de l'école d'Hérophile[2].

1. Favorinus fr. 9 Mensching = 39 Barigazzi; Aristote test. 42c Düring. L'information se retrouve chez Aulu-Gelle III 17, 3 (= Speus. test. 42 Tarán).

2. Cette information est empruntée à Démétrios de Magnésie. Sur Speusippe le médecin: H. von Staden, *Herophilus. The Art of Medicine in Early Alexandria*, Cambridge 1989, p. 584.

XÉNOCRATE

6 Xénocrate, fils d'Agathanor[1], de Chalcédoine.

Xénocrate et Platon

Il fut dès sa jeunesse auditeur de Platon et l'accompagna même en Sicile. Il était doté d'un esprit lent, si bien que Platon, en le comparant à Aristote, disait: « L'un a besoin d'un coup d'éperon, l'autre d'un frein »[2], et: « Par rapport à un tel cheval, quel âne suis-je en train de dresser! » Pour le reste, Xénocrate avait toujours l'air grave et maussade, si bien que Platon ne cessait de répéter: « Xénocrate, sacrifie aux Grâces »[3]. Il passait le plus clair de son temps dans l'Académie et, s'il lui arrivait de vouloir aller en ville, tous les vendeurs à la criée et les porte-faix, dit-on, s'écartaient sur son passage.

Tempérance de Xénocrate

7 Un jour, la courtisane Phryné voulut le séduire et, prétextant qu'elle était poursuivie par quelques (admirateurs), elle se réfugia dans sa modeste demeure. Dans un geste d'humanité, il l'accueillit et, comme il n'y avait qu'une seule couchette, il partagea sa couche avec elle, à sa demande. A la fin, malgré une pressante insistance, elle se leva et partit sans avoir rien obtenu[4]. Et Phryné de dire à ceux qui s'en enquéraient qu'elle n'avait pas quitté un homme, mais une statue. D'autres racontent que ses disciples mirent Laïs dans son lit. Il avait une telle maîtrise de soi qu'il supporta plusieurs fois des

---

1. *Suda*, *s.v.* Ξενοκράτης; t. III, p. 494, 4 Adler (= fr. 23 Isnardi), connaît également la forme Agathon.

2. Isocrate avait exprimé un jugement semblable à propos de ses deux élèves Éphore et Théopompe (cf. *FGrHist* 70 T 28ab).

3. Voir aussi Élien, *V. H.* XIV 9 (= fr. 6 Isnardi).

4. Il semble évident que cet épisode est une transposition de la scène entre Socrate et Alcibiade à la fin du *Banquet* de Platon (212 b-223 d).

entailles et des brûlures aux organes génitaux. Il inspirait également une totale confiance, au point qu'à lui seul les Athéniens permettaient de témoigner sans prêter serment bien que cela ne fût pas permis[1].

8 Et il était évidemment des plus indépendants. En tout cas, un jour qu'Alexandre lui avait envoyé une grosse somme d'argent, il retira trois mille (drachmes) attiques et renvoya le reste, disant que (le roi) en avait plus besoin que lui, puisqu'il lui fallait entretenir plus de gens. De plus, (on dit qu')il refusa (l')argent envoyé par Antipatros, comme le dit Myronianus dans ses (*Chapitres historiques*) *similaires*[2]. Un jour qu'il avait été honoré d'une couronne en or, prix de sa victoire à un concours de beuverie tenu lors de la fête des Conges chez Denys, en sortant il la déposa sur la statue élevée à Hermès, là où il avait coutume de déposer les couronnes de fleurs[3].

Xénocrate ambassadeur

On rapporte qu'il fut, avec d'autres, envoyé comme ambassadeur auprès de Philippe. Tandis que les autres, amadoués par des présents, acceptaient les invitations et conversaient avec Philippe, lui ne fit ni l'une ni l'autre chose. Pour cette raison Philippe ne le reçut pas. **9** Aussi, en revenant à Athènes, les ambassadeurs dirent que Xénocrate était venu avec eux inutilement, et les Athéniens étaient prêts à le punir. Mais, après avoir appris de sa bouche qu'ils devaient alors plus que jamais s'inquiéter pour leur cité – « car Philippe, dit-il, savait que les autres avaient accepté ses présents, mais que moi, il ne trouverait aucun moyen de me séduire » –, ils l'honorèrent, dit-on doublement. Et Philippe déclara plus tard que seul Xénocrate, parmi ceux qui étaient venus chez lui, ne s'était pas laissé corrompre[4]. Ajoutons qu'envoyé en ambassade auprès d'Antipatros au profit de

---

1. On trouve également chez Valère Maxime l'épisode sur les tentations imposées par Phryné et l'information sur le privilège accordé à Xénocrate de témoigner sans prêter serment (IV 3 ext. 3 = fr. 26 Isnardi et II 10 ext. 2 = fr. 13).
2. Fr. 3 Müller. Cf. Isnardi, « Biografia », p. 132 n. 1 et *Senocrate*, p. 277.
3. Récit plus détaillé chez Philodème, *Acad. hist.* VIII 35-IV 7 et Athénée X, 437 b-c (= fr. 12 Isnardi). Cf. Dorandi, p. 46.
4. Il s'agit d'une information fictive. Cf. Dorandi, « Academia », p. 3768.

prisonniers Athéniens capturés durant la guerre lamiaque[1] et invité à un repas (par Antipatros) il lui cita les vers suivants[2]:

Ô Circé, quel homme, s'il est sensé,
supporterait de manger et de boire
avant que ne soient libérés ses compagnons et qu'il ne les ait vus de [ses yeux ?

Et (Antipatros) reconnut l'à-propos de la citation et relâcha immédiatement (les prisonniers).

Humanité de Xénocrate

10 Un moineau, pourchassé par un épervier, se réfugia sous son manteau ; après l'avoir caressé, il le laissa partir en disant qu'il ne faut pas livrer le suppliant[3].

Dits de Xénocrate

Raillé par Bion[4], il dit qu'il ne lui répondrait pas: la tragédie, en effet, lorsqu'elle est raillée par la comédie, ne la croit pas digne d'une réponse. A celui qui n'avait étudié ni la musique, ni la géométrie, ni l'astronomie, mais qui voulait fréquenter son enseignement, il dit: « Va ton chemin: il te manque les poignées de la philosophie[5]. »

---

1. En 322, à la fin de la guerre à laquelle participèrent les Athéniens, guidés par Léosthène, contre Antipatros. La guerre s'était achevée par la capitulation d'Athènes après la défaite survenue au cours de la bataille navale d'Amorgos et à Crannon.
2. Hom., *Od.* X 383-385.
3. Isnardi (*Senocrate*, p. 276 *sq.*) a décelé dans la présente section une évocation de sept vertus illustrées par Xénocrate: 1. continence (ἐγκράτεια: récit des vaines tentatives de Phryné ou Laïs pour séduire Xénocrate); 2. probité (ἀξιοπιστία : les Athéniens l'autorisaient à témoigner sans prêter serment); 3. indépendance (αὐτάρκεια : Xénocrate refuse l'argent d'Alexandre et d'Antipatros, ainsi que la couronne d'or gagnée à Syracuse); 4. humanité (φιλανθρωπία : épisode du moineau libéré); 5. fidélité à Platon (face aux menaces de Denys); 6. imperturbabilité (dans sa rencontre avec Antipatros); 7. grande modestie (aucune anecdote à ce propos). L'anecdote sur le moineau est inspirée par la tradition concernant le végétarisme du scholarque (voir aussi Élien, *V.H.* XIII 31 = fr. 7 Isnardi et M. Isnardi Parente, « Le "Tu ne tueras pas" de Xénocrate », dans *A la mémoire de V. Goldschmidt*, Paris 1985, p. 161-172).
4. Test. 22 Kindstrand.
5. A rapprocher du pseudo μηδεὶς ἀγεωμητρητὸς εἰσίτω. Cf. H.D. Saffrey, *REG* 81, 1968, p. 67-87.

D'autres disent qu'il répondit: « Chez moi, on ne carde pas la laine. »[1] **11** Denys ayant dit à Platon que quelqu'un allait lui couper le cou, Xénocrate qui était présent dit, après avoir montré son propre cou : « En aucun cas, dit-il, avant d'avoir coupé celui-ci. »

Vertu de Xénocrate

On raconte qu'Antipatros étant un jour venu à Athènes et l'ayant salué il ne le salua pas en retour avant d'avoir achevé le discours qu'il était en train de tenir. Dépourvu d'orgueil, souvent dans la journée il méditait en lui-même et, à ce qu'on dit, il restait une heure en silence.

Écrits de Xénocrate

Il a laissé de très nombreux ouvrages en prose et en vers, ainsi que des exhortations. En voici une liste[2] :

Sur la nature, I, II, III, IV, V, VI ;
Sur la sagesse, en six livres ;
Sur la richesse, en un livre ;
L'Arcadien, en un livre ;
Sur l'indéfini, en un livre ;
12 *Sur l'enfant*, en un livre ;
Sur la maîtrise de soi, en un livre ;
Sur l'utile, en un livre ;
Sur la liberté, en un livre ;
Sur la mort, en un livre ;
Sur le volontaire, en un livre ;
Sur l'amitié, I, II ;
Sur l'équité, en un livre ;
Sur le contraire, I, II ;
Sur le bonheur, I, II ;
Sur l'écriture, en un livre ;
Sur la mémoire, en un livre ;
Sur le mensonge, en un livre ;

1. Kindstrand, *Bion*, p. 9 *sq.* et 168, a suggéré que l'étudiant ignorant aurait pu être Bion lui-même. Voir cependant les objections d'Isnardi, *Senocrate*, p. 278 *sq.*
2. Pour une analyse de ce catalogue, cf. Isnardi, *Senocrate*, p. 280 *sq.*

Calliclès, en un livre;
Sur la prudence, I, II;
Économique, en un livre;
Sur la modération, en un livre;
Sur le pouvoir de la loi, en un livre;
Sur la constitution (politique), en un livre;
Sur la sainteté, en un livre;
Que la vertu peut s'enseigner, en un livre;
Sur l'être, en un livre;
Sur le destin, en un livre;
Sur les passions, en un livre;
Sur les genres de vie, en un livre;
Sur la concorde, en un livre;
Sur les disciples, I, II;
Sur la justice, en un livre;
Sur la vertu, I, II;
Sur les formes, en un livre;
Sur le plaisir, I, II;
Sur la vie, en un livre;
Sur le courage, en un livre;
Sur l'un, en un livre;
Sur les idées, en un livre;
Sur l'art (rhétorique), en un livre;
13 *Sur les dieux*, I, II;
Sur l'âme, I, II;
Sur la science, en un livre;
Le Politique, en un livre;
Sur la connaissance scientifique, en un livre;
Sur la philosophie, en un livre;
Sur les doctrines de Parménide, en un livre;
Archédémos ou Sur la justice, en un livre;
Sur le bien, en un livre;
Écrits sur la connaissance intellectuelle, I, II, III, IV, V, VI, VII, VIII;
Solution des argumentations, I, II, III, IV, V, VI, VII, VIII, IX, X;
Cours de physique, I, II, III, IV, V, VI;
Sommaire, en un livre;

Sur les genres et les espèces, en un livre ;
Doctrines de Pythagore, en un livre ;
Solutions, I, II ;
Divisions, I, II, III, IV, V, VI, VII, VIII ;
Thèses, en vingt livres, 30 000 <lignes> ;
Traité sur la dialectique, en quatorze livres, 12 740 <lignes>[1] ;
En plus, il y a quinze livres et seize autres livres d'*Études sur les enseignements relatifs au style* ;
des *Questions de calcul,* en neuf livres ;
Sur les sciences, six livres ;
Sur la connaissance intellectuelle, deux autres livres ;
Sur les géomètres, en cinq livres ;
Commentaires, en un livre ;
Les Contraires, en un livre ;
Sur les nombres, en un livre ;
Théorie des nombres, en un livre ;
Sur les intervalles, en un livre ;
Sur l'astronomie, en six livres ;
14 *Éléments sur l'art de régner, à Alexandre,* en quatre livres[2] ;
A Arrhybas[3] ;
A Héphaistion ;
Sur la géométrie, I, II ;

(En tout :) 224 239 lignes.

Xénocrate métèque

Bien qu'il fût d'une telle envergure, les Athéniens le vendirent un jour comme esclave, parce qu'il ne pouvait payer la taxe imposée aux métèques. C'est Démétrios de Phalère qui l'acheta et qui restitua ainsi à la fois à Xénocrate sa liberté et aux Athéniens la taxe imposée

1. Le nombre de lignes, dans ce titre et le titre précédent est rétabli de façon conjecturale.

2. J. J. Reiske, *Hermes* 24, 1889, p. 310 conjecture : τῶν περὶ ἀστρολογίας [ϛʹ] στοιχεῖα. πρὸς Ἀλέξανδρον π. β. : *Éléments d'astronomie. Sur la royauté à Alexandre.*

3. Voir R. Goulet, art. « Arubas » A 435, *DPhA*, t. I, 1989, p. 616.

aux métèques[1]. C'est ce que raconte Myronianus d'Amastrée dans le premier livre de ses *Chapitres historiques similaires*[2].

Xénocrate succède à Speusippe

Il succéda à Speusippe et dirigea l'école pendant vingt-cinq ans, à partir de l'archontat de Lysimachidès, en la deuxième année de la cent dixième Olympiade[3].

Mort de Xénocrate

Il mourut après avoir trébuché de nuit sur une cuvette, à l'âge de quatre-vingt-deux ans.

Épigramme de Diogène Laërce

15 A son sujet aussi nous avons écrit ce qui suit[4]:

Trébuchant un jour sur une cuvette de bronze
et se heurtant le front, il poussa un oh! sonore, puis il mourut,
Xénocrate qui en toutes choses se montra totalement homme.

Homonymes

Il y eut cinq autres Xénocrate: le tacticien fort ancien. Le parent et concitoyen du philosophe dont nous avons parlé. Il circule de lui un discours intitulé *Arsinoétique*, écrit à l'occasion de la mort d'Arsinoé[5]. Quatrièmement[6]: un philosophe qui a écrit une élégie peu réussie. Cela est typique: les poètes qui entreprennent d'écrire en prose réussissent, mais les prosateurs qui s'essaient à la poésie

---

1. Démétr. Phal., fr. 44 Wehrli.
2. Fr. 4 Müller. On lit dans la *Vie de Lycurgue* du Pseudo-Plutarque (*Mor.* 842 b = fr. 14 Isnardi) et dans la *Vie de Titus Flamininus* de Plutarque (12, 7 = fr. 15) une version plus vraisemblable du même épisode: elle met en scène Xénocrate et Lycurgue. Cf. Isnardi, « Biografia », p. 144 *sq.* et Whitehead, p. 235-238.
3. En 339-338. Le choix de Xénocrate comme scholarque malgré sa condition de métèque soulève la question fort discutée du statut juridique de l'Académie. Renvoyons seulement à M. Isnardi Parente, « L'Accademia antica: Interpretazioni recenti e problemi di metodo », *RFIC* 114, 1986, p. 350-357.
4. *Anth. Pal.* VII 102.
5. Il s'agit d'Arsinoé II, morte le 9 juillet 270.
6. Il faut comprendre qu'en plus de Xénocrate on a déjà mentionné deux des cinq annoncés. C'est donc le quatrième Xénocrate, mais le troisième des cinq autres.

achoppent. Par là il est manifeste que la poésie est l'œuvre de la nature, la prose celle de l'art. Cinquièmement : un sculpteur. Sixièment : un compositeur de chansons, comme le rapporte Aristoxène[1].

1. Fr. 126 Wehrli. Cf. M. Gigante, « Demetrio di Magnesia e Cicerone », *SIFC* terza serie 2, 1984, p. 102-106.

POLÉMON

16 Polémon était fils de Philostrate, Athénien du dème d'Oion.

Conversion à la philosophie

Dans sa jeunesse il était tellement intempérant et dissolu qu'il gardait sur lui de l'argent pour être prêt à satisfaire ses désirs; de plus, il en gardait caché dans les fentes (d'un mur). Dans l'Académie, on trouva, collée à une colonne, une pièce de trois oboles lui appartenant, destinée à une utilisation semblable à celles dont nous venons de parler.

Un jour, à la suite d'un pari avec (ses) jeunes (amis), ivre et (le front) ceint d'une couronne, il arriva dans l'école de Xénocrate. Celui-ci, nullement dérangé, continua son discours sans rien changer. Il traitait de la modération[1]. Le jeune homme en l'écoutant fut peu à peu conquis et il devint si appliqué à son travail qu'il dépassa les autres (élèves) et succéda (à Xénocrate) à la tête de l'école, à partir de la cent seizième Olympiade[2].

Témoignage d'Antigone de Caryste sur Polémon

17 Antigone de Caryste[3] dans ses *Vies* rapporte que le père de Polémon était le premier des citoyens et qu'il élevait des chevaux pour les courses de chars. (Il rapporte encore) que Polémon fut même mis en accusation par sa femme qui lui reprochait de la maltraiter, parce qu'il avait des rapports sexuels avec des jeunes gens.

---

1. L'épisode de la conversion de Polémon devint paradigmatique dans la tradition antique sur le philosophe (fr. 16-33 Gigante). Cf. O. Gigon, « Antike Erzählungen über die Berufung zur Philosophie », *MH* 3, 1946, p. 19 *sq.* et J.-P. Dumont, « Les modèles de conversion à la philosophie chez Diogène Laërce », *Augustinus* 32, 1987, p. 85-89.

2. En 316-312. Apollodore, *FGrHist* 244 F 346 a.

3. P. 63 Wilamowitz. Cf. Dorandi, « Antigono », p. 74-76.

Mais lorsqu'il commença à philosopher, il affermit son caractère au point de garder toujours le même ordre de l'apparence en toute occasion. Même sa voix restait immuable. C'est pourquoi Crantor fut conquis par lui. De fait, alors qu'un chien enragé lui arrachait le mollet, il fut le seul à ne pas devenir blême. Et lorsque survint de l'agitation dans la ville, après s'être informé de ce qui se passait, il resta impassible[1].

18 Dans les spectacles théâtraux, il ne montrait aucune forme d'émotion. En tout cas, un jour que Nicostrate, surnommé Clytemestre, lui lisait, à lui et à Cratès, quelques vers du Poète[2], Cratès se laissa émouvoir, tandis que, lui, resta comme s'il n'avait pas entendu. Pour tout dire, il était tout à fait comme le personnage que le peintre Mélanthios[3] a décrit dans son ouvrage *Sur la peinture*. Il y dit en effet que (sur) les œuvres (d'art), de la même façon que sur les caractères, doit se répandre une sorte d'assurance et de sécheresse.

Polémon disait qu'il faut s'exercer dans les faits (concrets) et non dans les spéculations dialectiques, (pour ne pas apparaître) comme quelqu'un qui aurait ingurgité un manuel d'harmonie sans l'avoir pratiquée: on admirerait de tels hommes pour leur habileté dialectique, mais ils seraient en contradiction avec eux-mêmes en ce qui concerne leur comportement.

Il était donc raffiné et noble[4], évitant les expressions « marinées dans le vinaigre et le sylphe » qu'Aristophane[5] attribue à Euripide, et qui, **19** comme le dit (Aristophane)[6]:

> sont des raffinements de débauchés comparés à un bon morceau de [viande.

---

1. Cf. Philodème, *Acad. hist.* XIII 38-XIV 3 et Gaiser, p. 508-510.
2. Homère: cf. B. Snell, *TrGF* I, p. 329 et Gaiser, p. 508. Une autre interprétation (« quelques vers de ses poèmes »), envisagée par Cobet, est acceptée par K. von Fritz, art. « Nikostratos » 18, *RE* XVII 1, 1936, col 544, et Gigante, p. 501 n. 36.
3. *FHG* IV 445. Chez Philodème, *Acad. hist.* XIV 1 le nom du peintre est Mélanthos. Cf. Gaiser, p. 509.
4. J'ai traduit en choisissant la leçon des mss.: ἦν οὖν ἀστεῖος καὶ γενναῖος (cf. Gaiser, p. 511 *sq.*). Gigante, p. 501 n. 37 corrige ainsi: ἦν οὐκ ἀστεῖός τις γενναῖος δέ. Plus probable, la conjecture de Wilamowitz, *Antigonos*, p. 65: ἀσόλοικός τις (cf. Eubul., fr. 6, 8 Kassel & Austin).
5. Fr. 128 Kassel & Austin.
6. Cf. G. Alvoni, *Eikasmos* 1, 1990, p. 147-152.

On dit encore que ce n'est pas assis qu'il traitait des problèmes qui lui avaient été soumis, mais qu'il argumentait tout en marchant. A cause de sa noblesse d'âme il était honoré dans la ville ; de plus, il vivait à part et passait son temps dans le jardin (de l'Académie), près duquel (ses) disciples avaient construit de petites cabanes pour habiter près du sanctuaire des Muses et de l'exèdre[1].

Témoignage d'Aristippe de Cyrène sur Polémon

Polémon imitait, semble-t-il, Xénocrate en tout point. Aristippe[2], dans le quatrième livre de son ouvrage *Sur la sensualité des Anciens*, dit que Polémon fut épris de lui. En tout cas, Polémon ne cessait de le citer et revêtait la sincérité, l'austérité et la gravité de son modèle, typique du mode dorien[3].

Polémon critique littéraire

20 C'était un admirateur de Sophocle et surtout de ces vers à la création desquels, selon le poète comique[4],

> un molosse semblait avoir eu part,

et de ceux qui, d'après Phrynichos[5], ne sont

> ni édulcorés, ni frelatés, mais (sentent l'authentique vin) de Pramnos.

Il disait donc qu'Homère était le Sophocle de l'épopée et Sophocle, l'Homère de la tragédie[6].

Mort de Polémon

Il mourut déjà âgé, de consomption, laissant un nombre respectable d'ouvrages.

---

1. Cf. Plutarque, *De exilio* 603 bc (= fr. 47) et J. Dillon, « What happened to Plato's garden ? », *Hermathena* 123, 1983, p. 57 *sq.* (article repris dans id., *The Golden Chain. Studies in the Development of Platonism and Christianity*, London 1990, n° I).
2. *FHG* II 79.
3. Cf. Isnardi, « Biografia », p. 148 *sq.*
4. Aristophane, fr. 958 Kassel & Austin.
5. Fr. 68 Kassel & Austin.
6. *TrGF* IV test. 144 et 115 Radt. Cf. Gigante, « Poesia e critica letteraria », p. 237-242.

Épigramme de Diogène Laërce

Et il y a de nous sur lui :

N'entends-tu pas ? Ici est le tombeau de Polémon :
 l'épuisement, mal terrible pour les hommes, l'a ici déposé.
Mais ce n'est pas tant Polémon que son corps. Car lui-même,
 en montant vers les astres, l'a laissé à terre une fois consumé.

CRATÈS

21 Cratès était fils d'Antigénès[1]; du dème de Thria.

Cratès et Polémon

Il fut l'auditeur et en même temps le bien-aimé de Polémon[2]; de plus il lui succéda à la tête de l'école. Ils étaient tellement épris l'un de l'autre que, de leur vivant, non seulement ils avaient les mêmes activités, mais, allant presque jusqu'à régler l'un sur l'autre leur respiration, ils devinrent toujours plus semblables l'un à l'autre; bien plus, une fois morts, ils partagèrent la même sépulture. C'est pourquoi Antagoras composa pour les deux hommes les vers suivants[3]:

Dans ce tombeau, étranger, en poursuivant ton chemin,
rapporte que sont cachés le divin Cratès et Polémon[4],
hommes magnanimes par leur concorde;
de leur bouche inspirée se sont envolées des paroles sacrées;
une vie pure, fondée sur de fermes doctrines,
ornait une existence divine de sagesse[5].

22 C'est pour cette raison qu'Arcésilas, qui avait abandonné Théophraste pour venir dans leur école, disait qu'ils étaient des

1. L'addition 'Αθηναῖος de Ménage ne me semble pas nécessaire.
2. Fr. 57.
3. Fr. 1 Gow-Page. Cf. P. Von der Mühll, « Zu den Gedichten des Antagoras von Rhodos », *MH* 19, 1962, p. 28-31 (article repris dans id., *Ausgewälte kleine Schriften*, *op. cit.*, p. 289-294) et Livrea, p. 27 *sq.* Le renseignement sur la tombe commune se retrouve chez Philodème, *Acad. hist.*, XVI 41-S 9 et chez D. L. IV 25.
4. Fr. 60.
5. Avec A. S. F. Gow-D. L. Page, *The Greek Anthology. Hellenistic Epigrams*, Cambridge 1965, II, p. 30 je considère ἐπὶ ... ἐκόσμει comme une tmèse de ἐπικοσμέω et j'accepte la correction πειθομένους de Von der Mühll.

dieux ou des survivants des hommes de la Race d'or[1]. En effet, ils n'étaient pas avides de la faveur populaire, mais pareils à l'aulète Dionysodoros, dont on dit qu'il se vanta un jour de ce que ses airs, personne ne les avait entendus, comme ceux d'Isménias, sur une trière ou près d'une source.[2]

Témoignage d'Antigone de Caryste sur Cratès

Antigone[3] rapporte que Cratès partageait la table de Crantor et que ceux-ci vivaient en bon accord avec Arcésilas. Arcésilas habitait avec Crantor, Polémon[4] et Cratès avec un de leurs concitoyens, Lysiclès. Cratès, dit (Antigone), était le bien-aimé de Polémon[5], comme nous l'avons déjà dit[6]; Arcésilas celui de Crantor.

Mort de Cratès

23 Cratès, quand il mourut <dans la * année de la cent vingt-huitième Olympiade>[7], d'après Apollodore dans le troisième livre de sa *Chronologie,* laissa des livres: quelques-uns de philosophie, d'autres sur la comédie, ainsi que des discours tenus devant l'Assemblée ou à l'occasion d'ambassades.

---

1. Philodème, *Acad. hist.* XV 3-27. Cf. Gaiser, p. 132 *sq.*, 520 *sq.* et Dorandi, p. 93.
2. Cf. E. Graf, art. « Dionysodoros » 22, *RE* V 1, 1903, col 1006. Isménias est peut-être l'aulète thébain du IVe s. av. J.-C. (Cf. E. K. Borthwick, « "Music while you work" in Philodemus *de musica* », *BICS* 35, 1988, p. 91-93).
3. P. 67 Wilamowitz. Cf. Dorandi, « Antigono », p. 77.
4. Fr. 62.
5. Fr. 58.
6. Cf. IV 21.
7. 128e Ol. = 268-264. *FGrHist* 244 F 14. Je suis le texte de Jacoby, *Apollodor*, *op. cit.*, p. 344 et *FGrHist* II D, p. 723 *sq.* La conjecture de Jacoby est acceptée par H. von Arnim, art. « Krates » 8, *RE* XI 2, 1922, col. 1632, J. Beloch, *Griechische Geschichte*, t. IV 2, p. 35, P. Von der Mühll, «Zu den Gedichten des Antagoras von Rhodos» art. cité, p. 28 (= *Ausgewälte kleine Schiften.*, *op. cit.*, p. 289) et Long dans son édition de D. L. Ce n'est pas le cas de Gigante, p. 145, qui traduit: « Cratete morendo, secondo Apollodoro nel terzo libro della sua *Cronologia*, lasciò molti libri ».

Disciples de Cratès

Il laissa aussi des disciples illustres, parmi lesquels Arcésilas, dont nous allons parler[1] – car ce dernier fut également son auditeur –, et Bion de Borysthène[2], qu'on surnomma ensuite le Théodoréen[3] à cause de l'école (à laquelle il appartenait); de lui aussi nous parlerons, après Arcésilas[4].

Homonymes

Il y eut dix Cratès. Premièrement : le poète de l'Ancienne Comédie[5]; deuxièmement: un rhéteur de Tralles, de l'école d'Isocrate; troisièmement : un ouvreur de tranchées, qui faisait partie de la suite d'Alexandre; quatrièmement : le « chien » dont nous parlerons[6]; cinquièmement : un philosophe péripatéticien ; sixièmement : l'Académicien dont nous avons parlé; septièmement: un grammairien de Mallos[7]; huitièmement: un auteur d'ouvrages de géométrie ; neuvièmement : un poète, auteur d'épigrammes ; dixièmement : un philosophe académicien, de Tarse[8].

---

1. IV 28-45.
2. Test. 20.
3. Test. 54 Winiarczyk.
4. IV 46-58.
5. Test. 10 Kassel & Austin.
6. Cf. VI 85-93.
7. Test. 2 Mette.
8. Cf. T. Dorandi, art. « Cratès de Tarse », *DPhA*, t. II, 1994, p. 495.

CRANTOR

Détails biographiques

24 Crantor de Soles, bien qu'il fût admiré dans sa patrie, partit pour Athènes et devint l'auditeur de Xénocrate, comme condisciple de Polémon[1]. Il laissa des ouvrages, comprenant 30 000 lignes, dont quelques-uns sont attribués à Arcésilas par certains critiques[2].

Crantor et Polémon

On dit que quand on lui demanda par quelle qualité de Polémon[3] il avait été conquis, il répondit que c'était de l'avoir entendu parler d'une voix ni trop aiguë ni trop grave[4]. Tombé malade, il se retira dans le temple d'Asclépios et il s'y promenait ; il se trouva des gens pour accourir à lui de partout, croyant (qu'il se trouvait là) non par suite d'une maladie, mais parce qu'il voulait y ouvrir une école. De ce nombre était Arcésilas qui voulait être recommandé par lui à Polémon[5], bien qu'il fût épris (de Crantor), comme nous le dirons dans la *Vie d'Arcésilas*[6]. **25** Mais, lorsque lui-même fut guéri, il

1. Fr. 64 Gigante. Cf. T. Dorandi, art. « Crantor de Soles » C 195, *DPhA*, t. II, 1994, p. 482 *sq*. De façon étrange, alors que D. L. présente Crantor et Polémon comme des condisciples chez Xénocrate (συσχολάζω), Philodème, *Acad. hist.* XVI 6-8 mentionne au contraire Crantor comme un disciple (σχολάζω) de Polémon. Le fait a déjà été relevé par Th. Gomperz, « Die herkulanische Biographie des Polemon », dans *Philosophische Aufsätze E. Zeller gewidmet*, Leipzig 1887, p. 148, article repris dans T. Dorandi (édit.), *Theodor Gomperz. Eine Auswahl herkulanischer kleiner Schriften*, *op. cit.*, p. 160.
2. Philodème, *Acad. hist.* XVI 12-15. Cf. Gaiser, p. 526.
3. Fr. 65.
4. Cf. IV 18, Philodème, *Acad. hist.* XIII 43-XIV 3, et Gaiser, p. 509 *sq*.
5. Fr. 72.
6. IV 29.

(recommença à) écouter Polémon[1], geste pour lequel il fut grandement admiré.

Crantor et Arcésilas

On dit qu'il légua à Arcésilas son patrimoine, qui s'élevait à douze talents. Et quand (Arcésilas) lui demanda où il voulait être enseveli, il répondit[2]:

Il est beau d'être enseveli dans les collines de la terre bien-aimée.

Crantor poète

On dit qu'il écrivit également des poèmes et qu'il les déposa dans sa patrie dans le temple d'Athéna après les avoir mis sous scellé[3]. Le poète Théétète écrit ainsi à son sujet[4]:

Il était cher aux hommes, lui qui était encore plus cher aux Muses,
Crantor, et il n'a pas atteint la vieillesse.
Terre, reçois, mort, le saint homme;
assurément il vit encore là-bas dans une vie de prospérité.

Crantor, critique littéraire

26 Crator admirait parmi tous (les poètes) d'abord et avant tout Homère et Euripide; il disait qu'il est difficile d'écrire dans un ton tragique et en même temps de susciter de la compassion au moyen du langage de tous les jours[5]. Et il citait le vers du *Bellérophon*[6]:

Hélas! Mais pourquoi hélas ? Nous avons souffert les souffrances [des mortels.

1. Fr. 66.
2. *TrGF* II fr. 281 Snell-Kannicht. Texte corrompu. Avec Snell-Kannicht j'écris ἐν γῆς φίλης ὄχθοισι κρυφθῆναι καλόν. Cf. Gaiser, p. 528 et 530 *sq.*
3. Cf. Philodème, *Acad. hist.* XVI 1-8, et D. L. IV 25. Sur l'activité poétique de Crantor, cf. Gigante, « Poesia e critica letteraria », p. 243-248.
4. Fr. 2 Gow-Page. Je retiens l'interprétation proposée par P. Boyancé, « L'apothéose de Tullia », *REA* 46, 1944, p. 182-184 (= *Études sur l'humanisme cicéronien*, Bruxelles 1970, p. 339-341). Sur cette épigramme, voir Livrea, p. 24-31.
5. Cf. Gigante, « Poesia e critica letteraria », p. 244-246.
6. Euripide, fr. 300 Nauck^2.

Un poème sur Éros

On dit encore que circulaient comme étant de Crantor les vers suivants sur Éros du poète Antagoras[1] :

> Mon esprit est dans le doute, car ton origine est disputée :
> faut-il t'appeler, Éros, le premier des dieux éternels,
> l'un des fils qu'autrefois Érèbe et la Reine Nuit
> engendrèrent dans les abîmes du vaste Océan,
> 27 ou bien le fils de la très sage Cypris, celui de Terre ou des Vents ?
> Que de maux prépares-tu aux hommes en tes errements,
> que de biens! Double est la nature de ton corps[2].

Dits de Crantor

Il était habile également à inventer des mots. Il dit en tout cas qu'un acteur tragique avait « la voix mal dégrossie à la hache » et « pleine (de morceaux) d'écorce », que les vers d'un certain poète étaient « pleins de mites » et que les thèses de Théophraste étaient écrites « de couleur pourpre »[3].

Sur le deuil

On admire principalement de lui son livre *Sur le deuil*[4].

Mort de Crantor

Il mourut avant Polémon et Cratès, d'hydropisie[5].

---

1. Fr. 1 Powell. Diogène introduit l'épigramme sur Éros par une phrase ambiguë. J'interprète ainsi : ces vers d'Antagoras étaient transmis comme s'ils avaient été écrits par Crantor.

2. Wilamowitz, *Antigonos*, p. 69 *sq.* et H. von Arnim, art. « Krantor », *RE* XI 2, 1922, col. 1586, considèrent que ces vers exprimaient les impressions qu'Antagoras avait ressenties lors d'un cours de Crantor sur Éros. Cf. Gigante, « Poesia e critica letteraria », p. 243 *sq.* et Livrea, p. 26 *sq.*

3. Fr. 75 Fortenbaugh *et al.* Pour l'interprétation de ce passage, voir Dorandi, « Academia », p. 3776.

4. Fr. 1-6 Mette. Cf. H. J. Mette, « Krantor Arkesilaos », p. 32-36. Sur la littérature de consolation, cf. R. Kassel, *Untersuchungen zur griechischen und römischen Konsolation-literatur*, coll. « Zetemata » 18, München 1958, et H.-Th. Johann, *Trauer und Trost. Eine quellen- und strukturanalytische Untersuchung der philosophischen Trostschriften über den Tod*, coll. « Studia et Testimonia Antiqua » 5, München 1968.

5. Fr. 70. Pour un examen de la chronologie de Crantor, cf. Dorandi, *Ricerche*, p. 3-6.

Épigramme de Diogène Laërce

Nous avons écrit une épigramme à son sujet[1] :

La pire des maladies, Crantor, t'a submergé,
et ainsi tu es descendu dans l'abîme noir de Pluton.
Et là tu te réjouis, alors que restent veuves
de tes discours l'Académie et Soles, ta patrie.

1. Cf. B.M. Palumbo Stracca, « Gli asinarteti κατὰ στίχον in un epigramma di Diogene Laerzio (IV 27) », *RCCM* 23, 1981, p. 155-158.

ARCÉSILAS

Arcésilas, fondateur de la Moyenne Académie

28 Arcésilas, fils de Seuthès – ou de Skuthès, comme le dit Apollodore dans le troisième livre de sa *Chronologie* – de Pitane en Éolide[1]. C'est lui qui fut à l'origine de la Moyenne Académie[2], car le premier il se garda de toute assertion en raison des oppositions auxquelles se prêtent tous les discours. Il fut aussi le premier à discuter les thèses dans un sens et dans l'autre et le premier il modifia le discours philosophique transmis par Platon et le rendit plus éristique grâce à la discussion par mode de question et de réponse[3].

Arcésilas et Crantor

Il devint le disciple de Crantor de la façon suivante[4]. Il était le dernier de quatre frères, deux étant du même père et deux de la même mère. L'aîné des frères utérins était Pyladès, l'aîné de ceux nés du même père, Moiréas, qui était son tuteur. **29** Au tout début, avant de partir pour Athènes, il fut l'auditeur d'Autolycos le mathématicien, qui se trouvait être son concitoyen et avec lequel il fit un voyage à Sardes[5]. Par la suite, de Xanthos d'Athènes, le musicien, et, après lui, il se fit l'auditeur de Théophraste. Ensuite, il passa à l'Académie auprès de Crantor. Son frère Moiréas en effet, dont nous avons parlé plus haut, le poussait vers la rhétorique, mais lui était

1. *FGrHist* 244 fr. 15. Cf. T. Dorandi, art. « Arcésilas de Pitane », A 302 *DPhA*, t. I, 1989, p. 326-330.

2. Cf. I 14 et 19.

3. Sur ce passage, cf. A. M. Ioppolo, *Socrate nelle tradizioni accademica e pirroniana*, dans l'ouvrage collectif *La tradizione socratica. Seminario di studi*, Napoli 1995, p. 92-97.

4. Cf. Philodème, *Acad. hist.* XVII 1-14.

5. Cf. IV 22 et Long, « Arcesilaus », p. 438 *sq.*, 449.

épris de la philosophie. Et Crantor qui était amoureux de lui, lui demanda en citant un vers de l'*Andromède* d'Euripide[1] :

Ô vierge, si je te sauve, m'en sauras-tu gré ?

et lui-même répondit en citant le vers suivant :

Emmène-moi, étranger, comme esclave si c'est ton désir, ou bien
[comme épouse[2].

30 De ce jour, ils vécurent ensemble. On raconte que Théophraste en fut affligé, au point de dire que c'était un jeune homme de talent et à l'esprit vif qui était parti de son école.

Arcésilas poète

En effet, tout en étant des plus efficaces dans les discussions et doté d'une vaste culture, il touchait aussi à la poésie. On cite de lui une épigramme pour Attale qui se présente ainsi[3] :

Pergame n'est pas seulement célèbre par ses armes ;
elle est également souvent louée pour ses chevaux (victorieux) dans
[la divine cité de Pisa.
S'il est permis à un mortel de dire la volonté de Zeus,
à l'avenir (Pergame) sera encore plus digne d'être chantée.

On connaît une autre épigramme pour Ménodore, qui fut le bien-aimé d'Eudamos, l'un de ses condisciples[4] :

31 Loin est la Phrygie, ô Ménodore, loin
la sainte Thyatire(s),ta patrie Cadauade[5].
Mais les chemins qui conduisent à l'innommable Achéron sont tous
[égaux
– comme le dit le proverbe des hommes[6] – quel que soit le point
[d'où on les mesure.

---

1. Fr. 129 Nauck².
2. Fr. 132 Nauck². Je garde le texte des manuscrits et non celui de Mette.
3. Fr. 121 Lloyd-Jones/Parsons. Cf. Gigante, p. 502 n. 67.
4. Fr. 122 Lloyd-Jones/Parsons.
5. Le passage est peut-être corrompu. Avec Von der Mühll, j'accepte la leçon de P : Καδαυάδη.
6. La source est une maxime d'Anaxagore connue par Cicéron (*Tusc.* I 104 = DK 59 A 34a), Diogène Laërce (II 11) et le *Gnom. Vat.* n° 115 : πανταχόθεν ὁμοία ἐστὶν ἡ εἰς ᾅδου κατάβασιν. Télès (*De exil.*, p. 29, 13-30, 1 Hense²) attribue cette maxime à Aristippe (*SSR* IV A 103). L'hypothèse selon laquelle Philodème (*De morte IV*, *PHerc.* 1050, col XXVII 13 *sq.*) l'aurait attribuée à Diogène

Ce magnifique tombeau, c'est Eudamos qui te l'a élevé,
à toi qui étais, parmi ses nombreux serviteurs, le plus cher.

Arcésilas critique littéraire

Il appréciait Homère plus que tous les autres poètes et il avait l'habitude d'en lire quelques vers non seulement avant d'aller dormir, mais à l'aube aussi (il faisait de même), disant, chaque fois qu'il voulait lire, qu'il se rendait chez son bien-aimé. Il prétendait que Pindare était remarquable pour la plénitude du langage et qu'il offrait une abondance de noms et de verbes. Dans sa jeunesse, il chercha également à définir le style d'Ion[1].

Arcésilas et Hipponicos

32 Il fut également auditeur du géomètre Hipponicos, dont il se moqua entre autres parce qu'il était borné et qu'il bâillait, mais comme celui-ci, dans sa matière, était fort expert; il disait que la géométrie avait volé dans sa bouche alors qu'il bâillait. Arcésilas l'accueillit chez lui un jour qu'il délirait et prit soin de lui jusqu'à ce qu'il guérisse.

Arcésilas scholarque

A la mort de Cratès, il reçut la direction de l'école, après qu'un certain Socratidès lui eut cédé la place[2].

Écrits d'Arcésilas

Du fait qu'il suspendait son jugement en toutes choses, selon certains, il n'écrivit aucun livre; selon d'autres, il avait été surpris en

---

le Cynique est fausse (cf. R. Giannattasio Andria, *CErc* 10, 1980, p. 129 n. 4). Il s'agit d'un *topos* littéraire qui eut une large fortune: cf. Gigante, « Poesia e critica letteraria in Arcesilao » (cité dans la note suivante), p. 436 *sq.*

1. Test. 20 Leurini. Cf. P. Von der Mühll, « Die Gedichte des Philosophen Arkesilaos », dans *Studi U.E. Paoli*, *op. cit.*, p. 717-724, article repris dans *id.*, *Ausg. kl. Schr.*, *op. cit.*, p. 276-285; M. Gigante, « Poesia e critica letteraria in Arcesilao », dans *Ricerche C. Barbagallo*, Napoli 1970, I, p. 431-441, et Long, « Arcesilaus », p. 448 *sq.*

2. Cf. Philodème, *Acad. hist.* XVIII 1-7. Sur les indications que l'on peut tirer de ce passage concernant la structure de l'Académie, cf. Glucker, p. 234 n. 25.

train de corriger certaines œuvres <de Crantor> qu'il aurait, selon les uns, publiées, selon les autres brûlées[1].

Son admiration pour Platon

Il semble avoir également admiré Platon et il possédait ses livres.

Arcésilas et Pyrrhon

33 Selon d'autres sources cependant il fut également l'émule de Pyrrhon, il se consacra à l'étude de la dialectique et adopta le mode d'argumentation de l'école d'Érétrie[2]. C'est pourquoi Ariston disait à son propos[3] :

> Platon par-devant, Pyrrhon par-derrière, au milieu Diodore.

Et Timon s'exprime ainsi à son propos[4] :

> Car il disputera cette course, avec pour attelage le plomb de
> [Ménédème,
> cette masse de chair qu'est Pyrrhon, ou Diodore.

Et, un peu plus loin, il lui fait dire[5] :

> Je nagerai en direction de Pyrrhon ou bien en direction du tortueux
> [Diodore.

Dits d'Arcésilas

Il aimait par-dessus tout parler par axiomes et de façon concise ; dans la conversation il détachait les mots, tout en étant très incisif et franc dans son discours. **34** Pour cette raison, Timon s'exprime à nouveau de la sorte à son propos[6] :

---

1. J'accepte le texte de Wilamowitz, *Antigonos*, p. 62 : διὰ δὲ τὸ περὶ πάντων ἐπέχειν οὐδὲ βιβλίον, φασί τι<νες>, συνέγραψεν οἱ δὲ ὅτι ἐφοράθη <Κράντορος> τινὰ διορθῶν, ἅ φασιν οἱ μὲν ἐκδοῦναι, οἱ δὲ κατακαῦσαι.
2. Cf. Pyrrhon test. 32 Decleva Caizzi et *SSR* III F 22.
3. Cf. *SVF* I fr. 343 ; Pyrrhon test. 32 Decleva Caizzi et *SSR* II F 4. F. Decleva Caizzi (édit.), *Pirrone. Testimonianze*, Napoli 1981, p. 186-191.
4. Fr. 805 Lloyd-Jones/Parsons = 31 Di Marco.
5. Fr. 806 Lloyd-Jones/Parsons = 32 Di Marco. Cf. M. Di Marco (édit.), *Timone di Fliunte. Silli*, Roma 1989, p. 182-186, et F. Decleva Caizzi, *Elenchos* 12, 1991, p. 132.
6. Fr. 807 Lloyd-Jones/Parsons = 33 Di Marco. Le texte est corrompu. Je suis le texte (†καὶ νέον μηλήσεις† ἐπιπλήξεσιν ἐγκαταμειγνύς) et l'interprétation de Di Marco, *Timone di Fliunte. Silli*, *op. cit.*, p. 187 *sq.*

... mêlant aux reproches.

Pour cette raison, à un jeune homme qui parlait de façon trop audacieuse, il dit : « N'y aura-t-il pas quelqu'un pour le prendre par la peau du cou ? »[1] A quelqu'un qui avait la réputation de se laisser pénétrer et qui (lui) rappelait la doctrine que l'un n'est pas plus grand que l'autre, il demanda si un (membre) de dix pouces (lui paraissait plus grand) qu'un de six. Comme un certain Hémon de Chios, qui était laid, mais qui pensait être beau, et qui vivait constamment en grande toilette, disait qu'à son avis le sage ne saurait tomber amoureux, Arcésilas répliqua : « Même pas s'il est aussi beau que toi ? Même pas s'il est revêtu de si beaux habits ? » Quand un autre qui était également un dévergondé s'adressa à Arcésilas comme à quelqu'un qui se donnait des airs, disant[2] :

35 Puis-je, maîtresse, poser une question ou dois-je garder silence ?

(Arcésilas) répondit[3] :

Ô femme, pourquoi me parles-tu avec des paroles rudes
et non comme tu as coutume de le faire ?

Comme un bavard vulgaire l'importunait, il dit[4] :

Jacasser sans frein est le propre des fils d'esclaves.

A un autre qui débitait bien des niaiseries, il dit qu'il n'avait pas eu la chance de rencontrer de la sévérité, même chez sa nourrice. A d'autres il ne répondait même pas. A un usurier, amateur des lettres, qui admettait ignorer quelque chose, il dit :

Les directions des vents échappent même à l'oiselle,
sauf quand sa progéniture est en cause.

Ce sont là des vers de l'*Œnomaos* de Sophocle[5].

36 A un dialecticien de l'école d'Alexinos[6], qui ne savait pas exposer comme il fallait un argument du maître, il raconta ce que fit

1. Texte conjectural.
2. *TrGF* II fr. 282 Kannicht-Snell.
3. *TrGF* II fr. 283 Kannicht-Snell.
4. Euripide fr. 976 Nauck[2].
5. Fr. 477 Radt. La force du vers réside dans la polysémie du mot τόκος, qui signifie soit « intérêt » soit « progéniture » : cf. Plat., *Resp.* VI, 507 a.
6. *SSR* II C 17.

Philoxène[1] à des fabricants de briques : comme il les avait surpris en train de mal chanter ses mélodies, il se mit à piétiner leurs briques, en disant : « Comme vous gâchez mes mélodies, je gâche vos briques ». Et, bien entendu, il se fâchait contre ceux qui n'avaient pas entrepris leurs études au moment opportun. Dans la conversation, il utilisait, de façon pour ainsi dire naturelle, des expressions comme « J'affirme pour ma part » et « Un tel ne donnera pas son assentiment à cette idée » et il en disait le nom. Cette façon de faire était imitée par beaucoup de ses disciples, de même que sa façon de parler et tout son comportement.

Arcésilas comme maître

37 Il manifestait le plus grand esprit d'invention pour affronter avec succès les objections, pour ramener les détours de la discussion vers le sujet proposé et pour s'adapter à toute situation. Il se montrait persuasif plus que quiconque. Pour cette raison, il y avait toujours plus d'auditeurs à venir à son cours, bien qu'ils eussent peur de son esprit incisif. Mais ils supportaient leur maître de bonne grâce : il était en effet d'une grande bonté et soulevait des espoirs chez ses auditeurs.

Générosité d'Arcésilas

Dans sa vie privée il était des plus généreux, prompt à faire du bien et à cacher ses bienfaits avec une parfaite modestie. En tout cas, étant venu un jour rendre visite à Ctésibios qui était malade et ayant constaté qu'il était dans le besoin, il glissa en cachette une bourse d'argent sous son oreiller. Lorsque Ctésibios le découvrit, il s'exclama : « C'est Arcésilas qui m'a joué ce tour. » En une autre occasion Arcésilas envoya mille drachmes à Ctésibios[2].

38 Ayant recommandé à Euménès Archias d'Arcadie, il lui fit obtenir un rang élevé.

Comme il était libéral et totalement détaché de l'argent, il était le premier à participer aux conférences payantes et il recherchait surtout, chez Archécratès et Callicratès, les conférences qui coûtaient

---

1. Peut-être le dithyrambographe (435/4-380/79).

2. Plutarque, *De ad. et am.* 63 d (= test. 1e Mette) rapporte une autre version de cette anecdote. cf. D. Knoepfler, *MH* 46, 1989, p. 194 n. 2. La conjecture de Knoepfler (χιλίας <δραχμὰς> ἀπέστειλεν) ne me semble pas nécessaire.

une pièce d'or[1]. Il aidait de nombreuses personnes et donnait sa participation aussi à des collectes. Comme quelqu'un (lui) avait un jour emprunté de la vaisselle d'argent afin de recevoir des amis et ne la rendait pas, il ne la lui réclama ni ne la revendiqua. D'autres disent qu'il l'avait prêtée de propos délibéré et que, lorsque l'autre avait voulu la rendre, il lui en avait fait don, parce qu'il était pauvre. Il avait également une grande propriété à Pitane dont son frère Pyladès lui faisait parvenir les revenus. Mais Euménès, le fils de Philétairos, lui donnait aussi beaucoup. Aussi est-ce à lui seul, parmi tous les autres rois, qu'il s'adressait.

Arcésilas, Antigone et Hiéroclès

39 Alors que beaucoup faisaient la cour à Antigone et allaient à sa rencontre chaque fois qu'il venait (à Athènes), lui seul ne se déplaçait pas, ne voulant pas faire le premier pas pour le connaître. Il était dans les meilleurs termes avec Hiéroclès, le commandant de Munichie et du Pirée ; à chaque fête il descendait chez lui. Bien que celui-ci eût cherché, plus d'une fois, à le convaincre de souhaiter la bienvenue à Antigone, il n'y parvint pas : arrivé aux portes de la cité, (Arcésilas) faisait demi-tour[2]. Après la bataille navale remportée par Antigone[3], alors que beaucoup allaient à sa rencontre ou lui écrivaient des billets pour le féliciter, il garda le silence. Il se rendit toutefois comme ambassadeur au nom de sa patrie auprès d'Antigone à Démétrias, sans succès. Il passait tout son temps dans l'Académie en se tenant loin de la vie politique.

40 Une fois, à Athènes, précisément au Pirée, il s'attarda à discuter sur certaines questions, à cause de son amitié pour Hiéroclès ; certains y trouvèrent à redire.

Les amours d'Arcésilas

Grand amateur du luxe – il n'était en effet rien d'autre qu'un second Aristippe –, il fréquentait les banquets, ceux donnés par ses

---

1. Je suis l'interprétation de Gigante, p. 503 *sq.*, n. 83 : les δείξεις sont les « discours d'apparat, leçons publiques ou débats philosophiques » auxquels on pouvait participer moyennant une somme en argent ou en or.

2. Telle est l'interprétation de U. Köhler, *RhM* 39, 1884, p. 293 *sq.*

3. La bataille de Cos eut lieu en 262. Cf. D. Knoepfler, *MH* 44, 1987, p. 242 n. 36.

pairs, et seulement ceux-ci. Il vivait au grand jour avec les courtisanes d'Élis Théodotè et Philè; lorsqu'on le raillait (à ce propos), il citait les maximes d'Aristippe[1]. Il aimait les jeunes gens et était ardent aux plaisirs. C'est pourquoi Ariston de Chios[2] et ses disciples stoïciens lui en faisaient reproche, le traitant de corrupteur de la jeunesse, de professeur d'obscénité et de dévergondé. **41** Et en effet, on dit qu'il fut particulièrement épris de ce Démétrios qui fit voile vers Cyrène et de Cléocharès de Myrléa: c'est à propos de ce dernier qu'il répondit à des fêtards qu'il voulait bien, lui, ouvrir, mais que Cléocharès l'en empêchait. De ce jeune homme étaient épris également Démocharès, fils de Lachès, et Pythoclès, fils de Bousélos[3]: lorsqu'il les surprit en flagrant délit, (Arcésilas), avec résignation, dit qu'il cédait sa place. Les critiques mentionnés ci-dessus lui donnaient donc des coups de dents pour cette raison-là et ils le raillaient en outre comme quelqu'un qui recherche la popularité auprès de la foule.

Critiques du péripatéticien Hiéronymos

Il était principalement (critiqué) par Hiéronymos le Péripatéticien[4], chaque fois qu'il réunissait ses amis pour fêter l'anniversaire d'Halcyoneus, le fils d'Antigone; à cette occasion Antigone envoyait une importante somme d'argent pour les réjouissances.

Arcésilas et Aridélos

42 Lui qui, dans les banquets, ne laissait jamais passer une occasion de désapprouver les discussions doctrinales entre deux coupes, dit à Aridélos[5] qui lui posait une question et voulait lui en parler: « Mais voilà justement la prérogative de la philosophie: savoir à quel moment il convient de faire chaque chose ».

---

1. *SSR* IV A 99.
2. *SVF* I fr. 345.
3. Et non *Bougelos*. Cf. Démosth. 43, 13-79 *passim*, et M.J. Osborne & S.G. Byrne, *LGPN* 2, Oxford 1994, p. 90, *s.v.*
4. Fr. 4 Wehrli.
5. Wilamowitz, *Antigonos*, p. 75 a corrigé Aridélos en Aridicès à partir d'une comparaison avec Philodème, *Acad. hist.* XX 7 *sq.* Sur ce philosophe, voir, en dernier lieu, T. Dorandi et B. Puech, art. « Aridicas de Rhodes » A 330, dans *DPhA*, t. I, Paris 1989, p. 350 *sq.*

Jugement de Timon de Phlionte

En ce qui concerne l'accusation d'être ami de la foule, Timon, dit, entre autres choses, ce qui suit[1] :

Sur ces paroles il s'immergea dans la foule qui l'entourait.
Et eux, comme des pinsons autour de la chouette,
le regardaient d'un air stupide et le montraient du doigt comme un
[idiot, parce qu'il cherchait à plaire à la foule.
Voilà qui n'est pas une affaire, malheureux! Pourquoi te pavanes-tu
[comme un imbécile ?

Modestie d'Arcésilas

Il était cependant tellement modeste qu'il conseillait à ses disciples d'aller écouter les leçons des autres. Et comme un jeune homme de Chios n'était pas satisfait de son école et préférait celle d'Hiéronymos dont nous avons parlé[2], il l'accompagna lui-même et le recommanda au philosophe, après l'avoir exhorté à bien se comporter.

Une anecdote d'Arcésilas

43 On rapporte également à son propos la charmante anecdote qui suit: à qui lui demandait pourquoi on passait des autres écoles à celle d'Épicure et jamais de celle d'Épicure à une autre, il répondit: « Quand on est un homme, on peut devenir eunuque, mais lorsqu'on est eunuque, on ne peut devenir un homme[3]. »

Mort d'Arcésilas

Étant proche de sa fin, il laissa tous ses biens à son frère Pyladès, parce que, à l'insu de Moiréas, il l'avait conduit à Chios et que de là il l'avait accompagné à Athènes. De toute sa vie[4], il ne prit jamais femme et il n'eut pas d'enfants. Il rédigea trois testaments et en déposa un à Érétrie chez Amphicritos, un autre à Athènes chez des

1. Fr. 808 Lloyd-Jones/Parsons = 34 Di Marco. Cf. Di Marco, *Timone di Fliunte. Silli*, *op. cit.*, p. 188-190.
2. Fr. 6 Wehrli. Cf. IV 41.
3. Cf. Wilamowitz, *Antigonos*, p. 76 et, plus récemment, Ph. Borgeaud, *La Mère des dieux. De Cybèle à la Vierge Marie*, Paris 1996, p. 119-120, 216 (notes).
4. Passage douteux, cf. Wilamowitz, *Antigonos*, p. 76.

amis et le troisième, il l'envoya chez lui à Thaumasias, un de ses parents, en le priant de le conserver.

Lettre à Thaumasias

Il lui adressa la lettre suivante:

« Arcésilas à Thaumasias, salut.

44 J'ai confié à Diogène mon testament pour qu'il te l'apporte. Comme je suis souvent malade et que mon corps est faible, j'ai décidé de faire mon testament, pour que, si un malheur m'arrive, je ne parte pas en t'ayant fait du tort, toi qui as montré une bienveillance si attentive à mon égard. Tu es la personne la plus digne de confiance parmi celles qui vivent là-bas pour réaliser mes volontés, que ce soit en vertu de l'âge ou du lien de parenté. Essaie donc, en te rappelant de la confiance absolue que je mets en toi, d'être juste envers nous, pour que mes dispositions soient exécutées, pour autant que tu le peux, dans le respect des convenances. (Des copies) de ce (testament) sont déposées également à Athènes auprès de certaines de mes connaissances et à Érétrie chez Amphicritos. »

Témoignage d'Hermippe

Il mourut fou, selon Hermippe[1], pour avoir bu trop de vin pur, déjà âgé de soixante-quinze ans, dans une estime que les Athéniens ne réservèrent à personne d'autre[2].

Épigramme de Diogène Laërce

Une de nos épigrammes lui est également consacrée[3]:

45 Ô Arcésilas, dis-moi, pourquoi as-tu absorbé tant de vin pur,
sans te retenir, au point d'en tomber, ayant perdu la raison ?
Je te plains non pas tant parce que tu es mort,
mais parce que tu as outragé les Muses en usant de la coupe sans [mesure.

---

1. Fr. 43 Wehrli.
2. Le renseignement est douteux: Hermippe attribue au même motif la mort de Stilpon (D. L. II 120 = fr. 35), Lacydès (D. L. IV 61) et celle de Chrysippe (D. L. VII 184). Cf. Wilamowitz, *Antigonos*, p. 47 n. 6, et F. Wehrli, *Hermippos der Kallimacheer*, coll. « Die Schule des Aristoteles » Suppl. I, Basel-Stuttgart 1974, p. 72.
3. *Anth. Pal.* VII 104.

Homonymes

Il y eut trois autres Arcésilas : un poète de l'Ancienne Comédie[1], un autre poète, élégiaque, un troisième, un sculpteur pour lequel Simonide a composé l'épigramme suivante[2] :

Cette statue est celle d'Artémis : elle a coûté deux cents drachmes de [Paros,
monnaie dont l'effigie est une chèvre.
C'est un homme expert dans les arts d'Athéna qui l'a faite,
Arcésilas, digne fils d'Aristodicos.

Chronologie

Le philosophe dont nous parlions était dans la force de l'âge, selon Apollodore dans sa *Chronologie*, dans la cent vingt-<> Olympiade[3].

1. P. 532 Kassel & Austin.
2. 940-943 Page, *FGE*. Sur ce passage, voir Gigante, p. 505 n. 96 et Page, *ad loc.*
3. *FGrHist* 244 F 16. H. Diels, « Chronologische Untersuchungen über Apollodors *Chronika* », *RhM* 31, 1876, p. 46 *sq.* : περὶ τὴν <ἕκτην καὶ> εἰκοστὴν καὶ ἑκατοστὴν Ὀλυμπιάδα ; Jacoby, *Apollodor*, *op. cit.*, p. 344-346 (et Long dans son édition) : περὶ τὴν <ὀγδόην καὶ> κτλ. ; Mette, « Krantor-Arkesilaos » : περὶ τὴν <> κτλ.

BION

Origines de Bion

46 Bion était originaire de Borysthène. Quels étaient ses parents et en quelles circonstances il vint à la philosophie, il l'explique lui-même à Antigone quand celui-ci lui demande[1] :

> Qui es-tu parmi les hommes et d'où viens-tu ? Quelle est ta cité et [qui sont tes parents ?

Se sentant calomnié, il répond : « Mon père était un affranchi qui se mouchait dans sa manche – il voulait dire qu'il était un marchand de salaisons – de souche borysthénite ; il n'avait pas de personnalité[2], mais une inscription sur la figure, vestige de la sévérité de son maître. Ma mère était ce qu'un homme pareil avait pu épouser : elle venait d'une maison close[3]. Par la suite, mon père qui avait fraudé le fisc fut vendu avec toute sa famille, nous compris. Je fus acheté par un rhéteur parce que j'étais jeune et beau ; en mourant, il me laissa toute sa fortune. **47** Et moi, après avoir brûlé tous ses écrits et ramassé jusqu'au dernier sou, je suis venu à Athènes pour me consacrer à la philosophie.

> Voilà la race et le sang dont je me vante d'être issu[4].

Voilà ce qui me concerne. Par conséquent, que Persaios[5] et Philonidès cessent de raconter ces histoires. Fonde ton jugement sur moi sur ce que moi-même je te dis »[6].

---

1. Hom., *Od.* X 325.
2. C'est ce que comprend Kindstrand, *Bion*, p. 179.
3. Sa mère s'appelait Olympia d'après Nicias de Nicée *ap.* Athen. XIII, 591f-592 a = test. 1.
4. Hom., *Il.* VI 211.
5. *SVF* I fr. 459.
6. Fr. 1 A.

En vérité, Bion, qui était, en certaines occasions, un homme aux multiples facettes[1], et un sophiste subtil qui fournit plus d'un argument à ceux qui voulaient piétiner la philosophie, était cependant affable, capable de se jouer de l'orgueil[2].

Dits et maximes

Il a laissé de très nombreux écrits, ainsi que d'utiles maximes, d'application pratique[3]. Par exemple: comme on lui reprochait de n'avoir pas fait la conquête d'un jeune homme, il dit: « Il n'est pas possible d'attraper un fromage mou avec un hameçon »[4]. **48** Comme on lui demandait un jour quel est celui qui est le plus angoissé, il répondit: « Celui qui veut atteindre le bonheur suprême »[5]. Comme on lui demandait s'il fallait se marier, – car à lui aussi on rapporte cette anecdote[6] –, il répondit: « Si tu épouses une femme laide, tu purgeras une peine, si c'est une femme belle, tu la partageras »[7]. Il définissait la vieillesse comme le port de (tous) les maux: en tout cas tous y trouvent refuge[8]; la fausse opinion comme la mère des fautes[9]; la beauté est le bien d'autrui[10]; la richesse est le nerf des affaires[11]. A celui qui avait dilapidé ses propriétés, il dit: « La terre a englouti Amphiaraos et toi la terre »[12]. C'est un grand mal, (disait-il), de ne pouvoir supporter un mal[13]. Il blâmait aussi ceux qui

---

1. πολύτροπος fait allusion à Ulysse. Voir les citations homériques dans ce même contexte: la première (Hom., *Od.* X 325) est une question posée par Circé à Ulysse, qualifié de πολύτροπος cinq vers plus loin.
2. Test. 2 A. J'accepte l'interprétation de Kindstrand, *Bion*, p. 135 *sq.*
3. Test. 7 A. Cf. Kindstrand, *Bion*, p. 22-25.
4. Fr. 58. Cf. Kindstrand, *Bion*, p. 270.
5. Fr. 24.
6. D.L. VI 3 l'attribue à Antisthène [*SSR* V A 57]. Voir aussi ps.-Hermog., p. 193, 18-19 Rabe.
7. Fr. 61 A.
8. Fr. 62 A.
9. Fr. 22. αἰτιῶν comme le conjecture D.A. Russell, *CR* 79, 1965, p. 175. Cf. Gigante, p. 640. Kindstrand, *Bion*, p. 223 accepte la conjecture ἀνιῶν de J.J. Reiske, *Hermes* 24, 1889, p. 311 : « la gloire comme la mère des soucis ».
10. Fr. 54.
11. Fr. 46.
12. Fr. 45.
13. Fr. 23.

brûlent les cadavres en les tenant pour insensibles et déposent à côté d'eux des lampes allumées en les tenant pour sensibles[1].

49 Il disait constamment qu'il vaut mieux faire don à autrui de sa beauté que de cueillir celle d'autrui : car cela nuit à la fois au corps et à l'âme[2]. Il s'en prenait également à Socrate, disant que s'il désirait Alcibiade et s'en abstenait, il était stupide, tandis que s'il ne le désirait pas, sa conduite n'avait pas de quoi surprendre[3]. Il avait coutume de dire que le chemin vers l'Hadès est facile[4] : on s'y rend en tout cas les yeux fermés. Il blâmait Alcibiade, en disant que dans sa prime jeunesse il enlevait les maris à leurs épouses, tandis que, jeune homme, il enlevait les épouses à leurs maris[5].

A Rhodes, alors que des Athéniens s'exerçaient à la rhétorique, il enseignait la philosophie. A quelqu'un qui l'en accusait, il répondit : « J'ai apporté du blé et je vais vendre de l'orge ? »[6]

50 Il disait que ceux qui sont dans l'Hadès subiraient une punition plus pénible s'ils portaient de l'eau dans des récipients intacts et non pas troués[7]. A un bavard qui le suppliait de l'aider, il répondit : « Je ferai le nécessaire, si tu envoies des gens à ta place et que tu ne viennes pas toi-même »[8]. Alors qu'il naviguait avec des vauriens, il tomba sur des pirates. Comme ils disaient : « Nous sommes perdus, si nous sommes reconnus », il répliqua : « Et moi, si on ne nous reconnaît pas »[9]. Il avait coutume de dire que la présomption est un

---

1. Fr. 71. Cf. Kindstrand, *Bion*, p. 285.
2. Fr. 57.
3. Fr. 59.
4. Fr. 66. Gigante, p. 506 n. 109 rappelant Virgile, *Aen.* VI 126 : *facilis descensus Averno*.
5. Fr. 60.
6. Fr. 4. On peut voir dans cette comparaison une allusion à la réalité sociale de Rhodes du temps de Bion. L'île était, en effet, un des plus importants marchés au blé de l'époque hellénistique. Le sens réel de l'anecdote tient dans la double opposition entre Athènes et Rhodes, d'un côté, et philosophie et rhétorique, de l'autre. Ce que Bion veut dire est que la philosophie est plus utile que la rhétorique, d'où sa décision d'enseigner la philosophie. Cf. Kindstrand, *Bion*, p. 190.
7. Fr. 28. Allusion au mythe des Danaïdes.
8. Fr. 74.
9. Fr. 79.

obstacle au progrès[1]. A l'égard d'un riche avare, il dit: « Ce n'est pas lui qui possède la richesse, mais la richesse qui le possède »[2]. Il disait que les avares se soucient de leur patrimoine comme de leur bien propre, mais n'en profitent pas plus que s'il s'agissait du bien d'autrui[3]. Il disait que dans leur jeunesse les hommes ont du courage, mais que dans leur vieillesse ils excellent dans le domaine de la sagesse[4].

51 Il disait que la sagesse est autant supérieure aux autres vertus que la vue aux autres sens[5]. Il ne faut pas dire du mal de la vieillesse, que, disait-il, nous espérons tous atteindre[6]. A un envieux qui avait triste mine, il dit: « Je ne sais pas s'il t'est arrivé un malheur ou à quelqu'un d'autre un bonheur ». Il disait que ... était une mauvaise compagne de la liberté de parole[7]:

car (elle) rend un homme esclave, fût-il arrogant[8].

(Il disait qu') il faut conserver ses amis, quels qu'ils soient, pour qu'on ne croie pas que nous fréquentions les mauvais ou que nous avons rejeté les bons[9].

Maîtres de Bion

Au début, il avait suivi[10] les doctrines de l'Académie, au temps où il était l'auditeur de Cratès[11]; ensuite, il choisit le mode de vie cynique et prit le manteau et la besace. **52** Quel autre motif en effet aurait-il fallu pour qu'il se convertisse à l'insensibilité ?[12] Il passa ensuite aux théories de Théodore, après avoir écouté les leçons de

1. Fr. 20.
2. Fr. 36.
3. Fr. 37.
4. Fr. 65.
5. Fr. 12 A.
6. Fr. 63.
7. Fr. 53.
8. Eur., *Hipp.* 424. Cf. L. Spina, *Il cittadino alla tribuna*, Napoli 1986, p. 102.
9. Fr. 49.
10. En suivant la conjecture προῄρητο de J. J. Reiske, *Hermes* 24, 1889, p. 311 et de Hirzel. Cf. Kindstrand, *Bion*, p. 160.
11. Cratès l'Académicien.
12. Kindstrand, *Bion*, p. 163 et Gigante, p. 506 n. 118.

Théodore l'Athée[1], qui était habile dans tous les types de discours. Après lui, il écouta le Péripatéticien Théophraste[2].

Vices et vertus

Il adoptait un comportement théâtral et il excellait à ridiculiser (toutes choses[3]), utilisant alors des expressions vulgaires pour désigner les choses. Du fait qu'il mélangeait tous les styles, on dit qu'Ératosthène dit [à son propos] que Bion[4] fut le premier à revêtir la philosophie d'un manteau fleuri[5]. Il était par nature doué pour la parodie, comme on le voit dans ces vers qu'il a composés[6] :

> Ô doux Archytas, fils des accords de la lyre, heureux dans ta [présomption,
> entre tous les hommes le plus habile à propos de la dispute sur la [dernière corde (de la lyre).

53 En général, il se moquait de la musique et de la géométrie[7]. Il aimait le luxe et, pour cette raison, allait d'une cité à l'autre concevant parfois des expédients fantaisistes. A Rhodes, en tout cas, il persuada les marins de revêtir des vêtements d'écoliers[8] et de le suivre ; lorsqu'il entra avec eux au gymnase, tout le monde le suivait des yeux. Il avait coutume d'adopter des jeunes pour satisfaire son désir et pour être protégé par leur affection. Il était extrêment égoïste et insistait beaucoup sur la maxime : « Les biens des amis sont communs »[9]. Pour cette raison, personne n'est considéré comme son disciple, bien que beaucoup aient fréquenté ses cours[10] et pourtant il a entraîné certains (d'entre eux) dans l'impudence. **54** On raconte en

1. Test. 52 Winiarczyk = IV H 28 Giannantoni.
2. Test. 19.
3. Avec Kindstrand, j'ai choisi γελοίως de la vulgate.
4. Test. 11.
5. Ératosth., *FGrHist* 241 T 10. Démétrios Lacon (*PHerc.* 1005, col XVIII) attribuait la boutade à Théophraste [fr. 18 Fortenbaugh *et al.*]. Cf. Gigante-Indelli, *CronErc* 8, 1978, p. 124.
6. Bion fr. 7 = fr. 227 Lloyd-Jones/Parsons. Vers de caractère épique: Hom., *Il.* III 182, VII 146 e XVIII 170.
7. Fr. 8.
8. Cf. M. Capasso, « Note laerziane » *Elenchos* 1, 1980, p. 161-163.
9. Sur ce proverbe, Kindstrand, *Bion*, p. 140 *sq.*
10. Test. 3.

tout cas que Bition[1], un de ses intimes, dit un jour à Ménédème[2]: « La nuit, mon cher Ménédème, je suis avec Bion, et je crois qu'il ne m'est rien arrivé de fâcheux ». Dans la conversation, il tenait souvent des propos assez irrespecteux envers les dieux, suivant en cela l'exemple de Théodore[3].

Maladie et mort

Par la suite, lorsqu'il fut atteint par la maladie, comme le racontèrent les gens de Chalcis[4] – c'est là en effet qu'il mourut –, il se laissa convaincre d'accepter des amulettes et de se repentir des injures qu'il avait lancées contre la divinité. Par manque de gens pour le soigner, il se trouvait dans un triste état, jusqu'à ce qu'Antigone lui envoie deux serviteurs. Et Bion suivit Antigone en litière[5], comme le dit Favorinus dans son *Histoire variée* [6].

Épigramme de Diogène Laërce

Nous aussi nous l'avons blâmé pour la manière dont il cessa de vivre[7]:

55 Nous avons entendu dire que Bion, qu'a fait naître la terre scythe
[de Borysthène,
disait que les dieux ne sont rien en vérité.
S'il était resté attaché à cette opinion, il aurait été normal de dire :
« Il a pensé comme il voulait ; mal, mais c'était son avis ».
En vérité, une fois affligé d'une longue maladie et craignant de
[mourir,
lui qui niait l'existence des dieux, qui n'avait jamais visité un temple,
56 qui accablait de sarcasmes les mortels qui sacrifiaient aux dieux,
non seulement il a rempli, sur le foyer, sur les autels, sur la table,
les narines des dieux avec l'odeur (des victimes), avec leur graisse,
[avec l'encens,
non seulement il a dit : « J'ai péché, pardonnez-moi mes
[fautes passées »,

1. J'écris *Bition* avec les manuscrits. Cf. Kindstrand, *Bion*, p. 142 *sq.*
2. *SSR* III F 7.
3. Test. 53 Winiarczyk = *SSR* IV H 28.
4. Dans l'île d'Eubée.
5. C'est le texte des manuscrits. Cf. A. Barigazzi, *RFIC* 92, 1964, p. 358 *sq.*, et Kindstrand, *Bion*, p. 148.
6. Favorinus, fr. 34 Mensching = 66 Barigazzi ; Bion, test. 5.
7. Test. 6 A.

mais sans réticence il tendit son cou à une vieille femme pour un [charme
et il se laissa convaincre d'attacher autour de ses bras des brassards [de cuir,
57 et il posa au-dessus de sa porte un nerprun et une branche de laurier,
prêt à tout subir plutôt que la mort.
Sot qui voulait, en échange d'une modeste offrande, que la divinité [existe,
comme si les dieux existaient quand il plaisait à Bion de le croire.
Eh bien, recouvrant en vain la raison, lorsqu'il n'était plus que du [charbon morveux,
il tendit la main en disant : « Salut, Pluton, salut! »

Homonymes

58 Il y eut dix Bion. Premièrement : un contemporain de Phérécyde de Syros, dont on a conservé deux livres en dialecte ionien – il était originaire de Proconnèse[1]; deuxièmement: un citoyen de Syracuse, auteur de manuels de rhétorique; troisièmement : le nôtre; quatrièmement: un Démocritéen homme de science, originaire d'Abdère[2], auteur d'ouvrages en dialectes attique et ionien – c'est lui qui le premier soutint qu'il existait des régions où la nuit et le jour durent chacun six mois[3]; cinquièmement : un citoyen de Soles[4], qui écrivit un ouvrage sur l'Éthiopie; sixièmement : un rhéteur, dont on a conservé un ouvrage en neuf livres intitulé *Les Muses*; septièmement: un poète lyrique; huitièmement : un sculpteur de statues, originaire de Milet, que mentionne également Polémon[5]; neuvièmement : un poète tragique, membre du cercle de Tarse[6]; dixièmement : un sculpteur, originaire de Clazomènes ou de Chios, mentionné aussi par Hipponax[7].

---

1. *FGrHist* 332 test. 1.
2. DK 77 A 1.
3. L'information est considérée comme erronée par A. Szabó, *Das geozentrische Weltbild*, München 1992, p. 125. Cf. R. Goulet, art. « Bion d'Abdère » B 32, *DPhA*, t. II, 1994, p. 108.
4. *FGrHist* 668 test. 1.
5. Il s'agit de Polémon d'Ilion. Fr. 68 Müller.
6. *TrGF* I 204 T.
7. Fr. 157 Degani.

LACYDÈS

59 Lacydès, fils d'Alexandre, originaire de Cyrène.

Caractère

C'est lui qui fut à l'origine de la Nouvelle Académie, et qui fut le successeur d'Arcésilas. C'était un homme d'un grand sérieux qui ne manquait pas d'imitateurs ; c'était aussi un fort travailleur dès sa jeunesse, lui qui était pauvre, mais par ailleurs charmant et fin causeur.

Anecdotes

On raconte que dans la gestion de sa maison il se montra très avare[1]. En effet, lorsqu'il avait pris quelque chose dans le cellier, il refermait la porte et il y apposait un sceau, puis jetait l'anneau à l'intérieur par la fente, afin que l'on ne puisse prendre pour l'emporter rien de ce qui y était entreposé. Ayant compris le manège, ses serviteurs brisaient le sceau et emportaient tout ce qu'ils voulaient ; ensuite, selon le même procédé, ils remettaient l'anneau dans la pièce à travers la fente. En procédant ainsi, ils ne furent jamais pris[2].

La succession de Lacydès

60 Lacydès en tout cas tenait école dans l'Académie, dans le jardin construit par le roi Attale et qui était appelé « Lacydeum » à cause de

1. J'accepte la conjecture γλισχρότατα de Ménage et P. Shorey, *CPh* 4, 1909, p. 86. Le thème de la pauvreté de Lacydès apparaît également chez Philod., *Acad. hist.* XXI.

2. Anecdote également racontée par Numénius (Lacyd. test. 3 Mette). La source pourrait être une comédie d'époque hellénistique : R. Hirzel, « Ein unbeachtetes Komödienfragment », *Hermes* 18, 1883, p. 1-16, et I. Gallo, *Teatro ellenistico minore*, Roma 1981, p. 58-62.

lui. Il fut le seul[1], de mémoire d'homme, à avoir transmis la direction de l'école de son vivant : à Téléclès et Évandre de Phocée. A Évandre succéda Hégésinos de Pergame et à celui-ci Carnéade.

Lacydès et le roi Attale

On rapporte à propos de Lacydès une anecdote charmante. Comme le roi Attale l'avait fait appeler, on raconte qu'il aurait répondu que les statues doivent se regarder de loin.

Une autre anecdote

Comme il s'était consacré tardivement à l'étude de la géométrie, quelqu'un lui dit : « Mais pourquoi maintenant ? » <Et lui répondit> : « Mais pourquoi pas maintenant ? »

Mort de Lacydès

61 Il mourut[2] après avoir commencé à diriger l'école dans la quatrième année de la cent trente-quatrième Olympiade[3] et après avoir conduit l'école pendant vingt-six ans. La cause de sa mort fut une paralysie provoquée par un excès de boisson[4].

Épigramme de Diogène Laërce

Nous avons plaisanté sur lui également comme il suit[5] :

> A ton propos également, Lacydès, j'ai entendu ce récit :
> Bacchus inopportun t'aurait attrapé par la pointe des pieds pour te
> [traîner dans l'Hadès.

---

1. Renseignement (ou déduction ?) erroné de Diogène : Carnéade fut lui aussi contraint d'abandonner la direction de l'Académie à cause de son mauvais état de santé : Philodème, *Acad. hist.* XXVII 1-7 (= *FGrHist* 244 F 47).

2. On pourrait supposer ici une lacune (comme en IV 23. Cf. IV 65) qui aurait dit: « Il mourut en la xe année de la cent quarante et unième Olympiade ».

3. 241-240. Pour la chronologie de Lacydès, j'accepte maintenant les conclusions de W. Görler, dans H. Flashar (édit.), *Die Philosophie der Antike*. Bd. 4.2 : *Die Hellenistische Philosophie*, Basel 1994, p. 830 *sq.*

4. Cf. Wilamowitz, *Antigonos*, p. 47 n. 6, W. Crönert, *Kolotes und Menedemos*, Leipzig 1906 ; réimpr. Amsterdam 1965, p. 31, n. 159 et Wehrli, *Hermippos*, *op. cit.*, p. 72.

5. *Anth. Pal.* VII 105. Je suis le texte édité par H. Beckby, *Anthologia Graeca. II. Griechisch-Deutsch*, München[2], s. d.: l. 1 ἄρ' ἄκαιρος; 2 Βάκχος et ἔσυρέ σ'.

Et c'est bien vrai. Quand Dionysos entre dans le corps en grande
[quantité,
il dénoue nos membres. N'est-ce pas la raison pour laquelle il est
[appelé Lyaios (le Libérateur) ?

CARNÉADE

62 Carnéade, fils d'Épicomos ou, selon Alexandre[1] dans ses *Successions,* de Philocomos, originaire de Cyrène[2].

Caractère

Celui-ci, après avoir lu avec soin les livres des Stoïciens <et principalement> ceux de Chrysippe, contredisait leurs thèses avec modération et il y réussissait si bien qu'il avait coutume de dire[3]:

Si Chrysippe n'avait été, moi, je ne serais point.

L'homme fut un fort travailleur, s'il en fut, peu porté vers les études de physique, mais davantage vers celles relatives à l'éthique. C'est pourquoi il se laissait pousser les cheveux et les ongles à cause de l'application qu'il portait à ses études. Il fut d'une telle éminence en philosophie que même les rhéteurs délaissaient leurs écoles pour aller l'écouter.

63 Il avait également une voix extrêmement forte, si bien que celui qui était chargé du gymnase lui fit dire de ne pas tant crier; quant à lui, il dit: « Donne-moi une mesure pour la voix ». L'autre, saisissant l'occasion d'une juste repartie, lui dit avec à propos: « Tu as tes auditeurs comme mesure »[4]. Il était habile dans le blâme et imbat-

1. *FGrHist* 273 F 90 = fr. 6 Giannattasio.

2. T. Dorandi, art. « Carnéade de Cyrène » C 42, *DPhA*, t. II, 1994, p. 224-226. La version rapportée par Alexandre Polyhistor reçoit l'approbation de Crönert, *Kolotes und Menedemos*, *op. cit.*, p. 96 *sq.* qui fait appel à des inscriptions de Cyrène. Cf. P.M. Fraser et E. Matthews, *LGPN*, I, *s.v.* Φιλόκωμος, p. 467.

3. Parodie du vers portant sur Chrysippe (D. L. VII 183): εἰ μὴ γὰρ ἦν Χρύσιππος, οὐκ ἂν ἦν στοά: « Si Chrysippe n'avait été, la Stoa, elle ne serait point ».

4. L'épisode est également raconté par Plutarque, *De garrulitate* 513 c (test. 1b1 Mette).

table dans les controverses. Au reste, il évitait les dîners pour les raisons déjà évoquées[1].

Carnéade et Mentor

Carnéade avait comme élève Mentor de Bithynie qui venait à l'école pour chercher à obtenir les faveurs de la concubine de son maître[2]. Un jour, lorsque celui-ci se présenta au cours – ainsi que le rapporte Favorinus[3] dans son *Histoire variée* –, Carnéade, durant son exposé, inséra les vers suivants sous mode de parodie[4]:

> **64** Ici erre un vieil homme de la mer, homme sans tromperie[5],
> semblable à Mentor pour le corps et la voix:
> je proclame que de cette école il est banni.

Et Mentor, en se levant, répondit:

> Certains firent leur proclamation et les autres se levèrent en hâte[6].

Mort de Carnéade

Il semble s'être montré assez lâche devant la mort, puisqu'il répétait constamment: « La nature qui m'a fait me défera ». Ayant appris qu'Antipatros[7] était mort après avoir bu du poison, il se sentit obligé de quitter la vie avec courage et dit: « Il faut m'en donner aussi ». Comme on lui demandait: « Quoi donc ? », il répondit: « Du vin miellé ». A sa mort, on dit qu'il y eut une éclipse de lune, comme si, pour ainsi dire, l'astre le plus beau après le soleil avait voulu laisser deviner sa sympathie[8].

---

1. C'est-à-dire son dévouement aux études.
2. Cf. Philodème, *Acad. hist.* XXIV 1, et Numenius fr. 26 *sq.* Des Places (= test. 2 Mette).
3. Fr. 35 Mensching = 67 Barigazzi.
4. Cf. Hom., *Od.* IV 384; II 268, 401; Soph., *Ant.* 203.
5. Ironique.
6. Cf. Hom., *Il.* II 52, 444; *Od.* II 8.
7. *SVF* I Ant. fr. 7.
8. On connaît deux éclipses : l'une le 5 novembre 129 et l'autre le 2 mai 128.

Chronologie

65 Apollodore, dans sa *Chronologie*, dit qu'il partit de chez les hommes dans la quatrième année de la cent soixante-deuxième Olympiade[1], après avoir vécu quatre-vingt-cinq ans.

Écrits de Carnéade

On a conservé de lui des lettres à Ariarathès roi de Cappadoce[2]. Les autres ouvrages furent écrits par ses disciples. Lui-même ne laissa aucun écrit[3].

Épigramme de Diogène Laërce

Nous avons également composé sur lui une épigramme en vers logaédiques et archébouléens[4] :

> Pourquoi, ô Muse, pourquoi veux-tu que je blâme Carnéade ?
> Car seul un ignorant ne sait pas comment il a craint
> de mourir. Même lorsqu'il était atteint de phtisie, la plus terrible
> des maladies, il ne voulait pas accepter la délivrance. Mais ayant [entendu dire
> qu'Antipatros s'était éteint après avoir bu un poison[5],
> il dit **66** « Donnez-m'en aussi à boire. » – « Quoi donc ? »
> « Quoi ? Donnez-moi du vin miellé. » Constamment il avait toute [prête cette phrase :
> « La nature qui m'a fait me défera aussi. »
> Il n'en descendit pas moins sous terre, mais il lui fut possible
> de rejoindre l'Hadès avec le bénéfice[6] de maux plus nombreux.

---

1. C'est-à-dire en 129-128. L'information est empruntée à Apollodore (*FGrHist* 244 F 51). Cette version est plus vraisemblable que celle, attestée par Cicéron, Valère Maxime et Censorinus, qui attribue à Carnéade une existence de quatre-vingt-dix ans. Cf. test. 1a2, 1c2 e 1e4 Mette et H. von Arnim, art. « Karneades », *RE* X 2, 1919, col 1964.
2. Les noms d'Arariathès et d'Attale qu'on lit sur la base d'une statue de Carnéade, aujourd'hui perdue, datable des années 140-130 (*IG* II/III^2 3781 = *SIG* III 666), ne peuvent être ceux de ses royaux disciples. Cf. W. Görler, dans H. Flashar (édit.), *Die Philosophie der Antike*, *op. cit.*, p. 851.
3. Cf. I 16.
4. Cf. C. Gallavotti, « Per il testo di epigrammi greci », *BollClass* 5, 1984, p. 101-103.
5. <τι> πιὼν ἀπέσβη : cf. Callim., fr. 228, 10 Pfeiffer : τ]ί παθὼν ἀπέσβη;
6. Ou bien : « en se moquant des », si l'on suit la conjecture (κερτομέοντα) de Gigante, p. 507 *sq.*, n. 147.

Maladie de Carnéade

On dit qu'il souffrait, sans le savoir, de cataracte[1] et qu'il ordonna à son serviteur d'allumer une lampe. Lorsque celui-ci l'eut apportée et dit : « La voilà », il dit : « Alors, lis toi-même. »

Disciples

Il a eu de nombreux autres disciples, mais le plus célèbre fut Clitomaque, dont nous devons parler.

Homonyme

Il y eut un autre Carnéade, froid poète élégiaque.

---

1. J'accepte la traduction de Gigante.

CLITOMAQUE

67 Clitomaque de Carthage[1].

Origines

Celui-ci s'appelait Asdrubal et dans sa patrie il enseignait la philosophie dans sa langue maternelle.

Clitomaque et Carnéade

Arrivé à Athènes déjà âgé de quarante ans, il devint l'auditeur de Carnéade[2]. Ce dernier qui appréciait son amour du travail, le fit instruire dans les lettres grecques et assura sa formation. Lui-même parvint à un tel degré de diligence qu'il composa plus de quatre cents livres. Il succéda à Carnéade et éclaira ses doctrines principalement par ses ouvrages.

Allégeances philosophiques

Cet homme consacra son temps aux trois écoles de pensée : l'académicienne, la péripatéticienne et la stoïcienne[3].

Timon et les Académiciens

Timon se moque ainsi des Académiciens en général[4] :

> Ni de l'insipide verbiage des Académiciens ...

1. Cf. T. Dorandi, art. « Cleitomaque » C 149, *DPhA*, t. II, 1994, p. 424 *sq.*
2. C'est-à-dire en 146 av. J.-C., année de la destruction de Carthage par les Romains.
3. C'est ainsi que Gigante, p. 508 n. 148, comprend le passage. *Contra* P.L. Donini, *RFIC* 107, 1979, p. 240.
4. Fr. 809 Lloyd-Jones/Parsons = 35 Di Marco.

Conclusion

Ayant passé en revue les Académiciens, descendants de Platon, venons-en aux Péripatéticiens, (également) descendants de Platon. Ils commencent avec Aristote.

LIVRE V

Introduction, traduction et notes

par Michel NARCY

INTRODUCTION

Le livre V contient les *Vies* d'Aristote et de ses trois premiers successeurs à la tête du *Peripatos*. Diogène Laërce y a ajouté celle de Démétrios de Phalère, présenté comme un élève de Théophraste (V 75), mais qui, en tant que représentant à Athènes du pouvoir macédonien, joua probablement un rôle fondamental dans l'implantation et le rayonnement du *Peripatos* sous la direction de Théophraste; et celle d'un contemporain d'Aristote, dont la présentation en philosophe péripatéticien ne laisse d'ailleurs pas d'étonner, Héraclide du Pont. Interrompant le récit de la succession des scholarques, placées à la fin du livre sans souci de l'ordre chronologique, il paraît assez clair que ces deux *Vies* forment un appendice à une histoire du *Peripatos* dont la brièveté est elle aussi un sujet d'étonnement.

Au regard cependant du schéma général des « successions » présenté dans le Prologue de l'ouvrage (I 13-15), la place dévolue par Diogène à Aristote et à son école n'a en elle-même rien pour surprendre. Sur l'arbre généalogique des philosophes de l'Antiquité qu'on peut dresser à partir de ce schéma[1], Aristote apparaît en effet comme l'un des deux rameaux nés de Platon, l'autre étant formé de la succession des philosophes de l'Académie qui occupent le livre IV : il est donc logique, une fois traitée l'Académie, de passer en revue cette autre succession de Platon que représentent Aristote et ses disciples.

---

1. Cf. R. Goulet, « Des sages parmi les philosophes. Le premier livre des *Vies des philosophes* de Diogène Laërce », *ΣΟΦΙΗΣ ΜΑΙΗΤΟΡΕΣ « Chercheurs de sagesse »*, Hommage à Jean Pépin. Publié sous la direction de M.-O. Goulet-Cazé, G. Madec, D. O'Brien, Paris, Institut d'Études Augustiniennes, 1992, (167-178) p. 170; M. Sollenberger, « The Lives of the Peripatetics : An Analysis of the Contents and Structure of Diogenes Laertius' "Vitae philosophorum" Book 5 », dans W. Haase (édit.), *Aufstieg und Niedergang der Römischen Welt* (cité dans la suite *ANRW*) II 36, 6, Berlin-New York 1992 (3793-3879), p. 3796.

C'est ici que commencent les interrogations. Même si cette histoire s'interrompt au troisième scholarque après Aristote, elle est beaucoup plus riche que ne l'annonçait le Prologue, où on lisait que la tradition aristotélicienne s'éteignait avec Théophraste, le successeur immédiat du Stagirite (I 15) ! Certes le cas est loin d'être unique, puisque le livre IV est le seul où Diogène ne prolonge pas son exposé au-delà de ce qu'il avait annoncé dans le Prologue[1]. Sans doute faut-il voir là l'une des preuves des remaniements apportés par Diogène à son ouvrage dans le cours même de son travail, à la suite probablement d'un enrichissement de sa documentation. Documentation assez réduite pourtant, dans le cas qui nous occupe, puisqu'elle n'a pas permis à Diogène de pousser au-delà de Lycon, c'est-à-dire du troisième scholarque après Aristote, l'histoire d'un *Peripatos* dont la continuité passe pour avoir été assurée au moins jusqu'à Andronicos de Rhodes, au Ier siècle avant J.-C.

Il paraît en effet peu vraisemblable que la liste des six Péripatéticiens retenus par Diogène soit le résultat d'un choix délibéré de sa part[2]. On ne comprendrait pas dans ce cas pourquoi, entre la rédaction du Prologue et celle du livre V, ce choix se serait élargi. Expliquer l'affirmation du Prologue, que la succession aristotélicienne s'arrête à Théophraste, par une hostilité (dont le motif nous reste inconnu) de Diogène à l'égard des successeurs de celui-ci[3], ou par un privilège accordé aux doctrines éthiques[4], n'explique précisément

1. Cf. R. Goulet, art. cité, p. 177 et n. 17. Encore peut-on noter que Bion de Borysthène, intercalé au livre IV entre Arcésilas et Lacydès, n'était pas mentionné dans le Prologue parmi les Académiciens.

2. M. Sollenberger, art. cité, p. 3800.

3. C'était l'hypothèse avancée par H. Usener, « Die Unterlage des Laertios Diogenes », *SPAW* 49, 1892 (1024-1034), p. 1032 n. 2.

4. M. Sollenberger, art. cité, p. 3797-3798. Est-on d'ailleurs fondé à attribuer à Diogène une telle préférence pour l'éthique ? Le fait même de poursuivre l'histoire du *Peripatos* au-delà du moment où Straton « le Physicien » ramena la philosophie à des préoccupations réputées exclues depuis Socrate (ce qui revient quand même à passer sous silence une bonne part de l'œuvre de Platon, d'Aristote et de Théophraste) – ce simple fait peut au contraire être compris comme marquant l'indifférence de Diogène en la matière, plus historien que philosophe. En outre, si Diogène se fait l'écho du tournant marqué par Socrate quand il introduisit l'éthique (et, corrélativement, abandonna la philosophie naturelle), il n'en fait pas moins des théories physiques des Ioniens l'une des

pas pourquoi l'une ou l'autre de ces réserves aurait été levée au moment de la rédaction du livre V. L'explication la plus simple paraît être plutôt le silence de la tradition tout entière sur le *Peripatos* à partir du dernier tiers du IIIe siècle avant J.-C. : songeons qu'en ce qui concerne déjà Lycon, Diogène est presque notre seul informateur. A supposer, comme l'a fait Paul Moraux[1], qu'il faille faire remonter l'information de Diogène sur les scholarques péripatéticiens à Ariston de Céos, le successeur de Lycon à la tête de l'école[2], il semble donc qu'il faudrait en déduire que dès cette époque l'histoire du *Peripatos* n'a plus intéressé que le *Peripatos* lui-même, et que l'école serait alors entrée dans une période de déclin tel que nul n'aurait par la suite songé à en tenir le registre.

L'hypothèse d'une origine péripatéticienne de la documentation de Diogène sur les successeurs d'Aristote ne peut cependant être retenue que pour Straton et Lycon. S'il tenait en effet son information sur ces deux derniers de la même source que sur Aristote et Théophraste, pourquoi ne pas avoir mentionné dès le Prologue les noms de Straton et de Lycon? La différence entre l'annonce du programme et son exécution oblige à penser que Diogène avait de quoi rédiger les biographies d'Aristote et de Théophraste à un moment

---

deux origines de la philosophie, et il se montre même ouvertement étranger à la tradition socratique quand il appelle les Ioniens philosophes.

1. P. Moraux, *Les Listes anciennes des ouvrages d'Aristote*, Louvain 1951, p. 243-245. Les réserves ultérieures de Moraux à l'égard de sa propre hypothèse portent sur le caractère lacunaire des catalogues transmis par Diogène, en particulier celui d'Aristote, ce qui rend douteux à ses yeux qu'ils soient d'origine péripatéticienne (cf. « Diogène Laërce et le "Péripatos" », dans *Diogene Laerzio storico del pensiero antico = Elenchos* 7, 1986, p. 251-252). Mais cela n'exclut pas qu'aient été dues à Ariston des biographies de ses prédécesseurs, et il faut reconnaître qu'on aurait là une explication logique du fait que l'information de Diogène ne s'étend pas au-delà de Lycon.

2. Le seul témoignage explicite selon lequel Ariston fut le successeur de Lycon est la liste des scholarques péripatéticiens fournie par la *Vita Aristotelis Menagiana*, mais cette liste souffre par ailleurs d'incohérences qui en affaiblissent l'autorité. Dans la liste fournie par Clément d'Alexandrie (*Stromates* I 14, 63, 5) ne figure pas le nom d'Ariston. Comme il est chronologiquement difficile que Critolaos, mentionné aussitôt après Lycon, ait été son successeur immédiat, on peut cependant conjecturer que l'absence du nom d'Ariston résulte d'une erreur dans la transmission de cette liste. Cf. F. Wehrli, *Die Schule des Aristoteles* VI², Basel-Stuttgart 1968, p. 49.

où il ignorait encore peut-être jusqu'aux noms de Straton et de Lycon. Que la documentation qu'il a dû recueillir par la suite sur ces derniers soit d'origine péripatéticienne, on peut le supposer en raison de la différence entre la *Vie* d'Aristote et, quoique dans une moindre mesure, celle de Théophraste, d'une part, et celles de Straton et de Lycon, d'autre part. Dans la *Vie* d'Aristote, Diogène semble avoir pris soin, sans doute pour respecter un équilibre entre ses différentes sources et n'en négliger aucune, d'entremêler informations ou rumeurs favorables et hostiles à Aristote (ce qui ne va pas sans brouiller la clarté des informations qu'il nous donne[1]). Presque absent de la biographie de Théophraste, ce trait y est cependant présent au moins dans l'allusion, peut-être calomnieuse, issue de ce qui en tout cas était probablement un ouvrage à scandale, le *Sur la sensualité des Anciens* d'Aristippe, à des amours homosexuelles avec Nicomaque, le fils d'Aristote, dont Théophraste avait en charge l'éducation (V 39). Dans les *Vies* de Straton et de Lycon, en revanche, plus rien ne vient contrebalancer les informations élogieuses que nous transmet Diogène. Plutôt que dans une unanimité dans l'éloge refusée à Aristote mais accordée à des successeurs pourtant de bien moindre envergure, l'explication de cette disparité doit être cherchée, non certes dans l'absence de témoignages hors du *Peripatos*, démentie par notre information sur Straton, mais dans le caractère unilatéral de l'information dont disposait Diogène sur Straton et Lycon, par opposition à la multiplicité des sources dont il disposait concernant Aristote et, peut-être dans une moindre mesure, Théophraste.

Si le silence général de la tradition sur les successeurs de Lycon interdit de croire à un choix par Diogène des scholarques dont il parle, il paraît également difficile d'attribuer la présence dans le livre V de Démétrios de Phalère et d'Héraclide du Pont à une préférence de Diogène pour ces deux personnages par rapport à d'autres membres de l'école[2]: mis à part quelques remarques sur le style d'Héraclide et la qualité de ses ouvrages, le portrait qu'il en trace et en

---

1. P. Moraux a tenté de débrouiller cet écheveau dans son article sur « La composition de la "Vie d'Aristote" chez Diogène Laërce », *REG* 68, 1955, p. 124-163.

2. M. Sollenberger, art. cité, p. 3800.

particulier les deux versions qu'il rapporte de sa mort ne sont pas faits pour offrir le personnage à l'admiration du lecteur. Ici encore il semble qu'il faille plutôt faire fond sur l'étroitesse de la documentation de Diogène, jointe à son souci, assez manifeste d'ailleurs dans l'ensemble de son ouvrage, de ne laisser inexploité aucun des renseignements parvenus à sa connaissance. C'est probablement là, en particulier, que réside l'explication de la présence d'Héraclide dans le livre consacré au *Péripatos*[1]. C'est en effet au seul Sotion, semble-t-il, que Diogène est redevable de l'information selon laquelle Héraclide aurait été l'auditeur d'Aristote (V 86). Mais quelle était exactement la teneur de l'information donnée par Sotion ? On peut se le demander, puisque la tradition – une tradition dont il faut bien croire Diogène complètement ignorant, puisqu'il n'en souffle mot – est unanime à faire d'Héraclide un élève de Platon ; et non seulement cela, mais un membre de l'Académie suffisamment en vue pour avoir assuré l'intérim de Platon lors d'un de ses voyages en Sicile, et plus tard manqué de peu, contre Xénocrate, la succession de Speusippe ; il aurait alors quitté Athènes, ce qui fait qu'on ne voit pas à quel moment il aurait pu être l'élève d'Aristote, sauf peut-être à l'époque où Aristote était lui-même membre de l'Académie[2]. Si tel était le sens de la notice de Sotion, c'est à un contresens commis par Diogène dans l'interprétation de cette notice qu'il faut attribuer la présence d'Héraclide dans le livre V, contresens que seule peut expliquer l'ignorance de toutes les données que, pour notre part, nous connaissons par ailleurs.

On s'accorde à penser qu'en nommant Ariston de Céos comme la source du testament de Straton (V 64) Diogène révèle du même coup la provenance des trois autres testaments qu'il reproduit, ceux d'Aristote, de Théophraste et de Lycon. A l'exception en effet de celui d'Aristote, une part importante de ces testaments est consacrée à la perpétuation de l'école : leur conservation dans les archives de ce qui était devenu à partir de Théophraste une institution était pour

1. A moins d'imaginer, comme U. von Wilamowitz-Moellendorff (*Antigonos von Karystos*, Berlin 1881, p. 46), une interversion commise par Diogène entre son livre V et son livre IV !

2. Cf. H. B. Gottschalk, *Heraclides of Pontus*, Oxford 1980, p. 4.

celle-ci d'une importance, voire d'une nécessité, évidente[1]. Même si, par ailleurs, le testament d'Aristote ne comporte aucune disposition intéressant l'avenir de son entreprise[2], il est compréhensible que ses disciples aient eu à cœur de le conserver. L'hypothèse d'une provenance unique des quatre testaments du livre V paraît donc vraisemblable.

Elle ne peut cependant être étendue aux listes d'ouvrages procurées par Diogène pour cinq de nos six philosophes[3]. Tout attaché qu'il fût à faire d'Ariston, non seulement le témoin initial des quatre testaments, mais l'auteur d'une histoire du *Peripatos* dont dépendrait Diogène ou la source intermédiaire dont il dépend à son tour, et bien qu'il voulût voir en conséquence en Ariston l'auteur au moins des catalogues d'Aristote et de Straton, P. Moraux a lui-même souligné la différence de facture des différents catalogues, composés, pour quatre d'entre eux (Aristote, Straton, Démétrios et Héraclide)

1. Même si, dans le cas au moins de Théophraste, les dispositions prises par le scholarque pour assurer sa succession semblent être restées lettre morte. Théophraste en effet (V 52-53) confie l'école à un « collège » dont les membres sont nommément désignés, sous réserve de leur acceptation des conditions fixées par Théophraste, parmi lesquelles figure, semble-t-il, le maintien d'un fonctionnement collégial de l'institution. Sans doute en raison de la difficulté rencontrée par les intéressés à respecter ces conditions, c'est en réalité Straton qui devint scholarque, probablement par élection. Mais si une telle issue avait peut-être été envisagée par Théophraste, le legs qu'il fait de sa bibliothèque à Nélée semble indiquer que c'est en lui, non en Straton, qu'il voyait son éventuel successeur.

2. Ce dont, mis à part l'hypothèse que le testament ne nous soit parvenu que sous une forme incomplète, on peut donner deux explications, qui d'ailleurs ne s'excluent pas : le fait, d'une part, que, métèque, Aristote n'avait la propriété, et n'avait donc à disposer, d'aucun bien foncier à Athènes (la même remarque vaudrait pour ses successeurs si, comme le rapporte Diogène [V 39], Démétrios de Phalère n'avait rendu possible l'acquisition par Théophraste d'un « jardin » qui devint le siège de l'école) ; le fait d'autre part que, selon le rapport de Diogène (V 36), Aristote avait fait de Théophraste son successeur quand il avait quitté Athènes pour Chalcis, ce qui autorise à penser que la question n'avait plus à être réglée par voie testamentaire.

3. L'exception étant Lycon. Dans le cadre de son hypothèse selon laquelle la source des renseignements de Diogène serait Ariston, successeur immédiat de Lycon, P. Moraux (*Les Listes anciennes...*, p. 247) expliquait cette exception par le fait qu'une partie des ouvrages de Lycon n'étaient pas encore édités au moment de sa mort, et que par conséquent le catalogue n'en était pas dressé au moment où Ariston rédigea sa biographie.

par ordre des matières, et celui de Théophraste par ordre alphabétique, et les différences évidentes qui opposent les catalogues de Démétrios et d'Héraclide à ceux d'Aristote et de Straton[1].

Le caractère hétéroclite de la documentation mise en œuvre par Diogène est une constatation que n'impose pas seulement la comparaison entre eux des documents qu'il reproduit. On l'observe aussi dans la composition même de certains d'entre eux. La présence, reconnue depuis H. Usener[2], de différentes listes dans le catalogue de Théophraste pourrait s'expliquer par la compilation sans fusion de catalogues partiels de provenances différentes. De manière analogue, l'exposé de la philosophie d'Aristote (V 28-34) est conduit selon deux, voire trois, principes manifestement différents : à une présentation d'allure systématique des articulations prêtées à la philosophie d'Aristote, prolongée par une sorte d'inventaire analytique de l'*Organon* (V 28-29), succède une doxographie, c'est-à-dire l'énumération d'opinions qui auraient été celles d'Aristote sur différents sujets, ou peut-être plus exactement des réponses que l'auteur de ce document pensait pouvoir tirer de la philosophie d'Aristote à un certain nombre de questions (V 30-32). Mais au moment où apparaît dans cette doxographie l'opinion d'Aristote sur la nature de l'âme (V 32 *in fine*), nous nous trouvons soudain en présence, pour la première et unique fois, d'une citation quasi littérale d'Aristote, qui fait ensuite l'objet d'un commentaire mot à mot (V 33-34) : il est difficile de ne pas voir dans la dernière phrase du chapitre 32 la suture plus ou moins réussie entre deux documents de nature, et donc probablement d'origine, différente.

Sur les trente-cinq chapitres de la *Vie* d'Aristote, cet exposé de sa philosophie en occupe un peu plus de six : la proportion peut paraître faible. Elle l'est encore plus si l'on considère que ces six chapitres constituent l'unique exposé doctrinal de tout le livre V.

1. Cf. P. Moraux, *Les Listes anciennes...*, *op. cit.*, p. 216-247. Sur les réserves ultérieures de P. Moraux vis-à-vis de sa propre hypothèse, cf. *supra*, p. 545 n. 1. En tout état de cause, si Ariston avait, dans le cadre d'une histoire du *Peripatos*, dressé selon le principe de l'ordre des matières les catalogues d'Aristote et de Straton, on comprend mal pourquoi il se serait contenté de reproduire sans le remanier selon le même principe celui de Théophraste.

2. Cf. H. Usener, *Analecta Theophrastea*, Bonn 1858.

Bien qu'il prenne soin, on l'a vu, de produire le catalogue des écrits de chacun des Péripatéticiens dont il traite, à l'exception de Lycon, Diogène, en effet, peut-être parce qu'il n'en sait rien, ne nous dit rien du contenu de leurs ouvrages. De Théophraste il dit, comme d'Aristote (V 34), qu'il était grand travailleur (V 36), mais, hormis les titres de ses ouvrages, nous n'apprendrons rien sur les fruits de tant de travail. Diogène a beau ensuite nous apprendre que son intérêt pour l'étude de la nature valut à Straton le surnom de « Physicien » (V 58, cf. 61), nous ne saurons rien de sa physique. Lycon, enfin, nous dit-il, était considéré comme un éducateur de premier ordre (V 65) : en l'absence, unique dans tout le livre, du catalogue de ses écrits, tout ce que nous saurons de ses éventuelles doctrines pédagogiques se résume à une unique maxime (V 65) où l'on entend d'ailleurs peut-être l'écho d'un mot qu'Aristote aurait lui-même emprunté à Platon (V 39, cf. IV 6).

C'est en réalité une règle constante chez Diogène, en tout cas à partir de Platon[1], de ne traiter de la doctrine d'une école qu'à propos de son fondateur, comme si la notion même d'école impliquait la fixité de la doctrine et l'absence d'originalité de ses représentants successifs. Ce qui distingue les uns des autres les Péripatéticiens dont nous entretient Diogène, ce n'est donc pas la marque qu'ils ont pu laisser sur l'école ou les infléchissements qu'ils ont pu donner à la doctrine du fondateur, mais, à côté du catalogue de chacun ou de documents, tels les testaments, conservés dans l'école, leur portrait, quelquefois physique (déjà dans le cas d'Aristote, et ensuite dans celui de Lycon et d'Héraclide) et en tout cas psychologique : traits de caractère, habitudes et surtout apophtegmes.

Il est de ce point de vue assez conforme à l'esprit général de l'ouvrage que tout ce que nous sachions de la pensée de Lycon en matière de pédagogie, pour reprendre le dernier exemple cité, consiste en une maxime dont rien n'indique qu'elle soit extraite d'un

1. Les Ioniens, en effet, quoique scrupuleusement placés par Diogène dans un rapport de maître à disciple, ne semblent pas à cet égard former une école : chacun d'eux se voit reconnaître en matière de doctrine une originalité propre. A l'extrême opposé se situe le cas de Socrate, dont Diogène nous dit bien (mais dans la *Vie d'Archélaos*) qu'il porta l'éthique « à son sommet » (II 16), mais sur la doctrine duquel il reste muet.

ouvrage[1], mais dont il y a tout lieu de croire au contraire qu'il s'agit d'un propos auquel son auteur ou ses auditeurs surent donner tant de publicité qu'il resta dans les mémoires comme la marque distinctive de celui qui l'avait prononcé. L'apophtegme, unique ou presque dans le cas de Lycon, ou, dans des cas plus favorables, la collection d'apophtegmes, tient ainsi la place que nous aimerions voir tenue par des renseignements sur la doctrine de chacun des philosophes dont nous entendons parler. La chose n'est certainement pas dénuée de signification : de ces philosophes auxquels il n'attribue en propre aucune doctrine, Diogène prend soin, à l'exception cette fois d'Héraclide – et l'on peut voir là sans doute un signe du peu d'estime qu'il lui porte –, de nous faire connaître quelques bons mots apparemment fameux dont chacun a été l'auteur. Comme si précisément c'était à ces bons mots, plus ou au moins autant qu'à leurs livres, que tenait la réputation de chacun ; ou, pour risquer une hypothèse plus précise, comme si l'art de la brachylogie, l'art de savoir d'une phrase mettre les rieurs de son côté ou réduire au silence un contradicteur, comme si le sens de la repartie, autrement dit, était constitutif de l'image et peut-être de la dignité du philosophe autant ou plus que l'originalité ou la profondeur doctrinale.

On sera attentif à cet égard à l'importance et à la place de la collection d'apophtegmes dont se voit créditer Aristote. Son importance : n'occupant pas moins de cinq chapitres (V 17-21), elle est presque aussi longue que l'exposé de sa philosophie; sa place : avant le catalogue, *a fortiori* bien avant le résumé doctrinal. Comme pour ce résumé, Diogène ne nous indique pas à quelle source il s'est procuré cette collection d'apophtegmes. Il n'est cependant pas douteux que, là comme ailleurs, il fait œuvre d'archiviste. On en trouve l'indication à l'avant-dernier chapitre (V 34) de sa *Vie* d'Aristote où, revenant sur l'importance quantitative du catalogue du Stagirite, il indique s'être borné aux ouvrages « dont l'authenticité n'est pas contestée ». Car, ajoute-t-il, on lui en attribue beaucoup d'autres, ainsi que des apophtegmes qui, « une fois prononcés, n'ont pas été

1. Comme la citation de Protagoras chez Platon (*Théétète* 152 a) : « L'homme est mesure de toutes choses », ou, chez Diogène lui-même (II 6), celle qu'il attribue à Anaxagore : « Toutes choses étaient ensemble; ensuite vint l'intelligence qui les mit en ordre ».

transcrits » : dont, faut-il probablement comprendre, l'attribution à Aristote dépend au moins initialement d'une tradition orale, et dont pour cette raison l'authenticité n'est pas assurée. Manière sans doute pour Diogène de nous faire savoir que ses cinq chapitres d'apophtegmes proviennent d'une tradition plus sûre. Mais s'il trouve là aussi des prédécesseurs sur le travail desquels s'appuyer, nous devons en conclure que ce qui lui fait attacher tant d'importance aux apophtegmes, ce n'est pas un esprit tourné plus vers l'anecdote que vers la philosophie, mais le rôle de ces apophtegmes dans la constitution de l'image du philosophe antique*.

* Mes remerciements vont à M. Patillon, T. Dorandi et R. Goulet qui ont bien voulu relire ma traduction du livre V.

BIBLIOGRAPHIE SUR LE LIVRE V

DÜRING I., *Aristotle in the Ancient Biographical Tradition.* Göteborg 1957 [réimpression New York 1987, « Greek & Roman Philosophy » 13].

GOTTSCHALK H. B., « Notes on the Wills of the Peripatetic Scholars », *Hermes* 100, 1972, p. 314-342.

MORAUX P., *Les Listes anciennes des ouvrages d'Aristote.* Louvain 1951.

ID., « La composition de la "Vie d'Aristote" chez Diogène Laërce », *REG* 68, 1955, p. 124-163.

ID., « Diogène Laërce et le "Peripatos" », *Elenchos* 7, 1986, p. 245-294.

NATALI C., *Bios theoretikos. La vita di Aristotele e l'organizzazione della sua scuola.* Bologna 1991.

REGENBOGEN O., art. « Theophrastos », *RESuppl* VII, 1940, col. 1354-1562.

SOLLENBERGER M., « The Lives of the Peripatetics : An Analysis of the Contents and Structure of Diogenes Laertius' "Vitae philosophorum" Book 5 », W. Haase (édit.), *Aufstieg und Niedergang der römischen Welt* II 36, 6, Berlin 1992, p. 3793-3879.

ARISTOTE

1 Aristote, fils de Nicomaque et de Phaestis, originaire de Stagire[1].

Son ascendance

Quant à Nicomaque, il descendait de Nicomaque, fils de Machaon, fils d'Asclépios, selon ce que dit Hermippe dans son ouvrage *Sur Aristote,* et il vécut chez Amyntas, le roi des Macédoniens, à qui il servait[2] de médecin et d'ami.

C'est lui[3] qui fut le plus authentique des disciples de Platon.

Portrait physique

Il avait un cheveu sur la langue, comme le dit Timothée l'Athénien dans son traité *Sur les vies.* Mais on dit aussi qu'il avait les jambes maigres et les yeux petits, qu'il portait un habit voyant, des bagues et les cheveux courts.

Il eut aussi pour fils un Nicomaque, de sa concubine Herpyllis, comme le dit Timothée[4].

---

1. Située en Chalcidique de Thrace, Stagire était une très vieille colonie ionienne, qui avait été alliée et tributaire d'Athènes au temps de la première Ligue athénienne. La mère d'Aristote étant originaire de Chalcis en Eubée, il en résulte que, contrairement à ce qu'on dit souvent, Aristote, en réalité, n'était pas macédonien (voir L. Robin, *La Pensée grecque et les origines de l'esprit scientifique*, Paris 1932, p. 288 ; C. Natali, *Bios theoretikos. La vita di Aristotele e l'organizzazione della sua scuola*, Bologna 1991, p. 12).

2. M. Gigante adopte la correction de Richards (*CR* 18, 1904, p. 341) suivi par Düring : <ἐν> ἰατροῦ καὶ φίλου χρείᾳ.

3. C'est-à-dire Aristote.

4. Cf. une scholie à Hésiode (*Les Travaux et les jours*, v. 375) : « C'est à tort que, dans l'école de Timée, on dit qu'Aristote, suivant le conseil d'Hésiode, après la mort de sa femme vécut avec sa servante Herpyllis, dont il eut un fils. » Sur la foi de cette scholie, G. Ménage, puis C. Müller (*FHG* I, 211), suivis par de nombreux éditeurs (I. Bywater, F. Jacoby [*FGrHist* 566 F 157], R.D. Hicks, I.

Abandon de l'Académie pour le Lycée

2 Il s'éloigna de Platon alors que celui-ci vivait encore; ce qui, dit-on, fit dire à ce dernier: « Aristote nous a lancé une ruade, comme font, à peine nés[1], les petits poulains avec leur mère. » Hermippe dit, dans ses *Vies*, que c'est au moment où il était en ambassade chez Philippe pour les Athéniens que Xénocrate fut placé à la tête de l'école située à l'Académie: ayant vu, à son arrivée, l'école sous la direction d'un autre, il choisit pour promenoir celui qui était situé au Lycée[2], et, allant et venant jusqu'à l'heure de s'oindre d'huile[3], il philosophait en compagnie de ses disciples: de là vint qu'il fut surnommé Promeneur[4]. (Pour d'autres, c'est parce que, s'entretenant avec lui de questions diverses, il tenait compagnie à Alexandre qui, au sortir d'une maladie, faisait des promenades[5].)

Düring, O. Gigon [*MH* 15, 1958, p. 155 n. 15], E. Mensching [*Hermes* 1964, p. 383 *sqq.*]), ont substitué ici le nom de Timée à celui de Timothée qui figure dans les manuscrits. Certains, observe cependant P. Moraux (« La composition de la "Vie d'Aristote" chez Diogène Laërce », *REG* 68, 1955 [124-163], p. 128 n. 1), ont défendu à l'inverse la correction en « Timothée » du nom de Timée qui figure dans la scholie à Hésiode. Observant que Timothée est cité ailleurs (III 5, IV 4, VII 1) par D. L. comme source de son information, Gigante, à la suite de Wilamowitz (*Antigonos von Karystos*, Berlin 1881, p. 107 n. 9), de Apelt et de Long, conserve la leçon des manuscrits.

1. Diverses corrections ont été proposées ici : soit l'ajout d'un mot permettant de comprendre qu'il s'agit de poulains « devenus grands » ou « une fois sevrés » (Richards, *CR* 18, 1904, p. 341), soit la substitution à γεννηθέντα (« à peine nés ») de κορεσθέντα, « rassasiés » (Düring).

2. Le Lycée était un gymnase, dont les vestiges ont été mis au jour dans le centre d'Athènes par de récentes fouilles (1997). Les annexes des gymnases (vestiaire, promenoir) étaient des lieux habituels de réunion, et le Lycée lui-même était, au dire de Platon (*Euthyphron* 2 a, *Lysis* 203 a, *Euthydème* 271 a), un lieu de fréquentation habituel de Socrate. Qu'Aristote, délaissant l'Académie, l'ait choisi pour lieu de son enseignement, ne signifie donc pas qu'il y ait établi une école au sens institutionnel du mot.

3. J'adopte l'interprétation de Moraux (« La composition... », p. 133), selon qui le mot employé par D. L., ἄλειμμα, désigne ici, exceptionnellement, non pas la matière même (onguent, huile, etc.) dont on s'enduit, mais l'action de s'oindre d'huile avant les exercices de gymnastique. Ce qui, selon le même auteur, signifierait que les leçons d'Aristote avaient lieu tôt le matin.

4. « Péripatéticien », de *peripatos*, traduit plus haut par « promenoir ».

5. Du verbe περιπατεῖν : le surnom de « péripatéticien » serait dans ce cas venu à Aristote, non du lieu où il enseignait, mais de son habitude d'enseigner

3 Mais quand ils commencèrent à être nombreux, lui aussi adopta la position assise, disant :

C'est une honte de se taire, et de laisser parler Xénocrate.[1]

---

en marchant. C. Natali (*op. cit.*, p. 144-145) a défendu cette étymologie en invoquant le fait qu'enseigner en marchant semble avoir été une pratique courante aussi bien de certains sophistes (cf. Platon, *Protagoras* 315 b) que des philosophes, à commencer par Platon lui-même (cf. D. L. III 27); mais on ne voit pas dans ce cas pourquoi le surnom de péripatéticiens aurait désigné Aristote ou ses élèves plutôt que d'autres philosophes. Des deux étymologies du mot « péripatéticien » rapportées par D. L., on préfère en général la première, tirée du lieu, *peripatos*, où enseignait Aristote. De l'absence de preuve de la fondation par Aristote d'une école au Lycée, et du fait que le testament de Théophraste est le premier document à faire mention d'un *peripatos* appartenant, avec un jardin et des maisons attenantes, à l'école (*infra*, V 52), on a conclu qu'Aristote ne peut avoir été appelé péripatéticien et que ses disciples n'ont pu l'être avant Théophraste (A. Busse, « Peripatos und Peripatetiker », *Hermes* 61, 1926, p. 335-342; K.-O. Brink, art. « Peripatos », *RESuppl* VII, 1940, col. 905). Mais J. P. Lynch (*Aristotle's School. A Study of a Greek Educational Institution*, Berkeley-Los Angeles-London 1972, p. 70) a montré qu'il n'y a pas lieu de mettre en doute sur ce point le témoignage de D. L. : il n'était pas besoin que le lieu où enseignait Aristote fût sa propriété pour qu'il lui valût le surnom de péripatéticien.

1. Parodie d'un vers du *Philoctète* d'Euripide (fr. 796 Nauck[2] = *1118 Mette), le nom de Xénocrate (ou d'Isocrate : voir ci-après) étant mis à la place du mot « barbares » dans le vers d'Euripide. Se fondant sur les témoignages de Cicéron (*De oratore* III 141) et de Quintilien (III 1, 4), auxquels s'ajoute celui de Philodème (*Vol. rhet.* II, p. 50, 21 Sudhaus), G. Ménage a édité « Isocrate » à la place de « Xénocrate » : c'est pour ne pas laisser à Isocrate le monopole de l'enseignement de la rhétorique qu'Aristote y aurait lui aussi, comme l'indique Diogène dans la phrase suivante, exercé ses élèves. Tout en donnant à Ménage raison sur le fond, on s'accorde (Moraux, « La composition... », p. 136 n. 2 ; I. Düring, *Aristotle in the Ancient Biographical Tradition*, Göteborg 1957, p. 58) à penser que l'erreur remonte à D. L. lui-même, et que le texte ne doit donc pas être modifié. Soit qu'il ait mal lu sa propre source, soit qu'il ait délibérément voulu écrire « Xénocrate » à la place d'« Isocrate », D. L. introduit en tout cas une double incohérence chronologique dans son exposé, puisqu'il donne à entendre (i) qu'Aristote n'aurait intégré la rhétorique à son enseignement que longtemps après ses débuts de chef d'école indépendant de l'Académie, alors que nous savons par d'autres témoignages (Cicéron, *De oratore* III 35, 141) que c'est pour ne pas en laisser le monopole à Isocrate, et donc du vivant de ce dernier, qu'Aristote se mit à enseigner la rhétorique ; (ii) que sa rivalité avec Xénocrate aurait précédé leur départ commun pour Atarnée.

Et il entraînait ses disciples à discuter avec lui sur une thèse[1], tout en les exerçant aussi au style rhétorique.

Liens avec Hermias et Alexandre

Par la suite, cependant, il partit chez Hermias l'eunuque, qui était tyran d'Atarnée; ce dernier, disent certains, devint son mignon; selon d'autres, il devint même, par mariage, son parent, en lui donnant sa fille ou sa nièce – c'est ce que dit Démétrios de Magnésie[2] dans ses écrits *Sur les poètes et écrivains homonymes*; lequel dit aussi qu'Hermias fut esclave d'Eubule, qu'il était originaire de Bithynie et qu'il tua son maître. Aristippe, lui, au livre I[3] du *Sur la sensualité des Anciens*, dit qu'Aristote fut l'amant d'une concubine d'Hermias. **4** Ce dernier ayant donné son accord, il l'épousa, et, transporté de joie, il offrait des sacrifices à cette femme comme les Athéniens à la Déméter d'Éleusis[4]; et pour Hermias il écrivit un péan, qui est transcrit plus loin[5]. Par la suite, il se trouva en Macédoine, auprès de

---

1. Selon Cicéron (*Orator* XIV 46), on appelait « thèse » le traitement d'une question en termes généraux, abstraction faite de la situation particulière qui lui avait donné naissance, et aussi bien pour soutenir une cause que pour l'affaiblir.

2. Selon Moraux (« La composition... », art. cité, p. 138 n. 1), les deux hypothèses ne sont pas contradictoires, la solution étant peut-être fournie par un témoignage d'Apellicon (cité par Eusèbe de Césarée, *Préparation évangélique* XV 2) où Pythias est appelée « la sœur (ἀδελφήν, mais c'est peut-être une faute pour ἀδελφιδῆν, la nièce) selon la nature, la fille par adoption » d'Hermias. Hermias, observe Moraux, « dont toutes nos sources signalent très explicitement l'infirmité », ne pouvant avoir de fille à donner en mariage à Aristote que par adoption, ne pouvait d'autre part lui donner sa nièce en mariage que pour l'avoir adoptée.

3. IV selon Wilamowitz (*Antigonos.*, p. 48), suivi par Düring (cf. *supra* II 23). Selon Düring (*AABT*, p. 58), Aristippe n'est pas l'auteur du *Sur la sensualité des Anciens*, mais un personnage d'un pamphlet dont l'auteur est inconnu, intitulé *Aristippe ou Sur la sensualité des Anciens.* Pour Sollenberger (*ANRW* II 36, 6, p. 3818 n. 127), Aristippe est bien l'auteur du pamphlet, mais il s'agit d'un Aristippe inconnu par ailleurs, et non du Socratique du même nom.

4. Eusèbe de Césarée (*Préparation évangélique* XV 2, 5) se fait l'écho de la même accusation, mais dans une autre version, remontant à Lycon le Pythagoricien, et selon laquelle c'est à son épouse morte qu'Aristote aurait sacrifié à la mode du culte athénien à Déméter.

5. Cf. *infra* V 7-8.

Philippe[1], dont il reçut le fils, Alexandre, pour élève; il demanda que l'on relevât sa patrie[2], rasée par Philippe, et l'obtint. Pour eux il[3] établit aussi des lois. Mais dans l'école aussi il légiféra, à l'imitation de Xénocrate, de manière à créer un archonte tous les dix jours.[4] Quand il lui parut avoir suffisamment fréquenté Alexandre, il partit pour Athènes, après lui avoir recommandé son parent Callisthène d'Olynthe[5]; **5** parce que celui-ci parlait au roi avec trop de franchise et ne lui obéissait pas, il le réprimanda, dit-on, en disant:

---

1. Après une série d'informations peut-être calomnieuses et en tout cas défavorables à Aristote, il paraît évident que D. L. revient ici à une source qui lui est favorable. On pense en général à Hermippe, mais c'est le dernier auteur cité avant Aristippe, Démétrios de Magnésie, qui semble être la source directe de D. L.

2. Hicks, Gigante, Sollenberger (*ANRW* II 36, 6, p. 3818) comprennent qu'Aristote adressa cette demande à Alexandre: mais Alexandre, encore sous tutelle, avait-il le pouvoir de l'exaucer ? Avec plus de raison, semble-t-il, Düring (*AABT*, p. 293) fait de Philippe le destinataire de la demande, mais il met en doute (*op. cit.*, p. 59) l'authenticité de l'épisode.

3. Le rôle de restaurateur et de législateur de sa cité natale ainsi donné à Aristote est tenu pour une fable destinée à l'auréoler d'un prestige supplémentaire. Peut-être pour tourner en partie cette difficulté, Gigante fait d'Alexandre le législateur de Stagire; mais la syntaxe ne donne aucun motif de croire que le sujet de cette phrase ne soit pas le même que celui des précédentes: Aristote.

4. Cette information, qui vient interrompre le récit du séjour d'Aristote en Macédoine, n'est évidemment pas à sa place et ne provient probablement pas de la même source.

5. Ville de Chalcidique de Thrace, proche de Stagire, qui fut détruite par Philippe de Macédoine en 348[a]. Tenu en général pour un neveu d'Aristote (voir la discussion dans W. Spoerri, art. «Callisthène d'Olynthe» C 36, *DPhA* II, [p. 183-221], p. 185), Callisthène fut l'historiographe de l'expédition d'Alexandre. Après s'être opposé à l'obligation faite aux Grecs par Alexandre de se prosterner à la mode perse devant leur souverain, il fut soupçonné d'avoir été l'instigateur de l'«affaire des pages» (un complot visant à assassiner Alexandre, ourdi par Hermolaos et d'autres jeunes nobles macédoniens, mais qui fut éventé avant tout commencement d'exécution), et arrêté par ordre d'Alexandre. W. Spoerri (art. cité, p. 187) voit dans le récit de sa fin par D. L. une version «dramatisée». Une version voisine est rapportée par Arrien (*Anabase* IV 14, 3) et Plutarque (*Vit. Alex.* 55, 9) d'après Charès et Aristobule: traîné dans les fers à la suite de l'armée, Callisthène serait mort d'obésité et victime d'une maladie causée par les poux; mais les mêmes auteurs rapportent également la version de Ptolémée, selon qui Callisthène aurait été torturé et pendu.

Aux choses que tu proclames, enfant, il m'est clair que tu mourras
[de bonne heure.[1]

Et c'est bien ce qui arriva. En effet, ayant paru avoir pris part, en compagnie de Hermolaos, au complot contre Alexandre, il fut exhibé ici et là dans une cage en fer, couvert de poux et privé de soins; et à la fin jeté à un lion, c'est ainsi qu'il finit.

Mort d'Aristote

Quant à Aristote, après être venu à Athènes et avoir pendant treize ans dirigé son école, il s'enfuit à Chalcis, parce que Eurymédon le hiérophante (ou Démophile, comme le dit Favorinus dans l'*Histoire variée*[2]) porta contre lui une accusation d'impiété, pour avoir composé l'hymne[3] à cet Hermias dont il a déjà été question,
6 mais aussi une épigramme pour sa statue à Delphes, en ces termes:

Celui-ci, il advint que, de façon sacrilège, transgressant la sainte loi
[des bienheureux,
le roi des Perses porteurs d'arcs l'a tué;
non que, ouvertement, à la pointe de sa lance, en un combat mortel,
[il s'en soit rendu maître,
mais en tirant parti de sa confiance en un homme fourbe.[4]

---

1. Le même vers (*Iliade* XVIII 95) est mis plus bas (VI 53) dans la bouche de Diogène de Sinope avec une variante: ἀγοράζεις à la place de ἀγορεύεις.

2. Fr. 36 Mensching = 68 Barigazzi. D'après Athénée (XV, 696 a), c'est Démophile qui déposa la plainte, à l'instigation d'Eurymédon, mais on peut voir là une reconstruction destinée à créer un parallèle avec les rôles respectifs de Mélétos et d'Anytos dans le procès de Socrate. Eurymédon n'est pas connu autrement. Démophile, qui est peut-être le Démophile d'Acharnée mentionné dans certaines inscriptions, intenta quatre ans plus tard un procès d'impiété à Phocion, à la suite de quoi il dut fuir Athènes pour échapper à la vengeance de son fils (Plutarque, *Phoc.* 38). Cf. *RE* V 1, 1903, col. 146.

3. Diogène a parlé plus haut (V 4) d'un péan. Les hymnes étaient réservés aux dieux.

4. Comme l'a remarqué Moraux (« La composition... », p. 142), l'accusation d'impiété ne pouvait guère se fonder sur cette épigramme à la mémoire d'un ami disparu. Il faut donc penser qu'elle est citée ici seulement par association avec l'hymne litigieux. Cette épigramme est connue également par le papyrus de Didyme d'Alexandrie, édité en 1904 par H. Diels et W. Schubart (voir maintenant *In Demosth. commenta*, ed. L. Pearson & S. Stephens, Leipzig 1983, col. 6, 40-43).

Eh bien, c'est là[1] qu'il mourut, ayant bu de l'aconit, comme le dit Eumèle au cinquième livre de ses *Histoires*, ayant vécu soixante-dix ans. Mais le même auteur dit qu'il rencontra Platon à l'âge de trente ans, en quoi il se trompe[2]; en effet, Aristote vécut soixante-trois ans, et c'est à l'âge de dix-sept ans qu'il rencontra Platon.

Hymne à la mémoire d'Hermias

Quant à l'hymne, voici comment il est tourné[3]:

> 7 Vertu, pénible à la race mortelle,
> la plus belle proie pour une vie,
> c'est dans l'Hellade un sort enviable que de mourir

---

1. A Chalcis.

2. Cet Eumèle est peut-être le Péripatéticien connu sous ce nom, auteur d'un ouvrage sur l'Ancienne Comédie (Scholies sur Eschine I 39 = *FGrHist* 77 F 2), qui aurait voulu auréoler le fondateur de son école d'une gloire supplémentaire en le faisant mourir, non seulement à l'âge de Socrate, mais de la même façon, par l'absorption d'un poison analogue à la ciguë. D. L. ne relève que l'erreur relative à l'âge auquel Aristote rencontra Platon, mais il rapporte plus loin (V 10) la version de la mort d'Aristote due à Apollodore, qui dément celle d'Eumèle.

3. Cet hymne nous est également connu par Athénée (XV, 696 a) et par le papyrus de Didyme d'Alexandrie, col. 6, 22-36 (ed. Pearson & Stephens, *op. cit.*; *Corpus dei Papiri Filosofici Greci e Latini* I 1*, Firenze 1989, p. 353-354). Dans le papyrus de Didyme, le texte en est précédé (col. 5, 64-6, 17) par un éloge d'Hermias composé par Callisthène, le parent d'Aristote dont il a été question plus haut (V 4) : D. E. W. Wormell (« The literary tradition concerning Hermias of Atarneus », *YClS* 5, 1935 [57-92], p. 76) a supposé que cet éloge avait été composé, comme l'hymne ou péan d'Aristote, pour une célébration funèbre à la mémoire d'Hermias. Cette célébration aurait plus tard servi de prétexte à l'accusation d'impiété portée contre Aristote. Si l'on s'en rapporte à un passage de la *République* où Platon fait état de la distinction entre les « hymnes » en l'honneur des dieux et les « éloges » en l'honneur des hommes de bien, on peut penser que le prétendu « hymne » composé par Aristote et l'éloge qui le précédait sans doute appartiennent à cette seconde catégorie et ne comportaient rien de sacrilège. Dans un fragment transmis par Athénée (XV, 696 a = fr. 48 Wehrli), Hermippe l'appelle d'ailleurs simplement un *scolion*, c'est-à-dire un chant sans connotation religieuse particulière. Voir aussi C. M. Bowra, « Aristotle's Hymn to Virtue », *CQ* 32, 1938, p. 182-189 = id., *Problems in Greek Poetry*, Oxford 1953, p. 138-150; Anna Santoni, « L'inno di Aristotele per Ermia di Atarneo », dans G. Arrighetti et F. Montanari (édit.), *La componente autobiografica nella poesia greca e latina fra realtà e artificio letterario*, Pisa 1993, p. 179-195.

pour ta beauté, jeune fille,
et de supporter sans répit des peines terribles :
tant tu jettes dans le cœur
un fruit digne des immortels, qui l'emporte sur l'or,
les parents et le sommeil où les yeux s'alanguissent.
Et c'est pour toi qu'Héraclès, le fils de Zeus, et les fils de Léda[1]
endurèrent bien des épreuves dans leurs travaux,
proclamant ta puissance.
Par amour de toi Achille et Ajax gagnèrent les demeures d'Hadès.
8 Et c'est pour ta chère beauté
qu'un enfant d'Atarnée a quitté la lumière du soleil.
Or donc, fameux pour ses actions et immortel l'exalteront les [Muses[2],
les filles de Mémoire, exaltant la majesté de Zeus hospitalier
et le privilège d'une amitié solide.

Épigramme laërtienne

Et voici donc en quels termes est rédigé ce que, à lui aussi, j'ai dédié :

Il arriva qu'Eurymédon allait accuser Aristote d'impiété,
lui, le desservant des mystères de Déméter.
Mais en buvant de l'aconit il s'échappa ; c'était là sans effort[3],
donc, remporter la victoire sur d'injustes calomnies.

1. Pour avoir tué ses enfants dans un accès de folie, Héraclès se vit imposer les célèbres douze travaux par Eurysthée, roi de Tirynthe. Les fils de Léda sont les jumeaux Castor et Pollux, qui prirent part, entre autres, à l'expédition des Argonautes et à la chasse au sanglier de Calydon.

2. Je suis pour ce vers le texte transmis par Athénée et Didyme, ἀοίδιμον [ἀοίδιμος codd. Long] ἔργοις ἀθανατόν [ἀθάνατοι codd.] τέ μιν αὐξήσουσι Μοῦσαι. À l'appui de la correction de αὐξήσουσι en αὐδήσουσι (Wilamowitz, Jaeger, Düring), M. Gigante écrit que αὔξουσαι (« exaltant »), au vers suivant, retire sa valeur à αὐξήσουσι. On peut au contraire voir dans cette répétition une valorisation par le poète de sa propre louange : en célébrant la gloire de son ami, les Muses ne célébreront pas seulement son amitié, mais elles ajouteront à la majesté même de Zeus.

3. Ἀκονιτί : jeu de mots avec l'aconit qu'aurait bu Aristote pour échapper à l'accusation. On notera que D. L. ajoute foi à la version d'Eumèle, pourtant démentie par le témoignage d'Apollodore qu'il rapporte aussitôt après.

9 C'est lui qui fut le premier, dit Favorinus dans l'*Histoire variée*, à rédiger un discours judiciaire pour lui-même, à l'occasion justement de ce procès[1]; et à dire qu'à Athènes

il mûrit poire sur poire, et figue sur figue.[2]

Chronologie

Par ailleurs, Apollodore, dans sa *Chronologie*, dit ce qui suit[3]: il naquit la première année de la quatre-vingt-dix-neuvième Olympiade[4]; il devint l'élève de Platon et passa auprès de lui vingt ans, après l'avoir rencontré à dix-sept ans; et il alla à Mytilène sous l'archontat d'Eubule, la quatrième année de la cent-huitième Olympiade[5]. C'est après la mort de Platon, la première année[6], sous l'ar-

1. Favorinus, fr. 37 Mensching = 69 Barigazzi. Alléguant la même source que D. L. (Favorinus), Athénée (XV, 697 a-b) rapporte qu'Aristote aurait dans ce discours réfuté l'accusation d'impiété, en objectant que, s'il avait voulu honorer Hermias à l'égal d'un dieu et d'un immortel, il ne lui aurait pas élevé de monument (cf. *infra* V 11) ni rendu d'honneurs funèbres. Düring (*AABT*, p. 281, 342, 343-344) tient l'« Apologie d'Aristote » pour une pure fiction. Aristote n'avait en effet aucune raison de préparer sa défense, puisqu'il se réfugia à Chalcis pour échapper au procès.

2. Cet hexamètre (cité également par Élien, *Histoire variée* III 36, et par Élias, *In Cat. Prooemium* [*CAG* XVIII 1] p. 123, 15), est fait de deux hémistiches empruntés à Homère (*Odyssée* VII 120-121) chez qui ces expressions signifient que, dans les jardins d'Alkinoos, les arbres donnent des fruits toute l'année; dans la bouche d'Aristote, elles deviennent une allusion à l'activité incessante des sycophantes athéniens: le mot « sycophante » (« dénonciateur », « calomniateur ») est formé sur σῦκον, la « figue », comme plus haut, au dernier vers de l'épigramme de D. L., le mot συκόφασις, « calomnie ».

3. *FGrHist* 244 F 38 a. Cette chronologie de la vie d'Aristote, plus exacte que le récit embrouillé composé par D. L. à partir de plusieurs sources (*supra* V 2-6), coïncide avec celle que fournit Denys d'Halicarnasse (*Epistula ad Ammaeum* I 5, 262, 8-263, 10 Usener-Radermacher). Cf. Düring, *AABT*, p. 60, 249-251, 254-255.

4. 384-383.

5. 345-344.

6. La première année de la même Olympiade, trois ans auparavant, donc: 348-347. Le récit de Diogène (ou celui d'Apollodore), on le voit, ne suit pas l'ordre chronologique, et pour cette raison A. Stahr, suivi par Düring, a transposé cette phrase avant la précédente (« et il alla à Mytilène... »); mais il se voit alors contraint, pour que l'indication chronologique (« la première année ») soit compréhensible, d'ajouter « de la cent-huitième Olympiade ». En d'autres ter-

chontat de Théophile, qu'il s'en alla chez Hermias, et il y resta trois ans; 10 puis, sous l'archontat de Pythodote, il alla chez Philippe, la deuxième année de la cent-neuvième Olympiade[1], alors qu'Alexandre avait déjà quinze ans. Puis il arriva à Athènes la deuxième année de la cent-onzième Olympiade[2] et il enseigna au Lycée pendant treize ans. Ensuite il s'en alla à Chalcis la troisième année de la cent-quatorzième Olympiade[3], et il mourut de maladie[4] à l'âge d'environ soixante-trois ans, quand Démosthène, lui aussi, mourut à Calaurie[5], sous l'archontat de Philoclès.

Par ailleurs, on dit que pour avoir recommandé Callisthène à Alexandre il offensa le roi, et que celui-ci, pour lui faire un affront, d'une part distingua Anaximène[6], et d'autre part envoya des présents à Xénocrate[7].

---

mes, la phrase ne se comprend sans correction que si on la laisse à sa place, et on peut voir là un indice du fait que le texte de Diogène (ou la source qu'il reproduit) donnait bien cette série d'informations dans l'ordre (ou le désordre) dans lequel nous les a transmises la tradition manuscrite, qu'il n'y a pas lieu de corriger ici.

1. 343-342. Alexandre, qui avait vingt ans lorsqu'il succéda à son père en 336-335, n'avait donc encore que treize ans quand Aristote fut appelé à être son précepteur.

2. 335-334.

3. 322-321. Si, comme l'indique aussi Denys d'Halicarnasse, Aristote était au moment de sa mort âgé de soixante-trois ans, il faut dater sa mort de la même année que son départ d'Athènes pour Chalcis. C'est ce que confirme Denys d'Halicarnasse : Aristote, écrit-il, « enseigna au Lycée pendant une période de douze ans, et la treizième année, après la mort d'Alexandre, sous l'archontat de Céphisodore, s'en étant allé à Chalcis, il meurt de maladie, après avoir vécu soixante-trois ans ».

4. Ce qui contredit la version d'Eumèle (*supra* V 6)

5. Île de la côte nord-est du Péloponnèse, aujourd'hui unie à l'île de Poros. Démosthène s'y réfugia après l'échec de la révolte d'Athènes contre Antipatros, le lieutenant d'Alexandre, pour ne pas tomber aux mains des vainqueurs. On raconte que, réfugié dans le temple de Poséidon, il s'empoisonna.

6. Anaximène de Lampsaque. Se fondant sur un passage de Plutarque (*Vie d'Alexandre* 8), certains éditeurs pensent qu'il s'agit plutôt d'Anaxarque d'Abdère.

7. Cf. *supra* IV 8.

Témoignages poétiques

11 Par ailleurs, Théocrite de Chios[1] aussi se moqua de lui en rédigeant l'épigramme suivante, à ce que dit Ambryon[2] dans *Sur Théocrite* :

D'Hermias, qui fut eunuque et en même temps esclave d'Eubule,
Le mémorial vide fut élevé par Aristote à la tête vide.[3]

Mais Timon également s'en prit à lui, disant :

---

1. *FHG* II 86. Historien de l'école d'Isocrate, élève de Métrodore. On a là un témoignage de la polémique qui opposait Aristote à Isocrate et à ses élèves. Le reproche fait à Aristote d'avoir préféré la cour macédonienne à l'Académie n'implique donc pas, de la part de l'auteur de l'épigramme, une plus grande sympathie pour l'Académie que pour le Lycée, mais vise simplement à incriminer l'engagement promacédonien d'Aristote. L'occasion en fut probablement l'hymne d'Aristote à Hermias, lui aussi allié de la Macédoine, comme semblent l'indiquer les mots par lesquels Didyme d'Alexandrie introduit l'épigramme de Théocrite aussitôt après le texte de l'hymne : « à quoi, dit Bryon [sur ce nom, voir note suivante] dans *Sur Théocrite*, Théocrite de Chios riposta par cette épigramme... » (*In Demosth. commenta*, 6, 43-45).

2. Ce nom est probablement mal orthographié par D. L. On a pensé (Cohn, *RE* I 2, 1894, col. 1815) au grammairien alexandrin Amarantos, auteur d'un commentaire de Théocrite (le poète) où il aurait pu être appelé à parler de son homonyme l'historien. Selon R. Laqueur (*RE* V A 2, 1934, col. 2025), c'est Didyme, chez qui nous trouvons aussi l'épigramme (*In Demosth. commenta* 6, 46-49), qui donne la forme correcte du nom de l'auteur de ce *Sur Théocrite* : Bryon.

3. A la suite de ces deux vers, seuls transmis par D. L., Didyme d'Alexandrie (voir note précédente) et Eusèbe de Césarée (*Préparation évangélique* XV 2, 12), donnant comme source Aristoclès (auxquels on peut joindre Plutarque, *De exilio* 603 c, qui ne donne que les deux vers manquants dans D. L.), donnent deux vers supplémentaires, dont le sens est le suivant :

Qui, à cause d'un ventre relâché de nature, choisit de s'installer,
Plutôt qu'à l'Académie, au débouché du Borbore.

Le Borbore est un petit fleuve qui coulait près de Pella, capitale de Philippe de Macédoine : l'insinuation est que ce sont les plaisirs de la table, évidemment mieux garnie à la cour de Macédoine que chez Platon, qui auraient incité Aristote à quitter l'Académie pour se rendre chez Philippe. Mais le mot βόρβορος (« marécage ») signifie aussi « ordure » : par un jeu de mots que Moraux trouve « d'un goût douteux » (« La composition... », p. 150 n. 1), l'auteur de l'épigramme laisse entendre qu'Aristote aurait été contraint par sa gloutonnerie et les troubles qu'elle lui aurait causés à choisir les « tranchées aux immondices » (Moraux) ou les égouts pour lieu de son séjour.

N'est-ce pas là la pénible irréflexion d'Aristote ?[1]

Telle est d'une part la vie du philosophe. D'autre part, nous avons par chance trouvé[2] son testament ; il est rédigé à peu près en ces termes[3] :

Testament

« Cela ira bien; si pourtant il arrive quelque chose, voici quelles dispositions a prises Aristote[4]: qu'Antipatros exerce sa tutelle sur

1. Application à Aristote d'une expression homérique (*Iliade* XV 16, XXII 457, XXIII 701). Cf. *Supplementum Hellenisticum*, edd. H. Lloyd-Jones et P. Parsons, Berlin-New York 1983, n° 810 ; Timone di Fliunte, *Silli.* Introduzione, edizione critica, traduzione e commento a cura di M. Di Marco, Roma 1989, p. 192-194.

2. Après avoir transcrit le testament de Straton, D. L. indiquera (V 64) qu'il a été recueilli par Ariston de Céos (vraisemblablement le cinquième scholarque du Lycée : cf. Sollenberger, *ANRW* II 36, 6, p. 3860 et n. 345). On suppose (cf. P. Moraux, *Les Listes anciennes des ouvrages d'Aristote,* Louvain 1951, p. 244 n. 138) qu'il en est de même pour les trois autres testaments reproduits dans le livre V, auquel cas il n'y a pas lieu d'accorder une signification précise aux différentes formules employées par D. L. (V 51, 61, 69) pour indiquer qu'il a eu ces documents sous les yeux, sans préciser grâce à quels intermédiaires.

3. De l'absence dans le testament d'Aristote de toute disposition relative à l'école et à sa succession à la tête de celle-ci, on a cru pouvoir conclure que le texte transmis par D. L. n'est qu'une annexe à un testament plus complet, ou qu'il ne représente qu'une partie du testament authentique. L'opinion généralement admise aujourd'hui est que la loi athénienne interdisait à Aristote, en vertu de son statut de « métèque », c'est-à-dire de résident étranger, d'y posséder, et donc d'y avoir à léguer, autre chose que des biens meubles. De l'absence, d'ailleurs, de toute mention d'Athènes dans le testament, on tire également la conclusion qu'il fut rédigé par Aristote à Chalcis, après sa fuite d'Athènes, et qu'il avait pu emporter d'Athènes l'ensemble de ses biens, esclaves compris. Que le testament ne fasse non plus aucune mention des livres d'Aristote peut s'expliquer par le fait que celui-ci en avait fait don à Théophraste (cf. Strabon XIII 1, 54) au moment où il quittait Athènes, ce qui est aussi le moment où, selon D. L. (V 36), Théophraste prit sa succession : si le sort de l'école était déjà réglé, Aristote n'avait pas à en parler dans son testament.

4. Les testaments des trois scholarques successeurs d'Aristote sont rédigés à la première personne (cf. V 51, 61, 69). Düring, (*AABT*, p. 63) attribue l'emploi, ici, de la troisième personne à une paraphrase due à D. L. ou à l'intermédiaire qu'il reproduit, qui serait Favorinus. Mais, comme l'a fait remarquer M. Plezia (*Aristotelis epistularum fragmenta cum testamento*, Varsovie 1961 [cité dans la suite Plezia[1]], p. 156), on trouve la même tournure au début du testament de Platon (cf. *supra* III 41), et la différence avec les trois testaments suivants peut

tout, sans restriction[1]; **12** mais que, jusqu'à l'arrivée[2] de Nicanor, Aristomène, Timarque, Hipparque, Diotélès et Théophraste[3], s'il y consent et si cela lui est possible, prennent soin des enfants et d'Herpyllis[4], et de ce que je laisse.

---

s'expliquer par le fait qu'Aristote a rédigé son testament dans un style encore en vigueur à son époque mais qui est ensuite tombé en désuétude.

1. Au départ de l'expédition d'Alexandre, Antipatros avait reçu les pouvoirs de régent pour la Macédoine en l'absence du roi. A la date probable de la rédaction du testament d'Aristote (lors de la retraite de ce dernier à Chalcis, soit après 323[a]), de peu postérieure à la mort d'Alexandre, Antipatros exerçait toujours le pouvoir en Macédoine et, après avoir réprimé les velléités d'indépendance des cités grecques, notamment d'Athènes, plaçait l'ensemble de la Grèce continentale sous son autorité. Le geste d'Aristote n'est donc pas seulement un signe de l'amitié, dont font état d'autres sources, qui l'unissait à Antipatros : il place l'exécution de ses dernières volontés sous la plus haute autorité légale du moment.

2. Voir Note complémentaire 1 (p. 648-649).

3. A l'exception naturellement de Théophraste, qui jouit d'ailleurs d'un statut spécial, on ne sait que peu de chose de ceux qui sont ici désignés pour suppléer Nicanor dans le rôle d'exécuteur testamentaire. D'après la *Souda*, Hipparque était un parent d'Aristote, auteur d'un *Ce que sont le mâle et la femelle chez les dieux, et le mariage*. C'est peut-être lui qui est nommé dans le testament de Théophraste : à la fois exécuteur testamentaire et légataire universel, son nom figure en tête de la liste de ceux à qui Théophraste lègue l'école sous condition de s'y consacrer en commun à la philosophie, et l'une des copies du testament est déposée chez son fils Hégésias.

4. Les enfants sont la fille, Pythias, et le fils, Nicomaque, d'Aristote. Herpyllis a été désignée plus haut (V 1) comme la concubine d'Aristote et la mère de Nicomaque, mais dès l'Antiquité cette information était contestée (voir n. *ad loc.*). D'une phrase de la version arabe du testament absente du texte de D. L. (cf. Note complémentaire 1, p. 648-649), Düring (*AABT*, p. 263) a conclu que Nicomaque était le fils légitime d'Aristote et de son épouse Pythias. Mais on a supposé également que Herpyllis, après avoir été peut-être une servante de Pythias, avait pu être épousée en secondes noces par Aristote après la mort de celle-ci. On débat sur la question de savoir si la façon dont Aristote s'exprime à son sujet (« elle s'est montrée dévouée à mon égard ») et les instructions qu'il donne pour le cas où elle se marierait (V 13) sont ce qu'on peut attendre d'un mari parlant de sa femme (la similitude avec le testament du père de Démosthène [Note complémentaire 1] empêche d'exclure cette hypothèse). En tout état de cause, la volonté exprimée à la fin du testament (V 16), que les restes de Pythias soient réunis aux siens, semble indiquer qu'Aristote n'a pas eu d'autre épouse. L'interprétation la plus vraisemblable est dans ce cas celle de

Et une fois venu le moment pour ma fille, qu'elle soit donnée en mariage à Nicanor ; mais s'il arrive quelque chose à ma fille – puisse cela, comme ce sera le cas, ne pas avoir lieu – avant qu'elle soit mariée, ou, une fois mariée, sans qu'il y ait encore d'enfants, que Nicanor ait autorité, aussi bien en ce qui concerne mon garçon que pour le reste, pour diriger la maison d'une façon digne de lui et de nous. Et que Nicanor prenne soin aussi bien de ma fille que de mon fils Nicomaque, selon ce qu'il jugera bon pour ce qui les concerne, comme s'il était à la fois leur père et leur frère.

Mais s'il arrive quelque chose à Nicanor en premier – puisse cela ne pas avoir lieu – soit avant d'avoir épousé ma fille soit après l'avoir épousée[1], sans qu'il y ait encore d'enfants, dans le cas, tout d'abord, où il aura, lui, donné quelque instruction, que cela fasse autorité; **13** mais si Théophraste consent à vivre avec ma fille, mêmes dispositions que pour Nicanor; et sinon, c'est aux tuteurs, en concertation avec Antipatros, qu'il appartiendra de prendre les mesures qui leur paraîtront les meilleures, au sujet de la fille aussi bien que du petit.

Puis que les tuteurs, et Nicanor[2], prennent soin aussi d'Herpyllis, en mémoire de moi, car elle s'est montrée dévouée à mon égard; entre autres choses, qu'ils veillent, si elle veut prendre mari, à ce qu'elle ne soit pas donnée en mariage dans des conditions qui ne nous feraient pas honneur[3]. Qu'ils lui donnent, outre ce qui lui a été

Düring (*AABT*, p. 264), selon qui Herpyllis était une sorte d'intendante à la tête de la « maison » d'Aristote.

1. D'après Sextus Empiricus (*Adversus Mathematicos* I 258), Nicanor mourut de fait assez tôt après avoir épousé Pythias (probablement en 317[a]). Pythias épousa ensuite Proclès, dont elle eut deux fils, Proclès et Démaratos (ce dernier est mentionné parmi les membres de la « communauté » que Théophraste appelle à lui succéder). Après la mort de Proclès, Pythias épousa le médecin Métrodore dont elle eut aussi un fils, Aristote, trop jeune encore à la mort de Théophraste pour faire partie de la communauté de ses successeurs, mais sur qui Théophraste les appelle à veiller (V 53).

2. Les tuteurs n'ont été, dans ce qui précède, institués que pour suppléer Nicanor en cas d'incapacité de sa part; il faut donc comprendre ici, non pas que les tuteurs se voient désormais associés à Nicanor dans ses fonctions d'exécuteur testamentaire, mais que la présente disposition vaut aussi bien pour lui que pour eux, s'ils doivent se substituer à lui.

3. Si l'on comprend, comme souvent, « qu'elle ne soit pas donnée à un homme indigne de moi », cette phrase peut vouloir dire qu'il faut éviter à Her-

donné auparavant, encore un talent d'argent, pris sur ce que je laisse, et trois servantes, si elle veut[1], ainsi que la petite esclave qu'elle possède et le garçon, Pyrrhaios ; **14** et si elle veut habiter à Chalcis, la maison pour les hôtes qui jouxte le jardin; mais si c'est à Stagire, la maison de mon père. Et quelle que soit celle qu'elle aura choisie, que les tuteurs la fournissent de l'ameublement qu'eux-mêmes jugeront convenable, et Herpyllis, suffisant.

Puis, que Nicanor prenne soin aussi du petit Myrmex, de façon à ce qu'il soit conduit chez lui d'une façon digne de nous, avec les biens qui sont à lui qui nous ont été confiés[2].

Puis, qu'Ambracis aussi soit libre, et qu'on lui donne, quand ma fille sera donnée en mariage[3], cinq cents drachmes et la petite esclave qu'elle possède.

Puis, Thalè[4] : outre la petite esclave qu'elle possède, celle qui a été achetée, lui donner mille drachmes et une petite esclave; **15** et Simon : à part l'argent qui lui a été donné auparavant pour un autre jeune esclave, soit lui acheter un jeune esclave, soit lui donner une somme supplémentaire.

Puis, Tychon[5]: qu'il soit libre quand ma fille sera donnée en mariage, ainsi que Philon, Olympios et son petit garçon.

---

pyllis de déchoir après avoir été l'épouse d'Aristote ; mais la suite peut faire penser qu'Aristote prescrit de la pourvoir, en cas de mariage, d'une dot convenable, ce qui traduit plutôt le souci d'assurer l'avenir de sa servante en récompense de ses services.

1. Je traduis le texte des manuscrits, édité par Long : ἐὰν βούληται. Hicks, Düring et M. Plezia (Plezia[1] et Plezia[2] = *Aristotelis privatorum scriptorum fragmenta*, Leipzig 1977, p. 40, 5) retiennent la correction de Bywater <ἃς> ἂν βούληται, qui donne le sens suivant : « qu'elle aura choisies ».

2. Myrmex était probablement le fils (peut-être orphelin) d'un parent ou d'un ami d'Aristote, dont ce dernier avait reçu la tutelle avec charge d'administrer ses biens. On notera qu'avec l'ultime prescription, d'avoir à consacrer des statues à Zeus et Athéna Sauveurs au cas où il rentrerait sain et sauf, c'est ici le seul cas où une instruction est destinée à Nicanor sans mention des tuteurs en cas de défaillance de sa part.

3. Dans la version arabe, cette dotation est liée à la condition d'être restée, une fois affranchie, au service de Pythias jusqu'à son mariage.

4. Düring (*AABT*, p. 64) et Chroust (*op. cit.*, chap. XV, p. 214 et n. 136) pensent qu'il s'agit d'un esclave de sexe masculin, du nom de Thalès.

5. Transcription de la forme retenue, depuis Frobenius, par tous les éditeurs, sauf Düring qui défend (*AABT*, p. 65) la forme qu'on trouve dans les

Puis, ne vendre aucun des jeunes esclaves qui me servent, mais les employer : et lorsqu'ils en auront l'âge, les laisser aller libres, aux conditions qu'ils mériteront[1].

Puis, prendre soin des effigies commandées à Gryllion, de façon qu'une fois achevées elles soient érigées, tant celle de Nicanor que celle de Proxène[2], que j'avais le projet de lui commander, et celle de la mère de Nicanor ; ériger aussi celle, déjà faite, d'Arimnestos[3], pour qu'il y ait un monument à sa mémoire, puisqu'il est mort sans enfant ; **16** et celle de notre mère, la consacrer à Déméter[4], à Némée[5], ou bien là où bon semblera.

Puis, là où on fera mon tombeau, là aussi transférer les restes de Pythias[6], comme elle l'a prescrit elle-même.

---

manuscrits et dans la tradition arabe : Τάχωνα. Plezia[1], Plezia[2] et Gigante suivent Düring.

1. L'interdiction de vendre aucun de ces jeunes esclaves traduit évidemment la volonté qu'ils soient un jour tous affranchis. Il est donc probable qu'Aristote ne pose pas ici une condition à leur affranchissement, mais qu'il prescrit de les nantir ou non à ce moment-là d'un pécule, suivant qu'ils l'auront mérité ou non. Cette interprétation de κατ' ἀξίαν s'accorde d'ailleurs avec la version arabe.

2. Le père de Nicanor, époux de la sœur d'Aristote.

3. Le frère d'Aristote.

4. Je traduis le texte suivi par l'ensemble des éditeurs depuis Casaubon. Le texte des manuscrits (τῆς μητρὸς τῆς ἡμετέρας τὴν Δημήτερα) a été défendu par C. Mulvany (« Notes on the Legend of Aristotle », *CQ* 20, 1926, p. 155-167), qui, croyant voir ici la trace d'un usage attesté par Apulée (*Metam.* 8, 7, 6), consistant à représenter les défunts sous forme divine, pense qu'il est question d'une statue de la mère d'Aristote revêtue des attributs de Déméter : cette représentation de sa mère serait à l'origine de la calomnie répandue contre Aristote (cf. *supra* V 4) d'avoir rendu à sa femme (non à sa mère) le culte que les Athéniens rendaient à la Déméter d'Éleusis. Mulvany n'a été suivi que par M. Plezia (Plezia[1], p. 158, Plezia[2], p. 42, 7). A ces deux auteurs, M. Gigante objecte l'obscurité de la leçon des manuscrits, qui ne s'éclaire, dans l'interprétation citée, que moyennant une forte ellipse, étrangère au style d'Aristote, et en tout cas, peut-on ajouter, à celui de l'ensemble du testament.

5. Cette indication reste énigmatique, aucun temple de Déméter n'ayant été jusqu'ici identifié à Némée, pas plus qu'aucune « Déméter Néméenne ».

6. L'épouse d'Aristote.

Puis que Nicanor, une fois sauf[1], comme j'en ai fait le vœu pour lui, consacre à Zeus Sauveur et à Athéna Salvatrice des statues de marbre de quatre coudées[2], à Stagire. »

Voilà en quels termes est rédigé son testament.

Anecdotes

Par ailleurs, on dit qu'on a trouvé aussi, en grande quantité, de la vaisselle qui lui appartenait[3]; on rapporte aussi que Lycon dit qu'il se baignait dans une baignoire d'huile chaude et vendait l'huile. Certains disent aussi qu'il se mettait sur l'estomac une petite bouillotte d'huile chaude; et que, lorsqu'il s'endormait, on lui mettait une boule de bronze dans la main, au-dessus d'un bassin, afin que, quand la boule tombait de sa main dans le bassin, il fût éveillé par le bruit[4].

---

1. Voir Note complémentaire 1 (p. 648-649).

2. C'est-à-dire, pour des représentations sous forme humaine, grandeur nature. La forme « populaire » de piété qui inspire cette ultime volonté a fait douter certains critiques de l'authenticité du testament. Mais Aristote a pu vouloir délibérément clore son testament d'une façon qui rappelle les derniers mots de Socrate dans le *Phédon* (118 a).

3. Eusèbe de Césarée (*Préparation évangélique* XV 2, 8-9) nous apprend que cette information, comme la suivante, provenait de Lycon le Pythagoricien et faisait partie de ses attaques contre Aristote : l'abondance de vaisselle aurait été une preuve de sa gourmandise (cf. *supra* la note sur les vers de Théocrite cités en V 11), les bains d'huile chaude auraient été la preuve de sa mollesse, cependant que l'usage de revendre l'huile utilisée aurait été une preuve d'avarice. Lycon peut avoir fait un usage calomnieux d'informations authentiques : la pratique des bains d'huile chaude comme l'application d'une bouillotte d'huile chaude sur l'estomac pouvaient avoir un but thérapeutique et prouveraient qu'Aristote souffrait gravement de l'estomac (Düring, *AABT*, p. 391). L'abondance de vaisselle ne serait selon Düring (*AABT*, p. 65) qu'un signe de la richesse d'Aristote; selon Moraux (« La composition... », p. 152 n. 2), cette abondante vaisselle servait probablement aux syssities mensuelles de l'école : mais cela se concilie mal avec l'idée qu'Aristote, à son départ pour Chalcis, aurait confié la direction de l'école à Théophraste.

4. P. Moraux (« Le Réveille-matin d'Aristote », *LEC* 19, 1951, p. 305-315), trouvant invraisemblable cette image d'un Aristote poussant l'ascétisme ou le goût de l'étude jusqu'à s'empêcher de dormir, a proposé de comprendre le passage tout autrement : Aristote aurait été l'inventeur d'une clepsydre dans laquelle, quand l'eau atteignait un certain niveau, un mécanisme était déclenché qui projetait une bille de bronze dans un bassin, réveillant ainsi le dormeur à l'heure qu'il avait fixée. Pour obtenir cette restitution, Moraux corrigeait εἰς τὴν χεῖρα

Apophtegmes

17 Par ailleurs, on lui attribue aussi les très belles reparties que voici[1]. Comme on lui demandait quel profit revient aux menteurs, « ne pas être crus, dit-il, quand ils disent la vérité ». Une fois qu'on lui reprochait d'avoir fait l'aumône à un bon à rien, « ce n'est pas de sa conduite, dit-il, mais de l'homme que j'ai eu pitié ». Il avait l'habitude constante de dire, à ses amis et en général à ceux qui venaient à lui, quels que fussent le lieu et l'heure où il se trouvât s'entretenir avec eux, que « la vue reçoit la lumière de l'air ambiant, tandis que l'âme la reçoit des sciences ». Par ailleurs, il déclarait souvent, et sur un ton véhément, que les Athéniens ont inventé le blé et les lois, mais qu'ils utilisent le blé, tandis que les lois, non.

18 De l'éducation, a-t-il dit, les racines sont amères, mais le fruit, doux. Comme on lui demandait ce qui vieillit vite, « la gratitude », dit-il. Comme on lui demandait ce qu'est l'espoir, « c'est, dit-il, rêver tout éveillé ». Comme Diogène lui offrait une figue sèche, il comprit qu'il avait préparé un mot d'esprit[2], au cas où il ne la prendrait pas :

(« dans la main ») en εἰς τὴν καιρίαν <ὥραν >, et traduisait : « Quand il dormait, une boule d'airain était lancée, pour lui, au moment opportun, de par-dessus un bassin, afin que, la boule tombant dans le bassin, il fût réveillé par le bruit ». Acceptée par Düring (cf. *AABT*, p. 65-66), la correction ne l'a pas été par Long ni par Gigante. Il est à noter que Moraux, qui dans son article de 1951 expliquait la déformation de καιρίαν en χεῖρα par l'iotacisme, a lui-même abandonné cette explication dès 1955 (« La composition... », p. 152 n. 2) sans en proposer d'autre.

1. Bon nombre des apophtegmes qui figurent dans cette collection (au demeurant exceptionnellement importante du point de vue quantitatif, puisqu'elle n'occupe pas moins de cinq chapitres [V 17-21]) sont attribués ailleurs, sous une forme identique ou voisine, à d'autres auteurs anciens. Ces diverses attributions, ainsi que la vraisemblance de leur attribution à Aristote, ont été récemment étudiées par Denis M. Searby, *Aristotle in the Greek Gnomological Tradition*, « Studia Graeca Upsaliensia » 19, Uppsala 1998, p. 99-104 (texte), 157-190 (traduction et commentaire).

2. Ou « chrie » (χρεία), terme associé plus spécialement à la tradition cynique, et dont l'emploi ici, à propos de Diogène, ne doit évidemment rien au hasard. Du fait que la « chrie » viendrait sanctionner le refus d'Aristote, en ne prenant pas la figue, d'entrer dans le jeu question-réponse (voir note suivante), on peut conclure que le terme n'est pas exactement synonyme d'« apophtegme », qui désigne proprement, comme on le voit en particulier dans ce passage, une « réplique », la réponse à une question.

il la prit en disant qu'avec son mot d'esprit Diogène avait perdu aussi la figue[1]; et comme Diogène lui en offrait de nouveau une, il la prit et l'éleva en l'air comme on fait aux enfants et, disant « qu'il est grand, Diogène ! », il la lui rendit. Il a dit que l'éducation requiert trois choses, naturel, enseignement, exercice. Ayant entendu dire que quelqu'un l'avait injurié, « si je ne suis pas là, dit-il, il peut même me fouetter ». La beauté, disait-il, est une meilleure recommandation que n'importe quelle lettre.

Petite doxographie sur la beauté

19 D'autres affirment que c'est Diogène qui est l'auteur de cette maxime, tandis que lui disait que la beauté physique est le don d'un dieu[2]; Socrate, qu'elle est une tyrannie de courte durée; Platon, un privilège accordé par la nature; Théophraste, une tromperie silencieuse; Théocrite, un bijou de pacotille à l'éclat d'ivoire; Carnéade, une royauté sans gardes du corps.

Suite des apophtegmes

Comme on lui demandait en quoi l'emportent ceux qui sont instruits sur les incultes[3], « d'autant, dit-il, que les vivants sur les morts ». L'éducation, disait-il, est dans le succès un ornement, dans l'adversité un refuge. Ceux des parents qui ont donné une éducation à leurs enfants sont plus honorables que ceux qui les ont seulement engendrés, car les uns leur ont permis de vivre, mais les autres, de bien vivre. A qui se vantait d'être originaire d'une grande cité, « ce n'est pas cela, dit-il, qu'il faut considérer, mais qui est digne d'une

1. Cf. II 118, où se déroule un jeu analogue entre Cratès et Stilpon. L'interprétation de Düring est la suivante (*AABT*, p. 66) : on tend une figue à quelqu'un en lui posant une question; s'il répond correctement, il mange la figue. Ici, comme en II 118, l'interrogé potentiel feint d'ignorer la signification de la figue: Stilpon la mange sans avoir répondu; Aristote anticipe non seulement la question qu'il ne laisse pas le temps à Diogène de poser, mais la raillerie que, prévoit-il, lui vaudrait le refus d'entrer dans le jeu.

2. Si l'on suit, avec Long, le texte établi par Cobet, αὐτὸν δὲ <θεοῦ> δῶρον εἰπεῖν εὐμορφίαν. Selon Düring, qui rejette l'addition de Cobet sans retenir le τοῦτο de F, le sens de la phrase est que « la beauté est un don » (*scil.* de la nature).

3. Même question, mais réponse différente, *supra* I 69.

grande patrie». **20** Comme on lui demandait ce qu'est l'amitié[1], il dit: «une seule âme à demeure en deux corps». Parmi les hommes, disait-il, les uns économisent comme s'ils allaient vivre toujours, les autres dépensent comme s'ils allaient mourir tout de suite. A qui demandait pour quelle raison nous passons beaucoup de temps dans la compagnie de ceux qui sont beaux, «question d'aveugle», dit-il. Comme on lui demandait quel profit il avait bien pu retirer de la philosophie, il dit: «de faire sans être commandé ce que font certains par peur des lois». Comme on lui demandait comment pourraient progresser ses élèves, il dit: «si, en poursuivant ceux qui les précèdent, ils n'attendent pas les retardataires». Au bavard qui lui disait, après avoir déversé sur lui un flot de paroles: «Pourvu que je ne t'aie pas importuné avec mon bavardage !», «Par Zeus, dit-il, je ne prenais pas garde à toi.» **21** A qui le réprimandait pour avoir accordé un prêt à quelqu'un qui n'était pas un homme de bien – car c'est de cette façon, aussi, qu'on le rapporte[2] –, «ce n'est pas à l'homme, dit-il, que j'ai donné, mais à son humanité». Comme on lui demandait comment se comporter avec ses amis, il dit: «comme nous souhaiterions qu'ils se comportent avec nous». Il a dit que la justice est une vertu de l'âme qui distribue ce qui revient au mérite. Le plus beau viatique pour la vieillesse, c'est l'éducation, disait-il. Et Favorinus dit, dans le livre II de ses *Mémorables*[3], qu'il disait en toute occasion: «Qui a des amis n'a aucun ami». Mais c'est aussi au livre VII de l'*Ethique*[4].

Et voilà, d'une part, ce qu'on lui attribue.

---

1. Je suis le texte établi par Düring, qui accepte la correction de Richards, φιλία («l'amitié»), la leçon des manuscrits étant φίλος («un ami»). La leçon des manuscrits ne donne pas de sens; l'exemple invoqué par Gigante, τὸν φίλον τῆς χρείας ἕνεκα (*scil.* αἱρετόν) (II 91) ne vaut pas ici : on peut parfaitement dire qu'on choisit son ami pour l'utilité qu'il représente, de sorte que, dans cette phrase, τὸν φίλον n'est pas un équivalent de τὴν φιλίαν. A noter cependant que les parallèles qu'on peut trouver à cet apophtegme dans la tradition gnomologique ont toujours φίλος (Searby, *op. cit.*, p. 182).

2. Cf. *supra* V 17. Selon Searby (*op. cit.*, p. 158), la présence de deux versions du même apophtegme indique que D. L. a constitué sa collection d'apophtegmes aristotéliciens à partir d'au moins deux sources différentes.

3. Fr. 10 Mensching = 40 Barigazzi.

4. Cf. *Éthique à Eudème* VII, 1245 b 20-21.

Catalogue des écrits d'Aristote

D'autre part, il a rédigé de très nombreux livres: j'ai trouvé judicieux d'en donner la liste, à cause de l'excellence de cet homme dans tous les genres de discours[1].

22 *De la justice* I, II, III, IV
Des poètes I, II, III
De la philosophie I, II, III
Du politique[2] I, II
De la rhétorique ou *Gryllos* I
Nérinthos I
Le Sophiste I
Ménexène I
L'Érotique I
Le Banquet I

---

1. Comme plus loin celui de Straton, le catalogue d'Aristote est ordonné de façon systématique. Les dix-neuf premiers titres sont identifiés comme ceux d'ouvrages exotériques, les plus connus à l'époque hellénistique et dont certains, comme le *Protreptique*, exercèrent une influence considérable. Viennent ensuite des titres d'ouvrages ésotériques, autrement dit scolaires, rangés par sujets à quelques exceptions près, puis des « collections » et enfin des lettres et poèmes. Ce catalogue, bien entendu, ne correspond pas à l'organisation du corpus aristotélicien tel que nous le connaissons; mais il ne correspond pas non plus à la connaissance, même indirecte, qu'avait D. L. lui-même des œuvres d'Aristote, puisqu'il lui arrive de citer des ouvrages qui ne figurent pas dans le catalogue. On en conclut qu'il reproduit sans changement un catalogue qui reflète un état ancien du corpus aristotélicien, antérieur de toute façon à l'édition d'Andronicos. On trouvera un sommaire de la question dans Sollenberger, *ANRW* II 36, 6, p. 3853-3855. Même si certaines thèses en ont été discutées par la suite, l'étude fondamentale du catalogue d'Aristote transmis par D.L. reste celle de Moraux, *Les Listes anciennes des ouvrages d'Aristote*, Louvain 1951. Outre la source de Diogène (chap. IV), sur laquelle la discussion n'est pas close, Moraux s'est livré (chap. II) à un examen exhaustif du catalogue en s'efforçant d'établir les liens entre les titres qu'il mentionne et les œuvres d'Aristote que nous connaissons.

2. Il peut s'agir du *Politique* que le Pseudo-Élias (*In Porphyrii Isagogen comm.* [*CAG* XVIII 2] suppl. praef. Busse, p. XXII), attribue à Aristote. Düring a corrigé le texte en ce sens, en se fondant sur l'absence de la préposition περί dans les deux principaux manuscrits de Diogène. On peut au contraire soutenir que la forme identique des titres qui précèdent et de celui qui suit confirme pour une fois la leçon du manuscrit F suivie par Long.

De la richesse I
Protreptique I
De l'âme[1] I
De la prière I
De la noblesse I
Du plaisir I
Alexandre ou *Sur les colons*[2] I
De la royauté I
De l'éducation I[3]
Du bien I, II, III[4]
Extraits des « Lois » de Platon I, II, III
Extraits de la « République » I, II
<De> l'administration domestique[5] I

---

1. Ce titre, selon toute vraisemblance, ne désigne pas le traité *De l'âme* que nous connaissons, mais le dialogue sur l'immortalité de l'âme, de même inspiration que le *Phédon* de Platon, qui avait aussi pour titre *Eudème.*

2. Selon la traduction usuelle de ce titre, qui a inspiré une correction de Bywater, considérée comme probable par Moraux (*Les Listes anciennes...*, p. 37) et acceptée par Düring et Gigante : *Sur les colonies.* Comme l'a cependant remarqué Moraux, « pareil emploi de ὑπέρ au lieu de περί, *à propos de*, est assez rare chez Aristote » (*op. cit.*, p. 37 n. 53) et se rencontre plutôt dans des ouvrages inauthentiques. Le titre ὑπὲρ ἀποίκων peut cependant aussi s'entendre: *Pour les colons.* Plutôt que la critique d'une ou plusieurs fondation(s) réalisée(s) par Alexandre (cf. Moraux, *op. cit.*, p. 37-38), l'ouvrage pourrait dans ce cas être mis en rapport avec l'intervention d'Aristote auprès d'Alexandre en faveur de sa cité natale (*supra* V 4).

3. Une autre mention de ce traité est faite plus loin par Diogène, à propos de Protagoras (IX 53).

4. Placé avant deux recueils d'extraits de Platon, cet ouvrage est probablement celui dont on connaît des fragments par le commentaire d'Alexandre d'Aphrodise au premier livre de la *Métaphysique*, et qui contenait un résumé de l'enseignement non écrit de Platon.

5. Si l'on suit avec Long la correction de Rose: ce titre pourrait alors avoir été extrait de la phrase initiale de la partie de la *Politique* (I 3-13) qui concerne l'économie: « il est nécessaire de parler d'abord de l'économie (περὶ οἰκονομίας) » (1253 b 2). Suivant la leçon du manuscrit P, le titre serait *L'Économique* et correspondrait au premier livre du traité qui nous a été conservé sous le même titre. On ne comprend de toute façon pas sa place dans le catalogue. C'est sans doute pourquoi Düring (*AABT*, p. 67), tout en adoptant la leçon de P, préfère ranger cet ouvrage ainsi que le suivant sous la même rubrique que les précédents : *platonica.*

De l'amitié I
Du pâtir ou de l'être passif I
Des sciences I
Des argumentations éristiques[1] I, II
Solutions éristiques IV
Divisions sophistiques IV[2]
Des contraires I
Des espèces et des genres I
Des propres I
23 *Notes pour arguments dialectiques* III
Propositions sur la vertu I, II
Objections [3] I
Des termes employés en un nombre donné de sens ou auxquels on ajoute une précision [4] I
Des passions ou *De la colère* [5] I
Questions éthiques I, II, III, IV, V[6]

---

1. Il pourrait s'agir sous ce titre des *Réfutations sophistiques* (cf. Moraux, *Les Listes anciennes...*, p. 47-50).
2. Peut-être le même ouvrage que le précédent, sous un titre différent (cf. Moraux, *Les Listes anciennes...*, p. 51-52).
3. Probablement aux propositions précédentes.
4. Vraisemblablement *Métaphysique* Δ. Il ne s'agit pas des termes simplement dits en plusieurs sens (πολλαχῶς), c'est-à-dire des homonymes, mais de ceux dont les significations sont en nombre déterminé (ποσαχῶς); cf. la règle énoncée en *Métaphysique* Γ 4, 1006 a 31-b 4: un mot ne signifie qu'à la condition de signifier une seule chose ou un nombre déterminé de choses (ὡρισμένα). La deuxième partie du titre fait référence au procédé qui permet de distinguer les différentes significations d'un mot: l'adjonction (πρόσθεσις) de notes supplémentaires qui en précisent et en restreignent le sens.
5. Texte établi par Rose, suivi par Hicks, Long, Gigante. Sans retenir la correction de Rose, Moraux (*Les Listes anciennes...*, p. 74) lui donne raison pour le sens, puisqu'il tient le mot « colère » pour une glose. Rejetant lui aussi la correction de Rose, Düring distingue deux titres différents: *Des passions, De la colère.*
6. Peut-être un état ancien de l'*Éthique à Eudème.* D. L. connaît pour sa part un état de l'*Éthique à Eudème* voisin de celui que nous connaissons aussi, puisqu'il a plus haut (V 21) référé au livre VII de cet ouvrage une formule d'Aristote qui se trouve effectivement dans le livre VII actuel.

Des éléments I, II, III[1]
De la science I
Du principe I
Divisions XVII
A propos de la division I
De l'interrogation et de la réponse I, II[2]
Du mouvement I
Propositions [3] I
Propositions éristiques I
Syllogismes I
Premiers analytiques I, II, III, IV, V, VI, VII, VIII, IX
Grands[4] *analytiques postérieurs* I, II
Des problèmes I[5]
Questions de méthode I, II, III, IV, V, VI, VII, VIII[6]
Du meilleur I[7]
De l'idée I

---

1. Le terme d'élément fait songer à un ouvrage de physique. Mais la place de ce titre dans le catalogue plaide en faveur de l'acception dialectique du terme, qui désigne tout simplement les lieux.

2. Se fondant sur une indication d'Alexandre d'Aphrodise dans son commentaire aux *Topiques* (*Top.* 520, 5-8), Moraux identifie ce traité avec le livre VIII des *Topiques.*

3. Selon Moraux (*Les Listes anciennes...*, p. 86), que suit Düring, ce titre ne faisait qu'un avec le précédent : *Propositions sur le mouvement* (cf. au début de ce chapitre les *Propositions sur la vertu*), ce qui explique sa place à cet endroit.

4. Selon Moraux (*Les Listes anciennes...*, p. 87-88), cette indication se rapporte à la longueur des deux livres composant les *Analytiques postérieurs.* Dans l'état où nous les connaissons aujourd'hui, les *Premiers analytiques* ne comportent eux aussi que deux livres, plus longs encore : c'est justement ce qui explique, selon Moraux, la division en neuf livres qu'indique D. L. pour le titre précédent.

5. La place de cet ouvrage dans la liste invite à y voir le traité mentionné par Alexandre d'Aphrodise dans son commentaire aux *Topiques* (63, 11) plutôt que les *Problèmes* perdus d'Aristote.

6. Alors que les huit livres des *Topiques* figurent dans le catalogue sous des titres distincts, c'est une édition complète qui en est mentionnée ici. Le titre est extrait de la première phrase du livre I : « Le propos de ce traité est de trouver une méthode... » (100 a 18)

7. Selon Moraux (*Les Listes anciennes...*, p. 56), il s'agit du même ouvrage que celui qui est mentionné plus loin (V 24) sous le titre *Du désirable et de l'accident* (voir p. 579 n. 3).

Définitions préliminaires aux Topiques I, II, III, IV, V, VI, VII[1]
Syllogismes I, II
24 *A propos du syllogisme et définitions* I[2]
Du désirable et de l'accident[3] I
Préliminaires aux Lieux I[4]
Topiques relatifs aux définitions I, II[5]
Passions I
A propos de la division I
A propos des mathématiques I
Définitions XIII
Arguments dialectiques I, II
Du plaisir I
Propositions I[6]
Du volontaire I
Du beau I

---

1. W. Jaeger (*Studien zur Entstehungsgeschichte der Metaphysik des Aristoteles*, Berlin 1912, p. 151), s'appuyant sur le catalogue d'Hésychios, a vu ici deux titres différents : *Définitions préliminaires aux Topiques,* en un livre, et *Topiques,* en six livres. Il est suivi par Moraux, Düring et Gigante.

2. Moraux (*Les Listes anciennes...*, p. 56-57) voit dans ce titre une autre désignation du livre I des *Topiques*, déjà mentionné ci-dessus comme *Définitions préliminaires aux Topiques* (voir note précédente).

3. Ce titre, étrange à première vue, s'expliquerait par la phrase initiale du livre III des *Topiques* (116 a 1-2) consacré aux lieux de l'accident: « lequel, de deux objets ou plus, est le plus désirable ou le meilleur, il faut l'examiner à partir de ce qui suit. »

4. Moraux (*Les Listes anciennes...*, p. 58-65) voit dans ce titre une troisième désignation du livre I des *Topiques* (voir ci-dessus p. 578 n. 7, et plus haut n. 1) ; cf. Alexandre d'Aphrodise, *Top.* 5, 27-28.

5. Selon Moraux (*Les Listes anciennes...*, p. 56), livres VI et VII des *Topiques.*

6. Selon Moraux (*Les Listes anciennes...*, p. 93-94), le cas ici est analogue à celui des *Propositions sur le mouvement* (*supra* V 23 ; cf. p. 578 n. 3) : placé en facteur commun aux trois thèmes du plaisir, du volontaire et du beau, le mot « propositions » a été par la suite inséré par erreur comme un titre. S'il s'agit de trois recueils de propositions rangées par thème, leur place à cet endroit de la liste ne fait pas difficulté, alors qu'on ne comprendrait pas que soient insérés ici trois traités éthiques. M. Gigante a rejeté cette interprétation en invoquant l'existence d'un traité de Théophraste intitulé *Du plaisir, comme Aristote* (*infra* V 44 : περὶ ἡδονῆς ὡς 'Αριστοτέλης), mais Moraux (*op. cit.*, p. 37) pense que la référence est plutôt au traité (ou dialogue) *Du plaisir* mentionné parmi les écrits exotériques d'Aristote (V 22).

Thèses pour arguments dialectiques XXV
Thèses relatives à l'amour IV
Thèses relatives à l'amitié II
Thèses sur l'âme I
Questions politiques II
Enseignement politique, comme celui de Théophraste I, II, III, IV, V, VI, VII, VIII[1]
Des actions justes I, II
Collection d'« Arts »[2] I, II
Art rhétorique I, II
Art I
Autre art[3] I, II
A propos de la méthode I
Recueil de l'Art de Théodecte I
Traité d'art poétique I, II
Enthymèmes rhétoriques I
De la grandeur[4] I
Divisions des enthymèmes I

---

1. Le nombre de livres fait penser qu'il s'agit de la *Politique* que nous connaissons. L'indication « comme celui de Théophraste » a été diversement interprétée. Certains l'ont comprise comme la rectification d'une attribution erronée à Théophraste de l'enseignement politique d'Aristote (soit que, pris en note par Théophraste, le cours ait figuré initialement parmi ses écrits, soit que, Aristote ayant à son départ pour Chalcis laissé ses livres à Théophraste, tout ou partie d'entre eux aient été mêlés à la bibliothèque de ce dernier). On peut également comprendre qu'il existait un ouvrage analogue, voire de même titre, de Théophraste. Les *Questions politiques* qui figurent dans le catalogue de ce dernier (*infra* V 45) ne comportant pas le même nombre de livres, la ressemblance porte peut-être plutôt sur le contenu, l'ouvrage de Théophraste étant inspiré de celui d'Aristote.

2. Cicéron (*De Oratore* II 38, 160 ; *De Inventione* II 2) nous apprend qu'Aristote avait réuni en un ouvrage les « arts » (*scil.* oratoires ; le mot « art » a le même sens dans les titres suivants) de ses devanciers.

3. Ou, suivant la leçon de F, acceptée par Hicks et Gigante : *Autre collection d'« Arts »*.

4. Selon Hicks (note *ad loc.*), le mot désigne ici le lieu du « plus ou moins » commun aux trois genres oratoires (cf. Aristote, *Rhétorique* I 2, 1358 a 14). Le traité *Du plus et du moins* mentionné dans le catalogue de Straton (*infra* V 60) aurait porté sur le même sujet. Sur ce point, voir cependant *infra* p. 621 n. 4.

Du style[1] I, II
Du conseil I
Collection I, II[2]
De la nature I, II, III
A propos de la nature I
De la philosophie d'Archytas I, II, III
De celle de Speusippe et de Xénocrate I
Extraits du "Timée" et des ouvrages d'Archytas I
Contre les doctrines de Mélissos I
Contre les doctrines d'Alcméon I
Contre les Pythagoriciens I
Contre les doctrines de Gorgias I
Contre les doctrines de Xénophane[3] I
Contre les doctrines de Zénon I
Des Pythagoriciens I
Des animaux I, II, III, IV, V, VI, VII, VIII, IX[4]
Dissections I, II, III, IV, V, VI, VII, VIII[5]
Choix de dissections I
Sur les animaux composés I
Sur les animaux fabuleux I
Sur la stérilité I

---

1. Comme l'indique A. Wartelle (Aristote, *Rhétorique* III, Paris 1973, p. 99), « *lexis* est à la fois le *style* et l'*élocution*, l'*expression* et la *diction* ».

2. Probablement, placée à la fin de la section consacrée aux ouvrages de rhétorique, une autre collection d'« Arts », ou une autre édition de celle qui est mentionnée plus haut.

3. D'après la correction de Ménage adoptée depuis par tous les éditeurs. Les manuscrits portent le nom de Xénocrate. Les trois titres *Contre les doctrines de Mélissos, ... de Gorgias, ... de Xénophane* correspondent peut-être aux trois parties du traité connu sous le titre *De Melisso Xenophane Gorgia*, mais leur présence dans le catalogue ne remet pas en cause la thèse universellement adoptée aujourd'hui de l'inauthenticité de ce traité : il peut s'agir de travaux effectués et mis en circulation de bonne heure dans le *Peripatos*, et pour cette raison attribués à tort à Aristote lui-même.

4. Probablement les neuf premiers livres de l'*Histoire des animaux*, le dixième étant représenté par l'ouvrage *Sur la stérilité* qui figure un peu plus bas.

5. Certains manuscrits n'indiquent que sept livres, d'autres au contraire neuf.

Des plantes I, II[1]
A propos de physiognomonie I
Questions de médecine II
De la monade I
26 *Signes annonciateurs d'orages* I[2]
A propos d'astronomie I
A propos d'optique I
Du mouvement I
De la musique I
A propos de la mémoire I
Apories d'Homère I, II, III, IV, V, VI
Questions de poétique[3] I
Questions de physique par ordre alphabétique[4] XXXVIII
Problèmes réexaminés[5] I, II
Problèmes généraux[6] I, II
A propos de mécanique I[7]

---

1. Aristote mentionne à plusieurs reprises un traité sur les plantes, mais celui qui est conservé sous ce titre est aujourd'hui considéré comme inauthentique. On ne sait s'il figurait déjà dans la collection dont D.L. reproduit le catalogue. La même remarque vaut pour les deux titres suivants.

2. Moraux (*Les Listes anciennes...*, p. 113) explique le classement de cet ouvrage dans une section où sont regroupés des travaux touchant aux mathématiques par l'appartenance de la météorologie à la partie empirique de l'astronomie, par ailleurs science mathématique.

3. Peut-être, comme le précédent, un recueil de problèmes. J. Bernays a proposé une correction qu'a adoptée Düring : <'Απορήματα> ποιητικά, *Apories poétiques.*

4. Cette indication empêche d'identifier ce recueil à celui que nous connaissons sous le titre de *Problèmes*, bien que ce dernier comporte justement trente-huit sections. Notre collection de *Problèmes*, si elle comporte des éléments qui remontent à Aristote, n'est d'ailleurs certainement pas authentique dans son intégralité.

5. Moraux (*Les Listes anciennes...*, p. 117) suggère de corriger ἐπιτεθεαμένων (« réexaminés ») en ἐπιτεθειμένων : « ajoutés ». Il s'agirait d'un complément à la collection précédente, classé à part parce qu'il en dérangerait l'ordre alphabétique.

6. Le titre προβλήματα ἐγκύκλια est attesté par Aulu-Gelle (XX 4); le passage qu'il en cite est aujourd'hui le problème XXX 10 d'Aristote.

7. Probablement les *Mécaniques* attribués à Aristote, mais qui seraient dus en réalité à Straton ou à l'un de ses disciples.

Problèmes tirés des doctrines de Démocrite II
De l'aimant I
Paraboles I[1]
Mélanges XII
Commentaires par genre XIV
Revendications[2] I
Vainqueurs aux Jeux Olympiques I
Vainqueurs aux Jeux Pythiques I
De la musique[3] I
Discours pythique I
Liste des vainqueurs aux Jeux Pythiques I[4]
Victoires aux Dionysies I
Des tragédies I
Catalogue d'œuvres dramatiques I
Proverbes I
Lois pour les repas en commun I[5]
Lois I, II, III, IV
Catégories I
De l'interprétation I

---

1. Selon Moraux (*Les Listes anciennes...*, p. 121), ce terme désignerait ici les conjonctions d'astres. Ce titre et le précédent pourraient être des parties des *Problèmes tirés des doctrines de Démocrite*, ce qui expliquerait leur place dans le catalogue.

2. La *Vita Marciana* rapporte qu'Aristote écrivit pour Philippe de Macédoine des « revendications des cités grecques » (δικαιώματα Ἑλληνίδων πολέων) qui lui servirent à arbitrer les conflits territoriaux entre elles. Moraux (*Les Listes anciennes...*, p. 123), tenant cette anecdote pour une fable, préfère prendre le mot au sens où le définit Aristote dans l'*Éthique à Nicomaque* (V 1135 a 15): « réparation d'un tort ». Enfin, δικαίωμα est aussi attesté au sens de « sentence judiciaire ».

3. Le libellé de ce titre et sa distinction d'avec le précédent résultent d'une correction de Rose, acceptée par Hicks, Long et Gigante: <περὶ> μουσικῆς. Moraux et Düring suivent la leçon qui semble la mieux attestée, où, en l'absence de l'indication « un (*scil.* livre) » après *Vainqueurs aux Jeux Pythiques*, on peut comprendre : *Vainqueurs aux Jeux Pythiques en musique* I.

4. On sait, par une inscription découverte à Delphes, que cette liste fut établie par Aristote avec le concours de Callisthène.

5. D'après une correction de Rose, communément acceptée. Les manuscrits portent (au singulier) : νόμος συστατικός, « Loi constitutive ».

27 *Constitutions de 158 cités, classées par espèce*[1] *: démocratiques, oligarchiques, tyranniques, aristocratiques*

Lettres à Philippe[2]

Lettres de Sélymbriens[3]

Lettres à Alexandre IV[4]

A Antipatros[5] IX

A Mentor[6] I

A Ariston I

A Olympias[7] I

---

1. Selon une correction de Moraux (cf. *Les Listes anciennes...*, p. 131 n. 52): κατ' εἴδη, pour καὶ ἰδία dans les manuscrits. La jugeant « assez faible », Moraux rejette la correction proposée antérieurement par Bernays, κοιναὶ καὶ ἴδιαι, expression qui aurait distingué des constitutions « communes », c'est-à-dire conformes à l'intérêt général, et « privées », c'est-à-dire favorisant les intérêts d'un seul individu ou d'un seul groupe. R. Weil (*REG* 78, 1965, p. 436) a défendu la correction de Bernays sur la base d'une autre interprétation: les constitutions « communes » auraient été des constitutions de type fédéral ou confédéral, par rapport aux « particulières », celles de cités autonomes.

2. Les manuscrits d'Aristote contiennent trois lettres d'Aristote à Philippe (Plezia², p. 29, 1-30, 5, 31, 7-33, 7) ; trois fragments sont en outre conservés (Plezia², p. 15, 1-16, 5).

3. Voir Note complémentaire 2 (p. 649-650).

4. On admet communément que les chiffres qui suivent la mention de chaque destinataire indiquent le nombre de lettres écrites à chacun, et non pas, comme auparavant, le nombre de livres qu'elles occuperaient. Les manuscrits d'Aristote contiennent une lettre d'Aristote à Alexandre (Plezia², p. 30, 6-31, 6), une autre est connue par Simplicius (*Phys.* 8, 21-29 = Plezia², p. 28, 6-10). Trois autres lettres ont été transmises de façon fragmentaire par plusieurs autres témoins (Plezia², p. 16, 6-18, 6).

5. Le lieutenant d'Alexandre, régent de Macédoine, qu'Aristote désigna comme exécuteur testamentaire (cf. *supra* V 11, p. 567 n. 1). Se fondant sur l'hypothèse d'un classement des lettres par ordre décroissant, Plezia a corrigé le « neuf » (θ') qui suit « à Antipatros » en « quatre » (δ'). A quoi Gigante objecte avec raison qu'il est naturel de ne voir Antipatros mentionné qu'après Alexandre, lui-même précédé par son père. On connaît des fragments de six lettres à lui adressées par Aristote (Plezia², p. 18, 7 - 21, 7).

6. Originaire de Rhodes, il gouverna l'Ionie pour le compte du roi de Perse Artaxerxès III Ochos, ce qui le conduisit à envahir les États d'Hermias ; c'est lui qui mit à mort ce dernier.

7. La mère d'Alexandre, répudiée par Philippe pour épouser Cléopâtre. Rentrée d'exil après l'assassinat de Philippe, elle disputa la régence de Macédoine à Antipatros dont elle obtint la destitution en 324ᵃ au profit d'un autre des géné-

A Héphaistion[1] I
A Thémistagoras I
A Philoxène[2] I
A Démocrite I
Poème épique commençant ainsi :
Ô toi le pur, le plus révéré des dieux, qui lances au loin tes traits... »

Poème élégiaque commençant ainsi :
Fille d'une mère aux beaux enfants...

Le total des lignes atteint 445 270[3].

28 Et voilà, donc, combien de livres il a écrits. Voici, d'autre part, ce qu'il y professe[4].

Doxographie

Sa doctrine philosophique se divise en deux: la doctrine pratique et la doctrine spéculative[5]. Et à la doctrine pratique appartiennent

raux d'Alexandre, Cratère. La mort d'Alexandre, au printemps 323[a], eut cependant pour effet de suspendre cette mesure: dans le partage de l'empire d'Alexandre, la Macédoine resta à Antipatros.

1. Héphaistion de Pella, fils d'Amyntor. Il suivit en compagnie d'Alexandre les leçons d'Aristote. Intime d'Alexandre, il prit part à l'expédition d'Asie et mourut à Ecbatane en 324[a].

2. Peut-être un Macédonien qui fut « hiéromnémon » d'Alexandre à Delphes à l'époque du second séjour d'Aristote à Athènes.

3. Une indication quantitative du même type est fournie par D. L. au terme du catalogue de Théophraste (V 50) et de celui de Straton (V 60). Comme l'a fait remarquer Sollenberger (*ANRW* II 36, 6, p. 3852-3853), la confrontation de ces chiffres avec la somme des livres que comporte chaque ouvrage dans le catalogue correspondant donne un résultat peu crédible: la longueur moyenne d'un livre de Straton serait plus de douze fois celle d'un livre de Théophraste! Sollenberger en conclut que les chiffres indiqués par D. L. sont corrompus.

4. La doxographie d'Aristote a été étudiée en détail par P. Moraux, « L'exposé de la philosophie d'Aristote chez Diogène Laërce», *RPhL* 47, 1949, p. 5-43. Le même auteur a « rectifié ou complété certains aspects de cette étude » dans sa contribution à *Diogene Laerzio storico del pensiero antico* : « Diogène Laërce et le *Peripatos* », *Elenchos* 7, 1986, (245-294), p. 267-290.

5. Alors que la tripartition selon laquelle s'ordonne plus loin (V 30-34) l'exposé des opinions d'Aristote est sans conteste d'origine stoïcienne, Moraux estimait que la distinction entre pratique et spéculatif « peut se réclamer d'Aristote » (« Diogène Laërce et le *Peripatos* », art. cité, p. 268). Il voyait là une preuve du fait que D. L. aurait combiné pour sa doxographie d'Aristote des sources

aussi bien éthique que politique; de cette doctrine[1] est esquissé[2] ce qui concerne la cité et ce qui concerne la maison. A la doctrine spéculative, d'autre part, appartiennent physique aussi bien que logique; ce qui, de cette doctrine, touche à la logique[3], non comme une

---

différentes (cf. *id.*, « L'exposé de la philosophie d'Aristote... », art. cité, p. 15-16, 40-41). Le point a été contesté par R. Bodéüs (« L'influence historique du stoïcisme sur l'interprétation de l'œuvre philosophique d'Aristote », *RSPT* 79, 1995, [553-586], p. 562-563), qui plaide pour une unique origine stoïcienne de l'ensemble du document reproduit par D. L.

1. La doctrine pratique, ou la politique ? On comprend généralement qu'il s'agit ici d'une subdivision de la politique ; l'exposé de D. L. refléterait ainsi l'organisation du corpus que nous connaissons : les *Éthiques* d'une part, la *Politique* et *L'Économique* d'autre part. Sollenberger (*ANRW* II 36, 6, p. 3857 n. 323) semble comprendre que la bipartition entre politique et administration de la maison porte sur la philosophie pratique dans son ensemble. Le fait est que dans la phrase suivante, le relatif οὗ a nécessairement pour antécédent τοῦ δὲ θεωρητικοῦ, la doctrine spéculative, c'est-à-dire l'ensemble qui vient d'être subdivisé en physique et logique, et non pas celle de ses parties, la logique, qui vient d'être mentionnée : le parallélisme des deux phrases invite à les construire de façon parallèle, et donc à donner ici aussi pour antécédent au relatif οὗ l'ensemble qui vient d'être subdivisé, la doctrine pratique, et non pas la seconde de ses subdivisions, la politique.

2. Le verbe ὑπογράφειν n'est attesté au passif qu'en un seul autre sens : être écrit ci-dessous. Ce qui nous laisse face à deux hypothèses aussi aventureuses l'une que l'autre : ou bien l'original du document que reproduit D. L. aurait comporté, après ce schéma des grandes divisions de la philosophie aristotélicienne, un résumé de l'enseignement d'Aristote touchant la politique et l'administration domestique, annoncé par le verbe ὑπογεγράφθαι mais omis ou ignoré par D. L. ; mais pourquoi ne serait annoncé un résumé que de cette partie de la doctrine ? Ou bien, à l'époque où fut rédigé le document reproduit par D. L., seule aurait été en circulation, parmi les traités de philosophie pratique d'Aristote, la *Politique* (ou peut-être la *Politique* et le premier livre de *L'Économique* : voir *supra* V 22 et p. 576 n. 5), mais pas les *Éthiques*. Pour problématique qu'elle soit, cette conjecture s'accorde au moins avec l'antiquité du document auquel nous avons affaire, qui reflète un état du corpus à la fois plus fragmentaire que celui qui est résulté de l'édition d'Andronicos au Iᵉʳ siècle avant J.-C. et d'une organisation différente. Moraux a montré en particulier (« Diogène Laërce et le *Peripatos* », art. cité, p. 280) que la section éthique de l'exposé de D. L., même si elle n'est pas en désaccord avec la doctrine des *Éthiques*, ne suppose pas que D. L. ou sa source ait eu connaissance de ces traités.

3. Alors que dans la proposition principale, on a un masculin, τὸν... λογικόν (*scil.* λόγον), « la doctrine logique », le sujet de la relative est un neutre substantivé, τὸ λογικόν. La même variation du masculin au neutre se rencontre dans la

partie, mais comme un instrument[1], fait l'objet d'une analyse détaillée. Et supposant à cet instrument deux buts, il a éclairci la nature du vraisemblable et du vrai; mais en vue de chacun de ces deux buts il a usé de deux ressources: de la dialectique et de la rhétorique en vue du vraisemblable, de l'analytique et de la philosophie en vue du vrai; sans rien négliger, ni de ce qui sert à l'invention, ni de ce qui sert à l'évaluation, ni de ce qui sert à l'utilisation. **29** Pour l'invention, d'abord, il a procuré *Topiques* et *Méthodiques*[2], et une foule de *Propositions*[3], à partir desquelles il est possible de disposer en abondance d'arguments dialectiques vraisemblables pour résoudre les problèmes; pour l'évaluation[4], il y a les *Analytiques premiers* et *postérieurs*: à l'aide, d'abord, des *Premiers* on évalue les prémisses, puis à l'aide des *Postérieurs* est vérifiée la déduction[5]; pour l'utilisation, il y a les traités agonistiques et les traités éristiques *De l'interrogation*[6] et

---

phrase précédente, à cette nuance près que la substantivation n'y porte pas sur un adjectif, de surcroît au singulier, mais sur des expressions périphrastiques précédées de l'article neutre pluriel: τὰ περὶ πόλιν, τὰ περὶ οἶκον («ce qui concerne la cité», «ce qui concerne la maison»). Les deux phrases n'en présentent pas moins un parallélisme qui invite à comprendre ici τὸ λογικόν («le logique») comme une expression de même type que τὰ περὶ πόλιν, τὰ περὶ οἶκον: ce qui concerne la logique. Il paraît inutile de suppléer, à la suite de Moraux («L'exposé de la philosophie d'Aristote...», art. cité, p. 10 n. 20), ὅλου devant μέρος.

1. On notera que si le document reproduit par D. L. «mérite d'être regardé comme une des présentations les plus anciennes du système d'Aristote» (Moraux, «Diogène Laërce et le *Peripatos*», art. cité, p. 290), la désignation de la logique aristotélicienne sous le nom d'*organon* («instrument») est dans ce cas elle aussi fort ancienne.

2. Il s'agit soit d'un ouvrage qui ne nous est pas parvenu, soit d'une autre appellation des *Topiques*. Cf. *supra* V 23, p. 578 n. 6; Moraux, «Diogène Laërce et le *Peripatos*», art. cité, p. 271 n. 75; R. Bodéüs, art. cité, p. 576 et n. 108.

3. Cf. *supra* l'interprétation par Moraux de plusieurs titres du catalogue: *Propositions sur la vertu*, *Propositions sur le mouvement* (V 23), *Propositions sur le plaisir*, *sur le volontaire*, *sur le beau* (V 24).

4. Κρίσις: selon R. Bodéüs (art. cité, p. 574-576), la désignation sous ce mot de la tâche centrale de la logique est d'origine stoïcienne.

5. Ces indications sur les *Analytiques* montrent que le doxographe n'avait en fait aucune connaissance de leur contenu.

6. Peut-être l'ouvrage désigné dans le catalogue *De l'interrogation et de la réponse*, qui serait d'après Moraux le livre VIII des *Topiques*.

Sur[1] *les réfutations sophistiques*[2] ainsi que sur les raisonnements qui leur ressemblent. Le critère de la vérité des opérations relevant de l'imagination, il déclarait que c'est la sensation ; celui des activités morales, celles qui ont trait à la cité, à la maison et aux lois, l'intellect[3].

30 Par ailleurs[4], il ne retint pour fin unique que l'usage de la vertu dans une vie accomplie[5]. Et il déclara que le bonheur, en outre, trouve sa plénitude dans la réunion de trois biens : ceux qui concernent l'âme, ceux-là même qu'il appelle premiers pour leur importance ; puis, au deuxième rang, ceux qui ont trait au corps : santé, force, beauté et les avantages du même ordre ; puis, au troisième rang, les biens extérieurs : richesse, noblesse, gloire et les choses semblables. Il déclara aussi que la vertu ne suffit pas au bonheur ; qu'il y faut en outre, en effet, les biens qui ont trait au corps et les biens extérieurs, car le sage, pensait-il, sera malheureux s'il se trouve dans les peines ou dans la pauvreté et dans les conditions de ce genre. Le vice pourtant suffit au malheur, même si l'accompagnent, à leur plus haut

---

1. J'adopte la conjecture de Gigon qui ajoute περὶ devant σοφιστικῶν ἐλέγχων.

2. Cf. *supra* V 22, p. 577 n. 1, l'hypothèse de Moraux sur le titre *Des Argumentations éristiques.* Selon le même auteur (« Diogène Laërce et le *Peripatos* », p. 271 n. 75), chacun des deux traités mentionnés serait à ranger respectivement dans chacune des deux classes d'ouvrages mentionnés sous le nom d'agonistiques et d'éristiques.

3. Il n'y a évidemment aucune raison de limiter l'intellect aux seules activités morales : selon Moraux (« Diogène Laërce et le *Peripatos* », art. cité, p. 273), D. L. (ou sa source) ne rapporte ici qu'incomplètement une doxographie que d'autres témoignages permettent de reconstituer et qui faisait état de trois domaines : la sensation, les activités morales et les activités spéculatives, le critère de ces dernières étant évidemment aussi l'intellect. En tout état de cause, comme le remarque le même auteur (art. cité, p. 272), le problème du critère n'est pas aristotélicien. Le doxographe à l'origine de notre document conjecture ce qu'aurait été ou pu être la réponse aristotélicienne à une question qui n'a été posée qu'ultérieurement, par les Stoïciens.

4. On ne trouve pas ici un exposé de l'éthique aristotélicienne, mais les réponses (dans l'ensemble, correctes) que l'on peut en tirer à une série de questions qui structuraient probablement tout exposé doxographique. On s'accorde à souligner l'origine stoïcienne de ce plan et de la terminologie employée.

5. Ἐν βίῳ τελείῳ : l'expression est d'Aristote (*Éthique à Nicomaque*, 1098 a 18).

degré, les biens extérieurs et les biens qui ont trait au corps. **31** Il déclara aussi que les vertus ne s'impliquent pas les unes les autres; qu'il est possible, en effet, que quelqu'un qui est intelligent et, au même degré, juste, soit dissolu et intempérant. Et il déclara que le sage n'est pas sans passions, mais mesuré dans ses passions.

L'amitié, il la définissait une égalité de bienveillance réciproque; en font partie l'amitié impliquée par les liens de parenté, celle qui procède du désir amoureux, celle qui consiste en l'hospitalité[1]. L'amour n'a pas seulement pour objet le commerce charnel, mais aussi la philosophie[2]. D'autre part il arrivera au sage d'être amoureux et de se mêler de politique, de se marier même[3] et de vivre à la cour d'un roi. Les genres de vie étant au nombre de trois, la vie spéculative, la vie pratique et la vie de plaisir, il donnait sa préférence à la vie spéculative. Quant aux connaissances générales, elles aussi sont d'un bon usage pour l'acquisition de la vertu.

32 Dans les questions de physique, il fut absolument sans rival dans la recherche des causes, au point, même à propos des moindres choses, d'en expliquer les causes. C'est bien pourquoi il rédigea un nombre non négligeable de mémoires de physique[4]. Le dieu, il l'a

---

1. Comparer avec les trois sortes d'amitié dans la doxographie platonicienne, *supra* III 81.

2. Je suis, avec Gigante, la leçon des manuscrits, contre Moraux, Düring et Long qui acceptent la correction par Davies de φιλοσοφίας en φιλίας : l'amour n'a pas seulement pour objet le commerce charnel, mais aussi l'amitié. Contre le texte des manuscrits, on invoque le parallèle dans la doxographie de Zénon de Cittium (*infra* VII 130) : τὸν ἔρωτα... μὴ εἶναι συνουσίας, ἀλλὰ φιλίας. Il est plus difficile en revanche de trouver une source aristotélicienne à la thèse ainsi formulée, alors que, dans le reste de l'exposé, le doxographe, plutôt que de prêter à Aristote des doctrines stoïciennes, se montre informé de ce qui l'en sépare. La leçon des manuscrits peut, elle, se réclamer du *Protreptique*, ainsi que de la déduction de la nature du bonheur dans l'*Éthique à Nicomaque* I 7.

3. Τε μὴν : cette expression lui paraissant impossible, Richards (*CR* 18, 1904, p. 342) a proposé de lire γαμῆσαί γε μὴν καὶ βασιλεῖ συμβιῶναι <οὐκ ἐθελήσειν> : la phrase signifierait que, si le sage sera amoureux et se mêlera de politique, en revanche « il refusera de se marier et de vivre à la cour d'un roi », ce qui selon lui rendrait mieux compte de l'ordre des mots. Conjecture affaiblie, comme il le reconnaît lui-même, par les données mêmes de la vie d'Aristote...

4. Comme le note Sollenberger (*ANRW* II 36, 6, p. 3858 n. 335), le catalogue n'en mentionne que fort peu. A part la théorie du cinquième élément, les indications qui suivent ne sont d'ailleurs fondées sur aucun texte connu d'Aristote,

déclaré incorporel, comme le fit aussi Platon. Sa providence s'étend jusqu'aux êtres célestes, et lui-même est immobile. Quant aux êtres terrestres, ils sont régis en fonction de la sympathie qui les unit à ceux-là. D'autre part, outre les quatre éléments, il y en a aussi un cinquième, dont sont constitués les corps éthérés; et son mouvement est différent: en effet, c'est une translation circulaire.

L'âme aussi est incorporelle; c'est l'entéléchie première d'un corps naturel et pourvu d'organes qui a la vie en puissance[1]. **33** Mais celle-ci[2], selon lui, a deux sens. Et ce qu'il appelle « entéléchie », c'est

---

mais relèvent du même type d'élaboration doxographique que la section précédente.

1. Cette définition combine la définition de l'âme par Aristote, « entéléchie première d'un corps naturel ayant la vie en puissance » (*De anima* 412 a 27-28), avec l'indication que ce corps naturel est ὀργανικόν (Aristote, *De anima* 412 b 5-6), « pourvu d'organes » (trad. Bodéüs). Comme l'a fait remarquer Moraux (« Diogène Laërce et le *Peripatos* », art. cité, p. 284 et n. 116), cette définition, qui apparaît sous la même forme chez plusieurs doxographes antérieurs à D. L., ne suppose pas chez le rédacteur de la notice une connaissance directe du *Traité de l'âme* (par ailleurs absent du catalogue fourni auparavant). On doit noter cependant que la section qui s'ouvre ici, sur laquelle va s'achever l'exposé laërtien de la philosophie d'Aristote, appartient à un genre littéraire tout à fait distinct de ce qui précède. De l'exposé doxographique (énumération de réponses aristotéliciennes ou supposées telles à une batterie de questions apparemment standardisées), on passe au commentaire: tous les termes de cette définition de l'âme vont être successivement repris et expliqués. Il est difficile de ne pas conclure d'un tel changement que D. L. utilise ici une source différente de celle(s) qui lui a (ont) servi pour les sections précédentes de son exposé de la philosophie d'Aristote.

2. Si ce démonstratif se rapporte à l'entéléchie, il n'y a pas lieu de voir dans cette phrase, comme Moraux (« L'exposé de la philosophie d'Aristote... », art. cité, p. 38 n. 136), une glose marginale insérée dans le texte par erreur: cette phrase n'est rien d'autre qu'un résumé très abrégé de l'explication, qui dans le *De anima* précède, au lieu de la suivre, la définition de l'âme, de la raison pour laquelle l'âme est l'entéléchie *première* d'un corps naturel pourvu d'organes: première, parce que, dit Aristote, l'entéléchie « se dit en deux sens : soit comme une science [*scil.* dont la possession n'implique pas à tout instant l'usage], soit comme le fait de se livrer à une activité théorique. Il est donc clair que <l'âme est entéléchie> comme une science : le fait d'avoir une âme en effet comporte sommeil et veille, et la veille est analogue à l'activité théorique, le sommeil à la possession sans l'activité ; et la première dans l'ordre du devenir, chez un même sujet, c'est la science [puisque, pour se livrer à une activité théorique, c'est-à-dire faire usage de sa science, il faut déjà la posséder] : c'est pourquoi l'âme est

ce dont il y a[1] une forme incorporelle; tantôt en puissance, comme l'Hermès dans la cire qui possède l'aptitude à recevoir les empreintes, et comme la statue dans l'airain; tandis qu'est appelée entéléchie par disposition[2] celle de l'Hermès ou de la statue entièrement achevés. Puis, « ... d'un corps naturel», parce que, parmi les corps, les uns sont faits de main d'homme, comme ceux qui sont produits par les artisans, par exemple une tour, un navire, tandis que les

---

l'entéléchie *première*, etc. » (*De anima*, 412 a 22-27). Cependant, si la phrase probablement retranscrite par D.L., « celle-ci, selon lui, a deux sens », trouve ainsi sa justification dans le texte même d'Aristote, on s'attendrait à ce que l'exposé se poursuive immédiatement avec « tantôt en puissance... », etc. : d'où la correction de Bywater, à laquelle, après Hicks et Düring, s'est rallié Moraux lui-même, consistant à déplacer les mots « Mais celle-ci... deux sens » après « forme incorporelle », obtenant ainsi un enchaînement plus fidèle à celui qu'on observe dans le texte aristotélicien. A cette interversion, on peut objecter cependant que, le commentateur suivi par D. L. ayant en tout état de cause placé la conclusion d'Aristote (la définition de l'âme) avant ses prémisses, il peut être allé, dans son entreprise de réfection du texte d'Aristote, jusqu'à insérer, entre l'annonce et l'explicitation des deux sens où l'on peut parler d'entéléchie, la précision donnée auparavant par Aristote, que c'est la forme, par opposition à la matière, qui est entéléchie – et cela, dit déjà le Stagirite en cet endroit, soit comme une science, soit comme l'activité théorique (*De anima*, 412 a 9-11).

1. La correction proposée en dernier lieu par Moraux (déplacer après ἀσώματον les mots ἧς ἐστιν, « Diogène Laërce et le *Peripatos* », art. cité, p. 285) me paraît difficile, et sa justification (p. 284-285) peu convaincante : on ne voit pas pourquoi les mots ἧς ἐστιν, qui ne suffisent pas à former un énoncé pourvu de sens, auraient figuré en marge. Si l'on abandonne cette justification pour s'en tenir à l'hypothèse traditionnelle d'une faute de copiste, il paraît plus prudent de s'en tenir à la correction que Moraux proposait en 1949 (« L'exposé de la philosophie d'Aristote... », art. cité, p. 38) : corriger ἧς en ἥ. Mais, puisque le relatif féminin ne peut de toute façon s'expliquer que par l'attraction de son antécédent, je préfère appliquer le même raisonnement au génitif qui figure dans notre texte.

2. Il y a ici une évidente confusion terminologique. Dans le vocabulaire aristotélicien, καθ' ἕξιν s'oppose à κατ' ἐνέργειαν, et équivaut par conséquent plus ou moins à κατὰ δύναμιν (cf. *Éthique à Nicomaque* 1098 b 33) : l'architecte qui ne construit pas est architecte καθ' ἕξιν ou κατὰ δύναμιν, par disposition ou en puissance, par opposition à l'architecte κατ' ἐνέργειαν, en acte, qu'il est dans le moment où il construit ou dans l'acte de construire. On remarquera que dans l'explication du dernier membre de phrase de la définition aristotélicienne de l'âme (V 34, *init.*), la formulation au contraire est correcte : ἢ καθ' ἕξιν ἢ κατ' ἐνέργειαν.

autres sont produits par la nature, comme les plantes et les corps des animaux. Puis il a dit « pourvu d'organes », c'est-à-dire construit pour servir à quelque chose, comme la vision pour voir et l'ouïe pour entendre. Puis « ... qui a la vie en puissance », à savoir en soi-même. **34** Mais « avoir la vie[1] » s'entend en deux sens : ou bien par disposition, ou bien en acte ; en acte, d'une part, au sens où l'homme éveillé est dit avoir une âme ; par disposition, d'autre part, au sens où on le dit du dormeur[2]. Pour que ce dernier, donc, tombe aussi sous la définition, il a ajouté « en puissance ».

Par ailleurs, il a énoncé aussi, sur beaucoup de sujets, beaucoup d'autres choses, dont il serait long de faire le décompte. Car à toutes choses il s'appliqua avec la plus grande ardeur au travail et la plus grande inventivité, comme le manifeste la liste, dressée ci-dessus, de ses traités, dont le nombre atteint presque quatre cents[3], ceux du moins dont l'authenticité n'est pas contestée : en effet, on lui attribue beaucoup d'autres traités et des reparties qui, une fois prononcées, n'ont pas été transcrites, quoiqu'elles fussent bien ajustées.

Homonymes

35 Par ailleurs il y a eu huit Aristote. Le premier, c'est celui-là même dont on vient de parler ; le deuxième, celui qui a exercé une

---

1. Le texte des manuscrits est ici δυνάμει : « en puissance », mais il n'y a naturellement pas de sens à écrire que « en puissance » peut s'entendre soit par disposition, c'est-à-dire en puissance, soit en acte. Comme le prouve l'indication finale de D. L., selon laquelle Aristote a ajouté « en puissance » pour que sa définition de l'âme s'étende jusqu'au cas du dormeur (l'exemple du dormeur se retrouve dans le *Protreptique*, fr. 80 Düring), cette ultime section du commentaire ne porte pas sur « en puissance », mais sur le membre de phrase que cette expression vient compléter, ζωὴν ἔχοντος (« qui a la vie »). Il est donc à supposer que D. L., ou l'auteur du document qu'il reproduit, avait écrit en réalité τὸ ζωὴν ἔχοντος δὲ διττόν (« "qui a la vie" s'entend en deux sens »), réservant pour la toute fin de son commentaire l'explication de δυνάμει (« en puissance ») ; mais c'était là rompre avec le principe suivi jusque-là, de suivre l'ordre des mots de la définition : trompé par cette apparente irrégularité, D. L. lui-même, ou un copiste, aura cru bien faire en écrivant δύναμει à la place de ζωὴν ἔχοντος.

2. Pour l'idée, à première vue étrange, selon laquelle le dormeur n'aurait d'âme qu'en puissance, voir *De anima* 412 a 25 : ἀνάλογον... ὁ δ' ὕπνος τῷ ἔχειν καὶ μὴ ἐνεργεῖν, « le sommeil est analogue à posséder sans actualiser ».

3. Ce décompte s'applique, non pas aux titres énumérés dans le catalogue procuré par D. L., mais au total des livres remplis par l'ensemble de ces traités.

activité politique à Athènes, et dont sont transmis des discours judiciaires pleins d'agrément[1]; un troisième a écrit sur l'*Iliade*; un quatrième, rhéteur sicilien, qui a écrit une réplique au *Panégyrique* d'Isocrate; un cinquième, celui qui est surnommé Mythe[2], disciple d'Eschine le Socratique; un sixième, de Cyrène, qui a écrit sur la poétique[3]; un septième, maître de gymnastique, dont fait mention Aristoxène dans sa vie de Platon; un huitième, grammairien insignifiant, dont est transmis un manuel *Sur le pléonasme.*

Il y eut beaucoup de disciples du Stagirite, mais celui qui se distingue le plus, c'est Théophraste, dont il faut parler.

---

1. Originaire de Marathon, cet Aristote serait l'auteur du décret qui, sous l'archontat de Nausinikos (377[a]), appela à la constitution de la seconde Ligue athénienne (cf. *RE* II 1, 1895, col. 1011).

2. Cf. *supra* II 63. W.M. Calder III (*Mnemosyne* 45, 1992, p. 225), ne voyant pas quelle pouvait être la signification d'un tel surnom, a proposé de lire, au lieu de *Muthos*, *Nuthos*, « muet » : un copiste, selon lui, aura remplacé un mot qui lui était peu familier par un mot courant. Outre cependant que les manuscrits de D. L. ont tous la leçon *Muthos* dans les deux passages où ce personnage est mentionné, il est singulier que la même appellation se retrouve dans le Prologue du commentaire de David [Élias] aux *Catégories* d'Aristote (128, 12-13 Busse). Cf. *DPhA* I, p. 411 (A 411).

3. Mentionné plus haut (II 113) comme non seulement Cyrénéen (Κυρηναῖος), mais Cyrénaïque (Κυρηναϊκός), c'est-à-dire membre de l'école ainsi dénommée. On trouve deux témoignages à son sujet, respectivement chez Élien (*V. H.* X 8) et chez Clément d'Alexandrie (*Strom.* III 192).

THÉOPHRASTE

36 Théophraste, fils de Mélantas, originaire d'Érèse[1], fils d'un foulon, comme le dit Athénodore au livre VIII des *Promenades*[2].

Maîtres et disciples. Portrait psychologique

Il fut d'abord l'auditeur d'Alcippos, son concitoyen, dans sa patrie, puis, après avoir été celui de Platon, il passa chez Aristote. Et quand celui-ci se fut retiré à Chalcis, c'est lui qui reçut l'école en charge, dans la cent-quatorzième Olympiade[3]. On rapporte, par ailleurs, qu'il eut même un esclave philosophe, du nom de Pompylos[4], selon ce que dit Myronianus d'Amastrée au livre I de ses *Chapitres historiques similaires*[5]. Quant à Théophraste, ce fut un homme très intelligent et très enclin au travail et, selon ce que dit Pamphilè au livre XXXII de ses *Notes*, il fut le maître de Ménandre le comique; **37** parmi ses traits dominants, la bienfaisance[6] et le goût pour la discussion.

---

1. Ville située dans l'île de Lesbos.
2. Ce titre (*Peripatoi*) n'est pas suffisant pour faire de l'auteur de cet ouvrage un Péripatéticien. Selon la remarque de R. Philippson (*RESuppl* V, 1931, col. 54), il peut s'agir de réflexions ou de conversations supposées avoir lieu au cours de promenades.
3. 323[a].
4. Cf. Aulu-Gelle, II 18. Voir plus bas (V 54-55) les dispositions prises par Théophraste à l'égard de ce Pompylos dans son testament.
5. Fragment 5 Müller (*FHG* IV 455).
6. Εὐεργετικός. Contrairement à l'opinion de Richards, qui le corrigeait en ἐνεργετικός, « énergique » (*CR* 18, 1904, p. 345), cet adjectif n'a ici rien d'insolite. Outre que, dès avant le IVe siècle, εὐεργέτης est un titre honorifique décerné à des étrangers pour services rendus à la cité, la bienfaisance (εὐεργεσία) est, selon Théophraste, avec l'estime (τιμή) et le châtiment (τιμωρία), l'un des trois ressorts de la vie sociale (Stobée, *Anth.* IV 1, 72, vol. IV, p. 23, 17-19 Hense).

Sa notoriété

D'ailleurs Cassandre[1] le recevait, et Ptolémée[2] lui envoya un messager ; il était placé si haut dans la faveur des Athéniens que Hagnonidès[3], ayant osé porter contre lui une accusation d'impiété, faillit encourir une condamnation. Et plus de deux mille[4] élèves fréquentaient sa classe[5].

Lettre à Phanias

Voici, entre autres choses, les propos qu'il avait tenus à propos de son local d'enseignement[6] dans sa lettre à Phanias le Péripatéticien[7] : « Il ne s'agit pas d'une salle de spectacle[8], mais il n'est pas facile

---

1. Cassandre régna sur la Grèce et la Macédoine de 316 à 297.

2. L'un des généraux d'Alexandre, qui devint après la mort de celui-ci, sous le nom de Ptolémée Sôter, le premier roi d'Égypte, fondateur de la dynastie des Lagides.

3. Peut-être identique avec l'Athénien du même nom, adversaire du parti promacédonien, qui fut, après la mort d'Antipatros, l'un des accusateurs au procès de Phocion en 318[a]. Selon Cicéron (*Tusculanes* V 9), il accusa Théophraste d'avoir dit que « la Fortune gouverne le monde ».

4. Ce chiffre donne-t-il la mesure de l'affluence moyenne (qui serait en ce cas considérable) aux cours de Théophraste, ou est-ce le nombre d'élèves (au contraire assez faible) que Théophraste eut en tout d'un bout à l'autre de sa carrière ? Les avis sur ce point sont partagés (voir sur ce point Sollenberger, *ANRW* II, 36, 6, 1992, p. 3828 n. 177). L'imparfait employé par D. L. paraît plaider en faveur de la première interprétation : que le renseignement soit exact ou non, D. L. dit que plus de deux mille auditeurs se pressaient au cours de Théophraste. Il poursuit d'ailleurs en expliquant que cette affluence créait à Théophraste, sur le plan pratique, des difficultés.

5. Διατριβή désigne aussi bien la leçon que le lieu où elle se donne. J'opte pour cette seconde acception parce que les lignes qui suivent sont consacrées selon moi (voir notes suivantes) au problème que posait à Théophraste l'affluence à ses cours.

6. Voir Note complémentaire 3 (p. 650).

7. Phanias d'Érèse, compatriote de Théophraste, connu lui aussi comme philosophe péripatéticien (*Souda*, *s.v.*, Strabon XIII, 618) et auteur entre autres, comme Théophraste, d'un traité de botanique (*Des plantes*), ainsi que d'un ouvrage *Sur les Socratiques* (cf. *infra* VI 8 ; voir aussi *supra* II 65). Une lettre (la même ?) de Théophraste à Phanias est mentionnée dans une scholie à Apollonius de Rhodes (I 972 = fr. 5 Wehrli).

8. Même lorsqu'ils admettent que D. L. introduit cet extrait de lettre en annonçant qu'il porte sur le local d'enseignement, les interprètes comprennent généralement que Théophraste parle ici de son auditoire, qui ne répondrait pas à

d'obtenir même une salle de réunion telle qu'on la souhaite. Pourtant mes leçons font faire des progrès[1]. Mais nos contemporains[2] ne tolèrent plus qu'on se dégage de tout et vive sans souci. » C'est dans cette lettre qu'il a employé le mot « scholastique »[3].

---

ses vœux. Ainsi, selon O. Regenbogen (art. « Theophrastos », *RESuppl* VII, 1940, col. 1359), Théophraste ferait valoir à son correspondant que la lecture de ses œuvres, même devant un auditoire peu nombreux, lui donne l'occasion d'en améliorer la rédaction, mais qu'il est temps pour lui de songer à la publication. Regenbogen conjecture que Théophraste répond ainsi à Phanias qui l'aurait exhorté à ne pas gaspiller ses forces à enseigner. Tout en comprenant que συνέδριον désigne, non pas les membres d'un conseil, mais la salle où ils siègent, qui peut être de dimensions restreintes, l'interprétation de Regenbogen suppose que συνέδριον désigne cependant, par métonymie, le public qu'une telle salle est susceptible d'accueillir. Il est plus simple, en prenant πανήγυρις dans un sens dérivé de façon parallèle à celui de συνέδριον (la salle au lieu du public qu'elle est susceptible d'accueillir), de comprendre que ces deux mots désignent respectivement un local destiné à de grands rassemblements et une salle de petites dimensions : Théophraste se plaint de ne pas trouver, non seulement un local qui lui permette de faire face à l'affluence d'auditeurs à ses cours (voir *supra*), mais pas même une salle capable de contenir un nombre plus restreint d'auditeurs.

1. Selon les interprètes pour qui Théophraste parle (et même se plaint) de son auditoire, il ferait état ici des corrections dont la lecture publique de ses ouvrages, voire les critiques de ses auditeurs, lui donnent l'occasion (et qui, selon certaines interprétations de la phrase qui suit, en retarderaient la publication). Je propose de lire ici l'argument invoqué en vain par Théophraste pour obtenir un local d'enseignement convenable, à savoir, la valeur pédagogique de ses leçons. Pour ce sens de ἐπανόρθωσις, cf. Aristote, *E. N.* 1165 b 18.

2. Αἱ ἡλικίαι ne vise selon moi ni l'âge atteint par Théophraste (qui rendrait urgente la publication de ses œuvres, sans les corriger davantage: voir *supra* n. 1), ni la « jeune génération » qui se montrerait plus critique que ses aînés, mais ceux (vraisemblablement les autorités d'Athènes ou l'ensemble des citoyens si la décision revenait à l'Assemblée) dont il ne peut obtenir un local où accueillir ses élèves, parce qu'ils ne voient pas l'utilité de son enseignement. Selon une tradition rapportée plus bas par D. L. (V 39), Théophraste se rendit, avec l'aide de Démétrios de Phalère, propriétaire d'un jardin, dans lequel il faut voir probablement le siège du Lycée, et dont la transmission fait l'objet de son testament et de ceux de ses successeurs à la tête de l'école. La lettre fait vraisemblablement écho aux difficultés que rencontra Théophraste dans ses démarches.

3. Cette phrase fait traditionnellement difficulté aux interprètes. La solution classique depuis G. Ménage est d'ajouter (Wilamowitz, Regenbogen, Apelt, Wehrli) ou de sous-entendre (Meibom, Cobet) αὐτὸν entre σχολαστικὸν et ὠνόμακε : « il s'est appelé lui-même "scholastique" ». Plutôt que αὐτὸν, Hicks

L'affaire Sophocle

38 Bien qu'en une telle position, il émigra pourtant pour une courte durée – non seulement lui, mais tous les autres philosophes – quand Sophocle, fils d'Amphiclidès[1], déposa un projet de loi aux termes duquel aucun des philosophes ne dirigerait d'école sans l'assentiment du Conseil et de l'Assemblée ; faute de quoi, la peine encourue serait la mort. Mais ils revinrent l'année suivante, quand Philon[2] déposa contre Sophocle une plainte pour inconstitutionnalité. Alors les Athéniens d'une part abrogèrent cette loi, d'autre part condamnèrent Sophocle à une amende de cinq talents et votèrent le retour des philosophes, afin que Théophraste revînt et retrouvât une position semblable.

---

sous-entend τινα (« il a traité quelqu'un de pédant »). Gigante, enfin, conjecture la chute d'un ὄνομα (« il a employé le mot "scholastique" »). En réalité, comme l'a noté M. G. Sollenberger (« Diogenes Laertius 5. 36-57 : The *Vita Theophrasti* », *Theophrastus of Eresus. On His Life and Work.* Edited by W. W. Fortenbaugh, P. M. Huby and A. A. Long, coll. *RUSCH*, t. II, New Brunswick-Oxford 1985, p. 46 ; cf. *ANRW* II 36, 6, 1992, p. 3875), toute addition au texte des manuscrits est inutile : ὀνομάζειν, au sens de « utiliser tel ou tel terme », ne requiert d'autre complément que le terme en question. Sans retenir donc aucune de ces corrections, l'interprétation la plus plausible est celle de Gigante, selon qui Théophraste, par référence au « loisir » (σχολή) propre, selon Platon (*Théétète* 172 c), à la vie philosophique, aurait qualifié de « scholastique » ce qu'Aristote, lui associant d'ailleurs déjà le même adjectif (*E. N.* 1177 b 21-22), appelait la « vie théorétique » : la vie exempte de souci dont, selon mon interprétation de la phrase précédente, Théophraste se plaint que ses contemporains ne la tolèrent plus.

1. L'affaire se situe après que Démétrios de Phalère, gouverneur d'Athènes sous l'autorité de Cassandre, eut dû fuir Athènes au moment de sa conquête par Démétrios Poliorcète (307[a]) : cette circonstance indique que la mesure visait spécialement les philosophes péripatéticiens, au nombre desquels avait figuré Démétrios de Phalère et qui, avec son appui, avaient pu justement établir à Athènes leur école (cf. *infra* V 39). Sur le déroulement de cette affaire, voir U. von Wilamowitz-Moellendorff, *Antigonos von Karystos*, Berlin 1881, p. 270 *sqq*.

2. Probablement le Philon d'Alopékè mentionné comme témoin à la fin du testament de Théophraste (V 57). Sa qualité d'Athénien lui permettait, à la différence de Théophraste et peut-être des autres philosophes péripatéticiens, d'intenter une action en justice. Sophocle fut en cette occasion défendu par Démocharès, neveu de Démosthène.

Ses liens avec Aristote

Lui qui s'appelait Tyrtamos, Aristote l'appela d'un nouveau nom, Théophraste, pour la façon divine qu'il avait de s'exprimer. **39** Du fils d'Aristote, Nicomaque, Aristippe, au livre IV du *Sur la sensualité des Anciens,* dit que Théophraste fut amoureux, bien qu'il fût son maître. Par ailleurs on raconte qu'Aristote eut sur lui et Callisthène le même mot que, dit-on, Platon, comme on l'a rapporté plus haut, eut sur Xénocrate et lui-même[1] : parce que Théophraste exprimait avec une rapidité excessive toute sa pensée, tandis que l'autre était lent de nature, Aristote aurait dit, en effet, qu'à l'un il fallait une bride, à l'autre un aiguillon.

Acquisition d'un jardin

Et l'on dit qu'il fut même propriétaire d'un jardin après la mort d'Aristote, Démétrios de Phalère, qui était aussi un disciple à lui, l'ayant aidé dans cette affaire[2].

Apophtegmes

Par ailleurs, de lui on rapporte les mots pleins d'esprit que voici: il faut, a-t-il dit, se fier plutôt à un cheval sans bride qu'à un discours sans ordre. **40** Et à celui qui, dans le banquet, gardait un silence complet, il dit: « si tu es sot, tu fais sagement, mais si tu as de l'éducation, tu fais sottement». Et il disait continuellement que le temps est une dépense onéreuse.

Il mourut dans un âge bien avancé, ayant vécu quatre-vingt-cinq ans, après justement qu'il eut pris un peu de détente de ses travaux.

Épigramme laërtienne

Et voici ce que nous lui avons dédié:

Ce n'est certes pas une parole vaine que prononça l'un des mortels,
Que, détendu, l'arc de la sagesse se brise:

1. Aristote. Cf. *supra* IV 6. Pour une variation sur le même motif de la bride et de l'aiguillon, voir plus loin le mot attribué à Lycon (V 65).

2. C'est l'acquisition de ce jardin qui marquerait l'acte de naissance du *Peripatos* en tant qu'institution d'enseignement. Métèque comme Aristote, Théophraste ne pouvait se rendre acquéreur d'un bien foncier à Athènes sans dérogation officielle. De 317[a] à 307[a], Athènes fut gouvernée au nom de Cassandre par Démétrios de Phalère, lui-même péripatéticien (cf. *infra* V 75-85).

Car, oui, aussi longtemps qu'il était à la peine, Théophraste intact
Était de corps; aussitôt détendu, il mourut, membres défaits.

Dernières paroles

Par ailleurs, on dit qu'à ses élèves, qui lui demandaient s'il avait une recommandation à faire, il dit « n'avoir rien à recommander, si ce n'est que nombreux sont les plaisirs que la vie déprécie à cause de la gloire. **41** Nous autres[1], en effet, au moment où nous commençons[2] de vivre, nous mourons. Il n'y a donc rien de moins profitable que l'amour de la gloire. Mais bonne chance à vous : ou bien renoncez à la spéculation intellectuelle, car la peine y est abondante, ou bien tenez-y dignement la première place, car la gloire en est grande[3]. Et puis, la vanité de la vie l'emporte sur son utilité. Mais moi, il ne m'est plus permis de délibérer quelle conduite il faut tenir : examinez, vous, ce qu'il faut faire. » C'est en disant cela, dit-on, qu'il expira.

Et, à ce qu'on dit, les Athéniens, en foule, suivirent à pied sa dépouille, pour rendre honneur à cet homme.

1. M. Fernandez-Galiano (*Diogenes Laerzio. Vida de Teofrasto*, coll. « Suplementos de Estudios clasicos » Serie de traducciones, 10, Madrid 1957), fait commencer ici seulement la citation.

2. Le présent résulte d'une correction de H. Estienne, unanimement acceptée depuis, et qui, donnant à la phrase une portée générale, s'accorde peut-être mieux avec la teneur de ce qui suit ; tous les manuscrits donnent cependant l'imparfait, ce qui, comme le remarque Sollenberger (*RUSCH* II, p. 46), donne à la phrase une tonalité plus subjective : « au moment où nous [pluriel de majesté] commencions de vivre, nous mourons ». Cicéron (*Tusculanes* III 69) donne peut-être le sens de cette lamentation de Théophraste sur la brièveté de la vie : croyant que, si elle était plus longue, la vie humaine parviendrait à un savoir achevé, Théophraste « se plaignait de s'éteindre au moment où il commençait de voir ces choses [se réaliser, vu son grand âge ? De comprendre cela ?] ». On comprend alors que les plaisirs dépréciés par la vie à cause de la gloire sont les plaisirs intellectuels.

3. Comme le remarque W. W. Fortenbaugh (*Quellen zur Ethik Theophrast*, Amsterdam 1984, p. 239), on voit par ces derniers mots que la condamnation par Théophraste de l'amour de la gloire n'est pas absolue. Le sens du propos est selon Fortenbaugh que la gloire n'a pas de valeur en elle-même, et qu'il faut refuser d'y consacrer trop d'efforts et de temps.

Et Favorinus dit qu'étant devenu vieux il se faisait transporter en litière[1], et que c'est Hermippe qui le dit, alléguant que c'est ce que rapporte Arcésilas de Pitane, dans ce qu'il a dit à Lacydès de Cyrène[2].

Catalogue

42 Par ailleurs, il a laissé des livres, lui aussi, le plus grand nombre qu'il est possible. Eux aussi, j'ai jugé légitime d'en donner la liste, parce qu'ils regorgent d'excellence en tous domaines. Les voici[3]:

Analytiques premiers I, II, III
Analytiques postérieurs I, II, III, IV, V, VI, VII
De l'analyse des syllogismes I
Abrégé des « Analytiques » I

---

1. Fr. 53 Mensching = 92 Barigazzi. F. Wehrli (*Die Schule des Aristoteles*, SupplBd. I : *Hermippos der Kallimacheer*, Basel-Stuttgart 1974, p. 78) voit dans ce trait un signe de l'ardeur au travail (cf. *supra* V 36) de Théophraste, refusant de tenir compte du déclin de ses forces.

2. Avant de passer à l'Académie, à la tête de laquelle il succéda à Cratès, Arcésilas fut élève de Théophraste (cf. *supra* IV 29-30). L'hypothèse qu'Hermippe se soit fondé sur une tradition orale paraissant peu plausible (quoique retenue par Wehrli, *loc. cit.* ; cf. p. 104 pour le recours non exceptionnel d'Hermippe à des témoignages oraux), la plus vraisemblable paraît être celle de E. Mensching (*Favorin von Arelate*, I : *Memorabilien und Omnigena Historia*, Berlin 1963, p. 146), selon qui Hermippe aurait tiré son information d'un ouvrage où Lacydès aurait consigné ses souvenirs de son maître Arcésilas (cf. K. Gaiser, *Philodems Academica*, Stuttgart-Bad Cannstatt 1988, p. 132-133).

3. H. Usener (*Analecta Theophrastea*, Diss. Bonn 1858) a établi que le catalogue des œuvres de Théophraste fourni par D. L. est composé de quatre listes différentes. Les deux premières (la première s'étendant du chapitre 42 jusqu'au milieu du chapitre 46, et la deuxième, de là à la fin du chapitre 48) suivent l'ordre alphabétique (en fonction de l'initiale du mot le plus important de chaque titre), ainsi que la quatrième (chapitre 50). La troisième (de la fin du chapitre 48 à celle du chapitre 49) n'obéit à aucun ordre apparent. Dans les trois listes alphabétiques, l'ordre est rompu à plusieurs reprises. Sollenberger (*RUSCH* II, p. 60 n. 32) propose de voir dans la fin de la quatrième liste non pas l'une de ces ruptures, mais une cinquième liste, elle aussi alphabétique. En dépit de son ampleur, et malgré l'effort d'exhaustivité dont la juxtaposition de ces différentes listes est probablement l'indice, le catalogue fourni par D. L. est incomplet : non seulement la *Métaphysique* de Théophraste, mais d'autres titres connus des Anciens en sont absents. Sur les diverses questions relatives au catalogue et sur le détail de son contenu, on se reportera à l'étude exhaustive de O. Regenbogen (*RESuppl* VII, 1940).

Lieux réduits <en syllogismes>[1] I, II
A propos d'agonistique ou[2] *De la théorie touchant les discours éristiques* <***>

---

1. 'Ανηγμένων τόπων. Dans son commentaire aux *Premiers analytiques* d'Aristote (*In Anal. pr.*, p. 340, 13 *sqq.* Wallis), Alexandre d'Aphrodise mentionne un ouvrage de Théophraste intitulé 'Ανηγμένων λόγων εἰς τὰ σχήματα, « Raisonnements ramenés aux figures (*scil.* du syllogisme) ». Les *Topiques* aristotéliciens n'usant pas de la forme syllogistique, une première hypothèse consiste à voir dans le titre mentionné par D. L. une erreur de copiste à corriger en fonction de celui qu'indique Alexandre (C. Brandis, « Über die Schicksale der Aristotelischen Bücher und einige Kriterien ihrer Ächtheit », *RhM* 1, 1827, p. 268 n. 67; M. Schmidt, *De Theophrasto Rhetore Commentarius*, Diss. Halle 1839, p. 23; H. Usener, *Analecta Theophrastea*, Diss. Bonn 1858, p. 3; C. Prantl, *Geschichte der Logik im Abendland*, Leipzig 1885, vol. 1, p. 350 n. 11; O. Regenbogen, *RESuppl* VII, 1940, col. 1381; M. Gigante). F. Solmsen (*Die Entwicklung der Aristotelischen Logik und Rhetorik*, Berlin 1929, p. 70 et n. 1) suppose pour sa part qu'Alexandre et D. L. désignent le même ouvrage sous deux titres différents, le titre indiqué par D. L. étant cependant le plus explicite : la définition théophrastéenne du *topos* comme principe de raisonnement hypothétique (Alexandre, *In Top.* 5, 24 *sqq.*, 126, 12 *sqq.* Wallis) autorise selon lui à attribuer à Théophraste l'innovation consistant à « réduire » à la forme syllogistique ce type de raisonnement, dont Aristote avait fourni des exemples dans ses *Topiques*, mais sans les formaliser. Solmsen a été suivi par I. M. Bochénski (*La Logique de Théophraste*, Fribourg 1947, p. 30-31), L. Repici (*La logica di Teofrasto*, Bologna 1977, p. 16, 154-157, 168), J. Barnes (« Theophrastus and hypothetical syllogistic », *Aristoteles Werk und Wirkung*, Paul Moraux gewidmet, hrsgb. v. J. Wiesner, Berlin-New York 1985, p. 570).

2. Il peut s'agir ici soit de deux titres distincts, auxquels ferait défaut l'indication du nombre de livres; soit (hypothèse généralement retenue) d'un ouvrage unique désigné par un double titre, auquel cas on doit insérer un ἤ (« ou ») entre les deux (Schmidt, *op. cit.*, p. 23-24; Usener, *op. cit.*, p. 3-4): dans les deux cas la présence de l'article défini τῆς au début du second titre fait problème. Contrairement à ce qu'indique Sollenberger (*RUSCH* II, p. 47), les autres titres du catalogue de Théophraste qui commencent par un article au génitif ne peuvent être placés en parallèle avec celui-ci : le seul qui commence par un article au génitif singulier (V 43, « De la météorologie ») peut s'expliquer par sa place dans la liste (voir *infra* n. *ad loc.*); quant à ceux qui commencent par un article au génitif pluriel, ils comportent tous le terme dont dépend ce génitif (par exemple V 48 : Τῶν περὶ τὸ θεῖον ἱστορίας, « Histoire des doctrines concernant le divin »). La correction proposée par Usener en sus de l'insertion de ἤ (*loc. cit.*), à savoir, τῶν au lieu de τῆς, a le mérite d'aligner notre titre sur ces cas qui ne présentent pas de difficulté : « Théorie de ceux qui s'occupent des [ou « de ce qui concerne les »] raisonnements éristiques ». Une autre solution est de considérer τῆς

Des sensations I
Contre Anaxagore I
Des doctrines d'Anaxagore I
Des doctrines d'Anaximène I
Des doctrines d'Archélaos I
Du sel, du nitre, de l'alun I
Des objets pétrifiés[1] I, II
Des lignes insécables I
Leçons I, II
Des vents I
Différences des vertus I
De la royauté I
De l'éducation du roi I
Des genres de vie I, II, III
43 *De la vieillesse* I
De l'astronomie de Démocrite I
De la météorologie[2] I
Des images I
Des saveurs, des couleurs, des chairs I
De la cosmologie[3] I

---

comme une faute pour ἤ: « Agonistique, ou Théorie concernant les raisonnements éristiques» (Bochénski, *op. cit.*, p. 31). Selon Sollenberger (*loc. cit.*), l'absence d'indication du nombre de livres pourrait s'expliquer par le fait que l'ouvrage n'en comportait qu'un.

1. L'ordre alphabétique de cette partie du catalogue des œuvres de Théophraste plaide en faveur d'une correction, la plus simple étant de conjecturer la chute du préfixe ἀπο- (ἀπολελιθομένων Usener; ἀπολιθουμένων Regenbogen): «Des pierres ignées». Une autre façon de rétablir l'ordre alphabétique est de préférer la leçon du manuscrit B, αἰθουμένων, qu'on corrige en αἰθομένων (Rose, Sollenberger). Les différentes corrections sont discutées par Sollenberger, *RUSCH* II, p. 47-48.

2. Cette nouvelle rupture de l'ordre alphabétique peut s'expliquer par le fait que ce titre et les quatre suivants seraient, comme le précédent, ceux d'ouvrages consacrés à Démocrite, dont le nom aurait été omis, soit accidentellement, soit volontairement par un souci d'abrégement (V. Rose, *De Aristotelis librorum ordine et auctoritate*, Diss., Berlin 1854, p. 7 ; Usener, *op. cit.*, p. 13 ; Regenbogen, art. cité, col. 1364, 1424, 1429-1430).

3. Littéralement «De l'ordre du monde» (Περὶ τοῦ διακόσμου): la traduction par «cosmologie» paraît cependant la plus plausible pour les deux traités

Du traité « Des hommes »[1] I

Recueil des doctrines de Diogène[2] I

Définitions I, II, III

A propos de l'amour I

Un autre ouvrage sur l'amour I

Du bonheur I

Des formes I, II

De l'épilepsie I

De la possession divine I

D'Empédocle I

Arguments dialectiques I, II, III, IV, V, VI, VII, VIII, IX, X, XI, XII, XIII, XIV, XV, XVI, XVII, XVIII

Objections I, II, III

Du volontaire I

Abrégé de la « République » de Platon I, II

De la diversité des sons émis par les animaux de même espèce I

De ceux qui se montrent en troupes[3] I

De ceux qui mordent et qui frappent I

Des animaux que l'on dit envieux I

De ceux qui restent en terrain aride I

44 *De ceux qui changent de couleur* I

De ceux qui hibernent I

Des animaux I, II, III, IV, V, VI, VII

Du plaisir, comme Aristote I[4]

---

mentionnés dans le catalogue des œuvres de Démocrite (*infra* IX 46) : *Megas diakosmos* et *Mikros diakosmos.*

1. Suivant le texte établi par Sollenberger.

2. On ne sait pas exactement de quel Diogène il s'agit : Diogène d'Apollonie (cf. *DPhA* II, D 139, p. 801), ou Diogène de Sinope (cf. *infra* p. 705, n. 8 *in fine*).

3. Nouvelle rupture de l'ordre alphabétique, pour laquelle l'explication proposée depuis Rose (*op. cit.*, p. 7-8) est que, du traité *De la diversité des sons...* au *De ceux qui hibernent*, sont énumérés les titres des sept livres du traité *Des animaux* qui suit (cf. H. Usener, *op. cit.*, p. 14 ; Regenbogen, art. cité, col. 1429-1430 ; Sollenberger, *RUSCH* II, p. 49).

4. Le titre *Du plaisir* apparaît deux fois (V 22, V 24) dans le catalogue des œuvres d'Aristote. Moraux (*Les Listes anciennes...*, p. 37), selon qui le second de ces deux ouvrages portait comme titre exact *Propositions sur le plaisir* (cf. *supra* p. 579 n. 6), pense qu'ici les mots « comme Aristote » renvoient au premier, dont l'ouvrage homonyme de Théophraste serait une imitation.

Du plaisir (un autre ouvrage) I
Thèses XXIV
Du chaud et du froid I
Des vertiges et étourdissements I
Des sueurs I
De l'affirmation et de la négation I[1]
Callisthène ou *Du deuil* I[2]
Des fatigues[3] I
Du mouvement I, II, III
Des pierres I
Des pestilences I
Des pertes de conscience I
Le Mégarique[4] I
De la mélancolie I
Des mines I, II
Du miel I
Des doctrines de Métrodore, recueil I
Météorologiques I, II
De l'ivresse I
Lois par ordre alphabétique XXIV
Abrégé des « Lois »[5] I, II, III, IV, V, VI, VII, VIII, IX, X
45 *Destiné aux définitions* I
Des odeurs I
Du vin et de l'huile

---

1. Le texte est édité de cette façon depuis Frobenius. Dans tous les manuscrits, cependant, le chiffre I figure après *De l'affirmation.* La présence d'un traité *De l'affirmation* en un livre dans la liste suivante des ouvrages de Théophraste (V 46), ainsi que la mention répétée du même titre par Alexandre d'Aphrodise incitent à penser que les mots « et de la négation » ne font pas partie du titre et ont été ajoutés après coup par un lecteur (cf. W. W. Fortenbaugh *ap.* Sollenberger, *RUSCH* II, p. 50). Galien et Boèce attribuent cependant à Théophraste un traité *De l'affirmation et de la négation.*

2. Ouvrage composé certainement à l'occasion de la mort de Callisthène d'Olynthe, le neveu (?) d'Aristote (cf. *supra* V 4-5).

3. Ou « Des coups » compris comme manifestations de deuil, si ce titre ne figure pas ici en vertu du seul ordre alphabétique.

4. Cf. *infra* VI 22, p. 705 n. 8.

5. Abrégé de l'ouvrage précédent, ou abrégé des *Lois* de Platon ? (Cf. *supra* V 43 : *Abrégé de la « République » de Platon*.)

Propositions premières I, II, III, IV, V, VI, VII, VIII, IX, X, XI, XII, XIII, XIV, XV, XVI, XVII, XVIII
Législateurs[1] I, II, III
Questions politiques[2] I, II, III, IV, V, VI
Thèmes politiques adaptés aux circonstances I, II, III, IV
Mœurs politiques I, II, III, IV
De la meilleure constitution I
Recueil de problèmes I, II, III, IV, V
Des proverbes I
Des coagulations et Liquéfactions I
Du feu I, II
Des vents I
De la paralysie I
De la suffocation I
De la folie I
Des passions I
Des symptômes[3] I
Sophismes I, II
De la solution des syllogismes[4] I

1. Le rédacteur du catalogue peut avoir fait ici une entorse à l'ordre alphabétique pour grouper cet ouvrage avec les ouvrages à thème politique qui suivent.

2. Selon Moraux (*Les Listes anciennes...*, p. 96 n. 2), il s'agit de l' « enseignement politique » dont il est fait état dans le catalogue des œuvres d'Aristote (*supra* V 24) à propos d'un ouvrage en sept livres mentionné sous ce titre.

3. Περὶ σημείων : la signification de ce titre est incertaine. Parce que dans la logique stoïcienne et épicurienne le mot σημεῖον a pris le sens de « signe d'inférence » et figure dans le titre de traités sur ce sujet (par exemple celui de Philodème), certains (L. Repici, *La logica di Teofrasto*, Bologna 1977, p. 34) supposent qu'il s'agit d'un ouvrage de logique. Mais le Περὶ σημείων d'Aristote traitait des signes permettant les prévisions météorologiques. Le terme a enfin une acception médicale.

4. Περὶ συλλογισμῶν λύσεως. Selon H. Schmidt (*Studia Laertiana*, Bonn 1906, p. 55), suivi par Regenbogen (art. cité, col. 1381), cet ouvrage serait identique au troisième titre du catalogue (V 42), *De l'analyse* (ἀναλύσεως) *des syllogismes.* Une telle répétition serait cependant plus difficile à expliquer que lorsqu'elle se produit entre les différentes listes qui constituent le catalogue laërtien de Théophraste. Plutôt que la mention répétée d'un même ouvrage, on peut soupçonner ici une confusion entre συλλογισμῶν et παραλογισμῶν ou la chute de ἐριστικῶν devant συλλογισμῶν : « De la solution des paralogismes » ou « ...des raisonnements éristiques ».

Topiques I, II
Du châtiment I, II
Des cheveux I
De la tyrannie I
De l'eau I, II, III
Du sommeil et des rêves I
De l'amitié I, II, III
46 *De l'ambition* I, II
De la nature I, II, III
Des êtres naturels[1] I, II, III, IV, V, VI, VII, VIII, IX, X, XI, XII, XIII, XIV, XV, XVI, XVII, XVIII
Des êtres naturels. Abrégé I, II
Questions de physique I, II, III, IV, V, VI, VII, VIII
Contre les physiciens I
Des végétaux[2]*. Recherches* I, II, III, IV, V, VI, VII, VIII, IX, X
Causes des plantes I, II, III, IV, V, VI, VII, VIII
Des jus I, II, III, IV, V
Du faux plaisir I
De l'âme. Thèse unique

Liste complémentaire 1 : alphabétique

Des preuves extra-techniques[3] I
Des questions embarrassantes d'un niveau simple I
Questions d'harmonie I
De la vertu
Thèmes à discuter, ou *Contradictions* I
De la négation I
Du jugement I
Du ridicule I
Propos d'après-midi I, II

---

1. Ou « Des physiciens », cette incertitude s'étendant naturellement au titre suivant.

2. Long est le seul éditeur à rejeter la correction par Casaubon de φυσικῶν (leçon de tous les manuscrits) en φυτικῶν, qui permet de reconnaître dans ce titre et dans le suivant l'*Histoire des plantes* et les *Causes des plantes* de Théophraste. Sur les raisons qui militent en faveur de la correction de Casaubon, voir Sollenberger, *RUSCH* II, p. 50.

3. Cf. Aristote, *Rhétorique* I 15.

Divisions I, II
Des différences I
Des délits[1] I
De la calomnie[2] I
De la louange I
De l'expérience I
Lettres I, II, III
Des animaux à génération spontanée[3] I
De la sécrétion I
47 *Éloges des dieux* I
Des fêtes I
De la bonne fortune I
Des enthymèmes I
Des inventions I, II
Leçons éthiques I
Caractères éthiques I
Du tapage I
De l'histoire I
De l'évaluation des syllogismes[4] I
De la mer[5] I

---

1. Περὶ τῶν ἀδικημάτων : nouvelle rupture de l'ordre alphabétique, ce titre figurant dans la section delta. Selon Fortenbaugh, deux explications sont possibles : ou bien n'est pris en compte que le radical *-dik-* , sans l'alpha privatif ; ou bien ἀδικημάτων était précédé par un mot commençant par delta, par exemple δικαιωμάτων (cf. Aristote, *Rhétorique*, I 13, 1373 b 1), et le titre complet serait *Des actions justes et injustes.*

2. Ce titre apparaît dans trois des quatre listes distinguées par H. Usener (outre la présente mention, V 49, V 50), ce qui à la fois explique sa répétition et confirme que le catalogue fourni par D. L. résulte de la juxtaposition de listes distinctes.

3. Comme la précédente, cette liste suit l'ordre alphabétique. La présence sous epsilon d'un traité sur les animaux (ζῷα) peut-elle s'expliquer par un voisinage thématique avec le titre suivant ?

4. Περὶ κρίσεως συλλογισμῶν. Ce titre s'éclaire par comparaison avec l'exposé de la philosophie d'Aristote (cf. *supra* V 29, p. 587 et n. 4).

5. Pour expliquer la présence de ce titre à cet endroit du catalogue, en rupture avec l'ordre alphabétique, Usener (*op. cit.*, p. 14) a conjecturé un titre tel que *Du mouvement de la mer* (Περὶ κινήσεως θαλαττῆς). Sollenberger (*RUSCH* II, p. 51) observe que rien ne permet de préférer cette conjecture à celle d'un autre mot commençant par kappa et qui pourrait avoir un rapport avec la mer (parmi

De la flatterie I
A Cassandre, de la royauté I
De la comédie I
Des corps célestes[1] I
Du style[2] I
Recueil de discours I
Solutions I
De la musique I, II, III
Des mètres I
Mégaclès I
Des lois I
Des illégalités[3] I
Recueil des doctrines de Xénocrate I
L'Homme de bonne compagnie I
Du serment I
Préceptes de rhétorique I
De la richesse I
De la poétique I
Problèmes relatifs à la cité, à la nature, à l'amour, aux mœurs I
48 *Prologues* I
Recueil de problèmes I
Des problèmes physiques I
De l'exemple I
Du thème et de son exposition I
Un autre *De la poétique* I
Des sages I
Du conseil I
Des solécismes I
De l'art rhétorique I

---

les exemples qu'il propose, Περὶ κυανώσεως θαλαττῆς, « Du bleu de la mer », est le plus convaincant).

1. Je traduis le texte des manuscrits B et P, Περὶ μετεώρων, à la suite de Sollenberger. Ce dernier propose d'ailleurs un nouvel établissement du texte de F (*RUSCH* II, p. 51-52), qui confirme la leçon de B et de P, obligeant ainsi à maintenir ce titre à une place non conforme à l'ordre alphabétique.

2. Sur la signification de ce titre, voir *supra* p. 581 n. 1.

3. Une fois de plus, la rupture de l'ordre alphabétique peut s'expliquer par la parenté thématique entre cet ouvrage et le précédent.

Des arts rhétoriques: soixante et une formes[1]
De l'action oratoire[2] I
Notes dues à Aristote ou à Théophraste I, II, III, IV, V, VI
Opinions des physiciens I, II, III, IV, V, VI, VII, VIII, IX, X, XI, XII, XIII, XIV, XV, XVI
Abrégé des questions de physique I
De la gratitude I

1. Les manuscrits divergent sur ce chiffre: les manuscrits BPF indiquent, avant correction, le nombre 61; placé après l'énoncé du titre, s'il indique, comme partout ailleurs dans le catalogue, le nombre de livres que comportait l'ouvrage, il est à coup sûr anormalement élevé, et c'est la raison pour laquelle la plupart des éditeurs lui préfèrent le nombre figurant dans des manuscrits plus récents: 17. Usener (*op. cit.*, p. 20), suivi par Regenbogen (col. 1523), suggère de voir dans ce chiffre l'indication d'un nombre de livres résultant du regroupement sous un titre collectif de plusieurs ouvrages de rhétorique apparaissant par ailleurs isolément dans la liste. Schmidt, pour sa part (*op. cit.*, p. 60-61), a voulu voir une justification de ce chiffre dans un rapprochement avec les dix-sept espèces ou formes (εἴδη, ἰδέαι) de discours passées en revue par Hermogène dans son traité *De ideis*, mais l'hypothèse est battue en brèche par M. Patillon (*Hermogène. L'Art rhétorique*, Lausanne 1997, p. 112) qui en dénombre vingt. La traduction ci-dessus est conforme à la suggestion de ce dernier, appuyée sur la remarque que si le terme εἴδη désigne ici les formes types de discours, le nombre peut en être élevé, ce qui autorise à conserver le nombre 61 qui figure dans les meilleurs manuscrits. S'il s'agit cependant du nombre auquel s'élèvent les différentes formes de discours, on ne peut l'interpréter, comme partout ailleurs dans le catalogue, comme l'indication du nombre de livres de l'ouvrage mentionné. D'autre part, si, conformément à cette interprétation, εἴδη doit être compris comme un nominatif, la syntaxe même du titre de cet ouvrage fait exception dans le catalogue. Sollenberger (*RUSCH* II, p. 52) construit περὶ ... εἴδη, ce mot étant dans ce cas à l'accusatif, construction qui se rencontre ailleurs dans le catalogue. Sollenberger rapporte également (*loc. cit.*) une suggestion de Fortenbaugh, selon lequel il faudrait lire, comme dans le titre du recueil des 158 constitutions d'Aristote (corrigé par Moraux: cf. *supra* V 27 et la note), κατ' εἴδη, « par espèces ». Si elles ont l'avantage d'harmoniser la syntaxe de notre titre avec le reste du catalogue, les solutions proposées par Sollenberger et Fortenbaugh ont l'inconvénient de retomber dans la difficulté du nombre final (17 selon Sollenberger).

2. Cf. Regenbogen, *RESuppl* VII, 1940, col. 1526 *sq.*

Caractères éthiques[1]
Du faux et du vrai I

Liste complémentaire 2 : sans ordre

Histoire des doctrines concernant le divin I, II, III, IV, V, VI
Des dieux I, II, III
Recherches géométriques I, II, III, IV
49 *Abrégés des ouvrages d'Aristote sur les animaux* I, II, III, IV, V, VI
Arguments dialectiques I, II
Thèses[2] IV
De la royauté[3] I, II
Des causes I
De Démocrite I
De la calomnie I
Du devenir I
De l'intelligence et du caractère des animaux I
Du mouvement I, II
De la vision I, II, III, IV
Destiné aux définitions I, II
De ce que quelque chose est accordé[4] I
Du plus grand et du plus petit I
Des musiciens I
Du bonheur divin I[5]

---

1. Ce titre, qui fait double emploi avec les *Caractères* qui figurent déjà en V 47 (ἠθικοὶ χαρακτῆρες au lieu de χαρακτῆρες ἠθικοί), a été retiré de la liste par Casaubon, et les éditeurs, à l'exception de Sollenberger, le placent entre crochets droits. La répétition s'explique en réalité de la même façon que celle du *De la calomnie* en V 46, V 49 et V 50 (cf. *supra*, p. 607 n. 2), par l'existence de listes différentes, et elle n'est donc pas davantage un motif de suppression.

2. L'addition de Burn, <un autre>, retenue par Long, est inutile.

3. La première liste mentionne aussi un *De la royauté* (V 42), mais en un livre ; un *De la royauté* en un livre figure dans la deuxième liste (V 47), avec la précision qu'il était dédié à Cassandre.

4. Titre à rapprocher probablement de celui qui est mentionné plus bas, *Des points accordés* (περὶ τῶν ὁμολογουμένων, V 49). Il s'agit probablement de deux ouvrages de dialectique.

5. Ce chiffre est ajouté par les éditeurs et ne figure, selon Sollenberger, dans aucun des manuscrits, de même qu'on n'y trouve pas de marque de séparation

Contre ceux qui sont issus de l'Académie I
Protreptique I
Comment les cités seraient le mieux administrées I[1]
Notes I
De l'éruption qui a eu lieu en Sicile I
Des points accordés I
Des problèmes physiques I
Quelles sont les façons de savoir I
Du Menteur I, II, III
50 *Préliminaires aux lieux* I

Liste complémentaire 3 : alphabétique

Contre Eschyle I
Recherche à propos d'astronomie I, II, III, IV, V, VI
Recherches en arithmétique sur l'accroissement I[2]
Akicharos[3] I
Des discours judiciaires I
De la calomnie I
Lettres : celles adressées à Astycréon, Phanias, Nicanor
De la piété I
Evias[4] I
Des occasions I, II

---

entre ce titre et le suivant. Sollenberger en conclut qu'on est en présence du titre d'un seul ouvrage : *Sur le bonheur divin, contre les Académiciens.* C'est aussi l'opinion de Fortenbaugh (*Quellen zur Ethik Theophrast, op. cit.*, S13), selon qui il s'agissait dans cet ouvrage non de théologie (« Sur le bonheur de Dieu »), mais de la possibilité pour le sage d'atteindre par l'activité théorétique un bonheur comparable à celui de Dieu (*op. cit.*, p. 101).

1. Sollenberger cite plusieurs manuscrits où ce titre et le suivant n'en font qu'un, et opte lui-même pour cette solution.

2. Gigante considère qu'il y a ici deux titres.

3. G. Wissowa (*RE* I 1, 1893, col. 1168) et H. Diels (DK II, p. 208, n. *ad* 68 B 299, 3) pensent qu'il s'agit du babylonien Achîkâr dont, selon Clément d'Alexandrie (*Strom.* I 15, 69), la stèle aurait été traduite et intégrée à ses propres écrits par Démocrite. Héros d'une légende d'origine orientale dont il existe des versions en diverses langues, cet Achîkâr, mentionné également dans le livre de Tobie (I 21-22), est une figure du juste persécuté puis récompensé. Cf. *RESuppl* I, 1903, col. 44-45 ; VII, 1940, col. 1541.

4. Adjectif formé sur Εὔιος, épithète de Dionysos. Gigante traduit : *Della baccante.*

Des discours appropriés I
De la pédagogie I
Un autre ouvrage distinct I
De l'éducation ou des vertus ou de la tempérance I
Protreptique I
Des nombres[1] I
A propos des définitions des syllogismes selon la diction[2] I
Du ciel I
Politique[3] I, II.
De la nature
Des fruits
Des animaux

Ce qui fait 232 850 lignes. Voilà donc combien il y a de livres, de cet homme-là aussi.

Testament

51 Par ailleurs, j'ai trouvé aussi son testament, qui est rédigé en ces termes:

« Cela ira bien; si pourtant il arrive quelque chose, voici quelles dispositions je prends. D'une part, tout ce qu'il y a chez moi[4], je le donne à Mélantès et à Pancréon, les fils de Léon[5]. Des prêts effec-

1. Sollenberger écarte la correction proposée par Usener en considérant qu'il y a non pas quatre, mais cinq listes successives d'ouvrages de Théophraste, la cinquième commençant avec ce titre.

2. Hicks, Gigante et Sollenberger traduisent: « Définitions concernant la diction (ou la langue) des syllogismes ». Le titre me paraît pouvoir s'interpréter de façon aussi éclairante par référence aux paralogismes qui tiennent à l'expression (παρὰ τὴν λέξιν), lesquels forment l'une des deux grandes catégories de paralogismes dans les *Réfutations sophistiques* d'Aristote. Sur la confusion possible entre syllogisme et paralogisme ou syllogisme éristique, cf. *supra* p. 605 n. 4.

3. Soit un ouvrage portant le même titre que *Le Politique* de Platon, soit un <*Discours*> ou <*Dialogue*> (Sollenberger) *Politique.*

4. « Chez moi » (οἴκοι) : à Érèse.

5. Héritiers de tous les biens de Théophraste dans sa cité natale, Mélantès et Pancréon figurent aussi parmi ceux qui héritent en commun, à Athènes, du terrain et des bâtiments où est établie l'école (V 53). En outre, Théophraste indique plus loin (V 56) avoir songé à les instituer légataires universels en même temps qu'Hipparque. Joint au fait qu'ils héritent de la propriété familiale de Théophraste, ce dernier trait fait penser qu'il ne s'agit pas seulement de membres de l'école, mais de parents de Théophraste, peut-être des neveux.

tués par Hipparque[1], d'autre part, voici ce que je veux qu'il me revienne. Tout d'abord je veux[2] que soient menés à bien les travaux qui concernent le Musée[3] et les statues des déesses, et si, au sujet de ces dernières, il y a autre chose qui s'impose, qu'elles soient embellies au mieux ; ensuite que l'effigie d'Aristote soit placée dans le temple, ainsi que le reste des objets consacrés qui se trouvaient auparavant dans le temple; puis, que soit construit le petit portique attenant au Musée, non moins beau qu'auparavant; et que soient érigées aussi les tablettes qui contiennent les cartes de la terre, dans le portique inférieur; **52** et que soit réparé aussi l'autel, de façon à lui donner perfection et belle apparence. Et je veux que soit achevée aussi l'effigie de Nicomaque, de la même taille[4] – Praxitèle[5] a de

1. Le neutre pluriel ...τῶν συμϐεϐλημένων doit s'entendre au sens de sommes d'argent, puisque ces συμϐεϐλημένα doivent permettre à Hipparque de pourvoir à toute une série de dépenses. Il est donc naturel de donner à ce mot le sens technique qu'il a en matière financière : prêt. D'autre part, si Théophraste en dispose par testament, c'est que les sommes en jeu lui appartiennent : Hipparque les a placées sous formes de prêts pour le compte de Théophraste, et il lui est demandé de les employer, en même temps probablement que ce qu'elles ont rapporté, à l'exécution des dernières volontés du philosophe.

2. Les manuscrits répètent ici les mots βούλομαι γένεσθαι (« je veux que [de ces sommes] provienne »), supprimés par H. Estienne, probablement parce qu'ils rendent difficile la construction des infinitifs suivants, συντελεσθῆναι (« soient menés à bien ») et ἐπικοσμηθῆναι (« soient embellies »). La reprise ultérieure de βούλομαι (V 52 : « je veux que soit achevée aussi l'effigie de Nicomaque... ») indique cependant que ce verbe doit au moins être ici sous-entendu.

3. Plutarque (*Demetr.* 33, 34 ; cf. Pausanias I, 25, 8) rapporte que le Musée fut détruit lors du second siège d'Athènes par Démétrios Poliorcète, en 296-294[a]. Mais il parle aussi (*Demetr.* 46; cf. Pausanias I, 25, 2; 26, 1 *sq.*) de troubles importants lors de la révolte d'Athènes contre la domination macédonienne. Comme le note Hicks, ce dernier événement est plus proche de la mort de Théophraste, qu'il situe dans la cent-vingt-troisième Olympiade.

4. Soit de la même taille que Nicomaque, c'est-à-dire grandeur nature (Hicks, Sollenberger), soit de même taille que l'effigie d'Aristote mentionnée plus haut, soit, s'il s'agit de remédier à des destructions, de même taille que la statue de Nicomaque qui aurait déjà figuré auparavant dans le jardin. Comme l'a remarqué K. von Fritz (*RE* XVII 1, 1936, col. 462), cette disposition testamentaire de Théophraste confirme la tradition d'une mort précoce du fils d'Aristote.

5. Homonyme du célèbre sculpteur du IVe siècle avant J.-C., ce Praxitèle est vraisemblablement celui que mentionne une scholie à Théocrite (V 105), contemporain de Démétrios Poliorcète.

quoi en réaliser la sculpture, et le reste de la dépense devra provenir de la même source[1] –, et qu'elle soit installée où bon semblera à ceux qui veillent aux autres dispositions inscrites dans le testament. Et pour ce qui concerne le temple et les objets consacrés, voilà ce qui en est.

Quant à la propriété qui m'appartient à Stagire, je la donne à Callinos et tous les livres, à Nélée[2]; je donne le jardin, la promenade et toutes les maisons attenantes au jardin à ceux, parmi les amis dont la liste suit, qui s'engagent à y étudier et philosopher ensemble de façon permanente **53** – sachant bien qu'il n'est pas possible à tous les hommes d'avoir un séjour permanent[3] – sans qu'aucun d'entre eux les aliène ni se les approprie, mais comme si c'était un temple qu'ils possédaient en commun, et en se comportant dans leurs relations mutuelles à la façon de parents et d'amis, comme il est convenable et juste qu'ils le fassent. Et que les membres de cette communauté soient Hipparque, Nélée, Straton, Callinos, Démotimos, Démara-

1. C'est-à-dire des sommes dues par Hipparque.

2. Nélée était le fils de Coriscos, l'un des compagnons d'Aristote lors de son séjour à Assos. Selon Gottschalk (art. cité, p. 337), la raison de ce legs aurait été le souhait de Théophraste que l'édition de ses ouvrages fût assurée par Nélée. Selon Strabon (XIII 608) et Plutarque (*Sylla* 26), la conséquence en aurait été la dépossession de l'école des ouvrages scolaires d'Aristote : contenus dans la bibliothèque de Théophraste, ils auraient été emportés par Nélée à Skepsis, en Troade, sa patrie, où, mis à l'abri dans une cave, ils auraient sombré dans l'oubli jusqu'au début du Ier siècle avant J.-C. Cette histoire est contredite par Athénée (I, 3 a), et entre également en contradiction avec le fait que, dès le IIIe siècle avant J.-C., la bibliothèque d'Alexandrie était en possession d'ouvrages d'Aristote et de Théophraste. Pour un état de la question, voir Gottschalk, art. cité, p. 335-342 (mais son hypothèse, selon laquelle la disparition et la redécouverte à Skepsis des livres d'Aristote auraient été forgées de toutes pièces par Apellicon pour couvrir le vol qu'il aurait commis dans la bibliothèque du *Péripatos*, paraît aussi romanesque que le récit de Strabon et de Plutarque !) ; P. Moraux, *Der Aristotelismus bei den Griechen von Andronikos bis Alexander von Aphrodisias* I. *Die Renaissance des Aristotelismus im I. und II. Jh. n. Chr.*, Berlin-New York 1973, p. 5-31 ; R. Blum, *Kallimachos und die Literaturverzeichnung bei den Griechen. Untersuchungen zur Geschichte der Bibliographie*, Frankfurt am Main 1977, p. 109-133.

3. Théophraste insiste sur le caractère contraignant et sélectif de la condition liée à l'acceptation de recevoir son « jardin » en héritage.

tos[1], Callisthène[2], Mélantès, Pancréon, Nicippos. Et qu'il soit permis, s'il s'engage à philosopher, à Aristote aussi, le fils de Métrodore[3] et de Pythias, d'y avoir part ; et que les plus âgés lui donnent toute leur attention, de façon à le faire progresser le plus possible en philosophie.

Et qu'ils m'enterrent à l'endroit du jardin qu'ils jugeront s'accorder le mieux à cet usage, sans rien faire d'exagéré ni pour le tombeau ni pour le monument. **54** Et afin que ne soit pas interrompu, au terme de nos vicissitudes, l'entretien du temple, du monument, du jardin et de la promenade, Pompylos[4] aussi en prendra soin avec eux, y habitant lui-même et donnant à tout le reste l'attention qu'il y donnait aussi auparavant. Et le profit qui peut en résulter, que ceux à qui tout cela appartiendra s'en occupent eux-mêmes.

Puis, à Pompylos et Threptè[5], qui depuis longtemps sont libres et qui nous ont rendu de grands services, quoi qu'ils tiennent déjà de moi et quoi qu'ils aient acquis eux-mêmes, ainsi que la somme que maintenant j'ai décidé de leur faire verser par Hipparque, deux mille drachmes, je crois que cela doit leur appartenir définitivement, comme je m'en suis moi-même entretenu souvent avec Mélantès et Pancréon et comme ils m'en ont donné leur accord total. Et je leur

1. Selon Sextus (*A. M.* I 258), il s'agit d'un des deux fils du deuxième mariage de Pythias, la fille d'Aristote, donc d'un petit-fils du Stagirite.

2. Peut-être un parent de Callisthène d'Olynthe, neveu (?) d'Aristote (cf. *supra* V 4-5). Selon la *Souda* (t. III, p. 20, 23 Adler), Callisthène d'Olynthe était lui-même le fils, du moins selon certains, d'un certain Démotimos : si, dans l'un et l'autre cas, l'homonymie résulte d'un lien de parenté, le Démotimos et le Callisthène mentionnés par Théophraste seraient apparentés.

3. Ce nom résulte d'une correction généralement acceptée, fondée sur l'information donnée par Sextus Empiricus. La leçon des manuscrits de D. L. est « Mèdios » ou « Meidias ». Pline l'Ancien, Galien et Celse font mention d'un médecin nommé Mèdios. Cf. R. Goulet, art. « Aristote » (A 408), *DPhA* I, p. 409-410.

4. L'esclave philosophe mentionné plus haut (V 36), d'ailleurs entre-temps affranchi, comme on l'apprend quelques lignes plus loin. Tout affranchi et philosophe qu'il soit, Pompylos ne figure pas sur la liste des amis désignés plus haut (V 53) pour hériter en commun du jardin, de la promenade et des maisons attenantes. Le soin pris par Théophraste pour assurer son avenir, et notamment son maintien dans les lieux, ne sont pas suffisants pour conclure, avec K. Ziegler (*RE* XXI, 2, 1952, col. 2425) qu'il « prit part à la vie spirituelle de l'école ».

5. Selon toute probabilité la femme de Pompylos.

donne aussi la petite esclave Somatalè[1]. **55** Puis, parmi les esclaves, Molon, Timon et Parménon, je les affranchis dès maintenant; tandis que Manès et Callias, je les affranchis une fois qu'ils seront restés quatre ans au jardin, qu'ils auront contribué aux travaux et qu'ils auront été irréprochables. Quant au mobilier de la maison, une fois que les exécuteurs en auront donné à Pompylos la part qui leur en paraîtra convenir, qu'ils tirent de l'argent du reste. Puis, je donne aussi Carion à Démotimos, et Donax à Nélée; quant à Eubée, qu'il soit vendu.

Puis, qu'Hipparque donne à Callinos trois mille drachmes. Puis, si nous n'avions pas vu Hipparque, après avoir d'abord rendu service à Mélantès et à Pancréon, ainsi qu'à nous, subir maintenant, dans ses affaires à lui, un véritable naufrage, nous lui aurions confié la gestion de ces affaires avec Mélantès et Pancréon. **56** Mais, puisque je vois qu'il ne leur est pas facile de s'associer à son administration, et que je crois plus avantageux pour eux de recevoir d'Hipparque une somme fixée, qu'Hipparque donne à Mélantès et à Pancréon un talent chacun. Et Hipparque doit donner aussi aux exécuteurs de quoi pourvoir aux dépenses qui sont indiquées dans ce testament, à l'occasion de chaque mise de fonds. Et une fois qu'il aura pourvu à l'administration de ces choses, qu'Hipparque soit délié de tous ses engagements[2] envers moi; et s'il a fait quelque prêt en mon nom à Chalcis, c'est la propriété d'Hipparque.

Et que soient établis exécuteurs des instructions couchées par écrit dans ce testament Hipparque, Nélée, Straton, Callinos, Démotimos, Callisthène et Ctésarque.

57 Ce testament, signé du sceau de Théophraste, est déposé sous forme de copies, l'une chez Hégésias, fils d'Hipparque – témoins: Callippe de Pallène, Philomèle d'Euonymée, Lysandre d'Hyba, Phi-

1. Ou: Somatalè et la petite esclave. L'omission du deuxième *καί* remonte à Frobenius.

2. Συμϐόλαια : il s'agit des reconnaissances déposées par Hipparque entre les mains de Théophraste pour les sommes prêtées pour le compte de ce dernier, et dont Hipparque était évidemment comptable devant lui. On peut comprendre que si, par le jeu des intérêts, le montant de ces placements en est venu à dépasser celui des dépenses prescrites par Théophraste, ce dernier en laisse le bénéfice à Hipparque, de même qu'il lui abandonne le montant (et le revenu) des placements qu'il a pu faire en son nom à Chalcis.

lon d'Alopékè; l'autre est en la possession d'Olympiodore – témoins : les mêmes; la troisième, c'est Adimante qui l'a reçue, et c'est Androsthène le fils qui la lui a portée – témoins: Arimnestos[1], fils de Cléoboulos; Lysistrate, fils de Phidon, de Thasos; Straton, fils d'Arcésilas, de Lampsaque; Thésippe, fils de Thésippe, de Céramées; Dioscouride, fils de Denys, d'Épicéphisie. »

Tel est aussi son testament.

Un élève non philosophe

Par ailleurs, il y a des gens qui disent que le médecin Érasistrate[2] fut aussi son auditeur; et c'est vraisemblable.

1. Selon la correction par G. Ménage du ἀείμνηστος des manuscrits.
2. Érasistrate de Céos, célèbre médecin du IIIe siècle avant J.-C., disciple de Métrodore, le troisième mari de Pythias, la fille d'Aristote, d'après Sextus Empiricus (*Adv. Math.* I 258).

STRATON

Succession de Théophraste

58 Son successeur, en ce qui concerne l'école, fut[1] Straton, fils d'Arcésilas, originaire de Lampsaque, dont il[2] fit mention dans son testament : un homme de grande réputation et surnommé le Physicien[3] pour s'être consacré à cette discipline avec plus de soin que quiconque. Mais il fut aussi le précepteur de Ptolémée Philadelphe[4] et reçut de lui, dit-on, quatre-vingts talents. Selon ce que dit Apollodore dans ses *Chroniques*, il fit ses débuts à la tête de l'école dans

---

1. Διεδέξατο δ'αὐτὸν (αὐτοῦ F, Long, Sollenberger) τὴν σχολήν : selon M. G. Sollenberger, « A Note on the Lives of Theophrastos and Strato in Diogenes Laertius 5. 57-58 », *CPh* 82, 1987, p. 228-230, ces cinq mots figurent, dans tous les manuscrits, à la fin de la *Vie de Théophraste*, la *Vie de Straton* commençant, sous la forme la plus fréquente au début des *Vies* de D.L., par les mots « Straton, fils d'Arcésilas, originaire de Lampsaque ». L'haplographie est une explication tout à fait acceptable de la disparition du nom de Straton à la fin de ce qui serait dans ce cas la fin de V 57. En revanche, la phrase d'ouverture de V 58 se voit privée par cette lecture de toute indication du sujet de la proposition relative qui lui appartient, « dont il [Théophraste, bien sûr] fit mention aussi dans son testament », alors que ce sujet est indiqué sans difficulté, dans le texte traditionnellement édité, par le pronom αὐτὸν (αὐτοῦ F), complément de διεδέξατο (« lui succéda »). Cette observation est de nature à affaiblir l'hypothèse de Sollenberger.

2. Cf. *supra* V 53, 6 ; 56, 10 ; 57, 8.

3. La plus ancienne attestation connue de cette appellation décernée à Straton se trouve chez Polybe (XII 25c 3).

4. Fils de Ptolémée Sôter et de sa troisième femme Bérénice. Né en 309/308[a], il régna sur l'Égypte de 283[a] à 247[a]. La fonction de précepteur remplie auprès de lui par Straton implique que ce dernier, avant de succéder à Théophraste à la tête de l'école, séjourna à Alexandrie. C'est très probablement déjà en tant que philosophe péripatéticien qu'il fut appelé à cette fonction, ce qui témoigne des liens qu'entretenait le *Peripatos*, non seulement avec les descendants d'Antipatros en Macédoine, mais aussi avec la cour des Ptolémées.

la cent-vingt-troisième Olympiade[1], et en assura la direction pendant dix-huit ans.

Catalogue[2]

59 Et de lui on conserve:
De la royauté, trois livres
De la justice, trois livres
Du bien, trois livres[3]
Des dieux, trois livres
Des principes, trois livres ou deux
Des genres de vie[4]
Du bonheur
Du philosophe roi[5]

---

1. 288-284[a].

2. Sur la ressemblance entre les catalogues transmis par D. L. pour Straton et Aristote, cf. Moraux, *Les Listes anciennes...*, p. 246 n. 147; Sollenberger, *ANRW* II, 36, 6, 1992, p. 3850: viennent d'abord des dialogues, ou du moins des ouvrages exotériques; puis des ouvrages ésotériques, de nature scolaire ou scientifique, classés par matières; ensuite des collections historiques ou des recueils de « Notes » diverses (ὑπομνήματα); et enfin des écrits personnels, ici des lettres. Le fait que certains titres figurent dans une section inappropriée n'est pas une raison suffisante pour déclarer que le catalogue se présente en désordre. Comme le catalogue d'Aristote, le catalogue de Straton transmis par D. L. est incomplet: on connaît par d'autres sources l'existence au moins d'un traité *De l'être* et d'un traité *Du mouvement* qui n'y figurent pas. Par ailleurs, on ne sait auquel des ouvrages mentionnés dans ce catalogue attribuer les hypothèses géophysiques de Straton qui nous sont connues par Strabon. W. Capelle (*RE* IV A 1, 1931, col. 283) a dressé la liste des titres qui, mentionnés dans le catalogue de Straton, reproduisent ceux d'ouvrages de Théophraste: treize (douze seulement si l'on n'adopte pas toutes ses lectures) sur quarante-sept, soit le quart de la liste.

3. Le catalogue d'Aristote (V 22) mentionne un ouvrage homonyme, lui aussi en trois livres (cf. *supra* p. 576 n. 4). Selon F. Wehrli (*Die Schule des Aristoteles* V, 1969[2], p. 79), l'emploi du singulier dans le titre de l'ouvrage de Straton peut faire supposer qu'il traitait, comme celui d'Aristote, de la doctrine platonicienne.

4. A partir d'ici l'indication du nombre de livres manque. Peut-être faut-il comprendre que tous les ouvrages de Straton mentionnés ci-après ne comportaient qu'un seul livre (Sollenberger, *ANRW* II, 36, 6, 1992, p. 3851).

5. Texte édité par Cobet, Hicks, Long (Long allègue le ms. F). Gigante, renvoyant à P. Von der Mühll *apud* Capelle, *RE* IV A, 1931, col. 280, et à E. Bignone, *Aegyptus* 13, 1933, p. 425, opte pour la leçon de BP, περὶ βασιλείας

Du courage
Du vide[1]
Du ciel[2]
Du vent[3]
De la nature humaine[4]
De la génération des animaux
De la promiscuité[5]
Du sommeil
Des rêves
De la vision
De la sensation
Du plaisir
Des couleurs
Des maladies
Des moments décisifs[6]
Des capacités[7]

φιλοσοφίας, qu'il traduit *Del regno della filosofia.* Selon F. Wehrli (*op. cit.*, p. 12), il y a ici deux titres séparés, περὶ βασιλείας et <περὶ> φιλοσοφίας.

1. On sait par ailleurs que Straton admettait, contre Aristote et avec les atomistes, l'existence du vide. Cf. M. Gatzemeier, *Die Naturphilosophie des Straton von Lampsakos*, Meisenheim an Glan, 1970, p. 93-97.

2. Comme le traité homonyme d'Aristote, cet ouvrage traitait probablement de la constitution de l'univers.

3. Ou *Du souffle* (Περὶ τοῦ πνεύματος) : l'ouvrage pouvait traiter aussi bien de physique que de physiologie.

4. D'après sa place dans la liste, on peut conjecturer que cet ouvrage traitait de physiologie ou de médecine plutôt que d'éthique.

5. Περὶ μίξεως : selon Wehrli (*op. cit.*, p. 62) et Gatzemeier (*op. cit.*, p. 44), il s'agit d'un traité *Du mélange*, complétant le traité *Du vide* déjà mentionné en expliquant sur la base de la théorie atomiste et de la théorie empédocléenne des pores le mélange des substances. D'après sa place dans la liste, on peut supposer cependant que ce titre désigne plutôt un traité sur la reproduction sexuée.

6. Selon Wehrli (*op. cit.*, p. 72), la place de ce titre dans la liste suggère un traité de physiologie ou de médecine. Le mot *krisis* est probablement à entendre au même sens que dans les traités hippocratiques : le moment, dans l'évolution d'une maladie, où se décide une amélioration ou au contraire une aggravation.

7. Wehrli (*op. cit.*, p. 55), donnant pour exemple le calorifique (θερμαντικόν) et le calorifiable (θερμαντόν) définis par Aristote (*Metaph.* 1021 a 14) comme capacités (δυνάμεις) d'agir et de pâtir, pense qu'il s'agit ici de physiologie. L'hypothèse paraît plus vraisemblable que celle de Gatzemeier (*op. cit.*, p. 45), pour qui il s'agit des « forces » agissant dans la nature.

Des corps métalliques
A propos de mécanique[1]
De la faim et des étourdissements[2]
Du léger et du lourd
De la possession divine
Du temps
De la nourriture et de la croissance
Des animaux qui font difficulté[3]
Des animaux fabuleux
Des causes
Solutions de difficultés
Prologues des lieux
De l'accident
60 *De la définition*
Du plus et du moins[4]
De l'injuste[5]

---

1. Texte de Long, établi par Wehrli (ms. B, Ménage). Cobet, suivi par Diels, Hicks et Gigante, fusionne ces deux titres en un seul : περὶ (τῶν) μεταλλικῶν μηχανημάτων, ce que Hicks et Gigante interprètent : « Sur les machines pour l'exploitation des mines ».

2. Je suis le texte des manuscrits, édité par Hicks et Long, suivis par Gigante. Se fondant sur la présence dans le catalogue de Théophraste (*supra* V 44) d'un traité *Des vertiges et étourdissements*, Capelle (*RE* IV A 1, 1931, col. 280) et Wehrli (*op. cit.*, p. 72) préfèrent la correction de Reiske (ἰλίγγου pour λιμοῦ): « Du vertige et des étourdissements ».

3. Soit que leur existence soit mise en doute, soit que leur constitution ne soit pas certaine.

4. Cf. *supra* p. 580 n. 4. Gatzemeier (*op. cit.*, p. 47) signale à juste titre le traitement de ce lieu dans les *Topiques* d'Aristote (II 10, 114 b 37-115 a 14). Pour J. Barnes (« Theophrastus and hypothetical syllogistic », *Aristoteles Werk und Wirkung.* Paul Moraux gewidmet, hrsg. von J. Wiesner, t. I, Berlin-New York 1985, p. 560), ce traité portait sur les syllogismes hypothétiques qu'Alexandre d'Aphrodise appelle « qualitatifs ». (*in An. Pr.* 390, 7-8).

5. Un ouvrage sur ce thème n'est pas à sa place dans la liste. Moraux (*Les Listes anciennes...*, p. 246 n. 147) a supposé que Περὶ ἀδίκου résulte d'une corruption de Περὶ ἀνίσου, « De l'inégal » : ce titre lui paraît au contraire tout à fait à sa place entre un *Du plus et du moins* et un *De l'antérieur et du postérieur.* L'argument suppose que le terme « inégal » puisse avoir la même portée générale (celle d'un « lieu ») que « le plus et le moins ».

De l'antérieur et du postérieur[1]
Du genre premier[2]
Du propre
Du futur
Examens de découvertes, deux livres[3]
Des notes, à l'attribution incertaine.

Des lettres, commençant ainsi : « *Straton à Arsinoè*[4], *heureux succès* ».

332 420 lignes[5].

On dit qu'il devint si mince qu'il ne se sentit pas mourir.

Épigramme laërtienne

Et voici ce que nous lui avons dédié :

---

1. Des fragments conservés de cet ouvrage (fragments 27-30 Wehrli = Simplicius, *in Cat.* 423, 1 *sqq.* Kalbfleisch; *Schol. in Arist. Cat.* 89 a 37 Brandis; Simplicius, *in Cat.* 418, 24 Kalbfleisch; Alexandre, *in Top.* 339, 30 Wallies), il résulte que le thème en était celui du chapitre 12 des *Catégories* d'Aristote.

2. Wehrli (*Die Schule des Aristoteles* V, 1969[2], p. 53) renvoie au problème du rapport entre genre et espèce dans le commentaire d'Alexandre aux *Topiques* (339, 30 *sqq.* Wallies). Mais on peut également renvoyer au commentaire par Alexandre (*In Metaph.* 287, 29-289, 38 Hayduck) de la phrase d'Aristote : « Si tout est dit selon l'accident, l'universel ne sera rien de premier » (*Metaph.* IV, 1007 a 34).

3. On sait par un témoignage de Pline l'Ancien (*N. H.* VII) que cet ouvrage était dirigé contre Éphore. Un fragment transmis par Clément d'Alexandrie (*Strom.* I 16) nous apprend également qu'il y était question, non seulement d'inventions techniques et de leurs auteurs, mais de l'attribution de maximes, tel le célèbre « rien de trop ».

4. Il peut s'agir, soit de la fille de Ptolémée Sôter et de Bérénice, que Straton a pu connaître à Alexandrie avant qu'elle fût donnée en mariage au satrape de Thrace Lysimaque, soit de la fille de ce Lysimaque et de Nikaia, qui épousa Ptolémée Philadelphe, l'élève de Straton, probablement en 285[a]. Si Straton, mort au plus tard au début de 268[a] (cf. *infra* V 68), a été scholarque à Athènes pendant dix-huit ans (*supra* V 58), il n'était plus à Alexandrie au moment du mariage de Ptolémée Philadelphe et, contrairement à ce qu'indique Wehrli (*op. cit.*, p. 85), il peut donc difficilement avoir connu son épouse.

5. Sur l'invraisemblance de cette indication, voir P. Von der Mühll *ap.* W. Capelle, *RE* IV A 1, 1931, col. 281-282 ; cf. *supra* p. 585 n. 3.

C'était un homme au corps mince, bien qu'il y remédiât à force
[de remèdes[1].
Je te parle de ce Straton
Que Lampsaque un jour engendra; toujours luttant contre les
[maladies,
Il meurt sans qu'on le sache, et sans le sentir lui-même.

Homonymes

61 Par ailleurs il y a eu huit Straton: un premier, auditeur d'Isocrate; un deuxième, celui-là même dont il est question; un troisième, médecin, élève d'Érasistrate[2] et, selon certains, son fils adoptif; un quatrième, historien, qui a écrit l'histoire des guerres de Philippe et de Persée contre les Romains[3]; <...>; un sixième, poète épigrammatique[4]; un septième, médecin dans les temps anciens, à ce que dit Aristote; un huitième, péripatéticien, qui a vécu à Alexandrie[5].

---

1. Le texte de la fin de ce vers est très incertain: B présente une lacune, F ne donne pas de sens. La version de l'*Anthologie Palatine* (εἰ μὴ προσέχῃς, ἀπόχρη μοι) ne se comprend qu'en supposant un artifice tout à fait inhabituel dans les autres épigrammes de D. L.: imaginant un auditeur inattentif, il s'interromprait pour lui dire: « Si tu ne m'écoutes pas, en voilà assez ! » Je traduis une conjecture proposée par M. Patillon, proche du texte qu'on peut lire sur P après correction: εἰ καὶ προσεχρήσατο χραίσμαις.

2. Probablement l'Érasistrate élève de Théophraste dont il est fait mention plus haut (V 57). Selon Galien (XI, 196-197), ce Straton qui était son élève aurait toujours vécu avec son maître, dont il aurait été, non le fils adoptif, mais l'esclave.

3. Il s'agit de la deuxième et de la troisième guerres macédoniennes (200-197[a]; 171-168[a]), menées successivement par Philippe V de Macédoine et par son fils Persée, et qui aboutirent, l'une à la fin de la domination de la Macédoine sur la Grèce, l'autre à son démembrement. Selon W. Laqueur (*RE* IV A 1, 1931, col. 274), le Straton dont il est ici question fut le contemporain des événements dont il fut l'historien.

4. La dédicace d'une de ses épigrammes conservée dans l'*Anthologie Palatine* (XI 117) permet de le situer sous le règne de l'empereur Hadrien (117-138). D'après une scholie à l'*Anthologie Palatine*, il aurait été originaire de Sardes (cf. J. Geffcken, *RE* IV A 1, 1931, col. 276).

5. En l'absence de toute autre identification, on a soupçonné (Capelle, *RE* IV A 1, 1931, col. 315) une confusion, imputable à D. L. lui-même ou à sa source, avec Straton de Lampsaque lui-même, qui vécut au moins quelque temps à Alexandrie (cf. *supra* p. 618 n. 4).

Testament

Du "physicien", donc, on conserve aussi un testament, qui est rédigé en ces termes :

« Voici les dispositions que je prends, au cas où il m'arrive quelque chose : ce qu'il y a chez moi, d'une part, je le lègue en totalité à Lampyrion et Arcésilas[1]. Grâce, d'autre part, à l'argent dont je dispose à Athènes, que les exécuteurs tout d'abord s'occupent de mes obsèques et de tout ce qui est d'usage après les obsèques, sans rien faire d'exagéré ni de chiche. **62** Et que soient établis exécuteurs des dispositions énumérées dans mon testament ceux que voici : Olympique, Aristide, Mnésigénès, Hippocrate, Épicratès, Gorgylos, Dioclès, Lycon, Athanès[2]. Et je lègue l'école à Lycon, parce que les autres sont ou trop vieux, ou indisponibles. Mais même tous les autres, ils agiraient bien s'ils l'assistaient dans sa charge. Je lui lègue aussi tous les livres, sauf ceux que nous avons écrits nous-mêmes, et tout le mobilier qu'on utilise pour le repas en commun, ainsi que les coussins et les coupes.

Puis, que les exécuteurs donnent à Épicratès cinq cents drachmes et un de mes esclaves, celui qu'Arcésilas sera d'avis de lui donner. **63** Et tout d'abord, que Lampyrion et Arcésilas annulent les dispositions qu'a prises Daïppos en faveur de Héraios ; et qu'il ne doive rien ni à Lampyrion ni aux héritiers de Lampyrion, mais qu'il soit délié de tout ce à quoi il s'est engagé. Puis, que les exécuteurs lui donnent aussi cinq cents drachmes d'argent et un de mes esclaves, celui que choisira Arcésilas, de façon qu'après avoir partagé avec nous beaucoup d'épreuves et nous avoir rendu des services, il ait des moyens d'existence suffisants et décents.

Puis, j'affranchis aussi Diophante, Dioclès et Abous ; et je donne Simias à Arcésilas. Et j'affranchis aussi Dromon.

---

1. Héritant de la propriété familiale de Straton, Lampyrion et Arcésilas lui sont probablement apparentés. Le père de Straton s'appelant lui-même Arcésilas (*supra* V 58), celui qui est nommé ici pourrait être son fils, mais dans ce cas il hériterait *ipso facto* des biens de son père, sans qu'il soit besoin de le spécifier dans le testament : il s'agit donc plus probablement d'un neveu.

2. Ou, selon une autre leçon, Athanis. On peut déduire de la phrase suivante que les exécuteurs testamentaires (parmi lesquels on note l'absence de Lampyrion et d'Arcésilas) sont tous membres de l'école, mais, à l'exception bien entendu de Lycon, on ne dispose de précisions sur aucun d'entre eux.

Puis, à un moment où Arcésilas sera présent, que Héraios calcule avec Olympique, Épicratès et les autres exécuteurs la dépense qu'il y aura eu pour mes obsèques et les autres cérémonies d'usage. **64** Et l'argent restant, qu'Arcésilas se le fasse remettre par Olympique, sans lui faire aucun ennui à propos des échéances et des délais.

Et qu'Arcésilas annule aussi les dispositions qu'a prises Straton[1] à l'égard d'Olympique et d'Aminias, qui sont déposées chez Philocratès fils de Tisamène.

En ce qui concerne mon monument, qu'on fasse comme bon semblera à Arcésilas, Olympique et Lycon. »

Et c'est là le testament qui a été conservé de lui, tel en tout cas qu'il figure dans la collection d'Ariston de Céos[2].

Éloge final

Quant à Straton lui-même, ce fut un homme, comme on l'a indiqué ci-dessus, digne d'être tenu en haute estime, éminent dans toute espèce de spéculation intellectuelle, et surtout dans ce qu'on appelle la physique, qui en est proprement la forme la plus ancienne et celle qui demande la plus grande application.

---

1. S'agit-il de l'auteur même du testament parlant de lui-même à la troisième personne, et annulant ici un testament antérieur ?

2. Je traduis, non pas la leçon des manuscrits, ὁ οἰκεῖος (« son parent » ou « son familier »), mais la correction de Zeller, unanimement acceptée depuis, ὁ Κεῖος (« de Céos »). A l'appui de cette correction, Wehrli (*Die Schule des Aristoteles,* VI², Lykon fr. 1) cite Plutarque, *De exilio* 14, 605 b, qui indique Céos comme la cité d'origine d'Ariston. On pense qu'Ariston est également la source de D. L. pour les autres testaments des Péripatéticiens. Sans doute faut-il supposer une source intermédiaire : Hermippe ou Andronicos.

LYCON

65 Son successeur fut Lycon, fils d'Astyanax, originaire de Troade, un homme éloquent et que l'on classe au premier rang en matière d'éducation des enfants.

Apophtegmes

Il déclarait en effet qu'il faut imposer aux enfants le joug conjoint de la pudeur et de l'amour des honneurs, comme aux chevaux l'aiguillon et la bride[1]. Son sens de la formule et la distinction de sa façon de s'exprimer se voient particulièrement dans ce qui suit; voici en effet ce qu'il dit sur le cas d'une jeune fille pauvre: « Lourd fardeau en effet pour un père, qu'une fille qui, parce qu'il lui manque une dot, franchit le cap où l'âge est dans sa fleur. »

C'est bien pourquoi, dit-on aussi, Antigone[2] à son propos dit ceci : qu'il n'était pas possible d'emporter ailleurs, comme le parfum et la beauté d'une pomme, chacun des mots dont il était l'auteur, mais que c'était sur l'homme lui-même, comme le fruit sur l'arbre, qu'il fallait les contempler; **66** et il ajoutait qu'à l'oral il était le plus

1. Cet apophtegme n'est pas la simple répétition de celui attribué successivement à Platon parlant de Xénocrate et d'Aristote (*supra* IV 6) et à Aristote parlant de Théophraste et de Callisthène (*supra* V 39 ; cf. également le jugement d'Isocrate sur Éphore et Théopompe, *FGrHist* 70 T 28) : alors que dans sa forme traditionnelle l'apophtegme recommande de choisir entre l'aiguillon et la bride suivant le tempérament de l'élève, Lycon recommandait, lui, d'associer les deux.

2. Antigone de Caryste, cité de nouveau plus bas (V 67). Cf. Wilamowitz, *Antigonos von Karystos*, p. 83.

doux – d'où vient que certains ajoutèrent un gamma à son nom[1] –, mais que par écrit il ne se ressemblait pas[2].

Par exemple, à propos de ceux qui se repentent de n'avoir pas étudié quand il était temps et qui en expriment le souhait, il avait cette jolie formule : il disait qu'ils s'accusent eux-mêmes, puisqu'ils expriment par un impossible souhait le repentir d'une paresse incorrigible. Et ceux qui délibèrent d'une façon erronée[3], il disait que c'est leur raisonnement qui les égare, comme s'ils mettaient à l'épreuve d'une règle tordue un objet naturellement droit, ou s'ils se servaient pour scruter un visage d'une eau agitée ou d'un miroir à la surface irrégulière. Et que beaucoup se mettent en quête des lauriers de la place publique, mais de ceux qu'on décerne à Olympie[4], peu de gens ou personne.

Et souvent, sur de multiples sujets, il conseilla les Athéniens, leur rendant les plus grands services.

Portrait physique

67 Par ailleurs il était aussi dans sa tenue le plus propre des hommes, au point de faire preuve d'une délicatesse vestimentaire

---

1. De manière à transformer son nom, Lycon, en Glycon, comme s'il était dérivé de l'adjectif γλυκύς, « doux ».

2. Τοῦτο δὲ ὅτι : introduite de façon parallèle au jugement imagé qui précède (V 65 : τοῦτο εἰπεῖν ὡς...), cette phrase, qui en est en réalité l'explication, est elle aussi mise dans la bouche d'Antigone. Après avoir dit qu'à la différence d'une pomme, qu'on peut cueillir sans perdre son parfum, les paroles de Lycon ne pouvaient être séparées de leur auteur sans perdre leur charme, comme des fruits qu'on ne pourrait que regarder sans les cueillir, Antigone ajoutait, en termes moins imagés, que Lycon était agréable à écouter, mais pas à lire.

3. En suivant la correction de Casaubon, <οὐκ> ὀρθῶς, unanimement acceptée depuis. Si l'on suivait les manuscrits, la critique viserait au contraire « ceux qui délibèrent correctement ».

4. Comme le remarque Wehrli (*Die Schule des Aristoteles*, VI², p. 26), le sens de cette comparaison entre les distinctions sportives et les honneurs politiques n'est pas clair : on ne sache pas que les Jeux Olympiques aient encouru la désaffection qu'implique le propos prêté à Lycon. Peut-on conjecturer une inversion des termes de la comparaison ? Aux lauriers du stade, aurait alors voulu dire Lycon, il faut préférer ceux qu'on gagne à participer aux affaires publiques : l'apophtegme serait alors une introduction tout à fait compréhensible à l'information qui suit immédiatement.

insurpassable, selon ce que dit Hermippe[1]. Mais il fut aussi des plus friands d'exercice et en bonne condition physique, ayant tout l'air d'un athlète, les oreilles en chou-fleur et le teint hâlé[2], selon ce que dit Antigone de Caryste: et c'est pourquoi on dit aussi qu'il pratiquait la lutte, et qu'aux Jeux Troyens, dans sa patrie, il joua même au ballon.

Rapports avec les rois

Il fut chéri comme nul autre à la cour d'Eumène[3] et d'Attale, qui d'ailleurs lui procurèrent énormément de choses. Et Antiochus aussi essaya de l'avoir à sa cour, mais n'y réussit pas. **68** Et il était à ce

---

1. Hermippe, fr. 57 Wehrli.

2. Ἐμπινής. LSJ *s.v.* traduit, en alléguant cette seule occurrence, *soiled, dirty.* Ce sens ne peut être retenu sans contradiction avec le fait que Lycon est dit « très propre » (καθαρώτατος). Hicks (*skin begrimed with oil*) et Gigante (*la pelle unta d'olio*) semblent s'être appuyés sur la mention par LSJ (*s.v.* πίνος 1) d'un emploi de πίνος, *dirt, filth,* pour désigner le suint (*natural grease of wool*). L'image d'un Lycon maculé d'huile ne permet guère d'échapper à la contradiction déjà signalée. En revanche, LSJ signale un deuxième sens de πίνος qui pourrait s'appliquer par extension au corps d'un athlète: la patine d'une statue de bronze. Par ailleurs, selon Capelle (*RE* XIII 2, 1927, col. 2305), les oreilles en chou-fleur étaient le signe distinctif du pancratiaste, qui, comme son nom l'indique, pratiquait toutes les formes de lutte, y compris la boxe.

3. Eumène Ier, déjà mentionné (*supra* IV 38). Après que son oncle Philétairos eut fait passer Pergame, possession du roi de Thrace Lysimaque, sous la suzeraineté de la Syrie, Eumène se rendit à son tour indépendant de cette dernière en 263a, agrandit son territoire et régna jusqu'en 241a. C'est son neveu ou fils adoptif Attale Ier Sôter, son successeur (241-197a), qui fut le premier à prendre le titre de roi, donnant ainsi son nom à la dynastie des Attalides. C'est ce même Attale qui, plus tard, en sollicitant l'aide des Romains contre Philippe V de Macédoine, fut à l'origine de la deuxième guerre macédonienne, dont l'issue fut, en 196a, sous l'égide des Romains, la « libération » des cités grecques de la domination macédonienne. L'Antiochus dont il est question est probablement le roi de Syrie Antiochus II, dont le règne (261-246a) est contemporain du scholarcat de Lycon. Après avoir perdu une bonne partie du littoral de l'Asie Mineure conquis sur Antiochus Ier, Ptolémée Philadelphe mit fin aux hostilités en donnant sa fille Bérénice en mariage à Antiochus II (252a). Les liens du *Péripatos* avec la dynastie des Ptolémées étant avérés (cf. *supra* V 58), la conclusion de cette alliance peut expliquer les tentatives d'Antiochus II en direction de Lycon. L'hostilité naturelle contre Antiochus des rois de Pergame, auprès desquels, vient de dire D. L., Lycon était en faveur, explique en revanche la froideur de ce dernier à l'égard d'Antiochus.

point hostile à Hiéronymos le Péripatéticien que, seul, il refusa d'aller chez lui pour l'anniversaire dont nous avons parlé dans la biographie consacrée à Arcésilas[1].

Chronologie

Il dirigea l'école pendant quarante-quatre ans, Straton la[2] lui ayant léguée dans son testament dans la cent-vingt-septième Olympiade[3]. Encore fut-il l'auditeur de Panthoidès le dialecticien[4]. Et il mourut après avoir vécu soixante-quatorze ans, affligé de la maladie de la goutte.

Épigramme laërtienne

Et voici ce que nous lui avons dédié:

Non, certes, nous n'oublierons pas non plus Lycon, qui de la goutte
Mourut. Mais ce qui, moi, m'étonne le plus,
C'est que la si longue route d'Hadès, lui qui, avant, à l'aide des pieds
D'autrui marchait, en une seule nuit il l'a parcourue.

Homonymes

69 Il y a eu aussi d'autres Lycon: un premier, Pythagoricien[5]; un deuxième, celui-là même dont nous parlons; un troisième, auteur d'épopées; un quatrième, poète épigrammatique.

---

1. Hiéronymos, fr. 3 Wehrli. Cf. *supra,* IV 41.

2. Long corrige ici le αὐτὸν des manuscrits en αὐτὴν. Selon H. Bolkestein (*Mnemosyne* 19, 1966, p. 191 n. 3), cette correction n'est pas nécessaire: attestée chez Platon (*Lois* 740 b) et chez Isée (9, 13), l'expression τινὰ καταλείπειν signifie « désigner quelqu'un pour son hétitier », de sorte que le démonstratif masculin pourrait ici désigner sans difficulté Lycon.

3. 272-268[a]. Cf. *supra,* V 61.

4. D.L. mentionne plus loin (VII 193) un ouvrage de Chrysippe en deux livres: *Contre les amphibolies de Panthoidès.* De sa mention par Sextus Empiricus à côté d'Alexinos et d'Eubulide (*Adv. Math.* VII 13), on déduit que ce Panthoidès, inconnu par ailleurs, était un Mégarique. C'est peut-être pourquoi D.L. semble trouver insolite (οὐ μὴν ἀλλὰ καί: encore que...) qu'un futur scholarque du *Peripatos* ait suivi ses leçons. F. Wehrli (*Die Schule des Aristoteles,* VI, 1968[2], p. 21), suivi par K. Döring (*Die Megariker*, Amsterdam 1972, p. 139), situe l'assistance aux leçons de Panthoidès dans les premières années passées par Lycon à Athènes, c'est-à-dire probablement avant son choix du *Peripatos.*

5. Il s'agit probablement du Lycon mentionné plus haut (II 16) par D.L., et probablement identique avec le « Lycon qui se disait pythagoricien » mentionné

Testament

Du philosophe, nous avons par chance trouvé le testament que voici :

« Voici les dispositions que je prends à propos de ce qui m'appartient, si je n'ai pas la force de supporter cette maladie.

Tout ce qu'il y a chez moi[1], je le donne aux frères Astyanax et Lycon[2]. Et je crois qu'il faut prendre sur les biens dont j'ai la jouissance à Athènes, que je les tienne de quelqu'un ou qu'il s'agisse de mes propres gains, de quoi rembourser ce qui aura été dépensé tant pour mes obsèques que pour les autres cérémonies d'usage[3].

70 Les biens que j'ai en ville et à Égine, je les donne à Lycon, et parce qu'il porte mon nom et parce qu'il a partagé avec moi une longue période à mon entière satisfaction, comme il était juste que le fît celui qui tenait la place d'un fils.

La promenade[4], je la lègue à ceux de mes disciples qui l'acceptent : Boulon, Callinos, Ariston, Amphion, Lycon[5], Python, Aristomaque, Héracléios, Lycomède et Lycon, mon neveu. Qu'ils placent eux-mêmes à leur tête celui qui, à leur jugement, sera le mieux capable de se maintenir à la tête de l'entreprise et d'en assurer l'unité[6].

---

d'après Aristoclès par Eusèbe (*Préparation évangélique* XV 2, 8) comme colporteur d'anecdotes malveillantes au sujet d'Aristote. Capelle (*RE* XIII 2, 1927, col. 2308-2309) doute que les témoignages rassemblés par H. Diels (DK 57) aient tous trait à la même personne, deux origines différentes, Tarente et Iasos, lui étant attribuées respectivement par Jamblique et Athénée, mais il peut avoir quitté sa patrie précisément pour rejoindre une communauté pythagoricienne en Italie méridionale.

1. « A la maison » (ἐν οἴκῳ) : en Troade.

2. Ce Lycon est probablement le neveu dont il est question plus bas (V 70), qui tint auprès du philosophe dont il portait le nom la place d'un fils. Son frère Astyanax, portant le nom de leur grand-père (cf. *supra* V 65), était peut-être l'aîné.

3. Voir Note complémentaire 4 (p. 650-653).

4. Ce terme occupe la place de διατριβή (l'« école ») dans le testament de Straton (V 62) ; repris presque aussitôt par πρᾶγμα, l'« affaire », il désigne moins le lieu des activités de l'école, comme dans le testament de Théophraste (V 52), que l'école même dont il faut assurer la continuité.

5. Ce Lycon n'est évidemment pas le même que le neveu mentionné à la fin de cette liste, qui est probablement celui qui tint auprès du philosophe la place d'un fils.

6. Ou, selon la leçon de B (συναύξειν), le développement.

Mais que tous les autres disciples aussi l'assistent dans sa charge, tant pour l'amour de moi que du lieu. Par ailleurs, mes obsèques et mon incinération, que Boulon et Callinos les organisent avec leurs compagnons, de façon qu'elles ne soient ni chiches ni exagérées.

71 Par ailleurs, parmi les parcelles qui sont à moi à Égine, que Lycon[1], après ma disparition, en alloue aux jeunes gens pour leur consommation d'huile[2], de façon que l'avantage ainsi procuré[3] éveille en eux le souvenir convenable, à la fois de moi et de celui qui m'aura fait honneur. Qu'il érige aussi notre statue; qu'il soit attentif à son emplacement, de façon qu'il soit en rapport avec la position qui est la mienne, et que l'assistent dans cette affaire Diophante et Héraclide, fils de Démétrios. Et que Lycon prenne sur les biens que j'ai en ville pour rembourser tous ceux qui m'ont avancé quelque chose après son départ. Mais ce sera à Boulon et Callinos de pourvoir à la dépense tant pour mes obsèques que pour les autres cérémonies d'usage. Et qu'ils prennent cela sur ce qui leur a été par moi légué à tous deux en commun[4]. **72** Puis, qu'ils récompensent aussi les médecins Pasithémis et Médias: ils sont dignes même d'être encore plus honorés, tant pour le soin qu'ils ont pris de moi qu'en raison de leur art.

Puis, je donne au petit garçon de Callinos une paire de coupes de Thériclès[5], et à sa femme une paire de coupes de Rhodes, un tapis à poil ras, un tapis à poil long, une couverture, deux oreillers, les meilleurs de ceux que je lègue: de sorte que, pour ce qui a trait aux marques d'honneur, eux aussi on voie que nous ne les oublions pas.

Puis, au sujet de mes serviteurs, voici comment je m'en défais: Démétrios, qui est libre depuis longtemps, je lui fais grâce du prix de son rachat et je lui donne cinq mines, un manteau et une tunique, afin qu'après avoir partagé beaucoup de mes peines il ait une vie décente. Criton de Chalcédoine, lui aussi je lui fais grâce du prix de

---

1. S'agissant des propriétés personnelles du testateur, le Lycon ainsi désigné comme exécuteur de cette disposition est probablement le neveu du philosophe.

2. Wehrli et Gigante suivent la correction de Reiske : ἐλαιοχριστίαν.

3. Littéralement : « grâce à cet avantage », διὰ τῆς χρείας αὐτῆς (leçon des manuscrits BF : αὔτη P).

4. Les considérant comme interpolés (cf. Note complémentaire 4 (p. 650-653), fin), je ne traduis pas les mots ἐν οἴκῳ.

5. Célèbre potier de Corinthe.

sa liberté et je lui donne quatre mines. Micros aussi, je l'affranchis; et que Lycon le nourrisse et l'éduque pendant six ans à compter de maintenant. **73** Charès aussi, je l'affranchis; et que Lycon le nourrisse. Je lui donne aussi deux mines et mes livres, ceux qui sont publiés[1]; mais les inédits, je les donne à Callinos pour qu'ils les édite avec soin. Puis, je donne à Syros aussi, qui est libre, quatre mines, et je lui donne Ménodora; et s'il a une dette envers moi, je la lui remets. Et à Hilara, cinq mines, un tapis à poil long, une couverture, deux oreillers et un lit, celui qu'elle voudra. Puis, j'affranchis aussi la mère de Micros, Noémon, Dion, Théon, Euphranor et Hermias. Agathon aussi: une fois qu'il sera resté deux ans, l'affranchir; mes porteurs aussi, Ophélion et Posidonios, une fois qu'ils seront restés quatre ans. **74** Puis, je donne à Démétrios, à Criton et à Syros un lit chacun et des couvertures, celles, parmi celles que je lègue, qu'il paraîtra convenable à Lycon. Voilà pour eux, qui se sont montrés honnêtes aux places où chacun a été assigné.

Puis, au sujet de mon tombeau, soit que Lycon veuille m'enterrer ici ou chez moi[2], qu'il fasse ainsi. Car je suis persuadé qu'il aura non moins que moi une vision équilibrée des convenances.

Et quand il aura réglé tout cela, que lui soit faite donation de plein droit des biens qu'il y a ici.

Témoins sont Callinos d'Hermioné, Ariston de Céos, Euphronios de Péanée. »

Éloge final

Ainsi, vraiment, cet homme qui agissait en tout avec sagacité, aussi bien en matière d'éducation qu'en toute espèce de discours, même les dispositions de son testament sont rédigées en des termes qui ne sont pas moins d'un homme très soigneux et d'un administrateur: de sorte qu'en cela aussi il est digne d'émulation.

---

1. Charès était probablement le copiste attitré de Lycon, à qui étaient dues les copies de ses ouvrages destinées à circuler parmi les membres de l'école. En signe de reconnaissance pour ce travail, Lycon lui lègue les exemplaires autographes des livres qu'il a ainsi édités. Cf. Gottschalk, art. cité, p. 337.
2. C'est-à-dire à Athènes ou en Troade.

DEMETRIOS

75 Démétrios, fils de Phanostrate, originaire de Phalère.

Un homme politique

Il fut, d'une part, auditeur de Théophraste; d'autre part, orateur populaire chez les Athéniens, il dirigea la cité pendant dix ans[1], il fut jugé digne de trois cent soixante effigies en bronze, dont la plupart étaient à cheval, sur des chars et des attelages à deux chevaux, qui furent achevées en moins de trois cents jours : à tel point il suscitait l'empressement. Démétrios Magnès, dans ses *Homonymes,* dit qu'il fit ses débuts de citoyen quand, fuyant Alexandre, Harpalos arriva à Athènes[2]. Comme homme d'État, il réalisa pour sa patrie de nombreuses et très belles choses. Et en effet, en revenus et en constructions, il fit croître la cité, bien qu'il ne fût pas de naissance noble.

Sa vie privée

76 Il était issu en effet de la maison de Conon, comme le dit Favorinus[3] au livre I de ses *Mémorables,* mais il menait vie commune avec Lamia[4], sa maîtresse, qui était de la ville et de naissance noble, selon ce que dit le même auteur au livre I[5]; mais au livre II il rapporte qu'il eut aussi Cléon pour amant. Et Didyme, dans ses *Propos de table,* dit que lui vinrent de certaine courtisane les noms d'Œil-de-Grâce et de Resplendissant. Par ailleurs, on dit qu'ayant perdu la

---

1. De 317ᵃ à 307ᵃ. Athènes constituait une sorte de gouvernorat confié à Démétrios par Cassandre, maître de l'Attique.

2. En 324ᵃ.

3. Fr. 6 Mensching = 37 Barigazzi.

4. Confusion probable, de la part de Favorinus, entre Démétrios de Phalère et Démétrios Poliorcète.

5. Fr. 11 Mensching = 41 Barigazzi.

vue à Alexandrie, elle lui fut rendue par Sarapis[1] : d'où les péans qu'il composa, qu'on chante encore aujourd'hui.

Sa chute

Par ailleurs, bien qu'il fût fort illustre auprès des Athéniens, la jalousie qui ronge toutes choses jeta pourtant sur lui aussi son ombre. **77** En effet, victime d'une cabale montée par certains, il fut, sans comparaître, condamné à mort. Certes ils ne s'assurèrent pas de sa personne, mais ils déversèrent leur bave sur le bronze[2], renversant ses effigies dont certaines furent vendues, d'autres jetées à la mer, d'autres débitées en pots de chambre : car on dit même cela. Et une seule est conservée à l'Acropole. Favorinus[3] dit dans son *Histoire variée* que les Athéniens firent cela sur l'ordre du roi Démétrios. Mais aussi à l'année de son archontat ils inscrivirent : année d'illégalité, selon Favorinus.

---

1. Sarapis ou Sérapis : probablement la transcription grecque de l'égyptien Ouser-Hapi (synthèse des noms d'Osiris et d'Apis). Absent du panthéon égyptien traditionnel, Sérapis vit son culte promu, à la suite d'un rêve selon certains, par Ptolémée Ier Sôter. Considéré comme un dieu guérisseur, tenant à la fois des dieux grecs Hadès et Dionysos et du dieu égyptien Osiris, Sérapis offrait probablement aux Lagides la possibilité de réunir Égyptiens et Grecs dans un même culte : l'allusion aux péans composés en son honneur par Démétrios pourrait signifier que ce dernier participa à la création de ce culte, qui se répandit d'ailleurs très largement, comme en témoigne à l'époque impériale l'érection du Sérapeum à Rome, sur le Champ de Mars.

2. En grec : ἰόν ; le même mot, désignant métaphoriquement les calomnies déversées par les Athéniens sur Démétrios, est traduit plus bas, dans l'épigramme laërtienne (V 79) « venin ». Ἰόν désigne en grec à la fois, comme dans l'épigramme, le venin d'un serpent, et la rouille qui ronge le fer, l'un et l'autre de ces sens se prêtant, ici comme dans un apophtegme prêté à Antisthène (VI 5), à un emploi métaphorique pour évoquer la jalousie. Dans le présent passage, l'allusion aux bronzes témoins de la gloire de Démétrios, tout en rendant la métaphore plus concrète, rend plus difficile une traduction littérale : à la différence du fer, le bronze, comme chacun sait, ne rouille pas, ce qui interdit la traduction par « rouille » ; il se couvre de vert-de-gris, mais celui-ci constitue une patine à l'effet protecteur et non corrosif : « vert-de-gris » ne convient donc pas non plus pour rendre l'idée exprimée par D. L.

3. Fr. 38 Mensching = 70 Barigazzi. Le « roi Démétrios » est Démétrios Poliorcète.

Exil et mort

78 Et Hermippe[1] dit qu'après la mort de Cassandre, redoutant Antigone, il alla chez Ptolémée Sôter; et qu'y étant demeuré assez longtemps, aux autres conseils qu'il donna à Ptolémée il ajouta celui de conférer la royauté aux enfants qu'il avait eus d'Eurydice. L'autre ne s'étant pas laissé convaincre, mais ayant transmis le diadème au fils qu'il avait eu de Bérénice[2], ce dernier, après la mort de Ptolémée, jugea bon de le tenir sous surveillance à la campagne jusqu'à ce qu'il prît un parti à son sujet. Il vivait là dans un grand découragement; et il abandonna la vie dans une sorte de sommeil, après avoir été mordu à la main par un aspic. Et il est enterré dans le nome de Busiris, près de Diospolis.

Épigramme laërtienne

79 Et nous avons écrit pour lui cette épigramme:

Un aspic a tué le sage Démétrios,
  Un venin abondant il avait,
Pollué; il n'irradiait pas la lumière de ses yeux,
  Mais le noir Hadès.

Anecdotes supplémentaires

Héraclide[3] dans son *Abrégé des Successions de Sotion*[4], dit que Ptolémée voulait céder la couronne à Philadelphe; lui l'en détourna en disant: « Si tu la donnes à un autre, toi tu ne l'auras pas. » Et au moment où il était l'objet de dénonciations à Athènes – de cela en effet je suis informé –, le comique Ménandre fut tout près de passer en jugement, sans aucun motif autre que le fait qu'il lui était ami[5]. Mais Télesphore, le cousin de Démétrios, intercéda pour lui.

---

1. Fr. 58 Wehrli.
2. Ptolémée Philadelphe. Sa mère, Bérénice, était la nièce d'Antipatros, dont Eurydice, la première femme de Ptolémée Ier, était la fille.
3. Héraclide Lembos (première moitié du IIe s. av. J.-C.).
4. Sotion, fr. 18 Wehrli.
5. Ménandre avait été lui aussi l'élève de Théophraste (*supra* V 36). Le Démétrios dont il est question dans la phrase suivante est bien entendu Démétrios Poliorcète.

Catalogue

80 Par la quantité de livres et le nombre de lignes il dépasse presque tous les Péripatéticiens de son temps[1], tout en étant doté plus que quiconque d'une bonne éducation et d'une vaste expérience. Parmi ses livres il y en a d'historiques, d'autres politiques, d'autres sur les poètes, d'autres rhétoriques, rassemblant des discours prononcés tant à l'Assemblée qu'à l'occasion d'ambassades, sans compter des recueils de fables à la manière d'Ésope, et beaucoup d'autres. Et ce sont :

De la législation à Athènes I, II, III, IV, V
Des constitutions à Athènes I, II
De la démagogie I, II
De la politique I, II
Des lois I[2]
De la rhétorique I, II
Sur la stratégie I, II
81 *De l'Iliade* I, II
De l'Odyssée I, II
Ptolémée I
L'Érotique I
Phédondas[3] I
Médon I
Cléon[4] I
Socrate[5] I

---

1. Comme le remarque F. Wehrli (*RESuppl* XI, 1968, col. 518), cette affirmation ne trouve pas confirmation dans le catalogue qui suit, de loin inférieur pour la longueur à ceux d'Aristote et de Théophraste.

2. Le même titre reparaît plus loin (V 81): c'est peut-être l'indice que ce catalogue a été dressé à partir de deux listes distinctes.

3. Il s'agit peut-être du Phédondas (ou Phédondès) mentionné par Xénophon (*Mémorables* I 2, 48) parmi les membres du cercle socratique et par Platon (*Phédon* 59 c) parmi les témoins de la mort de Socrate.

4. On a pensé (Herwig, *Über Demetrius Phalereus*, Gymnasiumprogram Rinteln, 1850) au Cléon réputé avoir été l'amant de Démétrios (cf. *supra* V 76), mais il peut aussi s'agir de l'homme politique athénien qui succéda à Périclès à la tête du parti démocratique.

5. Par trois fois (*infra* IX 15, 37, 57) D. L. mentionne une *Apologie de Socrate* due à Démétrios de Phalère.

Artaxerxès I
Sur Homère I
Aristide I
Aristomaque I
Protreptique I
Pour la constitution[1] I
Sur ma décennie[2] I
Des Ioniens I
Sur mes ambassades I
De la preuve[3] I
De la gratitude I
Du hasard I
De la magnanimité I
Du mariage I
De l'opinion I
De la paix I
Des lois I
Des occupations ordinaires I
De l'occasion I
Denys I
Sur Chalcis I
L'Attaque des Athéniens[4] I
D'Antiphane[5] I

1. « Constitution » traduit ici le mot *politeia*: on a fait l'hypothèse que le mot pouvait être pris au sens qu'il a dans la *Politique* d'Aristote (III 7), où il désigne une démocratie gouvernée dans l'intérêt général et non dans celui de la faction populaire. On peut cependant douter que la démocratie, même conforme à ce critère, ait pu faire l'objet d'un éloge de la part de Démétrios, représentant à Athènes du pouvoir de Cassandre.

2. Les dix années pendant lesquelles Démétrios fut gouverneur d'Athènes.

3. Ou : « De la bonne foi » (Περὶ πίστεως). Étant donné la place de ce titre dans le catalogue, Wehrli penche plutôt pour cette seconde interprétation.

4. Hicks et Gigante comprennent au contraire « attaque *contre* les Athéniens », mais καταδρομή avec le génitif n'est pas attesté en ce sens. Plus qu'à un témoignage d'hostilité à l'égard des Athéniens, il est plus vraisemblable de penser à un ouvrage sur les attaques dont Démétrios fut l'objet de leur part (*supra* V 77).

5. Peut-être un ouvrage de critique littéraire consacré au poète de la Comédie Moyenne.

Prologue historique I
Lettres I
L'Assemblée sous serment I
De la vieillesse[1] I
Choses justes I
<*Fables* > *à la manière d'Ésope* I
Mots I[2]

82 Le style est philosophique, mêlé de vigueur rhétorique et de force.

Apophtegmes

C'est lui qui, ayant entendu que les Athéniens avaient renversé ses effigies, dit: « mais pas la vertu qui fut cause qu'ils les ont érigées ». Il disait que les sourcils ne sont pas une partie minime <du visage>: ils peuvent bel et bien assombrir la vie entière. Non seulement, disait-il, la richesse est aveugle, mais aussi le hasard qui la guide. Autant le fer est puissant à la guerre, autant en politique la force est à la parole. Voyant une fois un jeune homme dissolu, « voici, dit-il, un Hermès carré[3]: la traîne, le ventre, le sexe, la barbe ». Des hommes à la superbe exagérée il disait qu'il faut prendre la grandeur, mais laisser leur esprit. Les jeunes gens, disait-il, doivent à la maison respecter leurs parents, sur les routes ceux qui viennent à leur rencontre, et dans la solitude eux-mêmes. **83** Dans la prospérité les amis ne s'éloignent que s'ils y sont invités, mais dans le malheur spontanément.

A cela se borne ce qui paraît lui être attribué.

---

1. Mentionné *supra* II 13, et *infra* IX 20.

2. Sont absentes de ce catalogue plusieurs œuvres mentionnées par d'autres sources: les œuvres philosophiques dont fait état la *Souda* (fr. 75 Wehrli), des discours judiciaires mentionnés par Caecilius de Calè Actè (fr. 184 Wehrli), d'autres discours, fictifs (fr. 182 Wehrli), la *Liste des archontes*, pourtant l'une des sources alléguées ailleurs par Diogène (I 22; II 7), des interprétations de rêve dont fait état Artémidore (fr. 99 Wehrli), une collection d'apophtegmes des Sept Sages rapportée par Stobée (*Ecl.* I 172), enfin deux œuvres intitulées l'*Aristarchmos* et le *Boeotiakos* (= fr. 76 Wehrli).

3. Désignation des statues d'Hermès érigées aux carrefours.

Homonymes

Il y a eu vingt Démétrios dignes d'être mentionnés. Un premier, originaire de Chalcédoine, orateur et plus âgé que Thrasymaque[1]; un deuxième, celui-là même dont nous parlons; un troisième, originaire de Byzance, Péripatéticien[2]; un quatrième, appelé Dessinateur, c'est-à-dire clair dans ses descriptions; d'ailleurs le même était aussi peintre; un cinquième, originaire d'Aspendos, élève d'Apollonios de Soles[3]; un sixième, de Callatis[4], celui qui a écrit vingt livres sur l'Asie et l'Europe; un septième, originaire de Byzance, qui a écrit en treize livres le passage des Gaulois d'Europe en Asie et, en huit autres, ce qui concerne Antiochus et Ptolémée, et leur administration de la Libye[5]; **84** un huitième, le sophiste qui tint école à Alexandrie, qui a écrit des manuels de rhétorique[6]; un neuvième, originaire d'Adramyttion[7], grammairien, surnommé Ixion parce qu'il semble s'être rendu coupable de quelque chose à l'égard d'Héra; un dixième, originaire de Cyrène, grammairien, celui qui est surnommé Pot-de-vin, homme digne de mention; un onzième, originaire de Scepsis, un homme riche et de naissance noble, et au plus haut point féru de discussions; c'est lui qui assura la promotion de

---

1. *RE* 94. Né vers 469-459[a].

2. Auteur probable d'un ouvrage *Sur les philosophes* (ou *Sur Socrate*): cf. *supra* II 20. Mentionné dans l'ouvrage sur les homonymes de Démétrios Magnès, il a vécu au plus tard vers le milieu du Ier siècle av. J.-C. C'est peut-être lui que mentionnent Plutarque (*Cat. min.* 65, 67 *sqq.*) et Athénée (X, 452 d, XII, 548 d, XIV, 633 a).

3. Ni l'élève ni le maître ne sont connus par ailleurs.

4. Peut-être le Démétrios mentionné par Stéphane de Byzance comme originaire d'Odessa: il a pu devenir citoyen de Callatis quand cette ville chercha à fédérer autour d'elle l'ensemble de la région.

5. Il s'agit probablement de la guerre entre Antiochus Ier Sôter et Ptolémée Philadelphe, qui se conclut par le mariage de la fille de ce dernier, Bérénice, avec le futur Antiochus II. Le passage des Gaulois en Asie évoque probablement la révolte des mercenaires gaulois de Ptolémée, au début de la guerre.

6. *RE* 96. Habituellement identifié avec le « compagnon de Favorinus » (*RE* 100) mentionné par Galien (*ad Epigen.* 5).

7. En Mysie. La *Souda* rapporte plusieurs anecdotes relatives à l'origine de son surnom. Élève d'Aristarque, il fut l'auteur de commentaires d'Homère et d'Hésiode.

son concitoyen Métrodore[1]; un douzième, grammairien, originaire d'Érythrée, qui obtint la citoyenneté à Temnos[2]; un treizième, originaire de Bithynie[3], fils de Diphile le Stoïcien, et élève de Panétius de Rhodes; **85** un quatorzième, orateur, originaire de Smyrne. Et ceux-là, ce sont des prosateurs, mais il y a des poètes: un premier, qui fut un auteur de l'Ancienne Comédie[4]; un deuxième, auteur d'épopées, dont seule a été conservée cette adresse aux envieux:

Eux qui l'ont méprisé vivant, mort ils le regrettent;
Et voilà que pour sa tombe et son image sans vie
La discorde est venue sur la ville, le peuple est en état de guerre.

Un troisième, originaire de Tarse, qui a écrit des drames satyriques; un quatrième, qui a écrit des vers iambiques, un homme amer; un cinquième, sculpteur, dont fait mention Polémon[5]; un sixième, originaire d'Érythrée, un homme aux écrits de toutes sortes, qui fut l'auteur de livres tant historiques que rhétoriques[6].

---

1. Auteur selon Strabon (XIII 603, 609) d'un commentaire du catalogue homérique des navires troyens (*Iliade* II 816-877), Démétrios doit, pour avoir été contemporain de Métrodore de Scepsis, avoir vécu jusque dans la seconde moitié du IIe siècle av. J.-C.

2. Je traduis, comme M. Gigante, la leçon de B, τήμνῳ (τῇ μνῶ FP, à partir de quoi Cobet, suivi par Hicks, a conjecturé τῇ Μνῷ: « à Mnos », mais on ne connaît aucune cité de ce nom). A la conjecture de Long, Λήμνῳ (« à Lemnos »), K.J. Rigsby (« Missing Places », *CPh* 91, 1996, p. 254) objecte qu'à l'époque où vivait ce Démétrios d'Érythrée, mentionné par la *Souda* (s. v. *Turannion*) comme un rival de Tyrannion, donc un contemporain de Mithridate et de Pompée, Lemnos n'était pas indépendante et qu'on ne pouvait par conséquent en acquérir la citoyenneté.

3. Peut-être l'auteur de deux épigrammes de l'*Anthologie Palatine* (IX 730, 731).

4. *RE* 74. Mentionné par une inscription dans une liste de vainqueurs aux Dionysies. On ne connaît de lui qu'une comédie, *La Sicile*.

5. Polémon d'Ilion. Ce Démétrios (*RE* 122) est identifié comme un sculpteur athénien, du dème d'Alopékè (fin Va-début IVa).

6. Müller (*FHG* IV 381) renvoie pour ce Démétrios d'Érythrée au passage de la *Souda* sur lequel est fondée l'identification de celui qui figure dans la liste précédente.

HÉRACLIDE

86 Héraclide, fils d'Euthyphron, originaire d'Héraclée du Pont, un homme riche.

Ses maîtres

Et à Athènes il fit d'abord la rencontre de Speusippe; mais il fut aussi l'auditeur des Pythagoriciens et il avait fait profession de platonisme[1]; et ensuite il fut l'auditeur d'Aristote[2], comme l'affirme Sotion[3] dans ses *Successions.*

Portrait physique

Il portait des vêtements délicats et il était d'une corpulence excessive, de sorte qu'il était appelé par les habitants de l'Attique non pas Pontique mais Pompeux[4]. En outre il était posé dans sa démarche et solennel.

Catalogue

Par ailleurs on conserve de lui des traités très beaux et excellents, des dialogues[5], parmi lesquels d'abord des ouvrages d'éthique:

---

1. Cf. *supra* III 46.

2. Cette indication, qui pourtant seule justifie sa présence au livre V, est difficile à concilier avec la chronologie de la vie d'Héraclide. Membre de l'Académie jusqu'à la mort de Speusippe (339[a]), Héraclide, écarté du scholarcat au profit de Xénocrate, retourna alors à Héraclée et ne revint, semble-t-il, plus jamais à Athènes: il ne peut donc avoir suivi les leçons d'Aristote au Lycée, qui ne commencèrent qu'en 335-334[a], au retour de ce dernier de son séjour à la cour de Philippe de Macédoine. Reste l'hypothèse qu'Héraclide ait suivi les leçons qu'Aristote donnait à l'Académie du vivant de Platon.

3. Fr. 17 Wehrli.

4. Le jeu de mots est plus littéral en grec: *Pontikos, Pompikos.*

5. La mention « dialogues » ne paraît pas ici à sa place. Non seulement il est évidemment exclu qu'elle s'applique à la totalité des ouvrages dont la liste suit, mais elle n'entre pas dans la construction de la phrase: le neutre pluriel ἠθικά

De la justice III
Puis un livre *De la tempérance*
De la piété I et
Du courage I[1]
Ensemble[2] : *De la vertu* I et un autre ouvrage
Du bonheur I
87 *Du pouvoir*[3] I et
Lois I *et les sujets apparentés aux lois*
Des noms I
Contrats I
Contre son gré[4] I
L'Érotique et
Clinias I[5].

Puis des ouvrages de physique :

De l'intellect
De l'âme[6] et, séparément, *De l'âme* et
De la nature et
Des images

(« des ouvrages d'éthique ») est naturellement épithète de συγγράμματα (« traités ») ; en faire l'épithète commune de συγγράμματα et de διάλογοι se heurte à l'absence de coordination entre les deux substantifs. Il est donc tentant de tenir διάλογοι pour interpolé (R. Hirzel, *Der Dialog*, Leipzig 1895, t. I, p. 322 n. 1), peut-être à partir d'une glose marginale. Le mot serait en tout cas mieux à sa place après ἠθικά : « des traités très beaux et excellents, parmi lesquels d'abord des ouvrages d'éthique (des dialogues) », etc.

1. On peut noter que ces quatre premiers titres correspondent à la classique énumération des quatre vertus principales chez Platon.

2. Κοινῶς, qu'on peut comparer avec la mention opposée qui apparaît un peu plus loin (V 87) : κατ' ἰδίαν, « séparément »

3. Περὶ τῆς ἀρχῆς : le même titre a été traduit, dans le catalogue d'Aristote (V 23), « Du principe ». Ici, la place dans la liste plaide pour le sens retenu.

4. 'Ακούσιος : rapprochant ce titre de celui qui figure dans les catalogues d'Aristote (V 24) et de Théophraste (V 43), Περὶ ἑκουσίου (« Du volontaire »), F. Wehrli fait l'hypothèse que ce nominatif soit une déformation d'un titre Περὶ ἀκουσίου, « De l'involontaire ».

5. Suivant Long et Wehrli ; Hicks et Gigante considèrent qu'il ne s'agit que d'un seul titre : ἐρωτικός καὶ Κλεινίας.

6. Hypothèse de Reiske, suivi par Apelt : un traité *De l'intellect <et> de l'âme*, et, séparémént, un traité *De l'âme*.

Concernant Démocrite[1]
Des corps célestes I
De ceux qui sont dans l'Hadès
Des genres de vie[2] I, II
Causes; sur les maladies[3] I
Du bien I
Contre les doctrines de Zénon[4] I
Contre les doctrines de Métron[5] I

Puis des ouvrages de grammaire:

De l'âge d'Homère et d'Hésiode I, II
D'Archiloque et Homère I, II

Puis des ouvrages de musique[6]:

De ce qu'on lit chez Euripide et Sophocle I, II, III
De la musique I, II
88 *Solutions homériques* I, II
Ouvrage théorétique[7] I
Des trois auteurs de tragédies I
Caractères[8] I
De la poétique et des poètes I
De la conjecture I
Pour servir à la prévision I
Explications d'Héraclite IV
Explications contre Démocrite I

---

1. Περὶ Δημόκριτον. Wehrli édite Πρὸς Δημόκριτον: « Contre Démocrite ».
2. Comme plus bas le traité *Du bien*, ce traité ne paraît pas à sa place parmi les ouvrages de physique.
3. L'ouvrage est mentionné plus loin par D. L. (VIII 51, 60).
4. Étant donné la chronologie, il ne peut s'agir que de Zénon d'Élée.
5. Selon Gigon, il pourrait s'agir en réalité de Métrodore de Chios.
6. D'après les titres rangés sous chacune des deux rubriques, la division entre grammaire et musique paraît arbitraire.
7. Θεωρηματικόν: cf. *supra* III 49, où ce terme désigne, parmi les dialogues platoniciens, l'une des subdivisions du genre « hyphégétique » ou explicatif.
8. Théophraste semble être le premier à avoir employé ce terme dans un sens éthique: la place de ce titre dans la liste fait penser qu'il s'agit plutôt ici d'un ouvrage sur les différents styles (χαρακτῆρες λέξεως).

Solutions éristiques[1] I, II
Axiome I
Des formes[2] I
Solutions I
Conseils I
Contre Denys[3] I

Puis des ouvrages de rhétorique:

Du métier d'orateur, ou: *Protagoras*.

Des ouvrages historiques:

Des Pythagoriciens et
Des inventions.

Variété de style

Il composa certains de ces ouvrages dans le style comique, comme *Du plaisir et de la tempérance*[4]; les autres, dans le style tragique, comme *De ce qui se passe dans l'Hadès*, *De la piété* et *Du pouvoir*[5].
89 Lui appartient aussi un certain style intermédiaire[6], pour la

1. Le même titre figure au catalogue d'Aristote (V 22).

2. Le même titre figure au catalogue de Théophraste (V 43), où il a été traduit de la même façon. Dans un titre du catalogue d'Aristote (V 22), εἶδος a été traduit « espèce » parce qu'il y est associé à γένος (« genre »).

3. Il peut s'agir d'un ouvrage polémique dirigé contre le Dionysios aux attaques duquel fut en butte Héraclide (*infra* V 92-93), ou d'un ouvrage politique contre la tyrannie, visant Denys II de Syracuse.

4. Si l'on y trouve bien un *De la tempérance* (V 86), aucun traité *Du plaisir* ne figure au catalogue qui précède: ou bien il s'agit d'un titre manquant dans le catalogue reproduit par Diogène, mais connu de lui par une autre source, et l'on a ici la mention de deux ouvrages distincts; ou bien il s'agit du traité *De la tempérance*, mentionné ici sous un titre plus développé.

5. Περὶ ἐξουσίας : ce titre manque au catalogue, où figure cependant un Περὶ τῆς ἀρχῆς (« Du pouvoir » V 87) qui, rangé parmi les ouvrages d'éthique, traitait probablement de thèmes voisins: peut-être s'agit-il de deux désignations synonymes du même ouvrage ? L'indication selon laquelle le Περὶ ἐξουσίας était composé dans le style tragique ne convient en tout cas qu'à un dialogue.

6. Le « style intermédiaire », caractérisé par sa « variété » (ποικιλία), était celui qui, entre l'atticisme et l'asianisme, avait la préférence de Cicéron. C'était aussi, selon Denys d'Halicarnasse (*Dem.* III 959 *sq.*; XIV 996; XVI 1000), celui des dialogues de Platon et, selon Cicéron (*Or.* XXVI 91), celui de Démétrios de Phalère.

conversation de philosophes ou d'hommes versés dans la stratégie et la politique qui dialoguent les uns avec les autres.

Mais il y a aussi de lui des ouvrages de géométrie et de dialectique. Et en outre dans tous ses ouvrages il est varié et noble quant au style, et capable à suffisance d'entraîner l'âme de son lecteur.

Héros et imposteur

Par ailleurs, il passe pour avoir libéré sa patrie, qui était sous la domination d'un tyran, en tuant le monarque, comme le dit Démétrios Magnès dans ses *Homonymes*[1]. Lequel rapporte à son sujet ce qui suit : « Il nourrissait un serpent pris tout jeune et devenu adulte[2] ; se trouvant sur le point de mourir, il ordonna à l'un de ses fidèles de dissimuler son corps et de placer le serpent sur le lit, pour qu'on le crût passé chez les dieux. Tout cela fut fait. **90** Et au beau milieu des citoyens qui escortaient Héraclide et chantaient ses louanges, le serpent, ayant entendu leurs acclamations, se dégagea des vêtements et sema le trouble chez la plupart. Plus tard, toutefois, tout fut dévoilé et Héraclide fut vu non tel qu'il paraissait, mais tel qu'il était. »

Épigramme laërtienne

Et voici ce que nous lui avons dédié :

Tu voulais aux hommes laisser la rumeur, Héraclide,
A tous, qu'à ta mort tu avais repris vie sous la forme d'un serpent.
Mais tu t'es trompé pour avoir rusé : car, oui, la bête
Était un serpent, mais toi, on t'a pris à faire la bête, non le sage.

Hippobote rapporte aussi l'histoire.

Nouvelles impostures

91 Hermippe[3], de son côté, dit qu'une famine ayant envahi la région, les habitants d'Héraclée demandèrent à la Pythie de les en déli-

1. Confusion probable avec un autre élève de Platon, Héraclide d'Eneium, qui, en 359[a], tua le roi des Odryses Kotys Ier. Cléarque, tyran d'Héraclée du Pont, fut renversé en 353-352[a], alors qu'Héraclide séjournait à Athènes.

2. Ἐκ νέου καὶ αὐξηθέντα : on rapporte d'habitude (Cobet, Hicks, Gigante) ces mots à Héraclide, mais leur place dans la phrase, et peut-être la vraisemblance (un serpent aurait-il vécu aussi vieux qu'Héraclide ?) invitent à les rapporter au serpent.

3. Fr. 42 Wehrli.

vrer, et qu'Héraclide corrompit par de l'argent à la fois les envoyés et la susdite Pythie, de façon qu'elle proclamât qu'ils seraient délivrés du mal si Héraclide, le fils d'Euthyphron, de son vivant recevait d'eux une couronne d'or, et après sa mort était honoré comme un héros. Le prétendu oracle fut rapporté, et ses inventeurs n'y gagnèrent rien. Car aussitôt couronné au théâtre, Héraclide fut frappé d'apoplexie, et les envoyés furent tués par lapidation. Mais la Pythie aussi, descendant à la même heure dans la partie du sanctuaire interdite aux profanes. marcha sur un des serpents et, mordue, expira sur-le-champ. Et voilà pour la mort de notre homme.

92 Par ailleurs, Aristoxène[1] le musicien dit qu'il est aussi l'auteur de tragédies et qu'il les signa du nom de Thespis. Et Chaméléon[2] dit qu'Héraclide le pilla pour écrire son ouvrage sur Hésiode et Homère. Mais Antidoros[3] l'Épicurien s'en prend aussi à lui, contredisant son ouvrage *De la justice.* En outre, Denys le Transfuge[4] (ou Spintharos, selon certains), ayant écrit son *Parthénopée,* le signa du nom de Sophocle. L'autre, y ayant cru, en prit à témoin des passages pour l'un de ses propres traités[5], dans l'idée que c'était du Sophocle. **93** Quand Denys s'en aperçut, il lui révéla ce qui était arrivé; mais comme Héraclide refusait de le croire, il lui écrivit de regarder l'acrostiche; et il contenait « Pancalos »: c'était le bien-aimé de Denys. Mais comme, ne le croyant toujours pas, Héraclide disait qu'il était possible qu'il en fût ainsi par hasard, Denys lui écrivit à nouveau en réponse: « Tu trouveras aussi cela:

A. On ne prend pas au piège un vieux singe.
B. Si, on le prend : ce n'est qu'une question de temps.

---

1. Fr. 114 Wehrli.
2. Fr. 46 Wehrli.
3. Correction de G. Ménage pour le 'Αυτόδωρος des manuscrits. Cf. *infra* X 8, où D. L. rapporte le surnom (« Sannidoros ») qu'Épicure donnait à un certain Antidoros: ou bien donc, si ce dernier était un adversaire d'Épicure, la correction de Ménage n'est pas fondée (F. Wehrli), ou bien Antidoros, d'abord épicurien, aurait ensuite « déserté » le Jardin (W. Crönert, *Kolotes und Menedemos*, Leipzig 1906 ; réimpr. Amsterdam 1965, p. 24-26). Cf. T. Dorandi, *DPhA* I, A 191.
4. Dionysios d'Héraclée, passé des stoïciens aux cyrénaïques (cf. VII 37), après avoir été l'élève d'Héraclide lui-même (VII 166).
5. Peut-être *Des trois auteurs de tragédies* (V 88).

Et en outre : “Héraclide ne sait pas ses lettres, et n’en a pas honte.” »

Homonymes

Il y a eu quatorze Héraclide : le premier, c’est celui-là même dont nous parlons ; un deuxième, son concitoyen, auteur de recueils de danses guerrières et autres bêtises[1] ; **94** un troisième, originaire de Cumes[2], qui a écrit sur la Perse en cinq livres ; un quatrième, originaire de Cumes, orateur, qui a écrit des manuels ; un cinquième, originaire de Callatis ou d’Alexandrie, qui a écrit la *Succession* en six livres et un *Discours lembeutique*, d’où vient qu’il était appelé aussi Lembos ; un sixième, originaire d’Alexandrie, qui a écrit les *Particularités de la Perse* ; un septième, dialecticien, originaire de Bargylis, qui a écrit contre Épicure ; un huitième, médecin, de ceux qui se réclament d’Hicésios ; un neuvième, médecin, originaire de Tarente, de l’école empirique ; un dixième, versé en poésie, qui a écrit des exhortations ; un onzième, sculpteur, originaire de Phocée ; un douzième, agréable poète épigrammatique ; un treizième, originaire de Magnésie, qui a écrit sur Mithradate[3] ; un quatorzième, qui est l’auteur d’un recueil d’observations astronomiques[4].

1. Wilamowitz corrige φλυαρίας en φλύακας : « auteur de danses guerrières [“pyrrhiques”] et de tragédies burlesques [ou de parodies tragiques : “phliaques”] »).

2. Cf. Athénée XII, 517 b. Cet Héraclide de Cumes, distinct du préfet d’Héraclée qui fut chassé par les habitants de cette ville en 281[a], est peut-être le même que l’Héraclide d’Alexandrie mentionné plus loin, lui aussi auteur d’un ouvrage sur la Perse.

3. Ou, selon le texte imprimé par Cobet, sur Mithridate.

4. Semblant tout ignorer des travaux d’Héraclide du Pont en astronomie, il est fort possible que ce soit lui que D. L. prend pour un homonyme.

Notes complémentaires (livre V)

1. Littéralement : « jusqu'à ce que Nicanor prenne possession (καταλάβῃ) », ce qui fait difficulté puisque ce verbe n'est pas attesté sans complément. M. Patillon propose de lire, à la place de καταλάβῃ, ἀναλάβῃ (« soit rétabli ») : la conclusion du testament (V 16), dans ce cas, n'exprimerait pas le vœu d'un retour sain et sauf de Nicanor de quelque « mission dangereuse » (Düring, *AABT*, p. 62, 271), mais celui de sa guérison. Traditionnellement, cependant, on cherche à éclairer le texte des manuscrits par les hypothèses suivantes sur la personnalité et la biographie de Nicanor : d'après une inscription trouvée à Éphèse, honorant un « Nicanor, fils d'Aristote, de Stagire », on pense que Nicanor, tenu en général pour le fils de la sœur d'Aristote, Arimnestè, et de Proxène d'Atarnée (mais voir l'arbre généalogique de la famille d'Aristote dressé par R. Goulet, *DPhA* I, p. 421) avait été adopté par le philosophe ; d'autres sources anciennes, on conclut qu'il suivit avec Alexandre l'enseignement d'Aristote : il est vraisemblable qu'il s'établit entre les deux jeunes gens une intimité suffisante pour que, ayant suivi Alexandre dans sa campagne d'Asie, le neveu et fils adoptif d'Aristote soit le Nicanor qui porta aux représentants des cités grecques, aux Jeux Olympiques de 324[a], le décret d'Alexandre ordonnant le rapatriement des victimes de bannissement. Étant donné l'agitation soulevée en Grèce par ce décret, on peut penser que cette mission, comme d'ailleurs le simple fait de participer à la campagne d'Alexandre, était de nature à inquiéter Aristote : expliquant par là la fin du testament, on suppose Nicanor absent au moment de la rédaction du testament, et on interprète καταλάβῃ : « jusqu'à ce qu'il vienne prendre possession (*scil.* de ma succession) » (cf. Düring, *AABT*, p. 63). (Traditionnellement, on tient le Nicanor du testament d'Aristote pour identique aussi avec celui qui, en 318[a], ayant pris au nom de Cassandre le commandement de la garnison macédonienne de la forteresse de Munychie, s'assura ainsi la maîtrise du Pirée et permit la victoire de Cassandre sur Polyperchon [voir par exemple H. Berve, *RE* XVII, 1, 1936, col. 267-268] ; mais cette identification est rejetée par A. B. Bosworth, « A New Macedonian Prince », *CQ* 44, 1994, p. 57-65, notamment p. 57-59.) A quel titre, maintenant, Nicanor doit-il prendre possession de la succession d'Aristote ? C'est là l'une des principales difficultés d'interprétation du testament, susceptible de deux lectures opposées selon l'interprétation à laquelle on s'arrête du silence du testament à propos de Nicomaque. Soit en effet, ajoutant foi à l'information rapportée en tout premier lieu par D. L. (*supra* V 35), qui fait de Nicomaque le fils naturel d'Aristote et d'Herpyllis, qui ne serait que sa concubine, on le tient pour exclu de la succession de son père. Le testament doit alors s'interpréter dans le cadre de la législation (athénienne, mais Aristote n'est pas athénien et, le testament étant selon toute probabilité postérieur à sa retraite à Chalcis, son exécution ne dépendra pas de la loi athénienne) sur les filles épiclères (cf. R. Goulet, *DPhA* I, p. 419) : suivant la coutume athénienne, et selon une procédure devenue courante à la fin du Ve siècle (cf. D. D. MacDowell, *The Law in Classical Athens*, London 1978,

p. 95), Aristote arrange par testament le mariage de sa fille avec son plus proche parent de sexe masculin, dans l'espoir que de ce mariage naisse un garçon à qui reviendra plus tard son héritage. Si, au contraire, on voit en Nicomaque le fils légitime d'Aristote (qu'il aurait eu soit de Pythias, soit d'Herpyllis épousée en secondes noces), le silence du testament à son sujet s'explique par le fait qu'il hérite automatiquement de l'ensemble de la succession, sans qu'aucune disposition testamentaire soit nécessaire ni même utile. C'est d'ailleurs ce qu'explicite une phrase de la version arabe du testament (cf. Düring, *AABT*, p. 220 ; Plezia[1], n. 3 *ad loc.* ; A. H. Chroust, *Aristotle. New light on his life and on some of his lost works*, London 1973., p. 187). Son authenticité étant contestée (pour : Düring, *AABT*, p. 239 et Chroust, *op. cit.*, p. 211 ; contre : H. B. Gottschalk, « Notes on the Wills of the Peripatetic Scholars », *Hermes* 100, 1972, p. 325), cette phrase ne peut suffire à trancher le débat. On peut en revanche faire valoir que, dans l'hypothèse où Nicomaque serait l'héritier de droit, trop jeune à la mort de son père pour entrer sans délai en possession de son héritage, les dispositions prises par Aristote présentent une similitude remarquable avec celles prises par le père du jeune Démosthène (cf. *Contre Aphobos* I), arrangeant le remariage de sa veuve et le mariage de sa fille avec deux de ses neveux, en même temps désignés, avec un troisième personnage extérieur à la famille, pour être les tuteurs de son fils.

2. La présence de lettres de Sélymbriens dans la liste des lettres d'Aristote ne peut que surprendre, d'où la correction qui a été suggérée : « Lettres <au sujet> des Sélymbriens » (Düring, Gigante, Plezia). Par une lettre de Philippe insérée par Démosthène dans son discours *Sur la couronne* (77-78), on apprend que le souverain macédonien avait saisi des navires athéniens qui tentaient de ravitailler Sélymbria, en Thrace, qu'il assiégeait. Aristote étant à ce moment-là (340[a]) à la cour de Macédoine, il est cependant douteux, s'il écrivit des « lettres à Philippe au sujet des Sélymbriens », que ce fût à l'occasion de cette affaire. Outre la suggestion qu'on vient de mentionner, Düring a proposé de considérer la première occurrence de « Lettres » comme un titre général. On aurait donc :

ἐπιστολαί	Lettres :
πρὸς Φίλιππον <περὶ> Σηλυμϐρίων	à Philippe, <au sujet> des Sélymbriens
ἐπιστολαὶ πρὸς 'Αλέξανδρον δ'	lettres à Alexandre IV
ἐπιστολαί πρὸς 'Αντίπατρον θ'	lettres à Antipatros IX.

Ne retenant que la première des deux suggestions de Düring, Gigante lit :

Lettres à Philippe <au sujet> des Sélymbriens,
Lettres à Alexandre IV,
Lettres à Antipatros IX.

Adoptant au contraire les deux suggestions de Düring, Plezia conclut de la seconde que, passé le titre « Lettres », les occurrences suivantes du même mot n'ont pas lieu d'être. Il lit donc comme Düring : « Lettres : à Philippe au sujet des Sélymbriens », mais le mot ἐπιστολαί (« lettres ») qui précède les mots « à Alexandre » s'explique selon lui par la faute d'un copiste qui aurait pris pour une abréviation la lettre ε, notation grecque du chiffre 5, indiquant ici le nombre des lettres d'Aristote à Philippe conservées. Expliquant probablement l'occurrence suivante du mot « lettres » comme une répétition de l'erreur précédente, il la supprime. Ce qui donne le texte suivant :

ἐπιστολαί	Lettres :
πρὸς Φίλιππον <περὶ> Σηλυμβρίων ε΄	à Philippe, <au sujet> des Sélymbriens V
πρὸς Ἀλέξανδρον δ΄	à Alexandre IV
πρὸς Ἀντίπατρον δ΄	à Antipatros IV

(Plezia^2, p. 7, 10-13). Sur la correction de IX en IV, voir p. 584 n. 5.

3. A la suite de Wehrli, de Gigante, et en dernier lieu de Sollenberger, je lis δεικτηρίου, la leçon de B, contre δικαστηρίου, qui apparaît comme une correction dans F et P, et que retiennent Hicks et Long. Dans l'extrait qui suit de la lettre de Théophraste, en effet, rien ne fait allusion à un tribunal. Pour ma traduction de δεικτηρίου, je suis l'interprétation de G. Glotz (« Les fêtes d'Adonis sous Ptolémée II », *REG* 33, 1920, p. 201 *sqq.*), selon qui il s'agit du local où Théophraste réunissait ses auditeurs, et selon qui également c'est du bâtiment où il tenait école que parle Théophraste dans la lettre dont D. L. cite ensuite un extrait. Sollenberger (art. cité, p. 3873 n. 402) cite à l'appui la définition donnée par Basile de Séleucie, archevêque d'Isaurie (Ve siècle ap. J.-C.) : la chaire ou la salle de conférence (*PG*, vol. 85, col. 612 d - 613 a).

4. On comprend habituellement cette phrase de la façon suivante : « Et je crois que c'est sur ces fonds (ἀπὸ τούτων : les biens possédés par Lycon en Troade et légués à ses deux neveux Astyanax et Lycon) qu'il faut rembourser ce que j'ai dépensé (κατακέχρημαι) à Athènes... ainsi que les dépenses occasionnées par mes obsèques et les autres cérémonies d'usage ». Cette interprétation se heurte à deux difficultés. (1) La première réside dans les mots qui suivent immédiatement κατακέχρημαι Ἀθήνησι (« ce que j'ai dépensé à Athènes ») : παρά τινος ἔχων ἢ ἐκπεπραχώς. S'agissant de remboursements, on doit comprendre qu'il s'agit de sommes empruntées par Lycon pour pourvoir à ses dépenses. Cette interprétation rend compte du premier membre de l'alternative, παρά τινος ἔχων (« ... ce que j'ai dépensé à Athènes, le tenant de quelqu'un »), mais pas du second, ἐκπεπραχώς : la seule façon de rapporter ce verbe à des dettes à rembourser est de comprendre qu'il s'agit de prêts que Lycon aurait « exigés » des prêteurs, ce qui revient à l'imaginer vivant d'expédients proches de l'extorsion de fonds... Il paraît plus vraisemblable de comprendre ici ἐκπεπραχώς dans un sens voisin du moyen εἰσπράσσομαι (cf. *supra* II 27 : μισθόν τε οὐδένα εἰσεπράξατο, « [Socrate] ne se fit jamais payer de salaire ») et désignant, par opposition à des prêts ou à des dons (παρά τινος ἔχων), l'argent gagné : or on ne voit pas pourquoi les gains réalisés par Lycon donneraient lieu à remboursement. (2) Seconde difficulté : dans l'interprétation habituelle de ce passage, Lycon affecte aux frais qu'il aura engagés ou occasionnés (ses obsèques) à Athènes les fonds qu'il laisse en Troade. Dans la suite du testament, cependant, ce ne sont pas les légataires de ces fonds, Astyanax et Lycon, qui doivent pour-

voir aux dépenses en question, mais soit, pour les obsèques, les disciples de Lycon, en tête desquels Boulon et Callinos (V 70, V 71), soit (pour des dons s'apparentant à un évergétisme posthume et pour les dettes à rembourser) le seul Lycon, neveu du philosophe, qui doit utiliser à cette fin non plus les biens dont il a hérité avec son frère en Troade, mais (V 71) ceux dont il a été déclaré le seul héritier (V 70, début), « en ville [= à Athènes] et à Égine ».

A la première de ces difficultés, il existe deux solutions. (1A) Si l'on garde au verbe κατακέχρημαι le sens de « dépenser », il faut (a) comprendre que le démonstratif τούτων ne désigne pas ce qui vient d'être légué à Astyanax et Lycon, mais ce qui va l'être dans la suite, à Lycon d'une part, aux disciples d'autre part, à savoir les biens de Lycon « en ville et à Égine » et « la promenade » : « voici sur quoi je crois qu'il faut rembourser ce que j'ai dépensé à Athènes » ; (b) comprendre (mais la construction est difficile) que l'alternative παρά τινος ἔχων ἢ ἐκπεπραχώς ne porte pas sur les mots qui la précèdent immédiatement, « ce que j'ai dépensé à Athènes », mais sur le démonstratif τούτων : étant donné qu'il y aurait quelque incohérence à prescrire d'utiliser des prêts à rembourser des dettes, même le premier membre de l'alternative ne désigne pas des emprunts, mais des dons. Le sens serait alors le suivant : « voici sur quoi, qu'il s'agisse de ce que j'ai reçu d'autrui (par exemple le *Peripatos*, reçu de Straton) ou de ce que j'ai acquis moi-même ("les biens que j'ai en ville et à Égine"), je crois qu'il faut rembourser ce que j'ai dépensé à Athènes ». (1B) La solution retenue dans la présente traduction, qui consiste à donner à κατακέχρημαι le sens non pas de « dépenser » mais de « posséder » ou plus exactement « avoir le plein usage » (cf. *LSJ*, s. v. I), outre qu'elle est grammaticalement moins difficile, s'appuie sur le fait que les deux prédécesseurs de Lycon (ne comportant aucune disposition exécutoire à Athènes, le testament d'Aristote n'entre pas ici en ligne de compte) ont évité l'un et l'autre, d'une manière trop systématique pour ne pas être délibérée, de grever l'héritage qu'ils laissaient dans leur patrie par les dépenses qu'ils prescrivaient de faire à Athènes, y compris celles entraînées par leurs obsèques (on notera qu'aucun d'entre eux ne souhaite voir son corps rapatrié) : après avoir légué, lui aussi probablement à des neveux, ce qu'il possède à Érèse (οἴκοι : « à la maison », V 51), Théophraste impute sur des fonds qui semblent en être totalement distincts (« les prêts effectués par Hipparque ») la totalité des dépenses à faire tant pour la restauration du *Peripatos* que pour ses propres funérailles ; Straton, de même, ayant lui aussi légué probablement à deux neveux sa propriété de Lampsaque (V 61 : οἴκοι, selon la même expression que Théophraste), impute ensuite la totalité des dépenses prescrites aux exécuteurs testamentaires (qui paraissent se confondre avec les membres de l'école), et en premier lieu celles qu'occasionneront ses obsèques, sur « l'argent dont [il] dispose (ὑπάρχοντός μοι) à Athènes ». Du sens donné ici à κατακέχρημαι résulte d'ailleurs un parallélisme frappant entre les premières lignes du testament de Lycon et celles du testament de Straton, dont il n'est pas absurde de penser qu'elles s'inspirent :

Straton (V 61)	Lycon (V 69)
Ce qu'il y a chez moi, d'une part, je le lègue en totalité à Lampyrion et Arcésilas.	Tout ce qu'il y a chez moi, je le donne aux frères Astyanax et Lycon.
Grâce, d'autre part, à l'argent dont je dispose à Athènes,	Et je crois que c'est sur ce dont j'ai la jouissance (κατακέχρημαι) à Athènes
que les exécuteurs tout d'abord s'occupent de mes obsèques et de tout ce qui est d'usage après les obsèques.	qu'il faut rembourser ce qui aura été dépensé tant pour mes obsèques que pour les autres cérémonies d'usage.

Si l'on admet cette hypothèse, ce ne sont pas seulement les premières lignes, mais l'ensemble du testament qui devient beaucoup plus aisément lisible, la seconde difficulté signalée ci-dessus y trouvant elle aussi sa solution. A l'ensemble des dispositions prises par Lycon préside la distinction première entre ce qu'il possède dans sa cité d'origine et les biens dont il dispose à Athènes. Ces biens se divisent eux-mêmes en deux: ceux que Lycon a reçus d'autrui (παρά τινος ἔχων) et ceux dont il a lui-même fait l'acquisition (ἐκπεπραχώς), distinction à laquelle répond ensuite celle entre les biens qu'il possède « en ville et à Égine », c'est-à-dire en territoire athénien, légués à celui de ses deux neveux qui porte son nom et a tenu auprès de lui la place d'un fils, et « la promenade », c'est-à-dire l'école, autrefois reçue de Straton et aujourd'hui léguée, comme il se doit, à ceux qui en sont membres (parmi lesquels, mais pas au premier rang, à nouveau le neveu Lycon). A charge pour les uns et les autres de pourvoir, sur leurs héritages respectifs, aux dépenses suivantes: têtes de liste des héritiers du *Peripatos*, Boulon et Callinos devront organiser les obsèques de leur maître (V 70, fin) et pourvoir à la dépense nécessaire à cette fin (V 71), cependant que Lycon devra, sur les propriétés d'Égine (apparemment des oliveraies), prendre de quoi assurer, par la distribution d'huile aux jeunes athlètes et l'érection d'une statue, la mémoire de son oncle; et, sur les biens de son oncle « en ville », de quoi rembourser ses dettes. A chaque fonds, donc, son ou ses légataire(s), et à chaque légataire (exception faite des héritiers des biens de famille, qu'aucune charge ne vient grever) ses obligations : le testament de Lycon se révèle parfaitement cohérent, conformément à l'appréciation finale de D. L. (V 74, fin). Une seule difficulté subsiste (V 71) : après avoir stipulé que son neveu homonyme devra, sur les biens qu'il lui laisse « en ville », rembourser ses dettes, Lycon rappelle que ce ne sera pourtant pas à son neveu, mais à Boulon et Callinos, c'est-à-dire aux membres de l'école, d'assumer les frais de ses obsèques. « Qu'ils prennent cela, ajoute Lycon, sur ce qui, *chez moi* (ἐν οἴκῳ), leur a été légué par moi à tous deux en commun. » Or, ce n'est pas ce qu'il a « chez lui », c'est-à-dire en Troade, que Lycon a légué à Boulon et Callinos, mais le *Peripatos*. Pour expliquer la présence dans cette phrase des mots ἐν οἴκῳ, en contradiction, on le voit maintenant, non seulement avec les premières lignes, mais avec l'ensemble du testament, U. von Wilamowitz-Mœllendorff (*Antigonos von Karystos*, Berlin 1881, p. 263, n. 1) a supposé l'existence d'un autre testament rédigé séparément par Lycon, dans lequel il aurait légué une partie de ses biens en Troade à Boulon et Callinos. Mais le début du testament reproduit par D. L. stipule explicitement le legs à Astyanax et à Lycon de «*tout* ce qu'il y a chez [leur oncle], (τὰ μὲν ἐν οἴκῳ πάντα)». Gottschalk (art. cité, p. 321, n. 2) a supposé en conséquence que ἀμφοτέροις («à tous deux») désigne Astyanax et Lycon, la phrase précédente, qui charge Boulon et Callinos de pourvoir aux dépenses des obsèques, ayant été maladroitement intercalée: mais pourquoi prescrire à Lycon (et à Astyanax, dans cette hypothèse implicitement inclus dans ἀμφοτέροις) de rembourser les dettes de l'oncle sur le patrimoine laissé par celui-ci en Troade, alors qu'il vient de leur être prescrit d'employer à ces remboursements ce que Lycon a «en ville», c'est-à-dire à Athènes? (L'ajout de la précision κοινῇ, «en commun», qui rappelle la formule employée par Théophraste pour indiquer dans quel esprit devait être reçu le *Péripatos* par ceux qu'il en faisait légataires [V 53], «comme si c'était un temple qu'ils possédaient en commun [κοινῇ κεκτημένοις]», donne une raison supplémentaire de penser que ἀμφοτέροις désigne bien Boulon et Callinos, héritiers, ou du moins premiers nommés parmi les héritiers, du même legs.) Ainsi les hypothèses destinées à expliquer les mots ἐν οἴκῳ ne font-elles que soulever de nouvelles difficultés: une solution plus simple est de voir dans ces mots une glose marginale erronée, malencontreusement insérée dans le texte. Il suffit de l'en retrancher pour que le testament retrouve sa cohérence, la confusion qu'il est traditionnel d'y relever étant imputable à un lecteur, et non à son auteur.

LIVRE VI

Introduction, traduction et notes

par Marie-Odile GOULET-CAZÉ

INTRODUCTION

Le livre VI est consacré à Antisthène et aux philosophes cyniques : Diogène de Sinope, Cratès de Thèbes et leurs disciples. En traitant dans le même livre Antisthène et les Cyniques, Diogène Laërce fait d'Antisthène le fondateur du mouvement, présente Diogène le Chien comme son disciple et cautionne la succession : Socrate – Antisthène – Diogène – Cratès – Zénon, que revendiquaient certains Stoïciens. Dans une telle optique les Cyniques apparaissent comme une école socratique et par voie de conséquence les Stoïciens rejoignent Socrate *via* les Cyniques. Diogène Laërce soutient par ailleurs que le cynisme est une véritable école de pensée et non, comme le voudraient d'aucuns à qui il fait allusion, une façon de vivre. Pour comprendre le livre VI, le lecteur doit être averti de ces deux prises de position qui, dès l'Antiquité, ne faisaient pas l'unanimité.

Les deux thèses soutenues par Diogène Laërce dans le livre VI[1]

Pour montrer que le cynisme remonte à Antisthène, Diogène Laërce signale un certain nombre de détails concernant le philosophe socratique, qui ne peuvent qu'accréditer sa thèse : Antisthène enseignait au gymnase de Cynosarges (or l'étymologie de ce nom propre renvoie au mot "chien" qui est aussi à l'origine de l'appellation "cynique") ; il avait pour surnom Ἁπλοκύων ("vrai chien" "chien franc", "chien au manteau simple" ou bien "chien naturel", on ne sait trop), et il pliait son manteau en deux, ce qui allait devenir

1. On trouvera un examen détaillé du livre VI, de sa structure, de ses sources et de ses chries dans M.-O. Goulet-Cazé, « Le livre VI de Diogène Laërce : analyse de sa structure et réflexions méthodologiques », *ANRW* II 36, 6, 1992, p. 3880-4048. Voir aussi l'étude importante d'A. Brancacci, « I κοινῇ ἀρέσκοντα dei Cinici e la κοινωνία tra cinismo e stoicismo nel libro VI (103-105) delle "Vite" di Diogene Laerzio », *ANRW* II 36, 6, Berlin 1992, p. 4049-4075.

pendant des siècles la pratique cynique[1] (VI 13). En outre Diogène est présenté comme le disciple, le seul d'ailleurs, du philosophe socratique. Exilé pour avoir «falsifié la monnaie» à Sinope, Diogène, arrivé à Athènes, aurait voulu en effet s'attacher à Antisthène. Celui-ci aurait d'abord essayé de le repousser, puis devant sa persévérance l'aurait admis à ses côtés (VI 21). Une anecdote mettant en présence les deux philosophes au moment de la maladie d'Antisthène (VI 18) vient confirmer leurs relations. Enfin, à trois reprises (en VI 2, 14 et 15) dans le chapitre consacré à Antisthène, Diogène Laërce soutient que ce dernier, élève de Socrate, joua un rôle dans la naissance du cynisme et du stoïcisme. C'est ainsi par exemple qu'on lit en VI 15: «Antisthène ouvrit la voie à l'impassibilité de Diogène, à la maîtrise de soi de Cratès et à la fermeté d'âme de Zénon, puisqu'il a lui-même défini les fondements de la *République*[2]», ou en VI 2: «Comme il habitait au Pirée, il parcourait chaque jour les quarante stades afin de venir écouter Socrate, dont il emprunta la fermeté d'âme et imita l'impassibilité, ouvrant ainsi, le premier, la voie au cynisme.» De même dans la doxographie cynique générale de VI 104, ce sont les opinions d'Antisthène, et non celles de Diogène, on le remarquera, que Diogène Laërce choisit pour illustrer la doctrine éthique du cynisme.

En fait, dès l'Antiquité, il y eut des gens pour se demander si le cynisme était un antisthénisme ou un diogénisme. Ce fut le cas au moins d'Œnomaos de Gadara (Julien, *Disc.* IX 8, 187 c). En outre, depuis Dudley[3], les Modernes ont avancé nombre d'arguments, notamment d'ordre chronologique et numismatique, pour contester que Diogène ait pu, chronologiquement, fréquenter Antisthène[4]. Il me semble que sur cette question il faut bien dissocier deux pro-

---

1. Le *tribôn* plié en deux permettait de se protéger contre le froid l'hiver et pouvait servir l'été de couverture pour dormir.

2. Sur l'expression énigmatique: «les fondements de la *République*», voir la note *ad loc.*

3. D.R. Dudley, *A History of Cynicism. From Diogenes to the 6th Century A.D.*, London 1937; réimpr. New York, 1974, 225 p., notamment le premier chapitre, p. 1-16.

4. Pour un bilan de ces arguments, voir G. Giannantoni, *Socratis et Socraticorum Reliquiae*, seconde édition augmentée, 4 vol., Napoli 1990, t. IV, p. 223-233.

blèmes : d'une part la fréquentation d'Antisthène par Diogène – et c'est un fait qu'il n'est pas évident qu'elle ait pu chronologiquement avoir lieu –, d'autre part le rôle qu'Antisthène joua éventuellement dans l'apparition de cette philosophie nouvelle qu'était le cynisme. Je pense avoir montré grâce à une analyse détaillée de la *Vie* d'Antisthène[1] qu'au départ celle-ci était constituée d'un développement relativement succinct où Antisthène était présenté comme un disciple de Gorgias devenu par la suite disciple de Socrate, et que la présence d'une phase cynique dans sa biographie est un ajout postérieur. Mais je pense avoir montré également[2] qu'Aristote, quand il évoque dans la *Rhétorique*[3], sans plus de précision, « le Chien », entendait désigner à son lecteur Antisthène, et non Diogène comme on le croyait jusqu'à présent. Le surnom d'Ἁπλοκύων transmis par Diogène Laërce (VI 13) s'harmonise d'ailleurs parfaitement avec cette hypothèse. Par conséquent, que Diogène ait ou non fréquenté Antisthène, ce dernier pouvait être évoqué par ses contemporains comme le « Chien ». C'est bien lui qui, par son mode de vie, par les principes qu'il énonçait oralement et qu'il mettait en pratique dans ses actes, ouvrit la voie au cynisme, même si ce n'est certainement pas lui qui fit du cynisme un mouvement – informel certes, mais reconnu cependant comme mouvement. Ses disciples d'ailleurs n'étaient pas appelés Κυνικοί, mais Ἀντισθένειοι[4]. Le fondateur du mouvement, celui qui devait donner l'exemple au quotidien du mode de vie cynique, c'est Diogène. On comprendra aisément que certains Stoïciens[5], qui étaient soucieux de légitimité socratique, aient pu, s'appuyant sur le fait que Zénon était le disciple de Cratès le Cynique, vouloir forcer le rôle joué par Antisthène dans

1. M.-O. Goulet-Cazé, « Le livre VI de Diogène Laërce », p. 3951-3970.

2. M.-O. Goulet-Cazé, « Who was the First Dog ? », dans R. B. Branham and M.-O. Goulet-Cazé (édit.), *The Cynic Movement in Antiquity and its Legacy*, Berkeley, University of California Press, 1997, p. 414-415.

3. Aristote, *Rhétorique* III 10, 1411 a 24-25 (= *SSR* V B 184).

4. Cf. Aristote, *Métaphysique* H 3, 1043 b 4-32.

5. Par exemple Apollodore de Séleucie, un condisciple de Panétius chez Diogène de Babylone, dont on devine la présence derrière la doxographie de VI 104 et que Diogène Laërce cite souvent dans le livre VII (notamment en VII 121 où la célèbre définition du cynisme comme « raccourci vers la vertu » lui est nommément attribuée).

la naissance du mouvement cynique, afin d'établir une succession continue de Socrate à Zénon. C'est ainsi qu'on pourrait expliquer que la partie cynique de la *Vie* d'Antisthène ait été rajoutée après coup. Cela permettrait aussi de comprendre qu'il y ait eu dans l'Antiquité cette contestation sur la nature du cynisme, antisthénisme ou diogénisme, dont fait état Œnomaos. Enfin l'insistance un peu trop marquée avec laquelle Diogène Laërce, fidèle certainement à la perspective qu'adoptait une de ces sources sur ce point, souligne les liens qui unissent les écoles cynique et stoïcienne, recevrait là une explication.

Quant à la seconde thèse, celle selon laquelle le cynisme serait une *hairesis,* une école philosophique à part entière, elle s'oppose à ce que prétendait un certain Hippobote[1] qui, définissant une école par l'ensemble de dogmes cohérents qu'elle est capable de produire, et estimant que le cynisme ne répond pas à cette définition, refusait de le ranger parmi les écoles philosophiques[2]. En excluant ainsi le cynisme des écoles philosophiques, Hippobote enlevait de la crédibilité à tous ceux qui essayaient de rattacher le stoïcisme à Socrate par le biais de Zénon, Cratès, Diogène et Antisthène. Conséquent avec cette prise de position, Hippobote attribuait pour sa part à Zénon les premiers fondements de l'école stoïcienne, qui, du même coup, se retrouvait privée d'antécédents socratiques[3].

---

1. Les fragments d'Hippobote, auteur d'un ouvrage « Sur les écoles philosophiques » et d'un « Registre des philosophes », ont été édités par M. Gigante, *Frammenti di Ippoboto. Contributo alla storia della storiografia filosofica,* dans *Omaggio a Piero Treves,* a cura di A. Mastrocinque, Padova 1983, p. 151-193. Cette édition doit être complétée par un témoignage papyrologique [*POxy* 3656 = *Oxyrhynchos Papyri,* t. 52, 1984, p. 47-50] dont M. Gigante fait état dans un article postérieur à son édition : « Accessione Ippobotea », *PP* 40, 1985, p. 69. La datation d'Hippobote a fait l'objet de bien des hypothèses et a soulevé bien des discussions. M. Gigante, p. 156-158, suggère de situer le *floruit* d'Hippobote dans la première moitié du IIe siècle avant J.-C.

2. Voir M.-O. Goulet-Cazé, « Le livre VI de Diogène Laërce », p. 3923-3924, et *ead.,* « Le cynisme est-il une philosophie ? », dans Monique Dixsaut (édit), *Contre Platon,* t. I : *Le platonisme dévoilé,* Paris 1993, p. 273-313, aux pages 277-283.

3. C'est en tout cas ce que dit clairement l'Épicurien Philodème, *PHerc* 339, col. XIII, p. 101 Dorandi dans « Filodemo. Gli Stoici (Pherc. 155 e 339) », *CronErc* 12, 1982, p. 91-133 : « [Ils (*i.e.* les Stoïciens partisans d'une filiation

A qui Diogène Laërce, dont on peut penser à première vue qu'il n'avait pas de raisons idéologiques personnelles pour pencher du côté de telle ou telle conception du cynisme, a-t-il pu emprunter les deux thèses précédemment évoquées ? Celles-ci pourraient parfaitement se concevoir dans la perspective d'un auteur de *Successions* comme Sotion qui avait tout intérêt à ce que les filiations soient parfaitement ajustées. Mais j'ai suggéré ailleurs[1] que la source de Diogène Laërce était plutôt en l'occurrence le biographe Dioclès de Magnésie et que celui-ci s'appuyait sur la partie éthique des *Introductions aux dogmes* du Stoïcien Apollodore de Séleucie, qui vivait au milieu du IIe siècle av. J.-C. Celui-ci n'affirmait-il pas que « le cynisme est un court chemin vers la vertu » (VI 104 et VII 121) et ne se plaisait-il pas à souligner les liens qu'entretenaient cynisme et stoïcisme ? Apollodore faisait partie en effet de ces Stoïciens qui, à la suite de Zénon, Chrysippe et Cléanthe, voyaient dans les Stoïciens des successeurs des Cyniques. En revanche, on sait par le *De Stoicis* de Philodème[2] que d'autres Stoïciens, à qui ne souriait guère l'idée que leur école puisse être l'héritière de Diogène, niaient la paternité de la *République* du Cynique et considéraient celle de Zénon comme un ouvrage de jeunesse. Diogène Laërce a donc pris clairement parti dans son livre VI pour Apollodore contre Hippobote.

Il ressort de ces réflexions que toute lecture naïve du livre VI est à proscrire, puisque tel ou tel passage a pu faire l'objet d'un gauchissement stoïcien que Diogène Laërce aurait pris à son propre compte.

Socrate > Diogène > Cratès) disent que c'est par] Antisthène et Diogène qu'au début leur école se constitua, parce qu'ils veulent aussi être appelés Socratiques. Mais la plus grande partie de la Stoa a reçu un accroissement considérable grâce à Zénon, et tous les Stoïciens, pour ainsi dire, attribuent à celui-ci les premiers fondements de l'école, et avec eux Hippobote ainsi que celui qui écrivit la chronologie, Apollodore. »

1. M.-O. Goulet-Cazé, « Le livre VI de Diogène Laërce », p. 3936-3941.

2. Le texte du *De Stoicis* est édité par T. Dorandi, *CronErc* 12, 1982, p. 91-133.

La structure du livre VI

Voici le plan détaillé du livre tel qu'on peut le dégager à la simple lecture.

1. Antisthène (1-19)
- A. Biographie (1-2)
  - a. Nom
  - b. Naissance
  - c. Maîtres : Gorgias, puis Socrate. Premier énoncé de la filiation Socrate > Antisthène et le cynisme.
- B. Apophtegmes (2 fin-10 en partie)
- C. Doxographies (10 suite - 13 début)
  - a. Doxographie anonyme
  - b. Doxographie de Dioclès
- D. Thèse : l'origine cynique du stoïcisme (13 suite - 15 début)
- E. Liste des ouvrages (15 suite - 18 début)
- F. Maladie et mort (18 fin - 19 début)
- G. L'épigramme laërtienne (19 suite)
- H. Les homonymes (19 fin)

Transition : « Puisque nous avons passé en revue les philosophes issus d'Aristippe et de Phédon, enchaînons maintenant avec les Cyniques et les Stoïciens issus d'Antisthène. »

2. Diogène de Sinope (VI 20-81)
- A. Biographie (20-23)
  - a. Falsification de la monnaie (20-21 début)
  - b. Comment Diogène devint un philosophe cynique (21 fin-23)
- B. Apophtegmes (24-69)
- C. Doxographie (70-73)
- D. Apophtegmes biographiques (74-76 début)
- E. Mort de Diogène (76 suite - 79 début)
- F. L'épigramme laërtienne (79 fin)
- G. Les deux listes des œuvres du philosophe (80)
  - a. Liste anonyme
  - b. Liste de Sotion
- H. Liste des homonymes (81)
- I. Une phrase mal placée (dernière phrase de 81)

3. Les disciples de Diogène (VI 82-102)
- A. Monime de Syracuse (82-83)
- B. Onésicrite d'Égine ou d'Astypalaea (84 début)
- C. Une liste de disciples : Ménandre, Hégésias de Sinope, Philiscos
- D. Cratès de Thèbes (85-98)
  - a. Partie biographique et apophtegmatique : 85-93

b. Disciples de Cratès : 94-98
– Métroclès : 94-95
– Liste de disciples de Cratès [et non de Métroclès] : 95 fin
A la fin de la liste : Hipparchia : 96-97
c. Fin de la biographie de Cratès : 98
d. Un disciple de Cratès, Ménippe : 99-101
e. Ménédème [en fait, le passage concerne plutôt Ménippe] : 102

4. Doxographie cynique générale (VI 103-105)

Transition avec le livre VII : « Voilà pour les Cyniques. Il nous faut passer aux Stoïciens dont Zénon, qui fut l'élève de Cratès inaugura la lignée.»

Ce plan pose au moins cinq problèmes, qui ne remettent pas en cause une structure d'ensemble assez cohérente.

a. Alors que, dans le livre VII, D.L. fournit une doxographie unique, immédiatement après la biographie de Zénon, en précisant : « J'ai jugé bon de parler d'un point de vue général de l'ensemble des doctrines stoïciennes dans la *Vie de Zénon*, du fait que c'est lui qui fut le fondateur de cette école de pensée » (VII 38), dans le livre VI il fournit trois doxographies : la première en deux parties, dont l'une provient d'une source anonyme et l'autre de Dioclès, pour celui qu'il présente comme le « fondateur », Antisthène (VI 10-13), la deuxième pour Diogène (VI 70-73) et la troisième pour l'ensemble du mouvement (VI 103-105). Cela s'explique, me semble-t-il, par le fait que chez Dioclès et les doxographes D.L. trouvait un chapitre Antisthène indépendant. Il disposait donc de deux ensembles doxographiques : antisthénien et diogénien. Quand il lui fallut écrire la doxographie cynique générale (VI 103-105), compte tenu du fait qu'il voulait faire remonter le cynisme à Antisthène, il résolut le problème du « double fondateur » en insérant à trois reprises des morceaux doxographiques antisthéniens qui lui permettaient de soutenir que le cynisme est bien une *hairésis*, conformément à la liste des dix écoles qu'il indiquait dans son prologue (I 18-19), et en citant par trois fois des « mots » de Diogène.

b. La phrase de transition qui en VI 19 permet de passer de la *Vie d'Antisthène* à celle de Diogène : « Puisque nous avons passé en revue les philosophes issus d'Aristippe et de Phédon, enchaînons maintenant avec les Cyniques et les Stoïciens issus d'Antisthène », ne s'explique que dans le plan initialement projeté par Diogène Laërce et qu'il a par la suite modifié. Au moment où il écrit cette phrase, il semble avoir déjà traité Aristippe, Phédon et Antisthène, puis les disciples d'Aristippe et ceux de Phédon, et il prévoit alors d'aborder les disciples d'Antisthène : Cyniques et Stoïciens. Or, si dans l'ordre définitif, Aristippe suivi des Cyrénaïques et Phédon suivi de la liste des Éliaques et des Érétriens, se succèdent dans le cadre des écoles socratiques, en revanche Antisthène, suivi des Cyniques et des Stoïciens, se retrouve déplacé après Platon, l'Académie et le *Péripatos*. La phrase en question est donc devenue inexacte dans l'état actuel de l'ouvrage. Plusieurs explications peuvent être données du phénomène, en mettant la phrase de VI 19 en relation avec la phrase de transition qui clôt en II 85 la *Vie d'Aristippe* et avec l'ordre que Diogène Laërce annonce en II 47. Ce problème a déjà été abordé dans l'Introduction au livre II, à laquelle on voudra bien se reporter.

c. Le chapitre sur Diogène se clôt par une phrase de caractère biographique empruntée au huitième livre des *Promenades* d'Athénodore qui, bien qu'elle comporte une coordination par δή, ne se rattache pas à ce qui précède, en l'occurrence la liste des homonymes de Diogène : cette phrase est probablement une note de lecture que Diogène Laërce avait mise là en attendant qu'elle fût insérée dans la biographie au moment de la rédaction finale, mais cette insertion n'eut jamais lieu.

d. A la fin de VI 95 sont cités plusieurs noms de disciples introduits par la formule μαθηταὶ δ' αὐτοῦ. Jusqu'alors les éditeurs avaient considéré que cette liste de disciples se rattachait à Métroclès. Je pense avoir démontré qu'en fait cette formule, qui n'est que la reprise d'une formule identique en VI 93, renvoyait à Cratès et non à Métroclès qui, lui, est seulement le premier élément de la liste[1]. A la fin de cette liste et en faisant tout naturellement partie (contrairement aux indications des éditions qui la détachent comme s'il s'agissait d'une *Vie* indépendante) est citée Hipparchia, la sœur de Métroclès.

e. Après avoir terminé la *Vie de Cratès* et avoir écrit son développement sur Ménippe, Diogène Laërce a ajouté un extrait d'Hippo-

1. Cf. M.-O. Goulet-Cazé, « Une liste de disciples de Cratès le Cynique en Diogène Laërce 6, 95 », *Hermes* 114, 1986, p. 247-252.

bote concernant un philosophe qui, en réalité, n'est même pas un disciple de Cratès. Ménédème en effet est disciple d'Échéclès, lui-même auditeur de Théombrote, un disciple de Cratès. Depuis Crönert[1] on admet que le passage concerne non pas Ménédème, mais Ménippe; il faut toutefois remarquer que Diogène Laërce avait bien l'intention de parler quelque part de Ménédème puisqu'en VI 95 il annonce qu'il traitera plus loin de ce philosophe. Quelle explication donner de cette erreur ? Il y eut à un moment quelconque une confusion à cause d'une abréviation Μεν. On peut suggérer qu'au moment d'une copie cette abréviation a été mal interprétée par Diogène ou par un scribe et qu'on a placé à tort sous la rubrique Ménédème un extrait d'Hippobote concernant Ménippe. Que le passage se rapporte bien à Ménippe est confirmé par la notice φαίος de la *Souda*.

Les composantes de la tradition dans le livre VI

J'ai évoqué l'hypothèse d'une source de D. L., en l'occurrence Dioclès, qui aurait transmis à Diogène le point de vue du Stoïcien Apollodore de Séleucie. Il s'agit là effectivement d'une source essentielle puisque c'est elle qui oriente toute la conception que le livre VI offre du cynisme. Mais on rencontre bien d'autres autorités éparses auxquelles fait référence Diogène Laërce et que l'on peut essayer de regrouper.

Il s'agit d'abord de Cyniques contemporains de Diogène et de Cratès, notamment de trois disciples de Cratès: Métroclès, qui écrivit un recueil de *Chries* (VI 33); Ménippe de Gadara, auteur d'une *Vente de Diogène* (VI 29) et Cléomène, qui écrivit un *Paidagôgikos* (VI 75); on peut leur adjoindre un certain Eubule, inconnu par ailleurs, auteur d'une *Vente de Diogène,* dont Diogène Laërce cite un long extrait (VI 30-31), mais qui est peut-être plus tardif. Les ouvrages émanant de ce milieu cynique primitif visaient un triple objectif: faire connaître les personnalités cyniques sans craindre de souligner ce que leur attitude avait de choquant, exposer les grands principes de la morale cynique et éventuellement se défendre contre

1. W. Crönert, *Kolotes und Menedemos, Texte und Untersuchungen zur Philosophen- und Literaturgeschichte,* coll. « Studien zur Palaeographie und Papyruskunde » 6, Leipzig 1906 ; réimpr. Amsterdam 1965, p. 1-4.

les attaques dont les Cyniques devaient être l'objet. Diogène Laërce fait encore appel à un Cynique, mais postérieur cette fois aux toutes premières générations du cynisme. Il cite en effet quelques vers des *Méliambes* de Cercidas de Mégalopolis (*ca* 290-220)[1], qui attestent que l'idéalisation de Diogène, "chien céleste", était déjà en marche à l'époque de ce poète-philosophe (VI 76-77).

Des auteurs contemporains du cynisme ancien sont également cités à plusieurs reprises : poètes de la Comédie Moyenne comme Ménandre (VI 83 et VI 93) et Philémon (VI 87), qui trouvaient dans les philosophes cyniques matière à caricature ; un historien du IVe siècle, Théopompe de Chios qui, parmi les Socratiques, ne fait l'éloge que du seul Antisthène; deux Péripatéticiens : Théophraste, dont le *Mégarique* expliquait dans quelles circonstances Diogène s'était converti au mode de vie caractéristique du cynisme, et un élève d'Aristote, Phanias d'Érèse (*ca* 375-300), dont Diogène Laërce en VI 8 cite l'ouvrage *Sur les Socratiques*. Il reste à signaler le philosophe disciple de Pyrrhon, Timon de Phlionte (*ca* 320-230), auteur des *Silles*, influencé sur le plan littéraire par Cratès, dont on peut s'étonner qu'il ne soit cité ici qu'une fois (VI 18).

Comme on pouvait s'y attendre, Diogène Laërce mentionne des Stoïciens contemporains de Zénon qui respectaient le cynisme, alors que plus tard, à l'époque de Panétius, les Stoïciens allaient porter un regard critique sur le mouvement. Zénon écrivit des *Mémorables de Cratès* (VII 4) et des *Chries* où il parlait également de son maître ; Diogène Laërce cite encore Denys le Stoïcien, qu'il faut peut-être identifier avec Denys le transfuge, élève de Zénon (VI 43), et Ératosthène de Cyrène, élève de Zénon et d'Ariston de Chios (VI 88). Enfin Zoïlos de Pergé (VI 37), inconnu par ailleurs, pourrait appartenir à l'ancienne Stoa.

Les Stoïciens postérieurs sont cités à l'occasion : Apollodore de Séleucie, dont nous avons souligné toute l'importance comme source indirecte de Diogène Laërce ; Hécaton de Rhodes, élève de Panétius, lié au cercle des Scipions, qui rapporte des chries d'Antisthène et de Diogène (VI 4 et 32) ; Athénodore, peut-être Athénodore

---

1. Récemment toutefois, l'appartenance de Cercidas au cynisme a été remise en cause; voir J. L. López Cruces, *Les Méliambes de Cercidas de Mégalopolis. Politique et tradition littéraire*, Amsterdam 1995, p. 52-63.

Calvus de Tarse, l'élève de Posidonius. Cependant le livre VI ne fait pas état de sources stoïciennes hostiles aux attitudes choquantes des Cyniques. Mais ces Stoïciens hostiles existaient bel et bien. L'Épicurien Philodème, dans son *De Stoicis,* tout en répondant à des attaques adressées à Épicure par des Stoïciens, en profitait pour critiquer les reproches, à ses yeux incohérents, formulés par certains de ses contemporains stoïciens à l'égard de la *Politeia* de Zénon. Gênés par les doctrines embarrassantes de l'ouvrage, ceux-ci insistaient sur le fait que c'était une œuvre de jeunesse, allant même jusqu'à dire qu'elle n'était pas de lui. Quant à celle de Diogène, ils niaient, à l'encontre des catalogues de bibliothèques, à l'encontre des affirmations de Cléanthe et de Chrysippe, qu'elle fût son œuvre. Certains rejetaient encore l'idée qu'Antisthène et Diogène pussent être à l'origine de la Stoa. La seule trace que l'on puisse déceler dans le livre VI de ces points de vue critiques envers le cynisme (et le stoïcisme cynicisant), c'est la liste des écrits de Diogène due à Sotion, d'où sont absentes la *Politeia* et les tragédies du philosophe (en VI 80). Cette liste, contrairement à la seconde liste, anonyme, que cite Diogène Laërce, témoigne, comme l'a montré K. von Fritz[1], de l'activité de ces Stoïciens hostiles aux outrances cyniques : ils ont enlevé de la liste des écrits de Diogène ceux qui leur paraissaient trop audacieux et les ont remplacés par des ouvrages de facture stoïcienne. Le livre VII en revanche mentionne plusieurs noms de sources hostiles aux tendances cynicisantes des premiers Stoïciens : Cassius le Sceptique et le rhéteur Isidore de Pergame qui critiquaient les grands principes de la *Politeia* de Zénon, ainsi qu'un Stoïcien, Athénodore de Tarse [Cordylion], qui pratiqua des athétèses dans cette même *Politeia*[2].

1. K. von Fritz, *Quellen-Untersuchungen zu Leben und Philosophie des Diogenes von Sinope,* coll. « Philologus, Supplementband » 18, 2, Leipzig 1926, 97 p.

2. D. L. VII 34. Cassius vivait probablement au Iᵉʳ ou au IIᵉ siècle de notre ère (cf. M. Schofield, *The Stoic Idea of the City,* Cambridge 1991, p. 3-21 et F. Caujolle-Zaslawsky, art. « Cassius l'Empirique » C 53, *DPhA* II, p. 235-236). Le rhéteur Isidore vivait à l'époque de Cicéron. Quant à Athénodore de Tarse, il ne s'agit pas du Stoïcien, maître d'Auguste, dit Calvus, mais d'un bibliothécaire de Pergame, dit Cordylion, également Stoïcien, qui se rendit à Rome, alors qu'il était déjà âgé, sur l'invitation de Caton le Jeune (cf. S. Follet, art. « Athénodore de Tarse dit Cordylion » A 498, *DPhA* I, p. 658-659).

Enfin on rencontre chez Diogène Laërce des sources qu'il est bien naturel de rencontrer chez un biographe qui fait une histoire de la philosophie, à savoir des auteurs de *Successions* (Διαδοχαί), des auteurs d'ouvrages *Sur les écoles philosophiques* (Περὶ αἱρέσεων) et des biographes. Les auteurs de *Successions* ont besoin, pour que leurs constructions tiennent, que les filiations soient nettes et il est certain que parfois ils n'hésitent pas à les forcer quelque peu. Le livre VI s'appuie sur le Péripatéticien Sotion (IIᵉ siècle av. J.-C.), dont l'ouvrage fut abrégé par Héraclide Lembos, sur Antisthène de Rhodes (VI 77 et 87), dont les *Successions* allaient de Thalès à Cléanthe, et sur Sosicrate de Rhodes (VI 13. 80. 82). Quant aux ouvrages *Sur les écoles philosophiques*, on suppose que leur structure de base était constituée par une liste des différentes écoles et que leur contenu était fondé sur l'énoncé systématique des doctrines de chacune de ces écoles, non sur les doctrines individuelles des philosophes qui les composaient. Dans le livre VI Diogène Laërce utilise seulement l'ouvrage d'Hippobote, qui refusait au cynisme le statut d'école philosophique à part entière. Quant aux biographes, contrairement à ce qu'on pourrait penser, ils ne se limitaient pas à énoncer des faits; ils faisaient des choix et ces choix avaient une signification qu'on aurait tort de minimiser. Ainsi quand Néanthe de Cyzique (IIIᵉ siècle av. J.-C.), auteur d'un ouvrage *Sur les hommes illustres*, dit qu'Antisthène fut le premier à plier en deux son manteau, il veut signifier par là que c'est Antisthène qui fonda le cynisme (VI 13). Diogène Laërce utilise également les ouvrages des Péripatéticiens Hermippe (fin du IIIᵉ siècle av. J.-C.), Satyros (fin du IIᵉ siècle av. J.-C.), Dioclès de Magnésie (dates incertaines) ainsi que les *Homonymes* de Démétrios de Magnésie (milieu du Iᵉʳ siècle av. J.-C.).

Les chries du livre VI

Nous employons ici le terme chrie comme terme générique s'appliquant indifféremment aux multiples types de dits et d'anecdotes que l'on trouve rassemblés dans les collections gnomologiques[1]. Une des variétés de chries est l'apophtegme qui désigne soit de courtes maximes morales, souvent associées aux Sept Sages, soit plus fréquemment des dits attribués à un individu spécifique,

---

1. Sur la chrie, voir p. 25 n. 1 de l'Introduction générale.

incluant une indication de la situation et une pointe spirituelle. Ces chries sont l'aboutissement de toute une tradition où se rejoignent différentes strates : le stade oral, autrement dit la transmission de bouche à oreille des dits et des anecdotes cyniques ; le stade écrit, au niveau le plus ancien, c'est-à-dire celui des auteurs cyniques et de leurs contemporains[1] ; enfin le stade écrit à des niveaux ultérieurs, celui des biographes qui accordaient une place aux chries dans les biographies qu'ils rédigeaient et celui des compilateurs qui faisaient des collections de chries sur tel ou tel philosophe. Des échanges constants se produisaient d'une collection à une autre, une anecdote pouvant être abrégée en un simple dit ou un dit être développé en anecdote[2]. Il arrive aussi chez Diogène Laërce que la même anecdote se présente en des endroits différents sous des formes différentes[3].

Sur le plan formel les apophtegmes présentent des tournures spécifiques constantes, par exemple : « Comme on lui reprochait de..., il dit » ; « ayant été interrogé, il dit... » ; « à celui qui disait que... il répondit »). On distingue plusieurs types d'interlocuteurs : anonyme et indifférencié (par ex. τις) ; anonyme mais caractérisé (par ex. l'homme adultère, le superstitieux...) ou encore des personnages connus et des contemporains du philosophe. Le cadre spatio-temporel est en général très sommairement évoqué, souvent par un simple πότε pour le temps et une notation très brève pour le lieu : un banquet, une auberge, une ville comme Mégare, Olympie... Il s'agit en général d'échanges verbaux avec d'autres philosophes, des hommes politiques, des jeunes gens... On peut distinguer, au sein des chries, les dialogues didactiques où le philosophe répond à de grandes questions philosophiques, par ex. « Qu'est-ce que le philosophe retire de la pratique de la philosophie ? » (VI 63), les apophtegmes biographiques qui veulent évoquer la mémoire du maître d'une façon vivante et proposer ses attitudes comme des exemples à ceux qui liront la collection d'apophtegmes (ainsi en VI 3 le fait qu'Antisthène ne soit pas né de parents libres ou en VI 31-32 que Diogène

1. Métroclès écrivit un recueil de *Chries* (VI 33) ; Zénon des *Mémorables de Cratès* ainsi que des *Chries* où il parlait également de son maître Cratès.

2. Pour des exemples de ce phénomène, voir mon étude « Le livre VI de Diogène Laërce », p. 3978-4039.

3. Un exemple : VI 29 et 74.

ait été vendu comme esclave), enfin les dialogues de controverse où le philosophe apparaît dans une situation qui suscite une attaque de la part de ses adversaires (ces chries commencent en général par la formule: « Comme on lui reprochait... »)[1].

En raison de leur importance dans le livre VI, ces chries devaient représenter pour Diogène Laërce un moyen de caractérisation essentiel des philosophes dont il parlait, la chrie offrant cet avantage de traiter de questions éthiques et pratiques sous une forme séduisante, grâce à la pointe d'esprit qu'elle comportait le plus souvent. Malgré leur côté anecdotique et anodin, le but de ces chries était foncièrement philosophique. Elles constituaient une sorte d'introduction à la philosophie cynique au même titre que les doxographies. Alors que celles-ci offrent du cynisme un résumé théorique succinct, celles-là fournissent le complément indispensable: c'est à travers elles que se transmet le mieux le message cynique qui est d'abord une façon de vivre. La chrie s'harmonise bien avec la nature du cynisme: philosophie des actes, philosophie de l'exemple concret et vécu, philosophie parénétique, enfin philosophie populaire.

L'image du cynisme telle qu'elle se dégage du livre VI

En lisant le livre VI on constate que le cynisme se veut avant tout une morale. Aussi rejette-t-il toute spéculation logique, physique ou métaphysique. Cette morale ne s'adresse pas au citoyen d'une *polis*, mais à l'individu qui, à la fin du IVe siècle et au IIIe siècle, se heurte à un contexte économique et social difficile dans un univers en proie aux caprices de *Tuchè*, la Fortune. Le cynisme propose à tous, aux pauvres comme aux riches, aux esclaves comme aux hommes libres, aux femmes comme aux hommes, un message de bonheur. Ce qui est extraordinaire, c'est que de la fin du IVe siècle avant Jésus-Christ jusqu'au Ve siècle de notre ère, cette philosophie ait réussi à perdurer grâce à des personnalités fortes, soucieuses de témoigner par leur manière de vivre de l'idéal de bonheur qu'avait préconisé Diogène le Chien. Malgré toutes les différences qui peuvent séparer le cynisme ancien et le cynisme romain d'époque impériale, on retrouve tou-

---

1. Ces catégories d'apophtegmes sont empruntées à R. Bultmann, *L'Histoire de la tradition synoptique*, suivie du complément de 1971, traduit de l'allemand par A. Malet, Paris 1973, 729 p.

jours une inspiration morale homogène qui se traduit de façon cohérente à travers une manière de vivre[1].

La morale d'Antisthène a profondément influencé le cynisme, quels qu'aient été les liens entre Antisthène et Diogène. C'est Antisthène qui a proclamé que la vertu relève des actes et qui a battu en brèche l'intellectualisme socratique. Il considérait en effet que l'acte vertueux nécessite non seulement une connaissance, mais aussi une force, une *ischus*[2], comparable à celle que manifestait Socrate dans sa façon de vivre. Cette force, c'est la volonté qui permet de développer en soi ces qualités morales que sont l'impassibilité, la fermeté d'âme et la maîtrise de soi. Diogène reprendra à son compte les perspectives antisthéniennes et les développera selon deux axes : il invitera l'homme à libérer sa volonté de toutes les contraintes sociales aliénantes en pratiquant le renversement des valeurs communément admises, la fameuse « falsification de la monnaie », et à pratiquer au quotidien un entraînement physique à finalité morale (VI 70-71).

La « falsification de la monnaie », devise adoptée par Diogène comme définition de sa philosophie, éclaire toutes les prises de position cyniques[3]. Dans le domaine moral, il s'agit de parvenir à une apathie fondée sur l'autarcie et la liberté, qui implique que l'individu refuse de sacrifier aux valeurs que la société s'attache à lui inculquer, telles la richesse, la réussite sociale ou intellectuelle. En politique, le philosophe n'hésite pas à remettre en cause la notion même de *polis*, en préconisant le cosmopolitisme, l'abstention à l'égard de tout engagement qui pourrait entraver la liberté individuelle et le rejet des lois de la cité ; il va même jusqu'à vanter les qualités de l'exil. En matière religieuse, l'agnosticisme, qui s'appuie chez le Cynique sur une absence de vision rationnelle du monde et d'une conception providentialiste de la nature, participe de l'effort visant à supprimer en l'homme la crainte et à lui assurer une complète sérénité. Mais peut-être est-ce dans le domaine philosophique que la falsification est la plus radicale, puisque Diogène a décidé de fonder sa pratique

---

1. Voir M.- O. Goulet-Cazé, « Le cynisme à l'époque impériale », *ANRW* II 36, 4, Berlin-New York 1990, p. 2720-2833, notamment aux pages 2759-2781.
2. Cf. VI 11.
3. Voir M.-O. Goulet-Cazé, dans L. Paquet, *Les Cyniques grecs*, Avant-propos, p. 5-29.

sur une ascèse, non point une ascèse spirituelle du type de celle que l'on rencontrera chez les Stoïciens, mais une ascèse corporelle qui n'a que faire des théories, des raisonnements, et *a fortiori* des mots, une ascèse fondée uniquement sur les actes (VI 70-71).

Loin d'être une morale de la facilité, le chemin proposé par Diogène se veut une méthode préventive qui, en engageant l'individu à affronter constamment des souffrances volontaires, le rend capable, le jour où la Fortune le frappe de ses traits, de vaincre le sentiment selon lequel il perçoit comme pénibles les épreuves qu'il subit, donc de préserver sa sérénité. Ainsi le philosophe cynique confie à l'ascèse corporelle l'entraînement de sa volonté; il prône le rejet de tous les plaisirs néfastes de la civilisation et ce rejet est corollaire d'un retour à la nature qui implique de mener une vie de frugalité et de pauvreté. L'ascèse corporelle, pratiquée par les athlètes qui veulent remporter la victoire au stade, se voit de la sorte détournée de sa finalité traditionnelle et mise au service de la santé de l'âme. Tout autre combat que le combat moral, qu'il soit de nature sportive ou encore qu'il vise la gloire et la richesse, manque totalement d'intérêt. S'il faut s'entraîner à souffrir pour bien vivre, toutes les souffrances ne sont point pour autant égales. Celles qu'imposent les coutumes sociales et qui demandent à l'homme de sacrifier aux valeurs de la vie civilisée sont inutiles. En revanche si l'homme s'entraîne à supporter l'exil, la pauvreté ou la mauvaise réputation, il acquiert l'autarcie, et le jour où, au gré des caprices de la Fortune, il sera contraint de supporter ces dures conditions de vie, il le fera dans la sérénité, car il y aura été préalablement habitué. Diogène invite à boire de l'eau, à manger frugalement, à coucher sur la dure, à supporter le froid et le chaud des saisons, autrement dit à revenir à une vie selon la nature que l'homme n'aurait jamais dû quitter: « Diogène répétait à cor et à cri que la vie accordée aux hommes par les dieux est une vie facile, mais que cette facilité leur échappe, car ils recherchent gâteaux de miel, parfums et autres raffinements du même genre » (VI 44). Avec pour seuls biens sa besace, son bâton de route et son petit manteau crasseux, le philosophe déambule dans les rues « sans cité, sans maison, privé de patrie, / mendiant, vagabond, vivant au jour le jour » (VI 38), renonçant à tout conformisme social et cherchant, en limitant au maximum ses besoins, à imiter la vie simple du chien.

Diogène est heureux, parce qu'il a réussi à créer en lui, à force de volonté, les conditions de la sérénité.

Le portrait du philosophe, tel qu'il se dégage des chries du livre VI, vient confirmer la doxographie de VI 70-71. On y voit Diogène s'employer à faire tomber tous les masques sociaux derrière lesquels ses contemporains aiment à se retrancher, et opposer aux « ordures » qui l'entourent (VI 32), à la foule (VI 40), aux esclaves de tous ordres (VI 43), l'homme véritable. Sans cesse il rappelle où se situe la vraie lutte ; sans cesse il combat les fausses valeurs : « Les hommes, dit-il, entrent en lutte quand il s'agit de gratter la terre pour se jeter de la poussière et de se donner des coups de pieds, mais quand il s'agit de la beauté morale, alors il n'y a point de combattants » (VI 27). Diogène met au service de son message une franchise totale, la fameuse *parrhèsia,* qui l'amène à mordre, à réprimander, à utiliser le sarcasme, mais aussi un rire critique et provocant qui déconcerte l'interlocuteur, en lui faisant découvrir ce qu'une attitude ou une situation banale en apparence peut sécréter de cocasse, d'absurde et d'incohérent. Si le Cynique critique, s'il ne cesse d'aller à contre-courant et de lutter contre les idées reçues, c'est par souci pédagogique, pour mieux soigner les malades auxquels il s'adresse. Et l'impudeur diogénienne participe tout à fait de la même visée. Quand il transgresse tous les tabous sociaux, quand il refuse de sacrifier au respect humain et qu'il manifeste une indifférence totale à l'égard de l'opinion d'autrui, Diogène fait réfléchir l'autre sur les coutumes sociales et leur valeur, il le contraint à se dépouiller de ses fausses hontes, il exige l'abandon de toute pudeur comme préliminaire indispensable à une quelconque prétention à philosopher. Pour Diogène, on ne peut progresser sur la voie du bonheur et de la vertu que si l'on va à contre-courant : « Il entrait au théâtre à contre-courant des gens qui sortaient. Comme on lui en avait demandé la raison, il disait : "Tout au long de ma vie, c'est ce que je m'efforce de faire " » (VI 64). Sa fameuse *République*[1] fit scandale, car il y prônait notam-

1. Le contenu des idées énoncées par Diogène dans sa *République* nous est connu grâce au *De Stoicis* de Philodème, édité par T. Dorandi, « Filodemo. Gli Stoici (PHerc. 155 e 339), *CronErc* 12, 1982, p. 91-133. Voir aussi T. Dorandi, « La *Politeia* de Diogène de Sinope et quelques remarques sur sa pensée politique », dans *Le cynisme ancien et ses prolongements,* Paris 1993, p. 57-68.

ment la communauté des femmes et des enfants, l'anthropophagie, l'inceste (VI 72-73) et la liberté sexuelle totale.

A côté de Diogène surgit dans le livre VI la figure de Cratès, son disciple. Ce riche Thébain, qui avait su se débarrasser de ses richesses et qui avait exigé d'Hipparchia, désireuse de l'épouser, qu'elle acceptât de mener le genre de vie cynique, pratiquait, malgré sa disgrâce physique – il était bossu – un entraînement journalier pour assurer à la fois la santé de son corps et l'endurance de son âme. D'une humanité exceptionnelle, cet homme que ses contemporains, nous dit Apulée[1], révéraient comme un *lar familiaris,* parce qu'il savait arbitrer les querelles familiales, menait une vie d'une frugalité extrême et attirait l'attention de ceux auxquels il s'adressait sur le bonheur que peut entraîner une vie de pauvreté : « Tu ne sais pas quelle force ont une besace/une chénice de lupins et l'absence de soucis[2]. » Poète de talent, auteur d'élégies, de tragédies, de parodies et de lettres, il décrivit dans un poème célèbre une cité idéale, appelée « Besace », où l'on vivait de thym, d'ail, de figues et de pain, où il n'y avait pas de place pour la guerre, puisque les gens ne pouvaient y prendre les armes ni pour l'argent ni pour la gloire (VI 85).

L'image du cynisme qui se dégage du livre VI de Diogène Laërce a une réelle cohérence. On devine, surtout grâce aux chries d'ailleurs, un milieu très vivant où des figures hautes en couleur, telles que Diogène, Cratès, mais aussi Métroclès, sa sœur Hipparchia, Monime de Syracuse ou encore Ménippe de Gadara, prenaient plaisir à battre en brèche le conformisme ambiant et essayaient d'entraîner leurs contemporains sur la voie du bonheur en leur offrant de parcourir le rude chemin de l'ascèse.

Diogène Laërce a eu le mérite de ne pas censurer ses sources, de ne pas gommer le scandale et de se ranger à l'avis de ceux qui avaient compris que le cynisme ancien était une philosophie à part entière, susceptible de répondre aux angoisses les plus profondes de l'homme*.

---

1. Apulée, *Florides* XXII 1-4.
2. Télès, *Diatribe* IV A, p. 44, 3-6 Hense.

* Que M. Patillon, L. Brisson, T. Dorandi et R. Goulet, qui ont bien voulu relire ma traduction du livre VI, trouvent ici l'expression de mes remerciements.

BIBLIOGRAPHIE SUR LE LIVRE VI

BILLERBECK Margarethe (édit.), *Epiktet. Vom Kynismus*, herausgegeben und übersetzt mit einem Kommentar von M. B., coll. « Philosophia Antiqua » 34, Leiden 1978.

EAD., *Der Kyniker Demetrius. Ein Beitrag zur Geschichte der frühkaiserzeitlichen Popularphilosophie*, coll. « Philosophia Antiqua » 36, Leiden 1979.

EAD., *Die Kyniker in der modernen Forschung. Aufsätze mit Einführung und Bibliographie*, coll. « Bochumer Studien zur Philosophie » 15, Amsterdam 1991.

BRANCACCI Aldo, *Oikeios Logos. La filosofia del linguaggio di Antistene*, coll. « Elenchos » 20, Napoli 1990.

ID., « I κοινῇ ἀρέσκοντα dei Cinici e la κοινωνία tra cinismo e stoicismo nel libro VI (103-105) delle "Vite" di Diogene Laerzio », *ANRW* II 36, 6, Berlin 1992, p. 4049-4075.

BRANHAM R. Bracht et GOULET-CAZÉ Marie-Odile (édit.), *The Cynics. The Cynic Movement in Antiquity and Its Legacy*, Berkeley, The University of California Press, 1997.

COMTE-SPONVILLE, « Montaigne cynique ? (Valeur et vérité dans les *Essais*) », *Revue internationale de philosophie* 46, n° 181, 1992, p. 234-279.

ID., « La volonté cynique. Vertu et démocratie », *Cahiers de philosophie politique et juridique* (Université de Caen) 18, 1990, p. 191-215.

DECLEVA CAIZZI Fernanda, *Antisthenis Fragmenta*, coll. « Testi e documenti per lo studio dell' Antichità » 13, Milano 1966.

DORANDI Tiziano, « Filodemo. Gli Stoici (PHerc. 155 e 339) », *CronErc* 12 1982, p. 91-133.

DORIVAL Gilles, « Cyniques et Chrétiens au temps des Pères grecs », dans *Valeurs dans le stoïcisme. Du Portique à nos jours* (Mélanges en l'honneur de M. le Doyen Spanneut), Lille 1993, p. 57-88.

DOWNING F. Gerald, *Cynics and Christian Origins*, Edinburgh, 1992.

ID., *Cynics, Paul and the Pauline Churches* [= *Cynics and Christian Origins* II], London-New York, 1998.

DUDLEY Donald R., *A History of Cynicism. From Diogenes to the 6th Century A.D.*, London 1937 ; réimpr. New York 1974.

GIANNANTONI Gabriele, *Socratis et Socraticorum Reliquiae*, seconde édition augmentée, 4 vol., 2e éd., Napoli 1990 ; textes au t. II, p. 135-589 ; commentaire au t. IV, notes 21 à 55, p. 195-583.

GOULET-CAZÉ Marie-Odile, *L'Ascèse cynique. Un commentaire de Diogène Laërce VI 70-71*, coll. « Histoire des doctrines de l'Antiquité classique » 10, Paris 1986.

EAD., « Le cynisme à l'époque impériale », dans W. Haase (édit.), *ANRW* II 36, 4, Berlin 1990, p. 2720-2833.

EAD., « Le livre VI de Diogène Laërce : analyse de sa structure et réflexions méthodologiques », dans W. Haase (édit.), *ANRW* II 36, 6, Berlin 1992, p. 3880-4048.

EAD., « Le cynisme est-il une philosophie ? » dans Monique DIXSAUT (édit.), *Contre Platon*, t. I : *Le platonisme dévoilé*, Paris 1993, p. 273-313.

GOULET-CAZÉ Marie-Odile et GOULET Richard (édit.) *Le Cynisme ancien et ses prolongements.* Actes du colloque international du C.N.R.S. (Paris, 22-25 juillet 1991), Paris 1993.

KINDSTRAND Jan Fredrik, *Bion of Borysthenes. A Collection of the Fragments with Introduction and Commentary*, coll. « Acta Universitatis Upsaliensis » – « Studia Graeca Upsaliensia » 11, Uppsala 1981.

LUCK Georg, *Die Weisheit der Hunde. Texte der antiken Kyniker*, Stuttgart 1997.

MANSFELD Jaap, « Diogenes Laertius on Stoic Philosophy », dans *Diogene Laerzio storico del pensiero antico = Elenchos* 7, 1986, p. 295-382.

NIEHUES-PRÖBSTING Heinrich, *Der Kynismus des Diogenes und der Begriff des Zynismus*, coll. « Humanistische Bibliothek », Reihe I : Abhandlungen 40, München 1979.

ID., « Der "kurze Weg" : Nietzsches "Cynismus" », *Archiv für Begriffsgeschichte* 24, 1980, p. 102-122.

ONFRAY M., *Cynismes. Portrait du philosophe en chien*, Paris 1990.

PAQUET Léonce, *Les Cyniques grecs. Fragments et témoignages*, coll. « Philosophica » 4, Ottawa 1975 ; nouvelle édition revue, corrigée et augmentée, coll. « Philosophica » 35, Ottawa 1988. Version allégée avec un *Avant-propos* par Marie-Odile Goulet-Cazé, coll. « Le Livre de Poche. Classiques de la philosophie », Paris 1992.

PATZER A., *Antisthenes der Sokratiker. Das literarische Werk und die Philosophie, dargestellt am Katalog der Schriften* [Teildruck] (Diss.) Heidelberg, 1970, 277 p.

SLOTERDIJK Peter, *Kritik der zynischen Vernunft*, Frankfurt am Main1983 ; traduction française par H. Hildenbrand sous le titre *Critique de la raison cynique*, Paris 1987.

ANTISTHÈNE[1]

1 Antisthène, fils d'Antisthène, Athénien.

Biographie[2]

On disait qu'il n'était pas de naissance légitime[3]. D'où sa réplique à qui lui en faisait grief : « La Mère des Dieux aussi est phrygienne ». Il passait en effet pour être né d'une mère thrace[4]. Aussi, quand il se distingua à Tanagra[5], au cours de la bataille, donna-t-il à Socrate

---

1. La dernière édition des fragments d'Antisthène et des témoignages sur cet auteur est celle de G. Giannantoni, *SSR*, t. II, p. 137-225. Ces textes sont largement commentés dans *SSR*, t. IV, p. 195-411. On consultera également l'édition et le commentaire de F. Decleva Caizzi, *Antisthenis Fragmenta*, Varese-Milano 1966. Un traduction française est donnée par L. Paquet, *Les Cyniques grecs. Fragments et témoignages*, nouvelle édition revue, corrigée et augmentée, coll. « Philosophica » 35, Ottawa 1988, p. 19-48. Une version allégée de cet ouvrage est parue en 1992 dans *Le Livre de Poche*. On trouvera une excellente présentation générale d'Antisthène dans l'article « Antisthène » de F. Decleva Caizzi, paru dans J. Brunschwig et G. Lloyd (édit.), *Le Savoir grec*, Paris 1996, p. 582-588.

2. Sur la biographie d'Antisthène, voir G. Giannantoni, *SSR*, t. IV, note 21, p. 195-201 ; M.-O. Goulet-Cazé, art. « Antisthène » A 211, *DPhA* I, p. 245-253. La naissance d'Antisthène doit être située aux alentours de 445 et sa mort après 366.

3. Ἰθαγένης. Antisthène était un *mètroxénos* ; sa mère en effet était thrace.

4. Cf. VI 4 : « Un jour qu'on lui reprochait de n'être pas né de deux parents libres, il répondit : "Ni de deux lutteurs, et pourtant je suis un lutteur". » Les Cyniques s'élevèrent contre la noblesse de naissance et défendirent la noblesse acquise grâce à la vertu.

5. Il y eut deux batailles de Tanagra, l'une, la plus célèbre, en 456, et l'autre durant l'été 426, qu'évoque Thucydide III 9, 5. Cependant P. Von der Mühll, « Interpretationen biographischer Überlieferung », *MH* 23, 1966, p. 234-239, notamment p. 234, a suggéré qu'en fait Diogène Laërce voulait parler plutôt de la bataille de Délion, qui eut lieu en 424/3 (Thucydide IV 89-101), et à laquelle

l'occasion de dire qu'un homme aussi noble ne pouvait être né de deux Athéniens[1]. Lui aussi d'ailleurs, marquant son dédain à l'endroit de ces Athéniens qui se vantaient d'être des indigènes, disait que leur noblesse ne dépassait en rien celle des limaçons et des sauterelles[2].

Maîtres

Il commença par écouter le rhéteur Gorgias[3]. D'où la forme rhétorique qu'il apporte dans les dialogues et surtout dans *La Vérité*[4] et les *Protreptiques*[5]. **2** Il s'était proposé, dit Hermippe[6], de prodiguer à la fête des Jeux Isthmiques blâmes et louanges[7] aux Athéniens, aux

---

assistait aussi Socrate. La ville de Délion, avec son sanctuaire d'Apollon, était en effet située dans la région de Tanagra (ἐν τῇ Ταναγραίᾳ). Par conséquent, selon qu'on pense qu'il s'agissait de Tanagra (426) ou de Délion (424/423), on situe la naissance d'Antisthène dans les années 445 ou 442.

1. Cf. II 31 : « Comme quelqu'un disait à Socrate qu'Antisthène était né de mère thrace, il dit: "Et tu croyais, toi, que noble comme il est, il était né de deux Athéniens ?" »

2. Car limaçons et sauterelles sont aussi des autochtones. Sur l'autochtonie des Athéniens, voir Nicole Loraux, « L'autochtonie: une topique athénienne. Le mythe dans l'espace civique », *Annales* 34, 1979, p. 3-26.

3. La distinction de trois périodes dans la vie d'Antisthène: sophistique, socratique et cynique (VI 1 et 2), a paru suspecte. Sur cette division voir A. Patzer, *Antisthenes der Sokratiker. Das literarische Werk und die Philosophie, dargestellt am Katalog der Schriften*, Heidelberg, 1970, p. 246-252; M.-O. Goulet-Cazé, « Le livre VI de Diogène Laërce: analyse de sa structure et réflexions méthodologiques », *ANRW* II 36, 6, Berlin 1992, p. 3880-4048, notamment p. 3951-3970. Gorgias de Leontinoi vint à Athènes en 427 comme ambassadeur pour défendre les intérêts de Leontinoi contre les ambitions de Syracuse; il y demeura jusqu'en 425. Antisthène fréquenta aussi d'autres sophistes: Hippias d'Élis et Prodicos de Céos (cf. Xénophon, *Banquet* IV 62). Sur les rapports Antisthène/Gorgias, voir Giannantoni, *SSR*, t. IV, note 22, p. 203-205.

4. Ouvrage appartenant au tome VI du catalogue des ouvrages d'Antisthène (D. L. VI 16).

5. Ce titre renvoie certainement aux trois livres *De la justice et du courage* et aux deux livres *Sur Théognis* cités en VI 16.

6. Fr. 34 Wehrli.

7. La formule rappelle la pratique de Gorgias qui pouvait soutenir le pour et le contre, et donc à la fois blâmer et louer (cf. Cicéron, *Brutus* XII 47 : « Gorgias fit de même [s.e. que Protagoras], en composant par écrit, sur des questions particulières, des louanges et des blâmes [*laudes vituperationesque*]). » Cepen-

Thébains et aux Lacédémoniens; par la suite cependant, il renonça à son projet lorsqu'il vit les foules qui arrivaient de ces cités. Plus tard, il entra en relation avec Socrate et de son contact tira un tel profit qu'il exhortait ses disciples à devenir ses condisciples auprès de Socrate[1]. Il habitait au Pirée et parcourait chaque jour les quarante stades afin de venir écouter Socrate[2], dont il emprunta la fermeté d'âme et imita l'impassibilité, ouvrant ainsi, le premier, la voie au cynisme[3]. Il établit que la souffrance est un bien[4], grâce à son *Grand*

---

dant, ici, il ne s'agit certainement pas de discours d'apparat blâmant et louant les mêmes gens sur les mêmes sujets.

1. Cf. Jérôme, *Adv. Jovinianum* II 14, où Antisthène dit à ses disciples: « Allez et cherchez un maître, car moi, je l'ai trouvé »; Jérôme ajoute qu'Antisthène vendit aussitôt tout ce qu'il avait et qu'après avoir distribué publiquement l'argent, il ne garda pour lui rien de plus qu'un petit manteau. Sur les rapports Antisthène/Socrate, voir Giannantoni, *SSR*, t. IV, p. 205-207.

2. Cf. Xénophon, *Banquet* IV 44, qui prête ces paroles à Antisthène: « Ce que je prise le plus au monde, disait-il, c'est de passer la journée dans le loisir, en compagnie de Socrate. »

3. Qui est à l'origine de l'école cynique? Antisthène, comme l'affirme Diogène Laërce, ou Diogène le Chien, comme préfèrent le croire les Modernes? Par ailleurs ce dernier a-t-il bien été l'élève d'Antisthène? Ces questions sont très controversées depuis que D.R. Dudley, *A History of Cynicism. From Diogenes to the 6th Century A. D.*, London 1937; rp. New York 1974, p. 1-16, a posé le problème, en donnant à son premier chapitre le titre suivant: « Antisthenes. No direct connexion with Cynics ». Pour un état de la question sur ce problème, voir G. Giannantoni, *SSR*, t. IV, note 24, p. 223-233; voir aussi *id.*, « Antistene fondatore della scuola cinica? », dans M.-O. Goulet-Cazé et R. Goulet (édit.), *Le Cynisme ancien et ses prolongements*, Paris 1993, p. 15-34. Récemment K. Döring, « Diogenes und Antisthenes » dans G. Giannantoni *et al.*, *La tradizione socratica*, Napoli 1995, p. 125-150, a essayé de démontrer qu'il fallait revenir à la tradition antique qui voyait en Diogène le disciple d'Antisthène. Sur le qualificatif de « Chien » appliqué à Antisthène, voir M.-O. Goulet-Cazé, « Who was the First Dog? » dans B. Branham et M.-O. Goulet-Cazé (édit.), *The Cynics. The Cynic Movement in Antiquity and its Legacy*, Berkeley 1996, p. 414-415. Une chose est sûre cependant: si Antisthène n'est pas le fondateur du cynisme, il en est au moins le précurseur.

4. Cette phrase de nature doxographique n'était certainement pas destinée à figurer à cet endroit. Elle rompt le fil du texte et n'a de lien précis ni avec ce qui précède ni avec ce qui suit. D. L. a dû la mettre là à cause de l'association d'idées avec τὸ καρτερικόν. La notion complexe de πόνος, de souffrance, est au centre de l'ascèse cynique, telle que la pratiquera Diogène (voir M.-O. Goulet-Cazé, *L'Ascèse cynique*, p. 45-71). Le mot a à la fois un sens objectif et un sens subjec-

Héraclès[1] et à son *Cyrus*[2], tirant un de ses exemples des Grecs, l'autre des Barbares.

3 Il fut le premier à donner une définition du concept, déclarant: « Le concept est ce qui exprime ce qu'était ou ce qu'est une chose[3] ».

Apophtegmes

Il ne cessait de répéter: « Puissé-je être fou plutôt qu'éprouver du plaisir ! » et: « Il faut s'unir à des femmes qui vous en sauront gré ». Au jeune homme du Pont qui, disposé à le fréquenter, s'informe de ce qu'il lui faut, il dit : « Un petit livre neuf (καινοῦ), un stylet neuf (καινοῦ) et une tablette neuve (καινοῦ) », voulant dire par là « de l'esprit » (νοῦν)[4]. A qui lui demandait quelle sorte de femme il faut épouser, il répondit: « Épouse une belle, tu la partageras ; épouse une laide, tu en pâtiras »[5]. Ayant appris un jour que Platon[6] disait du mal de lui, il dit : « C'est le fait d'un roi de bien agir et d'entendre dire du mal de soi »[7].

---

tif ; il désigne les épreuves rencontrées par l'homme au cours de son existence, la souffrance physique ou morale qui en découle et l'effort fourni pour en venir à bout. Il est certain qu'Antisthène déjà accordait au πόνος un rôle important, puisque, outre le présent passage, on retrouve la notion également en VI 11, ainsi que dans le *Gnomologium Vaticanum* 1, p. 4 Sternbach: « Antisthène a dit que les souffrances ressemblent à des chiens. De fait ceux-ci mordent les gens qui ne sont point accoutumés à eux. »

1. Sur l'*Héraclès* (ou les *Héraclès*) d'Antisthène, voir Giannantoni, *SSR*, t. IV, note 32, p. 309-322.

2. Sur les *Cyrus* d'Antisthène, voir *SSR*, t. IV, note 31, p. 295-308.

3. Voir note complémentaire 1 (p. 769).

4. Jeu de mots sur καινοῦ (« neuf ») et καὶ νοῦ (« et de l'esprit »). On retrouve un jeu de mots similaire chez Stilpon en II 118.

5. La traduction française ne réussit pas à rendre la similitude des sonorités κοινήν/ποινήν. La phrase est attribuée également à Bion (IV 48). Le Pseudo-Hermogène du Περὶ εὑρέσεως cite ce mot comme exemple de dilemme (p. 193, 21-22 Rabe). Au § 11, Antisthène cependant autorisera le mariage du sage aux fins de la procréation. Pour des avis plutôt négatifs sur le mariage, voir par exemple Thalès (D. L. I 26), Socrate (D. L. II 33) et Diogène (VI 29.54).

6. Platon et Antisthène, tous deux disciples de Socrate, ne s'aimaient pas beaucoup. Cf. D. L. III 35 et VI 16 : Antisthène écrivit contre Platon un ouvrage en trois livres intitulé *Sathon* ou *Sur le fait de contredire*.

7. Antisthène exprimait la même conception dans son *Cyrus* (Arrien, *Entretiens d'Épictète* IV 6, 20).

4 Un jour qu'il se faisait initier aux Mystères Orphiques, le prêtre dit que les gens qui se font initier à ces Mystères ont part à de nombreux biens dans l'Hadès. « Pourquoi donc ne meurs-tu pas ? » dit Antisthène[1]. Un jour qu'on lui reprochait de n'être pas né de deux parents libres, il répondit: « Ni de deux lutteurs, et pourtant je suis un lutteur »[2]. Comme on lui demandait pourquoi il avait peu de disciples, il répondit: « Parce que je les chasse avec un bâton d'argent[3] ». Comme on lui avait demandé pourquoi il recourait pour corriger ses disciples à des recettes amères, il répond: « Les médecins en font autant avec leurs patients[4] ». Ayant vu un jour un homme adultère traîné en justice, il dit: « Malheureux que tu es ! A quel

1. Sur la critique adressée par les Cyniques aux pratiques cultuelles et à la religion en général, voir entre autres M.-O. Goulet-Cazé, « Les premiers Cyniques et la religion », dans M.-O. Goulet-Cazé et R. Goulet (édit.), *Le Cynisme ancien et ses prolongements*, p. 117-158. Sur les positions religieuses d'Antisthène en particulier, voir A. Brancacci, « La théologie d'Antisthène », *Philosophia* 15-16, 1985-1986, p. 218-230. Ici Antisthène ne récuse pas la pratique des Mystères, mais il refuse de penser que les récompenses futures peuvent être assurées automatiquement par le seul fait de l'initiation, sans que soit nécessaire l'effort moral de l'individu. Cf. D.L. VI 39, et la réponse que fit Diogène aux Athéniens qui lui demandaient de se faire initier.

2. Cf. II 31 et VI 1.

3. F. Decleva Caizzi, *Antisthenis fragmenta*, Varese-Milano 1966, p. 127, rappelle que le bâton représente symboliquement le rapport maître / élève et que l'indication de l'argent montre tout simplement la valeur qu'Antisthène attribuait à son propre enseignement. Elle signale également que celui-ci avait écrit un Περὶ τῆς ῥάϐδου (l'ouvrage est cité au tome IX des œuvres d'Antisthène en VI 17). L'expression pourrait faire allusion à des honoraires qu'aurait exigés Antisthène. Mais, à en croire la tradition, le premier Socratique qui se serait fait payer est Aristippe (cf. D.L. II 65; voir aussi ce qui est dit d'Eschine en II 62). En tout cas, lorsque Diogène voulut suivre l'enseignement d'Antisthène, c'est bien avec un véritable bâton et non avec des honoraires, si on en juge par ce qui est dit en VI 21, qu'Antisthène essaya de le repousser (voir aussi Élien *Hist. variée* 10, 16, *infra* p. 705 n. 5). Voir aussi, à propos de Diogène, VI 23. Le bâton, que Diogène emmenait lui aussi partout avec lui, devint un des attributs caractéristiques de l'accoutrement cynique. F.W.A. Mullach, *Fragmenta Philosophorum Graecorum*, t. II, Paris, 1867 (fr. 78), avait proposé de corriger l'adjectif ἀργυρέᾳ en ἀγρίᾳ, rude; A.G. Winckelmann, *Antisthenis fragmenta*, Zürich 1842, p. 56, corrige, lui, en Κερκυραίᾳ, « de Corcyre ». Ces corrections ne semblent pas nécessaires.

4. La comparaison du philosophe avec un médecin est fréquente chez les Cyniques; voir par exemple D.L. VI 6.30.36.

danger tu aurais pu échapper pour une obole![1] » Il disait préférable, à ce que rapporte Hécaton dans ses *Chries*, d'être la proie des corbeaux (κόρακας) plutôt que celle des flatteurs (κόλακας). Car, si les premiers dévorent des cadavres, les seconds dévorent des vivants[2].

5 Comme on lui avait demandé quel était chez les hommes le plus grand bonheur, il répondit : « De mourir heureux[3] ». Un jour qu'un de ses disciples se plaignait à lui d'avoir perdu ses notes de cours : « Il aurait fallu en effet », lui dit-il, « inscrire ces notes dans ton esprit et non sur des feuilles[4] ». « De même », disait-il, « que le fer est rongé par la rouille, de même les envieux le sont par leur propre caractère ». « Quand on veut être immortel, il faut », disait-il, « vivre[5] dans la piété et la justice ». « Les cités sont perdues », disait-il, « quand elles sont incapables de faire le tri entre les bons et les mauvais ». Un jour que des scélérats faisaient sa louange, il dit : « Je crains d'avoir fait quelque chose de mal[6] ».

6 Il disait que la vie en commun de frères qui s'entendent[7] est plus solide que n'importe quel rempart[8]. « Il faut », disait-il, « emporter en voyage des provisions qui puissent surnager en cas de naufrage ». Un jour qu'on lui reprochait de fréquenter des scélérats, il dit : « Les médecins eux aussi vivent en compagnie des malades et ils n'en ont

---

1. Autrement dit s'il avait eu recours aux services d'une courtisane. La même idée se retrouve chez Cratès en VI 89.

2. Fr. 21 Gomoll. Cf. VI 51 et 92.

3. Autre traduction possible de εὐτυχοῦντα ἀποθανεῖν : « réussir sa mort ».

4. Cf. VI 48 où Diogène fait une réponse dans le même esprit à Hégésias.

5. J'adopte la leçon de BP où le verbe ζῆν est placé devant εὐσεβῶς, plutôt que celle de F où il est après δικαίως.

6. Cf. VI 8.

7. Cette notion d'ὁμόνοια se retrouve dans un autre passage d'Antisthène : « Ni banquet sans bonne entente, ni richesse sans vertu ne procurent du plaisir » (Stobée, *Anthologium* III 1, 28). De ces deux passages on peut conclure que cette attitude positive était un des fondements de la cité telle que l'envisageait Antisthène dans des ouvrages comme *De la loi ou de l'État* ou *De la loi ou du beau et du juste*.

8. La comparaison avec le rempart semble avoir joué chez Antisthène un rôle important ; cf. D. L. VI 13 ; Épiphane, *Adv. Haereses* III 26 : « Antisthène, qui fut d'abord socratique, puis cynique, a dit qu'il ne fallait pas envier les vices d'autrui ; les remparts des cités ne sont pas une protection contre le traître qui est à l'intérieur ; en revanche les remparts de l'âme sont fermes et infrangibles. »

pas de fièvre pour autant »[1]. « Il est anormal », disait-il, « que du bon grain l'on sépare l'ivraie et qu'à la guerre on laisse de côté les bons à rien, mais que dans la vie politique on n'écarte pas les scélérats ». Interrogé sur le profit qu'il avait retiré de la philosophie, il répondit: « Être capable de vivre en compagnie de soi-même »[2]. Quelqu'un lui ayant dit au cours d'une beuverie: « Chante ! », il lui répliqua: « Et toi, joue-moi de la flûte ». A Diogène qui demandait une tunique, il prescrivit de plier en deux son manteau[3].

---

1. Cf. Aristippe en II 70; voir aussi Pausanias dans Plutarque, *Apophtegmes lacédémoniens* 230 f.

2. Cela signifie que la philosophie permet au sage de se passer du commerce des hommes et de n'avoir de commerce qu'avec soi-même (cf. II 68 où Aristippe, à qui est posée la même question, répond: « Être capable de vivre dans la compagnie de tous, en ayant bonne confiance »). P. Hadot, *Exercices spirituels et philosophie antique,* deuxième édition revue et augmentée, Paris 1987, p. 33, comprend un peu différemment; pour lui il s'agit de la méditation et il voit dans ce dialogue avec soi-même une forme d'exercice spirituel. La question posée ici à Antisthène et concernant le profit qu'il retire de la philosophie revient souvent dans les apophtegmes des philosophes. Diogène, interrogé par Aristippe, donne la réponse suivante: « Pouvoir être riche sans une obole », dans *Gnomologium Vaticanum* 182 (= V B 361). En D. L. VI 63, sa réponse est un peu différente: « Comme on lui demandait quel profit il retirait de la philosophie, il répondit: "A défaut d'autre chose, au moins celui d'être prêt à toute éventualité" ». Pour d'autres réponses à cette question, voir Aristippe en II 68 cité plus haut; Aristote en V 20; Cratès en VI 86 et Ctésibius de Chalcis chez Antigone de Caryste cité par Athénée, *Deipnosophistes* IV, 162 e.

3. On portait normalement une tunique (χιτών) et un grand manteau (ἱμάτιον); cf. Cléanthe en VII 169 qui était tellement pauvre qu'on s'aperçut, à cause d'un coup de vent, qu'il ne portait pas de tunique. Diogène a besoin d'une tunique; mais Antisthène lui conseille de réduire ses vêtements à ce qui deviendra une caractéristique du philosophe cynique, c'est-à-dire un seul manteau plié en deux, le fameux τρίβων. Celui-ci fait partie de l'accoutrement cynique, au même titre que la besace, le bâton de route ou les cheveux longs. Ce manteau grossier et mince plié en deux servait de couverture la nuit et de manteau hiver comme été. Sur l'accoutrement cynique, voir G. Giannantoni, *SSR*, t. IV, note 48, p. 499-505; M.-O. Goulet-Cazé, « Le cynisme à l'époque impériale », *ANRW* II 36, 4, 1990, p. 2738-2746. A en croire Dioclès et Néanthe, Antisthène aurait été le premier à plier en deux son manteau (D.L. VI 13); selon d'autres la primeur revient à Diogène (cf. D. L. VI 22). Ce détail vestimentaire a toute son importance, puisqu'il veut signifier qu'Antisthène (ou Diogène) est le fondateur du cynisme.

7 Comme on lui avait demandé quelle est la connaissance la plus indispensable, il répondit : « Celle qui évite de désapprendre[1] ». Il exhortait les gens calomniés à supporter leur situation avec plus de force d'âme que si on les frappait avec des pierres[2]. Il se moquait de Platon qu'il trouvait orgueilleux[3]. Ainsi donc[4], ayant vu au cours d'une procession un cheval au port hautain, il dit à Platon : « Le cheval en train de se pavaner, on croirait que c'est toi ![5] », cela parce que Platon ne cessait de faire l'éloge du cheval[6]. Un jour Antisthène rendit visite à Platon qui était malade ; à la vue du bassin où celui-ci avait vomi, il dit : « La bile, je la vois bien là, mais ton orgueil je ne le vois pas ».

8 Il conseillait aux Athéniens de décider par voie de vote que les ânes sont des chevaux. Comme eux trouvaient l'idée absurde, il leur dit : « Mais pourtant, chez vous, on devient stratège sans avoir rien appris ; il suffit d'un vote à main levée ! » A qui lui avait dit : « Il y a beaucoup de gens qui font ton éloge », il répliqua : « Qu'ai-je donc fait de mal ? »[7] Comme il avait retourné bien en évidence la partie de

---

1. Τὸ περιαιρεῖν τὸ ἀπομανθάνειν : Antisthène recommande à l'individu une formation qui lui permette de discerner ce qu'il importe d'apprendre pour bien vivre et ce qui, étant sans intérêt pour la conduite morale, n'a pas à être appris. Si l'on possède cette formation, on n'a pas à désapprendre ce que l'on a appris. Cette interprétation nous semble moins banale et plus adaptée à la philosophie que celle de M. Gigante : « quella di non dimenticare ciò che si appreso », qui réduit la philosophie à une aide pour ne pas oublier ce qu'on a appris, donc pour renforcer sa mémoire. Sur la notion d'ἀπομανθάνειν, cf. *Phédon* 96 c, *Protagoras* 342 d et Xénophon, *Cyropédie* IV 3, 14.

2. Supporter la calomnie est aux yeux d'Antisthène un entraînement moralement bénéfique (cf. Cratès en VI 90 qui invective les courtisanes afin de s'exercer à supporter les injures). Par ce trait le philosophe signifie que supporter d'être frappé par une pierre est difficile, mais que supporter la calomnie l'est encore davantage, et que par conséquent l'entraînement à supporter la calomnie est encore plus formateur.

3. Cf. VI 3.

4. J'adopte la leçon de BP : οὖν, et non celle de F : γοῦν.

5. H. Richards, « Laertiana », *CR* 18, 1904, p. 304-346, propose (p. 344) d'écrire δοκεῖς plutôt que ἐδόκεις. Mais l'imparfait avec ἄν est ici un irréel du présent.

6. Cf. III 39. Cette phrase n'est pas une très bonne explication de l'anecdote. On peut supposer que c'est une glose.

7. Cf. VI 5.

son manteau élimé[1] qui était toute trouée, Socrate dit en le voyant: «Je vois à travers ton manteau ton amour de la gloire»[2]. Comme on lui avait demandé, à ce que dit Phanias dans son ouvrage *Sur les Socratiques*[3], ce qu'il faut faire pour devenir un homme de bien, il répondit: «Apprendre de ceux qui s'y connaissent que tu peux fuir les maux qui t'accablent». A qui faisait l'apologie du luxe, il dit: «Puissent les enfants de tes ennemis vivre dans le luxe!»[4]

9 Au jeune homme qui prenait des poses pour le statuaire, il dit: «Si le bronze se mettait à parler, dis-moi, de quoi à ton avis se vanterait-il?» Le jeune homme répondit: «De sa beauté». «N'as-tu donc point honte d'avoir le même sujet de joie qu'un objet inanimé?» reprit Antisthène. Comme un jeune homme du Pont lui promettait maints égards, si son bateau chargé de salaisons arrivait, Antisthène prit le jeune homme et un sac vide, se rendit chez une marchande de farine, remplit son sac et s'éloigna. Comme la femme lui réclamait le montant de la dépense, il dit: «Ce jeune homme te le donnera, si jamais son bateau chargé de salaisons arrive».

C'est à Antisthène, semble-t-il, que revient la responsabilité de l'exil d'Anytos et de la mort de Mélétos[5]. 10 Ayant en effet rencontré des jeunes gens du Pont qui arrivaient, attirés par la gloire de Socrate[6], il les emmena chez Anytos en leur disant que celui-ci était, dans son attitude morale, plus sage que Socrate. Moyennant quoi,

1. Il s'agit ici du *tribôn* plié en deux.

2. Anecdote parallèle en II 36, mettant en scène Antisthène et Socrate.

3. Fr. 30 Wehrli.

4. Le luxe étant cause de faiblesse, c'est un mal qu'il faut souhaiter à ses ennemis.

5. Cf. L. Brisson, art. «Anytos» A 227, *DPhA* I, p. 261-262. Anytos était un riche tanneur athénien qui joua un rôle politique dans l'Athènes de la fin du Ve siècle. Il fréquenta Socrate, dont il est l'interlocuteur dans le *Ménon*, mais il se brouilla avec lui, et finalement, avec Mélétos et Lycon, il porta contre Socrate l'accusation d'impiété qui entraîna la condamnation à mort du philosophe (Platon, *Apologie* 18 b, 23 e et 28 a). Après la mort de Socrate, il fut banni et se rendit à Héraclée du Pont où on ne voulut pas de lui (D.L. II 43). Quant à Mélétos, c'est lui qui rédigea l'acte d'accusation; à en croire D.L. en II 43 et dans notre passage, il fut non pas exilé comme Anytos, mais condamné à mort, ce qui semble douteux. Ces données fournies par D.L. en VI 9 à propos d'Anytos et de Mélétos sont en général considérées comme invraisemblables.

6. Même formulation en II 65, concernant Aristippe.

transportés d'indignation, ceux qui entouraient Anytos le firent bannir.

S'il voyait quelque part une femme parée avec élégance, il allait jusque chez elle et demandait à son mari de sortir un cheval et des armes : ainsi pourvue, il pourrait la laisser étaler son luxe ; car elle serait de la sorte bien défendue ; sinon, qu'il lui retire sa parure.

Doxographie (anonyme)

Voici les opinions qu'il soutenait[1]. Il démontrait que la vertu peut s'enseigner[2] et il identifiait les gens bien nés et les gens vertueux[3]. **11** La vertu suffit à procurer le bonheur[4], car elle n'a besoin de rien d'autre que de la force d'un Socrate[5]. La vertu relève des actes, elle

1. Diogène Laërce utilise plusieurs formules pour introduire ses doxographies, ici ἤρεσκεν (le même verbe est utilisé en II 91 ; VII 120. 127. 128. 129. 131 ; IX 30). On trouve également φασὶ δέ (VII 117.120), ἔλεγε (II 8), δοκεῖ δέ (VII 120 ; VIII 85 ; IX 24.44.57), ὁ δὲ λόγος αὐτῷ οὕτως ἔχει (II 17), δόξαις ἐχρῶντο τοιαύταις (II 86).

2. La même opinion se retrouve dans la doxographie stoïcienne en VII 91. Si la vertu peut s'enseigner, cela signifie que ce n'est pas la naissance qui confère la vertu, mais les efforts de l'individu, et que celui-ci est toujours capable de progresser.

3. Richards, « Laertiana », *CR* 18, 1904, p. 304-346, propose (p. 344) de corriger le τούς^2 des manuscrits en οὕς dans la formule τοὺς αὐτοὺς εὐγενεῖς *τοὺς* καὶ ἐναρέτους. Ce n'est pas nécessaire.

4. Cf. VII 127 où l'opinion est attribuée à Zénon, Chrysippe et Hécaton.

5. La notion de force *(ischus)* joue un rôle capital dans le cynisme qui prêtait déjà cette qualité à Héraclès, le héros cynique par excellence. Cette notion intervient dans le titre de deux des ouvrages d'Antisthène, tels que les transmet la liste de Diogène Laërce : Ἡρακλῆς ὁ μείζων ἢ περὶ ἰσχύος (D. L. VI 16) et Ἡρακλῆς ἢ περὶ φρονήσεως ἢ ἰσχύος (D. L. VI 18). Le fait que cette force soit nécessaire aux yeux des Cyniques pour que se réalisent la vertu et donc le bonheur introduit une brèche dans l'intellectualisme socratique. La vertu-connaissance ne suffit pas, il faut aussi la force propre au Socrate vivant et agissant pour que la vertu-connaissance devienne efficace et se concrétise dans des actes qui assureront le bonheur. Avec Antisthène on assiste à l'émergence du vouloir dans l'éthique. Sur cette rupture qu'opère Antisthène par rapport à l'intellectualisme socratique, voir M.-O. Goulet-Cazé, *L'Ascèse cynique*, Paris 1986, p. 145-149, et sur l'hypothèse de l'*ischus* cynique comme source d'inspiration à l'origine de la notion stoïcienne de *tonos* dans la sphère éthique, voir *ibid.*, p. 165-166.

n'a besoin ni de longs discours[1] ni de connaissances[2]. Le sage se suffit à lui-même, car tous les biens d'autrui lui appartiennent[3]. La mauvaise réputation est un bien, au même titre[4] que la souffrance[5]. Le sage réglera sa vie de citoyen, non point selon les lois établies, mais selon la loi de la vertu[6]. Il se mariera afin de procréer, en s'unissant aux femmes douées du meilleur naturel[7]. Et il éprouvera

1. Richards, « Laertiana », p. 304-346, propose (p. 345) de corriger λόγων πλείστων en λόγων πλαστῶν, « discours mensongers » ; une fois de plus cette correction ne me semble pas s'imposer.

2. C'est la raison pour laquelle le cynisme se présente comme un « raccourci vers la vertu » (D. L. VII 21). L'exercice quotidien se substitue à la formation intellectuelle que les philosophes cyniques regardent comme inutile et non nécessaire (D. L. VI 73).

3. Le sage cynique considère que tout ce qui appartient aux autres lui appartient. C'est en raison de cette conception qu'il s'estime fondé à demander l'aumône. Cf. par exemple D. L. VI 46 : « Diogène le Cynique, lorsqu'il avait besoin d'argent, disait qu'il réclamait à ses amis, non qu'il leur demandait » ; D. L. VI 72 : « Tout appartient aux dieux ; or, les dieux sont amis des sages ; par ailleurs les biens des amis sont communs ; donc tout appartient aux sages » ; Cratès, *Lettre pseudépigraphe 2 à ses compagnons* : « Il vous sera possible de réclamer ce qui vous appartient et non de paraître mendier ce qui appartient aux autres. » Sur la mendicité pratiquée par les Cyniques, voir M.-O. Goulet-Cazé, *Le Cynisme à l'époque impériale*, p. 2746-2749 ; sur la question de l'autarcie, voir Audrey N. M. Rich, « The Cynic conception of αὐτάρκεια », *Mnemosyne* 9, 1956, p. 23-29.

4. W. Crönert, *Kolotes und Menedemos*, coll. « Studien zur Palaeographie und Papyruskunde » 6, Leipzig 1906 ; rp. Amsterdam 1965, p. 173, suggère de corriger καὶ ἴσον en κατ' ἴσον, à partir du rapprochement avec IX 76, où la formule κατ' ἴσον est employée. Nous suivons sa suggestion, car comme il le dit, la mauvaise réputation et la souffrance appartiennent toutes deux à la catégorie des biens, mais elles ne sont pas l'une et l'autre des biens identiques.

5. Cf. p. 681 n. 4. Pour Antisthène la mauvaise réputation, tout comme la souffrance physique, contraint l'âme à l'effort et de ce fait est utile à la vertu. Les héros cyniques Héraclès, Ulysse et Cyrus ont largement illustré cette idée dans leurs attitudes et leurs actes.

6. Il s'agit ici de l'opposition qui est au fondement de tout l'agir cynique entre la vertu morale authentique et les conventions imposées par la société.

7. Cette vision positive du mariage n'est pas celle de Diogène qui, lui, est plutôt hostile au mariage et à la procréation. Mais on la retrouvera chez Zénon (cf. VII 121 : « Le sage, dit Zénon dans sa *République*, se mariera et aura des enfants »).

des passions amoureuses, car le sage est seul à savoir quelles personnes il faut aimer[1].

Doxographie (Dioclès)

12 Dioclès attribue[2] également à Antisthène les propos qui suivent[3]. Il n'y a rien qui puisse surprendre le sage ou le laisser désemparé[4]. L'homme de bien mérite qu'on l'aime[5]. Les sages sont amis[6]. Il faut prendre pour alliés les gens à la fois courageux et justes. La vertu est une arme qu'on ne peut pas nous enlever[7]. Il vaut mieux combattre tous les méchants avec un petit nombre de gens de bien que combattre un petit nombre de gens de bien avec un grand nombre de méchants. Prêter attention à nos ennemis, car ils sont les premiers à se rendre compte de nos erreurs. Faire plus de cas de l'homme juste que d'un parent. A l'homme et à la femme appartient la

---

1. Cf. VII 129: « Le sage sera amoureux des jeunes gens qui manifestent par leur apparence une disposition naturelle pour la vertu, comme le disent Zénon dans sa *République*, Chrysippe dans son premier livre *Sur les vies* et Apollodore dans son *Éthique*. »

2. La formule ἀναγράφει qui introduit le morceau dioclé en est employée également en VI 36 et 103 toujours pour introduire des passages de Dioclès. On remarquera que la doxographie antisthénienne de Dioclès n'a pas du tout la même physionomie que le passage doxographique de logique stoïcienne de VII 49 lui aussi nommément attribué par Diogène Laërce à Dioclès et tiré de l'*Épidromè* de ce dernier. Dans le cas d'Antisthène les phrases sont de courtes sentences; dans l'autre, ce sont des phrases longues et très construites. Dioclès ne devait pas compiler le même genre d'ouvrage dans les deux cas. Les parallèles avec le livre VII que nous signalons dans les notes qui suivent montrent que Dioclès n'hésite pas dans sa doxographie antisthénienne à attribuer à Antisthène des vues qui rapprochent celui-ci des Stoïciens. En le citant, Diogène Laërce promeut la thèse selon laquelle le cynisme, issu de Socrate, est lui-même à l'origine du stoïcisme.

3. On notera que se mêlent dans cette doxographie opinions et préceptes.

4. Cf. VI 63 : « Comme on lui demandait quel profit il retirait de la philosophie, il répondit: "A défaut d'autre chose, au moins celui d'être prêt à toute éventualité." »

5. Parallèle dans la doxographie cynique générale en VI 105 et parallèle stoïcien dans Sextus, *Adv. Math.* XI 170 (= *SVF* III 598).

6. Parallèle dans la *Politeia* de Zénon, que Diogène Laërce résume en VII 33.

7. A l'adjectif ἀναφαίρετος fait écho l'adjectif ἀναπόβλητος de VI 105.

même vertu[1]. Le bien est beau, le mal est laid. Les vices, considère-les tous comme étrangers à toi-même.

13 Le rempart[2] le plus sûr, c'est la sagesse; en effet elle ne s'effondre pas et elle ne se laisse pas livrer par trahison. Il faut construire des remparts dans nos propres raisonnements afin de les rendre imprenables.

Antisthène et le cynisme

Il discourait au gymnase de Cynosarges[3], non loin des Portes[4]. D'où vient, selon certains, l'origine du nom de l'école cynique[5]. Lui-même avait pour surnom « Vrai Chien[6] ». Il fut le premier à plier en

---

1. Curieusement cette sentence correspond au libellé d'un titre qui se trouve dans la liste des œuvres de Cléanthe citée par D. L. en VII 175. L'idée, qui n'était qu'amorcée chez Socrate (cf. Xénophon, *Banquet* II 9-10 où l'on peut lire : « La nature féminine ne se trouve être en rien inférieure à celle de l'homme, mais il lui manque de la force et de la vigueur [ῥώμης καὶ ἰσχύος] ») est révolutionnaire dans l'Athènes du IVe siècle où les femmes sont reléguées au gynécée. La mise sur un pied d'égalité de l'homme et de la femme sera une des nouveautés importantes du message cynique; voir en VI 96-98 le chapitre sur Hipparchia.

2. Cf. p. 684 n. 8.

3. L'étymologie que l'on voulait dans l'Antiquité prêter au mot Κυνόσαργες est fondée sur un mythe : lors d'un sacrifice, un chien se serait emparé de la viande du sacrifice et l'aurait amenée à l'endroit où devait être fondé le gymnase. Κυνόσαργες viendrait donc de κυνός, le chien, et de l'adjectif ἀργός, « blanc », ou « brillant » ou « rapide ». Une autre étymologie a été proposée : κυνός et σάρκες : les morceaux de viande du chien.

4. Voir Note complémentaire 2 (p. 769-770).

5. Les étymologies que l'on proposait de Cynosarges favorisèrent les anecdotes qui mettaient en relation Antisthène avec le chien et amenèrent certains à penser que le qualificatif κυνικός adopté par l'école cynique pouvait s'expliquer par Κυνόσαργες. Les néoplatoniciens, qui s'attachaient à expliquer les noms des écoles philosophiques, justifièrent, eux, l'appellation "cynique" par un mode de vie et des attitudes qu'ils rapprochaient des comportements du chien (cf. *SSR* I H 9). On trouve par exemple quatre interprétations de l'origine du mot « cynique » chez Élias, *Commentaire sur les* Catégories, *prooemium*, p. 111, 1-32 Busse, toutes les quatre faisant appel à des qualités du chien que l'on retrouverait chez les Cyniques.

6. J. J. Reiske dans H. Diels, « Reiskii animadversiones in Laertium Diogenem », *Hermes* 24, 1889, p. 302-325, proposa (p. 313) de remplacer Ἁπλοκύων par Αὐτοκύων. Certes le sens exact du terme Ἁπλοκύων n'est pas très clair : « chien franc », allusion à la franchise cynique ?, « chien au manteau simple »,

deux son manteau élimé[1], à ce que dit Dioclès, et c'était là son unique vêtement. Il prit aussi un bâton et une besace. Néanthe[2] dit également qu'il fut le premier à plier en deux son manteau[3] – toutefois Sosicrate[4], dans le troisième livre des *Successions*, dit que le premier fut Diodore d'Aspendos –, qu'il se laissait pousser la barbe et qu'il portait besace et bâton[5].

14 Celui-ci est le seul, de tous les Socratiques, dont Théopompe[6] fasse l'éloge[7]. Il dit qu'Antisthène était très habile et qu'il pouvait

---

comme le propose, à la suite de Stephanus, LSJ ? « chien naturel », c'est-à-dire dont les mœurs ne concèdent rien aux conventions sociales ? Cependant nous ne voyons pas de raison pour remplacer la leçon des manuscrits par un autre terme dont le sens n'est pas plus clair. Nous comprenons, en nous fondant sur le premier sens d'ἁπλοῦς, que ce surnom signifie: « qui a la simplicité d'un chien ». C'est ce que nous essayons de rendre par « Vrai Chien ».

1. Cf. p. 685 n. 3.
2. *FGrHist* 84 F 24.
3. Trois lignes plus haut, D. L. emploie τρίϐων, alors qu'ici il emploie ἱμάτιον. Il est difficile d'exprimer la différence entre les deux mots dans la traduction française. Il me semble que le τρίϐων fait intervenir l'idée d'un manteau de mauvaise qualité, tout usé. En le pliant, on doublait sa durée de vie. Quand une face était usée, on le retournait.
4. Fr. 15 Giannattasio Andria.
5. Long a mal coupé la phrase. Le témoignage de Sosicrate s'arrête après « Diodore d'Aspendos », Sosicrate n'intervenant qu'à titre d'incise. Pour Néanthe et Dioclès, c'est Antisthène qui est le fondateur du cynisme, alors que pour Sosicrate le Pythagoricien Diodore affichait déjà cette caractéristique qui devait devenir typique du cynisme. Cette dernière position pourrait laisser entendre que le cynisme avait une origine pythagoricienne. B. Centrone, art. « Diodoros d'Aspendos », *DPhA* II 128, p. 783, présente Diodore d'Aspendos, qui vivait au début du IVe siècle, comme « un représentant typique de la tendance acousmatique du pythagorisme, qui fut ensuite confondue avec le cynisme ».
6. *FGrHist* 115 F 295.
7. Dans son ouvrage intitulé *Contre l'école de Platon,* qui est cité par Athénée, *Deipnosophistes* VI, 508 c-d (= *FGrHist* F 259), Théopompe affirme que la plupart des dialogues de Platon sont inutiles et mensongers et que les autres sont tirés des ouvrages d'Aristippe, d'Antisthène et de Bryson d'Héraclée. On peut suggérer que c'était peut-être dans cet ouvrage qu'il formulait ses éloges sur Antisthène.

subjuguer n'importe qui grâce au ton juste de sa conversation, ce qui ressort à l'évidence de ses écrits et du *Banquet* de Xénophon[1].

Antisthène et le stoïcisme

Il passe pour avoir jeté aussi les fondements de la secte stoïcienne, virile entre toutes[2]. C'est pourquoi Athénée, l'auteur d'épigrammes, parle d'eux[3] en ces termes[4]:

Vous qui vous y connaissez en formules stoïciennes,
vous qui avez déposé sur les saintes tablettes des dogmes excellents:
la vertu de l'âme est le seul bien, car elle seule
sauve la vie et les cités des hommes.
Mais le plaisir de la chair, cette fin que d'autres hommes aiment à [poursuivre
une seule des filles de Mémoire[5] réussit à l'atteindre[6].

15 Antisthène ouvrit la voie à l'impassibilité de Diogène, à la maîtrise de soi de Cratès et à la fermeté d'âme de Zénon – c'est lui qui

1. Xénophon, *Banquet* IV 34-44 et 61-64. Cette mention de Xénophon est à rattacher à une seconde mention de cet auteur en VI 15 (cf. M.-O. Goulet-Cazé, « Le livre VI de Diogène Laërce », p. 3961-3965).

2. Diogène Laërce exprime ici sa thèse, empruntée sans doute à sa source Apollodore de Séleucie à travers Dioclès de Magnésie (cf. l'Introduction au livre VI, p. 661), d'une filiation cynisme > stoïcisme qui permet de faire remonter le stoïcisme à Socrate. Cette thèse, interrompue par la citation d'Athénée, se prolonge au début de VI 15 où Diogène Laërce évoque les trois grandes vertus cyniques: l'ἀπάθεια, l'ἐγκράτεια et la καρτερία.

3. C'est-à-dire des Stoïciens. L'insertion de la citation d'Athénée s'est mal faite, comme l'indique une incohérence stylistique dans la phrase qui introduit la citation: Στωικῆς (la secte stoïcienne) est repris par αὐτῶν (les Stoïciens), alors qu'en VII 30, où l'épigramme est à nouveau citée, la formule introductive à l'épigramme comporte bien τῶν στωικῶν. Cette citation est une addition qui a été insérée à la suite d'une association d'idées provoquée par la mention de la secte stoïcienne. L'incohérence stylistique est un argument supplémentaire pour considérer cette citation comme une addition laërtienne.

4. *Anth. Pal.* IX 496.

5. Il s'agit d'Érato, la muse de la poésie lyrique et amoureuse; cf. Athénée XIII, 555 b et Apollonius de Rhodes III 1.

6. Il semble qu'ici Athénée oppose stoïcisme et épicurisme dans une épigramme qui finalement célèbre le plaisir. La dernière phrase fait probablement allusion à l'épicurisme. En tout cas une épigramme du même Athénée citée en X 12 prouve que celui-ci était favorable à l'épicurisme

établit les fondements de la *République*[1]. Xénophon dit qu'il était tout à fait charmant dans les entretiens[2] et d'une parfaite maîtrise de soi dans tout le reste.

Écrits

Ses ouvrages sont cités en dix tomes[3].

TOME I[4]:

Sur le style ou *Sur les différentes sortes de style*,
Ajax ou *Le Discours d'Ajax*[5],
Ulysse ou *Le Discours d' Ulysse*[6],

---

1. αὐτὸς ὑποθέμενος τῇ πολιτείᾳ τὰ θεμέλια: les ms. B, P et F ont la leçon πόλει (adoptée par Cobet et Long, qui prétend à tort que F a la leçon πολιτείᾳ). Quant à Φ il ne comporte pas ce passage. Reiske, dans H. Diels, « Reiskii animadversiones in Laertium Diogenem », *Hermes* 24, 1889, p. 313, et Wilamowitz (*Epistula ad Maassium*, coll. « Philologische Untersuchungen » 3, Berlin 1880, p. 156), suivis par Apelt et Hicks ont corrigé en πολιτείᾳ. Assurément τῇ πόλει n'a pas grand sens ici. Si l'on adopte la correction πολιτείᾳ, il faut comprendre ou bien qu'Antisthène a posé les fondements de la *République* – il pourrait s'agir en principe aussi bien de celle de Diogène que de celle de Zénon, encore que la construction de la phrase invite plutôt à rapporter le terme à Zénon, le dernier cité –, ou bien qu'il a posé les fondements de la République telle que lui la concevait personnellement, une République dont nous avons d'ailleurs déjà rencontré (cf. p. 690 n. 7) un des principes: la concorde (ὁμόνοια). La présence dans le tome III de ses œuvres d'un Περὶ νόμου ἢ περὶ πολιτείας (*Sur la loi ou sur l'État*) pourrait aller en ce sens. Gigante propose de corriger en πραγματείᾳ: Antisthène aurait alors posé les fondements « della dottrina ». La conjecture σχολῇ proposée par K.D. Georgoules, « Miscellanea », *Platon* 5, 1953, p. 172, et signalée par Long dans son apparat ne me semble pas bonne. A la différence d'αἵρεσις, σχολή suppose en effet la réalité matérielle d'une école (cf. VI 40, VII 28. 37.174.185). Or si Antisthène a jeté les fondements d'une école, qu'elle soit cynique ou stoïcienne, ce ne peut être que d'une αἵρεσις, non d'une σχολή.

2. Autre interprétation possible de ἥδιστον μὲν εἶναι περὶ τὰς ὁμιλίας: « il prenait un plaisir extrême aux entretiens ».

3. Voir Note complémentaire 3 (p. 770).

4. Les titres des écrits rhétoriques sont analysés par Patzer, p. 163-246.

5. Ajax, fils de Télamon, avait défendu le cadavre d'Achille. Aussi estimait-il que les armes d'Achille lui revenaient, mais les Grecs en décidèrent autrement et les donnèrent à Ulysse.

6. Patzer: Ὀδυσσεὺς ἢ [περὶ] Ὀδυσσέως <λόγος>. Ulysse est, avec Héraclès et Cyrus, un des grands héros cyniques. On trouvera une présentation et

Défense d'Oreste
Sur les auteurs de plaidoyers judiciaires,
Isographès et Désias ou *Isocrate* [et Lysias?][1],
Contre le discours Sans témoin *d'Isocrate*[2].

TOME II:

Sur la nature des animaux,
Sur la procréation des enfants ou *Sur le mariage* (érotique[3]),
Sur les sophistes (physiognomonique[4]),
16 *Sur la justice et le courage* (protreptique), premier, deuxième et troisième livres,
Sur Théognis, livres IV et V[5].

TOME III:

Sur le bien,

---

une traduction de l'*Ajax* et de l'*Ulysse* dans M.-O. Goulet-Cazé, « L'*Ajax* et l'*Ulysse* d'*Antisthène* », dans *ΣΟΦΙΗΣ ΜΑΙΗΤΟΡΕΣ*, « Chercheurs de sagesse », Hommage à Jean Pépin, Paris 1992, p. 5-36. Voir aussi A. Patzer, p. 190-215.

1. Voir note complémentaire 4 (p. 770-771).

2. Ce discours d'Isocrate, d'ailleurs conservé – c'est le discours 21 –, a pour titre : πρὸς Εὐθύνον Ἀμάρτυρος. Cf. IV 5 où le catalogue des écrits de Speusippe mentionne un discours intitulé : Πρὸς τὸν Ἀμάρτυρον, *Contre le discours* « Sans témoin », mais sans préciser le nom de son auteur. Il s'agit certainement du discours d'Isocrate.

3. Th. Birt, *Das antike Buchwesen in seinem Verhältnis zur Literatur*, Berlin 1882, p. 449 n. 2, voyait dans ces termes : « érotique », « physiognomonique » etc., non pas des adjectifs caractérisant les ouvrages, mais des titres. De même Brancacci, *Oikeios Logos*, p. 24-34, refuse de voir dans les adjectifs ἀντιλογικός, ἐριστικός ... qui accompagnent les titres des œuvres logico-dialectiques, des sous-titres indiquant le caractère de l'œuvre. Il les interprète plutôt comme des titres. J'adopte la solution opposée qu'a choisie Patzer, mais en reconnaissant qu'il y a problème, puisqu'en VI 17 par exemple un ouvrage d'Antisthène présente les deux titres suivants : Περὶ ὀνομάτων χρήσεως ἢ ἐριστικός et qu'en VI 80 la liste des écrits de Diogène comporte un Ἐρωτικός.

4. La physiognomonie étudie le caractère d'une personne à partir de son physique. Cf. Elizabeth C. Evans, *Physiognomics in the Ancient World*, coll. « Transactions of the American Philosophical Society » N.S. 59, 5, Philadelphia 1969.

5. Il est probable que ces livres IV et V sont la suite des trois livres précédents et que l'ensemble formait un ouvrage protreptique en cinq livres. Cf. VI 1 et p. 680 n. 5.

Sur le courage,
Sur la loi ou *Sur la République,*
Sur la loi ou *Sur le beau et le juste,*
Sur la liberté et l'esclavage,
Sur la bonne foi ou *Sur le gouverneur ou Sur l'obéissance,*
Sur la victoire (économique).

TOME IV :

Cyrus[1],
Héraclès[2] *majeur* ou *Sur la force*[3].

TOME V :

Cyrus ou *Sur la royauté,*
Aspasie[4].

---

1. Le catalogue de D. L. comporte quatre titres consacrés à Cyrus (outre ce titre du livre IV, un dans le tome V et deux dans le tome X). Chez Athénée, *Deipnosophistes* V, 220 c, il est fait allusion au « second des Cyrus » et en D. L. II 61 au « petit Cyrus », ce qui laisse entendre qu'il y avait deux écrits d'Antisthène qui comportaient « Cyrus » dans leur titre. G. Giannantoni, *SSR,* t. IV, p. 298-299, formule les hypothèses suivantes, tout en expliquant que ni l'une ni l'autre n'est satisfaisante : ou bien les deux Cyrus des tomes IV et V renvoient à un seul ouvrage, *Cyrus* ou *De la royauté* (qui serait le *Cyrus majeur* se rapportant au Grand Cyrus, fondateur au VIe s. de l'Empire perse), et les deux Cyrus du tome X constitueraient le second, *Cyrus mineur,* et se rapporteraient au fils de Darius II ; ou bien les deux Cyrus des tomes IV et V renvoient au *Cyrus majeur* et au *Cyrus mineur,* auquel cas il faudrait accepter de lire pour les deux titres du tome X la leçon κύριος qui est la leçon des manuscrits B et P et qui ne serait pas un nom propre. La question reste ouverte.

2. Trois titres se rapportant à ce héros sont signalés dans la liste laërtienne (les deux autres se trouvent dans le tome X). Par ailleurs D. L. II 61 fait état d'un *Héraclès mineur.* Comme le suppose Patzer, le titre de l'un des ouvrages devait être un mélange du titre du tome IV et du second titre du tome X, et se présenter ainsi : Ἡρακλῆς ὁ μείζων ἢ περὶ φρονήσεως καὶ ἰσχύος, et l'*Héraclès mineur* devait être l'ouvrage du tome X intitulé Ἡρακλῆς ἢ Μίδας.

3. Sur l'importance du concept de force (ἰσχύς) chez Antisthène et dans le cynisme, voir p. 688 n. 5, et M.-O. Goulet-Cazé, *L'Ascèse cynique,* p. 145-147 ; 165-166.

4. Cf. F. Susemihl, « Die Aspasia des Antisthenes », *Philologus* 59, 1900, p. 148-151. Aspasie de Milet, la maîtresse de Périclès, mise en scène par Platon dans son *Ménexène.* est également le personnage principal d'un dialogue d'un autre Socratique, Eschine de Sphettos (D. L. II 61). Voir H. Dittmar, *Aischines*

TOME VI[1] :

La Vérité[2],
Sur l'art du dialogue[3] (par questions et réponses[4]),
Sathon[5]
Sur le fait de contredire[6], livres I, II et III,
Sur la conversation[7].

17 TOME VII :

Sur l'éducation ou *Sur les noms*, livres I, II, III, IV et V,
Sur l'emploi des noms ou *Traité d'éristique*[8],

---

von Sphettos. Studien zur Literaturgeschichte der Sokratiker, coll. « Philologische Untersuchungen » 21, Berlin 1912, p. 152-159.

1. Pour une analyse détaillée de chacun des titres des tomes VI et VII, voir A. Brancacci, *Oikeios logos*, p. 25-34. Cette analyse est suivie (p. 34-41) d'un exposé sur la chronologie et le genre littéraire de ces ouvrages.

2. Cet ouvrage s'inscrit peut-être dans la perspective d'une polémique contre Protagoras (cf. F. Dümmler, *Antisthenica*, [Diss. Bonn], Berlin 1882, p. 60-61).

3. Sur la façon dont Antisthène conçoit le διαλέγεσθαι, voir A. Brancacci, *Oikeios Logos*, p. 147-164.

4. S'appuyant sur Isocrate, *Discours* XV 45 (τινες περὶ τὰς ἐρωτήσεις καὶ τὰς ἀποκρίσεις γεγόνασιν, οὓς ἀντιλογικοὺς καλοῦσιν) et sur plusieurs références dans des dialogues platoniciens, A. Brancacci, *Oikeios Logos*, p. 27-28, explique que le terme ἀντιλογικός désigne la forme particulière de dialogue où se succèdent rapidement questions et réponses.

5. Cet ouvrage de polémique contre Platon est mentionné en III 35. Le mot « Sathôn », qui se veut ici un nom propre, renvoie en fait à σάθη, le membre viril. Face aux critiques que Platon adressa à son Περὶ τοῦ ἀντιλέγειν, *Sur le fait de contredire* (cf. note suivante), Antisthène riposta par le *Sathon*.

6. Nous suivons ici la proposition de Brancacci qui a raison de rejeter le ἤ reliant Sathon et Sur le fait de contredire ; ce è est une conjecture de J. Kühn dans H. G. Hübner, De vitis, dogmatis et apophtegmatis clarorum philosophorum libri decem II, Leipzig 1831, p. 11 (une fois de plus l'apparat de Long, qui prête la leçon ἤ à B est erroné). C'est dans l'ouvrage Sur le fait de contredire, qui suscita les critiques de Platon, qu'Antisthène affirmait qu'il est impossible de contredire (cf. III 35). La polémique platonicienne concernait la théorie des Idées. Sur cette polémique, voir Brancacci, *Oikeios Logos*, p. 173-197.

7. Περὶ διαλέκτου : Brancacci, *Oikeios Logos*, p. 30, propose de voir dans ce terme un équivalent d'ὁμιλία et renvoie à *Théétète* 146 b, *Banquet* 203 a, *République* 454 a.

8. B et P ont ἤ avant ἐριστικός ; il me semble par conséquent qu'il faut maintenir ce è que Cobet a voulu enlever. Dans ce cas ἐριστικός devient un titre (cf. Δόξαι ἢ ἐριστικός, l'avant-dernier titre du tome VII). Pour un exemple de

Sur la question et la réponse[1],
Sur l'opinion et la science, livres I, II, III et IV,
Sur le fait de mourir[2],
Sur la vie et la mort,
Sur ce qui se passe dans l'Hadès[3],
Sur la nature, livres I et II,
Une question sur la nature, livre I; *Une question sur la nature*, livre II[4],
Opinions ou *Traité d'éristique*[5],
Sur la compréhension des problèmes[6].

---

l'emploi des noms par Antisthène, voir Porphyre, *Scholies sur l'Odyssée* α 1 (= *SSR* V A 187). Sur les théories linguistiques d'Antisthène, notamment sur la signification des noms et la χρῆσις τῶν ὀνομάτων, voir A. Brancacci, *Oikeios Logos*, p. 55-84.

1. Même titre pour Aristote (V 23, en deux livres); quatre titres de la liste de Chrysippe font intervenir la notion d'ἐρώτησις ou celle d'ἀπόκρισις (VII 191).

2. Ce titre et les suivants jusqu'au livre II de *Sur la nature*, de caractère plutôt théologique et eschatologique, interrompent la liste des écrits logico-dialectiques. Pour aplanir la difficulté, Patzer, *Antisthenes der Sokratiker*, p. 130-131, a proposé de voir derrière ces titres des ouvrages de caractère physique. Mais cette position est peu convaincante. A. Brancacci, *Oikeios Logos*, p. 23-24, s'appuyant sur la phrase d'Antisthène : « Le début de l'éducation est l'examen des noms » [Épictète I 17, 10-12 = *SSR* V A 160], propose une interprétation plus plausible: le tome VI est entièrement consacré aux écrits logico-dialectiques et le tome VII regroupe toutes les œuvres qui traitent du problème de la formation philosophique, la *paideia* étant considérée dans ses fondements théoriques puis dans son contenu eschatologique, théologique et finalement didactique.

3. Deux titres identiques à celui-ci et au suivant: *Sur la nature*, sont attribués à Héraclide le Pontique en V 87.

4. A. Brancacci, *Oikeios Logos*, p. 23, propose de voir dans ces deux questions un sous-titre de l'ouvrage précédent.

5. En raison de la présence du ἤ, ἐριστικός ne peut être compris ici que comme un titre (cf. l'*Euthydème* de Platon, dont le second titre est ἐριστικός). Cette donnée pourrait aller dans le sens de ceux qui veulent voir dans ces adjectifs des titres véritables (cf. p. 701 n. 3).

6. On pourrait traduire aussi l'expression Περὶ τοῦ μανθάνειν προβλήματα par *Problèmes concernant l'acquisition du savoir*; mais le parallélisme avec des titres comme Περὶ τοῦ ἀποθανεῖν invite plutôt à la première traduction.

TOME VIII :

Sur la musique,
Sur les exégètes[1],
Sur Homère,
Sur l'injustice et l'impiété,
Sur Calchas[2],
Sur l'éclaireur[3],
Sur le plaisir.

TOME IX :

Sur l'Odyssée,
Sur le bâton[4],
Athéna ou *Sur Télémaque*,
Sur Hélène et Pénélope[5],
Sur Protée,
Le Cyclope ou *Sur Ulysse*,
18 *Sur l'usage du vin* ou *Sur l'ivresse* ou *Sur le cyclope*,
Sur Circé,

---

1. A.B. Krische, *Die theologischen Lehren der griechischen Denker. Eine Prüfung der Darstellung Cicero's*, Göttingen 1840, p. 243 n. 2, a proposé de réunir ce titre et le suivant en un seul, ce qui donnerait : Περὶ ῾Ομήρου ἐξηγητῶν, *Sur les exégètes d'Homère* ; Giannantoni (t. IV, p. 332) considère cette solution comme plausible.

2. Le devin Calchas apparaît dans l'*Iliade* A 53-120.

3. Cf. le titre de VI 18 (Κῦρος ἢ κατάσκοποι) et VI 43 où Diogène se qualifie lui-même de κατάσκοπος. Sur le terme κατάσκοπος et sur ses emplois, pour désigner la mission du philosophe cynique, chez Épictète, Maxime de Tyr et l'empereur Julien, voir *SSR*, t. IV, note 49, p. 507-508.

4. Ce titre, inséré parmi d'autres faisant allusion à l'épopée homérique, pourrait renvoyer à la baguette de Circé, à celle de Mercure ou encore à celle d'Athéna. Mais il pourrait s'agir aussi du bâton avec lequel Antisthène chassait ses disciples (cf. VI 4. 21. 23).

5. Ces deux femmes devaient apparaître comme des symboles. L'une, Hélène, incarnait la femme infidèle qui quitta Ménélas, son mari, pour suivre Pâris, tandis que l'autre symbolisait une fidélité capable de résister à l'épreuve de l'absence et à la pression des prétendants qui la sommaient de choisir parmi eux un époux.

Sur Amphiaraos[1],
Sur Ulysse et Pénélope,
Sur le chien[2].

TOME X[3] :

Héraclès et *Midas*[4],
Héraclès ou *Sur la sagesse* ou *Sur la force*,
Cyrus[5] ou *L'Aimé*
Cyrus ou *Les Éclaireurs*[6],
Ménexène[7] ou *Sur le commandement*,
Alcibiade[8],
Archélaos[9] ou *Sur la royauté*.

Tels sont les ouvrages qu'il a composés.

---

1. Amphiaraos était un devin protégé par Zeus et Apollon, et lié de près à la guerre des Sept contre Thèbes, au cours de laquelle il trouva la mort. Le traité d'Antisthène renvoie à *Odyssée* XV 244-249.

2. Long prétend lire dans P : Περὶ τοῦ Ὀδυσσέως καὶ Πηνελόπης καὶ περὶ τοῦ κυνός. En réalité, il n'y a pas de καί dans P après Πηνελόπης. Les deux manuscrits B et P présentent le même texte : Περὶ τοῦ Ὀδυσσέως καὶ Πηνελόπης. Περὶ τοῦ κυνός. Il n'y a donc pas de raison de penser, comme l'ont proposé plusieurs commentateurs, que le chien en question est Argo, le chien d'Ulysse. Il s'agit plutôt du chien en général, ce qui pose à nouveau le problème d'Antisthène, fondateur du cynisme.

3. Sur les problèmes d'authenticité posés par le tome X, voir p. 770 n. 3.

4. Cf. p. 696 n. 2. Après Ἡρακλῆς B présente une lacune, P et F ont ἤ, leçon retenue par Long, mais Patzer écrit Ἡρακλῆς καὶ Μίδας, acceptant ainsi une conjecture de Welcker, fondée sur le parallélisme avec d'autres titres : ex. Περὶ Ἑλένης καὶ Πηνελόπης ou Περὶ Ὀδυσσέως καὶ Πηνελόπης.

5. En fait les manuscrits ont, pour ce titre et le suivant, la leçon κύριος (cf. p. 696 n. 1).

6. Cf. p. 699 n. 3.

7. D'autres dialogues avaient pour titre *Ménexène* : un de Glaucon (D. L. II 124), un autre de Philon de Mégare (Clément d'Alexandrie, *Stromates* IV 19, 121, 5) et celui, conservé, de Platon.

8. Plusieurs autres ouvrages dus à des Socratiques portaient ce titre ; outre le *Premier* et le *Second Alcibiade* de Platon, il y avait un ouvrage d'Euclide (D. L. II 108) et un de Phédon signalé dans la *Souda*, *s.v.* Φαίδων.

9. Ce roi de Macédoine avait invité Socrate à se rendre auprès de lui, mais Socrate avait refusé (cf. D. L. II 25 ; Aristote, *Rhétorique* II 23, 1398 a 24).

Timon[1] qui lui reprochait[2] le grand nombre de ses écrits le traitait de « bavard qui produit n'importe quoi ».

Sa mort

Il mourut épuisé par la maladie[3]; à cette occasion, Diogène vint lui rendre visite et lui dit: « N'as-tu pas besoin d'un ami ?[4] » Et un jour il vint chez Antisthène avec une petite épée. Comme ce dernier lui disait: « Qui pourrait me délivrer de mes maux ? », Diogène lui montra la petite épée et dit: « Ceci ». Mais Antisthène reprit: « J'ai dit de mes maux, pas de la vie ». **19** De fait il supportait avec assez peu de courage, semble-t-il, la maladie, tant il aimait la vie[5].

Épigramme de Diogène Laërce

Voici les vers que nous avons écrits sur lui[6]:

Tu menais la vie d'un chien, Antisthène, né que tu étais
 pour mordre le cœur avec des paroles et non avec la gueule.
Mais tu es mort de consomption[7], dira-t-on peut-être[8]. Et
 [qu'importe?
 Il faut bien de toute façon un guide pour aller chez Hadès.

---

1. Fr. 37 Di Marco. Timon de Phlionte, élève de Pyrrhon et auteur des *Silles*, fut influencé par les Cyniques et devait à son tour exercer une grande influence sur le cynisme littéraire. Cf. A. A. Long, « Timon of Phlius: Pyrrhonist and satirist », *PCPhS* 204, 1978, p. 68-91. Dans le chapitre consacré à Euclide (II 107), D. L. cite des vers de Timon dans lesquels les Socratiques sont qualifiés aussi de « bavards » (φλεδόνων).

2. On remarquera le jeu de mots Τίμων/ἐπιτιμῶν.

3. Cf. l'adjectif φθισικός dans l'épigramme de VI 19.

4. Autre possibilité de traduction pour μήτι χρεία φίλου: « J'ai craint que tu n'aies besoin d'un ami » (cf. notre expression familière: « Des fois que tu aies besoin d'un ami ! »).

5. Cf. le Discours VIII de Dion Chrysostome où l'on voit Antisthène en désaccord avec sa propre doctrine.

6. *Anth. Pal.* VII 115.

7. Ce détail sur la mort d'Antisthène est préparé dans la biographie par ἀρρωστίᾳ en VI 18.

8. Long imprime le texte avec une asyndète φθισικός / τάχ' ἐρεῖ ἴσως. Il vaut mieux comprendre que τάχ' ἐρεῖ ἴσως porte sur ce qui précède.

Homonymes

Il y eut encore trois autres Antisthène : l'un était « l'Héraclitéen[1] », un autre venait d'Éphèse[2] et le dernier était un historien de Rhodes[3].

Transition

Puisque nous avons passé en revue les philosophes issus d'Aristippe et de Phédon, enchaînons maintenant avec les Cyniques et les Stoïciens issus d'Antisthène[4]. Suivons l'ordre que voici.

---

1. Cf. R. Goulet, art. « Antisthène l'Héraclitéen » A 218, *DPhA* I, p. 256. Sans doute l'exégète d'Héraclite signalé en IX 15, au côté d'autres exégètes d'Héraclite : Héraclide le Pontique, Cléanthe, Sphairos, Pausanias dit l'Héraclitiste, Nicomède et Dionysios.

2. Cet Antisthène est inconnu par ailleurs.

3. Cf. R. Goulet, art. « Antisthène (de Rhodes) » A 214, *DPhA* I, p. 254. Cet historien du tout début du IIe siècle av. J.-C., connu par Polybe (XVI 14-15), est peut-être l'auteur des *Successions de philosophes* que cite, sous le nom d'Antisthène, à plusieurs reprises, Diogène Laërce. J. Mejer, *Diogenes Laertius and his Hellenistic Background*, coll. « Hermes-Einzelschriften », 40, Wiesbaden 1978, p. 63-64, refuse l'identification, alors que R. Giannattasio Andria, « I frammenti delle ΔΙΑΔΟΧΑΙ di Antistene di Rodi », dans I. Gallo (édit.), *Miscellanea filologica*, Salerno 1986, p. 111-155, et *I frammenti delle Successioni dei filosofi*, Napoli 1989, p. 29-36, l'accepte.

4. Cf. M.-O. Goulet-Cazé, « Le livre VI de Diogène Laërce », p. 3882-3887. Cette phrase marque la transition non pas entre la vie d'Antisthène et celle de Diogène, mais entre les philosophes de la lignée d'Aristippe et de Phédon d'une part, et ceux issus d'Antisthène d'autre part. Or les disciples d'Aristippe et de Phédon ont été traités au livre II. Cela prouve que le plan des *Vies* n'a pas toujours été celui que nous connaissons actuellement. Voir Introduction au livre II, p. 162-165, et au livre VI, p. 663-674.

DIOGÈNE[1]

20 Diogène, fils du banquier Hicésios[2], de Sinope[3].

Biographie[4]

Selon Dioclès, c'est parce que son père qui tenait la banque publique avait falsifié la monnaie[5] que Diogène s'exila. Mais Eubu-

1. Sur la structure de la *Vie* de Diogène, voir *SSR,* t. IV, note 41, p. 413-419; J.L. Calvo Martínez, « El bíos de Diógenes el Cínico en Diógenes Laercio », dans J.A. Sánchez Marín, J. Lens Tuero, C. López Rodríguez (édit.), *Historiografía y biografía,* Actas del Coloquio internacional sobre historiografía y biografía (de la Antigüedad al Renacimiento), Granada, 21-23 de septiembre de 1992, coll. « Musae Ibericae Neolatinae », Madrid 1997, p. 139-150.

2. Hicésios était τραπεζίτης, c'est-à-dire à la fois prêteur, changeur et banquier, il gérait la banque publique et de ce fait s'occupait d'émettre la monnaie. Sur les banques dans l'Antiquité, voir R. Bogaert, *Banques et banquiers dans les cités grecques,* Leiden 1968.

3. Sinope était une importante colonie de Milet sur le Pont Euxin.

4. Sur la biographie de Diogène, voir *SSR,* t. IV, note 42, p. 421-441. Sa datation ne peut qu'être approximative: 412/403 - 324/321. Les fragments et témoignages ont été rassemblés dans *SSR,* t. II, p. 227-509, et commentés t. IV, p. 421-550. Traduction française dans L. Paquet, *Les Cyniques grecs,* p. 49-100. Pour les aspects prosopographiques, se reporter aussi à M.-O. Goulet-Cazé, art. « Diogène de Sinope » D 147, *DPhA* II, p. 812-820.

5. Cf. VI 56. Sur παραχαράττειν, voir I. Bywater-J. G. Milne, Παραχάραξις, *CR* 54, 1940, p. 10 -12. La discussion sur la réalité historique de cette falsification a fait couler beaucoup d'encre à la fois chez les historiens, les numismates et les philosophes. Pour un état de la question, voir *SSR,* t. IV, note 42, p. 423-433. La discussion a été reprise par H. Bannert, « Numismatisches zu Biographie und Lehre des Hundes Diogenes », *Litterae Numismaticae Vindobonenses* 1, 1979, p. 49-63, et plus récemment par K. Döring, « Diogenes und Antisthenes » (art. cité à la p. 687 n. 3), notamment aux p. 126-134. Cette falsification, dont on ne sait si elle correspond vraiment à la réalité historique ou si elle relève de la légende, a pris dans le cynisme une valeur symbolique : Diogène falsifie la morale, la religion, la politique et même la philosophie, c'est-à-dire qu'il contrefait les valeurs traditionnelles pour leur en substituer de nouvelles.

lide, dans son ouvrage *Sur Diogène*[1], dit que c'est Diogène lui-même qui commit le méfait et qu'il erra en exil en compagnie de son père. Il faut ajouter que Diogène lui-même dit, sur son propre compte, dans le *Pordalos*[2], qu'il falsifia la monnaie. Certains racontent que, devenu épimélète[3], il se laissa persuader par les fonctionnaires des finances[4] de la falsifier et que, venu à Delphes ou à Délos, dans la patrie d'Apollon, il demanda s'il devait agir comme on cherchait à l'en persuader[5]. Apollon lui ayant concédé la monnaie de la cité[6],

---

Sur les divers aspects de cette falsification symbolique, voir M.-O. Goulet-Cazé, dans L. Paquet, *Les Cyniques grecs*, Paris 1992, p. 5-51.

1. Cet Eubulide est inconnu par ailleurs. Faut-il l'identifier avec le mégarique Eubulide de Milet [fr. 67 Döring] ? P. Natorp, art. « Eubulides » 8, *RE* VI, 1907, col. 870, juge l'identification difficile, et R. Muller, *Les Mégariques*, Paris 1985, p. 119, estime impossible de se prononcer. Faut-il, comme l'a proposé Ménage, corriger en VI 30 Εὔϐουλος δὲ [cet Eubule est lui aussi inconnu] en Εὐϐουλίδης ? La correction a été refusée par certains (Th. Gomperz et K. von Fritz par exemple) et admise par d'autres (Zeller, Leo, Crönert entre autres). Voir G. Giannantoni, *SSR*, t. IV, n. 44, p. 454-455.

2. Ce renseignement est capital, car il montre que l'idée de falsification, qu'elle résultât ou non d'un événement réel, était revendiquée par Diogène lui-même (cf. VI 56). Voir P. Von der Mühll, « Interpretationen biographischer Überlieferung », *MH* 23, 1966, p. 234-239, notamment 236-239. Le *Pordalos*, mentionné dans les deux listes des ouvrages de Diogène en VI 80, a toutes les chances d'être une œuvre authentique du philosophe. Le terme « Pordalos » vient du verbe πέρδομαι qui signifie « lâcher des vents » (cf. Arrien, *Entretiens* d'Épictète III 22, 80), à moins qu'au lieu de la graphie Πόρδαλος on ne préfère la graphie πάρδαλις transmise par les ms. BF en VI 80, auquel cas le mot signifierait la « panthère ».

3. Les épimélètes étaient des magitrats ou des fonctionnaires affectés à des tâches particulières. Ainsi chez Plutarque, *Aristide* 4, 3, Aristide est présenté comme τῶν δὲ δημοσίων προσόδων ἐπιμελητής, « intendant des revenus publics ». Cf. J. Oehler, art. « Ἐπιμεληταί », *RE* VI 1, 1907, col. 162-171. Ici, il s'agit d'un poste d'officier de finance qui gère les finances publiques.

4. Cf. F. Poland, art. « Technitai », *RE* V A 2, 1934, Nachträge, col. 2473-2558, notamment 2532-2534.

5. Cet épisode de l'oracle a paru suspect. Le parallélisme avec Socrate est peut-être un peu trop manifeste : de même que Socrate, dont la mère était sage-femme, pratiquait la maïeutique et était lié aussi avec Delphes par l'oracle qu'obtint Chéréphon, de même Diogène, dont le père était banquier, pratiqua la falsification de la monnaie et reçut lui aussi un avis d'Apollon.

6. τὸ πολιτικὸν νόμισμα. L'oracle joue sur l'ambiguïté du terme νόμισμα qui désigne à la fois la monnaie et la coutume. Apollon permet à Diogène d'aller à

Diogène, qui ne comprit pas, altéra les pièces de monnaie[1] et, pris en flagrant délit, selon certains fut exilé[2], selon d'autres s'éloigna discrètement, de son plein gré, poussé par la peur.

21 Il en est pour dire qu'il avait reçu de son père la monnaie et que c'est lui qui l'altéra : le père fut emprisonné et mourut, tandis que lui partit pour l'exil[3]; il vint à Delphes et là il demanda non point s'il devait falsifier la monnaie, mais ce qu'il devait faire pour devenir une célébrité ; c'est ainsi qu'il reçut de l'oracle cette réponse.

Une fois à Athènes, il entra en relation avec Antisthène[4]. Alors que ce dernier le repoussait, car il ne laissait personne l'approcher[5], Diogène, par ses assiduités, le contraignit à l'accepter. Un jour qu'Antisthène avait levé sur lui son bâton[6], Diogène lui présenta sa tête et dit : « Frappe, car tu ne trouveras pas de bois assez dur pour m'écarter, tant qu'il est clair que tu as quelque chose à dire ». De ce moment il devint son auditeur[7] et, comme il était exilé, il se lança dans la vie frugale.

22 C'est parce qu'il avait, à en croire Théophraste dans son *Mégarique*[8], vu une souris qui courait de tous côtés, sans chercher

---

contre-courant des pratiques sociales. Mais Diogène prend l'expression dans son sens propre et se met à faire de la fausse monnaie.

1. τὸ κέρμα.

2. Cf. VI 49.

3. Les Cyniques feront toujours l'éloge de l'exil et, par voie de conséquence, du cosmopolitisme (cf. VI 38). Un Cynique du IIIe s., Télès, écrivit même une diatribe *Sur l'exil* qui vantait les avantages procurés par celui-ci (voir P. P. Fuentes González, *Les Diatribes de Télès*, Paris 1998, p. 273-283).

4. Cf. VI 15 et VI 18.

5. Élien, *Histoire variée* 10, 16, donne une explication de l'attitude d'Antisthène : il essayait d'attirer des gens par ses paroles ; mais comme ceux-ci ensuite ne faisaient pas de cas de ce qu'il disait, il choisit de les repousser avec son bâton. Diogène cependant constituait l'exception, puisqu'il mettait en pratique les enseignements du maître.

6. Cf. VI 4. Le bâton allait devenir un des éléments de la panoplie cynique, à côté de la besace et du petit manteau, le *tribôn*.

7. Formule similaire, avec l'adverbe τοὐντεῦθεν, en II 48 et 105.

8. Cf. la liste de V 44 où il est précisé que ce traité comporte un livre. Le témoignage de Théophraste est important, car il émane d'un contemporain du philosophe ; il fait intervenir un animal, ici la souris, ce qui est typique de la philosophie cynique, et il donne une explication de la conversion de Diogène, exilé à Athènes, au mode de vie cynique. Cette version cependant ne s'oppose

de lieu de repos, sans avoir peur de l'obscurité ni rien désirer de ce qui passe pour des sources de jouissance, que Diogène découvrit un remède aux difficultés dans lesquelles il se trouvait[1]. Il fut le premier, au dire de certains, à plier en deux son manteau[2], parce qu'il était contraint de s'en envelopper aussi pour dormir; il se mit à porter une besace, où il mettait sa nourriture, et tout endroit lui convenait pour toute activité, manger, dormir ou discuter. C'est dans ces circonstances qu'il dit, en montrant le Portique de Zeus[3] et le Pompéion[4], que les Athéniens les avaient construits à son intention, afin qu'il y demeurât. **23** Étant tombé malade, il s'appuyait sur un bâton. Par la suite toutefois il prit l'habitude de porter ses affaires, non pas bien sûr en ville, mais sur les chemins, au moyen de ce bâton et de sa besace[5], à ce que disent Olympiodore, le prostate[6] des Athéniens[7],

pas à ce qui est dit à la fin du paragraphe 21. Antisthène a pu jouer un rôle décisif dans la conversion de Diogène et l'impulsion qu'il a suscitée a pu se trouver confortée par l'observation du comportement d'une souris ou inversement le comportement d'une souris a pu mettre Diogène sur la voie d'une ascèse à laquelle devait l'encourager Antisthène. Théophraste composa également un ouvrage intitulé Τῶν Διογένους συναγωγή cité par D. L. V 43, mais qui pourrait se rapporter tout autant au philosophe présocratique Diogène d'Apollonie.

1. La souris intervient encore chez D. L. en VI 40. Voir aussi Élien, *Histoire variée* XIII 26. Sur l'anecdote de VI 22, voir G. Steiner, « Diogenes' mouse and the royal dog. Conformity in nonconformity », *CJ* 72, 1976, p. 36-46.

2. Cf. VI 13. Le *tribôn* plié en deux était la partie maîtresse de l'accoutrement cynique et, par la suite, il devait devenir le symbole du philosophe.

3. Ce portique était situé à l'ouest de l'agora.

4. Ce monument est cité aussi en II 43.

5. Pendant qu'il était malade, le bâton l'aidait à marcher, mais par la suite il porta la besace au bout de son bâton et mit le bâton sur l'épaule.

6. Sur la fonction de "prostate", voir H. Schaefer, art. « προστάτης », *RESuppl* IX, 1962, col. 1287-1304.

7. U. von Wilamowitz-Moellendorff, *Antigonos von Karystos,* coll. « Philologische Untersuchungen 4, Berlin 1881, p. 206 n. 31, identifie cet Olympiodore avec le général qui libéra Athènes du joug macédonien en 288 (cf. Pausanias I 26, 1 ; 29, 13) et avec l'exécuteur testamentaire de Théophraste mentionné par D. L. en V 57. J. Kirchner, art. « Olympiodoros » 1, *RE* XVIII 1, 1939, col. 199, pense que l'archonte athénien du même nom qui exerça ses fonctions à Athènes en 294/293 et 293/292, est également le même personnage. Cf. T. Dorandi, « Gli Arconti nei papiri ercolanesi », *ZPE* 84, 1990, p. 124 qui n'attribue à l'archontat d'Olympiodore que l'année 293/2.

l'orateur Polyeucte[1] et Lysanias, le fils d'Aischrion[2]. Alors qu'il avait demandé par lettre à quelqu'un de lui prévoir une petite maison et que la personne tardait, il élut domicile dans le tonneau[3] qui se trouvait au Métrôon[4], comme lui-même l'explique clairement dans ses *Lettres*[5]. L'été, il se roulait sur du sable brûlant, tandis que l'hiver, il étreignait des statues couvertes de neige, tirant ainsi profit de tout pour s'exercer[6].

Apophtegmes

24 Il savait aussi fort bien manifester envers autrui de l'arrogance. L'école (σχολήν) d'Euclide, il l'appelait « bile » (χολήν)[7] ; le cours (διατριϐήν) de Platon, « perte de temps » (κατατριϐήν) ; les concours en l'honneur de Dionysos, il les appelait « des grands spectacles pour les fous », et les démagogues, « des valets de la populace »[8]. Il disait aussi que, quand il voyait dans la vie des pilotes, des médecins et des philosophes, il trouvait que l'homme était le plus intelligent des êtres

---

1. Il s'agit probablement du rhéteur Polyeucte de Sphettos, contemporain de Démosthène, qui, comme lui, était hostile aux Macédoniens. Voir Plutarque, *Vie de Démosthène* 10.

2. Ce Lysanias, fils d'Aischrion, a été identifié au grammairien et poète, maître d'Ératosthène, et son père Aischrion l'a été à Aischrion de Mytilène, poète auteur de choliambes qui était disciple d'Aristote et aimé de celui-ci. K. Von Fritz, « Quellen-Untersuchungen zu Leben und Philosophie des Diogenes von Sinope », coll. « Philologus, Supplementband » 18, 2, Leipzig 1926, p. 36-37, suggère que les trois personnages mentionnés par D.L. pourraient être trois interlocuteurs du *Mégarique* de Théophraste et qu'ils s'entretenaient de Diogène.

3. Nous choisissons, afin de ne pas rompre avec l'image traditionnelle de Diogène dans son tonneau, d'employer précisément le mot « tonneau », même si nous sommes parfaitement consciente qu'il s'agissait plutôt d'une de ces grandes jarres où l'on entreposait du vin ou de l'huile et qui présentaient des dimensions telles qu'un homme pouvait y vivre ou s'y cacher. Cf. Aristophane, *Cavaliers* 792.

4. C'est le temple de la Mère des Dieux, Cybèle, situé à l'ouest de l'agora d'Athènes.

5. La lettre pseudépigraphe n° 16 de Diogène *(A Apolexis)*, p. 20-21 Eike Müseler, fait allusion à cet épisode.

6. Sur la signification et le fondement de cette ascèse rigoriste, voir M.-O. Goulet-Cazé, *L'Ascèse cynique*, p. 66-71.

7. T 7 Döring = *SSR* II A 28.

8. Cf. VI 41.

vivants, mais qu'en revanche, quand il voyait des interprètes des songes, des devins et ceux qui les écoutent, ou encore les gens gonflés d'orgueil au sujet de leurs richesses, il ne trouvait rien de plus vain qu'un homme. Il ne cessait de répéter que, si l'on veut être équipé pour vivre, il faut de la raison ou une corde[1].

25 Un jour qu'il avait remarqué dans un riche banquet Platon qui mangeait des olives, il lui dit: « Pourquoi, toi le sage qui as fait la traversée jusqu'en Sicile pour être admis à des tables comme celles-ci, n'en profites-tu pas, maintenant qu'elles sont là devant toi ? » Platon lui répondit : « Mais, par les dieux, Diogène, là-bas aussi je faisais mon ordinaire des olives et des mets de ce genre ». Diogène reprit : « Alors à quoi bon faire la traversée jusqu'à Syracuse ? A ce moment-là, l'Attique ne produisait-elle pas d'olives ? »[2] Mais Favorinus, dans son *Histoire variée*, attribue ces propos à Aristippe[3]. Un autre jour, Diogène qui était en train de manger des figues sèches, rencontra Platon et lui dit: « Tu as le droit d'avoir ta part ». Platon en prit et les mangea. « J'ai dit "avoir ta part", pas "avaler" », dit Diogène.

26 Un jour qu'il marchait sur les tapis de Platon – ce dernier avait invité des amis qui venaient de chez Denys –, Diogène dit : « Je marche sur la vaine gloire de Platon ». Mais Platon lui rétorqua : « Comme tu laisses transparaître ton orgueil, Diogène, tout en ayant l'air de n'être pas orgueilleux ». D'autres affirment que Diogène a dit : « Je marche sur l'orgueil de Platon », et que celui-ci aurait répondu : « Oui, Diogène, avec un autre orgueil. » Mais Sotion, dans son livre IV[4], dit que Platon lui fit cette remarque : <...> le chien[5]. Un jour

---

1. Cf. Antisthène chez Plutarque, *De Stoicorum repugnantiis* 14, 1039 e-f et Cratès (D. L. VI 86).

2. Cf. III 18. Diogène reproche à Platon ses trois séjours à Syracuse, pendant lesquels il essaya en vain de convaincre d'abord Denys l'Ancien, puis son fils Denys le Jeune, de devenir des philosophes.

3. Fr. 39 Mensching, 71 Barigazzi.

4. Fr. 15 Wehrli.

5. Cf. VI 40. K. Von Fritz, « Quellen-Untersuchungen zu Leben und Philosophie des Diogenes von Sinope », p. 14, supprime τὸν κύνα. G. Basta Donzelli, « Ad Diogenem Laertium VI 26, VI 28 », *RFIC* 86, 1958, p. 240-248, propose (p. 247) de corriger ainsi le texte grec du passage : τὸν Πλάτωνα, « τὸν κύνα, Διόγενες, οὗν προσποιῇ »· ᾔτησεν αὐτὸν τότε δέκα ἰσχάδας, « Sotion dit que Platon lui dit ceci : "Tu joues au chien, Diogène." Diogène lui demanda

Diogène demanda à Platon du vin, et en même temps aussi des figues sèches. Platon lui envoya un plein vase de vin. Diogène lui dit: « Toi si on te demandait combien font deux et deux, répondrais-tu vingt ? Ainsi, tu ne donnes pas en fonction de ce qui t'est demandé, pas plus que tu ne réponds à la question qui t'est posée ». De surcroît il se moquait de Platon sous prétexte que c'était un intarissable bavard.

27 Comme on lui avait demandé en quelle région de Grèce il voyait des vrais hommes, il répondit: « Des hommes nulle part, mais je vois des enfants à Lacédémone »[1]. Un jour qu'il parlait sérieusement et que personne ne s'approchait, il se mit à gazouiller. Comme des gens s'étaient alors attroupés, il leur reprocha de venir avec empressement pour écouter des niaiseries, mais de tarder négligemment pour les choses sérieuses[2].

Il disait que les hommes entrent en lutte quand il s'agit de gratter la terre pour se jeter de la poussière et de se donner des coups de pied, mais que pour devenir homme de bien personne n'en fait autant[3]. Il s'étonnait de voir les grammairiens faire des recherches sur les malheurs d'Ulysse[4], tout en ignorant les leurs propres. Et il s'étonnait aussi de voir les musiciens accorder les cordes de leur lyre, mais laisser désaccordées les dispositions de leur âme; **28** les mathématiciens fixer leurs regards sur le soleil et la lune, mais ne pas remarquer ce qui se passe à leurs pieds[5]; les orateurs mettre tout leur

---

alors dix figues sèches ». M. Patillon suggère plutôt une lacune devant τὸν κύνα. C'est la solution que je retiens.

1. Diogène avait coutume d'opposer Spartiates et Athéniens. Cf. VI 59. Voir aussi Antisthène, dans Théon, *Progymnasmata* 5 (= *SSR*, t. II, fr. V A 7).

2. Cf. VI 48 et 57.

3. Diogène reproche à ses contemporains de s'adonner à des efforts (πόνοι) inutiles. Plutôt que de viser la victoire dans des compétitions sportives, le philosophe suggère de s'entraîner à l'ascèse physique pour assurer la santé de son âme. Sur les pratiques de la palestre, cf. Lucien, *De gymnasiis,* et Épictète, *Entretiens* IV 5.

4. La même idée sera développée par Bion de Borysthène (fr. F 5 A Kindstrand). Voir le commentaire de J. F. Kindstrand, aux pages 190-192 de *Bion of Borysthenes. A Collection of the Fragments with Introduction and Commentary,* Uppsala 1976.

5. Cela fait certainement allusion à ce qui arriva à Thalès qui tomba dans un puits, parce qu'il regardait le ciel. Cf. Bion (F 6 Kindstrand).

zèle à parler de la justice, mais ne point du tout la pratiquer, et encore les philosophes[1] blâmer l'argent, mais le chérir par-dessus tout. Il condamnait aussi les gens qui louent les justes de ce qu'ils sont au-dessus des richesses, mais qui envient les gens fortunés[2]. Il était hors de lui quand des gens sacrifiaient aux dieux pour leur santé et, au cours même du sacrifice, mangeaient au détriment de cette même santé. En revanche il allait jusqu'à admirer les esclaves qui, voyant leurs maîtres manger goulûment, ne volaient rien de ce que ceux-ci mangeaient. **29** Il louait les gens qui, sur le point de se marier, ne se mariaient point[3]; qui, sur le point de faire une traversée, ne la faisaient point; qui, sur le point de s'occuper de politique, ne s'en occupaient point et d'élever des enfants n'en élevaient point; il louait également ceux qui s'apprêtaient à vivre dans la compagnie des princes et qui ne s'en approchaient point[4].

Il disait qu'il faut tendre la main à ses amis sans replier les doigts. Ménippe, dans sa *Vente de Diogène*[5], dit que le philosophe, prison-

1. La leçon des manuscrits est τοὺς φιλαργύρους, les avares. Mais à juste titre M. Patillon fait remarquer que ce mot rompt la liste des spécialistes : grammairiens, mathématiciens et orateurs, et ne fait pas sens ici : on ne voit pas bien pourquoi les avares blâmeraient l'argent. On est probablement en présence de ce que les philologues appellent une faute de proximité : φιλαργύρους / ἀργύριον. Il propose d'écrire, et je le suis : « τοὺς φιλοσόφους ».

2. Dans les exemples qui précèdent, Diogène vilipende ceux qui présentent des attitudes incohérentes, notamment parce que leurs discours et leurs actes ne sont pas en harmonie. Cf. VI 64.

3. Cf. D.L. VI 54, où Diogène souligne le caractère constamment inopportun du mariage.

4. Cf. Von Fritz, *op. cit.*, p. 14-15. Diogène fait ici l'éloge de ceux qui, sur le point d'adopter les conduites jugées d'ordinaire raisonnables, savent ne pas succomber à la coutume et se montrent capables de « falsifier la monnaie ». Une idée proche, quoique différente, puisqu'il s'agit de « faire comme si », sera développée par Paul dans *I Cor.* 7, 29-31 : « Je vous le dis, frères : le temps se fait court. Reste donc que ceux qui ont femme vivent comme s'ils n'en avaient pas ; ceux qui pleurent comme s'ils ne pleuraient pas ; ceux qui sont dans la joie, comme s'ils n'étaient pas dans la joie ; ceux qui achètent, comme s'ils ne possédaient pas ; ceux qui usent de ce monde, comme s'ils n'en usaient pas véritablement. Car elle passe, la figure de ce monde » (trad. Bible de Jérusalem).

5. Ménage a proposé de corriger « Ménippe » en « Hermippe », mais cette correction ne semble pas s'imposer. L'ouvrage du Cynique Ménippe de Gadara est peut-être à l'origine de la tradition qui présente Diogène prisonnier des pirates, puis vendu à Corinthe où il fut acheté par Xéniade. Cléomène (D. L. VI 75), un

nier et mis en vente, se vit demander[1] ce qu'il savait faire. Il répondit: « Commander des hommes », et il dit au crieur: « Crie cette annonce: quelqu'un veut-il s'acheter un maître ? » Comme on lui avait interdit de s'asseoir, il dit: « Quelle importance ! On vend bien les poissons quelle que soit la façon dont ils sont étalés ».

30 Il disait s'étonner que nous fassions résonner, quand nous les achetons, une marmite ou un plat, mais que, pour un homme, nous nous contentions seulement de le voir[2]. Il disait à Xéniade qui l'avait acheté, qu'il devait lui obéir, même s'il était son esclave[3]. Car si c'étaient un médecin ou un pilote qui étaient esclaves, on leur obéirait.

Témoignage d'Eubule

Eubule[4], dans son ouvrage intitulé *Vente de Diogène*, dit qu'il apprit aux enfants de Xéniade, après les autres disciplines, à monter à

élève de Cratès, parlait aussi, dans son *Traité de pédagogie*, de Diogène vendu comme esclave à Xéniade. Un autre ouvrage, intitulé, comme celui de Ménippe, *Vente de Diogène*, est attribué en VI 30 à un certain Eubule. Enfin en VI 74 est donnée une version anonyme de l'épisode. Sur la façon dont l'anecdote des pirates est traitée dans les chries qui nous sont parvenues, voir M.-O. Goulet-Cazé, « Le livre VI de Diogène Laërce : analyse de sa structure et réflexions méthodologiques », p. 4000-4025.

1. Reiske, « Animadversiones in Laertium Diogenem », p. 314, propose d'ajouter <ὅθ'> après ὡς dans l'expression ὡς (ἁλούς), ce qui amènerait à traduire : « Ménippe ... dit qu'au moment où le philosophe, fait prisonnier et mis en vente, se vit demander ce qu'il savait faire, il répondit... ».

2. Cf. Aristippe dans D. L. II 78.

3. Cf. VI 36.

4. Aeg. Ménage, *ap.* H. G. Huebner, *Commentarii in Diogenem Laertium*, t. II, Leipzig 1833, p. 20, a suggéré de corriger *Euboulos* en *Euboulidès*, et de voir dans l'Eubule en question l'Eubulide, auteur d'un ouvrage sur Diogène cité en VI 20 (cf. note *ad. loc.*). Nous suggérons à notre tour une identification possible d'Eubule avec le poète comique athénien homonyme du IVe s. Celui-ci en tout cas ne s'interdisait pas de parler des Cyniques, si l'on en juge par ce vers du *Pentathle* : νόθος, ἀμφίδουλος, οὐδαμόθενουδείς (fr. 86 a Hunter). On peut se demander si l'extrait d'Eubule reflète les vues pédagogiques authentiques de Diogène ou s'il est, comme le prétendait R. Höistad, *Cynic Hero and Cynic King. Studies in the Cynic Conception of Man*, Uppsala 1948, p. 134, un « exemple typique de l'ascétisme eudémoniste ». Sur l'interprétation du passage d'Eubule, dont le contenu est plus proche de la *Cyropédie* de Xénophon que de la *République* de Diogène, voir M.-O. Goulet-Cazé, *L'Ascèse cynique*, p. 83-84.

cheval, tirer à l'arc, lancer la fronde et le javelot. Puis, à la palestre, il ne permit pas au pédotribe de leur donner une formation d'athlètes, il le laissa seulement leur apprendre les exercices qui donnent des bonnes couleurs et une bonne santé.

31 Ces enfants retenaient par cœur maints passages de poètes, de prosateurs et des ouvrages de Diogène lui-même[1]; il les faisait s'exercer à tout procédé permettant de se souvenir vite et bien. A la maison, il leur apprenait à se servir eux-mêmes, à prendre une nourriture frugale et à boire de l'eau; à son instigation, ils avaient les cheveux tondus au ras de la tête, ils allaient sans coquetterie, sans tunique, pieds nus et gardant le silence, marchant les yeux baissés dans la rue. Il les emmenait également à la chasse. Eux, de leur côté, prenaient soin aussi de lui et adressaient des demandes en sa faveur auprès de leurs parents. Le même Eubule dit que Diogène passa sa vieillesse chez Xéniade et qu'à sa mort il fut enterré par les enfants de celui-ci[2]. Et le jour où Xéniade lui demanda comment il faudrait l'enterrer, Diogène répondit: « La face contre terre ». Xéniade lui demandant pourquoi, il répondit: **32** « Parce que sous peu tout sera sens dessus dessous ». Cela parce que les Macédoniens l'emportaient déjà et que[3], d'une situation basse, ils passaient à une situation élevée[4].

Apophtegmes (suite)

Quelqu'un l'ayant fait entrer dans une demeure magnifique et lui interdisant de cracher, Diogène, après s'être raclé la gorge, lui cracha au visage, en lui disant qu'il n'avait pas trouvé d'endroit moins convenable. D'autres rapportent l'anecdote à Aristippe[5]. Un jour, il s'écria: « Holà des hommes! » Tandis que des gens s'attroupaient, Diogène les frappa de son bâton en disant: « C'est des hommes que

---

1. Les Cyniques, malgré leur refus de la culture, ne renoncèrent pas à la littérature. Diogène, comme les autres Cyniques, rédigea plusieurs ouvrages, qui sont regroupés en deux listes sensiblement différentes par D. L. VI 80.

2. Cf. VI 78 qui donne une version un peu différente.

3. Il faut éditer καὶ ἐκ et non ἢ ἐκ. Ce genre de confusion est fréquent dans les manuscrits.

4. Autrement dit: si les Macédoniens sont vainqueurs, ce sera le monde à l'envers.

5. Cf. D. L. II 75.

j'ai appelés, pas des ordures », comme le rapporte Hécaton au livre I de ses *Chries*[1]. Alexandre, à ce qu'on raconte, dit que s'il n'avait pas été Alexandre, il aurait voulu être Diogène.

33 « Les infirmes (ἀναπήρους) », disait-il, « ce ne sont ni les sourds ni les aveugles, mais les gens qui n'ont pas de besace (πήραν)[2] ». Un jour qu'il était entré dans un banquet de jeunes gens, la tête à demi rasée , à ce que dit Métroclès dans ses *Chries*[3], il reçut des coups. A la suite de quoi, il inscrivit les noms de ceux qui l'avaient frappé sur un tablette blanche et il se promenait, la tablette suspendue au cou, jusqu'à ce qu'il les eût couverts d'outrages, attirant sur eux blâmes et coups[4]. Il disait qu'il était un de ces chiens dont les gens font l'éloge, mais avec qui aucun de ceux qui en font l'éloge n'ose sortir pour aller à la chasse. A qui lui avait dit : « Aux Jeux Pythiques je suis champion catégorie hommes », il rétorqua : « C'est moi le champion catégorie hommes ; toi, c'est catégorie esclaves ».

34 A ceux qui lui disaient : « Tu es vieux ; maintenant repose-toi », il répliqua : « Pourquoi donc ? Si je courais au stade la course longue, faudrait-il que je me repose tout près du but, au lieu de bander davantage mes muscles ? » Invité à un repas, il déclara qu'il n'y assisterait pas ; car la dernière fois qu'il y était allé, on ne lui en avait même pas su gré. Il marchait pieds nus dans la neige et faisait tous les tours de force mentionnés plus haut[5]. Il entreprit même de manger de la viande crue, mais ne la digéra point[6]. Il tomba un jour sur l'orateur Démosthène qui déjeunait dans une auberge. Comme celui-ci reculait au fond de l'auberge, Diogène lui dit : « Plus tu recu-leras, plus tu seras dans l'auberge ! » Un jour que des étrangers

---

1. Fr. 22 Gomoll.
2. Autrement dit ceux qui ne sont pas cyniques. Diogène fait un jeu de mots en découpant ἀν-α-πηρος, alors que l'étymologie repose sur ἀνα-πηρός.
3. Métroclès fut probablement le premier auteur de chries. L'influence de son ouvrage a été sans doute considérable; c'est lui qui le premier véhicula les nombreux dits et apophtegmes de Diogène (cf. M.-O. Goulet-Cazé , « Le livre VI de Diogène Laërce : analyse de sa structure et réflexions méthodologiques », p. 3910-3911).
4. Cf. Cratès en VI 89.
5. En VI 23.
6. Cf. une des versions de sa mort en VI 76. Diogène rejette le cuit au profit du cru, afin de mieux marquer sa condamnation de la civilisation et son désir de retour à la nature. Cf. M. Detienne, *Dionysos mis à mort*, Paris 1977, p. 153-154.

désiraient voir Démosthène, Diogène tendit le médius[1] et dit: « Le démagogue des Athéniens, c'est lui ». **35** <Quelqu'un> avait laissé tomber son pain et avait honte de le ramasser. Diogène voulant lui donner une leçon, mit en laisse le goulot d'un vase et le traîna à travers le Céramique[2].

Il disait qu'il imitait les maîtres de chœur. Ceux-ci en effet entonnent un ton plus haut afin que les autres trouvent le ton juste[3]. « Il disait que la plupart des hommes sont fous à un doigt près. En tout cas[4], si quelqu'un s'avance le médius pointé en avant[5], il se fera traiter de grand fou ; mais si c'est l'index, ce n'est plus le cas. » « Ce qui a beaucoup de valeur », disait-il, « se vend pour rien et inversement. En tout cas une statue se vend trois mille drachmes[6], alors que pour deux sous de cuivre on a une chénice de farine[7] ».

36 A Xéniade qui l'avait acheté, il dit: « Arrange-toi pour faire ce que je t'ordonne ». Xéniade ayant répliqué:

---

1. Cf. VI 35. Diogène veut peut-être dire par là que le vrai démagogue, celui qui mène le monde, c'est le sexe. M. Gigante *ad loc.* fait un rapprochement avec Perse, *Satire* II 33, où le médius est traité d'« infamis digitus », avec Martial VI 70, 5 où il est dit « impudicus » et avec Juvénal, *Satires* X 53. Voir aussi Dion Chrysostome, Discours XXXIII 37; Épictète III 2, 11 et Scholie sur les *Nuées* d'Aristophane, v. 653.

2. C'était au quartier du Céramique que se trouvaient les ateliers des potiers. Κέραμος désigne tout objet en argile; ici il s'agit probablement d'un vase. Cf. l'anecdote du saperde et celle du fromage de VI 36, ainsi que celle de VII 3, où l'on voit Cratès, soucieux de débarrasser Zénon de sa pudeur, lui donner à porter à travers le Céramique une marmite de purée de lentilles.

3. Le Cynique n'hésite pas à recourir à des attitudes outrées et scandaleuses afin de libérer les autres hommes de leurs travers. Cf. en VI 94 l'épisode qui conduisit à la conversion de Métroclès.

4. Οὖν ici n'a pas de sens. Il vaut mieux écrire γοῦν.

5. Cf. la fin de VI 34.

6. Une drachme valait six oboles. Trois mille drachmes représentaient donc une belle somme.

7. On trouve une version développée de cette chrie (avec l'exemple de la chénice de farine, mais non celui de la statue) chez Télès, Περὶ αὐταρκείας, dans O. Hense, *Teletis Reliquiae*, Tübingen 1909^2 (rp. 1969), p. 12-13, et dans P. P. Fuentes González, *Les Diatribes de Télès*, coll. « Histoire des doctrines de l'Antiquité classique » 23, Paris 1998, p. 133-143 (texte et traduction), p. 144-272 (commentaire).

Les eaux des fleuves coulent vers l'amont[1],

Diogène dit : « Mais si, étant malade, tu avais acheté un médecin, lui aurais-tu dit, au lieu de lui obéir, que les eaux des fleuves coulent vers l'amont ? »[2] Quelqu'un désirait philosopher avec lui. Diogène lui donna un saperde[3] et lui demanda de le suivre[4]. L'autre, pris de honte, jeta le saperde et s'éloigna. A quelque temps de là, Diogène le rencontra et lui dit en riant : « L'amitié que nous avions l'un pour l'autre, un saperde l'a rompue ». Mais voici la version de Dioclès. Quelqu'un lui ayant dit : « Donne-nous tes ordres, Diogène ! », il entraîna l'homme et lui donna à porter un fromage d'une demi-obole. Devant son refus, Diogène dit : « L'amitié que nous avions l'un pour l'autre, un petit fromage d'une demi-obole l'a rompue ».

37 Ayant vu un jour un jeune enfant qui buvait dans ses mains, il sortit son gobelet de sa besace et le jeta, en disant : « Un jeune enfant m'a battu sur le chapitre de la frugalité ». Il jeta également son écuelle, parce qu'il avait vu de la même façon un jeune enfant qui, parce qu'il avait brisé sa gamelle, recueillait ses lentilles dans le creux de son petit morceau de pain[5]. Il posait le syllogisme suivant :

Tout appartient aux dieux ;
Or, les sages sont amis des dieux ;
Par ailleurs les biens des amis sont communs ;
Donc, tout appartient aux sages[6].

1. Euripide, *Médée*, v. 410. Xéniade, entendant son esclave lui donner des ordres, a l'impression d'un monde à l'envers et manifeste par cette citation son étonnement.

2. Cf. VI 30. Pour une étude approfondie des différentes versions que présentent les apophtegmes consacrés à Diogène pris par les pirates et vendu comme esclave, voir M.-O. Goulet-Cazé, « Le livre VI de Diogène Laërce : analyse de sa structure et réflexions méthodologiques », p. 4000-4025.

3. Il s'agit d'un poisson salé du Pont Euxin. Sur les poissons, voir W. D'Arcy Thompson, *A Glossary of Greek Fishes*, London 1947, et R.I. Curtis, *Garum and salsamentum*, Leiden 1991.

4. L'anecdote montre que l'abandon de toute fausse honte est, pour Diogène, le préliminaire indispensable pour qui prétend s'adonner à la philosophie.

5. Pour une étude approfondie des différentes versions de cet apophtegme, voir M.-O. Goulet-Cazé, « Le livre VI de Diogène Laërce : analyse de sa structure et réflexions méthodologiques », p. 4029-4039.

6. Cf. VI 72. Ce genre de syllogisme (qui d'ailleurs ici en condense deux) permettait à Diogène de justifier la mendicité pratiquée par les Cyniques (cf.

Il vit un jour une femme qui se prosternait devant les dieux dans une attitude particulièrement indécente. Voulant la débarrasser de sa superstition, à ce que dit Zoïlos de Pergé[1], il s'approcha d'elle et dit: « Ne crains-tu pas, femme, que si un jour un dieu se tient derrière toi, – car tout est rempli de la divinité[2] –, ton attitude ne soit indécente ? » **38** A Asclépios il offrit un lutteur qui se jetait sur les fidèles prosternés face contre terre et les rouait de coups[3].

Il avait coutume de dire que les malédictions de la tragédie s'étaient abattues sur lui, qu'en tout cas il était

> Sans cité, sans maison, privé de patrie,
> Mendiant, vagabond, vivant au jour le jour[4].

Il affirmait opposer à la fortune la hardiesse, à la loi la nature, à la passion la raison. Alors qu'il prenait le soleil au Cranéion[5], Alexandre survint qui lui dit: « Demande-moi ce que tu veux ». Et lui de dire: « Cesse de me faire de l'ombre ». Quelqu'un donnait en public une longue lecture et comme, arrivé à la fin de son rouleau, il laissait voir qu'il n'y avait plus rien d'écrit, Diogène dit: « Courage, les amis, la terre est en vue ! » A qui lui avait démontré, sous la forme d'un syllogisme, qu'il avait des cornes[6], Diogène, après avoir touché

M.-O. Goulet-Cazé, « Le cynisme à l'époque impériale », p. 2747-2749). L'idée remonte à Antisthène qui déjà affirmait (en VI 11) : « Le sage se suffit à lui-même, car tout ce qui appartient aux autres lui appartient ».

1. Personnage inconnu par ailleurs.

2. La formule rappelle celle qu'Aristote (*Parties des animaux* 645 a 21) prête à Héraclite invitant des visiteurs étrangers à s'approcher du fourneau où il se chauffe: « Ici aussi il y a des dieux ».

3. L'offrande au temple d'Asclépios est cocasse puisque le lutteur par ses coups oblige les fidèles à avoir ensuite recours aux médecins. Les fidèles obtiennent donc le résultat inverse du résultat escompté : se prosterner devant Asclépios entraîne des dommages corporels.

4. *TrGF* 88 F 4 Snell. Avec le même sens que l'expression βίον ἔχων τοὐφ' ἡμέραν, on rencontre l'adjectif ἡμερόβιος (cf. Porphyre qui, dans la partie manquante du *De abstinentia*, résumée par Jérôme, *Adv. Jovinianum* II 14, 4, cite Satyros rappelant que Diogène avait reçu des gens le surnom d'ἡμερόβιος).

5. Cf. VI 77. Diogène aimait à passer son temps sur cette colline de Corinthe plantée de cyprès, où il y avait un gymnase (cf. Pausanias II 4).

6. Allusion à l'argument dit du « Cornu » attribué à Diodore Cronos et que l'on peut résumer ainsi: « Ce que tu n'as pas perdu, tu l'as; or tu n'as pas perdu

son front, dit: « Eh bien moi, je ne les vois pas ». **39** De même encore, pour répondre à qui disait que le mouvement n'existe pas, il se levait et se mettait à marcher[1]. A qui parlait des phénomènes célestes, il dit: « Depuis combien de jours es-tu revenu du ciel ? » Un méchant homme[2] avait mis cette inscription sur sa maison: « QUE RIEN DE MAUVAIS N'ENTRE ICI[3] ». « Mais le propriétaire de la maison », dit Diogène, « par où donc entrera-t-il ? » Comme il s'était frotté les pieds d'huile parfumée, il déclara que de la tête le parfum monte dans l'air, tandis que des pieds il monte à nos narines. A des Athéniens qui lui demandaient de se faire initier aux Mystères, sous prétexte que, dans l'Hadès, les initiés ont droit à la première place, il répliqua: « Laissez-moi rire ! Agésilas et Épaminondas croupiraient dans le bourbier, tandis que n'importe quel pauvre type, à condition d'être initié, séjournerait dans les Îles des Bienheureux ! »[4]

---

de cornes; donc tu as des cornes » (Cf. D. L. II 111). Voir R. Muller, *Les Mégariques. Fragments et témoignages,* Paris 1985, p. 85-86.

1. Allusion à l'argument de Zénon d'Élée sur l'impossibilité du mouvement (Zénon, fr. 24-28 DK).

2. A. Nauck, « Verse bei Prosaikern », *Philologus* 5, 1850, p. 551-563, notamment p. 560, a suggéré qu'εὐνούχου pourrait être l'invention d'un copiste qui, à la place de ἀνου, abréviation d'ἀνθρώπου, « homme », aurait lu à tort εὔνου, qu'il aurait interprété comme εὐνούχου. Nauck rappelle en effet, exemples à l'appui, que α et ευ étaient fréquemment confondus.

3. Cf. VI 50. Il était courant que les habitants d'une maison mettent une inscription au-dessus de leur porte. L'exemple le plus célèbre est celui du fronton de l'Académie sur lequel il était inscrit: « Que nul n'entre ici, s'il n'est géomètre ». Cf. H. D. Saffrey, « ΑΓΕΩΜΕΤΡΗΤΟΣ ΜΗΔΕΙΣ ΕΙΣΙΤΩ. Une inscription légendaire », *REG* 81, 1968, p. 67-87 (repris dans *Recherches sur le néoplatonisme après Plotin,* Paris 1990, p. 251-271).

4. Le roi de Sparte Agésilas et le général Thébain Épaminondas se livrèrent bataille à Coronée en 394 et à Leuctres en 371. Si l'on se fonde sur les croyances traditionnelles, telles qu'exprimées par exemple dans *Phédon* 69 c, ces généraux valeureux, du fait qu'ils n'étaient pas initiés, n'avaient pas droit après leur mort au séjour dans les Iles des Bienheureux et étaient condamnés au bourbier. Sur le bourbier, voir M. Aubineau, « Le thème du bourbier dans la littérature grecque profane et chrétienne », *RecSR* 47, 1959, p. 185-214. Sur l'initiation aux Mystères, voir aussi Antisthène, VI 4. De façon plus générale concernant l'attitude des Cyniques face à la religion, voir M.-O. Goulet-Cazé, « Les premiers Cyniques et la religion », dans R. Goulet et M.-O. Goulet-Cazé (édit.), *Le cynisme ancien et ses prolongements,* Paris 1993, p. 117-158.

40 Devant les souris qui couraient sur sa table, il dit: « Tiens ! Voilà que même Diogène nourrit des parasites ! » A Platon qui le traitait de chien, il dit: « Tu as raison; moi je suis retourné auprès de ceux qui m'ont vendu ». Alors qu'il sortait du bain, quelqu'un lui demanda s'il y avait beaucoup d'hommes qui se baignaient; il répondit que non. Mais quand on lui demanda s'il y avait foule, il répondit que oui[1]. Platon avait défini l'homme comme un animal bipède sans plumes et la définition avait du succès; Diogène pluma un coq et l'amena à l'école de Platon. « Voilà, dit-il, l'homme de Platon ! » D'où l'ajout que fit Platon à sa définition: « et qui a des ongles plats »[2]. A qui lui demandait à quelle heure il faut déjeuner, il répondit: « Si tu es riche, quand tu veux; si tu es pauvre, quand tu peux »[3].

41 A Mégare il vit les moutons protégés par des peaux de cuir, tandis que les enfants des gens de Mégare étaient nus. « Il est plus avantageux, dit-il, d'être le bélier d'un habitant de Mégare que son fils »[4]. Quelqu'un l'avait heurté violemment avec une poutre et lui avait dit ensuite: « Attention ! ». « Vas-tu donc me frapper une seconde fois ? » demanda Diogène[5]. Il appelait les démagogues « valets de la populace »[6] et les couronnes « boutons de la gloire »[7]. Ayant allumé une lanterne en plein jour, il dit: « Je cherche un homme[8] ».

---

1. Diogène refuse de considérer comme des hommes dignes de ce nom les gens qu'il côtoie. Cf. VI 27, VI 33 (fin) et, en VI 41, la formule célèbre « je cherche un homme ».
2. Cf. Pseudo-Platon, *Définitions* 415 a.
3. Cette remarque est attribuée également à Bion de Borysthène (F 80 Kindstrand = *Gnom. Vat.* 156 Sternbach).
4. Cf. Varron, *De re rustica* II 2, 18, qui explique que l'on couvre les moutons de peaux pour éviter que la laine ne se salisse.
5. Cf. VI 66.
6. Cf. VI 24.
7. La gloire apparaît comme une sorte de maladie, de fièvre. Cette fièvre produit des boutons, à savoir ces couronnes que les gens avides de gloire aiment à porter.
8. Selon l'interprétation traditionnelle, Diogène ne trouve personne méritant l'appellation d'« homme », au sens d'homme véritable, digne de ce nom. J.-P. Dumont, « Des paradoxes à la philodoxie », *L'Ane* 37, 1989, p. 44-45, donne de cette phrase une interprétation nominaliste: Diogène chercherait l'Idée d'homme, que l'Académie de Platon essaie de définir, et ne la trouverait pas. Un de ses arguments serait que Diogène, s'il avait voulu dire « Je cherche un homme »,

Un jour qu'il était là, debout, complètement trempé, et que les gens autour de lui lui manifestaient de la pitié, Platon, qui se trouvait là, dit: « Si vous voulez le prendre en pitié, allez-vous-en ! », dénonçant par là son amour de la vaine gloire[1]. Comme quelqu'un lui avait asséné un coup de poing, Diogène s'écria: « Par Héraclès, comment ai-je pu oublier de mettre un casque pour me promener ? » **42** De même Midias[2] lui donna des bons coups de poing et lui dit: « Voilà trois mille drachmes sur ton compte. » Le jour suivant, Diogène mit des cestes de pugiliste, lui donna une bonne raclée et lui dit: « Voilà trois mille drachmes sur ton compte». A Lysias l'apothicaire qui lui demandait s'il croyait à l'existence des dieux, il répondit: « Comment n'y croirais-je pas, dès lors que je vois en toi un ennemi des dieux ? » D'autres attribuent le trait à Théodore[3]. A la vue de quelqu'un qui faisait des aspersions rituelles, il fit ce commentaire: « Pauvre malheureux, ne sais-tu pas que tes aspersions, tout comme elles ne peuvent te débarrasser de tes fautes de grammaire, ne peuvent pas davantage te débarrasser de celles commises durant ta vie ? » Il adressait des reproches aux hommes à propos de leurs prières[4], disant qu'ils réclament les biens qui leur paraissent à eux-mêmes des biens, non ceux qui le sont en vérité. **43** Quant aux gens que leurs songes frappaient d'épouvante il disait que ce qu'ils font à l'état de veille ne les préoccupe point, mais que ce qu'ils imaginent en dor-

---

aurait utilisé ἄνδρα et non ἄνθρωπον. Il me semble cependant que dans l'hypothèse nominaliste l'article aurait été nécessaire devant ἄνθρωπον et l'on peut par ailleurs signaler des cas où ἄνθρωπος signifie l'individu, non l'homme en tant qu'espèce (VI 56), ou encore l'homme en tant que doté des qualités dignes d'un homme (VI 40. 60, et surtout 32 où les ἄνθρωποι sont opposés aux καθάρματα, les ordures).

1. Platon et Diogène se reprochaient réciproquement leur orgueil. Cf. VI 26.
2. Peut-être le riche Athénien qui attaqua Démosthène. Cf. K. Fiehn, art. « Meidias » 2, *RE* XV 1, 1931, col. 334-338.
3. T 16 Winiarczyk. Sur les confusions Diogène/Théodore l'Athée, voir M. Winiarczyk, « Theodoros Ὁ Ἄθεος und Diogenes von Sinope », *Eos* 69, 1981, p. 37-42.
4. Les manuscrits ont la leçon τύχης, c'est-à-dire la « Fortune », leçon adoptée par Long. Mais Casaubon (cf. apparat *ad loc,* t. I, p. 30 de l'édition H. G. Hübner) à juste titre a proposé de corriger en εὐχῆς.

mant fait l'objet de tous leurs soins[1]. Comme à Olympie le héraut proclamait: « Vainqueur catégorie hommes: Dioxippe », Diogène dit: « Lui, c'est catégorie esclaves; catégorie hommes, c'est moi »[2].

Il était aimé aussi des Athéniens. En tout cas, lorsqu'un jeune homme lui brisa son tonneau[3], ils donnèrent à celui-ci une raclée et mirent à la disposition de Diogène un autre tonneau. Denys le Stoïcien dit qu'après Chéronée[4], Diogène, fait prisonnier, fut conduit à Philippe. Quand celui-ci lui demanda qui il était, Diogène répondit: « L'espion de ton insatiable avidité ». Du coup Diogène suscita son admiration et Philippe le laissa partir.

44 Un jour Alexandre envoya une lettre à Antipater[5] à Athènes, par l'intermédiaire d'un certain « Athlios » (Misérable); Diogène qui était là dit:

> Misérable message d'un Misérable porté par un Misérable à
> [l'intention d'un Misérable[6].

Comme Perdiccas[7] l'avait menacé, s'il ne se rendait pas auprès de lui, de le faire tuer, Diogène dit: « Le bel exploit! Un scarabée ou une tarentule pourrait en faire autant »[8]. Il jugeait plus redoutable la menace suivante: « Même si je ne t'ai pas eu dans ma vie[9], je vivrai

---

1. Toujours cette même volonté de la part de Diogène de souligner en quoi les attitudes humaines manquent de cohérence.

2. Cf. VI 33. Sur Dioxippe, voir Élien, *Histoire variée* X 22 et XII 58.

3. Sur la traduction par « tonneau », cf. p. 707 n. 3.

4. La fameuse bataille de 338 où Philippe de Macédoine remporta la victoire sur les forces grecques coalisées.

5. Cet officier de Philippe, qui devint général sous Alexandre, fut, après la mort du jeune souverain, gouverneur de Macédoine.

6. ἄθλιος παρ' ἀθλίου δι' ἀθλίου πρὸς ἄθλιον.

7. Ce général macédonien fit partie de la garde de Philippe, puis il suivit Alexandre en Asie, et, après la mort du jeune souverain, il eut les pleins pouvoirs dans tout l'Orient. Mais les autres généraux, jaloux de sa puissance, se coalisèrent contre lui. Finalement il fut assassiné en Égypte.

8. Anecdote analogue chez Cicéron, *Tusculanes* V 40, 117, à propos de Théodore et Lysimaque.

9. Le grec combine dans cette phrase style indirect (ἠξίου, troisième personne) et direct (ἐμοῦ, première personne). La traduction française est contrainte de choisir, d'où mon emploi du style direct pour exprimer les paroles prêtées à Perdiccas.

heureux »[1]. Il répétait à cor et à cri que la vie accordée aux hommes par les dieux est une vie facile, mais que cette facilité leur échappe, car ils recherchent gâteaux de miel, parfums et raffinements du même genre[2]. Aussi dit-il à l'homme qui se faisait chausser par son domestique: « Tu ne connais pas encore le bonheur, s'il ne va pas jusqu'à te moucher; mais cela se produira quand tu seras devenu manchot ».

45 Ayant vu un jour les hiéromnémons[3] emmener quelqu'un qui avait dérobé une coupe appartenant au trésor du temple il dit: « Les grands voleurs emmènent le petit »[4]. Ayant vu un jour un jeune homme qui jetait des pierres sur la croix d'un gibet, il dit: « Bravo, tu vas atteindre le but que tu cherches ![5] » Aux jeunes gens qui l'entouraient et disaient: « Attention qu'il ne nous morde pas ! », il rétorqua: « Soyez sans crainte, les enfants ! Un chien ne mange pas de bettes[6] ». A celui qui se vantait de sa peau de lion, il dit: « Cesse de déshonorer la parure de la vertu[7] ». A qui proclamait Callisthène[8] bienheureux sous prétexte qu'il avait part aux magnificences d'Alexandre, Diogène dit: « Il est malheureux, lui qui déjeune et dîne quand il plaît à Alexandre »[9].

---

1. Ce dit montre que les gens ont besoin du philosophe pour les aider à vivre. A l'inverse le philosophe est autosuffisant; cf. l'anecdote de VI 55 où Diogène montre que même sans Manès, son esclave, il est capable de vivre heureux.

2. Diogène rend la civilisation responsable des maux que connaissent les hommes. C'est ce genre de témoignage qui permet de dire que le cynisme est traversé par un courant antiprométhéen. Pour une critique de Prométhée par Diogène, voir Dion Chrysostome, *Discours* VI 25; voir aussi Plutarque, *Aquane an ignis utilior* 2, 956 b. Cf. M. Detienne, *Dionysos mis à mort,* coll. « Les Essais », 195, Paris 1977, p. 153-154.

3. Ce sont les magistrats qui ont la garde d'un temple.

4. Sur cette anecdote, voir R. Giannattasio Andria, « Diogene Cinico e il furto della coppa. Nota a D. L. 6, 45 », *Orpheus,* 17, 1996, p. 390-395.

5. Cette anecdote signifie probablement : « Tu vas réussir toi aussi à finir sur un gibet. »

6. Les bettes désignaient les efféminés. Cf. VI 61.

7. Héraclès en effet, le héros cynique par excellence, portait une peau de lion.

8. Certainement l'historien Callisthène d'Olynthe, neveu d'Aristote. Cf. W. Spoerri, art. « Callisthène d'Olynthe », C 36, *DPhA* II, p. 183-221.

9. Cf. Plutarque, *De exilio* 12, 604 d.

46 Quand il avait besoin d'argent, il disait qu'il réclamait à ses amis, non qu'il leur demandait[1]. Un jour qu'il se masturbait sur la place publique, il dit : « Si seulement en se frottant aussi le ventre, il était possible de calmer sa faim ! »[2] Ayant vu un jeune homme qui s'en allait manger avec des satrapes[3], il l'arracha à leur compagnie, le conduisit chez les siens et leur recommanda de le surveiller. Au jeune homme paré comme une femme qui lui posait une question, Diogène dit qu'il ne répondrait pas, tant qu'il ne lui aurait pas montré, en retroussant son vêtement, s'il était une femme ou un homme. Au jeune homme qui, aux bains, jouait au cottabe[4], Diogène dit : « Mieux tu joueras, pire ce sera pour toi[5] ». Au cours d'un repas, des gens lui lançaient des os comme à un chien ; lui, avec désinvolture, leur pissa dessus comme un chien.

47 Les orateurs et tous ceux qui cherchent la gloire dans l'éloquence, il les surnommait « hommes trois fois hommes », c'est-à-dire « trois fois malheureux. » « L'ignorant, s'il est riche, est », disait-il, « un mouton à toison d'or. » Ayant vu sur la maison d'un débauché le panneau « A vendre », il dit : « Je savais bien qu'ainsi alourdie par l'ivresse tu vomirais facilement ton propriétaire ». Au jeune homme qui se plaignait du grand nombre des importuns, il dit : « Cesse donc, toi aussi, d'étaler partout les signes de tes désirs contre nature ». Face à des bains publics qui étaient sales, il eut ce mot: « Ceux qui se baignent ici, où se lavent-ils ? » D'un joueur de cithare costaud, déprécié par tous, il était le seul à faire l'éloge. Comme on lui en demandait la raison, il dit: « Parce que, tout en ayant cette corpulence, il joue de la cithare au lieu de faire le brigand ».

---

1. Cela fait partie de la conception cynique de la mendicité. Les Cyniques estiment qu'ils ne mendient pas (αἰτεῖν), mais qu'ils réclament (ἀπαιτεῖν) ce qui leur appartient en propre. Cf. p. 715 n. 6.

2. Cf. VI 69.

3. Ces gouverneurs de province en Perse avaient la réputation d'être débauchés. Il faut supposer que les satrapes en question étaient en voyage en Grèce.

4. Le jeu de cottabe, d'origine sicilienne, est décrit par Athénée, *Deipnosophistes* XV, 665 b, par le lexique de Pollux VI 109 et par la *Souda*, *s.v.* κοτταβίζειν. Voir G. Lafaye, art. « Kottabos », *DAGR* III 1, 1900, col. 866-869 ; K. Schneider, art. « Kottabos », *RE* XI 2, 1922, col. 1528-1541.

5. En effet plus il fera résonner le bronze, plus il aura de chance en amour, donc pour Diogène plus il sera enchaîné.

48 Le joueur de cithare que ses auditeurs laissaient toujours tomber, il le salua joyeusement d'un : « Bonjour, coq ! » Comme l'autre lui demandait de s'expliquer, il dit : « Parce que, quand tu chantes, tu fais se lever tout le monde ». Un jeune homme faisait une déclamation publique ; Diogène, qui avait rempli de lupins le pli supérieur de son vêtement, avalait ceux-ci gloutonnement, juste en face de lui. Comme la foule détournait son attention du jeune homme pour regarder Diogène, celui-ci dit qu'il s'étonnait de voir qu'on avait lâché l'orateur pour le regarder, lui[1]. Un homme fortement superstitieux lui dit : « D'un seul coup de poing, je vais te briser la tête ». « Eh bien, moi », dit Diogène, « je vais te faire trembler en éternuant du côté gauche[2] ». A Hégésias[3] qui le priait de lui prêter un de ses ouvrages, Diogène répondit : « Pauvre sot que tu es, Hégésias ! Les figues sèches, tu n'en prends pas des peintes, mais des vraies, alors que pour l'ascèse, tu négliges la vraie et tu te précipites sur celle qu'on trouve dans les livres ».

49 A qui lui avait fait grief de son exil, il rétorqua : « Mais c'est à cause de cet exil, malheureux, que je me suis mis à philosopher ! » Quand, une autre fois, quelqu'un lui dit : « Les gens de Sinope t'ont condamné à l'exil », il répliqua : « Eh bien, moi, je les ai assignés à résidence ». Il vit un jour un vainqueur olympique qui faisait paître des moutons. « Tu as eu vite fait, cher ami », lui dit-il, « de passer des Jeux Olympiques aux Jeux Néméens »[4]. Comme on lui avait deman-

1. Cf. VI 27.57.

2. Éternuer avait une signification particulière. Cf. Origène, *Contre Celse* IV 94: « Nous aussi les hommes, quand nous éternuons nous le faisons parce qu'une divinité est présente en nous qui accorde à notre âme une puissance divinatrice » (trad. M. Borret). Mais éternuer du côté gauche était un signe de mauvais augure. Cf. Plutarque, *De genio Socratis* 581 b, qui explique que Socrate percevait l'intervention de son démon à travers l'éternuement : si quelqu'un éternuait à sa droite, Socrate se lançait dans l'action; si c'était à sa gauche il s'en abstenait. Pour la valeur négative de la « gauche », comparer au latin « sinister ».

3. Probablement Hégésias Cloios, disciple de Diogène, mentionné en VI 84 ; mais on ne peut totalement exclure qu'il s'agisse du philosophe cyrénaïque Hégésias. Le même souci d'une morale en actes se retrouve chez Antisthène (en VI 5).

4. Jeu de mots entre νεμεῖν, faire paître, et Νέμεα, les Jeux Néméens qui se tenaient dans la plaine de Némée tous les deux ans.

dé pourquoi les athlètes sont stupides, il répondit: « Parce qu'on les bâtit avec de la viande de porc et de bœuf ». Un jour il demandait l'aumône à une statue. Comme on l'interrogeait sur la raison qui le poussait à agir ainsi: « Je m'exerce, dit-il, à essuyer des échecs »[1]. Demandant l'aumône à quelqu'un – car au début, il mendiait à cause de son indigence –, il dit: « Si tu as déjà donné à quelqu'un d'autre, donne-moi également. Si tu n'as donné à personne, commence par moi ».

50 Un tyran lui ayant un jour demandé quel bronze il vaut mieux utiliser pour une statue[2], il répondit: « Celui dans lequel ont été coulés Harmodios et Aristogiton[3] ». Interrogé sur la façon dont Denys[4] traitait ses amis, il répondit: « Comme des outres. Quand elles sont pleines, il les suspend; quand elles sont vides, il les jette »[5]. Un jeune marié avait inscrit sur sa maison:

> Le fils de Zeus, Héraclès aux belles victoires,
> Demeure céans. Que rien de mauvais n'entre ici ![6]

Diogène ajouta: « Après la guerre, l'alliance[7] ».

---

1. Sur le mode de la boutade, Diogène exprime ici son avis sur l'effet préventif de l'entraînement volontairement assumé: le jour où viendra l'épreuve, celui qui se sera exercé ne sera pas pris au dépourvu. Cf. Cratès en VI 90. Voir M.-O. Goulet-Cazé, *L'Ascèse cynique*, p. 67-68.

2. Le remplacement d'ἀμείνων par ἄριστος, suggéré par H. Richards, « Laertiana », *CR* 18, 1904, p. 143, n'est pas nécessaire.

3. Les deux tyrannicides qui en 514 voulurent renverser la tyrannie des Pisistratides en s'attaquant à Hipparque qu'Harmodios assassina et à Hippias qui échappa et soumit Aristogiton à la torture.

4. Denys le Jeune qui fut tyran de Syracuse de 367 à 357 et de 346 à 344.

5. Autrement dit, il utilise ses amis quand ceux-ci peuvent l'aider, mais quand ils ne le peuvent plus, il s'en débarrasse.

6. Cf. VI 39 et note *ad loc.* L'inscription se retrouve aussi dans la lettre pseudépigraphe 36 de Diogène, mais dans un contexte différent (p. 52-57 Eike Müseler).

7. On peut se demander pourquoi l'inscription est ici sur la porte de la maison d'un jeune marié et quelle est la signification de la phrase de Diogène. Il se peut que le trait s'applique à καλλίνικος, aux belles victoires, mais aussi aux belles conquêtes (cf. Théon, *Progymnasmata* 67, 9 [p. 11 de l'édition M. Patillon], qui rappelle qu'Héraclès s'est uni aux cinquante filles de Thespios). Ainsi Héraclès pouvait passer pour un redoutable concurrent des jeunes gens dans la conquête des jeunes filles. Le jeune marié a donc dû faire la guerre à

« L'amour de l'argent, disait-il, est la métropole de tous les vices »[1]. A la vue d'un homme prodigue[2] qui mangeait des olives dans une auberge, il dit : « Si tel avait été ton déjeuner, tel ne serait pas ton dîner ».

51 Les hommes de bien sont des images des dieux. L'amour est l'occupation des oisifs. Comme on l'interrogeait sur ce qu'il y a de plus misérable dans la vie, il répondit : « Un vieillard sans ressources[3] ». Comme on lui demandait laquelle des bêtes sauvages provoque la pire morsure, il répondit : « Chez les bêtes sauvages, le sycophante ; chez les animaux domestiques, le flatteur ». Ayant vu un jour une très mauvaise peinture représentant deux centaures, il dit : « Lequel des deux est Chiron ? »[4] « Le discours qui veut plaire », disait-il, « est un lacet enduit de miel ». « Le ventre », disait-il, « c'est la Charybde qui engloutit la vie »[5]. Ayant appris un jour que l'adultère Didymôn avait été arrêté, il dit : « Il mérite d'être pendu par son nom »[6]. Comme on lui demandait pourquoi l'or est jaune pâle, il dit : « Parce qu'il a beaucoup de gens qui complotent contre lui ». A la

---

Héraclès pour conquérir son épouse. Mais maintenant que le mariage a eu lieu, les vers qu'il inscrit sur sa porte prouvent qu'Héraclès et lui ont fait la paix.

1. La phrase est attribuée à Bion chez Stobée III 10, 37 et chez Théon, *Progymnasmata* 99, 2 et 105, 8 éd. M. Patillon (= fr. 35 A, B et C Kindstrand). Telle une grande métropole dont dépendent de nombreuses colonies, l'amour de l'argent suscite de nombreux vices.

2. Diogène aimait à vilipender les prodigues ; cf. VI 60 et 67.

3. Car il a le double handicap de l'âge et du dénuement.

4. Jeu de mots sur Χείρων, à la fois « Chiron » le Centaure et le comparatif de κακός, mauvais, employé au sens du superlatif quand on compare deux réalités ou deux individus. On pourrait donc traduire aussi : « Lequel des deux est le pire ? » Cf. VI 59.

5. Charybde était la fille de Poséidon et de la Terre ; pour s'être montrée trop vorace en volant des bêtes à Héraclès, qui ramenait les troupeaux de Géryon, et en les dévorant, elle avait été frappée de la foudre par Zeus et précipitée dans la mer où, devenue un gouffre – situé dans le détroit de Messine, en face d'une autre nymphe changée en monstre : Scylla – elle avalait trois fois par jour tout ce qui flottait. Le ventre ici est comparé à un gouffre qui engloutit la vie de l'homme, car celui qui mange trop diminue ses chances d'une vie longue.

6. Le mot δίδυμοι en grec peut signifier en effet « les testicules ». Didymôn est également mentionné en VI 68. Sur la fortune de cette chrie, voir Théon, *Progymnasmata* 99, 2 (p. 21 Patillon ; voir aussi la note 132, p. 134). M. Patillon propose comme équivalent français de Didymôn « Couillons ».

vue d'une femme qui passait en litière, il fit cette remarque: « La cage ne convient pas à la bête ».

52 Ayant vu un jour un esclave fugitif assis sur la margelle d'un puits, il lui dit: « Attention, jeune homme, ne va pas tomber ! »[1] Ayant vu aux bains un tout jeune adolescent[2] en train de voler un manteau, il lui dit: « Viens-tu pour te frotter d'huile (ἐπ' ἀλειμμάτιον) ou pour te trouver un autre manteau (ἐπ' ἄλλ' ἱμάτιον) ? » Ayant vu un jour des femmes pendues aux branches d'un olivier, il dit: « Si seulement tous les arbres portaient pareils fruits ! » Ayant vu un détrousseur d'habits du nom d'Axiopistos[3], il lui dit :

---

1. Diogène joue certainement ici sur la valeur du verbe ἐμπίπτειν qui signifie « tomber dans » au sens concret, mais aussi au sens abstrait : « tomber dans un malheur » et même « être conduit devant les juges , aller en prison » (cf. Lucien, *Toxaris* 28). Ici l'expression peut donc signifier également : « Attention, jeune homme, à ne pas aller en prison ».

2. Les manuscrits B et P ont κύλλιον que Meibom a corrigé en <μειρα>-κύλλιον, texte adopté par Long; mais Gigante, dans son compte rendu de l'édition Long des *Vies de philosophes* de Diogène Laërce, *Gnomon* 45, 1973, p. 549, propose de revenir au texte de Cobet, c'est-à-dire de supprimer <μειρακύλλιον> (ainsi d'ailleurs qu''Αξιόπιστον un peu plus loin). B et P offrant tout de même κύλλιον, je préfère adopter la correction de Meibom.

3. Le mot 'Αξιόπιστος est omis par les *deteriores.* Cobet le supprime, Gigante aussi. G. Basta Donzelli, « Per un'edizione critica di Diogene Laerzio : i Codici V U D G S», *BollClass* 1960, p. 93-132, aux pages 119-120, propose comme hypothèse de travail qu'ἀξιόπιστος soit considéré comme un nom propre, de même d'ailleurs que κύλλιον trois lignes plus haut (cf. note *ad loc.).* L. Tartaglia, « ΑΞΙΟΠΙΣΤΟΝ in Diogene Laerzio VI 52 », *AFLN,* n. s. 5, 1974-1975, p. 105-107, suggère de l'enlever, le considérant comme une glose marginale se rapportant à l'anecdote et signifiant « digne de foi » (cf. l'emploi du mot en IV 7 et VIII 55). B, P, F et Φ ayant ce mot, il me semble difficile de l'enlever. Si nous le maintenons, deux possibilités : il s'agit d'un nom propre (on sait par exemple qu'un philosophe pythagoricien s'appelait Axiopistos de Locres ou de Sicyone), ou bien il s'agit d'un adjectif attribut qu'il faut comprendre en relation avec la *Dolonie* d'où sont tirés les vers de l'*Iliade* cités immédiatement après ; auquel cas ἀξιόπιστος renverrait à Dolon qui avait pour mission de s'approcher des vaisseaux des Achéens et d'apprendre si les ennemis avaient décidé de s'enfuir ou bien de combattre. L'adjectif signifiant « digne de foi », on pourrait alors traduire : « Ayant vu un détrousseur d'habits qui donnait le change... ».

Que cherches-tu ainsi, mon brave ?
Est-ce à dépouiller le cadavre d'un mort ? [1]

Comme on lui demandait s'il avait servante ou jeune esclave, il répondit que non. Son interlocuteur lui dit : « Mais si tu meurs, qui donc te portera en terre ? » Diogène répondit : « Celui qui aura besoin de mon logis ».

53 Ayant vu un jeune homme de grande beauté qui reposait sans défense, il le poussa et lui dit :

Réveille-toi pour éviter que durant ton sommeil on ne t'enfonce [une lance dans le dos[2].

A celui qui faisait de somptueuses provisions, il dit :

Tu seras vite mort, crois-moi, mon fils, si j'en juge par tout ce [que tu achètes[3].

Alors que Platon discourait sur les Idées et mentionnait l'Idée de table, l'Idée de cyathe[4], Diogène lui dit : « Pour ma part, Platon, je vois une table et un cyathe, mais l'Idée de table ou de cyathe, je ne les vois pas du tout »[5]. Ce à quoi Platon répliqua : « C'est normal ! Tu as des yeux qui te permettent de voir un cyathe ou une table ; mais l'intelligence qui permet de percevoir l'Idée de table ou l'Idée de cyathe, tu ne l'as point ».

54 [Comme on avait demandé (à Platon) : « Selon toi, quelle sorte d'homme est Diogène ? », il répondit : « Un Socrate devenu fou ».[6]] Comme on demandait à Diogène quel est le moment opportun pour se marier, il dit : « Quand on est jeune, c'est trop tôt ; quand on est

---

1. Homère, *Iliade* K 343 et 387.

2. Cf. *Iliade* E 40 ; Θ 95, où l'on trouve φεύγοντι à la place d'εὕδοντι. Ici la citation prend une signification obscène rendue possible par la polysémie de δόρυ qui signifie à la fois la lance et le membre viril.

3. Cf. *Iliade* Σ 95. Le verbe ἀγορεύεις (ce que tu dis) du texte homérique est remplacé ici par ἀγοράζεις (ce que tu achètes). Le vers est cité dans sa version originale en V 5.

4. Le cyathe est le gobelet avec lequel on puise dans le cratère.

5. Cf. Antisthène (Simplicius, *In Aristot. Categ.*, p. 208, 28-32 Kalbfleisch = *SSR* V A 149).

6. Cette phrase est omise par B[ac], P[ac], F[ac] ; on la trouve seulement dans trois manuscrits récents d, g, t. C'est pourquoi Ménage, Cobet et Long l'ont mise entre crochets droits. On la retrouve chez Élien, *Histoire variée* XIV 33.

vieux c'est trop tard »[1]. Comme on lui demandait ce qu'il voulait recevoir pour le prix d'un coup de poing, il dit: « Un casque ! ». Ayant vu un jour un jeune homme en train de se parer, il lui dit: « Si c'est pour des hommes, tu te méprends; si c'est pour des femmes, tu commets une faute ». Ayant vu un jour un jeune homme qui rougissait, il lui dit: « Courage, c'est là la couleur de la vertu ». Comme il avait un jour entendu deux habiles plaideurs, il les condamna tous les deux, disant de l'un qu'il avait volé, de l'autre qu'il n'avait pas subi de perte. Comme on lui avait demandé quel était son vin préféré, il répondit : « Celui des autres ». A qui lui disait: « Beaucoup de gens te tournent en dérision », il répondit : « Eh bien, moi, je ne sens pas la dérision »[2].

55 A qui lui disait que vivre est un mal, il répliqua: « Non, pas vivre, mais mal vivre ». Aux gens qui lui conseillaient de rechercher son esclave qui avait pris la fuite, il rétorqua : « Il serait plaisant que Manès puisse vivre sans Diogène et que Diogène ne puisse vivre sans Manès »[3]. Il était en train de manger des olives quand on lui apporta un gâteau. Il lança son olive et dit:

Étranger, cède le passage aux tyrans[4] ,

et une autre fois il dit:

Il fouetta son olive[5]

Comme on lui demandait quelle sorte de chien il était, il répondit: « Quand j'ai faim, un petit maltais[1]; une fois repu, un molosse; je

1. Cf. Thalès dans D. L. I 26.
2. Cf. VI 58.
3. Cf. Télès IV A, p. 41, 13-15 Hense; p. 404-406 Fuentes González. Sur l'épisode de Manès et ses différentes versions, voir M.-O. Goulet-Cazé, « Le livre VI de Diogène Laërce: analyse de sa structure et réflexions méthodologiques », p. 4037-4039.
4. Euripide, *Phéniciennes* 40. Le vers est prononcé par le cocher du roi de Thèbes Laïos, au moment où Œdipe et Laïos, son père, se croisent sur un chemin en Phocide. Cf. Grégoire de Nazianze, *Discours contre Julien* IV 72, où il est fait allusion au passage d'Euripide perçu avec la même signification métaphorique.
5. Cf. *Iliade* V 366 et *Odyssée* VI 82. Chez Homère il s'agit de l'infinitif du verbe ἐλάω, qui est un équivalent de ἐλαύνω (= elle fouetta ses chevaux pour les faire avancer), alors qu'ici il s'agit de l'accusatif du nom ἐλάα, l'« olive ». Diogène cite ce vers uniquement pour faire un jeu de mots.

suis de ces chiens dont la plupart des gens font l'éloge, mais qu'ils n'osent, par crainte de l'effort, emmener avec eux à la chasse. C'est ainsi que vous n'êtes même pas capables de vivre en ma compagnie, par crainte des souffrances »[2].

56 Comme on lui demandait si les sages mangent des gâteaux, il répondit: « Ils mangent de tout comme les autres hommes ». Comme on lui demandait pourquoi les gens font l'aumône aux mendiants et non aux philosophes, il répondit: Parce que s'ils craignent de devenir un jour boiteux et aveugles, jamais ils ne craignent de devenir philosophes ». Il demandait l'aumône à un avare; comme celui-ci tardait à donner, Diogène lui dit: « Mon ami, c'est pour ma nourriture que je te demande l'aumône, pas pour ma sépulture ». Comme quelqu'un lui reprochait un jour d'avoir falsifié la monnaie[3], il répliqua: « Il fut un temps où j'étais tel que tu es maintenant; mais tel que je suis maintenant, toi tu ne le seras jamais »[4]. Et à un autre qui lui avait reproché le même forfait, il dit: « En effet avant je pissais au lit; mais maintenant ce n'est plus le cas »[5].

57 Lors d'un voyage à Myndos[6], comme il avait vu que les Portes étaient grandes, alors que la cité était petite, il dit: « Gens de Myndes, fermez vos Portes, sinon votre cité pourrait se sauver ». Ayant vu un jour un voleur de pourpre pris en flagrant délit, il dit:

La mort pourpre et la Destinée puissante se sont emparées de lui[7].

---

1. Les maltais sont des petits chiens d'agrément blancs, qui venaient de l'île de Malte.
2. Cf. VI 33.
3. Cf. VI 20.
4. Diogène reconnaît qu'au moment où il falsifia la monnaie il n'était pas philosophe; mais maintenant il l'est devenu, alors que son interlocuteur, lui, ne l'est pas et ne risque pas de le devenir.
5. Cette anecdote signifie qu'au cours de l'existence l'homme a le droit d'évoluer et qu'il ne faut pas le juger sur ses comportements passés. Pour le sens de θᾶττον, je suis Casaubon, cité par Ménage (Hübner, t. IV, p. 47), qui comprend que l'adverbe est ici l'équivalent de « antea », sens qu'il pourrait avoir également en I 12 et en II 139.
6. Ville située sur la côte de Carie.
7. Cf. *Iliade* V 83.

Comme Cratéros[1] lui demandait de venir le voir, il dit : « A vrai dire j'aime mieux lécher le sel à Athènes que jouir de la somptueuse table de Cratéros ». Il s'approcha de l'orateur Anaximène[2] qui était obèse et lui dit : « Donne-nous un morceau de ton ventre, à nous les mendiants. Toi, tu te sentiras plus léger et nous, tu nous rendras service ». Un jour que cet orateur prononçait un discours, Diogène brandit un hareng saur et détourna les auditeurs. Devant l'indignation d'Anaximène, il dit : « Un hareng saur d'une obole a mis fin au discours d'Anaximène »[3].

58 Un jour qu'on lui reprochait d'avoir mangé sur la place publique, il dit : « De fait, c'est sur la place publique que j'ai ressenti la faim »[4]. Certains disent que le trait suivant est également de lui. Platon, à la vue de Diogène occupé à laver des légumes, s'approcha et lui dit tranquillement : « Si tu flattais Denys, tu ne laverais pas des légumes ». Ce à quoi Diogène répliqua tout aussi tranquillement : « Et toi, si tu lavais des légumes, tu ne flatterais pas Denys »[5]. A qui lui disait : « La plupart des gens se moquent de toi », il dit : « Peut-être que les ânes se moquent de ces gens aussi. Mais pas plus que ceux-ci ne font attention aux ânes, moi je ne fais attention à eux »[6]. Ayant vu un jour un jeune homme qui s'adonnait à la philosophie, il lui dit : « C'est bien de tourner vers la beauté de ton âme les amants de ton corps ».

59 Comme quelqu'un s'étonnait devant les ex-voto de Samothrace[7], « il y en aurait beaucoup plus », dit-il, « si les gens qui n'ont pas été sauvés en avaient offert aussi ». D'autres rapportent le mot à Diagoras de Mélos[8]. A un beau garçon qui partait pour un banquet,

---

1. Général d'Alexandre qui gouverna la Macédoine et la Grèce après la mort du jeune souverain.
2. Il s'agit d'Anaximène de Lampsaque. Cf. M.-O. Goulet-Cazé, art. « Anaximène de Lampsaque », A 167, *DPhA* I, p. 194.
3. *FGrHist* 72 T 11 ; cf. VI 27 et VI 48.
4. Cf. VI 66
5. Cf. VI 69. Anecdote similaire à propos d'Aristippe et Diogène en II 68, et d'Aristippe et Métroclès en II 102.
6. Cf. VI 54 fin.
7. Ces ex-voto étaient offerts en remerciement aux dieux Cabires, protecteurs des marins dans les tempêtes, qui avaient leur sanctuaire sur l'île de Samothrace.
8. Fr. 37 Winiarczyk. Voir L. Brisson, art. « Diagoras de Mélos » D 91, *DPhA* II, p. 750-757.

Diogène dit: « Tu reviendras pire ». A son retour, le lendemain, le jeune homme dit: « Me voilà revenu et je ne suis pas devenu pire (χείρων) ». « Pire (Χείρων) non, mais plus large (Εὐρυτίων) oui[1] », répliqua Diogène. Il demandait l'aumône à un homme déplaisant. L'autre lui dit: « D'accord, si tu arrives à me convaincre ». A quoi Diogène rétorqua: « Si je pouvais te convaincre, je te convaincrais de te pendre ». Alors qu'il revenait de Lacédémone et qu'il se rendait à Athènes, quelqu'un lui demanda: « Où vas-tu et d'où viens-tu ? » Il répondit: « Je viens de l'appartement des hommes et je vais dans celui des femmes »[2].

60 Il revenait des Jeux Olympiques. A qui lui demandait s'il y avait grande foule, il dit: « Oui, grande était la foule, mais peu nombreux les hommes »[3]. Les prodigues, il les comparait à des figuiers qui poussent au bord d'un précipice. L'homme ne peut goûter à leurs fruits; ce sont corbeaux et vautours qui les dévorent. Sur l'Aphrodite d'or[4] que Phryné[5] avait consacrée à Delphes, Diogène, dit-on, inscrivit: « HOMMAGE DE L'INTEMPÉRANCE DES GRECS ». Un jour qu'Alexandre se tenait auprès de lui et disait: « Moi, je suis Alexandre le grand Roi », Diogène dit: « Et moi, je suis Diogène le Chien ! » Comme on lui demandait ce qui lui valait le nom de « Chien[6] », il répondit: « Ceux qui me donnent, je les caresse de la queue; ceux qui ne me donnent pas, je les poursuis de mes aboiements; quant aux méchants, je les mords ».

61 Il cueillait des figues sur un figuier. Le gardien des lieux lui dit: « Sur cet arbre, dernièrement, un homme s'est pendu ». « C'est bien pourquoi je vais, moi, le purifier »[7], dit Diogène. A la vue d'un vain-

---

1. Diogène joue ici sur l'opposition entre deux noms de Centaures: Chiron, le plus sage et le plus savant des Centaures, le précepteur des héros, et Eurytion qui fut à l'origine du combat des Centaures et des Lapithes. On retrouve ici le même jeu de mots qu'en VI 51 sur χείρων. Par ailleurs l'adjectif εὐρυτίων, proche d'εὐρύπρωκτος, a un sens obscène et sert à qualifier les débauchés.

2. Le même mot est attribué à Antisthène chez Théon, *Progymnasmata* 105, 4 (p. 29 éd. M. Patillon). Cf. aussi D. L. VI 27.

3. Cf. VI 40.

4. Cette statue était l'œuvre de Praxitèle.

5. Courtisane célèbre qui vivait à l'époque de Diogène.

6. Sur l'appellation « Chien », voir G. Giannantoni, *SSR*, t. IV, p. 491-497.

7. Diogène va purifier l'arbre de sa souillure non en s'adonnant à des rites apotropaïques, mais en le débarrassant de ses fruits.

queur olympique qui lançait des regards insistants à une courtisane, il dit: «Regardez-moi comment ce bélier d'Arès[1] est mis sous le joug par la première fillette venue». Des courtisanes bien tournées, il disait qu'elles ressemblent à de l'hydromel empoisonné. Alors qu'il déjeunait sur la place publique, les gens qui faisaient cercle autour de lui n'arrêtaient pas de lui dire: «Chien». Mais lui rétorquait: «C'est vous qui êtes des chiens, puisque vous faites cercle autour de moi pendant que je mange». Comme deux efféminés essayaient d'échapper à ses regards, il dit: «N'ayez crainte, un chien ne mange pas de bettes»[2]. Comme on lui avait demandé de quel pays venait un jeune garçon qui s'était prostitué, il répondit: «De Tégée[3]». **62** A la vue d'un lutteur sans talent qui s'adonnait à la médecine, il dit: «Qu'est-ce que cela signifie? Est-ce que maintenant tu veux envoyer dans l'autre monde ceux qui un jour t'ont vaincu?» A la vue du fils d'une courtisane qui lançait une pierre sur la foule, il dit: «Attention à ne pas frapper ton père!» Comme un jeune garçon lui avait montré une épée qu'il avait reçue de son amant, Diogène lui dit: «L'épée est belle, mais la poignée est laide[4]». Comme des gens faisaient l'éloge de son bienfaiteur, Diogène leur dit: «Et moi qui ai mérité de recevoir ses dons, vous ne faites pas mon éloge!» Quelqu'un lui réclamait un manteau. «Si tu m'en as fait cadeau, il est à moi», dit Diogène, «et si tu me l'as prêté, je m'en sers». A un enfant «supposé» (ὑποβολιμαίου)[5], qui lui disait avoir de l'or dans son manteau, Diogène répliqua: «Oui, et c'est précisément la raison pour laquelle tu dors avec ton manteau sous toi (ὑποβεβλημένος)[6]». **63** Comme

1. Il s'agit certainement de Dioxippe; cf. Élien XII 58.

2. Cf. VI 45.

3. Jeu de mots sur Τεγέα, Tégée, qui était une grande ville d'Arcadie, et sur τέγος, le mauvais lieu, le lupanar.

4. Jeu de mots sur λαβή, à la fois la poignée et la façon de prendre quelque chose, ici l'occasion qui a permis l'acquisition de l'épée.

5. Un enfant supposé est un enfant qu'on présente comme le fils de quelqu'un dont en réalité il n'est pas le fils. Cf. Platon, *Rép.* 537 e. Le verbe ὑποβάλλεσθαι a le double sens de «supposer un enfant» et de «mettre sous soi».

6. Jeu de mots, puisque ὑποβεβλημένος signifie aussi bien «tel un enfant supposé» que «avec ton manteau sous toi». Les manuscrits ont κοιμῶμαι que Long conserve. Ne voyant pas quel sens pourrait avoir la phrase avec κοιμῶμαι, «je dors», j'adopte la correction de Cobet κοιμᾷ, «tu dors» et je comprends que Diogène veut montrer à cet enfant qu'il n'est pas dupe concernant ses ori-

on lui demandait quel profit il avait retiré de la philosophie[1], il répondit: « A défaut d'autre chose, au moins celui d'être prêt à toute éventualité »[2]. Comme on lui demandait d'où il était, il répondit: «Je suis citoyen du monde»[3]. A des gens qui faisaient un sacrifice aux dieux pour avoir un fils, il dit: «Et ne sacrifiez-vous pas pour la sorte d'homme qu'il deviendra ?» Comme un jour on lui demandait son écot à un repas, il dit à celui qui présidait:

Aux autres demande leur écot, mais d'Hector écarte tes mains[4].

Des courtisanes il disait qu'elles sont les reines des rois, car elles demandent à ceux-ci ce que bon leur semble à elles. Les Athéniens ayant par un décret nommé Alexandre Dionysos, Diogène dit: «Alors faites de moi Sérapis[5]». A qui lui reprochait d'entrer dans des lieux impurs, il dit: «Le soleil pénètre bien dans les latrines et pourtant il ne se souille pas ! »

64 Comme il dînait dans un temple et que dans l'intervalle on lui avait servi des pains faits de farine grossière, il les prit et les jeta, en disant que rien de grossier ne devait pénétrer dans un temple. A qui lui disait: «Tu ne sais rien et tu philosophes», il dit: «Même si je

---

gines, à moins qu'il veuille lui signifier qu'en cachant ce qu'il a, il se comporte à l'image de ce qu'il est.

1. Cf. p. 685 n. 2.

2. Savoir s'adapter aux circonstances est un leitmotiv cynique. Cf. par exemple Diogène en VI 22 ou encore Bion chez Télès, p. 5, 2-3 et p. 52, 3-4 (commentaire dans P.P. Fuentes González, *Les Diatribes de Télès*, p. 148-158 et p. 473-475).

3. Sur le cosmopolitisme de Diogène et les interprétations positive et négative qu'on peut en donner, voir J.L. Moles, «Le cosmopolitisme cynique» dans M.-O. Goulet-Cazé et R. Goulet (édit.), *Le Cynisme ancien et ses prolongements*, p. 259-280; *id.*, «The Cynics and politics» dans A. Laks et M. Schofield (édit.), *Justice and Generosity*, Cambridge 1995, p. 120-158.

4. Ce vers ne se trouve pas dans les manuscrits d'Homère. Joshua Barnes l'avait introduit dans le texte de son édition de l'*Iliade* comme vers 82 a du chant XVI.

5. Détail anachronique, car ce dieu, qui combinait à la fois la figure d'Osiris, l'époux d'Isis, et celle d'Apis, le taureau sacré de Memphis, et que l'on représentait avec à ses côtés le Chien des Enfers Cerbère, semble avoir été introduit dans le monde grec seulement par Ptolémée Ier, donc postérieurement à Diogène. Voir J. Servais, «Alexandre-Dionysos et Diogène-Sérapis». A propos de Diogène Laërce VI 63», *AC* 28, 1959, p. 98-106, qui suggère que le bon mot a pu être forgé au premier quart du IIIe s.

simule la sagesse, cela aussi c'est philosopher »[1]. A l'homme qui lui recommandait son fils en disant qu'il était très doué et de mœurs excellentes, Diogène dit : « Mais alors, en quoi a-t-il besoin de moi ? » « Quand on prêche la morale sans la mettre en pratique, on ne diffère en rien d'une cithare », disait-il. « Celle-ci en effet n'entend ni ne perçoit »[2]. Il entrait au théâtre à contre-courant des gens qui sortaient. Comme on lui en avait demandé la raison, il disait : « Tout au long de ma vie c'est ce que je m'efforce de faire »[3].

65 Ayant vu un jour un jeune homme qui prenait des airs efféminés, il lui dit : « N'as-tu pas honte de décider pour toi-même une condition pire que celle qui t'a été octroyée par la Nature ? Car elle, elle a fait de toi un homme et toi, tu te contrains à être une femme[4] ». A la vue d'un insensé qui accordait une harpe, il dit : « N'as-tu pas honte d'ajuster harmonieusement les sons pour l'instrument en bois et de ne pas accorder harmonieusement ton âme quand il s'agit de ta vie ? » A qui lui disait : « Je ne suis pas capable de philosopher », il répliqua : « Alors pourquoi vis-tu, si tu ne te préoccupes pas de bien vivre ? » A qui méprisait son père, il dit : « N'as-tu pas honte de mépriser celui grâce à qui tu te fais une haute idée de toi-même? » A la vue d'un garçon distingué qui s'exprimait sans distinction, il dit : « N'as-tu pas honte de tirer d'un fourreau d'ivoire un glaive de plomb ? »

66 Comme on lui reprochait de boire dans une taverne, il dit : « De même que c'est chez le barbier que je me fais couper les cheveux ». Comme on lui reprochait d'avoir reçu d'Antipater un petit manteau, il dit :

Non certes, il ne faut point rejeter les glorieux[5] présents des dieux[6].

---

1. Bel exemple de « falsification de la monnaie » : contrefaire la philosophie traditionnelle, autrement dit philosopher sans revendiquer un savoir, est pour Diogène la seule pratique philosophique valable.
2. Cf. VI 28.
3. Il déambulait aussi à reculons sous les portiques. Cf. Stobée III 4, 83.
4. On voit par ce mot que l'égalité théorique des hommes et des femmes que prônent les Cyniques reste très relative.
5. Le texte de Long est erroné à cet endroit ; il faut lire ἐρικυδέα (et non ἐρκυδέα qui n'existe pas).
6. *Iliade* III 65.

Un homme l'avait heurté avec une poutre et ensuite lui avait dit: « Attention! » L'ayant frappé de son bâton, Diogène dit: « Attention! »[1] A celui qui poursuivait la[2] courtisane de ses avances, Diogène dit: « Pourquoi veux-tu obtenir, malheureux, ce qu'il vaut mieux ne point obtenir ? » A celui qui était en train de se parfumer, Diogène dit: « Prends garde à ce que la bonne odeur de ta tête ne confère pas une mauvaise odeur à ta vie ». Les serviteurs sont esclaves de leur maître et les gens mauvais de leurs désirs[3].

67 Comme on lui demandait d'où venait l'appellation d'« andrapodes »[4], il répondit: « C'est parce que ceux qu'on a appelés ainsi avaient des pieds d'hommes (τοὺς πόδας ἀνδρῶν); mais leur âme était comme la tienne en ce moment, toi qui me poses la question ». Il sollicitait une mine[5] d'un prodigue. Comme celui-ci demandait pourquoi il sollicitait des autres une obole et de lui une mine, Diogène répondit: « Parce que des autres, j'espère encore recevoir, tandis que de toi, il repose sur les genoux des dieux[6] que je reçoive encore ». Comme on lui reprochait de demander l'aumône alors que Platon ne la demandait pas, il dit: « Lui aussi demande l'aumône, mais

Il demande à l'oreille, pour que vous autres n'en sachiez rien[7]. »

Voyant un archer sans talent, il s'assit tout près de la cible et dit: « C'est pour ne pas être atteint ». « Ceux qui éprouvent la passion amoureuse », disait-il, « rencontrent l'échec eu égard au plaisir[8]. »

68 Comme on lui demandait si la mort est un mal, il répondit: « Comment pourrait-elle être un mal, elle que nous ne sentons pas quand elle est là ? »[9] A Alexandre qui se tenait près de lui et disait: « N'as-tu pas peur de moi ? » Diogène répondit: « Qu'es-tu donc ?

---

1. Cf. VI 41.
2. L'article défini ici est un peu surprenant.
3. Sur les chaînes qui entravent la liberté humaine aux yeux de Diogène, voir M.-O. Goulet-Cazé, *L'Ascèse cynique*, p. 17-22.
4. C'était ainsi que l'on désignait les esclaves.
5. Une drachme valait 6 oboles ; une mine 100 drachmes, donc 600 oboles.
6. C'est-à-dire: « Il dépend des dieux seuls... »
7. *Odyssée* I 157 et IV 70.
8. Peut-être parce que leur plaisir est subordonné au consentement de l'être aimé.
9. Cf. Épicure en D. L. X 124.

Un bien ou un mal ? » « Un bien », fit Alexandre. « Qui donc », reprit Diogène, « craint le bien ? » « La culture », dit-il, « est pour les jeunes un facteur de modération, pour les vieux une consolation, pour les pauvres une richesse et pour les riches un ornement ». Comme Didymôn[1] l'adultère, soignait un jour l'œil d'une jeune fille (κόρη), Diogène lui dit : « Veille à ce qu'en soignant l'œil de la demoiselle tu ne corrompes la pupille (κόρη) ». Comme quelqu'un lui disait que ses amis tramaient un complot contre lui, il dit : « Que faut-il faire si l'on doit adopter la même attitude envers ses amis et ses ennemis ? »

69 Comme on lui demandait ce qu'il y a de plus beau au monde », Diogène répondit : « Le franc-parler ». Entré dans la maison d'un professeur où il voyait de nombreuses statues des Muses et peu de disciples, il dit : « Si l'on compte les divinités, Maître, tu as beaucoup d'élèves ». Il avait l'habitude de tout faire en public, aussi bien les œuvres de Déméter que celles d'Aphrodite[2], et il formulait des raisonnements par interrogation[3] du style : S'il n'y a rien de déplacé à déjeuner, il n'y a rien de déplacé non plus à le faire sur la place publique. Or, déjeuner n'est pas déplacé, donc il n'est pas déplacé non plus de déjeuner sur la place publique[4]. Il se masturbait constamment en public et disait : « Ah ! si seulement en se frottant aussi le ventre, on pouvait calmer sa faim[5] ! » On rapporte encore à Diogène bien d'autres mots ; mais il serait trop long de les énumérer vu leur nombre.

Doxographie

70 L'ascèse[6], disait Diogène, est double, l'ascèse psychique d'une part, et d'autre part cette ascèse corporelle[7], au cours de laquelle des

---

1. Déjà mentionné en VI 51.
2. C'est-à-dire manger et faire l'amour.
3. Sur ce type de raisonnement, voir Note complémentaire 5 (p. 771-772).
4. Cf. VI 58.
5. Cf. VI 46.
6. Pour une interprétation détaillée des paragraphes 70-71 qui sont essentiels à la compréhension de la morale cynique, voir M.-O. Goulet-Cazé, *L'Ascèse cynique. Un commentaire de Diogène Laërce VI 70-71*, notamment aux pages 195-222.
7. J'enlève, à la suggestion de M. Patillon, le point mis par Long après σωματικήν. Dans l'ouvrage précédemment cité, j'ai essayé de montrer que cette pré-

représentations, qui se produisent dans un exercice constant[1], donnent de la facilité pour les œuvres de la vertu. Mais l'une est incomplète sans l'autre, car vigueur et force sont au nombre des qualités qu'il convient de rechercher tout autant pour le corps que pour l'âme.

Et il avançait des preuves de ce qu'il est facile à partir de l'exercice de s'établir dans la vertu : il voyait en effet que, dans les arts manuels et les autres, les artisans possèdent, grâce à la pratique, une habileté manuelle hors du commun, combien aussi les joueurs de flûte et les athlètes, grâce au labeur approprié et constant, excellent dans leur domaine respectif, et comment, s'ils avaient reporté leur ascèse aussi sur leur âme, la peine qu'ils prennent ne serait ni inutile ni incomplète.

71 Rien, absolument rien, disait-il, ne réussit dans la vie sans ascèse ; celle-ci est capable, en revanche, de triompher de tout. Par conséquent, alors qu'ils devraient vivre heureux en ayant choisi, au lieu des labeurs inutiles ceux qui sont conformes à la nature[2], les gens, à cause de leur folie, sont malheureux[3]. Et de fait, du plaisir lui-même le mépris est des plus doux[4], à condition de s'y être exercé au préalable. Tout comme les gens qui se sont accoutumés à une vie de plaisir trouvent déplaisant de passer au style de vie opposé, de même ceux qui se sont exercés au style de vie opposé, éprouvent à mépriser les plaisirs un plaisir plus grand que ces plaisirs eux-mêmes. Tel était le langage que tenait Diogène et de toute évidence il y conformait ses actes[5], falsifiant réellement la monnaie, n'accordant point du tout la même valeur aux prescriptions de la loi qu'à celles

---

sentation d'une double ascèse était stoïcienne, et qu'en fait l'ascèse cynique se voulait plutôt une ascèse physique à finalité morale.

1. Alors que B et P ont συνεχεῖς et que F[pc] a συνεχῶς, Reiske a proposé de corriger en συνεχεῖ, ce que je fais.

2. Sur la distinction entre πόνοι utiles et inutiles, voir *ibid.*, p. 53-71.

3. Même idée en VI 44.

4. Diogène « falsifie » ici de la notion de plaisir.

5. Toujours la même insistance sur la cohérence entre ce qu'on fait et ce qu'on dit. Cf. VI 28 et 64.

de la nature[1], disant qu'il menait précisément le même genre de vie qu'Héraclès[2], en mettant la liberté au-dessus de tout.

72 Il disait que tout appartient aux sages et il formulait des raisonnements par interrogation du genre de ceux que nous avons cités plus haut:

> Tout appartient aux dieux;
> or, les dieux sont amis des sages;
> Par ailleurs les biens des amis sont communs;
> donc tout appartient aux sages[3].

A propos de la loi, il disait que sans elle il n'est pas possible de diriger une cité[4]. Il dit en effet:

> Sans la cité ce qui est moralement beau est inutile;
> aussi[5] la cité est-elle une réalité moralement belle;
> or sans la loi la cité est inutile;
> donc la loi est une réalité moralement belle[6].

Il se gaussait de la noblesse de naissance, de la gloire et de toutes les choses du même ordre, les traitant de « parures du vice ». La seule vraie citoyenneté est celle qui s'exerce dans l'univers[7]. Il demandait la communauté des femmes, ne parlant même pas de mariage, mais d'accouplement d'un homme qui a séduit une femme avec la femme séduite. Pour cette raison il demandait aussi la communauté des enfants[8].

---

1. L'opposition entre *nomos* et *phusis* est fondamentale dans le cynisme.
2. Sur Héraclès, héros et saint cynique, à la fois esclave et roi, vainqueur des πόνοι, voir R. Höistad, *Cynic Hero and Cynic King. Studies in the Cynic Conception of Man*, Uppsala 1948, p. 33-63.
3. Ce syllogisme est déjà cité en VI 37. Sur les raisonnements par interrogation voir livre II, Note complémentaire 5 (p. 771-772).
4. Ou: de vivre en citoyen (πολιτεύεσθαι).
5. Je corrige δέ en δή qui est un équivalent de οὖν, ἄρα, τοίνυν.
6. Voir Note complémentaire 5 (p. 771-772).
7. Cf. VI 63. On peut comprendre aussi: « La seule forme correcte de gouvernement est celle qui régit l'univers.»
8. Ces idées sont exprimées dans l'ouvrage de Diogène qui fit scandale: la *Politeia,* dont Philodème, dans son *De Stoicis,* rappelait l'essentiel du contenu; les fragments du *De Stoicis* ont été publiés par T. Dorandi, « Filodemo. Gli Stoici (PHerc. 155 e 339) », *CronErc* 12, 1982, p. 91-133. On trouvera une présentation et une analyse des passages sur la *Politeia* dans T. Dorandi, « La *Poli-*

73 Il n'y avait rien de déplacé à ses yeux à s'emparer d'une offrande dans un temple ou à goûter de la viande d'un animal. Rien d'impie non plus à manger aussi de la chair humaine, comme l'attestent les coutumes des peuples étrangers[1]. « Si on écoute la droite raison, tout », disait-il, « est à la fois dans tout et partout ; de fait, dans le pain il y a de la viande et dans le légume il y a du pain, les autres corps[2] étant en toutes choses du fait que leurs masses s'interpénètrent par des pores invisibles et se réunissent sous forme de vapeur »[3], comme Diogène le montre dans le *Thyeste*[4], si du moins les tragédies sont bien de lui et non de Philiscos d'Égine[5], son disciple, ou de Pasiphon, le fils de Lucien[6], dont Favorinus dit, dans l'*Histoire variée*, qu'il les a composées après la mort de Diogène[7].

---

teia de Diogène de Sinope et quelques remarques sur sa pensée politique », dans *Le Cynisme ancien et ses prolongements,* p. 57-68.

1. Diogène s'est employé à renverser tous les tabous et à déconstruire la société dans ses fondements, par exemple ici en préconisant le cannibalisme.

2. Je choisis λοιπῶν (B) plutôt que λιτῶν (leçon de P et F) qui signifie « simple, sans apprêts », et je comprends que l'expression englobe ici tous les corps autres que pain, viande et légume qui viennent d'être pris comme exemples. Contrairement à Gigante, « Su un insegnamento di Diogene di Sinope », *SIFC* 34, 1962, p. 130-136, notamment 133, je conserve ἐν devant πᾶσι ; enfin je suis Casaubon qui a supprimé καί entre πόρων et ὄγκων.

3. Sur les problèmes textuels posés par ce passage et sur les interprétations qui en ont été données par G. Basta Donzelli et M. Gigante, voir Giannantoni, *SSR*, t. IV, p. 480-481. Diogène transpose ici sur le plan éthique les théories d'Anaxagore (DK 59 B 4).

4. *TrGF* 88 T 1 d Snell. Tragédie à identifier très probablement avec l'*Atrée* que mentionne Philodème, *De Stoicis* (*SSR* V B 126 [l. 34]).

5. Philiscos d'Égine, T 2 Snell. Philiscos était un disciple de Diogène, frère d'Androsthène et fils d'Onésicrite d'Égine (cf. VI 75). Satyros lui attribue la paternité des sept tragédies de Diogène (cf. VI 73 et 80). Curieusement, dans la liste qu'il donne des tragédies de Diogène, Satyros fait état d'un *Philiscos* (en VI 80). Sur l'authenticité des tragédies de Diogène, voir *infra*, p. 746 n. 3.

6. Les manuscrits ont Λουκιανοῦ ; G. Roeper, « Conjecturen zu Diogenes Laertius », *Philologus* 3, 1848, p. 62, a proposé Λουσιάτου [à partir de la ville d'Arcadie Λοῦσοι] ; U. von Wilamowitz-Moellendorff, *Antigonos von Karystos,* Berlin 1881 : 'Ερετριακοῦ ; W. Crönert, *Kolotes und Menedemos,* Leipzig 1906 : Λευκιάδου ; Gigante (avec la mention "dubito", p. 527 n. 132 de sa traduction) : Λυκιακοῦ. Pasiphon aurait également composé sept des dialogues d'Eschine (cf. D. L. II 61).

7. Fr. 40 Mensching et 72 Barigazzi.

Ce dernier négligeait la musique, la géométrie, l'astronomie et les autres sciences du même ordre, qu'il jugeait inutiles et non nécessaires[1].

Apophtegmes biographiques

74 Il était des plus prompts dans ses reparties verbales comme le montre ce que nous savons dit plus haut[2]. Il supporta avec une très grande dignité d'être vendu. En effet, alors qu'il naviguait en direction d'Égine, des pirates, commandés par Scirpalos[3], le firent prisonnier et l'emmenèrent en Crète où ils le vendirent[4]. Quand le crieur lui demanda ce qu'il savait faire, Diogène répondit : « Commander des hommes »[5]. C'est à cette occasion qu'il montra du doigt un Corinthien, un grand personnage[6] – il s'agissait du Xéniade dont nous avons parlé plus haut[7] – et il dit au crieur : « Vends-moi à cet homme ; il a besoin d'un maître[8] ». Xéniade l'achète et, l'ayant ramené à Corinthe, il lui confia la charge de ses propres enfants et remit entre ses mains toute sa maison. Diogène réglait tout dans cette maison de telle sorte que Xéniade allait partout disant : « Un bon démon est entré dans ma maison ».

1. Ce rejet de la culture, assez paradoxalement, n'exclut pas chez les Cyniques une activité littéraire

2. D. L. reprend ici la suite de VI 69.

3. La *Souda, s.v.* Διογένης, t. II, n° 1143, p. 102 Adler, parle de Skirtalos et Cicéron, *De natura deorum* III 34, 83 du brigand Harpalus.

4. Cet épisode a peut-être été créé de toutes pièces pour imiter la vente de Platon à Égine (cf. III 19). Sur les différentes versions de cette histoire et leur signification concernant la fabrication littéraire des apophtegmes, voir M.-O. Goulet-Cazé, « Le livre VI de Diogène Laërce : analyse de sa structure et réflexions méthodologiques », p. 4005-4025.

5. Cf. VI 29.

6. Εὐπάρυφον désigne quelqu'un dont le vêtement était orné d'une belle bordure pourpre, donc un grand de la cité.

7. Voir Note complémentaire 6 (p. 772).

8. Dans la version de l'épisode donnée par Philon d'Alexandrie, *Quod omnis probus liber sit* 124, Xéniade est présenté comme efféminé, et la *Souda*, *s.v.* Διογένης (n° 1144), amalgame à la fois Diogène Laërce et Philon en présentant Xéniade comme un riche Corinthien dissolu.

75 Cléomène[1], dans son ouvrage intitulé *Traité de pédagogie,* dit que les disciples de Diogène voulaient le racheter, mais que ce mais que ce dernier les traita de sots. « Ce ne sont pas les lions », disait-il, « qui sont les esclaves de ceux qui les nourrissent, mais au contraire ceux qui les nourrissent qui sont les esclaves des lions. Le propre de l'esclave, en effet, c'est de craindre; or les fauves inspirent de la crainte aux hommes[2] ». Cet homme avait un pouvoir de persuasion à ce point étonnant qu'il pouvait facilement gagner à sa cause par ses paroles n'importe qui. On raconte en tout cas qu'Onésicrite d'Égine[3] avait envoyé à Athènes un de ses deux fils, Androsthène, lequel, après avoir entendu Diogène, resta à ses côtés. Onésicrite envoya ensuite à la recherche d'Androsthène son second fils, Philiscos, l'aîné, dont j'ai parlé plus haut[4]. Mais tout pareillement Philiscos tomba sous son emprise. **76** En troisième lieu lui-même arriva, qui ne fit rien moins que de se joindre à ses fils pour philosopher, tant était grande la séduction qui accompagnait les paroles de Diogène. Parmi les auditeurs de celui-ci, il y avait aussi Phocion, surnommé le Bon[5], Stilpon de Mégare[6] et bien d'autres hommes politiques.

Sa mort

On dit dit qu'il mourut vers les quatre-vingt-dix ans[7]. De sa mort circulent différentes versions[1]. Selon les uns en effet, c'est pour avoir

---

1. Ce Cléomène est probablement le disciple de Cratès mentionné en VI 95. Cf. M.-O. Goulet-Cazé, art. « Cléomène » C 163, *DPhA* II, p. 439.

2. L'idée que celui qui craint est esclave était déjà exprimée par Antisthène (Stobée III 8, 14 = *SSR* V A 79).

3. Cf. VI 75. Il semble y avoir eu deux Onésicrite qui eurent des relations avec le cynisme : Onésicrite d'Égine et Onésicrite d'Astypalée (VI 84) qui prit part à l'expédition d'Alexandre en Orient. Cf. H. Strasburger, art. « Onesikritos », *RE* XVIII 1, 1939, col. 460-467.

4. Cf. VI 73.

5. Homme politique athénien. Cf. Th. Lenschau, art. « Phokion » 2, *RE* XX 1, 1941, col. 458-473.

6. T 149 Döring = *SSR* II O 35. Stilpon, qui dirigea l'école de Mégare à la suite d'Ichthyas, eut à son tour pour disciples Cratès de Thèbes (D. L. II 114 = T 165 Döring = *SSR* II O 3) et le Stoïcien Zénon (VII 2 = T 168 Döring = *SSR* II O 4).

7. Les données sur l'âge qu'avait Diogène lorsqu'il mourut ne s'harmonisent pas parfaitement. D'après la *Souda*, Δ 142, il serait né au moment de la chute des Trente, soit en 403. Alors que Diogène Laërce parle de 90 ans, Démétrios, dans

mangé un poulpe cru qu'il fut attaqué par le choléra et qu'ainsi il trouva la mort. Selon d'autres, dont Cercidas de Mégalopolis[2] ou de Crète[3], ce fut pour avoir retenu sa respiration[4]. Cercidas s'exprime ainsi dans ses *Méliambes* :

Non, il n'est plus, le Sinopéen de jadis,
le fameux porteur de bâton,

---

ses *Homonymes*, dit qu'il mourut le même jour qu'Alexandre, c'est-à-dire le 13 juin 323 (VI 79), tandis que Censorinus, *De die natali* 15, 2, affirme qu'il serait mort à 81 ans. Plutarque, de son côté, *Quaestiones convivales* VIII 1, 1, 717 c, dit qu'il était un vieillard au cours de la 113e Olympiade [328-325]. Giannantoni, *SSR*, t. IV, p. 422 , propose une fourchette 324/321, ce qui semble raisonnable.

1. Aux versions signalées ici, on peut en ajouter une autre selon laquelle il aurait été pris de fièvre, alors qu'il se rendait aux Jeux Olympiques (Jérôme, *Adv. Jovin.* II 14= *SSR* V B 99).

2. Sur cet homme politique, qui fut en même temps poète, voir J. L. López Cruces et M.-O. Goulet-Cazé, art. « Cercidas de Mégalopolis » C 83, *DPhA* II, p. 269-281, et les travaux récents de E. Livrea, *Studi Cercidei (P. Oxy. 1082)*, coll. « Papyrologische Texte und Abhandlungen » 37, Bonn 1986 ; L. Lomiento, *Cercidas*, coll. « Lyricorum Graecorum quae exstant » 10, Roma 1993 ; J. L. López Cruces, *Les Méliambes de Cercidas de Mégalopolis. Politique et tradition littéraire*, Amsterdam 1995.

3. Cobet, suivi par Long, a voulu supprimer la notation ἢ Κρής ; A.D. Knox (édit.), *Herodes, Cercidas and the Greek Choliambic Poets (except Callimachus and Babrius)*, coll. *LCL*, London-Cambridge (Mass.) 1929, p. 187-239, notamment p. 218, propose de remplacer l'expression par ἄντικρυς. En réalité Cercidas a pu, comme son jeune compatriote Philopoemen (cf. F. Rühl, « Varia » [n. 16], *RhM* 67, 1912, p. 169), séjourner en Crète, s'y faire remarquer, avoir pris part aux combats qui s'y déroulaient et avoir de ce fait mérité le qualificatif de « Crétois », ainsi que peut-être le droit de citoyen d'une ville crétoise. Par conséquent je préfère garder l'expression.

4. Ce suicide par asphyxie volontaire fut pratiqué également par Métroclès (VI 95) et par Zénon (VII 28). Curieusement ce type de suicide ne semble pas avoir suscité d'interrogation ; pourtant on peut se demander si concrètement une telle forme de suicide est possible, sans autre aide que la volonté de retenir sa respiration. On rencontre d'autres types de suicide chez les Cyniques : Ménippe se pendit (VI 100), Démonax se laissa mourir de faim (Lucien, *Vie de Démonax* 65) et Pérégrinus finit volontairement sur le bûcher à Olympie (cf. Lucien, *Sur la mort de Pérégrinus)*. Sur le thème du suicide du sage, voir R. Hirzel, « Der Selbstmord », *Archiv für Religionswissenschaft* 11, 1908, p. 75-104 ; 243-284 ; 417-476 (rp. Id., *Der Selbstmord*, Bonn 1967) ; Yolande Grisé, *Le suicide dans la Rome antique*, Montréal-Paris 1982, 325 p.

au manteau plié en deux, qui mangeait en plein air[1] ;
77 il est monté au ciel,
après avoir serré ses lèvres contre ses dents
et mordu en même temps qu'elles sa respiration.
Oui, Fils de Zeus[2] tu l'étais vraiment,
Tout autant que chien céleste[3].

D'autres affirment que c'est en voulant partager avec des chiens un poulpe qu'il fut mordu au tendon du pied et qu'il en mourut. Cependant ses disciples, à en croire Antisthène dans ses *Successions*[4], conjecturaient la rétention de la respiration. Il passait en effet son temps au Cranéion, le gymnase situé devant Corinthe. Or, selon leur habitude, ses disciples vinrent le voir et le trouvent enveloppé dans son manteau. Ils ne pensèrent point qu'il dormait, car ce n'était pas quelqu'un qui avait l'habitude de s'assoupir [et de somnoler][5]. Ils soulèvent donc le manteau et trouvent Diogène inanimé. Ils supposèrent qu'il avait agi ainsi parce qu'il voulait se soustraire au temps qu'il lui restait à vivre.

78 Survint alors, à ce qu'on dit, une querelle chez ses disciples pour décider qui l'enterrerait. Ils en vinrent même aux mains. Quand arrivèrent leurs pères et les notables, ce sont eux qui enterrèrent l'homme près de la Porte qui conduit à l'Isthme. Ils firent dresser en son honneur une colonne surmontée d'un chien en marbre de Paros. Plus tard, ses concitoyens aussi l'honorèrent d'une statue de bronze sur laquelle ils inscrivirent les vers suivants :

---

1. Sur ce poème, voir J. L. López Cruces, *Les Méliambes de Cercidas de Mégalopolis*, p. 236-241.

2. Jeu de mots sur le nom Διογένης et l'adjectif composé διο-γενής : rejeton de Zeus, qu'on retrouve derrière l'expression Ζανὸς γόνος.

3. Fr. 1 Powell, 54 Livrea. Voir E. Livrea, « La morte di Diogene cinico », dans *Filologia e forme Letterarie. Studi offerti a Francesco Della Corte*, Urbino 1987, I, p. 427-433. Depuis la découverte du *P. Oxy.* 1082, on sait que ces vers sont un véritable éloge, et non une parodie comme on l'avait pensé auparavant.

4. Fr. 7 Giannattasio Andria (l'éditeur fait aller le fragment jusqu'à ὑπεξελθεῖν τοῦ βίου).

5. T. Dorandi, « Diog. Laert. VI 77 », *SIFC* 87, 1984, p. 235, supprime dans l'expression οὐ γὰρ ἦν τις νυσταλέος καὶ ὑπνηλός, les mots καὶ ὑπνηλός, car cet adjectif est donné comme équivalent de νυσταλέος dans le *Lexique* d'Hésychius, *s.v.* νυσταλέον. Il s'agirait selon lui d'une glose marginale infiltrée dans le texte et reliée logiquement par un καί.

Même le bronze subit le vieillissement du temps,
mais ta renommée, Diogène, l'éternité ne la détruira point.
Car toi seul as montré aux mortels la gloire d'une vie
indépendante[1] et le sentier de l'existence le plus facile à parcourir[2].

Épigramme de Diogène Laërce

79 Il y a aussi de nous ces vers en mètre procéleusmatique[3]:

UN PASSANT: Allons, Diogène, dis quel funeste destin t'a emporté
[dans l'Hadès.
DIOGÈNE: Ce qui m'a emporté, c'est la sauvage morsure d'un chien[4].

Sépulture

Certains disent que Diogène mourant ordonna[5] qu'on le jetât en terre sans sépulture afin que n'importe quelle bête sauvage pût prendre sa part[6], ou qu'on le poussât dans un trou et qu'on le recouvrît d'un peu de poussière (selon d'autres, il demanda qu'on le jetât dans l'Ilissos[7]), afin qu'il fût utile à ses frères[8]. Démétrios dans ses *Homonymes* dit que sont morts le même jour Alexandre à Babylone et

---

1. Le thème de l'αὐτάρκεια, de l'autosuffisance, est typiquement cynique.

2. *Anth. Pal.* XVI 334. Sur les inscriptions relatives à la mort de Diogène, voir Simone Follet, « Les Cyniques dans la poésie épigrammatique », dans *Le Cynisme ancien et ses prolongements*, p. 359-380, notamment p. 362-367.

3. Un pied procéleusmatique est une suite de quatre syllabes brèves. Chacun des deux vers comporte trois pieds procéleusmatiques suivis d'un tribraque (trois brèves)

4. *Anth. Pal.* VII 116.

5. Les mss ont καὶ ἐντείλασθαι; Cobet suivi par Long a supprimé καί. Apelt a proposé judicieusement κατεντείλασθαι, mais ce verbe ne semble pas attesté.

6. Même souhait chez le Cynique Démonax (Lucien, *Vie de Démonax* 66); les Athéniens cependant firent à celui-ci des funérailles magnifiques.

7. Cette version laisse entendre que la mort du philosophe eut lieu à Athènes, alors que la version de VI 78 situe cette mort à Corinthe. Ménage propose de corriger εἰς τὸν Ἰλισσόν en εἰς τὸν ἕλειον, dans un lieu marécageux, ou en εἰς τὸν Ἔλισσον, un fleuve de Sicyone, ville voisine de Corinthe, portant ce nom.

8. Cette subordonnée dépend de l'expression κόνιν ἐπαμῆσαι qui précède la parenthèse. Les frères en question sont certainement les chiens qui déterrent les cadavres pour les manger.

Diogène à Corinthe[1]. Diogène était un vieillard au cours de la cent-treizième Olympiade[2].

Écrits (première liste)

80 On lui attribue les ouvrages suivants[3].

Des dialogues :

Céphalion[4],

Ichthyas[5],

Le Geai,

Pordalos[6],

Le Peuple d'Athènes,

La République[7],

---

1. Fr. 19 Mejer. Alexandre est mort le 13 juin 323. La critique affiche du scepticisme face à cette coïncidence.

2. C'est-à-dire au cours de la période 328-325.

3. Sur les deux listes d'ouvrages de Diogène, présentées ici par D. L., voir K. von Fritz, *Quellen-Untersuchungen zu Leben und Philosophie des Diogenes von Sinope*, coll. « Philologus Supplementband » 18, 2, Leipzig 1926, 97 p., notamment p. 54-60; Giannantoni, *SSR*, t. IV, p. 461-484 ; M.-O. Goulet-Cazé, *L'Ascèse cynique*, p. 85-90. Diogène Laërce cite ici deux listes différentes, l'une anonyme, l'autre due à Sotion dans ses *Successions*, ces deux listes présentant seulement quatre titres en commun. Von Fritz a émis l'idée que la liste de Sotion était d'inspiration stoïcienne et qu'elle aurait expurgé de la liste véritable tous les écrits qui paraissaient trop audacieux aux Stoïciens, en y insérant en outre des ouvrages de facture stoïcienne, faussement attribués à Diogène. Cette hypothèse permet de rendre compte de l'absence de la *République* et des tragédies dans la seconde liste.

4. Les manuscrits ont κεφαλαίων que Cobet a corrigé en Κεφαλίων, à juste titre si l'on compare avec le titre transmis par Sotion dans la seconde liste (fin de VI 80) et avec Athénée IV, 164 a, qui fait allusion au Κεφαλίων de Diogène.

5. Ichthyas était un disciple d'Euclide, contre qui Diogène écrivit ce dialogue (cf. D. L. II 112).

6. Ouvrage déjà cité en VI 20. Cf. note *ad loc.*

7. Cf. p. 738 n. 8. Voir aussi Giannantoni, *SSR*, t. IV, p. 464-466. Cet ouvrage de Diogène fit grand scandale, au point que certains Stoïciens mirent en doute son authenticité, alors même que, nous dit Philodème dans son *De Stoicis*, les catalogues des bibliothèques, les ouvrages de Cléanthe et ceux de Chrysippe en attestaient parfaitement l'existence.

Traité d'éthique[1],
Sur la richesse,
Traité sur l'amour,
Théodore,
Hypsias,
Aristarque,
Sur la mort;
des lettres[2];
sept tragédies[3]:
Hélène,
Thyeste[4],
Héraclès,
Achille,
Médée,

---

1. J'ai suggéré dans *L'Ascèse cynique*, p. 217, que cet ouvrage avait pu contenir le résumé doxographique sur l'ascèse que l'on trouve en VI 70-71.

2. Ces lettres sont perdues. Il ne faut pas les identifier avec les lettres conservées (éditées par Hercher et récemment par Eike Müseler, *Die Kynikerbriefe*, t. II: *Kritische Ausgabe mit deutscher Übersetzung*, coll. « Studien zur Geschichte und Kultur des Altertums » Neue Folge, 1. Reihe, 7. Band, 1994, p. 1-79) qui sont toutes pseudépigraphes.

3. Voir *SSR*, t. IV, p. 475-484. Satyros, un peu plus loin, dit que ces tragédies sont de Philiscos d'Égine, disciple de Diogène; c'est aussi l'avis de Julien, *Discours* IX 7, p. 186 c; Favorinus, lui, les attribue à Pasiphon (VI 73). Mais Philodème, *De Stoicis*, col. XIV 21-VII 4, fait allusion à l'*Atrée* (c'est-à-dire probablement le *Thyeste)* et à l'*Œdipe* qu'il présente comme étant de Diogène. Les tragédies étaient certainement des ouvrages de Diogène. Par ailleurs la *Souda* attribue huit tragédies classées par ordre alphabétique à un « Diogène, ou Œnomaos, athénien, auteur tragique » ; or sept de ces titres sont identiques à des titres de la première liste; le huitième est une *Sémélé* dont onze vers, qui n'ont rien de particulièrement cynique, ont été conservés par Athénée XIV, 636 a. Faut-il penser qu'il y avait deux Diogène ? Peut-être. Le philosophe cynique aurait écrit sept tragédies, et il y aurait eu un Diogène, auteur tragique (Διογένης δ' ὁ τραγικός, dit Athénée), Athénien, qui aurait au moins écrit une *Sémélé*.

4. Si on rapproche ce titre du raisonnement tenu par Diogène en VI 73, on suppose que dans cette pièce le philosophe justifiait le fait que Thyeste ait mangé ses propres fils tués par Atrée.

Chrysippe[1],
Œdipe[2].

Écrits (deuxième liste)

Mais Sosicrate, au livre I de sa *Succession*[3], et Satyros, au livre IV de ses *Vies*, affirment que rien n'est de Diogène. Concernant les petites tragédies, Satyros dit qu'elles sont de Philiscos d'Égine, disciple de Diogène. Cependant Sotion, au livre VII[4], dit que seuls les ouvrages suivants sont de Diogène[5] :

Sur la vertu
Sur le bien,
Traité sur l'amour,
Le mendiant,
L'audacieux,
Pordalos,
Casandros,
Céphalion,
Philiscos,
Aristarque,
Sisyphe,
Ganymède,

---

1. Chrysippe, Atrée et Thyeste étaient les enfants de Pélops et d'Hippodamie. Atrée et Thyeste tuèrent Chrysippe et furent bannis par Pélops. Ils se réfugièrent à Mycènes où eut lieu l'épisode au cours duquel Thyeste mangea ses propres enfants.

2. Les tragédies traitaient des grands mythes grecs ; elles mettaient en scène Hélène, Thyeste, qui permet à Diogène d'aborder le problème de l'anthropophagie, Héraclès, modèle d'endurance face aux πόνοι, Achille, Médée, dont il interprète de façon allégorique les tours de magie, Chrysippe, fils de Pélops, Œdipe, dont le parricide et l'inceste ne présentent rien de scandaleux aux yeux du philosophe.

3. Fr. 11 Giannattasio Andria.

4. Fr. 19 Wehrli.

5. On peut au moins considérer que les cinq titres communs aux deux listes, à savoir : *Pordalos, Céphalion, Traité sur l'amour, Aristarque,* et les Lettres, renvoient à des ouvrages authentiques.

Chries[1],
Lettres.

Homonymes

81 Il y eut cinq Diogène. Le premier, d'Apollonie, était un physicien[2]. Son ouvrage commence ainsi : « Au début de tout discours, il faut, me semble-t-il, offrir un point de départ indiscutable »[3]. Le second est de Sicyone[4] ; c'est lui qui écrivit le livre *Sur le Péloponnèse.* Le troisième est notre philosophe. Le quatrième est un Stoïcien, originaire de Séleucie, dit aussi de Babylonie[5], à cause de la proximité des deux villes. Le cinquième est de Tarse et il a écrit sur des problèmes poétiques qu'il s'efforce de résoudre[6].

Athénodore, au livre VIII de ses *Promenades,* dit que le philosophe paraissait toujours luisant parce qu'il se frottait d'huile[7].

---

1. Sur les *Chries,* voir *SSR,* t. IV, p. 466-474. Il est probable que Diogène n'a pas écrit lui-même de chries, mais que d'autres, par exemple Métroclès (cf. VI 33), ont consigné par la suite les dits de Diogène.

2. Philosophe du Ve siècle av. J.-C. : DK 64 B 1. Cf. E. Wellmann, art. « Diogenes » 42, *RE* V 1, 1903, col. 764-765 ; A. Laks, art. « Diogène d'Apollonie » D 139, *DPhA,* t. II, p. 801-802.

3. Cf. D. L. IX 57.

4. *FGrHist* 503 T 1.

5. Philosophe stoïcien (*ca* 240-*ca* 151) = *SVF* III 2. Cf. H. von Arnim, art. « Diogenes » 45, *RE* V 1, 1903, col. 773-776 ; Ch. Guérard (avec des compléments de J.-P. Dumont, D. Delattre et J.-M. Flamand), art. « Diogène de Séleucie » D 146, *DPhA,* t. II, p. 807-812.

6. Sur ce philosophe épicurien d'époque imprécise, voir A. Dietrich, art. « Diogenes » 37, *RE* V 1, 1903, col. 737 ; H. von Arnim, art. « Diogenes » 46, *RE* V 1, 1903, col. 776-777 ; T. Dorandi, art. « Diogène de Tarse », D 149, *DPhA* II, p. 823-824. Mais l'identification n'est pas tout à fait sûre.

7. Cette phrase isolée, qui aurait dû prendre place dans la partie biographique, a manifestement été mise là en attendant d'être classée. Il faut supposer qu'en l'absence d'une rédaction finale, elle n'a pu être classée correctement. On remarquera cependant la présence d'une particule de liaison (τὸν δὴ φιλόσοφον), qui est au moins le signe de l'existence d'un contexte.

MONIME [1]

82 Monime de Syracuse, élève de Diogène, serviteur, à ce que dit Sosicrate[2], d'un banquier de Corinthe. Ce banquier recevait des visites fréquentes de Xéniade[3], l'homme qui avait acheté Diogène et qui, en décrivant dans le détail la vertu que le philosophe manifestait dans ses actes comme dans ses paroles, inspira à Monime un amour passionné à l'égard de Diogène. Sur-le-champ en effet Monime simule la folie et jette de tous côtés la menue monnaie ainsi que tout l'argent qui se trouvait sur le comptoir du banquier, jusqu'à ce que son maître le renvoyât. Alors, de suite, Monime fut à Diogène[4]. Il suivit aussi Cratès le Cynique pendant longtemps et adopta le même comportement que lui; ce que voyant, son maître crut encore davantage à sa folie.

Témoignages

83 Monime devint un homme célèbre, au point même que le comique Ménandre fit mention de lui. En tout cas, dans une de ses pièces, *L'Écuyer*, Ménandre s'exprima ainsi :

Il y avait, Philon, un sage du nom de Monime,
mais qui était un peu moins célèbre.
A. Celui qui portait la besace ?
B. Tu veux dire trois besaces. Pourtant,
il n'a prononcé, par Zeus, aucune parole du genre

---

1. Ici commence (ou plutôt continue, puisque quelques noms avaient déjà été cités en VI 76) la liste des disciples de Diogène.

2. Fr. 14 Giannattasio Andria (le fragment s'arrête à καὶ ὃς εὐθέως Διογένους ἦν).

3. Cf. D. L. VI 30-32. 36. 74. 82.

4. Sur la conversion à la philosophie, voir O. Gigon, « Antike Erzählungen über die Berufung zur Philosophie », *MH* 3, 1946, p. 1-21. Le cas de Monime serait à ranger sous la rubrique « das Motiv der Berufung aus der Ferne » de Gigon (p. 12).

du « Connais-toi toi-même », ou de ces autres mots
souvent cités. Il allait bien au-delà,
notre mendiant malpropre ; il disait en effet
que tout ce que l'homme a conçu est fumée de l'orgueil[1].

Ce Monime était d'une gravité extrême qui lui faisait mépriser l'opinion et rechercher avec passion la vérité.

Écrits

Il écrivit des poésies légères auxquelles se mêlait subrepticement le sérieux[2], ainsi que deux livres *Sur les tendances* et un *Protreptique*.

---

1. Fr. 215 Körte. Les Cyniques combattaient vigoureusement le τῦφος (cf. Antisthène en VI 7 ; Diogène en VI 26 ; Cratès en II 118 = *Suppl. Hell.* 347). Télès, *Diatribe* II *(Sur l'autarcie)*, p. 14, 3-5 Hense, qualifie Diogène et Cratès d'*atuphoi.* Cratès en VI 86 *(Suppl. Hell.* 355) présente l'abondance et la prospérité comme la proie des fumées de l'orgueil. Sur ce concept, voir D. R. Dudley, *A History of Cynicism*, p. 56, n. 8α ; Fernanda Decleva Caizzi, « Τῦφος. Contributo alla storia di un concetto », *Sandalion* 3, 1980, p. 53-66.

2. C'est pourquoi on le considère comme l'inventeur du *spoudaiogeloion*, cette façon d'écrire propre aux Cyniques.

ONÉSICRITE

84 Onésicrite. Les uns le disent d'Égine, mais Démétrios Magnès dit qu'il est d'Astypalée[1]. Lui aussi faisait partie des élèves illustres de Diogène. Son histoire, semble-t-il, n'est pas sans rappeler celle de Xénophon. Ce dernier en effet se joignit à l'expédition de Cyrus, notre homme à celle d'Alexandre. L'un écrivit la *Cyropédie*, l'autre raconta la formation d'Alexandre. L'un fit un éloge de Cyrus, l'autre d'Alexandre. Par l'expression également Onésicrite est proche de Xénophon, à ceci près qu'il occupe le second rang, comme une copie par rapport à son archétype.

Autres élèves de Diogène

Furent aussi des élèves de Diogène Ménandre, surnommé « Bois de chêne », grand admirateur d'Homère, Hégésias de Sinope, dont le surnom était « Collier de chien »[2], et Philiscos d'Égine comme nous l'avons dit plus haut[3].

---

1. Fr. 20 Mejer. Cf. p. 741 n. 3. Onésicrite d'Astypalée prit part à l'expédition d'Alexandre en Orient, fut nommé timonier du navire royal lors du voyage sur l'Hydaspes et l'Indus, et c'est lui que le souverain envoya auprès des gymnosophistes indiens de Taxila. Il écrivit un ouvrage intitulé : Πῶς Ἀλέξανδρος ἤχθη. H. Strasburger, art. « Onesicritos », *RE* XVIII 1, 1939, col. 460-467, avance plusieurs arguments, notamment d'ordre chronologique, contre l'identification de cet Onésicrite avec celui d'Égine, mentionné en VI 75. Il n'est pas impossible que Diogène Laërce lui-même ait eu des hésitations sur l'identité des deux Onésicrite, sinon pourquoi préciserait-il, à propos du second, sans prendre parti, que les uns le disent d'Égine, ce qui est le cas de celui de VI 75, mais que Démétrios de Magnésie le dit d'Astypalée ?

2. Peut-être à cause de son attachement à Diogène. Ce personnage est probablement à identifier avec l'Hégésias de VI 48.

3. Cf. VI 73 et 75.

CRATÈS

85 Cratès, fils d'Askôndas, Thébain[1].

Lui aussi faisait partie des élèves illustres du Chien. Hippobote toutefois dit qu'il fut l'élève non de Diogène, mais de Bryson d'Achaïe[2]. On lui attribue cette poésie légère :

> Besace est une cité, au milieu d'une fumée[3] vineuse,
> belle et opulente, qui ne présente aucune souillure[4],
> où n'aborde ni parasite stupide,
> ni individu lubrique exultant devant les fesses d'une prostituée.
> Mais elle produit du thym, de l'ail, des figues et du pain ;
> il s'ensuit que les gens ne s'entretuent pas pour ce genre de choses,
> qu'ils ne prennent pas les armes pour de l'argent, ni
> pour la gloire[5].

86 Il y a aussi la feuille de comptes que tout le monde répète et qui se présente en ces termes :

---

1. Les fragments et témoignages concernant Cratès ont été rassemblés par Giannantoni, *SSR*, t. II, p. 523-575, et commentés au t. IV, p. 561-579.

2. Faut-il identifier Bryson d'Achaïe avec Bryson d'Héraclée, le sophiste et mathématicien du IVe s., élève d'Euclide et maître de Pyrrhon, connu par Aristote et les *Lettres* de Platon ? Ou faut-il distinguer les deux personnages ? Le fait qu'Hippobote refuse pour Cratès une filiation diogénienne a toute son importance, car si Cratès n'est pas le disciple de Diogène, alors Zénon ne se rattache pas au cynisme. Ce détail s'accorde avec la position d'Hippobote qui refusait à l'école cynique le statut d'école de pensée, d'αἵρεσις.

3. Sur la notion de τῦφος, voir p. 750 n. 1.

4. Les manuscrits ont περίρυτος ; le texte dont s'est inspiré Cratès : *Odyssée* XIX 172 *sqq.*, qui concerne la Crète, a περίρρυτος qui signifie « entouré d'eau » ; Stephanus a proposé περίρρυπος, souillé, adopté par Long. Je suggère ou bien de garder le texte d'Homère ou bien d'écrire περίρρυπον que je considère comme une épithète de οὐδέν. Les trois adjectifs du vers 2 expriment certainement des caractères positifs de cette cité ; c'est pourquoi choisir περίρρυπος et en faire une épithète de πόλις ne me semble pas souhaitable.

5. *Suppl. Hell.* 351.

A un cuisinier paie dix mines, à un médecin une drachme,
à un flatteur cinq talents, à un conseiller de la fumée,
à une prostituée un talent, au philosophe une triobole[1].

On l'appelait aussi « Ouvreur de portes[2] », car il entrait dans toutes les maisons et y dispensait ses admonestations. Ceci est encore de son cru :

Mes biens, les voici : ce que j'ai appris, ce sur quoi j'ai réfléchi,
et les nobles leçons que j'ai apprises en compagnie des Muses ;
En revanche l'abondance des richesses est la proie des fumées
[de l'orgueil[3].

Le profit qu'il avait retiré de la philosophie, c'était, disait-il,
Une chénice de lupins et l'absence de soucis[4].

Circulent aussi de lui ces vers :

La faim[5] met un terme à l'amour ; sinon, c'est le temps ;
et si tu ne peux recourir à ces expédients, il reste la corde.

87 Il était dans la force de l'âge lors de la cent-treizième Olympiade[6]. D'après les *Successions* d'Antisthène, c'est pour avoir vu dans une tragédie Télèphe[7] qui portait un petit panier et qui traînait par

1. *Suppl. Hell.* 363. Une drachme valait 6 oboles ou 2 trioboles. Une mine valait 100 drachmes et un talent = 100 mines.

2. Cf. Apulée, *Florides* XXII 1-4, qui dit qu'on le révérait comme un « lar familiaris », arbitre des querelles familiales.

3. *Suppl. Hell.* 355. Cratès s'est inspiré ici d'une épigramme qui se trouvait sur le tombeau de Sardanapale (cf. Strabon XIV).

4. Cf. Télès, *Diatribe* IV A, p. 44, 3-6 Hense ; 370 et 421 P. P. Fuentes González (= *Suppl. Hell.* 367), avec une version plus complète : « Tu ne sais pas quelle force ont une besace, | une chénice de lupins et l'absence de soucis. »

5. *Anth. Pal.* IX 497. Cf. Antisthène chez Plutarque, *De Stoic. repugn.* 14, 1039 e-1040 a, et Diogène en D. L. VI 24.

6. C'est-à-dire entre 328 et 325.

7. Ce personnage, à la fois roi de Mysie et mendiant, a, tout comme son père Héraclès, joué un grand rôle dans le cynisme. Euripide lui avait consacré une tragédie. Les fragments 701 et 714 Nauck^2 qui nous sont parvenus du *Télèphe* d'Euripide s'harmonisent assez bien avec les conceptions cyniques. Dans la lettre pseudépigraphe XXXIV à Olympias (p. 48-51 Eike Müseler), Diogène se réclame de l'exemple de Télèphe, et cite deux vers prononcés par celui-ci dans la tragédie d'Euripide (fr. 697 Nauck^2). Enfin Maxime de Tyr *(Philosophumena* I 9 = *SSR* V B 166) rappelle à propos de Diogène l'accoutrement de Télèphe. Voir J. F. Kindstrand, *Bion of Borysthenes*, Uppsala 1976, p. 208.

ailleurs un air de misère[1] qu'il s'élança vers la philosophie cynique. Lorsqu'il eut converti ses biens en argent – il faisait partie en effet des gens en vue – et qu'il en eut retiré dans les deux cents talents, il distribua la somme à ses concitoyens. Il s'adonnait à la philosophie avec tant de résolution que même Philémon le comique fit mention de lui. Il dit en tout cas :

> L'été, il portait un manteau épais, afin d'acquérir la maîtrise de soi,
> [et l'hiver des haillons[2].

Diogène, à ce que dit Dioclès, le persuada d'abandonner ses terres à la pâture des moutons et de jeter à la mer l'argent qu'il pouvait avoir.

88 La maison de Cratès, dit Dioclès, † par Alexandre[3] et celle d'Hipparchia par Philippe. Souvent Cratès poursuivait de son bâton des parents qui, venus lui rendre visite, essayaient de le détourner de son projet, et il y allait de bon cœur. Démétrios Magnès[4] dit qu'il confia son argent à un banquier, convenant avec lui que si ses enfants devenaient des hommes ordinaires, il leur remettrait cet argent, mais que, s'ils devenaient philosophes, il le distribuerait au peuple. Ceux-ci en effet n'auraient besoin de rien s'ils s'adonnaient à la philosophie. Ératosthène[5] dit qu'il eut d'Hipparchia, dont nous allons parler[6], un fils du nom de Pasiclès et, qu'au sortir de l'éphébie il l'emmena dans la maison d'une prostituée en lui disant que c'était là le mariage que lui proposait son père. **89** Les mariages des gens adultères, il les qualifiait de tragiques – ils ont pour prix l'exil et le meurtre –; les unions des gens qui fréquentent les courtisanes, il les

---

1. L'accoutrement de Télèphe est évoqué dans les *Acharniens* d'Aristophane, v. 432-463 : les haillons, le petit bonnet mysien, le bâton de mendiant, le petit panier d'osier (τὸ σπυρίδιον), l'écuelle ébréchée, une petite cruche bouchée avec une éponge.

2. Fr. 134 Kassel & Austin (imitation d'*Odyssée* XI 593).

3. La phrase n'ayant pas de verbe, Aldobrandinus a signalé qu'il y avait une lacune. On peut penser à un verbe qui signifierait : fut visitée ? fut détruite ? fut habitée ? En faveur de l'idée de destruction, on peut citer VI 93, où Alexandre demande à Cratès s'il veut qu'il fasse reconstruire sa ville natale.

4. Fr. 21 Mejer.

5. *FGrHist* 241 F 21.

6. En VI 96.

qualifiait de comiques, car la folie amoureuse y est le produit de la dissipation et de l'ivresse.

Cratès eut un frère du nom de Pasiclès, qui fut l'élève d'Euclide[1].

Favorinus, au livre II de ses *Mémorables*[2], rapporte sur Cratès une anecdote amusante. Il dit en effet que le philosophe, qui avait une quelconque[3] requête à soumettre au gymnasiarque, lui toucha les hanches. Comme celui-ci s'indignait, Cratès dit : « Eh quoi ! Ne sont-elles pas à toi tout autant que tes genoux ? » Il est impossible, disait-il, de trouver quelqu'un sans défaut. C'est comme dans la grenade ; il y a toujours un pépin de pourri. Un jour qu'il avait irrité le joueur de cithare Nicodromos, ce dernier lui mit l'œil au beurre noir. Cratès plaça alors sur son front un petit écriteau sur lequel il inscrivit : « Signé Nicodromos »[4]. **90** Il invectivait de propos délibéré les courtisanes, s'exerçant ainsi lui-même à supporter les injures[5]. Démétrios de Phalère lui avait envoyé des pains et du vin ; Cratès le lui reprocha en ces termes : « Si seulement les sources pouvaient produire aussi du pain ! »[6], faisant comprendre[7] par conséquent qu'il buvait de l'eau. Comme les contrôleurs[8] à Athènes l'avaient blâmé de porter un vêtement de lin, il leur dit: « Je vais vous montrer Théophraste vêtu lui aussi de lin ». Devant leur incrédulité, il les conduisit chez un barbier et leur montra Théophraste qui se faisait couper les cheveux. A Thèbes, il fut fouetté par le gymnasiarque –

---

1. T 148 B Döring = *SSR* II A 25. Cet éditeur ajoute : « Εὐκλείδου pro Διοκλείδου aut scriptoris aut scribae errore positum est », car dans la *Souda, s.v.* Στίλπων, Pasiclès est présenté comme le maître de Stilpon et comme un disciple de Dioclide. Cf. Muller, *Les Mégariques. Fragments et témoignages*, Paris 1985, p. 161-162.

2. Fr. 12 Mensching = 42 Barigazzi.

3. παρακαλῶν περί του : mot à mot « qui avait une requête concernant quelque chose ou quelqu'un ».

4. Cf. VI 33.

5. Sur cette forme d'ascèse, voir M.-O. Goulet-Cazé, *L'Ascèse cynique*, p. 157.

6. Fr. 58 a Wehrli.

7. Je suis M. Patillon qui suggère de corriger δῆλον en δηλῶν.

8. Les astynomes à Athènes étaient dix ; il y en avait cinq au Pirée et cinq dans la ville (pour une description de leurs différentes tâches, cf. Aristote, *Constitution des Athéniens* L 1).

d'autres disent à Corinthe par Euthycratès –, et, tandis qu'on le tirait par le pied, il ajoutait, l'air insouciant :

Il m'a pris par le pied et m'a traîné à travers la divine demeure[1].

91 Dioclès dit que c'est Ménédème d'Érétrie qui le traîna ainsi. En effet, comme Ménédème était beau garçon et qu'il passait pour se prêter aux désirs d'Asclépiade de Phlionte[2], Cratès lui toucha les cuisses et lui dit : « Asclépiade est entré ?[3] » Furieux de ce propos, Ménédème le traîne et Cratès ajoute le vers cité plus haut.

Zénon de Kition dans ses *Chries*[4] dit qu'il cousit un jour à son manteau élimé une peau de mouton, sans se soucier de l'effet produit. De plus, il n'était pas beau à voir et, quand il faisait de la gymnastique, on se gaussait de lui. Il avait coutume de dire en levant les mains : « Aie confiance, Cratès, dans tes yeux et le reste de ton corps. **92** Ces gens qui se moquent de toi, tu les verras, d'ici peu, tout tordus par la maladie, enviant ton bonheur et se reprochant leur paresse »[5]. Il faut, disait-il, philosopher, jusqu'au point où les généraux nous apparaissent comme des meneurs d'ânes. Les gens qui vivent dans la compagnie des flatteurs sont seuls, disait-il, tout comme les jeunes veaux quand ils sont au milieu des loups. De fait, dans un cas comme dans l'autre, ce ne sont pas leurs proches qui sont à leurs côtés, mais des gens qui complotent contre eux. Sentant qu'il était en train de mourir, il se chantait à lui-même cette incantation :

Te voilà en marche, cher bossu,
† [Tu t'en vas] vers la demeure d'Hadès, [tout courbé par les années [de la vieillesse]†[6].

1. *Suppl. Hell.* 357. Cf. *Iliade* I 591.

2. Ménédème et Asclépiade furent les disciples de Stilpon, puis de Phédon d'Élis (cf. II 125-126). Sur Asclépiade, voir R. Goulet, art. « Asclépiadès de Phlionte » A 449, *DPhA* I, p. 622-624.

3. J'ajoute à la phrase un point d'interrogation pour mieux rendre le caractère ambigu de la formule.

4. *SVF* I 272.

5. Voir M.-O. Goulet-Cazé, *L'Ascèse cynique*, p. 155-158.

6. *Suppl. Hell.* 356. J'ai noté les *cruces* indiquées par Lloyd-Jones et Parsons, ainsi que les crochets droits souhaités par Diels qui voyait dans κυφὸς ὥρην διὰ γῆρας une glose expliquant κυρτῶν.

93 A Alexandre qui lui demandait s'il voulait que fût reconstruite sa ville natale, il dit : « Et pourquoi le faudrait-il ? Il y aura sans doute encore un autre Alexandre pour la détruire ». Il avait pour patrie, disait-il, la mauvaise réputation et la pauvreté, dont la fortune ne peut s'emparer, et il se disait concitoyen de Diogène que les attaques de l'envie ne peuvent atteindre[1]. Ménandre aussi, dans les *Sœurs jumelles,* fait mention de lui en ces termes :

Tu te promèneras en ma compagnie, vêtue du manteau élimé,
tout comme autrefois sa femme accompagnait Cratès le Cynique.
Sa fille, à ce qu'il dit lui-même, il la donna
en mariage, à l'essai pour trente jours[2].

Ses disciples[3].

1. *Adesp.* 1212 Kock. Meineke dans *Fragmenta Comicorum Graecorum,* t. IV, p. 619 (fr. LII) avait voulu transformer cette phrase en trois vers ainsi répartis : ἔχειν δὲ πατρίδ' ἀδοξίαν [ἐπαξιῶ] / πενίαν τ', ἀνάλωτα τῇ τύχῃ, καὶ Διογένους / εἶναι πολίτης, ἀνεπιβουλεύτου φθόνῳ.

2. Kock 117, 118. Il est difficile de délimiter cette citation. Pour Grotius, Cobet et Long, elle se termine après ἡμέρας ; mais Koerte limite la citation à un distique qui finit après γυνή.

3. La liste des disciples de Cratès, qui commence ici avec Métroclès, se poursuit en VI 95 avec Théombrote, Cléomène et d'autres. De fait la liste de la fin de VI 95 se rapporte selon toute vraisemblance à Cratès et non à Métroclès (cf. M.-O. Goulet-Cazé, « Une liste de disciples de Cratès le Cynique en Diogène Laërce 6, 95 », *Hermes* 114, 1986, p. 247-252).

MÉTROCLÈS

94 Métroclès, frère d'Hipparchia, qui avait été tout d'abord l'auditeur du Péripatéticien Théophraste[1], avait été si bien gâté qu'un jour où, au beau milieu d'un exercice oratoire, il avait lâché un pet, il resta enfermé chez lui, découragé, bien décidé à se laisser mourir de faim. Lorsqu'il eut appris la chose, Cratès, qu'on avait sollicité, se rendit chez lui et, après avoir à dessein mangé des lupins, le persuada, arguments à l'appui, qu'il n'avait rien fait de mal. C'eût été en effet un prodige que les gaz ne fussent pas eux aussi rejetés de façon naturelle. Finalement Cratès se mit à lâcher des pets et réconforta Métroclès, en le consolant grâce à l'imitation de ses actes. De ce jour, Métroclès fut son auditeur et devint un homme apte à la philosophie[2].

95 Il brûla entièrement ses propres ouvrages, ainsi que le rapporte Hécaton au livre I de ses *Chries*[3], en ajoutant :

Ce ne sont là que des fantômes de rêves infernaux[4],

[c'est-à-dire des futilités[5]]. D'autres disent qu'en brûlant entièrement les notes qu'il avait prises au cours de Théophraste, il ajouta :

Héphaistos, viens ici ; Thétis maintenant a besoin de toi[6].

---

1. On sait par Télès, fr. IV A, p. 40, 5 Hense ; p. 368 et 402 P. P. Fuentes González, qu'il écouta également Xénocrate.

2. Celle-ci implique que l'on sache accepter la nature.

3. Fr. 23 Gomoll.

4. *Adesp.* 285 Nauck².

5. Cobet a supprimé οἷον λῆρος qu'il devait considérer comme une glose.

6. J'adopte la leçon de B et de P : Θέτις, alors que Long écrit πόλις, la leçon de F^pc et P^γρ. Cf. *Iliade* XVIII 392. Le sens de ce vers dans le contexte où le place Diogène Laërce n'est pas évident. Dans l'*Iliade,* Héphaistos qui dispose du feu, est accueilli, après que Zeus l'eut chassé de l'Olympe, par Thétis, la déesse des eaux. Peut-être que Métroclès, en citant ce vers, veut seulement indi-

Il y a des choses, disait-il, qui s'acquièrent à prix d'argent, par exemple une maison, et d'autres à force de temps et de travail, comme l'éducation. La richesse nuit, disait-il, si on ne s'en sert pas comme il convient.

Il mourut à un âge avancé, s'étant lui-même étranglé.

Autres disciples de Cratès

Élèves de Cratès[1]: Théombrote et Cléomène; de Théombrote: Démétrios d'Alexandrie; de Cléomène: Timarque d'Alexandrie et Échéclès d'Éphèse. Il faut ajouter cependant qu'Échéclès écouta lui aussi Théombrote, et qu'il eut pour disciple Ménédème, dont nous allons parler[2]. Il y eut aussi Ménippe de Sinope[3], célèbre parmi les élèves de Cratès.

---

quer qu'il fait appel au feu. En la circonstance Thétis ne jouerait ici aucun rôle. Elle serait là uniquement parce qu'elle est dans le vers de l'*Iliade*.

1. Cf. p. 757 n. 3.
2. En VI 102.
3. D. L. parle de ce philosophe en VI 99. Ménippe n'était pas de Sinope, mais de Gadara; l'origine sinopéenne que lui prête Diogène Laërce s'explique probablement par le fait que Ménippe fut l'esclave d'un certain Baton qui était de la région du Pont.

HIPPARCHIA

96 La sœur de Métroclès, Hipparchia[1], fut, elle aussi, captivée par les discours de Cratès. Elle et son frère étaient tous deux de Maronée[2]. Elle s'éprit des discours et du genre de vie de Cratès, ne prêtant attention à aucun de ses prétendants, pas plus qu'à leur richesse, à leur haute naissance ou à leur beauté. En fait Cratès était tout pour elle. Elle alla même jusqu'à menacer ses parents de se tuer, si on ne la donnait pas en mariage à Cratès. Les parents demandèrent donc à celui-ci de dissuader leur fille. Il fit tout ce qu'il put; mais finalement, ne parvenant pas à la convaincre, il se leva et enleva devant elle ses vêtements: « Voici, dit-il, le jeune marié, voici ce qu'il possède. Décide-toi en conséquence. Car tu ne seras pas ma compagne, si tu ne pratiques pas le même genre de vie que moi ».

97 La jeune fille choisit. Après avoir pris le même vêtement que lui[3], elle circula en compagnie de son mari, eut commerce avec lui en public et se rendit aux dîners. C'est à cette occasion qu'elle vint chez Lysimaque[4] pour le banquet et là elle confondit Théodore surnommé l'Athée[5], après lui avoir proposé le sophisme suivant : « L'acte qui, commis par Théodore, ne peut être qualifié d'injuste, cet acte, commis par Hipparchia, ne pourra être qualifié d'injuste. Or, si Théodore se frappe lui-même, il ne commet pas d'acte injuste. Par conséquent, Hipparchia, si elle frappe Théodore, n'en commet point non plus. » Théodore ne trouva rien à répondre à l'argument, mais il lui enleva son manteau. Hipparchia cependant n'en fut ni frappée ni

1. Voir J.M. García González, « Hiparquia, la de Maronea, filósofo cínico », dans A. Pociña et J. M. García González (édit.), *Studia Graecolatina Carmen Sanmillán in memoriam dedicata*, Grenada Univ. 1988, p. 179-187.
2. Ville de Thrace.
3. C'est-à-dire le *tribôn* des philosophes.
4. Général d'Alexandre qui, après la mort de celui-ci, gouverna la Thrace.
5. Fr. 162 A Mannebach ; T 60 Winiarczyk.

troublée, comme eût dû l'être une femme. **98** Bien plus, quand Théodore lui dit: « Est-ce bien celle

qui sur le métier a laissé sa navette ?[1]

elle répondit: « C'est bien moi, Théodore. Mais ai-je pris à tes yeux une mauvaise décision me concernant, si le temps que j'aurais dû perdre sur le métier je l'ai consacré à mon éducation ? »[2] Voilà les histoires que l'on raconte sur cette femme philosophe et il y en aurait d'autres à l'infini !

Retour à la vie de Cratès

De Cratès circule un volume de *Lettres* où il philosophe excellemment, et ce dans un style qui, parfois, ressemble à celui de Platon[3]. Il écrivit aussi des tragédies qui portent la marque d'une philosophie très élevée, comme en témoigne le passage qui suit :

Je ne dispose pas du seul rempart ni du seul toit de ma patrie,
mais j'ai la terre entière comme cité et comme maison,
toutes prêtes pour que nous y séjournions[4].

Il mourut à un âge avancé et fut enterré en Béotie.

---

1. Euripide, *Bacchantes* 1236.

2. Cf. l'épigramme d'Antipater de Sidon dans *Anthologie Palatine* VII 413, et G. Giangrande, « Beiträge zur Anthologie », *Hermes* 96, 1968, p. 167-177 (notamment p. 170-171).

3. Ces lettres ne sont pas les lettres pseudépigraphes publiées par Hercher, et éditées récemment par Eike Müseler (cf. p. 752 n. 2), p. 81-113.

4. *Suppl. Hell.* 364 (= *TrGF* n° 90, p. 259 Snell ; parodie du fr. *adesp.* 392). Ce témoignage illustre bien le cosmopolitisme des Cyniques (cf. VI 63).

MÉNIPPE

99 Ménippe, un Cynique lui aussi, était phénicien d'origine, esclave, à ce que dit Achaïcos dans ses *Éthiques*. Dioclès précise que son maître était de la région du Pont et qu'il s'appelait Baton. Mais à force de vivre dans l'austérité[1] par amour de l'argent, Ménippe eut les moyens de devenir citoyen de Thèbes.

En vérité il n'offre rien de sérieux. Ses livres regorgent de moqueries et présentent des ressemblances avec ceux de son contemporain Méléagre[2].

Hermippe dit qu'il était « prêteur à la journée » et qu'on lui donna ce surnom. Il prêtait à la « grosse aventure[3] » et prenait des gages, ce qui lui permit d'amasser une fortune colossale. **100** Mais finalement, victime des malfaiteurs, il fut dépouillé de tous ses biens et, de

1. B et P^{ac} ont ἀτηρότερον δ' αἰτῶν, c'est-à-dire « mendiant de façon pernicieuse ». Reiske et Wilamowitz ont proposé de remplacer αἰτῶν par ζῶν. Je traduis le texte suivant : αὐστηρότερον (leçon de F et P^{pc}) δὲ ζῶν.

2. Ce passage fait de Méléagre, originaire lui aussi de Gadara (*ca* 100 av. J.-C.) un contemporain de Ménippe (IIIe siècle). E. Maass, *De biographis Graecis quaestiones selectae*, coll. « Philologische Untersuchungen » 3, Berlin 1880, p. 8-23, a suggéré (p. 18) que Diogène Laërce aurait commis une méprise, et se serait approprié une affirmation qui était en fait celle de sa source Dioclès de Magnésie, cité juste avant. Dioclès aurait dit : « notre contemporain Méléagre » et Diogène aurait transposé, en parlant de Dioclès : « son contemporain ». Dioclès aurait été en effet un contemporain de Méléagre, si du moins on ne se trompe pas en pensant que le Dioclès à qui Méléagre dédia sa *Couronne* (une compilation d'épigrammes), d'après *Anth. Pal.* VI 1, 3, est bien Dioclès de Magnésie. On sait d'autre part que Méléagre reconnaissait une dette envers Ménippe (*Anth. Pal.* VII 417, 4 et 418, 6). La construction de Maass reste toutefois une hypothèse assez fragile.

3. Sur ce type de prêt, voir Théophraste, *Caractères* 13 (Περὶ ἀπονοίας) et Plaute, *Epidicus* 53-54.

découragement, il mit fin à ses jours par la corde[1]. Quant à nous, nous avons plaisanté sur son compte :

> Phénicien par la race, mais chien de Crète[2],
> Prêteur à la journée – tel était son surnom –
> Ce Ménippe, tu le connais peut-être.
> A Thèbes, le jour où, victime d'une effraction,
> il perdit tous ses biens, sans réfléchir
> à ce qu'est la nature d'un chien, il se pendit.

Il y a des gens pour dire que les livres qu'on lui attribue ne sont point de lui[3], mais de Denys et de Zopyre, tous deux de Colophon[4],

---

1. Hermippe, fr. 39 Wehrli. Varron écrivit une satire sur la mort de Ménippe : la ταφὴ Μενίππου.

2. On peut se demander pourquoi ce qualificatif de Crétois. Peut-être du fait que les Crétois étaient connus dans l'Antiquité par la réputation de leurs trafiquants et de leurs pirates.

3. Même si l'authenticité des œuvres de Ménippe fut contestée dans l'Antiquité, on admet néanmoins que ce philosophe innova sur le plan littéraire : il utilisa à des fins comiques le genre de la lettre et celui du dialogue, où il mêla prose et poésie, rire et sérieux (cf. le qualificatif de *spoudogeloios* que lui attribue Strabon XVI 2, 29). Traité par Marc-Aurèle (*Pensées* VI 47) d'« acharné railleur de l'humanité », Ménippe se moquait des valeurs traditionnelles et dénonçait le côté farcesque de la comédie humaine. Son influence fut grande, non seulement sur Lucien qui était tout imprégné de ses œuvres, mais aussi sur Méléagre de Gadara, Varron qui écrivit des *Satires Ménippées*, Sénèque avec l'*Apocolocyntose du divin Claude*, Pétrone dans son *Satyricon* et Apulée dans ses *Métamorphoses*. Les nombreux dialogues de Lucien qui mettent en scène Ménippe, ou qui sont inspirés de lui, par exemple *Ménippe*, *La Nékyomancie*, *Charon*, *La Traversée* et *Les Dialogues des Morts*, doivent être utilisés avec prudence si l'on veut en tirer des conclusions sur les écrits ménippéens. Curieusement, les textes concernant Ménippe n'ont pas été rassemblés par G. Giannantoni dans ses *Socratis et Socraticorum reliquiae*. Cf. D.R. Dudley, *A History of Cynicism from Diogenes to the 6th Century A.D.*, London 1937 (rp. New York 1974), p. 69-74 ; R. Helm, *Lucian und Menipp*, Leipzig-Berlin 1906 ; H. K. Riikonen, *Menippean Satire as a Literary Genre with special reference to Seneca's Apocolocyntosis*, coll. « Commentationes Humanarum Litterarum » 83, Helsinki 1987 ; J.C. Relihan, « Vainglorious Menippus in Lucian's Dialogues of the Dead », *ICIS* 12, 1987, p. 185-206 ; *Id.*, « Menippus the Cynic in the Greek Anthology », *Syllecta Classica* 1, 1989, p. 55-61.

4. Ce sont deux disciples d'Arcésilas ; cf. *Index Academicorum*, col. XX, p. 155 de l'édition de T. Dorandi, *Storia dei filosofi. Platone e l'Academia (PHerc. 1021 e 164)*, Napoli 1991.

qui les auraient écrits ensemble pour s'amuser et les lui auraient donnés, dans l'idée qu'il était fort capable de les vendre.

101 Il y eut six Ménippe. Le premier, c'est celui qui écrivit l'histoire des Lydiens et qui résuma Xanthus[1]; le second est notre Ménippe; le troisième est un sophiste de Stratonice[2], carien d'origine; le quatrième un sculpteur[3]; le cinquième et le sixième sont des peintres[4], tous deux mentionnés par Apollodore[5].

Écrits

Pour revenir au Cynique, ses livres sont au nombre de treize:

Évocation des morts[6],

Testaments,

Lettres pleines d'esprit prêtées aux personnages divins,

Contre les physiciens, les mathématiciens, les grammairiens, les enfants d'Épicure et leur célébration de la fête du vingtième jour[7],

et d'autres ouvrages encore[8].

---

1. *FGrHist* 765 T 7. Ce Xanthus était le fils du roi Candaule. Il est cité par D. L. en I 2 et en VIII 63.

2. Ce sophiste célèbre fut un des maîtres de Cicéron (*Brutus* 316). Cf. O. Schissel, art. « Menippos » 10, *RE* XV 1, 1931, col. 893-894.

3. Cf. G. Lippold, art. « Menippos » 15, *RE* XV 1, 1931, col. 894.

4. Cf. G. Lippold, art. « Menippos » 16 et 17, *RE* XV 1, 1931, col. 894.

5. *FGrHist* 244 F 81.

6. Cet ouvrage a influencé *Ménippe ou la Nékyomancie* de Lucien.

7. Ces deux lignes pourraient découpées en deux titres ou davantage, mais la présence d'un seul πρὸς nous contraint à traduire comme s'il s'agissait d'un seul. Ce titre laisse entendre que Ménippe attaquait les Épicuriens qui, parce qu'Épicure l'avait souhaité dans son testament, célébraient, le vingtième jour de chaque mois, le souvenir du maître et de son disciple Métrodore.

8. D. L. utilise dans son livre VI la *Vente de Diogène* de Ménippe qui n'est pas citée ici, mais qui joua certainement un grand rôle dans l'élaboration de la légende diogénienne. En outre Athénée cite de Ménippe un *Banquet* (*Deipnosophistes* XIV 27) et un *Arcésilas* (*Ibid.* XIV 85) qui ne sont pas non plus mentionnés ici.

MÉNÉDÈME

102 Ménédème, élève de Colotès de Lampsaque[1]. Celui-ci, à ce que dit Hippobote[2], poussa si loin le goût du merveilleux qu'il se promenait accoutré en Furie[3], disant qu'il était monté de l'Hadès pour inspecter[4] les fautes commises et qu'il allait y redescendre pour faire son rapport aux dieux d'en-bas. Voici quel était son accoutrement : une tunique sombre qui lui tombait jusqu'aux pieds, à la taille une ceinture pourpre, sur la tête un bonnet arcadien où étaient brodés les douze signes du zodiaque, des cothurnes de tragédie, une barbe démesurément longue et à la main un bâton de frêne.

---

1. Ménédème fut le disciple de l'Épicurien Colotès, puis du Cynique Échéclès d'Éphèse (cf. VI 95). Une polémique concernant notamment la poésie et la morale éclata entre Colotès et Ménédème, dont les papyrus d'Herculanum ont conservé des extraits. Mais il est tout à fait probable, comme l'a suggéré W. Crönert, *Kolotes und Menedemos*, Leipzig 1906, p. 1-4, et à sa suite J. Mejer, *Diogenes Laertius and his Hellenistic Background*, coll. « Hermes-Einzelschriften » 40, Wiesbaden 1978, p. 22, que la section consacrée ici à Ménédème, repose en fait sur une confusion avec Ménippe. D. L. aurait noté le lemme sous la forme abrégée Μεν et cette abréviation aurait ensuite été mal interprétée. En tout cas, grâce à la notice φαίος de la *Souda*, t. IV, n° 180, p. 710, l. 13-19 Adler, on constate que l'évocation qui est faite ici du personnage devait effectivement concerner Ménippe.

2. Fr. 9 Gigante.

3. Les Furies, encore appelées Érinyes, étaient représentées au théâtre dans des costumes impressionnants.

4. Le terme ἐπίσκοπος (inspecteur) est à rapprocher de κατάσκοπος, qui signifie inspecteur, espion, observateur, éclaireur et qui intervient deux fois (en VI 17 et 18) dans les titres des œuvres d'Antisthène ainsi qu'en VI 43 dans une réplique de Diogène à Philippe de Macédoine.

DOXOGRAPHIE CYNIQUE GÉNÉRALE

103 C'étaient les biographies de chacun des Cyniques. Nous allons y ajouter les doctrines qui leur sont communes[1], car nous estimons que la philosophie cynique est elle aussi une école de pensée et pas seulement, comme le prétendent certains, une façon de vivre[2]. Ils soutiennent qu'il faut rejeter le lieu logique et le lieu physique, tout comme Ariston de Chios[3], et ne s'appliquer qu'au seul lieu éthique[4]. Et Dioclès, rapportant à Diogène une citation que certains rapportent à Socrate, lui fait dire: « Il faut chercher

1. Sur cette doxographie, voir A. Brancacci, « I κοινῇ ἀρέσκοντα dei Cinici e la κοινωνία tra cinismo e stoicismo nel libro VI (103-105) delle "Vite" di Diogene Laerzio », *ANRW* II 36, 6, Berlin 1992, p. 4049-4075.

2. Allusion probablement à Hippobote qui n'inclut pas la philosophie cynique dans la liste des αἱρέσεις (cf. I 19).

3. Cf. VII 160. En VII 161, D.L. dira qu'Ariston de Chios enseignait au Cynosarges, lieu où précisément avait enseigné Antisthène. Ariston, comme les Cyniques, soutenait la doctrine de « l'indifférence » selon laquelle, entre vertu et vice, il n'y aurait que des choses indifférentes. Cette doctrine s'oppose à la théorie des préférables de Zénon.

4. En fait D.L. reproduit ici la formulation stoïcienne de la division de la philosophie. P. Hadot, « Les divisions des parties de la philosophie dans l'Antiquité », *MH* 15, 1979, p. 201-223, a montré que les premiers à avoir employé le mot « logique » pour désigner une partie de la philosophie, celle qui comprend la dialectique et la rhétorique, étaient les Stoïciens. Les Cyniques n'ont donc probablement jamais affirmé eux-mêmes qu'ils rejetaient la logique et la physique pour ne s'attacher qu'à la seule éthique. C'est un élément de plus qui vient confirmer que cette doxographie cynique générale est marquée par un point de vue stoïcien soucieux de faire des Stoïciens les héritiers de Socrate par l'intermédiaire des Cyniques. Un autre élément est à signaler: D.L. emploie ici le mot *topos* pour désigner logique, physique et éthique. Or c'est le mot qu'employait le Stoïcien Apollodore de Séleucie dans ses *Introductions aux dogmes* (VII 39-40), alors que les autres Stoïciens parlaient d'εἴδη, de μέρη ou de γένη.

tout ce qui est arrivé de bien et de mal en ton palais[1]. »

Ils repoussent également les disciplines du cursus général[2]. Antisthène disait en tout cas que les gens parvenus à la sagesse ne devraient pas apprendre à lire[3], afin de ne pas être pervertis par les ouvrages d'autrui. **104** Ils rejettent également la géométrie, la musique et toutes les disciplines de ce type. Diogène en tout cas dit à quelqu'un qui lui montrait une horloge: « L'instrument est utile pour ne pas être en retard aux repas ». A qui faisait étalage devant lui de son habileté musicale, il dit:

> Ce sont les pensées des hommes qui permettent de bien administrer [les cités et les maisons,
> non les mélodies de la lyre ou les trilles de la flûte.

Ils soutiennent encore que la fin est de vivre selon la vertu[4], comme le dit Antisthène dans son *Héraclès*; c'est aussi l'avis des Stoïciens. Une certaine parenté unit en effet ces deux écoles de pensée. Aussi ont-ils dit que le cynisme est un raccourci vers la vertu[5]. C'est à la façon des Cyniques que vécut également Zénon de Kition[6].

105 Ils soutiennent encore qu'il faut vivre frugalement, en se contentant de la nourriture qu'on peut se procurer soi-même et du seul manteau élimé, en méprisant richesse, réputation et bonne nais-

---

1. Hom., *Od.* IV 392. Le même vers est également cité en II 21. La mention de la double attribution de cette citation d'Homère à Diogène ou à Socrate va dans le même sens que la note précédente.

2. En grec τὰ ἐγκύκλια μαθήματα. Il est probable que la notion, appliquée aux Cyniques, soit anachronique. Voir Ilsetraut Hadot, *Arts libéraux et philosophie dans la pensée antique*, Paris 1984, p. 263-293.

3. Autre traduction possible pour γράμματα μὴ μανθάνειν: ne pas apprendre la littérature (telle est l'interprétation de M. Gigante). La traduction que j'ai choisie me semble plus radicale et plus adaptée au personnage.

4. La même formule est attribuée à Apollodore de Séleucie en VII 121.

5. Cette formule est due en effet au philosophe stoïcien Apollodore de Séleucie dans son *Éthique*. Cf. M.-O. Goulet-Cazé, *L'Ascèse cynique*, p. 22-28. Le raccourci des Cyniques, fondé sur l'ascèse, s'oppose à la voie longue empruntée traditionnellement par les écoles philosophiques, qui passe par l'étude et l'acquisition des connaissances.

6. Zénon fut le disciple de Cratès. Cf. VII 2.

sance. En tout cas il y en a parmi eux qui[1] se satisfont d'herbes, d'eau toute fraîche et d'abris de fortune ou de tonneaux comme Diogène qui disait[2] que s'il appartient aux dieux de n'avoir besoin de rien, il appartient aux gens semblables aux dieux d'avoir des besoins limités[3].

Ils soutiennent encore que la vertu peut s'enseigner[4], comme le dit Antisthène dans son *Héraclès,* et qu'une fois acquise on ne peut la perdre. Le sage mérite d'être aimé[5], il ne commet pas de faute, il aime son semblable et ne s'en remet en rien à la fortune. Ce qui est intermédiaire entre la vertu et le vice, ils le disent indifférent, tout comme Ariston de Chios[6].

Transition

Voilà pour les Cyniques. Il nous faut passer aux Stoïciens dont Zénon, qui fut l'élève de Cratès[7], inaugura la lignée.

---

1. Face à la leçon des manuscrits : ἔνιοι (F) ou ἔνιοι τε (BP), Reiske propose ἐνίοτε qui aurait plus de sens ici : « en tout cas parfois il se satisfont ... ».
2. Le jeu des temps dans ce passage (présent, puis imparfait quand il s'agit de Diogène) inviterait à penser que le début se rapporte à des Cyniques de l'époque de Diogène Laërce, alors que la fin renverrait au cynisme primitif.
3. Cf. Dion Chrysostome, *Discours* VI 31.
4. Cf. VI 10
5. Cf. VI 12.
6. Cf. VII 160.
7. Cf. VII 2. Cette phrase indique nettement que la succession du livre sur le cynisme et du livre sur le stoïcisme obéit à la perspective mûrement réfléchie d'une *diadochè* Cyniques > Stoïciens.

Notes complémentaires (livre VI)

1. L'interprétation traditionnelle de ce passage, à laquelle se conforme la présente traduction, y voit une définition du concept. Si cette interprétation est juste, on a affaire ici à Antisthène philosophe. C'est ainsi qu'Alexandre d'Aphrodise, *In Top.* 101 b 39, p. 42, 13 Hayduck, comprenait la définition du *logos* par Antisthène et qu'il voyait dans l'usage que fait Antisthène de l'imparfait ici un élément qui sera repris par les Stoïciens. Michel Patillon m'a cependant suggéré une autre interprétation, très séduisante il faut le dire : elle comprend λόγος au sens de discours rhétorique, le discours rhétorique étant ce qui exprime ce qui était ou ce qui est. Selon cette interprétation, la définition serait le fait d'Antisthène disciple de Gorgias. Toutes les remarques qui suivent sont dues à M. Patillon. Celui-ci appuie son interprétation sur un passage de la *Rhétorique* d'Aristote (I 1, 1354 b 13-14) où le philosophe remarque que c'est aux décideurs et non aux orateurs qu'il appartient d'apprécier si un fait a été ou n'a pas été, sera ou ne sera pas, est ou n'est pas (γεγονέναι ἢ μὴ γεγονέναι, ἢ ἔσεσθαι ἢ μὴ ἔσεσθαι, ἢ εἶναι ἢ μὴ εἶναι). Le discours de l'orateur apporte seulement les éléments qui peuvent influencer cette décision, c'est-à-dire qu'ils démontrent qu'un fait a été ou n'a pas été, sera ou ne sera pas. La tradition coraxienne déjà remarquait que la narration dans le délibératif comporte nécessairement l'exposé ou le rappel des faits passés, ou la présentation fractionnée des faits présents, ou l'annonce des faits à venir *(Rhétorique à Alexandre* 1438 a 3-6). Le fait que Corax soit antérieur à Antisthène n'est pas un obstacle, souligne Michel Patillon, dans la mesure où ce qu'on lit dans la dernière partie de la *Rhétorique à Alexandre* est moins un traité de Corax lui-même qu'une élaboration de sa doctrine, dans un traité mis sous son nom. En tout cas, quelle que soit l'époque où le texte de Corax a été recueilli, l'ancienneté de la doctrine n'est pas douteuse. Sur l'emploi ancien du terme λόγος pour désigner le discours rhétorique, avant que les théoriciens introduisent le terme ῥητορική, voir Edward Schiappa, « Rhêtorikê: what's in a name ?: toward a revised history of early Greek rhetorical theory », *Quarterly Journal of Speech* 78, 1992, p. 1-15 : « Prior to the coining of ῥητορική, λόγος was the key term thematized in the texts and fragments we generally assign to the 5th. cent. BC history of the rhetorical theory. The texts and fragments concerning λόγος suggest important differences between the way the art of the discourse was conceptualized before and after the coining of ῥητορική. Prior to the coining of this term, the verbal arts were understood as less differentiated and more holistic in scope than they were in the 4 th cent., and the teaching associated with λόγος shows considerably less tension between goals of seeking success and seeking the truth than is the case once rhetoric and philosophy were defined as distinct disciplines. »

2. Pour une étude complète sur le gymnase de Cynosarges, voir Marie-Françoise Billot, « Antisthène et le Cynosarges dans l'Athènes des Ve et IVe siècles », dans M-O. Goulet-Cazé et R. Goulet (édit.), *Le Cynisme ancien et ses prolon-*

gements, p. 69-116; *Ead.*, « Le Cynosarges. Histoire, mythes et archéologie », dans *DPhA* II, Paris, p. 917-966; *Ead.*, « Le Cynosarges, Antiochos et les tanneurs. Question de topographie », *BCH* 116, 1992, p. 119-156. Cynosarges était situé hors les murs, au sud d'Athènes, pas très loin de l'Illissos. Sur ce lieu-dit qui, déjà au début du Ve siècle, comportait un célèbre *Héraklion*, avait été aménagé un gymnase destiné aux *nothoi.* On désignait ainsi à la fois la catégorie ancienne de ceux qui étaient nés d'une union libre entre Athéniens, d'un adultère ou d'une union illégitime avec une esclave ou une prostituée, et la catégorie plus récente de ceux qui étaient nés du mariage d'un citoyen et d'une femme libre, mais étrangère, autrement dit les *mètroxénoi*. M.-F. Billot (« Antisthène et le Cynosarges », p. 79) explique qu'à l'époque d'Antisthène ceux qui « fréquentaient Cynosarges appartenaient surtout, sinon même exclusivement, à la catégorie la plus récente ». Avant d'enseigner à Cynosarges, Antisthène avait dû s'y entraîner dans sa jeunesse; on sait aussi que le philosophe stoïcien Ariston de Chios y enseigna également vers 250 av. J.-C. (D.L. VII 161). En revanche à aucun moment Diogène et les Cyniques ne sont associés à ce lieu.

3. La datation, l'origine, la structure et les titres de ce catalogue ont été étudiés dans le détail par A. Patzer dans *Antisthenes der Sokratiker. Das literarische Werk und die Philosophie, dargestellt am Katalog der Schriften* [Teildruck] (Diss), Heidelberg 1970, 277 p., qui a donné une édition critique du texte du catalogue. C'est ce texte de Patzer que j'ai choisi de traduire; quand il diffère de l'édition Long, je le signale. Pour Patzer la source de Diogène Laërce est probablement un Stoïcien du IIe ou du Ier siècle av. J.-C. Il dégage du catalogue laërtien la structure suivante : « rhetorisch » (t. I), « ethisch/politisch » (t. II, III, IV, V), « dialektisch/ontologisch » (t. VI, VII), « Poetologisch » (t. VIII, IX), « ethisch/politisch » (t. X). Il range les neuf premiers tomes sous la rubrique γνήσια et le dixième sous la rubrique ἀμφισβητούμενα. Concernant ce tome X, F. Susemihl, « Der Idealstaat des Antisthenes und die Dialoge Archelaos, Kyros und Herakles », *JKPh* 135, 1887, p. 207-214, et plusieurs savants jusqu'à Patzer, s'appuient sur D. L. II 61 où le *Petit Cyrus* et l'*Héraclès Mineur* sont présentés comme écrits frauduleusement par Eschine, pour mettre en cause l'authenticité des écrits appartenant à ce tome. Giannantoni, *SSR*, t. IV, note 25, p. 236-238, interprète différemment le passage et admet l'authenticité des écrits de ce dernier tome. On trouvera dans le tome IV des *SSR*, de la page 235 à la page 354, une mise au point très précieuse sur tout ce que l'on sait concernant chaque titre d'Antisthène et le contenu de chaque ouvrage. De même A. Brancacci, *Oikeios Logos. La filosofia del linguaggio di Antistene*, coll. « Elenchos » 20, Napoli 1990, p. 17-41, étudie de près le catalogue des œuvres d'Antisthène et commente les titres des œuvres logico-dialectiques des tomes VI et VII. Nous ne mentionnons pas ici les nombreux problèmes textuels, souvent très complexes, posés par ce catalogue de titres. On voudra bien à cet égard se reporter à Patzer et Giannantoni.

4. Wyttenbach (cf. F. W. A. Mullach, *Fragmenta Philosophorum Græcorum* II, 1867, p. 270), avait proposé de corriger « Désias » en Lysias. Mais tous les manuscrits offrent la leçon Δεσίας. Il vaut donc mieux, à la suite de Pohlenz,

« Antisthenicum », *Hermes* 42, 1907, p. 157-159, considérer que Δεσίας (littéralement : « celui qui délie ») est une parodie de Λυσίας (celui qui lie ») et que Ἰσογράφης en est une d'Ἰσοκράτης. Sur les problèmes complexes que pose ce titre, voir Patzer, p. 218-226 et 228-234. Selon Patzer, Ἰσογράφης ne ferait pas allusion au style isocolique de la prose, mais il signifierait que quelqu'un écrit la même chose ou de la même façon qu'un autre, donc que quelqu'un est un copieur. Le mot Δεσίας aurait aussi un aspect de plaisanterie polémique. En termes juridiques, c'est celui qui est arrêté par opposition à Λυσίας, celui qui est libéré. D'une certaine façon le nom de Lysias est une excellente publicité pour celui qui le porte, dans la mesure où le métier de Lysias est de défendre des gens qui sont accusés ou condamnés. En transformant ce nom en Désias, Antisthène plaisante. Reste à expliquer ἢ Ἰσοκράτης. Ou on le supprime, comme F. Caizzi, ou on suppose, comme A. Patzer (p. 226) que c'est le reste d'un second titre destiné à expliciter le premier, mais dont la fin: καὶ Λυσίας aurait sauté. Alors que Long a choisi comme texte Ἰσογραφὴ ἢ Λυσίας καὶ Ἰσοκράτης, Patzer, que nous traduisons, écrit: Ἰσογράφη<ς> καὶ Δεσίας ἢ Ἰσοκράτης, qu'il faut prolonger par un καὶ Λυσίας aujourd'hui disparu, ce qui expliquerait les multiples problèmes d'interprétation que nous connaissons.

5. Cf. M.-O. Goulet-Cazé, « Un syllogisme stoïcien sur la loi dans la doxographie de Diogène le Cynique. A propos de Diogène Laërce VI 72 », *RhM* 125, 1982, p. 214-240. Dans cet article, j'ai essayé de montrer que derrière ce raisonnement particulièrement condensé se cachait tout un arrière-plan stoïcien de discussion sur la loi et la cité qu'il est possible de reconstituer grâce à plusieurs textes abordant la même thématique dus à Cicéron, Diogène Laërce ou Stobée. L'argumentation peut être ainsi reconstituée en deux étapes : A. 1. Ce qui est moralement beau est utile (D. L. VII 94). 2. Mais *sans la cité ce qui est moralement beau est inutile* (D. L. VI 72). 3. Car la cité est l'institution qui permet que soit rendue la justice et que l'homme juste soit défendu (Stobée II, p. 103, 14-15 Wachsmuth). 4. Or, ce sans quoi ce qui est moralement beau n'existe pas est nécessairement moralement beau (Cicéron, *De legibus* II 12). 5. *Donc, la cité est une réalité moralement belle* (D. L. VI 72 et Stobée II, p. 103, 17). B. 1. *Sans la loi, la cité est inutile* (D. L. VI 72). 2. Car la loi prescrit ce que l'on doit faire et interdit ce que l'on ne doit pas faire (Stobée II, p. 96, 10-12). 3. Or, si la cité est inutile, elle n'est pas une réalité moralement belle (en vertu de A 1). 4. *Donc la loi* qui est nécessaire à la cité pour que celle-ci soit une réalité moralement belle, *est elle-même une réalité moralement belle* (D. L. VI 72 et Cicéron, *De legibus* II 12). A mes yeux le raisonnement ne serait pas cynique, mais stoïcien. M. Schofield, *The Stoic Idea of the City,* Cambridge 1991, notamment aux pages 132-140, comprend différemment le passage : le syllogisme serait bien de Diogène qui aurait voulu faire concéder à son interlocuteur que la loi est non naturelle, donc qu'elle est sans valeur, mais le doxographe stoïcisant qui attribue la doctrine à Diogène, aurait compris à tort que Diogène faisait lui-même un éloge de la loi. De son côté , M. Patillon propose : « Sans la cité, l'urbanité est inutile ; or la cité c'est l'urbanité ; mais sans la cité la loi est inutile ; donc la loi

c'est l'urbanité. » Et il voit là un sophisme assimilant les rapports sociaux et la loi.

6. Cf. VI 30.36. Faut-il identifier ce Xéniade avec le personnage mentionné par Sextus Empiricus, *Adv. Math.* VII 48 et 53 ? A. N. Zoumpos, *Zu Xeniades von Korinth,* Athènes 1957, p. 2, et «Zwei Nachrichten über Xeniades von Korinth», *ZAnt* 10, 1960, p. 16, pense que oui. Le Xéniade, évoqué selon Sextus par Démocrite, soutenait que n'existe aucun critère de la vérité et que toute représentation et toute opinion sont fausses. Sur ce philosophe, voir J. Brunschwig, « Démocrite et Xéniade », *Proceedings of the 1st. International Congress on Democritus (Xanthi 6-9 October 1983),* Xanthi 1984, p. 109-124, qui n'exclut pas l'identité des deux Xéniade (p. 110 n. 4), mais suggère aussi que le Xéniade de Sextus pourrait être le grand-père de celui de Diogène Laërce, l'homonymie entre grand-père et petit-fils étant un phénomène assez fréquent.

LIVRE VII

Introduction, traduction et notes

par Richard GOULET

INTRODUCTION

Le livre VII est consacré aux philosophes de l'école stoïcienne. Dans le schéma des Successions de philosophes présenté en I 13-15, Diogène Laërce voit en Chrysippe l'un des points d'aboutissement de l'école ionique, issue de Thalès de Milet et d'Anaximandre[1]. Une succession directe est établie de Socrate à Chrysippe à travers les relais suivants : Socrate, Antisthène, Diogène le Chien, Cratès de Thèbes, Zénon de Kition et Cléanthe.

Bien qu'il soit le plus long de l'ouvrage, le livre VII est loin d'être complètement conservé. Il s'interrompt en effet au beau milieu du Catalogue des écrits de Chrysippe et devait comprendre au minimum encore un grand nombre d'écrits « éthiques » et l'ensemble des écrits «physiques». Malgré le schéma du prologue, Chrysippe n'était pourtant pas le dernier Stoïcien traité dans ce livre. Une table des matières conservée dans certains manuscrits[2] montre en fait que le livre VII descendait dans la tradition stoïcienne bien au-delà de Chrysippe, puisqu'il traitait de vingt autres philosophes stoïciens, scholarques ou autres, dont le dernier était Cornutus qui vécut à Rome au Ier siècle de notre ère.

En plus de Zénon, le fondateur de l'école, et des deux premiers scholarques, Cléanthe et Chrysippe, le livre VII nous fait connaître

1. Sur le remplacement de Thalès par Anaximandre comme fondateur de l'école ionique chez Diogène Laërce, voir l'Introduction au livre I, p. 47-51.

2. La table des matières est conservée dans le *Parisinus graecus* 1759 (et ses copies). Elle a été éditée par V. Rose, « Die Lücke im Diogenes Laërtius und der alte Übersetzer », *Hermes* 1, 1866, p. 367-397, en particulier p. 370-372 (d'après le *Laurentianus* 69.35, fol. 1[rv], un descendant tardif du *Parisinus*), et par E. Martini, « Analecta Laertiana, I », *LS* 19, 1899, p. 86 (d'après le *Parisinus* lui-même, fol. 1[rv]). Sur cette liste, voir récemment T. Dorandi, « Considerazioni sull'*Index locupletior* di Diogene Laerzio », *Prometheus* 18, 1992, p. 121-126.

quelques disciples – certains hétérodoxes – de Zénon et de Cléanthe. Ces philosophes ne font pas l'objet d'une *vie* distincte, mais sont traités dans le cadre de la vie des scholarques de l'école. Diogène Laërce annonce ainsi, en VII 37, qu'il parlera de Sphaïros à l'intérieur de sa *Vie de Cléanthe.* La liste indistincte de l'*Index locupletior* devait masquer une semblable distinction entre chefs d'école et philosophes secondaires.

S'il n'est pas facile d'identifier les sources immédiates de la composition de ce livre, il importe de reconnaître la qualité de la documentation sur laquelle repose ultimement la tradition biographique. Apollonius de Tyr, cité à plusieurs reprises, avait ainsi écrit, sans doute au Iᵉʳ siècle avant J.-C., un *Répertoire des philosophes de l'école de Zénon et de leurs écrits*[1]. Les listes des écrits des philosophes stoïciens, notamment la longue liste systématique des écrits de Chrysippe, sont sans doute empruntées, directement ou indirectement, à des ouvrages érudits analogues.

Le décret athénien[2] en l'honneur de Zénon de Kition (10-12) est fort probablement un document original du IIIᵉ siècle av. J.-C., même s'il porte les traces d'un remaniement littéraire qui a peut-être fusionné deux décrets analogues concernant Zénon.

En revanche, les lettres échangées entre le roi Antigone Gonatas et Zénon présentent tous les signes de la production pseudépigraphique. Elles sont dites empruntées à Apollonius de Tyr (6).

La vie de Zénon contient de nombreuses anecdotes empruntées à un biographe de première valeur : Antigone de Caryste qui a sans doute connu personnellement Zénon dans sa jeunesse. Des parallèles chez Athénée montrent que Diogène n'a pas toujours reconnu explicitement tous ses emprunts à cette source[3].

Malgré la qualité de ces sources biographiques qui ont su parfois nous transmettre des reparties ou des attitudes qui révèlent le caractère des personnages, il faut reconnaître que Diogène ne fournit que peu de renseignements objectifs sur la vie des premiers scholarques stoïciens. Sur ce point, une étude prosopographique ne trouve pas

---

1. Cf. *DPhA* A 286. L'ouvrage est connu grâce à Strabon XVI 2, 24, p. 757 C.
2. Voir P. J. Rhodes, *The Athenian Boule,* Oxford 1972.
3. Cf. T. Dorandi, « Prolegomeni per una edizione dei frammenti di Antigono di Caristo. III », *ZPE* 106, 1995, p. 61-90, notamment p. 83.

beaucoup plus de renseignements dans la consultation des autres sources anciennes, fût-ce dans les vestiges papyrologiques de l'*Histoire des Stoïciens* de Philodème de Gadara[1].

Zénon était originaire de Kition sur l'île de Chypre (1) et, bien qu'il ait vécu à Athènes la plus grande partie d'une longue vie, il ne renonça jamais à sa citoyenneté originelle au profit du droit de cité athénien[2]: sur une stèle où Athènes, reconnaissante pour sa contribution à la restauration des bains publics, voulait honorer «Zénon le philosophe», il exigea que l'on portât : «de Kition» (12). Il semble avoir commencé sa carrière professionnelle comme son père, Mnaséas (ou Dèméas), marchand de pourpre phénicienne (2, 5, 31). L'une des versions de sa conversion à la philosophie évoque un naufrage survenu près du Pirée et la perte de sa cargaison (2). Mais d'autres circonstances, plus ou moins facilement conciliables avec la première, sont mentionnées: la consultation de l'oracle de Delphes (2) ou l'audition des *Mémorables* de Xénophon dans la boutique d'un libraire à Athènes (2-3). Plus prosaïquement, une autre version enseigne que Zénon débarqua en Grèce avec 1000 talents qu'il plaça dans des affaires maritimes (13). Cet investissement de Zénon dut libérer pour le reste de ses jours les loisirs nécessaires à l'exercice de la philosophie. La conversion ne fut d'ailleurs peut-être que le point d'aboutissement d'une lente découverte, puisque le père de Zénon l'avait nourri depuis son enfance de la lecture des écrits des Socratiques qu'il rapportait de ses voyages à Athènes (31).

Son premier maître fut Cratès de Thèbes (2-3) que l'on peut tenir responsable de toute une part cynique de la pensée et de l'œuvre de Zénon, notamment sa *République,* «écrite sur la queue du Chien» (4 et 32-34), dont Philodème, au Iᵉʳ siècle avant J.-C., pouvait encore apprécier la proximité doctrinale par rapport à l'ouvrage de Diogène le Cynique qui portait le même titre[3]. Mais, choqué par l'impudeur

1. Cf. *Filodemo, Storia dei filosofi. La Stoà da Zenone a Panezio (PHerc. 1018).* Edizione, traduzione e commento a cura di Tiziano Dorandi, coll. « Philosophia Antiqua » 60, Leiden 1994, XVI-189 p.

2. Comp. Plutarque, *De Stoic. repugn.* 4, 1034 a (*SVF* I 26 = fr. 125 Hülser) qui prête un comportement semblable à Cléanthe.

3. Cf. l'édition, traduite et commentée, du papyrus par T. Dorandi, « Filodemo. Gli Stoici (PHerc. 155 e 339) », *CronErc* 12, 1982, p. 91-133.

de Cratès, il se serait ultérieurement tourné vers Stilpon (2 et 24) et Xénocrate (2). On lui prête également des études chez Polémon l'académicien (2 et 25), successeur de Xénocrate, et Diodore Cronos (16 et 25). Selon les sources, Zénon serait arrivé à Athènes à l'âge de 22 (Persaios en VII 28) ou 30 ans (2) et il aurait étudié chez ces divers maîtres dix (2) ou vingt ans (4).

Après cette période de formation qu'il est donc difficile de dater avec exactitude, Zénon « exerça la philosophie » (10) à Athènes le reste de son existence en offrant aux jeunes gens qui se confiaient à lui l'exemple d'une vie conforme à ses enseignements, ainsi que l'en remercie un décret athénien que Diogène Laërce a cité (10-12). Il enseignait en déambulant dans la Stoa Poikilè (5), au nord de l'agora, d'où vient que ses disciples, d'abord appelés « zénoniens » au témoignage d'Épicure, furent par la suite appelés « Stoïciens » (5). Rien ne suggère dans les témoignages biographiques une institution scolaire qui ait dépassé l'activité personnelle de Zénon dans ce lieu public ou ait survécu à sa disparition. On verra plus loin que le second successeur, Chrysippe, enseignera pour sa part dans l'Odéon (VII 184) et au Lycée (VII 185).

Zénon dut exercer par son enseignement une influence déterminante sur plusieurs générations de l'élite athénienne des premières décennies du IIIe siècle avant J.-C. Vers la fin de sa vie, Athènes l'honora en lui confiant les clefs de la cité et en lui offrant une couronne d'or (6). A sa mort, que Philodème permet de dater sous l'archontat d'Arrhénidès en 262/1[1], elle vota l'érection d'une statue de bronze à l'effigie de Zénon[2] et l'édification aux frais de l'État (6) d'un tombeau au Céramique (11 et 29). Sa ville natale aurait également élevé une statue en l'honneur du philosophe (6). La figure de Zénon devint rapidement, et peut-être déjà de son vivant, une figure bien connue de la comédie attique qui honorait en s'en moquant,

1. Philodème, *De Stoicis* V 9-14 Dorandi (= Apollodore, *FGrHist* 244 F *44). Cf. T. Dorandi, *Ricerche sulla cronologia dei filosofi ellenistici*, coll. « Beiträge zur Altertumskunde » 19, Stuttgart 1991, chap. 5 : *Zenone di Cizio e Cleante di Asso*, p. 23-28.

2. Pausanias (*SVF* I 36b) vit encore à l'Académie une statue de Zénon et une autre de Chrysippe.

comme le dit si bien Diogène Laërce, ses vertus d'endurance, de frugalité, de gravité, d'indépendance (27).

Zénon jouissait de l'amitié du roi de Macédoine, Antigone Gonatas, alors maître d'Athènes (6, 13, 15), qu'il accompagnait parfois pour faire la fête... (13). Il reçut certes des sommes d'argent importantes du prince (15), mais se refusa à exploiter cette amitié à son profit, comme l'y poussait Démocharès, fils de Lachès (14). On ne peut manquer de constater que l'Athénien qui proposa le décret honorifique en faveur de Zénon, un certain Thrasôn d'Anacée (10), est présenté ailleurs comme le délégué d'Antigone (15). Mais de là à faire de Zénon un collaborateur de l'occupant macédonien, il y a un pas que rien n'invite à franchir, et cela d'autant moins que des disciples de Zénon choisiront des orientations politiques fort différentes : Chrémonidès[1], dont Zénon fut un jour épris (17), donna son nom à une guerre, dirigée contre la Macédoine, qu'il avait fait voter à Athènes (267-262) et Sphaïros du Bosphore s'illustra auprès de Ptolémée Philopator à Alexandrie (177). Pour sa part, Zénon semble avoir un jour traité de haut des envoyés de Ptolémée (24).

S'étant cassé le doigt (ou le gros orteil) en tombant au sortir de l'école, il y vit un signe du destin et se laissa mourir de faim (31) ou en retenant sa respiration (28), si cela se peut faire...

On connaît plusieurs des disciples de Zénon. Outre Cléanthe qui étudia dix-neuf ans auprès de lui et prit sa succession, Diogène Laërce mentionne Persaios de Kition, qui partageait la demeure de Zénon et était sans doute son serviteur, Ariston de Chios, Hérillos de Carthage, Denys d'Héraclée et Sphaïros qui fut aussi disciple de Cléanthe. A la suite d'Hippobote, il cite encore: Philonidès de Thèbes, Callippe de Corinthe, Posidonius d'Alexandrie, Athénodore de Soles et Zénon de Sidon (38).

On peut donc se faire une idée générale de la carrière athénienne de Zénon. Le plus difficile est de mettre des dates, au moins approximatives, sur ces données biographiques. Le seul point fixe, sinon incontesté, est la date de la mort de Zénon que Philodème

1. Cf. F. Sartori, « Cremonide : un dissidio fra politica e filosofia », dans *Miscellanea A. Rostagni*, Torino, 1963, p. 117-151, et C. Guérard (et J.-M Flamand), art. « Chrémonidès d'Athènes », C 114, *DPhA* II, p. 318-319.

situe sous l'archontat d'Arrhénidès[1]. Après quelques hésitations, les historiens ont situé cet archonte en 262/1[2]. On a vu que c'est l'année du décret honorifique en faveur de Zénon (10). On considère généralement que le texte cité par Diogène amalgame deux décrets différents : le décret daté de l'archontat d'Arrhénidès et donc voté à la mort de Zénon concernerait la statue de bronze et le tombeau au Céramique. Un autre décret, sans doute légèrement antérieur, décernerait une couronne d'or, hommage qui convenait davantage à un vivant.

Les autres données chronologiques sont beaucoup moins fiables. En tout cas elles sont contradictoires entre elles ; certaines peuvent reposer sur des approximations comme s'en permettaient les chronographes tels Apollodore d'Athènes et d'autres avoir été déduites des premières approximations... Ainsi, selon certaines sources, Zénon serait mort à l'âge de 98 ans (28). Apollonios de Tyr, grand expert de l'histoire du stoïcisme comme on l'a vu, prétendait que Zénon avait dirigé son école pendant cinquante-huit ans (28). On voudrait bien accepter une carrière professorale aussi longue, si ce chiffre n'entraînait pas comme conséquence de faire commencer l'enseignement de Zénon en 321/0, à l'âge de 40 ans, qui est, comme on le sait, l'âge où Apollodore situait le *floruit* des personnalités dont il ne connaissait pas les dates exactes. Si l'on fait précéder cette période par dix ou vingt années de formation à Athènes chez Cratès, Xénocrate, Stilpon, Polémon et Diodore, cités dans le désordre, l'arrivée à Athènes devrait être datée en 341/0 (à 20 ans) ou 331/0 (à 30 ans). Dans cette construction, qui vaut ce qu'elle vaut, on peut intégrer un dernier élément: dans une lettre, probablement pseudépigraphe, mais non pour autant coupée de toute information véridique concernant la carrière de Zénon, le philosophe refuse une invitation à la cour d'Antigone en prétextant de son grand âge. Il aurait eu alors 80 ans (8-9). On peut imaginer que dans l'esprit de l'auteur de cette lettre fictive, l'échange épistolaire, dans lequel Anti-

---

1. Voir p. 778 note 1.
2. Cf. T. Dorandi, *Ricerche*, p. 23-28. Mais cette datation est à nouveau remise en cause par F. Lefèvre, *BCH* 119, 1995, p. 208, et D. Knoepfler, *ibid.*, p. 159, qui considèrent qu'elle contredit la chronologie des inscriptions de Delphes.

gone invite Zénon à venir l'instruire lui-même et, par son intermédiaire, tous ses sujets (7), se situait au début du règne d'Antigone qui régna de 283 à 239[1].

Mais Persaios (en VII 28), le disciple et le serviteur de Zénon, donnait des dates différentes. Zénon serait mort à 72 ans (et non à 98 ans) et il serait arrivé à Athènes dès l'âge de 22 ans (et non de 30 ans). Dans les cinquante années athéniennes de Zénon, il faudrait donc placer dix ou vingt années de formation et trente ou quarante années d'enseignement (à comparer avec les cinquante-huit années d'Apollonios de Tyr). Mort en 262/1, Zénon serait alors arrivé à Athènes en 312/1.

Il est bien difficile de choisir entre ces deux reconstructions qui ne sont évidemment pas les seules possibles. On ne pouvait pas être plus proche de Zénon que Persaios. L'érudit qu'était Apollodore devait essayer de glaner un maximum de renseignements positifs avant de s'aventurer dans les approximations nécessaires pour combler les lacunes de sa *Chronographie.* Quant à Apollonios de Tyr, il semble avoir mis à profit une documentation de haute qualité pour rédiger son *Répertoire des philosophes de l'école de Zénon et de leurs écrits.* On ne peut donc qu'enregistrer tous ces témoignages sans trop espérer pouvoir les concilier. Constatons tout de même que la datation de Persaios exclut la possibilité que Zénon ait pu suivre l'enseignement de Xénocrate, scholarque de 339 à 314.

La *Vie de Cléanthe* est encore plus avare de données biographiques précises. Cléanthe, fils de Phanias, était originaire d'Assos, où Aristote avait séjourné trois ans à partir de 348/7. Ancien boxeur (tout comme Chrysippe s'exerça d'abord à la course de fond...), il reconnaissait lui-même son peu de dispositions naturelles pour les études. De plus il était très pauvre, étant arrivé à Athènes avec cinq drachmes en poche (168), à comparer aux 1000 talents dont aurait disposé Zénon à son arrivée (13). Pour payer ses études, ne fût-ce que l'obole que Zénon exigeait de lui, et plus généralement gagner sa vie, il exécutait la nuit des « petits boulots » qui lui permettaient

1. Le passage du *De Stoicis* qui situe la mort de Zénon sous l'archontat d'Arrhénidès (V 9) date cet événement trente-neuf ans et trois mois après l'archontat de Cléarque que l'on situe en 301/0. Malheureusement l'événement de la vie de Zénon intervenu sous cet archonte Cléarque n'est pas identifié.

d'étudier durant le jour (168-169). Il aurait étudié dix-neuf ans auprès de Zénon (176), avant de lui succéder, soit de 281/0 à 262/1. C'est davantage comme disciple de Zénon que comme maître que Cléanthe apparaît dans la tradition biographique. Il est donc difficile de se représenter ce que pouvait être l'école stoïcienne à l'époque de Cléanthe. Il aurait été le maître de Sphaïros (177), ancien élève de Zénon, et aussi d'Antigone Gonatas qui lui aurait un jour donné 3000 drachmes (169). On le voit conduire les éphèbes au spectacle (169) et les moqueries que le poète comique Sosithéos avaient insérées dans une pièce jouée en présence de Cléanthe (173) montrent que ce dernier était une figure connue à Athènes. Il se serait laissé mourir de faim (176). Selon Diogène, il serait d'ailleurs mort au même âge que Zénon (176). Lequel des deux âges déjà indiqués: 72 ou 98 ans? Diogène a oublié de nous le dire.

C'est chez Philodème qu'il faut glaner les détails chronologiques qui manquent à cette biographie. Cléanthe serait né sous l'archontat d'Aristophane en 331/0[1] et mort sous l'archontat de Jason[2], aujourd'hui daté de 230/29, après avoir dirigé l'école pendant trente-deux ans. Si ces chiffres sont justes, Cléanthe serait donc mort à 101 ans et, s'il faut en croire Diogène Laërce, Zénon aussi. Or, il se trouve qu'un passage du *De Stoicis* de Philodème semble attribuer effectivement cet âge à Zénon lors de sa mort[3].

Diogène Laërce donne encore moins de données objectives, s'il se peut, sur la vie de Chrysippe, ce qui est peut-être la conséquence d'une vie entièrement consacrée à la recherche et à la production d'une œuvre philosophique gigantesque. La seule donnée chronologique ferme est le témoignage de la *Chronologie* d'Apollodore d'Athènes (184), selon lequel Chrysippe serait mort au cours de la

1. Philodème, *Index Stoicorum*, col. XXIX 1-2, p. 82 Dorandi.

2. *Ibid.* col. XXVIII, 9-11, p. 80 Dorandi. Cf. Dorandi, *Ricerche*, p. 23-28, où l'on corrigera, au bas du texte de la p. 24, « Arrenide, il *predecessore* di Antipatro » en *successore* (comp. p. 25 n. 1).

3. Le *De Stoicis* de Philodème rapporte en effet, dans un passage assez détérioré, que d'autres sources attribuaient 101 ans à Zénon à sa mort (V 9). Voir T. Dorandi, « Filodemo, Gli Stoici (PHerc. 155 e 339) », *CErc* 12, 1982, p. 91-133, notamment p. 111 et n. 89.

143e Olympiade[1], soit entre 208/7 et 205/4, à l'âge de 73 ans. Si cette information est exacte, sa naissance devrait être située entre 281/0 et 278/7.[2]

Chrysippe était originaire de Soles (en Cilicie). Selon Strabon[3], son père, Apollonios (179) ou Apollonidès[4], venait de Tarse, ce qui pourrait expliquer qu'Alexandre (Polyhistor) dans ses *Successions* ait fait de Chrysippe un citoyen de cette ville (179). Contrairement à Zénon et à Cléanthe qui refusèrent la citoyenneté athénienne par fidélité à leur patrie d'origine, selon Antipatros[5], Chrysippe l'accepta, mais ne semble pas avoir joué de rôle politique important à Athènes.

En. VII 179, Diogène rapporte qu'avant de se convertir à la philosophie – peut-être à la suite de la confiscation par « le roi » du patrimoine qu'il avait reçu en héritage, s'il faut en croire Hécaton de Rhodes (181) – Chrysippe « s'entraînait à la course de fond », tout comme Cléanthe (168) était boxeur à l'origine.

Il n'est pas chronologiquement impossible que Chrysippe ait pu suivre, comme le prétend Diogène Laërce, les enseignements de Zénon (179), car, à la mort du fondateur de la Stoa, en 262/1, Chrysippe avait entre 15 et 20 ans. Mais Diogène reconnaît que Dioclès (de Magnésie) et d'autres sources attribuent à Cléanthe la première formation philosophique de Chrysippe. En tout cas, Chrysippe n'est pas mentionné dans la liste des élèves de Zénon conservée en VII 37-38.

Un apophtegme (182) laisse entendre qu'en suivant Cléanthe Chrysippe se démarquait de la foule des étudiants, qui préféraient à l'époque l'enseignement d'Ariston de Chios au Cynosarges (161).

---

1. Le passage résulte d'ailleurs d'une correction des éditeurs d'après la *Souda* : κατὰ τὴν τρίτην καὶ τετταρακοστὴν <καὶ ἑκατοστὴν> Ὀλυμπιάδα.

2. Il faut toutefois noter que le Pseudo-Lucien, *Macrob.* 20 (*SVF* II 1), lui attribue 81 ans à sa mort et que, selon Valère Maxime, VIII 7 ext. 10 (*SVF* II 19), le philosophe aurait commencé le 39e tome de ses Λογικά alors qu'il était âgé de 80 ans. Il s'agissait peut-être du dernier des 39 livres de « recherches logiques » signalés à la fin de la section du catalogue des œuvres de Chrysippe relative à la logique (VII 198).

3. XIV, 671 C. (*SVF* II 1a)

4. *Souda* X 568 ; t. IV, p. 830, 22 Adler.

5. Plutarque, *De Stoic. repugn.* 4, 1034 a.

Ses rapports avec Cléanthe n'allaient pas sans conflits, qui l'amenaient à s'éloigner des vues des deux premiers scholarques, non sans mauvaise conscience d'ailleurs (179). Il aurait manifesté le souhait qu'on lui enseignât les doctrines de l'école sans les démonstrations (ἀποδείξεις), qu'il se chargeait d'élaborer sur nouveaux frais... Ce souci d'indépendance intellectuelle – confirmé par l'existence d'un traité d'Antipatros de Tarse *Sur la différence (doctrinale) entre Cléanthe et Chrysippe*[1] – l'aurait amené à se séparer de son maître (Cléanthe, ou Zénon si l'on conçoit la mention de Cléanthe en 179 comme une incise) du vivant de celui-ci (ἔτι τε ζῶντος ἀπέστη αὐτοῦ), provisoirement peut-être. On rappelle ailleurs (185) que Chrysippe tint école au gymnase du Lycée, en plein air. Cette prise de distance, à une époque où le stoïcisme venait de connaître d'autres sécessions (Hérillos, Ariston, Denys), ne l'empêcha pas de succéder à Cléanthe. Un des récits de la mort de Chrysippe, emprunté à Hermippe[2] comme souvent (184), fait état d'un enseignement à l'Odéon[3].

En VII 183-184, Diogène évoque également, à la suite du huitième livre des *Successions* de Sotion[4], des études de Chrysippe à l'Académie avec Arcésilas (mort en 244/3) et Lacydès (mort en 208/7). Ces études expliqueraient, selon Diogène, la pratique de Chrysippe d'argumenter successivement pour et contre l'usage et l'utilisation qu'il faisait de la méthode ou de la tactique académicienne dans l'examen des grandeurs et des pluralités[5].

On s'étonnait dans l'Antiquité qu'aucun ouvrage de cet auteur prolifique n'eût été dédié à un souverain (185). De fait, chez un philosophe qui enseignait que le sage pouvait choisir de devenir roi

1. *SVF* III, Antipatros, fr. 66.
2. Fr. 59 Wehrli.
3. Voir également Plutarque, *De Stoic. repugn.* 2, 1033 c; *De exilio* 14, 605 a.
4. Fr. 22 Wehrli.
5. Comme le témoignage de Sotion reste isolé, ces études académiciennes de Chrysippe ne sont pas historiquement garanties. Si le témoignage doit être retenu, l'association des noms d'Arcésilas et de Lacydès ne permet pas en tout cas de limiter à une brève période initiale de la vie de Chrysippe ce séjour d'études. Diogène (qui suit Sotion) le situe même au terme (τέλος) d'une évolution intellectuelle. Ces études ont pu être conçues comme une formation complémentaire, alors que le philosophe était déjà un Stoïcien confirmé.

ou de vivre à la cour des rois (Περὶ βίων α′[1]), l'absence de toute dédicace pouvait équivaloir à une condamnation implicite des souverainetés qui se partageaient l'Orient méditerranéen. Chrysippe aurait d'ailleurs refusé, contrairement à Sphaïros qui avait accepté l'invitation de Ptolémée Philopator, de se rendre à la cour de Ptolémée (II Philadelphe) à Alexandrie (185).

Plutarque[2] a conservé un extrait de Chrysippe relatif à la façon de faire payer aux élèves leurs frais de scolarité. L'*Index Stoicorum*[3] témoigne de la ponctualité du philosophe qui se rendait toujours à l'école à la même heure et terminait également son cours à la même heure: καὶ τἆλλ' ὁμοίως ἔπ[ρ]ατ|τεν, ἀλλὰ καὶ ἐπὶ τὴν | σχολὴν αἰεὶ τὴν αὐτὴν | ὥραν ἐξή<ι>ει καὶ ὁμοί|ως ἀπελύετο, ὥστε μη|[δένα] διαψεύδεσθαι τῶν | [γν]ωρίμων ... Le même document[4] a conservé une liste fort lacunaire d'élèves de Chrysippe; plusieurs noms se retrouvent parmi les dédicataires d'ouvrages philosophiques connus par la liste de D. L. VII[5].

Les circonstances de la mort de Chrysippe sont diversement rapportées. Selon Hermippe (184), l'absorption de vin doux non coupé d'eau l'aurait plongé dans un étourdissement qui l'aurait emporté en cinq jours. Selon d'autres, il serait mort d'une crise de rire en voyant un âne manger ses figues. On ne peut pas récupérer grand-chose de la version donnée par l'*Index Stoicorum* (col. 40).

Selon Démétrios de Magnésie (185), Chrysippe n'avait cure de l'assentiment des rois et se contentait du jugement d'une vieille femme (ἠρκεῖτό τε γραϊδίῳ μόνῳ). C'est apparemment de la même personne que viendrait l'information, transmise par Dioclès de Magnésie (181), selon laquelle Chrysippe aurait écrit chaque jour 500 lignes. Elle est désignée dans ce passage par l'expression: ἡ δὲ παρεδρεύουσα πρεσβῦτις αὐτῷ. Enfin, c'est à « la vieille » (τῇ γραΐ) que sont adressées les dernières paroles de Chrysippe dans l'une des versions de sa mort (185).

---

1. Plutarque, *De Stoic. repugn.* 20, 1043 c (*SVF* III 691).
2. *De Stoic. repugn.* 20, 1043 f (*SVF* III 701).
3. Col. 38, p. 90 Dorandi.
4. Col. 47, p. 98 Dorandi.
5. Cf. R. Goulet, *DPhA*, II, p. 334-335.

Pour l'historien de la philosophie, le livre VII se signale par son long exposé des doctrines stoïciennes, document qui constitue la pièce maîtresse de toute reconstitution de la philosophie stoïcienne, notamment pour la dialectique. Dans le cadre de cette doxographie sont fournies d'innombrables références aux traités, voire à des livres précis, des maîtres stoïciens, de Zénon à Posidonios, ou si l'on veut, de son disciple Phanias qui publia les « Cours » de son maître au milieu du Ier siècle avant J.-C. Plusieurs de ces sources doctrinales faisaient l'objet d'un développement biographique dans la partie finale perdue du livre VII : Antipatros de Tarse, Apollodore de Séleucie, Athénodore, Boéthos de Sidon, Crinis, Diogène de Babylonie, Hécaton de Rhodes, Héraclide de Tarse, Panétius de Rhodes, Persaios de Kition, Posidonios d'Apamée, Zénon de Tarse. Aucun des Stoïciens présentés comme hétérodoxes par Diogène Laërce (Ariston, Hérillos, Denys le Transfuge) n'est cité comme autorité dans ces exposés doctrinaux.

Le développement sur la dialectique stoïcienne n'est pas homogène. Après un exposé sommaire, Diogène annonce un exposé détaillé qui semble résumer un manuel élémentaire. Il cite également l'*Épidromè des philosophes* de Dioclès de Magnésie, auteur qu'il utilise également ailleurs pour différents détails biographiques. On a donné plus ou moins d'extension à cet emprunt à Dioclès. La tendance actuelle est de le limiter à VII 49-53.

La dernière pièce de choix du livre VII est l'immense, et pourtant incomplète, liste des écrits de Chrysippe. Elle ne sert pas qu'à faire regretter le naufrage de tant d'écrits philosophiques savants aux spécialistes qui s'escriment sur le moindre fragment des philosophes antiques : elle révèle une terminologie et des divisions de contenu qui donnent un arrière-plan à bien des vestiges de la dialectique stoïcienne[1].

Les notes qui accompagnent notre traduction entendent commenter les points obscurs du texte de Diogène Laërce et non expliquer la philosophie stoïcienne[*].

---

1. C'est ce qu'a montré P. Hadot dans le riche commentaire qu'il a donné de cette liste dans *DPhA* II, p. 336-356.

* Je remercie M. Patillon, J. Brunschwig, F. Ildefonse et T. Dorandi qui ont révisé l'ensemble de ma traduction et proposé de précieuses remarques.

BIBLIOGRAPHIE SUR LE LIVRE VII

ARNIM H. von, *Stoicorum Veterum Fragmenta* collegit Ioannes ab Arnim, coll. « Sammlung Wissenschaftlicher Commentare », Leipzig 1903-1924, 4 vol.

EGLI U., *Zur stoischen Dialektik,* Diss. Basel 1967.

ID., *Das Dioklesfragment bei Diogenes Laertios,* Konstanz 1981, 40 p.

ERSKINE A., *The Hellenistic Stoa. Political Thought and Action,* London 1990.

FERGUSON W.S., *Hellenistic Athens. An Historical Essay,* New York 1911.

[FRITZ K. von], art. « Zenon von Kition» 2, *RE* X A, 1972, col. 83-121.

GOULET R., HADOT P. et QUEYREL F., art. « Chrysippe de Soles » C 121, *DPhA* II, p. 329-361.

GUÉRARD Chr. et F. QUEYREL F., art. « Cléanthe d'Assos » C 138, *DPhA* II, p. 406-415.

HABICHT Chr., *Hellenistic Athens and her Philosophers,* Magie Lecture, Princeton 1988.

ID., *Studien zur Geschichte Athens im 3. Jahrhundert v. Chr.,* coll. « Vestigia » 30, München 1979.

HAHM D.E., « Diogenes Laertius VII : On the Stoics », *ANRW* II 36, 6, 1992, p. 4076-4182 (avec une bibliographie, p. 4179-4182).

HÜLSER K., *Die Fragmente zur Dialektik der Stoiker. Neue Sammlung der Texte mit deutscher Übersetzung und Kommentaren,* Stuttgart 1987-1988, 4 vol.

MANSFELD J., « Diogenes Laertius on Stoic philosophy », dans *Diogene Laerzio Storico del pensiero antico = Elenchos* 7, 1986, fasc. 1-2, p. 297-382.

POHLENZ M., *Die Stoa. Geschichte einer geistigen Bewegung*, 2 vol., Göttingen, 4e éd., 1970.

SCHOFIELD M., *The Stoic Idea of the City*, Cambridge 1991.

TARN W. W., *Antigonus Gonatas*, Oxford 1913.

ZÉNON

1 Zénon, fils de Mnaséas ou de Dèméas[1], de Kition[2] de Chypre, cité grecque qui avait eu des colons phéniciens.

Portrait physique

Il portait la tête penchée sur le côté, comme le dit Timothée d'Athènes[3] dans son ouvrage *Sur les vies*; et Apollonios de Tyr[4] dit qu'il était frêle, allongé, basané – ce qui amena quelqu'un à dire qu'il était une clématite égyptienne[5], comme le dit Chrysippe au premier livre de ses *Proverbes*[6]; (il avait encore) de grosses jambes, il était mou[7] et faible; voilà pourquoi, dit Persaios dans ses *Souvenirs de*

1. Mnaséas est confirmé par le décret, certainement authentique, cité en VII 10. Il s'agirait d'un équivalent grec du nom phénicien Menahem *(mnḥm)*. Voir D. Knoepfler, « Tétradrachmes attiques et argent "alexandrin" chez Diogène Laërce (2e partie) », *MH* 46, 1989, p. 223, n. 119, qui signale également à Athènes un hermès portant l'inscription Ζήνων Μνασέου.

2. Kition (auj. Larnaka), sur la côte sud de Chypre, fut le point central de la colonisation phénicienne de l'île. Ce nom serait à l'origine de la désignation biblique de Chypre : *kittim*.

3. *FHG* IV 523. L'ouvrage de Timothée d'Athènes (*RE* 15) *Sur les vies*, est également cité par Diogène en III 5, IV 4 et V 1, toujours, comme ici, à propos de particularités physiques des philosophes (Platon, Speusippe et Aristote).

4. Apollonios de Tyr (*RE* 94), qu'on retrouvera au paragraphe suivant et ailleurs dans le livre VII, avait écrit, selon Strabon (*SVF* I 37), un *Répertoire* (Πίναξ) *des philosophes de l'école de Zénon, ainsi que de leurs écrits.*

5. Ou « sarment d'Égypte ». Selon Démétrios, *Du style* 172, on utilise cette comparaison pour « un homme grand et noir de peau » (trad. P. Chiron).

6. L'ouvrage, en deux livres, est répertorié en VII 200.

7. C'est la leçon de P (ἀπαγής) ; BF ont « solide », « massif » (εὐπαγής), peu compatible avec l'adjectif qui suit.

banquets[1], il évitait la plupart du temps les dîners[2]. On dit cependant qu'il se délectait de figues vertes et de bains de soleil[3].

Formation

2 Il fut, comme on l'a dit plus haut, l'auditeur de Cratès[4]; on dit qu'ensuite il écouta également Stilpon et Xénocrate pendant dix ans, comme (le rapporte) Timocratès dans son *Dion*; mais aussi Polémon. Hécaton[5] dit cependant – tout comme Apollonios de Tyr au premier livre de son ouvrage *Sur Zénon*[6] – qu'ayant demandé à l'oracle ce qu'il devait faire pour vivre de la meilleure façon possible, le dieu lui répondit (qu'il y arriverait) s'il entrait dans la fréquentation des morts[7]; c'est pourquoi, ayant compris[8], il lut les ouvrages des Anciens.

Conversion à la philosophie

Il devint donc élève[9] de Cratès dans les circonstances suivantes. Alors qu'il importait de la pourpre de Phénicie, il fit naufrage près du Pirée. Étant monté à Athènes, déjà âgé de trente ans, il s'assit chez un libraire. Comme celui-ci faisait lecture du deuxième livre

---

1. *SVF* I 453. L'ouvrage ne figure pas dans la liste des écrits de Persaios rapportée en VII 36.

2. Comp. Philodème, *Ind. Stoic.*, col. III 9-14 (p. 52-53 Dorandi) : σπανίως ἑαυτὸν διδοὺς | [ὁ Ζ]ήνων εἰς τὰς συμπε|[ριφορὰς] διὰ τὴν τοῦ σώ|[ματος ἀσθ]ένειαν, ὡς ἐν | [τοῖς Συμπ]οτικοῖς ὑ[πομνή]|μασιν ἱστορεῖ Περσαῖος. « Zenone, che raramente si dava alla vita mondana a causa della debolezza del corpo, come (narra Perseo) nei *Ricordi conviviali...* » (trad. Dorandi).

3. Comp. Philodème, *Ind. Stoic.*, col. VI 2-5 (p. 58 Dorandi): [ἔχαιρε] τοῖς σύκοις | [καὶ] τοὺς ἡ[λ]ιασμοὺς | ἡδ<έ>ως καὶ προθύμως | ἔφερεν.

4. Cratès de Thèbes (VI 105 ; voir aussi le Prologue I 15).

5. Fr. 26 Gomoll.

6. D. L. VII 6 montre que l'ouvrage d'Apollonios comportait plusieurs livres *Sur Zénon* (si du moins ἐν τοῖς Περὶ Ζήνωνος signifie bien *dans ses livres sur Zénon* et non simplement *dans les développements qu'il a consacrés à Zénon*). Ils faisaient sans doute partie de son *Répertoire des philosophes de l'école de Zénon, ainsi que de leurs écrits.* Voir p. 789 n. 4.

7. εἰ συγχρωτίζοιτο τοῖς νεκροῖς. Certains comprennent « s'il devenait de la couleur des morts ».

8. Sous-entendu : le sens de l'oracle. Pour ce sens de συνείς, voir VI 20 où le mot est employé, comme ici, de façon absolue, en rapport avec un oracle.

9. παραβάλλω, toujours employé dans un contexte scolaire chez D. L.

des *Mémorables* de Xénophon[1], charmé, il demanda où vivaient de tels hommes[2]. **3** Cratès se trouva à passer juste au bon moment. Le libraire le lui désigna et dit: « C'est lui qu'il te faut suivre ». De ce jour, il devint auditeur de Cratès, manifestant de façon générale une grande ardeur à l'égard de la philosophie, bien qu'il éprouvât de la honte devant l'impudeur cynique. C'est pourquoi Cratès qui voulait le guérir de cela aussi, lui donne une marmite de purée de lentilles à porter à travers le Céramique. En voyant qu'il était honteux et cherchait à recouvrir (l'objet), d'un coup de son bâton il brise la marmite. Comme (Zénon) s'enfuit et que la purée de lentilles lui coule le long des jambes, Cratès (lui) dit: « Pourquoi fuis-tu, petit Phénicien ? Tu n'as subi rien de terrible. »

Digression sur les œuvres de Zénon

4 Dans un premier temps, il écoutait donc Cratès. C'est alors qu'il écrivit sa *République*, ce qui fit dire à certains, pour s'amuser, qu'il l'avait écrite sur la queue du Chien[3]. En plus de la *République*, il a écrit encore les ouvrages suivants :

Sur la vie selon la nature,
Sur l'impulsion ou Sur la nature des hommes[4],
Sur les passions,
Sur le devoir,
Sur la loi,
Sur l'éducation grecque,
Sur la vision,
Sur le Tout,

---

1. Selon Thémistius (*SVF* I 9), c'est l'*Apologie de Socrate* qui aurait conduit Zénon de la Phénicie à la Stoa Poikilè.

2. C'est-à-dire des hommes comme Socrate dont parlaient les *Mémorables*. Pour une anecdote, rapportée par Zénon, mettant en cause Cratès lisant chez un cordonnier le *Protreptique* d'Aristote, voir Télès, *Diatribes* IV B, p. 46, 6-14 Hense.

3. ἐπὶ τῆς τοῦ κυνὸς οὐρᾶς. La formule pourrait suggérer que cet ouvrage avait été écrit sous l'influence cynique de Cratès et peut-être à la *fin* du séjour de Zénon auprès de ce dernier. Selon Gigante, il pourrait y avoir là un jeu de mots par rapprochement avec le promontoire de Κυνόσουρα à l'est de l'Attique.

4. C'est la leçon de BP : « *Sur la nature de l'homme* » F. L'ouvrage est effectivement cité en VII 87 sous cette forme, mais ce passage a pu inciter le copiste de F à corriger le texte en ce sens dans le présent passage.

Sur les signes,
(Études) pythagoriciennes,
(Études) sur les universaux[1],
Sur les expressions,
Problèmes homériques, en cinq livres,
Sur la façon d'écouter la poésie.

Il y a encore de lui
un *Manuel*[2],
des *Solutions,*
des *Réfutations,* en deux livres,
des *Mémorables de Cratès,*
des *Morales.*

Tels sont ses écrits.

Retour sur la conversion de Zénon

Mais à la fin, il partit[3] et il écouta ceux que nous avons mentionnés[4] pendant vingt ans, au point de dire[5], à ce qu'on rapporte : « En vérité, ce naufrage m'a conduit à bon port »[6]. D'autres prétendent que c'est à propos de Cratès qu'il a dit cela. **5** D'autres (rapportent) qu'il apprit le naufrage alors qu'il vivait à Athènes et qu'il dit : « La Fortune agit bien en nous poussant vers la philosophie. » Quelques-uns (prétendent) que c'est après avoir vendu sa marchandise à Athènes qu'il se tourna vers la philosophie.

Le Portique

Il donnait ses cours en allant et venant dans le Portique des peintures – on l'appelle aussi (Portique) de Peisianax, mais « Portique des

1. Ou : « *Problèmes généraux* ».
2. Τέχνη. C'est une désignation habituelle des manuels de rhétorique. Mais le titre pourrait faire référence, selon Hahm 1992, p. 4154 et n. 176 (et déjà Ménage *ad loc.*), à l'Ἐρωτικὴ τέχνη mentionnée en VII 34. Cette seconde série d'ouvrages pourrait correspondre, selon le même auteur, à des écrits encore marqués par le cynisme originel de Zénon et, de ce fait, d'authenticité discutée par la tendance anticynicisante du stoïcisme postérieur.
3. De chez Cratès. Reprise de l'idée interrompue par la liste des écrits.
4. Stilpon et Xénocrate (VII 2).
5. Pour cet emploi de ἵνα καί, comp. VII 27 et IX 52.
6. Parallèles en *SVF* I 277.

peintures» à cause de la peinture de Polygnote –, voulant ainsi que l'endroit ne soit pas encombré d'auditeurs[1]. Car, sous les Trente, mille quatre cents citoyens avaient été tués sous ce portique[2]. Au reste les gens venaient écouter Zénon et c'est pourquoi ils furent appelés «ceux du Portique», comme le furent aussi les philosophes issus de lui, bien qu'ils eussent été tout d'abord appelés Zénoniens, comme le dit aussi Épicure dans ses *Lettres*[3]. Et auparavant étaient appelés Stoïciens les poètes qui exerçaient sous ce Portique, comme le dit Ératosthène dans le huitième livre de son ouvrage *Sur l'Ancienne Comédie*; ce sont eux qui ont rendu célèbre l'expression[4].

Zénon et Athènes

6 Les Athéniens accordaient à Zénon de grands honneurs, au point de lui confier les clefs de leurs murailles, de l'honorer d'une couronne en or et d'une statue en bronze[5]. Le même honneur lui fut également décerné par ses concitoyens[6] qui considéraient la statue de cet homme comme un monument prestigieux. Le revendiquaient

---

1. ἀπερίστατον. *Not crowded* selon LSJ pour ce passage. Comp. περίστατος : *surrounded and admired by the crowd.*

2. La tyrannie des Trente en 404/3. Je ne crois pas, malgré le *car*, que le passage veuille dire que l'endroit a été choisi par Zénon parce qu'il était déserté par les Athéniens. C'est plutôt par son habitude de parler en déambulant que le philosophe empêchait la formation d'un cercle de badauds autour de lui. Hahm 1992, p. 4116 n. 96, rapproche ce passage de VII 14.

3. Fr. 198 Usener.

4. Plutôt que « qui ont exalté davantage la raison »: οἳ καὶ τὸν λόγον ἐπὶ πλεῖον ηὔξησαν. Von Arnim rattache cette dernière phrase non pas aux poètes de la Stoa, mais, par-delà les additions de Diogène, aux disciples de Zénon eux-mêmes. On devrait alors considérer « Et auparavant ... comédie » comme une explication secondaire. Gigante: « i poeti... i quali resero ancora più famoso il nome di stoico ». Genaille: « c'est eux qui avaient déjà mis le mot en faveur ». Selon Hésychius, *Lex.*, Σ 2120, on appelait «Stoïciens» non seulement les philosophes de l'école de Zénon, mais aussi certains grammairiens » (οὐ μόνον οἱ ἀπὸ Ζήνωνος φιλόσοφοι, ἀλλὰ καί τινες γραμματικοί).

5. Pausanias (*SVF* I 36b) signale une statue de Zénon (et une autre de Chrysippe) à l'Académie.

6. Apparemment à Kition. Selon Pline l'Ancien, *H. N.* XXXIV 92, « Caton (le Jeune), au cours de sa mission de Chypre, excepta de la vente une seule statue, celle de Zénon... parce qu'il s'agissait de la statue d'un philosophe » (trad. *CUF*).

également (comme l'un des leurs) les gens originaires de Kition qui habitaient Sidon.

Antigone[1] aussi le tenait pour son maître et, s'il lui arrivait de venir à Athènes, il l'écoutait et lui lançait des invitations fréquentes à venir vers lui. Mais lui refusa de le faire et envoya Persaios, un de ses disciples qui était fils d'un Démétrios et originaire de Kition ; il était dans la force de l'âge en la 130e Olympiade[2], alors que Zénon était déjà âgé. La lettre d'Antigone était formulée ainsi, comme le rapporte aussi Apollonios de Tyr dans ses livres *Sur Zénon*[3] :

Lettre d'Antigone

7 « Le roi Antigone au philosophe Zénon : Salut !

Je considère que pour la fortune et la célébrité je mène une vie supérieure à la tienne, mais je suis dépassé par ta pensée et ta culture[4], ainsi que par le bonheur parfait que tu possèdes. C'est pourquoi j'ai décidé de t'enjoindre de venir chez moi, persuadé que tu n'auras rien à dire contre cette demande. Toi donc, efforce-toi par tous les moyens de me rejoindre, considérant que tu seras le précepteur non de moi seul, mais de tous les Macédoniens à la fois. Car il est manifeste que celui qui instruit le prince de Macédoine et le dirige vers les actes de la vertu, entraîne aussi ses sujets à se comporter en hommes de bien. Car tel est celui qui gouverne, tels deviennent – comme il est vraisemblable – dans la plupart des cas aussi ses sujets. »

---

1. Antigone Gonatas, roi de Macédoine de 283 à 239. Cf. *DPhA* A 194.
2. 260-257.
3. Hercher, p. 107. Ces lettres qui figuraient donc dans le *Répertoire* d'Apollonius de Tyr, un auteur du Ier siècle avant J.-C., ne sont probablement pas authentiques, même si elles incorporent des détails historiques transmis par la tradition biographique. Les thèmes abordés rappellent la correspondance des Sages exploitée au livre I.
4. λόγου δὲ καὶ παιδείας.

Réponse de Zénon

Et Zénon répond de la façon suivante[1] :

8 « Zénon au roi Antigone : Salut !

J'approuve ton amour du savoir dans la mesure où il s'attache à la culture authentique qui vise l'utilité, et non à la culture populaire qui mène à la perversion des mœurs. Celui qui a le désir de la philosophie et repousse le plaisir, si largement célébré, qui efféminé les âmes de certains jeunes gens, est manifestement enclin à la noblesse non seulement par nature mais aussi par choix délibéré. Or une nature noble qui a reçu en plus un entraînement approprié et bénéficié d'un maître généreux[2], marche facilement vers l'acquisition parfaite de la vertu ! 9 Pour ma part, je suis sous l'emprise d'un corps affaibli par la vieillesse ; j'ai en effet quatre-vingts ans. C'est pourquoi je ne puis te rejoindre. Mais je t'envoie certains de mes compagnons d'études qui, pour les qualités de l'âme, ne sont pas inférieurs à moi et, pour les dispositions corporelles, me dépassent. Si tu vis avec eux tu ne manqueras de rien de ce qui contribue au parfait bonheur. »

Il envoya Persaios et Philonidès de Thèbes, deux (philosophes) dont Épicure fait mention[3], dans sa lettre à son frère Aristobule[4], comme vivant chez Antigone.

Décret athénien en faveur de Zénon

Il m'a paru bon de transcrire également le décret (voté) par les Athéniens à son sujet[5]. 10 En voici les termes :

---

1. Hercher p. 792.

2. On reconnaît la trilogie classique : *nature, entraînement, instruction.*

3. Voir aussi le témoignage de Bion de Borysthène à la cour d'Antigone (F 1 A Kindstrand) chez D. L. IV 46-47. Ce paragraphe pourrait être la suite originelle de 299, 4 Long.

4. Fr. 45 Arrighetti[2].

5. Sur ce décret, voir Chr. Habicht, « Analecta Laertiana », dans H. Buesing et F. Hiller (édit.), *Bathron* (Mél. H. Drerup), Saarbrücken 1988, p. 173-178, sect. I : « Zur Ehrenbeschluß der Athener für Zenon von Kition », p. 173-175 et les notes (p. 176-177). Voir aussi H. Droysen, « Der attische Volkbeschluß zu Ehren des Zenon », *Hermes* 16, 1881, p. 291-301 ; Wilamowitz, *Antigonos,* p. 340 et 342 ; W. W. Tarn, *Antigonos Gonatas,* Oxford 1913, p. 309 n. 106 ; K. J. Beloch, *Griechische Geschichte* IV 12, 1925, p. 455 n. 2. En comparant avec

« Décret.

Sous l'archontat d'Arrhénidès[1], en la cinquième prytanie de (la tribu) Acamantis, dix jours avant la fin du mois de Maimactèriôn, lors de la vingt-troisième (réunion[2]) de la prytanie, l'Assemblée étant souveraine ; parmi les présidents, Hippon, fils de Cratistoléos[3] du dème Xypétaiôn, avec les coprésidents, a mis aux voix ; Thrasôn[4], fils de Thrasôn, du dème Anacée, a déclaré :

Puisque Zénon, fils de Mnaséas, de Kition, qui pendant de nombreuses années a exercé la philosophie dans la cité, a été, par ailleurs, jusqu'à la fin, un homme de bien et qu'en incitant à la vertu et à la modération ceux des jeunes gens qui venaient se confier à ses soins il les exhortait aux plus belles choses, ayant offert en exemple à tous sa propre vie qui était en accord avec les discours qu'il tenait, **11** il a

---

la formulation canonique des décrets de l'époque de Zénon, Droysen a montré que ce document était vraisemblablement authentique, mais qu'il portait des traces d'un remaniement. Le décret regrouperait en fait deux ψηφίσματα en faveur de Zénon : un premier, voté de son vivant, lui décernant une couronne d'or (et peut-être aussi une statue en bronze, comme il est rappelé au paragraphe 7), un second, voté après sa mort, et concernant son ensevelissement aux frais de l'État dans le cimetière du Céramique. Droysen rappelle qu'au paragraphe 26, Diogène évoquera *les décrets* qu'il a mentionnés plus haut (ψηφίσμασι τοῖς προειρημένοις). Comme les commissions chargées de l'exécution de tels décrets étaient formées de trois élus, Droysen est également amené à suspecter que la liste de 5 (BPF) ou 6 *(recentiores)* noms fournie par le décret serait le résultat d'une collusion de deux listes de trois membres. Le vote d'une couronne ne peut en principe concerner qu'un vivant (voir en conséquence les formules ἐπαινέσαι Ζήνωνα καὶ στεφανῶσαι αὐτόν et ἐξεῖναι αὐτῷ), celui d'une sépulture publique qu'une personne décédée (d'où les formules ἀνὴρ ἀγαθὸς ὢν *διετέλεσε*, ... παρώρμα... et surtout ὅτι ὁ δῆμος ὁ 'Αθηναίων τοὺς ἀγαθοὺς τιμᾷ καὶ ζῶντας καὶ *τελευτήσαντας*). Si l'interprétation de Droysen est juste, il en résulte que le début du passage peut se rapporter à l'un ou l'autre décret. Mais un passage de Philodème, *De Stoic.* V 9-14 Dorandi, met l'archontat d'Arrhénidès (en 262/1) en rapport avec la mort de Zénon. Cf. T. Dorandi, *Ricerche sulla cronologia...*, p. 24-25.

1. Daté en 262/1 par Dorandi. Voir l'Introduction au livre VII, p. 778 n. 1.
2. Ou bien : « le vingt-troisième (jour) de la prytanie ».
3. Les manuscrits donnent comme nom Cratistotélès. Selon Habicht, p. 174-175, il faut lire le nom de Cratistoléos, personnage qu'il retrouve dans une liste de prytanes de Xypétaiôn de la seconde moitié du IVe siècle av. J.-C.
4. On apprendra au § 15 que Thrasôn se faisait à l'Assemblée le porte-parole d'Antigone Gonatas...

paru bon au peuple – si la Fortune est favorable ![1] – de louer Zénon, fils de Mnaséas, de Kition, et de le couronner d'une couronne d'or conformément à la législation, à cause de sa vertu et de sa modération[2], de construire d'autre part pour lui au Céramique un tombeau aux frais de l'État[3].

Pour la confection de la couronne et la construction du tombeau, le peuple élira dès maintenant parmi les Athéniens cinq hommes qui s'en chargeront. Le secrétaire du peuple inscrira le décret sur deux stèles. Il sera autorisé à placer l'une d'elles dans l'Académie, l'autre au Lycée. La somme à dépenser pour les stèles, l'administrateur la fixera de telle façon que tous voient que le peuple des Athéniens honore les hommes de bien, vivants et trépassés. **12** Pour la construction[4] ont été élus Thrasôn d'Anacée, Philoclès du Pirée, Phèdre d'Anaphlystos, Médôn[5] d'Acharnée, Smicythos de Sypalèttos, Dion de Péanée. »

Et voilà quels furent les termes du décret.

Témoignage d'Antigone de Caryste

Antigone de Caryste[6] dit qu'il ne renonça pas à être citoyen de Kition[7]. En effet, alors qu'il avait contribué à la restauration de

1. Sur cette formule constamment utilisée dans les décrets athéniens, voir Plutarque, *De Stoic. repugn.* 9, 1035 b.

2. ἀρετῆς ἕνεκεν καὶ σωφροσύνης.

3. Comp. Philodème, *Ind. Stoic.* VI 7-8 : [θ]εῖναι δ[η]μοσίαν τ[α|φ]ήν... C'est au Céramique que l'on enterrait aux frais de l'État les soldats morts pour la patrie (Thucydide II 34). Le tombeau était encore visité au temps de Pausanias (I 29, 15).

4. On ne parle plus de la couronne...

5. Les mss ont également Mellôn ou Midôn. Droysen (art. cité, p. 296) propose Ménôn (d'Acharnée) qui apparaît dans un décret honorifique pour Phaidros de Sphettos (*IG* II² 682, 100). Smicythos est une correction de U. Köhler (*RhM* 39, 1884, p. 300 n. 2) pour μίκυθος (*codd.*). Sypalèttos : les mss ont Συπαληττεύς. Ménage et Habicht préfèrent Συπαλήττιος. Dion de Péanée est absent des trois meilleurs mss. Sa présence, mais aussi son interpolation sont d'autant plus surprenantes que les lignes précédentes annonçaient seulement cinq élus. Les mss BPF n'auraient-ils pas plutôt effacé un sixième nom embarrassant ? Voir p. 795 n. 5.

6. P. 116 Wilamowitz.

7. Selon Antipatros, dans son ouvrage *Sur la différence entre Cléanthe et Chrysippe*, Zénon et Cléanthe auraient refusé la citoyenneté athénienne « pour

l'établissement de bains et que l'on inscrivait sur la stèle « Zénon le philosophe », il demanda que l'on ajoutât « de Kition ». Un jour, ayant fait un couvercle creux pour son lécythe[1], il emportait (ainsi) de la monnaie (avec lui), afin que son maître Cratès ait sous la main de quoi répondre à ses besoins.

13 On dit qu'il avait plus de mille talents quand il vint en Grèce et qu'il les plaça dans des affaires maritimes.

(Antigone) dit qu'il mangeait des petits pains et du miel et qu'il buvait un peu de vin de bon bouquet. Il recourait rarement aux services de jeunes esclaves[2]; une fois ou deux peut-être à ceux d'une jeune servante[3], afin de ne pas passer pour misogyne. Il habitait la même maison que Persaios. Comme celui-ci avait fait entrer une joueuse de flûte chez lui, il l'emmena à Persaios en la tirant par la main[4]. Il était également, à ce qu'on dit, facile à vivre, si bien que le roi Antigone venait souvent faire la fête chez lui et se rendait avec lui chez Aristoclès le citharède pour festoyer; ensuite cependant il s'éclipsait[5].

14 Mais il se détournait, à ce que dit (Antigone), des grands rassemblements, au point de s'asseoir au bout du banc, s'épargnant au moins de la sorte l'un des deux côtés de cette gêne. De fait il ne se promenait pas non plus avec plus de deux ou trois (interlocuteurs). Certaines fois, il faisait payer une pièce de cuivre à ceux qui se

---

ne pas sembler causer du tort à leurs patries » (Plutarque, *De Stoic. repugn.* 4, 1034 a = *SVF* I 26).

1. ποιήσας ... κοῖλον ἐπίθημα τῇ ληκύθῳ. Peut-être ce couvercle creux était-il muni d'une fente comme une tirelire...

2. Athénée XIII, 563 e (*SVF* I 247) : « Zénon n'eut jamais recours à une femme, mais toujours à de jeunes garçons (παιδικοῖς), selon Antigone de Caryste dans sa *Vie de Zénon* » (cf. Wilamowitz, p. 117).

3. Ou *prostituée* : παιδισκάριον.

4. Comp. Athénée XIII, 607 e-f (*SVF* I 451), qui dépend à nouveau de la *Vie de Zénon* écrite par Antigone de Caryste : « Zénon de Kition, alors que Persaios avait acheté une joueuse de flûte dans un banquet et qu'il hésitait à la faire entrer chez lui, du fait qu'il habitait la même maison (que Zénon), se rendit compte de la situation et força la jeune esclave à entrer avec Persaios et l'enferma avec lui. »

5. Comp. Athénée XIII, 603 d (Antigone de Caryste dans sa *Vie de Zénon*) : le cithariste Aristoclès était l'éromène du roi Antigone Gonatas. Voir aussi l'anecdote rapportée par Élien (*SVF* I 289).

tenaient autour de lui, si bien que par crainte de devoir payer on ne le gênait pas, comme le dit Cléanthe dans son ouvrage *Sur la pièce de cuivre*[1]. Alors que plusieurs personnes se tenaient autour de lui, il montra dans le Portique, à l'extrémité, la balustrade de bois qui entourait l'autel et dit : « Elle était placée autrefois au centre, mais du fait qu'elle gênait elle a été placée à part[2]; eh bien donc, vous aussi, en vous retirant du centre, vous nous gênerez moins ».

Démocharès, fils de Lachès, le salua et le pria de dire et d'écrire à l'intention d'Antigone[3] tout ce dont il avait besoin, lui représentant que le roi lui fournirait tout; après avoir entendu Démocharès, Zénon refusa (par la suite) de le fréquenter. **15** On dit aussi qu'après la mort de Zénon Antigone déclara: « Quel auditoire j'ai perdu ! » C'est pour cette raison qu'il demanda pour lui aux Athéniens, par l'intermédiaire de Thrasôn, son délégué, la sépulture du Céramique[4]. Alors qu'on lui demandait pourquoi il l'admirait, il dit: « Parce que jamais, malgré les sommes importantes que souvent il a reçues de moi, il ne s'est montré orgueilleux ou humilié ».

---

1. *SVF* I 589. L'ouvrage ne figure pas dans la liste rapportée par D. L. VII 174-175.
2. A rapprocher de VII 5, selon Hahm.
3. Non plus Antigone de Caryste, mais le roi Antigone Gonatas. Sur Démocharès de Leuconoé, homme politique, orateur et historien athénien, voir H. Swoboda, art. « Demochares » 6, *RE* IV 2, 1901, col. 2863-2867, qui ne tient pas compte de l'anecdote rapportée par Diogène, et surtout G. Marasco, *Democare di Leuconoe. Politica e cultura in Atene fra IV e III sec. A. C.*, Firenze 1984, test. 12, p. 133 et l'Introduction, p. 78-80. Défenseur de la démocratie, comme son oncle Démosthène, il soutint, lors de la libération d'Athènes par Démétrios Poliorcète en 307-306, la loi de Sophocle de Sounion qui, en interdisant sous peine de mort à tout philosophe de tenir école à Athènes sans l'autorisation de la *boulè* et de l'Assemblée du peuple, avait contraint à l'exil, au moins pendant un an, tous les philosophes, notamment les Péripatéticiens considérés comme des partisans de l'occupant macédonien. Voir D. L. V 38; Athénée XI, 508 f et XIII, 610 e-f; Pollux IX 42. Il défendit Sophocle lorsqu'un certain Philon (*RE* 38), disciple d'Aristote, mais, lui, athénien de naissance, eut attaqué la légitimité de la loi (γραφὴ παρανόμων). La loi fut annulée et Sophocle condamné à une amende de cinq talents. Démocharès dénonçait les penchants tyranniques de certains philosophes (Athénée XI, 508 f - 509 b). Pour les fragments, voir aussi *FGrHist* 75.
4. Cf. VII 11.

Il avait également l'esprit de recherche et visait en tous domaines l'exactitude. C'est pourquoi Timon, dans ses *Silles*[1], s'exprime ainsi:

> Je vis aussi une vieille Phénicienne avide désirant tout (acquérir)
> dans son sombre orgueil; mais son[2] panier débordait, parce qu'il [était petit;
> elle avait l'intelligence plus courte qu'un *skindapsos*[3].

16 Il débattait également avec soin contre Philon le dialecticien et étudiait avec lui. C'est pourquoi (on rapporte qu')il suscita l'admiration de Zénon le Jeune[4] non moins que de Diodore, son propre

---

1. Fr. 38 Di Marco, fr. 812 Lloyd-Jones & Parsons. Voir J. F. Gannon, « An Interpretation of Timon of Phlius, fr. 38 D », *AJPhil* 108, 1987, p. 603-611.

2. Lire αὐτῇ comme l'a proposé Diels. Les manuscrits ont αὐτῆς (ainsi Long), la *Souda* αὐτοῦ.

3. Comme *blituri*, un mot dépourvu de signification d'après Sextus, *Adv. Math.* VIII 133. C'était aussi un instrument de musique à corde.

4. Fr. 104 Döring. La traduction conserve le texte transmis par les manuscrits (pour des essais de correction, voir la note suivante) et admet l'existence, dans l'entourage de Zénon, d'un homonyme attesté par plusieurs sources. On connaît en effet, grâce à la *Souda* (Z 78; t. II, p. 507, 1-3 Adler = fr. 105 Döring), un certain « Zénon de Sidon, fils de Mousaios, philosophe stoïcien, disciple de Diodore Cronos; il fut lui aussi *maître* de Zénon de Kition. Il écrivit une *Apologie de Socrate* et des *Sidoniaka* ». Un Zénon de Sidon est mentionné en D. L. VII 38 comme disciple – et non maître – du fondateur de la Stoa dans une liste empruntée à Hippobote (fr. 11 Gigante). Le même philosophe semble mentionné comme disciple de Zénon de Kition dans un passage de l'*Index Stoicorum* de Philodème (col. XI 2-7, p. 64 Dorandi): Ζήνων Σιδώ[νιος ὁ (-)] | λεγόμενος ὑ[πό τινων] | ὡς καὶ Χρύσ[ιππος αὐ]|τὸν ἐν [τῶι περὶ τ]ο[ῦ διαλε]|ληθότ[ος] (cf. D.L. VII 198, où l'ouvrage est dédié à Athénadès) καλ]ε[ῖ ... Dorandi ne retient pas la reconstitution [ὁ νέος] | λεγόμενος, proposée jadis par Comparetti et encore acceptée par Traversa. Il peut difficilement s'agir du Zénon auquel Chrysippe a dédié au moins sept de ses ouvrages (cf. *DPhA* C 121, t. II, p. 335) et que D.L. VII 35, dans une liste d'homonymes de Zénon de Kition, présente comme « disciple de Chrysippe, qui écrivit peu d'ouvrages, mais laissa de nombreux disciples ». Zénon de Tarse apparaît dans la doxographie stoïcienne en VII 41 et 84 (où il est cité après Chrysippe et Archédémos, avant Apollodore, Diogène, Antipatros et Posidonios). Il faisait l'objet d'une section perdue du livre VII, entre Chrysippe et Diogène de Babylone (cf. *Index locupletior*, p. 392 Long et T. Dorandi, « Considerazioni sull'*index locupletior* di Diogene Laerzio », *Prometheus* 18, 1992, p. 121-126.). Si Zénon de Sidon l'Épicurien (*ca* 150-75) peut être laissé en dehors de ce complexe prosopographique, on peut estimer que dans la notice de la *Souda* (Z 80; t. II, p. 507, 19-20 Adler) consacrée à Zénon, fils de Dioscouridès (*DPhA* D 200), « philosophe, disciple

maître[1]. Autour de lui se trouvaient aussi certains « déguenillés », comme le dit également Timon[2]:

> Pendant ce temps il ramassait une nuée de pauvres gueux,
> qui étaient de tous les citoyens les mortels les plus démunis et les
> [plus insignifiants.

Apophtegmes

(On rapporte d'autre part qu')il était fielleux et amer, (que) son visage était contracté[3]. Il était extrêmement avare et manifestait une mesquinerie digne d'un barbare sous prétexte d'économie. S'il se moquait de quelqu'un, c'était à couvert et non sans retenue, mais à distance. Je pense à ce qu'il dit par exemple un jour à propos de quelqu'un qui usait de maquillage. **17** Alors en effet que ce dernier hésitait à franchir un caniveau, il dit: « A juste titre il se méfie de la

---

de Chrysippe de Tarse, le philosophe stoïcien, et scholarque », la formule Ταρσεύς, ὡς δέ τινες Σιδώνιος, témoigne d'une confusion entre le disciple de Zénon et le disciple de Chrysippe, originaire de Tarse. Combien de personnages réels se cachent sous ces Zénon, de Tarse ou de Sidon, maître ou disciple de Zénon de Kition et disciple de Chrysippe de Soles (ou de Tarse !), il est bien difficile de le savoir. Que Zénon ait lui-même étudié avec Diodore est attesté par D. L. VII 25 (fr. 103 Döring). Cf. Wilamowitz, *Antigonos,* p. 113 ; K. von Fritz, *Philologus* 85, 1930, p. 481-482; Döring, *Megariker,* p. 126-127.

1. Ou: « le maître de ce dernier ». Selon M. Gigante, « Frammenti di Ippoboto. Contributo alla storia della storiografia filosofica », dans *Omaggio a Piero Treves,* Padova 1983, p. 169, c'est Philon qui aurait suscité l'admiration de Zénon (de Kition) qui était « plus jeune » que lui, non moins que de son propre maître Diodore. La traduction de Hicks comprend le texte dans le même sens : « Hence Zeno, who was the junior, had as great an admiration for Philo as his master Diodorus. » Reiske (*Hermes* 24, 1889, p. 315) a proposé de corriger τοῦ νεωτέρου en τοῦ ἑταίρου (Zénon son familier). Selon Susemihl (*GGL,* t. I, p. 18 n. 48), c'est Zénon, plus jeune que son condisciple Philon, qui admirait ce dernier, autant qu'il admirait Diodore, le maître de celui-ci (αὐτοῦ se rapporterait alors à Philon). La traduction de Hülser (*FDS* 108) semble aller dans le même sens: « Er (Zenon) diskutierte auch sehr sorgfältig mit dem Dialektiker Philon und studierte mit ihm; dieser [c'est-à-dire Philon] wurde daher von Zenon als dem jüngeren [von beiden] nicht weniger bewundert als sein Lehrer Diodor. » Mais c'est Zénon qui est le sujet de la phrase précédente et c'est à son propos que l'on a évoqué les joutes dialectiques avec Philon.

2. Fr. 39 Di Marco, fr. 813 Lloyd Jones & Parsons.

3. Sidoine Apollinaire, *Lettre* IX 9, 14, rappelle que Zénon était généralement représenté « fronte contracta ».

boue, car on ne peut pas s'y mirer ». Comme un Cynique qui disait ne pas avoir d'huile dans son lécythe lui en demandait, il refusa de lui en donner: l'autre s'en allant, il lui demanda de considérer qui des deux était le plus impudent. Comme il était épris de Chrémonidès, alors que ce dernier était assis à côté de lui en compagnie de Cléanthe, il se leva. Devant l'étonnement de Cléanthe, il dit: « J'entends dire également aux médecins compétents, que le repos est le meilleur remède contre la fièvre». Comme dans un banquet deux convives étaient couchés plus bas que lui et que son voisin taquinait du pied le suivant, lui-même le taquina du genou. Lorsque ce dernier se retourna, il dit: « Que crois-tu donc que ressent ton voisin par ta faute ?» **18** A l'intention d'un pédéraste, <il dit>[1] que la fréquentation continuelle des jeunes garçons ne développe pas l'intelligence des maîtres, ni celle des gens de cette espèce[2]. Il disait que les formules et les mots recherchés employés par les puristes ressemblent aux pièces d'argent à l'effigie d'Alexandre[3]: elles sont jolies et bien gravées en tant que monnaies, mais elles n'en sont pas meilleures pour autant; les paroles du genre opposé, il les comparait aux tétradrachmes attiques qui sont frappés n'importe comment et de rugueuse façon : ces discours pèsent pourtant souvent davantage que les expressions[4] bien tournées. Alors que son disciple Ariston[5] faisait de longs discours sans grand talent naturel, parfois même avec précipitation et témérité, il dit: « Il faut croire que ton père était ivre quand il t'a engendré »[6]. C'est pourquoi il l'appelait un bavard, lui-même parlant avec concision.

---

1. ἔφη n'est donné que par le manuscrit Φ.
2. Celle des pédérastes.
3. Il faut lire Ἀλεξανδρείῳ et non Ἀλεξανδρινῷ ou Ἀλεξανδρηνῷ, selon D. Knoepfler, « Tétradrachmes attiques et argent "alexandrin" chez Diogène Laërce (2e partie», *MH* 46, 1989, p. 204, qui reprend une suggestion de Köhler (1884). Voir également les planches représentant des tétradrachmes attiques de l'époque de Zénon.
4. Wilamowitz proposait de supprimer λέξεις. Il faudrait alors traduire: « ils (c'est-à-dire ces tétradrachmes) pèsent pourtant souvent davantage que les (pièces) bien tournées ».
5. Ariston de Chios.
6. La repartie est prêtée à Diogène le Cynique par Plutarque, *De liber. educ.* 3, 2 a.

19 A l'intention d'un goinfre qui n'avait rien laissé à ses compagnons de table, Zénon, alors qu'un gros poisson était servi, le prit comme s'il voulait le manger tout seul; comme l'autre le regardait, il dit: « Que crois-tu que tes compagnons de table supportent chaque jour, si toi tu ne peux pas supporter ma gourmandise ? »[1] Comme un adolescent proposait un problème d'une façon trop élaborée pour son âge, il l'entraîna devant une glace et lui ordonna de se regarder. Il lui demanda ensuite s'il lui semblait que de tels problèmes convenaient à une telle figure.

A l'intention de celui qui disait que sur bien des points Antisthène ne le satisfaisait pas, il sortit une chrie de Sophocle[2] et demanda si elle lui semblait contenir par ailleurs de belles pensées[3]. Comme l'autre disait ne pas le savoir, il dit: « N'as-tu pas honte ensuite, si quelque chose de honteux a été dit par Antisthène[4], de le recueillir et de le mémoriser, tandis que si c'est quelque chose de beau, de ne pas t'en saisir et le conserver ? »

20 Comme quelqu'un disait que les formules[5] des philosophes lui semblaient courtes, il dit: « Tu as raison; pourtant, il faut que même les syllabes qu'ils emploient soient brèves, si c'est possible ». Comme quelqu'un lui disait, à propos de Polémon, que ce dernier prononçait des discours différents de ceux qu'il annonçait, il lui dit d'un air renfrogné: « A quel prix estimerais-tu ce qui est donné ? »[6]

Il faut, dit-il, que celui qui discute avec énergie[7] possède, comme les acteurs, une forte voix et une grande puissance, mais qu'il ne s'étire pas la bouche; c'est ce que font ceux qui parlent beaucoup,

1. L'anecdote est à nouveau tirée de la *Vie de Zénon* d'Antigone de Caryste chez Athénée VIII, 345 d (*SVF* I 290).

2. Sophocle, fr. 1116c Radt (*TrGF* IV, Göttingen 1977).

3. εἴ τινα καὶ καλὰ ἔχειν αὐτῷ δοκεῖ.

4. Wilamowitz a proposé de supprimer ces mots « par Antisthène ». La sentence prendrait ainsi une généralité qui expliquerait que Sophocle ait pu être mis à profit. Ménage proposait inversement de corriger plus haut *Sophocle* en *Antisthène*.

5. τὰ λογάρια. Comp. les vers du comique Théognète évoquant « les λογάρια caractéristiques de la Stoa Poikilè » chez Athénée III 104 b-c (*SVF* III 241). Voir encore Épictète I 29, 55-56; II 10, 30; II 19, 22.

6. Passage obscur et diversement corrigé.

7. Corriger peut-être τόνῳ διαλεγόμενον en τὸν διαλεγόμενον.

mais disent des choses impossibles[1]. Il faut, dit-il, que ceux qui parlent bien, comme les bons artisans, ne laissent pas d'espace (dans leur discours) pour se faire admirer; au contraire, il faut que l'auditeur soit tout entier aux propos tenus, au point de n'avoir pas le temps de prendre des notes.

21 A propos d'un jeune homme qui parlait beaucoup, il dit: « Tes oreilles se sont confondues avec ta langue ». A un bel homme qui disait qu'à son avis le sage ne devait pas éprouver de passion amoureuse, il dit: « Alors, rien ne sera plus misérable que votre condition, vous les jeunes beautés ».

Il disait que même parmi les philosophes la plupart ne sont pas sages en de nombreux domaines, et que pour les petites choses soumises à la Fortune ils sont ignorants[2]. Il citait le mot de Caphisias[3], lequel, alors qu'un de ses élèves s'efforçait de souffler fort, le frappa en disant que bien jouer ne consiste pas à jouer fort, mais qu'en revanche jouer fort consiste à bien jouer[4].

Alors qu'un jeune homme discutait de façon trop impertinente, il dit: « Je ne saurais te dire, mon jeune ami, ce qui me vient à l'esprit. »

22 Alors qu'un Rhodien, beau et riche, mais sans autre qualité, s'adressait à lui, comme il ne voulait pas l'accepter (comme élève), tout d'abord il le fit s'asseoir sur des bancs poussiéreux[5], pour qu'il salisse son manteau; ensuite à l'emplacement réservé aux mendiants, pour qu'il se frotte à leurs frusques; et à la fin le jeune homme s'en alla.

De toutes les choses, disait-il, l'arrogance est la plus inconvenante, surtout chez les jeunes gens. Ce n'est pas les mots et les expressions qu'il faut retenir, mais (il faut) employer son esprit à bien tirer parti de la maxime, et non pas comme des gens qui consomment un mets

1. Ἀδύνατα, qui est ici douteux. Von Arnim (p. 70 en note) envisage également : « mais disent des balivernes » (χαῦνα).

2. On a envisagé des corrections pour ce passage. Ainsi Ménage comprend : « la plupart sont sages dans les grandes choses, mais pour les petites choses... » (τὰ μὲν μεγάλα σοφοὺς εἶναι).

3. Comp. Athénée XIV, 629 a (*SVF* I 307), qui reprend ce mot du flûtiste Caphisias.

4. οὐκ ἐν τῷ μεγάλῳ τὸ εὖ κείμενον εἴη, ἀλλ' ἐν τῷ εὖ τὸ μέγα. Zénon distingue peut-être *jouer fort* et *faire une forte impression.*

5. Variante : « rongés par les vers » (κεκομμένα).

ou un plat cuisiné. Il disait que les jeunes doivent faire montre d'une décence parfaite dans leur démarche, leur tenue et leur habillement[1]. Constamment il citait les vers d'Euripide concernant Capanée[2], disant qu'il était riche[3] :

> Mais point fier de sa richesse ; il n'avait pas les pensers
> plus élevés qu'un pauvre homme.

23 Il disait que rien n'était plus étranger à l'acquisition des savoirs que la prétention[4], que rien ne nous faisait autant défaut que le temps[5].

Comme on lui demandait qu'est-ce qu'un ami, il dit : « Un autre moi-même »[6].

Il faisait fouetter un esclave qui, dit-on, avait volé. Comme ce dernier disait : « C'est mon destin de voler », il dit : « Et d'être fouetté[7]. »

Il a dit que la beauté est la fleur de la modération[8]. D'autres (rapportent) que la modération serait la fleur de la beauté.

Voyant l'esclave d'un de ses disciples marqué de coups, il lui dit : « Je vois les vestiges de ton emportement ».

A l'intention de quelqu'un qui était couvert d'onguent, il dit : « Qui est-ce qui dégage un parfum de femme ? »

Comme Denys le Transfuge[9] lui demandait pourquoi il était le seul qu'il ne corrigeait pas[10], il dit : « Parce que je n'ai pas confiance en toi ».

---

1. Comparer avec le portrait du jeune homme que proposait Zénon (*SVF* I 246 = Clément, *Pégagogue* III 11, 74, 3-4).
2. Euripide, *Suppliantes* 862-863 (trad. H. Grégoire, modifiée).
3. Ces mots correspondent à la fin du vers 861 : ᾧ βίος μὲν ἦν πολύς. Ce dernier mot pourrait être ajouté dans la formule de Diogène Laërce : ὅτι βίος μὲν ἦν αὐτῷ <πολύς>, mais il n'est pas indispensable dans le contexte.
4. Correction de Casaubon : οἰήσεως. Les mss ont « la poésie » (ποιήσεως). Selon Ménage, le passage soulignerait l'inutilité de la poésie.
5. Parallèle en *SVF* I 323.
6. Parallèle en *SVF* I 324.
7. L'esclave entendait mettre à profit la doctrine stoïcienne du Destin.
8. Texte corrigé. Les mss ont « la voix » et non « la modération ». Même chose dans la phrase suivante.
9. Sur ce disciple de Zénon, voir VII 166-167.
10. οὐ διορθοῖ. On peut comprendre : « le seul dont il n'essayait pas de corriger les mœurs ».

A l'intention d'un jeune vantard, il dit : « La raison pour laquelle nous avons deux oreilles, mais seulement une bouche, c'est pour que nous écoutions plus et que nous parlions moins »[1].

24 Comme dans un banquet il restait allongé en silence et qu'on lui en demandait la raison, il dit à celui qui lui en faisait le reproche d'aller dire au roi qu'était présent quelqu'un qui savait se taire. Ceux qui l'interrogeaient étaient des ambassadeurs envoyés par Ptolémée qui voulaient savoir ce qu'il fallait dire à son sujet au roi[2].

Comme on lui demandait comment il ressentait une injure, il dit : « Comme si un ambassadeur était renvoyé sans réponse ».

Apollonius de Tyr dit qu'alors que Cratès[3] le tirait par le manteau pour l'arracher à Stilpon, il dit : « Mon cher Cratès, la bonne façon de se saisir des philosophes, c'est par les oreilles ; attire-les donc par la persuasion ; mais si tu me contrains, mon corps sera auprès de toi, mais mon âme auprès de Stilpon ».

Autres maîtres de Zénon

25 Il fréquenta également Diodore[4], selon ce que dit Hippobote[5] ; auprès de lui il travailla à fond la dialectique. Bien qu'il eût fait des progrès remarquables, il avait la modestie de se rendre également chez Polémon[6]. C'est pourquoi Polémon, à ce qu'on rapporte, déclara : « Il ne m'échappe pas, mon cher Zénon, que tu pénètres par la porte du jardin et qu'ayant dérobé nos doctrines tu les habilles à la mode phénicienne ». A un dialecticien qui lui avait montré sept formes dialectiques dans l'argument intitulé *Le Moissonneur*[7], il

1. Parallèles en *SVF* I 310.
2. En suivant le texte des manuscrits BF (περί). P (que suit Long) a « de sa part » (παρά). Voir deux parallèles en *SVF* I 284.
3. Cratès de Thèbes, le Cynique.
4. Diodore Cronos (fr. 103 Döring).
5. Fr. 10 Gigante.
6. Selon Strabon (*SVF* I 10), Numénius (*SVF* I 11 = fr. 25 des Places) et Cicéron (*SVF* I 13), Zénon fut condisciple d'Arcésilas de Pitanè chez Polémon. Numénius attribue à Zénon plusieurs maîtres successifs : Xénocrate, Polémon, puis Cratès et Stilpon (cf. plus loin VII 24).
7. Cf. D. L. VII 44 et Ammonius, *in De interpret.* p. 131, 25-32 (*FDS* 1252) : « S'il est vrai, dit (l'argument), que tu moissonneras, il n'est pas vrai que peut-être tu moissonneras et peut-être tu ne moissonneras pas, mais nécessairement tu moissonneras; et s'il est vrai que tu ne moissonneras pas, il n'est pas vrai que

demanda quel prix il en voulait. Ayant entendu cent drachmes, il lui en donna deux cents, tant il pratiquait l'amour du savoir.

On dit également qu'il fut le premier à employer le nom de « devoir »[1] et à traiter le sujet.

Il aurait aussi récrit de la sorte les vers d'Hésiode[2] :

> Le meilleur, c'est celui qui obéit à l'homme qui parle bien,
> mais il est bon aussi celui qui pense tout par lui-même,

26 car celui qui est capable de bien écouter ce qui est dit et de le mettre à profit est meilleur que celui qui a tout conçu par lui-même. A l'un n'appartient en effet que la conception, tandis qu'à celui qui sait obéir s'ajoute aussi la pratique.

Comme on lui demandait, dit-il[3], pourquoi, alors qu'il était austère, il se laissait aller dans les banquets, il dit : « Les lupins aussi, bien qu'ils soient amers, s'adoucissent quand ils sont humectés.[4] » Hécaton, lui aussi, dit au second livre de ses *Chries*[5] qu'il se déten-

---

peut-être tu moissonneras et peut-être tu ne moissonneras pas, mais nécessairement tu ne moissonneras pas. Or, nécessairement, ou bien tu moissonneras ou bien tu ne moissonneras pas. »

1. *Litt.* : « ce qu'il convient (de faire) » : καθῆκον, en latin *officium*. D. L. VII 4 cite le Περὶ τοῦ καθήκοντος. Sur les néologismes zénoniens, voir les témoignages de Galien (*SVF* I 33) et de Cicéron (*SVF* I 34). « Devoir » est une traduction conventionnelle peu satisfaisante, car les plantes et les animaux ont aussi des *kathèkonta* (VII 107), mais d'un emploi plus facile que « convenable » qui, en français, prête à confusion.

2. κεῖνος μὲν πανάριστος ὃς εὖ εἰπόντι πίθηται,
ἐσθλὸς δ' αὖ κἀκεῖνος ὃς αὐτὸς πάντα νοήσῃ.

Cf. Hésiode, *Op.* 293 et 295 : Οὗτος μὲν πανάριστος, ὃς αὐτὸς πάντα νοήσῃ (...) ἐσθλὸς δ' αὖ κἀκεῖνος ὃς εὖ εἰπόντι πίθηται. Zénon a donc interverti les hémistiches de deux vers voisins. Voir aussi le texte de la scholie sur les vers 293-297 (p. 99-100 Pertusi = *SVF* I 235) : Ζήνων μὲν ὁ Στωϊκὸς ἐνήλλαττε τοὺς στίχους λέγων :

> οὗτος μὲν πανάριστος ὃς εὖ εἰπόντι πίθηται,
> ἐσθλὸς δ' αὖ κἀκεῖνος ὃς αὐτῷ πάντα νοήσῃ

τῇ εὐπειθείᾳ τὰ πρωτεῖα διδούς, τῇ φρονήσει δὲ τὰ δευτερεῖα.

3. La dernière source explicitement mentionnée est Hippobote au début du § 25.

4. Parallèles en *SVF* I 285.

5. Fr. 24 Gomoll.

dait lors de tels rassemblements. Il disait aussi qu'il vaut mieux faire un faux pas avec les pieds[1] qu'avec la langue.

Le bonheur s'obtient petit à petit, mais n'est pas une petite affaire. D'autres disent que cette parole est de Socrate[2].

Témoignage des poètes

Il était d'une extrême endurance et d'une extrême frugalité, consommant une nourriture non cuisinée et se vêtant d'un léger *tribôn*. **27** Aussi a-t-on dit de lui :

> Ni l'hiver glacial ni la pluie incessante
> ni la flamme du soleil ne soumet cet homme, ni la maladie terrible,
> ni la fête du peuple ne détruit sa force, mais, imperturbable,
> il reste tendu jour et nuit vers son enseignement.

Le fait est que les poètes comiques, à leur insu, le louent par leurs railleries. Ainsi Philémon dit dans sa pièce *Les Philosophes*[3] :

> Un seul pain, une figue sèche comme assaisonnement, et là-dessus [de l'eau à boire,
> C'est en effet une nouvelle philosophie que cet homme promeut.
> Il enseigne la faim et accueille des disciples.

D'autres prêtent ces vers à Posidippe.

Bientôt sa figure devint presque proverbiale. De fait on disait en se référant à lui :

> Plus endurant que le philosophe Zénon.

Posidippe dit aussi dans ses *Convertis*[4] :

> Si bien qu'en dix jours
> il parut être plus endurant que Zénon.

La mort de Zénon

28 En vérité, il surpassa tous les hommes en cette espèce (de vertu)[5], tout comme en gravité, et, par Zeus, en béatitude. Il mourut en

---

1. Parce qu'on est ivre.
2. Comp. II 32.
3. Philémon, fr. 88 Kassel & Austin. Ces vers sont cités également, dans un ordre différent (2, 3, 1), par Clément d'Alexandrie, *Strom.* II 121, 12.
4. Posidippe, *Metapheromenoi*, fr. 16 Kassel & Austin.
5. C'est-à-dire l'endurance.

effet âgé de 98 ans[1], ayant toujours vécu sans connaître la maladie et en bonne santé. Persaios cependant dit dans son *Cours de morale*[2] qu'il acheva ses jours à 72 ans et qu'il arriva à Athènes à 22 ans. Apollonios dit qu'il dirigea l'école pendant cinquante-huit ans.

Voici comment il mourut[3]. En sortant de l'école, il achoppa et se brisa le doigt[4]. Frappant la terre de la main, il prononça le vers tiré de *Niobé*[5] :

J'arrive. Pourquoi m'appelles-tu ?

Et aussitôt il mourut, en retenant sa respiration[6].

Honneurs

29 Les Athéniens l'ensevelirent au Céramique et l'honorèrent par les décrets déjà cités[7], apportant leur témoignage en faveur de sa vertu.

Épigrammes

Antipatros de Sidon a écrit sur lui le poème suivant :

Ci-gît Zénon, cher à Kition, lui qui courut jusqu'au sommet
de l'Olympe, sans empiler le Pélion sur l'Ossa
ni (remporter) les victoires d'Héraclès. Il découvrit cependant [le sentier qui mène
vers les astres au moyen de la seule modération.

---

1. Un passage du *De Stoicis* de Philodème (V 9-14 Dorandi = *SVF* I 36 a) situe la mort de Zénon sous l'archontat d'Arrhénidès (262/1). Cf. T. Dorandi, *Ricerche sulla cronologia dei filosofi ellenistici*, coll. « Beiträge zur Altertumskunde » 19, Stuttgart 1991, chap. 5 : *Zenone di Cizio e Cleante di Asso*, p. 23-28. Voir l'Introduction au livre VII, p. 778, n. 1.

2. *SVF* I 458.

3. Voir aussi Lucien, *Macrob.* 19 (*SVF* I 288) : Zénon serait tombé en se rendant à l'Assemblée. Ayant dit « Pourquoi m'appelles-tu ? » il serait rentré chez lui et se serait laissé mourir de faim. Voir aussi la *Souda, s.v.* Ζήνων (*FDS* 103), qui pour le reste reproduit les renseignements fournis par Diogène Laërce.

4. Ou le gros orteil, τὸν δάκτυλον.

5. Vers du poète Timothée de Milet (cf. fr. 787 Page).

6. ἀποπνίξας ἑαυτόν. Hicks : « holding his breath ». Gigante : « mancatogli il respiro ». Bréhier : « il mourut subitement d'étouffement ». Hübner et Cobet : « se strangulans ». Pour une interprétation « doctrinale » de l'épisode, voir G. Berrettoni, « Il dito rotto di Zenone », *MD* 22, 1989, p. 23-36.

7. Cf. VII 11-12.

30 Zénodote le Stoïcien[1], disciple de Diogène[2], en écrivit un lui aussi :

Tu as créé l'indépendance, rejetant la vaine gloire de la richesse,
Zénon, homme grave au gris sourcil.
Car tu as découvert un langage viril ; dans ta prévoyance
tu as prodigué tes efforts pour une école de pensée, mère de
[l'impavide liberté.
Si ta patrie est la Phénicie, qui t'en voudra ? N'est-ce pas de là
Que venait Cadmos, à qui la Grèce doit la page écrite ?

Et de façon générale, à propos de tous les Stoïciens, Athénée l'épigrammatiste a écrit ce qui suit[3] :

O vous qui vous y connaissez en formules stoïciennes,
vous qui avez déposé sur les saintes tablettes des dogmes
[excellents :
La vertu de l'âme est le seul bien, car elle seule sauve la vie et les
[cités des hommes.
Mais le plaisir de la chair, cette fin que d'autres hommes
aiment à poursuivre, une seule des filles de Mémoire l'atteint.[4]

31 Nous aussi, dans le *Pammétros*[5], nous avons raconté comme suit les circonstances de sa mort :

On rapporte que Zénon de Kition mourut, alors qu'affligé
par nombre des maux de la vieillesse,
il fut délivré en restant sans manger[6].
D'autres disent qu'ayant un jour achoppé
il frappa la terre de sa main,
disant : Je viens de moi-même. Pourquoi m'appelles-tu ?

Certains disent en effet que c'est de cette façon qu'il mourut[7].

---

1. *Anth. Pal.* VII 117.
2. Diogène de Babylonie. Sur Zénodote, voir T. Dorandi, « Epigraphica philosophica », *Prometheus* 15, 1989, p. 38.
3. *Anth. Pal.* IX 496. Épigramme déjà citée en VI 14.
4. Il s'agit, comme le note Beckby (t. III, p. 802) d'Érato, muse de la poésie lyrique et amoureuse. Cf. Apoll. Rhod., *Argon.* III 1 ; Athénée XIII, 555 b.
5. *Anth. Pal.* VII 118.
6. Cette version n'apparaît pas comme telle dans le récit de Diogène. Mais voir le parallèle chez Lucien, *Macrob.* 19 (*SVF* I 36).
7. Allusion peut-être à la variante évoquée dans le premier distique de l'épigramme, mais non dans le récit de Diogène (voir note précédente).

Voilà donc ce que nous avions à dire à propos de sa mort.

Retour sur la conversion

Démétrios de Magnésie[1], dans ses *Homonymes*, dit que son père Mnaséas, du fait qu'il était marchand, se rendait souvent à Athènes et rapportait à Zénon, qui était encore un enfant, de nombreux ouvrages des Socratiques. Aussi avait-il reçu un entraînement[2] déjà dans sa patrie. **32** Et c'est ainsi qu'en arrivant à Athènes il s'attacha à Cratès. (Démétrios) rapporte également qu'il semble avoir défini lui-même la fin, alors que les autres[3] erraient dans leurs assertions. Il jurait, rapporte-t-on, « par la câpre »[4], comme Socrate jurait « par le chien ».

Attaques de Cassius le Sceptique

Certains pourtant, dont Cassius le Sceptique[5] (et son cercle[6]), adressent à Zénon des accusations sur plusieurs points. Ils disent

---

1. Fr. 22 Mejer. C'est peut-être au moment de reproduire la liste d'homonymes de VII 35 que Diogène a ajouté ce complément trouvé chez Démétrios de Magnésie. Hahm 1992, p. 4130-4131, signale le même type d'addition, empruntée à la même source, à la fin de la vie de Chrysippe en VII 185-186.

2. συγκεκροτῆσθαι.

3. Lire τῶν <ἄλλων> πλανωμένων avec Cobet (conjecture absente de l'apparat de Long).

4. Comp. Athénée IX, 370 c (*SVF* I 32 a), qui cite un certain Empédos.

5. Sur ces critiques, qu'il faut rapprocher des critiques similaires adressées à Chrysippe en VII 187-189, voir M. Schofield, *The Stoic Idea of the City*, Cambridge 1991, p. 3-21, avec les réserves d'A. Angeli, « Frammenti di lettere di Epicuro nei papiri d'Ercolano », *CronErc* 23, 1993, p. 11-27, notamment p. 19 n. 109. A rapprocher de Sextus, *H. P.* III 245-248, et *A. M.* XI 190-194.

6. Diogène affectionne la formule οἱ περὶ τινά. Comme il l'emploie dans des phrases où apparaissent également des noms propres au singulier (par exemple en VII 140 : Ποσειδώνιος καὶ οἱ περὶ 'Αντίπατρον), il lui donne une valeur littéraire certaine, qu'il n'est cependant pas toujours facile de préciser et encore moins de rendre en français. Parfois, elle semble signifier que les noms indiqués n'ont que valeur d'exemple (en I 12 : Cratinos appelle sophistes dans un sens laudatif τοὺς περὶ Ὅμηρον καὶ Ἡσίοδον ; voir aussi VII 91 : « les Socrate, les Diogène, les Antisthène ») ; ailleurs, surtout dans les énumérations, la formule entend faire un effet de masse et on pourrait traduire par « les Cléanthe, les Posidonios et les Antipatros » (par exemple VII 92 et *passim*) ; ailleurs encore, elle souligne apparemment que l'auteur est cité en tant qu'autorité doctrinale, comme chef de tendance plus que comme simple individu. A la fin de notre passage, Diogène ne fera plus référence qu'à Cassius tout seul, si bien qu'on

tout d'abord qu'il a prétendu au début de sa *République* que le cursus des études générales était inutile[1], en second lieu que tous ceux qui ne sont pas bons sont des ennemis, des adversaires, des esclaves et des étrangers les uns pour les autres, que ce soient les parents pour leurs enfants, les frères ou les familiers entre eux. **33** A nouveau, dans la *République*[2], il présente les bons comme les seuls qui soient citoyens, amis, familiers et libres, de sorte que pour les Stoïciens les parents et les enfants sont des ennemis les uns pour les autres, car ils ne sont pas des sages. Il enseigne de même dans la *République* la communauté des femmes[3] et, vers les <lignes> 200[4], qu'il ne faut pas construire de temples[5], de tribunaux ou de gymnases dans les cités. A propos de la monnaie, voici ce qu'il écrit[6]: « La monnaie, je pense qu'il ne faut pas en fabriquer ni pour les échanges, ni pour les voyages à l'étranger. » Il prescrit encore que les hommes et les femmes portent le même vêtement, et qu'aucune partie (de leur corps) ne reste cachée.

---

peut douter qu'il ait ici en vue un cercle plus vaste ou qu'il inclue les disciples avec le maître. Il n'y a de fait aucun passage où les associés ou les disciples que la formule pourrait suggérer aient un rôle spécifique à jouer dans l'exposé de Diogène. C'est notamment le cas lorsque la formule fait référence à un écrit particulier (par exemple, en II 77, οἱ περὶ τὸν Βίωνα ἐν ταῖς Διατριβαῖς) ou lorsque la même source apparaît sans la formule (par exemple en IX 62 avec références à Antigone de Caryste). Quant au sobriquet de Διονυσοκόλακας donné par Épicure à τοὺς περὶ Πλάτωνα (X 8), il peut difficilement viser quelqu'un d'autre que Platon lui-même.

1. *SVF* I 259. Chrysippe reconnaîtra au contraire l'utilité des études générales (VII 129).
2. *SVF* I 222.
3. *SVF* I 269. Voir aussi plus loin en VII 131.
4. *SVF* I 267. Plutôt qu'en deux cents lignes comme on l'a parfois compris. On retrouve deux références à des lignes précises de deux traités de Chrysippe en VII 187-189.
5. Parallèles en *SVF* I 264-265.
6. *SVF* I 268.

Sur l'authenticité de certains écrits de Zénon

34 Que la *République* soit bien de lui, Chrysippe lui aussi le dit dans son traité *Sur la république*[1]. Il traite des choses de l'amour au début de son ouvrage intitulé *Art d'aimer*, mais il tient des propos analogues dans ses *Entretiens*[2]. On trouve de telles attaques chez Cassius, mais également chez le rhéteur Isidore de Pergame qui prétend que les propos inconvenants tenus par les Stoïciens avaient été retranchés de leurs livres par le Stoïcien Athénodore qui avait la charge de la bibliothèque de Pergame, puis qu'ils furent restitués[3], lorsque Athénodore fut découvert et mis en accusation. Voilà ce qu'il y avait à dire sur ce qui avait été supprimé de ses œuvres.

Homonymes

35 Il y eut huit Zénon. Le premier fut l'Éléate, dont nous reparlerons[4]. Le deuxième le nôtre même. Le troisième, un Rhodien qui a écrit une histoire locale en un seul livre[5]. Le quatrième, un historien qui a raconté l'expédition de Pyrrhus en Italie et en Sicile, ainsi qu'un Abrégé des hauts faits des Romains et des Carthaginois[6]. Le cinquième fut un disciple de Chrysippe, qui écrivit peu de livres, mais laissa de nombreux disciples[7]. Le sixième, un médecin de l'école d'Hérophile, capable d'invention, mais écrivain peu vigoureux[8].

---

1. Voir *SVF* III, p. 203. Cette discussion rappelle les développements du *De Stoicis* de Philodème sur l'authenticité de la *République* de Zénon et sa dépendance à l'égard de l'ouvrage de Diogène de Sinope portant le même titre. Cf. l'édition, traduite et commentée, du papyrus par T. Dorandi, « Filodemo. Gli Stoici (PHerc. 155 e 339) », *CronErc* 12, 1982, p. 91-133, et *id.*, « La Politeia entre cynisme et stoïcisme », dans *Chypre et les origines du stoïcisme*, Paris 1996, p. 101-109.
2. Cette référence aux deux écrits de Zénon semblent absente du recueil de von Arnim.
3. Sur Athénodore de Tarse, dit Cordylion, voir *DPhA* A 498. Il faut peut-être comprendre qu'Athénodore avait subtilisé les livres contenant ces passages et non qu'il avait supprimé les passages inconvenants et les auraient ensuite réinsérés dans les ouvrages ainsi expurgés. H. Richards, « Laertiana », *CR* 18, 1904, p. 344, a proposé de corriger ἀντιτεθῆναι en ἀνατεθῆναι.
4. En IX 25-29 (*RE* 1).
5. Voir *FGrHist* 523 (*RE* 6).
6. Voir *FGrHist* 158 (*RE* 7).
7. *RE* 4.
8. *RE* 12.

Le septième, un grammairien, dont circulent notamment des épigrammes[1]. Le huitième, originaire de Sidon, fut un philosophe épicurien, d'une grande clarté dans la pensée et l'expression[2].

Disciples: Persaios

36 Les disciples de Zénon furent nombreux, mais parmi ceux qui furent célèbres on compte Persaios, fils de Démétrios, de Kition, que les uns disent son disciple, d'autres son serviteur[3], l'un de ceux qui lui furent envoyés comme copistes[4] par Antigone[5], auprès duquel il servait de tuteur pour son fils Halcyoneus. Antigone qui voulait un jour le mettre à l'épreuve lui fit rapporter la fausse nouvelle que ses propriétés avaient été dévastées par les ennemis; devant la mine assombrie de Persaios, il dit: « Ne vois-tu pas que la richesse n'est pas un indifférent ? »[6]

---

1. *RE* 11.
2. *RE* 5.
3. Comp. Origène, *Contre Celse* III 54 (*SVF* I 40). Zénon aurait incité à philosopher son serviteur (οἰκότριψ) Persaios. Il s'agit normalement d'un esclave né et élevé dans la maison de son maître. [Voir *SVF* I 436 et 437.] Ce détail contredit donc l'affirmation suivante qu'il aurait été originellement envoyé à Zénon par Antigone. Selon Athénée IV, 162 d, voyant un jour une représentation de Persaios sur laquelle était gravé « ΠΕΡΣΑΙΟΝ ΖΗΝΩΝΟΣ ΚΙΤΙΑ » (« Persaios [disciple] de Zénon, de Kition »), Bion de Borythène (F 73 Kindstrand) déclara que le graveur s'était trompé et qu'il aurait fallu écrire: « ΠΕΡΣΑΙΟΝ ΖΗΝΩΝΟΣ ΟΙΚΕΤΙΑ » (« Persaios, esclave de Zénon »).
4. Dans une lettre conservée par Eusèbe, *H. E.* II 6, 23, Origène distingue tachygraphes, « bibliographes » et jeunes filles chargées de la calligraphie des textes. D'autres textes de Galien montrent que βιϐλιογράφος désigne le copiste qui transcrit les manuscrits.
5. D. L. VII 6 et 10, de même que la lettre de Zénon à Antigone – pseudépigraphe il est vrai – citée en VII 9, laissent entendre au contraire que c'est Zénon qui envoya Persaios, comme lui originaire de Kition, en compagnie de Philonidès de Thèbes, chez le roi Antigone Gonatas. [Voir la correction de F. della Corte, « Stoicismo in Macedonia e in Roma », E. V. Alfieri et M. Untersteiner (édit.), *Studi di filosofia greca,* Bari 1950, p. 310 (repris dans *Opuscula,* t. I, Genova 1971, p. 174) : παρ' αὐτοῦ 'Αντιγόνῳ].
6. Comme le prétendait l'école stoïcienne (voir VII 104-105). L'anecdote est rapportée avec plus de détails par Thémistius. Voir *SVF* I 449.

On cite de lui les ouvrages suivants:

Sur la royauté,
Constitution lacédémonienne,
Sur le mariage,
Sur l'impiété,
Thyeste,
Sur les amours,
Protreptiques,
Entretiens[1],
Chries en quatre livres,
Mémorables,
Contre les Lois de Platon en sept livres.

Autres disciples[2]

37 Ariston, fils de Miltiadès, de Chios, celui qui introduisit la doctrine de l'indifférence. Hérillos de Carthage[3], celui qui a dit que la fin est la science. Denys qui déserta au profit du plaisir, car, du fait d'une grave maladie des yeux, il n'osa plus dire que la douleur était un indifférent. Il était originaire d'Héraclée. Sphaïros du Bosphore. Cléanthe, fils de Phanias, d'Assos, qui lui succéda à la tête de l'école. Zénon le comparait aux tablettes de cire dure: on y écrit difficilement, mais elles gardent bien ce qui y est écrit[4]. Mais Sphaïros fut également l'auditeur de Cléanthe, après la mort de Zénon. Et nous parlerons de lui dans notre *Vie de Cléanthe*[5].

---

1. Le titre apparaissant au génitif, il devait être suivi de l'indication du nombre de livres qu'il comportait, comme c'est le cas pour l'ouvrage qui suit.

2. Liste semblable dans l'*Index Stoicorum* X 2 (*SVF* I 39).

3. Ou de Chalcédoine ! En VII 165, BPF donneront en effet Χαλκηδόνιος au lieu de Καρχηδόνιος. Cf. P. Von der Mühll, « Zwei alte Stoiker. Zuname und Herkunft », *MH* 20, 1963, p. 1-9 ; O. Masson, *MH* 52, 1995, p. 229-230.

4. Comp. Plutarque, *De audiendo* 18, p. 47 e (*FDS* 151) : Cléanthe et Xénocrate employaient cette comparaison à propos de leur propre lenteur d'esprit. Molière, *Le Malade imaginaire*, acte II, scène 5 (éloge de Thomas Diafoirus par son père) : « On grave sur le marbre bien plus malaisément que sur le sable, mais les choses y sont conservées bien plus longtemps… »

5. Les paragraphes sur Sphaïros feront donc partie de la *Vie de Cléanthe* et ne constitueront pas une « vie » autonome. L'indication est précieuse pour comprendre la structure de l'ouvrage de Diogène. Voir Hahm 1992, p. 4083 n. 20.

38 Selon Hippobote[1], furent également disciples de Zénon: Philonidès de Thèbes[2], Callippe de Corinthe[3], Posidonios d'Alexandrie[4], Athénodore de Soles[5], Zénon de Sidon[6].

---

1. Fr. 11 Gigante.
2. Cf. VII 9.
3. Cf. *DPhA* C 33.
4. La notice de la *Souda* qui lui est consacrée (Π 2108) le confond avec Posidonios d'Apamée. Ce disciple de Zénon a été oublié par la *RE*.
5. Il était peut-être le frère du poète Aratos. Voir *DPhA* A 496. L'homonyme dédicataire d'un ouvrage de Chrysippe (VII 190) devait être un disciple de Chrysippe et non de Zénon.
6. La *Souda* (Z 78 = *RE* 3) le présente comme disciple de Diodore Cronos et *maître* de Zénon de Kition. A distinguer de l'Épicurien Zénon de Sidon de VII 35 (*RE* 5) et aussi du disciple de Chrysippe Zénon de Tarse (*RE* 4) *ou de Sidon*. Voir plus haut p. 800, n. 4.

EXPOSÉ GÉNÉRAL DES DOCTRINES STOÏCIENNES[1]

J'ai jugé bon de parler d'un point de vue général de l'ensemble des doctrines stoïciennes dans la *Vie de Zénon,* du fait que c'est lui qui fut le fondateur de cette école de pensée. Il existe donc de lui les livres nombreux que nous avons déjà recensés[2], dans lesquels il s'est exprimé comme aucun des (autres) Stoïciens. Mais les points de doctrine qu'ils ont en commun sont les suivants. Je n'en donnerai que les points principaux, comme nous avons l'habitude de le faire pour les autres philosophes.

La philosophie et ses parties (39-41)[3]

39 Ils disent que le discours philosophique comprend trois parties. Il contient en effet les parties physique, éthique et logique. Le premier à avoir opéré cette division fut Zénon de Kition dans son traité *Sur la raison*[4], (puis) Chrysippe dans le premier livre de son traité *Sur la raison* et dans le premier livre de ses *Physiques,* Apollodore dit Éphillos[5] dans le premier livre de ses *Introductions aux doctrines,* Eudrome dans ses *Éléments d'éthique,* Diogène de Babylonie

---

1. Pour ne pas surcharger inutilement l'annotation, les références aux recueils de fragments pour cette section ne seront pas indiquées lorsqu'elles concernent les *Stoicorum Veterum Fragmenta* de von Arnim. On se reportera à l'*Index Fontium* établi par M. Adler (t. IV).

2. En VII 4.

3. Cf. Katerina Ierodiakonou, « The Stoic Division of philosophy », *Phronesis* 38, 1993, p. 57-74.

4. Ce traité, également cité au paragraphe suivant, est absent de la liste donnée en VII 4.

5. Apollodore de Séleucie. Cf. *DPhA* A 250. Long suit ici une correction d'Aldobrandi : καὶ Σύλλος (d'après Cicéron, *De nat. deor.* I 93). Les manuscrits principaux ont : ὁ ἔφηλος B, ὁ ἔφιλος F, ὁ ἔφιλλος P.

et Posidonios[1]. Ces parties, Apollodore les appelle des « lieux », Chrysippe et Eudrome des « espèces », d'autres des « genres ».

40 Ils comparent la philosophie[2] à un animal, assimilant aux os et aux tendons la logique, aux parties plus charnues l'éthique, à l'âme la physique. Ou encore à un œuf : l'extérieur est en effet la logique, ce qui vient ensuite l'éthique, la partie la plus intérieure la physique. Ou bien à un champ fertile : la clôture d'enceinte <en>[3] est la logique, le fruit l'éthique, la terre ou les arbres la physique. Ou bien à une ville bien fortifiée et gouvernée selon la raison.

Aucune partie n'est préférée[4] à une autre, ainsi que le disent certains d'entre eux ; au contraire ces parties sont mêlées entre elles. Ils font de même façon de la transmission (de la doctrine) un processus mixte[5]. D'autres[6] placent en premier la logique, en deuxième position la physique et en troisième l'éthique. Au nombre de ceux-ci on trouve Zénon dans son traité *Sur la raison*, ainsi que Chrysippe[7], Archédème[8] et Eudrome. **41** Car[9] Diogène de Ptolémaïs[10] commen-

1. Posidonios F 87 Edelstein & Kidd.

2. Ces comparaisons sont également mentionnées, avec des variantes significatives, par Sextus, *A. M.* VII 17-19 et dans des textes de Philon (*FDS* 22-23). Selon Sextus, Posidonios (F 88 Edelstein & Kidd) aurait proposé la comparaison avec un animal, pour souligner, mieux que par la comparaison avec le jardin par exemple, que les parties de la philosophie sont « inséparables » (ἀχώριστα). Mais la mise en rapport des parties de la philosophie avec les différentes parties de l'animal n'est pas la même que chez Diogène.

3. οὗ a été ajouté par von Arnim.

4. Les mss ont en effet προκεκρίσθαι. C'est le texte que retient Kidd (Posidonios F 91). Cobet (suivi par Long) a conjecturé ἀποκεκρίσθαι : « aucune partie n'est séparée d'une autre », ce qui s'accorderait mieux avec l'affirmation qui suit (voir aussi Sextus, *A. M.* VII 19 : « les parties de la philosophie sont inséparables entre elles »).

5. Selon Chrysippe, dans l'enseignement de chaque partie de la philosophie des éléments des autres parties doivent être introduits à l'occasion (Plutarque, *De Stoic. repugn.* 9, 1035 e-f).

6. Par rapport aux premiers qui ne faisaient pas appel à une telle division des parties de la philosophie dans leur enseignement.

7. Plutarque, *De Stoic. repugn.* 9, 1035 a-b (*FDS* 24) prête à Chrysippe un ordre différent : logique, éthique et physique (culminant dans la théologie).

8. Cf *DPhA* A 307.

9. Il faut sous-entendre : « Cet ordre n'est pas le seul qui ait été proposé, car... »

10. C'est ici l'unique occurrence de ce nom. Voir *DPhA* D 144.

ce par les doctrines éthiques, Apollodore place les doctrines éthiques en deuxième position, Panétius[1] et Posidonios[2] commencent par les doctrines physiques, comme le dit Phainias, le disciple de Posidonios, dans le premier livre de son *Cours de Posidonios.*

Cléanthe, de son côté, dit qu'il y a six parties : dialectique, rhétorique, éthique, politique, physique, théologie[3]. D'autres, comme Zénon de Tarse, disent que ce ne sont pas là des parties du discours (philosophique), mais des parties de la philosophie elle-même.

La logique (41-83)

Quant à la partie logique, certains disent qu'elle se divise en deux sciences : la rhétorique et la dialectique[4]. D'aucuns y ajoutent l'espèce relative aux définitions, celle relative aux règles et aux critères ; quelques-uns suppriment l'espèce relative aux définitions.

42 L'espèce relative aux règles et aux critères, ils l'utilisent en vue de la découverte de la vérité. C'est en effet dans cette partie qu'ils justifient les différences entre les représentations. (Ils utilisent) de même l'espèce relative aux définitions en vue de la connaissance scientifique de la vérité. C'est en effet grâce aux notions que les réalités sont comprises. (Ils utilisent) aussi la rhétorique qui est la science du bien parler dans le domaine des discours continus, et la dialectique qui est la science de la discussion correcte dans le domaine des discours qui se déroulent par question et réponse[5]. C'est pourquoi ils la définissent comme la science du vrai, du faux et de ce qui n'est ni vrai ni faux.

La rhétorique

Quant à la rhétorique, ils disent qu'elle comprend elle aussi trois parties : elle comprend en effet la partie délibérative, la partie judi-

1. Fr. 129 Alesse.
2. Posidonios F 91 Edelstein & Kidd.
3. Cléanthe dédoublait apparemment chacune des parties principales.
4. Sur la distinction stoïcienne entre dialectique et rhétorique, illustrée par l'image du poing fermé qui se déploie en main ouverte chez Zénon, voir, entre autres témoignages, Sextus, *A. M.* II 6 (*FDS* 35) et Cicéron, *De finibus* II 6, 17 (*FDS* 36).
5. La structure de l'argumentation reproduit le modèle du jeu dialectique dont la règle prescrit de répondre strictement à la question, par oui ou par non, sans rien ajouter. Voir Aulu-Gelle, *Nuits attiques* XVI 2, 1 (*FDS* 59).

ciaire et la partie laudative. **43** Il existe aussi une division de la rhétorique en invention, élocution, disposition et action[1]. Quant au discours rhétorique, (il se divise) en prologue, exposé, réfutation des objections et conclusion.

La dialectique - exposé sommaire (43-48)

La dialectique se divise en lieu relatif aux signifiés et en lieu relatif au son vocal[2]; le lieu des signifiés (se divise) en lieu relatif aux représentations et en lieu relatif aux exprimables qui subsistent à partir d'elles[3]: les propositions et les (autres exprimables) complets, les prédicats et les réalités semblables, prédicats droits et renversés[4], genres et espèces, de même arguments, modes et syllogismes et les sophismes dépendant du langage ou des choses dites elles-mêmes; **44** on distingue parmi ceux-ci les arguments du Menteur et de Celui qui dit la vérité, ou encore ceux du Négateur, les sorites (et les arguments qui leur sont semblables, qu'ils soient elliptiques, embarrassants ou conclusifs), les Voilés, les Cornus, les Personnes et les Moissonneurs[5].

Mais constitue également un lieu propre de la dialectique, celui que nous avons déjà mentionné qui concerne le son vocal lui-même:

---

1. Selon Plutarque, *De Stoic. repugn.* 28, 1047 a-b (*FDS* 51), Chrysippe accordait de l'importance non seulement à l'élocution, mais aux modulations de la voix et à la gestualité de l'orateur (visage, mains, etc.).

2. φωνή recouvre un vaste champ sémantique: son, son vocal, voix, langage... La traduction française se doit de particulariser chacun de ses emplois. Il s'agit ici des *signifiants,* appelés ailleurs σημαίνοντα. Pour cette division de la dialectique, voir aussi Sénèque, *Epist.* 89, 17 (*FDS* 34): « διαλεκτική in duas partes dividitur, in verba et significationes, id est in res quae dicuntur et vocabula quibus dicuntur. »

3. Pour une formule analogue, voir VII 63, à propos du *lekton,* qui existe en conformité avec la représentation rationnelle (τὸ κατὰ φαντασίαν λογικὴν ὑφιστάμενον).

4. ὀρθῶν καὶ ὑπτίων. Il s'agit des «prédicats personnels actifs et passifs» (Hülser, *FDS* 33). Il seront définis en VII 64.

5. Sur cette liste de sophismes, voir Hülser, *FDS* 1203. Sur le Menteur, voir dans la liste des écrits de Chrysippe les n°s 94-104. Sur le Négateur, voir n°s 105-106. Sur le Sorite, voir n° 107 (argument du Peu à peu). Sur le Voilé, voir n° 109. Sur le Personne, voir n°s 111-113. Pour le Cornu, voir VII 187. Pour le Moissonneur, voir VII 25. Enfin, VII 82 énumère plusieurs types d'arguments embarrassants: le Voilé, le Dissimulé, le Sorite, le Cornu et le Personne.

on y montre ce qu'est le son transcriptible[1], quelles sont les parties du discours; (on y traite) du solécisme, du barbarisme, des poèmes, des ambiguïtés, du langage harmonieux, de la musique, ainsi que, selon certains, des définitions, des divisions et des expressions.

45 Mais la partie la plus utile, ils disent que c'est la théorie des syllogismes. Elle dévoile en effet ce qui est démontrable, (chapitre) qui est d'un grand apport pour la justification des doctrines, leur disposition ordonnée et leur mémorisation; elle dévoile aussi la compréhension scientifique[2].

Quant à l'argument en lui-même, c'est un ensemble <formé de prémisses> et d'une conclusion. Le syllogisme est un argument qui déduit (sa conclusion) à partir de ces éléments. La démonstration est un argument qui conclut[3] de ce qui est mieux appréhendé à ce qui est moins bien appréhendé.

La représentation est une empreinte dans l'âme, ce nom provenant par métaphore de façon appropriée des marques qui sont produites par un sceau dans la cire. **46** La représentation peut être compréhensive ou non compréhensive. La représentation compréhensive, dont ils disent qu'elle est le critère des réalités, est celle qui provient d'un objet existant et est imprimée et gravée en conformité avec cet objet même. Est non compréhensive ou bien celle qui ne provient pas d'un objet existant, ou bien celle qui provient d'un objet existant, mais sans conformité avec cet objet: celle qui n'est ni claire ni distincte.

Quant à la dialectique en elle-même, elle est nécessaire et elle est une vertu qui comprend d'autres vertus plus spécifiques: l'absence de précipitation[4], qui est la science des situations où il faut donner son assentiment et des cas où il ne le faut pas; la circonspection,

---

1. ἡ ἐγγράμματος φωνή. Comp. VII 56.

2. La phrase pose un problème de construction. Je rattache καὶ τάξιν καὶ μνήμην à ce qui précède, dans la suite de διόρθωσιν. La fin de la phrase semble introduire un nouveau bénéfice de la théorie des syllogismes. J. Brunschwig propose: <καὶ> τὸ ἐπιστατικὸν κατάλημμα [ἐμφαίνειν]. La traduction s'inspire de celle de Gigante.

3. Les mss ont περὶ πάντων. Long retient une conjecture de P. Faber : περαίνοντα.

4. Sur ce thème de l'ἀπροπτωσία, voir les fragments de *PHerc.* 1020 (col. IV) sur l'infaillibilité du sage (*FDS* 88).

fermeté de la raison face au probable qui amène à ne pas lui céder inconsidérément; **47** l'irréfutabilité, qui est une force dans l'argumentation qui empêche cette argumentation de nous conduire à la position contraire; le sérieux, qui est une disposition qui rapporte les représentations à la raison droite.

Quant à la science en elle-même, ils disent que c'est ou bien la compréhension sûre, ou bien une disposition dans la réception des représentations qui ne se laisse pas renverser par un raisonnement. Sans la théorie dialectique le sage ne sera pas infaillible dans le raisonnement. C'est par elle qu'il connaîtra parfaitement le vrai et le faux, et qu'il distinguera le vraisemblable et ce qui est formulé de façon ambiguë. Sans elle il ne pourra pas questionner et répondre de façon méthodique.

48 La précipitation dans les assertions s'étend aussi aux événements (de la vie), si bien que ceux qui n'ont pas entraîné leurs représentations sont emportés vers le désordre et la légèreté. Il n'y a pas d'autre façon pour le sage de se montrer perspicace, sagace, et de façon générale habile dans ses arguments. Il appartient en effet au même homme de conduire correctement la discussion et de raisonner correctement, au même de soumettre à une discussion en règle les sujets proposés et de répondre aux questions, toutes qualités qui sont celles de l'homme qui a l'expérience de la dialectique.

Exposé plus détaillé

Voilà donc en résumé leurs opinions dans le domaine de la logique. Mais afin que nous fournissions également un exposé détaillé, mentionnons aussi les points suivants qui relèvent de leur Manuel d'introduction. Dioclès de Magnésie, dans son *Répertoire cursif des philosophes*, cite ces propos textuellement dans les termes qui suivent[1]:

---

1. Hahm 1992, p. 4147 n. 160, distingue dans les paragraphes qui suivent (a) une première insertion (VII 54-82), empruntée à un « Manuel d'introduction » stoïcien (évoqué dans le présent paragraphe); (b) une seconde insertion (VII 49-53), empruntée à Dioclès de Magnésie, qui a été placée avant la première et a peut-être remplacé une partie de celle-ci. On remarque dans cet extrait de Dioclès l'absence de références précises aux ouvrages stoïciens qui caractérisent l'autre passage. Sur le résumé de Dioclès, voir V. Celluprica, « Diocle di Magne-

Résumé de Dioclès de Magnésie (49-53)

49 Les Stoïciens considèrent qu'il faut mettre en premier lieu la théorie relative à la représentation et à la sensation, dans la mesure où le critère, par lequel la vérité des choses est connue, est génériquement une représentation, et dans la mesure où la théorie de l'assentiment – et celle de l'appréhension et de l'intellection –, qui vient avant les autres, ne peut exister sans la représentation. La représentation vient en effet en tête, puis la pensée, qui est prédisposée pour la parole, exprime par le langage ce qu'elle éprouve du fait de la représentation.

50 La représentation diffère du phantasme[1]. Le phantasme est en effet une apparition (produite) par la pensée comme il s'en produit dans les rêves, alors que la représentation est une empreinte dans l'âme, c'est-à-dire une altération, comme le soutient Chrysippe au deuxième[2] livre de son traité *Sur l'âme*: il ne faut pas en effet comprendre cette empreinte comme la marque laissée par un sceau, puisqu'il n'est pas possible que des marques multiples coexistent simultanément au même endroit[3]. On conçoit (ici) la représentation comme étant celle qui est gravée, frappée et imprimée à partir d'un objet existant conformément à cet objet, de façon telle qu'elle ne se produirait pas si l'objet n'existait pas.

51 Parmi les représentations, selon eux, les unes sont sensibles, les autres non. Sont sensibles celles qui sont perçues par un ou plusieurs organes sensibles; non sensibles celles qui sont produites par la pensée, comme celles des incorporels et celles de tous les autres objets appréhendés par le raisonnement. Parmi les représentations sensibles <les unes> viennent d'objets existants et sont accompagnées d'un

---

sia fonte delle dossografia stoica in Diogene Laerzio», *Orpheus* 10, 1989, p. 58-79.

1. A ne pas confondre avec le «représenté», qui est φανταστόν et non φάντασμα. Voir *SVF* II 54.

2. Les mss. ont «douzième». Voir de même au § 54 (p. 320, 6 Long).

3. Selon, Sextus, *A. M.* VII 228-229 (*FDS* 259), contre la représentation trop matérialiste de l'impression qui était prêtée à Cléanthe, Chrysippe préférait parler d'une «altération», car sinon l'âme, en percevant des choses diverses, recevrait simultanément plusieurs «configurations», et les impressions successives s'effaceraient les unes les autres en rendant la mémoire impossible: *Sextus, A. M.* VII 373-374 (*FDS* 260).

consentement et d'un assentiment; mais il y a aussi parmi les représentations des illusions qui surviennent *comme si* elles provenaient d'objets existants.

Parmi les représentations encore, les unes sont rationnelles, les autres irrationnelles. Sont rationnelles celles des animaux rationnels, irrationnelles celles des animaux irrationnels. Les représentations rationnelles sont donc des intellections, tandis que les irrationnelles n'ont pas reçu de nom. Et les unes sont techniques, les autres non techniques. De fait, c'est différemment qu'une image est considérée par un homme de l'art et par un profane.

52 Est appelée sensation, selon les Stoïciens, le souffle qui s'étend de la partie directrice (de l'âme) jusqu'aux sens, ainsi que l'appréhension que ces sens assurent et la constitution relative aux organes sensoriels, selon laquelle certains hommes sont infirmes. Mais l'acte (de la perception sensorielle) aussi est appelé sensation. Quant à l'appréhension, selon eux, c'est par la sensation que provient celle des choses blanches, noires, rudes ou douces, mais par la raison celle des conclusions procurées par la démonstration, par exemple que les dieux existent et qu'ils exercent une providence.

Car parmi les concepts, les uns sont conçus par contact, d'autres par similitude, d'autres par analogie, <d'autres par transfert>, d'autres par composition, d'autres par opposition[1].

53 Par contact donc sont conçues les choses sensibles. Par similitude, les choses conçues à partir d'un objet voisin, comme Socrate à partir de son image. Par analogie, (la conception peut se faire) dans le sens d'un agrandissement, <par exemple> Tityos ou un Cyclope, ou d'une diminution, par exemple le pygmée. Le centre de la terre est de même conçu par analogie à partir des sphères plus petites. (D'autres choses sont conçues) par transfert, comme des yeux sur la poitrine. Par composition est conçu le Centaure. Par contrariété la mort.

On conçoit aussi[2] (d'autres choses) par déduction[3], comme les exprimables et le lieu. De façon naturelle est conçue une chose juste

1. Comp. Sextus, *A. M.* III 40-42; VIII 58-60; IX 393-395; XI 250-251.
2. Ces nouveaux modes n'avaient pas été annoncés.
3. κατὰ μετάβασιν, à partir des choses manifestes, comme l'explique Sextus, *A. M.* VII 25 *et passim*.

et bonne. Et (d'autres concepts sont obtenus) par privation, comme le manchot[1].

Voilà un échantillon de leurs doctrines concernant la représentation, la sensation et l'intellection.

Extrait d'un manuel stoïcien sur la dialectique (54-82)

54 Le critère de la vérité, ils disent que c'est la représentation compréhensive, c'est-à-dire celle qui vient d'un objet existant, comme le disent Chrysippe au deuxième livre de ses *Physiques,* Antipatros et Apollodore. (Je donne ces précisions) car Boéthos admet plusieurs critères : l'intellect, la sensation, la tendance et la science. Mais Chrysippe, en désaccord avec lui-même[2], au premier livre de son traité *Sur la raison,* dit que les critères sont la sensation et la préconception. La préconception est une conception naturelle des universaux. D'autres parmi les Stoïciens plus anciens admettent comme critère la raison droite, comme le dit Posidonios dans son traité *Sur le critère*[3].

Les signifiants (55-62)

55 La plupart (des Stoïciens) sont d'accord entre eux pour estimer devoir commencer la théorie dialectique par le lieu relatif au son vocal[4]. Le son est de l'air frappé ou le sensible propre de l'ouïe, comme le dit Diogène de Babylonie dans son *Manuel sur le son.* Chez l'animal, le son vocal est de l'air frappé à la suite d'une impulsion; chez l'homme, il est articulé et émis à partir de la pensée,

1. Hülser (*FDS* 255), à la suite d'Egli, déplace cette dernière phrase à la fin du paragraphe précédent et en restitue l'annonce au paragraphe 52 en avant dernière position. Mais le mode de la déduction (μετάϐασις) faisait tout autant défaut dans l'énumération initiale.

2. Lire αὑτόν à la place de αὐτόν (comme l'ont proposé Hirzel et von Arnim), car sinon il faudrait supposer que Chrysippe s'opposait sur ce point à Boèce, un auteur plus récent que lui… Hülser suppose que la source de tout le paragraphe est Posidonios et que c'est de son point de vue, doctrinal et non historique, que Chrysippe s'opposait à Boèce.

3. Posidonios F 42 Edelstein & Kidd.

4. Ou à la voix, mais c'est le même mot (φωνή) qui désignera le *son* brut dans la phrase suivante.

comme le dit Diogène; il[1] arrive à maturité à partir de quatorze ans. Et la voix est un corps selon les Stoïciens, comme le disent Archédèmos, dans son traité *Sur le son,* Diogène, Antipatros et Chrysippe au deuxième livre de ses *Physiques.* **56** Car tout ce qui agit est un corps; or le son vocal agit, procédant vers les auditeurs à partir de ceux qui l'émettent.

Une lexie[2] est, selon les Stoïciens, comme le dit Diogène, un son vocal transcriptible, comme « jour »[3]. Une expression est un son vocal signifiant émis à partir de la pensée, <par exemple « il fait jour »>[4]. Une forme dialectale est une lexie caractérisée comme appartenant à une nation ou au monde grec, ou bien une lexie propre à une région, c'est-à-dire variable selon le dialecte, par exemple l'emploi de *thalatta* en Attique ou d'*hèmérè* en Ionie[5].

Les éléments de la lexie sont les vingt-quatre lettres. Lettre se dit en trois sens: <l'élément phonétique>, le caractère correspondant à

1. ἥτις renvoie probablement à φωνή (allusion au phénomène de la mue) et non à διανοίας. Car, pour les Stoïciens, la raison arrive à maturité dès sept ans (*FDS* 277-278).

2. J'emploie ici *lexie* (qui figure dans le *Petit Robert*: « Toute unité du lexique, mot ou expression »), bien que *mot,* ce terme « tant décrié et pourtant indispensable » (Benveniste), reste la traduction la plus naturelle. *Lexis* aura un sens plus large en VII 59 par exemple. Pour Denys le Thrace, *Ars grammatica,* p. 22, 4, Λέξις ἐστι μέρος ἐλάχιστον τοῦ κατὰ σύνταξιν λόγου. Sextus, *Adv. Math.* II 48 oppose λέξις et λόγος ἐκ λέξεων συγκείμενος. En X 216, il évoque les ἁπλᾶς λέξεις, αἵτινες μέρη τοῦ λόγου τυγχάνουσι.

3. Les manuscrits BPF ont « il fait jour ». Si cette leçon conservait le texte original, on ne saurait alors traduire *lexis* par *mot.* Ou alors il s'agirait de deux exemples de mots distincts (*jour* et *il est*). Dans l'édition de Long, « Il fait jour » est donné comme exemple de *logos* à la ligne suivante, mais il s'agit d'une restitution proposée par Causaubon. Egli la refuse, bien que la présence d'un exemple soit suggérée par l'apparition d'exemples dans la phrase suivante qui concerne le *dialectos.* J. Brunschwig propose *expression linguistique* ou *suite de sons articulés* ou *linguistiques.* La *lexis* dans un lexique comme celui d'Hésychius peut certes comporter plusieurs de nos mots.

4. Cette reconstitution de l'exemple, due à Casaubon, est discutable. Il semble qu'avec *lexis* et *logos* on soit encore au niveau des composantes élémentaires de la phrase. D'où notre traduction par *lexie* et *expression.* La distinction entre les deux termes sera précisée plus bas. Un meilleur exemple de *lexie* serait apparemment « blituri », alors que *logos* ou *expression* atteste une volonté de signification et pourrait être illustré par le mot « jour ».

5. Par opposition à *thalassa* ou *hèméra.*

l'élément et le nom qui lui est attribué, par exemple *alpha.* **57** Parmi les éléments phonétiques[1], les voyelles sont au nombre de sept : α, ε, η, ι, ο, υ, ω ; les muettes sont au nombre de six : β, γ, δ, κ, π, τ.

Le son vocal diffère de la lexie, car le bruit[2] aussi est un son vocal, tandis que seul le son vocal articulé[3] est une lexie. <La lexie diffère de l'expression, car l'expression a toujours un sens>[4], tandis que la lexie peut n'avoir pas de sens, comme le « blituri », qui n'est en aucun cas une expression. S'exprimer diffère également d'émettre des sons vocaux : on émet en effet des sons vocaux, mais on exprime (par la parole) des éléments logiques[5], lesquels sont précisément aussi des exprimables[6].

Il y a cinq parties du discours[7], comme le disent Diogène dans son traité *Sur le son vocal* et Chrysippe : le nom (propre)[8], l'appellatif[9], le

---

1. Cette division n'est pas exhaustive...
2. Par exemple les bruits de bouche, comme le sifflement.
3. Et donc transcriptible (voir plus haut), mais pas nécessairement « signifiant ».
4. Je mets ces mots entre crochets obliques parce qu'ils ne sont transmis que par les mss dg. Si on retient le texte des mss BPF, il faut comprendre : « Car la lexie est parfois dénuée de sens, comme *blituri*, mais pour l'expression ce n'est jamais le cas. »
5. Πράγματα. J'opte dès maintenant pour « éléments (ou composants) logiques » et non pour « réalités ». Ce n'est pas la première occurrence de πράγματα dans la doxographie stoïcienne (voir VII 42.44.46.49), mais c'est la première qui nous dévoile une signification du mot qui jouera un rôle déterminant dans la suite du texte. Les « réalités » exprimées par la parole, ces λεκτά auxquels elles s'identifient, ne sont pas les réalités matérielles du monde sensible, mais au contraire les contenus psychiques incorporels qui sont à l'origine du langage. C'est le domaine de la pensée par rapport au langage (comp. VII 180), du *logos endiathetos* par rapport au *logos prophorikos.* Nous verrons plus loin que ces πράγματα peuvent être également désignés comme des « signifiés » (VII 63) et constituer par exemple un genre pour diverses sortes de propositions (VII 65-68).
6. Donc des λεκτά.
7. Ou peut-être : « il y a cinq types d'expressions ».
8. Cf. J. Brunschwig, « Remarques sur la théorie stoïcienne du nom propre » (1984), repris dans *Études sur les philosophies hellénistiques. Épicurisme, stoïcisme, scepticisme,* Paris 1995, p. 115-139.
9. J'emprunte la traduction de προσηγορία par « appellatif » à M. Patillon, *La Théorie du discours chez Hermogène le rhéteur. Essai sur la structure de la rhétorique ancienne,* « Collection d'Études anciennes » 117, Paris 1988, p. 92.

verbe, la conjonction et l'article. Mais Antipatros fait aussi une place à l'adverbe[1], dans son traité *Sur la lexie et les choses exprimées*[2]. **58** L'appellatif est, selon Diogène, une partie du discours signifiant une qualité commune, comme *homme, cheval*; le nom propre est une partie du discours désignant une qualité propre, comme *Diogène, Socrate*. Le verbe est une partie du discours signifiant un prédicat non composé, comme le dit Diogène, ou bien, comme le disent certains, un élément indéclinable du discours, signifiant ce qui peut être construit avec un ou plusieurs sujets, par exemple: *(j') écris, (je) dis*. La conjonction est un élément indéclinable du discours, coordonnant les parties du discours. L'article est un élément déclinable du discours, déterminant le genre des noms[3] et leur nombre, comme *ho, hè, to, hoi, hai, ta*[4].

59 Les vertus du discours[5] sont au nombre de cinq: la pureté, la clarté, la concision, la convenance, l'ornement. La pureté est un mode d'expression[6] correct par sa conformité au bon usage et non à l'usage vulgaire; la clarté est une façon de s'exprimer qui expose la pensée de façon facile à reconnaître; la concision est une façon de s'exprimer qui contient exactement les mots nécessaires pour signifier l'objet; la convenance est une façon de s'exprimer appropriée à son objet; l'ornement est une façon de s'exprimer qui évite la banalité.

---

1. Pour ce sens de μεσότης (qui désigne plus souvent la voie moyenne), voir le texte de Simplicius cité en *SVF* II 173, qui donne comme exemple φρονίμως ἢ ἀφρόνως.

2. On pourrait risquer aussi *lexèmes*, « unités de signification ». Mais peut-être Antipatros entendait-il ici *lexis* dans un sens plus général : l'expression ou le langage en général.

3. *Onoma* n'a déjà plus seulement le sens de *nom propre* défini quelques lignes plus haut…

4. Ou en français: *le, la, les*.

5. Sur les *virtutes dicendi*, voir M. Patillon, *op. cit.* p. 108, et id., *Hermogène. L'Art rhétorique*, [s.l.] [1997], introduction générale, p. 107-109.

6. *Lexis* a maintenant une portée plus générale.

Parmi les vices, le barbarisme[1] est une façon de s'exprimer qui s'éloigne de l'usage des Grecs distingués[2], tandis que le solécisme est un discours construit sans respect des règles de congruence.

60 Une forme poétique[3] est, selon ce que dit Posidonios dans son *Introduction à l'expression*[4], un mode d'expression versifié ou rythmé qui par sa facture s'écarte de la prose. Le rythme, c'est

la Terre immense et l'éther de Zeus[5].

Une poésie est une forme poétique qui a un sens, contenant une imitation des choses divines et humaines.

Une définition, comme le dit Antipatros au premier livre de son traité *Sur les définitions,* est un énoncé, issu d'une analyse, formulé de façon adéquate (à l'objet), ou bien, comme le dit Chrysippe dans son traité *Sur les définitions,* l'explication <du propre>[6]. Une description est une formule introduisant aux réalités de façon schématique, ou bien une définition donnant de façon plus simple le sens de la définition. Un genre est un ensemble exhaustif de plusieurs concepts, comme *animal*; ce terme englobe en effet les animaux particuliers.

61 Un concept est un phantasme de la pensée, qui n'est ni quelque chose, ni quelque chose de qualifié, mais quasi-quelque chose et quasi-quelque chose de qualifié, comme lorsque survient l'image mentale d'un cheval, alors même qu'il n'est pas présent.

---

1. Sextus, *A. M.* I 210 : ὁριζόμενοι γὰρ τόν τε βαρβαρισμὸν καὶ τὸν σολοικισμόν φασι « βαρβαρισμός ἐστι παράπτωσις ἐν ἁπλῇ λέξει παρὰ τὴν κοινὴν συνήθειαν » καὶ « σολοικισμός ἐστι παράπτωσις ἀσυνήθης κατὰ τὴν ὅλην σύνταξιν καὶ ἀνακόλουθος ». *Lexis* garde donc dans ce passage le sens de *lexie* individuelle, mais les occurrences voisines du terme chez Diogène invitent à ne pas trop restreindre la portée du terme. On pourrait cependant traduire : « une *lexie* qui s'éloigne de l'usage des Grecs distingués ». Comme exemple de solécisme, la *Souda* qui semble suivre Diogène Laërce, donne : Ἐγὼ περιπατῶν ὁ τοῖχος ἔπεσεν.

2. Le manuscrit B et les citations que la *Souda* fait de ce passage ont « des Grecs fortunés » (εὐδαιμονούντων).

3. Distinctions analogues, mais différentes, entre *poièsis* et *poièma* chez Hermogène, *Progymn.* 2, 4-11 et Nonius Marcellus, *De diff. verb.*

4. Posidonios F 44 Edelstein & Kidd.

5. Euripide, *Chrysippos,* fr. 839 Nauck[2].

6. La restitution de ce mot est inspirée par des parallèles stoïciens comme *SVF* II 226.

Une espèce est ce qui est compris sous le genre, comme sous l'animal est compris l'homme. Ce qui est le plus générique est ce qui, tout en étant genre, n'a pas de genre, par exemple l'être; le plus spécifique est ce qui, tout en étant espèce, n'a pas d'espèce, comme Socrate[1].

Une division est la séparation d'un genre en ses espèces immédiates, par exemple: « Parmi les animaux, les uns sont rationnels, les autres irrationnels. » Une dichotomie est la séparation d'un genre en son espèce selon la contrariété, comme si l'on procédait par négation, par exemple: « Parmi les êtres les uns sont bons, les autres non bons. » La sous-division est la division dans une division, par exemple: « Parmi les êtres les uns sont bons, les autres non bons, et parmi les non bons, les uns sont mauvais, les autres indifférents. »

62 Une partition est un classement (des éléments) d'un genre selon des lieux, comme le dit Crinis; par exemple: « Parmi les biens, les uns sont relatifs à l'âme, les autres relatifs au corps. »

Une ambiguïté est une expression signifiant deux ou même plusieurs choses[2] (quand elle est) prise littéralement, au sens propre et selon le même usage, si bien que plusieurs significations sont admissibles en même temps pour cette même expression; par exemple: *AULÈTRISPEPTÔKE*. Elle peut en effet signifier: « la maison s'est trois fois écroulée » *(aulè tris peptôke)* ou bien: « la flûtiste est tombée » *(aulètris peptôke)*.

La dialectique, comme le dit Posidonios[3], est la science de ce qui est vrai, de ce qui est faux et de ce qui n'est ni l'un ni l'autre. Elle concerne, comme le dit Chrysippe, les signifiants et les signifiés.

Voilà donc les doctrines que les Stoïciens développent dans leur théorie du son vocal[4].

---

1. Il est étonnant qu'un individu soit ici donné comme exemple d'espèce. Voir sur ce point J. Brunschwig, « La théorie stoïcienne du nom propre », p. 119.

2. Nouvelle occurrence remarquable de πράγματα (voir p. 827 n. 5). Les « réalités » que signifient l'expression ambiguë sont ici deux propositions.

3. Posidonios F 188 Edelstein & Kidd.

4. Diogène Laërce semble revenir à la distinction de la dialectique exposée en VII 43. Il vient de terminer le traité de la voix (ou des signifiants) et va aborder le traité relatif aux signifiés.

Les signifiés (63-82)

63 Dans le lieu relatif aux éléments logiques[1] et aux signifiés, on place le traité concernant les exprimables, les énoncés complets, propositions et syllogismes, de même que celui qui se rapporte aux énoncés incomplets, prédicats, droits et renversés.

Exprimables complets et incomplets

Ils disent que l'exprimable est ce qui subsiste en conformité avec la représentation rationnelle.

Parmi les exprimables, les Stoïciens disent que les uns sont complets, les autres incomplets. Sont incomplets ceux dont l'énonciation reste imparfaite, par exemple *écrit*; en effet, on demande en plus : qui ? Sont complets les exprimables dont l'énonciation est parfaite, par exemple : *Socrate écrit.* Parmi les exprimables incomplets sont rangés les prédicats, tandis que parmi les complets (sont rangés) les propositions, les syllogismes, les questions et les interrogations.

Les prédicats

64 Le prédicat est ce qui est dit d'un sujet, ou bien un composant logique[2] pouvant être construit avec un ou plusieurs sujets, comme le dit Apollodore, ou bien un exprimable incomplet construit avec un cas droit <ou oblique>[3] pour engendrer une proposition.

---

1. Pour *pragmata,* voir l'étude de P. Hadot, « Sur divers sens du mot PRAGMA dans la tradition philosophique grecque », dans P. Aubenque (édit.), *Concepts et catégories dans la pensée antique,* coll. « Bibliothèque d'Histoire de la philosophie », Paris 1980, p. 309-319, notamment p. 313-316. P. Hadot traduit *pragma* par « unité des sens », qui convient dans bien des passages, mais s'éloigne beaucoup de l'étymologie et des emplois courants du terme. Après bien des hésitations, j'ai choisi de traduire par « élément (ou composant) logique », principalement dans les contextes où « chose » ou « réalité » pourrait laisser croire qu'il s'agit d'un objet du monde extérieur. Cette opposition entre signifiés/*pragmata* et signifiants/*lexeis* se retrouvera dans le plan de la bibliographie chrysippéenne en VII 190. Voir déjà p. 827 n. 5 et p. 830 n. 2. Pour le statut des *pragmata*/signifiés à côté de la *phônè*/signifiant et du τυγχάνον, la réalité matérielle extérieure, voir Sextus, *A. M.* VIII 12 (*SVF* II 166 = *FDS* 67).

2. Ici et dans les paragraphes qui suivent, il faut garder à πρᾶγμα un sens technique qui en fait un équivalent de λεκτόν, l'exprimable incorporel. Voir les notes sur VII 57 et 63.

3. Addition proposée par Egli. Voir Hülser (apparat et traduction). L'addition semble logique, mais l'ensemble de l'exposé, tel qu'il est transmis par Dio-

Parmi les prédicats, certains sont des événements[1], <***> comme *naviguer à travers le rocher*[2]. Et certains des prédicats sont droits, d'autres renversés, d'autres ni l'un ni l'autre. Sont droits ceux qui sont construits avec l'un des cas obliques pour engendrer un prédicat[3], par exemple: *(il) écoute (quelqu'un), (il) voit (quelqu'un), (il) parle (à ou avec quelqu'un).* Sont renversés ceux qui sont construits

---

gène, est tellement incomplet qu'il est sans doute aventureux de vouloir le compléter sur des points de détail. Dans les lignes qui suivaient sur les *sumbamata* et les *parasumbamata*, Diogène opposait sans doute des propositions comme Σωκράτης περιπατεῖ et Σωκράτει μεταμέλει. Mais c'était sans doute pour reconnaître une portée dialectique supérieure aux constructions mettant en cause un cas droit. Il n'est donc pas impossible que le texte des manuscrits corresponde exactement au point de vue dialectique et non grammatical de l'ensemble de ces développements.

1. M. Szymanski, « Difficulties with examples: SVF II.183 and 65 », *Hermes* 120, 1992, p. 238-240. Le texte originel de Diogène aurait été semblable à celui de Porphyre (*apud* Ammonius, *in De interp.*, p. 44, 19 Busse: *SVF* II 184). Il faudrait donc le corriger. En vérité, il convient de localiser la lacune après συμβάματα et non après πλεῖν comme l'a fait Long (à la suite de Ménage et Casaubon). Le développement sur les συμβάματα et les παρασυμβάματα, et peut-être aussi sur ce que les Stoïciens appelaient ἔλαττον ἢ σύμβαμα et ἔλαττον ἢ παρασύμβαμα, est perdu (cf. *SVF* II p. 59-60, notamment II 184). On peut résumer la doctrine, telle que les parallèles permettent de la reconstituer dans le tableau suivant:

	Prédicat + Nom		**Prédicat + Cas oblique**	
	Proposition complète	**Proposition incomplète**	**Proposition complète**	**Proposition incomplète**
	Σωκράτης περιπατεῖ	Σωκράτης φιλεῖ	Σωκράτει μεταμέλει	Σωκράτει μέλει
Ammonius	κατηγόρημα καὶ σύμβαμα	ἔλαττον ἢ κατηγόρημα	παρασύμβαμα παρακατηγόρημα	ἔλαττον ἢ παρασύμβαμα

2. Et non pas « naviguer entre les rochers », comme on a souvent traduit. Des passages comme Sextus, *A. M.* VIII 297, et Alexandre d'Aphrodise *apud* Simplicius, *in Phys.* X, p. 1039, 19 Diels, permettent de penser que cet exemple illustrait un cas de prédicat *impossible* (comp. pour les propositions impossibles VII 75, et pour les arguments impossibles VII 79). Voir en ce sens U. Egli, *Das Dioklesfragment bei Diogenes Laertios*, Konstanz 1981, p. 31-32.

3. Ces verbes devront avoir un complément pour que le prédicat soit complet.

avec la particule du passif[1] comme : *(je) suis entendu (par quelqu'un), (je) suis vu (par quelqu'un).* Ne sont ni l'un ni l'autre ceux qui ne répondent à aucune des deux conditions, comme : *penser, se promener*[2]. Sont réfléchis parmi les renversés ceux qui sont renversés, mais sont des activités, comme *se couper les cheveux.* Car celui qui se coupe les cheveux s'inclut lui-même dans l'expression.

65 Les cas obliques sont le génitif, le datif et l'accusatif.

Définition de la proposition

Une proposition est ce qui est vrai ou faux. Ou bien: un composant logique[3] complet affirmable[4] de par soi-même, comme le dit Chrysippe dans ses *Définitions dialectiques*[5] (« une proposition est ce qui est affirmable ou niable de par soi-même »), comme *il fait jour, Dion se promène.* Le nom de proposition vient de ce qu'une opinion est « proposée »[6] [ou supprimée[7]]. Celui en effet qui dit *il fait jour,* semble « proposer » l'opinion qu'il fait jour. Si donc il fait jour, la proposition avancée est vrai ; sinon, elle est fausse.

Énoncés non propositionnels[8]

66 La proposition diffère de la question et de l'interrogation, de l'ordre, du serment, de la prière et de l'hypothèse, de l'interpellation et de la quasi-proposition[9]. Une proposition est en effet ce que nous

---

1. Par exemple la préposition ὑπό. Sur le renversement au passif grâce à ὑπό, voir Apollonius Dyscole, *Syntaxe* II 141, cf. III 157 et 159.

2. Non pas parce qu'ils sont à l'infinitif, mais parce qu'ils n'impliquent aucune action sur un complément et aucune passion de la part d'un agent.

3. A nouveau πρᾶγμα, comme dans plusieurs définitions qui suivent.

4. La *Souda* ajoute « ou niable », mais les exemples ne correspondent pas à des propositions négatives.

5. Cette formule pourrait bien se rapporter à la définition précédente et non à la citation qui suit et que Long imprime entre guillemets. Egli voit plutôt dans la citation que nous imprimons entre parenthèses une addition de Diogène Laërce.

6. Je force un peu le sens d'ἀξιοῦν (« juger ») pour conserver une valeur au rapprochement étymologique. Une autre solution serait de traduire *axioma* par « jugement », mais « proposition » reste le terme français le plus naturel.

7. Egli supprime ces mots.

8. A rapprocher de Sextus, *A. M.* VIII 79-73 et Ammonius, *In De interp.*, p. 2, 26-3, 6.

9. Litt. : « le composant logique semblable à la proposition ».

affirmons quand nous parlons, ce qui est ou vrai ou faux. Une question est un composant logique complet, comme l'est aussi une proposition, mais qui demande une réponse, par exemple : *fait-il jour* ? Cela n'est ni vrai ni faux, si bien que *il fait jour* est une proposition, tandis que *fait-il jour* ? est une question. Une interrogation est un composant logique auquel il n'est pas possible de répondre conventionnellement, comme ce l'était pour la question (en répondant) *oui* ; il faut dire au contraire : *il habite en tel endroit.* **67** Un ordre est le composant logique que nous ordonnons quand nous l'énonçons, par exemple[1] :

Quant à toi, marche vers les flots d'Inachos.

Un serment est le composant logique

<***>[2]

<L'interpellation est le composant logique> que l'on invoque quand on l'énonce, par exemple[3] :

Illustre fils d'Atrée, Agamemnon, pasteur d'hommes.

La quasi-proposition est ce qui, tout en ayant une énonciation propositionnelle, sort du genre des propositions à cause d'une particule superflue ou d'une emphase, par exemple :

Vraiment, il est beau le Parthénon...

<et :>

Comme le gardien du troupeau ressemble aux fils de Priam ![4]

---

1. *TrGF* II Adesp. 177, 1 Kannicht-Snell.

2. La lacune devait définir la prière et l'hypothèse. Ammonius donne comme exemple d'hypothèse : « Supposons que la terre est au centre de la sphère héliaque », et il la distingue de l'ecthèse (voir VII 196) : « Posons que cette ligne est une droite. »

3. *Il.* II 434, etc.

4. *TrGF* II Adesp. 286 Kannicht-Snell. Même exemple chez Sextus, *A. M.* VIII 70 (*SVF* II 187) pour le *lekton* incomplet qui est « plus qu'une proposition ».

68 Il existe encore un composant logique dubitatif, différent de la proposition, dont l'énoncé constitue l'expression d'un doute[1] :

La douleur et la vie sont peut-être choses parentes[2].

Mais les questions, les interrogations et les formes similaires ne sont ni vraies ni fausses, tandis que les propositions sont ou vraies ou fausses.

Les propositions

Parmi les propositions, les unes sont simples, les autres non simples, comme le disent les Chrysippe, Archédèmos, Athénodore, Antipatros et Crinis. Sont donc simples celles qui <ne> sont <pas>[3] constituées par une proposition reprise plusieurs fois ou par plusieurs propositions, par exemple : *il fait jour.* **69** Sont non simples celles qui sont constituées par une proposition reprise plusieurs fois ou par plusieurs propositions ; par une proposition reprise plusieurs fois, comme *s'il fait jour,* <*il fait jour*> ; par plusieurs propositions, par exemple : *s'il fait jour, il y a de la lumière.*

Parmi les propositions simples[4], il y a la négative, la dénégative, la privative, la catégorique, la catagoreutique et l'indéfinie ; parmi les

---

1. Ménandre, *Citharista,* fr. 1, v. 8 Körte. Ce vers figure également dans les recueils de *Sentences* attribuées à Ménandre (n° 54, p. 36 Jaekel).

2. Aelius Théon, *Progymnasmata* 88, 10 *sq.* (p. 51 Patillon) considère cette formulation dubitative comme indistincte de l'interrogation.

3. Je ne suis pas le texte de Long, emprunté à von Arnim, mais celui qui a été établi par M. Frede (*Die stoische Logik,* Göttingen 1974, p. 51, n. 6) ou U. Egli 1967 (p. 37) et 1981 (p. 19), par comparaison avec Sextus, *A.M.* VIII 93 (*SVF* II 205). Voir aussi *FDS* 914. Il suffit en effet de ne pas tenir compte du μή de 326, 14 Long (absent d'ailleurs de BPF) et d'introduire une telle négation avant συνεστῶτα à la ligne précédente. En revanche, on peut conserver διαφορουμένου, qui ne limite pas, comme le διφορουμένου que l'on a voulu éditer (d'après *SVF* II 261), le mécanisme de la proposition simple à la reprise de *deux* instances de la même proposition. Voir en ce sens l'article de J. Brunschwig cité à la note suivante, p. 144-146.

4. Le chapitre sur les propositions simples doit être rapproché de Sextus, *Adv. Math.* VIII 93-98. La division rapportée par Sextus n'est cependant pas attribuée aux Stoïciens, mais aux Dialecticiens. La terminologie diffère également. Voir R. Goulet, « La classification stoïcienne des propositions simples selon Diogène Laërce VII 69-70 », dans *Les Stoïciens et leur logique.* Actes du colloque de Chantilly (18-22 septembre 1976), Paris 1978, p. 171-198, et surtout l'importante étude de J. Brunschwig, « Remarques sur la classification des pro-

[propositions][1] non simples, il y a la conditionnelle, la paraconditionnelle, la conjonctive[2], la disjonctive, la causale, la comparative qui élucide le plus et la comparative qui élucide le moins.

<Parmi les propositions simples, la négative, comme le dit***, est constituée d'un élément négatif>[3] et d'une proposition, par exemple : *il* ***ne*** *fait* ***pas*** *jour.* Une espèce de cette proposition est l'hypernégative. L'hypernégative est la négative d'une négative, par exemple : *il n'est pas vrai qu'il <ne> fait <pas>*[4] *jour.* On pose ainsi qu'*il fait jour.*

70 La dénégative est constituée d'un élément dénégatif et d'un prédicat, par exemple : *personne ne se promène.* La privative est constituée d'un élément privatif et d'une proposition virtuellement complète[5], par exemple : *non philanthrope est celui-ci.* L'affirmative catégorique est constituée d'un cas droit[6] et d'un prédicat, par exemple : *Dion*[7] *se promène.* L'affirmative catagoreutique est constituée par un cas droit déictique et un prédicat, par exemple : *celui-ci se promène.* L'indéfinie est constituée par un élément indéfini (ou par

positions simples dans les logiques hellénistiques » [1986], dans *Études sur les philosophies hellénistiques. Épicurisme, stoïcisme, scepticisme,* coll. « Épiméthée », Paris 1995, p. 141-160.

1. « Propositions » n'est attesté que dans F et peut être supprimé sans inconvénient.

2. J'adopte ici la traduction du mot συμπεπλεγμένον qui a été proposée par J. Brunschwig, « Le modèle conjonctif » [1978], repris dans *Études sur les philosophies hellénistiques. Épicurisme, stoïcisme, scepticisme,* coll. « Épiméthée », Paris 1995, p. 161-187.

3. <καὶ τῶν μὲν ἁπλῶν ἀξιωμάτων, ἀποφατικὸν μέν ἐστιν, ὡς *** φησι ***, τὸ συνεστὸς ἐξ ἀποφατικοῦ μορίου> καὶ ἀξιώματος, οἷον « οὐχὶ ἡμέρα ἐστίν ». Cette reconstitution du texte a été proposée par R. Goulet, art. cité, p. 180. Elle a été acceptée par Egli et Hülser. Voir aussi W. Cavini, « La negazione di frase nella logica greca », dans W. Cavini, M. C. Donnini Macciò, M.S. Funghi et D. Manetti, *Studi su papiri greci di logica e medicina,* Firenze 1985, p. 7-126.

4. Restituer : οὐχὶ <οὐχ> ἡμέρα ἔστι.

5. Sans l'élément privatif, on obtiendrait une autre proposition complète.

6. Un nominatif.

7. BPF ont ici *celui-ci*, mais un tel exemple correspondrait à l'affirmative catagoreutique. « Dion » est la correction traditionnelle, mais Egli et Hulser (*FDS* 914 et les remarques de Hülser) corrigent plutôt en « un homme » (ἄνθρωπος).

des éléments indéfinis) <et un prédicat>, par exemple : *quelqu'un se promène, celui-là*[1] *se meut.*

71 Parmi les propositions non simples, la conditionnelle, comme le disent Chrysippe dans ses *<Définitions> dialectiques* et Diogène dans son *Manuel de dialectique,* est celle qui est constituée au moyen de la conjonction de subordination *si.* Cette conjonction annonce que la seconde (proposition) s'ensuit de la première, par exemple : *s'il fait jour, il y a de la lumière.* Une paraconditionnelle est, comme le dit Crinis dans son *Manuel de dialectique,* une proposition connectée au moyen de la conjonction *puisque* ; [elle commence par une proposition et s'achève par une proposition[2]], par exemple : *puisqu'il fait jour, il y a de la lumière.* La conjonction annonce que la seconde s'ensuit de la première et que la première est (vraie). **72** La conjonctive est une proposition conjointe par certaines conjonctions de coordination, par exemple *et il fait jour et il y a de la lumière.* La disjonctive est celle qui est disjointe par la conjonction de disjonction *ou bien,* par exemple : *ou bien il fait jour ou bien il fait nuit.* Cette conjonction annonce que l'une des deux propositions est fausse. La proposition causale est celle qui est construite avec *parce que,* par exemple: *parce qu'il fait jour, il y a de la lumière.* La première est comme la cause de la seconde. La proposition comparative élucidant le plus est celle qui est construite avec la conjonction qui élucide le plus et avec le *<que>* placé entre les propositions, par exemple: *il fait plus jour que nuit.* **73** La proposition comparative qui élucide le moins est l'opposée de la précédente, par exemple : *il fait moins nuit qu'il ne fait jour*[3].

---

1. ἐκεῖνος κινεῖται. Si cet exemple est bien à sa place, il faudrait donc supposer que pour les Stoïciens « celui-là » était, à la différence de « celui-ci », un élément indéfini, au moins du point de vue de la dialectique. Il est possible également que les deux exemples soient liés et que ἐκεῖνος ait une valeur anaphorique renvoyant précisément au pronom indéfini de l'exemple précédent (mais dans le cadre d'une proposition simple). Pour d'autres reconstitutions, voir *FDS* 914. Il faut sans doute éviter de corriger de façon telle qu'on obtienne comme exemple une proposition « non simple ». Par exemple : <εἴ> τις περιπατεῖ, ἐκεῖνος κινεῖται, ou bien : <ὅσ>τις περιπατεῖ, ἐκεῖνος κινεῖται.

2. Egli propose de supprimer ces mots.

3. Voir I. Sluiter, « On ἦ διασαφητικός and propositions containing μᾶλλον/ἧττον », *Mnemosyne* 41, 1988, p. 46-66.

On dit encore que parmi les propositions envisagées selon la vérité et la fausseté sont contradictoires entre elles celles dont l'une est la négative de l'autre, par exemple *il fait jour* et *il ne fait pas jour*[1]. Une conditionnelle est vraie, quand la contradictoire du membre final s'oppose au membre initial, par exemple *s'il fait jour, il y a de la lumière.* Cela est vrai, car *<il> n'<y a> pas de lumière,* qui est la contradictoire du membre final, s'oppose à *il fait jour.* Une conditionnelle est fausse, quand la contradictoire du membre final ne s'oppose pas au membre initial, par exemple: *s'il fait jour, Dion se promène,* car *Dion ne se promène pas* ne s'oppose pas à *il fait jour.*

74 Une paraconditionnelle est vraie quand elle commence par le vrai et s'achève sur une affirmation conséquente, par exemple: *puisqu'il fait jour, le soleil est au-dessus de la terre.* Est fausse celle qui commence par le faux ou qui ne s'achève pas sur une affirmation conséquente, par exemple: *Puisqu'il fait nuit, Dion se promène,* si la proposition est formulée quand il fait jour[2]. Une causale vraie est celle qui commence avec le vrai et s'achève sur une affirmation conséquente et qui n'a cependant pas[3] comme membre initial la conséquence du membre final, par exemple *Parce qu'il fait jour, il y a de la lumière.* Car de ce qu'*il fait jour,* il s'ensuit qu'*il y a de la lumière,* mais de ce qu'*il y a de la lumière,* il ne s'ensuit pas qu'*il fait jour.* Une causale fausse est celle qui ou bien commence avec le faux, ou bien ne s'achève pas sur une affirmation conséquente ou bien a pour membre initial la conséquence[4] du membre final, par exemple: *parce qu'il fait nuit, Dion se promène*[5].

75 Une proposition vraisemblable est celle qui conduit à l'assentiment, par exemple: *si un être a enfanté quelque chose, il en est la mère.* Mais cette proposition est fausse, car l'oiseau n'est pas la mère de l'œuf.

---

1. Pour rendre correctement le grec et la règle stoïcienne, il faudrait que la négation soit ici préfixée à la totalité de la proposition: « non "il fait jour" ».

2. En fait, elle est fausse même la nuit, à cause de la seconde condition! L'exemple illustrant le troisième cas serait sans doute: « Puisqu'il y a de la lumière, il fait jour ».

3. M. Patillon propose de corriger ici ἔχει en ἔχων.

4. Il faut lire ici ἀκόλουθον avec la *Souda* et non ἀνακόλουθον (Long).

5. L'exemple n'illustre que le second cas, à la rigueur aussi le premier si l'on suppose qu'il fait jour (comme en 328, 20 Long).

On dit encore que certaines propositions sont possibles, d'autres impossibles; et certaines nécessaires, d'autres non nécessaires. Est possible celle qui est susceptible d'être vraie, si les circonstances extérieures ne s'opposent pas à ce qu'elle soit vraie, par exemple: *Dioclès vit.* Est impossible celle qui n'est pas susceptible d'être vraie[1], par exemple: *la terre vole.* Est nécessaire celle qui, étant vraie, n'est pas susceptible d'être fausse, ou bien celle qui est susceptible de l'être, mais que les circonstances extérieures empêchent d'être fausse, par exemple: *la vertu est utile.* Est non nécessaire celle qui est vraie et qui est susceptible d'être fausse, les circonstances extérieures ne s'opposant en rien, par exemple: *Dion se promène*[2].

---

1. Frede (*Stoische Logik*, p. 110) ajoute ici: « ou bien celle qui est susceptible de l'être, mais que les conditions extérieures empêchent d'être vraie » (ἢ ἐπιδεκτικὸν μέν ἐστι, τὰ δ' ἐκτὸς αὐτῷ ἐναντιοῦται πρὸς τὸ ἀληθὲς εἶναι).

2. Le texte transmis offre le schéma suivant :

Modalité	**Définition**	**Exemple**
Possible	Susceptible d'être vraie, si les circonstances extérieures ne s'opposent pas à ce qu'elle soit vraie	Dioclès vit
Impossible	Non susceptible d'être vraie	La terre vole
Nécessaire	(a) Vraie ; non susceptible d'être fausse. Ou bien : (b) susceptible d'être fausse ; mais les circonstances l'empêchent d'être fausse	La vertu est utile
Non nécessaire	Vraie ; susceptible d'être fausse, (même) si les circonstances extérieures ne s'opposent pas (à ce qu'elle soit vraie)	Dion se promène

Divers essais de reconstitutions ont été proposés. O. Becker (« Formallogisches und Mathematisches in griechischen philosophischen Texten », *Philologus* 100, 1956, p. 110), suivi d'Egli 1967 (p. 41), supprime la version (b) de la définition de la proposition nécessaire. Frede 1974 préfère pour sa part compléter la définition de la proposition impossible par les mots : « ou bien celle qui est susceptible de l'être (vraie), mais que les conditions extérieures empêchent d'être vraie » (voir note précédente). Voir, sur la modalité des propositions stoïciennes, Suzanne Bobzien, *Die stoische Modallogik*, coll. « Epistemata » Reihe Philosophie, 32, Würzburg 1986, 147 p. ; Mario Mignucci, « Sur la logique modale des Stoïciens », dans J. Brunschwig, *Les Stoïciens et leur logique*, Paris 1978, p. 317-346. Comme le texte de Diogène ne comporte pas de signe patent de dégradation et que toute reconstruction est dépendante du texte lui-même incomplet et probablement corrompu de Boèce, il est préférable de traduire le texte transmis par les manuscrits, rien ne prouvant que Diogène ait fourni une

76 Est raisonnable une proposition qui possède plus de raisons[1] d'être vraie (que d'être fausse), par exemple : *je vivrai demain.*

Et il y a d'autres espèces de propositions, et des transformations des propositions des vraies vers les fausses et diverses conversions, dont nous parlons à grands traits[2].

Les arguments

Un argument, comme le dit Crinis, est ce qui est constitué par une prémisse [ou des prémisses], une mineure[3] et une conclusion[4], par exemple l'argument suivant : *s'il fait jour, il y a de la lumière* ; *or il fait jour* ; *donc il y a de la lumière.* La prémisse est en effet *s'il fait jour, il y a de la lumière.* La mineure est *or il fait jour.* La conclusion est *donc il y a de la lumière.*

Un mode est comme un schéma d'argumentation, par exemple le suivant : *si le premier, le second* ; *or le premier* ; *donc le second.*

77 Un argument réduit en mode est ce qui est composé des deux formulations, par exemple : *si Platon vit, Platon respire* ; *or le premier, donc le second.* L'argument réduit en mode a été introduit dans les constructions trop longues d'arguments afin de ne pas énoncer la mineure quand elle est longue ni la conclusion, mais de conclure de façon succincte : *or le premier, donc le second.*

Parmi les arguments, les uns sont non conclusifs, les autres conclusifs. Ils sont non conclusifs quand la contradictoire de la conclusion <ne> s'oppose <pas> à la combinaison assurée par les

---

classification parfaitement conforme aux conceptions que les Modernes se font de la logique stoïcienne.

1. ἀφορμαί.

2. Il s'agit des propositions qui changent de valeur de vérité dans le temps. Cf. *SVF* II 206, etc.

3. Littéralement, une « assomption additionnelle ».

4. Egli, p. 43-44, reconstitue le texte différemment : « par des prémisses et une conclusion ». Il renvoie à Sextus, *H. P.* II 135 ; I 202 ; *A. M.* VIII 301 ; D. L. VII 45 (voir aussi VII 77 et 79). Mais la succession des trois termes *prémisse*, *mineure* et *conclusion* dans le commentaire de l'exemple favorise plutôt la suppression des mots « ou des prémisses ». Il est également possible que ces mots fassent allusion aux syllogismes à plusieurs prémisses successives : *si A, B* ; *si B, C* ; *or A, donc C.* Voir par exemple VII 141 : « ce dont les parties sont corruptibles, la totalité l'est aussi ; or les parties du monde sont corruptibles ; elles se transforment en effet les unes dans les autres ; donc le monde est corruptible ».

prémisses, par exemple les arguments du type suivant : *s'il fait jour, il y a de la lumière ; or il fait jour ; donc Dion se promène.*

78 Parmi les arguments conclusifs, les uns sont dits conclusifs de façon homonyme par rapport à leur genre, les autres syllogistiques. Sont syllogistiques ceux qui ou bien sont indémontrables ou bien sont réduits aux indémontrables selon une ou plusieurs des règles de réduction[1], par exemple les arguments du type suivant : *si Dion se promène, <Dion se meut ; or Dion se promène ;>*[2] *donc Dion se meut.* Sont (simplement) conclusifs au sens étroit[3] les arguments qui concluent mais de façon non syllogistique, par exemple les arguments du type suivant : *il est faux qu'il fasse jour et qu'il fasse nuit ; or il fait jour, donc il ne fait pas nuit*[4]. Sont non syllogistiques les arguments qui sont voisins des arguments syllogistiques en apparence, mais qui ne concluent pas <sur la base d'un syllogisme>[5], par

1. Θέματα.

2. Addition proposée par von Arnim. Long ne la signale qu'en note. Une version différente, mais qui aboutit à la même traduction, est proposée par Egli et Hülser.

3. C'est-à-dire à titre d'espèce des arguments conclusifs au sens large.

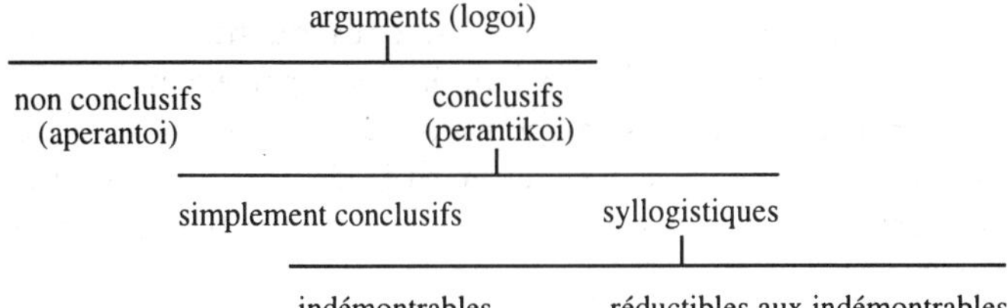

On a peine à localiser dans ce schéma les arguments apparemment syllogistiques qui ne concluent pas (ou qui ne concluent pas de façon syllogistique). Voir plus bas.

4. Pour la forme correcte, conforme au cinquième indémontrable, voir VII 81.

5. Le problème n'est pas qu'ils ne concluent pas, mais que leur conclusion ne dépend pas d'un syllogisme correct, c'est du moins ce que suggère l'exemple tel que transmis par les meilleurs manuscrits. Nous adoptons ici la conjecture de Egli 1967 (p. 44) : οὐ συνάγοντες <συλλογιστικῶς>. Cette correction n'est pas reprise dans Egli 1981 (p. 22), mais la traduction allemande en conserve la souvenir : « ...nicht syllogistisch schlüssig sind » (p. 38).

exemple : *si Dion est un cheval, Dion est un animal*[1] ; *donc Dion n'est pas un animal.*

79 On dit encore que parmi les arguments, les uns sont vrais, les autres faux. Sont vrais les arguments qui concluent de (prémisses) vraies, par exemple: *si la vertu est utile, le vice est nuisible* ; *<or la vertu est utile* ; *donc le vice est nuisible.>* Sont faux ceux qui ont une de leurs prémisses fausse ou qui ne sont pas conclusifs, par exemple : *s'il fait jour, il y a de la lumière* ; *or il fait jour* ; *donc Dion vit*[2].

Les arguments sont également possibles et impossibles, nécessaires et non nécessaires.

Les indémontrables[3]

Certains sont aussi indémontrables, du fait qu'ils n'ont pas besoin d'une démonstration. Ils diffèrent selon les différents (Stoïciens), mais chez Chrysippe il en existe cinq, grâce auxquels est combiné l'argument tout entier; ces indémontrables sont utilisés pour les conclusifs, pour les syllogismes et pour les tropiques[4].

80 Le premier indémontrable est celui dans lequel l'argument tout entier est construit à partir d'une conditionnelle[5] et de l'antécédent de la conditionnelle, et qui conclut le conséquent, par exemple: *si le premier, le second* ; *or le premier* ; *donc le second.*

Le deuxième indémontrable est celui qui est formé d'une conditionnelle et de la contradictoire du conséquent, ayant comme conclusion la contradictoire de l'antécédent, par exemple : *s'il fait jour, il y a de la lumière* ; *<or il n'y a pas de lumière* ; *donc il ne fait pas jour>*. La mineure est en effet tirée de la contradictoire du conséquent et la conclusion (est tirée) de la contradictoire de l'antécédent.

---

1. Le manuscrit F et les éditeurs ajoutent : « mais en vérité Dion n'est pas un cheval » qui manque dans les deux meilleurs manuscrits B et P. Egli propose : « mais il n'est pas vrai que Dion soit un cheval ». En vérité, la caractéristique de ce genre d'argument est de ressembler à un syllogisme, sans tirer la conclusion de la structure même du syllogisme. L'argument resterait donc elliptique.

2. Cet exemple n'illustre que le second cas, à moins qu'il ne fasse pas jour !

3. Comp. Sextus, *A. M.* VIII 223-227, pour les trois premiers indémontrables.

4. Ou « les modes syllogistiques » (τρόπ<ων συλλογιστ>ικῶν), selon Egli. [Discutable car ces indémontrables sont déjà formulés comme des modes.] Cf. B. Mates, *Stoic logic*, p. 136.

5. La proposition conditionnelle a été définie en VII 71.

Le troisième indémontrable est celui qui est constitué par une conjonctive[1] négative et par l'un des membres de la conjonctive, concluant à la contradictoire de l'autre, par exemple : *il n'est pas vrai tout à la fois que Platon est mort et que Platon vit* ; *or Platon est mort* ; *donc Platon ne vit pas.*

81 Le quatrième indémontrable est constitué par une disjonctive et par l'un des membres de la disjonctive, avec pour conclusion la contradictoire de l'autre membre, par exemple : *ou bien le premier ou bien le second* ; *or le premier* ; *donc non le second.*

Le cinquième indémontrable est celui dans lequel l'argument tout entier est composé d'une disjonctive et de la contradictoire d'un des membres de la disjonctive, et qui conclut à l'autre membre, par exemple *ou bien il fait jour ou bien il fait nuit* ; *or il ne fait pas nuit* ; *donc il fait jour.*

Conditions de vérité d'une proposition

Du vrai suit le vrai, selon les Stoïciens, comme de la proposition *il fait jour*, la proposition *il y a de la lumière.* Du faux suit le faux, comme de *il fait nuit*, si c'est faux, suit *il y a l'obscurité.* Du faux suit le vrai, comme de *la terre vole* suit *la terre existe.* Mais du vrai le faux ne peut s'ensuivre. Car de la proposition *la terre existe*, il ne s'ensuit pas que *la terre vole*[2].

Arguments embarrassants

82 Il existe encore des arguments embarrassants[3] (comme) les *Voilés*, les *Dissimulés*, les *Sorites*, les *Cornus* et les *Personnes.* Le *Voi-*

1. La proposition conjonctive et la disjonctive ont été définies en VII 72.

2. Comp. Sextus, *H. P.* II 105 [où l'on corrigera dans la traduction de R. G. Bury pour συνημμένον, « syllogisme hypothétique » en « proposition conditionnelle »] et *Adv. Math.* VIII 112-113 (Philon). Il est donc légitime de tirer du vrai le vrai (s'il fait jour, il y a de la lumière), du faux le faux (si la terre vole, la terre a des ailes : l'exemple de Sextus est meilleur que celui de Diogène), du faux le vrai (si la terre vole, la terre existe), mais jamais du vrai le faux (si la terre existe, la terre vole).

3. Les exemples d'arguments embarrassants (ἄποροι λόγοι) ici donnés sont plutôt des sophismes.

lé est formulé sous une forme du type suivant: <***[1]> *il n'est pas vrai que deux soit un petit nombre et que trois ne le soit pas*; *il n'est pas vrai non plus que cette dernière conclusion soit vraie et que quatre ne soit pas (un petit nombre)*; et ainsi jusqu'à dix <mille>[2]; *or, deux est un petit nombre* ; *dix <mille> l'est donc aussi.* <***>[3] Le *Personne*[4] est un argument conditionnel[5] constitué par un élément indéfini et un élément défini, (avec en plus une mineure et une conclusion)[6], par exemple: *Si « quelqu'un » est ici, il n'est pas vrai que celui-ci*[7] *est à Rhodes*; *<or quelqu'un est ici; donc il n'est pas vrai que quelqu'un est à Rhodes>*[8].

Conclusion sur la partie logique[9]

83 Ainsi se présentent les Stoïciens en logique afin d'établir le plus fermement possible que le sage est toujours dialecticien[10]. Car toutes

---

1. Dans la lacune se trouvaient l'exemple du *Voilé,* la définition et l'exemple du *Dissimulé* (apparemment une variante du *Voilé*), enfin la définition du *Sorite* dont on ne lit plus que l'exemple.

2. Ici et dans la phrase suivante, nous corrigeons, à la suite d'Egli, « dix » en « dix mille », supposant une erreur de lecture du signe précédent (pour 10 000) ou suivant (pour 10) le chiffre ι. Il renvoie à Sextus, *A. M.* VII 416-421. La correction rend le paradoxe plus frappant, car 10 peut encore sembler un petit nombre...

3. Une nouvelle lacune a entraîné la disparition du *Cornu.*

4. Des traités de Chrysippe concernaient le *Personne.* Voir VII 198.

5. Garder ici le texte de B (συναπτικός). Voir Goulet 1977, p. 193 n. 46, Frede, *Stoische Logik,* p. 57 n. 2, Hülser, *FDS* 1207 et Hadot, p. 350 (n° 111). Long retient le texte de FP (le texte de l'apparat est ici apparemment erroné) qui ont plutôt : « un argument conclusif ».

6. Egli considère les mots mis entre parenthèses comme une addition.

7. ἐκεῖνος qui est ici anaphorique (ce quelqu'un) et non déictique, mais se présente comme un élément *défini.*

8. Autrement dit : il n'y a personne à Rhodes. L'argument présuppose évidemment que l'on n'est pas à Rhodes au moment où il est formulé. Frede (p. 56-57) propose une reconstitution différente (*or il y a un homme ici, donc il n'est pas vrai qu'il y a un homme à Rhodes*), fondée sur D. L. VII 186, mais qui ne reprend pas dans la conclusion les termes de la première inférence et n'inclut pas le *outis* qui donne son nom à l'argument.

9. Le texte de ce paragraphe (*FDS* 87) est fort incertain, l'apparat de Long obscur, les reconstitutions des éditeurs douteuses et les traductions embarrassées.

10. B^{pc} a plutôt : « que seul le sage est dialecticien ». Mais, la suite montre que même la physique et l'éthique ne peuvent être étudiées sans la dialectique. Le

les réalités sont vues par le mode d'examen qui s'exprime dans les raisonnements[1], tout ce qui concerne le lieu[2] physique et aussi tout ce qui concerne le lieu éthique – car inutile de parler de son utilité pour la logique –, de même à propos de la rectitude des noms, comment les lois ont imposé leur ordre sur les actions, on ne saurait en parler (sans la dialectique)[3]. Comme il existe deux pratiques qui tombent sous la vertu (dialectique)[4], l'une examine ce qu'est chacun des êtres, l'autre comment on l'appelle[5].

Et voilà donc comment se présente pour eux la partie logique.

L'éthique (84-131)

84 La partie éthique de la philosophie, ils la divisent en lieu relatif à l'impulsion, en lieu relatif aux biens et aux maux et en lieu relatif aux passions, à la vertu, à la fin et à la valeur première, ainsi qu'aux actions, aux devoirs, aux exhortations et aux dissuasions. Voilà la sous-division que proposent les Chrysippe, Archédèmos, Zénon de Tarse, Apollodore, Diogène, Antipatros et Posidonios[6]. Car Zénon de Kition et Cléanthe, dans la mesure où ils sont plus anciens, ont conçu les choses de façon plus simple[7]. Ceux-ci ont cependant divisé et la logique et la physique.

Sur l'impulsion[8]

85 L'impulsion première que possède l'être vivant vise, disent-ils, à se conserver soi-même, du fait que la nature dès l'origine l'appro-

---

texte et l'apparat de von Arnim (*SVF* II 130) est très différent de celui de Long. Voir H. von Arnim, *Hermes* 25, 1890, p. 473-495.

1. Apparemment cette périphrase désigne la logique.
2. τόπου *recentiores* : τύπου BPF.
3. Ou bien : « il n'y a pas besoin d'en parler ». Passage sans doute corrompu. Voir la suggestion de von Arnim dans son apparat (*SVF* II 130).
4. Sur la dialectique comme vertu, voir VII 46.
5. Cette distinction correspond assez bien à la division proposée en VII 43 entre le « lieu relatif aux signifiés » et le « lieu relatif au son vocal ».
6. Posidonios F 189 Edelstein & Kidd.
7. Sous-entendu : et ne font donc pas partie de la première liste.
8. Cf. J. Brunschwig, « L'argument des berceaux chez les Épicuriens et chez les Stoïciens », dans M. Schofield & G. Striker (édit.), *The Norms of Nature*, Cambridge-Paris 1986, p. 113-145 et 138-144 (repris dans *Études sur les philosophies hellénistiques. Épicurisme, stoïcisme, scepticisme,* Paris 1995, p. 69-112).

prie (à soi-même)[1], comme le dit Chrysippe au premier livre de son traité *Sur les fins,* quand il dit que pour tout être vivant l'objet premier qui lui est propre est sa propre constitution et la conscience[2] qu'il a de celle-ci. Il ne serait pas vraisemblable en effet que (la nature) ait rendu l'être vivant étranger (à soi-même), ni qu'après l'avoir fait, elle ne l'ait rendu ni étranger ni approprié (à soi-même). Reste donc à dire qu'en le constituant elle l'a approprié à lui-même; c'est ainsi en effet qu'il repousse ce qui lui est nuisible et poursuit ce qui lui est propre.

Ce que certains disent: que l'impulsion première chez les êtres vivants se porte vers le plaisir, (les Stoïciens) montrent que c'est faux. **86** Ils disent en effet que le plaisir, s'il existe vraiment, est un résultat accessoire, quand la nature elle-même et en elle-même, après avoir cherché ce qui est en harmonie avec sa constitution, s'en saisit; c'est de cette façon que les animaux dégagent un bonheur de vivre et que les plantes prospèrent. Et la nature, disent-ils, ne fait aucune distinction entre les plantes et les animaux, du fait qu'elle[3] gouverne les premières aussi sans impulsion ni sensation et qu'il se produit en nous également des processus de caractère végétatif. Mais lorsque chez les êtres vivants se trouve ajoutée par dessus le marché l'impulsion qu'ils utilisent pour aller vers ce qui leur est propre, pour ces êtres vivants le (comportement) conforme à la nature consiste à[4] être gouvernés conformément à l'impulsion. Mais quand la raison est donnée aux êtres raisonnables en vue d'une régulation plus parfaite, à bon droit pour eux vivre selon la nature devient vivre selon la raison. Celle-ci vient en effet s'ajouter comme un artisan (œuvrant) sur l'impulsion.

---

1. On pourrait ajouter ici πρὸς ἑαυτό par comparaison avec 333, 11 (et *SVF* III 179 et 183), mais la ligne 10 montre que la formule peut être employée de façon elliptique. Pohlenz et déjà Koraes proposaient d'ajouter αὑτῷ.
2. Pohlenz II 65 voudrait corriger συνείδησιν en συναίσθησιν.
3. ὅτι n'est donné que par d. BPF et la *Souda* ont ὅτε («quand»).
4. Garder à la ligne 21 la leçon de BF τό. Long suit P qui a τῷ.

Sur la fin

87 C'est pourquoi Zénon le premier, dans son traité *Sur la nature de l'homme*, a dit que la fin était de vivre en accord avec la nature[1], ce qui signifie vivre selon la vertu. Car la nature nous conduit vers cette dernière. Semblablement Cléanthe, dans son traité *Sur le plaisir*, Posidonios[2] et Hécaton[3] dans leurs livres *Sur les fins*. Et encore, vivre selon la vertu équivaut à vivre en conformité avec l'expérience des événements naturels, comme le dit Chrysippe au premier livre de son traité *Sur les fins*. **88** Car nos natures sont des parties de celle de l'Univers. C'est pourquoi la fin devient: vivre en suivant la nature, c'est-à-dire à la fois la sienne propre et celle de l'Univers, en ne faisant dans nos actions rien de ce qu'a coutume d'interdire la Loi commune, à savoir la Raison droite qui parcourt toutes choses, cette Raison identique à Zeus, qui est, lui, le chef du gouvernement des êtres. Et c'est en cela que consiste la vertu et la facilité de la vie heureuse, quand tout est accompli selon l'accord harmonieux du démon qui habite en chacun[4] avec la volonté du gouverneur de l'Univers. Quant à Diogène[5], il a dit expressément que la fin était d'agir rationnellement dans la sélection des choses conformes à la nature. Archédèmos: que c'était de vivre en accomplissant tous ses devoirs.

89 Chrysippe entend sous (le mot) nature, en conformité avec laquelle il faut vivre, à la fois la nature commune et de façon particulière la nature humaine. Cléanthe cependant n'entend par nature qu'il faut suivre que la nature commune, et non plus la nature particulière.

Sur les vertus et les vices

La vertu, (selon eux,) est une disposition harmonieuse. Et la vertu doit être choisie pour elle-même, et non à cause d'une peur ou en vue d'un espoir ou quoi que ce soit des choses extérieures. En elle aussi est le bonheur, en tant qu'elle est le propre d'une âme faite

---

1. Ce serait là, selon Pohlenz II 67, déjà une interprétation de la formule de Zénon: « Vivre de façon harmonieuse ».
2. Posidonios F 186 Edelstein & Kidd.
3. Fr. 1 Gomoll.
4. Cf. Platon, *Timée* 90 c 5.
5. Diogène de Babylonie.

pour l'harmonie de la vie tout entière. Mais l'animal raisonnable est perverti, tantôt par les vraisemblances des réalités du monde extérieur[1], tantôt par l'influence de ceux qui partagent notre vie, puisque la nature fournit des points de départ exempts de toute perversion.

90 La vertu est de façon générale pour toute chose une certaine perfection. Par exemple celle d'une statue. Elle peut être non intellectuelle, comme la santé[2], ou d'ordre intellectuel *(théorématique)*, comme la prudence. Hécaton dit en effet, au premier livre de son traité *Sur les vertus*[3], que sont scientifiques et intellectuelles celles qui sont constituées de propositions théoriques, comme la prudence et la justice. Sont non intellectuelles celles qui sont conçues par extension de celles qui sont constituées de propositions théoriques, comme la santé et la force. Car il se trouve qu'à la modération, lorsqu'elle existe par suite d'une proposition théorique, fait suite à titre d'extension la santé, tout comme la solidité résulte de la construction d'une voûte. **91** Elles sont cependant dites non intellectuelles parce qu'elles ne comportent pas d'assentiment, mais surviennent même chez les gens vils, comme c'est le cas pour la santé, le courage[4].

Posidonios, dans le premier livre de son *Traité d'éthique*[5], dit que la preuve que la vertu existe est donnée dans le fait que les Socrate, les Diogène et les Antisthène se sont faits progressivement. Le vice lui aussi existe, du fait qu'il est l'opposé de la vertu. Qu'elle puisse également s'enseigner, je veux parler de la vertu, Chrysippe le dit aussi au premier livre de son traité *Sur la fin*, de même que Cléanthe, Posidonios dans ses *Protreptiques*[6] et Hécaton[7]. Qu'elle puisse s'en-

1. Πραγμάτων est le texte de F. En suivant BP, qui ont πραγματειῶν, il faudrait comprendre : « par les traités des écoles extérieures ». Mais, voir *SVF* III 229 (Chalcidius) : *ex rebus ipsis...* qui invite à suivre F dans le cas présent. Voir aussi un passage de Galien cité dans *SVF* III 229a : διά τε τὴν πιθανότητα τῶν φαντασιῶν καὶ τὴν κατήχησιν.

2. La santé est ici classée parmi les vertus et non parmi les indifférents ou les préférables, mais c'est peut-être parce qu'on s'en tient à un sens très général du mot vertu, applicable à une statue.

3. Fr. 6 Gomoll.

4. C'est pourtant une science selon VII 92. Voir cependant *SVF* III 511.

5. Posidonios F 29 Edelstein & Kidd.

6. Posidonios F 2 Edelstein & Kidd.

7. Fr. 8 Gomoll.

seigner, cela est manifeste du fait que les hommes deviennent bons[1] alors qu'ils étaient mauvais.

92 Panétius[2] dit donc qu'il existe deux vertus, la théorétique et la pratique; d'autres (distinguent) la vertu logique, la vertu physique et la vertu éthique. Posidonios[3] en distingue quatre et plus encore les Cléanthe, Chrysippe et Antipatros. Apollophanès cependant[4] dit qu'il n'y en a qu'une: la prudence.

Parmi les vertus, les unes sont premières, les autres subordonnées aux premières. Sont premières les suivantes: prudence, courage, justice et modération[5]. En sont des espèces[6] grandeur d'âme, maîtrise de soi, endurance, acuité d'esprit, bon jugement.

La prudence est la science des maux, des biens et de ce qui n'est ni bien ni mal. Le courage est la science de ce qui doit être choisi, de ce qu'il faut craindre et de ce qui n'est ni à choisir ni à craindre. La <justice> ***[7]

93 La grandeur d'âme est la science <ou> la manière d'être qui élève au-dessus des événements qui se produisent de façon commune pour les mauvais et pour les bons[8]. La maîtrise de soi est une disposition qui ne saurait faillir aux prescriptions de la raison droite ou bien une manière d'être qui ne se laisse pas vaincre par les plaisirs. L'endurance est la science ou la manière d'être relative à ce qu'il faut supporter, ce qu'il ne faut pas supporter et ce qui ne relève d'aucune des deux catégories. L'acuité d'esprit est la manière d'être qui permet de trouver sur-le-champ ce qu'il convient de faire. Le bon jugement est la science qui permet d'examiner ce qu'il faut faire et comment le faire pour agir de façon utile.

---

1. Sous-entendu: grâce à un enseignement moral, d'où l'addition <διδασκομένους> suggérée par Sandbach à Kidd (voir son commentaire des fragments de Posidonios, t. II 1, p. 100). Sinon, le fait de la conversion des mauvais ne prouverait pas que la vertu est « enseignable ».
2. Fr. 67 Alesse.
3. Posidonios F 180 Edelstein & Kidd.
4. M. Patillon propose de corriger ici μὲν γὰρ en μέντοι.
5. Cf. J. Mansfeld, « The stoic cardinal virtues at Diog. Laert. VII, 92 », *Mnemosyne* 42, 1989, p. 88-89 (signale des lacunes possibles et une dittographie).
6. Et leur sont donc subordonnées...
7. Manquent les définitions de la justice et de la modération. Cf. *SVF* III 262.
8. Il faut ici corriger les génitifs en datifs comme le propose von Arnim : φαύλοις et σπουδαίοις.

De façon analogue, parmi les vices, les uns sont premiers, les autres sont subordonnés aux premiers. A savoir : la sottise, la couardise, l'injustice et le relâchement moral <parmi les vices premiers>[1], mais l'intempérance, la lenteur d'esprit, le manque de jugement parmi les vices qui sont subordonnés aux premiers. Les vices sont les ignorances des choses dont les vertus sont les sciences.

Sur les biens et les maux

94 Le bien[2] est de façon générale ce qui est utile en quelque chose, de façon spécifique c'est ou bien la même chose que l'utilité ou bien ce qui n'est pas quelque chose d'autre[3]. C'est pourquoi la vertu elle-même, de même que ce qui participe à la vertu, est dit un bien en trois façons différentes. A savoir: le bien d'où provient <l'utile, comme la vertu elle-même, le bien selon lequel il arrive qu'il provienne,> comme l'action conforme à la vertu ; l'agent grâce auquel il provient, comme le sage qui participe à la vertu[4].

1. Ces mots ne sont donnés que par les mss dg. Il peut s'agir d'une heureuse conjecture.

2. Ou littéralement : « le bon », « ce qui est bon ».

3. Sextus, *A. M.* XI 22-24 et *H. P.* III 169-170, explique que « (ce qui est la même chose que) l'utilité » est la vertu et l'action droite, tandis que ce qui n'est pas « autre chose que l'utilité » est l'homme sage et l'ami. Cela correspond à la vertu elle-même et à ce qui participe à la vertu dans la phrase suivante.

4. Grâce à une comparaison avec *SVF* III 74 et 75 (qui n'offrent cependant pas une division strictement parallèle), on peut reconstituer, ainsi que le propose J. Brunschwig, un texte un peu plus cohérent que celui qu'a proposé von Arnim (repris par Long) : τὸ <μὲν> ἀγαθὸν ἀφ' οὗ <ὠφελεῖσθαι ἔστιν, ὡς αὐτὴν τὴν ἀρετήν, τὸ δὲ καθ' ὃ ὠφελεῖσθαι> συμβαίνει, ὡς τὴν πρᾶξιν κτλ. Mais on remarquera que le troisième registre chez Diogène Laërce correspond à une variante du premier registre chez Stobée et Sextus. M. Patillon reconstitue pour sa part un texte qui met à profit un saut du même au même possible : τὸ ἀγαθὸν ἀφ' οὗ <μὲν> συμβαίνει <ὠφελεῖσθαι, ὡς αὐτὴν τὴν ἀρετήν, καθ' ὃ δὲ ὠφελεῖσθαι συμβαίνει>, ὡς τὴν πρᾶξιν κτλ.

D'une manière différente, ils définissent le bien de façon particulière comme étant la perfection naturelle de l'être raisonnable en tant que raisonnable. Or, le bien (ainsi conçu c')est la vertu; comme[1] participant à ce bien il y a les actions conformes à la vertu et les sages; sont des résultats accessoires la joie, l'allégresse et les sentiments semblables. **95** Il en va de même des maux[2] : le mal est la sottise, la couardise, l'injustice et les vices de ce genre ; ce qui participe aux maux[3], ce sont les actions vicieuses et les hommes mauvais. Sont des résultats accessoires le découragement, la tristesse et les sentiments similaires.

On dit encore que parmi les biens les uns sont relatifs à l'âme, d'autres aux choses extérieures, d'autres ne sont relatifs ni à l'âme ni aux choses extérieures[4]. Les biens relatifs à l'âme sont les vertus et les actions conformes à ces vertus. Les biens relatifs au monde exté-

Stobée (*SVF* III 74)	Sextus, *A. M.* XI 25-27 ; *H. P.* III 171	D. L. VII 94 (*SVF* III 76)	D. L. VII 94 (J. Brunschwig)
ἀφ' οὗ συμβαίνει ὠφελεῖσθαι ἢ ὑφ' οὗ	τὸ ὑφ' οὗ ἢ ἀφ' οὗ ἔστιν ὠφελεῖσθαι (ἀρετή)	τὸ ... ἀφ' οὗ συμβαίνει <ὠφελεῖσθαι>	τὸ ... ἀφ' οὗ <ὠφελεῖσθαι ἔστιν (ἀρετήν)>
καθ' ὃ συμβαίνει ὠφελεῖσθαι	τὸ καθ' ὃ συμβαίνει ὠφελεῖσθαι (αἱ κατ' ἀρετὴν πράξεις)	<τὸ καθ' ὃ συμβαίνει> (τὴν πρᾶξιν τὴν κατ' ἀρετήν)	<τὸ καθ' ὃ ὠφελεῖσθαι> συμβαίνει (τὴν πρᾶξιν τὴν κατ' ἀρετήν)
	τὸ οἷόν τε ὠφελεῖν (φίλους, σπουδαίους ἀνθρώπους, θεούς τε καὶ σπουδαίους δαίμονας)	ὑφ' οὗ (τὸν σπουδαῖον τὸν μετέχοντα τῆς ἀρετῆς)	ὑφ' οὗ (τὸν σπουδαῖον τὸν μετέχοντα τῆς ἀρετῆς)

1. Je garde ὡς (codd.), que Long, à la suite de von Arnim, corrige en ὥσ<τε>. M. Patillon propose de corriger en καί et de supprimer εἶναι à la ligne 10.

2. Correction de von Arnim. Les mss ont « vices ».

3. Les manuscrits ont κακιῶν, « aux vices ». Long, à la suite de von Arnim, corrige en κακίας, « au vice ». Mais en parallèle au bien, c'est le mal et non le vice qui doit ici apparaître. En vérité, ainsi que le suggère M. Patillon, on pourrait également supprimer le mot, en s'inspirant de la construction de la ligne 9.

4. Comme l'explique Sextus, *A. M.* XI 46 (*SVF* III 96), cette division stoïcienne des biens s'oppose à la division académicienne et péripatéticienne en ne laissant aucune place aux biens du corps.

rieur sont d'avoir une bonne patrie, un bon ami et leur prospérité. Les biens qui ne sont relatifs ni au monde extérieur ni à l'âme, c'est être de par soi-même sage et heureux[1]. **96** Inversement, pour les maux[2], les uns sont relatifs à l'âme : les vices et les actions conformes à ces vices. Les autres sont relatifs au monde extérieur : avoir une patrie insensée et un ami insensé et leur malheur. Les maux qui ne sont relatifs ni au monde extérieur ni à l'âme : être de par soi-même mauvais et malheureux.

On dit encore que parmi les biens les uns sont ultimes, d'autres instrumentaux, d'autres à la fois ultimes et instrumentaux. L'ami et les services qu'il procure sont des biens instrumentaux ; mais l'audace et le bon sens, la liberté, la gaieté, la joie, l'absence de peine et toute l'activité conforme à la vertu sont des biens finals. **97** Sont des biens à la fois instrumentaux et ultimes <les vertus>[3]. Dans la mesure en effet où elles produisent le bonheur, elles sont des biens instrumentaux ; mais dans la mesure où elles le complètent, au point d'en être des parties constitutives, elles sont des biens ultimes. De façon similaire, parmi les maux, certains sont ultimes, d'autres instrumentaux, d'autres sont l'un et l'autre. L'ennemi et les dommages qu'il cause sont des maux instrumentaux. Mais la consternation, l'abattement, la servitude, la tristesse, le découragement, la peine et toute l'activité conforme au vice sont des maux ultimes. Sont l'un et l'autre <les vices>[4], puisque dans la mesure où ils produisent le malheur, ils sont instrumentaux, mais dans la mesure où ils le complètent, au point d'en être des parties constitutives, ils sont ultimes.

98 On dit encore que parmi les biens relatifs à l'âme, les uns sont des états, d'autres des dispositions, d'autres ne sont ni des états ni des dispositions. Sont des dispositions les vertus, sont des états les occupations, ne sont ni des états ni des dispositions les activités[5].

---

1. Sextus *(ibid.)* explique que le sage étant formé d'une âme et d'un corps ne peut être considéré comme extérieur à lui-même ni être réduit à une âme seule.
2. Correction d'Étienne. Les mss ont « les vices ».
3. Ajouté par Lipsius.
4. Ajouté par von Arnim.
5. Sous-entendu vertueuses. Comp. *SVF* III 104, qui développe une division semblable pour les maux.

De façon générale, parmi les biens, sont mixtes avoir de bons enfants[1] et avoir une vieillesse heureuse, tandis qu'est un bien simple la science. Sont des biens toujours présents les vertus, tandis que ne le sont pas toujours (les biens) comme la joie, l'exercice de la promenade.

Tout bien est bénéfique, nécessaire, profitable, salutaire, utile, beau, avantageux, désirable et juste[2]. 99 Bénéfique (συμφέρον) parce qu'il nous fait bénéficier (φέρει) des choses dont la venue nous est avantageuse. Nécessaire (δέον) parce qu'il est attaché à ce qu'il faut. Profitable (λυσιτελές) parce qu'il dégage un profit (λύει) de ce qui est payé pour l'obtenir (τὰ τελούμενα), si bien que ce qui est donné en retour dans cet échange est d'un avantage supérieur. Efficace (χρήσιμον) parce qu'il fait profiter (χρείαν) d'un avantage. Bien utilisable (εὔχρηστον), parce qu'il rend l'utilisation (χρείαν) louable. Beau (καλόν) parce qu'il est dans une juste proportion avec son utilisation. Avantageux (ὠφέλιμον) parce qu'il est de nature à procurer un avantage (ὠφελεῖν). Digne de choix (αἱρετόν) parce qu'il est de telle nature qu'il est raisonnable de le choisir (αἱρεῖσθαι). Juste (δίκαιον) parce qu'il est en harmonie avec la loi et crée des liens sociaux.

100 Ils disent que le bien parfait est beau parce qu'il contient[3] tous les nombres recherchés par la nature ou la mesure parfaite. Les espèces du beau sont au nombre de quatre : le juste, le courageux, l'ordonné, le scientifique[4]. C'est en effet en ces qualités que trouvent leur accomplissement les actions belles. De façon analogue, il existe quatre espèces du laid : l'injuste, le lâche, le désordonné et l'insensé.

---

1. Εὐτεκνία, définie en *SVF* III 101 : χρῆσις τέκνοις κατὰ φύσιν ἔχουσι σπουδαία.

2. Tout ce paragraphe repose sur des rapprochements étymologiques qu'il est impossible de rendre dans une traduction.

3. Lire περιέχειν avec Usener et Gigante, plutôt que ἀπέχειν. Sur les nombres constitutifs de la vertu, voir les références indiquées par J. Brunschwig, « Le modèle conjonctif », p. 172 n. 2, et déjà dans le commentaire de Ménage *ad loc.*

4. Il y aurait donc une correspondance entre les quatre vertus principales ou les quatre vices principaux et ces quatre secteurs de la beauté (morale). Les deux dernières espèces du beau correspondent en effet à la modération et à la prudence.

Le beau se dit en un unique sens[1] de ce qui rend louable ceux qui le possèdent <ou encore>[2] le bien digne de louange[3]. En un autre sens, (c'est) être bien doué pour son action propre ; en un autre sens : c'est ce qui donne de l'ornement, lorsque nous disons que seul le sage est bon <et> beau[4].

101 Ils disent que seul le beau est bon, comme le disent Hécaton au troisième livre de son traité *Sur les biens* et Chrysippe dans ses livres *Sur le beau.* Cela, c'est la vertu et ce qui participe à la vertu, ce qui revient à dire que tout bien est beau et que le beau équivaut au bien[5], ce qui revient au même. Car c'est parce qu'il est bon, qu'il est beau ; or il est beau ; donc il est bon. Ils sont d'avis que tous les biens sont égaux et que tout bien est au plus haut point digne de choix et n'accepte ni relâchement ni intensification.

Parmi les êtres, ils disent que les uns sont bons, les autres mauvais, les autres ni bons ni mauvais. **102** Sont bons les vertus, prudence, justice, courage, modération et les autres (vertus). Sont mauvais les contraires : sottise, injustice et les autres (vices). N'est ni bon ni mauvais tout ce qui ne profite ni ne nuit, comme vie, santé, plaisir, beauté, force, richesse, (bonne) réputation[6], bonne naissance et leurs contraires : mort, maladie, souffrance, laideur, faiblesse, pauvreté, mauvaise réputation, basse extraction et tout ce qui est de cette nature, comme le disent Hécaton[7] au septième livre de son traité *Sur la fin*, Apollodore dans son *Éthique* et Chrysippe. Ces choses en effet ne sont pas des biens, mais des indifférents, de l'espèce des préférables.

---

1. Il est étonnant que Diogène emploie ici μοναχῶς, car il énumérera dans les lignes suivantes d'autres significations du mot.
2. ἤ est une addition de von Arnim.
3. Comp. un passage de Cicéron (SVF III 198) : *laudabiles efficiens eos, in quibus est.*
6. Plutôt que d'ajouter « et » comme on le fait généralement, on pourrait considérer « sage » comme une glose et traduire : « seul le bon (ou le bien) est beau ».
5. Je conserve la leçon des mss BPac : τὸ ἰσοδύναμον τὸ καλὸν τῷ ἀγαθῷ. Long suit F : τὸ ἰσοδυναμεῖν τῷ καλῷ τὸ ἀγαθόν.
6. Les éditeurs ont corrigé ici δόξα en εὐδοξία qui s'oppose mieux à ἀδοξία dans les lignes qui suivent (ainsi Long), mais δόξα réapparaît dans des listes parallèles en VII 104 et 106.
7. Fr. 2 Gomoll.

103 En effet, tout comme le propre du chaud est de réchauffer et non de rendre froid, ainsi le propre du bien est d'être utile et non de nuire. Or la richesse et la santé ne profitent pas plus qu'elles ne nuisent. Ni la richesse ni la santé ne sont donc des biens. Ils disent encore que ce dont il est possible de faire bon ou mauvais usage n'est pas un bien; or il est possible de faire bon ou mauvais usage de richesse et santé; richesse et santé ne sont donc pas des biens. Posidonios[1] cependant dit que ces choses aussi font partie des biens. Mais Hécaton, au neuvième livre de son traité *Sur les biens*[2], et Chrysippe, dans ses livres *Sur le plaisir*, disent que le plaisir non plus n'est pas un bien. Il existe en effet également des plaisirs honteux, or rien de honteux n'est un bien. **104** Être utile, c'est agir ou se tenir[3] en conformité avec la vertu, nuire, c'est agir ou se tenir en conformité avec le vice.

Indifférents et préférables

Indifférent se dit en deux sens. En un sens, c'est ce qui ne contribue ni au bonheur ni au malheur, comme c'est le cas de la richesse, la (bonne) réputation, la santé, la force et les choses semblables. Il est en effet possible d'être heureux sans ces choses, bien qu'une certaine façon de les utiliser puisse servir au bonheur ou au malheur. En un autre sens, on appelle indifférent ce qui ne met en mouvement ni l'impulsion ni la répulsion, comme le fait d'avoir sur la tête un nombre pair ou impair de cheveux, et de tendre le doigt ou de le plier, les précédents indifférents n'étant plus dits tels en ce sens. Car les indifférents au premier sens mettent en mouvement l'impulsion ou la répulsion. **105** C'est pourquoi certains de ces indifférents sont objets de choix, <les autres de rejet,[4]> tandis que les indifférents de l'autre type sont équivalents par rapport au choix et au rejet.

Parmi les indifférents ils disent que les uns sont préférables, les autres rejetables. Sont préférables ceux qui ont de la valeur, rejeta-

1. Posidonios F 171 Edelstein & Kidd.
2. Fr. 5 Gomoll.
3. κινεῖν ἢ ἴσχειν. Sur la distinction stoïcienne entre κίνησις et σχέσις, voir *SVF* III 78, 111, 244, 558.
4. Ces mots ont été ajoutés par von Arnim.

bles ceux qui sont sans valeur. (A propos de) la valeur[1], ils disent que l'une est une certaine contribution à la vie harmonieuse, ce qui s'applique à tout bien. L'autre est une certaine faculté ou une utilité médiane qui contribue à la vie conforme à la nature, ce qui revient à désigner l'utilité que richesse ou santé procurent pour mener la vie conforme à la nature. La valeur est (enfin) la compensation financière[2] que fixerait l'homme qui a l'expérience de ces choses, ce qui revient à dire que le blé est échangé contre de l'avoine à raison de trois mesures pour deux[3].

106 Sont donc préférables les choses qui ont aussi de la valeur, par exemple dans le domaine de l'âme : talent naturel, art, progrès et les choses semblables ; dans le domaine du corps : vie, santé, vigueur, robustesse, habileté, beauté et les choses similaires ; dans le domaine des choses extérieures : richesse, réputation, bonne naissance et les choses semblables.

Sont rejetables dans le domaine de l'âme : l'absence de talent naturel, l'absence de dispositions artistiques et les choses semblables ; dans le domaine du corps : mort, maladie, faiblesse, mauvaise condition physique, infirmité, laideur et les choses semblables ; dans le domaine des choses extérieures : pauvreté, manque de considération sociale, mauvaise naissance et les choses similaires. Ne sont ni préférables ni rejetables les réalités qui sont ni l'un ni l'autre.

107 On dit encore que parmi les préférables les uns sont choisis pour eux-mêmes, d'autres pour autre chose, d'autres à la fois pour eux-mêmes et pour autre chose. Sont choisis pour eux-mêmes : talent naturel, progrès et les choses semblables ; pour autre chose : richesse, bonne naissance et les choses semblables ; pour eux-mêmes et pour autre chose : force, sensibilité, habileté. Ils sont choisis pour eux-mêmes, parce qu'ils sont conformes à la nature ; pour autre chose, parce qu'ils rendent des services non négligeables. Il en va de même pour le rejetable selon un rapport de contrariété.

---

1. Ce paragraphe difficile doit être rapproché de ses parallèles en *SVF* III 124-125.
2. Littéralement : « d'un cambiste ».
3. M. Patillon propose de lire σὺν ἡμιολίῳ, avec Kühn (confusion ΛΙ/Ν en onciales). Les mss ont « avec une mule » (σὺν ἡμιόνῳ).

Sur les devoirs

Ils disent encore que le « devoir » est ce qui, une fois accompli, comporte une justification raisonnable, par exemple l'activité conséquente dans la vie, principe qui s'étend aussi aux plantes et aux animaux ; on observe en effet des « devoirs » aussi pour ces êtres.

108 Le « devoir » a été ainsi nommé par Zénon le premier, le nom étant pris à partir du fait que quelque chose *doit* être fait par certains êtres. C'est une action appropriée aux dispositions naturelles (d'un être). Car parmi les activités qui s'exercent selon l'impulsion, les unes sont des devoirs, d'autres sont contraires au devoir, <d'autres ne sont ni des devoirs ni contraires au devoir>.

Sont donc des devoirs toutes les actions que la raison prescrit de faire, par exemple : honorer ses parents, ses frères, sa patrie, assister ses amis ; sont contraires au devoir toutes celles que la raison prescrit de ne pas faire, par exemple les suivantes : négliger ses parents, ne pas se soucier de ses frères, ne pas compatir avec ses amis, mépriser sa patrie et les actes similaires. **109** Ne sont ni des devoirs ni contraires au devoir toutes les actions que la raison ne prescrit pas de faire ni n'interdit, par exemple cueillir un fruit, tenir un stylet ou un strigile et les actes semblables à ceux-là.

Et certains devoirs le sont indépendamment des circonstances, les autres en fonction des circonstances. Sont indépendants des circonstances les devoirs suivants : veiller sur sa santé et le bon état de ses organes sensibles et les actes semblables ; sont fonction des circonstances : s'estropier soi-même ou se débarrasser de ses richesses. Il en va de façon analogue pour les actes qui sont contraires au devoir.

On dit encore que parmi les devoirs les uns le sont toujours, les autres ne le sont pas toujours. Le sont toujours : <vivre selon la vertu ; ne le sont pas toujours>[1] : poser des questions et répondre, se promener et les actes semblables. Le même discours vaut aussi pour les actes contraires au devoir.

110 Il y a aussi un devoir dans les choses intermédiaires, par exemple que les enfants obéissent aux pédagogues.

---

1. Ces mots manquent dans BPF et la *Souda*. On ne les trouve que dans les manuscrits dg.

Ils disent que l'âme comprend huit parties[1]. Sont en effet des parties de l'âme les cinq organes des sens, l'organe de la voix, l'organe de la pensée, qui est la pensée elle-même, et l'organe de la reproduction.

A partir des erreurs se produit la perversion qui atteint la pensée, perversion d'où germent de nombreuses passions qui sont causes d'instabilité. Quant à la passion considérée en elle-même, elle est, selon Zénon, le mouvement de l'âme irrationnel et contraire à la nature ou encore une impulsion excessive.

Sur les passions

Parmi les passions principales, comme le disent Hécaton au deuxième livre de son traité *Sur les passions*[2] et Zénon dans son traité *Sur les passions,* on distingue quatre genres: la peine, la crainte, le désir et le plaisir. **111** Ils sont d'avis que les passions sont des jugements, comme le dit Chrysippe dans son traité *Sur les passions.* L'amour de l'argent est en effet l'opinion que l'argent est quelque chose de beau, et il en va de même pour l'ivresse, la licence et les autres passions.

La peine est une contraction déraisonnable; ses espèces sont la pitié, l'envie, la jalousie, l'esprit de rivalité, l'affliction, le tourment, le chagrin[3], la douleur, et la confusion. La pitié est une peine ressentie pour quelqu'un qui apparemment souffre sans le mériter, l'envie est une peine devant les biens d'autrui, la jalousie est une peine ressentie en voyant chez autrui ce que l'on désire soi-même, l'esprit de rivalité est une peine devant la présence chez autrui aussi de ce que soi-même l'on possède, **112** l'affliction une peine qui nous accable, le tourment est une peine qui nous plonge dans l'anxiété et l'embarras, le chagrin est une peine que les réflexions entretiennent et prolongent, la douleur une peine intense, la confusion une peine irrationnelle, qui épuise et empêche de voir les choses présentes.

La peur est l'anticipation d'un mal. On rattache à la peur les passions suivantes: la terreur, la pusillanimité, la honte, la frayeur,

1. Voir K. Janáček, « Aus der Werkstatt des Diogenes Laertios », *LF* 112, 1989, p. 133-136.

2. Fr. 9 Gomoll.

3. ἀνιάν, ici et à la ligne 10 n'est donné que par P^{pc}. BFP^{ac} ont ἄνοια.

l'épouvante, l'angoisse. La terreur est une peur qui engendre l'effroi ; la honte une peur de la mauvaise réputation, la pusillanimité la peur d'une activité à venir, la frayeur une peur résultant de la représentation d'une réalité inhabituelle, l'épouvante une crainte accompagnée de panique et de clameur[1], **113** l'angoisse <la peur d'une réalité invisible>[2].

Le désir est une tendance irrationnelle, sous laquelle sont rangées les passions suivantes : la frustration, la haine, l'esprit de dispute, la colère, l'amour, le ressentiment, l'emportement. La frustration est un désir ressenti dans l'échec et pour ainsi dire un désir qui est séparé de son objet, mais qui (reste) tendu en vain et attiré vers lui. La haine est un désir qu'il arrive du mal à quelqu'un, désir accompagné d'hostilité et de rejet[3]. L'esprit de dispute est un désir de l'emporter[4]. La colère le désir de punir celui qui semble avoir causé du tort, mais de façon non conforme au devoir[5] ; l'amour est un désir qui ne vise pas un bon motif[6] ; c'est en effet un effort pour se faire

1. M. Patillon propose de lire μετὰ κατεπείξεως <καὶ> φωνῆς. Chez Stobée (*SVF* III 408) et Andronicus (*SVF* III 409), la définition est : φόβος μετὰ φωνῆς κατεπείγων.

2. La restitution remonte à Stephanus. Stobée (*SVF* III 408) et Andronicus (*SVF* III 409) donnent plutôt φόβος διαπτώσεως ou φόβος ἥττης, la peur de la chute ou de la défaite...

3. En lisant προσκοπῆς (BP^{ac}) et παραστάσεως (P^{pc}). Long édite προκοπῆς et παρατάσεως. M. Patillon conserverait προστάσεως (B), au sens d'« hostilité » : cf. προΐστημι, « se dresser en face de ». Sur ce passage, voir A. Grilli, « Il μῖσος stoico e il testo di Diogene Laerzio (VII, 113) », *Maia* 40, 1988, p. 151-152.

4. Von Arnim écrit περιαιρέσεως en un seul mot.

5. Le français est ici volontairement aussi ambigu que le grec, mais c'est sans doute ce désir qui n'est pas conforme au devoir, plutôt que le tort qui a été commis.

6. Texte de la *Souda* : οὐ περὶ σπουδαίου πράγματος, à rapprocher de *SVF* III 717 (Stobée), t. III, p. 180, 34 : οὔτε τινὸς φαύλου πράγματος. Les manuscrits de Diogène ont plutôt : « qui ne se porte pas vers des sages » (περὶ σπουδαίους). Le même parallèle (p. 180, 33) pourrait également appuyer cette leçon : aimer est en soi un acte indifférent, car il se porte parfois aussi « vers des hommes mauvais » ou bien « concerne des hommes mauvais » (περὶ φαύλους).

un ami[1] à cause de la beauté qui se manifeste[2]. **114** Le ressentiment est une colère qui a vieilli et est empreinte de rancœur, mais qui attend, ce qui est mis en lumière par les vers suivants[3] :

> car même si aujourd'hui il digère sa bile en son cœur,
> il garde sa rancœur par-devers lui, en attendant de l'accomplir.

L'emportement est une colère commençante.

Le plaisir est un soulèvement irrationnel vers ce qui paraît désirable. On range sous cette passion la délectation, la joie malveillante, la jouissance, le débordement. La délectation est un plaisir qui charme par le biais des oreilles. La joie malveillante est un plaisir éprouvé devant les malheurs d'autrui. La jouissance, qui ressemble au mot retournement[4], est une excitation de l'âme vers le relâchement. Le débordement est une dissolution de la vertu.

115 De même que l'on parle d'infirmités pour le corps, comme la goutte ou l'arthrite, de même pour l'âme il y a l'amour de la gloire, l'amour du plaisir et les passions semblables. Car l'infirmité[5] est une maladie accompagnée de faiblesse, et la maladie est une opinion à propos de ce qui semble fortement désirable. Et de même que pour le corps on parle de certaines propensions à la maladie, comme les rhumes et les diarrhées, de même pour l'âme il y a de mauvaises propensions, comme la jalousie, la pitié, les querelles et les choses similaires.

---

1. En suivant une conjecture d'Étienne, fondée sur de nombreux parallèles stoïciens : φιλοποιίας, plutôt que le texte des manuscrits et de la *Souda* : φιλοπονίας.

2. Comp. VII 130 (et *SVF* III 397). Bien que Stobée (*SVF* III 395) fournisse un bon parallèle au texte de ce passage, on ne peut manquer de constater que la définition de l'amour-passion qui est donnée ici sera celle qui sera donnée de l'amour légitime concédé au sage en VII 130. Peut-être faut-il reconstituer le passage de la façon suivante : ἔρως δέ ἐστιν ἐπιθυμία <σωματικῆς συνουσίας (comp. le texte d'Andronicus en *SVF* III 397 et aussi plus loin D.L. VII 130 : μὴ εἶναι συνουσίας, ἀλλὰ φιλίας) καὶ> οὐχ ἡ (c'est là en effet le texte des manuscrits, corrigé en οὐχί à partir de w) περὶ σπουδαίους κτλ. « L'amour est un désir <de commerce sexuel et> non pas le désir (amoureux) qu'éprouvent les sages : car il s'agit (dans ce cas !) d'un effort pour se faire un ami (φιλοποιίας) à cause de la beauté qui se manifeste ».

3. Hom., *Il.* I 81-82.

4. Τέρψις est rapproché de τρέψις.

5. Il faut comprendre : au sens moral…

Sur les bonnes affections

116 Ils disent qu'il y a trois bonnes affections[1], la joie, la défiance et l'aspiration. La joie, disent-ils, est opposée au plaisir, étant un soulèvement raisonnable. La défiance est opposée à la crainte, étant une répulsion rationnelle. Le sage en effet n'éprouvera aucune crainte, mais marquera de la défiance. Au désir, ils disent qu'est opposée l'aspiration, qui est une tendance rationnelle. Maintenant, de même que sous les premières passions on en trouve d'autres, de la même façon (il s'en trouve d'autres) sous les premières bonnes affections. Sous l'aspiration : la bienveillance, la mansuétude, l'affection, l'attachement. Sous la défiance : la retenue, la pureté. Sous la joie : la jubilation[2], la gaieté et la bonne humeur.

Le sage stoïcien

117 Ils disent encore que le sage est impassible, du fait qu'il résiste aux propensions. Mais le mauvais est lui aussi impassible, au sens où le mot signifie dur et implacable. Le sage est également dépourvu de vanité. Il se comporte en effet d'égale façon envers la notoriété ou l'absence de notoriété. Est également dépourvu de vanité, celui qui se range sous le type de l'indifférent à tout, lequel est un homme mauvais. Ils disent encore que tous les sages sont austères, du fait qu'ils n'entrent pas en relation avec les autres en vue du plaisir et n'attendent pas des autres ce qui vise le plaisir. Mais est également austère un autre type d'homme, tout comme on dit qu'est « austère » ce vin dont on use comme remède et pas du tout pour le plaisir de boire.

118 Les sages sont des hommes honnêtes et ils veillent constamment à présenter le meilleur d'eux-mêmes, s'occupant de cacher les choses viles et de manifester les biens véritables[3]. Ils sont également

1. *Eupathies.*

2. A nouveau τέρψις, qui avait une autre valeur en 345, 13 Long.

3. Ce passage est corrompu, il manque en partie dans B et est un peu différent dans la citation qu'en fait la *Souda.* Pourquoi le sage cacherait-il en lui les choses viles ? Il sera dit « franc » dans la phrase suivante. Et quelle chose vile pourrait se trouver chez le sage ? A titre de pure hypothèse, on pourrait suggérer la reconstitution suivante (qui suit de près le texte de FP et emprunte à la *Souda* le mot δυναμένους) : φυλακτικούς τ' εἶναι <πρὸς> τοὺς βέλτιόν τι περὶ αὑτῶν παριστάνειν δυναμένους, διὰ παρασκευῆς τῆς τὰ φαῦλα μὲν ἀποκρυπτούσης,

francs, car ils suppriment la dissimulation dans le langage et l'apparence. Ils ne sont pas intrigants, car ils éprouvent de la répulsion à faire quoi que ce soit en dehors du devoir. Et ils boiront du vin, mais ne s'enivreront pas. Ils ne seront pas non plus insensés. Certes il arrivera parfois que le sage reçoive des représentations anormales, à cause de la mélancolie ou du délire, mais cela ne se produira pas à titre de choix rationnel, mais bien contre la nature. Le sage ne sera pas non plus affligé, du fait que la peine est une contraction déraisonnable de l'âme, comme le dit Apollodore dans son *Éthique.*

119 Ils sont également divins. Ils ont en effet en eux-mêmes une sorte de dieu. L'homme mauvais, en revanche, est athée. Mais athée s'entend en deux sens: c'est ou bien celui qui est appelé (ainsi) par opposition à (l'homme) divin[1], ou bien celui qui ne fait aucun cas du divin. Ce dernier sens ne s'applique pas à tout homme mauvais.

Les sages sont pieux, car ils ont l'expérience des coutumes qui concernent les dieux. La piété est la science du culte des dieux. De plus, (les sages) sacrifieront aux dieux et ils sont purs. Ils repoussent en effet toutes les fautes contre les dieux. Les dieux s'émerveillent d'eux[2], car ils sont saints et justes envers le divin. Seuls les sages sont prêtres, car ils ont étudié les sacrifices, les fondations, les purifications et toutes les autres institutions appropriées aux dieux.

120 (Les Stoïciens) sont également d'avis qu'il faut honorer ses parents et ses frères en deuxième position après les dieux. Ils disent aussi que l'attachement à leurs enfants est un sentiment naturel pour les sages et qu'il ne se trouve pas chez les hommes mauvais.

τὰ δ' ὑπάρχοντα ἀγαθὰ φαίνεσθαι ποιούσης. « Ils sont sur leur garde <à l'égard> de ceux qui sont capables de présenter quelque chose de meilleur à propos d'eux-mêmes, à cause de leur préparation à cacher les choses viles et à faire apparaître au contraire les biens qui existent. » La suite du passage est également corrigée. M. Patillon propose de traduire le texte édité par Long de la manière suivante : « [...] et ils se gardent de donner d'eux-mêmes une image flatteuse, grâce à un stratagème qui cacherait le mauvais et mettrait en évidence ce qu'il y a de bon. »

1. Les manuscrits ont plutôt : « au Dieu ». Peut-être faudrait-il corriger : τόν τ' ἐναντίως τῷ θεῷ λέγοντα (« celui qui parle contre Dieu »), par opposition à celui qui va jusqu'à nier l'existence de Dieu, ce que ne font pas tous les méchants.

2. Ou peut-être, en corrigeant αὐτούς en αὐτοῖς, comme le suggère M. Patillon : « Les dieux mettent en eux leur complaisance. »

Selon leur doctrine, toutes les fautes sont égales, comme le disent Chrysippe dans le quatrième livre de ses *Investigations éthiques,* Persaios et Zénon. Car si une vérité n'est pas plus vraie qu'une autre, une erreur n'est pas plus erronée qu'une autre. De même chaque tromperie l'est autant qu'une autre et chaque faute l'est autant qu'une autre. Car celui qui est à cent stades de Canope et celui qui n'en est qu'à un stade ne sont ni l'un ni l'autre à Canope. De la même façon celui qui faute plus et celui qui faute moins ne sont ni l'un ni l'autre dans le droit chemin. **121** Cependant Héraclide de Tarse[1], disciple d'Antipatros de Tarse, ainsi qu'Athénodore, disent que les fautes ne sont pas égales.

Le sage prendra part à la politique, si rien ne l'en empêche, comme le dit Chrysippe dans le premier livre de son traité *Sur les genres de vie.* Il contiendra en effet le vice et incitera à la vertu. Et il se mariera, comme le dit Zénon dans sa *République,* et il engendrera des enfants.

Les paradoxes du sage

On dit encore que le sage n'aura pas d'opinions[2], c'est-à-dire qu'il ne donnera son assentiment à rien de faux. Il cynicisera, car le cynisme est un chemin raccourci vers la vertu, comme le dit Apollodore dans son *Éthique.* Il mangera aussi des chairs humaines en certaines circonstances.

Seul il est libre, les hommes mauvais étant des esclaves. La liberté est en effet le pouvoir de décider de sa propre action, l'esclavage la privation de ce pouvoir de décision (de sa propre action). **122** Il existe un autre esclavage, la subordination, et un troisième qui réside dans l'appartenance et la subordination; à cet esclavage s'oppose la possession (d'esclaves), qui est elle aussi mauvaise.

---

1. Ce philosophe de la fin du IIe siècle av. J.-C. faisait l'objet d'une section biographique dans la partie finale perdue du livre VII de Diogène Laërce, comme l'atteste un index ancien conservé dans le *Parisinus graecus* 1759 (cf. éd. Long, p. 392). Sur cette liste, voir T. Dorandi, « Considerazioni sull'*index locupletior* di Diogene Laerzio », *Prometheus* 18, 1992, p. 121-126. H. von Arnim, art. « Herakleides » 40, *RE* VIII 1, 1912, col. 469, le confond à tort avec un disciple homonyme de Chrysippe de Soles.

2. Cf. Stobée II 7, 11m.

Les sages ne sont pas seulement libres, ils sont également rois, la royauté étant un pouvoir qui n'est pas soumis à reddition de comptes. Cette royauté ne peut exister que dans le cas des sages, comme le dit Chrysippe dans son traité *Que Zénon a usé des noms au sens propre.* Il faut en effet que celui qui règne sache ce que sont les biens et les maux. Or aucun homme mauvais ne sait cela.

De la même façon, seuls les sages sont magistrats, juges et orateurs, alors qu'aucun homme mauvais ne l'est. Ils sont encore exempts de toute faute, du fait qu'ils ne succombent à aucune faute. **123** Ils ne causent aucun tort, car ils ne nuisent ni aux autres ni à eux-mêmes. Ils ne sont pas miséricordieux et ne pardonnent à personne, car ils n'atténuent pas les châtiments prescrits par la loi, du fait que céder, de même que la pitié et la clémence elle-même, est une annihilation de l'âme qui, devant les châtiments, contrefait la bonté. Ils ne pensent pas non plus que les châtiments sont trop sévères.

(Ils disent) encore que le sage ne s'étonne devant aucun phénomène apparemment paradoxal, comme les cavernes de Charon[1], les marées, les sources d'eau chaude et les éruptions de feu.

Bien plus, le sage ne vivra pas dans la solitude, car il est par nature un être social et un homme d'action. Il acceptera cependant l'entraînement en vue de la résistance du corps.

124 Le sage priera, disent-ils, demandant aux dieux les biens, comme le disent Posidonios au premier livre de son traité *Sur les devoirs*[2] et Hécaton au troisième livre de son traité *Sur les paradoxes*[3]. Ils disent aussi que l'amitié ne se trouve que parmi les sages, à cause de leur similitude. Ils disent que cette amitié est une communauté des choses de la vie, lorsque nous usons de nos amis comme de nous-mêmes. Ils disent que l'ami est désirable pour lui-même et qu'avoir de nombreux amis est un bien. En revanche, chez les hommes mauvais, il n'y a aucune amitié et aucun homme mauvais ne peut avoir un ami. Tous les sots sont insensés, car ils n'ont aucun

1. Orifices rejetant des émanations nocives qui apparaissaient comme la porte des Enfers. Cf. O. Waser, art. « Charoneia », *RE* III 2, 1899, col. 2183.
2. Posidonios F 40 Edelstein & Kidd.
3. Fr. 20 Gomoll.

bon sens, mais font tout selon la folie qui équivaut à leur manque de bon sens.

125 Le sage fait bien tout ce qu'il fait, tout comme nous disons qu'Isménias joue bien tous les airs de flûte[1]. Et tout appartient aux sages, car la loi leur a donné un pouvoir absolu. En revanche, on dit que certaines choses appartiennent aux hommes mauvais de la même façon que nous disons que le Céramique[2] appartient en un sens à la Cité, en un autre sens à ceux qui l'utilisent.

Sur l'enchaînement des vertus

Ils disent que les vertus s'enchaînent les unes aux autres et que celui qui en possède une les possède toutes, car leurs principes théoriques sont communs, comme le disent Chrysippe au premier livre de son traité *Sur les vertus*, Apollodore dans sa *Physique à l'ancienne mode*[3] et Hécaton au troisième livre de son traité *Sur les vertus*[4]. **126** L'homme vertueux possède en effet la théorie et la pratique des actions qu'il doit accomplir. Or les actions à accomplir sont à la fois ce qu'il faut choisir, ce qu'il faut supporter, ce sur quoi il faut se montrer ferme et ce qu'il faut distribuer, de sorte que s'il fait certaines choses en choisissant bien, d'autres en supportant, d'autres en distribuant, d'autres en gardant, il est en même temps prudent, courageux, juste et tempérant[5].

Chacune des vertus concerne un chef particulier, par exemple le courage s'applique aux choses à supporter, la prudence aux actions à accomplir, à celles qu'il ne faut pas accomplir et à celles qui sont ni l'une ni l'autre. De façon semblable les autres vertus s'attachent à leur objet propre.

A la suite de la prudence viennent le bon jugement et l'intelligence, à la suite de la modération la discipline et le bon ordre, à la

1. Comp. IV 22.
2. Texte corrigé : τὸν κεραμικόν est une conjecture de von Arnim. Les mss ont τῶν ἀδίκων (P) ou τὸν ἄδικον (BF). Voir *SVF* III 590.
3. Je comprends : Φυσικὴ κατὰ τὴν ἀρχαίαν <φυσικήν>. Comp. l'ouvrage de Chrysippe *Sur les anciens physiologues* (VII 187). Gigante comprend plutôt *La Physique selon l'ancienne (école stoïcienne)*, en sous-entendant αἵρεσιν. D'autres ont compris : *dans son ancienne (édition)*.
4. Fr. 7 Gomoll.
5. Ce thème est plus amplement développé dans Stobée (*SVF* III 280).

suite de la justice l'impartialité et la bienveillance, à la suite du courage la constance et la vigueur.

Opinions diverses sur des questions morales

127 Ils considèrent également qu'il n'y a rien entre la vertu et le vice, alors que les Péripatéticiens disent qu'entre la vertu et le vice il y a le progrès (moral)[1]. De même, disent-ils, qu'il faut qu'un bout de bois soit droit ou courbé, de même on est juste ou injuste, on n'est pas plus juste ou plus injuste, et il en va de même pour les autres vertus.

Et Chrysippe (dit) que la vertu peut être perdue, tandis que Cléanthe dit qu'on ne peut la perdre. L'un dit qu'elle peut être perdue à cause de l'ivresse et la mélancolie. L'autre qu'elle ne peut l'être à cause des appréhensions fermes (sur lesquelles elle repose).

Et elle doit être choisie pour elle-même. Le fait est que nous éprouvons de la honte pour les actions mauvaises que nous commettons, parce que nous savons que seule la beauté (morale) est un bien.

La vertu suffit au bonheur, comme le disent Zénon, Chrysippe, au premier livre de son traité *Sur les vertus,* et Hécaton, au deuxième livre de son traité *Sur les biens*[2]. **128** Si en effet, dit-il[3], la grandeur d'âme est suffisante pour (nous faire) surmonter tous les événements et si elle est une partie de la vertu, la vertu elle aussi suffira au bonheur, du fait qu'elle méprise tout ce qui semble être accablant. Panétius[4] et Posidonios[5] cependant disent que la vertu n'est pas suffisante, mais ils disent qu'il faut aussi la force, la santé et des ressources[6].

Ils considèrent encore que l'on use de la vertu en toutes circonstances, comme le dit Cléanthe. Elle ne peut en effet être perdue et le sage use constamment d'une âme qui est parfaite.

Selon leur opinion, le juste existe par nature et non par convention, tout comme la loi et la raison droite, à ce que dit Chrysippe

1. Le terme προκοπή n'apparaît pas dans l'œuvre d'Aristote. Pour l'idée, voir peut-être *Catégories* 10, 12 a 20-21 et 13 a 4-25.
2. Fr. 3 Gomoll.
3. Lequel des trois auteurs cités ?
4. Fr. 74 Alesse.
5. Posidonios F 173 Edelstein & Kidd.
6. Ordre des mots d'après BP et non F.

dans son traité *Sur le beau.* **129** Ils sont d'avis qu'il ne faut pas délaisser la philosophie à cause du désaccord[1] (doctrinal qui oppose les philosophes), puisque pour un tel motif (il faudrait) abandonner la vie entière, comme le dit Posidonios dans ses *Protreptiques*[2]. On peut faire bon usage du cursus de l'enseignement général, comme le dit Chrysippe[3].

Ils considèrent encore qu'il n'y a pas de rapport de justice entre nous et les autres animaux, du fait de la dissemblance, comme le disent Chrysippe au premier livre de son traité *Sur la justice* et Posidonios au premier livre de son traité *Sur le devoir*[4].

Le sage sera amoureux des jeunes gens qui manifestent par leur apparence une disposition naturelle pour la vertu[5], comme le disent Zénon dans sa *République,* Chrysippe dans son premier livre *Sur les genres de vie* et Apollodore dans son *Éthique.*

130 L'amour est un effort pour se faire un ami à cause de la beauté qui se manifeste[6]. Il vise non pas l'union (sexuelle), mais l'amitié. En tout cas, Thrasonidès[7], bien qu'il eût la femme qu'il aimait en son pouvoir, s'abstint d'elle du fait qu'elle le haïssait. L'amour (vise) donc l'amitié, comme le dit Chrysippe dans son traité *Sur l'amour.* Et il n'est pas d'origine divine[8] en lui-même. Et la beauté est la fleur de la vertu.

---

1. Voir Sextus, *H. P.* I 165; D. L. IX 88; *SVF* II 120 (références fournies par Kidd).
2. Posidonios F 1 Edelstein & Kidd.
3. Lequel s'opposait sur ce point au point de vue cynique du fondateur : VII 32.
4. Posidonios F 39 Edelstein & Kidd.
5. Cf. Plutarque, *De comm. not.* 28, 1073 c : l'amour, selon les Stoïciens, serait une chasse (θήρα) pour attraper un jeune homme certes imparfait, mais naturellement disposé pour la vertu.
6. Comp. VII 113 (où cet amour était présenté comme une *passion* répréhensible [mais le texte y est peut-être corrompu]) et *SVF* III 650 *sq.* Selon Cicéron, *Tusc.* IV 72 (*SVF* III 652): « amorem ipsum conatum amicitiae faciendae ex pulchritudinis specie ». Voir la note sur VII 113.
7. Un soldat ou un général, personnage principal de la comédie *Misoumenos* de Ménandre. En plus des fragments retrouvés sur papyrus, voir Épictète IV 1, 19-24 ; Clément, *Stromates* II 15, 64, 2, Plutarque, *De cupiditate divitiarum* 524 f, *Non posse suaviter* 1095 d et peut-être Élien, *Var. Hist.* XIV 24.
8. Je garde la leçon de BPF : θεόπεμπτον. Sur ce thème doxographique, voir encore X 118. Long retient une correction secondaire dans P : « répréhensible ».

Comme il y a trois genres de vie, la vie contemplative, la vie pratique et la vie rationnelle[1], ils disent que la troisième doit être choisie. L'animal raisonnable est en effet créé par la nature pour la théorie et la pratique.

Ils disent que le sage s'ôtera lui-même la vie en un geste de raison, pour sa patrie et pour ses amis, et s'il est soumis à une douleur trop aiguë, à des infirmités ou à des maladies incurables.

131 Ils considèrent que les femmes doivent être communes entre les sages, de sorte que chacun aura commerce avec celle qu'il rencontre, comme le disent Zénon dans sa *République* et Chrysippe dans son traité *Sur la république*, (tout comme Diogène le Cynique et Platon[2]). Nous aimerons tous les enfants d'égale façon comme si nous en étions le père et la jalousie qui survient à cause de l'adultère sera supprimée.

La constitution politique la meilleure est la constitution mixte, formée de démocratie, de royauté et d'aristocratie.

Voilà donc leurs doctrines éthiques, et il y en a beaucoup d'autres qu'ils accompagnent des démonstrations appropriées. Mais tenons-nous-en à l'exposé des points principaux et des éléments fondamentaux.

La physique (132-160)

132 Le traité physique, ils le divisent en « lieux » relatifs aux corps, aux principes, aux éléments, aux dieux, aux limites, au lieu et au vide. Et cela est vrai d'un point de vue spécifique, mais d'un point de vue générique, ils le divisent en trois « lieux[3] » : le lieu relatif au monde, le lieu relatif aux éléments et troisièmement le lieu étiologique[4].

---

1. « Rationnelle » n'a pas beaucoup de sens ici, en face de « contemplative » ou « pratique ». Puisque cette troisième vie, préférable, est en rapport avec le double intérêt, théorique et pratique, de l'homme, il s'agit vraisemblablement d'un mode de vie *mixte*, d'où la correction possible en μικτοῦ. Il est évidemment possible que les Stoïciens aient appelé « rationnelle » une telle vie de l'« animal rationnel ».

2. Il peut s'agir ici d'un commentaire personnel de Diogène. Voir VI 72 (Diogène) et VII 33 (Zénon).

3. τόπους F : τρόπους BP.

4. L'étiologie est la science de la recherche des causes.

Le lieu relatif au monde se divise, disent-ils, en deux parties. D'un premier point de vue il est également du ressort des scientifiques. De ce point de vue on s'interroge sur les étoiles fixes et les planètes ; on se demande par exemple si le soleil a la dimension qu'il paraît avoir et semblablement pour la lune ; (on s'interroge encore) à propos de la rotation et de tous les sujets d'investigation de cet ordre. **133** Mais il y a un autre point de vue sur le monde, qui n'intéresse que les philosophes de la nature, selon lequel est recherchée quelle est l'essence du monde[1] et si le monde est créé ou bien incréé, s'il est animé ou inanimé, s'il est corruptible ou incorruptible, s'il est gouverné par une providence et de même pour les autres questions.

Quant à la partie étiologique, ils disent qu'elle comprend elle aussi[2] deux parties. D'un premier point de vue, elle ressortit également à la recherche des médecins : de ce point de vue, on s'interroge sur la partie directrice de l'âme, sur les processus psychologiques, sur les semences et les choses semblables. L'autre point de vue fait aussi l'objet des revendications des scientifiques. Par exemple : comment voyons-nous ? quelle est la cause de l'image (formée) dans un miroir ? comment les nuages se forment-ils ? (de même pour) le tonnerre, les arcs-en-ciel, le halo, les comètes et les phénomènes semblables.

Les deux principes de l'univers

134 Ils sont d'avis qu'il y a deux principes de l'univers, l'un actif et l'autre passif. Le principe passif est la substance sans qualité, la matière, tandis que le principe actif est la raison qui agit en elle, Dieu. Ce dernier étant éternel fabrique en effet chacune des choses en utilisant la totalité de la matière. Établissent cette doctrine Zénon de Kition dans son traité *Sur la substance*, Cléanthe dans son traité *Sur les indivisibles*, Chrysippe au premier livre de ses *Physiques* vers

1. Long imprime ici entre crochets droits une phrase qui ne se trouve apparemment que dans les manuscrits d et g : « et si le soleil et les astres sont constitués de matière et de forme ». Cette phrase est donc absente des témoins indépendants et fait appel à une distinction qui n'est guère stoïcienne. Le manuscrit P a seulement καὶ εἰ ὁ ἥλιος, qui est sans doute une reprise des mots de la ligne 353, 19. Le texte de dg est peut-être une mauvaise tentative pour corriger ce que cette formule pouvait comporter de lacunaire.

2. Comme le lieu relatif au monde…

la fin, Archédèmos dans son traité *Sur les éléments* et Posidonios au deuxième livre de son *Traité physique*[1]. Ils disent qu'il y a une différence entre les principes et les éléments. Les (principes) sont en effet incréés <et> incorruptibles, tandis que les éléments se corrompent dans la conflagration. De plus, les principes sont à la fois des corps et des (entités) informes[2], tandis que les éléments sont pourvus d'une forme.

135 Un corps est, [comme le][3] dit Apollodore dans sa *Physique*, ce qui est doté d'une triple extension : en longueur, en largeur et en hauteur. C'est aussi ce qu'on appelle le corps solide. La surface est la limite d'un corps, ou bien ce qui a seulement une longueur et une largeur, mais n'a pas de profondeur. Posidonios au cinquième livre de son traité *Sur les météores*[4], lui concède une existence et conceptuelle et réelle. La ligne est la limite d'une surface ou une longueur sans largeur ou encore ce qui a seulement une longueur. Le point est la limite de la ligne, ce qui est la marque minimale.

Dieu, l'Intellect, le Destin et Zeus ne font qu'un. Ils reçoivent encore de nombreuses autres appellations. **136** Aux origines, isolé en lui-même, Dieu change la totalité de la substance en eau en passant par l'air. Et, de même que la semence est contenue dans la liqueur

1. Posidonios F 5 Edelstein & Kidd.

2. Je garde prudemment le texte des manuscrits : Σώματα... καὶ ἀμόρφους. Ce passage a fait l'objet de nombreux commentaires chez les historiens du stoïcisme. Comme plusieurs de ses prédécesseurs, Long corrige, d'après la *Souda*, σώματα en ἀσωμάτους qui s'associe mieux à ἀμόρφους. Mais la matière (aussi bien que le principe actif, Dieu) est en fait un corps selon de nombreux témoignages stoïciens. Voir *SVF* I 90, II 305, 310, 315, 325, etc. Autres références chez Kidd, *Posidonius,* II 1, p. 105-106. Dans le cadre d'une opposition entre principes et éléments, il reste surprenant que Diogène mette en évidence le caractère corporel des principes, comme si les éléments, eux, n'étaient pas des corps. S'il s'agit d'une opposition entre principes et éléments, il est étrange qu'aucune caractéristique correspondante n'apparaisse dans la phrase suivante qui concerne les éléments. Kidd avait édité ἀσωμάτους, mais préfère finalement dans son commentaire garder le texte des manuscrits de Diogène Laërce. J'ai envisagé de lire ἀσχηματίστους qui est souvent associé à ἀμόρφους. 'Ασχηματίστους pourrait expliquer l'ἀσωμάτους de la *Souda* (xe s.) et ce dernier terme, par correction doctrinale, le σώματα des manuscrits de Diogène Laërce (XIIe-XIIIe siècles). Une étude plus approfondie serait nécessaire.

3. ὥς n'est donné que par F et n'est pas indispensable.

4. Posidonios F 16 Edelstein & Kidd.

séminale, de même (Dieu) qui est la raison séminale du monde, reste en tant que raison séminale en retrait dans la substance humide, travaillant à se rendre la matière malléable pour la création des êtres à venir. Il engendre ensuite d'abord les quatre éléments, feu, eau, air et terre. Zénon parle de ces éléments dans son traité *Sur l'univers*, Chrysippe au premier livre de ses *Physiques* et Archédèmos dans l'un des livres de son traité *Sur les éléments.*

L'élément est ce à partir de quoi en premier viennent les choses qui viennent à l'être et en quoi à la fin elles se dissolvent. **137** Assurément les quatre éléments sont, confondus ensemble, la substance sans qualité qu'est la matière[1]. Mais le feu est le chaud, l'eau l'humide, l'air le froid et la terre le sec. De plus il y a encore dans l'air cette même partie[2]. Dans la région la plus élevée se trouve donc le feu, qui est appelé éther; c'est dans cet élément qu'est engendrée en premier lieu la sphère des astres fixes, puis celle des planètes ; après cette sphère il y a l'air, puis l'eau, et à la base de tout la terre, qui est au centre de toutes (les sphères).

Ils parlent du monde en trois sens[3] : Dieu lui-même, être doué de qualité individualisante (formé) à partir de la totalité de la substan-

---

1. Si vraiment les principes diffèrent des éléments (§ 134), il est étonnant que l'on puisse identifier les quatre éléments à la matière sans qualité. Mais on veut ici affirmer l'unité de la substance universelle, dont les quatre éléments pris ensemble constituent la réalisation cosmique.

2. Il faut comprendre le feu. Ménage cite Balbus chez Cicéron, *De natura deorum* II 26 : « Ipse veri aer, qui natura est maxime frigidus, minime est expers caloris ». On pourrait ajouter (avec Pease *ad loc.*) Sénèque, *N. Q.* II 10, 2-4 ; III 10, 4 : « non tantum aer in ignem transit sed numquam sine igne est... » Cette phrase est cependant obscure. J'envisagerais de corriger: ἐν τῷ ἀέρι en ἐν τῷ ἑτέρῳ : « une même partie est également dans l'autre ». Malgré leur étagement cosmique, les éléments ne sont pas complètement hermétiques les uns aux autres.

3. Voir *SVF* II 526-529. Stobée (*SVF* II 527) distingue de même entre le monde défini comme étant « Dieu conformément auquel l'ordre universel se produit et est achevé » (ὁ θεός, καθ' ὃν ἡ διακόσμησις γίνεται καὶ τελειοῦται), et le monde « selon l'ordre universel » (κατὰ τὴν διακόσμησιν). Selon Arius Didyme, fr. 29 Diels (*SVF* II 528), « c'est la qualité individualisante (formée) de la totalité de la substance, qu'ils appellent <Dieu et non pas> le monde selon l'ordre universel qui possède une telle ordonnance. C'est pourquoi au premier sens ils disent que le monde est éternel, tandis qu'en tant qu'ordre universel il est engendré et changeant selon des cycles qui se sont produits et se produiront

ce[1], lequel est incorruptible et incréé, étant l'artisan de l'ordre universel, détruisant (et résorbant) en lui-même selon certaines périodes de temps la totalité de la substance et à nouveau l'engendrant à partir de lui-même. **138** Ils disent que l'ordre universel [des astres][2] lui-même est aussi un monde. Et en un troisième sens, (c'est) ce qui est constitué par les deux à la fois. Et le monde est l'être doué de qualité individualisante (correspondant à) la substance universelle, ou bien, comme le dit Posidonios dans son *Initiation aux météores*[3], un système formé du ciel, de la terre et des natures qui sont en eux, ou bien un système formé par les dieux, les hommes et les êtres créés pour eux. Le ciel est l'ultime périphérie, dans laquelle est établie la totalité du divin.

Le monde est gouverné d'une manière intelligente et providentielle, comme le disent Chrysippe au cinquième livre de son traité *Sur la providence* et Posidonios au treizième livre de son traité *Sur les dieux*[4], l'intellect pénétrant en chacune des parties du monde comme l'âme pénètre chez nous. Mais il pénètre davantage en certaines parties, moins en d'autres. **139** Dans certains êtres en effet il est présent comme force de cohésion, comme dans les os et les tendons. En d'autres comme intellect, comme dans la partie directrice. C'est de cette façon que le monde entier, étant un animal, doué d'âme et de raison, possède comme partie directrice l'éther, comme le dit Antipatros de Tyr au huitième livre de son traité *Sur le monde.*

à l'infini. Et (ils disent que) le monde qualifié de façon individuelle, (formé) de la totalité de la substance, est éternel et Dieu » (Τὸ γὰρ ἐκ πάσης τῆς οὐσίας ποιὸν προαγορεύεσθαι <θεόν, οὐ> τὸ κατὰ τὴν διακόσμησιν τὴν τοιαύτην διάταξιν ἔχον. Διὸ κατὰ μὲν τὴν προτέραν ἀπόδοσιν ἀΐδιον τὸν κόσμον εἶναί φασι, κατὰ δὲ τὴν διακόσμησιν γενητὸν καὶ μεταβλητὸν κατὰ περιόδους ἀπείρους γεγονυίας τε καὶ ἐσομένας. Καὶ τὸ μὲν ἐκ τῆς πάσης οὐσίας ποιὸν κόσμον ἀΐδιον εἶναι καὶ θεόν). Il y a donc un monde unique et individualisé que l'on peut considérer comme éternel si l'on s'en tient à son unité substantielle ou corruptible si on le considère dans ses cycles cosmiques infiniment répétés.

1. C'est l'ἰδίως ποιός, qui représente pour un être, en rapport avec une quantité de matière donnée, l'ensemble de ses qualités individualisantes et assure la permanence de l'être à travers ses modifications successives.

2. Il faut sans doute supprimer ici τῶν ἀστέρων, comme l'a proposé von Arnim.

3. Ou bien : « aux choses célestes. » Posidonios F 14 Edelstein & Kidd.

4. Posidonios F 21 Edelstein & Kidd.

Chrysippe cependant au premier livre de son traité *Sur la providence* et Posidonios dans son traité *Sur les dieux*[1] disent que c'est le ciel qui est la partie directrice du monde, Cléanthe dit que c'est le soleil. Chrysippe cependant dit de façon plus différenciée que c'est la partie la plus pure de l'éther qui est en lui, ce qu'ils appellent également premier dieu, <***>[2] qui est présent de façon pour ainsi dire sensible parmi les êtres qui sont dans l'air et chez tous les animaux et les plantes. Il est également présent dans la terre elle-même comme force de cohésion.

140 Le monde est un et il est limité, ayant une forme sphérique. Cette forme est en effet la plus appropriée au mouvement, comme le dit Posidonios au cinquième livre de son *Traité physique*[3], ainsi qu'Antipatros dans son traité *Sur le monde.* En dehors du monde est répandu le vide infini, lequel est incorporel. Est incorporel[4] ce qui peut être occupé par des corps, mais n'est pas occupé. Dans le monde en revanche il n'y a aucun vide : c'est un (corps) unifié. Ceci est rendu nécessaire par la communauté de souffle et de tension qui unit les corps célestes aux corps terrestres. Parlent du vide Chrysippe dans son traité *Sur le vide* et au premier livre de son *Manuel de physique*, Apollophane dans sa *Physique*, Apollodore, ainsi que Posidonios au deuxième livre de son *Traité de physique*[5].

1. Posidonios F 23 Edelstein & Kidd.
2. Von Arnim suppose ici une lacune.
3. Posidonios F 8 Edelstein & Kidd.
4. On est tenté de corriger ici ἀσώματον en κενόν, comme l'a proposé von Arnim dans son apparat (*SVF* II 543), car c'est la définition stoïcienne du vide que donne Sextus, *H. P.* III 124 : Οἱ Στωικοί φασι κενὸν μὲν εἶναι τὸ οἷόν τε ὑπὸ ὄντος κατέχεσθαι μὴ κατεχόμενον δέ (voir aussi *A. M.* X 3). La correction est refusée par Long qui a cru, semble-t-il, que von Arnim entendait corriger l'ἀσώματον précédent : « ἀσώματον¹] κενὸν malit von Arnim». Il faudrait évidemment écrire ἀσώματον²... En vérité, on peut comprendre que Diogène veut dire : le vide est incorporel, car (corriger δέ en γάρ ?) « ce qui peut être occupé par des corps, mais n'est pas occupé », c'est-à-dire le vide, ne saurait être qu'incorporel.
5. Posidonios F 6 Edelstein & Kidd.

Et ces réalités[1] sont de la même façon des incorporels. **141** (Ils disent) encore que le temps est un incorporel, étant l'intervalle du mouvement du monde. Au sein du temps, le passé et le futur sont infinis, le présent fini.

Ils considèrent également que le monde est corruptible, dans la mesure où il est engendré, par analogie avec les êtres conçus par l'intermédiaire des sens : ce dont les parties sont corruptibles, la totalité l'est aussi ; or les parties du monde sont corruptibles ; elles se transforment en effet les unes dans les autres ; donc le monde est corruptible. Et si un être accepte le changement vers le moins bien, il est corruptible ; or c'est le cas du monde ; de fait[2] il est soumis à évaporation et se dissout en eau[3].

142 Le monde vient à l'être quand la substance, à partir du feu, se transforme, en passant par l'air, dans l'humide[4]. Ensuite sa partie la plus épaisse en se contractant devient la terre, tandis que sa partie la plus fine devient air[5] et en s'affinant encore davantage, engendre le feu. Ensuite, en vertu d'un mélange de ces éléments, sont engendrés les plantes, les animaux et les autres genres (de créatures). Zénon parle de la genèse et de la corruption du monde dans son traité *Sur l'univers*, de même que Chrysippe au premier livre de ses *Physiques*, Posidonios au premier livre de son traité *Sur le monde*[6], Cléanthe, et Antipatros au dixième livre de son traité *Sur le monde*. Panétius[7] cependant a dit que le monde est incorruptible.

Que le monde est un être vivant, raisonnable, animé, intelligent, Chrysippe le dit au premier livre de son traité *Sur la providence*, de

---

1. On serait à nouveau tenté de corriger ταῦτα (de quelles réalités physiques, autres que le vide, peut-on parler ici ? le lieu ?) en τὰ λεκτά (les exprimables), comme l'a proposé von Arnim (*SVF* II 520).

2. En lisant γοῦν avec B et peut-être P^{ac}.

3. Von Arnim tire la leçon explicite du raisonnement : <le monde est donc corruptible>.

4. FP ont *humide*, B *humidité*. Le αὐτοῦ qui suit recommande le choix d'une forme neutre, si du moins il renvoie bien à l'élément *eau* et non à l'*air*.

5. M. Patillon propose de retenir ici la leçon de P^{pc} : ἐξαερωθῇ plutôt que ἐξαραιωθῇ (PFP^{ac}). Il manque en effet dans cette phrase une mention explicite de la génération de l'air. Dans son apparat, von Arnim a proposé de lire ἐξαραιωθὲν <ἀέρα> κᾆτ' ἐπὶ πλέον (*SVF* II 581).

6. Posidonios F 13 Edelstein & Kidd.

7. Fr. 132 Alesse.

même qu'Apollodore dans sa *Physique* et Posidonios[1]. **143** Ainsi il est d'une part un être vivant, étant une substance animée douée de sensation; car l'être vivant est supérieur à l'inanimé; or rien n'est supérieur au monde; donc le monde est un être vivant. D'autre part, il est un être animé, comme il est clair à partir de notre propre âme qui en est un fragment. Boéthos dit cependant que le monde n'est pas un être vivant.

Que le monde est unique, Zénon le dit dans son traité *Sur l'univers,* (de même que) Chrysippe et Apollodore dans la *Physique,* et Posidonios au premier livre de son *Traité de physique*[2].

On appelle Tout le monde, comme le dit Apollodore, et, d'une façon différente, le système formé par le monde et le vide extérieur. Le monde est donc limité, mais le vide infini.

144 Parmi les astres, les fixes sont emportés avec le ciel tout entier, tandis que les planètes se meuvent de leurs mouvements propres. Le soleil effectue une course oblique à travers le cercle zodiacal. Il en va de même pour la lune dont la course est hélicoïdale. Le soleil est un feu pur, comme le dit Posidonios dans le septième livre de son traité *Sur les météores*[3]. Il est plus grand que la terre, comme le dit le même auteur dans le sixième[4] livre de son *Traité de physique*[5]. (Il est encore sphérique, comme le dit cet auteur[6], tout comme le monde[7].) Il est en vérité du feu, puisqu'il fait tout ce que fait le feu. Il est plus grand que la terre, puisque toutes les régions (de la terre) sont éclairées par lui, et même le ciel. Le fait aussi que la terre produise une ombre conique[8] indique également que (le soleil) est plus grand (qu'elle), tout comme le fait qu'il peut être vu de partout à cause de sa grandeur.

145 La lune a une substance plus terreuse, dans la mesure où elle est plus proche de la terre. Tous ces êtres ignés, de même que les

---

1. Posidonios F 99 a Edelstein & Kidd.
2. Posidonios F 4 Edelstein & Kidd.
3. Ou bien: *Sur les choses célestes*. Posidonios F 17 Edelstein & Kidd.
4. Ou: « seizième ». Corruption probable de ἐν τῶι ς′ en ἐν τῷ ις′.
5. Posidonios F 9 Edelstein & Kidd.
6. Litt.: « ceux du cercle de cet auteur ». Posidonios F 117 Edelstein & Kidd.
7. Cette phrase interrompt la suite du développement qui entend montrer que le soleil est un feu et qu'il est plus grand que la terre.
8. Ainsi qu'on peut l'observer lors des éclipses de lune.

autres astres, reçoivent de la nourriture : le soleil (est nourri) par la grande mer, lui qui est une masse incandescente de nature intelligente ; la lune (est nourrie) par les eaux potables, elle qui comprend de l'air dans son mélange et est proche de la terre, comme le dit Posidonios dans le sixième livre de son *Traité de physique*[1]. Les autres corps célestes (sont nourris) par la terre. Ils sont d'avis que sont sphériques et les astres et la terre qui est immobile. La lune n'a pas sa propre lumière, mais elle est éclairée en recevant celle du soleil.

Le soleil s'éclipse quand la lune s'interpose devant lui du côté qui regarde vers nous, comme l'écrit Zénon dans son traité *Sur l'univers*. **146** On la voit en effet passer sous lui lors des conjonctions, le cacher et à nouveau le dépasser. On reconnaît ce phénomène en l'observant dans un bassin contenant de l'eau. La lune quant à elle (s'éclipse) en passant dans l'ombre de la terre. C'est pourquoi elle ne s'éclipse que lors des pleines lunes, bien qu'elle soit en opposition avec le soleil chaque mois, car, en se déplaçant de façon oblique par rapport au soleil, elle le dépasse[2] selon la latitude, étant située trop au nord ou trop au sud. Lorsque cependant sa latitude est située sur le (cercle) héliaque, c'est-à-dire sur le cercle médian, puis qu'elle est diamétralement opposée au soleil, alors elle subit une éclipse. Or sa latitude est située sur le cercle médian dans le Cancer, le Scorpion, le Bélier et le Taureau, comme le dit Posidonios[3].

Dieu

147 Dieu est un être vivant immortel, rationnel, parfait ou bien (un être) intelligent vivant dans la béatitude, ne pouvant recevoir en lui rien de mauvais, exerçant une providence sur le monde et sur les êtres qui sont dans le monde. Il n'a cependant pas une forme humaine. Il est le démiurge de l'univers et pour ainsi dire le Père de toutes choses, à la fois de façon générale et dans la partie de lui-même qui pénètre à travers toutes choses et qui reçoit des appellations multiples selon les puissances qu'il (y) déploie. On le dit en effet *Dia* (Δία), parce que toutes choses existent à cause de lui (διά), on l'appelle *Zeus* (Ζῆνα) pour autant qu'il est la cause de la vie (ζῆν) ou

1. Posidonios F 10 Edelstein & Kidd.
2. Ou bien : « elle passe à côté de lui ».
3. Posidonios F 126 Edelstein & Kidd.

qu'il pénètre la vie de part en part[1], *Athéna* à cause de l'extension de sa partie directrice dans l'éther, *Héra* (Ἥρα) à cause de son extension dans l'air (ἀέρα), *Héphaistos* à cause de son extension dans le feu artisan, *Poséidon* à cause de son extension dans l'humide, *Déméter* à cause de son extension dans la terre. On lui a donné de façon similaire les autres appellations en s'attachant à l'une ou l'autre de ses propriétés.

148 La substance[2] de Dieu, Zénon dit que c'est le monde entier et le ciel, et de la même façon Chrysippe au premier livre de son traité *Sur les dieux* et Posidonios au premier livre de son traité *Sur les dieux*[3]. Antipatros au septième livre de son traité *Sur le monde* dit que sa substance est aérienne. Quant à Boéthos, dans son traité *Sur la nature*, il dit que la substance de Dieu est la sphère des fixes.

La nature

La nature, ils disent tantôt que c'est ce qui maintient le monde en cohésion, tantôt ce qui fait pousser les êtres sur terre. La nature est une force se mouvant par elle-même, produisant et maintenant en cohésion selon des raisons séminales les êtres qui viennent d'elles en des temps déterminés, et réalisant des êtres pareils à ceux dont ils sont sortis. **149** La nature vise aussi l'utilité et le plaisir, comme le montre à l'évidence la fabrication de l'homme[4].

Le destin

Que tout arrive en conformité avec le Destin, Chrysippe le dit[5] dans son traité *Sur le Destin*, Posidonios au deuxième livre de son traité *Sur le Destin*[6] et Zénon; Boéthos également[7] dans le premier

1. διὰ τοῦ ζῆν κεχώρηκεν.
2. Ou *l'essence*, c'est-à-dire ce en quoi il consiste.
3. Posidonios F 20 Edelstein & Kidd.
4. Long et Sedley comprennent : « as is evident from human craftsmanship ». Voir plutôt Plutarque, *De Stoic. repugn.* 21, 1044c : la Nature vise la beauté et la diversité (et non seulement l'utilité) ; et *SVF* II 1165-1167.
5. Lire φησι avec BPF, plutôt que φασι (de l'édition Frobenius que suit Long).
6. Posidonios F 25 Edelstein & Kidd.
7. Il y a en grec un δ' qui pourrait suggérer que Boéthos avait sur cette question des vues originales (comme en VII 143 et 148).

livre *Sur le Destin.* Le Destin est la cause séquentielle des êtres[1] ou bien la raison qui préside à l'administration du monde.

La divination

Ils disent également que toute forme de divination est avérée, s'il est vrai qu'il y a une providence. Ils démontrent encore qu'elle est un art grâce aux réalisations (de certaines prédictions), comme le disent Zénon, Chrysippe au deuxième livre de son traité *Sur la divination,* Athénodore, et Posidonios au douzième[2] livre de son *Traité de physique*[3] et au cinquième livre de son traité *Sur la divination*[4]. Panétius[5] pour sa part dit qu'elle n'a aucune réalité.

Substance et matière

150 Ils disent que la substance de tous les êtres est la matière première, comme le disent Chrysippe au premier livre de ses *Physiques* et Zénon. La matière est ce à partir de quoi est engendrée toute chose, quelle qu'elle soit. On parle de la substance et de la matière en deux sens : celle de l'univers et celle des êtres particuliers. Celle de l'univers ne s'accroît ni ne diminue, tandis que celle des êtres particuliers <s'accroît et diminue>[6].

Selon eux la substance est un corps et elle est limitée, comme le disent Antipatros au second livre de son traité *Sur la substance* et Apollodore dans sa *Physique.* (Et elle est soumise aux altérations, comme le dit ce même auteur. Si en effet elle était immuable, les êtres ne seraient pas engendrés à partir d'elle.[7]) Il <s'ensuit> que la division s'opère à l'infini. (Celle-ci est infinie <et ne s'opère pas à l'infini>, dit Chrysippe, car il n'y a pas d'infini qui puisse résulter de la division. Mais celle-ci est incessante.)

---

1. ἔστι δ' εἱρμαρμένη αἰτία τῶν ὄντων εἱρομένη. BPF n'ont pas ὄντων, mais νόμων, la *Souda* ὅλων. En conservant le texte de BPF, il faudrait comprendre : « une cause sérielle des lois (qui régissent l'univers) ».
2. Il faut peut-être corriger, avec Kidd, en « deuxième ». Voir p. 876 n. 6.
3. Posidonios F 7 Edelstein & Kidd.
4. Posidonios F 27 Edelstein & Kidd.
5. Fr. 139 Alesse.
6. Ces mots ont été ajoutés par Étienne.
7. Je vois dans cette phrase une addition qui interrompt l'enchaînement de l'argumentation : la substance est limitée… et non pas infinie.

Théorie des mélanges[1]

151 Les mélanges se produisent de façon intégrale, comme le dit Chrysippe au troisième livre de ses *Physiques*, et non par circonscription et juxtaposition. Un peu de vin en effet jeté dans la mer s'étendra jusqu'à un certain point, puis il se corrompra.

Démons et héros

Ils disent qu'il existe pour les hommes certains démons qui sont en rapport de sympathie avec eux, et qui surveillent les affaires humaines. Il y a aussi des héros qui sont les âmes laissées par les sages.

Phénomènes atmosphériques

Parmi les phénomènes qui surviennent dans l'atmosphère, ils disent que l'hiver est l'air au-dessus de la terre refroidi par l'éloignement du soleil; le printemps est la bonne température de l'air qui se produit quand (le soleil) avance vers nous. **152** L'été est l'air au-dessus de la terre réchauffé par l'avancée du soleil vers le nord, l'automne est produit par la course inverse du soleil loin de nous.

<Les vents sont des courants d'air; leurs différentes appellations viennent>[2] des lieux d'où ils s'écoulent. La cause de leur naissance est le soleil qui fait évaporer les nuages.

L'arc-en-ciel est constitué par des rayons lumineux réfléchis par des nuages humides, ou bien, comme le dit Posidonios dans sa *Météorologie*[3], un reflet d'un segment du soleil ou de la lune dans un nuage creux empreint de rosée et en apparence continu, comme si (ce reflet) apparaissait dans un miroir (disposé) sur la périphérie d'un cercle.

Les comètes, les barbes et les torches sont des feux constitués par un air épais emporté vers la région éthérée. **153** Un faisceau lumineux est une inflammation d'un feu compact emporté rapidement dans l'air et faisant apparaître l'image d'une longueur. La pluie est le changement d'un nuage en eau, quand l'humidité élevée soit de la terre soit de la mer par le soleil n'est pas entièrement évaporée. Lors-

1. Cf. E. Lewis, « Diogenes Laertius and the Stoic theory of mixture », *BICS* 35, 1988, p. 84-90.

2. Ces mots ont été ajoutés par von Arnim d'après un parallèle chez Aétius.

3. Posidonios F 15 Edelstein & Kidd.

qu'elle est refroidie elle est appelée gelée. La grêle est un nuage gelé mis en pièces par le vent. La neige est de l'humide provenant d'un nuage gelé, comme le dit Posidonios au huitième livre de son *Traité de physique*[1]. L'éclair est l'inflammation de nuages frottés ou déchirés par le vent, comme dit Zénon dans son traité *Sur l'univers.* Le tonnerre est le bruit produit par ces nuages par suite d'un frottement ou d'une déchirure. **154** La foudre est une inflammation intense tombant sur la terre avec une grande violence, lorsque des nuages sont frottés ou déchirés [par le vent][2]. D'autres disent que c'est la compression d'un air igné descendant de façon violente. Le typhon est une grosse foudre, violente et accompagnée de vent, ou bien un vent plein de fumée formé par un nuage qui se déchire. Un prestère est un nuage fendu par le feu avec du vent. <Les tremblements de terre se produisent quand du vent coule>[3] dans les anfractuosités de la terre ou que du vent est contraint de pénétrer dans la terre, comme le dit Posidonios dans son huitième livre[4]. On distingue les tremblements mineurs, les chasmes, les glissements (de terrain) et les ébranlements.

L'ordre des éléments

155 Ils considèrent également que l'ordonnance du monde se présente comme suit: au milieu se trouve la terre qui fait fonction de centre; après elle vient l'eau qui est sphérique; elle a le même centre que la terre, de sorte que la terre est dans l'eau. Après l'eau vient l'air qui reçoit une forme sphérique. Il y a dans le ciel cinq cercles, dont le premier est le cercle arctique, qui est toujours apparent, le deuxième, le tropique d'été, le troisième l'équateur, le quatrième le tropique d'hiver, le cinquième l'antarctique qui est invisible. (Ces cercles) sont dits parallèles, dans la mesure où ils ne s'inclinent pas les uns vers les autres. Ils sont cependant dessinés autour du même centre. Le zodiaque pour sa part est oblique, puisqu'il traverse les (cercles) parallèles.

---

1. Posidonios F 11 Edelstein & Kidd.
2. Ces derniers mots sont peut-être une simple explicitation fournie par F.
3. Texte reconstitué à partir de la *Souda*.
4. Posidonios F 12 Edelstein & Kidd.

Les cinq zones terrestres

Il y a cinq zones sur la terre. **156** La première est la zone nord (qui s'étend) au-dessus du cercle arctique ; elle est inhabitée à cause du froid. La deuxième est tempérée. La troisième est inhabitée à cause des chaleurs ; c'est celle qu'on appelle torride. La quatrième est la zone tempérée opposée. La cinquième est la zone sud, inhabitée à cause du froid.

La nature et l'âme

Ils sont d'avis que la nature est un feu artiste, qui avance méthodiquement en vue de la génération ; c'est un souffle igné et artisan.

L'âme est une <nature> douée de sensation. Elle est le souffle qui nous est connaturel. C'est pourquoi elle est aussi un corps et survit après la mort. Cependant elle est corruptible, alors que celle de l'univers est incorruptible, cette âme dont sont des parties les âmes qui sont dans les êtres vivants. **157** Zénon de Kition, Antipatros dans ses livres *Sur l'âme* et Posidonios[1] disent que l'âme est un souffle chaud. C'est grâce à ce souffle que nous restons en vie et par lui que nous sommes mus. Maintenant, Cléanthe dit que toutes les âmes survivent jusqu'à <la[2]> conflagration (universelle), mais Chrysippe dit que seules les âmes des sages (survivent ainsi).

Ils disent qu'il y a huit parties de l'âme, les cinq sens, les raisons séminales en nous, l'organe de la voix et la partie raisonnante.

La vision et l'audition

Nous voyons[3] lorsque se tend sous la forme d'un cône la lumière[4] intermédiaire entre la vue et l'objet, comme le disent Chrysippe dans

1. Posidonios F 139 Edelstein & Kidd.

2. L'article a été ajouté par Meibom. En suivant strictement les mss, on pourrait traduire : « jusqu'à une conflagration… »

3. A moins de rapporter les infinitifs ὁρᾶν et ἀκούειν (li. 13) directement à l'âme, il faut supposer ou ajouter (comme l'a fait von Arnim) un ἡμᾶς comme sujet de la proposition.

4. On serait tenté de corriger ici φωτὸς en ἀέρος. Dans les lignes qui suivent, c'est en effet l'*air* et non la lumière qui sera tendu sous la forme d'un cône. Voir aussi le parallèle, tiré d'Aétius, en *SVF* II 866. Il en va de même dans le phénomène de l'audition quelques lignes plus bas. Cela dit, l'air à lui seul ne suffirait pas à expliquer la vision, s'il n'était pas éclairé. C'est pourquoi on pourrait envi-

le deuxième livre de ses *Physiques* et Apollodore. La forme conique de l'air se situe cependant du côté de la vue, tandis que la base est du côté de l'objet qui est vu. C'est donc comme par l'intermédiaire du bâton que constitue l'air en tension que l'objet observé nous est communiqué.

158 Nous entendons quand l'air intermédiaire entre celui qui émet le son et celui qui l'écoute est frappé de façon sphérique, puis qu'il forme des vagues et qu'il atteint les oreilles, de la même façon que se forment des vagues circulaires dans l'eau d'un réservoir quand on y lance une pierre.

Le sommeil survient quand la tension sensorielle est relâchée dans la partie directrice.

Ils admettent comme causes des passions[1] les modifications qui surviennent dans la région du souffle.

La semence, ils disent que c'est ce qui est capable d'engendrer des êtres semblables à ceux dont elle-même provient. La semence de l'homme, que l'homme émet avec un produit humide, se mélange aux parties de l'âme selon un mélange identique en ses proportions à celui des parents. **159** Il s'agit, dit Chrysippe au deuxième livre de ses *Physiques,* d'un souffle quant à sa substance[2], comme le montrent les semences qui sont jetées dans la terre, lesquelles, si elles sont vieilles, ne germent pas, parce que manifestement leur puissance s'est évaporée[3]. Et Sphaïros[4] dit que la semence vient des corps dans leur totalité; de fait, elle est génératrice de toutes les parties du corps. Ils disent cependant que la semence de la femelle n'est pas féconde. Elle est en effet privée de tension, rare et pleine d'eau, comme le dit Sphaïros.

La partie directrice est la partie principale de l'âme, dans laquelle les représentations et les impulsions se produisent et à partir de laquelle le langage est émis. Cette partie se trouve dans le cœur.

---

sager la correction <πε>φωτ<ισμένου ἀέρ>ος : « l'<air> illuminé ». Voir *SVF* II 868 (Alexandre d'Aphrodise).

1. Ou plutôt des *affections.* Il peut s'agir de maladies de toutes sortes.
2. Ou bien : « son essence. »
3. Ou bien : « est partie en souffle ».
4. Peut-être dans le traité *Sur la semence* mentionné en VII 177.

160 Voilà aussi les doctrines physiques telles qu'il nous paraît suffisant de les exposer en visant la bonne proportion de l'ouvrage.

Mais les positions divergentes que certains d'eux ont tenues sont les suivantes.

ARISTON

Ariston de Chios, le Chauve, surnommé la Sirène[1].

Doxographie

Il a dit que la fin était de vivre dans l'indifférence à l'égard de ce qui est intermédiaire entre la vertu et le vice, sans faire quelque distinction que ce soit entre ces choses, mais en se comportant de façon égale envers toutes. Le sage est en effet semblable au bon acteur, lequel, qu'il reçoive le rôle de Thersite ou d'Agamemnon, les joue chacun comme il convient. Le « lieu » physique et le « lieu » logique, il les supprimait, disant que l'un nous dépasse, l'autre ne nous concerne pas et que seul le « lieu » éthique nous concerne[2].

161 Il comparait les arguments dialectiques aux toiles d'araignée, lesquelles, bien qu'elles démontrent apparemment un certain art, sont inutiles. Il n'introduisait pas de nombreuses vertus comme Zénon, ni une seule appelée de noms divers, comme les Mégariques[3], mais il y voyait des manières d'être relatives[4].

L'école d'Ariston

En philosophant de la sorte et en discutant au Cynosarges[5] il réussit à se faire appeler chef de tendance. Miltiade et Diphile furent

1. On a appris plus haut (VII 37) qu'il était fils de Miltiadès, nom également porté par l'un de ses disciples (VII 161).

2. Cf. Stobée II 1, 24 (*FDS* 208).

3. Comp. II 106.

4. ἀλλὰ κατὰ τὸ πρός τί πως ἔχειν.

5. Sur ce gymnase où avait enseigné Antisthène (VI 13), voir M.-F. Billot, « Antisthène et le Cynosarges dans l'Athènes des Ve et IVe siècles », dans M.-O. Goulet-Cazé et R. Goulet (édit.), *Le cynisme ancien et ses prolongements,* Paris 1993, p. 69-116; *ead.,* art. « Le Cynosarges. Histoire, mythes et archéologie », dans *DPhA* II, 1994, p. 917-966.

appelés[1] de fait[2] Aristonéens. Il avait de la persuasion et était fait pour la foule. C'est pourquoi Timon[3] dit à son propos :

Et quelqu'un qui tire son ascendance de ce roublard d'Ariston[4].

162 S'étant confié à Polémon, à ce que dit Dioclès de Magnésie, il déserta, alors que Zénon était tombé dans une longue infirmité[5]. Il était par-dessus tout attaché à la doctrine stoïcienne selon laquelle le sage n'est pas homme d'opinion. Persaios qui était opposé à cette doctrine fit déposer par l'un de deux frères jumeaux une somme chez Ariston, puis envoya l'autre la reprendre. Il réfuta ainsi Ariston qui se trouvait embarrassé. (Ariston) s'en prenait aussi à Arcésilas[6]. Voyant un jour un taureau monstrueux qui possédait un utérus, il dit: « Ma foi, un argument est ainsi fourni à Arcésilas pour lutter contre l'évidence sensible ».

Apophtegmes

163 Contre un Académicien qui disait ne rien appréhender (de la réalité), il dit: « Ne vois-tu donc même pas ton voisin assis à côté de toi ? » Comme l'autre disait que non, il dit:

Qui t'a aveuglé ? Qui (t')a enlevé les lumières de la lampe ?[7]

Ses écrits

On cite de lui les livres suivants:

Protreptiques, en deux livres,
Sur les doctrines de Zénon,
Dialogues,
Cours en six livres,
Entretiens sur la sagesse en sept livres,
Entretiens sur l'amour,

---

1. Ou bien: « s'appelèrent » (moyen) ?
2. Lire γοῦν comme le propose Long dans son apparat ?
3. Fr. 40 Di Marco.
4. En lisant avec Meineke et Di Marco : γενεὴν ἄπο αἱμύλου.
5. Polémon aurait déjà enseigné à Zénon lui-même (VII 2 et 25). Il mourut en 270/69, alors que Zénon mourut en 262/1. Dioclès aurait apparemment expliqué l'hétérodoxie d'Ariston par une influence de Polémon. Ce témoignage reste isolé.
6. Sur l'hostilité d'Ariston à l'égard d'Arcésilas, voir aussi IV 40.
7. Cratinus, fr. 459 Kassel & Austin.

Notes sur la vaine gloire,
Notes en vingt-cinq livres,
Souvenirs, en trois livres,
Chries en onze livres,
Contre les rhéteurs,
Contre les réfutations d'Alexinos[1],
Contre les dialecticiens en trois livres,
Contre Cléanthe,
Lettres en quatre livres.

Mais Panétius[2] et Sosicrate[3] disent que seules les lettres sont de lui, alors que les autres ouvrages sont d'Ariston le Péripatéticien[4].

Sa mort

164 On rapporte qu'étant chauve il prit un coup de soleil et mourut de cette façon.

Épigramme

Nous nous sommes moqué de lui en choliambes de la façon suivante :

> Pourquoi, Ariston, âgé et chauve,
> as-tu donné au soleil ton front à rôtir ?
> Eh bien, en cherchant la chaleur plus qu'il ne fallait,
> c'est le froid Hadès qu'en vérité tu as trouvé sans le vouloir.

Homonymes

Il y eut un autre Ariston, de Ioulis, péripatéticien[5], ainsi qu'un musicien athénien[6] ; un quatrième, poète tragique[7] ; un cinquième

1. Sur ce philosophe mégarique, voir R. Muller, art. « Alexinos d'Élis », *DPhA* A 125, t. I, p. 149-151.
2. Fr. 151 Alesse.
3. Fr. 12 Giannattasio Andria.
4. Peut-être parce que Ariston de Chios était réputé n'avoir laissé aucune œuvre écrite (voir I 16). Voir F. Caujolle-Zaslawsky et R. Goulet, art. « Ariston de Céos », *DPhA* A 396, t. I, p. 398-400.
5. Il s'agit d'Ariston de Céos (*RE* 52). Voir note précédente.
6. *RE* 41.
7. *TrGF* I 146 T 3 Kannicht-Snell.

d'Halae, qui composa des manuels de rhétorique[1]; un sixième, péripatéticien d'Alexandrie[2].

1. Ce rhéteur est apparemment absent de la *RE*.
2. *RE* 54. Voir F. Caujolle-Zaslawsky et R. Goulet, art. « Ariston d'Alexandrie », *DPhA* A 393, t. I, p. 396-397.

HÉRILLOS

Doxographie

165 Hérillos de Chalcédoine[1] a dit que la fin était la science, ce qui consiste à vivre en ramenant toujours tout à une vie conduite selon la science sans être trompé par l'ignorance. (Il disait que) la science est un habitus dans la réception des représentations qui ne se laisse pas renverser par des arguments[2]. Parfois il disait qu'il n'y a pas de fin, mais que celle-ci change selon les circonstances et les réalités, de la même façon que le même bronze peut devenir une statue d'Alexandre ou de Socrate; que la fin est différente de la fin subordonnée: la dernière est visée en effet même par ceux qui ne sont pas sages, alors que la première ne l'est que par le sage ; que les réalités intermédiaires entre la vertu et le vice sont des indifférents.

Ses livres, bien qu'ils ne comprennent pas un grand nombre de lignes, ont beaucoup de force et contiennent des réfutations dirigées contre Zénon.

166 On dit qu'alors qu'il était enfant Hérillos trouva de nombreux amants. Pour les repousser Zénon le força à se raser la tête : ils se détournèrent (de lui).

Ses écrits

Ses livres sont les suivants :
Sur l'exercice,
Sur les passions,
Sur la supposition,
Le Législateur,
Maïeutique,

---

1. Les meilleurs manuscrits ont en effet « Chalcédoine » (Χαλκηδόνιος) et non « Carthage » (Καρχηδόνιος) que retient Long, sans doute à cause de VII 37.
2. Je garde le texte de BPF : λόγων (plutôt que λόγου).

L'Adversaire,
Le Maître,
Le Réviseur,
Le Correcteur,
Hermès,
Médée,
Dialogues,
Thèses éthiques[1].

1. Les titres qui apparaissent au génitif sont en général suivis de l'indication du nombre de livres. On peut donc ici supposer une lacune.

DENYS

Denys le Transfuge[1] a dit que la fin était le plaisir, à cause d'une circonstance pénible: une maladie des yeux[2]; souffrant en effet de façon intense, il hésita à dire que la douleur était un indifférent.

Formation

Il était le fils de Théophantos, de la ville d'Héraclée[3]. Il fut l'auditeur, comme le dit Dioclès, d'abord de son concitoyen Héraclide[4], ensuite d'Alexinos et de Ménédème, enfin de Zénon.

167 Et au début, parce qu'il était épris de littérature, il s'essaya à des poèmes de toutes sortes, mais ensuite il prit aussi Aratos comme modèle et chercha à l'imiter. Ayant abandonné Zénon il se tourna vers les Cyrénaïques[5]: il entrait dans les maisons closes[6] et s'adonnait sans dissimulation à toutes les autres voluptés. Il se laissa mourir de faim vers les quatre-vingts ans.

---

1. Voir Chr. Guérard, *DPhA* D 82, t. II, p. 724-725.
2. Cicéron, *De finibus* V 94 (*SVF* I 431) connaît cette explication (« propter oculorum dolorem »), mais il parle ailleurs (*Tusculanes* II 60 = *SVF* I 432) d'une maladie des reins (« cum ex renibus laboraret »).
3. Il est significatif que ces informations n'apparaissent ici que dans un second paragraphe : Diogène a combiné une vie de Denys avec une doxographie des Stoïciens hétérodoxes. Cf. VII 160.
4. Dans sa *Vie d'Héraclide* le Pontique, Diogène a rapporté une anecdote mettant en cause Denys le Transfuge (V 92-93).
5. Selon Athénée VII, 281 d (*SVF* I 430), Denys serait passé chez les Épicuriens.
6. Un parallèle intéressant, fourni par Athénée X, 437 e (*SVF* I 428, mais pour le début seulement), cite deux sources biographiques importantes sur Denys : la *Vie de Denys d'Héraclée* écrite par Antigone de Caryste et les *Successions (des philosophes)* de Nicias de Nicée.

Ses écrits

On cite de lui les livres suivants

Sur l'apathie, en deux livres,
Sur l'exercice, en deux livres,
Sur le plaisir, en quatre livres,
Sur la richesse,
<Sur>[1] *la gratitude et le châtiment,*
Sur la manière d'en user avec les hommes,
Sur la chance,
Sur les anciens rois,
Sur les actions louables,
Sur les mœurs barbares.

Voilà donc ceux qui différaient d'opinion. Mais le successeur de Zénon fut Cléanthe, dont il nous faut parler.

---

1. En adoptant le texte restitué par von Arnim. Les manuscrits ont « Sur la richesse, la gratitude et le châtiment ».

CLÉANTHE

168 Cléanthe, fils de Phanias, d'Assos.

Formation

Au début il était pugiliste, comme le dit Antisthène dans ses *Successions*[1]. Arrivé à Athènes avec quatre drachmes, comme le disent certains, après s'être confié à Zénon, il philosopha de la plus authentique façon et resta fidèle aux mêmes doctrines.

Il fut célèbre pour son acharnement au travail, lui qui, étant d'une extrême pauvreté, s'efforça de gagner sa vie. Et la nuit il puisait de l'eau dans les jardins, tandis que durant le jour il s'exerçait dans les raisonnements. Aussi l'appelait-on Phréantle[2]. On dit aussi qu'il fut conduit devant le tribunal pour expliquer comment il réussissait à rester en aussi bonne forme en vivant ainsi. Il fut ensuite acquitté après avoir présenté comme témoins le propriétaire du jardin où il puisait de l'eau et la marchande de farine chez qui il faisait cuire[3] les grains. **169** On dit que les membres de l'Aréopage l'approuvèrent et votèrent pour que dix mines lui soient allouées, mais que Zénon lui interdit de les prendre. On dit de même qu'Antigone[4] lui aurait donné trois mille drachmes. Alors qu'il conduisait les éphèbes à un spectacle, un coup de vent le découvrit sur le côté et on s'aperçut qu'il ne portait pas de tunique. Sur quoi il fut honoré par les applaudissements des Athéniens, comme le dit Démétrios de Magnésie dans ses *Homonymes*[5]. Il fut donc admiré aussi pour ce fait.

On dit également qu'Antigone, alors qu'il était son auditeur, lui demanda pourquoi il puisait de l'eau. Il aurait répondu : « Ne fais-je

1. Fr. 9 Giannattasio Andria.
2. *Le puiseur d'eau.*
3. Ou *mûrir* ? Mais ça ne se ferait pas la nuit…
4. Antigone Gonatas.
5. Fr. 23 Mejer.

que puiser de l'eau ? Eh quoi? Est-ce que je ne creuse pas la terre ? quoi ? Est-ce que je n'arrose pas et ne fais pas toutes sortes de corvées en vue de la philosophie ? »[1] Zénon en effet qui l'entraînait dans ce sens, lui ordonnait de lui rapporter une obole sur ses gages. **170** Un jour il[2] apporta au milieu de ses disciples la petite monnaie qu'il avait rassemblée et dit: « Cléanthe pourrait nourrir un autre Cléanthe, s'il le voulait; maix ceux qui possèdent de quoi se nourrir cherchent auprès des autres ce qui leur est nécessaire, bien qu'ils s'adonnent sans contrainte à la philosophie ». Aussi appelait-on également Cléanthe un second Héraclès.

Il travaillait beaucoup, mais il était peu doué par nature[3] et excessivement lent. C'est pourquoi Timon[4] s'exprime ainsi sur son compte:

> Mais qui est celui-ci, qui tel un bélier, parcourt les lignes écrites par [les hommes[5],
> Le remâcheur de mots, la pierre d'Assos[6], un mortier amorti ?

Apophtegmes

Il supportait les quolibets de ses condisciples et acceptait de s'entendre appeler un âne, disant que lui seul pouvait supporter le faix de Zénon. **171** Un jour qu'on lui reprochait sa timidité, il dit: « C'est pour cela que je fais rarement des erreurs ». Préférant sa vie à celle des riches, il disait que pendant qu'eux jouaient à la balle il travaillait, en la creusant, même la terre infertile[7].

---

1. Parallèle chez Plutarque, *De vitandi aere alieno* 7, 830 d.
2. Il s'agit de Zénon.
3. Ou peut-être : « il n'avait pas un esprit scientifique ».
4. Fr. 41 Di Marco.
5. Comp. Homère, *Iliade* III 196 (à propos d'Ulysse) : « Et lui-même il parcourt les rangs de ses soldats : on dirait un bélier » (trad. La Pléiade).
6. Correction proposée par Meineke et retenue par Di Marco (fr. 41). Les manuscrits ont « l'ami (originaire) d'Assos ». Selon Pline, *H. N.* XXXVI 131, la pierre d'Assos était utilisée comme pierre tombale parce qu'elle aidait à la décomposition rapide des cadavres. Voici la traduction que Di Marco donne du passage : « Chi è costui che come un montone passa in rassegna schiere di uomini ? Smidollatore di parole, pietra d'Asso, smorto mortaio ». Voir aussi W. Lapini, « Cleante il macinatore », *Elenchos* 16, 1995, p. 291-304.
7. Retenir, comme le propose M. Patillon, le texte de BP : ἐν ᾧ σφαιρίζουσιν ἐκεῖνοι καὶ τὴν ἄκαρπον ἐργάζεσθαι σκάπτων.

Souvent il s'injuriait lui-même. L'entendant faire, Ariston lui dit: « Qui donc injuries-tu ? » Et lui dit en riant: « Un vieil homme, qui a des cheveux gris, mais nulle intelligence ». A quelqu'un qui disait qu'Arcésilas ne traitait pas des « devoirs »[1], il dit: « Arrête ! Ne le blâme pas. Car si par ses paroles il supprime le devoir, il l'établit du moins par ses actes. » Et Arcésilas de dire: « Je n'aime pas les flatteurs. » Cléanthe lui répondit: « En effet, je te flatte, en disant que tes actes sont autres que tes paroles. »

172 Comme quelqu'un lui demandait quel conseil il devait donner à son fils, il lui recommanda le mot prononcé par Électre:

> Silence, silence, que la trace (de tes pas) soit légère.[2]

Comme un Spartiate lui disait que l'effort est un bien, il dit plein de joie[3]:

> Du bon sang (coule dans tes veines), fils bien-aimé.

Hécaton dans ses *Chries*[4] dit qu'alors qu'un bel adolescent lui disait: « Si celui qui donne un coup dans le ventre éventre *(gastrizei)*[5], celui qui donne un coup dans les cuisses écuisse *(mèrizei)* », il dit: « Toi, jeune homme, occupe-toi de tes cuisses, mais les mots similaires ne signifient pas nécessairement les mêmes choses. »

Alors qu'il discutait un jour avec un adolescent, il demanda s'il saisissait quelque chose. Comme l'autre acquiescait, il dit: « Pourquoi donc moi ne puis-je saisir que tu saisis quelque chose ? »

173 Comme le poète Sosithéos au théâtre s'en prenait à lui en sa présence en disant[6]:

> Ceux que la folie de Cléanthe conduit comme des bœufs,

il garda sa contenance. S'émerveillant de ce fait, les spectateurs applaudirent Cléanthe et chassèrent Sosithéos. Quand ce dernier éprouva du remords pour l'insulte (qu'il lui avait infligée), Cléanthe

---

1. μὴ ποιεῖν τὰ δέοντα ne doit pas vouloir dire ici « ne pas faire ce qu'il faut », puisque Cléanthe reconnaît ensuite le contraire.
2. Eur., *Or.* 140. Les mss BP^{ac} ont « blanche ».
3. Hom., *Od.* IV 611.
4. Fr. 25 Gomoll.
5. Sur le sens du mot chez les auteurs attiques, voir Sextus, *A. M.* I 216-217.
6. *TrGF* I 99 F 4 Kannicht-Snell. Voir aussi Philodème, *Ind. Stoic.*, col. XXIV. Ce poète tragique appartenait au groupe de la Pléiade (*Souda* Σ 860).

l'accueillit, disant qu'il serait anormal que Dionysos et Héraclès ne se fâchent pas quand ils sont moqués par les poètes, et que lui prenne mal la première diffamation venue.

Il disait qu'il arrive aux philosophes du *Péripatos* la même chose qu'aux lyres, lesquelles émettent de jolis sons mais ne s'écoutent pas elles-mêmes. On dit qu'alors qu'il prétendait que selon Zénon le caractère pouvait être appréhendé à partir de l'aspect extérieur, de jeunes espiègles lui amenèrent un débauché endurci par le travail des champs et lui demandèrent de se prononcer sur son caractère. Dans l'embarras, il ordonna à l'homme de repartir. Comme ce dernier en partant éternua, Cléanthe dit : « Je le tiens ! C'est un efféminé ». **174** A un solitaire qui se parlait à lui-même, il dit : « Tu ne parles pas à un homme mauvais ». Comme quelqu'un l'invectivait à cause de son grand âge, il dit : « Moi aussi je veux bien partir ; mais quand sur tous les points je me vois en bonne santé, capable d'écrire et de lire, je reste ».

On dit qu'il écrivait sur des tessons et des omoplates de bœufs ce qu'il entendait de la part de Zénon, parce qu'il n'avait pas d'argent pour acheter du papyrus. A cause de ce caractère, bien qu'il y eut de nombreux autres disciples estimables de Zénon, il fut capable de prendre la succession de l'école.

Ses écrits

Il laissa de très beaux livres. Nous les énumérons :

Sur le temps,
Sur la physiologie enseignée par Zénon, deux livres,
Exégèses d'Héraclite, quatre livres,
Sur la sensation,
Sur l'art[1],
Contre Démocrite,
Contre Aristarque,
Contre Hérillos,
Sur l'impulsion, deux livres,
175 *Antiquités,*

1. Probablement un manuel de rhétorique. Cf. Cicéron, *De finibus* IV 7 : *Scripsit artem rhetoricam Cleanthes, Chrysippus etiam.*

Sur les dieux,
Sur les géants,
Sur l'hyménée,
Sur le Poète,
Sur le devoir, trois livres,
Sur le bon jugement,
Sur la gratitude,
Protreptique,
Sur les vertus,
Sur le don naturel,
Sur Gorgippe,
Sur la jalousie,
Sur l'amour,
Sur la liberté,
Art d'aimer,
Sur l'honneur,
Sur la réputation,
Le Politique,
Sur la délibération,
Sur les lois,
Sur la façon de rendre un jugement,
Sur l'éducation,
Sur la raison, trois livres,
Sur la fin,
Sur les belles choses,
Sur les actions,
Sur la science,
Sur la royauté,
Sur l'amitié,
Sur le banquet,
Que la vertu est identique pour l'homme et la femme,
Que le sage (peut) pratiquer la sophistique,
Sur les chries[1],

---

1. Ou « Sur les besoins » ?

Entretiens, en deux livres,
Sur le plaisir,
Sur ce que l'on possède en propre,
Sur les questions embarrassantes,
Sur la dialectique,
Sur les figures (du raisonnement),
Sur les prédicats.
Voilà les livres qu'il écrivit.

Sa mort

176 Il mourut de la façon suivante. Il souffrait d'une gingivite[1]. Sur l'ordre des médecins, il s'abstint de nourriture pendant deux jours. Et de cette façon il se trouva mieux, si bien que les médecins lui permirent de reprendre tout son régime habituel. Mais, lui, refusa, disant qu'on lui avait montré le chemin, et, en s'abstenant (de nourriture) les jours suivants, il mourut, après avoir vécu, à ce que disent certains, le même nombre d'années que Zénon et avoir été l'auditeur de Zénon pendant dix-neuf ans[2].

Épigramme

Bien entendu, nous nous sommes joué aussi de lui de la façon suivante :

> Je célèbre Cléanthe, mais plus encore Hadès ;
> Car le voyant âgé, il ne supporta pas
> qu'il n'ait pas dorénavant son repos parmi les morts,
> lui qui avait épuisé l'eau d'une si longue vie.

---

1. Comp. Philodème, *Ind. Stoic.* XXVI : ἐξάνθημα περὶ τὸ χεῖλος.
2. Selon T. Dorandi, *Ricerche*, p. 27, Cléanthe serait né sous l'archontat d'Aristophane en 331/0 (Philodème, *Ind. Stoic.*, col. XXIX) ; il aurait succédé à Zénon sous l'archontat d'Arrhénidès en 262/1 et serait mort sous l'archontat de Jason en 230/29 (*Ind. Stoic.*, col. XXVIII). Il aurait été scolarque pendant trente-deux ans (col. XXIV). Voir aussi T. Dorandi, « Zu Diogenes Laertios VII 176 », *Philologus* 134, 1990, p. 161-162.

SPHAÏROS

177 Comme nous l'avons déjà dit[1], de Cléanthe fut auditeur Sphaïros du Bosphore[2] qui avait été auparavant auditeur de Zénon. Après s'être assuré un sérieux progrès dans les études, Sphaïros partit vers Alexandrie auprès de Ptolémée Philopator[3]. Une discussion étant un jour survenue sur la question de savoir si le sage pouvait avoir des opinions et Sphaïros prétendant qu'il ne pouvait avoir d'opinion, le roi qui voulait le réfuter ordonna que l'on servît des grenades de cire. Comme Sphaïros s'était laissé prendre, le roi s'écria qu'il avait donné son assentiment à une représentation fausse. Sphaïros lui répondit avec à-propos, disant qu'il avait ainsi donné son assentiment non pas au fait que c'étaient des grenades, mais au fait qu'il était raisonnable que ce fussent des grenades et qu'il y avait une différence entre la représentation compréhensive et le raisonnable[4].

Comme Mnésistratos[5] l'accusait d'avoir dit que Ptolémée n'était pas roi, il dit : « Tel qu'il est, Ptolémée est aussi un roi. »

---

1. En VII 37.
2. Il est dit Borysthénite par Plutarque, *Cléomène* 2, 2 (*SVF* I 622). Il serait venu à Sparte où il aurait enseigné aux jeunes gens et aux éphèbes.
3. *ca* 244-205 av. J.-C. Comp. VII 185.
4. Voir un parallèle chez Athénée (*SVF* I 624).
5. A distinguer sans doute de Mnésistrate de Thasos, lequel prétendait que Démosthène avait été élève de Platon (III 47). A tort, W. Capelle, art. « Mnesistratos », *RE* XV 2, 1932 (?) col. 2281, le présente lui-même comme élève de Platon. Chez Athénée, *Deipnosophistes* VII, 279 de, sont mentionnés comme hédonistes, à côté des Épicuriens et des Cyrénaïques, des *Mnésistratéens*. Le passage est malheureusement lacunaire. On a gratuitement restitué le mot Θάσιοι dans ce contexte pour faciliter l'identification avec le personnage de D. L. III 47.

Ses écrits

178 Il écrivit les livres suivants :

Sur le monde, en deux livres,
Sur les éléments,
<*Sur*> *la semence*[1],
Sur la fortune,
Sur les parties infimes,
Contre les atomes et les simulacres,
Sur les organes des sens,
Cinq entretiens sur Héraclite,
Sur l'ordre (des parties) de l'éthique,
Sur le devoir,
Sur l'impulsion,
Sur les passions, en deux livres,
Sur la royauté,
Sur la constitution politique des Lacédémoniens[2],
Sur Lycurgue et Socrate, en trois livres,
Sur la loi,
Sur la divination,
Dialogues amoureux,
Sur les philosophes érétriaques,
Sur les semblables,
Sur les définitions,
Sur l'habitude,
Sur les contradictions, en trois livres,
Sur la raison,
Sur la richesse,
Sur la gloire,
Sur la mort,
Manuel dialectique, en deux livres,
Sur les prédicats,
Sur les ambiguïtés,
Lettres.

---

1. Les manuscrits ont *Sur la semence des éléments.* Mais voir VII 159.
2. Le troisième livre est cité par Athénée (*SVF* I 630).

CHRYSIPPE

179 Chrysippe, fils d'Apollonios[1], de Soles – ou de Tarse[2], selon Alexandre dans ses *Successions*[3] –, disciple de Cléanthe.

Formation

Au début, il s'exerçait à la course de fond, puis, après avoir été l'auditeur de Zénon – ou de Cléanthe, selon Dioclès et de nombreux auteurs –, il quitta ce dernier de son vivant et devint quelqu'un d'important en philosophie.

C'était un homme plein de dons naturels et doué d'une grande vivacité sous tous rapports, de sorte qu'il divergea d'opinion sur la plupart des questions par rapport à Zénon, et aussi par rapport à Cléanthe, à qui il disait souvent qu'il avait seulement besoin qu'on lui enseignât les doctrines, et qu'il découvrirait lui-même les démonstrations. Il se repentait cependant chaque fois qu'il s'en était pris à lui, si bien que constamment il citait les vers suivants[4]:

> Pour tout le reste je suis un homme heureux,
> sauf en ce qui concerne Cléanthe[5]. Sur ce point je ne connais pas le [bonheur.

180 Il acquit une telle renommée parmi les dialecticiens que la plupart d'entre eux étaient d'avis que s'il y avait une dialectique chez les dieux, ce ne pouvait être que celle de Chrysippe. A cause de l'abondance de sa matière, il ne soigna pas convenablement son sty-

---

1. Apollonidès, selon la *Souda*.
2. Selon Strabon XIV 5, 8, le père de Chrysippe était originaire de Tarse et avait immigré à Soles. Selon Diogène Laërce I 51, Soles en Cilicie aurait été fondée par Solon.
3. Fr. 7 Giannattasio Andria.
4. Cf. Euripide, *Oreste* 540-541.
5. Euripide avait écrit : « sauf en ce qui concerne mes filles ».

le[1]. Il travailla plus que quiconque, comme le montrent de façon manifeste ses écrits[2]. Leur nombre dépasse en effet sept cent cinq livres[3]. Il multipliait le nombre de ces livres en traitant souvent la même doctrine, en écrivant tout ce qu'il lui était venu à l'esprit, en se corrigeant à plusieurs reprises et en ayant recours à la citation d'une multitude de témoignages, si bien qu'un jour dans l'un de ses écrits il cita la quasi-totalité de la *Médée* d'Euripide : quelqu'un qui avait le livre en main dit à celui qui lui demandait ce qu'il tenait : « La *Médée* de Chrysippe. »

181 Apollodore d'Athènes[4], dans son *Recueil des doctrines*, voulant établir que les ouvrages écrits par Épicure, avec ses propres ressources et sans se complaire dans les citations, sont mille fois plus étendus que les livres de Chrysippe, dit en propres termes : « Si l'on enlevait en effet des livres de Chrysippe toutes les citations étrangères, on ne trouverait plus que des feuilles blanches[5] ». Voilà ce que dit Apollodore.

Quant à la vieille femme qui était à son service[6], comme le dit Dioclès[7], elle prétendait qu'il écrivait chaque jour cinq cents lignes.

Mais Hécaton[8] dit que Chrysippe vint à la philosophie, parce que les biens qu'il avait hérités de son père avaient été saisis pour (alimenter) le trésor royal.

---

1. Opposition intéressante entre l'abondance des *pragmata* chez Chrysippe, c'est-à-dire ce qu'il souhaitait exprimer, et la pauvreté de son expression *(lexis)*.

2. BP ont plutôt : « (ses) écrits, dont le nombre dépasse sept cent cinq livres ».

3. Au Iᵉʳ siècle de notre ère, dans la bibliothèque du poète Perse, léguée en héritage au philosophe Cornutus, figuraient sept cents livres de Chrysippe (*Vita Persi* 4, p. 31 Clausen).

4. Il ne s'agit sans doute pas du chronographe célèbre, mais d'un philosophe épicurien, surnommé « le Tyran du Jardin ». Voir T. Dorandi, *DPhA* A 243, t. I, p. 271. Ce passage est à rapprocher de X 26-27 où une comparaison semblable entre Épicure et Chrysippe est développée.

5. Ou : « un papyrus vide » (κενὸς ... ὁ χάρτης).

6. Sur cette mystérieuse vieille femme, voir plus loin en VII 185, l'opinion de Démétrios de Magnésie qui rappelait que Chrysippe n'avait cure de l'assentiment des rois et se contentait du jugement d'une vieille femme, ainsi qu'au même paragraphe « la vieille » à laquelle sont adressées les dernières paroles de Chrysippe. Voir peut-être aussi « la servante » (avec l'article) en VII 183.

7. Diocléidès selon le ms F, toujours moins fiable.

8. Fr. 57 Gomoll.

182 Il n'avait physiquement rien de remarquable, comme le montre à l'évidence sa statue dans le Céramique, laquelle est presque entièrement cachée par la statue équestre qui est à proximité. C'est pourquoi Carnéade parlait de lui en disant *Chrypsippe*[1].

Apophtegmes

Comme quelqu'un lui faisait reproche de ne pas étudier avec tout le monde auprès d'Ariston, il dit: « Si j'avais porté attention (à ce que fait) tout le monde, je n'aurais pas choisi la philosophie ».

Contre un dialecticien qui s'était mis à attaquer Cléanthe et lui soumettait des sophismes, il dit: « Cesse de soustraire le vieil homme aux sujets plus sérieux qui lui incombent; c'est à nous autres les jeunes que tu dois proposer de tels sophismes ».

Une autre fois, comme quelqu'un lui soumettait des problèmes et discutait tranquillement en tête à tête avec lui, mais commençait à sombrer dans la dispute en voyant la foule s'approcher, il dit[2]:

> Ma parole, mon frère, ton œil se trouble;
> subitement tu deviens enragé, toi qui tout de suite étais sain d'esprit[3].

183 Dans les soirées où l'on buvait, il restait tranquille, bien que ses jambes le fissent tituber; ce qui amenait la servante à dire: « Seules les jambes de Chrysippe s'enivrent ». Il était tellement sûr de lui que lorsque quelqu'un lui demanda: « A qui dois-je confier mon fils ? » il dit: « A moi-même. Si en effet je supposais qu'un autre maître était meilleur que moi, c'est auprès de lui que moi aussi j'aurais philosophé ». C'est pourquoi on rapporte qu'on disait à son propos[4]:

> Lui seul est en possession de ses facultés, les autres glissent comme [des ombres,

et:

---

1. Étymologiquement: non plus *Cheval d'or* ou *Celui dont les chevaux valent de l'or* (Chrysippos), mais *Celui que cache un cheval* (Chrypsippos). Selon Cicéron, *De finibus* I 39, la statue du Céramique représentait Chrysippe assis, la main tendue. Voir, sur l'iconographie de Chrysippe, F. Queyrel, *DPhA* C 121, t. II, p. 361-365.
2. Euripide, *Or.* 253-254.
3. Plutôt que ἀρτίως φρονῶν, Euripide avait écrit: ἄρτι σωφρονῶν.
4. Hom., *Od.* X 495.

Car s'il n'y avait pas Chrysippe, il n'y aurait pas de Portique[1].

Chrysippe à l'Académie

Mais à la fin, il passa chez Arcésilas et Lacydès[2], comme le dit Sotion dans son huitième livre[3], et il philosopha dans l'Académie. **184** C'est pour cette raison qu'il argumenta contre l'usage courant et en faveur de l'usage courant, utilisant aussi à propos des grandeurs et des multiplicités la méthode des Académiciens[4].

Sa mort

Alors qu'il enseignait à l'Odéon[5], à ce que dit Hermippe,[6] il fut invité par ses disciples à un sacrifice. Dans cette circonstance, ayant absorbé un vin doux non coupé (d'eau), il fut pris de vertige et quitta le monde des hommes au bout de cinq jours, ayant vécu soixante-treize ans, dans la <cent->quarante-troisième Olympiade[7], comme le dit Apollodore dans sa *Chronologie*[8].

Épigramme

Voici ce que nous avons écrit à son propos[9]:

Chrysippe eut la tête qui tourne après avoir vidé
à grande gorgée la coupe de Bacchus.
Il ne considéra ni le Portique, ni sa patrie, ni son âme,

1. Voir IV 62 pour la parodie que Carnéade avait faite de cette formule.
2. Arcésilas mourut en 244/3, Lacydès en 208/7. Sur l'utilisation et la finalité de l'argumentation académicienne selon Chrysippe, voir Plutarque, *De Stoic. repugn.* 10. La liste des ouvrages de Chrysippe mentionnera un traité *Contre l'usage courant à Métrodore* et un traité *En faveur de l'usage courant à Gorgippidès* (VII 198).
3. Fr. 22 Wehrli.
4. Ou peut-être : *mettant à contribution ... la formation (reçue) chez les Académiciens.* Sur la valeur épistémologique de la συνήθεια dans la Stoa et à l'Académie, voir J. Glucker, « Consuetudo Oculorum », dans *Classical studies in honor of David Sohlberg,* edited by R. Katzoff, Y. Petroff et D. Schaps, Ramat Gan, Bar-Ilan University Press, 1996, p. 105-123.
5. Voir R. Goulet, *DPhA* C 121, p. 333. On verra en VII 185 qu'il enseigna également au Lycée.
6. Fr. 59 Wehrli.
7. 208/204.
8. *FGrHist* 244 F 46.
9. Cf. *Anth. Pal.* VII 706.

mais partit vers la maison d'Hadès.

Autre version de la mort de Chrysippe

185 Certains cependant disent qu'il mourut atteint d'une crise de rire. Comme en effet un âne lui avait mangé ses figues, il dit à la vieille femme: «Donne maintenant à cet âne du vin pur pour faire passer les figues». En riant trop fort il mourut[1].

Il semble avoir été quelque peu arrogant. En tout cas, malgré tous les ouvrages qu'il composa, il n'en a dédié à aucun roi. Il se contentait seulement d'une vieille femme[2], comme le dit Démétrios dans ses *Homonymes*[3]. Lorsque Ptolémée écrivit à Cléanthe pour lui demander de venir lui-même ou d'envoyer quelqu'un, Sphaïros partit[4], mais Chrysippe dédaigna (l'invitation). En revanche, ayant fait venir les fils de sa sœur, Aristocréon[5] et Philocratès, il assura leur formation. Et le premier il eut l'audace de tenir école en plein air au Lycée, comme le raconte aussi Démétrios, déjà cité[6].

Homonymes[7]

186 Il y eut un autre Chrysippe, un médecin de Cnide, de qui Érasistrate dit avoir beaucoup[8] reçu. Un autre, fils du précédent, (fut) médecin de Ptolémée: calomnié, il fut arrêté et châtié par le fouet[9]. Un autre fut disciple d'Érasistrate, et un autre encore écrivit un ouvrage *Sur l'agriculture*.

---

1. Lucien, *Macrob.* 25, raconte l'anecdote à propos du comique Philémon.

2. On peut comprendre ou bien qu'il préférait le jugement de cette vieille femme à celui des rois, ou bien qu'il n'avait à son service que cette servante et ne chercha pas à obtenir des puissants des dons qui lui eussent permis d'améliorer son train de vie.

3. Fr. 24 Mejer.

4. Cf. VII 177.

5. Sur Aristocréon de Soles, voir S. Follet, *DPhA* A 374, t. I, p. 386-389. Il était le dédicataire d'au moins dix ouvrages de Chrysippe (VII 189-202). Il fit élever une statue de bronze en l'honneur de Chrysippe (Plutarque, *De Stoic. repugn.* 2, 1033 e).

6. En gardant le texte des mss BP : καθὰ καὶ ὁ προγεγραμμένος Δημήτριος. Pour cette dernière formule chez Diogène, voir par exemple II 97 et 103.

7. Sur ces différents Chrysippe, voir R. Goulet, *DPhA* A 119, t. I, p. 325-329.

8. πολλὰ B. Long adopte une correction de P : « avoir le plus reçu ».

9. Ce médecin de Ptolémée est également mentionné dans une scholie sur Théocrite XVII 128, p. 324-325 Wendel : « A Ptolémée Philadelphe fut unie tout

Sophismes de Chrysippe[1]

Notre philosophe proposait encore des raisonnements du type suivant : « Celui qui dévoile les mystères aux profanes commet un acte impie; or l'hiérophante dévoile <les mystères> aux profanes; donc l'hiérophante commet un acte impie. » En voici un autre : « Ce qui n'est pas dans la cité, cela n'est pas non plus dans la maison[2]; or il n'y a pas de puits dans la cité; donc il n'y en a pas dans la maison. » Ou encore : « Il y a une tête, mais tu n'as pas cette tête-là; or il y a une tête<, que tu n'as pas>[3]; donc tu n'as pas de tête[4]. » **187** Ou encore : « Si quelqu'un est à Mégare, il n'est pas à Athènes; or il y a un homme à Mégare; donc il n'y a pas un homme à Athènes[5]. » De même : « Si tu parles de quelque chose, cela sort de ta bouche; or, tu parles d'un char; donc un char sort de ta bouche. » Et : « Ce que tu n'as pas perdu, tu le possèdes; or tu n'as pas perdu de cornes; donc tu as des cornes. » D'autres disent que ce sophisme est d'Eubulide[6].

Critiques adressées à Chrysippe

Il y a des auteurs qui s'en prennent à Chrysippe sous prétexte qu'il aurait tenu dans ses écrits bien des propos obscènes et indécents. En effet, dans l'ouvrage *Sur les anciens physiologues*[7] il décrit de façon obscène une représentation des rapports entre Héra et Zeus, disant vers les lignes 600 ce que personne ne répéterait sous

---

d'abord Arsinoè, la fille de Lysimaque, dont il eut comme enfants Ptolémée, Lysimaque et Bérénice. Ayant découvert qu'elle était compromise dans un complot qui impliquait également Amyntas et le médecin Chrysippe de Rhodes, il fit périr ces deux derniers et envoya son épouse à Coptos en Thébaïde. Il épousa sa propre sœur Arsinoé et lui attribua à titre adoptif les enfants qui étaient nés de la première Arsinoè, car la Philadelphe mourut sans enfant. »

1. Cf. Hülser, *FDS* 1205 et le parallèle dans la *Souda* (1206).

2. En adoptant avec Long le texte des mss dg; BPF (et la *Souda*) ont : « Ce qui est dans la cité, cela est aussi dans la maison ». Dans ce sophisme, « Cité » est employé en deux sens différent, selon qu'il inclut ou exclut l'espace privé.

3. Ces mots ont été ajoutés par Ménage d'après la *Souda*.

4. Ce raisonnement ne reproduit pas la structure d'un syllogisme stoïcien valide.

5. Version différente de l'argument en VII 82.

6. Sur Eubulide de Milet, voir D. L. II 108 où sont cités des vers d'un poète comique anonyme évoquant déjà ce sophisme. En II 111, le Cornu est attribué à Diodore Cronos.

7. *SVF* II 1071.

peine de se souiller la bouche. **188** Il décrit en effet, à ce qu'on rapporte, cette histoire de la façon la plus obscène, même s'il en fait l'éloge comme porteur d'un enseignement physique[1]; elle convient en effet davantage à des prostituées qu'à des dieux. De plus on ne la trouve pas répertoriée chez les historiens de la peinture, ni chez Polémon[2], ni chez Hypsicrate[3], pas même chez Antigone[4], mais il l'a inventée lui-même.

Dans son ouvrage *Sur la république*[5], il dit qu'on peut s'unir avec sa mère, ses filles et ses fils[6]. Il dit encore la même chose dans son ouvrage *Sur les choses non choisies pour elles-mêmes*[7], dès le début. (Il dit encore des choses répréhensibles[8]) au troisième livre de son traité *Sur le juste*[9], vers la ligne 1000, quand il prescrit de manger même les morts; et au deuxième livre de son traité *Sur le mode de vie et la façon de pourvoir à ses besoins*[10], il se soucie d'approvision-

---

1. ἐπαινεῖ ὡς φυσικήν. Chrysippe devait mettre en valeur la portée allégorique du tableau et pas seulement la conformité à la nature de la scène... Pour un peu plus de détails sur ce tableau que l'on situait à Argos ou à Samos, voir *SVF* II 1072-1074.

2. Polémon d'Ilion.

3. Le nom de Xénocrate (*RE* 10), sculpteur, élève de Lysippe, a été restitué par Köpke et Wilamowitz. Voir T. Dorandi, *MH* 51, 1994, p. 6 et n. 9. Inversement, Iunius corrigeait le texte de Pline XXXV 68 (Xenocrates) à partir de Diogène Laërce (Hypsicrates)...

4. Antigone de Caryste.

5. *SVF* III 744.

6. Sur les aspects « cyniques » de la pensée de Chrysippe, voir *SVF* III 743-756.

7. *SVF* III 744. Sur ce traité, voir R. Goulet, *DPhA* C 121, t. II, p. 356 (168).

8. Il faut en effet suppléer une principale pour expliquer le participe κελεύων dans la phrase qui suit. On pourrait aussi corriger κελεύων en κελεύει.

9. *SVF* III 747.

10. *SVF* III 685. Un tel ouvrage n'étant pas par ailleurs attesté, von Arnim (*SVF* III 685) y reconnaît une référence au traité *Sur les vies* (Περὶ βίων). Dans son apparat, il propose également de corriger προνοεῖν en προνοεῖ, pour fournir à la phrase le verbe qui lui manque, solution que nous adoptons ici. Pseudo-Hésychius (*Vit. Illustr.* 78) donne un texte différent (Χρύσιππον τὸν φιλόσοφον αἰτιῶνταί τινες προνοεῖν λέγοντα, ὅπως ποριστέον τῷ σοφῷ. Φασὶ γάρ· τίνος χάριν ποριστέον αὐτῷ;) qui incite M. Schofield, *The Stoic Idea of the City*, Cambridge 1991, p. 5 et 18-20, à voir dans la citation qui va suivre non pas les paroles de Chrysippe, mais des reproches à lui adressés. Schofield signale que

nement, quand il dit de quelle façon le sage doit pourvoir à ses besoins. **189** « Car enfin, dans quel but devrait-il pourvoir à ses besoins ? Si c'est afin de vivre, la vie est un indifférent. Si c'est pour le plaisir, c'est là aussi un indifférent. Si c'est pour la vertu, elle suffit au bonheur. Mais sont également ridicules les moyens de pourvoir à ses besoins, comme ceux qui sont assurés par un roi. Car le sage devra se soumettre à lui. Est-ce ceux qui sont assurés par les amis ? l'amitié s'achètera au prix du profit qu'on en reçoit. Est-ce ceux qui sont assurés par la sagesse ? la sagesse travaillera à gages. »

Et voilà les accusations qui lui sont adressées.

Ses écrits[1]

Puisque les écrits de Chrysippe jouissent de la plus grande notoriété, il m'a semblé bon de faire ici une place au répertoire de leurs (différents) titres, selon l'« espèce » (de la philosophie dont ils relèvent)[2]. En voici la liste :

I. (Écrits se rapportant au) «lieu» logique

(1) *Thèses logiques.*
(2) *Des thèmes de recherche du philosophe*[3].

---

les trois moyens d'acquérir de l'argent proposés pour le sage sont attestés comme une doctrine de Chrysippe (*SVF* III 686 et 693).

1. Une liste de ce genre figurait sans doute dans le *Répertoire des philosophes de l'école de Zénon et de leurs écrits* d'Apollonius de Tyr (voir p. 789 n. 4). La traduction de cette partie finale du livre VII qui comprend la liste incomplète des œuvres de Chrysippe reprend, avec quelques modifications dues à un souci d'harmonisation avec la traduction de l'ensemble du livre VII, celle qui a été préparée par Pierre Hadot pour l'article « Chrysippe » du *DPhA*, C 121, t. II, p. 336-356. On se reportera au riche commentaire qui accompagne chacun des titres de la liste. Sur les dédicataires de ces ouvrages, dont certains sont également connus par l'*Index Stoicorum*, voir R. Goulet, *ibid.*, p. 334-335. Pour une liste des titres de Chrysippe absents de la liste de Diogène Laërce, voir R. Goulet, *ibid.*, p. 356-361. On ajoutera un Περὶ δογμάτων attesté par un fragment d'Arius Didyme conservé par Stobée II 7, 12 ; t. II, p. 116, 13 Wachsmuth.

2. *Espèce* était la dénomination chrysipéenne des parties de la philosophie selon VII 39. Mais la liste évoque plutôt des *lieux*, terme qui aurait été caractéristique d'Apollodore de Séleucie.

3. Il est rare qu'un titre ne soit pas suivi de l'indication du nombre de livres qu'il comprenait, surtout lorsqu'il apparaît comme ici au génitif. On pourrait également ajouter Περὶ devant le titre.

(3) *Définitions se rapportant à la dialectique, à Métrodore,* six livres[1].
(4) *Sur les termes que l'on emploie en dialectique, à Zénon,* en un livre.
(5) **190** *Art dialectique, à Aristagoras,* en un livre.
(6) *Arguments conditionnels persuasifs*[2], *à Dioscouridès,* en quatre livres.

II. (Écrits se rapportant au) «lieu» logique, concernant les éléments logiques[3].

Première série

(7) *Sur les propositions* en un livre.
(8) *Sur les propositions non simples,* en un livre.
(9) *Sur la conjonctive*[4], *à Athénadès,* I, II.
(10) *Sur les négatives, à Aristagoras,* en trois livres.
(11) *Sur les catagoreutiques*[5], *à Athénodore,* en un livre.
(12) *Sur ce qui est dit de manière privative, à Théaros,* en un livre.
(13) *Sur les propositions indéfinies, à Dion,* I, II, III.
(14) *Sur la différence entre les indéfinies,* I, II, III, IV.
(15) *Sur ce qui est dit en relation avec les différents temps,* I, II.
(16) *Sur les propositions formulées au parfait*[6], en deux livres.

Deuxième série

(17) *Sur la proposition disjonctive vraie, à Gorgippidès,* en un livre,
(18) *Sur la proposition conditionnelle*[7] *vraie, à Gorgippidès,* I, II, III, IV.

---

1. Le génitif est commandé par l'indication du nombre de livres qui suit et non par un περὶ sous-entendu.

2. Ou: « Collection d'arguments persuasifs », comme le comprend P. Hadot. Voir n° 122 : πιθανὰ λήμματα.

3. Les *pragmata* désignent, en opposition aux *lexeis* et au *logos* (VII 192), le contenu du langage, domaine des *signifiés* ou des *lekta*. Ce ne sont pas pour les Stoïciens les réalités du monde extérieur. Voir les notes sur VII 57 et 63.

4. Elle est reliée par une ou plusieurs conjonctions de coordination (VII 72).

5. Sextus appelle ces propositions des *définies.* L'exemple donné en VII 70 est « Celui-ci se promène ».

6. Ou au passé ?

7. Hadot: « implicative ».

(19) **191** *Choix, à Gorgippidès,* en un livre
(20) *Contre le traité «Sur ce qui suit logiquement»,* en un livre.
(21) *Sur le raisonnement qui se fait à l'aide de trois (propositions hypothétiques), encore à Gorgippidès,* en un livre.
(22) *Sur les (propositions) possibles*[1], *à Cleitos,* en quatre livres.
(23) *Contre le traité de Philon «Sur les significations»*[2], en un livre.
(24) *Sur la question*: *Quelles sont les (propositions) fausses*[3] *?*, en un livre.

Troisième série

(25) *Sur les commandements,* en deux livres.
(26) *Sur la question,* en deux livres.
(27) *Sur la demande d'information,* en quatre livres.
(28) *Résumé au sujet de l'interrogation et de la demande d'information,* en un livre.
(29) *Résumé, au sujet de la réponse,* en un livre.
(30) *<Sur> l'enquête,* en deux livres.
(31) *Sur la réponse,* en quatre livres.

Quatrième série

(32) *Sur les prédicats, à Métrodore,* en 10 livres.
(33) *Sur les (prédicats) droits et renversés*[4], *à Phylarque,* en un livre.
(34) *Sur les «événements*[5]*» qui adviennent au sujet, à Apollonidès,* en un livre.
(35) *A Pasylos, sur les prédicats,* en quatre livres.

192 Cinquième série

(36) *Sur les cinq cas,* en un livre.
(37) *Sur les énoncés définis quant à leur sujet,* en un livre.
(38) *Sur la connotation, à Stésagoras,* en deux livres.

---

1. Voir VII 64, où seul un exemple de proposition impossible a été conservé.
2. L'ouvrage concerne peut-être la théorie du *signe.* Voir Philodème, *De signis* 34. On pourrait comprendre: « Sur la valeur inférentielle des signes ».
3. Comp. VII 73-74.
4. Comp. VII 64.
5. Plutôt que συναμμάτων, von Arnim (et P. Hadot) lisent ici συμϐαμάτων. Sur ce type de prédicats voir VII 64.

(39) *Sur les appellatifs*, en deux livres.

III. Écrits se rapportant au «lieu» logique, concernant les lexies[1] et le discours qui repose sur elles.

Première série

(40) *Sur les énoncés au singulier et au pluriel*, en six livres.
(41) *Sur les lexies, à Sosigène et Alexandre*, en cinq livres.
(42) *Sur l'anomalie dans les lexies, à Dion*, en quatre livres.
(43) *Sur les arguments du type du sorite se rapportant aux vocables*, en trois livres.
(44) *Sur les solécismes*, en un livre.
(45) *Sur les manières de parler qui sont des solécismes, à Dionysios*, en un livre.
(46) *Manières de parler qui vont contre l'usage commun*, en un livre.
(47) *La lexie, à Dionysios*, en un livre.

Deuxième série

(48) *Au sujet des éléments du discours et de ce qui est dit*, en cinq livres.
(49) *Sur l'arrangement*[2] *de ce qui est dit*, en quatre livres.
(50) **193** *Sur l'arrangement et les éléments de ce qui est dit, à Philippe*, en trois livres.
(51) *Sur les éléments du discours, à Nicias*, en un livre.
(52) *Sur ce qui est dit par rapport à d'autres choses*, en un livre.

Troisième série

(53) *Contre ceux qui ne distinguent pas (les significations ?)*, en deux livres.
(54) *Sur les ambiguïtés, à Apollas*, en quatre livres.
(55) *Sur les ambiguïtés des « majeures » qui déterminent le mode des syllogismes*, en un livre.
(56) *Sur l'ambiguïté de la « majeure » conditionnelle*, en deux livres.

1. Ou *les mots*. Voir plus haut, p. 826 n. 2.
2. Ou « la syntaxe ». Même remarque pour le numéro suivant.

(57) *Contre le traité « Sur les ambiguïtés » de Panthoïdès*, en deux livres.
(58) *Sur l'introduction à (l'étude des) ambiguïtés*, en cinq livres.
(59) *Résumé des « Ambiguïtés adressées à Épicrate »*, en un livre.
(60) *Collection de matériaux*[1] *pour servir à l'introduction aux enseignements qui se rapportent aux ambiguïtés*, en deux livres.

IV. (Écrits se rapportant) au «lieu» logique, concernant les arguments et les figures (du raisonnement)

Première série

(61) *Manuel de l'art des arguments et des figures (du raisonnement), à Dioscouridès*, en cinq livres.
(62) **194** *Sur les arguments*, en trois livres.
(63) *Sur la constitution des modes des figures (du raisonnement), à Stésagoras*, en deux livres.
(64) *Comparaison entre les propositions qui déterminent le type de figure*, en un livre.
(65) *Sur les arguments et les conditionnelles convertibles*, en un livre.
(66) *Contre Agathon*[2] ou *Sur les problèmes se rapportant aux conséquences logiques*[3], en un livre.
(67) *Sur la question: Quelles prémisses permettent d'obtenir de manière syllogistique quelle conclusion par association avec une autre ou avec d'autres prémisses ?* en un livre.
(68) *Sur les conclusions, à Aristagoras*, en un livre.
(69) *Sur le fait que le même argument peut être disposé sous plusieurs figures*, en un livre.
(70) *Contre les objections faites au traité établissant que le même argument peut être disposé dans une figure syllogistique et dans une figure non syllogistique*, en deux livres.
(71) *Sur*[4] *les objections faites aux analyses*[5] *des syllogismes*, en trois livres.

---

1. « Arguments conditionnels » ?
2. Ou bien: « *A Agathon* », mais c'est le seul traité qui lui serait dédié.
3. περὶ τῶν ἑξῆς ? Peut-être *présentés de façon successive.*
4. *Contre* ?
5. Ou bien: « *aux réductions.* » Comp. n° 76.

(72) *Contre le traité « Sur les figures (de raisonnements) » de Philon, à Timostrate*, en un livre.
(73) *Collections de matériaux*[1] *logiques, à Timocrate et Philomathès : pour une introduction à la théorie des arguments et des figures (de raisonnement)*, en un livre.

195 Deuxième série

(74) *Sur les arguments concluants*[2], *à Zénon*, en un livre.
(75) *Sur les syllogismes premiers et indémontrables, à Zénon*, en un livre.
(76) *Sur l'analyse*[3] *des syllogismes*, en un livre.
(77) *Sur les arguments redondants, à Pasylos*, en deux livres.
(78) *Sur les théorèmes se rapportant aux syllogismes*, en un livre.
(79) *Sur les syllogismes introductifs, à Zénon*, en un livre[4].
(80) *Des figures (de raisonnement), pour une introduction, à Zénon*, en trois livres.
(81) *Sur les syllogismes construits sur des schèmes erronés*, en cinq livres.
(82) *Arguments syllogistiques considérés du point de vue de l'analyse en*[5] *indémontrables*, en un livre.
(83) *Enquêtes sur les figures, à Zénon et Philomathès*, en un livre (cet écrit paraît être pseudépigraphe).

Troisième série

(84) *Sur les arguments qui changent de valeur de vérité, à Athénadès*, en un livre (pseudépigraphe).
(85) **196** *Arguments qui changent de valeur de vérité en fonction de l'adverbe*, en trois livres (pseudépigraphes).
(86) *Contre « Les Syllogismes disjonctifs » d'Ameinias*, en un livre.

Quatrième série

(87) *Sur les hypothèses, à Méléagre*, en trois livres.

---

1. « *Arguments conditionnels* » ?
2. *Conclusifs* ?
3. Ou bien : « *la réduction.* ».
4. Ou bien : *Sur les syllogismes, introductions, à Zénon, en un livre.*
5. Ou *de la réduction aux...*

(88) *Arguments hypothétiques considérés du point de vue de leurs lois*[1], *à nouveau à Méléagre*, en un livre.
(89) *Arguments hypothétiques: pour une introduction*, en deux livres.
(90) *Arguments hypothétiques dans les théorèmes*, en deux livres.
(91) *Solution des arguments hypothétiques d'Hédylos*[2], en deux livres.
(92) *Solution des arguments hypothétiques d'Alexandre*, en trois livres (pseudépigraphes).
(93) *Sur les ecthèses*[3], *à Laodamas*, en un livre.

Cinquième série

(94) *Sur l'introduction au Menteur, à Aristocréon*, en un livre.
(95) *Arguments du type du Menteur: pour une introduction*, en un livre.
(96) *Sur le Menteur, à Aristocréon*, en six livres.

Sixième série

(97) *Contre ceux qui pensent que ce qui est faux peut en même temps être vrai*, en un livre.
(98) **197** *Contre ceux qui réfutent l'argument Menteur par le moyen de la coupure, à Aristocréon*, en deux livres.
(99) *Démonstrations pour prouver qu'il ne faut pas couper les indéfinis*, en un livre.
(100) *Contre les objections faites aux écrits contre la coupure des indéfinis, à Pasylos*, en trois livres.
(101) *Solution (du Menteur) selon les Anciens, à Dioscouridès*, en un livre.
(102) *Sur la solution du Menteur, à Aristocréon*, en trois livres.
(103) *Solution des arguments hypothétiques d'Hédylos*[4], *à Aristocréon et Apollas*, en un livre.

---

1. Ou *pour introduire aux lois (du syllogisme)*. Comp. n° 131.
2. Comp. n° 103.
3. Ammonius, *In De interp.*, p. 2, 26-3, 6 donne comme exemple d'ecthèse (voir VII 196) : « Posons que cette ligne est une droite ». Voir le commentaire de P. Hadot en introduction à l'ensemble de la *Quatrième série*.
4. Comp. n° 91.

Septième série

(104) *Contre ceux qui disent que l'argument du Menteur a des prémisses fausses*, en un livre.
(105) *Sur l'argument du Négateur, à Aristocréon*, en deux livres.
(106) *Arguments du type du Négateur : pour l'exercice*, en un livre.
(107) *Sur l'argument du Peu à peu, à Stésagoras*, I, II.
(108) *Sur les arguments qui se rapportent à des opinions et qui font rester silencieux, à Onétor*, en deux livres.
(109) **198** *Sur l'argument du Voilé, à Aristobule*, en deux livres.
(110) *Sur l'argument de Celui qui reste ignoré*[1], *à Athénadès*, en un livre.

Huitième série

(111) *Sur l'argument du « Personne », à Ménécratès*, en huit livres.
(112) *Sur les arguments formés d'une proposition indéfinie et d'une proposition définie, à Pasylos*, en deux livres.
(113) *Sur l'argument du « Personne », à Épicratès*, en un livre.

Neuvième série

(114) *Sur les sophismes, à Héraclide et Pollis*, en deux livres.
(115) *Sur les arguments*[2] *embarrassants en dialectique, à Dioscouridès*, en cinq livres.
(116) *Contre l'artifice*[3] *d'Arcésilas, à Sphaïros*, en un livre.

Dixième série

(117) *Contre l'usage ordinaire, à Métrodore*, en six livres.
(118) *En faveur de l'usage ordinaire, à Gorgippidès*, en sept livres.

V. (Écrits se rapportant au) «lieu» logique, mais qui restent en dehors des quatre distinctions énumérées jusqu'ici et qui rassemblent les recherches logiques; ils se rapportent aux thèmes déjà énumérés, mais sont isolés, et ne s'insèrent pas dans le corpus (didactique).

(119) *Trente-neuf livres de Recherches (logiques)*

En tout, le total des livres du lieu logique s'élève à 311.

1. Ou *du Dissimulé.*
2. En conservant λόγων donné par BPF.
3. Ou *la méthode.*

VI. **199** (Écrits se rapportant au) «lieu» éthique, concernant la distinction des notions éthiques.

Première série

(120) *Esquisse du traité <éthique>, à Théoporos,* en un livre.
(121) *Thèses éthiques,* en un livre.
(122) *Prémisses persuasives pour introduire aux doctrines, à Philomathès,* en trois livres.
(123) *Définitions de l'homme vertueux, à Métrodore,* en deux livres.
(124) *Définitions de l'homme mauvais, à Métrodore,* en deux livres.
(125) *Définitions des (hommes) intermédiaires, à Métrodore,* en deux livres.
(126) *Définitions à Métrodore, classées par genre,* en sept livres.
(127) *Définitions des notions relatives aux autres arts, à Métrodore,* I, II.

Deuxième série

(128) *Sur les notions semblables, à Aristoclès,* en trois livres.
(129) *Sur les définitions, à Métrodore,* en sept livres.

Troisième série.

(130) *Sur les objections qui sont faites à tort aux «Définitions», à Laodamas,* en sept livres.
(131) **200** *Considérations persuasives pour introduire aux définitions, à Dioscouridès,* en deux livres.
(132) *Sur les espèces et les genres, à Gorgippidès,* en deux livres.
(133) *Sur les divisions,* en un livre.
(134) *Sur les contraires, à Dionysios,* en deux livres.
(135) *Considérations persuasives concernant les divisions, les genres, les espèces et ce qui a rapport aux contraires,* en un livre.

Quatrième série.

(136) *Sur les étymologies, à Dioclès,* en sept livres.
(137) *Étymologies à Dioclès,* en quatre livres.

Cinquième série

(138) *Sur les proverbes, à Zénodote,* en deux livres.

(139) *Sur les poèmes, à Philomathès*, en un livre.
(140) *Sur la manière dont il faut écouter la lecture des poèmes*, en deux livres.
(141) *Contre les critiques littéraires, à Diodore*, en un livre.

VII. **201** (Écrits se rapportant au) «lieu» éthique, concernant la raison commune et les arts et vertus qui se constituent à partir d'elle.

Première série

(142) *Contre les représentations imaginatives, à Timonax*, en un livre.
(143) *Sur la question de savoir comment nous énonçons et concevons chaque chose*, en un livre[1].
(144) *Sur les notions, à Laodamas*, en deux livres.
(145) *Sur l'opinion, à Pythonax*, en trois livres.
(146) *Démonstrations pour prouver que le sage n'aura pas d'opinions*, en un livre.
(147) *Sur la compréhension, le savoir et l'ignorance*, en quatre livres.
(148) *Sur la raison*, en deux livres.
(149) *Sur l'usage de la raison, à Leptinès*[2].

Deuxième série

(150) *Sur le fait que les Anciens ont accepté la dialectique avec les démonstrations, à Zénon*, en deux livres[3].
(151) **202** *Sur la dialectique, à Aristocréon*, en quatre livres.
(152) *Sur les objections que l'on fait aux dialecticiens*, en trois livres.
(153) *Sur la rhétorique, à Dioscouridès*, en quatre livres.

---

1. Cet ouvrage avait fait l'objet d'un commentaire par le philosophe stoïcien Aristoclès de Lampsaque (*Souda* A 3917). Voir S. Follet, *DPhA* A 368, t. I, p. 381-382, qui propose de l'identifier avec le dédicataire du traité de Chrysippe Περὶ ὁμοίων (VII 199), également connu par l'*Index Stoicorum* (*DPhA* A 366).
2. Il manque sans doute ici le nombre de livres.
3. Cf. J. Brunschwig, « On a book-title by Chrysippus : " On the fact that the ancients admitted dialectic along with demonstrations " », dans H. Blumenthal & H. Robinson (edit.), *Aristotle and the Later Tradition*, coll. *OSAPh Supplement*, Oxford 1991, p. 81-95 (repris dans *Études sur les philosophies hellénistiques. Épicurisme, stoïcisme, scepticisme*, Paris 1995, p. 233-250).

Troisième série

(154) *Sur la disposition, à Cléon,* en trois livres.
(155) *Sur l'art et la privation de l'art, à Aristocréon,* en quatre livres.
(156) *Sur la différence entre les vertus, à Diodore,* en quatre livres.
(157) *Sur le fait que les vertus sont de l'ordre de la qualité,* en un livre.
(158) *Sur les vertus, à Pollis,* en deux livres.

VIII. (Écrits se rapportant au) lieu éthique, concernant les biens et les maux.

Première série

(159) *Sur le bien moral et le plaisir, à Aristocréon,* en dix livres.
(160) *Démonstrations pour prouver que le plaisir n'est pas la fin morale,* en quatre livres.
(161) *Démonstrations pour prouver que le plaisir n'est pas un bien,* en quatre livres.
(162) *Sur ce qui est dit au sujet de...*[1].

1. Le reste du catalogue des œuvres de Chrysippe et toute la fin du livre VII sont perdus. Des manuscrits (P et F) attestent qu'on y traitait des philosophes suivants : Zénon de Tarse, Diogène, Apollodore, Boéthos, Mnésarchidès, Mnasagoras, Nestor, Basilide, Dardanos, Antipatros, Héraclidès, Sosigénès, Panétius, [Hé]caton, Posidonios, Athénodore, un autre Athénodore, Antipatros, Arius et Cornutus. Voir l'Introduction au livre VII, p. 775, n. 2.

LIVRE VIII

Introduction, traduction et notes

par Jean-François BALAUDÉ (1-23 & 51-91)
et
Luc BRISSON (24-50)

INTRODUCTION

Dans le Prologue qu'il donne à son ouvrage, Diogène Laërce déclare que la philosophie a eu une double origine: Anaximandre à l'est, et Pythagore à l'ouest (I, 13). D'où l'importance de la première *Vie* du livre VIII, celle de Pythagore, qui porte sur l'un des initiateurs de la philosophie.

Du reste, à considérer l'ensemble de ce livre, il ne fait pas de doute que cette *Vie de Pythagore* (1-50) domine toutes les autres, la *Vie* d'Empédocle, qui lui fait suite (51-77), constituant un deuxième sommet, un peu moins élevé. Après ces deux premières *Vies*, six autres s'enchaînent, brèves, voire très brèves: celles d'Épicharme (78), Archytas (79-83), Alcméon (83), Hippase (84), Philolaos (84-85) et Eudoxe (86-91). L'ensemble que forment ces huit *Vies* est assez hétéroclite, puisqu'il réunit des pythagoriciens avérés, comme Philolaos, et des penseurs qu'il serait plus juste de qualifier de pythagorisants, tel Empédocle, autrement dit des philosophes qui, pour être proches (à divers titres) du pythagorisme, n'ont sans doute pas appartenu à la secte. De fait, Diogène Laërce distingue précisément entre ceux qu'il désigne nommément au début de chacune des *Vies* comme des «pythagoriciens» (Archytas, Hippase, Philolaos), et les autres, qualifiés d'«auditeurs» de Pythagore (Épicharme, Alcméon), ou d'un pythagoricien (Eudoxe, auditeur d'Archytas), ou même pas (Empédocle[1]). On pourrait imaginer que l'adjectif soit réservé à ceux qui n'ont simplement pas fréquenté Pythagore de son vivant, mais Eudoxe ne reçoit pas le titre; il est seulement l'auditeur de l'un des trois. Le fait d'avoir été auditeur de Pythagore ou d'un

1. Il n'est présenté comme «auditeur de Pythagore» que sur la foi de Timée au § 54. Mais la suite (55 et 56) fait apparaître toutes les incertitudes et les controverses sur la question (cf. *infra* l'introduction à la *Vie d'Empédocle*).

pythagoricien n'implique donc pas que l'on soit qualifié de « pythagoricien », au contraire même, il semble que dans l'usage qu'en fait D. L., les deux formules: pythagoricien/auditeur de..., distinguent deux types d'affiliation: de fait, Épicharme et Alcméon, qui *auraient été* auditeurs de Pythagore, ne se voient pas crédités du titre de pythagoricien (sans doute à raison). Plus flagrant encore est le cas d'Empédocle, qui a peut-être été « auditeur de Pythagore » (en réalité, sûrement pas), ou d'un pythagoricien (mais on ne sait lequel), mais qui en aucun cas ne peut être tenu pour pythagoricien, puisqu'il aurait bafoué leur règle, et se serait approprié leur doctrine.

On peut par ailleurs se demander si la suite des *Vies* dans ce livre suit un ordre précis. Ce n'est en tout cas pas un ordre strictement chronologique, même si cet aspect n'est pas laissé entièrement de côté: ainsi, Pythagore (569-494 av. J.-C. env.), le fondateur de l'école italique, vient logiquement en premier, tandis qu'Eudoxe, le plus jeune des huit (400-355), ferme la marche; mais Épicharme (*ca* 550-460), le second en ancienneté, vient en troisième après Empédocle (490-430 env.), lequel n'est que le cinquième en ancienneté; Hippase, le troisième en ancienneté (530-450), n'arrive qu'en sixième position, tandis qu'Alcméon (520-450 env.), un peu plus âgé qu'Empédocle, vient en cinquième position; chronologiquement, Philolaos (470-385) figure à bon droit avant Eudoxe, mais Archytas (428-348 env.), qui a été présenté en quatrième position, est en fait plus jeune que lui. Tout ceci indique suffisamment que l'ordre suivi n'est pas chronologique, même si D. L. a pu subsidiairement en tenir compte.

Tous les philosophes présentés dans le livre VIII sont liés de près ou de loin au pythagorisme; comme le dit D. L. au § 50 à la fin de la *Vie de Pythagore*: « Puisque nous avons terminé notre exposé sur Pythagore, il faut parler des Pythagoriciens illustres. » On pourrait alors supposer que D. L. a présenté après Pythagore, pour commencer, les pythagoriciens tenus pour les figures fondatrices, ou les plus importantes, ou les plus traditionnelles, et ensuite des figures secondaires, ou novatrices, mais cela n'est que peu satisfaisant: Hippase, Philolaos, Eudoxe, les trois derniers évoqués, peuvent certes passer pour des novateurs – ils illustreraient le clan des pythagoriciens « mathématiciens » –, mais à ce moment-là on ne comprend guère pourquoi Archytas se trouve placé en dehors de ce dernier groupe, et l'unité du premier groupe apparaît bien mal (la présence d'Épicharme, hormis son ancienneté, reste mystérieuse, et celle d'Archytas tout autant).

Je n'aperçois guère qu'une dernière possibilité de rendre compte de l'organisation des *Vies* dans le livre VIII, c'est qu'il se partage selon une distinction, qui serait celle des types de vie philosophique: D. L. commence par les penseurs qui illustrent de manière prédominante un mode de vie ordonné à une exigence éthique, et poursuit avec ceux dont la vie se distingue avant tout par des compétences scientifiques. D'où une première série «éthique»: Pythagore, Empédocle, Épicharme, Archytas, suivie d'une série «scientifique»: Alcméon, Hippase, Philolaos, Eudoxe. Cette hypothèse, qui a le mérite, je vais y revenir, de rendre compte d'à peu près toutes les singularités du livre, nous impose en fait de penser le livre VIII moins comme un livre sur les pythagoriciens, que comme un livre sur le rameau de la philosophie italique, qui se développe à partir de la vie et de l'enseignement du fondateur de cette dernière, à savoir Pythagore, et ce conformément à la déclaration liminaire du livre VIII: «Maintenant que nous avons présenté la philosophie ionienne issue de Thalès, et les hommes qui successivement l'ont le plus marquée, il faut traiter de la philosophie italique qu'inaugura Pythagore» (1). En effet, à la lumière de l'hypothèse, on comprend aisément le rôle en second que joue Empédocle: lui qui n'est clairement pas pythagoricien, et peut-être même pas auditeur de la secte, est installé par D. L. dans la continuité de Pythagore pour ce qui concerne l'éthique. Ceci permet de comprendre également pourquoi la partie doxographique est si réduite dans la *Vie d'Empédocle* (deux paragraphes sur vingt-six). C'est à peu près la même situation pour Archytas, à moindre échelle: le plus remarquable aux yeux de D. L. ce sont les vertus morales et politiques d'Archytas, plus que ses découvertes, rapidement évoquées (83). Sur la *Vie d'Épicharme,* il n'y a pas grand-chose à dire, sinon qu'elle ne confirme ni n'infirme l'hypothèse (son contenu est trop succinct; on note toutefois que les *Mémoires* d'Épicharme sont dits porter «sur la nature, *sur l'éthique* et sur la médecine») (78). *A contrario,* les quatre dernières *Vies* voient l'accent placé sur l'œuvre scientifique, et la part de la doxographie s'y fait plus importante. Les deux brèves *Vies* d'Alcméon et

Hippase ne comportent à peu près que des éléments doxographiques. Et en ce qui concerne la *Vie de Philolaos,* la partie biographique, hormis les anecdotes concernant l'achat du ou des livres par Platon, fait ressortir la tentation de la tyrannie (D.L. agrémente l'allusion d'une épigramme ambiguë sur le sujet); ce qui ressort le plus positivement est alors l'ébauche de doxographie physico-cosmologique, avec la citation du début du traité de Philolaos. La *Vie d'Eudoxe* enfin dresse le portrait de l'homme de science type, si bien que la doxographie se reverse à peu près entièrement dans sa biographie, qui illustre d'un bout à l'autre sa recherche du savoir, depuis sa formation, ses voyages, son enseignement, jusqu'à sa vie publique (rédaction de lois pour sa cité).

Vie de Pythagore

Le plan suivi par Diogène Laërce dans sa *Vie de Pythagore* apparaît quelque peu flottant. Le caractère évident de collage à certains endroits, sans grand souci des liaisons voire des redites, semble de façon générale indiquer l'assez faible estime dans laquelle Diogène Laërce tient Pythagore (ce que confirment les cruelles épigrammes des §§ 44-45, montrant qu'il voit en lui un mystificateur bien plus qu'un homme divin).

Il commence par les origines (1-2), poursuit par la formation (2-3), avant d'introduire le récit des incarnations antérieures (4-5). La controverse autour des écrits est alors présentée (6-8), suivie d'une première série de préceptes pratiques qui en sont extraits (9-10). Est ensuite évoquée la divinité de Pythagore (11), qui tient lieu en somme d'une première étude de caractère, prolongée par la série des découvertes de Pythagore (11-14). C'est seulement à ce moment que Diogène Laërce évoque l'enseignement et la pratique du secret (15-16), suivis d'une liste de symboles et de leur signification, et d'une nouvelle série de règles pratiques (19-24).

La deuxième grande partie de la *Vie* correspond à l'exposé des doctrines de Pythagore d'après Alexandre Polyhistor (24-35; sur le détail de l'exposé, cf. *infra,* p. 930-931), tandis que, dans un troisième temps, Diogène Laërce enchaîne des considérations sur le caractère et les mœurs (36-38), sur la mort (39-45), puis présente les homonymes (46-48) avant d'ajouter quelques notes finales (49-50).

Cette *Vie de Pythagore*, qui constitue à elle seule plus de la moitié du livre VIII, présente de nombreuses stratifications, correspondant à différentes versions et interprétations du pythagorisme. S'il est vrai que la dimension pratique du pythagorisme se trouve le plus mise en avant (conformément à l'hypothèse, cf. *supra*, p. 923), on découvre en même temps des traces d'un pythagorisme religieux, que recoupe partiellement un pythagorisme mystique; et on note également plusieurs références à un pythagorisme médical et scientifique. Tous ces éléments se superposent, puisés à des sources biographiques et doxographiques diverses, nombreuses, souvent hétérogènes.

De fait, Diogène Laërce a eu recours pour cette *Vie*, directement ou non, à des auteurs variés et nombreux. Outre des références assez habituelles, comme celles à Favorinus d'Arles *(Histoire variée)*, à Sotion, cité d'après l'*Abrégé de Sotion* d'Héraclide Lembos, ou encore à Sosicrate et ses *Successions*, D.L. s'appuie sur Héraclide du Pont, platonicien pythagorisant, qui est le premier cité (4 et 5) et qui met l'accent sur le merveilleux (et réapparaîtra largement dans la *Vie d'Empédocle*), et surtout sur Aristoxène le Péripatéticien, auteur qui est le plus souvent cité, et dont Diogène Laërce utilise mainte information biographique (dans un sens en quelque sorte inverse d'Héraclide, il va jusqu'à faire de Pythagore un simple imitateur en matière éthique, cf. § 8); quant à Aristote, auteur d'un ouvrage *Sur les Pythagoriciens*, il n'est cité qu'indirectement par D.L. Ce dernier puise encore à d'autres sources, historiques et biographiques, à Hermippe de Smyrne, auteur d'un *Sur Pythagore*, à Timée de Taormine, l'historien de la Sicile (cf. 10-11), ensuite largement utilisé pour la *Vie d'Empédocle*; ponctuellement, il fait référence à des auteurs comme Aristippe de Cyrène *(Sur les recherches naturelles)*, Hiéronymos de Rhodes, ou encore Anticlidès *(Sur Alexandre)*. Enfin, comme on l'a déjà signalé, un emprunt capital est fait, longuement, à Alexandre Polyhistor (24-35), qui reprend lui-même un *Mémoire pythagoricien*. L'appréciation des éléments doctrinaux que contient ce dernier, leur originalité et leur datation, a d'ailleurs donné lieu à d'importantes controverses.

En dehors des données biographiques, qui mêlent des renseignements historiques précis, et parfois contradictoires entre eux, et des récits merveilleux, proprement légendaires, les présentations doxographiques mettent donc elles-mêmes diversement l'accent sur le mode de vie, et sur des aspects doctrinaux (essentiellement éthiques) présentés selon des grilles de lecture variées: religieuse (s'appuyant sur les *sumbola* pris littéralement, cf. *infra*), allégorique (en référence à ces *sumbola* interprétés), ou franchement rationaliste (lorsque sont évoquées, bien qu'assez allusivement, les investigations de nature scientifique ou technique: géométrie, musique, médecine). L'image de Pythagore résultant de ces diverses informations est contrastée et quelque peu brouillée : tantôt celle d'un homme divin, tantôt celle d'un scientifique, mathématicien, médecin, ou encore d'un homme soucieux de politique ou, plus largement et plus volontiers, d'éthique.

Ce « conglomérat » doxo-biographique, effet d'une stratification historique complexe, empile des éléments qui sont loin de se compléter parfaitement, et les études pythagoriciennes, dans la difficile tâche de dégager et distinguer ces différentes strates[1], parviennent plus facilement à délimiter des moments différents de l'évolution du mouvement pythagoricien, qu'à isoler ce qui peut revenir à Pythagore lui-même.

Bien qu'il soit sans doute périlleux de prendre position sur la question, il paraît utile, afin d'aider la lecture de cette *Vie de Pythagore,* de tracer une esquisse touchant le mouvement possible de « composition » des images de Pythagore. Le noyau originel correspond probablement au fond religieux, dont on trouve la trace dans Diogène Laërce, et qui nous présente un Pythagore thaumaturge, homme absolument exceptionnel, divin (cf. le récit des incarnations, d'après Héraclide, aux §§ 4-5; cf. aussi le § 11). S'il est des éléments biographiques qui touchent au personnage historique Pythagore, ce doivent être ceux-là (bien qu'ils nous parviennent en même temps teintés de merveilleux, signe de l'embellissement progressif de la figure du maître divin, et ce dès l'œuvre d'Héraclide du Pont). Et cet homme hors du commun est avant tout un homme de préceptes, un homme qui, imprégné de schèmes religieux, inaugure une éthique (doublée d'une diététique): en témoignent les §§ 9-10, et 12-13 notamment.

1. Évidemment, ceci ne vaut pas seulement pour D. L., mais aussi bien pour les *Vie de Pythagore* de Porphyre et Jamblique.

Découle de cela tout d'abord le souci premier de fonder un mode de vie, caractérisé par la pureté, par la complète maîtrise de soi, dans l'observance de règles de vie. Cette visée de pureté n'est pensable que dans une communauté, qui n'est pas celle de la cité, mais celle bien plus restreinte et parfaitement unie des *philoi*, de ceux qui, adhérant à l'idéal de vie prôné par Pythagore, aux règles édictées par lui, renoncent à leurs biens qu'ils confient à la communauté (cf. 10 et 16). Il semble qu'en fonction de cela une série de cercles, des plus étroits aux plus larges, rayonne autour du fondateur, des cercles des initiés jusqu'à la cité, dont la communauté pythagoricienne ne s'est pas détournée, si l'on en juge d'après l'expérience historique qui prit forme en particulier à Crotone (à laquelle la *Vie* fait allusion, § 3 ; cf. aussi § 16, à propos de la formation des législateurs Zaleucos de Locres et Charondas de Catane). Il faut donc comprendre à la fois que le pythagorisme s'est constitué en secte, sur le modèle de certains cultes à mystère, notamment l'orphisme (une tradition dont Diogène Laërce se fait l'écho, cf. § 8, prétend d'ailleurs que Pythagore aurait composé sous le nom d'Orphée certains écrits, indice d'une proximité peut-être en partie projetée rétrospectivement par une tradition postérieure), fonctionnant sur le principe du secret et de l'initiation progressive à un savoir de toute façon dissimulé (c'est la fonction des *sumbola*, dont quelques exemples sont donnés en 17-18), et qu'il s'est aussi soucié d'étendre au-delà de la secte, sous certaines conditions restrictives, son message – c'est le versant politique du pythagorisme. Du reste, aussi bien dans la *Vie de Pythagore* que dans les suivantes, Diogène Laërce ne manque pas de mentionner les traductions politiques du pythagorisme (d'Empédocle à Archytas, mais aussi Eudoxe).

Découlent encore de cet ensemble de données les préceptes de vie, et en particulier les préceptes alimentaires. On s'abstiendra généralement de consommer de la chair animale, mais pas toujours, et en tout cas l'abstention semble au départ avoir été sélective (cf. 12 et 19). De fait, le premier pythagorisme semble avoir envisagé envers les animaux divers types de comportement, de la situation ordinaire (de nature ascétique, plutôt végétarienne) à celle exceptionnelle où doit impérativement s'exprimer la piété (ainsi à l'occasion d'une découverte, § 12). Plusieurs éléments donnent en tout cas à penser qu'ordinairement, même pour les membres de la secte, ce n'était pas un végétarisme strict qui était prôné, car nous apprenons par Aristoxène que des distinctions étaient faites entre divers types d'animaux: ceux qui peuvent éventuellement être consommés; ceux qui ne peuvent absolument pas l'être; ceux qui peuvent parfois l'être (19-20). Par ailleurs, les règles alimentaires semblent avoir été modulées en fonction des types de consommateurs et de leurs besoins : ainsi l'athlète (l'homme de la force; cf. 12, sur Eurymène) a d'autres besoins que le sage (dans l'abstinence de viande, c'est le progrès spirituel qui est visé, cf. 12-13), tandis que pour l'homme du commun on semble admettre un comportement alimentaire traditionnel, non réformé (ce que lui reproche Diogène Laërce dans son épigramme reproduite en VIII 44; une telle distinction est précisément ce qu'Empédocle refusera: la règle doit absolument être universalisée, le végétarisme doit être la loi pour tous). On peut d'ailleurs rapprocher ceci de l'image de la panégyrie (8), la tripartition pouvant recevoir un équivalent alimentaire.

A partir de cet ensemble magico-éthico-alimentaire qui relève du fond primitif du pythagorisme, se greffe ultérieurement et progressivement un ensemble spéculatif, qui renforce les ébauches théoriques primitives, et s'attache à réinterpréter les préceptes pratiques. De là l'émergence des deux groupes pythagoriciens concurrents, les acousmatiques et les mathématiciens, dont il n'est toutefois pas nommément question dans Diogène Laërce (cf. en revanche Jamblique, *De vita pythag.* 80-89). Les acousmatiques sont les tenants du pythagorisme orthodoxe, traditionnel, attachés spécialement aux *akousmata* ou *sumbola,* face auxquels les mathématiciens apparaissent comme des novateurs, davantage tournés vers un programme scientifique de recherche. Hippase peut avec raison être considéré comme le fondateur historique de la mouvance « mathématique », mais D. L. n'en dit rien. Quant à Philolaos, qui entre clairement dans cette mouvance, il n'est pas non plus distingué comme tel. Toutefois, D. L. ne se fait pas faute de mentionner l'accusation de divulgation de doctrine dont on le crédite (avec Empédocle, dans la *Vie de Pythagore,* cf. 15) : cette rupture, de l'intérieur de l'école, avec la tradition du secret, a bien des chances de renvoyer à ce nouveau pythagorisme « mathématique ». C'est pourquoi, dans ce livre VIII, la mise en accusation de Philolaos ainsi répercutée et véhiculée tend à faire de ce dernier, plus que d'Hippase (à propos duquel rien de comparable n'est insinué), le véritable «liquidateur» du pythagorisme originel.

Ce qui se développe largement dans ce deuxième temps de l'histoire du pythagorisme ancien, ce sont d'une part les spéculations physico-mathématiques, évoquées avant tout dans le *Mémoire pythagoricien* (25-29 essentiellement) qui les attribue à Pythagore lui-même, et fugitivement au § 14, mais avec des échos ultérieurs dans les autres *Vies* (à l'exception de la *Vie d'Épicharme*, et, ce qui est plus surprenant, du moins pour la spéculation physique, de la *Vie d'Empédocle*), d'autre part une psychologie que l'on voit affleurer aux §§14, 20, 22, et plus encore dans le *Mémoire pythagoricien* (28-32). La question de la *psuchè* dans le pythagorisme est au demeurant une des plus délicates qui soit, puisqu'elle véhicule avec elle le problème de la métempsycose (ou, pour le dire plus exactement, celui de la transmigration des âmes). Sur l'antiquité de cette doctrine, les spécialistes sont partagés. Toutefois, plusieurs arguments conduisent à considérer le dogme de la métempsycose comme l'effet d'une élaboration théorique progressive[1], qui a pu au départ être la mise en forme d'expériences mentales qualifiées par certains de «shamanisme» (en vérité, de façon quelque peu abusive). A cet égard, il est difficile de statuer sur l'ancienneté et le sens du récit des incarnations que Diogène Laërce reprend d'Héraclide du Pont (4-5), ou de l'affirmation du § 14, concernant les multiples passages de l'âme dans les vivants, suivant le cercle de la nécessité. Et pour le dire en une formule, il y a bien des chances que le pythagorisme se soit sur ce point platonisé, quand Platon laissait

1. Je me permets de renvoyer à mon étude «Parenté du vivant et végétarisme radical. Le "défi" d'Empédocle», dans B. Cassin et J.-L. Labarrière (édit.), *L'Animal dans l'Antiquité*, Paris 1997, p. 31-53, qui résume des analyses plus développées de ma thèse de doctorat *Le Démon et la communauté des vivants: étude de la tradition d'interprétation antique des* Catharmes *d'Empédocle, de Platon à Porphyre* (soutenue à l'Université Charles de Gaulle - Lille III, le 15 février 1992).

croire lui-même qu'il pythagorisait[1]. La longue citation du *Mémoire pythagoricien* pose quant à elle des problèmes analogues, mais spécifiques, sur l'authenticité des dogmes introduits.

Diogène Laërce entame en effet un exposé des doctrines de Pythagore (24-35) en se fondant sur l'autorité d'Alexandre Polyhistor qui, dans ses *Successions des philosophes*, présentait un exposé de ces doctrines d'après un *Mémoire pythagoricien* qu'il prétendait avoir trouvé. Le terme « mémoire » traduit le grec ὑπομνήματα qui signifie, à proprement parler, « aide-mémoire ». Comme les Pythagoriciens étaient tenus au secret, ils ne transmettaient leurs doctrines que de bouche à oreille ; et lorsqu'ils se résolvaient à utiliser l'écrit, ils rédigeaient non pas des traités systématiques, mais des notes qui devaient prendre le relais d'une mémoire défaillante et qu'ils considéraient donc comme des aide-mémoire (ὑπομνήματα) ou plus naturellement des mémoires. A la fin de son exposé (34), Diogène Laërce nous apprend qu'une partie de ces informations se trouvait aussi chez Aristote dans son ouvrage *Sur les Pythagoriciens*.

Cet exposé comprend deux parties, l'une où sont explicitées les doctrines proprement dites et l'autre où sont énumérées les maximes : la première partie plus théorique devait correspondre à l'enseignement dispensé au groupe des « mathématiciens », tandis que les maximes devaient correspondre aux préceptes destinés aux « acousmatiques » (sur cette distinction, cf. Jamblique, *De vita pythag.* 80-89).

Comme l'a fait remarquer Festugière[2], la première partie de cet exposé présente un plan mis en lumière par Diels et qui pourrait bien remonter aux *Physikôn doxai* de Théophraste :

(1) Sur les principes (25)
(2) Sur l'univers (25)
(3) Sur la terre (26)
(4) Sur l'âme (28) et (30-32)
- nature et siège (28)

1. Mais ce qu'indique en fait le *Phédon*, n'est-ce pas un programme inverse de la part de Platon : réaliser de manière consistante une théorisation de l'âme, présentée comme encore balbutiante chez les Pythagoriciens ?

2. « Les "Mémoires pythagoriques" cités par Alexandre Polyhistor », *REG* 58, 1945, p. 1-65.

- parties (30)
- immortalité (30)

(5) Sur le corps (27-28)

(6) Problèmes d'embryologie (28-29).

La section sur les principes attribue à Pythagore des doctrines que, dans la *Métaphysique*, Aristote attribue à l'Ancienne Académie. Et tout ce qui suit semble pouvoir être considéré comme une exégèse du *Timée* de Platon, où se manifeste une très forte influence stoïcienne.

A la suite de cet exposé théorique, on trouve une présentation de l'éthique pythagoricienne qui était véhiculée à travers un corps de maximes orales (ἀκούσματα) susceptibles d'une double entente (d'où leur appellation de σύμβολα), et dont on trouve une liste longue, mais non exhaustive, au chapitre 21 du *Protreptique* de Jamblique.

Diogène Laërce passe ensuite à la section sur le caractère, le tempérament, et les mœurs de Pythagore et des Pythagoriciens qu'il illustre à l'aide d'anecdotes et d'apophtegmes. Pythagore et les Pythagoriciens y apparaissent comme des personnages arrogants, qui soumettent ceux qui veulent entrer dans leur groupe à des épreuves ridicules, qui sont répugnants comme des Cyniques, qui se préoccupent essentiellement de s'abstenir de toute nourriture carnée et qui croient à la réincarnation. Diogène Laërce, qui semble préférer l'épicurisme, ne montre donc aucune tendresse à l'égard de Pythagore et des pythagoriciens qu'il assimile à des charlatans.

Puis se trouve évoquée la mort de Pythagore, à laquelle se rapportent quelques épigrammes (39-45). Cette section est très développée, car les traditions concernant la mort de Pythagore sont nombreuses et présentent d'importantes divergences. On peut penser que ces divergences s'expliquent en dernière instance par le fait que la mort de Pythagore n'a pas été édifiante : qu'il ait été tué au cours de la révolte contre les pythagoriciens à Crotone ou qu'il se soit enfui quelque temps auparavant, une telle fin n'était pas digne d'un homme auquel on attribuait des pouvoirs divinatoires. Diogène Laërce profite du contexte pour évoquer l'imposture d'un Pythagore qui, avec l'aide de sa mère, met en scène une descente aux Enfers.

Diogène Laërce passe ensuite aux homonymes (46-48) qui sont nombreux. La référence faite au témoignage d'Ératosthène présente un intérêt particulier dans la mesure où ce dernier pourrait bien être à l'origine d'un grand nombre de difficultés relatives à la chronologie de Pythagore, à ses rapports avec le monde de l'athlétisme et à certaines incohérences en ce qui concerne son abstinence de toute nourriture carnée.

Et la *Vie* se termine sur quelques notes diverses (49-50). On y trouve une épigramme en l'honneur du jeune Pythagore, l'athlète, et une lettre de Pythagore à Anaximène ; enfin, Diogène Laërce évoque rapidement quelques Pythagoriciens célèbres.

Les *Vies* des successeurs de Pythagore dessinent, avec leurs singularités, les divers prolongements possibles du pythagorisme, d'abord, comme on l'a dit, dans une direction éthique (Empédocle, Épicharme, Archytas de façon prédominante), ensuite dans une voie scientifique (Alcméon, Hippase, Philolaos, Eudoxe). Mais tous couvrent au moins un champ de recherche scientifique, que ce soit la physique (Empédocle, Alcméon, Hippase, Philolaos), la médecine (Empédocle, Épicharme, Alcméon, Eudoxe), ou les mathématiques (Archytas, Eudoxe). On retrouve ainsi, totalement diffractées dans la série des *Vies*, les évolutions théoriques dont était porteur l'enseignement de Pythagore.

Vie d'Empédocle

A lire la *Vie d'Empédocle*, les raisons de voir figurer cet auteur en deuxième position du livre, derrière Pythagore, semblent claires, puisque plusieurs sources le présentent comme un disciple de Pythagore (dès la fin de la *Vie de Pythagore*, cf. § 50 ; c'est du reste chronologiquement impossible), ou de pythagoriciens.

L'évidence dissimule pourtant une série de questions qui rendent au total assez problématique la situation de cette *Vie*. De fait, Empédocle n'est pas le successeur de Pythagore, et non seulement il n'est pas présenté comme un pythagoricien orthodoxe (il n'est pas dit *puthagorikos*), mais son statut même d'« auditeur de Pythagore » est incertain, et pour couronner le tout, D. L. rapporte l'accusation de vol de doctrine, qui implique à la fois qu'Empédocle ait eu accès à l'enseignement pythagoricien, et qu'il ne soit pas réellement pythagoricien ; de sorte que l'on a bien des raisons de se demander en quel sens Empédocle est à considérer comme un pythagoricien. La double filiation établie aux §§ 54-56, qui rattache Empédocle à Pythagore d'une part (Timée-Néanthe), à Parménide de l'autre (Théophraste), est parlante à cet égard ; elle témoigne d'une relative incertitude du biographe, et donc de la tradition (cf. la multiplication des hypothèses touchant la filiation d'Empédocle : Hermippe et Alcidamas § 56).

Il y aurait donc lieu, pour le moins, d'hésiter, mais Diogène Laërce choisit finalement de lier Empédocle à Pythagore (ne s'agit-il pas aussi d'équilibrer les filiations?), présentant ainsi à la suite les deux représentants les plus marquants de la philosophie italique, Pythagore le fondateur de cette philosophie de l'Ouest, et Empédocle en somme son deuxième fondateur, à la fois proche et très distant, Diogène Laërce ne le cache pas.

La *Vie d'Empédocle* se caractérise en outre par la faible place accordée à la doxographie (76-77), et inversement par l'attention portée aux « faits » d'Empédocle. La figure d'Empédocle, sur l'ensemble de la *Vie,* est nettement campée, et le versant éthique et politique l'emporte largement. Empédocle y est présenté comme un personnage hors du commun, mais aussi un peu hâbleur et peut-être surfait – D. L. se garde en tout cas de vraiment trancher la question. Il présente ainsi de manière assez équilibrée des points de vue contraires sur Empédocle, thaumaturge selon Héraclide du Pont, homme d'art et de science suivant Aristote ou Timée.

Enfin, la mort d'Empédocle est significativement présentée en plusieurs versions concurrentes, totalement hétérogènes, dont celle de la fameuse disparition dans l'Etna. Diogène Laërce relate pour commencer (67 à 70), en partant de la version d'Héraclide du Pont (suivie de modifications et de développements), le passage du sage à un autre monde, sa disparition et sa divinisation. Mais il oppose ensuite à ces versions merveilleuses la critique historique et rationaliste de Timée, et ce qui s'y rattache (71-75). L'image d'Empédocle qui résulte de l'ensemble de la *Vie* est ainsi jusqu'au bout remarquablement ambiguë.

Les autres Vies

Les *Vies* suivantes se présentent de façon apparemment décousue, mais répondent peut-être malgré tout à une logique envisagée précédemment (cf. p. 922-923). Ainsi, Diogène Laërce enchaîne (78) avec un auteur sans doute un peu plus âgé, et non moins singulier qu'Empédocle, qui est Épicharme le poète, avant tout connu comme auteur de comédies, mais aussi pour ses sentences philosophiques. En fait, sa *Vie* très brève et bien décevante pour son contenu ne justifie le rattachement d'Épicharme au pythagorisme que par l'indication laconique qu'il a été l'« auditeur de Pythagore ». Le reste est très anecdotique. On peut supposer que la même source, qui attribuait à Pythagore un *Hélothalès* (7), nom du père d'Épicharme (cela est rappelé § 78), a pu conduire Diogène Laërce à l'intégrer au livre VIII. De fait, Épicharme figure bien ici au titre de philosophe (rien n'est dit de ses comédies), mais il n'y a guère que la mention de *Mémoires* organisés selon une structure tripartite (nature, éthique, médecine) pour nourrir l'image d'un Épicharme philosophe. Et pourtant, Diogène Laërce avait lui-même repris des parallèles nombreux entre Épicharme et Platon, dans la *Vie de Platon* (III 9-17), supposés établir un plagiat de la part de ce dernier.

Viennent ensuite seulement des Pythagoriciens que l'on pourrait dire orthodoxes, manifestement ancrés dans la tradition pythagoricienne, s'il ne fallait, comme on l'a déjà entrevu, introduire quelque nuance. Se succèdent en effet, comme on l'a dit, Archytas, Alcméon, Hippase, Philolaos et Eudoxe. Or Alcméon, ainsi intercalé entre Archytas et Hippase, peut difficilement être tenu pour un pythagoricien (rappelons que D. L. le qualifie seulement d'« auditeur de Pythagore », à la façon d'Épicharme). Son rattachement au pythagorisme tient à ses théories médicales, considérées comme le prolongement de l'enseignement de Pythagore en la matière (la filiation peut venir d'Aristote, ou du moins être inférée du rapprochement qu'il fait en *Métaphysique,* A 5, 986 a). Pour ce qui concerne Eudoxe, dont la *Vie* clôt le livre, après celle de Philolaos, il semble ne devoir cette place qu'au fait d'avoir été le disciple d'Archytas ; il ne reçoit pas lui non plus le titre de pythagoricien. Eudoxe est ainsi traité, à la façon d'Empédocle ou d'Alcméon, comme un pythagorisant « hors secte ».

Restent trois « pythagoriciens », qualifiés comme tels, Archytas, Hippase, Philolaos. La *Vie d'Archytas* (79-83), plus longue que les deux autres, est décevante du point de vue doctrinal. Elle est avant tout précieuse pour les deux lettres qui sont reproduites, l'une d'Archytas à Platon, l'autre de Platon à Archytas, concernant l'achat par Archytas, pour le compte de Platon, de *Mémoires* d'Occelos. Diogène Laërce insiste sur les qualités politiques éminentes d'Archytas (elles le distinguent parmi les philosophes du livre VIII) et signale en passant ses contributions scientifiques. La *Vie d'Hippase* (84), qui représente moins de dix lignes, est la plus brève de tout le livre ; mais Diogène Laërce y consigne un beau résumé doxographique sur le temps et le Tout, en des termes qui annoncent Philolaos. Précisément, à la suite vient la *Vie de Philolaos,* qui donne le plus d'espoir, mais au total le plus de frustation. Car sur ce pythagoricien majeur, Diogène Laërce ne s'étend finalement guère (84-85), juste assez toutefois pour souligner le lien entre Philolaos et Platon (que ce dernier lui ait acheté des livres pythagoriciens, ou qu'il se soit procuré son livre à lui, plagié dans le *Timée*), et pour donner, hormis de très brefs renseignements doxographiques, le début de son traité *Sur la nature* (B 1 DK).

Le bilan de l'ensemble est fortement mitigé. Il n'est pas excessif de dire que Diogène Laërce ne manifeste guère d'estime dans l'ensemble pour la branche pythagoricienne de la philosophie, qui prend l'allure, d'après certaines sources reproduites, et d'après ses propres épigrammes, d'un repaire de faussaires, plagiaires, voire mystificateurs ou ambitieux. Diogène Laërce toutefois ne se contente pas de charger ces philosophes: les *Vies* de Pythagore et d'Empédocle apparaissent de ce point de vue, dans la présentation des faits, relativement nuancées. Et quelques pythagoriciens semblent échapper à la sévérité du jugement de Diogène Laërce: Épicharme et Alcméon ne sont accusés d'aucun mal, le portrait d'Eudoxe apparaît plutôt positif, et Archytas est même présenté par Diogène Laërce comme une figure digne, sinon admirable*.

---

* La traduction du livre VIII a été revue par M. Patillon, M. Narcy, T. Dorandi et R. Goulet. Qu'ils trouvent ici l'expression de notre reconnaissance.

BIBLIOGRAPHIE SUR LE LIVRE VIII

Éditions

Jamblique, *Protreptique,* texte établi et traduit par É. DES PLACES, CUF, Paris 1989.

Jamblique, *Vie de Pythagore,* introduction, traduction et notes par L. BRISSON et A.-Ph. SEGONDS, Paris 1996.

Porphyre, *Vie de Pythagore – Lettre à Marcella,* texte établi et traduit par É. DES PLACES, avec un appendice d'A.-Ph. SEGONDS, CUF, Paris 1982.

Études

BALAUDÉ J.-F., « Parenté du vivant et végétarisme radical. Le "défi" d'Empédocle », dans B. CASSIN et J.-L. LABARRIÈRE (édit.), *L'Animal dans l'Antiquité*, Paris 1997, p. 31-53.

BALAUDÉ J.-F. et BOLLACK J., article « Empédocle », dans J.-F. MATTÉI (édit.), *Encyclopédie philosophique*, t. III *Les Œuvres philosophiques,* Paris 1992, p. 124-127.

BOLLACK J., *Empédocle*, t. I : *Introduction à l'ancienne physique* ; t. II : *Les Origines. Édition critique et traduction des fragments et des témoignages*; t. III : *Les Origines. Commentaire,* 1 et 2, Paris 1965 et 1969.

BIDEZ J., *La Biographie d'Empédocle,* Gand 1894.

BIGNONE E., *Empedocle, studio critico*, Torino 1916.

BURKERT W., *Weisheit und Wissenschaft* : *Studien zu Pythagoras, Philolaos und Platon,* Nuremberg 1962 ; trad. angl. avec révisions, *Lore and Science in Ancient Pythagoreanism* par E. L. MINAR, Cambridge (Mass.) 1972.

ID., « Craft versus sect : the problem of Orphics and Pythagoreans », dans B. F. MEYER et E. P. SANDERS éd., *Self-Definition in the Graeco-Roman World*, London 1982, p. 1-22.

CAMPAILLA S., « La leggenda di Empedocle », dans *Filologia e forme letteraria. Studi offerti a F. della Corte*, Urbino 1987, t. V, p. 659-670.

CAVEING M., *La Figure et le Nombre. Recherches sur les premières mathématiques des Grecs*, Lille 1997.

CHITWOOD A., « The Death of Empedocles », *AJPh*, 107, 1986, p. 175-191.

CENTRONE B., « L'VIII libro delle "Vite" di Diogene Laerzio », dans *ANRW* II 36, 5, Berlin 1992, p. 4183-4217.

DELATTE A., *Études sur la littérature pythagoricienne*, Paris 1915.

ID., *Essai sur la politique pythagoricienne*, Liège-Paris 1922, réimpr. Genève 1979.

ID., *La Vie de Pythagore de Diogène Laërce*, Édition critique avec introduction & commentaire, Bruxelles 1922.

FESTUGIÈRE A.J., « Les "Mémoires pythagoriques" cités par Alexandre Polyhistor », *REG* 58, 1945, p. 1-65, repris dans *Études de philosophie grecque*, Paris 1971, p. 371-435.

GALLAVOTTI C., *Empedocle, poema fisico e lustrale*, Verona 1975.

GOTTSCHALK H.B., « Soul as Harmonia », *Phronesis* 16, 1971, p. 179-198.

HUFFMAN C.A., *Philolaos of Croton, Pythagorean and Presocratic. A Commentary on the Fragments and Testimonia with interpretative Essays*, Cambridge 1993.

INWOOD B., *The Poem of Empedocles*, Toronto 1992.

KAHN C.H., « Pythagorean Philosophy before Plato », dans A. P. D. MOURELATOS (édit.), *The Presocratics*, New York 1974, p. 161-185.

KARSTEN S., *Empedoclis Agrigentini carminum reliquiae*, Amsterdam 1838.

LASSERRE F., *Die Fragmente des Eudoxos von Knidos*, Berlin 1966.

ID., *La naissance des mathématiques à l'époque de Platon*, Fribourg-Paris 1990.

LÉVY I., *Recherche sur les sources de la légende de Pythagore*, Paris 1926.

MADDALENA A., *I Pitagorici*, Bari 1954.

MATTÉI J.-F., *Pythagore et les pythagoriciens*, coll. QSJ n° 2732, Paris 1993.

O'BRIEN D., *Empedocles'Cosmic Cycle*, Cambridge 1969.

ID., *Pour interpréter Empédocle* , Paris 1981.

PHILIP J. A., *Pythagoras and Early Pythagoreanism*, Toronto 1966.

RATHMANN W., *Quaestiones Pythagoreae Orphicae Empedocleae*, Halle 1933.

REINHARDT K., « Empedokles, Orphiker und Physiker », *CP* 45, 1950, p. 170-179.

SCHIBLI H. S., *Pherecydes of Syros*, Oxford 1990.

STEIN H., *Empedoclis Agrigentini Fragmenta*, Bonn 1852.

STEPHANUS H., *Reliquiae poesis philosophicae, Empedoclis ...*, Paris 1573.

STURZ F. W., *Empedocles Agrigentinus*, Leipzig 1805.

THESLEFF H., *An Introduction to the Pythagorean Writings of the Hellenistic Period*, Åbo 1961.

ID., *The Pythagorean Texts of the Hellenistic Period*, Åbo 1965.

WEST M. L., *Early Greek Philosophy and the Orient*, Oxford, 1971.

WILAMOWITZ-MÖLLENDORFF U. von, « Die Καθαρμοί des Empedokles », *Sitz.-ber. d. Akad. Berlin*, 1929, n° 27, p. 626-661 (repris dans *Kleine Schriften* I, Berlin 1935, p. 473-521).

WRIGHT M. R., *Empedocles: the Extant Fragments*, Yale 1981.

ZHMUD L., *Wissenschaft, Philosophie und Religion im frühen Pythagoreismus*, Berlin 1997 [cet ouvrage n'a malheureusement pas pu être consulté].

ZUNTZ G., « Empedokles' Katharmoi », dans *Persephone. Three Essays on Religion and Thought in Magna Graecia*, Oxford 1971, Book two, p. 179-274.

PYTHAGORE

Origines

1 Maintenant que nous avons présenté la philosophie ionienne issue de Thalès, et les hommes qui successivement l'ont le plus marquée[1], il faut traiter de la philosophie italique[2] qu'inaugura Pythagore[3], fils de Mnésarque, qui était ciseleur de bagues ; il était, au dire d'Hermippe[4], samien[5], ou bien, selon Aristoxène[6], tyrrhénien, originaire de l'une de ces îles[7] que tenaient les Athéniens après leur victoire sur les Tyrrhéniens[8].

Certains disent qu'il était le fils de Marmakos[9], lui-même fils d'Hippase, fils d'Euthyphron, fils de Cléonyme, exilé de Phlionte,[10] et que Marmakos vivait à Samos, d'où vient qu'on nommait Pytha-

---

1. Sur Thalès comme premier représentant de la philosophie ionienne, cf. R. Goulet, introduction au livre I, p. 45-50.

2. Cf. le Prologue, I 13 et 15.

3. 569-494 av. J.-C. env.

4. Fr. 19 Wehrli. Hermippe, déjà très largement utilisé dans les livres précédents des *Vies,* sera encore cité neuf fois au cours de ce livre.

5. L'origine la plus couramment invoquée par les sources.

6. Fr. 11 a Wehrli. Philosophe biographe et spécialiste de musique (375-315/305 av. J.-C.). Sa biographie de Pythagore est une source fort importante pour D. L., et on peut la considérer, notamment en raison de son ancienneté, pour relativement fiable. Cf. B. Centrone, art. « Aristoxène » A 417, *DPhA,* I, p. 590-593.

7. Voir Note complémentaire 1 (p. 1020).

8. Ce terme, désignant d'ordinaire les Étrusques, s'applique ici aux habitants des îles du nord-est de la mer Égée ; cf. Note complémentaire 1 (p. 1020).

9. Delatte (*Vie,* p. 148) rapprochait cette opinion isolée de celle qui donne à Pythagore un fils du nom de Mamerkos (Plutarque, *Vie de Paul-Émile* 2, 1, et *Vie de Numa* 8, 11 ; Festus, *s.v. Aemilia*).

10. Ville d'Argolide. Cf. de même Porphyre, *V. Pyth.* 5. Plus loin, D. L. rapporte la fameuse anecdote plaçant face à face Pythagore et Léon, tyran de Phlionte (§ 8).

gore « samien ». **2** Venu à Lesbos, il fut recommandé à Phérécyde[1] par son oncle Zoilos[2]. Et il emporta en Égypte trois coupes d'argent qu'il avait façonnées[3], pour en faire don à chacun des grands prêtres[4]. Il eut un frère aîné, Eunomos[5], et un frère cadet, Tyrrhénos[6]; et il eut pour esclave Zamolxis[7], auquel les Gètes sacrifient (car ils le considèrent comme Cronos), ainsi que le dit Hérodote[8].

Formation

Pythagore fut d'abord, comme on l'a dit, l'auditeur de Phérécyde de Syros[9]; après la mort de ce dernier, il alla à Samos et fut l'auditeur

---

1. Phérécyde de Syros (une des Cyclades), qui est deux phrases plus loin présenté comme le maître de Pythagore. Cf. p. ci-dessous n. 9.

2. On ne sait rien sur ce Zoilos, dont le nom lui-même est rare (il y a eu un Zoilos sophiste du IVe s. av. J.-C., critique d'Homère, surnommé « le fléau d'Homère »). Diels-Kranz ne retiennent pas ce témoignage pour Phérécyde.

3. C'est le sens que je retiens pour κατασκευασάμενος. Le père de Pythagore, ciseleur de bagues, pouvait avoir appris à son fils à forger des coupes.

4. Delatte, *Vie de Pythagore*, p. 11 et p. 149, fait observer que la phrase est étrangère au contexte immédiat, qui a trait à la famille de Pythagore ; ce ne serait plus que le « débris » d'une anecdote plus complète. Toutefois, il est à nouveau question de l'Égypte dès le § 3 ; cette anecdote est donc en quelque sorte décalée à l'endroit qu'elle occupe.

5. Εὔνομος. Porphyre, s'appuyant sur Néanthe (*V. Pyth.* 2) et Diogène Antoine (*V. Pyth.* 10), désigne ce frère aîné sous le nom probablement plus juste d'Εὔνοστος.

6. Le nom de ce frère cadet est certainement à rapprocher de l'origine tyrrhénienne de Pythagore évoquée au § 1. Pour D. Briquel (*Les Pélasges en Italie. Recherches sur l'histoire de la légende*, coll. *BEFAR*, Rome, Palais Farnèse, 1984, p. 111-112), ce nom plaide même en faveur d'un rapprochement, dès le VIe siècle, entre Tyrrhènes/ Étrusques et Pélasges.

7. Plus connu sous l'autre orthographe Zalmoxis. Sur ce personnage, qui joue un rôle important dans les romans concernant Pythagore, voir F. Hartog, *Le Miroir d'Hérodote*, Paris 1980, chap. 3 « Frontière et altérité » – Salmoxis : le Pythagore des Gètes, p. 102-125, qui met en évidence le jeu de miroir entre les deux personnages : « Salmoxis renvoie à Pythagore et Pythagore à Salmoxis » (p. 118).

8. Cf. Hérodote, IV 94-95, qui évoque bien le culte rendu à Zalmoxis par les Gètes, ainsi que son statut d'esclave de Pythagore, mais l'ultime précision placée entre parenthèses n'y figure pas (cf. à ce propos Delatte, *Vie*, p. 149-150).

9. D.L. semble faire référence à I 15, où il mentionnait Phérécyde comme le maître du fondateur de la philosophie italique, c'est-à-dire Pythagore. Néanmoins, c'est à la fin du livre I, le livre des sages, qu'est placée la *Vie de Phérécyde* (116-121) ; Phérécyde ne dispute donc pas la place de fondateur à Pythagore

d'Hermodamas[1] (le descendant de Créophyle[2]), déjà bien âgé. Comme il était jeune et avide de savoir, il voyagea hors de sa patrie, et fut initié à tous les mystères, aussi bien grecs que barbares. **3** Ainsi donc, il se rendit en Égypte, et c'est alors que Polycrate[3] le recommanda par lettre à Amasis[4]; il apprit même leur langue, comme le dit

---

(comme Thalès par rapport à Anaximandre, mais pour des raisons différentes; cf. sur ce point R. Goulet, « Des sages parmi les philosophes. Le Premier livre des *Vies des philosophes* de Diogène Laërce », dans *ΣΟΦΙΗΣ ΜΑΙΗΤΟΡΕΣ, Chercheurs de sagesse, Mélanges Jean Pépin,* Paris 1992, p. 173, n. 11). La filiation entre Pythagore et Phérécyde, qui aurait eu son *akmè* en 544, est du reste traditionnelle (cf. Jamblique, *De vita pythag.* 9 et 11, et là-dessus, Delatte, *Vie,* p. 150-151). Sur Phérécyde de Syros, on consultera M.L. West, *Early Greek Philosophy and the Orient*, Oxford 1971 (chap. 1 et 2) et H.S. Schibli, *Pherecydes of Syros,* Oxford 1990.

1. Une filiation identique apparaît dans les *Vies de Pythagore* de Porphyre (§ 1) et Jamblique (§ 11). Ce dernier évoque le même désir de savoir qui pousse Pythagore à partir. Mais, dans cette version, il fuit, avec Hermodamas, la tyrannie de Polycrate, présentée comme une entrave au savoir, pour se rendre d'abord auprès de Phérécyde. Si on suit D. L. en revanche, Pythagore était donc venu de Samos à Lesbos, puis était retourné à Samos, avant de repartir dans une série de voyages.

2. Platon mentionne ce personnage au nom ridicule (« tribu de la viande ») dans la *République* (X, 600 b). Cf. aussi Jamblique, *De vita pythag.* 9 et 11, et sur ce point L. Brisson et A.-Ph. Segonds, Annexe I de l'Introduction à *Jamblique. Vie de Pythagore*, Paris 1996, p. LXII-LXIII.

3. Tyran de Samos (deuxième moitié du VIe s.), qui soutient ici Pythagore, mais que pourtant ce dernier fuira de retour à Samos, comme l'indique ensuite D. L. lui-même. Delatte conclut à la contamination de deux sources (*Vie,* p. 152), qu'il constate aussi chez Strabon (XIV, 632). A moins que, dans la logique du récit retenu par D. L., mais qui est conduit il est vrai de façon assez cahotique, Pythagore ait été d'abord, avec d'autres, un protégé de Polycrate, grâce à qui il put mener son voyage d'études en Égypte, et qu'il se soit, à son retour, opposé à la tyrannie de Polycrate, qui le conduit directement à Crotone et à sa réponse politique. C'est au fond à peu près ainsi que sont présentées les choses par Porphyre (*V. P* 7-9). Rappelons que, d'après Hérodote (III 45), il y eut, contre Polycrate, un complot fomenté par des Samiens qu'il avait envoyés en Égypte se battre aux côtés des Perses. Certains biographes antiques auraient-ils d'une manière ou d'une autre établi un lien entre Pythagore et cet épisode ?

4. Roi d'Égypte avec lequel Polycrate avait d'abord fait alliance (cf. Hérodote III 39), avant de le combattre aux côtés des Perses.

Antiphon[1] dans son ouvrage *Sur ceux qui se sont distingués dans la vertu*, et il alla aussi chez les Chaldéens et les Mages[2]. Ensuite, en Crète, il pénétra en compagnie d'Épiménide[3] dans la grotte de l'Ida[4], tout comme en Égypte il avait pénétré au cœur des sanctuaires ; il y apprit les doctrines secrètes relatives aux dieux.

Puis il revint à Samos, et trouvant sa patrie gouvernée par le tyran Polycrate[5], fit voile vers Crotone, en Italie ; et là, il donna des lois aux Italiotes[6], ce qui lui valut une grande estime, tout comme à ses disciples qui, au nombre de trois cents environ, administraient au mieux les affaires de la cité : de la sorte, le régime était à peu près un gouvernement des meilleurs[7].

---

1. Cet Antiphon biographe ne doit pas être confondu avec le sophiste. C'est de lui que viennent tous les renseignements du § 3 (voir en parallèle Porphyre, *V. Pyth.* 7-9) ; cf. R. Goulet, art « Antiphon » A 208, *DPhA*, I, p. 225.

2. Égypte, Chaldée, Perse sont les pays le plus souvent cités par les sources relatant les voyages initiatiques de Pythagore.

3. Épiménide le Crétois, poète thaumaturge, est un personnage semi-légendaire du VIe siècle av. J.-C., auquel D. L. consacre une *Vie* dans le livre I (109-115), au titre de sage, juste avant Phérécyde. Ainsi, les deux derniers sages du livre I préparent la filiation italique qu'inaugure Pythagore.

4. Lieu légendaire de la naissance de Zeus. Même anecdote dans Porphyre, *V. Pyth.* 17 ; pour Jamblique en revanche (*De vita pythag.* 25), le voyage en Crète avait pour but d'examiner les lois.

5. Cf. la note sur Polycrate en VIII 3. Ce serait le deuxième retour à Samos, si toutefois nous considérons le récit de D. L. comme continu. Jamblique évoque lui aussi un retour (*De vita pythag.* 25), suivi d'un départ assez rapide, non pas à cause de Polycrate (c'est ce qui l'aurait fait partir auparavant), mais parce que les Samiens n'étaient pas assez bien disposés à apprendre (*De vita pythag.* 28).

6. Le terme désigne proprement les Grecs d'Italie.

7. Une ἀριστοκρατία. La question de la politique pythagoricienne est soulevée de manière délicate par la présente anecdote, et la formule de D. L., qui prête une activité législative à Pythagore, est ici pour le moins lapidaire. Delatte, dans son *Essai sur la politique pythagoricienne*, p. 13, pense que cette allusion à l'aristocratie est inspirée de Timée (cf. Jamblique, *De vita pythag.* 254-255, qui citerait Timée *via* Apollonius), avec des déformations (Delatte, *Vie*, p. 153-154). Notons toutefois que D. L. ne prête pas ici à Pythagore une action politique directe (cf. Jamblique, *De vita pythag.* 254).

Incarnations antérieures

4 Selon Héraclide du Pont[1], il racontait sur lui-même les choses suivantes: il avait été autrefois Aithalidès[2] et passait pour le fils d'Hermès; Hermès lui avait dit de choisir ce qu'il voulait, excepté l'immortalité. Il avait donc demandé de garder, vivant comme mort, le souvenir[3] de ce qui lui arrivait. Ainsi dans sa vie, il se souvenait de tout, et une fois mort il conservait des souvenirs intacts. Plus tard, il entra dans le corps d'Euphorbe[4] et fut blessé par Ménélas. Et Euphorbe disait qu'il avait été Aithalidès, et qu'il tenait d'Hermès ce présent et cette manière qu'avait l'âme de passer d'un lieu à un autre, et il racontait comment elle avait accompli ses parcours, dans quelles plantes[5] et quels animaux elle s'était trouvée présente, et tout ce que

---

1. Fr. 89 Wehrli. Philosophe du IVe s. av. J.-C. abondamment cité dans la *Vie d'Empédocle,* (cf. *infra*) pour son dialogue *Sur la femme inanimée*, et difficilement classable. Auteur de plusieurs dialogues philosophiques apparemment riches en merveilleux, il apparaît, dans ses positions doctrinales, au confluent du platonisme, de l'aristotélisme, et du pythagorisme. Sur le récit des incarnations qui suit, on consultera Delatte, *Vie*, p. 154-159. Ce dernier insiste à juste titre sur le fait qu'Euphorbe est, plus encore que Pythagore, au centre de ce récit. Quant au dialogue dont cet extrait est tiré, il peut s'agir de l'*Abaris,* ou bien ici encore du dialogue *Sur la femme inanimée* (ainsi Wehrli).

2. Ainsi que le note W. Burkert (*Lore and Science*, p. 138 n. 102), Aithalidès fils d'Hermès est de Lemnos, ce qui reconduit vers la tradition de l'origine tyrrhénienne de Pythagore (cf. *supra*, § 1).

3. On peut rapprocher une scholie à Apollonius de Rhodes (I 645), citant Phérécyde (de Syros pour Diels-Kranz, cf. DK 7 B 8, ou bien l'historien d'Athènes, d'après Jacoby = *FGrHist* 3 F 109, et W. Burkert, *Lore and Science*, p. 138, n. 102) d'après lequel le don fait par Hermès à Aithalidès tenait dans la possibilité donnée à son âme d'être tantôt dans l'Hadès tantôt sur terre. Ici, la μνήμη est ce don divin qui va permettre de maintenir une identité par-delà toutes les incarnations; c'est elle qui fonde tous les exercices de remémoration successifs (cf. § 41 l'anecdote tournant en dérision ce dogme).

4. Un héros de la guerre de Troie, qui le premier blesse Patrocle, avant Hector. Les mots de Patrocle à Hector laissent à penser que Patrocle identifie Euphorbe à Apollon lui-même (*Iliade* XVI 849-850; cf. W. Burkert, *Lore and Science*, p. 140-141, reprenant la remarque de Kerényi). Ceci pourrait permettre de comprendre le « choix » de ce personnage troyen par Pythagore ou la tradition pythagoricienne.

5. Notation remarquable, à rapprocher du fr. B 117 DK d'Empédocle, d'ailleurs cité *infra* § 77. Ce qui frappe dans les propos prêtés à Euphorbe, c'est d'ailleurs l'élargissement d'un principe d'identité personnelle se maintenant d'une

son âme avait éprouvé dans l'Hadès, et ce que les autres y supportent. **5** Euphorbe mort, son âme passa dans Hermotime[1] qui, voulant lui-même donner une preuve, retourna auprès des Branchidées[2] et, pénétrant dans le sanctuaire d'Apollon, montra le bouclier que Ménélas y avait consacré (il disait en effet que ce dernier, lorsqu'il avait appareillé de Troie, avait consacré ce bouclier à Apollon[3]), un bouclier qui était dès cette époque décomposé, et dont il ne restait que la face en ivoire[4]. Lorsque Hermotime mourut, il devint Pyrrhos, le pêcheur délien[5]; derechef, il se souvenait de tout, comment il avait été auparavant Aithalidès, puis Euphorbe, puis Hermotime, puis Pyrrhos. Quand Pyrrhos mourut, il devint Pythagore et se souvint de tout ce qui vient d'être dit.

Les écrits

6 Quelques-uns disent en se moquant de lui[6] que Pythagore n'a pas laissé un seul écrit. C'est ainsi qu'Héraclite le Physicien, en poussant presque des hauts cris, déclare : « Pythagore fils de Mnésarque, a poussé la recherche plus loin que tout autre, et ayant fait sa sélection parmi ces ouvrages, s'est forgé son propre savoir : connaissances diverses, vil artifice[7]. »

Il s'exprime ainsi, en réaction à ce que[8] dit Pythagore, au début de l'ouvrage *Sur la nature*, et que voici : « Non, par l'air que je respire,

---

incarnation humaine à une autre, à un principe d'incarnation multiple, fondé peut-être sur une démarche cognitive qui n'est effectivement peut-être pas sans rapport avec Empédocle.

1. Hermotime de Clazomènes. Cette incarnation donne sans doute raison à W. Burkert, qui estime qu'Héraclide a fondu en une, autour de la figure de Pythagore, deux traditions d'incarnation distinctes (*Lore and Science*, p. 138-139).
2. Prêtres du temple et de l'oracle d'Apollon à Didyme, près de Milet.
3. C'était au départ le bouclier d'Euphorbe.
4. L'épigramme que l'on trouve au § 45 évoque plus précisément la « bosse » du bouclier d'Euphorbe.
5. Cf., sur la récurrence de cette figure, W. Burkert, *Lore and Science*, p. 138 n. 8.
6. Voir Note complémentaire 2 (p. 1020-1021).
7. Voir Note complémentaire 3 (p. 1021).
8. La citation de Pythagore est manifestement destinée à expliquer le jugement d'Héraclite. Si l'on pense que la citation d'Héraclite atteste l'existence d'écrits (cf. Note complémentaire 3, p. 1021), ce qui est dit ici est une confir-

par l'eau que je bois, je ne jetterai pas le blâme[1] pour défendre[2] ce discours. »

Et les ouvrages écrits par Pythagore sont au nombre de trois[3] :

Sur l'éducation,
Sur la politique,
Sur la nature.

7 Mais en fait ce qui circule sous le nom de Pythagore est de Lysis[4] de Tarente, le Pythagoricien, qui s'est exilé à Thèbes et qui a été le précepteur d'Épaminondas[5]. Héraclide[6] le fils de Sarapion dit dans l'*Abrégé de Sotion* qu'il a aussi[7] écrit en vers *Sur le Tout*, en second lieu le *Discours sacré*[8], dont voici le début :

---

mation. Mais on note que D. L. ne renchérit pas en disant qu'effectivement il a écrit tel ou tel ouvrage. A mon sens, il cite le début d'un ouvrage attribué à Pythagore, parce que cette citation confirme bien, de la part de Pythagore, une sorte de déni du statut d'auteur à lui-même. Dans l'hypothèse que je défends, il s'agit purement et simplement d'un montage de citations.

1. Je maintiens la version des mss, οὐ κατοίσω.

2. Cf. LSJ, *s.v.* περί, A II 1.

3. C'est ce qu'il est convenu d'appeler le *tripartitum* ; cf. sur ces pseudépigraphes, Delatte, *Vie*, p. 160-168 et W. Burkert, « Hellenistische Pseudopythagorica », *Philologus* 105, 1961, p. 24-26.

4. Voir Note complémentaire 4 (p. 1021-1022).

5. Le général thébain né vers 410, dont Lysis aurait été le précepteur à un âge avancé. Cf. sur la liaison entre tactique et philosophie chez Épaminondas, l'étude de P. Lévêque et P. Vidal-Naquet, « Épaminondas pythagoricien ou le problème tactique de la droite et de la gauche », reprise dans P. Vidal-Naquet, *Le Chasseur noir*, Paris 1983, suivi d'un Appendice, p. 95-114 et 115-121.

6. Héraclide Lembos, *FHG* fr. 8 Müller. Sotion, fr. 24 Wehrli. Héraclide abrège les *Successions des philosophes* de Sotion.

7. « aussi » se justifie, si l'on prend en compte les trois ouvrages mentionnés au-dessus, *Éducation, Politique, Physique*. Mais c'est D.L. qui reprend sa liste des attributions, car celle d'Héraclide commence ici, et comporte six titres.

8. C'est un Ἱερὸς λόγος écrit en hexamètres, comme l'indique le vers cité, qu'il faut distinguer d'un Ἱερὸς λόγος en prose dorique (auquel fait par exemple référence Jamblique, *V. Pyth.* 146), et d'un troisième Ἱερὸς λόγος en latin (cf. Jamblique, *De vita pythag.*152). Sur ces trois, voir les témoignages et fragments rassemblés par H. Thesleff, *Pythagorean Texts*, p. 158-168, notamment 158-163 pour la version en hexamètres. L'ouvrage est un pseudépigraphe s'inscrivant dans une tradition de syncrétisme orphico-pythagoricien (cf. la longue étude de Delatte dans *Études sur la littérature pythagoricienne,* Paris 1915, p. 3-79, qui défend une datation haute de l'ouvrage).

Jeunes gens, vénérez dans un silencieux recueillement tout ce que voici,

troisièmement *Sur l'âme* quatrièmement *Sur la piété,* cinquièmement *Hélothalès* (le père d'Épicharme de Cos)[1], sixièmement *Crotone*[2], et d'autres ouvrages. Et il dit que le *Discours mystique* est d'Hippase[3], qu'il a été écrit pour calomnier Pythagore[4], et que plusieurs ouvrages écrits par Aston de Cronone[5] ont été attribués à Pythagore.

8 Aristoxène[6] encore dit que Pythagore a emprunté la plupart de ses doctrines éthiques à Thémistocléa, la prêtresse de Delphes[7].

Ion de Chios dit dans ses *Triagmes*[8] qu'il[9] a attribué à Orphée quelques écrits qu'il avait lui-même composés.

---

1. Ceci confirme l'appropriation du poète Épicharme par les cercles pythagoriciens (cf. plus loin sa *Vie,* § 78), mais on ne sait rien de plus sur cet ouvrage apocryphe qui n'est pas autrement cité.

2. Delatte (*Vie,* p. 165) préfère y voir un *Croton,* nom du héros fondateur de la ville de Crotone, ou alors nom du mari de Théano (d'après la *Souda*).

3. Ce dernier fait l'objet d'une *Vie* extrêmement brève plus loin dans le livre VIII (§ 84). Il y est d'ailleurs précisé, d'après Démétrios, qu'Hippase n'avait laissé aucun écrit. L'affirmation présente doit donc être considérée avec une grande circonspection, et résulte probablement d'une confusion, cf. Note complémentaire 5 (p. 1022).

4. Voir Note complémentaire 5 (p. 1022).

5. Diels-Kranz identifient cet Ἄστων à l'Αἴγων que l'on trouve dans le Catalogue de Jamblique (*De vita pythag.* 267).

6. Fr. 15 Wehrli.

7. Cf. à nouveau *infra*, VIII 21 (la prêtresse est également mentionnée par Porphyre dans la *V. Pyth.* 41). Ceci est à rapprocher du § 6, et de la citation d'Héraclite telle que je l'interprète : ce que l'on tient pour pythagoricien est en fait emprunté (avec une atténuation ici par rapport à Héraclite : « *la plupart* de ses doctrines éthiques »). En même temps, comme me le fait remarquer L. Brisson, on a là un bel exemple de transposition post-platonicienne: Thémistocléa serait à Pythagore ce que Diotime est à Socrate dans le *Banquet*.

8. *FGrHist* 392 F 25a. Ion de Chios, auteur de tragédies et de ce traité Τριαγμοί (ou Τριαγμός), signifiant à peu près les *Triples*; cf. DK 36 B 1-4 et sur le témoignage, W. Burkert, *Lore and Science,* p. 129. Clément d'Alexandrie (*Stromates* I 131) rapporte le même témoignage. S'il est bien douteux que Pythagore lui-même se soit livré à ce genre d'élaboration apocryphe, d'autres témoignages affirment avec insistance que le pythagoricien Cercops en particulier a composé de tels ouvrages orphiques (cf. 15 DK). Comme le fait remarquer Burkert (*loc. cit.*), ce que veut montrer Ion c'est que selon lui des écrits circulant sous le nom d'Orphée sont en fait de Pythagore.

9. C'est-à-dire Pythagore.

On lui attribue également les *Fourberies*[1], qui commencent ainsi :

Ne te montre impudent envers qui que ce soit[2].

Revendication du nom de « philosophe »

Sosicrate, dans les *Successions*[3], raconte que lorsque Léon le tyran de Phlionte lui demanda qui[4] il était, il répondit « un philosophe »[5]. Et il disait que la vie ressemble à une panégyrie[6] : de même que certains s'y rendent pour concourir, d'autres pour faire du commerce, alors que les meilleurs sont ceux qui viennent en spectateurs[7], de même dans la vie, les uns naissent esclaves et chassent gloire et richesses, les autres naissent philosophes et chassent la vérité. Voilà ce qu'il en est sur le sujet.[8]

1. καὶ τὰς Κοπίδας, selon la conjecture de Diels. Un témoignage nous apprend qu'Héraclite avait traité Pythagore, ou du moins l'art rhétorique dont il aurait été le maître d'œuvre, de « maître des fourberies », κοπίδων ἀρχηγός (cf. DK 22 B 81). Ceci est évidemment à rapprocher de l'aphorisme polémique (DK 22 B 129) cité au-dessus par D.L. Le terme de Κοπίδες aurait ainsi été retourné par Héraclite contre Pythagore ; mais cela ressemble fort à un titre forgé *a posteriori* (si l'on accepte, bien sûr, la conjecture de Diels ; cf. H. Diels, « Ein gefälschtes Pythagorasbuch », *AGP* 3, 1890, p. 451-472).

2. Le vers transmis par les mss., Μὴ ἀναιαίδευ μηδενι', est incomplet ; je le traduis tel quel.

3. Fr. 17 Giannattasio Andria.

4. Ou « ce qu'il était », comme me le suggère M. Narcy.

5. Cf. Prologue I 12 et Cicéron, *Tusculanes* V 3, pour la même anecdote sur Pythagore, qui remonte en fait à Héraclide du Pont. En faveur de l'authenticité de l'anecdote, évidemment sujette à controverse, cf. R. Joly, « Platon ou Pythagore ? Héraclide Pontique, fr. 87-88 Wehrli », dans *Hommage à Marie Delcourt,* coll. « Latomus 114», Bruxelles 1970, p. 136-148, et contre elle, W. Burkert, « Platon oder Pythagoras ? Zum Ursprung des Wortes "Philosophie" », *Hermes* 88, 1960, p. 159-177, et L. Brisson, « Mythe, écriture, philosophie », dans J.-F. Mattéi (édit.), *La Naissance de la raison en Grèce,* Paris 1990, p. 56-57. Il faudrait néanmoins rapprocher le terme de *philosophos* de la thématique fortement présente de la *philia* dans le pythagorisme (cf. *infra,* 10-11).

6. Cf. de même Jamblique, *De vita pythag.* 58. L'histoire remonte à Héraclide du Pont. A ce propos, cf. L. Brisson-A.-Ph. Segonds, Introduction à *Jamblique. Vie de Pythagore*, p. XXXV.

7. θεαταί. On peut aussi entendre à double sens : « les meilleurs sont ceux qui viennent *pour contempler* ».

8. L'image de la panégyrie amène à distinguer trois catégories d'homme, mais le retour au terme comparé, la vie, indique clairement une polarisation entre d'une part les affairés, d'autre part les désintéressés, les philosophes.

Préceptes pratiques

9 Les trois traités cités ci-dessus[1] renferment les préceptes généraux suivants de Pythagore. Il interdit de prier pour soi-même, du fait que nous ignorons ce qui nous est utile. Il substitue[2] au terme d'« ébriété » celui de « dommage », et refuse toute espèce de satiété, disant que personne ne doit dépasser la juste proportion, ni pour les boissons, ni pour les aliments. Sur l'acte sexuel, il s'exprime de la façon suivante : « On accomplira l'acte sexuel l'hiver, mais non l'été ; à la fin de l'automne et au printemps, l'acte sexuel est un peu plus léger à supporter, bien qu'en toute saison il soit pesant et sans bienfait pour la santé.[3] »

Et aussi lorsqu'une fois on lui avait demandé quand il fallait avoir des relations sexuelles, il répondit : « Chaque fois que tu veux te rendre plus faible[4]. »

10 Il divise ainsi la vie de l'homme : « Enfant vingt ans, tout jeune homme vingt ans, jeune homme vingt ans, vieillard vingt ans. Et les âges sont dans la correspondance suivante avec les saisons : enfant *(pais)* – printemps, tout jeune homme *(neèniskos)* – été, jeune homme *(neèniès)* – automne, vieillard *(gerôn)* – hiver. »

---

1. Cf. § 6. La présente phrase n'implique pas, il faut le souligner, que les ouvrages soient de Pythagore. Les préceptes cités pourraient correspondre au premier traité *Sur l'éducation.* Une hypothèse voudrait faire du médecin Androcide, mentionné et cité par Jamblique pour un ouvrage *Sur les symboles pythagoriciens* (*De vita pythag.* 145), la source d'où D. L. a tiré en fait les préceptes qui suivent. Cela semble assez gratuit (cf. B. Centrone, « L'VIII libro delle "Vite" di Diogene Laerzio », p. 4191). En revanche, le rapprochement de la *Lettre à Hipparque* de Lysis (cf. Jamblique, *De vita pythag.* 75-78) avec ce qui suit me paraîtrait plus convaincant, en raison d'une thématique proche, touchant la piété, la recherche de la pureté, la mise à l'écart des excès (dans la boisson, l'alimentation, le sexe). Ceci renforcerait le sens retenu pour la première phrase du § 7 (cf. Note complémentaire 4 p. 1021-1022).

2. Je rends ainsi l'expression ἓν ἀνθ' ἑνός, délicate à interpréter (cf. M. Gigante, *Diogene Laerzio. Vite dei filosofi,* Roma-Bari, 1987², II, n. 23 *ad* l. VIII, p. 543).

3. Cf *infra,* § 26, d'autres considérations sur les saisons dans la doxographie tirée d'Alexandre Polyhistor.

4. Ou encore : « perdre des forces » (suggestion de M. Patillon).

Pour lui, le tout jeune homme est l'adolescent, et le jeune homme, l'homme mûr[1].

Amitié, communauté, initiation

Comme le rapporte Timée[2], il a été le premier à dire que « communs sont les biens entre amis », et que « l'amitié est une égalité »[3]. Et ses disciples mettaient leurs biens en commun[4]. Ils gardaient le silence durant une période de cinq ans, ne faisant qu'écouter les discours tenus, sans voir encore Pythagore, jusqu'à ce qu'on les en juge dignes[5]; de ce moment, ils faisaient partie « de sa maison » et étaient admis à le voir. Ils s'abstenaient de se servir d'urne funéraire en cyprès, parce que le sceptre de Zeus avait été fait de cette matière, comme le dit Hermippe dans le deuxième livre de son ouvrage *Sur Pythagore*[6].

Divinité de Pythagore

11 On dit en outre qu'il avait l'apparence la plus auguste, et que ses disciples pensaient de lui qu'il était l'Apollon venu de chez les Hyperboréens[7]. On raconte qu'une fois il s'était dénudé, et qu'on avait vu sa cuisse en or[8]; et nombreux étaient ceux qui racontaient

---

1. L'élément étonnant de cette quadripartition temporelle de la vie est de fait l'absence de l'âge mûr. La vie humaine semble bien balancée en quatre périodes de vingt ans, mais en réalité la ligne de partage passe entre les trois premières vingtaines, et la dernière. L'image correspondante pourrait être celle d'une vague, s'élevant progressivement, jusqu'à l'automne, suivie d'une sorte d'effondrement final.

2. *FGrHist* 566 F 13 b.

3. Cf. *infra,* § 33 et Jamblique, *De vita pythag.* 162.

4. Ainsi l'égalité entre tous les membres de la communauté était-elle réalisée; cf. Jamblique, *De vita pythag.* 74-75.

5. Cf. Jamblique, *De vita pythag.* 72 et 89 qui évoque le rideau empêchant les exotériques de voir Pythagore (Hicks supposait qu'on ne voit pas Pythagore parce que la leçon est nocturne; cf. § 15). Selon Jamblique, une première période de trois ans aurait précédé cette période de cinq ans.

6. Fr. 23 Wehrli. Sans doute l'ouvrage déjà utilisé au § 1.

7. Cf. de même Élien II 26, et Jamblique, *De vita pythag.* 30 et 140, où cette origine est présentée comme un *akousma,* indice de son importance.

8. D. L. ne précise pas ici qui voit sa cuisse. Mais Jamblique, par deux fois, dit qu'il s'agit d'Abaris (*De vita pythag.* 91-92, 134-5; Porphyre, *V. Pyth.* 28 *idem*), tandis que dans un autre passage (140), il affirme que sa cuisse a été vue aux Jeux.

que le fleuve Nessos, lorsqu'il le traversa, le salua[1]. Timée raconte dans le dixième livre de ses *Histoires*[2] que selon ses dires les femmes qui vivent avec des hommes ont des noms de déesses, puisqu'elles sont appelées Jeunes filles *(Korai)*, Jeunes femmes *(Numphai)*, puis Mères *(Mètères)*[3].

Les découvertes : géométrie, alimentation, etc.

Il amena la géométrie à sa perfection, alors qu'auparavant Moéris[4] en avait découvert les principes élémentaires, comme le dit Anticlide dans le deuxième livre de son ouvrage *Sur Alexandre*[5]. **12** Mais Pythagore s'est surtout attaché à la forme arithmétique de la géométrie ; et il découvrit le canon monocorde[6]. Mais il ne s'est pas désintéressé non plus de la médecine[7]. Apollodore, le spécialiste du calcul[8], dit qu'il avait offert en sacrifice une hécatombe, parce qu'il

---

1. Cf. Porphyre, *V. Pyth.* 27-28, et Jamblique, *De vita pythag.* 134-135, où sont associés comme ici (mais dans l'ordre inverse) l'épisode du fleuve et celui de la cuisse ; Nicomaque en est l'origine. Mais voir aussi Élien, *V. H.* II 26, et Apollonius, *H. m.* 6. Le nom du fleuve varie selon les auteurs; le plus approchant est peut-être transmis dans Élien, qui donne Κόσας. Près de Métaponte coulait en effet le fleuve Κόσας (cf. W. Burkert, *Lore and Science*, p. 142 n. 122).

2. *FGrHist* 566 F 17.

3. En effet, Korè était la fille de Déméter, les Nymphes les filles de Zeus, et Mèter le nom de Rhéa ou Déméter. L'information est tirée du Discours de Pythagore arrivant à Crotone, selon Jamblique, *De vita pythag.* 56, qui reprend Timée (là, Pythagore mentionne aussi *Maia*, « celle qui a vu les enfants de ses enfants »).

4. On peut penser qu'il s'agit du roi d'Égypte, dont parle Hérodote (II 101), qui fit construire notamment le lac Moéris, et les pyramides en son centre (cf. II 148). Il s'agirait alors du pharaon Amenemhat III (1842-1797 av. J.-C.) qui fit aussi construire le Labyrinthe.

5. *FGrHist* 140 F 1. Anticlide, historien du IIIe s. av. J.-C. Sur ce témoignage relatif à la reprise des mathématiques égyptiennes par Pythagore, rapproché de celui d'Hécatée d'Abdère (que cite Diodore I 98 2), cf. W. Burkert, *Lore and Science*, p. 407-408.

6. Comme l'indique Delatte (*Vie*, p. 172), D. L. prête ici à Pythagore l'invention de cet instrument de musique monocorde qualifié de canon, alors qu'en général on lui reconnaît plutôt le mérite d'avoir découvert les lois de l'harmonique (voir en partic. Jamblique, *De vita pythag.* 114-121).

7. Comme en témoignent les §§ 10-11, et la suite, §§ 12-13.

8. Peut-être Apollodore de Cyzique, auteur du IVe s. av. J.-C mentionné par D. L. en IX 38 ; cf. W. Burkert, *Lore and Science*, p. 180 n. 110, et R. Goulet, art.

avait découvert que le carré de l'hypoténuse du triangle rectangle est égal à la somme des carrés des côtés[1]. Et il existe une épigramme qui se présente ainsi[2] :

> Pythagore parvint à l'illustre résultat ; le grand homme découvrit la [figure
> pour laquelle il fit un célèbre sacrifice de bœufs.

Il est le premier, dit-on, à avoir entraîné les athlètes en leur donnant de la viande[3], à commencer par Eurymène, comme le dit Favorinus[4] dans le troisième livre de ses *Mémorables,* tandis qu'auparavant ils pratiquaient les exercices physiques[5] en prenant des figues sèches et des fromages frais, ainsi que des aliments de blé, comme le rapporte le même Favorinus dans le huitième livre de son *Histoire variée*[6]. **13** Mais d'autres disent que c'était un maître de gymnase du nom de Pythagore qui faisait s'alimenter de cette façon, et non lui[7]. Car lui interdisait même de tuer, sans parler de se nourrir des animaux dont l'âme possède en commun avec nous la justice[8]. Mais ceci

---

« Apollodore de Cyzique » A 247, *DPhA,* I, p. 275. C'est en tout cas ce même auteur qui est cité *supra* I 25.

1. Cf. remarques dans l'Introduction au livre VIII, p. 927-928.

2. *Anth. Pal.* VII 119.

3. Au sein de cette section présentant les découvertes de Pythagore, on observe le glissement aux considérations diététiques, à partir de l'hécatombe rituelle consécutive à la découverte mathématique. Cf. encore Introduction au livre VIII, p. 928.

4. Fr. 48 Barigazzi. Favorinus d'Arles (IIe s. ap. J.-C.), dont c'est la première mention dans le livre VIII, avec cette référence à ses *Mémorables*, réapparaît à plusieurs reprises, et dans la seule *Vie de Pythagore* quatre fois (§ 12, deux lignes plus bas, §§ 15, 47 et 48), toujours pour son *Histoire variée.*

5. Je lis σωμασκούντων αὐτούς, à la manière de LSJ, *s.v.* σωμασκέω.

6. Fr. 26 Mensching = 58 Barigazzi.

7. Cf. plus loin en VIII 46, la liste des homonymes, ainsi que Jamblique, *De vita pythag.* 25. La thèse de l'homonymie est introduite à propos par certains, pour blanchir Pythagore d'une prétendue incitation (sélective) à consommer de la viande animale. C'est de fait une manière élégante d'évacuer un témoignage très gênant pour des Pythagoriciens végétariens. Tel était déjà l'avis de Delatte (*Vie,* p. 175 ; cf. aussi W. Burkert, *Lore and Science,* p. 180-182, et n. 111).

8. Mais voir VIII 19-20 pour des restrictions à ce végétarisme. La version végétarienne radicale a dû intervenir après coup ; elle ressemble fort à une empédocléisation de Pythagore (cf. à ce propos J.-F. Balaudé, « Parenté du vivant et

n'était que le prétexte: en vérité, il interdisait de se nourrir des animaux, pour entraîner et habituer les hommes à une vie simple, de telle sorte qu'en mangeant des aliments qui ne nécessitaient pas de cuisson, et en buvant de l'eau pure, leurs nourritures fussent aisées à trouver[1]. De là résultent en effet la santé du corps et la vivacité de l'âme. Et bien sûr le seul autel qu'il honorait était, à Délos, celui d'Apollon Père, qui se trouve derrière l'autel aux Cornes, parce qu'on y déposait seulement des offrandes de blé, d'orge, et des galettes, sans faire usage du feu, et aucune victime sacrificielle, comme le dit Aristote dans sa *Constitution de Délos*[2].

14 Le premier, dit-on, il a déclaré que l'âme parcourant le cercle de la nécessité tantôt se lie à un animal, tantôt à un autre; le premier aussi il a introduit chez les Grecs des mesures et des poids, comme le dit Aristoxène le musicien[3]; et le premier il a dit que l'étoile du soir et l'étoile du matin étaient la même, ainsi que le dit Parménide[4].

Secret et enseignement

Il était tellement admiré qu'on appelait ses disciples « multiples voix du dieu »[5], et encore lui-même dit par écrit qu'au bout de deux cent sept ans il était revenu de l'Hadès auprès des hommes[6]. C'est pourquoi aussi bien des Lucaniens que des Peucètes, des Messapiens

---

végétarisme radical. Le "défi " d'Empédocle», dans B. Cassin et J.-L. Labarrière (édit.), *L'Animal dans l'Antiquité*, Paris 1997, p. 31-53).

1. Delatte parle à propos de cette explication de « contamination des théories pythagoriciennes par l'idéal cynique » (*Vie*, p. 176).

2. Fr. 489 Rose[3]. L'offrande à cet autel est également mentionnée par Jamblique (*De vita pythag.* 25 et 35), qui ne fait pas référence pour sa part à l'ouvrage perdu d'Aristote.

3. Fr. 24 Wehrli.

4. DK 28 A 40 a. Cf. D. L. IX 23, où cette découverte est attribuée à Parménide.

5. Je traduis les mss. ; le texte est probablement corrompu.

6. Ceci est à mettre en relation avec le thème des incarnations de Pythagore. A ce propos, Burkert (*Lore and Science*, p. 140 n. 110) a certainement raison de penser que cet élément correspond au récit originel, lequel ne comportait qu'une incarnation préalable, celle d'Euphorbe. Pythagore renaît, deux cent sept ans après sa mort en Euphorbe, le héros troyen (cf. § 4). Burkert *(loc. cit.)* pense qu'il faudrait corriger 207 en 216 (cube de 6) et identifier l'écrit comme le *tripartitum* évoqué en VIII 6-9. L'on a beaucoup glosé sur un poème catabase du VIe siècle dont notre passage s'inspirerait (cf. réf. dans Burkert, *loc. cit.*).

et des Romains lui étaient fidèlement attachés, et le fréquentaient pour suivre ses préceptes[1].

15 Jusqu'à Philolaos, on ne pouvait avoir connaissance d'une seule doctrine pythagoricienne; c'est lui seul qui rendit publics les trois célèbres livres[2], que par lettre Platon donna l'ordre d'acheter pour cent mines[3]. Pour sa leçon nocturne, pas moins de six cents personnes étaient présentes; et s'il arrivait à certains d'être jugés dignes de le voir, ils écrivaient à leurs proches qu'ils venaient de connaître un grand honneur. Les habitants de Métaponte appelaient sa maison « le temple de Déméter », sa ruelle « temple des Muses », ainsi que le rapporte Favorinus dans ses *Histoires variées*[4]. Les autres Pythagoriciens aussi disaient que tout ne pouvait pas être dit à tout le monde[5], comme le rapporte Aristoxène dans le dixième livre de ses

1. C'est une indication de l'impact de l'enseignement de Pythagore dans les populations indigènes de l'Italie. On peut rapprocher la mention des Romains de la légende des rapports du roi Numa et de Pythagore (cf. Plutarque, *Vie de Numa*). L'information vient d'Aristoxène (cf. Porphyre, *V. Pyth.* 22; cf. aussi Jamblique, *De vita pythag.* 241).

2. Ceux qui ont été mentionnés § 6. Voir encore, sur cette divulgation, le § 55 de la *Vie d'Empédocle*, qui associe Philolaos et Empédocle.

3. Une somme énorme. La même anecdote se retrouve dans la *Vie de Philolaos* (VIII 84) et la *Vie de Platon* (III 9), mais c'est le présent passage qui suggère le plus évidemment que les trois livres, bien qu'en la possession de Philolaos, n'ont pas été écrits par lui. Cf. là-dessus C. Huffman, *Philolaos of Croton*, p. 13 *sq.* Jamblique relate dans les mêmes termes l'anecdote, mais fournit un détail original : en dehors du fait que l'intermédiaire de Platon est Dion de Syracuse (voir de même D. L. III 9 et VIII 84), il explique en effet que Philolaos se sépare de ces livres contraint par la pauvreté. Sur l'histoire de l'achat par Platon de livres pythagoriciens, cf. A. Swift Riginos, *Platonica*, Leiden 1976, anecd. 127, p. 169-174.

4. Fr. 41 Mensching = 73 Barigazzi. Cf. la même anecdote dans Jamblique, *De vita pythag.* 170, qui semble dire néanmoins que ces dénominations correspondent à des transformations qui ont suivi la disparition de Pythagore (cf. aussi Porphyre, *V. Pyth.* 4, qui donne comme source Timée, mais situe l'anecdote à Crotone, et sur ce point L. Brisson et A.-Ph. Segonds, *Jamblique. Vie de Pythagore*, n. 2 *ad* § 170, p. 198).

5. Cette règle du secret est ici mentionnée, parce que les dénominations en cours à Métaponte, que D. L. vient de rappeler, sont des *akousmata* nommant de manière indirecte ce qui touche à la personne de Pythagore, lequel était lui-même désigné comme l'Apollon hyperboréen (cf. § 11).

Règles d'éducation[1]. **16** Il y raconte aussi que Xénophile le Pythagoricien[2], à qui l'on demandait comment éduquer son fils le mieux possible, répondit : « en le faisant vivre dans une cité qu'ordonnent de bonnes lois ». Il a formé dans l'Italie beaucoup d'autres hommes de valeur, et notamment les législateurs Zaleucos et Charondas[3]. Et en effet il s'entendait bien à développer l'amitié ; en particulier, s'il apprenait que quelqu'un avait adopté ses symboles[4], aussitôt il se l'attachait et s'en faisait un ami.

« Symboles »

17 Ses « symboles »[5] étaient les suivants : « ne pas tisonner le feu avec un couteau »[6], « ne pas passer par-dessus une balance »[7], « ne pas s'asseoir sur le boisseau »[8], « ne pas manger le cœur »[9], « aider à

---

1. Fr. 43 Wehrli.

2. De Chalcis (selon Jamblique, *De vita pythag.* 251) ou de Cyzique (*ibid.*, 267). C'est une source importante d'Aristoxène.

3. Zaleucos de Locres et Charondas de Catane figurent tous deux dans la liste des Pythagoriciens dressée par Jamblique à la fin de son *De vita pythag.* (§ 267), et sont mentionnés à plusieurs reprises dans cette *Vie* (cf. notamment le parallèle avec notre passage § 33, et aussi 104, 130, 172). Des *Lois* et *Préambules aux lois* leur sont attribués ; les fragments sont édités par H. Thesleff, *Pythagorean Texts*, p. 60-67 pour Charondas, et p. 225-229 pour Zaleucos.

4. Sur le terme, cf. note suivante.

5. Seule la phrase précédente a explicitement mentionné les *sumbola,* sans que le terme soit pour autant expliqué. D. L. va maintenant en citer dix-sept, suivis de la signification symbolique de cinq d'entre eux. Les σύμβολα sont aussi appelés ἀκούσματα dans la littérature pythagoricienne. Il n'y a pas lieu de penser que ce dernier terme soit la désignation originelle, selon l'idée que l'interprétation symbolique de ces formules serait ultérieure, car le terme de *sumbolon* a dû avoir d'abord une signification religieuse, celle de « mot de passe », signe de reconnaissance donc ; cf. à ce propos W. Burkert, *Lore and Science,* p. 176.

6. Certains de ces symboles se retrouvent dans la liste dressée par Jamblique dans son *Protreptique* (chap. 21). Ainsi ce premier est le huitième dans le *Protreptique.* Cf. aussi Jamblique, *De vita pythag.* 227, et, pour la comparaison des listes de *sumbola* entre les deux ouvrages de Jamblique, L. Brisson et A.-Ph. Segonds, *Jamblique. Vie de Pythagore,* Annexe II à l'Introduction, p. LXXIII-LXXVI. Le couteau dont il est question ici, comme dans l'avant-dernier *sumbolon* cité par D. L., est la μάχαιρα, qui est d'abord le couteau de sacrifice.

7. Cf. Jamblique, *Protreptique* 21, n° 13, et *De vita pythag.* 186.

8. Cf. *Protreptique* 21, n° 18.

9. Cf. *Protreptique* 21, n° 30. La formule, avec le verbe τρώγειν (signifiant « ronger », « manger cru »), est encore plus forte dans la version de Jamblique.

déposer le fardeau et non pas à le charger»[1], «avoir ses couvertures toujours liées ensemble»[2], «ne pas faire circuler une image de dieu gravée sur sa bague»[3], «effacer la trace de la marmite dans la cendre»[4], «ne pas s'essuyer aux latrines à la lumière d'une torche»[5], «ne pas pisser tourné vers le soleil»[6], «ne pas marcher hors de la grand-route»[7], «ne pas tendre trop facilement la main droite»[8], «ne pas avoir d'hirondelles sous le même toit que soi»[9], «ne pas élever d'oiseau de proie»[10], «ne pas uriner ni se placer sur des rognures d'on-

1. Je traduis conformément aux manuscrits, mais il faut noter que c'est l'inverse de Jamblique, qui donne sans doute la bonne version: «ne pas aider à déposer le fardeau, mais à le charger» (*Protreptique* 21, n° 10, et *V. Pyth.* 84).
2. Cf. *Protreptique* 21, n° 29.
3. Cf. *Protreptique* 21, n° 23, qui dit un peu différemment: «ne grave pas de figure de dieu sur une bague».
4. Cf. *Protreptique* 21, n° 34.
5. δᾳδίῳ εἰς θᾶκον μὴ ὀμόργνυσθαι. C'est l'un des *sumbola* les plus délicats à traduire. Dans le *Protreptique* de Jamblique (21, n° 16), on a une version assez différente: «n'essuie pas les latrines [ou: le siège] à la lumière d' [ou: avec] une torche», avec le verbe ἀπόμασσε. Le verbe employé ici a à peu près le même sens qu'ἀπομάσσειν à l'actif, mais il apparaît au moyen dans notre version du *sumbolon*, et θᾶκον n'est pas son complément direct, étant introduit par la préposition εἰς (sans la préposition, que certains éditeurs suppriment, on aurait le sens suivant: «ne pas essuyer les latrines [ou: son siège] à la lumière d' [ou: avec] une torche»). J'ai envisagé que le présent emploi d'ὀμόργνυσθαι soit à rapprocher de ceux d'ἐξομόργνυσθαι et d'εἰσομόργνυσθαι suivis d'εἰς + l'accusatif, comme dans Chérémon (XIV, 15 Nauck) cité par Athénée, 608 c (cf. aussi Platon, *Gorgias* 525 a, et *Lois* 775 d), ce qui donnerait: «ne pas laisser de traces sur le siège avec une torche». Il me semble toutefois assez convaincant de voir dans le *sumbolon*, comme me l'a suggéré M. Patillon, un interdit relatif à la défécation. Reste toutefois la discrépance avec la version du *Protreptique*. On ne saurait du reste méconnaître le rôle de la torche dans les cérémonies de purification, que soulignait W. Burkert (*Lore and Science*, p. 173 n. 56). Dans ce cas, le *sumbolon* porterait davantage sur la torche, et c'est Jamblique qui donnerait la bonne version.
6. Cf. aussi *Protreptique* 21, n° 15. Comme me le suggère M. Patillon, ce *sumbolon* peut faire couple avec le précédent, en interdisant de montrer à la lumière son sexe après ses déjections.
7. Ici encore, je suis les manuscrits, mais on a certainement la bonne version dans Jamblique, *Protreptique* 21, qui dit strictement l'inverse: «n° 4. Ne pas marcher sur la grand-route».
8. Id., *Protreptique* 21, n° 28, qui précise: «à n'importe qui».
9. Cf. *Protreptique* 21, n° 21, avec une formulation un peu différente.
10. Cf. *Protreptique* 21, n° 19.

gles et des cheveux coupés»[1], «détourner le couteau tranchant»[2], «quand on part en voyage, ne pas se retourner à la frontière»[3].

18 Il voulait dire[4] par «ne pas tisonner le feu avec le couteau», ne pas provoquer l'irritation et le gonflement de colère des puissants[5]; «ne pas passer par-dessus la balance» veut dire ne pas passer par-dessus l'égal et le juste[6]; «ne pas s'asseoir sur le boisseau» équivaut à avoir également le souci du futur[7], car le boisseau, c'est la ration quotidienne; par «ne pas manger le cœur», il indiquait de ne pas consumer son âme en chagrins et en afflictions[8]; par «quand on part en voyage ne pas se retourner», il enjoignait ceux qui quittent la vie de ne pas se montrer pleins du désir de vivre, et de ne pas se laisser

---

1. *Protreptique* 21, n° 32 invite au contraire à «cracher» sur ses propres cheveux coupés et rognures d'ongles.

2. C'est le seul *sumbolon* qui n'ait pas de correspondant dans la liste du *Protreptique* de Jamblique.

3. Le n° 14 de la liste de Jamblique correspond à celui-ci, bien qu'un peu différent, et en tout cas plus explicite: «Si tu quittes ta maison pour voyager, ne te retourne pas, car les Érynies vont te poursuivre.»

4. La compréhension des *sumbola* comme des énigmes a pu commencer très tôt. Androcyde, auteur d'un Περὶ Πυθαγορικῶν συμβόλων (cité par Jamblique, *De vita pythag.* 145) est en tout cas un des promoteurs de cette lecture à double sens (cf. W. Burkert, *Lore and Science,* p. 174). Malheureusement, il est très difficile de le situer, la fourchette étant entre le IVe et le Ier s. av. J.-C. (cf. W. Burkert, *Lore and Science,* p. 167 n. 7-10; B. Centrone, art. «Androcyde» A 173, *DPhA* I, p. 197-198). Il pourrait en tout cas être la source des retraductions ici proposées par D. L.

5. Jamblique, dans le *Protreptique,* ne parle pas des puissants, mais insiste sur les dangers de la colère.

6. Jamblique (*Protreptique* 21) interprète dans le même sens, tout en mettant l'accent sur le savoir mathématique requis.

7. Avec le τῷ de la *Souda* qu'adopte Long; ἐν ἴσῳ est alors la formule d'équivalence. Jamblique (*Protreptique* 21) interprète très différemment. Il y voit une exhortation à se soucier de son intellect, et donc à philosopher.

8. Jamblique voit dans la formule correspondante (n° 30) un appel à l'unité et à l'amitié par la philosophie.

mener par les plaisirs d'ici[1]. Et je laisse à interpréter les autres symboles en dehors de ceux-là, pour ne pas prolonger.[2]

Règles pratiques suivies par Pythagore

19 Plus que tout, il interdisait[3] de manger du rouget et du poisson à queue noire[4], et prescrivait de s'abstenir du cœur et des fèves[5]; et Aristote[6] parle aussi de la matrice et du mulet, à certains moments[7]. Certains disent que lui-même se satisfaisait de miel seul, ou d'un

---

1. L'interprétation néoplatonicienne de Jamblique renchérit sur cette idée, et voit là encore dans le *sumbolon* une incitation à philosopher, en mourant au corps (*Protreptique* 21, n° 14).

2. On remarquera que D.L. donne une interprétation des quatre premiers *sumbola* de sa liste, puis saute directement au dix-septième et dernier. Il semble effectivement avoir voulu abréger ce développement. Par ailleurs, aux §§ 34-35, D.L. livrera d'autres *akousmata* et leur interprétation, en s'appuyant sur Aristote. L'interprétation présente alors un caractère moins rationaliste qu'ici.

3. Ce sont d'autres *sumbola*, mais qui ne sont pas présentés comme tels ; D.L. emprunte clairement à une source différente, où l'accent est mis sur les pratiques quotidiennes, alimentaires. Cette source s'appuie sur Aristote ; il pourrait s'agir d'Aristoxène, qui est nommé à la fin du § 20.

4. Dans le *De vita pythag.* Jamblique évoque les mêmes interdits, et, pour le poisson à queue noire, donne une explication (§ 109). L'interdit du poisson à queue noire resurgit *infra* au § 33, et l'ensemble est attribué au Περὶ τῶν Πυθαγορείων d'Aristote par Rose³ (194 et 195) et Ross (fr. 4 et 5).

5. Cf. également Jamblique, *De vita pythag.* 109. Ces interdits partiels montrent bien que l'interdit alimentaire ne porte pas sur l'ensemble des vivants, et ne concerne que certaines parties, comme le cœur. L'abstinence de cœur et de fèves est religieuse, cf. à ce propos W. Burkert, *Lore and Science*, p. 181-184. Aux §§ 24 puis 34 (citation d'Aristote), D.L. rapporte diverses explications pour l'interdit des fèves. On remarquera enfin que selon la source suivie ici par D. L., le *sumbolon* cité au-dessus, « ne pas manger le cœur », était également susceptible d'une interprétation littérale.

6. Fr. 194 Rose³.

7. C'est donc un interdit qui ne vaut pas tout le temps (mais il faut noter que le texte de la *Souda*, adopté par Delatte, rattache l'adverbe temporel à la phrase suivante). Au § 33, le mulet est cité avec les interdits de poisson à queue noire et de fèves, et d'autres encore. Il n'est pas pour autant certain que l'ensemble des interdits que nous avons ici soit en fait tiré d'Aristote, comme l'estime Delatte (cf. *Vie*, p. 188). Du reste, ἐρυθῖνος et τρίγλη désignent le même poisson, le mulet de mer ou rouget.

rayon de miel, ou de pain[1], et que dans la journée il ne buvait pas de vin ; pour le plat, il prenait la plupart du temps des légumes cuits et crus, et rarement des poissons. Il portait un vêtement blanc, immaculé[2], et il avait des couvertures blanches, de laine; car les couvertures de lin n'étaient pas encore arrivées dans ces régions. Et on ne s'est jamais aperçu qu'il allât à la selle[3], ni qu'il fît l'amour[4], ni qu'il fût ivre. **20** Il s'abstenait de se moquer et de toute espèce de complaisance, comme les railleries ou les histoires scabreuses. Lorsqu'il se mettait en colère, il ne châtiait personne, ni serviteur ni homme libre. Le fait d'admonester, il l'appelait « redresser »[5]. Il pratiquait la mantique par les présages et les oiseaux, et surtout pas en brûlant des offrandes, exception faite de l'encens.

Les offrandes sacrificielles qu'il faisait étaient toujours de non-vivants ; mais selon certains, il sacrifiait seulement les coqs, les chevreaux, et les animaux de lait que l'on appelle « porcelets », mais surtout pas les agneaux[6]. Aristoxène[7] dit qu'il permettait de manger de tous les êtres animés, mais demandait seulement que l'on s'abstienne du bœuf laboureur[8] et du mouton. **21** Le même auteur[9] affirme,

1. Jamblique (*De vita pythag.* 97, d'après Aristoxène) est plus précis, associant pain et miel, qu'il présente comme le contenu du déjeuner. Mais Porphyre (*V. Pyth.* 34) s'exprime à la manière de D. L.

2. Cf. aussi Élien, *V. H.*, XII 32 et Jamblique, *De vita pythag.* 100. C'est là un vêtement rituel, que l'on retrouve dans divers cultes (cf. W. Burkert, *Lore and Science*, p. 165 n. 249, et 177).

3. Ceci pourrait confirmer l'interprétation retenue *supra* § 17 pour le neuvième *sumbolon*.

4. Conformément aux préceptes touchant la sexualité (*supra* 9), Pythagore devait mettre en pratique l'abstinence dans ce domaine.

5. Ou « réaccorder » : πεδαρτᾶν. C'est effectivement un terme technique chez les Pythagoriciens, cf. Jamblique, *De vita pythag.* 101 et 197.

6. Jamblique n'excepte pas les agneaux de la liste des sacrifiables, qui inclut là les coqs et tous les animaux nouveau-nés (*De vita pythag.* 150). La seule exception qu'il mentionne est celle des bovins (cf. aussi Porphyre, *V. Pyth.* 36).

7. Fr. 29 a Wehrli.

8. Interdit confirmé par les autres sources, cf. note 6.

9. Fr. 15 Wehrli.

comme on l'a dit[1], qu'il tient ses doctrines de Thémistocléa, prêtresse de Delphes.

Catabase

Hiéronymos[2] dit qu'il est descendu dans l'Hadès et qu'il a vu l'âme d'Hésiode attachée à une colonne de bronze et poussant des cris stridents, celle d'Homère suspendue à un arbre et entourée de serpents, en punition de ce qu'ils avaient dit des dieux, et il a vu le châtiment de ceux qui ne veulent pas s'unir à leurs propres femmes. C'est précisément pour cela que les Crotoniates l'honoraient. Et Aristippe le Cyrénaïque[3] dit dans son ouvrage *Sur les recherches naturelles*[4] qu'on l'a nommé « Pythagore» parce qu'il proclamait tout autant la vérité que la Pythie[5].

Les règles pratiques prescrites

22 On raconte qu'il prescrivait à ses disciples, chaque fois qu'ils entraient chez eux, de dire la chose suivante :

> Où ai-je commis une faute ? Qu'ai-je fait ? Que n'ai-je pas accompli
> [qui aurait dû l'être ?[6]

Il interdisait de présenter des sacrifices sanglants aux dieux, et permettait d'honorer seulement l'autel non sanglant[7]; et il disait de

---

1. Cf. § 8. La reprise de cette opinion ici apparaît un peu étrange. Elle tient à l'utilisation de la source, Aristoxène, pour les interdits alimentaires. La thèse de l'emprunt à Thémistocléa devait être très appuyée chez Aristoxène.

2. Fr. 42 Wehrli. Hiéronymos de Rhodes, historien péripatéticien du IIIe siècle av. J.-C., à nouveau cité dans la *Vie d'Empédocle* (57-58).

3. De quel Aristippe s'agit-il ? Du fondateur de l'école cyrénaïque, ou de son homonyme (le quatrième dans la liste donnée en II 83), néo-académicien disciple de Lacydès (Ier siècle av. J.-C.) ? On peut pencher en faveur de ce dernier (cf. T. Dorandi, art. « Aristippe de Cyrène » A 357, *DPhA* I, p. 375-376), mais sans certitude (cf. ainsi F. Caujolle-Zaslawsky, art. « Aristippe de Cyrène » A 356, *DPhA* I, p. 373-374).

4. Je maintiens le titre Περὶ φυσιολογιῶν donné par les mss., comme Delatte (de même Gigante).

5. Il y a ici un jeu de mots intraduisible sur le nom de Pythagore : Πυθαγόρας - ἠγόρευεν ... Πυθίου : Pythagore est celui qui «(comme) la Pythie proclame ». Cette étymologie est évidemment à rapprocher de l'histoire de l'emprunt à Thémistocléa (cf. *supra*, début du § 21).

6. Ce précepte est formulé en hexamètre.

7. Celui d'Apollon Père, mentionné *supra*, § 13.

ne pas jurer par les dieux, car il faut s'entraîner à se montrer soi-même digne de foi. Il disait qu'il fallait respecter les plus âgés, en estimant que ce qui dans le temps est antérieur a plus de valeur; de même dans le monde le lever a plus de valeur que le coucher, dans notre existence le début plus que la fin, et dans la vie la naissance plus que la destruction.

23 Il disait qu'il faut honorer les dieux avant les démons, les héros avant les hommes, et parmi les hommes surtout les parents ; qu'il faut entretenir des relations mutuelles en sorte que des amis l'on ne se fasse pas des ennemis, mais que l'on transforme les ennemis en amis; ne rien tenir pour sa propriété; venir en aide à la loi, faire la guerre à l'illégalité. Ne pas détruire ni endommager la plante cultivée, non plus que l'animal qui ne cause aucun dommage aux hommes. Il disait que la retenue et la circonspection consistent à ne pas s'abandonner au rire ni au chagrin. Qu'il faut éviter l'excès d'aliments carnés; dans le voyage alterner le repos et l'effort; exercer sa mémoire; ne rien dire ni faire quand on est en colère; respecter toute espèce de divination; **24** chanter en s'accompagnant de la lyre, et par l'hymne rendre grâce, en les célébrant[1], aux dieux et aux hommes de bien. Il prescrivait de s'abstenir[2] des fèves[3], parce que en raison de leur nature ven-

1. Dans le contexte, εὔλογον est porteur des connotations du verbe εὐλογέω.

2. FP^pc adoptent ἀπηγόρευεν ἔχεσθαι, au lieu de ἀπηγόρευεν ἀπέχεσθαι, de B et P^ac. Ceci est à rapprocher du vers d'Empédocle (B 141 DK). D. L. a pu reprendre librement la citation : « τῶν δὲ κυάμων ἀπὸ » ἠγόρευεν « ἔχεσθαι ». Ou alors, *in fine*, c'est au texte de la *Souda* : τῶν δὲ κυάμων ἀπέχεσθαι, qu'il faut, comme Long, se tenir.

3. Voilà sans doute l'interdit le plus glosé, le plus mystérieux, et ce, dès l'Antiquité. Des explications très différentes ont pu être données pour en rendre raison, du motif diététique, évoqué d'ailleurs ici (étant un légume trop indigeste, cf. à ce propos Delatte, « Faba Pythagorae cognata », *Serta Leodiensa*, Liège 1930, p. 33-57, et W. Burkert, *Lore and Science*, p. 184), au motif religieux. De fait, plusieurs témoignages associent cet interdit à la doctrine de la réincarnation, cf. W. Burkert, *Lore and Science*, p.183, et *infra* VIII 39-40 et 45, sur la récit de la mort de Pythagore, qui se serait refusé à traverser un champ de fèves. Ce n'est pas exactement le cas ici, puisque l'explication principale établit une relation entre la nature venteuse des fèves (πνευματώδεις ὄντας) et le souffle de l'âme (τοῦ ψυχικοῦ). Il s'agirait donc d'éviter de consommer des légumes si proches du principe vital, en quelque sorte dans l'idée que le corps ne peut assimiler quelque chose qui ressortit au psychique. L'explication est de part en part diététique, d'où les considérations sur la digestion, puis sur la qualité des rêves.

teuse elles participent au plus haut point du souffle de l'âme[1]; et qu'en outre, si on n'en a pas pris, on laisse son estomac plus au calme. Et grâce à cela, on rend aussi plus douces et dénuées de trouble les images oniriques.

Le Mémoire pythagoricien

Dans ses *Successions des philosophes*[2], Alexandre dit avoir trouvé dans un *Mémoire pythagoricien*[3] ce que voici:

25 Le principe de toutes choses est la monade. Venant de la monade, la dyade indéfinie, considérée comme matière[4], est sous-jacente à la monade qui est cause[5]. De la monade et de la dyade indéfinie[6] viennent les nombres[7], des nombres les points[8], des points les

---

1. Le ψυχικόν renvoie ici au principe vital.

2. Fr. 9 Giannattasio Andria, *FGrHist* 273 F 93. Voir R. Goulet, art. « Alexandre de Milet dit Polyhistôr » A 118, *DPhA* I, p. 144-145. On trouvera un commentaire des §§ 23-30 par A.J. Festugière, « Les *Mémoires pythagoriques* cités par Alexandre Polyhistor » [1937], repris dans *Études de philosophie grecque*, Paris 1971, p. 371-435.

3. Le terme le plus courant utilisé pour désigner les doctrines de Pythagore et des Pythagoriciens est, avec σύμβολα (cf. p. 954 n. 5), le pluriel neutre ἀκούσματα. Étymologiquement, le terme met en évidence le fait qu'il s'agit là de doctrines orales. Voilà pourquoi, semble-t-il, lorsque l'on évoque des écrits pythagoriciens, ces écrits sont qualifiés d'ὑπομνήματα, formé à partir d'un verbe signifiant «se rappeler, se souvenir». Le terme ὑπομνήματα désigne un « mémoire » ou plutôt un « aide-mémoire », c'est-à-dire un écrit qui se borne à prendre le relais d'une mémoire défaillante, mais, qui en aucun cas ne donne l'exposé écrit intégral et systématique de doctrines qui, dans un contexte pythagoricien, doivent rester secrètes, ce qui est plus facile lorsqu'elles sont transmises de bouche à oreille exclusivement.

4. Doctrine platonicienne suivant Aristote (*Mét.* A 6, 987 b 20; N 1, 1087 b 4 *sq.*).

5. Cause efficiente et divine.

6. Suivant Aristote (*Mét.* A 6, 987 b 25), alors que les Pythagoriciens mettaient à l'origine de toutes choses l'opposition pair / impair ou limité / illimité, Platon aurait substitué à ces termes le couple monade / dyade du grand et du petit. Tout porte donc à croire que nous nous trouvons ici dans le cadre du néo-pythagorisme, et non dans celui d'un pythagorisme originel.

7. Doctrine qui toujours selon Aristote (*Mét.* M 7, 1081 a 14) aurait été celle de l'Académie.

8. Ainsi formulée, la doctrine n'a pas de sens. Il aurait fallu dire que des nombres dérivent les grandeurs, dont l'élément originel est le point. Mais tout cela est une doctrine de l'Académie, cf. Aristote, *Mét.* M 9, 1085 a 8, b 26.

lignes, des lignes les figures planes, des figures planes les figures solides[1], des solides les corps sensibles, dont les éléments sont au nombre de quatre : feu, eau, terre, air[2].

Ces éléments se transforment et changent totalement[3] l'un dans l'autre, et d'eux naît le monde animé, intelligent, sphérique, contenant en son centre la terre[4] qui est elle aussi sphérique[5] et qui est habitée tout autour[6]. **26** Mais il y a aussi des gens aux antipodes[7], et ce qui est pour nous en bas est pour eux en haut. Dans le monde, l'équilibre[8] règne entre la lumière et l'obscurité, le chaud et le froid, le sec et l'humide. Parmi ces qualités, la prédominance du chaud donne naissance à l'été, la prédominance du froid à l'hiver. Mais si ces qualités sont en équilibre, on a les plus belles saisons de l'année : la partie croissante de l'année est le printemps, saison salubre, la partie déclinante est l'automne, saison malsaine[9]. De même, pour la journée, la partie croissante est le matin, tandis que la partie déclinante est le soir, d'où il suit que le soir est plus malsain[10]. L'air qui entoure la terre est stagnant et malsain, et tous les êtres qui s'y trou-

---

1. Une fois le point donné, la génération des grandeurs mathématiques se poursuit normalement, Cf. Aristote (*Mét.* M 2, 1077 a 25 *sq.*), mais toujours dans une perspective académicienne.
2. On retrouve là une doctrine inspirée du *Timée* (53 e 5-55 c 6).
3. Comme le fait remarquer Festugière, l'expression δι' ὅλων est d'époque hellénistique. Cela dit, il faut rappeler que, dans le *Timée*, seuls les trois premiers éléments se transforment les uns dans les autres. La terre est exclue de ce cycle, car ses surfaces de base sont des carrés et non pas des triangles équilatéraux. Le problème est de savoir si δι' ὅλων signifie que les quatre éléments se changent tous les uns dans les autres, ou si trois d'entre eux seulement se changent les uns dans les autres totalement. Il me semble impossible de se prononcer avec assurance sur ce point, même si j'ai dû me résoudre à prendre parti.
4. Tout cela correspond à ce qu'on trouve dans le *Timée*.
5. La sphéricité de la terre est déjà affirmée dans le *Phédon* (108 c - 110 b). Cf. aussi et surtout *Timée* 63 a.
6. Suivant la description donnée dans le mythe qui se trouve à la fin du *Phédon*.
7. En III 24, D.L. considère Platon comme l'inventeur du terme ἀντίπους. Cf. aussi Aristote, *De Caelo* B 2, 285 b 22.
8. Cf. Alcméon, (DK 24 B 4) et Sophocle, *Électre* 87. Inventaire de textes platoniciens où on retrouve cette doctrine : *Lysis* 251 e, *Phédon* 86 b-c, *Banquet* 186 d, 188 a, *Timée* 81 e.
9. Cf. VIII 9.
10. Cf. VIII 10.

vent sont mortels. En revanche, l'air de la région supérieure est toujours en mouvement, pur et salubre, et tous les êtres qui s'y trouvent sont immortels et pour cette raison divins[1]. **27** Le soleil, la lune et les autres astres sont des dieux, car en eux prédomine le chaud, qui est cause de vie. La lune est éclairée par le soleil. Et il y a une parenté des hommes avec les dieux, parce que l'homme participe du chaud[2]; de là vient aussi que la divinité exerce sur nous sa providence[3]. C'est le destin qui est la cause du gouvernement de l'univers, aussi bien dans son ensemble que dans ses parties[4]. Il part du soleil un rayon qui pénètre dans l'éther, aussi bien l'éther froid que l'éther épais[5]; c'est l'air qu'ils appellent l'éther froid, et la mer et l'humide qu'ils appellent l'éther épais. Ce rayon descend même vers les profondeurs et de ce fait produit toutes les créatures vivantes[6]. **28** Sont vivants tous les êtres qui participent au chaud. Voilà pourquoi les plantes aussi sont des êtres vivants. Pourtant tous les êtres vivants n'ont pas une âme. L'âme est une parcelle détachée de l'éther, tant de l'éther chaud que de l'éther froid, et, du fait qu'elle participe aussi à l'éther froid, l'âme diffère de la vie[7]. Et elle est immortelle, puisque ce dont elle a été détachée est aussi immortel.

Les êtres vivants naissent les uns des autres à partir de leurs semences; il est impossible en revanche que la génération se produise à partir de la terre. La semence est une goutte du cerveau[8] qui

---

1. Cf. le mythe à la fin du *Phédon*. Cette information est importante, car elle permet de rendre compte de l'immortalité de l'âme humaine (cf. 28), qui est un fragment de corps céleste.

2. Par son âme, cf. VIII 28.

3. On trouve là une conception matérialiste de la Providence, qui s'apparente à celle des Stoïciens.

4. Il semble bien qu'il s'agisse là d'une trace d'une influence stoïcienne.

5. Il semble bien qu'il faille prendre ici le terme αἰθήρ en un sens large d'« air », comme dans le *Timée*, et non en un sens étroit comme dans l'*Épinomis*.

6. On pourrait penser à cette autre traduction : « donne vie à toutes les choses ».

7. Cela pourrait signifier qu'elle n'est immortelle qu'en partie, par ses φρένες, comme on le verra (§ 30).

8. Le cerveau est le siège du νοῦς et des φρένες.

contient en elle-même une vapeur chaude[1]. Lorsque cette goutte est projetée dans la matrice à partir du cerveau, elle émet du sérum[2], de l'humeur et du sang, à partir desquels sont constituées les chairs, les tendons, les os, les cheveux et le corps dans son ensemble, tandis que c'est à partir de la vapeur que sont constituées l'âme et la sensibilité.

29 La première concrétion prend forme en quarante jours, puis, suivant les rapports prescrits par l'harmonie, au bout de sept, neuf ou dix mois au plus, le bébé pleinement constitué est mis au monde. Le bébé[3] possède en lui-même toutes les «raisons» de la vie et, comme les raisons des choses dont on a parlé sont nouées selon les rapports prescrits par l'harmonie, chaque chose survient au moment voulu[4].

La sensation en général et la vue en particulier sont une vapeur très chaude[5]; de là vient qu'on dit voir à travers l'air et à travers l'eau. En effet, le chaud résiste fortement au froid, car assurément si la vapeur qui se trouve dans les yeux était froide, elle aurait cédé devant l'air qui lui est semblable. En réalité <...>[6], il y a des maximes où il[7] appelle les yeux «portes du soleil». Sur l'ouïe et les autres sens, sa doctrine est la même.

30 L'âme de l'homme est divisée en trois parties: la conscience[8], l'esprit[9] et le principe vital[10]. Cela étant, la conscience et le principe vital se trouvent aussi dans les autres vivants, mais l'esprit se trouve

1. Même si en grec on a ἀτμός, on ne peut s'empêcher de penser au πνεῦμα, et donc à une doctrine stoïcienne, d'autant plus que par l'intermédiaire de la chaleur cette vapeur est reliée aux corps célestes.
2. On retrouve le terme dans le *Timée* (83 c).
3. Comme sujet du ἔχειν, on pourrait penser à ἀτμός, ce qui permettrait de passer à la notion de λόγος σπερματικός. Mais βρεφός est plus près.
4. Suivant cette interprétation, la formation du vivant depuis le début est ordonnée par les « raisons » qui se trouvent dans la semence. Il s'agit là encore d'une doctrine stoïcienne.
5. Cf. VIII 28.
6. Ici il y a probablement une lacune, dont il est impossible d'évaluer l'importance.
7. Pythagore probablement. Mais il y avait peut-être un pronom dans la lacune.
8. En grec ancien, νοῦς. Le νοῦς situé dans le cerveau n'est pas entendu ici dans le sens platonicien, car les animaux le possèdent aussi.
9. Il s'agit des φρένες qui se trouvent comme le νοῦς dans le cerveau.
10. Il s'agit du θυμός.

seulement dans l'homme[1]. Le poste de commandement de l'âme s'étend du cœur au cerveau. La partie de l'âme qui réside dans le cœur est le principe vital, alors que l'esprit et la conscience se trouvent dans le cerveau ; à partir de l'esprit et de la conscience[2] sont distillées comme des gouttes les sensations. La partie intelligente est immortelle, alors que les autres sont mortelles[3].

L'âme tire sa nourriture du sang[4]. Les « raisons » de l'âme sont des souffles. Elle est encore invisible de même que ses « raisons », puisque l'éther aussi est invisible[5]. **31** Les vaisseaux et les conduits dans lesquels coule le sang de même que les tendons[6] sont les liens de l'âme[7]. Mais quand l'âme reprend force et se repose, isolée en elle-même, ce sont ses « raisons » et ses activités qui deviennent ses liens. Lorsque, sur terre, elle est expulsée[8], elle se met à vagabonder dans l'air, pareille à son corps[9]. Hermès est l'intendant des âmes, et pour cette raison il est qualifié de « guide des âmes », de « gardien des portes[10] » et de « conducteur des âmes sous la terre »[11], dans la mesu-

---

1. W. Burkert, *Lore and Science* [1962] 1972, p. 74-75 voit dans cette doctrine une ré-élaboration de la doctrine platonicienne. La distinction entre φρένες et νοῦς pourrait recouvrir la distinction stoïcienne entre λόγος ἐνδιάθετος et λόγος προφορικός. Les animaux sont bien doués de raison, mais ils ne peuvent pas s'exprimer ; leur raison reste donc toute intérieure.
2. Qui se trouvent dans le cerveau, cf. VIII 28.
3. En grec, on lit φρόνιμον qui devrait correspondre aux φρένες. Cela semble signifier qu'une partie de l'âme, à savoir l'ἀναθυμίασις, est mortelle.
4. Cette précision laisse supposer que l'âme est considérée comme une réalité matérielle, comme chez les Stoïciens. Pour eux, l'âme est un souffle (πνεῦμα) fait de feu et d'air, un principe vital considéré comme une exhalaison (ἀναθυμίασις) du sang (*SVF* II n° 251= Galien, *De Plac. Hipp. et Plat.* II 8, p. 166, 12-15 de Lacy).
5. Et qu'elle y est apparentée.
6. Attention à ne pas donner à ces termes un sens trop moderne. La circulation du sang a été découverte par Harvey au XVIe siècle, et le rôle des nerfs par Hérophile. Sans doute d'ailleurs ce passage est-il postérieur à Hérophile qui vécut au IVe-IIIe siècle av. J.-C. ?
7. Puisque l'âme vient du sang qui coule dans les vaisseaux et les conduits, et dont viennent les tendons.
8. Par suite d'un suicide, d'un assassinat ou d'un accident.
9. Comme un fantôme.
10. Parce qu'il préside à l'entrée des âmes dans le corps et à leur sortie, comme l'explique Porphyre dans *L'Antre des nymphes* 31.
11. En grec ancien, on ne trouve que χθονίος.

re où c'est lui qui fait sortir les âmes de leur corps, et qui les conduit loin de la terre et hors de la mer[1]; les âmes pures sont conduites vers la région supérieure[2], tandis que les âmes impures n'ont le droit ni d'approcher des âmes pures, ni de s'approcher les unes des autres, retenues qu'elles sont par les Érinyes en des liens irréfragables. **32** L'air en sa totalité est rempli d'âmes, et ces âmes sont appelées « démons » et « héros ». Ce sont eux qui envoient aux hommes les songes et les signes et les maladies, et pas seulement aux hommes, mais aussi aux bêtes qui vivent en troupeau et aux autres animaux domestiques[3]. Et c'est à leur intention[4] qu'on procède à des purifications, et à des expiations, qu'on a recours à toutes les formes de divination, aux invocations et à des pratiques semblables. Ce qui est le plus important pour les hommes, dit-il, c'est le fait que leur âme les pousse soit vers le bien, soit vers le mal – les hommes sont assurément heureux chaque fois que c'est une âme bonne qui les accompagne[5] –, et le fait que jamais ils ne restent en repos[6] ni ne maîtrisent le cours de leur existence.

33[7] Ce qui est juste a la valeur du serment[8], et c'est pourquoi Zeus est appelé le « dieu du serment ». La vertu est harmonie, et il en va de même pour la santé[9], le bien dans son ensemble et le dieu. Voilà pourquoi on dit que l'univers est constitué suivant l'harmonie[10].

1. Le sens est obscur. Peut-être une référence aux vivants qui y habitent.
2. Probablement sur les corps célestes.
3. Je comprends ainsi προβάτοις et κτήνεσιν.
4. A l'intention de ces âmes appelées « démons » et « héros ».
5. Il y a dans cette doctrine un jeu de mots; en effet εὐδαιμονεῖν renvoie à εὖ δαίμων, qui s'accorde avec l'équivalence δαίμων = ψυχή. On ne peut être heureux sans posséder un bon démon, c'est-à-dire une âme vertueuse. Cf. Démocrite (DK 68 B 171), et la fin du *Timée*.
6. Suivant la traduction que je propose, il n'y a pas de lacune comme on l'a souvent supposé.
7. Il s'agit là des maximes pythagoriciennes.
8. En d'autres termes, il n'est pas nécessaire de prêter serment pour être tenu à l'observation d'une promesse. La même idée se retrouve au § 22, et chez Jamblique (*De vita pythag.* 47)
9. Cf. le *Timée*.
10. Cf. D.L. VIII 85 ; et Aristote, *Métaph.* I 5.

L'amitié, pour sa part, réside en une égalité harmonieuse[1]. Il faut rendre hommage aux dieux et aux héros, mais pas sur un pied d'égalité[2]. Il faut rendre hommage aux dieux tout le temps, en tenant des propos de bon augure, en portant des vêtements blancs[3] et après s'être purifié, tandis qu'il faut rendre hommage aux héros à partir de midi. La pureté s'obtient grâce à des purifications, à des ablutions[4] et à des aspersions, en se gardant de tout contact avec les cadavres, avec les femmes qui accouchent[5] et de tout ce qui souille[6], en s'abstenant de chairs d'animaux comestibles morts de maladie[7], de rougets, de mulets de mer, d'œufs[8], d'animaux ovipares, de fèves et de tout ce que défendent aussi ceux qui pratiquent les initiations dans les temples[9].

34 Dans son ouvrage *Sur les Pythagoriciens*[10], Aristote dit que Pythagore prescrit de s'abstenir des fèves soit parce qu'elles ressemblent à des testicules[11], soit parce qu'elles ressemblent aux portes de l'Hadès[12], car c'est l'unique plante qui n'a pas de nœuds[13], soit parce qu'elle corrompt[14], soit parce qu'elle est semblable à l'univers[15], soit

---

1. Cf. Timée, *FGrHist* 566 F 13 et Platon, *Lois* 757 a, Jamblique, *De vita pythag.* 162. Sur la maxime κοινὰ τὰ φίλων, cf. *supra* VIII 10 et Platon, *Lysis* 207 c.

2. Cette doctrine est mentionnée par Jamblique en *De vita pythag.* 37, où elle est rapportée à Timée et *ibid.* 99, où elle est rapportée à Aristoxène.

3. Jamblique, *De vita pythag.* 100 et 153; Diodore de Sicile X 9, 6.

4. Jamblique, *De vita pythag.* 99.

5. Jamblique, *De vita pythag.* 153, Théophraste, *De superst.* 9.

6. Sur les causes de souillure, cf. Jamblique *De vita pythag.* 153 et 256, doctrine qui remonterait à Timée de Tauromenium.

7. Déjà chez Aristote, fr. 194 Rose[3] (= Élien, *N. H.* IV 17). Cf. aussi Porphyre, *Abst.* IV 15; *Hymn. Hom. Cer.* 50.

8. Plutarque, *Quaest. conv.* II 3, 2.

9. Les mystes d'Éleusis, peut-être (Porphyre, *De abst.* IV 16). Alexandre Polyhistor semble ignorer l'interprétation allégorique qu'expose Jamblique (*De vita pythag.* 138). Cf. 19.

10. Fr. 195 Rose[3]. A compléter par l'exposé de Jamblique (*De vita pythag.* 82-86).

11. Lucien, *Vies à l'encan* 16; Aulu-Gelle, *Nuits attiques* VII 10.

12. C'est à tort qu'on a supposé ici une lacune.

13. Probablement un jeu de mots sur ἀγόνατος, qui n'a pas de « nœuds » pour la tige des plantes, et qui n'a pas de « gonds » pour les portes.

14. Jamblique, *Protreptique* 21; Théophraste, *De const. plant.* V 15, 1.

15. Cf. VIII 24.

parce qu'elle entretient des rapport avec l'oligarchie[1]; en tout cas elles sont utilisées dans le tirage au sort. Il prescrit de ne pas ramasser ce qui est tombé [de table][2], pour signifier: s'habituer à ne pas manger de façon immodérée, ou parce que ce qui est tombé évoque la mort de quelqu'un. D'ailleurs Aristophane dit que ce qui tombe [de table] appartient aux héros, quand, dans ses *Héros*[3], il déclare:

Ne mangez pas les miettes tombées sous la table.

Il prescrit de ne pas manger de coq blanc[4], parce qu'il est consacré au Mois et que c'est un suppliant. Or le fait d'être un suppliant se trouve, disait-il, du côté des choses bonnes[5]; et le coq est consacré au Mois, car il indique les heures. Il prescrit de ne manger aucun des poissons qui sont sacrés[6]. En effet, il ne faut pas attribuer les mêmes choses aux dieux et aux hommes, pas plus qu'aux hommes libres et aux esclaves. **35** En outre, le blanc se trouve du côté du bien, et le noir du côté du mal[7]. Il prescrit de ne pas rompre le pain, parce que dans le passé les amis avaient l'habitude de se réunir autour d'un seul pain[8], comme le font aujourd'hui encore les barbares; il faut éviter de diviser le pain[9] qui réunit les amis. Certains rapportent cette interdiction au jugement <des morts> dans l'Hadès[10], d'autres expliquent que ce geste rend lâche au combat, d'autres enfin disent que c'est de l'un[11] que l'univers tire son principe[12].

1. Parce que les fèves servaient au tirage au sort dans ce régime politique (cf. Jamblique, *De vita pythag.* 260).
2. Athénée X, 427 d.
3. Aristophane, fr. 320 Kassel & Austin.
4. Aristote chez Élien, *V. H.* IV 17; Jamblique, *De vita pythag.* 84; Plutarque, *Quaest. conv.* IV 5, 2.
5. Jamblique, *De vita pythag.* 48 et 84.
6. Cf. VIII 83; Jamblique, *De vita pythag.* 109.
7. Dans les listes d'opposés: cf. Aristote, *Mét.* N 6, 1093 a, Jamblique, *De vita pythag.* 100, 153.
8. Cf. Jamblique, *De vita pythag.* 86.
9. Je donne comme antécédent à ὅς le terme ἄρτον qui se trouve dans la phrase précédente.
10. Cf. Jamblique, *De vita pythag.* 86.
11. Comment interpréter le τούτου? Faut-il accepter le τόπου avec le manuscrit B ? Y a-t-il une lacune ? Ces questions restent sans réponse.
12. A la suite de cet inventaire d'ἀκούσματα, on passe à trois considérations sans lien avec ce qui précède.

Parmi les solides, la plus belle des figures est la sphère[1] et parmi les figures planes, c'est le cercle. La vieillesse et tout ce qui décroît sont chose semblable, la jeunesse et tout ce qui croît[2] sont chose identique. La santé est la conservation de la forme, la maladie sa corruption. En ce qui concerne le sel, il faut le mettre sur la table pour rappeler la justice, car le sel permet de conserver tout ce qu'il reçoit et il provient de ce qu'il y a de plus pur, le soleil[3] et la mer.

36 Voilà ce qu'Alexandre dit avoir trouvé dans un *Mémoire pythagoricien* ; et ce qui suivait se trouve chez Aristote[4].

Les Pythagoriciens chez les poètes

L'air digne de Pythagore, même Timon[5] ne l'a pas négligé, bien qu'il le « morde » dans ses *Silles*, quand il dit :

> Pythagore, en se tournant vers les formules magiques
> cherche à capturer les hommes, en prenant un air digne.

Le fait que Pythagore ait été inconstant, Xénophane[6] en témoigne dans une élégie, dont voici le début :

> Une fois de plus je tiens un autre discours, et je (te) montrerai la voie.

Voici ce qu'il dit de lui[7] :

> alors qu'un jour il passait près d'un jeune chien qu'on battait,
> il fut, raconte-t-on, pris de pitié et prononça ces mots :
> « Arrêtez ces coups de bâton, car c'est l'âme d'un être qui m'est cher.
> Je la reconnais en l'entendant aboyer. »

Tels sont les vers de Xénophane.

---

1. Cf. *Timée* 33 b.
2. Cf. *supra*, VIII 26.
3. La leçon ἡλίου est une conjecture, généralement acceptée. Les manuscrits ont ὕδατος.
4. Fr. 195 Rose[3]. Pour Aristote, cf. le § 34 et pour Alexandre, cf. VIII 24.
5. Fr. 58 Diels = 58 Di Marco.
6. DK 21 B 7.
7. Sur les problèmes que pose l'interprétation de cette citation, cf. W. Burkert, *Lore and Science* [1962] 1972, p. 120 n. 1.

37 Cratinos, lui aussi, l'a raillé dans *La Pythagoricienne*[1]. Mais en outre dans les *Gens de Tarente*[2] il dit ceci :

> ils ont l'habitude, lorsqu'ils voient entrer
> un non-initié, d'évaluer par tous les moyens
> la force de ses discours, en cherchant à le troubler et à le confondre
> par leurs antithèses, par leurs définitions, par leurs correspondances
> [symétriques,
> par leurs périphrases et par leurs amplifications bourrées d'esprit.

Mnésimaque dans son *Alcméon*[3] dit :

> Nous sacrifions à Loxias suivant le rite pythagoricien
> sans jamais manger aucun être pourvu d'une âme.

38 Aristophon dans son *Sectateur de Pythagore*[4] dit :

> **A.** Alors qu'il était descendu dans le séjour d'en bas il prétendait
> en avoir vu tous les habitants un par un, et s'être rendu compte du
> [fait qu'étaient totalement différents des morts
> les Pythagoriciens ; c'étaient en effet les seuls
> avec lesquels, disait-il, Pluton partageait ses repas
> et cela en raison de leur piété. **B.** Tu parles d'un dieu sans façon[5]
> qui se plaît dans la compagnie de gens couverts de crasse.

Dans la même comédie[6], il ajoute :

> ....ils mangent
> des légumes, et là-dessus boivent de l'eau ;
> leurs poux, leur grossier manteau et leur saleté
> personne aujourd'hui ne les supporterait.

---

1. Cratinos le Jeune, fr. 6 Kock = 6 Kassel & Austin. Les témoignages les plus intéressants sont ceux de la Comédie Moyenne (Alexis, Antiphane, Aristophon, car ils décrivent l'état du pythagorisme au IVe siècle. Les Pythagoriciens ne sacrifient pas d'animaux, ignorent l'usage de la viande, se distinguent par une extrême sobriété et une répugnante saleté.
2. Fr. 7 Kock = 7 Kassel & Austin. Allusions aux épreuves auxquelles étaient soumis les postulants (cf. Jamblique, *De vita pythag.* 71-74).
3. Fr. 1 Kock = 1 Kassel & Austin. Sur le rejet du sacrifice sanglant, cf. Jamblique, *De vita pythag.* 25, 35.
4. Fr. 12 Kock = 12 Kassel & Austin. Certains Pythagoriciens de la seconde génération se comportaient comme des Cyniques.
5. Si on accepte la leçon εὐχερῆ.
6. Fr. 13 Kock = 12 Kassel & Austin.

La mort de Pythagore

39 Voici comment mourut Pythagore[1]. Alors qu'il tenait une réunion avec ses disciples dans la maison de Milon, il arriva que la maison fut incendiée sous l'effet de la jalousie par l'un de ceux qui n'avaient pas été jugés dignes d'être admis à suivre son enseignement[2]; d'autres prétendent que ce sont les Crotoniates eux-mêmes qui ont commis ce méfait, parce qu'ils voulaient se prémunir contre l'établissement d'une tyrannie[3]. Toujours est-il que Pythagore fut pris en s'enfuyant. Arrivé devant un champ planté de fèves, il s'arrêta pour éviter de le traverser, et déclara qu'il préférait être pris plutôt que de fouler des fèves au pied, et être tué plutôt que de parler[4]; il fut alors égorgé par ses poursuivants. C'est ainsi précisément que la plupart de ses compagnons furent assassinés, au nombre d'une quarantaine environ[5]. Un petit nombre réussit à s'échapper, entre autres Archippe de Tarente et Lysis[6] dont on a déjà parlé[7].

---

1. Diogène a recueilli trois versions sur ces événements : une opinion anonyme qu'il paraît faire sienne et dont l'exposé est interrompu par deux variantes concernant des questions de détail ; l'avis d'Héraclide Lembos ; le récit d'Hermippe. Sur le thème en général, cf. L. Jerphagnon, « Les mille et une morts de philosophes antiques. Essai de typologie », *RBPH* 59, 1981, p. 17-28.
2. La position du τούτου dans la phrase fait problème.
3. Résumé de Timée (cf. Jamblique *De vita pythag.* 254 *sq.* ; Justin XX 4).
4. Ce détail qui s'intègre mal dans le récit indique probablement que cette version de la mort de Pythagore n'est qu'une adaptation de l'histoire édifiante de Myllias et de Timycha racontée notamment par Jamblique (*De vita pythag.* 189-194). Arrêtée avec son époux pour ne pas avoir voulu piétiner un champ planté de fèves, Timycha, qui de surcroît était enceinte, se coupa la langue avec les dents pour ne pas révéler de secret, et la cracha à la figure de Denys l'Ancien, tyran de Syracuse.
5. Il semble qu'il s'agisse là d'une synthèse entre une légende pieuse racontée par Néanthe (et Hippobote) dans Jamblique (*De vita pythag.* 189-194) et une anecdote satirique faisant périr Pythagore devant un champ de fèves qu'il ne veut pas traverser.
6. La lettre de Lysis à Hippase ou à Hipparque (Hercher, *Epistologr. gr.*, p. 602, 12 *sq.* = Jamblique, *De vita pythag.* 75-78) est un faux qui s'inspire de *République* IV, 429 d notamment, et qui entre autres considère la purification (κάθαρσις) comme préparation morale à un enseignement ésotérique.
7. Cf. *supra* § 7.

40 Dicéarque[1] raconte que Pythagore mourut, alors qu'il s'était réfugié dans le temple des Muses à Métaponte, à la suite d'un jeûne de quarante jours. Héraclide[2] dans son *Abrégé des* Vies *de Satyros*[3] raconte que Pythagore, après avoir enseveli Phérécyde à Délos[4], revint en Italie et que, trouvant Cylon de Crotone en train de donner un banquet fastueux, il repartit pour Métaponte où il mit fin à ses jours en s'abstenant de nourriture, parce qu'il ne désirait pas vivre plus longtemps. Par ailleurs, selon Hermippe[5], alors que les gens d'Agrigente et ceux de Syracuse étaient en guerre, Pythagore et ses disciples sortirent de la ville et formèrent l'avant-garde des Agrigentins. Après que ces derniers eurent été mis en fuite, Pythagore fut tué par les Syracusains alors qu'il tentait de contourner le champ de fèves. Le reste des disciples, au nombre de trente-cinq environ, furent brûlés à Tarente, parce qu'ils avaient le projet de s'opposer au gouvernement constitué[6].

41 Hermippe rapporte une autre anecdote sur Pythagore[7]. Il raconte en effet que, arrivé en Italie, Pythagore se serait fait construire une habitation souterraine et qu'il aurait demandé à sa mère de consigner sur une tablette les événements qui allaient se produire et leurs dates, puis de lui faire parvenir ces notes sous la terre jusqu'à ce qu'il remonte. Ce que fit sa mère. Après un certain temps, Pythagore remonta, maigre et squelettique. S'étant rendu à

1. Fr. 35 b Wehrli. Sur tout cela, cf. W. Burkert, *Lore and Science* [1962] 1972, p. 98 n. 6. La citation de Dicéarque doit être complétée par le texte de Porphyre (*V. Pyth.* 56-57).

2. Héraclide de Lembos, *FHG* fr. 6 Müller. Il reprendrait la tradition d'un anonyme déjà critiqué par Dicéarque (Porphyre, *V. Pyth.* 55-56). Dans Jamblique (*De vita pythag.* 252), c'est Nicomaque qui rapporte la même anecdote.

3. Satyros, *FHG* fr. 10 Müller.

4. Sur cette anecdote, cf. D. L. I 118.

5. Hermippe, fr. 20 Wehrli. L'intention satirique est évidente.

6. Sur ces anecdotes, cf. W. Burkert, *Lore and Science* [1962] 1972, p. 117 n. 46, 47, 48.

7. Mettre en rapport avec l'histoire de Rhampsinitos (Hdt II 121) et avec Agamède et Trophonius (cf. Satyrus, ici et chez Dicéarque, fr. 35). Sur les sources, cf. Burkert, *Lore and Science* [1962] 1972, p. 103 n. 36. On peut aussi rapprocher cette anecdote de la descente aux Enfers par Zalmoxis (Hdt IV 95). Hermippe veut montrer que Pythagore n'est qu'un charlatan. Lire aussi les stratagèmes d'héroïsation prêtés par Hermippe à Héraclide du Pont au livre V.

l'Assemblée, il déclara qu'il revenait de l'Hadès, et de plus il rappela à ceux qui étaient là ce qui s'était passé. Secoués par ce qui venait d'être dit, ces derniers fondirent en larmes, gémirent et crurent que Pythagore était un dieu, de sorte qu'ils lui confièrent leurs femmes pour qu'elles apprennent quelque chose de ses doctrines : ce furent les Pythagoriciennes. Voilà ce que raconte Hermippe[1].

La famille de Pythagore

42 Pythagore avait une femme, du nom de Théanô[2], la fille de Brontinos de Crotone; d'autres disent que Théanô était la femme de Brontinos et une disciple de Pythagore[3]. Il avait aussi une fille, Damô[4], comme le dit Lysis dans la lettre à Hippase[5], quand il évoque Pythagore en ces termes : « Beaucoup de gens racontent que tu parles de philosophie en public, ce que Pythagore refusait, car, lorsqu'il confia à sa propre fille, Damô, la garde du mémoire, il lui défendit de le communiquer à quiconque n'était pas de la maison. Et,

1. Ce passage est traduit et analysé par W. Burkert, *Lore and Science* [1962] 1972, p. 155-159.

2. Sur Théanô, les traditions divergent. A. Delatte les répartit en deux groupes, dont le second comprend lui aussi trois groupes. Certains font de Théanô une Pythagoricienne, d'autres en font l'épouse de Pythagore. Parmi ceux-ci, certains attribuent à Pythagore un fils, Mnésarque (Jamblique, *De vita pythag.* 205), et une fille (Timée, selon Porphyre *V. Pyth.* 4). Jamblique (*De vita pythag.* 170) raconte que Pythagore maria sa fille à Ménon de Crotone ; or, dans le catalogue des Pythagoriciens, le même Jamblique (*De vita pythag.* 267) nous apprend que Muia, citée dans plusieurs autres textes comme la fille de Pythagore, est dite avoir épousé Milon ; d'où l'hypothèse d'une confusion en *De vita pythag.* 170, où elle est dite épouser un certain Ménon. Se fondant sur une tradition qui dérive de la lettre de Lysis, Jamblique donne le tableau généalogique le plus complet : de Théanô, Pythagore eut une fille Damô et un fils Télaugès qui était jeune encore quand son père mourut et qui épousa plus tard la fille de Damô, Bitala. Un troisième groupe semble résulter des deux premières traditions. Théanô, la fille du Crétois Pythonax, met au monde : Télaugès, Mnésarque, Muia et Arignote. Douris (selon Porphyre, *V. Pyth.* 3) donne le nom d'Arimneste au fils de Pythagore.

3. Sur cette femme, cf. Burkert, *Lore and Science* [1962] 1972, p. 114, n. 28, 30.

4. Sur cette fille, cf. Burkert, *Lore and Science* [1962] 1972, p. 114, n. 33.

5. Sur cette lettre, voir Jamblique, *Vie de Pythagore*, introduction, traduction et notes par Luc Brisson et A.-Ph. Segonds, coll. « La roue à livre », Paris 1996. Adressée aussi par Lysis à Hipparque, cette lettre est citée par Jamblique aux §§ 75-78, cf. 246-247.

même si elle pouvait vendre les écrits pour une importante somme d'argent, elle s'y refusa, et elle estima que la pauvreté et les injonctions de son père étaient choses plus précieuses que l'or. Et c'est ce que fit une femme ! »

43 Pythagore et Théanô eurent aussi un fils, Télaugès[1], qui succéda à son père et qui, selon certains, enseigna à Empédocle[2]. Le fait est que, au moins, Hippobote fait dire à Empédocle sur Télaugès[3] :

Télaugès, illustre fils de Théanô et de Pythagore.

Aucun écrit de Télaugès ne circule, alors que de sa mère, Théano, il en reste quelques-uns. On rapporte encore que, un jour qu'on lui demandait au bout de combien de jours une femme redevenait pure après avoir eu des relations sexuelles avec un homme, elle répondit : « Avec son mari sur-le champ, avec un autre homme, jamais. »[4] A la femme qui allait avoir des relations sexuelles avec son mari, elle conseillait de se dépouiller de sa pudeur en même temps que de ses vêtements[5], et, lorsqu'elle se relèverait, de se revêtir de nouveau de pudeur en même temps que de ses vêtements. Et comme on lui demandait : « Quels vêtements », elle répondit : « Ceux qui font que je suis appelée une femme. »

Âge de Pythagore à sa mort

44 Cela étant, Pythagore, suivant ce que rapporte Héraclide le fils de Sarapion[6], est mort à l'âge de quatre-vingts ans, conformément à la description qu'il a lui-même faite des âges de la vie[7], tandis que

---

1. Sur ce fils, cf. Burkert, *Lore and Science* [1962] 1972, p. 114 n. 32. Cf. aussi D. L. I 15 ; Porphyre, *V. Pyth.* 4 ; Jamblique, *De vita pythag.* 146.
2. Cf. Eusèbe, *P. E.* XI 4, 14.
3. Hippobote, fr. 14 Gigante. Empédocle, DK 31 B 155. Ce vers ne prouve évidemment pas que Télaugès fut le maître d'Empédocle. La chronologie exclut d'ailleurs qu'ils aient pu se connaître.
4. Cf. Jamblique, *De vita pythag.* 121, qui attribue le mot à Pythagore lui-même dans le § 55.
5. Hérodote I 8 ; Clément, *Paid.* II 100, 2; III 33 ; Plutarque, *Préc. conj.* 10.
6. Héraclide Lembos, *FHG* fr. 6 Müller. Sotion, fr. 23 Wehrli. Sur la dépendance d'Héraclide concernant la légende de ces trois livres, cf. W. Burkert, *Lore and Science* [1962] 1972, p. 225 n. 33.
7. Cf. § 10.

suivant plusieurs autres auteurs, il est mort à l'âge de quatre-vingt-dix ans[1].

Épigrammes

Et sur Pythagore[2] il y a de nous une poésie plaisante[3] qui se présente comme suit :

Tu n'es pas le seul à ne pas lever la main sur des êtres animés, nous
[aussi nous nous abstenons de le faire.
Qui en effet a jamais goûté à des êtres animés, Pythagore ?
En vérité, quand nous avons fait cuire un mets, que nous l'avons fait
[griller ou que nous l'avons fait macérer dans le sel,
alors ce que nous mangeons n'a plus d'âme.

Une autre[4] :

Ainsi donc, Pythagore était sage, au point qu'il
ne voulait pas goûter à la viande et disait que c'était un acte injuste.
Mais il laissait les autres en manger. J'admire ce sage. Il ne faut pas,
[dit le maître,
commettre l'injustice, mais les autres il les laisse le faire.

45 Une autre encore[5] :

Si tu veux avoir une idée de l'esprit de Pythagore,
Jette un coup d'œil sur la bosse du bouclier d'Euphorbe[6].
En effet elle dit : « J'étais un homme auparavant ». Celui qui dit que,
[quand il ne l'était pas,
il était un tel, celui-là n'était personne quand il l'était.

---

1. Sur cette chronologie, cf. A. Delatte, p. 249 *sq.*, et W. Burkert.
2. Au beau milieu de notes chronologiques, D. L. a inséré des épigrammes tirées des son Πάμμετρος. Ces épigrammes ne cachent pas son aversion à l'égard de Pythagore qu'il assimile aux charlatans qui exploitent la crédulité des foules.
3. *Anth. Pal.* VIII 121. Allusion au § 13.
4. Allusion au § 12.
5. Allusion au § 5.
6. Euphorbe est un héros troyen, le fils de Panthoos, qui fut prêtre d'Apollon à Delphes et à Troie. C'est Euphorbe qui porta la première blessure à Patrocle. Il fut tué par Ménélas. Son bouclier rapporté par celui-ci, était déposé dans le temple d'Héra à Argos. Pythagore prétendait avoir été, dans une vie antérieure le héros Euphorbe et il le prouvait par la connaissance qu'il avait d'un détail de ce bouclier, cf. *supra*, §§ 4 et 5. Pour une explication de cette anecdote relative au thème de la métensomatose, cf. W. Burkert, *Lore and Science* [1962] 1972, p. 138-141. Le texte des deux vers de cette épigramme fait problèmes ; ma traduction, qui cherche à donner un sens à ces vers, se ressent de ces difficultés.

Et une autre sur la façon dont il est mort[1] :

> Hélas, pourquoi Pythagore a-t-il porté une telle vénération aux fèves ?
> Pourquoi est-il mort au milieu de ses disciples ?
> Il y avait un champ de fèves. Pour éviter de piétiner les fèves,
> il fut tué par les gens d'Agrigente à un carrefour.

Chronologie

Il était dans la force de l'âge au cours de la soixantième Olympiade[2], et son école a duré pendant neuf ou dix générations[3], **46** car les derniers des Pythagoriciens, que connut aussi Aristoxène[4], furent Xénophile de Chalcis en Thrace, Phanton de Phlionte, Échécrate et Dioclès, Polymnastos, eux aussi de Phlionte[5]. Ils étaient les disciples de Philolaos et d'Eurytos, tous deux de Tarente[6].

Homonymes

Il y eut à la même époque quatre Pythagore, peu éloignés dans le temps les uns des autres. Un citoyen de Crotone, qui fut un tyran[7]. Un autre de Phlionte, qui fut un athlète, un « entraîneur » selon certains[8]. Un troisième de Zacynthe[9]. Et un quatrième, celui dont nous parlons, qui, dit-on, formula le précepte du secret en philosophie, et qui fut leur maître. C'est à lui aussi que fut appliquée l'expression : « Il a dit... »[10] qui est devenue proverbiale dans la vie cou-

---

1. *Anth. Pal.* VII 122. Allusion au § 40.
2. Olympiade qui va de 540 à 537. Cf. Diodore XV 76, 4.
3. Comme le fait remarquer Delatte le terme γενέα ne peut désigner ici une période de trente-trois ans comme c'est généralement le cas, car en comptant dix générations ainsi définies en partant de l'ἀκμή de Pythagore (60e Olympiade = 540-537) on toucherait à la fin du IIIe siècle dépassant de cent ans l'époque de Xénophile de Chalcis connu par Aristoxène de Tarente (cf. les lignes suivantes). Le nombre de générations correspond donc comme chez Jamblique (*De vita pythag.* 265) au nombre de personnages qui se sont succédé à la tête de l'école ; dans cette perspective une γενεά ne comporte pas plus de vingt ans.
4. Fr. 19 Wehrli.
5. Cf. Jamblique, *De vita pythag.* 251.
6. Cf. D. L. III 6.
7. Cf. Théopompe et Hermippe dans Athénée V, 213 f.
8. Voir Note complémentaire 6 (p. 1022).
9. Ce Pythagore, qui est un musicien, est connu par d'autres textes ; cf. Aristoxène, *Harmonique* II 36 ; Artémon dans Athénée XIV, 637 b.
10. Cicéron (*De nat. deor.* I 5, 10) est le témoin le plus ancien de la chose. D'autres textes, dont Timée l'historien est en partie la source, disent que ses

rante. **47** Certains prétendent qu'il y eut un autre Pythagore, un sculpteur originaire de Rhégion[1], qui fut le premier à viser l'apparence de la proportion et de la symétrie; un autre, un sculpteur originaire de Samos[2]; un autre encore, mauvais orateur[3]; un autre médecin, qui rédigea des ouvrages sur les hernies[4] et qui écrivit des traités concernant Homère; un autre qui écrivit un traité sur les Doriens, comme le rapporte Denys[5]. Ératosthène[6], cité également par Favorinus au huitième livre de son *Histoire variée*[7], raconte que ce Pythagore fut le premier à pratiquer le pugilat de façon technique[8] dans la quarante-huitième Olympiade[9], en gardant les cheveux longs et en portant un vêtement pourpre, et que, exclu du groupe des jeunes gens et ridiculisé, il alla sans plus attendre combattre chez les

---

disciples appelaient Pythagore θεῖος de son vivant, et ἐκεῖνος après sa mort (Jamblique, *De vita pythag.* 53, 88, 255).

1. Cf. Polémon d'Ilion dans Athénée (I, 19 b) et Pline (*H. N.* XXXIV 59) qui écrit : *Hic primus nervos et venas expressit capillumque diligentius*, c'est-à-dire : « Pythagore fut le premier à rendre les tendons et les veines ainsi que la chevelure avec exactitude. »

2. Cf. Pline (*H. N.* XXXIV 60) qui écrit : « Il y eut aussi un autre Pythagore, un Samien, d'abord peintre, dont on vante les œuvres qui sont dans le temple de la Fortune-de-ce-jour (sur le Champ-de-Mars). » Pline semble s'être trompé en distinguant deux Pythagore, alors qu'il n'y en avait qu'un seul.

3. Cet orateur reste inconnu. Mais, dans les *Vies des Sophistes* par Philostrate (I 19), on trouve la mention d'un Πειθαγόρας, d'où la possibilité d'une confusion.

4. Je lis περὶ κήλης au lieu de περὶ σκίλλης. Cf. Celse, *De medic.* I prooem. Pour περὶ σκίλλης, cf. Pline, *H. N.* XIX 30, et Galien, XIV, 567 Kühn.

5. Denys d'Halicarnasse ? Voir aussi I 38, où l'on se pose la même question.

6. *FGrHist* 241 F 11. Ératosthène confondait le philosophe avec un athlète dont il avait trouvé le nom dans la liste des vainqueurs olympiques. Pythagore d'après ces calculs était âgé de dix-huit ans vers 588. D'où une grande perturbation dans la chronologie. Par ailleurs l'athlète est qualifié de « chevelu » (κομήτης) épithète qui passa dans la tradition.

7. Favorinus d'Arles, fr. 27 Mensching = 59 Barigazzi.

8. Lucien, *Gal.* 8 ; Jamblique, *De vita pythag.* 11 et 30.

9. Olympiade qui va de 588 à 585, ce qui fait naître Pythagore en 606. Cf. Africanus dans Eusèbe, *Chron.* I, p. 200 ; Antilochus dans Clément, *Strom.* I 80 ; Tite-Live I 18, 2 ; Denys d'Halicarnasse, *Ant. rom.* II 59, 2.

adultes et obtint la victoire. **48** On en a pour preuve cette épigramme que composa Théétète[1] :

Si, étranger, tu entends parler d'un certain Pythagore, Pythagore le [chevelu,
Le renommé pugiliste de Samos,
Ce Pythagore, c'est moi. Mais si tu interroges un Éléen sur mes [exploits
Tu diras qu'il raconte des histoires incroyables.

Favorinus[2] dit que Pythagore a fait usage des définitions[3] dans tout le domaine des mathématiques. Cet usage, Socrate et ceux qui le fréquentèrent l'étendirent; puis ce fut le tour d'Aristote et des Stoïciens. Qui plus est, il fut le premier à appeler le ciel « cosmos[4] » et à dire que la terre était ronde. Toutefois, Théophraste[5] dit que ce fut Parménide[6], et Zénon[7], dit que ce fut Hésiode[8].

49 On raconte[9] que Cylon fut un rival de Pythagore, tout de même qu'Antilochos[10] le fut pour Socrate. Pythagore l'athlète fit aussi l'objet de cette épigramme[11] :

Il vint à Olympie pour s'affronter aux enfants au pugilat, car il [n'avait pas encore atteint
l'âge de la puberté, Pythagore de Samos, le fils de Cratès[12].

Notre philosophe écrivit aussi cette lettre[13] :

---

1. Sur ce Théétète, cf. D. L. IV 25 et Snell *TrGF* I, p. 283. On trouve quatre autres épigrammes de ce poète en *Anth. Pal.* VI 357, VII 444, 499, 727.
2. Fr. 27 Mensching = 59 a Barigazzi.
3. Cf. Aristote, *Mét.* A 5, 987 a ; M 3, 1078 b ; *E.N.* E 8, 1132 b ; *Magna Moralia* A 1, 1182 a 1 ; Jamblique, *De vita pythag.* 161.
4. Cf. Platon, *Gorgias* 508 a ; Jamblique, *De vita pythag.* 37, 59, 162.
5. *Phys. Opin.*, fr. 17 Diels.
6. Cf. Parménide, DK 28 A 44 = D. L. IX 21.
7. Zénon de Kition, fr. 276, *SVF* I, p. 63.
8. Hésiode, *Théogonie* 127.
9. A mettre en rapport avec II 46. L'information qui vient d'Aristote eût été mieux à sa place dans le récit des persécutions.
10. N'est-ce pas plutôt Antiphon ?
11. *Anth. Plan.* III 116. Cette épigramme dépend de la notice d'Ératosthène (*supra* § 47).
12. D'Ératoclès, autre nom du père de ce Pythagore, cf. Jamblique, *De vita pythag.* 25.
13. Page 601 Hercher. A rapprocher de II 4 et 5, et des lettres du livre I.

« Pythagore à Anaximène[1].

Même toi, excellent ami, si tu ne surpassais en rien Pythagore par la naissance et par la gloire, tu te serais expatrié et tu serais parti de Milet. En réalité la renommée de tes pères t'a retenu, comme moi-même j'aurais été retenu si j'avais été semblable à Anaximène. Si vous, les meilleurs, quittez vos cités, elles perdront tous leurs ornements, et le péril que représentent les Mèdes se fera pour elles plus menaçant. **50** Mais contempler les corps célestes n'est pas toujours une belle occupation ; il peut être plus beau de se préoccuper du sort de sa patrie. Pour ma part, je ne suis pas simplement occupé à élaborer mes doctrines[2], mais je m'occupe aussi des guerres que se font mutuellement les Italiotes. »[3]

Puisque nous avons terminé notre exposé sur Pythagore, il faut parler des Pythagoriciens illustres. Après eux, viendront les philosophes que certains qualifient de « dispersés ». Ensuite nous aborderons la succession des philosophes dignes de mention jusqu'à Épicure comme nous l'avons annoncé[4]. Nous avons d'ailleurs déjà parlé de Théanô et de Télaugès[5]. Maintenant, il faut d'abord parler d'Empédocle, car, selon certains, il fut l'auditeur[6] de Pythagore.

1. Cette lettre est en fait une réponse aux lettres citées au livre II 5.
2. En grec, on lit μύθους.
3. C'est-à-dire les Grecs d'Italie. Porphyre, *V. Pyth.* 21 ; Jamblique, *De vita pythag.* 33.
4. Cf. D. L. I 15.
5. Cf. *supra*, 41-43.
6. En grec, διήκουσεν.

EMPÉDOCLE

Famille d'Empédocle

51 Empédocle[1], selon Hippobote[2], était fils de Méton fils d'Empédocle, citoyen d'Agrigente. Les mêmes indications sont données par Timée dans le quinzième livre de ses *Histoires*[3]. < Il rapporte en outre que > l'Empédocle grand-père du poète était un homme illustre; mais[4] Hermippe[5] aussi apporte un témoignage similaire. Héraclide dit de façon semblable dans son ouvrage *Sur les maladies*[6]

1. 490-430 av. J.-C. environ.

2. Fr. 15 Gigante.

3. *FGrHist* 566 F 26 b. Littéralement, « dans la quinzième de ses *Histoires* ». La phrase suivante montre que la liaison entre les témoignages d'Hippobote et Timée se fait par le grand-père, car Méton est bien connu. Il s'agit donc de montrer que le grand-père, homonyme du philosophe, était aussi important. L'indication est tirée du XVe livre de l'*Histoire de la Grèce et de la Sicile* de Timée de Taormine (IVe-IIIe s. av. J.-C.); les fragments connus de cet ouvrage viennent tous de D. L., et sont presque toujours situés. Au XIIIe livre, Timée aborde l'expédition des Athéniens, au XVe la guerre contre les Carthaginois de 408 (cf. Jacoby, *FGrHist.*, p. 544). Il ne peut donc s'agir avec ce renseignement relatif au grand-père d'Empédocle que d'une digression, peut-être sur le thème de la prodigalité des Agrigentins (thème que l'on trouve dans Diodore XIII 81-84, qui cite à cette occasion DK B 112, 3) : Empédocle l'ancien, comme il ressort de ce qui suit, ne manquait sans doute pas de superbe.

4. Que signifie ce ἀλλά ? Est-ce qu'Hermippe, traitant de tout autre chose, se trouvait apporter un témoignage analogue ? Il est plus probable que les témoignages d'Hippobote et Timée vont ensemble, tandis que le sien est tout à fait indépendant.

5. Fr. 25 Wehrli.

6. Fr. 76 Wehrli. Héraclide du Pont semble avoir placé Empédocle au centre de ce dialogue (cf. *infra*, § 67-68), aussi désigné sous le titre *Sur la femme inanimée* (cf. F. Wehrli, *Herakleides Pontikos*, Basel 1953, p. 86); c'est donc à

qu'il appartenait à une maison brillante, car son grand-père avait un élevage de chevaux de course. Ératosthène[1], invoquant le témoignage d'Aristote[2], note aussi dans ses *Vainqueurs aux Jeux Olympiques* que le père de Méton avait remporté une victoire aux soixante-et-onzièmes Jeux Olympiques[3]. **52** Apollodore le grammairien indique dans sa *Chronologie*[4] :

> Il était fils de Méton. A Thourioi,
> De fondation toute récente,
> Glaucos dit qu'il vint[5].

Et un peu plus loin :

> Ceux qui racontent qu'exilé de sa patrie
> Il est allé à Syracuse et a combattu avec eux
> Contre les Athéniens, me semblent dans la plus parfaite ignorance[6] ;
> En effet, ou bien il n'était plus, ou bien il était vraiment
> Extrêmement vieux, ce qui ne semble pas avoir été le cas[7].

---

propos du philosophe qu'il évoque le grand-père, peut-être pour mentionner l'homonymie.

1. *FGrHist* 241 F 7.
2. Fr. 71 Rose[3]. Aristote devait donc être cité par Ératosthène (IIIe s. av. J.-C.). Outre le fait que cette victoire se serait produite en 496 av. J.-C., on notera que le grand-père est désigné comme « père de Méton », signe de l'importance de ce dernier : c'est par rapport à lui que la victoire est mise en valeur.
3. En 496 av. J.-C.
4. *FGrHist* 244 F 32 a. De la *Chronologie* (écrite en trimètres iambiques) d'Apollodore (IIe s. av. J.-C.), trois citations distinctes sont successivement faites dans ce paragraphe, rapportant une série d'histoires, et en premier lieu celle racontée par Glaucos.
5. Le dernier trimètre n'est cité qu'à moitié. Glaucos de Rhégion (Ve-IVe s. av. J.-C.), une source ancienne (il est mentionné en IX 38 pour les relations de Démocrite avec les Pythagoriciens), atteste le passage d'Empédocle à Thourioi, qui avait été fondée en 444 av. J.-C. (dans son ouvrage *Sur les poètes et les musiciens anciens* ?). On peut supposer qu'Empédocle faisait partie d'une délégation de sa cité, en tant que représentant d'une des grandes familles (lui, le « fils de Méton »).
6. J'adopte le texte des manuscrits FP, ce qui suppose une transposition (de ἀγνοεῖν μοι en μοι ἀγνοεῖν) et une synizèse (τελέως), comme me le fait remarquer M. Patillon, soit :

πρὸς τοὺς Ἀθηναίους τελέως μοι ἀγνοεῖν.

7. Apollodore se fait l'écho d'une tradition selon laquelle Empédocle aurait été exilé d'Agrigente, et se serait réfugié à Syracuse où il aurait combattu ; il en

En effet, Aristote[1] dit que, tout comme Héraclite[2], il est mort à l'âge de soixante ans. Et l'homme qui, lors de la soixante-et-onzième Olympiade[3], l'a emporté

> à la course de chevaux, était son grand-père du même nom que lui[4],

si bien qu'en même temps Apollodore nous donne une indication sur l'époque[5]. **53** Satyros dans ses *Vies*[6] dit qu'Empédocle était le fils d'Exainétos, et que lui-même laissa un fils du nom d'Exainétos; et qu'à la même Olympiade, il avait vaincu dans la course de chevaux, tandis que son fils avait vaincu à la lutte, ou, comme le dit Héraclide[7] dans son *Abrégé*, à la course à pied[8]. Pour ma part, j'ai trouvé dans

---

conteste à raison la possibilité chronologique (les deux expéditions contre Athènes eurent lieu en 425 et en 415). Mais quel était l'intérêt d'un tel récit ? Montrer qu'Empédocle voulait combattre l'hégémonisme athénien ? On retrouvera plus loin, avec la mention des Περσικά (§ 57), le même type d'intention prêté à Empédocle.

1. Fr. 71 Rose[3].

2. Je retiens la leçon manuscrite Ἡράκλειτον, de préférence à la correction de Sturz, reprise par Long, Ἡρακλείδης, qui voudrait associer le témoignage d'Héraclide (fr. 86 Wehrli) à celui d'Aristote. En effet, d'après D.L. IX 3, Héraclite est lui-même mort à soixante ans. La même indication, sans le rapprochement avec Héraclite, est donnée au § 74.

3. D. L. semble reprendre le renseignement fourni par Ératosthène (cf. *supra*, § 51), mais il le prolonge d'une citation concordante d'Apollodore.

4. La correction proposée par Karsten et reprise par Long, de πάντως en πάππος, est probable et rendue métriquement nécessaire. Apollodore devait pour sa part vouloir dissiper la confusion entre le philosophe et son grand-père.

5. Il s'agit certainement de l'époque de l'Empédocle philosophe, qu'aident à délimiter les trois citations; pour autant, l'addition de <τούτου> ne me paraît pas indispensable.

6. Fr. 11 Müller.

7. Fr. 6 Müller. Héraclide Lembos (IIIᵉ s. av. J.-C.) cette fois, qui abrégea les *Vies* de Satyros (voir VIII 40), mais aussi les *Successions des philosophes* de Sotion (voir VIII 7).

8. Diodore de Sicile (*Histoire* XIII 82) mentionne un Exainétos d'Agrigente qui aurait, lors de la 92ᵉ Olympiade (412 av. J.-C.), remporté une course, et aurait fait une entrée triomphale dans sa ville, sur un char, suivi de trois-cents autres attelés à deux chevaux blancs (il est aussi question de cette victoire au chap. 35). Ceci est un témoignage de plus de la magnificence des Agrigentins. Une précédente victoire, à la 91ᵉ Olympiade, soit 416 av. J.-C, est également mentionnée par Diodore (XII 82). S'agit-il du prétendu fils d'Empédocle ? La chose est de toute façon invraisemblable: Empédocle était à cette date trop vieux, ou bien déjà mort. Il est bien plus aisé d'imaginer que l'on ait après coup

les *Mémorables* de Favorinus[1] qu'Empédocle a offert en l'honneur des théores un bœuf fait de miel et de farine, et qu'il eut un frère du nom de Callicratidès[2]. Télaugès le fils de Pythagore dit dans la *Lettre à Philolaos* qu'Empédocle était le fils d'Archinomos[3].

54 C'est parce[4] qu'il était d'Agrigente en Sicile qu'il dit lui-même en commençant les *Catharmes* :

> Amis, qui habitez la vaste cité au bord du blond Akragas, sur les [hauts de la citadelle.[5]

Voilà pour ce qui concerne son origine.

Formation philosophique

Timée raconte au neuvième livre[6] qu'il a été l'auditeur de Pythagore, ajoutant que convaincu de vol de doctrine, dès lors (tel fut aussi le cas de Platon) on lui interdit de prendre part aux conférences[7]. Et il ajoute que lui-même évoque Pythagore, lorsqu'il dit :

---

attribué au philosophe cette glorieuse paternité d'un athlète accompli, et dans un deuxième temps imaginé une victoire contemporaine. Toujours est-il que de façon frappante la mention d'Exainétos dans Diodore précède de peu la seule citation qu'il fasse, et nommément, d'Empédocle (DK B 112, 3 en XIII 83).

1. Fr. 48 Barigazzi. Favorinus d'Arles, déjà cité dans la *Vie de Pythagore,* et dans tous les autres livres, à l'exception du VII et du X. L'histoire du sacrifice se retrouve chez Athénée I, 5 e. Cela peut être rapproché du fr. B 128 DK, qui a pu inspirer l'anecdote.

2. La notice de la *Souda* reprend cette dernière information.

3. D. L. mentionnera à nouveau cette lettre apocryphe aux §§ 55 (citant Néanthe, qui conteste l'authenticité de cette lettre au sujet des maîtres d'Empédocle) et 74 (il la cite indirectement sur la mort d'Empédocle). C'est un faux manifeste, puisque Télaugès, le fils de Pythagore, qui est supposé aussi avoir été le maître d'Empédocle (cf. *supra,* § 43), aurait évoqué dans cette lettre les origines d'Empédocle (ici même), sa formation et jusqu'à sa mort. Mais de ce fait, l'on tient avec cette *Lettre à Philolaos* un moment significatif du processus d'assimilation d'Empédocle au pythagorisme.

4. Du fait que dans la citation, Empédocle ne dit pas nommément qu'il est d'Agrigente, ὅτι doit avoir ici un sens causal.

5. DK 31 B 112, 1-2. Au § 62, D. L. cite plus longuement le début des *Catharmes.*

6. *FGrHist* 566 F 14. Il s'agit du livre IX des *Histoires* ; sur l'ouvrage, cf. p. 980 n. 3.

7. La remarque ne se situe pas au même endroit que la mention du grand-père (cf. *supra,* § 51) : au IXe livre, Timée relate l'histoire de Locres et Crotone, et se trouve amené à évoquer Pythagore et son école : c'est par rapport à l'histoire de

Il y avait parmi eux un homme au savoir extraordinaire,
Qui s'était acquis un immense trésor de pensées.[1]

D'autres considèrent que ce qu'il dit là se rapporte à Parménide[2].

55 Néanthe[3] dit que jusqu'à Philolaos et Empédocle les Pythagoriciens faisaient prendre part aux conférences; une fois que lui-même par le biais de la poésie les eut rendues publiques, ils se firent une règle de ne rien communiquer à aucun poète épique (on dit que Platon également a subi le même traitement; de fait, il a été exclu). Mais duquel des Pythagoriciens Empédocle a été l'auditeur, il ne l'a pas dit; en effet, la lettre que l'on fait circuler en l'attribuant à Télaugès[4], et selon laquelle il aurait été lié à Hippase et Brotinos, n'est pas crédible[5]. Théophraste, lui, dit qu'il a été l'émule de Parménide et l'a

l'école que la trahison d'Empédocle est mentionnée. Le fait devait avoir à ses yeux une certaine crédibilité: pourtant, la difficulté chronologique est insurmontable, si l'on suit par exemple Apollodore: Pythagore 571-497, et Empédocle 483-423. Quels que soient les aménagements des dates biographiques selon Timée, qui ne nous sont d'ailleurs pas connues, on peut supposer qu'il reconstruit une trahison directe à partir d'une interprétation pythagoricienne du fr. B 129 DK, cité juste après. Timée dessine donc le schéma d'une rupture avec le pythagorisme : Empédocle se serait approprié le bien commun de l'école, le corps de doctrines secret (par la λογοκλοπία). L'épisode présenté par Timée connaît trois moments : l'initiation la diffusion à l'extérieur, c'est-à-dire la trahison, et l'exclusion à la suite de la transgression. Il s'agit en conséquence d'établir une dépendance qui n'est pas reconnue, et de montrer qu'Empédocle relève effectivement du pythagorisme, bien qu'il ne puisse pas être classé comme un Pythagoricien.

1. Il est très probable que la citation était faite par Timée, comme le suggère la construction infinitive, dépendant de la principale précédente. Il appuyait par là la filiation pythagoricienne d'Empédocle.

2. Le caractère hypothétique de la filiation pythagoricienne se manifeste clairement ici. D'autres commentateurs sont conduits à défendre une thèse inverse de celle de Timée: une dépendance éléate et non italique, suivant la tradition doxographique (cf. Théophraste cité ci-dessous § 55).

3. *FGrHist* 84 F 26. Néanthe de Cyzique (IIIe s. av. J.-C.), source importante pour l'histoire du pythagorisme, sur lequel D. L. s'appuie sans doute directement, mais qu'il ne cite nommément que dans la *Vie d'Empédocle* (ici même, et aux §§ 58 et 72). Cf. sur la place de Néanthe, W. Burkert, *Lore and Science*, p. 102, et B. Centrone, « L'VIII libro », p. 4185-4186.

4. Cf. déjà au § 53.

5. C'est en effet, au moins pour des raisons chronologiques, improbable, Hippase et Brotinos ayant une bonne quarantaine d'années de plus qu'Empédocle (le verbe μετέχειν utilisé n'implique pas une relation de maître à disciple).

imité dans ses poèmes[1]; et de fait, celui-là a composé en vers son discours sur la nature.

56 Mais selon Hermippe[2], ce n'est pas de Parménide, mais de Xénophane qu'il a été l'émule[3], auprès de qui il a vécu et dont il a imité la forme épique; et c'est par la suite qu'il a rencontré les Pythagoriciens. Alcidamas dans son ouvrage *De la nature*[4] dit qu'à la même époque Zénon et Empédocle ont été auditeurs de Parménide, qu'ensuite ils se sont éloignés, Zénon pour mettre en œuvre sa propre philosophie, l'autre pour devenir auditeur d'Anaxagore[5] et de Pythagore; de l'un il cherche à égaler la dignité de la vie et de l'attitude, de l'autre l'étude sur la nature[6].

Sur Hippase, cf. plus loin sa *Vie* très brève (§ 84) ; Brotinos, lui, réapparaît au § 83 dans la dédicace du livre d'Alcméon (cf. note *ad loc.*).

1. L'expression Παρμενίδου ζηλωτής se retrouve textuellement dans un fragment des Φυσικῶν δόξαι cité par Simplicius (fr. 3 Diels, *Doxogr. Gr.*, p. 477).

2. Fr. 26 Wehrli.

3. Cf. l'anecdote relatée en IX 20. Le rattachement à Xénophane, plutôt qu'à Parménide, ne met pas en place une autre filiation : c'est plutôt une variation au sein du même ensemble. De Xénophane, Empédocle peut tenir la représentation purifiée des dieux, mais également une utilisation éthique de la poésie. C'est pourquoi la personne de Xénophane permet finalement d'établir un lien entre la tradition parménidienne et la pythagoricienne : après avoir entendu Xénophane, Empédocle a pu rencontrer les Pythagoriciens.

4. C'est là le seul témoignage sur cet ouvrage d'Alcidamas, auteur du IVe siècle disciple de Gorgias. Ce titre – Φυσικόν – est semblable à celui du troisième traité entrant dans le *tripartitum* de Pythagore (cf. *supra*, § 7).

5. Cf. *infra*, § 70.

6. D. L. en arrive avec le témoignage d'Alcidamas au quatrième moment de la filiation philosophique : après le pythagorisme, l'éléatisme, la combinaison des deux mouvements, vient le schéma d'une évolution contrastée dérivant de l'éléatisme; d'un côté Zénon qui se consacre de façon autonome à l'analyse du discours (assumant l'héritage logique de l'éléatisme), de l'autre Empédocle, développant la physique, par l'influence supplémentaire d'Anaxagore, et l'éthique et la politique, par celle de Pythagore. La première voie conduit au poème *Sur la nature*, la seconde aux *Catharmes*. Zénon et Empédocle totalisent ainsi à eux deux le savoir philosophique, mais Empédocle apparaît double, partagé entre le naturalisme et le personnage qu'il fabrique. On se souviendra qu'Aristote présente Anaxagore en même temps qu'Empédocle dans *Métaphysique* A 6 (cf. aussi Théophraste, *Physikôn doxai*, fr. 3 Diels, *Doxogr. Gr.*, 477, 17), et qu'en *Mét.*, A 3 (984 a 11) il le tient pour l'aîné d'Empédocle, mais aussi pour plus moderne. S'agissant d'Alcidamas enfin, on ne peut pas ne pas songer au passage de la *Rhétorique* (A, 13, 1373 b 1-18) dans lequel Aristote cite

Rhétorique, et œuvre poétique

57 Aristote déclare dans le *Sophiste*[1] qu'Empédocle le premier a découvert la rhétorique, et Zénon la dialectique[2]. Dans son ouvrage *Sur les poètes*[3], il dit qu'Empédocle a écrit à la façon d'Homère et s'est montré fort habile dans ses moyens d'expression, usant de la métaphore et des autres inventions poétiques. Et il dit que comme il avait écrit d'autres poèmes, en particulier *La Traversée de Xerxès* et l'*Hymne à Apollon*[4], plus tard une sœur à lui (ou une fille, selon Hiéronymos[5]) les a brûlés, l'*Hymne* par mégarde, mais le poème sur les Perses tout à fait volontairement, parce qu'il était inachevé. **58** Et il[6] dit de façon générale qu'il a écrit des tragédies et des discours politiques; mais Héraclide[7], le fils de Sarapion, affirme que les tragédies sont d'un autre. Hiéronymos[8] dit qu'il en a lu quarante-trois, Néanthe au contraire dit qu'il a composé les tragédies dans sa jeunesse, et que lui en a lu sept[9].

---

successivement l'*Antigone* de Sophocle, le fragment B 135 DK d'Empédocle ... et Alcidamas pour sa *Messénienne* (à cet endroit, le passage est hélas mutilé).

1. Fr. 65 Rose[3]. L'ouvrage est perdu.
2. On retrouve le couple Zénon-Empédocle, mais cette fois ils se partagent les arts du *logos*, et une nouvelle facette d'Empédocle est révélée, avec la rhétorique (pour d'autres témoignages relatifs à l'invention de la rhétorique par Empédocle, cf. DK 31 A 19).
3. Fr. 70 Rose[3]. Autre ouvrage perdu.
4. Si l'on peut émettre de fortes réserves sur le premier titre, le second en revanche mérite attention (cf. notamment Ammonius, *in Peri herm.*, p. 249, 1 Busse, citant le fr. B 134 DK).
5. Fr. 30 Wehrli. Historien du IIIe s. av. J.-C, déjà cité une fois dans le livre VIII (§ 21).
6. Il s'agit encore d'Aristote.
7. Héraclide Lembos, fr. 6 Müller.
8. Fr. 30 Wehrli.
9. *FGrHist* 84 F 27. Je traduis avec la correction de Diels reprise par Long (αὐτῶν ἑπτὰ au lieu de αὐτὸν ἔπειτα), qui ne me semble pourtant pas complètement probante, y compris du point de vue grammatical. L'anecdote est à rapprocher de la *Vie de Platon* (III 5) : Platon aussi aurait composé des tragédies dans sa jeunesse, avant de les détruire. Empédocle, en revanche, n'aurait pas renié ces œuvres, à moins que le deuxième ἐντετυχηκέναι ne soit une faute de copiste, et se soit substitué à un verbe tel que ἀφεικέναι, comme me le suggère M. Patillon; il faudrait alors lire : καὶ αὐτὸν ἔπειτα ἀφεικέναι, autrement dit « et qu'ensuite il les a reniées ». Cela permettrait de comprendre le doute sur l'authenticité.

Savoir médical et scientifique

Satyros dans les *Vies*[1] dit qu'il fut à la fois un très grand médecin et un très grand orateur. En tout cas, Gorgias de Léontini[2] a été son disciple, lui qui a excellé dans la rhétorique et a laissé un *Art*[3]; de ce dernier, Apollodore dit dans la *Chronologie* [4] qu'il a vécu cent neuf ans[5]. **59** Selon Satyros, cet homme dit qu'il était en personne aux côtés d'Empédocle lorsqu'il exerçait sa magie. Mais il dit aussi qu'Empédocle tout au long de ses poèmes[6] proclame cela et bien d'autres choses, lorsqu'il dit:

> Tous les remèdes qui existent contre les maux, et les secours contre [la vieillesse,
> Tu les apprendras, car pour toi seul, j'accomplirai tout cela;
> Tu arrêteras la force des vents infatigables qui, s'élançant sur la terre
> De leurs bourrasques anéantissent les cultures;
> Et à l'inverse, si tu le veux, tu lanceras sur elle les souffles d'action [inverse.
> La pluie noire, tu la transformeras en sécheresse favorable
> Aux hommes; la sécheresse caniculaire, tu la transformeras
> en précipitations qui font croître les arbres, et s'établiront dans [l'éther[7],
> et tu ramèneras de l'Hadès la force d'un homme mort.[8]

1. Fr. 12 Müller.
2. DK 82 A 3. Le fameux rhéteur (485-376 env. av. J.-C.).
3. On a beaucoup glosé cette filiation Empédocle-Gorgias, dont la vraisemblance dépend d'une part de l'attribution à Empédocle du titre d'inventeur de la rhétorique (*supra*, § 57), d'autre part d'un passage du *Ménon* de Platon (76 c-e) qui associe les deux auteurs.
4. *FGrHist* 244 F 33.
5. Simple parenthèse à propos de Gorgias. D. L. reprend aussitôt Satyros à propos du lien Empédocle-Gorgias.
6. Plutôt que « dans ces vers ».
7. Diels avait avec réserve tiré des mss. τά τ' αἰθέρι ναιήσονται, que reprend Long et que je traduis. Mais un tel futur est sans parallèle, qu'on le dérive de ναίω) (« habiter »), comme je le fais, ou de νάω (ναίω) « couler ». J. Bollack (cf. *Empédocle*, II, n° 12, p. 9, et *Empédocle*, III, p. 24-25) propose une correction élégante, qui donne le même sens que celui que j'adopte, mais au présent: τά τ' αἰθέρι ναιετάουσι.
8. DK 31 B 111 (= 12 Bollack). Cette citation peut provenir de Satyros, sans certitude.

60 Et Timée dit dans son dix-huitième livre[1] que cet homme a été admiré pour de nombreuses raisons. Ainsi une fois, alors que les vents étésiens soufflaient si fort qu'ils allaient faire pourrir les récoltes, il ordonna de dépecer des ânes et de fabriquer des outres, et il les tendit aux sommets des collines et des montagnes pour retenir le souffle du vent ; comme le vent avait cessé de souffler, il fut surnommé « arrête-vent ». Héraclide dans son ouvrage *Sur les maladies* dit qu'il a instruit Pausanias sur le cas de la femme inanimée[2]. Et Pausanias, à ce que disent Aristippe et Satyros, était son aimé ; précisément, c'est à lui qu'Empédocle a adressé son *Sur la nature*, dans les termes suivants :

> **61** Pausanias, écoute, toi, fils du sage Anchitos.[3]

Mais il a également écrit une épigramme qui lui est destinée :

> Pausanias surnommé le médecin, fils d'Anchitos,
> mortel Asclépiade, sa patrie Géla l'a nourri,
> lui qui, du sanctuaire de Perséphone, a détourné
> de nombreux mortels consumés par de pénibles fatigues.[4]

Pour revenir[5] à la femme inanimée, Héraclide[6] dit qu'elle fut dans un état tel qu'il maintint son corps, trente jours durant, sans respirer ni se décomposer[7] ; de là vient qu'il le qualifia de médecin et de devin, en s'appuyant également sur ces vers :

---

1. *FGrHist* 566 F 30.
2. L'emprunt à l'ouvrage *Sur les maladies* d'Héraclide du Pont (fr. 77 Wehrli, cf. déjà *supra*, § 51), associant Pausanias au récit de la femme inanimée, est immédiatement interrompu par trois renseignements relatifs à Pausanias, et reprend ensuite, plus développé (§ 61-63).
3. DK 31 B 1 (= 3 Bollack). Le vers est extrait du proème du poème physique, mais il n'est pas certain que ce soit le premier vers du poème ; cf. J. Bollack, *Empédocle*, III 1, p. 3.
4. Vers apocryphes (= DK 31 B 156). Cf. *Anth. Pal.* VII 508.
5. M. Patillon me suggère de façon probante de corriger ici γοῦν en δ' οὖν. D. L. revient à la femme inanimée, après une digression sur Pausanias et la nature de leur relation. δ' οὖν, « quoi qu'il en soit », relance le récit bien mieux que γοῦν, « en tout cas », qui introduit généralement une confirmation consistant en une preuve.
6. Fr. 77 Wehrli.
7. Je garde le ἄσηπτον des mss., qui donne un sens tout à fait acceptable.

62 Amis, qui habitez la vaste cité au bord du blond Akragas,
sur les hauts de la citadelle, soucieux des œuvres de bien,
salut à vous! Moi qui suis pour vous un dieu immortel, et non plus
[un mortel,
je vais au milieu de tous, honoré, comme je semble l'être,
ceint de bandelettes et de couronnes fleuries.
Lorsque j'arrive avec elles dans les cités florissantes,
par les hommes et par les femmes je suis vénéré ; et ils me suivent
par milliers, me demandant où est le chemin qui conduit au bienfait ;
les uns réclament des oracles, les autres, pour toutes sortes
de maladies, demandent à entendre la parole guérisseuse.[1]

63 Héraclide[2] explique qu'il qualifie Agrigente de « vaste », étant donné que huit cent mille personnes vivaient dans la ville ; de là vient qu'Empédocle disait, parce qu'ils étaient voluptueux, « les Agrigentins vivent dans la volupté comme s'ils devaient mourir demain, mais ils aménagent leurs maisons comme s'ils devaient vivre à tout jamais »[3].

---

1. DK 31 B 112, 1-2, 4-11 (le vers 3 inséré par Diels dans le fragment l'est sans doute à tort).

2. D. L. ne donne pas de sujet à φησί. Ce devait être Timée pour Diels qui était obligé de corriger en supprimant la leçon ποταμὸν ἀλλ' considérée comme la bonne leçon de ce qui était tenu pour une glose insérée. L'autre leçon Ποταμίλλα n'a pas été prise au sérieux, bien qu'elle puisse fournir un sujet au verbe. Il est certain que ce nom n'est attesté nulle part, mais on pourrait supposer que ce soit un sobriquet, qualifiant un scholiaste ancien d'Empédocle ; à moins que la corruption ne concerne le nom de Potamon d'Alexandrie, l'éclectique cité par Diogène en I 21. L'altération serait toutefois très importante, et on ne voit pas facilement comment Potamon, dans son ouvrage éclectique, aurait été amené à commenter ce passage. C'est en réalité Héraclide qui continue à être cité : il commente l'expression d'Empédocle non dans une intention érudite, mais en vue de dégager le mieux possible la personnalité thaumaturgique du Sicilien. Héraclide souligne donc ce μέγαν et la puissance de cette ville, capable de faire vivre 800 000 personnes. Notons que Diodore, qui suit Timée, fournit comme chiffre pour la population d'Agrigente 20 000 citoyens et 200 000 avec les esclaves et les métèques (XIII 82). Nous sommes loin du compte d'Héraclide.

3. Il y a effectivement un rapport consécutif avec ce qui précède : les Agrigentins, si puissants, si favorisés, vivent en éphémères, dilapident cette puissance : ils vivent dans la fausse éternité. Le pouvoir thaumaturgique qu'Héraclide faisait ressortir visait au contraire à la concentration de l'éternité dans l'instant. La cité est à ce point de vue un enjeu majeur, qui aboutit à façonner une Agrigente dans Agrigente (ce que figure le début du fr. B 112 DK). Le mot ici attribué à Empédocle l'est à Platon dans Élien, *Hist. var.* XII 29.

Vie publique ; politique

Ces mêmes *Catharmes*, on dit que Cléomène le rhapsode les a récités à Olympie – c'est là ce que dit aussi Favorinus dans ses *Mémorables*[1]. Aristote[2] dit qu'il était indépendant et étranger à toute espèce de responsabilité politique, s'il est vrai qu'il déclina la royauté qu'on lui offrait, ainsi que Xanthos[3] le dit dans les pages qui lui sont consacrées, car manifestement il préférait la simplicité.

64 Et Timée[4] dit la même chose, en ajoutant aussi l'occasion qui révéla en l'homme un démocrate[5]. Il raconte en effet l'histoire suivante : Empédocle fut invité par un des magistrats ; le repas avançait, mais on ne servait pas à boire : tandis que les autres restaient calmes, mis en colère par cette grossièreté, il demanda à ce qu'on les servît ; mais leur hôte répondit qu'on attendait le secrétaire de l'Assemblée. Lorsqu'il arriva, il devint le symposiarque, parce que, cela est clair, l'hôte l'avait établi ainsi, et il donna l'esquisse d'un gouvernement tyrannique : il ordonna en effet que l'on boive ou que l'on se renverse la boisson sur la tête. Sur le moment, Empédocle garda son calme ; mais le lendemain, il assigna les deux hommes, l'hôte et le

1. Fr. 49 Barigazzi. Le même renseignement est fourni par Athénée (XIV, 620 d = DK 31 A 12), qui dit le tenir de l'Ὀλυμπικός de Dicéarque (fr. 87 Wehrli).

2. Ce fragment fait partie du *Sophiste* pour Rose[3] (= fr. 66) et Ross (= fr. 2 du *Sophiste*), tandis que R. Laurenti (*I frammenti dei dialoghi*, Naples 1987) le classe dans le Περὶ ποιητῶν (fr. 2 c).

3. R. Laurenti fait généreusement entrer la remarque de Xanthos dans le fragment d'Aristote, ainsi que la réflexion de Timée au § 64. Sur ce Xanthos, il est difficile de se prononcer : peut-être est-ce Xanthos le Lydien, (*FGrHist* 765 F 33) contemporain d'Empédocle, qui aurait écrit un livre sur lui. Dans ce cas, Aristote pourrait l'avoir cité. Cf. H. Herter , art. « Xanthos » 25, *RE* IX A 2, 1983, col. 1354-1355 ; *FHG* I, fr. 30, p. 44. Bidez (*Vie d'Empédocle*, p. 58) fait l'hypothèse, guère plus probable, du fils de Timon.

4. *FGrHist* 566 F 134.

5. « La même chose » renvoie au refus de la royauté. L'anecdote est supposée illustrer les convictions démocrates d'Empédocle, ou plus précisément en donner l'origine. αἰτίαν en effet signifie moins la « raison » (Hicks, Gigante) que l'« occasion » (cf. LSJ, *s.v.* αἰτία, III) : de fait, l'anecdote relatée ne fait pas naître le sentiment démocratique chez Empédocle, mais le banquet lui donne l'occasion de révéler ces convictions.

symposiarque, devant le tribunal, et les fit exécuter au terme du jugement[1]. Tel fut pour lui le début de sa vie publique.

65 Une autre fois, Acron[2] le médecin avait demandé au Conseil un endroit où édifier un monument funéraire à ses ancêtres, au nom de leur éminence en matière médicale. Étant survenu, Empédocle s'y opposa, arguant du principe d'égalité, et posa en particulier la question suivante : « Quelle épitaphe inscrirons-nous ? Celle-ci:

> Éminent, l'éminent médecin d'Éminente cité, fils de son père Éminent
> est enterré dans l'éminence escarpée de son extrêmement éminente [patrie ?»

1. Après la grossièreté initiale, un deuxième manquement consiste à désigner après coup le symposiarque (il l'est normalement au début du repas, par élection ou tirage au sort, avant de manger puis de boire) : c'est un procédé non démocratique, tyrannique. Ainsi, la scène figure et préfigure une situation politique de contrainte et d'arbitraire, comme le montre l'ordre donné : boire ou se renverser la boisson sur la tête. C'est le troisième manquement, dû cette fois au symposiarque abusif qui utilise la boisson comme moyen d'une usurpation et d'une domination symboliques : le deuxième membre de l'alternative est évidemment une pure humiliation. Les autres ont donc été invités pour être témoins de la collusion entre les deux personnages et, par leur assentiment tacite, y apporter leur caution. L'excès auquel les deux complices sont parvenus n'autorise plus une intervention personnelle : Empédocle reste alors calme et maître de lui sur le moment (mais refuse-t-il de boire ?), mais prépare la seule parade encore possible, le recours judiciaire, qui interrompt ces velléités tyranniques. En dénonçant publiquement et juridiquement ce qui se jouait dans cette scène privée, il se place du côté des lois démocratiques, contre les factions.

2. L'épitaphe forgée ensuite par Empédocle joue sur le nom d'Acron, que je rends alors par « Éminent ». Pline (*N.H.* XXIX 1, 5) fait d'Acron le disciple d'Empédocle, fondateur de l'école médicale empirique. La notice de la *Souda, s.v.* Ἄκρων, confirme son statut de médecin, et en fait un contemporain d'Empédocle avec qui il aurait enseigné à Athènes ; elle le crédite surtout d'un Περὶ ἰατρικῆς, que Burkert retient comme authentique (*Lore and Science*, p. 223, n. 25), alors que H. Thesleff suppose un pseudépigraphe (Thesleff, *Pythagorean Texts*, p. 1 *sq.*). L'affaire d'Acron est la deuxième action publique démocratique d'Empédocle : la première aboutissait au tribunal, celle-ci se produit à l'Assemblée. Mais l'enjeu n'est pas le même : Empédocle ne conteste pas la valeur du médecin –, il a peut-être lui-même contribué à former Acron – il oppose un déni absolu à la prétention d'un traitement honorifique exceptionnel (avec héroïsation ?). En usant de son pouvoir de persuasion il produit la dérision, à laquelle il associe un discours sur l'égalité de tous les hommes. Sa réplique trouve sa pointe dans un distique (ἐλεγεῖον), reproduit également dans la *Souda, s.v.* Ἄκρων, et dans Tzetzès, *Schol. in Herm. Cram., Anecd. Graeca* IV 119.

Mais certains citent ainsi le deuxième vers :

repose dans l'éminente tombe du sommet extrêmement éminent.

Certains disent que le vers est de Simonide[1].

66 Plus tard, Empédocle fit dissoudre le rassemblement des Mille formé pour trois ans, si bien qu'il appartenait non seulement à la classe des riches, mais aussi bien au groupe des partisans de la démocratie[2]. Précisément Timée[3], dans le premier et le deuxième livres –

---

1. C'est l'attribution de la variante qui est discutée. La remarque suppose que le distique ait été fort célèbre. Voir note précédente.

2. Il s'agit de la troisième action entreprise ; « plus tard » vaut pour l'histoire d'Agrigente. Empédocle mène à bien le projet de suppression de l'oligarchie. On peut supposer que l'Assemblée des Mille ne se soit pas mise en place aussitôt après la chute de la tyrannie (471 pour Agrigente), mais plutôt au moment de l'accord dont fait état Diodore (XI 76), soit vers 461 ou peu après. La dissolution n'est sans doute pas intervenue tout de suite, ce qui place assez tard cette troisième action politique et égalitaire d'Empédocle, la plus éclatante. Empédocle devait à la fois faire partie des Mille et, contre les intérêts de son statut social, défendre des opinions démocratiques. Les limites imposées à cette Assemblée, en particulier dans la durée, permettent de supposer qu'il s'agissait d'une oligarchie assez modérée (cf. Ehrenberg, *Der Staat der Griechen*, Leipzig 1957, p. 45), dont la suppression a pu se faire au terme d'un débat, en tout cas sans violence.

3. *FGrHist* 566 F 2. « Précisément » pour γέ, auquel M. Narcy pense qu'il faudrait plutôt donner un sens concessif. Mais le témoignage de Timée souligne polémiquement la même tension entre le démocratisme et l'aristocratisme d'Empédocle. La référence expresse à Timée, si l'on a garde à l'abondance des références que ce dernier fait à Empédocle, laisse penser que l'ensemble des références politiques vient de cet auteur. Justement, ce qui pouvait paraître assez évident dans le cas de données historiques précises l'est moins s'agissant d'un jugement général tel qu'il est maintenant présenté. D'où la référence, en dehors de la trame chronologique, *au début* de l'ouvrage de Timée. Cette situation (premier et deuxième livres) a d'ailleurs fortement gêné, au point que la correction de Beloch : ια' καὶ ιϐ', s'est imposée, sans absolue nécessité pourtant. Par ailleurs, la phrase a été abondamment corrigée depuis Cobet et Reiske, qui y décelaient une lacune. Le problème principal est celui du τε (423, 23 Long), secondairement du ὅπου δὲ (424, 1 Long). Cobet supprimait le premier, et faisait du groupe le début d'une phrase avec < ἴδοι τις ἄν > (leçon de dgw). Après Reiske, Diels aménageait la phrase pour opposer strictement la vie et la poésie, dans l'idée d'une dualité non conciliable, partageant une nouvelle fois Empédocle, après science et religion (Bignone le suit strictement, ne variant que sur les deux qualificatifs glosés, *Empedocle*, p. 304, n. 1). Il faut sans doute se résoudre à

en effet, il ne cesse de le mentionner –, dit qu'il donne l'impression d'avoir adopté une attitude contraire[1] à cette vie publique, puisque dans sa poésie il se montre vantard et plein d'égoïsme[2]. En tout cas il dit :

> Salut à vous ! Moi qui suis pour vous un dieu immortel, non plus un [mortel,
> je vais ...[3],

et la suite.

Au temps où il séjournait à Olympie, on jugea qu'il méritait la plus extrême attention, au point que dans les discussions il n'était personne qui fût plus mentionné qu'Empédocle[4]. **67** Plus tard toutefois, lorsqu'il revint s'établir à Agrigente[5], les descendants de ses

---

supprimer le τε, et modifier le ὅπου δὲ en ὅπου γε ; cela accepté, la phrase se construit convenablement.

1. ἐναντίαν doit se comprendre par rapport à ce qui précède, comme une haine du pouvoir et de l'inégalité ; c'est pourquoi l'on ne peut retenir l'addition de Diels éditée par Long (p. 423, 24). Sur cette base, je suis ici la suggestion que m'a faite M. Patillon de corriger le fautif τῇ τε πολιτείᾳ de BP en τῇδε πολιτείᾳ et le ὅπου δ' en ὅπου γ'.

2. L'idée de la vantardise se retrouve évoquée dans un passage de Sextus Empiricus que Diels attribuait à Posidonios, où il cite B 112 DK. Ce jugement de vantardise est alors fermement dénoncé comme inapproprié (*Adv. math.* I 302).

3. DK 31 B 112, 4-5 ; cf. *supra*, § 62.

4. Le témoignage confirme le charisme du personnage. Mais plus qu'un renforcement de la contradiction qui l'animerait, c'en est au contraire le dénouement, car sa défense intransigeante de l'égalité l'empêche de se confiner aux limites de sa patrie, et l'amène à s'expatrier volontairement et en somme à universaliser son message : il se donne par là un autre centre, le lieu d'attraction et de rayonnement par excellence pour les Grecs, Olympie. Cette information rejoint celle relative à la récitation des *Catharmes* à Olympie par Cléomène (§ 63).

5. Diverses tentatives ont été faites pour s'accommoder du tour τοῦ Ἀκράγαντος οἰκιζομένου compris comme un génitif absolu qui avait Agrigente pour sujet. Étant donné qu'il ne pouvait s'agir de la fondation d'Agrigente, une possibilité historique était qu'il s'agît du repeuplement de la ville, après sa destruction par les Carthaginois en 406 av. J.-C. ; telle est la possibilité avancée par Diels. Mais plusieurs corrections du texte ont été proposées, d'οἰκ<τ>ιζομένου, par Apelt et Hicks, à <ἀπ>οικιζομένου par Bignone (*BollClass* 1941, p. 106), qui conjecturait déjà dans son *Empedocle*, jugeant le texte corrompu, le sens suivant : « mentre egli era lontano dalla patria ». En fait, ne considérer que la possibilité d'un génitif absolu aboutit à une impasse, la seule proposition qui conserve le

ennemis s'opposèrent à son retour ; c'est pourquoi il s'exila dans le Péloponnèse et y mourut[1].

Et lui non plus n'a pas échappé à Timon, qui l'attaque en ces termes[2] :

> Et Empédocle, ce brailleur de vers
> de place publique ; il a poussé la compréhension des choses aussi loin
> [qu'il a pu,
> lui qui a exposé des principes qui réclamaient d'autres principes.

Mort d'Empédocle

Sur sa mort, les récits que l'on fait sont divergents[3]. Héraclide[4] raconte en effet, à la suite du récit concernant la femme inanimée que, comme on faisait gloire à Empédocle d'avoir renvoyé vivante

---

texte des mss, celle de Diels, imposant de donner au verbe οἰκίζεσθαι, « peupler », le sens de « repeupler » qu'il n'a pas. La correction d'Apelt, elle, est faible ; celle de Bignone fait en revanche approcher d'une solution, puisque s'il corrige le texte jugé corrompu, il suggère une construction où Empédocle serait sujet. C'est la construction retenue ici, mais sans modification du texte : je comprends qu'Empédocle voulait venir s'installer *à Agrigente* après ses voyages, τοῦ 'Ακράγαντος étant pris comme locatif (c'est déjà la compréhension de Bidez, *Vie d'Empédocle*, p. 157, qui toutefois supposait, sans préciser, une lacune).

1. Empédocle ne peut donc retourner à Agrigente : les descendants des gens qu'il avait fait mettre à mort prennent désormais leur revanche, et transforment l'exilé volontaire en proscrit, en exilé véritable. On a ainsi le schéma : a. départ vers d'autres cités (B 112 DK) ; b. retour au point de départ, dans sa cité ; c. perte de la position initiale, exil définitif hors de sa cité. Pourquoi sa destination est-elle le Péloponnèse ? Peut-être est-ce encore contre Athènes, de façon convergente avec le récit qui le fait combattre, exilé, aux côtés des Syracusains (cf. la version d'Apollodore, § 52).

2. Fr. 42 Diels = 42 Di Marco. C'est une citation des fameux *Silles*, de Timon de Phlionte, que D. L. cite tout au long de ses *Vies*, et auquel il consacre la dernière *Vie* du livre IX. Timon confirme la volonté de publicité d'Empédocle, et ceci justifie la présence de cette citation dans le contexte.

3. La politique était traitée essentiellement à partir de Timée, cette fois la mort est abordée à partir du récit d'Héraclide (même si D. L. a terminé sa reprise de Timée juste au-dessus, en évoquant déjà sa version de la mort d'Empédocle). L'opposition au récit initial se développera progressivement, jusqu'à son renversement. On peut ainsi distinguer une première série de quatre unités (jusqu'au § 70 inclus), d'une deuxième entièrement critique (71-74). Les divergences qui opposent les récits entre eux sont effectivement profondes.

4. Fr. 83 Wehrli.

cette femme morte[1], il célébrait un sacrifice sur le terrain de Peisianax. Il avait convié certains de ses amis, parmi lesquels Pausanias[2]. **68** Ensuite, après le banquet, les autres allèrent se reposer à l'écart, certains sous les arbres dont le terrain était bordé, d'autres où bon leur semblait, tandis que lui-même demeurait à l'endroit où il se trouvait allongé[3]. Quand ce fut le jour, ils se levèrent : lui seul resta introuvable. On se mit à sa recherche, les serviteurs, interrogés, dirent ne pas savoir, un seul déclara qu'au milieu de la nuit il avait entendu une voix d'une extraordinaire puissance qui appelait Empédocle, puis que, s'étant levé, il avait vu une lumière céleste et un éclat de torches, et rien d'autre. Comme ce qui venait d'arriver laissait les autres stupéfaits, Pausanias pour finir envoya des hommes à sa recherche[4]. Ensuite, il empêcha[5] de multiplier les recherches, déclarant que l'événement qui s'était produit méritait des prières, et qu'il fallait sacrifier pour lui, comme s'il était devenu un dieu[6].

---

1. Le récit de la mort d'Empédocle que propose Héraclide se rattache aux exploits dont il a déjà été fait mention auparavant, concernant la femme inanimée (cf. *supra,* § 60-61). La référence à cet ouvrage reprend au point où Empédocle sauve la femme : il suscite l'admiration pour son pouvoir sur les fonctions vitales ; le retour à la vie de la femme inanimée montre sa maîtrise : elle était morte, ou supposée telle, et elle vit. On notera l'analogie textuelle avec le fr. B 125 DK : Empédocle prend en somme la place de l'agent démonique. L'allégorèse des *Catharmes* conduit Héraclide à investir la personne d'Empédocle de l'ensemble des caractéristiques démoniques, conformément d'ailleurs à ce qu'Empédocle lui-même rendait possible par les déclarations de B 111, 8-9 et B 112 DK (cités plus haut par D. L., cf. §§ 59 et 62). Précisément, la célébration qui a lieu se fait entre amis formant une communauté unie, conformément à ce que pose le début de B 112 DK.

2. D. L. distingue Pausanias moins en raison de son renom, que pour son rôle dans l'histoire. Dans celle-ci, Héraclide, qui s'inspire du poème physique, fait de Pausanias le disciple chargé des décisions.

3. Le récit est très construit : le banquet pour commencer, puis la dispersion dans la nuit, qui sépare les amis d'Empédocle. Lui ne bouge pas - point fixe de la scène. C'est le matin qui révèle sa disparition.

4. Sont frappés de stupeur aussi bien les invités que les serviteurs ; Pausanias, qui comprend sans doute mieux que les autres, fait faire des recherches pour apaiser les esprits (il se comporte conformément à son nom, « celui qui apaise »).

5. J'adopte la correction de Cobet, ἐκώλυσε.

6. C'est le même Pausanias qui juge inutiles à un moment les recherches qu'il avait lancées : il renverse ses directives, et fait d'une part prier pour marquer la grandeur du disparu, deuxièmement sacrifier, pour honorer celui qui est retour-

69 Hermippe[1] dit qu'il avait soigné une femme d'Agrigente du nom de Panthée, à qui les médecins ne donnaient plus aucun espoir, et pour cette raison avait offert le sacrifice[2]; ses invités étaient plus de quatre-vingts.

Hippobote[3] dit que, s'étant levé, il s'était dirigé vers l'Etna, et que parvenu au bord des cratères de feu, il s'y était élancé et avait disparu, voulant renforcer les bruits qui couraient à son propos, selon lesquels il était devenu un dieu ; mais ensuite on l'a su, car une de ses sandales a été rejetée par le souffle – en effet, il avait coutume de chausser des sandales de bronze. A ce récit s'opposait Pausanias[4].

---

né à son état divin initial; « comme à quelqu'un qui serait devenu ... » : cette modalisation se comprend par référence aux *Catharmes* qui constituent l'arrière-plan du récit (cf. B 112, 4, 115 et 146 DK).

1. Fr. 27 Wehrli. La version d'Hermippe nous présente la résurrection de la morte comme un cas de guérison miraculeuse, à valeur en somme exotérique. La référence serait cette fois la fin du fr. B 112 DK. (cf. *supra* § 62). Par rapport à Héraclide, Hermippe affirme qu'il y a beaucoup de monde à cette fête (« près de quatre-vingts »): c'est une célébration publique pour un exploit qui est largement reconnu.

2. Celui-là même dont parlait Héraclide (*supra* § 67).

3. Fr. 16 Gigante. Hippobote évoque, lui, une disparition volontaire, privée de l'appel de la voix surhumaine. Tout tourne autour de la divinisation théorique évoquée dans les *Catharmes* (B 112, 4 DK), qui serait confirmée par l'acte d'Empédocle, terminant son existence par un retour aux éléments, dans le cercle des dieux. Il est déjà dieu, et il n'y a plus rien après. Selon Hippobote donc, la fin d'Empédocle est une sorte de suicide, ce qui s'oppose à la version d'Héraclide, celle du « passage » naturel à l'état divin. Ici, nous apprenons, placés du côté des hommes, comment il a décidé de son entrée en gloire : comment, par son départ, et pour l'avenir, il se pérennise. Le détail de la sandale n'a pas par lui-même de valeur négative : il est à prendre comme un signe. Un dénigrement ultérieur pourra faire passer le détail pour l'évidence de l'imposture.

4. Pausanias, le personnage du dialogue d'Héraclide, ne s'opposait pas seulement au détail de la sandale, mais à l'histoire du saut dans l'Etna, la version alternative pour expliquer sa disparition. On peut ainsi supposer qu'Héraclide introduisait dans le cours de son ouvrage un bruit qui avait couru sur la mort d'Empédocle, réfuté par Pausanias. C'est cette version qu'Hippobote bien plus tard accrédite, et à laquelle il s'efforce de donner autorité.

70 Diodore d'Éphèse[1], écrivant sur Anaximandre[2], affirme qu'il a été son émule, s'exerçant à son enflure tragique, lui empruntant son costume pompeux[3].

Une peste s'était abattue sur Sélinonte à cause des pestilences qui s'élevaient du fleuve voisin: les habitants dépérissaient et les femmes avortaient; Empédocle y réfléchit et détourna vers ce fleuve deux rivières des environs à ses propres frais; et par ce mélange, il adoucit les eaux. Quand la peste eut ainsi cessé, un jour où les Sélinontins fêtaient cela par un banquet au bord du fleuve, Empédocle soudain leur apparut: eux, après s'être levés, se prosternèrent et lui adressèrent des prières comme à un dieu. C'est parce qu'il voulait renforcer cette croyance qu'il s'est jeté dans le feu[4].

71 Mais Timée[5] s'oppose à ces auteurs[6]. Il dit en termes exprès qu'il s'est exilé dans le Péloponnèse, et qu'il n'en est pas du tout revenu. C'est la raison pour laquelle aussi les circonstances de sa mort sont incertaines[7]. Timée dirige nommément contre Héraclide[8]

---

1. On ne sait rien d'autre sur cet auteur. Cf. R. Goulet art. « Diodoros d'Éphèse » D 129, *DPhA* II, p. 784.

2. Une confusion de copiste avec le nom d'Anaxagore (en abréviation) est probable.

3. La remarque, que Diels considérait comme une interruption malencontreuse de la relation d'Hippobote (*PPhF*, p. 79, note ad §70), est motivée par la remarque vestimentaire précédente: porter des sandales de bronze n'était pas ordinaire. Par ricochet, cela constitue une réponse à la réserve de Pausanias. C'est ainsi que pour Diodore d'Éphèse Empédocle tenait de l'imposteur ou de l'affabulateur, en adoptant un style de vie prophétique dont Anaximandre (Anaxagore ?) est présenté comme le modèle; il ne s'agit en tout cas pas ici de la doctrine. Il est difficile de savoir si la référence à Diodore s'interrompt là, comme le pensait Diels, ou continue (Bidez).

4. La conclusion de l'épisode montre que D. L. a dû poursuivre l'argumentaire d'Hippobote.

5. *FGrHist* 566 F 6.

6. Concernant la mort, on aborde maintenant l'autre versant, avec la critique radicale de l'historien Timée (on connaît déjà sa position sur la mort d'Empédocle; cf. *supra*, § 67).

7. En faisant d'abord remarquer que le lieu de la mort est inconnu, Timée vise à contrer l'histoire de l'Etna. Il s'en tient au fait de l'exil qui lui a été imposé (cf. *supra*, § 67): exclu, banni, il n'est plus revenu en Sicile et il n'y a pas eu de réconciliation.

8. Fr. 84 Wehrli.

la réfutation qu'il fait dans le quatrième livre[1]. Il dit en effet que Peisianax était syracusain et qu'il n'avait pas de domaine à Agrigente. Il dit ensuite que Pausanias aurait fait ériger un monument funéraire en l'honneur de son ami, si une telle histoire s'était répandue, ou une statue, ou encore un enclos sacré, comme pour un dieu; de fait, il avait de la fortune. « Comment donc, dit-il, se serait-il jeté dans les cratères dont il n'avait jamais fait mention bien qu'ils fussent proches[2] ? **72** Il est donc mort dans le Péloponnèse[3]. Et il n'y a rien d'étrange à ce qu'on ne puisse y voir sa tombe, car c'est le cas de celles de bien d'autres[4]. » Après des observations de cet ordre, Timée ajoute : « Mais en toute occasion Héraclide aime à raconter ainsi des histoires extravagantes, et il est capable de parler d'un homme qui est tombé de la lune[5]. »

Hippobote[6] dit qu'une statue voilée d'Empédocle se trouvait autrefois à Agrigente, et que plus tard elle se trouvait dévoilée devant

---

1. D.L. aborde ensuite la réfutation par Timée d'Héraclide (qui rejetait lui-même l'idée qu'Empédocle ait pu se suicider dans l'Etna, cf. *supra* § 69, et p. 996 n. 4), avec deux arguments (le domaine ne se trouve pas où Héraclide le dit; il y aurait un témoignage monumental érigé par Pausanias pour marquer l'événement, lui qui en avait les moyens : l'indice qu'il faudrait admettre si c'était vrai manque).

2. Avec cette citation textuelle, on semble revenir à la version combattue par Héraclide. Il est vrai qu'on peut toujours penser qu'il corrigeait la tradition des sandales, et donc du saut. L'apothéose selon Héraclide aurait pu avoir lieu au pied de l'Etna. Mais l'objection de Timée sur le domaine de Peisianax devient mystérieuse, car Agrigente est éloignée de l'Etna, autant que Syracuse. En signalant qu'Empédocle dans son œuvre ne parle jamais de l'Etna, montrant ainsi qu'il n'a pas d'affinité particulière avec le volcan, à la différence du pôle d'Agrigente, il réduit l'alternative à la mort insulaire ou à la mort en exil.

3. L'hypothèse d'une mort insulaire ne résiste pas en raison de la faiblesse des témoignages; Timée s'en tient donc à l'exil dans le Péloponnèse (cf. le début du § 67).

4. En soulignant qu'il n'est pas rare d'ignorer où est mort tel personnage, et qu'il n'ait pas de tombe connue, Timée étaie sa critique historique : il n'y a assurément aucune raison de supposer une disparition mythique.

5. Timée s'attache enfin à discréditer en général le témoignage d'Héraclide, le présentant comme un écrivain fantaisiste qui développe des récits dénués de raison : il est παραδοξολόγος. Le reproche n'est pas entièrement infondé.

6. Fr. 17 Gigante. Les arguments d'Hippobote sont donnés en réponse à ceux de Timée. L'objection est sérieuse : elle confond Timée, en affirmant qu'une statue voilée d'Empédocle se trouvait à Agrigente jusqu'à ce que les Romains

la Curie romaine: les Romains, cela est clair, l'y avaient transportée[1]. Même aujourd'hui, on en fait circuler des représentations peintes.

Néanthe de Cyzique[2], celui qui a aussi parlé des Pythagoriciens, dit qu'à la mort de Méton le pouvoir tyrannique commençait à percer; alors, Empédocle aurait persuadé les Agrigentains de mettre fin à leurs querelles, et de pratiquer l'égalité politique[3]. **73** De plus, il aurait doté beaucoup de filles de la cité qui se trouvaient sans dot, grâce à la fortune dont il disposait.

C'est pour cette raison[4] qu'il s'habillait de pourpre et se ceignait d'un bandeau d'or, comme le dit Favorinus dans ses *Mémorables*[5], et qu'il portait en outre des chaussures de bronze et une couronne delphique. Il avait les cheveux longs, et des esclaves l'accompagnaient. Il avait toujours le visage grave, et ne changeait jamais d'attitude. C'est ainsi qu'il circulait, et les citoyens qui le rencontraient trouvaient dans cette apparence le signe d'une sorte de royauté[6].

---

s'en emparent, soit après la mort de Timée. Outre la signification symbolique intrinsèque du détail du voile, quelle peut être sa fonction sinon expliquer l'ignorance de Timée ? Une statue d'Empédocle était là, vénérée comme un objet divin égal aux objets des Mystères, quand Timée croyait pouvoir démontrer une supercherie d'Héraclide.

1. Les Romains plus tard, en colons, emportent la statue et la découvrent, ne reconnaissant plus l'objet de culte, seulement la beauté de la réalisation. Le vol pourrait avoir eu lieu dès le IIe siècle (c'est en tout cas au siècle suivant qu'éclatera le scandale de Verrès dénoncé par Cicéron).

2. *FGrHist* 84 F 28.

3. Ce retour fugitif au thème politique peut s'expliquer par la présence monumentale d'Empédocle dans la ville : son souvenir se perpétue par les statues ou les peintures subsistantes. La citation indirecte d'Empédocle: παύσασθαι μὲν τῶν στάσεων, ἰσότητα δὲ πολιτικὴν ἀσκεῖν, n'est pas sans rappeler la formule de B 136, 1 DK : οὐ παύσεσθε φόνοιο δυσηχέος; dont elle paraît être une réfection – cela témoigne d'une lecture politique directe des *Catharmes*. S'ajoute donc au souvenir de l'action politique celui d'une action sociale de bienfaiteur : tout concourt à faire ultérieurement d'Empédocle une sorte de « saint patron » de la ville.

4. A savoir la fortune. D. L. procède ici par association d'idées, avant de revenir à la mort d'Empédocle et de livrer les derniers éléments d'information à ce propos.

5. Fr. 50 Barigazzi.

6. S'appuyant sur Favorinus, D. L. développe le thème de l'apparence superbe d'Empédocle, qu'il n'avait qu'esquissé en mentionnant un peu auparavant le point de vue critique de Diodore d'Éphèse (70).

Plus tard, tandis qu'à l'occasion d'une fête, il faisait route en char en direction de Messine, il fit une chute et se brisa le fémur ; tombé malade à la suite de cela, il mourut à l'âge de soixante-dix-sept ans. Sa tombe se trouve à Mégare[1].

74 Sur son âge, Aristote[2] est d'un avis différent. Il dit qu'il est mort à soixante ans[3] ; d'autres disent qu'il est mort à cent neuf ans[4]. Il était à sa maturité durant la quatre-vingt-quatrième Olympiade[5].

Démétrios de Trézène[6], dans son livre *Contre les Sophistes*, dit en s'inspirant d'Homère, qu'

> il attacha très haut le lacet à la cime du cornouiller,
> y suspendit sa nuque, et son âme descendit dans l'Hadès[7].

Et dans la lettre de Telaugès dont j'ai déjà parlé, il est dit qu'en raison de son grand âge il est tombé en glissant dans la mer, et qu'il est mort.

Voilà tout ce qui concerne sa mort.

---

1. Ce passage est peut-être attribuable à Néanthe (il est classé comme tel dans les *FGrHist* 84 F 28).
2. Fr. 71 Rose[3].
3. C'est un rappel, cf. *supra,* § 52.
4. Plus haut, D. L. cite Apollodore, selon qui Gorgias, le disciple d'Empédocle, serait mort à cent neuf ans. Il peut s'agir soit d'une confusion, soit d'une hésitation de la tradition dans l'attribution de cette durée de vie exceptionnelle, au maître, Empédocle, ou au disciple, Gorgias. Ce sont en tout cas ceux qui faisaient vivre Empédocle jusqu'à la bataille de Syracuse qui pouvaient avancer un chiffre tel que cent neuf ans, évidemment pas Aristote et Héraclide. On ne peut exclure que Timée soit la source, bien que cela eût dû être signalé au-dessus (peut-être Timée ne se prononçait-il pas sur l'âge d'Empédocle). Il reste que les partisans de cette date devaient opposer à la version de l'apothéose une autre, qui introduisait une longévité extrême, et confirmait la maîtrise de la vie.
5. Cela correspond aux années 444-441. La donnée peut venir d'Apollodore, elle s'accorderait en tout cas avec sa chronologie. Ou alors, elle vient d'Aristote, *via* Ératosthène, selon la séquence rencontrée au début (§ 51).
6. Fr. 1 Diels. Cf. R. Goulet, art. « Démétrios de Trézène » D 58, *DPhA* II, p. 637.
7. Édité par Diels dans les *PPhF*, et classé dans les *FHG* (IV, 383). Le vers d'Homère est *Od.* λ, 278.

Épigrammes

Voici la petite raillerie que j'ai faite contre lui dans mon recueil de *Mètres variés*[1]; elle est tournée ainsi:

> **75** Et toi, Empédocle, qui as un jour purifié ton corps dans la [flamme redoutable,
> tu as bu le feu immortel[2] aux cratères;
> je ne dirai pas que tu t'es jeté de ton plein gré dans la lave de l'Etna,
> mais voulant te cacher, tu y es tombé malgré toi.

Et ceci:

> Oui, on raconte qu'Empédocle est mort parce qu'il est tombé
> un jour d'un chariot et s'est cassé la jambe droite;
> s'il s'était jeté dans le cratère de feu et avait bu la vie,
> comment pourrait-on encore voir son tombeau à Mégare ?

Opinions

76 Voici ses opinions[3]: les Éléments sont au nombre de quatre, le feu, l'eau, la terre, l'air; Amitié est ce qui réunit, Haine ce qui dissocie. Il dit ainsi:

> Zeus brillant, Héra porteuse de vie, Aidôneus
> et Nestis, qui de ses larmes fait ruisseler la source mortelle.[4]

Par Zeus il entend le feu, par Héra la terre, par Aidôneus l'air, et par Nestis l'eau.

> Et Ceux-là, dit-il, en continu jamais ne cessent de changer [5],

comme si un tel arrangement était éternel; il ajoute en tout cas:

---

1. D. L. ne laisse ici aucun doute sur l'estime dans laquelle il tient personnellement Empédocle, présenté comme un vulgaire mystificateur (à la manière de Pythagore d'ailleurs d'après Hermippe, cf. *supra*, § 41). Les deux épigrammes qui suivent sont reproduites dans l'*Anth. Pal.* VII 123 et 124.

2. En corrigeant le θάνατον de BFP^ac en ἀθάνατον, de préférence à ἀθανάτων (P^pc et l'*Anthol. Pal.*).

3. D. L. introduit une courte doxographie, évoquant en premier lieu les principes, puis le ciel, puis l'âme, avec quatre citations à l'appui, les trois premières provenant du poème physique, la quatrième des *Catharmes,* si l'on maintient le principe d'une distinction de deux poèmes (cf. Note complémentaire 8, p. 1023).

4. Voir Note complémentaire 7 (p. 1022-1023).

5. 31 B 17, 6 DK (= 31 Bol.).

tantôt par Amour tous réunis en un,
tantôt au contraire emportés chacun séparément par l'hostilité de [Haine.[1]

77 Et il dit que le soleil est une grande concentration de feu, et qu'il est plus grand que la lune; la lune a la forme d'un disque, et le ciel lui-même est cristallin. Et l'âme s'introduit dans toutes sortes de formes animales et végétales ; c'est en tout cas ce qu'il dit :

car j'ai déjà été autrefois garçon et fille,
buisson, oiseau et poisson cheminant à la surface de l'eau.[2]

Son poème *Sur la nature* et ses *Catharmes*[3] atteignent cinq mille vers, tandis que son *Discours médical* en fait six cents. Nous avons déjà parlé des tragédies[4].

1. 31 B 17, 7-8 DK (= 31 Bol.).
2. 31 B 117 DK, qui est un fragment des *Catharmes.* ἔξαλος ἔμπυρος que donnent B et P, est sans doute l'altération d'ἔξαλος ἔμπορος, que transmet Hippolyte, et que je retiendrai comme la bonne leçon. La variation, souvent mise en œuvre par Empédocle, ne peut guère être invoquée ici, l'adjectif ἔμπυρος étant difficilement justifiable.
3. Voir Note complémentaire 8 (p. 1023).
4. Cf. *supra* § 58.

ÉPICHARME

Vie

78 Épicharme[1], fils d'Hélothalès[2], de Cos. Lui aussi a été l'auditeur de Pythagore[3]. A l'âge de trois mois, il fut emmené de Sicile à Mégare, et de là à Syracuse, comme il le dit lui-même dans ses écrits. Et sur sa statue on trouve l'épigramme suivante[4]:

> Comme le grand soleil brillant surpasse les astres,
> et comme la mer est plus puissante que les fleuves,
> je dis qu'équivalente est la supériorité d'Épicharme en savoir,
> lui que la présente patrie des Syracusains a couronné.

Œuvres

Il a laissé des *Mémoires* dans lesquels il livre ses réflexions sur la nature, sur l'éthique et sur la médecine[5]. Et dans la plupart de ces *Mémoires* il a composé des acrostiches, par lesquels il montre bien que ces écrits sont de lui. Il est mort à l'âge de quatre-vingt-dix ans.

---

1. Le poète comique (fin VIe s.-milieu V[e] av. J.-C.), annexé selon un processus obscur au pythagorisme. D. L., s'appuyant sur Alcimos, a suggéré au livre III que Platon l'avait plagié (§§ 9-17), mais ne rappelle rien de tel ici. A ce propos, il est possible que ce soit en vertu du rattachement d'Épicharme au pythagorisme, que l'on ait supposé le plagiat de ce dernier par Platon. Sur la justification du pythagorisme d'Épicharme, les éléments nous manquent; W. Burkert, *Lore and Science*, p. 289 n. 58, indique toutefois quelques pistes. Jamblique en particulier affirme lui aussi le lien d'Épicharme au pythagorisme, cf. *De vita pythag.* 166 et surtout 266.

2. Cf. *supra*, p. 946 n. 1.

3. Chronologiquement, ce n'est pas strictement impossible.

4. *Anth. Pal.* VII 125.

5. D. L. lui attribue des *Mémoires* à la façon pythagoricienne, mais passe ici totalement sous silence son œuvre poétique. La source est clairement pythagorisante.

ARCHYTAS

79 Archytas[1], fils de Mnèsagoras, de Tarente, mais selon Aristoxène[2], fils d'Hestiaios, a lui aussi été pythagoricien[3]. C'est lui qui, grâce à une lettre, a sauvé Platon qui risquait d'être tué par Denys[4]. La foule aussi l'admirait pour sa vertu sans faille. D'ailleurs, il fut sept fois le stratège de ses concitoyens, alors que les autres ne le furent pas plus d'un an, puisque la loi l'interdisait[5].

Relation avec Platon

Platon lui a écrit jusqu'à deux lettres, puisque précisément Archytas s'était en premier lieu adressé à lui dans les termes suivants[6]:

---

1. IVe s. av. J.-C.

2. Fr. 47 Wehrli. Aristoxène est cité au début et à la fin de la *Vie* (§ 82). Il est l'autorité sur laquelle fait fond D. L. (ou sa source intermédiaire).

3. Ni Empédocle ni Épicharme n'ont été qualifiés de pythagoriciens. Serait-ce par rapport à Philolaos (cf. § 84), son prédécesseur dans l'ordre chronologique, qu'Archytas est dit « *lui aussi* pythagoricien », selon la source de D. L. (= Aristoxène) ?

4. Cf. *supra*, III 18. Archytas devait être stratège de sa cité au moment du troisième voyage en Sicile de Platon en 362-361. La majorité des témoignages biographiques présente Archytas comme le Pythagoricien ou l'un des Pythagoriciens rencontrés par Platon en Italie, mais paradoxalement pas D. L., qui parle à ce propos de Philolaos et Eurytos (cf. *supra* III 6).

5. D. L. est bref sur la carrière politique d'Archytas, pourtant remarquable; il est vrai qu'il signale et met en relief l'essentiel.

6. M. Narcy me suggère que le sujet ici est peut-être non pas Archytas mais Platon. Ceci signifierait que Platon a pris l'initiative de lui écrire le premier une lettre qui n'est pas reproduite, mais à laquelle Archytas fait allusion; cela expliquerait que D. L. parle de deux lettres, mais n'en cite qu'une. La proposition est séduisante, mais il me semble difficile de justifier alors l'expression « dans les termes suivants », qui fait immanquablement référence à la lettre d'Archytas. Il reste que D. L. parle de deux lettres de Platon, mais n'en cite qu'une, et par ailleurs, la lettre d'Archytas semble bien impliquer que Platon lui ait d'abord écrit. En fait, je ne crois pas que πρότερος (430, 9 Long) soit à comprendre

« Archytas à Platon, salut.[1]

80 Il est heureux que tu aies surmonté ton abattement[2], comme tu me l'as toi-même mandé, et comme Lamisque me l'a annoncé[3]. Pour ce qui concerne les *Mémoires*, je m'en suis occupé, et suis allé chez les Lucaniens[4], où j'ai rencontré les descendants d'Occelos[5]. Les ouvrages *Sur la loi, Sur la royauté, Sur la sainteté*, et *Sur la naissance du tout*, je les ai et te les envoie. Il n'est pas possible pour l'instant de trouver les autres, mais si on y parvient, ils t'arriveront. »

Voilà la lettre d'Archytas. A quoi Platon lui répondit en ces termes :

---

comme signifiant le premier (des deux) ; il s'agit plutôt d'une référence à la première des lettres écrites par Archytas, qui est effectivement déjà une réponse à Platon (cf. ἐπέσταλκας, 430, 12 Long).

1. Page 132 Hercher. Le texte de la lettre ainsi que la réponse de Platon ont été édités par H. Thesleff, « Okkelos, Archytas and Plato », *Eranos* 60, 1962, p. 8-36; la lettre d'Archytas a été rééditée par le même auteur (*Pythagorean Texts*, p. 46). L. Brisson a traduit en français les deux lettres dans *Platon. Lettres*, coll. *GF*, Paris 1987, p. 271 pour la lettre d'Archytas, p. 269 pour la lettre de Platon, qui, dans le corpus des *Lettres*, est la *Lettre* XII (359 c-e).

2. Le terme d'ἀρρωστία désigne plutôt la maladie, mais L. Brisson doute (*op. cit.*, p. 273 n. 2) à raison, je pense, que ce sens commun, généralement retenu (cf. Gigante, *op. cit.*, p. 347) soit ici le bon. Le terme est pris au sens figuré de faiblesse, découragement, et l'allusion renvoie probablement à la situation difficile que connaissait Platon lors de son dernier séjour en Sicile, menacé par Denys II. Lamisque précisément contribuera à le sortir de cette situation difficile (cf. Platon, *Lettre* VII, 350 a-b).

3. Cf. D. L. III 22.

4. Peuple d'une région du sud-est de l'Italie.

5. J'interprète ici comme Thesleff (*art. cité*, p. 15 n. 2) et Gigante (*op. cit.*, p. 347); mais on peut aussi comprendre que l'expression désigne les écrits mêmes d'Occelos, un personnage qui a dû exister (cf. le catalogue d'Aristoxène, *in* Jamblique, *De vita pythag.* 267). De fait, comme M. Patillon y insiste dans une remarque sur ce passage, ἐντυγχάνω prend souvent le sens de « lire » ; on comprendra alors : « où j'ai lu les productions d'Occelos » (en donnant donc un sens neutre à ἐκγόνας ; cf. *Banquet*, 207 d). Signalons qu'un écrit apocryphe circulant sous le nom d'Ocellos (variante orthographique), et intitulé *Sur la nature du tout*, est parvenu jusqu'à nous ; cf. R. Harder, *Ocellus Lucanus*, Text und Kommentar, Berlin 1926, et H. Thesleff, *Pythagorean Texts*, p. 125-138.

« Platon à Archytas, sois heureux[1].

81 Nous[2] avons reçu avec un extrême plaisir les *Mémoires* que tu nous as fait parvenir, et nous avons admiré leur auteur autant qu'il est possible[3]; l'homme nous a paru digne de ses fameux lointains ancêtres. On dit en effet que ces hommes étaient de Myra[4]. Ceux-ci faisaient partie des émigrants troyens du temps de Laomédon[5] – des hommes de valeur, comme il ressort du récit qui s'est transmis. Mes *Mémoires*, au sujet desquels tu m'as fait ces envois, ne sont pas encore prêts; mais en retour je te les envoie dans l'état où ils se trouvent. Et sur leur sauvegarde, nous sommes d'accord tous les deux, si bien qu'il n'y a aucune recommandation à faire. Porte-toi bien ! »

Voilà en quoi consiste leur échange de lettres[6].

Homonymes

82 Il y a eu quatre Archytas: le premier est celui-là même, le second était de Mytilène, c'était un musicien, le troisième a écrit sur l'agriculture, le quatrième est un auteur d'épigrammes. Quelques-uns disent qu'il y en a eu un cinquième, qui était architecte, dont circule un livre *Sur la mécanique*, qui commence ainsi: « J'ai appris ceci de la bouche de Teucros le Carthaginois ». Et sur le musicien, on rapporte ceci: comme on lui avait reproché de ne pas se faire entendre, il aurait répliqué: « C'est que mon instrument concourt et parle pour moi. »

---

1. εὖ πράττειν, la formule de salutation habituelle de Platon.

2. La lettre passant brusquement de la première personne du pluriel à la première du singulier, on peut considérer le pluriel comme significatif; je l'ai donc maintenu dans la traduction.

3. Il s'agit donc d'Occelos.

4. Μυραῖοι, à moins que la bonne leçon ne soit μυρίοι (tel est le texte des mss de Platon, que retient Thesleff; cf. aussi Brisson, qui traduit ainsi : « On raconte que ses ancêtres se comptaient par milliers »). Myra était la capitale de la Lycie. Ce fut une ville prospère au ve siècle, mais l'on ne sait rien sur elle à la période archaïque.

5. Le père de Priam, qui provoqua la colère d'Héraclès à l'origine du premier sac de Troie. Ces émigrants auraient ainsi été les premiers à arriver sur le sol italien, bien avant Énée et ses compagnons.

6. La première lettre de Platon, du moins, ne figure pas; cf. à ce propos p. 1004 n. 6.

Aristoxène[1] dit que le Pythagoricien ne fut jamais vaincu tout le temps où il était stratège; une fois, parce qu'on était jaloux de lui, il se retira du poste de stratège, et aussitôt l'armée fut capturée.

Découvertes scientifiques

83 Il fut le premier, en se servant des principes propres à la mécanique[2], à traiter méthodiquement de la mécanique, et le premier il introduisit dans une figure géométrique un mouvement instrumental, en cherchant à obtenir, par la section du demi-cylindre, deux moyennes proportionnelles, en vue de la duplication du cube[3]. Et en géométrie aussi, il a été le premier à découvrir le cube, comme dit Platon dans la *République*[4].

---

1. Fr. 48 Wehrli. Cf. *supra*, p. 1004 n. 2.
2. En suivant la leçon des manuscrits. Archytas est présenté successivement comme un découvreur en mécanique, puis en géométrie. Ceci amène à se demander si le cinquième Archytas, auteur d'un traité *Sur la mécanique*, présenté avec des réserves au-dessus, n'est pas un dédoublement de l'Archytas pythagoricien.
3. D. L. évoque ici la résolution par Archytas du fameux « problème de Délos », sur lequel s'est penché aussi Eudoxe (cf. l'allusion *infra*, § 90; dans la *Vie d'Eudoxe*, § 86, D. L. avance d'ailleurs la filiation Archytas-Eudoxe). Cette résolution est bien plus précisément évoquée par Eudème (cité lui-même par Eutocius, *in Archim. sphaer. et cyl.* II = DK 47 A 14).
4. Le passage de VII, 528 b, met l'accent sur la nécessité de donner naissance à la stéréométrie, mais comme Archytas ne s'y trouve pas cité, c'est donc avant tout la désignation de la discipline en référence au cube qui se trouve visée. Platon fait dire en effet à Socrate: « Il s'agit, je suppose, de ce qui a trait à la dimension des cubes et à ce qui participe de la profondeur » (528 b 2-3). Or, Glaucon constate l'inexistence de cette science, ce que Socrate ne confirme qu'à moitié, évoquant des recherches en cours (528 b-c). La formule reprise par D. L. (à Aristoxène ?) semble ainsi, prolongeant le dialogue entre Glaucon et Socrate, dévoiler le nom du fondateur de la stéréométrie.

ALCMÉON

Alcméon[1], de Crotone. Lui aussi a été l'auditeur de Pythagore. Il traite la plupart du temps de questions médicales[2], mais il lui arrive aussi de traiter de la nature, comme lorsqu'il dit : « Doubles sont la plupart des affaires humaines ».[3] Et il semble avoir été le premier à composer un discours sur la nature, comme le dit Favorinus dans son *Histoire variée*[4]. Et il dit que la lune, < et > d'une façon générale < ce qui est au-dessus d'elle > possèdent une nature éternelle.

Il était le fils de Pirithos, comme il le dit lui-même au commencement de son traité : « Alcméon de Crotone, fils de Pirithos, a adressé ces paroles à Brotinos[5], Léon[6], et Bathyllos[7] : sur ce qui

---

1. Alcméon (début Ve s. av. J.-C.) est considéré par plusieurs auteurs antiques comme pythagoricien, mais on peut émettre des doutes à ce propos (cf. réf. dans Burkert, *Lore and Science*, p. 289 n. 57) ; de fait, D. L. ne le présente que comme auditeur de Pythagore. Cf. encore à ce sujet *infra*, n. 3, et. B. Centrone, art. « Alcméon de Crotone » A 98, *DPhA* I, p. 116-117.

2. Il fut effectivement un théoricien important de la médecine.

3. δύο τὰ πολλά ἐστι τῶν ἀνθρωπίνων. Aristote mentionne la même formule à propos d'Alcméon dans la *Métaphysique* (A 5, 986 a 31), et la développe, mais elle n'est pas considérée comme un fragment par DK (= A 3 DK). Il est à noter que dans ce passage Aristote s'efforce de suggérer la grande proximité entre Alcméon et les Pythagoriciens, mais précisément sans faire de lui un Pythagoricien.

4. Fr. 42 Mensching = 74 Barigazzi.

5. Né à Métaponte ou Crotone (cf. VIII 42), tenu pour le beau-père (*ibid.*) ou le gendre de Pythagore, ou encore pour l'époux d'une disciple de Pythagore, Théanô ou Deinô ; cf. A. Bélis, art. « Brotinos » B 61, *DPhA*, II, p. 137-138.

6. Un Léon (Métapontin) figure dans la liste de Jamblique (*De vita pythag.* 36, 267).

7. On est tenté de le rapprocher du Bathylaos (Posidoniate) qui figure dans la liste de Jamblique ; cf. B. Centrone, art. « Bathylaos de Paestum » B 22, *DPhA* II, p. 93.

n'apparaît pas, sur ce qui est mortel, les dieux disposent de toute la clarté, mais aux hommes il revient d'en chercher des indices », etc.[1].

Il dit aussi que l'âme est immortelle, et qu'elle se meut, ainsi que le soleil, de façon continue[2].

---

1. DK 24 B 1.

2. Cette brève doxographie sur l'âme semble très dépendante d'Aristote, *De l'âme*, I 2, 405 a 29 - b 1 (voir DK 24 A 12).

HIPPASE

Opinions et œuvre

84 Hippase[1], de Métaponte, lui aussi pythagoricien. Il dit que le temps du changement du monde est défini, et que le tout est limité et doué d'un mouvement éternel[2]. Démétrios dans ses *Homonymes*[3] dit qu'il n'a laissé aucun écrit[4].

Homonyme

Il y a eu deux Hippase[5], lui et un autre, auteur d'une *Constitution des Lacédémoniens* en cinq livres ; il était lui-même lacédémonien.

---

1. Ve s. av. J.-C. On peut le tenir pour le fondateur du groupe des Pythagoriciens dits « mathématiciens » par différence avec les acousmatiques, plus traditionnels, mais D. L. n'en dit rien ici. Pourtant, l'ordre de présentation des Pythagoriciens qu'il adopte est peut-être réminiscent du partage acousmatiques-mathématiciens, étant donné qu'après Hippase nous avons deux autres « mathématiciens » plus jeunes, Philolaos et Eudoxe (Archytas a toutefois été introduit avant...). Cf. à ce sujet l'Introduction au livre VIII, *supra*, p. 922-924, et sur Hippase, B. Centrone, art. « Hippasos de Métaponte », *DPhA* III, à paraître.
2. Sur le changement périodique, le témoignage est sans équivalent ; sur la caractérisation du tout, cf. Théophraste, *Phusikôn doxai*, fr. 1 Diels (*Doxogr. Gr.*, 475, 14).
3. Fr. 25 Mejer.
4. Il est crédité *supra* § 7 d'un *Discours mystique*, mais voir note *ad loc.*
5. D. L. néglige ici l'Hippase qu'il a présenté au tout début du livre VIII (1) comme le grand-père de Pythagore.

PHILOLAOS

Philolaos[1], de Crotone[2], pythagoricien. C'est auprès de lui que Platon écrit à Dion d'acheter les livres pythagoriciens[3]. Et il est mort parce qu'on l'a soupçonné d'aspirer à la tyrannie[4]. Sur lui, j'ai écrit ceci[5]:

Je dis que le soupçon est, entre tout, ce dont on doit tenir le plus [grand compte;
car même si tu ne fais rien, mais que tu en donnes l'impression, tu es [perdu.
C'est ainsi qu'un jour sa patrie Crotone a supprimé Philolaos,
pour avoir cru qu'il désirait une maison de tyran.

---

1. Sur Philolaos, on se reportera à Burkert, *Lore and Science*, chap. III. Philolaos, p. 218-298, et C. Huffman, *Philolaos of Croton, Pythagorean and Presocratic. A Commentary on the Fragments and Testimonia with interpretative Essays*, Cambridge 1993. Ce dernier situe de manière convaincante les dates de Philolaos: 470 pour la naissance, les années 380 pour la mort.

2. En VIII 46, suivant le témoignage d'Aristoxène, il est tenu, tout comme Eurytas, pour originaire de Tarente. Il est possible que cette dernière ne soit pas sa ville natale, mais soit devenue son lieu de résidence, peut-être après les événements dramatiques qui eurent lieu dans les années 450 à Crotone (cf. C. Huffman, *Philolaos*, p. 6), mais tel n'est pas l'avis de D.L., à en juger d'après son épigramme (cf. *infra*). En tout cas, un autre témoignage très ancien (celui de Ménon, l'élève d'Aristote) tient aussi Philolaos pour originaire de Crotone (cf. DK A 27).

3. Cf. déjà *supra* III 9 et VIII 15. Si l'anecdote est vraie, cela se serait passé après le premier séjour de Platon en Sicile auprès de Denys Ier, soit après 387-386, et donc tout à la fin de la vie de Philolaos.

4. Voir Note complémentaire 9 (p. 1023).

5. *Anth. Pal.* VII 126.

Opinions et œuvre

85 Son opinion est que tout arrive selon la nécessité et l'harmonie[1]. Et le premier il a déclaré que la terre se meut en cercle[2]; mais d'autres disent que c'est Hicétas le Syracusain[3].

Il a écrit un seul livre; c'est ce livre que, selon Hermippe[4] rapportant un auteur[5], Platon le philosophe, venu en Sicile rendre visite à

---

1. La citation de Philolaos à la fin de la *Vie* confirme l'importance de l'harmonie, mais pas celle de la nécessité. C'est en revanche le cas du fragment B 2 DK livré par Stobée (*Anth.* I 21, 7a), qui met en évidence une nécessité à valeur logique; il commence ainsi : « Il est nécessaire que toutes les choses qui sont, soient toutes ou limitantes ou illimitées ou limitantes et illimitées ». Pour C. Huffman, c'est même à ce fragment que D. L. pourrait faire référence ici (*Philolaos of Croton*, p. 107).

2. Il semble en effet avoir fait de la terre une planète, tous les astres tournant d'un feu central. Et la terre est animée d'un mouvement de rotation axiale. Cf. Burkert, *Lore and Science*, p. 337-341.

3. Très rares sont les témoignages doxographiques sur Hicétas, mais un passage de Cicéron (*Premiers Académiques* II 39, 123), renvoyant à Théophraste (*Opinions des physiciens*, fr. 18, *Doxogr. Gr.*, 492), confirme et précise cette opinion d'Hicétas sur le mouvement de rotation de la terre, qui serait même le seul corps en rotation dans l'univers (c'est là une différence avec ce qui est rapporté de Philolaos, cf. Burkert, *Lore and Science*, p. 341-342). En dehors de ce témoignage, c'est vers Héraclide du Pont que l'on est ramené, dans la mesure où la doxographie lui prête des opinions proches de celles d'Hicétas : Voss (*De Heraclidis Pontici vita et scriptis*, Rostock 1896, p. 64), suivi par Tannery et Frank, avait supposé qu'Hicétas et Ecphante étaient des personnages fictifs d'un de ses dialogues. Mais comme Héraclide avait mis en scène Pythagore et Empédocle, personnages ayant réellement existé, l'on peut se demander si l'Hicétas pythagoricien n'est pas à identifier comme l'Hicétas de Syracuse, tyran de Léontinus (hypothèse déjà formulée par T. L. Heath, *Aristarchus of Samos, the ancient Copernicus : A History of Greek Astronomy to Aristarchus*, Oxford 1913, p. 189). Cet Hicétas-là fut en 346-345 le principal opposant à Denys II de Syracuse. C'est lui qui aurait dû devenir le maître de Syracuse, avec l'aide des Carthaginois, si Timoléon, l'allié corinthien, ne l'avait supplanté (cf. Plutarque, *Vie de Timoléon*). Le rapprochement doxographique de Philolaos et d'Hicétas ici, pourrait-il en cacher un autre de nature politique (deux aspirants au pouvoir...) ? Hicétas étant dans cette hypothèse nettement plus jeune que Philolaos, c'est même l'idée d'une filiation intellectuelle qui pourrait prendre consistance. La mise en relation de Philolaos et Hicétas ici est curieusement laissée dans l'ombre par les spécialistes, y compris Huffman.

4. Fr. 40 Wehrli.

5. συγγραφεύς : un auteur, voire, plus précisément encore, un historien.

Denys, avait acheté à des proches de Philolaos, pour quarante mines alexandrines d'argent, et c'est de là qu'il avait transcrit le *Timée*[1]. D'autres disent que Platon l'aurait reçu pour avoir obtenu de Denys l'élargissement d'un jeune homme, disciple de Philolaos.

Démétrios[2] dans ses *Homonymes* dit de lui qu'il a été le premier des Pythagoriciens à publier un ouvrage *Sur la nature*[3], qui commence de la façon suivante : « La nature dans le monde ordonné a été harmonieusement assemblée à partir d'illimités et de limiteurs[4], aussi bien <le> monde ordonné dans sa totalité que toutes les choses en lui.[5] »

---

1. Très tôt l'idée du Platon plagiaire a circulé, puisque Timon le sillographe le tourne en dérision pour ce motif (cf. fr. 54 Diels). Quoi qu'il en soit de l'emprunt éventuel de Platon, l'ouvrage de Philolaos comportait à l'évidence une partie cosmogonique, comme la citation faite pour terminer tend à le suggérer.

2. Fr. 26 Mejer. Démétrios de Magnésie (Ier siècle av. J.-C.), dans lequel Nietzsche avait voulu voir la source principale de Diogène Laërce.

3. Avec C. Huffman, je ne maintiens pas l'addition de Diels reprise par Long. Mais il serait alors assez logique de corriger le ὧν en οὗ, suivant la proposition de Schwarz qu'appuie R. Goulet. C. Huffman (cf. *op. cit.*, p. 15 et 94-95) tient le témoignage pour tout à fait digne de foi, et n'exclut pas que ce titre ait été donné par Philolaos à son ouvrage. Notons qu'Alcméon est dans D. L. un autre prétendant à ce titre (cf. *supra*, § 83), à moins qu'Alcméon n'ait été le premier dans l'absolu – ce qui confirmerait que ce dernier n'était pas considéré comme proprement pythagoricien.

4. περαινόντων. Il ne s'agit pas à proprement parler de « limites », mais de « ce qui donne une limite ». « Limiteur », qui appartient depuis longtemps à notre langue, constitue un bon équivalent au terme grec, à la façon de « limiter » en anglais.

5. DK 44 B 1. Sur cet important fragment, voir maintenant C. Huffman, *op. cit.*, p. 37-53 et 93-101.

EUDOXE

Vie, formation et enseignement

86 Eudoxe[1], fils d'Eschine, originaire de Cnide[2], a été astronome, géomètre, médecin, législateur[3]. Il a suivi les enseignements de géométrie d'Archytas[4], et les enseignements médicaux de Philistion le Sicilien[5], comme le dit Callimaque dans ses *Tables*[6]. Et Sotion dans ses *Successions*[7] dit qu'il a aussi été l'auditeur de Platon[8]. En effet, âgé

1. 395-342/1 av. J.-C, d'après F. Lasserre (*Die Fragmente des Eudoxos von Knidos*, p. 137-139).

2. En Carie (Asie mineure).

3. On doit le noter, il n'est qualifié ni de « pythagoricien » ni d'« auditeur de Pythagore ». Sur son lien avec le pythagorisme, cf. note suiv.

4. Archytas de Tarente, le Pythagoricien auquel D. L. a consacré une *Vie* (cf. *supra*, §§ 79-83). Puisque ce dernier n'a apparemment pas quitté Tarente, l'on doit supposer que, selon cette source, Eudoxe s'était rendu de Cnide en Italie. Le renseignement suivant confirme ce point, puisqu'il implique qu'Eudoxe ait également séjourné en Sicile. Eudoxe illustrerait ainsi le même basculement géographique de l'Ionie vers la Grande Grèce que Pythagore avait inauguré. Cela dit, le lien avec le pythagorisme semble se réduire à l'étude de la géométrie avec Archytas. Et nous n'avons guère de raisons d'imaginer que le système astronomique d'Eudoxe se trouvait ébauché par Archytas, même si l'on trouve trace chez ce dernier d'un primat du mouvement circulaire, qui relève d'une *doxa* assez répandue, chez les pythagoriciens et au-delà (cf. W. Burkert, *Lore and Science*, p. 331-332).

5. Il doit s'agir de Philistion de Locres (427 ?-347 ? av. J.-C.), qui fut médecin des deux Denys à la cour de Syracuse (cf. M. Wellmann, *Frag. d. griech. Ärtze*, I, Berlin 1901, p. 68 et suiv., fragm. 3, p. 109 et suiv.). La *Lettre* II de Platon cite par deux fois le nom de cet éminent médecin (314 d et e).

6. Fr. 429 Pfeiffer. Auteur du IIIe s. av. J.-C.; son ouvrage était un catalogue d'auteurs.

7. Fr. 16 Wehrli.

8. Cette filiation traditionnelle (Eudoxe est souvent tenu pour avoir fréquenté l'Académie) est ici à peine mentionnée, puisque D. L. opte plutôt pour le ratta-

de vingt-trois ans[1], il se trouvait dans une situation de misère lorsque, en raison de la réputation des Socratiques[2], il fit voile vers Athènes en compagnie du médecin Théomédon[3], qui le faisait vivre; d'autres ajoutent qu'il était son aimé. Une fois qu'il eut abordé au Pirée, il se mit à monter tous les jours à Athènes; après y avoir entendu les sophistes[4] il s'en revenait.[5]

87 Alors, après y avoir séjourné deux mois, il s'en retourna chez lui, et après avoir fait une collecte auprès de ses amis, il alla en

---

chement d'Eudoxe au pythagorisme. Il mettra ensuite en avant une rivalité avec Platon (cf. *infra*, § 87-88, et note suiv.).

1. Le développement qui commence soulève plusieurs questions. A cause du γάρ, on est amené à penser que ceci développe l'affirmation de Sotion (voire est une citation : cf. F. Wehrli, *Die Schule des Ar.*, Supplementband II : *Sotion*, Basel 1978, = fr. 16, de Σωτίων à τρεφόμενον ὑπ' αὐτοῦ) ; pourtant, l'anecdote semble bien contredire cet auteur : si Eudoxe est allé à Athènes, c'est attiré par les Socratiques en général, et ceux qu'il a entendus sont dénommés « sophistes » (cf. note suiv.), de sorte que ceci pourrait provenir d'une autre source que ce qui précède. Du reste, l'affirmation de Sotion est encore contredite dans la suite, en particulier la fin du § 87. Par ailleurs, jusqu'au § 88, nous avons une séquence suivie et précise concernant la formation à l'âge déjà adulte d'Eudoxe, qui, à 23 ans, part deux mois à Athènes, retourne chez lui, et séjourne cette fois un an et quatre mois en Égypte, puis va à Cyzique, se rend après cela auprès de Mausole (à Halicarnasse, soit non loin de sa patrie), et retourne enfin à Athènes. L'épisode italo-sicilien évoqué pour commencer doit-il être placé avant ? C'est ce que la présentation de D.L. pourrait laisser penser, mais le nombre de voyages que cela suppose est considérable, et l'état de misère qui est évoqué s'accommode mal de ce séjour d'études auprès des grands maîtres Archytas et Philistion.

2. Lesquels ? Les Mégariques, les Cyrénaïques, les Cyniques ? Son dénuement l'a peut-être porté vers les Cyniques (cf. aussi ses *Dialogues de chiens*, mentionnés *infra* § 89), mais son opinion éthique sur le plaisir-bien (cf. *infra* § 88) le rapproche des Cyrénaïques. Quant à la qualification, dans la phrase suivante, des socratiques comme de « sophistes » elle peut, à moins qu'il n'y ait là aucune valeur péjorative (cf. le σοφιστεύοντα au § 87, qualifiant Eudoxe lui-même), désigner les Mégariques et leur dialectique.

3. Le personnage n'est pas autrement connu.

4. Cf. *supra* note 2.

5. Parce qu'il n'avait sans doute pas les moyens de séjourner à Athènes. Il faisait donc quatorze kilomètres à pied tous les jours (Pirée-Athènes aller-retour) pour suivre ces cours. C'est aussi ce que rapporte D.L. à propos d'Antisthène (VI 1).

Égypte en compagnie du médecin Chrysippe[1], pourvu d'une lettre de recommandation de la part d'Agésilas[2] à Nektanabis[3]. Et ce dernier le recommanda aux prêtres. Il passa là-bas un an et quatre mois, se rasa la barbe et les sourcils, et composa selon certains son *Oktaétéris*[4]. De là il se rendit à Cyzique et sur la Propontide[5] pour y enseigner; mais il se rendit aussi auprès de Mausole[6]. Puis, après tout cela, il retourna à Athènes, emmenant avec lui un très grand nombre de disciples[7], comme le disent certains, pour chagriner Platon, qui au début l'avait dédaigné[8]. **88** Certains racontent qu'il apprit à Platon, qui donnait un banquet, la disposition des sièges en demi-cercle, en raison du nombre de personnes présentes[9].

---

1. Probablement Chrysippe de Cnide dont il sera question un peu plus précisément au § 89.

2. Agésilas (444-360 av. J.-C.), roi de Sparte à partir de 399. C'est une nouvelle coïncidence avec la vie de Pythagore qui, lors de son séjour en Égypte, aurait été recommandé par Polycrate à Amasis (cf. *supra*, § 3), avant d'être initié aux mystères.

3. Pharaon d'Égypte.

4. Litt. « Période (ou Cycle) de huit ans ». Cf. Lasserre, *Die Fragmente*, F 129-269. Il s'agit d'un traité destiné à permettre la réalisation d'un calendrier astronomique pour une latitude donnée. L'*Oktaétéris* a dû être composée plus tard qu'il n'est dit ici (c'est-à-dire à Cnide), mais il est raisonnable de penser que les études et les observations qui en ont rendu possible la conception ont débuté en Égypte.

5. C'est-à-dire la mer de Marmara.

6. Satrape de Carie à partir de 377 av. J.-C., jusqu'à sa mort en 353.

7. La tradition nous fait connaître les géomètres Ménechme et Dinostrate, les astronomes Polémarque et Callippe.

8. A propos de l'installation de cette école d'Eudoxe à Athènes dans les années 360, et de la « rivalité » intellectuelle entre Eudoxe et Platon, J. C. B. Gosling et C. C. W. Taylor écrivent (*The Greeks on Pleasure*, Oxford 1982, p. 131) : « It looks as though pleasure became one of the fashionable philosophical topics in the 360s, and as the *Philebus* is written after the development of some of these views, and arguably in reaction to Eudoxus, consideration of Plato's views as expressed in it requires some consideration of these other positions. »

9. Cette petite humiliation aurait manifesté la supériorité mathématique d'Eudoxe sur Platon. Porphyre prêtera à Pythagore l'invention de la disposition en demi-cercle au retour d'Égypte (*V. Pyth.* 9). Sur la relation de cette invention et du séjour en Égypte, cf. F. Lasserre, *Die Fragmente*, p. 141-142.

Opinion éthique

Nicomaque le fils d'Aristote dit que pour lui le plaisir est le bien[1].

Renommée et œuvres

Il fut accueilli en vérité dans sa patrie avec de grands honneurs, comme le montre clairement le décret qui a été pris en son honneur[2]. Mais il devint aussi fort célèbre parmi les Grecs, parce qu'il avait rédigé des lois pour ses propres concitoyens, comme le dit Hermippe[3] dans son quatrième livre *Sur les Sept Sages,* ainsi que des éléments d'astronomie, de géométrie et d'autres travaux dignes d'intérêt.

Descendance et autres œuvres

Il eut aussi trois filles, Aktis, Delphis, Philtis.

89 Ératosthène dit dans son ouvrage *Contre Baton*[4] qu'il avait aussi composé des *Dialogues de chiens*[5]. D'autres disent que les Égyptiens les ont écrits dans leur propre langue, et que lui les a traduits et les a publiés en Grèce.

---

1. La référence est à l'*Éthique à Nicomaque* (I 12, 1101 b 27; X 2, 1172 b 9 *sq.*) faussement attribuée ici à Nicomaque lui-même (cf. de même Cicéron, *De fin.*, V 12; l'information que reprend D. L. précède l'édition d'Aristote par Andronicos de Rhodes). L'opinion rapportée se trouve singulièrement isolée.

2. C'est le dernier moment de la vie d'Eudoxe : après le temps de formation et les voyages, après l'enseignement à Athènes, vient le retour à la patrie, Cnide, accompagné de la reconnaissance de ses concitoyens. Ce troisième moment semble trouver son couronnement dans une œuvre législative, qui lui assure en retour la gloire dans toute la Grèce (cf. phrase suiv.).

3. Fr. 16 Wehrli. Hermippe de Smyrne, le Péripatéticien. Plusieurs fragments de cet ouvrage proviennent de D. L. (I 33, 42, 72, 101, 106 ; cf. F. Wehrli, *Die Schule des Aristoteles,* Supplementband I : *Hermippos der Kallimacheer,* Basel 1974, fr. 5-16 – notre passage est le fr. 16), mais Wehrli, *ibid.,* p. 54, suppose que le renseignement vient plutôt du traité d'Hermippe Περὶ νομοθετῶν. La confusion aurait été occasionnée par l'utilisation de l'*Épitomé* d'Héraclide Lembos. L'activité législative prêtée ici à Eudoxe achève de le rattacher au pythagorisme, sous le double patronage de Pythagore et d'Archytas bien sûr (cf. § 79 et 82), donné dès le début pour son maître.

4. *FGrHist* 241 F 22. Il s'agit probablement de l'historien de Sinope.

5. On ne dispose hélas d'aucun autre renseignement sur cet écrit, mais cf. *supra* p. 1015 n. 2.

Chrysippe de Cnide, le fils d'Érineus[1], a suivi ses cours sur les dieux, le monde et les réalités célestes, tandis que pour la médecine il a étudié auprès de Philistion le Sicilien[2]. Il[3] a aussi laissé de très beaux *Mémoires.* Il a eu pour fils Aristagoras, et ce dernier a eu pour fils Chrysippe, l'élève d'Aéthlios; de ce Chrysippe[4] circule un ouvrage sur *Les Soins de la vue,* car il a soumis les recherches sur la nature à sa propre réflexion.

Homonymes

90 Il y a eu trois Eudoxe: celui-là même, un autre de Rhodes qui a écrit des *Histoires,* un troisième de Sicile, fils d'Agathoclès, auteur de comédies, qui a remporté trois victoires au concours de sa ville, cinq aux fêtes lénéennes, d'après ce que rapporte Apollodore dans sa *Chronologie*[5]. Nous trouvons aussi un autre médecin de Cnide, à propos duquel Eudoxe dit dans son *Tour de la terre*[6] qu'il ne cessait de demander que l'on meuve continuellement ses membres par toute sorte d'exercice, et de la même façon ses sens[7].

---

1. Sur ce médecin déjà mentionné au § 87, cf. F. Susemihl, « Die Lebenszeit des Eudoxos von Knidos », *RhM* 53, 1898, p. 626-628, et R. Goulet, art. « Chrysippe de Cnide » C 119, *DPhA* II, p. 325-329.
2. Comme Eudoxe lui-même selon Callimaque ; cf. § 86.
3. Il s'agit encore de ce Chrysippe, disciple d'Eudoxe.
4. Il s'agit donc d'un deuxième Chrysippe, médecin, petit-fils du premier.
5. *FGrHist* 244 F 48.
6. Fr. 339 Lasserre.
7. Le renseignement n'est pas clairement introduit: ce médecin de Cnide est-il un quatrième Eudoxe, ou bien un troisième Chrysippe, comme le pense R. Goulet (*art. cité*, p. 326), à la suite d'U. von Wilamowitz-Moellendorff (*Antigonos von Karystos,* coll. « Philologische Untersuchungen » 4, Berlin 1881, p. 324-326) ? La position de la phrase fait pencher en faveur d'un quatrième Eudoxe, mais D. L. n'en a annoncé que trois ; c'est pourquoi il n'est pas impossible que cette nouvelle précision, « un autre médecin de Cnide », se rapporte aux Chrysippe évoqués juste au-dessus. R. Goulet toutefois pense qu'Eudoxe faisait référence dans le *Tour de la terre* à son propre compagnon (*art. cité*, p. 327). Il ne s'agirait pas alors d'un *autre* médecin, et l'erreur viendrait en conséquence de D. L. Il me paraît difficile de trancher en faveur de l'une ou l'autre solution.

Mort

Le même auteur[1] dit qu'Eudoxe de Cnide a été dans sa pleine maturité durant la cent-troisième Olympiade[2], et qu'il a découvert la théorie des lignes courbes[3]. Il est mort à cinquante-trois ans.

Lorsqu'il se trouvait en Égypte avec Chonouphis d'Héliopolis[4], Apis lécha son manteau. Alors les prêtres dirent qu'il serait célèbre, mais vivrait peu de temps, ainsi que le rapporte Favorinus dans ses *Mémorables*[5].

91 J'ai écrit sur lui ce que voici[6]:

A Memphis on dit qu'Eudoxe un jour a appris à l'avance
son propre destin du taureau aux belles cornes.
Ce dernier n'a rien dit; en effet, d'où un bœuf pourrait-il tenir la [parole ?
La nature n'a pas donné une bouche loquace au bœuf Apis.
Se tenant à côté de lui, il se pencha et lui lécha son vêtement,
lui indiquant clairement ceci : Tu finiras ta vie
d'ici peu de temps. C'est pourquoi la mort le rejoignit rapidement
après qu'il eut vu cinquante-trois fois les Pléiades.

Au lieu d'Eudoxe on l'appelait Endoxe[7], à cause de l'éclat de sa renommée.

Maintenant que nous avons présenté les Pythagoriciens célèbres, évoquons désormais les philosophes que l'on nomme « dispersés ». Et il faut, pour commencer, parler d'Héraclite.

---

1. Apollodore. D. L., avec l'incise concernant le médecin de Cnide, rend la référence un peu ambiguë. Par Eudoxe de Cnide, il faut à nouveau entendre le philosophe-astronome, dont il va évoquer la mort.
2. Soit en 369/7 av. J.-C.
3. Utilisée par Eudoxe dans la résolution du problème de Délos; cf. F. Lasserre, *La naissance des mathématiques*, p. 166-177.
4. Conouphis est par ailleurs dit de Memphis (cf. du reste l'épigramme qui suit); cf. R. Goulet, « Les références chez Diogène Laërce: sources ou autorités? », dans *Titres et articulations du texte dans les œuvres antiques*, Paris, Institut d'Études Augustiniennes, 1997, p. 161.
5. Fr. 51 Barigazzi.
6. *Anth. Pal.*, VII 744.
7. Ἔνδοξον, autrement dit « Réputé ».

Notes complémentaires (livre VIII)

1. Porphyre (*V. Pyth.* 2), suivant Néanthe, évoque plus précisément l'île de Lemnos (nord-est de la mer Égée). Cette dernière information permet de lever une équivoque, tenant au qualificatif de « tyrrhénien » : en parlant d'une telle origine, Aristoxène ne suggère pas que Pythagore soit natif d'Étrurie, en Italie (les dictionnaires présentent tyrrhénien comme un équivalent d'étrusque). Les Tyrrhéniens dont parle D. L. sont ceux de Lemnos, qui sont soit les Pélasges chassés d'Attique à l'époque archaïque, soit un peuple distinct, dont les historiens se demandent encore s'ils sont parents des Étrusques (voir en partic. les travaux de D. Briquel, et notamment *L'Origine lydienne des Étrusques. Histoire de la doctrine dans l'Antiquité*, « Coll. de l'Éc. franç. de Rome » 139, Rome, Palais Farnèse, 1991 ; il parle ainsi de « traces de véritables Tyrrhènes, et non seulement de Pélasges, en Égée dès le VIe s. », n. 260, p. 75). Toujours est-il que les habitants de l'île étaient effectivement dénommés *tursènoi*. La victoire des Athéniens qui est ensuite évoquée est donc celle remportée par Miltiade le Jeune sur les peuples des îles de Lemnos et adjacentes, mais, cette victoire ayant eu lieu vers 510 av. J.-C., il faut supposer que D. L. rappelle un fait postérieur à la naissance de Pythagore, quoique très notable bien sûr, s'agissant de ces îles. Ainsi, Pythagore est successivement donné pour originaire de Samos et d'une autre île plus au nord de la mer Égée. Il est à noter que l'archéologie a confirmé le rapprochement de Lemnos avec l'Étrurie (rapprochement linguistique en particulier). Cela étant, la conjonction entre la Lemnos tyrrhénienne et Pythagore fondateur de l'école italique semble presque trop belle, étant donné les connotations étrusques du terme « tyrrhénien » : c'est au fond comme si Pythagore avait été d'Italie avant même de s'y rendre. Voir toutefois, p. 940, n. 6.

2. Je conserve le διαπαίζοντες des manuscrits P et F, qui a été corrigé par Reiske, puis Delatte, en διαπεσόντες, « qui se trompent ». Dans ce dernier cas, il faudrait supposer que D. L., en suivant sa source de l'instant, abandonne son affirmation du Prologue (16), où il indiquait au contraire, sur la foi de « certains » il est vrai, que Pythagore, tout comme Ariston de Chio, n'avait rien écrit (un passage de la *Vie d'Ariston* confirme le point pour ce dernier, et nous apprend que les auteurs de cette opinion sont Panétius et Sosicrate; cf. VII 163). Mais la correction est une pure pétition de principe, et l'attitude adoptée par D. L. peut, me semble-t-il, être comprise de façon un peu plus subtile : maniant des sources contradictoires sur Pythagore, il s'apprête à indiquer en quel sens on peut contester que Pythagore ait véritablement composé des ouvrages, et ainsi le tourner en dérision (διαπαίζοντες) : s'il en a effectivement circulé sous son nom (comme D. L. l'indique ensuite), soit ce ne sont pas de *vrais ouvrages*, soit ils ne sont pas *vraiment de lui* (voir note suivante). Ainsi, D. L. ne conteste pas qu'il y ait des écrits circulant sous son nom, mais conteste au moins le statut d'auteur à Pythagore, tout simplement dans l'idée qu'il serait plagiaire. Je suis tenté de rapprocher cela de l'affirmation, reprise deux fois par D. L. (VIII 8 et

21), selon laquelle Pythagore a emprunté ses doctrines éthiques à Thémistocléa. Or, la source en est Aristoxène. De là à penser qu'Aristoxène est l'autorité qui se cache derrière le groupe anonyme, il n'y a qu'un pas...

3. B 129 DK. L'enchaînement des idées de ce § 6 est d'interprétation ambiguë ; l'adverbe γοῦν, auquel je donne un sens emphatique (« C'est ainsi... »), est en général compris au sens restrictif, le plus courant (« Du moins »). Mais cette dernière compréhension dépend elle-même de la correction que j'ai signalée à la note précédente (= certains disent qu'il n'a rien écrit et se sont trompés). Si ceux qui disent que Pythagore n'a rien écrit ne se trompent pas mais *se moquent de lui*, alors Héraclite peut illustrer cette attitude. La citation d'Héraclite autorise en effet deux constructions, et l'important est de savoir comment D. L. l'a comprise ; ou il construit : « ayant fait une sélection, il a composé ces ouvrages », ou bien, comme je l'ai retenu : « ayant fait sa sélection de ces ouvrages, il s'est forgé ... » (c'est du reste la construction adoptée par les éditeurs modernes des fragments d'Héraclite, à l'exception notable de Bollack - Wismann). Dans le premier cas, retenu par Delatte (*Vie de Pythagore*, p. 159 et 161), D. L. *détourne* le sens de la citation d'Héraclite pour confirmer que Pythagore a *bien* écrit ; et cela s'enchaîne avec la citation de Pythagore, et la mention des trois traités (il faut dans ces conditions comprendre que la première phrase du § 7 évoque encore un autre écrit, mais l'expression me semble alors trop vague). Dans le second cas, que je retiens, il faut se demander ce que sont « *ces* ouvrages ». Qu'Héraclite renvoie aux propres ouvrages de Pythagore n'est guère intelligible : pourquoi Pythagore aurait-il fait un choix parmi ses propres ouvrages (voir toutefois Hicks : « in this selection of *his* writings ») ? Alors il s'agit de ceux dont il s'inspirerait pour sa propre philosophie. Cela laisse imaginer qu'Héraclite est cité par D. L. pour dénier *jusqu'à* la qualité d'auteur à Pythagore (significativement, le fragment d'Héraclite n'affirme pas explicitement l'existence d'écrits ; c'est D. L. qui indique que du moins l'on attribue à Pythagore des écrits). Héraclite est *en tout cas*, selon ma compréhension, le premier des railleurs, car il ne considère pas comme de véritables ouvrages ces opinions rassemblées qui circulent sous son nom. La citation de Pythagore tirée de son contexte (et utilisée de façon malveillante) pourrait même lui donner raison : comment « lancer un blâme » à propos d'un discours dont on n'est pas vraiment l'auteur (cf. note suivante) ? Dès lors, il faut lier l'attribution des trois traités qui suit, et la négation immédiate de paternité (première phrase du § 7).

4. D. L. va ici encore plus loin, selon ma compréhension (cf. *infra* fin de la note), en avançant ici que Lysis est le véritable auteur de ce qui circule sous le nom de Pythagore. Lysis devait avoir le même âge ou être un peu plus âgé que Philolaos (naissance entre 480 et 470). Il est l'un des deux survivants de l'incendie de la maison de Milon à Crotone (selon les versions, avec Philolaos ou Archippos, mais le plus vraisemblablement avec ce dernier), et il est connu pour avoir écrit une lettre à Hipparque, remarquable en ce qu'elle défend le principe du secret (cf. Jamblique, *De vita pythag.* 75-78, et *infra* 42 où D. L. tient le destinataire pour Hippase). Il peut pour cette raison paraître étonnant de voir attribuer à Lysis un ouvrage circulant sous le nom de Pythagore (cf. Delatte,

Vie, p. 163). Rien n'interdit toutefois de penser que l'ouvrage (ou les ouvrages) ait été destiné au secret. Par ailleurs, on rencontre le même enchaînement (trois ouvrages de Pythagore, un en fait de Lysis) dans la notice de la *Souda, s.v.* Πυθαγόρας, et la scholie à *République* 600 b (cf. *Scholia Platonica*, éd. par W.C.Greene, Haverford 1938, réimpr. 1981). Cela amène B. Centrone (« L'VIII libro di Diogene Laerzio », *ANRW* II 36, 5, 1992, p. 4190, contre Diels et Delatte) à estimer que les tenants de l'opinion relative à Lysis sont ceux-là mêmes qui défendent l'authenticité des trois ouvrages : il s'agirait ainsi de faire le départ entre les ouvrages authentiques et l' (les) apocryphe(s). Mais de quel livre s'agit-il ? B. Centrone ne se prononce pas. Ce pourrait être l'ouvrage sur la nature qui a été cité (à noter que dans la notice de la *Souda*, cette présentation est aménagée : Φυσικόν disparaît, et à τὸ δὲ φερόμενον est rajouté τρίτον; c'est sans doute une correction *ad hoc*; cf. H. Thesleff, *Pythagorean Texts*, p. 115 et 170), à moins que le singulier n'ait valeur collective, comme j'incline à le penser ; dans ce cas, c'est le groupe des trois ouvrages qui se trouve réattribué à Lysis. Delatte, *Vie*, p. 163, reprend quant à lui l'hypothèse de Diels selon laquelle il s'agirait du *Discours sacré*.

5. D. L. cite *infra* § 42 une lettre de Lysis à Hippase lui reprochant la divulgation orale des enseignements de Pythagore. Mais 1. la même lettre, d'après Jamblique, est supposée avoir été adressée à Hipparque (d'où une possible confusion Hippase-Hipparque); 2. le reproche n'est jamais que d'une divulgation orale, et non de la rédaction d'un écrit calomniateur! Il est pour cette raison tentant de penser que ce que nous lisons ici est le résultat d'une confusion, d'autant plus que nous avons une piste : en effet, comme le souligne B. Centrone (art. « Hippasos de Métaponte », *DPhA* III, à paraître), Jamblique, lorsqu'il relate dans son *De vita pythag.* (254-264) les émeutes antipythagoriciennes de Crotone d'après Apollonius, mentionne (257) un Hippase, champion des réformes démocratiques, qui fait partie des adversaires des Pythagoriciens, aux côtés de Ninon, auteur d'un faux ἱερὸς λόγος, lu devant le peuple, qui calomniait la secte. Cela a peut-être conduit à l'attribution à Hippase d'un μυστικὸς λόγος.

6. Le personnage du tyran et celui de l'entraîneur semblent avoir été créés pour tenir compte des traits de la vie de Pythagore qui ne convenaient pas au philosophe. Théopompe, Hermippe (Athénée V, 213 f) et Tertullien (*Apol.* 46, 13) présentent Pythagore comme un ambitieux ou un tyran. La mention de Phlionte répond à deux préoccupations : expliquer pourquoi certaines traditions placent à Phlionte le berceau de la philosophie (anecdote mettant en scène Léon de Phlionte) et rendre compte de l'introduction par un « Pythagore » du régime carné pour l'alimentation des athlètes (Jamblique, *De vita pythag.* 25, Pline *H. N.* XXIII 63). Cf. aussi §§ 12-13.

7. 31 B 6, 2-3 DK (= 150 Bollack). Ces vers se retrouvent dans mainte présentation doxographique, à commencer par Aétius, I, 3, 20 (= *Doxogr. Gr.*, p. 286-287). On peut remarquer à ce propos que D. L., qui adopte le même type de présentation qu'Aétius, diverge pourtant sur un point important, en identifiant, à l'inverse du doxographe, Héra comme la terre, et Aidôneus comme l'air. Mais

Stobée (I 10, 11 b, p. 121, 16) et Hippolyte, *Réfutation de toutes les hérésies* VII 29, 5 proposent la même exégèse que celle reprise par D. L. Cf. la discussion du fragment et de l'ensemble des témoignages dans Bollack, *Empédocle,* III 1, p. 169-177 ; pour lui, la bonne exégèse est celle qui voit dans Héra l'air, et dans Aidôneus la terre. Remarquons toutefois que si l'identification d'Héra à la terre peut être influencée par la réminiscence d'Hésiode et Homère (l'épithète φερέσβιος désignant la terre), celle qui voit dans Aidôneus « l'invisible », la terre, est bien plus homérique encore, Aidôneus étant un autre nom d'Hadès (cf. par ex. *Iliade* XX 61).

8. Ce passage distingue sans ambiguïté deux poèmes différents, mais de récents auteurs (C. Osborne, « Empedocles Recycled », dans *CQ* 37, 1987, p. 24-50 ; B. Inwood, *The Poem of Empedocles,* Toronto University Press 1992) prétendent l'annuler en invoquant assez commodément une confusion de D. L., ceci pour servir une thèse unitarienne qui, dans les termes où elle est soutenue, paraît singulièrement faible (voir, pour quelques arguments, J.-F. Balaudé et J. Bollack, article « Empédocle », dans J.-F. Mattéi [édit.], l'*Encyclopédie philosophique*, t. III *Les Œuvres philosophiques,* Paris 1992, p. 124-127, et J.-F. Balaudé, « Parenté du vivant et végétarisme radical. Le " défi " d'Empédocle », dans B.Cassin et J.-L. Labarrière [édit.], *L'Animal dans l'Antiquité*, Paris 1997, p. 31-53, en partic. p. 33-34). Cela étant, il faut attendre la publication par A. Martin et O. Primavesi de leur édition du papyrus de Strasbourg, pour savoir si les nouveaux fragments d'Empédocle qu'il renferme permettent de trancher définitivement la question de l'existence d'un ou deux poèmes.

9. Après Hicks et M. Gigante, C. Huffman (p. 6 n. 6, et p. 419) juge que c'est là une erreur, supposée résulter d'une confusion avec Dion qui vient d'être mentionné. Mais D. L. aurait-il été assez étourdi pour aller jusqu'à composer une épigramme sur ce thème ? Il serait important de s'interroger sur ce qui a pu accréditer cette idée, gardant à l'esprit que le pouvoir pythagoricien avait été renversé à Crotone par une révolution démocratique vers 450 av. J.-C. Le simple fait d'être pythagoricien ne constituait-il pas, à Crotone, une menace aux yeux des démocrates ? Crotone était par ailleurs à la tête de la Ligue italiote, qui entra en 390 en conflit ouvert avec Denys Ier, le tyran de Syracuse, lequel finit du reste par conquérir Crotone en 378-377 : la liaison, même lointaine, entre Philolaos et Denys Ier *via* Dion et Platon, a pu dans ce contexte jouer contre Philolaos, si ce dernier était effectivement revenu à Crotone. Certes, le fait qu'un disciple de Philolaos ait été emprisonné par Denys (cf. § 85) donne à penser qu'il n'y avait guère connivence entre Philolaos et Denys (il resterait là encore à connaître les motifs de cet emprisonnement), mais il faut encore considérer ceci, sur lequel Huffman ne s'attarde pas : la mort de Philolaos pourrait résulter de l'anecdote précédente, car si la transaction entre Philolaos et Platon *via* Dion a été connue, elle a fort bien pu passer pour l'indice, en une période aussi troublée, d'un vaste complot politique (D.L. III 9 évoque une transaction énorme de 100 mines ; ici au § 85, il évoque 40 mines alexandrines d'argent pour l'achat du propre livre de Philolaos).

LIVRE IX

Introduction, traduction et notes

par Jacques BRUNSCHWIG

INTRODUCTION

A première lecture, et par comparaison avec la plupart des autres livres de l'ouvrage de Diogène Laërce, le livre IX présente un aspect assez déconcertant et quelques traits franchement énigmatiques. On y rencontre d'abord Héraclite et Xénophane, deux philosophes que l'auteur lui-même, à la suite de certains de ses devanciers, appelle des « isolés »[1] – nous dirions peut-être aujourd'hui des « marginaux ». Héraclite vient en premier, et Xénophane en second, ce qui est déjà un peu surprenant, puisque Héraclite avait émis, dans une phrase que cite Diogène lui-même dès son premier paragraphe, un jugement très critique envers Xénophane. Il faut donc croire qu'il était, de peu ou de beaucoup, chronologiquement postérieur à Xénophane; certains, cités par l'érudit Sotion, disaient même qu'il avait été son élève[2]. Après Xénophane viennent les Éléates, Parménide, Mélissos et Zénon (dans cet ordre, alors que l'on admet généralement aujourd'hui que Mélissos était un peu plus jeune que Zénon). Habitués comme nous le sommes aujourd'hui à donner beaucoup plus d'attention à la « Vérité » de Parménide qu'à son « Opinion », nous avons tendance à considérer les Éléates avant tout comme des métaphysiciens de l'être et de l'un, et non comme des physiciens – partageant en cela les vues d'Aristote, qui les appelait « immobilisa-

1. Oἱ σποράδην (VIII 50, 91, IX 20) ; le mot évoque les idées de dissémination et de dispersion (les animaux « sporadiques », par exemple, sont ceux qui ne vivent pas en troupeaux ni en communautés). Mais IX 20 prouve qu'il est inexact de présenter le livre IX de Diogène Laërce, dans son ensemble, comme « son livre sur les philosophes "dispersés" » : on corrigera sur ce point Richard Goulet, art. « Anaxarque », A 160, *DPhA* I, p. 188.

2. Cf. IX 5. Sotion lui-même paraît ne pas partager cette opinion.

teurs de la nature» et «aphysiciens»[1]. Diogène n'ignore pas le clivage parménidien entre «la vérité» et «l'opinion»[2]; il commence pourtant sa doxographie de Parménide par l'exposé de quelques-unes de ses opinions physiques[3]; avec moins de légitimité encore, semble-t-il, il attribue aussi des opinions de ce type à Zénon[4]. Cette façon de présenter les Éléates comme des physiciens à leur manière adoucit quelque peu, mais sans la justifier entièrement ni explicitement, la transition avec les Atomistes Leucippe et Démocrite, physiciens s'il en fut, qui viennent ensuite dans l'exposé de Diogène. Plus étonnante encore, au premier abord, est la présence de Protagoras à la suite immédiate de Démocrite: à s'en tenir au portrait qu'en fait Diogène, le grand sophiste se situe nettement en dehors de l'alternative entre physiciens et «aphysiciens». En outre, on peut remarquer, en le regrettant, qu'il est le seul représentant de la sophistique ancienne qui ait droit à une notice chez Diogène Laërce: ni Prodicos, ni Hippias, encore moins Gorgias, autres interlocuteurs fameux de Socrate dans les premiers dialogues de Platon, n'ont cet honneur. Protagoras est à son tour suivi, à nouveau fort étrangement, par un représentant quelque peu attardé de la physique de type présocratique, Diogène d'Apollonie, puis (avec un saut chronologique de près d'un siècle) par l'atypique Anaxarque, philosophe de cour plus ou moins vaguement rattaché à la tradition démocritéenne. Toute la seconde moitié du livre, enfin, est occupée par les vies et opinions de Pyrrhon, le philosophe qui fait figure de fondateur du scepticisme, et de son principal disciple Timon. Une longue section doxographique est annexée à la biographie de Pyrrhon, qui n'avait rien écrit; elle expose un riche matériel sceptique dont nous savons pertinemment, par les indications de Diogène lui-même et par toute une série de rapprochements possibles avec d'autres sources, qu'il est largement postérieur à Pyrrhon.

---

1. Cité par Sextus Empiricus, *Adv. Math.* X 46, à partir d'un ouvrage perdu, sans doute le *De philosophia* (fr. 9 Ross). Ces étiquettes dérivent de Platon, qui dans le *Théétète* (181 b) avait ironiquement appelé les Éléates les *stasiôtai* du Tout, ce qui signifie à la fois les «partisans» du Tout et ses «immobilisateurs».
2. Cf. IX 22.
3. Cf. IX 21-22.
4. Cf. IX 29.

Le livre IX, enfin, n'est pas moins frustrant par ses lacunes que par son contenu apparemment hétéroclite. Les sophistes autres que Protagoras, on l'a dit, sont passés sous silence. En outre, on remarque, pour la déplorer, l'absence de toute notice sur un certain nombre de philosophes qui sont cependant mentionnés, nommément ou non, dans ce livre, et dont la situation intellectuelle aurait dû, semble-t-il, intéresser Diogène autant qu'elle nous intéresse. Il en est ainsi des « héraclitiens » mentionnés en IX 6 ; pour ne nommer que le plus célèbre d'entre eux, Cratyle, il est signalé par Diogène, en III 6 (ainsi que par Aristote dans sa *Métaphysique*[1]), comme l'un des maîtres de Platon; malgré cette position plus qu'honorable, il ne fait l'objet d'aucune notice dans l'ouvrage. Diogène mentionne par leur nom[2], mais c'est à peu près tout, plusieurs démocritéens intermédiaires entre Démocrite et Épicure, sur lesquels aussi on aimerait bien en savoir davantage. Enfin, dans les derniers paragraphes du livre IX, il énumère de nombreux sceptiques, intermédiaires entre Timon et ses propres contemporains, notamment Sextus Empiricus; ce passage est d'ailleurs le seul, dans tout l'ouvrage de Diogène Laërce, qui mentionne des philosophes postérieurs à la fin de l'époque hellénistique, et plus précisément, postérieurs à ceux qui, selon Diogène lui-même[3], « terminent » les diverses branches de la généalogie philosophique antique (l'Académicien Clitomaque, le Stoïcien Chrysippe, le Péripatéticien Théophraste, Épicure, tous philosophes dont l'activité se situe entre le IVe et le IIe siècle avant J.-C.). La plupart du temps, les sceptiques mentionnés dans cette liste ne sont pour nous que des noms, et c'est naturellement bien dommage.

Ces anomalies apparentes ne sont pourtant pas inexplicables, et l'objet de la présente notice sera principalement d'essayer de les expliquer. Le plan du livre IX est à mettre en rapport, au moins dans ses grandes lignes, avec la structure générale de l'ouvrage de Diogène, telle qu'elle ressort de plusieurs déclarations de son auteur, qui figurent ailleurs que dans ce livre et qui n'y sont pas toujours rappelées. Dans le livre I (13-15), Diogène Laërce avait mis en place une division globale de la philosophie grecque en deux grandes lignées

1. A 6, 987 a 32 ; cf. *ibid.* Γ 5, 1010 a 12.
2. Cf. IX 58 et 69.
3. Cf. I 14-15.

ou « successions » de maîtres et de disciples *(diadochai)*, désignées par leur aire géographique d'origine. D'un côté, la succession « ionienne » descend (un peu tortueusement) des Milésiens jusqu'à Socrate et aux Socratiques, grands et petits ; c'est à partir de ce point qu'elle se divise en plusieurs branches, qui se « terminent » respectivement, selon Diogène, avec Clitomaque, Chrysippe et Théophraste. L'examen de cette succession « ionienne » occupe les livres I-VII de l'ouvrage. De l'autre côté, la succession « italique » part de Pythagore et de son maître supposé Phérécyde ; elle comprend successivement, selon le texte du livre I, Télaugès, le fils de Pythagore, puis Xénophane, Parménide, Zénon d'Elée, Leucippe, Démocrite et ses disciples, dont Nausiphane ; elle se termine avec Épicure, élève de Nausiphane. Cette représentation de la succession « italique » rend compte au moins de l'ordonnance générale des livres VIII (Pythagore et ses disciples, au nombre desquels est rangé Empédocle), IX (Xénophane, les Éléates, les Atomistes) et X (Épicure) ; la prédominance du schème de la « succession » se marque au fait que la plupart des philosophes du livre IX sont présentés comme les disciples de celui qui les précède dans l'exposé[1]. Pourtant, l'énumération des « Italiques », au livre I, sautait directement de Démocrite à Nausiphane et à Épicure ; de ce fait, elle ne préparait nullement l'insertion des sceptiques dans cette succession, alors qu'ils occupent une très large place dans l'exécution du programme, au livre IX. En I 16, Diogène avait distingué, en termes très généraux, les dogmatiques et les sceptiques ; les sceptiques n'ayant par définition pas de « dogmes », on pouvait d'ailleurs se demander s'ils avaient leur place dans un ouvrage comme celui de Diogène[2]. En I 20, il s'était justement fait l'écho d'un débat sur le point de savoir si les Pyrrhoniens

1. Parménide élève de Xénophane (IX 21) ; Mélissos élève de Parménide (IX 24) ; Zénon autre élève de Parménide (IX 25) ; Leucippe élève de Zénon (IX 30) ; Démocrite élève de Leucippe (IX 34) ; Protagoras élève de Démocrite (IX 50) ; Anaxarque élève du démocritéen Diogène de Smyrne (IX 58) ; Pyrrhon élève d'Anaxarque (IX 61) ; Timon élève de Pyrrhon (IX 109).

2. Notons à ce propos les variantes intéressantes que présentent les manuscrits dans le titre même de l'ouvrage de Diogène : « Recueil des vies et doctrines *(dogmata)* des philosophes » dans le manuscrit B, « Vies et pensées *(gnômai)* des philosophes célèbres » dans d'autres.

constituaient ou non une « école » (*hairesis*) philosophique[1]. Il avait montré qu'en un sens de ce mot on pouvait dire que oui, et qu'en un autre sens on devait dire que non ; mais il paraît pencher pour la réponse positive, sans dire pourtant explicitement quelle conclusion il se réservait d'en tirer quant à la place à donner aux sceptiques dans la suite de son ouvrage. On peut évidemment considérer qu'il tranche la question théorique par une réponse pratique, qui n'est autre que l'exposé détaillé et particulièrement soigné qu'il consacre aux sceptiques, et qui occupe presque la moitié du livre IX.

Un autre point mérite d'être signalé. Dans un passage programmatique du livre VIII (50), Diogène Laërce avait annoncé qu'après avoir parlé des Pythagoriciens célèbres (ce qu'il va faire dans toute la suite du livre VIII) il s'occuperait de « ceux que certains appellent les isolés » ; il n'avait nullement été question de cette catégorie au livre I. Après quoi, ajoute Diogène, il reprendrait la succession des philosophes notables, conformément à sa promesse (celle de I 15), en allant jusqu'à Épicure. Le traitement des philosophes « que l'on appelle isolés » (au pluriel) est de nouveau annoncé à la fin du livre VIII (91) ; mais le seul nommé, à cet endroit, est Héraclite, que Diogène va examiner, dit-il, « en premier ». C'est effectivement avec Héraclite que commence le livre IX ; l'« isolement » du philosophe d'Éphèse était d'ailleurs manifeste, d'une certaine manière, dès le prologue du livre I, puisqu'il n'y était pas nommé une seule fois. Mais la conclusion de la notice sur Xénophane (IX 20) est plus inattendue : alors que ce philosophe figurait nommément dans la lignée « italique » du livre I, en position d'élève de Télaugès, fils de Pythagore, et de maître de Parménide, il est maintenant rapproché d'Héraclite ; tous deux sont maintenant considérés comme « isolés », ils sont les seuls à être considérés comme tels, et Diogène, cessant de se réfugier derrière l'avis de « certains », prend cette fois, à en juger par son expression, la responsabilité personnelle de cette appellation.

Ce que signifie l'étiquette d'« isolé », nous pouvons l'apercevoir en lisant le chapitre sur Héraclite. Elle ne signifie pas du tout que la doctrine du philosophe n'a pas eu de partisans : il y a eu des « héra-

1. Les termes qu'il emploie là sont très voisins de ceux que l'on trouve dans la discussion parallèle de Sextus Empiricus, *Hypot. Pyrrh*. I 16-17.

clitiens» (IX 6), et même des «héraclitistes» (IX 15)[1]. Si Héraclite est classé comme un «isolé», c'est d'abord parce qu'une de ses phrases célèbres[2] était souvent interprétée comme la profession de foi d'un autodidacte, d'un philosophe qui «n'a pas eu de maître» (elle est comprise en ce sens par Diogène Laërce lui-même, qui la cite en IX 5). Il se peut aussi qu'il ait été classé comme tel parce qu'il n'avait pas directement donné d'enseignement: les «héraclitiens» de IX 6 avaient été séduits par son livre, est-il précisé, et non par sa parole[3]. Enfin, le caractère «hautain» qui lui est prêté à de multiples reprises dans cette notice particulièrement riche en notations psychologiques (IX 1-6), sa misanthropie, la violence de ses attaques contre les philosophes et les poètes les plus respectés ont certainement pu jouer un rôle non négligeable dans sa classification comme «isolé».

Le cas de Xénophane est plus complexe encore, et il est fort intéressant. Son statut et son insertion dans les «successions» philosophiques sont présentés de façon différente, en divers endroits de l'ouvrage de Diogène Laërce. En I 15, comme on l'a vu, il est intégré sans façon à la succession italique, comme disciple de Télaugès et maître de Parménide[4]. En IX 21, on s'aperçoit cependant que la filiation entre Xénophane et Parménide posait des problèmes: d'après ce passage, Parménide aurait été «instruit» par Xénophane, mais il n'aurait pas «suivi» la doctrine de ce maître; selon Sotion, sa conversion à la philosophie n'aurait pas été due à Xénophane, mais au Pythagoricien Ameinias. En IX 18, on voit, semble-t-il, ce que Sotion entendait faire de Xénophane, après l'avoir retiré de sa place d'intermédiaire entre les Pythagoriciens et Parménide: à savoir, justement, un isolé, un philosophe qui n'a pas eu lui-même de maître.

---

1. La nuance sépare peut-être des adeptes de la doctrine et des commentateurs spécialisés de l'œuvre (bien que le mot que nous traduisons par « adeptes » soit *hairetistai*). Sur les mots composés d'un nom de philosophe avec les suffixes *-istès* ou *-astès*, cf. Athénée V, 186 a (*SVF* III, Antip. 14); J. Barnes, « Pourquoi lire les Anciens ? », dans *Papiers du Collège international de Philosophie* 2, 1990, p. 1-29.
2. DK 22 B 101.
3. D'après Platon (*Théét.* 180 b-c), ils n'enseignaient pas non plus eux-mêmes.
4. Sur Xénophane maître de Parménide, on comparera Platon, *Soph.* 242 d ; Aristote, *Metaph.* A 5, 986 b 22; Théophraste, *Phys. Opinion.* fr. 5 Diels.

Le motif de ce jugement apparaît sans doute en IX 20: selon Sotion encore[1], Xénophane aurait été le premier à dire que « toutes choses sont insaisissables », c'est-à-dire l'initiateur du scepticisme, ou au moins d'une certaine version du scepticisme. Sur ce point, Diogène Laërce exprime ouvertement son désaccord avec Sotion, ce qui est plutôt rare de sa part. Ses propres raisons pour considérer Xénophane comme un « isolé » ne sont donc pas les mêmes que celles de Sotion : pour lui, ou pour la tradition qu'il suit, la forme de philosophie caractérisée par la notion d'« insaisissabilité » a été introduite par Pyrrhon, non par Xénophane[2], et ce n'est pas sans légitimité que les Pyrrhoniens portent le nom de celui qui a bel et bien inauguré leur « mode » de vivre et de penser[3]. L'« isolement » de Xénophane, aux yeux de Diogène, doit plutôt tenir à certaines raisons de caractère biographique et psychologique, comme dans le cas d'Héraclite : par exemple, ses polémiques acérées contre les poètes et contre les philosophes[4]. Il faut noter en outre[5] que l'on attribuait à Xénophane (IX 18) des critiques à l'égard de Thalès et de Pythagore, c'est-à-dire des deux philosophes tenus précisément pour les initiateurs de la succession « ionienne », d'une part, et de la succession « italique », de l'autre ; par ces critiques qui visaient en quelque sorte à la source de toutes les traditions philosophiques, il se serait mis lui-même, aux yeux des doxographes, en posture d'« isolé » radical.

En dehors du livre de Diogène Laërce, on trouve bien d'autres traces de ces hésitations et de ces controverses sur la situation intellectuelle de Xénophane, et sur le problème de son insertion, ou de son défaut d'insertion, dans les « successions » généralement admises. On le voit ainsi présenté tantôt comme « le premier des unificateurs [c'est-à-dire des Éléates] »[6]; tantôt comme le point de départ absolu d'une lignée antisensualiste, indépendante de la lignée ionienne comme de la lignée italique, et qui rassemblerait les Éléates,

---

1. Il s'appuyait certainement sur le célèbre fragment DK 21 B 34, partiellement cité par Diogène Laërce IX 72.
2. Cf. IX 61.
3. Cf. IX 70.
4. Cf. Decleva Caizzi 1992, p. 4233.
5. Cf. Gigante 1986, p. 88.
6. Cf. Aristote, *Metaph.* A 5, 986 b 22.

les Atomistes et les Sceptiques[1]; tantôt enfin comme l'un des représentants (avec Démocrite) d'une école « mixte », dogmatique en théologie, aporétique partout ailleurs[2]. Sextus Empiricus, lui aussi, témoigne abondamment des discussions dont Xénophane avait fait l'objet dans la tradition sceptique[3]. Nous pouvons assez facilement comprendre les motifs de toutes ces discussions. Les fragments conservés de Xénophane nous renseignent en effet à la fois sur sa théologie rationnelle, dont le Dieu présentait bien des caractères communs avec ceux de l'Être parménidien, et sur ses tendances au scepticisme ; cette coexistence faisait de lui un penseur éminemment difficile à classer. De plus, Timon, dans la mise en scène de ses *Silles*, avait fait jouer un rôle capital à Xénophane, comme on le voit par le précieux résumé que donne Diogène de cet ouvrage[4]. Mais nous savons par ailleurs[5] que Timon avait à son égard une attitude très ambivalente : il lui donnait certes des éloges, en raison sans aucun doute de ses tendances critiques et sceptiques ; mais il regrettait aussi qu'il se soit laissé aller à retomber (par sénilité, suggère charitablement l'auteur des *Silles*) dans le dogmatisme d'une théologie rationnelle. L'ambiguïté nuancée de ce jugement se résume dans l'adjectif *hypatuphos*, « à moitié délivré des fumées de l'orgueil [dogmatique] », dont se sert Timon dans ce fragment pour caractériser Xénophane, par contraste avec Pyrrhon lui-même, qu'il désigne ailleurs comme *atuphos*, « entièrement délivré » de ces mêmes fumées[6]. Il n'est sans doute pas trop téméraire, dans ces conditions[7], de penser que les hésitations des doxographes au sujet de Xénophane résultent non seulement des incohérences apparentes de sa pensée, mais aussi,

1. Cf. Clément d'Alexandrie, *Strom.* I 64 ; Aristoclès *apud* Eusèbe, *Praep. evang.* XIV 17, 1 et 10.

2. Cf. Pseudo-Galien, *Hist. philos.* 7.

3. Cf. *Adv. Math.* VII 49-52, 110-111; dans ce dernier passage, Parménide est présenté comme le « familier » de Xénophane, bien que les positions des deux penseurs sur la question du « critère » de la vérité soient décrites comme diamétralement opposées.

4. Cf. IX 111-112.

5. Cf. Sextus Empiricus, *Hypot. Pyrrh.* I 224 (fr. 60 Diels).

6. Fr. 9 Diels, 58 Decleva Caizzi, cité par Aristoclès *apud* Eusèbe, *Praep. evang.* XIV 18, 19. D'après le même Aristoclès (*ibid.* XIV 18, 27 = fr. 23 Decleva Caizzi), Pyrrhon se serait appelé lui-même *atuphos*.

7. Malgré l'avis contraire de Decleva Caizzi 1992, p. 4233.

plus ou moins directement, du jugement subtilement équilibré que Timon avait porté sur lui dans un ouvrage qui a très vraisemblablement exercé une influence non négligeable dans les traditions biographiques et doxographiques[1].

Une fois Xénophane placé, dans le livre IX, en posture d'« isolé »[2] Diogène Laërce peut renouer le fil de la lignée « italique » : il met en valeur, par une série d'antithèses calculées, la belle figure du Pythagoricien Ameinias, et la profondeur de l'admiration que lui portait Parménide[3]. Les trois brefs chapitres qu'il consacre aux Éléates, et notamment à leurs opinions physiques, sont probablement les plus décevants du livre IX[4], peut-être en raison du malaise provoqué, à tel ou tel moment de la tradition doxographique, par l'insertion de l'éléatisme dans une succession de « physiciens ».

Diogène Laërce enchaîne alors directement sur le fondateur de l'atomisme, Leucippe. La relation philosophique entre éléatisme et atomisme n'est nullement expliquée ; le lecteur doit se contenter de l'indication que Leucippe était natif d'Élée et qu'il avait été le disciple de Zénon. De façon plus cryptique, la mention de deux autres lieux de naissance qui lui étaient attribués « par certains », à savoir Abdère et Milet, pourrait avoir une signification philosophique. Ces variantes géographiques symbolisent peut-être, en effet, les liens proprement doctrinaux de Leucippe avec ses maîtres supposés, les Éléates, avec son disciple, Démocrite d'Abdère, et plus généralement avec la physique de tradition ionienne. Avec cette physique, les Atomistes renouent (comme aussi, chacun à sa manière, Anaxagore et Empédocle), par-delà les défis et les interdits parménidiens, qui semblaient condamner toute physique autre que d'opinion. Mais Diogène Laërce n'explicite pas davantage en quoi l'atomisme prend,

1. Cf. Long 1978.

2. Mais tout de même juste avant Parménide. Cette position est sans doute un vestige de l'insertion de Xénophane dans la généalogie de l'éléatisme. Elle est rendue possible par l'inversion, déjà signalée plus haut, de ses rapports chronologiques avec Héraclite.

3. Cf. IX 21, et les commentaires de Rocca-Serra 1987.

4. Mejer 1978, p. 28, avait qualifié la *Vie d'Héraclite* de « caricature ». Ce jugement, vivement condamné comme « scandaleusement faux » par Gigante 1986, p. 90, s'appliquerait peut-être plus légitimement aux *Vies* de Parménide et de Zénon.

d'une certaine façon, le relais de l'éléatisme ; par exemple, il ne cite pas, dans sa courte notice sur Mélissos, le célèbre fragment[1] dans lequel celui-ci écrivait : « S'il y avait plusieurs choses, elles devraient être telles qu'est l'Un ». Beaucoup de commentateurs modernes pensent que les Atomistes se sont contentés de prendre au mot l'hypothèse de la multiplicité que Mélissos considérait comme absurde. Grâce à l'admission du vide, ils peuvent se représenter une multiplicité infinie d'atomes qui possèdent effectivement les caractéristiques principales de l'Un éléatique : ils sont indivisibles, inengendrés, indestructibles, pleins, homogènes, immuables (sinon immobiles). A partir de là, une physique post-parménidienne redevient possible, qui ne viole pas les principes fondamentaux de l'ontologie parménidienne, mais qui n'oblige pas non plus à nier l'évidence phénoménale de la pluralité et du mouvement.

La notice consacrée à Démocrite est assez désordonnée, mais elle est longue et riche d'informations. La partie du livre IX qui la suit comporte plusieurs anomalies locales, qui sont assez irritantes. La présence de Protagoras, qui contraste, on l'a vu, avec l'absence des autres Sophistes, s'explique évidemment par des raisons biographiques : il était le compatriote de Démocrite, et il était considéré comme ayant été son disciple, apparemment sur la foi d'une anecdote fort suspecte, contée par Épicure[2]. Cette prétendue filiation démocritéenne n'empêche d'ailleurs pas Diogène, dans la suite de son texte, d'attribuer à Protagoras (sur le thème répandu du « premier inventeur ») une série exceptionnellement longue d'innovations, qui se rapportent pratiquement toutes à son activité de sophiste. Bien que la chronologie de Démocrite pose des problèmes particulièrement épineux[3], on s'accorde généralement à penser, aujourd'hui, que Protagoras était sensiblement plus âgé que Démocrite, et qu'il ne peut donc avoir été son disciple. Plusieurs témoignages montrent, en outre, que Démocrite avait critiqué les positions de Protagoras[4] ; il avait notamment utilisé contre lui, comme Platon et avant Platon,

1. DK 30 B 8.6.
2. Cf. IX 50 et 53.
3. Cf. la mise au point, exceptionnellement détaillée, de Denis O'Brien 1994.
4. Cf. Plutarque, *Adv. Col.* 1108 f ; Sextus Empiricus, *Adv. Math.* VII 389.

l'argument dit de la *peritropè*, selon lequel la thèse protagoricienne de « l'homme-mesure » (IX 51) se renverse et se réfute elle-même.

La courte notice consacrée par Diogène Laërce au « physicien » Diogène d'Apollonie, immédiatement après celle qui traite du « sophiste » Protagoras, soulève également de curieuses difficultés : que vient faire ici ce physicien de tradition présocratique, dont l'œuvre semble se situer chronologiquement entre celle de Leucippe et celle de Démocrite ? Depuis longtemps[1], la solution de l'énigme a été cherchée dans une confusion avec un autre Diogène, Diogène de Smyrne, personnage pour nous pratiquement inconnu, mais qui figure, tantôt avec son toponyme, tantôt sans lui, dans les diverses versions d'une « succession » abdéritaine, reliant Démocrite à Pyrrhon, et combinant de diverses manières l'atomisme avec le scepticisme (comme semble l'avoir déjà fait Démocrite lui-même, dans une mesure qui a été très discutée). La version diogénienne de cette succession est présentée au début de la notice sur Anaxarque[2] : elle comporte Métrodore de Chio[3], disciple soit directement de Démocrite, soit de Nessas de Chio, autre personnage pratiquement inconnu, lui-même disciple de Démocrite ; puis Diogène de Smyrne, disciple de Métrodore ; enfin Anaxarque d'Abdère, disciple de Diogène de Smyrne. Les autres versions de cette succession sont peu différentes : chez Clément d'Alexandrie[4], on trouve la filiation Démocrite, Métrodore, Diogène de Smyrne, Anaxarque ; chez Eusèbe[5], la filiation Démocrite, Nessas, Métrodore, Diogène (sans toponyme), Anaxarque. Diogène d'Apollonie pourrait donc devoir sa présence dans notre livre IX à une confusion provoquée par son homonymie avec Diogène de Smyrne, et facilitée par la chute du toponyme de ce dernier dans certaines branches de la tradition. Cette solution évidemment séduisante a été longtemps admise par l'ensemble des commentateurs ; elle a été cependant remise en ques-

---

1. Cf. E. Rohde, « Über Leucipp und Demokrit », *Verhandlungen der 34. Vers. deutscher Philologen und Schulmänner in Trier 1879*, Leipzig 1880, p. 64-90 (= *Kleine Schriften*, vol. I, p. 205-245).
2. Cf. IX 58.
3. Chio était une colonie d'Abdère.
4. Cf. *Strom.* I 64.
5. Cf. *Praep. evang.* XIV 17, 10.

tion récemment[1], avec des arguments qui ne sont peut-être pas absolument décisifs, mais qui ont entièrement convaincu de bons connaisseurs[2].

Anaxarque, dont il est ensuite et aussitôt question dans notre livre IX, représente un chaînon intéressant entre la tradition démocritéenne et Pyrrhon. Ami et philosophe de cour d'Alexandre le Grand, il est sans doute celui grâce auquel Pyrrhon se joignit à l'expédition orientale du roi de Macédoine. Anaxarque était sans doute plus préoccupé de pratique que de théorie ; s'il a été l'intermédiaire principal entre Démocrite et Pyrrhon, on pourrait être tenté d'en conclure que ce qui a fasciné Pyrrhon chez Démocrite[3], tout comme ce qui a fasciné Épicure chez Pyrrhon[4], c'est l'attitude morale, plutôt que les spéculations. Natif d'Abdère comme Démocrite et comme Protagoras, présent dans toutes les versions de la succession atomistico-sceptique, Anaxarque a pu sans doute avoir quelque teinture de la physique démocritéenne, mais l'on n'en voit pas de signe dans la notice de Diogène[5]. Le portrait qu'il trace de ce personnage ambigu est presque entièrement positif : il insiste sur sa maîtrise de soi, sur l'héroïsme de sa mort, sur l'ironie avec laquelle il avait commenté la mégalomanie réelle ou feinte d'Alexandre se prenant pour un dieu. Les jugements sévères souvent portés ailleurs, de source sans doute péripatéticienne, qui reprochent à Anaxarque d'avoir corrompu Alexandre par ses propos flatteurs et ses attitudes de flagorneur, et qui sont véhiculés par d'autres documents[6], ne sont rappelés que très allusivement chez Diogène, au moment où celui-ci

1. Cf. Laks 1983, p. 258-263.

2. Cf. Gigante 1986, p. 90-91 ; Decleva Caizzi 1992, p. 4220 n. 6.

3. Cf. IX 67.

4. Cf. IX 64.

5. Diogène ne se fait pas l'écho de la seule indication, maigre mais précise, que l'on ait à ce sujet (cf. Plutarque, *De tranqu. an.* 466 d et Valère Maxime, VIII 14 extr. 2 = DK 72 A11) : dissertant sur le nombre infini des mondes, Anaxarque aurait provoqué les larmes d'Alexandre, désespéré de ne pas s'être encore rendu entièrement maître d'un seul de ces mondes. D'après un autre témoignage de Valère Maxime, III extr. 4 (DK 72 A 13), il aurait été capable de faire un exposé complet de cosmologie « fort sagace et fort éloquent » ; mais cela n'implique aucune originalité ni aucune recherche personnelle de sa part dans ce domaine.

6. Cf. les biographies d'Alexandre chez Plutarque et Arrien.

reparle d'Anaxarque dans sa *Vie de Pyrrhon* (IX 63). Cette tradition hostile à Anaxarque est probablement née de la rivalité qui, dans le cercle des philosophes de l'entourage d'Alexandre, l'opposa à Callisthène, philosophe proche parent d'Aristote; mais Callisthène n'est nulle part mentionné chez Diogène dans un contexte qui le mette en rapport avec Anaxarque[1].

La biographie de Pyrrhon, non moins que celle de Timon, toutes deux puisées pour l'essentiel à la source d'Antigone de Caryste, est un élément particulièrement précieux du livre IX, même si l'on peut trouver disproportionnée la place qu'y occupent des anecdotes certes significatives, mais de valeur historique évidemment douteuse. Diogène Laërce nous donne en outre, sur l'histoire du pyrrhonisme, un grand nombre d'informations souvent intéressantes, et que l'on ne trouve pas ailleurs que chez lui.

En ce qui concerne les « opinions » de Pyrrhon, Diogène Laërce se trouvait devant un problème délicat. D'une part, comme Socrate et quelques autres, dont Diogène avait donné une liste dans le livre I[2], Pyrrhon n'avait rien écrit; il le rappelle ici[3]. D'autre part, les « opinions » de Pyrrhon n'étaient pas des « dogmes »[4]; on pouvait soit en tirer argument pour se dispenser d'exposer la moindre « doxographie » de Pyrrhon[5], soit essayer de présenter le scepticisme sous la forme d'une « antidoxographie », en montrant qu'il constituait une philosophie « sans doctrines distinctives », certes, mais qui possédait néanmoins un « contenu distinctif », une « stratégie générale », de multiples « tactiques » antidogmatiques, et qui était capable de répliquer de façon efficace aux objections soulevées classiquement

1. A moins qu'il ne faille lire le nom d'Anaxarque à la place de celui d'Anaximène en V 10, ce qui paraît du reste assez tentant.

2. Cf. I 16 (Socrate, Stilpon, Philippe, Ménédème, Pyrrhon, Théodore, Carnéade, Bryson). Diogène donne cette liste des philosophes qui n'ont rien écrit en s'abritant derrière l'autorité de « certains » ; il est difficile de déterminer si la nuance s'applique à tous les philosophes mentionnés, à certains d'entre eux, ou à Socrate, le premier nommé.

3. Cf. IX 102.

4. Sauf aux yeux de Numénius, comme le signale Diogène dans une note bizarrement placée (IX 68).

5. Cette solution était dans la logique de certains des arguments utilisés par Théodose pour critiquer l'usage du terme « pyrrhonien » (IX 70).

contre elles[1]. Diogène choisit la seconde solution, et s'acquitte de sa tâche avec une abondance et un soin tout particuliers ; même s'il n'y a pas de raison décisive pour considérer qu'il a lui-même été un sceptique[2], il est clair qu'il a un vif intérêt pour le scepticisme, et qu'il dispose à son sujet d'une ou plusieurs sources tardives, mais de grande valeur.

Nous n'entrerons pas ici dans les discussions longues et complexes qui ont été menées pour essayer de déterminer ces sources[3]. Qu'il suffise ici de dire que dans deux passages au moins[4], les nombreuses comparaisons possibles avec Sextus Empiricus prouvent que Diogène a eu entre les mains une source sceptique tardive, mais de très bonne qualité, dont Sextus s'est lui aussi inspiré; mais que l'identification de cette source avec l'un ou l'autre des auteurs mentionnés par Diogène[5] apparaît impossible ou indémontrable. Sur le plan philosophique, il convient aussi de remarquer que la conservation des ouvrages de Sextus Empiricus, incontestablement plus complets et plus détaillés que l'exposé de Diogène, est loin de retirer toute valeur d'information à ce dernier. Les différences que l'on relève entre les deux auteurs, sur des points de plus ou moins grande importance, ont été scrutées, non sans profit, par les commentateurs (notamment par Janaček, le grand spécialiste de Sextus Empiricus); elles semblent parfois témoigner, non que Diogène décrit inexactement la même version du scepticisme que Sextus, mais qu'il décrit exactement une version authentique du pyrrhonisme qui n'est pas identique à celle de Sextus, du moins dans les *Hypotyposes pyrrhoniennes*[6]. Pour ne prendre que quelques exemples particulièrement

1. J'emprunte ces heureuses expressions à l'excellent exposé de Barnes 1992, p. 4245 *sqq.*, qui reconstitue le plan clair et dans l'ensemble cohérent de cette « antidoxographie ».

2. On a cru trouver une preuve en ce sens dans la mention d'Apollonide de Nicée ὁ παρ' ἡμῶν en IX 109 ; mais voir la note *ad loc.*

3. Ici encore, nous renvoyons à l'exposé magistral de Barnes 1992, p. 4257-4290, qui examine les diverses hypothèses présentées ou présentables, mais qui conclut de façon explicitement « pyrrhonienne » que sur cette question, dans l'état actuel des choses, il faut « poursuivre la recherche » (cf. Sextus Empiricus, *Hypot. Pyrrh.* I 2).

4. IX 88-89 (les tropes d'Agrippa) et 90-101.

5. Soit en IX 102 (cf. note *ad loc.*), soit ailleurs dans le livre IX.

6. Cf. Bett 1997 pour la justification de cette nuance.

significatifs au point de vue philosophique[1], le scepticisme tel que le présente Diogène est très souvent marqué par ce qu'on a pu appeler un « dogmatisme négatif » ; en d'autres termes, il propose des arguments favorables au rejet de certaines entités admises par les dogmatiques[2], ou concluant à l'inexistence de telles entités[3]. C'est ce que ne fait pas Sextus, du moins officiellement : le pyrrhonisme tel qu'il le présente aboutit en toutes matières à la « suspension du jugement » *(epochè)*, c'est-à-dire à l'abstention de toute assertion, négative aussi bien que positive, les arguments en faveur de chacune des assertions contradictoires étant tenus pour « d'égale force » *(isostheneia)*. Sur un plan différent, les sceptiques de Diogène affirment souvent que telles ou telles choses sont « inconnaissables »[4] ou « insaisissables »[5], alors que de tels énoncés, « métadogmatiques » en ce sens qu'ils se prononcent sur le statut cognitif de certains types d'énoncés portant directement sur les choses, sont en principe proscrits par la version sextienne du scepticisme. Sextus différencie précisément le pyrrhonisme par rapport à d'autres écoles qui en étaient tenues pour voisines (comme l'école cyrénaïque et la Nouvelle Académie) en disant que ces dernières professent l'« insaisissabilité » *(akatalèpsia)* de toutes choses, alors que le pyrrhonisme ne le fait pas[6].

Il serait injuste,. pour finir, de ne pas relever tout ce que nous apporte la notice de Diogène Laërce sur Timon, le pittoresque et sympathique disciple de Pyrrhon : non seulement une précieuse vue

1. Cf. l'examen approfondi et nuancé de Barnes 1992, p. 4250-4256, auquel j'emprunte sa terminologie et ses exemples.

2. Cf. IX 94 (le critère de la vérité), IX 97 (la cause).

3. Cf. IX 96 (le signe), IX 99 (le mouvement).

4. Cf. IX 76 (la vérité), IX 85 (les propriétés intrinsèques des choses), IX 86 (la nature des choses), IX 88 (l'essence propre des relatifs), IX 95 (le critère et la vérité), IX 101 (le bien par nature).

5. Cf. IX 91 (les critères et les preuves).

6. Cf. *Hypot. Pyrrh.* I 3, 215, 226. On notera que Diogène Laërce, dès le début de sa notice sur Pyrrhon (IX 61), présente celui-ci, sur la foi d'un certain Ascanios d'Abdère, autrement inconnu, comme « l'introducteur de la forme <de philosophie caractérisée par les mots d'ordre> de l'insaisissabilité *(akatalèpsia)* et de la suspension du jugement *(epochè)* ». A un moment indéterminable de la tradition pyrrhonienne, ces deux mots clefs, que Sextus considérera comme devant être soigneusement distingués, pouvaient donc être juxtaposés sans autre précaution.

d'ensemble de son œuvre la plus célèbre, les *Silles*, mais encore et surtout un portrait «scintillant de vie», selon l'expression de Gigante[1]. Cette notice particulièrement réussie met dignement un terme à un livre dans lequel l'équilibre toujours délicat entre biographie et doxographie, selon le même critique, est peut-être mieux atteint que partout ailleurs.

Le livre IX se prête ainsi à de multiples lectures : la lecture du curieux, à laquelle il apporte une ample moisson de « petits faits » qui ne sont peut-être pas tous « vrais », mais qui font image et se gravent immédiatement dans la mémoire ; la lecture du savant et de l'érudit, à laquelle il fournit de nombreux matériaux valables par eux-mêmes et propres aussi à entrer dans de multiples comparaisons; la lecture méditative, enfin, de qui ne se lasse pas de s'interroger sur les rapports toujours énigmatiques entre « la vie » et « les pensées », ces deux plans à jamais accolés et distincts, depuis que Diogène Laërce les a juxtaposés, peut-être moins innocemment qu'il n'y paraît, dans le titre même et dans le contenu de son ouvrage[*].

---

1. Gigante 1986, p. 92.

[*] Ce travail a été relu avec vigilance et compétence par J.-F. Balaudé, T. Dorandi, R. Goulet et M. Patillon, qui m'ont suggéré maintes améliorations. Les plus importantes d'entre elles seulement ont pu être signalées par les initiales de leur auteur. Les erreurs et maladresses qui subsistent sont de ma responsabilité.

BIBLIOGRAPHIE SUR LE LIVRE IX

ALFIERI V. (édit.), *Gli Atomisti. Frammenti e testimonianze,* Bari 1936.

ANNAS J. et BARNES J., *The Modes of Scepticism - Ancient Texts and Modern Interpretations,* Cambridge 1985.

AUBENQUE P. (édit.), *Études sur Parménide,* 2 vol., Paris 1987.

BARNES J., « Pyrrhonism, Belief and Causation », dans W. HAASE (édit.), *Aufstieg und Niedergang der römischen Welt,* II 36, 4, Berlin-New York 1990, p. 2608-2695.

ID., *The Toils of Scepticism,* Cambridge 1990.

ID., « Diogenes Laertius IX 61-116: The Philosophy of Pyrrhonism », dans W. HAASE (édit.), *Aufstieg und Niedergang der Römischen Welt,* II 36, 6, Berlin-New York 1992, p. 4241-4301.

BENAKIS L. G. (édit.), *Proceedings of the 1st International Congress on Democritus,* Xanthi 1984.

BETT R., *Sextus Empiricus - Against the Ethicists,* Oxford 1997.

BROCHARD V., *Les Sceptiques grecs,* Paris, 1887, 1923².

BRUNSCHWIG J., « The Anaxarchus Case : An Essay on Survival », *Proceedings of the British Academy* 82, 1993, p. 59-88.

DECLEVA CAIZZI F. (édit.)., *Pirrone. Testimonianze,* Napoli 1981.

EAD., « Il libro IX delle 'Vite dei filosofi' di Diogene Laerzio », dans W. HAASE (édit.), *Aufstieg und Niedergang der Römischen Welt,* II 36, 6, Berlin-New York 1992, p. 4218-4240.

DEICHGRÄBER K., *Die griechische Empirikerschule : Sammlung und Darstellung der Lehre,* Berlin 1930, 1965².

DI MARCO M. (édit.), *Timone di Fliunte. Silli,* Roma 1989.

DORANDI T., « I frammenti di Anassarco di Abdera », *AATC* 59 (n.s. 45), 1994, p. 11-59.

GIGANTE M., « Biografia e dossografia in Diogene Laerzio », *Elenchos* 7, 1986, p. 7-102 (en particulier p. 86-93).

GÖRLER W., « Älterer Pyrrhonismus », dans H. Flashar (édit.), *Die Philosophie der Antike* (Grundriss der Geschichte der Philosophie, begründet von F. Ueberweg, Neubearbeitete Ausgabe), Bd. 4, Basel 1994, p. 719-774.

HANKINSON R. J., *The Sceptics*, London-New York 1995.

JANÁČEK K., « Diogenes Laertius and Sextus Empiricus », *Eunomia* 3, 1959, p. 50-58.

ID., « Diogenes Laertius IX 101 and Sextus Empiricus M XI 69-75 (-78) », dans F. Stiebitz et R. Hosek (édit.), *Charisteria F. Novotny octogenario oblata,* Prague 1962, p. 143-146.

ID., « Zur Würdigung des Diogenes Laertius », *Helikon* 7, 1968, p. 448-451.

ID., *Indice delle Vite dei filosofi di Diogene Laerzio,* Firenze 1992.

LAKS A., *Diogène d'Apollonie. La dernière cosmologie présocratique,* Lille 1983.

LONG A. A., « Timon of Phlius: Pyrrhonist and Satirist », *PCPhS,* n.s. 24, 1978, p. 68-91.

MEJER J., *Diogenes Laertius and his Hellenistic Background,* Wiesbaden 1978.

MONDOLFO R. et TARÁN L. (édit.), *Eraclito. Testimonianze e imitazioni,* Firenze 1972.

MOURAVIEV S. N., « La Vie d'Héraclite de Diogène Laërce », *Phronesis* 32, 1987, p. 1-33.

O'BRIEN D., article « Démocrite d'Abdère » D 70, *DPhA* II, 1994, p. 649-715.

ONODERA G., « Diogenes Laertios IX 45 (Demokritos fr. A 1) », *Philologus* 137, 1993, p. 104-109.

REALE G. (édit.), *Melisso. Testimonianze e frammenti,* Firenze 1970.

ROCCA-SERRA G., « Parménide chez Diogène Laërce », dans P. AUBENQUE, (édit.), *Études sur Parménide,* vol. II, Paris 1987, p. 254-273.

ROMANO F. (édit.), *Democrito e l'atomismo antico,* Catania 1980.

UNTERSTEINER M. (édit.), *Sofisti. Testimonianze e frammenti*, fasc. I, Firenze 1949.

ID. (édit.), *Senofane. Testimonianze e frammenti*, Firenze 1955.

ID. (édit.), *Parmenide. Testimonianze e frammenti*, Firenze 1958.

ID. (édit.), *Zenone. Testimonianze e frammenti*, Firenze 1963.

WILAMOWITZ-MOELLENDORFF U. von, *Antigonos von Karystos*, Berlin 1881.

HÉRACLITE

Origines et chronologie

1 Héraclite, fils de Bloson ou, selon certains, d'Héracôn, citoyen d'Éphèse. Cet homme était dans sa pleine maturité pendant la soixante-neuvième Olympiade[1].

Caractère

Il était d'esprit hautain, plus que personne, et méprisant, comme il apparaît clairement d'après son livre, dans lequel il dit: « La multiplicité des savoirs n'enseigne pas l'intelligence; autrement, elle l'aurait enseignée à Hésiode et à Pythagore, et encore à Xénophane et à Hécatée »[2]. En effet, il n'y a qu'« une chose sage, qui est de connaître quelle pensée a gouverné partout toutes choses »[3]. Il disait qu'Ho-

---

1. *FGrHist* 244 F 340 a. La soixante-neuvième Olympiade correspond aux années 504-501.Cette datation par l'*acmè* (ou *floruit*), qui est celle d'Apollodore d'Athènes dans sa *Chronologie*, correspond conventionnellement à une date de naissance antérieure de quarante ans: cf. T. Dorandi, « Apollodore d'Athènes » A 244, *DPhA* I, p. 271-274. En ce qui concerne Héraclite, la datation d'Apollodore est généralement tenue aujourd'hui pour approximativement correcte: il serait donc né vers 544-541. Sur Héraclite, voir S. Mouraviev, art. « Héraclite d'Éphèse », *DPhA* III (à paraître).

2. DK 22 B 40. La distinction marquée entre deux groupes d'auteurs indique probablement que les deux derniers, à la différence des premiers, étaient encore vivants du temps d'Héraclite. Sur Xénophane, voir ci-dessous, §§ 18-20. Hécatée de Milet, célèbre voyageur, historien et géographe, vécut au VIe siècle av. J.-C; voir J. Campos Daroca et P. P. Fuentes González, art. « Hécatée de Milet », *DPhA* III (à paraître).

3. DK 22 B 41. La lettre du texte est controversée; Long adopte une conjecture de Diels que nous traduisons ici (M. P.).

mère méritait d'être chassé des jeux publics et d'être battu de verges, et Archiloque pareillement[1].

2 Il disait aussi qu'« il faut éteindre la démesure plus encore qu'un incendie »[2], et qu'« il faut que le peuple se batte pour la loi[3] comme pour un rempart »[4]. Il s'en prend aussi aux Éphésiens pour avoir chassé son ami Hermodore, là où il dit : « Les adultes d'Éphèse auraient mieux fait de se pendre[5], tous, et d'abandonner la cité aux enfants, eux qui ont chassé Hermodore, l'homme le plus précieux d'entre eux, en disant : "Que personne parmi nous ne soit le plus précieux ; s'il y en a un qui soit tel, qu'il parte ailleurs, et chez d'autres que nous" »[6]. On lui demanda aussi de faire office de législateur pour eux, mais il dédaigna l'offre, parce que la cité était déjà sous l'emprise de sa mauvaise constitution. **3** S'étant retiré dans le temple d'Artémis[7], il jouait aux osselets avec les enfants ; les Éphésiens faisant cercle autour de lui, il leur dit : « Pourquoi vous étonner, coquins ? Est-ce qu'il ne vaut pas mieux faire cela que de mener avec vous la vie de la cité ? »

Pour finir, il prit les hommes en haine, et vécut à l'écart dans les montagnes, se nourrissant d'herbes et de plantes.

---

1. DK 22 B 42. Archiloque (VIIe siècle av. J.-C.) est le plus ancien des poètes lyriques grecs.
2. DK 22 B 43.
3. Les manuscrits BPG portent ici quelques mots (ὑπὲρ τοῦ γινομένου) qui se construisent mal, et que la plupart des éditeurs des fragments d'Héraclite suppriment, à l'exception de Bollack et Wismann (1972), qui les traduisent par « pour celle qui se fait » (c'est-à-dire pour une loi « en devenir », par opposition avec l'idée d'une société fondée sur l'immutabilité des lois).
4. DK 22 B 44.
5. On peut peut-être, mais plus difficilement, comprendre : « Les Éphésiens auraient mieux fait de se pendre, à l'âge adulte » (J. F. B.) ; mais comme il s'agit de ceux qui ont banni Hermodore, Héraclite doit viser ceux de ses compatriotes qui étaient adultes à l'époque où cette décision fut prise, plutôt que vouer au gibet tous ceux qui parviennent, un jour ou l'autre, à l'âge adulte. Sur Hermodore, voir S. Mouraviev, art. « Hermodore », *DPhA* III (à paraître).
6. DK 22 B 121.
7. Le temple d'Artémis d'Éphèse était célèbre, puisqu'il fut compté au nombre des « sept merveilles du monde ». En 356[a], Érostrate y mit le feu, uniquement pour faire parler de lui – en quoi il obtint un indéniable succès.

Circonstances de sa mort

Pourtant, ayant contracté une hydropisie à ce régime, il redescendit en ville, et demanda aux médecins, de manière énigmatique, s'ils pourraient produire une sécheresse à partir d'une pluie diluvienne ; ceux-ci n'ayant rien compris, il s'enterra lui-même dans une étable à vaches, espérant que la chaleur de la bouse provoquerait une évaporation[1]. N'ayant obtenu aucun résultat, même par ce moyen, il mourut, après avoir vécu soixante ans.

4 Il y a sur lui une pièce de nous qui se présente comme suit :

> Souvent je me suis demandé avec stupeur comment Héraclite a bien [pu mourir
> D'une infortune qu'il avait supportée pendant toute sa vie :
> En effet, une vilaine maladie arrosant d'eau son corps,
> Éteignit la lumière en ses yeux, et y amena l'obscurité[2].

Mais Hermippe dit[3] qu'il demanda aux médecins si l'un d'eux pourrait chasser l'humidité en vidant[4] ses entrailles ; ceux-ci s'étant récusés, il se mit au soleil et ordonna à ses serviteurs de l'enduire de bouse ; ainsi étendu, il mourut le lendemain, et fut enseveli sur la grand'place. Néanthe de Cyzique, de son côté, dit[5] que, ne pouvant s'arracher la bouse, il resta ainsi, et que, devenu méconnaissable sous l'effet de cette transformation, il devint la proie des chiens[6].

---

1. Cette version de la maladie, de la médication et de la mort d'Héraclite, comme celles qui suivent, a probablement été élaborée, avec des intentions polémiques, au moins en partie, sur la base de certains de ses fragments et de ses théories sur l'âme, l'humidité, la sécheresse, la chaleur, etc.

2. *Anth. Pal.* VII 127. On retrouve dans cette épigramme des allusions, non seulement au feu et à l'eau, mais aussi à l'extinction du feu dans les yeux (DK 22 B 26), et, naturellement, à l'obscurité proverbiale d'Héraclite (la traduction est due à M. P., qui résume ainsi la pointe de l'épigramme : « Comment l'obscurité, qu'Héraclite avait supportée toute sa vie, a-t-elle pu le faire mourir ? »).

3. Fr. 29 Wehrli. Hermippe, érudit péripatéticien, élève de Callimaque, vécut vers 200[a].

4. τὰ ἔντερα κεινώσας. Texte conjectural de Diels. Le texte des manuscrits (ἔντερα ταπεινώσας) signifie « en abaissant ». Il pourrait alors s'agir de diminuer soit la longueur des entrailles, soit leur diamètre.

5. *FGrHist* 84 F 25.

6. Cette version de la mort d'Héraclite rappelle DK 22 B 96.

Autodidacte ?

5 Il fut extraordinaire dès son enfance : étant encore jeune, il disait qu’il ne savait rien; devenu adulte, qu’il connaissait tout. Il n’avait été l’élève de personne, et disait qu’il avait cherché lui-même et qu’il avait tout appris par lui-même[1]. Mais Sotion[2] dit que certains ont affirmé qu’il avait été le disciple de Xénophane, et qu’Ariston[3], dans son livre sur Héraclite, affirmait qu’il avait guéri de son hydropisie, et qu’il était mort d’une autre maladie. C’est aussi ce que dit Hippobote[4].

L’œuvre

Le livre qui lui est rapporté est, d’après son sujet principal, un traité sur la nature, mais il est divisé en trois exposés, l’exposé sur l’univers, l’exposé politique et l’exposé théologique[5]. **6** Il le déposa dans le temple d’Artémis[6], après s’être appliqué, selon certains, à l’écrire en un style plutôt obscur, pour que <n’> y eussent accès <que> ceux qui en avaient la capacité, et de peur qu’un style com-

---

1. Cf. DK 22 B 101. Cité par Plutarque (*Adv. Col.* 1118C) sous une forme plus condensée, ce fragment a parfois été interprété dans le sens « J’ai fait porter mon enquête sur moi-même », parfois dans le sens autodidactique que lui donne la version plus développée de Diogène Laërce.

2. Fr. 30 Wehrli. Sotion d’Alexandrie, érudit de la première moitié du IIe siècle av. J.-C., auteur d’une *Succession des philosophes* fréquemment citée par Diogène Laërce.

3. Fr. 28 Wehrli. On s’accorde à identifier cet Ariston avec Ariston de Céos, péripatéticien du IIIe siècle avant J.-C., dont Philodème cite un *Résumé sur la façon de tempérer l’arrogance*, où le cas d’Héraclite était évoqué. Cf. F. Caujolle-Zaslawsky et R. Goulet, art. « Ariston de Céos » A 396, *DPhA* I, p. 398-400. Mouraviev, 1987, p. 22-26, attribue à Ariston de Céos tous les éléments de la notice de Diogène Laërce qui relèvent d’une source qu’il désigne comme une « étude caractérologique » du cas Héraclite.

4. Fr. 20 Gigante.

5. Cette division a naturellement toutes chances d’être le résultat d’un travail tardif de mise en ordre, qui ressemble d’ailleurs aux efforts analogues accomplis par les érudits modernes pour rattacher les fragments conservés d’Héraclite à un certain nombre de thèmes distincts, sinon vraiment séparables.

6. Cette offrande spectaculaire ne semble pas avoir empêché le texte d’Héraclite d’avoir été de bonne heure largement connu dans le monde grec, bien que les échos que certains savants pensent en trouver chez divers auteurs antérieurs à Platon aient été l’objet de beaucoup de discussions (cf. Mondolfo dans Mondolfo-Tarán, 1972, p. XLI-LXXXIV).

mun ne le rendît facile à dédaigner. C'est bien là celui que décrit Timon lorsqu'il dit :

> Parmi eux le voici, coucou criard, gourmandeur des foules, [Héraclite,
> Spécialiste des énigmes, le voici qui se dresse[1].

Théophraste attribue à une disposition mélancolique[2] le fait qu'il a laissé certaines parties de son livre à moitié achevées, et d'autres qui font l'objet de réécritures[3]; et comme indice de sa hauteur d'esprit, Antisthène[4] cite, dans ses *Successions*, le fait qu'il céda la royauté à son frère. Son livre eut une telle réputation qu'il en naquit même des adeptes, ceux qu'on appelle les héraclitiens[5].

---

1. Fr. 43 Di Marco, avec commentaires p. 208-209. Timon imite ici une formule homérique (*Il.* I 247 *sqq.*).

2. La « mélancolie » ou atrabile (« bile noire ») est une notion médicale précise, connotant des caractéristiques psychologiques comme la vivacité de l'esprit, la violence de l'imagination, la misanthropie; elle a été souvent considérée comme liée de près au génie philosophique, poétique ou prophétique, en particulier chez Aristote et dans la tradition aristotélicienne (cf. notamment *Éthique à Nicomaque* VII 8, 1150 b 25 ; *Problèmes* XXX ; Cicéron, *Tusculanes* I 80 ; *De Divinatione* I 81). On peut suggérer, semble-t-il, qu'il y a eu interaction entre la description du tempérament mélancolique et celle du caractère attribué à Héraclite. En un sens plus vague et plus proche du nôtre, la « mélancolie » d'Héraclite a contribué à façonner l'opposition légendaire entre Héraclite, « le philosophe qui pleure » au spectacle de la sottise et de la méchanceté des hommes, et Démocrite, « le philosophe qui rit » à ce même spectacle.

3. Il est difficile de préciser si le texte signifie qu'Héraclite a laissé certaines parties de son livre (a) tout à fait achevées, par opposition à d'autres restées inachevées, ou (b) écrites dans un certain style (obscur, par exemple), par opposition à d'autres écrites dans un autre style (cf. ci-dessous, § 7), ou (c) disant ici des choses contradictoires avec ce qu'il dit là, ou même (d) comportant des indications de variantes textuelles. J'adopte la suggestion de M. P. : tantôt Héraclite a renoncé à parfaire son texte, tantôt il a laissé subsister plusieurs versions.

4. *FGrHist* 508 F 10 = 10 Giannattasio Andria. Cet Antisthène, auteur de *Successions des philosophes* souvent citées par Diogène Laërce, ne doit pas être confondu avec le philosophe socratique, dont il est question au début du Livre VI ; on l'identifie le plus souvent avec l'historien Antisthène de Rhodes, mentionné par Diogène Laërce (VI 19). Mais d'autres possibilités ont été avancées : voir R. Goulet, art. « Antisthène (de Rhodes ?) » A 214, *DPhA* I, p. 254-255.

5. Ces sectateurs d'Héraclite ont donc la particularité d'avoir découvert la pensée de leur maître dans son livre, et non, comme c'était habituellement le cas,

Doxographie générale

7 Ses doctrines, exposées de façon générale, sont les suivantes[1]. C'est de feu que toutes les choses sont constituées, et c'est en feu qu'elles se résolvent[2]. Toutes choses arrivent selon le destin, et c'est par la convergence des opposés que les êtres s'harmonisent[3]; et toutes choses sont pleines d'âmes, et de démons[4]. Il a également parlé de toutes les modifications qui s'effectuent dans le monde, et il a dit que le soleil est de la grandeur qu'il paraît avoir[5]. On y trouve également dit: « Les limites de l'âme, tu ne saurais les trouver au bout de ton chemin, même en les parcourant tous: si profond est le verbe qu'elle détient »[6]. Il appelait l'opinion une maladie sacrée[7], et la vue une chose mensongère[8]. Parfois, dans son livre, il jette des phrases à la fois brillantes et claires, au point même que l'esprit le plus lent les comprend aisément et en retire une élévation de l'âme; la brièveté de son expression, en même temps que sa densité, sont incomparables.

---

dans son enseignement oral. Sur leurs habitudes excentriques, voir la célèbre description de Platon, *Théétète*, 179 d - 180 c.

1. Cette double doxographie provient directement ou indirectement, de l'avis à peu près général des commentateurs, des *Opinions des physiciens* de Théophraste.

2. Cf. DK 22 B 64 et 90.

3. Outre les nombreux fragments d'Héraclite qui évoquent « l'harmonie des opposés », voir Aristote, *Éthique à Eudème* VII 1, 1235 a 25 (DK 22 A 22). Le mot ici traduit par « convergence » (ἐναντιοτροπῆς, « retournement en sens opposé ») est celui que portent les manuscrits; on peut le maintenir (M.P.) contre une conjecture de Diels, inspirée par un parallèle en DK 22 A 8 et conservée par Long (ἐναντιοδρομίας, « course en sens opposé », « concurrence »).

4. Cf. Thalès DK 11 A 22 (« Toutes choses sont pleines de dieux »), et la célèbre anecdote qui montre Héraclite encourageant des visiteurs à le rejoindre près de son foyer (ou de ses lieux d'aisance ?) en leur disant: « Ici aussi il y a des dieux » (Aristote, *Parties des animaux* I 5, 645 a 17 = DK 22 A 9). Les δαίμονες grecs, divinités en général ou dieux de second rang, n'ont en tout cas aucun caractère « démoniaque ».

5. Cf. DK 22 B 3 : le soleil a « la largeur d'un pied d'homme ».

6. DK 22 B 45. Je traduis ici, non sans hésitation, λόγος par « verbe ».

7. DK 22 B 46. Au sens usuel, la « maladie sacrée », objet d'un traité célèbre de la Collection hippocratique, est l'épilepsie.

8. Diels et Kranz considèrent ce membre de phrase comme lié au précédent, tous deux constituant DK 22 B 46; mais ils ne le présentent pas comme une citation textuelle d'Héraclite, à la différence du jugement sur l'opinion.

Doxographie détaillée

8 Voici maintenant quelles sont ses doctrines particulières. Le feu est l'élément, et toutes choses sont échange de feu[1], venant à l'être par raréfaction et condensation[2]; mais il n'expose rien clairement. Toutes choses viennent à l'être selon l'opposition[3], et l'univers entier s'écoule à la façon d'un fleuve[4]. Le tout est limité, et constitue un monde unique; il naît du feu, et il s'embrase à nouveau selon certaines périodes, alternativement, pendant la totalité du temps; et cela se produit selon le destin[5]. Celui des opposés qui conduit à la venue à l'être est appelé guerre et discorde, et celui qui conduit à l'embrasement est appelé accord et paix[6]; le changement est appelé la route qui monte et qui descend[7], et le monde est en devenir selon elle.

9 En effet, en se condensant, le feu s'humidifie complètement, et ainsi constitué, il devient de l'eau; quant à l'eau, en se congelant, elle se tourne en terre; et c'est là la route qui descend[8]. En sens inverse, la terre se liquéfie, et donne ainsi naissance à l'eau, d'où provient tout le reste, puisqu'il réduit presque toutes choses à l'exhalaison qui s'élève de la mer; et c'est là la route qui monte[9]. Des exhalaisons

1. Cf. DK 22 B 30 et 90.

2. Même si l'on acceptait d'attribuer à Héraclite le couple des processus de raréfaction et de condensation (couple caractéristique de la cosmologie d'Anaximène, cf. DK 13 A 5), il faudrait encore comprendre que le feu, au plus haut point subtil, ne saurait que se condenser, et que les seules choses susceptibles de se raréfier sont celles qui résultent de ses diverses transformations. Cf. ci-dessous, § 9.

3. Cf. DK 22 B 8, 53, 80, et le témoignage d'Aristote cité ci-dessus, p. 1052 n. 3.

4. Cf. les célèbres fragments DK 22 B 12 et 91.

5. Cf. DK 22 B 30.

6. Cf. DK 22 B 67 et 80.

7. Cf. DK 22 B 60 : « La route qui monte et la route qui descend sont une seule et même route. » Cette phrase décrit-elle un exemple familier de coïncidence des contraires, ou a-t-elle la signification cosmologique qui lui est ici donnée ? On en a beaucoup discuté. Platon paraît avoir déjà choisi la seconde branche de l'alternative (« Nous éprouvons toujours, nécessairement, plaisir ou douleur, puisque, comme le disent les sages, toutes choses s'écoulent toujours vers le haut et vers le bas », *Philèbe* 43 a).

8. Cf. DK 22 B 31 et 76.

9. Cf. DK 22 B 31 et 36.

s'élèvent de la terre comme de la mer ; les unes sont brillantes et pures, les autres ténébreuses. Le feu s'accroît de celles qui sont brillantes ; l'humide, des autres. Pour ce qui est de l'enveloppe du monde, il ne montre pas clairement quelle elle est ; cependant, il y a en elle des cuvettes[1] dont le creux est tourné vers nous, dans lesquelles les exhalaisons brillantes se rassemblent et produisent des flammes, que sont les astres. **10** La plus brillante est la flamme du soleil, c'est aussi la plus chaude[2]. Les autres astres sont plus éloignés de la terre ; c'est pour cela qu'ils brillent moins et qu'ils échauffent moins ; quant à la lune, elle est plus proche de la terre, mais elle ne se meut pas à travers la région pure[3]. Le soleil, en revanche, se trouve[4] dans une région transparente et pure de tout mélange, et il conserve un intervalle convenable entre lui et nous ; c'est bien pourquoi il chauffe et il éclaire davantage. Le soleil et la lune subissent une éclipse lorsque les cuvettes sont tournées vers le haut ; les changements de forme de la lune au cours du mois viennent de ce que la cuvette tourne peu à peu sur elle-même. Le jour et la nuit, les mois, les saisons de l'année, les années, les pluies et les vents et choses semblables se produisent en fonction des différentes exhalaisons. **11** En effet, c'est l'exhalaison brillante, allumée dans le cercle du soleil, qui fait le jour ; et c'est l'exhalaison opposée, lorsqu'elle prend le dessus, qui produit la nuit ; le chaud, alimenté par le brillant, fait l'été ; et l'humide, devenu prépondérant grâce à l'obscur, réalise l'hiver. C'est en conformité avec ces théories qu'il indique les causes des autres choses. Mais au sujet de la terre, il n'indique rien sur ses propriétés, non plus qu'au sujet des cuvettes. Voilà donc quelles étaient ses doctrines.

Jugements sur son livre

Ce que l'on raconte au sujet de Socrate et de ce qu'il dit lorsqu'il prit connaissance du livre d'Héraclite, que lui avait apporté Euri-

1. Σκάφαι : le mot peut aussi désigner des barques creuses.
2. Cf. DK 22 B 99.
3. L'impureté du milieu dans lequel se meut la lune, sans doute due aux « exhalaisons ténébreuses », explique qu'elle donne moins de lumière et de chaleur que le soleil, malgré sa plus grande proximité.
4. On peut (M.P.) garder ici le texte des manuscrits (κεῖσθαι), contre la conjecture proposée par Bywater et adoptée par Reiske et Long (κινεῖσθαι, « se meut »).

pide, à ce que dit Ariston[1], nous l'avons indiqué dans le chapitre sur Socrate[2]. **12** Cependant, d'après Séleucos le grammairien[3], un certain Croton rapporte dans son *Plongeur* que c'est un certain Cratès[4] qui introduisit le premier le livre en Grèce, et que c'est lui qui a dit que le livre avait besoin d'un plongeur délien, qui n'y risquerait pas l'asphyxie. Pour titre, les uns lui donnent « Les Muses »[5], d'autres « Sur la nature »[6]; Diodote l'appelle

gouvernail exact pour la droiture de la vie[7],

d'autres encore « Discipline d'un tour de pensée applicable, à lui seul, à tous les caractères »[8].

1. Fr. 29 Wehrli. Sur Ariston, voir p. 1050 n. 3.
2. Cf. II 22.
3. Ce grammairien du Ier siècle avait aussi écrit sur la philosophie (cf. III 109).
4. Ce Cratès n'est identique à aucun de ses homonymes connus (cf. R. Goulet, art. « Cratès » C 199, *DPhA*, II, p. 486). On peut aussi construire le texte de façon que la version de Croton ne modifie celle d'Ariston qu'en ce qui concerne l'identité de l'introducteur du livre d'Héraclite en Grèce (Euripide selon Ariston, Cratès selon Croton); le mot sur le plongeur de Délos resterait alors attribué à Socrate (c'est l'interprétation adoptée par Mondolfo, 1972, p. 11).
5. L'origine de ce titre est à chercher dans un passage célèbre du *Sophiste* de Platon (242 d).
6. Titre passe-partout, généreusement accordé à tous les écrits des « physiciens » présocratiques.
7. Nauck[2], Adesp. 287. Ce Diodote est certainement identique au grammairien mentionné plus loin (§ 15) parmi les commentateurs d'Héraclite. L'interprétation politique qu'il donnait de son ouvrage s'accorde parfaitement au titre qu'il proposait de lui donner. Cf. R. Goulet, art. « Diodotos » D 135, *DPhA* II, p. 796-797, et ci-dessous, p. 1058 n. 1.
8. Le texte et l'interprétation sont peu sûrs. En suivant le texte des manuscrits au plus près (la seule correction consistant à remplacer γνώμην par γνώμης), M. P. suggère que l'expression constitue un titre unique, de signification éthique (cf. la traduction de Mondolfo : « Mise en ordre de la conduite, unique pour tous »); ma traduction s'inspire de celle que propose M. P. Diverses conjectures ont été tentées : l'une d'entre elles remplace τρόπου (« tour », « tournure ») par τρόπιν (« quille ») et donne à l'expression, au moyen de quelques conjectures auxiliaires, une signification cosmique : « La quille du monde, à la fois pour chaque chose et pour toutes » (Diels).

Indépendance d'esprit

Alors qu'on lui demandait pourquoi il se taisait, il répondit, dit-on : « Pour que vous bavardiez ». Le désir d'entrer en contact avec lui enflamma jusqu'à Darius, qui lui écrivit en ces termes[1] :

13 « Le roi Darius, fils d'Hystaspe, adresse ses salutations à Héraclite d'Éphèse le sage.

Tu as mis au jour un traité *De la nature* qui est difficile à comprendre et à expliquer. Dans certaines parties, si l'on interprète la lettre de ce que tu dis, il semble avoir la valeur d'une théorie sur le monde tout entier et sur les choses qui s'y trouvent, lesquelles sont soumises au mouvement le plus divin; mais dans la plupart des cas, il invite à la suspension du jugement, de sorte que même ceux qui ont la plus grande familiarité avec la littérature écrite sont dans le plus grand embarras sur l'explication correcte de ce que tu as écrit. C'est pourquoi le roi Darius, fils d'Hystaspe, veut recevoir sa part de ton enseignement et de la culture hellénique. Viens donc rapidement te présenter à mes yeux dans mon palais royal. **14** Le plus souvent, en effet, les Grecs ne savent pas distinguer les hommes sages, et méprisent les nobles conseils qu'ils donnent en vue d'un enseignement et d'une formation de niveau sérieux. Chez moi, il y a pour toi préséance totale, et chaque jour noble et bel accueil, bref une vie qui fait honneur à tes conseils. »

<Héraclite répondit ainsi :>

« Héraclite d'Éphèse adresse ses salutations au roi Darius, fils d'Hystaspe.

Tous ceux qui se trouvent vivre sur terre sont bien éloignés de la vérité et de la justice: ils se soucient de leurs désirs insatiables et de leur soif d'honneurs, à cause de leur misérable démence. Pour moi, j'entretiens en moi l'oubli de toute mesquinerie, j'évite le rassasiement de toutes choses, qui est le compagnon habituel de l'envie; et

---

1. Hercher, *Epistolographi Graeci*, p. 280. Cette lettre, et la réponse attribuée à Héraclite, sont des fabrications tardives (Ier siècle ?). Il existe sept autres lettres pseudo-héraclitéennes (cf. l'édition de Tarán, 1972). Leur intérêt réside dans le reflet qu'elles donnent de l'image traditionnelle d'Héraclite.

parce que je redoute l'éclat excessif, je ne saurais me rendre dans le pays des Perses, me contentant de peu selon mon idée.»

Tel était notre homme, même vis-à-vis d'un roi.

15 Démétrios dit, dans ses *Homonymes*[1], qu'il méprisait même les Athéniens, alors qu'il avait chez eux la plus grande réputation, et que, méprisé lui-même par les Éphésiens, il préférait pourtant sa propre patrie. Démétrios de Phalère fait aussi mention de lui dans son *Apologie de Socrate*[2].

Commentateurs d'Héraclite

Il y a beaucoup de gens qui ont donné des explications de son livre: c'est le cas d'Antisthène[3], d'Héraclide du Pont[4], de Cléanthe[5], du Stoïcien Sphaïros[6], et encore de Pausanias, surnommé l'Héraclitiste, de Nicodème et de Dionysios[7]; parmi les grammairiens, de

---

1. Fr. 27 Mejer. Le titre complet de cet ouvrage de Démétrios de Magnésie, lexicographe et biographe du Ier siècle, est «Sur les poètes et écrivains homonymes». Il est souvent cité par Diogène Laërce. Voir l'édition des fragments des *Homonymes* par J. Mejer, «Demetrius of Magnesia: On Poets and Authors of the Same Name», *Hermes* 109, 1981, p. 447-472, et, du même auteur, art. «Démétrios de Magnésie» D 52, *DPhA* II, p. 626-628. - P. 443, l. 26 Long, nous rétablissons ἐλέσθαι, tombé par erreur dans l'édition Long.

2. Fr. 92 Wehrli. Sur Démétrios de Phalère, voir V 75-85 et J.-P. Schneider, art. «Démétrios de Phalère» D 54, *DPhA* II, p. 628-633. La liste de ses ouvrages donnée par Diogène Laërce comporte un livre sur Socrate (V 81), probablement identique à l'*Apologie de Socrate* citée ici (ainsi qu'en IX 37 et 57).

3. Cet Antisthène interprète d'Héraclite n'est à confondre ni avec le philosophe socratique, ni avec l'auteur mentionné au § 6, voir p. 1051 n. 4. Il est très vraisemblablement identique à l'Antisthène «héraclitéen», mentionné en VI 19 parmi les homonymes du philosophe socratique. Cf. DK 66, et surtout R. Goulet, «Antisthène l'héraclitéen» A 218, *DPhA* I, p. 256.

4. Fr. 39 Wehrli. Sur Héraclide du Pont, voir V 86-94. La liste de ses œuvres contient des *Explications d'Héraclite*, en quatre livres (V 88).

5. Sur Cléanthe, second scholarque de l'école stoïcienne, voir VII 168-176. La liste de ses œuvres contient des *Explications des textes d'Héraclite* (VII 174). Sur l'intérêt des Stoïciens pour Héraclite, voir A. A. Long, «Heraclitus and Stoicism», in *Stoic Studies*, Cambridge, 1996, p. 35-57.

6. Sur Sphaïros, disciple de Zénon, puis de Cléanthe, voir VII 177-178. La liste de ses œuvres contient *Cinq livres d'entretiens sur Héraclite*.

7. Ces trois personnages ne sont pas autrement connus. Sur Pausanias, cf. W. Nestle, art. «Pausanias» 19, *RE* XVIII 2, 1949, col. 2405. Sur Nicomède, cf. R. Laqueur, art. «Nikomedes» 13, *RE* XVII 1, 1936, col. 500. Sur ce Dionysios, qu'on ne peut identifier avec aucun de ses homonymes connus, voir S.

Diodote, qui dit que l'écrit d'Héraclite ne porte pas sur la nature, mais sur la constitution politique, ce qui y est dit sur la nature n'étant là que sous forme de modèle exemplaire[1]. **16** Hiéronyme[2] dit que Scythinos[3], le poète iambique, entreprit même de mettre sa prose en vers.

Épigrammes sur Héraclite

Beaucoup d'épigrammes sont rapportées à son sujet, entre autres celle-ci[4] :

> Héraclite, c'est moi. Pourquoi me tirez-vous vers le haut et vers le [bas[5], vous qui ignorez les Muses[6] ?
> Ce n'est pas pour vous que j'ai peiné, c'est pour ceux qui me [comprennent.
> Pour moi, un seul homme en vaut trente mille[7], et les innombrables
> N'en valent pas un. Voilà ce que je proclame, jusque chez [Perséphone[8].

En voici une autre[9] :

Mouraviev, art. « Dionysios » D 169, *DPhA* II, p. 859. Il doit y avoir une nuance entre « héraclitiste » et « héraclitéen », mais elle est difficile à déterminer (« spécialiste d'Héraclite » par contraste avec « partisan de la doctrine d'Héraclite » ?). Voir l'Introduction au livre IX, p. 1032 n. 1.

1. Sur Diodote, cf. ci-dessus p. 1055 n. 7. Cette interprétation de la cosmologie d'Héraclite comme « figure paradigmatique » d'un enseignement politique a été reprise par quelques commentateurs modernes (références dans R. Goulet, art. « Diodotos » D 135, *DPhA* II, p. 797).
2. Fr. 46 Wehrli. Hiéronyme de Rhodes est un historien et philosophe péripatéticien du IIIe siècle av. J.-C. ; cf. J.-P. Schneider, art. « Hiéronymos de Rhodes », *DPhA* III (à paraître).
3. Diels *PPF* 6 A 2. Des fragments de la versification de Scythinos de Téos (IVe ou IIIe siècle av. J.-C.) ont été conservés, l'un dans une restitution conjecturale de Wilamowitz (voir DK 22 C 3).
4. *Anth. Pal.* VII 128.
5. Allusion probable à DK 22 B 60 (cité ci-dessus, p. 1053 n. 7).
6. C'est-à-dire « illettrés », « incultes ». La traduction littérale permet de respecter l'allusion probable au titre parfois proposé pour l'écrit d'Héraclite (voir ci-dessus, § 12 et p. 1055 n. 7).
7. Cf. DK 22 B 49.
8. C'est-à-dire jusque dans les Enfers, donc après sa mort.
9. *Anth. Pal.* IX 540.

Ne te presse pas de dérouler jusqu'au bout[1] le livre d'Héraclite
L'Éphésien; car il est bien rude, le sentier.
Les ténèbres et l'obscurité y règnent, privées de lumière; mais si un [initié
T'y conduit, elles sont plus lumineuses que le clair soleil.

Homonymes

17 Il y a eu cinq Héraclite: le premier, celui-là même dont nous parlons; le deuxième, un poète lyrique, dont il existe un *Éloge des douze dieux*; le troisième, un poète élégiaque, d'Halicarnasse, à l'adresse duquel Callimaque[2] a écrit le poème suivant[3]:

On m'a appris, Héraclite, ton sort funeste, et à mes yeux les larmes
Sont venues: je me suis rappelé combien de fois, tous deux,
Nous avons fait coucher le soleil durant nos entretiens. Ah, toi, oui,
Mon hôte d'Halicarnasse, tu es cendre depuis bien longtemps;
Mais tes chants de rossignol vivent, et sur eux le maître
Ravisseur, Hadès, ne mettra pas la main.

Le quatrième, de Lesbos, écrivit une histoire de la Macédoine; le cinquième, un auteur mi-sérieux mi-plaisant, avait été citharède avant d'en venir à ce genre littéraire.

---

1. Mot à mot: « jusqu'au nombril ». On appelait ainsi les petites boules fixées à l'extrémité des baguettes de bois autour desquelles étaient enroulés les livres antiques (en forme de « volumes », c'est-à-dire de « rouleaux »).
2. Le plus célèbre des poètes alexandrins (IIIe siècle av. J.-C.), Callimaque fut aussi un érudit. Cf. ci-dessous § 23 et p. 1067 n. 1.
3. *Epigr.* 2 Pfeiffer.

XÉNOPHANE

Origines, vie, écrits

18 Xénophane, fils de Dexios, ou, selon Apollodore[1], d'Orthomène, originaire de Colophon, fait l'objet d'un éloge de Timon : celui-ci parle en tout cas de

> Xénophane, presque exempt de vanité[2], dénonciateur des
> [tromperies d'Homère[3].

Chassé de sa patrie, il <s'établit> à Zancle de Sicile < ... >[4] ; il vécut aussi à Catane. Selon certains, il ne fut le disciple de personne ; selon d'autres, il fut celui de Botôn d'Athènes[5], ou, selon quelques-

---

1. *FGrHist* 244 F 68 a.

2. Le mot τῦφος, « fumée », désigne par métaphore les fumées de l'orgueil ou de la vanité (cf. F. Decleva Caizzi, « Τῦφος : Contributo alla storia di un concetto », *Sandalion* 3, 1980, p. 53-66). Pour Timon, seul Pyrrhon est totalement exempt d'une telle vanité (fr. 9 Di Marco). Xénophane n'en est exempt que dans une certaine mesure (cf. le fr. 59 Di Marco, et le rôle que Timon fait jouer à Xénophane dans ses *Silles*, ci-dessous §§ 111-112).

3. Fr. 60 Di Marco. Le texte est peu sûr. Les principaux manuscrits de Diogène Laërce portent la leçon Ὁμηροπάτην (« qui piétine Homère ») ; mais la variante Ὁμηραπάτην, que je traduis ici, est fortement appuyée par la citation du même vers par Sextus Empiricus, *Esquisses pyrrhoniennes* I 224, et par l'interprétation qu'il en donne (« il a mis en pièces les tromperies d'Homère »). Cf. Di Marco 1989, p. 255-266. Sur la critique de la religion homérique par Xénophane, cf. ci-dessous, et surtout Sextus Empiricus, *Adv. Math.* IX 193 et I 289 (DK 21 B 11 et 12).

4. Selon Diels, il manquerait ici dans le texte quelques mots qui attribueraient à Xénophane une participation à la fondation d'Élée (un poème sur *LÉtablissement de la colonie à Élée en Italie* lui est attribué, cf. ci-dessous § 19) et un séjour dans cette ville. Ce détail biographique se rattache à la question discutée, dès l'Antiquité, des rapports entre Xénophane et l'école éléate (cf. l'Introduction au livre IX).

5. On ne connaît sous ce nom qu'un maître de rhétorique du ve siècle av. J.-C. Peut-être n'en a-t-on fait le maître de Xénophane que par suite d'une

uns, d'Archélaos[1]. D'après ce que dit Sotion[2], il vivait à l'époque d'Anaximandre. Il écrivit des poèmes en vers épiques, des élégies et des iambes contre Hésiode et Homère, en dénonçant ce qu'ils disent sur les dieux. Mais il récitait aussi lui-même ses propres poèmes. On dit qu'il exprima des opinions opposées à celles de Thalès et à celles de Pythagore[3], et qu'il s'attaqua également à Épiménide[4]. Il vécut très vieux, comme il l'atteste quelque part lui-même :

19 Déjà sept et soixante sont les années
Qui ballottent mon inquiète pensée au long et au large de la terre [de Grèce ;
Depuis ma naissance, il y avait alors vingt-cinq ans à compter en [plus,
Si du moins je puis parler de cela en toute exactitude[5].

Doxographie

Il dit que quatre sont les éléments des choses qui sont, que les mondes sont en nombre infini, mais sans différenciation l'un par rapport à l'autre. Selon lui, les nuages se forment lorsque la vapeur causée par le soleil se porte vers le haut et les soulève jusqu'à la région qui enveloppe tout. L'être divin est de forme sphérique, il n'a rien de semblable à l'homme[6] ; tout entier il voit, tout entier il entend, sans pour autant respirer[7] ; dans sa totalité, il est esprit,

---

confusion entre Xénophane et Xénophon (voir R. Goulet, art. « Botôn d'Athènes » B 54, *DPhA* II, p. 135).

1. Sur Archélaos, disciple d'Anaxagore et maître de Socrate, voir II 16-17. La chronologie interdit de voir en lui le maître de Xénophane ; l'erreur s'explique peut-être à nouveau (cf. la note précédente) par une confusion avec Xénophon.

2. Fr. 28 Wehrli.

3. Sur le sens de cette double opposition, voir l'Introduction du livre IX.

4. Voir I 109-115.

5. DK 21 B 8. Xénophane ne connaît sa date de naissance que par ouï-dire. Ce dernier vers est peut-être une allusion ironique à sa propre théorie de la connaissance, de tendances tour à tour empiriste et sceptique, selon le domaine considéré.

6. Sur la critique de l'anthropomorphisme par Xénophane, voir surtout DK 21 B 14-16 et 23.

7. Voir DK 21 B 24. Le rejet de la « respiration » divine est généralement considéré comme une critique de l'idée pythagoricienne selon laquelle l'univers « respire » le vide, qui s'introduit ainsi en lui et délimite les êtres qu'il contient (cf. Aristote, *Physique* IV, 213 b 22 = DK 58 B 30).

intelligence, et il est éternel[1]. Il fut le premier à professer que tout ce qui vient à être est périssable, et que l'âme est un souffle.

20 Il dit que la grande majorité des choses sont inférieures à l'intelligence[2]; et que rencontrer les tyrans, il fallait le faire le moins fréquemment ou le plus plaisamment possible. Empédocle lui ayant dit que le sage était introuvable, il lui répondit : « C'est normal : car il faut être sage pour pouvoir reconnaître le sage ». Sotion dit[3] qu'il fut le premier à dire que toutes choses sont insaisissables[4], mais il est dans l'erreur.

Écrits, chronologie, biographie, homonymes

Il composa aussi *La Fondation de Colophon* et *L'Établissement de la colonie à Élée en Italie*[5], deux mille vers. Il était dans sa pleine maturité pendant la soixantième Olympiade[6]. Selon Démétrios de Phalère[7] dans son traité *Sur la vieillesse* et selon Panétius le Stoïcien[8] dans son traité *Sur l'égalité d'humeur*, il ensevelit ses fils de ses propres mains, comme Anaxagore[9]. On pense qu'il a été vendu

---

1. Cf. DK 21 B 24-25.
2. Il faut sans doute entendre : gouvernées par elle, c'est-à-dire par le dieu.
3. Fr. 29 Wehrli.
4. Le fr. DK 21 B 34 de Xénophane a été souvent interprété, dans l'Antiquité et de nos jours, dans un sens sceptique. Sur la question du rapport entre Xénophane et la tradition sceptique, voir l'Introduction au livre IX.
5. Cf. ci-dessus, p. 1060 n. 4.
6. 540-537, ce qui fixerait sa date de naissance quarante ans plus tôt, soit vers 580-577.
7. Fr. 83 Wehrli. Sur Démétrios de Phalère, voir ci-dessus p. 1057 n. 2. Son traité *Sur la vieillesse* est mentionné dans la liste des titres de ses ouvrages, V 81.
8. Fr. 45 van Straaten = 86 Alesse. Panétius de Rhodes (vers 185 - vers 110) fut un célèbre et influent scholarque du Portique. L'εὐθυμία, égalité d'humeur, tranquillité ou sérénité de l'âme, était déjà le mot d'ordre principal de la morale de Démocrite (cf. ci-dessous, p. 1080 n. 2 et p. 1081 n. 1). Le thème a souvent été repris (Sénèque, Plutarque).
9. Cf. II 13. On a fait remarquer justement que ces anecdotes pouvaient servir à la fois à illustrer les malheurs auxquels est exposée la vieillesse et la sérénité avec laquelle le sage sait les accueillir ; d'où leur présence dans deux traités de sujets différents.

comme esclave <...>[1] par les Pythagoriciens Parméniscos et Orestadas, comme le dit Favorinus dans le livre I de ses *Mémorables*[2].

Il y eut aussi un autre Xénophane, de Lesbos, poète iambique.

Tels sont donc les isolés[3].

1. Sans doute parce qu'il lui paraissait impensable que deux philosophes aient pu en vendre un troisième, Diels suppose ici un saut du même au même, qu'il comble partiellement par quelques mots signifiant « et racheté » : l'honneur des Pythagoriciens est sauf. D'autres, pensant à une liaison par association d'idées, remplacent πεπρᾶσθαι (« vendu comme esclave ») par τετάφθαι (« enseveli »).

2. *FHG* III 577 = fr. 8 Mensching = fr. 38 Barigazzi. Parméniscos (parfois nommé Parmiscos) et Orestadas, tous deux de Métaponte, sont répertoriés dans le catalogue des Pythagoriciens de Jamblique (cf. DK 20.1 et 58 A).

3. Sur cette notion et les philosophes qu'elle désigne, voir l'Introduction au livre IX.

PARMÉNIDE

Formation

21 Xénophane[1] eut pour auditeur assidu Parménide, fils de Pyrès, d'Élée (de ce dernier[2], Théophraste dans son *Épitomé*[3] dit qu'il fut le disciple d'Anaximandre). Quoi qu'il en soit, bien qu'ayant été effectivement l'auditeur de Xénophane, Parménide n'adopta pas ses idées. A ce que dit Sotion[4], il eut en fait des contacts étroits avec Ameinias[5], fils de Diochaitès, Pythagoricien, pauvre mais parfait honnête homme. C'est ce dernier plutôt dont il adopta les idées; après sa mort, il lui fit construire un monument héroïque – lui-même appartenait à une famille illustre et riche; et c'est par Ameinias, non par Xénophane, qu'il fut converti au loisir de la vie contemplative.

Doxographie

Il fut le premier à dire que la terre est de forme sphérique[6] et qu'elle est située au centre. Il y a selon lui deux éléments, le feu et la

---

1. Sur les difficiles problèmes chronologiques et doxographiques posés par ce paragraphe, voir l'Introduction au livre IX, et surtout F. Decleva Caizzi, 1992, p. 4231-4234.

2. La référence de ce pronom n'est pas tout à fait claire. Pour des raisons chronologiques, on préfère généralement le rapporter à Xénophane (cf. IX 18). Mais la référence à Parménide est plus plausible sur le plan grammatical et sur celui de la suite des idées; le contexte montre qu'il y a un conflit sur l'identité du maître de Parménide: Xénophane ou Anaximandre (M. P). Cf. aussi F. Decleva Caizzi 1992, p. 4232.

3. *Phys. Op.* fr. 6 a Diels.

4. Fr. 27 Wehrli.

5. On ne sait rien de plus sur ce personnage que ce qui en est dit ici. Cf. B. Centrone, art. « Ameinias » A 133, *DPhA* I, p. 159.

6. L'attribution provient de Théophraste, d'après VIII 48.

terre, l'un ayant rang de démiurge, l'autre celui de matière[1]. **22** La génération des hommes s'est faite d'abord à partir du soleil. Et de ces éléments proviennent le chaud et le froid, à partir desquels toutes choses sont formées[2]. L'âme et l'intelligence, pour lui, c'est la même chose, comme le rappelle Théophraste dans ses *Physiques*, où il expose les doctrines de tous, à peu de chose près[3]. Parménide disait aussi que la philosophie est double, l'une selon la vérité, l'autre selon l'opinion. C'est pourquoi il dit quelque part:

Il est nécessaire que tu sois instruit de toutes choses,
A la fois du cœur exact[4] de la Vérité persuasive[5]
Et des opinions des mortels, où n'habite pas la conviction vraie[6].

Chez lui l'activité philosophique s'exprime par des poèmes, comme chez Hésiode, Xénophane et Empédocle. Il a dit que c'est la raison qui est critère, et que les sensations sont privées d'exactitude[7]. Il dit par exemple:

---

1. Sur cette interprétation de la *Doxa* de Parménide, voir en particulier les textes d'Aristote (DK 28 A 24) et de Théophraste (DK 28 A 7).

2. Le texte et l'interprétation de ce passage sont discutés. Certains éditeurs conservent le texte des manuscrits, αὐτόν (Untersteiner 1958, Long 1964, Gigante 1983), et comprennent que le pronom αὐτόν se réfère à l'homme, malgré le passage du pluriel au singulier. Je traduis la conjecture de Wyttenbach, approuvée par M. P., αὐτῶν.

3. Cf. Aristote, *Métaphysique* Γ 5, 1009 b 12-25 (identification de la sensation et de la pensée chez Empédocle, Démocrite, Parménide).

4. Ce vers est cité par de nombreux auteurs, avec des variantes : les manuscrits de Diogène Laërce portent la leçon ἀτρεκές (« exact »), comme Plutarque et Sextus Empiricus; Long a préféré ἀτρεμές (« sans frémissement », « sans tremblement »), donné aussi par Clément d'Alexandrie, Sextus Empiricus dans un autre passage, Simplicius. Il vaut mieux traduire ici la version transmise par Diogène Laërce.

5. Des variantes affectent aussi ce mot dans les nombreuses citations anciennes de ce passage : on lit εὐπειθέος chez Plutarque, Sextus Empiricus, Clément d'Alexandrie, Diogène Laërce; εὐφεγγέος (« bien illuminée ») chez Proclus; εὐκυκλέος(« bien arrondie ») chez Simplicius, variante adoptée par Long. Nous gardons ici le texte des manuscrits de Diogène Laërce, εὐπειθέος; pour une défense convaincante de cette *lectio* philosophiquement *difficilior*, voir D. O'Brien, dans Aubenque 1987, I, p. 11-12 et II, p. 315-318.

6. DK 28 B 1, 28-30.

7. Cf. la présentation du fr. DK 28 B 1 par Sextus Empiricus, *Adv. Math.* VII 111.

Que l'habitude, remplie d'expérience, ne te contraigne pas à suivre
[cette voie :
Rouler un œil qui n'atteint pas son but, une ouïe et une langue
[bruissantes
D'échos, – mais discerne par la raison la preuve décisive, fruit
[d'âpres discussions[1].

23 C'est pourquoi Timon dit à son sujet:

Et le valeureux Parménide[2] à l'esprit sublime, étranger à l'opinion
[multiple,
Lui qui éloigna les pensées de la déception de l'apparence[3].

C'est aussi à son propos que Platon écrivit le dialogue qu'il intitula *Parménide ou Sur les Formes*.

Chronologie, eurématologie

Il était dans sa pleine maturité pendant la soixante-neuvième Olympiade[4]. Il passe pour avoir découvert le premier l'identité de Hesperos et Phosphoros[5], comme le dit Favorinus dans le livre V de ses *Mémorables*[6]; d'autres[7] disent que c'est Pythagore; mais Calli-

1. DK 28 B 7, 3-5.
2. Expression homérique (littéralement: « la force qu'est Parménide », quelque chose comme « Son Excellence Parménide »)
3. Fr. 44 Di Marco. Le texte et l'interprétation de ce vers sont discutés: nous traduisons ici la version suivie par Long, qui adopte une conjecture de Wachsmuth (ἀπό au lieu de ἐπί). Le texte des manuscrits est défendu par Di Marco, 1989, qui le comprend dans le sens suivant : « lui qui reconduisit les processus de la pensée (humaine) aux représentations (illusoires), filles de Tromperie ».
4. *FGrHist* 244 F 341. La soixante-neuvième Olympiade correspond aux années 504-501. Cette chronologie, qui fixerait la date de naissance de Parménide vers 544-541, soit aux alentours de la fondation d'Élée (540-539), provient sans doute d'Apollodore. On la considère généralement comme correcte, bien qu'elle soit incompatible avec celle qui ressort de la mise en scène du *Parménide* de Platon (127 b-c: Parménide, âgé de 65 ans, aurait rencontré Socrate, encore très jeune, à Athènes; or Socrate est né en 470/469).
5. C'est-à-dire l'étoile du soir et l'étoile du matin (la planète Vénus).
6. *FHG* III 579, fr. 46 Barigazzi.
7. Parmi ces autres, figurerait Parménide lui-même, d'après VIII 14, si l'on accepte le texte des manuscrits ; mais le texte a été amendé de diverses manières de façon à harmoniser les deux passages.

maque dit que le poème n'est pas de lui[1]. On dit aussi que Parménide donna des lois à ses concitoyens, comme le dit Speusippe dans son livre *Sur les philosophes*[2], et qu'il proposa le premier l'argument de l'Achille[3], comme le dit Favorinus dans son *Histoire variée*[4].

Homonymes

Il y eut aussi un autre Parménide, rhétoricien, auteur d'un traité sur son art.

1. Fr. 442 Pfeiffer. Sur Callimaque, cf. p. 1059 n. 2. Poète, il fut aussi un érudit préoccupé par les questions d'authenticité et d'attribution.
2. Fr. 118 Isnardi Parente = fr. 3 Tarán. L'ouvrage cité ici est probablement identique au *Philosophe* qui figure dans la liste des écrits de Speusippe (IV 4) : l'exemple de Parménide pouvait illustrer la présence de l'activité politique dans la vie philosophique.
3. Il s'agit naturellement du paradoxe d'Achille et de la tortue, dont l'attribution à Zénon ne fait pas de doute (Aristote, *Physique* VI, 239 b 14). Mais on peut relever chez Parménide (DK 28 B 8, 22-25) les commencements d'une exploitation des paradoxes de la division à l'infini.
4. Fr. 43 Mensching = fr. 75 Barigazzi.

MÉLISSOS

24 Mélissos, fils d'Ithaigène, de Samos. Il fut le disciple de Parménide; mais il en vint aussi à s'entretenir avec Héraclite; à cette occasion, il le recommanda aux Éphésiens qui le méconnaissaient, comme Hippocrate fit pour Démocrite auprès des Abdéritains[1]. Il fut également un homme politique, et il s'attira une grande faveur chez ses concitoyens, c'est pourquoi on le choisit comme amiral[2]; et l'admiration qu'on lui porta grandit encore à cause de son courage personnel.

Doxographie

Selon son opinion, le tout est infini, inaltérable, immuable et un, semblable à lui-même et plein; il n'y a pas de mouvement, il semble seulement qu'il y en ait[3]. Mais il disait aussi, à propos des dieux, qu'il ne fallait pas se prononcer; car il n'y en a pas de connaissance.

Chronologie

Apollodore[4] dit qu'il était dans sa pleine maturité pendant la quatre-vingt-quatrième Olympiade[5].

---

1. Cf. ci-dessus, §§ 2-3 et ci-dessous, § 42.
2. Sur les fortunes diverses de la carrière de l'amiral Mélissos, en lutte contre les Athéniens commandés par Périclès, voir Plutarque, *Vie de Périclès*, 26 *sqq.* (DK 30 A 3).
3. Sur les doctrines ici brièvement résumées, voir DK 30 B 2-10.
4. *FGrHist* 244 F 72.
5. 444-441. Cette datation, qui ferait naître Mélissos vers 484-481, a été probablement calculée à partir de la date de la bataille qui opposa la flotte samienne aux Athéniens en 442[a]. Cependant, d'après Reale 1970, p. 7-10, la date de naissance de Mélissos devrait être remontée au moins jusqu'au tout début du Ve siècle av. J.-C., en vertu de l'intérêt que Thémistocle (vers 525-460) manifesta pour lui (Plutarque, *Vie de Thémistocle*, 2 = DK 30 A 3).

ZÉNON D'ÉLÉE

25 Zénon, citoyen d'Élée. Apollodore dit de lui, dans sa *Chronologie*[1], qu'il eut Téleutagoras comme père biologique, mais Parménide comme père adoptif (Parménide étant, lui, le fils de Pyrès)[2] . A son sujet et à celui de Mélissos, voici ce que dit Timon :

> La grande force, peu facile à renverser, de Zénon à la langue bifide[3] ,
> Qui prend tout le monde par surprise ; et Mélissos,
> Vainqueur de beaucoup d'illusions, vaincu par peu d'entre elles ...[4]

Zénon fut donc l'auditeur assidu de Parménide, et devint son aimé. Il était de haute taille, comme le dit Platon dans le *Parménide*[5]. Le même Platon <le mentionne> dans le *Sophiste*[6] <et dans le *Phèdre*>, et il l'appelle le Palamède d'Élée[7]. Aristote[8] dit qu'il a été l'inventeur de la dialectique, comme Empédocle a été celui de la rhétorique.

---

1. *FGrHist* 244 F 30 a.
2. Nous traduisons cette parenthèse à l'emplacement que lui attribue Karsten ; les manuscrits la donnent avant les indications concernant les rapports de Zénon avec Téleutagoras et Parménide. Il s'agit vraisemblablement d'une glose marginale passée dans le texte, comme le pensaient Rossi et Huebner, suivis par Long.
3. Allusion aux arguments antinomiques de Zénon.
4. Fr. 45 Di Marco.
5. 127 b.
6. 216 a.
7. 261 d.
8. Diogène Laërce précise ailleurs (VIII 57) que cette note provient du *Sophiste*, ouvrage perdu d'Aristote (fr. 1 Ross). Cf. aussi Sextus Empiricus, *Adv. Math.* VII 6-7 ; E. Berti, « Zenone di Elea inventore della dialettica ? », *PP* 43, 1988, p. 19-41 ; J. Brunschwig, « Rhétorique et dialectique, *Rhétorique* et *Topiques* », dans D. J. Furley, A. Nehamas (édit.), *Aristotle's Rhetoric - Philosophical Essays*, Princeton 1994, p. 57-96.

Son caractère, son attitude politique, sa mort

26 Ce fut un homme d'une grande noblesse, en philosophie comme en politique; on lui rapporte en tout cas des livres qui débordent d'intelligence. Ayant projeté de renverser le tyran Néarque – d'autres disent Diomédon – il fut arrêté, selon ce que dit Héraclide dans son abrégé de Satyros[1]; c'est alors que, interrogé sur ses complices et à propos des armes qu'il avait transportées à Lipara, il dénonça tous les amis du tyran, avec l'intention de l'isoler complètement; ensuite, il lui <dit> qu'à propos de certains d'entre eux, il pouvait lui dire certaines choses à l'oreille; alors il la lui mordit, et ne relâcha pas sa prise avant d'être percé de coups, frappé du même sort qu'Aristogiton le tyrannicide[2]. **27** Démétrios, dans ses *Homonymes*[3], dit cependant que c'est le nez qu'il lui trancha avec les dents. Antisthène, dans ses *Successions*[4], dit qu'après avoir dénoncé les amis du tyran, il s'entendit demander par celui-ci s'il en restait quelque autre; il répondit : « Oui, toi, le fléau de la cité ! » A ceux qui étaient là, il dit : « J'admire votre lâcheté, si c'est par peur de ce que je subis en ce moment que vous restez les esclaves du tyran ». Pour finir, il se coupa la langue avec ses dents et la lui cracha au visage; ses concitoyens, enflammés par son exemple, se mirent aussitôt à lapider le tyran. La plupart des auteurs sont à peu près d'accord sur le récit de cette fin de Zénon; mais Hermippe[5] dit qu'il fut jeté dans un mortier et déchiqueté[6].

28 A son sujet, nous avons nous-même dit ce qui suit[7] :

---

1. *FGH* III 169. Héraclide Lembos, érudit alexandrin du IIe siècle av. J.-C., avait résumé les *Vies* de Satyros, autre érudit alexandrin, du IIIe siècle av. J.-C. Cf. J.-P. Schneider, art. « Héraclide Lembos », *DPhA* III (à paraître).

2. Aristogiton et Harmodios furent les célèbres meurtriers d'Hipparque, fils du tyran Pisistrate à Athènes.

3. Fr. 28 Mejer. Sur Démétrios de Magnésie et son ouvrage sur les homonymes, voir ci-dessus p. 1057 n. 1.

4. *FGrHist* 508 F 11 = fr. 11 Giannattasio Andria. Sur cet Antisthène, voir ci-dessus p. 1051 n. 4.

5. Fr. 28 Wehrli.

6. Cette indication provient sans doute d'une contamination entre les traditions concernant la mort de Zénon et celles qui concernent la mort d'Anaxarque (ci-dessous, p. 1097 n. 2).

7. *Anth. Pal.* VII 129. Diogène Laërce, dans le dernier vers de cette épigramme, s'inspire lui aussi du mot prêté à Anaxarque mourant (ci-dessous § 59).

Tu as eu la volonté, Zénon, la noble volonté de tuer le tyran
Et de délivrer Élée de son esclavage.
Mais tu as été vaincu, puisque le tyran t'a pris et t'a déchiqueté
Dans un mortier. Mais que dis-je ? C'était ton corps, ce n'était pas [toi.

A tous égards, Zénon fut un homme de grande valeur, notamment pour son mépris des puissants, égal à celui d'Héraclite. De fait, cette colonie des Phocéens, appelée d'abord Hyelè, puis Élée, qui était sa patrie, cité modeste, tout juste bonne à produire des hommes de valeur, il la préféra à l'arrogance des Athéniens, n'envisageant aucunement d'aller s'installer chez eux, et passant toute sa vie sur place.

Doxographie

29 Il fut le premier à proposer l'argument de l'Achille (mais Favorinus[1] dit que c'est Parménide[2]), et une foule d'autres. Ses positions sont les suivantes : il y a des mondes, et il n'y a pas de vide ; la nature de toutes les choses a pour origine le chaud, le froid, le sec et l'humide, qui se changent les uns dans les autres ; les hommes tirent leur naissance de la terre ; l'âme est un mélange des éléments ci-dessus mentionnés, aucun d'entre eux n'ayant de position dominante[3].

Anecdote

On dit qu'il se mit en colère un jour qu'on l'injuriait ; quelqu'un lui en faisant reproche, il répondit : « Si je dissimule mes réactions quand on m'injurie, je ne ressentirai rien quand on me félicitera »[4].

Homonymes, chronologie

Il y a eu huit Zénon, nous l'avons expliqué dans la notice sur Zénon de Kition[5]. Celui-ci était dans sa pleine maturité pendant la <soixante-dix->neuvième Olympiade[6].

---

1. Fr. 43 Mensching = fr. 75 Barigazzi.
2. Cf. ci-dessus, § 23 et p. 1067 n. 3.
3. L'exactitude de l'attribution à Zénon de ces doctrines physiques a été très souvent mise en doute.
4. L'anecdote est également racontée à propos d'Empédocle (DK 31 A 20).
5. VII 35.
6. *FGrHist* 244 F 30 b. La 79e Olympiade correspond aux années 464-461, ce qui placerait la naissance de Zénon vers 504-501.

LEUCIPPE

30 Leucippe, d'Élée, mais selon certains d'Abdère, et pour quelques-uns de Milet[1]. Il fut le disciple de Zénon.

Doxographie générale

Voici ses positions. Toutes choses sont illimitées et se changent les unes dans les autres. Le tout est à la fois vide et plein de corps[2]. Les mondes se forment quand les corps tombent dans le vide et s'entrelacent les uns avec les autres ; c'est de leur mouvement d'accroissement que tirent leur origine les astres. Le Soleil se déplace sur un cercle plus grand autour de la Lune ; la Terre se maintient suspendue en rotation autour du centre ; sa forme est celle d'un tambour de colonne. Il fut le premier à poser des atomes comme principes. Tels sont les grands traits de sa doctrine.

Doxographie détaillée

Dans le détail, voici ce qu'il en est. **31** Il dit que le tout est infini, comme on l'a déjà dit ; de ce tout, une partie est pleine, et l'autre vide, et <c'est cela qu'>il dit être les éléments. Les mondes naissent en nombre illimité de ces éléments, et s'y résolvent.

Les mondes se forment de la façon suivante : en se détachant de l'infini, un grand nombre de corps, très divers par leurs formes, affluent dans un grand vide ; en se rassemblant, ils réalisent un tourbillon unique ; s'entrechoquant <les uns les autres> et entraînés circulairement de toutes sortes de façons dans ce tourbillon, ils se dissocient, les semblables se rangeant à part avec les semblables. Mais quand ils ne peuvent plus, à cause de leur nombre, tourner en

1. Sur la signification philosophique possible de ces divergences topographiques, voir l'Introduction au livre IX.

2. On peut sans doute conserver « de corps », supprimé par Long à la suite de Diels.

équilibre, ceux qui sont légers passent dans le vide extérieur, comme s'ils étaient passés au crible; les autres restent ensemble; grâce à leur entrelacement ils circulent de conserve les uns avec les autres, et ils forment une espèce de premier agrégat de forme sphérique. **32** Celui-ci est distendu[1], telle une membrane, enveloppant en elle-même des corps de toutes sortes; le tourbillon de ces corps opérant un resserrement du centre, la membrane externe devient mince, les corps contigus ne cessant d'affluer ensemble[2] en vertu de l'effleurement du tourbillon. Ainsi se forme la Terre, du fait que les corps qui se sont portés vers le centre restent ensemble. Mais en sens inverse, l'espèce de membrane enveloppante s'accroît elle-même, avec l'afflux[3] des corps extérieurs : dans son mouvement tourbillonnaire, elle s'agrandit de tout ce qu'elle effleure. Certains de ces corps, en s'entrelaçant, forment un ensemble, d'abord humide et boueux; mais quand ils se sont asséchés et qu'ils tournent avec le tourbillon de l'ensemble, ils finissent par prendre feu et causent l'apparition des astres.

33 Le cercle du Soleil est le plus extérieur, celui de la Lune le plus proche de la Terre; ceux des autres sont dans l'intervalle. Tous les astres sont enflammés par la vitesse de leur déplacement; le Soleil est également enflammé par les astres; la Lune n'a qu'une petite part de feu. Le Soleil et la Lune subissent des éclipses <quand ***. L'obliquité du zodiaque>[4] naît de l'inclinaison de la Terre vers le Sud : les régions du Nord sont toujours couvertes de neige, elles sont très froides et elles gèlent. Les éclipses du Soleil sont rares, celles de la Lune très fréquentes, à cause de l'inégalité de leurs cercles. De même qu'il y a des naissances de mondes, il y en a des croissances, des

1. Nous gardons, avec Long, la leçon des principaux mss, ἀφίστασθαι.

2. Entendons : vers le centre.

3. Nous conservons ici le texte des mss, ἐπέκρυσιν, corrigé en ἐπέκκρισιν par Heidel, suivi par DK et par Long. La différence n'est pas considérable, le premier mot désignant le processus de l'afflux des atomes, et le second le résultat de ce processus, leur agrégation à la membrane.

4. Long, que nous suivons, emprunte à Diels l'hypothèse d'une lacune et la conjecture destinée à en combler une partie.

dépérissements, des disparitions, selon une sorte de nécessité[1], sur la nature de laquelle il <ne> donne <pas>[2] de précisions.

---

1. Cf. DK 67 B 2 : « Rien n'arrive sans fondement (μάτην), mais tout arrive explicablement (ἐκ λόγου) et par nécessité (ὑπ' ἀνάγκης) », et le commentaire de cette formule de Leucippe par J. Barnes, « Reason and Necessity in Leucippus », dans *Proceedings of the 1st International Congress on Democritus*, Xanthi 1984, A, p. 141-156.

2. Il paraît indispensable de suppléer ici une négation, comme on le fait depuis Estienne.

DÉMOCRITE

Sa formation

34 Démocrite, fils d'Hégésistrate, d'autres disent d'Athénocrite, quelques-uns de Damasippe; il était d'Abdère, ou selon certains de Milet[1]. Il fut le disciple de certains Mages et Chaldéens, le roi Xerxès ayant laissé chez son père des éducateurs, lorsqu'il avait été son hôte, comme le raconte Hérodote[2]; il apprit d'eux la théologie et l'astronomie, encore enfant. Plus tard[3], il entra en contact avec Leucippe, et selon certains avec Anaxagore, étant plus jeune que lui de quarante ans[4]. Mais Favorinus, dans son *Histoire variée*[5], dit que Démocrite, parlant d'Anaxagore, disait que ses opinions sur le Soleil et la Lune n'étaient pas de lui: c'étaient de vieilles théories dont il s'était emparé[6]. **35** Il mettait aussi en pièces ses vues sur la mise en ordre du monde et sur l'Intelligence[7], son hostilité envers lui venant de ce qu'Anaxagore ne l'avait pas laissé pénétrer dans son cercle[8].

---

1. Abdère est bien attestée comme la patrie de Démocrite. L'autre version pourrait provenir d'une confusion avec Leucippe, ou d'une généalogie philosophique supposée.
2. L'historien parle seulement des séjours de Xerxès à Abdère (VII 109, VIII 120).
3. *FGrHist* 244 F 36b.
4. Cf. ci-dessous, §§ 41-42. Sur la chronologie discutée de Démocrite, voir la notice exhaustive de D. O'Brien, art. « Démocrite d'Abdère » D 70, *DPhA* II, p. 649-715, en particulier p. 655-677.
5. Fr. 44 Mensching = fr. 76 Barigazzi.
6. Cf. Platon, *Cratyle* 409 a-c.
7. Cf. la doctrine d'Anaxagore souvent résumée sous la forme: « Toutes choses étaient ensemble; l'Intelligence survint et les disposa en un ordre cosmique » (DK 59 B 12, A 42, 46, 48, 55).
8. Cf. II 14.

Mais alors comment admettre qu'il ait été son disciple, comme certains le prétendent ?

Ses voyages

A ce que disent Démétrios dans ses *Homonymes*[1] et Antisthène dans ses *Successions*[2], il voyagea, il visita l'Égypte pour apprendre la géométrie auprès des prêtres, la Perse pour s'instruire auprès des Chaldéens, la mer Rouge. Certains disent qu'il fréquenta les Gymnosophistes[3] en Inde et qu'il alla en Éthiopie. On dit aussi qu'étant le dernier de trois frères il partagea la fortune familiale; la plupart des auteurs disent qu'il choisit la plus petite part, qui consistait en numéraire, parce qu'il en avait besoin pour ses voyages, comme l'avaient perfidement soupçonné ses frères. **36** Démétrios[4] dit que sa part dépassait cent talents, qu'il dépensa en totalité[5]. Il dit qu'il aimait tellement le travail qu'après s'être approprié une petite maison dans une portion du jardin, il s'y enfermait à clef; un jour que son père, qui menait un bœuf au sacrifice, l'avait attaché à cet endroit, il fut longtemps sans s'en apercevoir, jusqu'à ce que le père le fît lever de son travail, sous le prétexte du sacrifice, et lui racontât l'histoire du bœuf. Le même auteur dit encore : « Il semble qu'il soit venu à Athènes, peu soucieux de s'y faire reconnaître, parce qu'il méprisait la gloire; il connaissait Socrate, mais il était inconnu de lui. "Je suis venu à Athènes, disait-il, et personne ne m'y a reconnu "[6]. »

37 « Si les *Rivaux* sont de Platon, dit Thrasylle[7], Démocrite doit être le partenaire anonyme, différent d'Œnopide et d'Anaxagore, qui dialogue sur la philosophie dans sa rencontre avec Socrate, et pour lequel le philosophe, dit-il, ressemble au pentathlonien[8]. Et c'est

1. Fr. 29 Mejer.
2. *FGrHist* 508 F 12 = fr. 12 Giannattasio Andria.
3. Les « Sages nus », sorte de fakirs dont le prestige était grand.
4. Fr. 29 Mejer.
5. Il s'agit d'une somme considérable (un talent valait 6 000 drachmes; une drachme était un salaire journalier courant).
6. DK 68 B 116. L'anecdote est connue de Cicéron (*Tusc.* V 36, 104).
7. *FHG* III 504 = T 18 c Tarrant. Sur Thrasylle, voir ci-dessous, § 45.
8. Le pentathlon était une compétition sportive composée de cinq épreuves différentes (lutte, saut, course, disque, pugilat). Dans les *Rivaux*, dialogue pseudo-platonicien, le philosophe, qui a une teinture de toutes les disciplines techniques sans être aussi compétent que les spécialistes de chacune d'elles, est

bien vrai qu'il était un pentathlonien en philosophie: il <pratiquait> la physique et l'éthique, mais aussi les mathématiques et la culture traditionnelle, et il avait une expérience approfondie des arts et métiers.» C'est de lui aussi qu'est ce mot: «La parole est l'ombre de l'action[1].» Mais Démétrios de Phalère, dans son *Apologie de Socrate*, dit qu'il n'est même pas venu à Athènes[2]. Voilà qui est encore plus fort[3], s'il est vrai qu'il a méprisé une cité d'une telle importance, ne voulant pas devoir sa gloire à un lieu, mais préférant conférer à un lieu sa gloire.

38 On voit aussi par ses écrits quel homme il était. «Il semble bien, dit Thrasylle[4], avoir été partisan des Pythagoriciens: il fait même mention de Pythagore lui-même, en exprimant son admiration dans l'ouvrage intitulé du nom de ce dernier[5]. Il semble bien qu'il lui a tout pris, et il aurait pu être son disciple, si la chronologie n'y faisait obstacle.» Toujours est-il qu'il avait été le disciple d'un Pythagoricien, d'après Glaucos de Rhegion[6], qui était son contemporain. Apollodore de Cyzique[7] dit aussi qu'il avait fréquenté Philolaos.

Selon Antisthène[8], il s'exerçait de façon extrêmement variée à mettre à l'épreuve les fantasmes de l'imagination, vivant parfois en solitaire et hantant les tombeaux. **39** Le même auteur[9] dit qu'en rentrant de ses voyages, il vécut de façon très chiche, ayant dépensé toute sa fortune; il fut entretenu, à cause de son indigence, par son

---

comparé au pentathlonien, «second en tout», mais vainqueur dans le pentathlon (135 e - 136 a).

1. DK 68 B 145.

2. Fr. 93 Wehrli. Le séjour de Démocrite à Athènes est cependant attesté par le philosophe lui-même (cf. ci-dessus, § 36).

3. Sans doute: par rapport aux récits antérieurement rapportés, selon lesquels il est venu à Athènes, mais très discrètement. Cette remarque pourrait être une réponse de Thrasylle à l'affirmation de Démétrios (J. F. B.).

4. *FHG* III 504 = T 18 b Tarrant.

5. Voir ci-dessous, § 46. L'authenticité de cet ouvrage de Démocrite est sujette à caution.

6. *FHG* II 24.

7. Sur ce démocritéen , cf. DK 74 et R. Goulet, art. «Apollodore de Cyzique» A 247, *DPhA* I, p. 275.

8. *FGrHist* 508 F 13 = fr. 13 Giannattasio Andria.

9. *FGrHist* 508 F 14 = fr. 14 Giannattasio Andria.

frère Damasos. Mais après avoir prédit certains événements futurs, il gagna de la célébrité, et finit par acquérir auprès de la plupart des gens la réputation d'un homme habité par l'inspiration divine. Il y avait une loi prescrivant que si l'on avait dépensé la fortune paternelle, on n'avait pas le droit d'être enterré dans le sol de la patrie; Antisthène dit qu'en prévision de cela, craignant de tomber sous le coup de cette loi du fait de certains jaloux et calomniateurs, il leur lut le *Grand système du monde*, le plus marquant de tous ses écrits, et il fut honoré d'une récompense de cinq cents talents; et non seulement de cette somme, mais encore de statues d'airain. Après sa mort, il fut enterré aux frais de la cité, après avoir vécu plus de cent ans. **40** Mais Démétrios dit[1] que ce sont ses proches qui ont lu le *Grand système du monde*, que l'on récompensa seulement de cent talents. Hippobote aussi dit la même chose[2].

Aristoxène, dans ses *Mémoires historiques*[3], dit que Platon avait voulu faire brûler les écrits de Démocrite, tous ceux qu'il avait pu rassembler, mais que les Pythagoriciens Amyclas[4] et Clinias[5] l'en avaient détourné, en disant que cela ne servirait à rien, puisque ces livres étaient déjà entre les mains de beaucoup de gens. Et cette hostilité est manifeste: alors que Platon fait mention d'à peu près tous les Anciens, nulle part il ne fait allusion à Démocrite, pas même là où il lui aurait fallu lui faire quelque réplique; manifestement, il savait qu'il lui faudrait affronter le meilleur des philosophes – ce philosophe dont Timon lui-même fait l'éloge dans les termes suivants:

---

1. Fr. 30 Mejer.

2. Fr. 21 Gigante.

3. Fr. 131 Wehrli.

4. Sur ce Pythagoricien inconnu par ailleurs, voir B. Centrone, art. « Amyclas » A 148, *DPhA* I, p. 174.

5. Ce Clinias pythagoricien, citoyen de Tarente, est connu par quelques témoignages (DK 54 ; cf. J. Stenzel, art. « Kleinias » 6, *RE* XI, 1921, col. 617, et B. Centrone, art. « Cleinias de Tarente » C 145, *DPhA* II, p. 421-422).

Tel est Démocrite, le très sage, le berger de mythes,
Disputeur à l'esprit bipartite ; je le reconnus parmi les premiers[1].

Chronologie

41 Pour ce qui est de sa chronologie[2], à ce qu'il dit lui-même dans le *Petit système du monde*[3], il était jeune du temps de la vieillesse d'Anaxagore, ayant quarante ans de moins que lui. Il dit aussi avoir composé le *Petit système du monde* sept cent trente ans après le sac de Troie. Il serait né, selon Apollodore dans sa *Chronologie*, pendant la quatre-vingtième Olympiade[4], mais selon Thrasylle dans son livre intitulé *Préliminaires à la lecture des livres de Démocrite*[5], pendant la troisième année de la soixante-dix-septième Olympiade[6], ce qui lui donnerait, dit-il, un an de plus que Socrate. Il serait donc un contemporain d'Archélaos[7], le disciple d'Anaxagore, et d'Œnopide : de fait, il mentionne ce dernier. **42** Il mentionne aussi l'opinion soutenue sur l'Un par Parménide et Zénon, comme étant ses contemporains les plus célèbres, et encore Protagoras d'Abdère, que l'on s'accorde à tenir pour un contemporain de Socrate.

Anecdotes

Athénodore[8], dans le livre VIII de ses *Promenades*, dit qu'Hippocrate étant venu le trouver, Démocrite demanda qu'on apportât du lait ; ayant observé ce lait, il dit qu'il était celui d'une chèvre primipare et noire ; du coup, Hippocrate s'émerveilla de sa perspicacité. On raconte aussi l'histoire d'une jeune servante qui accompagnait Hippocrate. Le premier jour, il la salua ainsi : « Bonjour,

---

1. Fr. 46 Di Marco. Voir sur ce fragment les commentaires et informations bibliographiques de Di Marco, 1989, p. 215-219, et F. Decleva Caizzi, « Pirrone e Democrito - Gli atomi : un "mito" ? », *Elenchos* 5, 1984, p. 5-23.
2. Cf. ci-dessus, p. 1075 n. 4.
3. DK 68 B 5.
4. *FGrHist* 244 F 36 a. La date indiquée correspond aux années 460-457.
5. *FHG* III 504 = T 18 a Tarrant.
6. 470/69. D. O'Brien conclut sa discussion minutieuse (cf. ci-dessus, p. 1075 n. 4) en faveur de la datation de Thrasylle. Sur Thrasylle, voir ci-dessous, § 45.
7. Cf. II 16-17.
8. Auteur cité trois autres fois par Diogène Laërce. Malgré le titre de son ouvrage *(Peripatoi)*, ce n'est pas nécessairement un Péripatéticien (cf. R. Goulet, art. « Athénodore » A 487, *DPhA* I, p. 651).

Mademoiselle. » Le jour suivant : « Bonjour, Madame. » La fille avait été déflorée pendant la nuit.

Circonstances de sa mort

43 Démocrite mourut, dit Hermippe[1], de la façon suivante. Ayant atteint l'extrême vieillesse, il était tout proche de sa fin. Sa sœur se lamentait, parce qu'il allait mourir pendant la fête des Thesmophories, et qu'elle ne pourrait pas rendre à la déesse les honneurs qui convenaient ; il lui dit de reprendre courage et demanda qu'on lui apportât des pains chauds chaque jour. En se les mettant sous le nez, il réussit à passer la période des fêtes ; lorsque les jours de fête furent passés – il y en avait trois –, il abandonna la vie de la façon la plus paisible, selon Hipparque[2], ayant vécu plus de cent neuf ans.

Nous-même nous avons fait à son sujet, dans notre *Pammétros*, les vers que voici[3] ;

Qui donc fut aussi sage, qui a accompli une œuvre
Aussi importante que celle qu'a menée à terme l'omniscient [Démocrite ?
Quand la mort était là, il la retint trois jours à la maison,
Et la traita en hôte, avec des souffles chauds de pain.

Telle fut la vie de notre homme.

Doxographie

44 Voici maintenant quelles sont ses opinions. Les principes des choses dans leur ensemble sont les atomes et le vide ; tout le reste n'est qu'objet de croyance[4]. Les mondes sont en nombre illimité, ils naissent et ils périssent. Rien ne se crée de ce qui n'est pas, rien ne se perd dans ce qui n'est pas. Les atomes sont infinis en grandeur et en

---

1. Fr. 31 Wehrli.
2. Sur ce Pythagoricien, cf. E. Wellmann, art. « Hipparchos » 14, *RE* VIII, 1912, col. 1665. Stobée (IV 44, 81) cite un extrait de son Περὶ εὐθυμίας, édité par DK comme imitation de Démocrite (DK 68 C 7), qui témoigne de son intérêt pour Démocrite, et en particulier pour la notion d'εὐθυμία (« égalité d'humeur »), caractéristique de l'éthique de l'Abdéritain (cf. ci-dessous, § 45 et p. 1081 n. 1). Une anecdote relative à la mort « paisible » de Démocrite s'inscrirait bien dans ce cadre.
3. *Anth. Pal.* VII 57.
4. Cf. DK 68 B 9, 125. Le reste de cette doxographie très sommaire est abondamment complété par d'autres témoignages sur les théories de Démocrite.

nombre; ils se déplacent en tourbillon dans le tout. Ainsi naissent tous les composés, le feu, l'eau, l'air, la terre; ces choses sont en effet, elles-mêmes, des agrégats de certains atomes; ce sont précisément les atomes qui sont impassibles et inaltérables, à cause de leur solidité. Le Soleil et la Lune sont composés de corpuscules de ce genre, lisses et ronds, et l'âme de même; celle-ci et l'intellect sont la même chose. Nous voyons en vertu des simulacres qui frappent nos yeux.

45 Tout se produit selon la nécessité, le tourbillon étant la cause de la naissance de toutes choses: c'est cela qu'il appelle « nécessité ». Le bien suprême est l'égalité d'humeur[1], qui n'est pas identique au plaisir, comme certains l'ont compris par l'effet d'un malentendu, mais qui est une manière d'être où l'âme mène sa vie dans le calme et l'équilibre, sans être troublée par aucune crainte, superstition ou quelque autre passion. Il l'appelle également bien-être, et de plusieurs autres noms[2]. L'existence des qualités sensibles est de convention: existent par nature les atomes et le vide[3].

Voilà donc ses opinions.

---

1. Εὐθυμία (cf. DK 68 B 4). Cicéron (DK 68 A 169) et Sénèque (*De tranquillitate animi* II 3-4) ont traduit ce terme par « tranquillité de l'âme ». Dans l'opuscule cité, Sénèque en propose un autre équivalent, « assiette stable de l'âme », et la description que voici : « Nous allons chercher comment l'âme peut avoir une démarche toujours égale et avancer d'un cours heureux, comment elle peut s'accorder sa propre estime et envisager avec contentement tout ce qui lui appartient, comment elle peut éprouver une joie ininterrompue et persister dans cet état paisible, sans s'exalter ni se déprimer. »

2. Parmi ces autres noms, on cite notamment, outre εὐεστώ (bien-être), les termes ἁρμονία (harmonie), συμμετρία (équilibre), ἀταραξία (absence de trouble), ἀθαυμαστία (absence d'étonnement), ἀθαμβία (absence de terreur). Cf. DK 68 A 167-169, B 2c, 3, 4.

3. Cf. DK 68 A 49, B 9, 125. La première partie de la phrase traduit une conjecture de Zeller, généralement adoptée aujourd'hui (ποιότητας δὲ νόμῳ εἶναι). Les manuscrits portent ποιητὰ δὲ νόμιμα εἶναι (« les lois et coutumes sont artificielles »), leçon qui a été défendue par G. Onodera (1993), dans un article qui m'a été obligeamment signalé par J.F.B. Si on l'acceptait, ce qui ne paraît aucunement impossible, il faudrait condamner la seconde partie de la phrase, qui n'a rien à faire dans le contexte éthico-politique de cette partie de la doxographie, et qui répète ce qui a été dit au début du § 44.

Ses ouvrages

Thrasylle a dressé une liste de ses livres, en l'ordonnant par tétralogies, comme les livres de Platon[1].

46 Il y a les livres d'éthique, que voici :

(1) *Pythagore.*

Sur la disposition d'esprit du sage.

Sur ce qui se passe chez Hadès.

Tritogeneia (ceci parce que trois choses naissent d'elle, qui enveloppent toutes les choses humaines)[2].

(2) *De l'excellence virile*, ou *De la vertu.*

La Corne d'Amalthée[3].

Sur l'égalité d'humeur.

Mémoires éthiques

Le livre *Sur le bien-être* (n'est pas mentionné), car on ne le trouve pas.

Voilà pour les livres d'éthique.

Les livres de physique sont ceux que voici :

(3) *Grand système du monde* (que Théophraste dit être de Leucippe).

Petit système du monde.

Description du monde.

Sur les planètes.

(4) *Sur la nature*, premier livre.

Sur la nature de l'homme (ou *Sur la chair*), deuxième livre[4].

1. Thrasylle de Mende (première moitié du Ier siècle), astrologue de cour de l'empereur Tibère, a déjà été mentionné comme l'auteur de *Prolégomènes à la lecture des livres de Démocrite* (§ 41). Sur son catalogue des œuvres de Démocrite, voir l'étude exhaustive de D. O'Brien, art. cité, *DPhA* II, p. 680-697. Sur son classement en tétralogies des œuvres de Platon, cf. III 56-61.

2. *Tritogeneia* (« déesse à la triple naissance ») était un nom d'Athéna, pour lequel on donnait dans l'Antiquité diverses explications (cf. LSJ, *s.v.*). Selon Démocrite lui-même (DK 68 B 2), elle représente la sagesse (φρόνησις), et ses trois effets sont « bien délibérer, parler sans faute, faire ce qu'il faut ».

3. Ou corne d'abondance. Amalthée était la chèvre qui avait nourri Zeus enfant.

4. Diels a proposé de lire ces deux titres de la façon suivante : *Sur la nature*, livre I <ou *Sur la nature du monde*> ; *Sur la nature*, livre II, ou *Sur la nature de l'homme*, ou *Sur la chair*. D. O'Brien suggère, à titre de possibilité : *Sur la*

Sur l'intellect[1].

Sur les sensations (certains regroupent ces ouvrages[2] sous le titre *Sur l'âme*).

(5) *Sur les saveurs.*

Sur les couleurs.

47 *Sur les différentes formes*[3].

Sur les changements de forme.

(6) *Confirmations* (ce sont des justifications critiques des précédents)[4].

Sur les simulacres ou sur la prescience[5].

Sur les questions de logique[6] – *Canon*[7], livres I, II, III.

---

nature, en un livre: *Sur la nature de l'homme* (ou *Sur la chair*), en deux livres. Mais, comme il le remarque, le statut de telles corrections est imprécis: entend-on corriger le texte de Diogène Laërce, ou restituer le catalogue de Thrasylle tel qu'il était avant d'être affecté par des corruptions recopiées par Diogène ?

1. Peut-être s'agit-il de l'ouvrage de Leucippe portant le même titre (cf. DK 67 B 2), qui aurait été regroupé avec les œuvres de Démocrite.

2. Les deux derniers mentionnés: *Sur l'intellect* et *Sur les sensations.*

3. On comprend généralement: les différentes formes d'atomes. Mais le titre suivant ne peut concerner les atomes, qui sont immuables. L'ouvrage sur les différentes formes pourrait donc avoir traité à la fois des atomes et des composés.

4. Ces Κρατυντήρια sont mentionnés par Sextus Empiricus (*Adv. math.* VII 135 = DK 68 B 9), qui en cite une phrase, peut-être deux, sur la fragilité de la connaissance sensible. Il pourrait s'agir d'un essai de théorie de la connaissance, destiné à justifier les théories physiques; mais le sens de ἐπικριτικά, ici traduit par « justifications critiques », est peut-être moins précis (l'idée générale est celle de détermination, de jugement, d'arbitrage). La notice de la *Souda* (*s.v.* κρατυντήρια), citée par D. O'Brien, *DPhA* II, p. 684, précise en tout cas que les écrits passés en revue dans cet ouvrage étaient ceux de Démocrite lui-même, non ceux de ses devanciers.

5. Cet étrange double titre s'explique peut-être par le fait que la théorie des simulacres, destinée à rendre compte de la vision normale, était aussi utilisée pour expliquer les rêves prémonitoires (cf. DK 68 A 77, B 166). On pourrait cependant comprendre aussi « Sur les simulacres ou sur la Providence », et rattacher ce titre à la conception démocritéenne des dieux (ainsi P.-M. Morel, *Démocrite et la recherche des causes*, Paris 1996, p. 298 et 308).

6. Certains manuscrits portent Περὶ λοιμῶν (Sur les pestes) au lieu de Περὶ λογικῶν. Cf. ci-dessous, p. 1086 n. 3.

7. C'est-à-dire: règle ou critère. Cf. sur cet ouvrage Sextus Empiricus, *Adv. math.* VII 140 = DK 68 A 111 (liste de trois critères, attribuée à Démocrite par Diotime, sur lequel voir T. Dorandi, art. « Diotimos de Tyr » D 208, *DPhA* II,

Difficultés.

Voilà pour les écrits sur la nature.

Les ouvrages suivants sont restés en dehors de la liste ordonnée :

Causes des phénomènes célestes.

Causes des phénomènes aériens.

Causes des phénomènes à la surface de la Terre.

Causes concernant le feu et les corps en feu.

Causes concernant les sons vocaux.

Causes concernant les graines, les plantes, les fruits.

Causes concernant les animaux, en trois livres.

Causes variées.

Sur la pierre[1].

Voilà pour les ouvrages laissés en dehors de la liste ordonnée.

Voici maintenant les ouvrages de mathématiques :

(7) *Sur la différence <angulaire>*[2] ou *sur la tangence avec le cercle et la sphère.*

Sur la géométrie.

Questions géométriques.

Les Nombres.

(8) *Sur les lignes et solides irrationnels,* deux livres.

Projections[3].

48 *La Grande Année*, ou *Astronomie – Calendrier*[4].

---

p. 886), VIII 327 = DK 68 B 10b (dans cet ouvrage, Démocrite aurait critiqué la notion de démonstration), et surtout VII 138 = DK 68 B 11 (importante citation sur les deux formes de la connaissance). Épicure exposera lui aussi sa théorie des critères dans un ouvrage intitulé *Canon*.

1. Il s'agit de la pierre d'aimant (cf. DK 68 A 165 sur la théorie de Démocrite à ce sujet).

2. Je traduis la conjecture de Gomperz, adoptée par Heath et Hicks (γωνίης). Les manuscrits portent γνώμης. Certains commentateurs gardent cette dernière leçon, en donnant à l'expression soit le sens de « différence de conception » (Démocrite aurait combattu la critique de la géométrie attribuée à Protagoras, à propos justement du problème de la tangence, cf. DK 80 B 7), soit le sens de « connaissance différentielle » (à rapprocher du célèbre problème de la différence du cône et du cylindre, cf. DK 68 B 155).

3. On entend généralement : projections de solides sur un plan.

4. La Grande Année est la période au terme de laquelle tous les corps célestes se retrouvent dans la même position. Il reste d'assez nombreux vestiges du calendrier astronomique de Démocrite (DK 68 B 14).

Combat de la clepsydre <et du Ciel ?>[1].

(9) *Description du Ciel.*

Description de la Terre.

Description du Pôle.

Description des rayons <lumineux>[2].

Tel est le nombre des ouvrages de mathématiques.

Voici ceux qui traitent des beaux-arts :

(10) *Sur les rythmes et l'harmonie.*

Sur la poésie[3].

Sur la beauté des vers.

Sur les phonèmes dont la sonorité est agréable ou désagréable.

(11) *Sur Homère* ou *Sur la justesse de l'expression et sur les mots difficiles*[4].

Sur le chant.

Sur les mots[5].

Questions de vocabulaire.

Tel est le nombre des ouvrages sur les beaux-arts.

Voici ceux qui traitent des métiers :

(12) *Le pronostic.*

Sur le régime, ou *Traité de diététique.*

Le Jugement médical.

Causes concernant les moments défavorables et les moments favorables.

---

1. Conjecture de Diels : sur la commensurabilité entre le temps astronomique et le temps des clepsydres (horloges à eau) ? Cf. D. O'Brien, *DPhA* II, p. 683-684.

2. Sur l'intérêt de Démocrite et d'Anaxagore pour les problèmes de perspective, en relation avec les décors de théâtre, voir DK 59 A 39.

3. Les théories de Démocrite sur l'inspiration poétique paraissaient proches de celles de Platon (cf. DK 68 B 17-18).

4. Les commentaires démocritéens d'Homère devaient comporter des explications de texte, des justifications philosophiques de certaines locutions poétiques et des éclaircissements sur les mots tombés hors de l'usage (cf. DK 68 A 101, B 21-25).

5. Démocrite soutenait (dans cet ouvrage ou dans le suivant) une théorie conventionnaliste du langage, en s'appuyant sur plusieurs arguments qui nous ont été conservés (cf. DK 68 B 26).

<13> *Sur l'agriculture*, ou *Traité de l'arpentage*[1].
Sur la peinture.
Traité de tactique, et
Traité du combat en armes.

Tels sont donc ces ouvrages et leur nombre.

49 Certains rangent séparément les extraits suivants de ses *Aide-mémoire* :

Sur les écritures sacrées de Babylone.
Sur ce qu'on trouve à Méroé[2].
Voyage autour de l'Océan.
Sur l'histoire.
Discours chaldaïque.
Discours phrygien.
Sur la fièvre et sur les toux pathologiques.
Causes concernant les lois et coutumes[3].
Problèmes concernant les opérations faites à la main[4].

Pour ce qui est des autres ouvrages que certains lui attribuent, les uns ont été compilés à partir des siens, et les autres, de l'avis général, sont sans rapport avec lui.

Voilà tout ce qu'il y avait à dire sur ses livres.

Homonymes

Il y a eu six Démocrite : le premier, celui même dont nous avons parlé ; le second, un musicien de Chios, de la même époque ; le troisième, un sculpteur que mentionne Antigone[5] ; le quatrième, qui a

---

1. On peut traduire ainsi Γεωμετρικόν, donné par les manuscrits. Certains éditeurs préfèrent corriger le texte pour l'aligner sur les témoignages qui attribuent un *Géorgique* à Démocrite (DK 68 B 28).

2. Ville-sanctuaire des Éthiopiens, sur le Haut-Nil. On peut comprendre aussi : Sur celles (les écritures sacrées) de Méroé.

3. Texte des manuscrits (νομικά). On a parfois proposé de lire λοιμικά (Causes concernant les pestilences), cf. ci-dessus, p. 1083 n. 6.

4. Le texte des manuscrits, incompréhensible, est corrigé sur la base d'autres témoignages, dont le texte est lui-même plus ou moins corrigé (cf. DK 68 B 300, 2-3 ; D. O'Brien, *DPhA* II, p. 684). Dans le contexte médical, il semble s'agir de remèdes ou de pratiques thérapeutiques.

5. Cf. Wilamowitz, 1881, p. 10, et T. Dorandi, *Mus. Helv.* 51, 1994, p. 7.

écrit sur le temple d'Éphèse et sur la cité de Samothrace[1]; le cinquième, un poète auteur d'épigrammes, au style clair et fleuri; le sixième, de Pergame, <qui s'est fait connaître> par ses œuvres oratoires.

1. *FGrHist* 267 T 1.

PROTAGORAS

50 Protagoras, fils d'Artémon, ou, selon Apollodore[1] et Dinon au livre V de ses *Persiques*[2], fils de Méandre, citoyen d'Abdère, comme le dit Héraclide du Pont dans son livre *Sur les lois*[3] (celui-ci dit aussi qu'il a rédigé des lois pour Thourioi[4]); mais d'après Eupolis dans ses *Flatteurs*[5], il était citoyen de Téos. Celui-ci dit en effet:

Il y a là-dedans Protagoras de Téos.

Lui et Prodicos de Céos faisaient la quête quand ils lisaient leurs discours; et Platon note dans le *Protagoras*[6] que Prodicos avait une voix grave. Protagoras fut le disciple assidu de Démocrite[7] – on l'appelait aussi Sophia[8], comme le dit Favorinus dans son *Histoire variée*[9].

Doxographie, eurématologie

51 Il fut le premier à dire que sur toute chose il y a deux arguments, qui s'opposent entre eux[10]; et il proposait ces arguments opposés, chose qu'il fut le premier à faire. En outre, il commença un

---

1. *FGrHist* 244 F 70.
2. *FGrHist* 690 F 6.
3. Fr. 150 Wehrli.
4. Célèbre colonie panhellénique fondée par Périclès en Grande Grèce en 444[a].
5. Fr. 146a Kock = fr. 157 Kassel & Austin.
6. 316 a.
7. Cette affirmation, répétée par d'autres auteurs anciens, est généralement tenue pour chronologiquement impossible.
8. Ce surnom (« Sagesse ») est connu comme ayant été celui de Démocrite (DK 68 A 18); Protagoras, de son côté, avait reçu le surnom de *Logos*, « Discours » (cf. DK 80 A 3).
9. Fr. 45 Mensching = fr. 77 Barigazzi.
10. DK 80 B 6a. Voir ci-dessous, dans la liste des titres d'ouvrages de Protagoras, les *Antilogies* en deux livres.

livre de la façon suivante: «De toutes choses, la mesure est l'homme: de celles qui sont, qu'elles sont; de celles qui ne sont pas, qu'elles ne sont pas»[1]. Il disait que l'âme n'est rien en dehors des sensations, comme le dit Platon dans le *Théétète*[2], et que toutes choses sont vraies. Il commença un autre livre de la façon suivante: «Des dieux, je ne puis savoir ni qu'ils existent, ni qu'ils n'existent pas: car beaucoup d'obstacles empêchent de le savoir, l'obscurité (de la question)[3] et la brièveté de la vie de l'homme»[4]. **52** A cause de ce début de son livre, il fut expulsé par les Athéniens, qui brûlèrent ses livres en place publique, après les avoir collectés par voie de héraut auprès de chacun de ceux qui en avaient acquis.

Il fut le premier à se faire payer un salaire, de cent mines[5]; le premier aussi, il distingua les parties du temps[6], il mit en relief la puissance du moment opportun[7], il fit des concours de discours, et il fournit des sophismes aux chicaneurs; il discutait sur la lettre au détriment du sens, et il donna naissance à la race aujourd'hui banale des éristiques[8]. C'est pourquoi Timon dit à son sujet:

Protagoras, l'homme de la mêlée[9], très fort à la querelle éristique[10].

---

1. DK 80 B 1. La traduction correcte de cette phrase célèbre a donné lieu à bien des désaccords; celle que nous donnons ici ne fait pas l'unanimité.
2. 152 a *sqq*.
3. Ou peut-être: l'impossibilité d'avoir une perception sensible des dieux.
4. DK 80 B 4.
5. Somme considérable: une mine vaut 100 drachmes; une drachme, à l'époque classique, est le salaire moyen, par jour, d'un artisan.
6. Très probablement, les temps du verbe. Sur l'intérêt de Protagoras pour les questions linguistiques, voir ci-dessous, § 53.
7. Le καιρός, «moment opportun», «occasion» qu'il faut savoir saisir aux cheveux, est une notion très importante dans l'univers de pensée des Sophistes.
8. Les éristiques sont ceux qui discutent uniquement pour l'emporter sur leurs interlocuteurs, dans un esprit de dispute et non de recherche en commun.
9. Je traduis la conjecture de Diels, conservée par Long (ἐπίμεικτος, correction orthographique de la leçon des manuscrits, ἐπίμικτος), plutôt que l'une ou l'autre des nombreuses conjectures concurrentes (cf. Di Marco, 1989, p. 219-220). «Mêlée» peut jouer sur le double sens de «combat» et de «confusion».
10. Fr. 47 Di Marco.

53 Il fut aussi le premier à lancer la forme socratique des arguments[1]; et il fut le premier à proposer l'argument d'Antisthène, qui essaye de démontrer qu'il n'est pas possible de contredire, comme le dit Platon dans l'*Euthydème*[2]. Le premier, il montra comment attaquer les thèses, comme le dit Artémidore le Dialecticien[3] dans son *Contre Chrysippe*. Il découvrit le premier ce qu'on appelle la *tulè*[4], objet sur lequel on porte les fardeaux, à ce que dit Aristote dans son traité *Sur l'éducation*[5]; car il était portefaix, comme le dit Épicure quelque part[6]. C'est de cette façon qu'il se fit remarquer de Démocrite, qui l'avait vu lier ses fagots. Il divisa le premier le discours en quatre espèces : la prière, la question, la réponse, le commandement **54** (d'autres disent en sept : la narration, la question, la réponse, le commandement, le compte rendu, la prière, l'invocation), qu'il appelait les « fondements du discours ». Mais Alcidamas[7] parle de quatre types de discours : l'affirmation, la négation, la question, l'interpellation.

---

1. C'est-à-dire, sans doute, la discussion par courtes questions et réponses. Protagoras avait la réputation d'être également compétent pour discuter de cette façon et pour faire de longs discours (Platon, *Protagoras* 329 b).
2. 286 c.
3. Seule mention connue de ce philosophe (cf. R. Goulet, art. « Artémidore le Dialecticien » A 427, *DPhA* I, p. 604).
4. Sur l'identité de cet ustensile de portage, ainsi que sur l'ouvrage perdu d'Aristote dans lequel il en était question, voir l'étude approfondie de J. Bertier, dans P.-M. Schuhl (édit.), *Aristote : Cinq œuvres perdues*, Paris 1968, p. 143-160. Une découverte analogue concernant l'art de faire des fagots faciles à porter est attribuée à Speusippe (IV 3).
5. Fr. 2 Ross = fr. 72 Gigon.
6. Fr. 172 Usener. L'indication provient d'une lettre *Sur les occupations*, dans laquelle Épicure montrait que certains philosophes avaient exercé des métiers humbles ou méprisés avant de se tourner vers la philosophie. Cf. D. Sedley, « Epicurus and his professional rivals », *Cahiers de Philologie* 1, 1976, p. 119-159.
7. *Orat. Att.* II 155 b. Sur Alcidamas d'Élée, rhéteur du IVe siècle av. J.-C., voir M. Narcy, art. « Alcidamas d'Élée » A 88, *DPhA* I, p. 101-110. Il est probable que la classification indiquée est celle que propose Alcidamas, non celle qu'il attribue à Protagoras. Mais, contrairement à ce que dit Narcy, p. 108, il ne peut s'agir ici, compte tenu du contexte, d'une classification des « qualités » ou « vertus » (ἀρεταί) du discours, qui serait tirée d'un écrit théorique sur l'éloquence.

Le premier de ses ouvrages qu'il lut en public fut le traité *Sur les dieux*, dont nous avons cité le début ci-dessus[1]; il le lut à Athènes, dans la maison d'Euripide, ou, selon certains, dans celle de Mégaclide; d'autres disent que ce fut au Lycée, et que ce fut son disciple Archagoras, fils de Théodote, qui lui prêta sa voix. Son accusateur fut Pythodore, fils de Polyzèlos, l'un des Quatre-Cents; mais Aristote[2] dit que ce fut Évathle.

Ses ouvrages

55 Ses livres conservés sont les suivants:

<...>[3]

Art de l'éristique.

Sur la lutte[4].

Sur les mathématiques[5].

Sur la constitution de la cité.

Sur l'amour des honneurs.

Sur les vertus.

Sur l'état primitif (de l'homme)[6].

Sur ce qui se passe chez Hadès.

Sur les méfaits des hommes.

Discours impératif.

Procès à propos de son salaire[7].

Antilogies, en deux livres[8].

Voilà pour ses livres. Platon a écrit aussi un dialogue sur lui.

---

1. § 51.
2. *Le Sophiste*, fr. 3 Ross = fr. 867 Gigon.
3. On suppose généralement une lacune ici, à cause de l'absence de certains titres attestés par ailleurs (comme le traité *Sur les dieux*).
4. L'un des écrits de Protagoras consacrés à l'analyse critique des différentes techniques, d'après Platon, *Sophiste* 232 d = DK 80 B 8.
5. Sur la critique de la géométrie par Protagoras, cf. Aristote, *Métaphysique* B 2, 998 a 2-4 = DK 80 B 7.
6. Peut-être est-ce dans cet ouvrage que se trouvait le célèbre mythe rapporté par Platon, *Protagoras* 320 c - 322 d, ou son modèle.
7. Cf. ci-dessous, § 56.
8. Il se peut que les ouvrages mentionnés avant ces *Antilogies* (« Contradictions ») n'en soient que les diverses parties (c'est la thèse de M. Untersteiner [1949], qui pense pouvoir retrouver les grandes lignes du contenu des *Antilogies* de Protagoras dans le *Sophiste* de Platon, 232 b-e).

Circonstances de sa mort, chronologie

Philochore[1] dit que, pendant qu'il faisait voile vers la Sicile, son navire fit naufrage, et qu'Euripide y fait une allusion masquée dans son *Ixion*[2]. Mais certains disent qu'il mourut pendant le voyage, vers l'âge de quatre-vingt-dix ans[3]. **56** Cependant, Apollodore[4] dit que c'est à soixante-dix ans, que son activité de sophiste s'étala sur quarante ans[5], et qu'il était dans sa pleine maturité pendant la quatre-vingt-quatrième Olympiade[6].

Il y a un poème de nous sur lui, que voici :

Sur toi, Protagoras, j'ai entendu une rumeur, comme quoi,
 Quittant un jour Athènes, tu mourus en route, bien vieux ;
La cité de Cécrops avait choisi de te faire fuir ; mais toi,
 Tu as fui, certes, la cité de Pallas, mais tu n'as pas fui Pluton.

Le procès

On raconte qu'il réclama un jour son salaire en justice à son disciple Évathle. Celui-ci dit : « Mais je n'ai pas encore gagné de procès ». Et lui de répliquer : « Mais alors, si je gagne mon procès, il faut que je reçoive mon salaire, parce que je l'aurai gagné ; et de même si c'est toi qui le gagnes, parce que tu l'auras gagné »[7].

---

1. *FGrHist* 328 F 217.
2. Nauck², p. 490.
3. Texte parfois corrigé ou suspecté, en raison de difficultés chronologiques.
4. *FGrHist* 244 F 71.
5. Ces deux indications proviennent de Platon, *Ménon* 91 e.
6. 444-441, ce qui fixerait la date de naissance de Protagoras vers 484-481.
7. Version plus complète et plus compréhensible dans Aulu-Gelle, *Nuits attiques* V 10 : Évathle avait promis de payer son maître s'il gagnait son premier procès. Après quelque temps, Évathle n'ayant pas eu l'occasion de plaider, Protagoras lui intente un procès, et développe l'argument rapporté par Diogène Laërce. Mais Évathle réplique en retournant cet argument : si je gagne mon procès, je ne te dois rien, puisque je l'aurai gagné ; et si je le perds, je ne te dois rien non plus, en vertu de notre contrat. Les juges, écœurés, renvoyèrent les plaideurs. La même histoire est racontée à propos du rhéteur sicilien Corax (Sextus Empiricus, *Adv. Math.* II 96-99). Cf. R. Goulet, art. « Euathlos », *DPhA* III (à paraître).

Homonymes

Il y eut un autre Protagoras, astronome, pour lequel Euphorion[1] écrivit un chant funèbre ; et un troisième, philosophe stoïcien.

1. Fr. 21 Powell.

DIOGÈNE D'APOLLONIE[1]

57 Diogène, fils d'Apollothémis, citoyen d'Apollonie, physicien, figure tout à fait célèbre. A ce que dit Antisthène[2], il fut le disciple d'Anaximène; mais il était le contemporain d'Anaxagore[3]. Démétrios de Phalère, dans son *Apologie de Socrate*[4], dit qu'ayant été l'objet de beaucoup de malveillance à Athènes il s'en fallut de peu qu'il ne courût un réel danger.

Doxographie

Voici ses opinions. L'élément de base, c'est l'air; il y a des mondes infinis et un vide infini; l'air, par condensation et raréfaction, donne naissance aux mondes; rien ne se crée de ce qui n'est pas, rien ne se perd dans ce qui n'est pas. La Terre est ronde; elle se soutient au centre, tenant sa constitution de la rotation qui provient du chaud et de la coagulation causée par le froid[5].

---

1. Sur le problème posé par cette notice apparemment mal placée, voir l'Introduction au livre IX. L'hypothèse d'une confusion entre Diogène de Smyrne (cf. § 58) et Diogène d'Apollonie, longtemps considérée comme une explication satisfaisante de cette incongruité apparente, a été récemment remise en question (Laks, 1983, p. 258-263).

2. *FGrHist* 508 F 15.

3. Cette phrase est considérée soit comme une correction de l'erreur chronologique impliquée par l'information provenant d'Antisthène, soit comme une précision donnée par Antisthène lui-même, et signifiant que Diogène n'était le « disciple » d'Anaximène que dans le sens d'une dépendance doctrinale (ainsi Laks, 1983, p. 75-76).

4. Fr. 91 Wehrli.

5. Construction syntaxique et interprétation différentes chez Laks, 1983, 173-176, approuvées par M. P. («sa forme est due au mouvement circulaire imprimé par la chaleur, et sa nature solide à l'action du froid »). Mais σύστασις ne paraît pas pouvoir signifier « forme », même par assimilation à « consistance ».

Voici le début de son livre: « Lorsqu'on commence n'importe quel discours, me semble-t-il, il faut présenter au lecteur un commencement qui ne souffre pas contestation, et s'exprimer de façon simple et noble »[1].

1. DK 64 B 1.

ANAXARQUE

58 Anaxarque d'Abdère[1]. Il fut le disciple de Diogène de Smyrne[2], qui avait été lui-même celui de Métrodore de Chios, qui disait qu'il ne savait même pas cela, qu'il ne savait rien[3]. Métrodore lui-même avait été le disciple de Nessas de Chios[4], mais à ce que d'autres disent, celui de Démocrite. Notre Anaxarque, donc, fut le compagnon d'Alexandre; il était dans sa pleine maturité pendant la cent-dixième Olympiade[5]. Il se fit un ennemi de Nicocréon, tyran de Chypre. Un jour, dit-on, au cours d'un banquet, Alexandre lui ayant demandé ce qu'il pensait du dîner, il répondit: « Tout est somptueux, ô roi; à ceci près qu'il aurait fallu y servir la tête d'un certain satrape »; ce qui était une pique contre Nicocréon[6]. **59** Ce dernier lui en garda une rancune durable: après la mort du roi,

---

1. Sur Anaxarque, voir les témoignages et fragments recueillis dans DK 72, et R. Goulet, art. « Anaxarque d'Abdère » A 160, *DPhA* I, p. 188-191; voir aussi maintenant la nouvelle édition des fragments et témoignages par T. Dorandi, « I frammenti di Anassarco di Abdera », *AATC* 59 (N. S. 45), 1994, p. 11-59.

2. Ce philosophe n'est guère connu que par la place qui lui est attribuée dans la « succession » des démocritéens (cf. l'Introduction au livre IX et R. Goulet, art. « Diogène de Smyrne » D 148, *DPhA* II, p. 823). Une doxographie tardive lui attribue les mêmes doctrines que Protagoras (DK 71 A 2).

3. Cette phrase célèbre est connue sous diverses variantes (DK 70 A 23, 25, B 1). Cf. J. Brunschwig, « Le fragment DK 70 B 1 de Métrodore de Chio », dans K. Algra, P. Van der Horst et D. Runia (édit.), *Polyhistor* (Mélanges J. Mansfeld), Leiden 1996, p. 21-38.

4. Nessas de Chios, comme Diogène de Smyrne, n'est guère plus qu'un nom dans diverses versions de la « succession » des démocritéens. Deux fragments lui attribuent un intérêt pour les questions exégétiques et linguistiques (cf. DK 69).

5. 340-337, ce qui fixerait la date de naissance d'Anaxarque vers 380-377.

6. Sur cette anecdote et sur les autres traits d'esprit d'Anaxarque, transmis notamment par les historiens d'Alexandre (Plutarque, Arrien), voir les explications détaillées de P. Bernard, « Le philosophe Anaxarque et le roi Nicocréon de Salamine », *JS* 1984, p. 3-49.

Anaxarque ayant été, au cours d'un voyage en mer, jeté contre son gré à Chypre, Nicocréon s'empara de sa personne, le fit jeter dans un mortier et meurtrir avec des pilons de fer[1]. Mais lui, sans se soucier de la torture, prononça ce mot célèbre: « Broie le sac d'Anaxarque; mais Anaxarque, tu ne le broies pas. » Nicocréon ayant alors ordonné qu'on lui coupât la langue, on raconte qu'il se la coupa avec ses dents et la lui cracha au visage[2].

Il y a sur lui un poème de nous[3], que voici:

Broyez[4] donc, Nicocréon, et broyez encore plus fort: ce n'est [qu'un sac.
Broyez toujours: Anaxarque est depuis longtemps chez Zeus.
Et toi, Perséphone te déchirera un moment avec ses pointes de fer[5],
En te disant ces mots: « Puisses-tu crever, meunier de malheur ! »

60 A cause de son insensibilité et de son égalité d'humeur dans la vie, on l'appela l'Homme du bonheur[6]. Il était capable de ramener les gens à la modération avec la plus grande facilité. En tout cas, il remit à sa place Alexandre, qui pensait être un dieu: voyant du sang qui lui coulait d'une blessure, il le montra de la main en lui disant: « Voici bien du sang, et non pas

Cet *ichôr* qui coule dans les veines des dieux bienheureux »[7].

---

1. Voir l'étude citée à la note précédente.

2. Ce récit présente et regroupe plusieurs traits communs avec ce que l'on raconte de la mort de Zénon d'Élée (cf. ci-dessus, § 27). Voir T. Dorandi, « De Zénon d'Élée à Anaxarque: fortune d'un topos littéraire », dans L. Jerphagnon, J. Lagrée et D. Delattre (édit.), *Ainsi parlaient les Anciens* (Mélanges Jean-Paul Dumont), Lille 1994, p. 27-37.

3. *Anth. Pal.* VII 133.

4. Le verbe est au pluriel, mais Diogène Laërce ne vouvoie pas Nicocréon: il s'adresse sans doute en imagination au tyran et à ses bourreaux.

5. Le texte de ce vers est corrompu; la restitution de Jacobs et le sens sont conjecturaux.

6. Un autre témoignage, peu convaincant, fait même d'Anaxarque le fondateur d'une école dite « eudémonique », d'après le nom – peu original – de « bonheur » (εὐδαιμονία) qu'il donnait au souverain bien (DK 72 A 14). Cette école est signalée par Diogène Laërce (I 17), mais sans qu'il soit fait mention d'Anaxarque.

7. Citation de l'*Iliade* V 340. L'ἰχώρ est le fluide immortel qui coule dans le corps des dieux.

Mais Plutarque dit que c'est Alexandre lui-même qui dit cela à ses amis[1]. (On dit aussi qu')une autre fois, Anaxarque, buvant à la santé d'Alexandre, lui montra sa coupe en disant :

L'un des dieux sera atteint par une main mortelle[2].

1. Voir effectivement Plutarque, *Vie d'Alexandre* 28.
2. Citation d'Euripide, *Oreste* 271.

PYRRHON[1]

61 Pyrrhon d'Élis était le fils de Pleistarque, d'après ce que raconte Dioclès[2]; à ce que dit Apollodore dans sa *Chronologie* [3], il avait d'abord été peintre; et il fut l'auditeur de Bryson[4] fils de Stilpon[5], à ce que dit Alexandre dans ses *Successions*[6], puis d'Anaxarque, qu'il suivit partout, au point même d'entrer en contact avec les Gymnosophistes[7] de l'Inde et avec les Mages[8]. Telle paraît bien être l'origine de sa très noble manière de philosopher: il introduisit en effet la forme (de philosophie caractérisée par les mots d'ordre) de l'insaisissabilité et de la suspension du jugement[9], comme le dit

---

1. Sur l'ensemble de cette notice, voir Decleva Caizzi, 1981, et Barnes, 1992.
2. Dioclès de Magnésie, biographe et doxographe de date indéterminée; voir R. Goulet, art. « Dioclès de Magnésie » D 115, *DPhA* II, p. 775-777.
3. *FGrHist* 244 F 39.
4. Cette référence et les autres, assez nombreuses, faites à ce personnage par divers auteurs, dont Aristote, ont fait couler beaucoup d'encre; on ne sait pas clairement si elles se rapportent à un seul ou à plusieurs personnages, ni si celui qui pourrait avoir été le maître de Pyrrhon peut avoir appartenu à l'école mégarique, à laquelle appartenait Stilpon. Voir R. Muller, art. « Bryson d'Héraclée » B 68, *DPhA* II, p. 142-143, et la note de G. Giannantoni dans *SSR*, Napoli 1990, IV, p. 107-113.
5. Le texte des mss a été souvent corrigé, pour pallier des difficultés chronologiques. Sur Bryson, cf. Giannantoni, *SSR* IV, p. 107-113. Sur Stilpon, cf. II 113-120.
6. *FGrHist* 273 F 92 = fr. 8 Giannattasio Andria. Il s'agit ici d'Alexandre de Milet, dit Polyhistôr, grammairien et érudit du Ier siècle av. J.-C., auteur de « Successions des philosophes ». Cf. R. Goulet, art. « Alexandros de Milet » A 118, *DPhA* I, p. 144-145.
7. Ou « Sages nus », fakirs dont la sagesse et les exploits furent admirés par Alexandre et ses compagnons (cf. Plutarque, *Vie d'Alexandre* 64, 65, 69).
8. En Perse.
9. 'Ακαταληψία (« inconnaissabilité » de toutes choses) et ἐποχή (« suspension » du jugement ou de l'assentiment) sont des termes qui caractérisent diverses versions du scepticisme.

Ascanios d'Abdère[1]. Il disait, en effet, que rien n'est beau ni laid, juste ni injuste; et que de même pour tous (les attributs de ce type), aucun n'existe en vérité, mais que c'est par coutume et par habitude que les hommes font tout ce qu'ils font; en effet, selon lui, chaque chose n'est pas davantage ceci que cela[2].

Son genre de vie

62 Il était conséquent (avec ces principes) jusque par sa vie, ne se détournant de rien, ne se gardant de rien, affrontant toutes choses, voitures, à l'occasion, précipices, chiens, et toutes choses <de ce genre>, ne s'en remettant en rien à ses sensations. Il se tirait cependant d'affaire, à ce que dit[3] Antigone de Caryste[4], grâce à ses familiers qui l'accompagnaient. Mais Énésidème[5] dit que s'il philosophait selon la formule théorique de la suspension du jugement, il ne manquait cependant pas de prévoyance dans ses actions au jour le jour. Et il vécut jusque vers quatre-vingt-dix ans[6].

---

1. Personnage inconnu par ailleurs; on a parfois proposé, sans bonnes raisons, de remplacer son nom par celui d'Hécatée d'Abdère, disciple de Pyrrhon (cf. § 69). Voir F. Caujolle-Zaslawsky, art. « Ascanios d'Abdère » A 436, *DPhA* I, p. 616-617.

2. Οὐ μᾶλλον (« pas davantage »): un des maîtres mots du scepticisme pyrrhonien. Cf. ci-dessous, § 75, 81, 82; Sextus Empiricus, *Esquisses pyrrhoniennes* I 188-191.

3. Voir à ce propos Wilamowitz, 1881, p. 36.

4. Érudit du IIIe siècle av. J.-C., auteur de plusieurs *Vies* de philosophes de son temps; ses vies de Pyrrhon et de Timon sont ici l'une des sources principales de Diogène Laërce. Voir l'ouvrage célèbre de Wilamowitz, 1881, et T. Dorandi, art. « Antigone de Caryste » A 193, *DPhA* I, p. 209-211. Notre passage, où perce une certaine ironie, illustre bien le caractère de ses biographies, tel que le décrit T. Dorandi: « Il se situe à l'extérieur de toute philosophie (...): il brosse de première main les portraits de ses contemporains, notamment des philosophes, les dépeignant comme des êtres humains, sans s'engager dans une évaluation théorique de leurs systèmes philosophiques ou de leurs vertus et leurs vices (...): il est cependant sensible à l'exigence de cohérence, chez un philosophe, entre la théorie et la pratique. »

5. Le grand artisan de la résurrection du pyrrhonisme au Ier siècle av. J.-C. Cf. Brigitte Pérez, art. « Énésidème », *DPhA* III (à paraître).

6. Les dates généralement admises pour la vie de Pyrrhon sont environ 365-275. La présente indication provient probablement d'Énésidème, puisqu'elle peut servir d'argument à sa thèse sur les rapports entre théorie et pratique chez Pyrrhon.

Voici ce que dit à son sujet Antigone de Caryste, dans sa *Vie de Pyrrhon*[1]. Au début, c'était un homme sans réputation, pauvre, peintre de son métier : on conserve de lui à Élis, dans le gymnase, des porteurs de torches de facture moyenne. **63** Il faisait retraite, et vivait en solitaire, se montrant rarement à ses proches. Il agissait ainsi pour avoir entendu un Indien faire des reproches à Anaxarque, en lui disant qu'il ne saurait enseigner à un autre comment être un homme de bien, puisqu'il fréquentait lui-même la cour des rois. Il restait toujours dans le même état – au point que, si quelqu'un le quittait au beau milieu d'un discours, il achevait ce discours pour lui-même – alors qu'il était agité et <...> dans sa jeunesse[2]. Souvent aussi, dit Antigone, il partait en voyage, sans prévenir personne, et il s'en allait rouler sa bosse avec des compagnons de hasard. Un jour qu'Anaxarque était tombé dans un marécage, il continua son chemin, sans lui prêter main-forte ; mais alors que certains lui en faisaient reproche, Anaxarque lui-même fit l'éloge de son indifférence[3] et de son absence d'attachement.

64 On le surprit un jour se parlant à lui-même ; comme on lui en demandait la raison, il répondit qu'il s'exerçait à se rendre utile. Dans les enquêtes (dialectiques), il n'était sous-estimé par personne, parce qu'il parlait en discours continu même en réponse à des questions[4] ; c'est par là qu'il captiva Nausiphane, alors que celui-ci était encore tout jeune[5]. Ce dernier déclarait, en tout cas, qu'il fallait adopter, pour la disposition, celle de Pyrrhon, mais pour les raisons,

---

1. Voir Wilamowitz, 1881, p. 35.

2. Il y a sans doute ici une lacune, que Diels a proposé de combler de façon à obtenir le sens suivant : « sensible aux applaudissements de la foule et ambitieux de gloire ».

3. L'indifférence (ἀδιαφορία) est l'un des maîtres mots de l'éthique pyrrhonienne.

4. J. Kühn et Wilamowitz, suivis par Hicks et Long, corrigent le texte de façon à lui faire dire (beaucoup plus banalement) que Pyrrhon parlait également bien en discours continu et en réponse aux questions.

5. Témoignages et fragments concernant Nausiphane dans DK 75. Il est de nouveau nommé comme disciple de Pyrrhon aux §§ 69 et 102 ; Épicure fut son auditeur, tout en se défendant âprement d'avoir été son disciple (cf. X 7-8). Des formules sceptiques lui sont attribuées par Sénèque, *Lettres à Lucilius* 88, 43 (= DK 75 B 4) et 45.

les siennes propres[1]. Il disait souvent aussi qu'Épicure, émerveillé par le style de vie de Pyrrhon, lui demandait continuellement des informations à son sujet[2]. Il est dit aussi que Pyrrhon fut tenu en un tel honneur par sa patrie qu'on le nomma au poste d'archiprêtre, et que l'on vota, en considération de lui, une exemption d'impôts pour tous les philosophes.

Sa réputation

De fait, son indifférence aux affaires des autres lui attira beaucoup d'émules ; c'est pourquoi Timon s'exprime ainsi à son sujet dans le *Python* <...>[3] et dans les *Silles*[4] :

> **65** O vieillard, ô Pyrrhon, comment et d'où as-tu trouvé moyen de [te dépouiller
> De la servitude des opinions et de la vanité d'esprit des sophistes ?
> Comment et d'où as-tu dénoué les liens de toute tromperie et de [toute persuasion ?
> Tu ne t'es pas soucié de chercher à savoir quels sont les vents
> Qui dominent la Grèce, d'où vient chaque chose, et vers quoi elle [va[5].

Et encore, dans les *Images*[6] :

1. La traduction tente de préserver l'ambiguïté entre deux constructions qui paraissent également possibles. Nausiphane recommandait à son disciple d'adopter la disposition pyrrhonienne, mais pour d'autres raisons que celles de Pyrrhon : soit pour celles que Nausiphane donnait lui-même, soit pour celles que le disciple devait trouver lui-même.

2. Selon Diogène Laërce (X 8), Épicure traitait Pyrrhon d'« ignorant et d'homme sans éducation » (ἀμαθῆ καὶ ἀπαίδευτον). Mais ce jugement, apparemment très péjoratif, pourrait ne pas l'être dans la bouche d'Épicure, qui était, comme les Pyrrhoniens, un ennemi déclaré de l'éducation traditionnelle et des connaissances superflues (cf. Sextus Empiricus, *Adv. Math.* I 1-7 ; D. Sedley, « Epicurus and his professional rivals », *Cahiers de Philologie* 1, 1976, p. 119-159, notamment p. 136-137).

3. Lacune vraisemblable ici, le *Python* de Timon étant une œuvre en prose.

4. Fr. 48 Di Marco.

5. Commentaire de ces vers difficiles dans F. Decleva Caizzi, 1981, p. 249-250, et dans M. Di Marco, 1989, p. 220-223.

6. Fr. 841 Lloyd-Jones et Parsons. Les vers cités ici sont complétés par d'autres citations partielles du même fragment (Sextus Empiricus, *Adv. math.* XI 1 et I 305). Les Ἰνδαλμοί hissaient Pyrrhon sur un piédestal, alors que les *Silles* brocardaient surtout les autres philosophes ; sur la signification discutée

Voici, ô Pyrrhon, ce que mon cœur se languit d'entendre[1] :
Comment fais-tu donc, étant homme, pour mener si aisément ta vie
[dans la tranquillité,
Seul parmi les hommes, leur servant de guide à la façon d'un dieu ?

Les Athéniens lui décernèrent aussi la citoyenneté, à ce que dit Dioclès[2], pour avoir fait périr Cotys le Thrace[3].

Anecdotes

66 Il vivait en tout bien tout honneur avec sa sœur, qui était sage-femme, à ce que dit Ératosthène[4] dans son livre *Sur la richesse et la pauvreté*[5]; c'est en ce temps qu'il portait lui-même au marché, pour les y vendre, des volailles, si cela se trouvait, et des petits cochons, et faisait le ménage à la maison, en toute indifférence. On dit aussi qu'il lava lui-même un porcelet, par indifférence. S'étant mis en colère à quelque sujet à propos de sa sœur – elle s'appelait Philista –, il répondit, à quelqu'un qui l'en reprenait, que ce n'était pas l'occasion, à l'endroit d'un bout de femme, de faire montre d'indifférence[6]. Un jour qu'un chien s'était précipité sur lui et l'avait effrayé, il répondit à quelqu'un qui l'en blâmait qu'il était difficile de

---

de leur titre, voir J. Brunschwig, « Le titre des *Indalmoi* de Timon : d'Ulysse à Pyrrhon », dans *Études sur les philosophies hellénistiques*, Paris 1995, p. 271-287.

1. Parodie d'un vers d'Homère, *Odyssée* XIX 224.

2. Voir ci-dessus, p. 1099 n. 2.

3. Le tyran Cotys ayant été assassiné par Python, disciple de Platon (III 46), en 360[a], il ne peut s'agir ici que d'une confusion, peut-être provoquée par l'homonymie entre le tyrannicide et le destinataire du *Python* de Timon.

4. Célèbre érudit alexandrin (IIIe-IIe siècles), dont l'intérêt pour Pyrrhon peut s'expliquer par son admiration pour l'Académicien sceptique Arcésilas et pour le Stoïcien « indifférentiste » Ariston de Chio (cf. Strabon I, p. 15 = *SVF* I 338).

5. *FGrHist* 241 F 23.

6. L'anecdote est aussi rapportée, avec l'indication de sa source (Antigone de Caryste), par Aristoclès de Messine (cité par Eusèbe, *Préparation évangélique* XIV 18, 26). Les détails supplémentaires donnés par cette seconde version permettent d'interpréter la réponse de Pyrrhon comme un blâme subtilement ironique à l'adresse de son interlocuteur, plutôt que comme une manifestation de misogynie ordinaire (cf. J. Brunschwig, « Pyrrhon et Philista », dans M.-O. Goulet-Cazé, G. Madec, D. O'Brien (édit.), *ΣΟΦΙΗΣ ΜΑΙΗΤΟΡΕΣ*, « *Chercheurs de sagesse* » (Hommage à Jean Pépin), Paris 1992, p. 133-146).

dépouiller l'homme de fond en comble[1]; il fallait affronter les vicissitudes d'abord par les actes, dans toute la mesure du possible, et à défaut, par la parole.

67 On dit aussi qu'à l'occasion d'une blessure on lui avait appliqué des médicaments septiques, et on avait pratiqué sur lui des incisions et des cautères, et qu'il ne fronça même pas les sourcils[2]. Timon aussi éclaire parfaitement son attitude dans ce qu'il rapporte en détail à l'adresse de Python[3]. De plus, Philon d'Athènes, qui était son familier, disait qu'il citait Démocrite plus que personne d'autre[4], mais ensuite aussi Homère, qu'il admirait et dont il citait continuellement le vers suivant :

> Telles les générations des feuilles, telles celles des hommes[5],

et qu'il[6] comparait les hommes aux guêpes, aux mouches, aux oiseaux. Il citait aussi ces vers :

> Va, mon ami, meurs toi aussi : pourquoi gémir ainsi ?
> Patrocle aussi est mort, qui valait bien mieux que toi[7],

---

1. Cette anecdote est également rapportée par Aristoclès (voir la note précédente), cette fois sans variantes significatives.

2. Sans vouloir diminuer les mérites de Pyrrhon, on notera que les drogues « septiques », c'est-à-dire putréfiantes, que l'on tirait du venin de serpent, avaient un effet anesthésiant. Incisions et cautères étaient les principales interventions pratiquées par la médecine grecque (cf. Héraclite, DK 22 B 58; Platon, *Gorgias* 456 b, 480 c, 522 a, *Polit.* 293 b ; Jamblique, *Vita Pythagorica* 163 = DK 58 D 1 ; Diogène Laërce IV 7, etc.).

3. Timon, dans le *Python*, racontait sa rencontre avec Pyrrhon et l'effet bouleversant qu'elle avait eu sur lui (cf. Aristoclès cité par Eusèbe, *Préparation évangélique* XIV 18, 14-15).

4. L'admiration de Pyrrhon pour Démocrite a naturellement été interprétée comme un effet des tendances sceptiques de la théorie démocritéenne de la connaissance. A en juger par les motifs de son admiration pour Homère, il se peut cependant que Pyrrhon ait apprécié surtout, chez Démocrite, l'aspect dérisoire que revêtait l'activité humaine dans la perspective désenchantée d'un monde dominé par le hasard et la nécessité (cf. F. Decleva Caizzi, « Pirrone e Democrito », *Elenchos* 5, 1984, p. 5-23).

5. Vers célèbre de l'*Iliade*, VI 146.

6. Pyrrhon, et non Homère (malgré Hicks et Gigante). Homère compare aussi les hommes à des insectes, mais pour leur ténacité ou leur acharnement au combat, non pour leur vaine agitation.

7. *Iliade*, XXI 106-107.

et tous les passages qui tendent à montrer l'insécurité, les vains soucis, en même temps que le côté puéril des hommes[1].

68 Posidonios[2] raconte aussi une histoire semblable à son sujet. Alors que les hommes d'équipage[3] faisaient grise mine à cause d'une tempête, lui-même, gardant toute sa sérénité, leur remonta le moral en leur montrant sur le bateau un petit cochon qui mangeait, et en leur disant que le sage devait se maintenir dans un état semblable d'imperturbabilité[4]. Seul Numénius dit qu'en fait il a été dogmatique[5].

---

1. Cf. Sextus Empiricus, *Adv. math.* I 281 (Pyrrhon lisait assidument les poèmes d'Homère, « peut-être en vue de se divertir, comme s'il écoutait une comédie »).

2. Fr. 287 Edelstein-Kidd (cf. le commentaire, II (ii) p. 975-976). Posidonios d'Apamée (vers 135-51 av. J.-C.), le célèbre philosophe et savant stoïcien, s'occupa aussi d'histoire de la philosophie.

3. Texte des manuscrits (ἐμπλεόντων), plus intéressant que la correction de Cobet adoptée par Long (συμπλεόντων, « ses compagnons de traversée »): Pyrrhon en remontre à des marins expérimentés.

4. Vocabulaire sceptique (ἀταραξία, et plus haut γαληνός, « serein »). L'intérêt de Posidonios pour cette anecdote s'explique par la signification qu'elle peut revêtir par rapport au problème de l'articulation entre la théorie stoïcienne du progrès moral et la différence absolue que marquent les Stoïciens entre celui qui est sage et celui qui ne l'est pas. Plutarque raconte la même anecdote dans le contexte de cette problématique (*Des progrès dans la vertu* 82 e-f).

5. Indication énigmatique à plusieurs égards, et peut-être mal placée. Le Numénius dont il s'agit est très probablement Numénius d'Apamée, important philosophe platonicien du IIe siècle (cf. l'édition des *Fragments* par É. des Places, Paris 1973, et l'importante étude de M. Frede, dans *ANRW* II 36, 2, Berlin 1987, p. 1034-1075), auteur en particulier d'un traité *Sur la différence entre les Académiciens et Platon*, dont les quelques restes contiennent des mentions de Pyrrhon. Le § 102, qui nomme un Numénius (mais aussi Énésidème, largement postérieur à Pyrrhon lui aussi) parmi les « familiers » ou les « disciples » de Pyrrhon, n'oblige pas à penser que Pyrrhon ait eu un disciple direct de ce nom; le Numénius nommé par Timon dans une de ses plaisanteries (§ 114), pas davantage (voir les notes *ad loc.*). Le dogmatisme attribué à Pyrrhon par Numénius était sans doute d'ordre pratique (on ne peut vivre sans aucune opinion).

Ses disciples

Il eut, en plus des autres, des disciples illustres, parmi lesquels Euryloque[1]. On rapporte de ce dernier la défaillance que voici: on dit en effet qu'un jour il se mit dans une telle colère que, brandissant la broche avec le rôti, il poursuivit le cuisinier jusque sur la grand-place. **69** Une autre fois, à Élis, harcelé par les questions de ses interlocuteurs, il jeta son manteau à bas et traversa l'Alphée à la nage. Il était donc extrêmement hostile aux sophistes, comme le dit Timon <***>[2].

Quant à Philon[3], il parlait le plus souvent <avec lui-même>[4], ce pourquoi Timon s'exprime à son sujet dans les termes que voici[5]:

> Ou celui qui, loin des hommes, fait école avec lui-même et parle tout [seul,
> Sans se soucier de gloire ni de querelles : Philon.

Outre ceux-là, furent disciples de Pyrrhon Hécatée d'Abdère[6], Timon de Phlionte, l'auteur des *Silles*, dont je parlerai plus loin[7], et encore Nausiphane de Téos, dont certains disent qu'Épicure a été le disciple[8].

---

1. Sans doute le même que le destinataire d'une lettre d'Épicure (cf. X 13 et 28 ; H. Usener, *Epicurea*, p. 407 ; M. Gigante, *Scetticismo e epicureismo*, p. 79-81, et J. Brunschwig, art. « Euryloque », *DPhA* III, à paraître). On notera qu'Euryloque reproduit les défaillances occasionnelles de Pyrrhon (§ 66).
2. Une citation de Timon est peut-être tombée ici (cf. M. Di Marco, 1989, p. 223-224).
3. Déjà nommé ci-dessus, § 67. Si Euryloque reproduit les défaillances de Pyrrhon, Philon en exagère les extravagances (§ 63-64).
4. Texte complété par Diels, en accord avec la citation qui suit.
5. Fr. 50 Di Marco.
6. Érudit connu pour ses recherches historiques et critiques, peut-être destinées à faire ressortir la diversité des croyances humaines et la vanité des prétentions des philosophes. Fragments et témoignages dans DK 73 ; cf. J. Campos Daroca et P.P. Fuentes Gonzalez, art. « Hécatée d'Abdère », *DPhA* III (à paraître).
7. §§ 109-116.
8. L'expression prudente reflète sans doute la véhémence avec laquelle Épicure, qui avait été l'auditeur de Nausiphane (cf. § 64), niait avoir été son disciple (cf. X 7 et 13 : DK 75 A 5 et 7).

La nomenclature des sceptiques[1]

Tous ces gens ont été appelés Pyrrhoniens du nom de leur maître, mais aussi aporétiques, sceptiques, et encore éphectiques et zététiques, du nom de leur doctrine, si l'on peut dire[2]. **70** La philosophie[3] zététique[4] a tiré son nom du fait qu'elle cherche continuellement la vérité, la sceptique[5] du fait qu'elle examine toujours et qu'elle ne trouve jamais, l'éphectique[6] de l'état mental consécutif à la recherche, je veux dire la suspension du jugement, l'aporétique[7] du fait qu'elle soulève des apories sur toute chose[8]; les Pyrrhoniens ont

---

1. Ici se termine la notice consacrée à Pyrrhon lui-même. La suite constitue une doxographie générale du scepticisme néo-pyrrhonien. Le présent paragraphe est à comparer avec plusieurs textes parallèles: *Souda, s.v.* Πυρρώνειοι (dont le texte a été utilisé par Ménage, suivi par Hicks et Gigante, pour corriger celui de Diogène Laërce au § 70); Sextus Empiricus, *Esquisses pyrrhoniennes* I 1 et 7.

2. Nuance nécessaire, les sceptiques n'ayant pas de « doctrine » (δόγμα) à proprement parler. Cf. I 20.

3. Passage difficile (voir n. 8). L. Couloubaritsis (« La problématique sceptique d'un impensé », dans A. J. Voelke (édit.), *Le Scepticisme antique*, *Cahiers de la Revue de Théologie et de Philosophie* (Lausanne) 15, 1990, p. 9-28) a proposé de comprendre que les divers noms qui désignent les sceptiques sont éclairés ici « en les rapportant non pas à la démarche des sceptiques, mais aux différentes démarches philosophiques qui les ont inspirés », les notions de recherche, d'examen, de suspension du jugement, d'aporie, ayant un sens général et, chez les philosophes sans distinction d'école, un usage indépendant de leur appropriation sceptique. Il paraît indéniable, cependant, que les explications données ici sur cette nomenclature en prennent les termes dans leur acception spécifiquement sceptique.

4. De ζητεῖν (« chercher »), ζήτησις (« recherche »).

5. De σκέπτεσθαι (« examiner »), σκέψις (« examen »).

6. De ἐπέχειν (« suspendre »), ἐποχή (« suspension »).

7. De ἀπορεῖν (« être dans l'embarras »), ἀπορία (« embarras », « impasse »).

8. J'adopte ici la conjecture élégante et audacieuse de Barnes, 1992, p. 4290-4291 (ἀπὸ τοῦ περὶ παντὸς ἀπορεῖν), qui s'appuie sur le parallèle de Sextus Empiricus, *Esquisses pyrrhoniennes* I 7. Le texte généralement reçu, ἀπὸ τοῦ τοὺς δογματικοὺς ἀπορεῖν καὶ αὐτούς, qui comporte d'ailleurs des variantes dans les manuscrits, donne soit le sens « du fait que les dogmatiques eux aussi soulèvent des apories », ce qui ne justifie évidemment pas que les sceptiques aient été appelés « aporétiques », soit (à la rigueur) le sens « du fait que les dogmatiques, aussi bien qu'eux-mêmes [les sceptiques], soulèvent des apories » (Cf. F. Decleva Caizzi, 1981, p. 99 et p. 200); mais même prise en ce dernier sens, la phrase ne justifie pas davantage que les sceptiques aient été appelés « aporétiques », puisque l'usage des apories ne leur serait pas spécifique. Pour

tiré leur nom de Pyrrhon[1]. Mais Théodose[2], dans ses *Résumés sceptiques*[3], dit qu'il ne faut pas appeler pyrrhonienne la philosophie sceptique. Si en effet le mouvement de la pensée chez autrui est impossible à saisir, nous ne connaîtrons pas la disposition d'esprit de Pyrrhon ; et ne la connaissant pas, nous ne saurions pas non plus nous appeler pyrrhoniens ; en addition au fait que, d'abord, Pyrrhon n'a pas été le premier inventeur de la philosophie sceptique, ensuite, qu'il n'a aucune doctrine[4]. Mais on pourrait être dit Pyrrhonien quand on a une tournure semblable[5].

La galerie des ancêtres

71 Cette école, disent certains, a commencé avec Homère, puisque sur les mêmes sujets, plus que personne, il se prononce tantôt ainsi tantôt autrement, et ne dogmatise en rien de façon déterminée dans sa manière de se prononcer. Ensuite, les formules des Sept Sages, disent-ils, sont des formules sceptiques, par exemple le « Rien de trop », ou le « Caution appelle malédiction », qui signifie que si l'on donne sa caution fermement et avec conviction, la malédiction s'ensuit[6]. Archiloque et Euripide encore, disent-ils, ont des tendances sceptiques, là où Archiloque dit :

---

expliquer la corruption du texte, on peut supposer qu'une note marginale aura relevé le fait que plusieurs dogmatiques (par exemple Platon ou Aristote) soulèvent aussi des apories, et que cette note aura pris la place du texte original.

1. Cette dernière phrase, si elle a la même structure que les précédentes, répète ce qui a déjà été dit plus haut ; elle ne se trouve pas dans le texte parallèle de la *Souda*, et Casaubon a proposé, sans doute à juste titre, de l'exclure du texte.

2. Théodose est un médecin empiriste et sceptique, dont l'activité se situe sans doute dans la seconde moitié du IIe siècle. Voir ci-dessous, p. 1116 n. 3 et 4.

3. Fr. 308 Deichgräber.

4. Il semble que Sextus Empiricus réponde à ces arguments dans les *Esquisses pyrrhoniennes*, I 7.

5. Esquisse d'une réponse aux arguments de Théodose : la similitude du comportement, sinon celle de la disposition mentale inconnaissable, peut justifier que l'on désigne quelqu'un comme pyrrhonien. Nous lisons, avec Hicks, que M. P. est tenté d'approuver, λέγοιτο δ' ἄν τι<ς> Πυρρώνειος ὁμότροπος (τι figure dans P^{ac} ; ὁμότροπος, donné par BP^{ac}, est la leçon de l'archétype, contre ὁμοτρόπως dans FP^{pc}).

6. Ce proverbe est cité par Platon, *Charmide* 165 a.

Le cœur des hommes, Glaucos fils de Leptinès, le cœur des mortels,
Est tel que le jour que Zeus (leur) envoie l'un après l'autre[1].

Et Euripide :

Pourquoi donc dit-on que les misérables mortels
Sont intelligents ? En fait, nous dépendons de toi, (ô Zeus),
Et nous faisons ce qu'il se trouve que tu veux[2].

72 Cependant, selon eux, Xénophane, Zénon d'Élée, Démocrite, se trouvent être eux aussi des sceptiques, là où Xénophane dit :

L'exacte (vérité), aucun homme ne l'a vue, et aucun
Ne la connaîtra[3].

Et Zénon supprime le mouvement lorsqu'il dit : « Ce qui se meut ne se meut ni dans le lieu où il est, ni dans celui où il n'est pas »[4]. Quant à Démocrite[5], il supprime les qualités (sensibles), là où il dit : « Pure croyance le froid, pure croyance le chaud ; mais en réalité, les atomes et le vide »[6]. Et derechef : « Nous ne savons rien en réalité, c'est dans un abîme qu'est la vérité »[7]. Et Platon, selon eux, aban-

---

1. Fr. 68 Diehl = fr. 131 West. La fin du second vers est citée par Sextus Empiricus, *Adv. math.* VII 128, à la suite de deux vers d'Homère (*Odyssée* XVIII, 136-137), mais avec une interprétation différente.

2. *Suppliantes* 734-736.

3. Citation du début du célèbre fragment DK 21 B 34. Sextus Empiricus le cite et le commente plusieurs fois (*Adv. math.* VII 49-52, 110, VIII 326 ; *Esquisses pyrrhoniennes* II 18).

4. DK 29 B 4. Cet argument est souvent considéré comme identique au célèbre argument de la flèche (cf. DK 29 A 27). Mais alors que la flèche de Zénon d'Élée est enfermée dans un instant du temps, le mobile, dans le présent argument, est enfermé dans un lieu de l'espace, ce qui est caractéristique d'un argument de Diodore Cronos contre le mouvement (cf. Sextus Empiricus, *Esquisses pyrrhoniennes*, III 71 et II 245 ; D. Sedley, « Epicurus and his professional rivals », *Cahiers de philologie* 1, 1976, p. 119-159 n. 104, et « Diodorus Cronus and Hellenistic Philosophy », *PCPhS* 1977, p. 74-120, en particulier p. 84-85). Cet argument réapparaît ci-dessous, § 99.

5. Sur la signification de Démocrite pour les sceptiques, voir aussi Sextus Empiricus, *Esquisses pyrrhoniennes*, I 213-214 ; *Adv. math.* VII 135-140.

6. DK 68 B 9, 125. On traduit souvent : « Par convention le chaud, par convention le froid », etc.

7. DK 68 B 117.

donne le vrai « aux dieux et aux enfants des dieux », et il recherche seulement le « discours vraisemblable »[1]. Euripide encore dit :

> **73** Qui sait si vivre n'est pas être mort,
> Et être mort, ce que les mortels croient être vivre ?[2]

Mais aussi Empédocle :

> Ainsi ces choses ne sont ni visibles pour les hommes, ni audibles,
> Ni saisissables par l'esprit[3].

Et plus haut :

> Persuadés de cela seulement sur quoi chacun est tombé par hasard[4].

En outre, Héraclite : « Ne faisons pas de conjectures hasardeuses au sujet des choses les plus grandes »[5]. Et Hippocrate, à la suite, se prononce d'une façon dubitative, et qui convient à un homme. Mais déjà Homère :

> Ployable est la langue des mortels, beaucoup de paroles l'ont pour demeure.

Et :

> Riche pâturage de mots, dans un sens et dans l'autre.

Et :

> Tel le mot que tu as dit, tel celui que tu entends en retour[6].

Il veut ici parler de la force égale[7] et de l'opposition des discours[8].

---

1. Cf. *Timée* 40 d. La question du scepticisme de Platon est discutée (et résolue négativement) par Sextus Empiricus, *Esquisses pyrrhoniennes* I 221-223.
2. Fr. 638 Nauck². Ces vers sont cités aussi par Sextus Empiricus, *Esquisses pyrrhoniennes* III 229. La traduction suppose que l'on corrige le texte des mss (δέ) en δ' ὃ (M. P.).
3. DK 31 B 2.7-8.
4. DK 31 B 2.5. Sextus Empiricus discute longuement la position d'Empédocle sur le critère de vérité (*Adv. math.* VII 120-125).
5. DK 22 B 47. Sur la signification d'Héraclite pour les sceptiques, voir Sextus Empiricus, *Adv. math.* VII 126-134 et *Esquisses pyrrhoniennes* I 210-212.
6. Ces trois vers se succèdent (*Iliade* XX 248-250).
7. L'ἰσοσθένεια est la force égale des arguments pour et contre, qui selon le sceptique conduit à la suspension du jugement.
8. Le scepticisme est défini par Sextus Empiricus comme une « aptitude à opposer » (δύναμις ἀντιθετική) apparences et pensées de toutes les manières possibles (*Esquisses pyrrhoniennes* I 8).

Les formules sceptiques et leur sens[1]

74 Les sceptiques passaient leur temps à renverser tous les dogmes des écoles philosophiques; eux-mêmes, ils n'affirmaient rien de façon dogmatique, se bornant à proférer[2] et à raconter[3] sans rien déterminer eux-mêmes, même pas cela[4]. De la sorte, ils supprimaient même l'expression « ne pas déterminer », en disant par exemple[5]: « En rien nous ne déterminons », puisque (autrement) ils auraient déterminé quelque chose[6]. Mais, disent-ils, « "nous proférons ces

---

1. On comparera les trois paragraphes qui suivent avec Sextus Empiricus, *Esquisses pyrrhoniennes* I 187-208 ; l'hypothèse d'une source commune est la plus généralement admise. La place initiale que donne Diogène Laërce à ces considérations, à la différence de Sextus, est justifiée : si les sceptiques n'ont pas de doctrines, et si cependant ils parlent et ils écrivent, quel est le sens qu'il faut donner à leurs énoncés ?

2. Je m'écarte ici du texte des manuscrits, qui porte προφέρεσθαι τὰ τῶν ἄλλων καὶ διηγεῖσθαι (« jusqu'à proférer *les positions des autres* et à les raconter »). Si l'on gardait ce texte, on devrait comprendre que les sceptiques veulent bien proférer les énoncés des dogmatiques, les « raconter », les citer entre guillemets, comme il faut bien qu'ils le fassent s'ils veulent les « renverser », mais sans les prendre à leur compte. Ce n'est évidemment pas absurde, et Diogène Laërce rapportera plus loin (§ 77) des idées analogues à propos des mots isolés, et non plus des énoncés complets. Cependant, les explications données dans la suite du § 74 montrent sans ambiguïté qu'il s'agit ici du sens que donnent les sceptiques à leurs propres énoncés, non à ceux des dogmatiques. Un texte parallèle de Sextus Empiricus (*Esquisses pyrrhoniennes* I 197), qui fait l'exégèse de la formule sceptique « Je ne détermine en rien », et qui utilise les mêmes notions et le même vocabulaire que ceux de Diogène Laërce ici (« profération », « narration », « formule », « état mental »), achève de justifier la suppression des mots τὰ τῶν ἄλλων. – Selon J.F.B., l'on pourrait dissocier προφέρεσθαι τὰ τῶν ἄλλων (les sceptiques reproduisent les opinions des autres) et διηγεῖσθαι (ils racontent leurs propres impressions). Mais il me semble que dans ce cas, διηγεῖσθαι devrait avoir son complément propre, contrastant avec τὰ τῶν ἄλλων.

3. Le sceptique se borne à « raconter » les impressions qu'il subit : cf. Sextus Empiricus, *Esquisses pyrrhoniennes* I 4, 197.

4. A savoir, qu'ils ne déterminent rien, comme le montrent les commentaires qui suivent sur cette formule.

5. M.P. suggère ici que l'expression « nous ne déterminons pas » (οὐχ ὁρίζομεν) est considérée par les sceptiques comme une forme de détermination, alors que la formule « *en rien* nous ne déterminons » (οὐδὲν ὁρίζομεν), s'appliquant à elle-même (« même pas cela »), n'en est pas une.

6. Entendons : s'ils n'avaient pas pris la précaution d'atténuer ainsi la détermination de la formule « nous ne déterminons pas ».

affirmations pour indiquer notre absence de précipitation", de sorte que, même si nous les approuvions, il restait possible de manifester cette absence de précipitation[1]. Avec la formule "en rien nous ne déterminons", c'est donc notre état mental d'absence totale d'inclination en un sens ou en l'autre que nous rendons manifeste. Il en va de même avec la formule "En rien davantage"[2], avec la formule "A toute assertion s'oppose une assertion"[3], et avec les formules semblables». **75** La formule «En rien davantage» se dit aussi en un sens positif, pour signifier que certaines choses sont semblables, par exemple: «En rien le pirate n'est davantage mauvais que le menteur»[4]. Mais les sceptiques l'emploient non dans le sens positif, mais dans le sens négatif, comme elle est employée par celui qui veut rejeter une proposition et qui dit: «Scylla n'a pas existé davantage que la Chimère»[5]. L'expression «davantage» elle-même est parfois employée en un sens comparatif, comme lorsque nous disons que le miel est doux davantage que le raisiné; parfois aussi, en un sens à la fois positif et négatif, comme lorsque nous disons: «La vertu profite davantage qu'elle ne nuit»; nous voulons dire, en effet, que la vertu profite, et qu'elle ne nuit pas. **76** Mais les sceptiques abolissent la formule «En rien davantage» elle-même[6]. De même en effet qu'il n'y a pas davantage une Providence qu'il n'y en a pas, de même «En rien davantage» pas davantage n'est qu'il n'est pas. Cette formule signifie donc, comme le dit Timon dans le *Python*[7], «ne rien déter-

1. Passage difficile. On peut comprendre que le sceptique trouve encore le moyen de manifester son absence de précipitation, même lorsqu'il donne son approbation à une affirmation sceptique.
2. Cf. Sextus Empiricus, *Esquisses pyrrhoniennes* I 188-191.
3. Entendez : de force égale. Cf. Sextus Empiricus, *Esquisses pyrrhoniennes* I 202-205.
4. Entendez : l'un est mauvais, et l'autre aussi.
5. Entendez : Scylla (monstre légendaire) n'a pas existé, et la Chimère non plus. Le texte semble faire allusion à un argument réfutatif, qui serait: Scylla n'a pas existé davantage que la Chimère; or la Chimère n'a pas existé; donc Scylla n'a pas existé non plus.
6. Sur cette application des formules sceptiques à elles-mêmes, cf. Sextus Empiricus, *Esquisses pyrrhoniennes* I 206-208.
7. Diels *PPF* 9 B 80.

miner, mais s'abstenir de toute position additionnelle»[1]. La formule «A toute assertion ...», elle aussi, induit la suspension du jugement: en effet, puisque les états de choses sont en désaccord et que les assertions sont de force égale[2], il en résulte que la vérité est inconnue[3]. Mais à cette assertion elle-même s'oppose une assertion, de sorte que notre assertion aussi[4], après avoir aboli les autres, s'élimine d'elle-même par retournement[5], à l'égal des purgatifs, qui, après

---

1. Le mot rare employé ici par Timon, ἀπροσθετεῖν, évoque la rupture d'équilibre provoquée par l'addition d'un poids dans l'un des plateaux d'une balance.

2. De part et d'autre (c'est l'ἰσοσθένεια).

3. Cet énoncé, comme plusieurs autres par la suite, peut être qualifié de dogmatique, et plus précisément de métadogmatique négatif: il est métadogmatique en ce sens qu'il se prononce non directement sur les choses, mais sur leur capacité d'être connues, et métadogmatique négatif en ce sens qu'il se prononce négativement sur cette capacité. Comme Sextus Empiricus accuse de métadogmatisme négatif des écoles qu'il distingue du scepticisme pour cette raison (l'Académie, *Esquisses pyrrhoniennes* I 3 ; les Cyrénaïques, *ibid.* I 215), on peut se demander si Diogène Laërce présente inexactement la même version du scepticisme que lui, ou s'il présente exactement une autre version du scepticisme que lui (cf. l'excellente discussion de Barnes, 1992, p. 4252-4256). Notons qu'ici, le métadogmatisme un instant frôlé est immédiatement contré, dans ce qui suit, par le mécanisme de l'application de la formule à elle-même.

4. Texte peu sûr, que l'on peut comprendre d'après le schéma suivant. Soit P l'assertion « A toute assertion s'oppose une assertion (de force égale) ». P permet d'« abolir » les autres assertions en leur opposant une assertion de force égale. Mais P est lui-même une assertion, qui s'applique à elle-même ; à P s'oppose donc une assertion Q de force égale, « A toute assertion ne s'oppose pas une assertion de force égale ». P et Q étant de force égale, il n'y a pas de raison de soutenir P plutôt que Q: P est, en ce sens, « éliminé ». En suivant cette analyse, on est conduit à penser que le démonstratif de la ligne 477, 18 Long, traduit ici par « notre assertion aussi » (καὶ οὗτος dans les manuscrits, corrigé en καὶ αὐτός par Huebner et Long), doit se référer à P, non à Q : cette dernière assertion, n'étant pas destructive, ne saurait « s'éliminer elle-même » après avoir aboli les autres. Nous traduisons en supposant qu'il faut corriger, à la même ligne, ὃς en ὡς (M. P.).

5. La περιτροπή est un procédé qui consiste à retourner une thèse contre elle-même, à montrer qu'elle se réfute elle-même. L'exemple classique est la réfutation de Protagoras dans le *Théétète* de Platon (170 a-171 c). Selon Sextus Empiricus, *Adv. Math.* VII 389, Démocrite aurait usé du même procédé que Platon contre la doctrine de Protagoras.

avoir fait s'évacuer les matières, s'évacuent eux-mêmes par le bas et sont éliminés[1].

77 Contre cela, les dogmatiques disent que <***>[2] n'abolit pas l'assertion, mais la renforce. Les sceptiques n'utilisaient donc[3] les mots du langage que comme des auxiliaires (en effet, il ne leur était pas possible d'abolir une assertion verbale sans user du langage[4]) ; c'est de cette manière que nous avons l'habitude de dire que le lieu n'existe pas, et il nous faut bien dire « le lieu », non pas dogmatiquement, mais démonstrativement[5] ; et aussi, nous disons que rien ne se produit par nécessité, et il faut bien dire « la nécessité ». C'est d'un tel mode d'expression qu'ils faisaient usage : en effet, telles les choses apparaissent, telles, non pas elles sont par nature, mais elles apparaissent seulement[6] ; et ils disaient mener leur enquête non pas sur ce

---

1. Cette image médicale est fréquente chez Sextus Empiricus (*Esquisses pyrrhoniennes* I 206, II 188, *Adv. math.* VIII 480).

2. Il y a une lacune probable dans cette phrase difficile (Cobet, Long). On pourrait penser que l'objection est dirigée de manière spécifique contre l'argument qui précède : elle signifierait alors que si l'on montre que l'assertion P s'applique à elle-même, loin de la détruire, on montre qu'elle a encore plus de force qu'on ne croyait lui en donner. Mais on peut comprendre aussi que la phrase se réfère à ce qui suit : elle peut alors signifier que l'argumentation sceptique, quand elle s'attaque à une assertion d'existence quelconque, la renforce au lieu de l'abolir, s'il est vrai qu'on ne peut faire usage des mots sans présupposer l'existence des choses qu'ils désignent. La liaison par « donc », qui introduit la réplique des sceptiques à cette objection, rend cette seconde interprétation plus plausible.

3. La manière sceptique d'user du langage, sans lui accorder d'implications ontologiques, est ainsi une façon de désarmer l'objection dogmatique qui vient d'être énoncée. On comparera ce passage avec Sextus Empiricus, *Esquisses pyrrhoniennes* II 1-10.

4. Cette phrase, dont le texte est peu sûr, pourrait être à mon avis une remarque marginale ; c'est pourquoi je la mets entre parenthèses. La phrase qui suit explique immédiatement en quel sens la manière sceptique d'user du langage traite les mots « comme des auxiliaires ».

5. Entendez : dans le cadre et pour les besoins de la démonstration sceptique de l'inexistence du lieu.

6. Dans le contexte présent, cette opposition entre l'apparaître et l'être, omniprésente chez les sceptiques néo-pyrrhoniens, signifie sans doute que l'emploi de mots comme « lieu », « nécessité », n'implique pas l'existence véritable, « par nature », des choses désignées par ces mots, mais seulement leur apparence.

que précisément l'on pense, puisque ce que l'on pense est évident, mais sur ce à quoi l'on a accès par les sensations[1].

Introduction à la doxographie sceptique

78 Le discours pyrrhonien est donc une manière de faire mention[2] de ce qui apparaît, ou de ce qui est pensé d'une façon ou d'une autre, mention dans laquelle tout est confronté à tout, et se révèle par cette comparaison comme rempli d'irrégularité[3] et d'embrouillamini, comme le dit Énésidème dans son *Esquisse introductive au pyrrhonisme*. Pour élaborer les oppositions qui se révèlent dans les recherches, ils commençaient par exposer les modes selon lesquels les choses nous paraissent plausibles, puis, selon les mêmes modes, ils abolissaient notre persuasion à leur sujet : ce qui est plausible en effet, selon eux, ce sont les données de la sensation quand elles sont en concordance, les choses qui ne changent jamais, ou du moins rarement, les choses familières, les choses instituées par les lois et coutumes, <celles qui> plaisent, celles que l'on admire[4]. **79** Ils mon-

1. Cette phrase assez peu claire peut s'expliquer si on la rapproche de Sextus Empiricus, *Esquisses pyrrhoniennes* II 1-10 : l'enquête sceptique ne porte pas sur les « pensées », c'est-à-dire sur les concepts, qui sont « clairs » et qui constituent un patrimoine commun aux sceptiques et aux dogmatiques, tant qu'on ne leur suppose pas une portée ontologique (c'est l'intuition sensible qui leur procure éventuellement une référence réelle) ; elle porte sur l'existence, dans le monde sensible, d'une réalité qui corresponde à ces concepts. Le sceptique peut donc sans contradiction utiliser la notion de lieu, par exemple, lorsqu'il entreprend de mettre en doute que les choses sensibles puissent être en un lieu.

2. La conjecture de Gale, μήνυσις, au lieu de μνήμη (« mémoire », « rappel ») donné par les manuscrits, a été acceptée par Long (elle peut s'autoriser des emplois de ce mot et des mots de la même famille chez Sextus Empiricus) ; mais il n'est pas impossible de conserver μνήμη dans le sens de « relation », « enregistrement » (Annas et Barnes, 1985, p. 186). Dans les deux cas, il s'agit d'indiquer que le discours sceptique n'entend pas affirmer comment sont les choses, mais seulement rapporter comment elles apparaissent, pour le moment, à celui qui le tient (cf. Sextus Empiricus, *Esquisses pyrrhoniennes* I 4).

3. Conjecture de J. Kühn (ἀνωμαλία, au lieu de ἀνωφέλεια, « inutilité », donné par les manuscrits) ; cf. Sextus Empiricus, *Esquisses pyrrhoniennes* I 12.

4. On a proposé de comprendre, en supposant la chute d'une négation : celles qui ne provoquent pas de surprise (Annas et Barnes, 1985, p. 186). Mais Barnes, 1992, p. 4291, renonce à cette suggestion.

traient donc, en prenant appui sur ce qui s'oppose à ce qui nous persuade, que les plausibilités sont égales de part et d'autre.

Les difficultés[1] qu'ils ont exposées, et qui affectent les concordances[2] dans ce qui apparaît ou dans ce qui est pensé, se répartissaient en dix tropes, selon lesquels les objets se manifestent avec des écarts. Voici les dix tropes[3] qu'il établit[4].

Les dix tropes dits d'Énésidème[5]

Le premier d'entre eux[6] est celui qui prend appui sur les différences des animaux par rapport au plaisir, à la douleur, au nuisible et à l'utile. Grâce à lui, l'on conclut que ce ne sont pas les mêmes

---

1. Le texte de ce paragraphe est en très mauvais état ; voir le résumé des discussions dans Barnes, 1992, p. 4287-4288. Je traduis le texte donné par Long, en attendant mieux.

2. Les manuscrits donnent συμφωνίας, qu'on a proposé de corriger en διαφωνίας, « discordances » (Annas et Barnes, 1985, p. 186). On peut sans doute conserver le texte des manuscrits, en observant que les difficultés soulevées par les sceptiques proviennent sans doute des discordances entre phénomènes, mais affectent les concordances qui nous permettraient de nous fier à eux (cf. la fin du § 78).

3. Après τρόπους, les manuscrits portent deux mots incompréhensibles, καθ' οὓς. Depuis très longtemps les éditeurs ont choisi de les expulser du texte. On a aussi proposé de les émender, parfois de façon très audacieuse (Nietzsche proposait de lire καὶ Θεόδοσιος), parfois de façon plus prudente (οὕτως, Barnes, 1992, p. 4288).

4. Le verbe τιθῆσιν est au singulier et n'a pas de sujet exprimé. La conjecture de Nietzsche (cf. la note précédente) lui en donnait un ; on peut aussi le corriger en un pluriel (Barnes, 1992, p. 4288).

5. Les dix tropes (« modes », « schémas d'argumentation » aptes à conduire à la suspension du jugement) sont attribués à Énésidème par Sextus Empiricus, *Adv. math.* VII 345 (même s'il est clair qu'Énésidème a puisé à droite et à gauche une partie du matériel qu'il mettait ainsi en ordre). Leur exposé le plus détaillé se trouve chez Sextus, *Esquisses pyrrhoniennes* I 36-163. En dehors de Sextus et de Diogène Laërce (dont les exposés diffèrent sur plusieurs points, notamment sur l'ordre dans lequel les tropes sont rangés), d'autres textes leur étaient consacrés, qui ont subsisté (Philon d'Alexandrie, *De ebrietate* 169-205) ou non (Plutarque, Favorinus). Pour tout ce qui concerne les tropes d'Énésidème, leurs diverses versions et leur interprétation philosophique, nous renvoyons aux études approfondies d'Annas et Barnes, 1985, et Barnes, 1992, p. 4241-4301, auxquelles les notes suivantes doivent beaucoup.

6. Cf. Sextus Empiricus, *Esquisses pyrrhoniennes* I 40-79 ; Philon, *De ebrietate* 171-175.

impressions qui surviennent à partir des mêmes choses, et que la suspension du jugement résulte des conflits de ce genre. Parmi les animaux, en effet, les uns naissent sans union sexuelle, comme les animaux qui vivent dans le feu, le phénix d'Arabie, les vers ; d'autres naissent par copulation, comme les êtres humains et les autres. **80** Et les uns ont telle constitution, les autres telle autre ; c'est pourquoi ils diffèrent aussi par leur sensibilité : par exemple les faucons ont une vue très perçante, les chiens un odorat très développé. Il est donc vraisemblable qu'aux animaux qui ont des yeux différents surviennent aussi des impressions visuelles différentes. Les feuilles de l'olivier sont comestibles pour la chèvre, elles sont amères pour l'homme ; la ciguë est une nourriture pour la caille, elle est mortelle pour l'homme ; le fumier est comestible pour le porc, non pour le cheval[1].

Le second[2] est celui qui prend appui sur les diverses natures des hommes et sur leurs idiosyncrasies[3]. En tout cas, Démophon, le maître d'hôtel d'Alexandre, avait chaud à l'ombre et froid au soleil. **81** Andron d'Argos, à ce que dit Aristote[4], traversa le désert de Libye sans boire. L'un se passionne pour la médecine, l'autre pour

1. L'exposé de Diogène Laërce, ici comme dans la suite, est très compressé : il montre seulement que les différences des êtres vivants dans divers domaines (mode de reproduction, constitution et performances des organes sensoriels, comportement d'appropriation et d'évitement) rendent « vraisemblable » qu'ils reçoivent des mêmes objets des impressions différentes. Pour conduire à la suspension du jugement, il faut ajouter le principe d'égalité de force (ἰσοσθένεια) : il n'y a aucune raison de penser que ces objets sont tels qu'ils apparaissent aux uns, plutôt que tels qu'ils apparaissent aux autres.

2. Cf. Sextus Empiricus, *Esquisses pyrrhoniennes* I 79-90 ; Philon, *De ebrietate* 176-177. Après le premier trope, centré sur les différences entre espèces animales, le second porte sur les différences individuelles à l'intérieur de l'espèce humaine. L'articulation repose sur une tactique de concession : même si, non convaincu par le premier trope, l'on pensait que les impressions des hommes sont plus dignes de foi que celles des animaux, les différences entre les hommes fourniraient encore un moyen de susciter la suspension du jugement.

3. Les principaux manuscrits portent un texte qui signifie « les diverses natures, peuples et constitutions physiques des hommes ». Nous traduisons la correction de Ménage, adoptée par Long, qui s'appuie sur l'emploi du terme d'« idiosyncrasie » (mélange constitutif particulier, propre à tel individu) chez Sextus Empiricus, *Esquisses pyrrhoniennes* I 81.

4. Dans un ouvrage perdu, que d'autres témoignages permettent d'identifier comme ayant pour titre le *Banquet* ou *Sur l'ivresse* (fr. 4 Ross = fr. 676 Gigon).

l'agriculture, l'autre pour le commerce; et les mêmes choses sont nuisibles aux uns, profitables aux autres. C'est pourquoi il faut suspendre son jugement[1].

Le troisième[2] est <celui qui> prend appui sur les différences des canaux sensoriels. En tout cas, une pomme fait à la vue une impression de jaune, au goût une impression de douceur, à l'odorat une impression d'odeur agréable[3]. La même forme se voit changée selon les différences des miroirs. Il s'ensuit donc que ce qui apparaît n'est pas davantage tel plutôt qu'autrement.

82 Le quatrième[4] est celui qui prend appui sur les dispositions et plus généralement sur les écarts[5], par exemple santé et maladie, sommeil et veille, joie et peine, jeunesse et vieillesse, hardiesse et crainte, manque et plénitude, haine et amour, échauffement et refroidissement, selon aussi que l'on respire facilement ou que les canaux respiratoires sont obstrués. Les impressions qui surviennent paraissent donc différentes selon que les dispositions du sujet sont telles

---

1. Cf. p. 1117 n. 1.

2. Cf. Sextus Empiricus, *Esquisses pyrrhoniennes* I 91-99. L'articulation de ce trope avec le précédent reste sans doute fondée sur une tactique de concession (cf. p. 1117 n. 2) : même si les impressions d'un homme individuel (par exemple celle du sage, ou encore de l'homme normal) devaient être préférées à celles d'un autre, elles offriraient encore, par leur diversité, matière à l'argumentation sceptique.

3. L'argument paraît faible : ces impressions sensibles sont différentes, mais elles ne sont pas incompatibles, et elles n'empêchent pas de penser que la pomme est à la fois jaune, sucrée et odorante. Dans le passage parallèle de Sextus (I 94-96), l'exemple est utilisé pour poser la question de savoir si la pomme a seulement ces diverses qualités, ou une seule qualité qui apparaît différemment aux divers organes sensoriels (comme un même objet se déforme différemment dans divers miroirs ? Cf. la phrase qui suit dans Diogène), ou encore d'autres qualités qui ne nous apparaissent pas.

4. Cf. Sextus Empiricus, *Esquisses pyrrhoniennes* I 100-117; Philon, *De ebrietate* 178-180.

5. Texte des principaux manuscrits (κοινῶς παραλλαγάς). Annas et Barnes, 1985, p. 187, préfèrent la leçon κοινάς (« les écarts communs », communément observables entre les diverses dispositions énumérées plus loin). Pour éviter, si l'on garde κοινῶς, d'avoir à interpréter le terme d'« écarts » (παραλλαγάς) comme ayant un sens plus large que celui de « dispositions » (διαθέσεις), on peut être tenté de corriger παραλλαγάς en περιστάσεις (« circonstances »), terme que Sextus utilise (I 100) pour étiqueter le quatrième trope, et qu'il met explicitement en équivalence avec celui de διαθέσεις.

ou telles. Il n'y a même pas lieu d'objecter que les fous sont dans un état contre nature : car pourquoi davantage eux que nous ? Nous-mêmes, en effet, nous voyons le soleil comme immobile. Le Stoïcien Théon de Tithoréa se promenait endormi, pendant son sommeil[1], et l'esclave de Périclès marchait sur le bord du toit[2].

83 Le cinquième[3] est <celui qui> prend appui sur les modes de vie, les coutumes, les croyances mythologiques, les conventions propres à chaque peuple[4], les présupposés dogmatiques. On y voit incluses les considérations sur ce qui est beau et laid, vrai et faux, bon et mauvais, sur les dieux, sur la naissance et sur la disparition de tout ce qui apparaît. En tout cas, la même chose est juste chez les uns et injuste chez les autres, bonne pour les uns et mauvaise pour les autres. Les Perses ne jugent pas incongru de coucher avec leurs filles, les Grecs le jugent sacrilège. Les Massagètes ont leurs femmes en commun, d'après ce que dit Eudoxe dans le livre I de son *Voyage autour du monde*[5], les Grecs non. Les Ciliciens se plaisaient à la

---

1. La phrase, redondante, reste ambiguë : Théon est-il somnambule, ou rêve-t-il qu'il se promène ? Les deux cas sont sans doute pertinents : dans le premier, il a l'impression qu'il est immobile, mais s'il était éveillé, il aurait celle qu'il se promène ; dans le second, il a l'impression qu'il se promène, mais s'il était éveillé, il aurait celle qu'il est immobile. Aucun texte parallèle ne permet de lever l'équivoque ; cependant, rêver qu'on se promène est sans doute un phénomène trop banal pour que l'on cite nommément un personnage qui l'attesterait.

2. Pline l'Ancien (*Histoire naturelle* XXII 20, 44) et Plutarque (*Vie de Périclès* 13) racontent l'histoire d'un esclave de Périclès, tombé du toit pendant la construction des Propylées, et guéri par une médecine révélée en rêve par Athéna à Périclès. Mais dans ces textes il n'est pas question de somnambulisme, alors que c'est ce que Diogène paraît avoir en vue ici.

3. Cf. Sextus Empiricus, *Esquisses pyrrhoniennes* I 145-163 (ce trope est le dixième dans la présentation de Sextus) ; Philon, *De ebrietate* 193-202.

4. Les manuscrits portent « les conventions propres à chaque métier (τεχνικάς) ». La correction adoptée par Cobet, Hicks et Long, ἐθνικάς n'est pas due à Ménage, quoi qu'en dise Long : celui-ci, en dépit d'une faute d'impression, proposait de lire ἐθικάς, « les conventions dues aux habitudes » (cf. Sextus Empiricus, *Esquisses pyrrhoniennes* I 145 et 148 ; Annas et Barnes, 1985, p. 187 ; Barnes, 1992, p. 4291). Le sens, dans le contexte, n'est pas très différent.

5. Fr. 278a Lasserre. Sur Eudoxe de Cnide, grand astronome, géographe et philosophe contemporain de Platon, voir J.-P. Schneider, art. « Eudoxe de Cnide », *DPhA* III (à paraître).

piraterie, non les Grecs. **84** Les uns croient en tels dieux, les autres en tels autres ; certains pensent que ces dieux exercent une providence, d'autres non. Les Égyptiens embaument leurs morts, les Romains les brûlent, les Péoniens les jettent dans les lacs. De là la suspension du jugement quant à ce qui est vrai.

Le sixième[1] est celui qui prend appui sur les mélanges et sur les combinaisons ; d'après lui, rien ne se manifeste purement par soi-même, mais toujours en combinaison avec l'air, avec la lumière, avec un liquide, avec un solide, la chaleur, le froid, le mouvement, les émanations, les autres forces. En tout cas, la pourpre revêt une couleur différente à la lumière du soleil, à celle de la lune ou à celle d'une lampe. Notre propre teint paraît différent à la lumière de midi et <quand> le soleil <se couche>[2]. **85** Une pierre qu'il faut deux hommes pour élever dans l'air est facilement déplacée dans l'eau (soit que, lourde, elle soit allégée par l'eau, soit que, légère, elle soit alourdie par l'air[3]). Nous ignorons donc ce qu'il en est isolément de ces choses, comme nous ignorons l'huile dans un parfum.

Le septième[4] est celui qui prend appui sur les distances, les positions de tel ou tel type, les localisations et les choses localisées. D'après ce trope, les choses que l'on pense être grandes apparaissent petites, les carrées, rondes, les lisses, pourvues d'aspérités, les droites, brisées, les pâles, d'une autre couleur. En tout cas, le soleil, en raison de la distance, paraît petit[5]. Les montagnes, vues de loin, ont

1. Sextus Empiricus, *Esquisses pyrrhoniennes* I 124-128 ; Philon, *De ebrietate* 189-192.

2. Conjecture de Kühn, adoptée par Long. Le texte des manuscrits principaux est défendu par Annas et Barnes, 1985, p. 187, qui comprennent : « le soleil aussi paraît différent à la lumière de midi » ; mais il serait étrange que l'on ne dise ni quand notre teint ni quand le soleil ont une apparence différente.

3. Cette parenthèse montre que le sceptique ne renonce pas à penser que la pierre « est » lourde ou légère, bien que nous ne puissions pas savoir si elle est lourde ou légère, parce que nous ne pouvons apprécier son poids qu'en « combinaison » avec un milieu déterminé. Sur l'importante différence que cette position représente par rapport au relativisme, voir les remarques fondamentales d'Annas et Barnes, 1985, p. 97-98.

4. Cf. Sextus Empiricus, *Esquisses pyrrhoniennes* I 118-123 (c'est le cinquième trope dans la présentation de Sextus) ; Philon, *De ebrietate* 181-183.

5. Correction de Long, d'après une conjecture de Kühn. Ménage avait proposé de lire διπόδης (« large de deux pieds ») ; Annas et Barnes, 1985, p. 187-

un aspect nuageux et lisse; vues de près, elles apparaissent rocailleuses[1]. **86** De plus, le soleil à son lever a un aspect tout différent de celui qu'il a quand il est au zénith. Le même corps[2] a tel aspect dans un lieu boisé, et tel autre sur la terre nue. Un tableau a tel aspect selon le type de position qu'il a, le cou de la colombe selon la manière dont il est tourné. Puisqu'il n'est pas possible d'identifier ces choses en faisant abstraction de leurs localisations et de leurs positions, leur nature reste inconnue.

Le huitième[3] est celui qui prend appui sur leurs quantités[4], chaleurs ou froideurs, vitesses ou lenteurs, pâleurs ou autres colorations. En tout cas, le vin consommé avec modération donne des forces, pris en plus grande quantité il abat; et de même pour la nourriture et choses semblables.

87 Le neuvième[5] est celui qui prend appui sur ce qui est continuel, ou étrange ou rare. En tout cas, les tremblements de terre n'apparaissent pas comme étonnants dans les endroits où il s'en produit constamment; et l'on ne s'étonne pas non plus du soleil, parce qu'on le voit chaque jour. – Ce neuvième trope est le huitième chez Favorinus[6], le dixième chez Sextus[7] et chez Énésidème. En outre, Sextus fait du dixième le huitième, et Favorinus en fait le neuvième.

188, et Barnes, 1992, p. 4291-4292, proposent ποδιαῖος (« large d'un pied »), par comparaison avec de nombreux textes traitant de la largeur apparente du soleil.

1. Il manque peut-être ici un mot qui ferait le contraste attendu avec l'aspect « nuageux ».

2. Exemple peu clair (Annas et Barnes, 1985, p. 188, suggèrent « la même couleur »). Peut-être s'agit-il du corps d'un animal ?

3. Cf. Sextus Empiricus, *Esquisses pyrrhoniennes* I 129-134 (c'est le septième trope dans la présentation de Sextus); Philon, *De ebrietate* 184-185.

4. Les manuscrits BP (suivis par Long) portent « quantités », qui doit être la version de l'archétype; le manuscrit F porte « qualités ». Cobet a proposé de garder les deux mots; mais les exemples ne concernent que des quantités (M.P.).

5. Cf. Sextus Empiricus, *Esquisses pyrrhoniennes* I 141-144.

6. *FHG* III 583 : cf. Barigazzi p. 172.

7. Inexact si l'on se réfère aux *Esquisses pyrrhoniennes* : le neuvième trope de Diogène est aussi le neuvième chez Sextus. Comme le cinquième trope de Diogène est le dixième chez Sextus, on a suggéré de corriger le texte en conséquence, de manière à lui faire dire « et le cinquième est le dixième chez Sextus » (Hirzel). Mais il est possible aussi que cette indication se rapporte à un autre

Le dixième[1] est celui qui repose sur la comparaison des choses avec d'autres choses[2], comme le léger avec le lourd, le fort avec le faible, le plus grand avec le plus petit, le haut avec le bas. En tout cas, ce qui est à droite n'est pas à droite par nature, il se conçoit selon la relation qu'il entretient avec quelque chose d'autre; et en tout cas, si ce dernier est déplacé, le premier ne sera plus à droite. **88** De même, « père » et « frère » sont des relatifs; le jour est relatif au soleil; et toutes choses sont relatives à la pensée. Les relatifs sont donc inconnaissables en eux-mêmes.

Tels sont les dix tropes.

Les cinq tropes d'Agrippa[3]

A ces tropes, Agrippa en ajoute cinq autres: celui qui prend appui sur la discordance, celui qui jette dans une régression à l'infini, le relatif, celui par hypothèse, celui par le moyen des réciproques. Celui qui prend appui sur la discordance[4] montre que, quelle que

---

exposé des dix tropes par Sextus, dans la partie perdue de l'*Adversus mathematicos*.

1. Cf. Sextus Empiricus, *Esquisses pyrrhoniennes* I 135-140 (c'est le huitième trope dans la présentation de Sextus, sur ce point la phrase qui précède est exacte); Philon, *De ebrietate* 186-188. Sur les difficultés de ce passage, cf. Annas et Barnes, 1985, p. 134-138.

2. Texte de P, adopté par Long (ἄλλα); F porte ἄλληλα (« les unes avec les autres »), correction « intelligente »; B porte ἄλλας, faute issue d'une dittographie (M. P.).

3. On ne sait pratiquement rien de ce philosophe, sinon qu'il doit se situer chronologiquement entre Énésidème (Ier siècle av. J.-C.) et Sextus Empiricus (IIe siècle apr. J.-C.), sans doute plus près du premier que du second: voir F. Caujolle-Zaslawsky, art. « Agrippa » A 50, *DPhA* I, p. 71-72. Sextus expose lui aussi les cinq tropes, de façon plus détaillée que Diogène (*Esquisses pyrrhoniennes* I 164-177), mais sans mentionner le nom d'Agrippa; il les attribue aux « sceptiques plus récents » (qu'Énésidème), et il précise que les cinq tropes ne sont pas destinés à supplanter les tropes d'Énésidème, mais à les compléter. Les exposés de Sextus et de Diogène sont très proches, mais présentent quelques différences (cf. Barnes, 1992, p. 4263-4268). Sur les tropes d'Agrippa, leur signification philosophique et leurs relations réciproques, cf. *Esquisses pyrrhoniennes* I 169-177, 185-186; l'étude moderne la plus approfondie est celle de Barnes, 1990, à laquelle les notes qui suivent sont grandement redevables.

4. Ou désaccord (διαφωνία). Les diverses manières d'interpréter cette notion (désaccord positif, ou conflit d'opinions, ou conflit d'attitudes; conflit non

soit la recherche que l'on se propose, qu'elle vienne des philosophes ou de la vie ordinaire, elle regorge de conflits et d'embrouillamini. Celui qui jette dans une régression à l'infini[1] ne laisse pas l'objet de la recherche s'établir fermement, du fait qu'une chose tire sa certitude d'une autre, cette autre d'une autre, et ainsi de suite à l'infini. **89** Le trope relatif[2] dit que rien n'est saisi par lui-même, mais seulement en association avec autre chose : d'où il suit que les choses sont inconnaissables[3]. Le trope par hypothèse[4] se constitue lorsque certains pensent qu'il faut assumer les premières des choses d'emblée comme certaines, et ne pas les postuler[5] ; ce qui est vain, car

---

résolu jusqu'à présent, ou présentement insoluble, ou par principe insoluble) sont exposées et discutées par Barnes, 1990, p. 1-35.

1. La régression à l'infini (ἡ εἰς ἄπειρον ἔκπτωσις) peut porter, chez les sceptiques, sur des séries infinies de preuves (si l'on propose une preuve pour une proposition donnée, il faut prouver les prémisses de cette preuve, et ainsi de suite à l'infini), ou sur des séries infinies de critères (si l'on propose un critère donné de vérité, il faut disposer d'un critère pour garantir ce critère, et ainsi de suite à l'infini), mais aussi sur des séries infinies de signes, d'explications, de définitions, etc. Cf. Barnes, 1990, p. 36-57.

2. Ce troisième trope d'Agrippa ressemble au dixième trope d'Énésidème ; il s'insère mal dans le « réseau » que constituent les quatre autres (Barnes, 1990, p. 113). Dans un passage consacré aux tropes d'Énésidème (*Esquisses pyrrhoniennes* I 38-39), Sextus dit que les dix tropes peuvent être considérés comme des sous-espèces de trois tropes plus généraux (celui qui est basé sur le sujet qui juge, celui qui est basé sur l'objet qui est jugé, celui qui est basé sur la relation des deux), et que ceux-ci sont à leur tour des espèces du trope de la relation, « le plus général » de tous.

3. Nouvel exemple de conclusion « métadogmatique négative », qui contraste avec l'exposé « éphectique » des tropes d'Agrippa chez Sextus (cf. ci-dessus, § 76 et p. 1113 n. 3).

4. Sur la notion d'hypothèse et le trope qui s'y rattache, cf. non seulement le bref exposé de Sextus Empiricus, *Esquisses pyrrhoniennes* I 168 et 173-174, mais aussi *Adv. math*. III 8-13, VIII 370-374, et les analyses de Barnes, 1990, p. 90-112.

5. Un dogmatique peut être tenté (par exemple pour échapper à la régression à l'infini) de présenter ses principes (« les premières des choses ») comme immédiatement certains, au lieu de les présenter comme des « postulats ». Pour que le contraste ait un sens, il faut que le « postulat » soit posé de façon purement conditionnelle, et, semble-t-il, que la notion de postulat soit distincte de la notion d'hypothèse (contrairement à ce que dit Sextus, *Adv. math*. III 4), puisque la phrase suivante autorise le sceptique à opposer une « hypothèse » à

quelqu'un fera l'hypothèse opposée. Le trope par le moyen des réciproques[1] se constitue lorsque ce qui devrait établir fermement la chose recherchée a besoin d'être prouvé à partir de la chose recherchée, par exemple si l'on voulait établir fermement l'existence des pores à partir de la production d'émanations, et si l'on employait cela même pour établir la production d'émanations[2].

La critique sceptique des principales notions dogmatiques : la démonstration

90 Ces gens abolissaient[3] toute démonstration, le critère, le signe, la cause, le mouvement, l'apprentissage, la venue à l'être, l'idée qu'il y a par nature quelque chose de bon ou de mauvais[4].

---

celle que pose le dogmatique. Sur les incertitudes du vocabulaire dans ce domaine, cf. Barnes, 1990, p. 92-101.

1. Il y a « diallèle » (διάλληλος τρόπος) terme technique tiré de l'expression δι' ἀλλήλων, « l'un par l'autre et l'autre par l'un ») quand une proposition donnée est prouvée grâce à une autre, et cette autre grâce à la première ; mais le terme s'applique aussi à un système circulaire de plus de deux propositions, telles que la dernière est prouvée grâce à la première. Cf. sur ce trope Barnes, 1990, p. 58-89.

2. L'exemple des pores est souvent pris par Sextus Empiricus (*Esquisses pyrrhoniennes* II 140, 142 ; *Adv. math*. VIII 306, 309), mais toujours dans le sens où la transpiration, visible, serait considérée comme le signe de l'existence de pores imperceptibles dans la peau. Comment l'existence des pores invisibles pourrait-elle servir à établir, en sens inverse, celle des émanations visibles, de manière à constituer la seconde branche du diallèle visé par Diogène ? Hankinson (1995, p. 188) suggère une réponse ingénieuse : « Personne assurément ne discute le fait évident que dans certaines circonstances, de l'humidité apparaît sur la peau. Mais décrire cette humidité comme une *émanation*, c'est déjà commettre une pétition de principe en faveur de la théorie des pores invisibles, puisqu'on pourrait aussi bien l'expliquer comme une condensation de l'atmosphère environnante. » Ainsi, l'inférence de la transpiration aux pores ne sera « certaine » que « si elle suppose la vérité même qu'elle tente de prouver ».

3. Ce verbe, de même que ceux qui apparaissent dans tous les arguments qui suivent, signale clairement le « métadogmatisme négatif » qui caractérise de nombreux passages de la doxographie de Diogène Laërce (cf. ci-dessus, § 76 et p. 1113 n. 3).

4. Plan des paragraphes suivants (90-101). Les exposés parallèles de Sextus Empiricus (*Esquisses pyrrhoniennes* II-III ; *Adv. math*. VII-XI), qui sont beaucoup plus développés que ceux de Diogène, adoptent un ordre souvent différent, et généralement plus logique : par exemple, le critère, qui saisit ou prétend saisir les choses « évidentes » (ἐναργῆ), est traité avant le signe et la démonstra-

Toute démonstration[1], disent-ils en effet, se compose soit de choses déjà démontrées, soit de choses indémontrées[2]. Si c'est de choses déjà démontrées, ces choses, elles aussi, auront besoin d'une démonstration, et ainsi à l'infini[3]; si c'est de choses indémontrées, que le doute se porte sur toutes, ou sur quelques-unes, ou même sur une seule, le tout sera indémontré[4]. Et si l'on pense, disent-ils encore, qu'il y a des choses qui n'ont besoin d'aucune démonstration[5], voilà des gens à la jugeote bien étonnante, s'ils ne comprennent pas que pour établir d'abord ce point même, à savoir que ces choses tirent d'elles-mêmes leur preuve, il faut une démonstration[6]. **91** En effet, il ne faut pas établir que les éléments sont quatre sur la base du fait que les éléments sont quatre[7]. En outre, si les démonstrations particulières sont privées de certitude, la démonstration en général est également privée de certitude[8]. Et pour que nous sachions qu'il y

tion, qui sont censés permettre de découvrir les choses « non évidentes » (ἄδηλα, cf. *Adv. math.* VII 25); les signes, dont les démonstrations sont une espèce (*Esquisses pyrrhoniennes* II 96, 122, 131, 134), sont logiquement traités avant celles-ci.

1. Sur la critique de la démonstration, cf. Sextus Empiricus, *Esquisses pyrrhoniennes* II 134-192; *Adv. math.* VIII 299-481.

2. Pour que le contraste soit satisfaisant, il faut, semble-t-il, que le mot ἀναπόδειϰτος signifie « indémontré », comme il peut le faire (sur le sens du suffixe, cf. Barnes, 1990, p. 17-20) et non « indémontrable ».

3. Application du trope de la régression à l'infini.

4. Application du trope de l'hypothèse.

5. Réplique possible des dogmatiques: les principes de la démonstration sont légitimement indémontrés, parce qu'ils n'ont pas besoin de démonstration; ils « tirent d'eux-mêmes », de leur évidence intrinsèque, « leur certitude ».

6. Réplique des sceptiques, par application du trope du diallèle: pour qu'il puisse y avoir des démonstrations, il faut des principes qui n'aient pas besoin de démonstration; mais pour établir que les principes de la démonstration n'ont pas besoin de démonstration, il faut une démonstration.

7. Il s'agit évidemment des quatre éléments physiques traditionnels (feu, air, eau, terre). Aristote, dans le chapitre I 3 des *Seconds Analytiques* (sur lequel il est très vraisemblable qu'Agrippa a réfléchi, cf. Barnes, 1990, p. 120-122), avait entrepris de montrer que le raisonnement circulaire revient finalement à démontrer une proposition par elle-même.

8. Sextus Empiricus dit (*Adv. math.* VIII 337 a-338) que « si nous voulons faire objection aux démonstrations particulières relevant de chacune des disciplines, notre procédure d'objection manquera de méthode, puisque ces démonstrations sont en nombre infini; si au contraire nous abolissons la démonstra-

a démonstration, il faut un critère; mais pour que nous sachions qu'il y a critère, il faut une démonstration; de sorte que l'un et l'autre sont impossibles à saisir, puisqu'ils se renvoient l'un à l'autre[1]. Comment donc pourrions-nous saisir les choses non évidentes[2], si la démonstration échappe à notre connaissance ? C'est que l'on ne recherche pas si elles apparaissent telles ou telles, mais si elles sont ainsi dans leur réalité.

Naïfs : c'est le mot qu'ils prononçaient à propos des dogmatiques[3]. En effet, ce qui est conclu à partir d'une hypothèse n'est pas un argument de recherche, mais de supposition; et avec un tel procédé, on peut argumenter même à propos de choses impossibles[4].

92 Quant à ceux qui pensent qu'il ne faut pas décider du vrai à partir de considérations circonstancielles, ni décréter à son propos à partir des choses contraires à la nature, ils déterminent les mesures de toutes choses, disaient les sceptiques, sans voir que tout ce qui apparaît est fonction des circonstances[5] et des dispositions[6].

---

tion en général, qui embrasse évidemment toutes les démonstrations particulières, il est clair que nous les aurons toutes abolies par là même ». Il se peut que la manière de procéder du particulier au général que critique ici Sextus ait été suggérée par d'autres sceptiques, dont Diogène se ferait ici l'écho (cf. Barnes, 1992, p. 4250-4251).

1. Application probable du trope du diallèle, plutôt que de la régression à l'infini, compte tenu du vocabulaire utilisé.

2. Sur la prétention des dogmatiques à saisir les « choses non évidentes » grâce à la démonstration, cf. ci-dessus, p. 1124 n. 4.

3. Les paragraphes qui suivent, jusqu'au milieu du § 94, n'ont pas de rapport avec la critique de la démonstration, et s'intercalent entre celle-ci et l'attaque contre le critère. Il est possible qu'ils aient pris place, originellement, à la fin du § 89 (cf. Barnes, 1992, p. 4249). Nous passons à la ligne chaque fois qu'il semble, plus ou moins clairement, que l'on a affaire à un nouvel argument.

4. Ce passage assez obscur s'éclaire sans doute si on le rapproche d'un passage (*Adv. math.* III 11-12) où Sextus Empiricus explique que si l'on juge plausibles les conséquences de n'importe quelle hypothèse posée sans démonstration, on « supprime toute recherche » : par exemple, si l'on pose que 3 = 4, il en résultera que 6 = 8.

5. Les manuscrits portent ici κατ' ἀντιπέριστασιν, que nous corrigeons, en suivant une suggestion de Jonathan Barnes, en κατὰ περίστασιν. Cf. Sextus Empiricus, *Esquisses pyrrhoniennes* I 100.

6. L'ensemble de cette phrase est difficile, et le texte est très probablement corrompu. Le sens du début, selon le texte des manuscrits, serait : « quant à ceux qui pensent qu'il ne faut pas décider du vrai à partir de considérations circon-

En tout cas, ou bien il faut dire que tout est vrai, ou bien que tout est faux. Si certaines choses seulement sont vraies, par quel moyen faut-il les discerner ? Ce n'est pas par la sensation que l'on discernera celles qui sont sensibles, puisqu'elles lui apparaissent toutes égales ; ni par l'intellection, pour la même raison. Mais en dehors de ces facultés, on n'en aperçoit aucune autre qui soit apte à emporter la décision.

Celui donc, disent-ils, qui porte une affirmation ferme sur quelque chose, sensible ou intelligible, doit d'abord établir les opinions qui ont cours à ce sujet; car les uns ont rejeté telles choses, les autres telles autres. **93** Mais il faut en décider soit par le moyen d'un sensible, soit par celui d'un intelligible, et les deux sont sujets à controverse. Il n'est donc pas possible de trancher entre les opinions portant sur les sensibles ou sur les intelligibles ; et si, en raison du conflit qui règne dans les pensées, nous devons nous défier de toutes, ce sera l'abolition de la mesure par laquelle on admet couramment que toutes choses sont déterminées avec précision ; on pensera donc que tout est égal.

En outre, disent-ils, celui qui enquête avec nous sur ce qui apparaît est soit digne de confiance, soit non. S'il l'est, il ne pourra rien dire contre celui à qui le contraire apparaît : en effet, de même qu'il est lui-même digne de confiance quand il dit ce qui lui apparaît, de même l'est celui qui lui est contraire. Et s'il n'est pas digne de

stancielles, ni décréter (c'est-à-dire : prendre des décisions arbitrairement) à son propos à partir des choses conformes à la nature ». On peut corriger κατὰ φύσιν (« conformes à la nature ») en παρὰ φύσιν (« contraires à la nature »), comme a bien voulu me le suggérer Jonathan Barnes. La thèse des dogmatiques ici attaquée est alors la suivante : lorsque l'on se trouve devant un conflit d'apparences, la même chose apparaissant ainsi aux uns, et différemment aux autres, il faut tenir compte du fait que ce qui apparaît aux uns (malades, fous, etc.) est déterminé par les « circonstances » et par la disposition contre nature dans laquelle ils sont, alors que les autres sont dans une disposition naturelle et normale. Il faut donc privilégier les impressions reçues par les seconds. La réponse sceptique consiste à dire que toutes les apparences, sans aucun privilège pour les unes ou pour les autres, sont déterminées par les circonstances et les dispositions (cf. le quatrième trope d'Énésidème, ici § 82, et Sextus, *Esquisses pyrrhoniennes* I 100 *sqq.*, en particulier 103, où il est dit que les malades eux-mêmes sont dans un état naturel, celui qui est naturel pour les malades).

confiance, on ne le croira pas lui-même quand il dira ce qui lui apparaît.

94 Il ne faut pas supposer que ce qui nous persuade est vrai: en effet, la même chose ne persuade pas tout le monde, ni les mêmes personnes de façon continue. La persuasivité provient aussi des circonstances extérieures, de la réputation de celui qui parle, du soin ou de la séduction qu'il y met, de la familiarité ou de l'agrément de ses propos.

Le critère

Ils abolissaient aussi le critère[1], par un raisonnement du type que voici. Ou bien le critère lui aussi a été décidé[2] par critère, ou bien il est décidé sans aucun critère. S'il est décidé sans aucun critère, il n'est digne d'aucune confiance, et il manque le vrai et le faux[3]. S'il a été décidé par critère, il deviendra l'une des choses particulières décidées par critère, de sorte que c'est la même chose qui décide et qui est décidée[4], et que ce qui a décidé le critère sera décidé par un autre, ce dernier par un autre, et ainsi à l'infini[5]. **95** En outre, il y a désaccord au sujet du critère[6], les uns disant que l'homme est critère, les autres que ce sont les sensations, d'autres encore que c'est la raison, certains que c'est l'impression cognitive[7]; or l'homme lui-même est en désaccord avec lui-même, et avec les autres, comme il ressort clairement de la diversité des lois et des coutumes; les sensations se trompent; et la raison est en désaccord avec elle-même. Quant à l'impression cognitive, elle est discernée par l'intellect, et l'intellect se tourne dans des directions très variées. Le critère est donc inconnaissable, et du même coup la vérité aussi.

---

1. Sur la critique sceptique du critère de vérité, cf. Sextus Empiricus, *Esquisses pyrrhoniennes* II 14-79; *Adv. math*. VII 46-446.
2. Un critère (κριτήριον) permet en principe de décider (κρίνειν) entre les deux termes d'une alternative « *p* ou non *p* ».
3. Application du trope de l'hypothèse.
4. Application du trope du diallèle.
5. Application du trope de la régression à l'infini.
6. Application du trope de la discordance.
7. On reconnaît successivement les positions de Protagoras (cf. Sextus Empiricus, *Adv. math*. VII 60-64), des sensualistes comme Épicure (*ibid*., 201-216), des rationalistes comme Parménide et Anaxagore (*ibid*., 90-91, 111-114), et enfin des Stoïciens (*ibid*., 227-260).

Le signe

96 Il n'y a pas non plus de signe[1], selon eux. En effet, s'il y a signe, disent-ils, il est soit sensible, soit intelligible. Or il n'est pas sensible, puisque le sensible est commun, alors que le signe est propre[2]; de plus, le sensible appartient à la catégorie des choses différenciées, et le signe à celle des relatifs[3]. Mais il n'est pas non plus intelligible, puisque l'intelligible <.*** En outre, le signe doit>[4] être soit le signe apparent de quelque chose d'apparent, soit le signe inapparent de quelque chose d'inapparent, soit le signe inapparent de quelque chose d'apparent, soit le signe apparent de quelque chose d'inapparent; mais il n'est rien de tout cela; il n'y a donc pas de signe. Pour commencer, il n'est pas le signe apparent de quelque chose d'apparent, puisque ce qui est apparent n'a pas besoin de

1. Sur la critique sceptique des signes, cf. Sextus Empiricus, *Esquisses pyrrhoniennes* II 97-133; *Adv. math.* VIII 141-298.

2. Cette phrase très condensée résume probablement un argument d'Énésidème, tiré du livre IV de ses *Discours pyrrhoniens*, et résumé par Sextus, *Adv. math.* VIII 215-222: si les choses apparentes (aux sens) apparaissent de façon semblable à tous ceux qui sont dans des dispositions similaires, et si les signes sont des choses apparentes, les signes apparaissent de façon semblable à tous ceux qui sont dans des dispositions similaires; mais les signes n'apparaissent pas de façon semblable à tous ceux qui sont dans des dispositions similaires (par exemple, différents médecins interprètent de façon différente les mêmes symptômes), alors que les choses apparentes apparaissent de façon semblable à tous ceux qui sont dans des dispositions similaires; donc les signes ne sont pas des choses apparentes (cf. aussi *ibid.*, VIII 187-189).

3. Les choses « différenciées » (τὰ κατὰ διαφοράν), dans le vocabulaire stoïcien, réutilisé par les sceptiques, sont conçues « absolument et selon une réalité qui leur est propre », « par elles-mêmes et indépendamment de quoi que ce soit d'autre », par opposition aux choses relatives (ou, selon les textes, à certains types de choses relatives), qui sont conçues en liaison avec leurs corrélats (cf. *Adv. math.*, VIII 161-165). Les sensibles, comme le blanc, le noir, etc., appartiennent aux choses « différenciées », alors que les signes, inséparables de ce dont ils sont les signes, appartiennent à une autre catégorie ontologique, celle des relatifs.

4. Le texte des manuscrits donne le sens: « puisque l'intelligible est soit signe apparent », etc.: mais il est impossible que l'intelligible, imperceptible par définition, soit apparent. Je suppose, en suivant Barnes, 1992, p. 4292, qu'il y a ici une lacune: le texte devait expliquer pourquoi le signe ne peut être un intelligible, puis passer à un nouvel argument (sur lequel cf. *Adv. math.* VIII 171-175).

signe; il n'est pas non plus le signe inapparent de quelque chose d'inapparent, puisqu'il faut que ce qui est révélé par quelque chose soit apparent[1]; **97** il ne peut être non plus le signe inapparent de quelque chose d'apparent, dans la mesure où il faut que soit apparent ce qui procure à autre chose une occasion d'être saisi ; enfin, il n'est pas le signe apparent de quelque chose d'inapparent, parce que le signe, étant quelque chose de relatif, doit être saisi en même temps que ce dont il est le signe, ce qui n'est pas ici le cas pour ce dernier. Rien de ce qui est inévident ne saurait donc être saisi, puisque c'est par les signes, dit-on, que l'on saisit ce qui est inévident.

La cause

Ils abolissent encore la cause[2], de la façon que voici. La cause est un relatif, car elle est relative à ce qui est causé; or les relatifs sont seulement pensés, ils n'existent pas; **98** ainsi, la cause serait seulement pensée[3]. De plus, si vraiment il y a cause[4], il est nécessaire que l'on ait ce dont elle est dite être cause, puisque autrement elle ne sera pas cause. De même que le père, en l'absence de ce par rapport à quoi il est dit père, ne saurait être père, de même pour la cause ; or ce par rapport à quoi la cause est conçue n'est pas présent, puisque ne le sont ni génération, ni corruption, ni quoi que ce soit d'autre[5]; il n'y a donc pas de cause. En outre, s'il y a cause, ou bien c'est un

1. Cette partie de l'argument exploite la définition stoïcienne du signe, d'après laquelle le signe est « révélateur » de ce dont il est le signe (cf. *Esquisses pyrrhoniennes* II 104, 132). On notera cependant que Diogène admet ici que ce qui est « révélé » par un signe doit devenir apparent, grâce à cette révélation même, alors que selon Sextus Empiricus (*Esquisses pyrrhoniennes* II 178), une chose non évidente révélée par un signe ne cesse pas pour autant d'être non évidente.

2. Sur la critique sceptique des causes, cf. Sextus Empiricus, *Esquisses pyrrhoniennes* I 180-185 (les huit tropes spécifiquement dirigés contre les explications causales par Énésidème) et III 13-29 ; *Adv. math*. IX 195-330.

3. Cf. *Adv. math*. IX 207-208, qui incite à mettre ici une ponctuation forte (cf. Barnes, 1992, p. 4292).

4. Texte corrigé par Barnes, 1992, p. 4292, sur le modèle fourni par *Adv. math*. IX 209 (εἴπερ τε ἐστὶν αἴτιον, au lieu de ἐπεὶ εἴπερ ἐστὶν αἴτιον).

5. Comme le montre le parallèle de Sextus Empiricus (*Adv. math*. IX 209), l'argument suppose que le sceptique a montré, ou montrera, qu'il n'y a ni génération, ni corruption, ni affection, ni en général changement, donc aucune des diverses formes possibles des effets attribués à l'action d'une cause.

corps qui est cause d'un corps, ou bien un incorporel d'un incorporel, <ou bien un incorporel d'un corps, ou bien un corps d'un incorporel>[1]; or ce n'est rien de tout cela; donc il n'y a pas de cause. Pour commencer, un corps ne saurait être cause d'un corps, puisque tous deux ont la même nature, et que si l'un des deux est dit cause pour autant qu'il est corps, l'autre, étant un corps, deviendra cause lui aussi; **99** mais si l'un et l'autre sont causes en commun, aucun des deux ne sera le patient. Un incorporel ne saurait non plus être cause d'un incorporel, pour la même raison. Et un incorporel n'est pas cause d'un corps, puisque rien d'incorporel ne produit un corps. Enfin, un corps ne saurait être cause d'un incorporel, parce que ce qui vient à l'être doit être fait de la matière qui subit l'action; mais quelque chose qui ne subit rien, du fait qu'il est incorporel, ne saurait venir à l'être sous l'effet de quelque cause. Il n'y a donc pas de cause. A quoi se rattache l'idée que les principes de toutes choses n'ont pas d'existence: il faut en effet que ce qui produit et agit soit quelque chose[2].

Le mouvement

Il n'y a pas non plus de mouvement[3]. En effet, ce qui se meut se meut soit dans le lieu où il est, soit dans un lieu où il n'est pas; mais si c'est dans le lieu où il est, il ne se meut pas, et si c'est dans un lieu où il n'est pas, il ne se meut pas non plus[4]. Il n'y a donc pas de mouvement.

---

1. Cette adjonction (ἢ ἀσώματον σώματος ἢ σῶμα ἀσωμάτου), proposée par Hirzel et Janacek, est rendue indispensable par la suite de l'argument (cf. aussi Sextus Empiricus, *Adv. math.* IX 210-217). Elle s'explique facilement par un saut du même au même.

2. Cette phrase semble faire écho à la critique sceptique de la théologie dogmatique, qui ne vise pas les explications causales particulières, comme les arguments précédents, et qui considère Dieu comme « la cause la plus active » (Sextus Empiricus, *Esquisses pyrrhoniennes* III 2 ; cf. *Adv. math.* IX 4, 331, 358, X 310, ainsi que Barnes, *ANRW*, 1990, p. 2608-2695).

3. Sur la critique sceptique du mouvement et de ses diverses espèces, cf. Sextus Empiricus, *Esquisses pyrrhoniennes* III 63-114 ; *Adv. math.* X 37-168.

4. Sur cet argument, voir ci-dessus, § 72 et p. 1109 n. 4.

L'apprentissage

100 Ils abolissaient aussi l'apprentissage[1], en disant : si quelque chose est enseigné, ou bien c'est ce qui est qui est enseigné, en vertu de son être, ou bien c'est ce qui n'est pas, en vertu de son non-être. Mais ce n'est pas ce qui est qui est enseigné, en vertu de son être – car les choses qui sont sont évidentes à tous et connues de tous[2] – et ce n'est pas non plus ce qui n'est pas, en vertu de son non-être : car à ce qui n'est pas, rien n'arrive, de sorte qu'il ne saurait lui arriver non plus d'être enseigné.

La venue à l'être

Il n'y a pas non plus de venue à l'être[3], selon eux. En effet, ce qui est ne vient pas à l'être, puisqu'il est ; et ce qui n'est pas ne le fait pas non plus, puisqu'il n'existe pas : ce qui n'existe pas et qui n'est pas ne saurait bénéficier non plus de venue à l'être[4].

Le bien et le mal par nature

101 Par nature, il n'y a ni bien ni mal[5]. En effet, s'il y a quelque chose de bon et de mauvais par nature, il faut qu'il soit bon ou mauvais pour tout le monde, comme la neige qui est froide pour tout le monde ; mais il n'y a rien qui soit universellement bon ou mauvais pour tout le monde ; donc, par nature, il n'y a ni bien ni mal. En effet, ou bien tout ce qui est jugé bon par tel ou tel doit être dit tel,

1. Sur la critique sceptique de l'apprentissage (forme de changement professionnellement importante pour un philosophe dogmatique, c'est-à-dire enseignant), cf. Sextus Empiricus, *Esquisses pyrrhoniennes* III 252-273 ; *Adv. math.* XI 216-243. Les textes de Sextus sont moins condensés et un peu moins obscurs que ce paragraphe de Diogène.

2. Cette justification, qui relève évidemment d'une tactique d'argumentation *ad hominem*, n'a pas d'équivalent exact dans les textes parallèles de Sextus Empiricus.

3. Sur la critique sceptique de la « venue à l'être », ou devenir (γένεσις), cf. Sextus Empiricus, *Esquisses pyrrhoniennes* III 109-114 ; *Adv. math.* X 310-350.

4. Entendez : à ce qui n'est pas, rien ne peut arriver ; venir à l'être ne saurait donc lui arriver non plus.

5. Sur la critique sceptique du caractère naturel des valeurs, cf. Sextus Empiricus, *Esquisses pyrrhoniennes* III 179-182, *Adv. math.* XI 69-109, qui authentifient et permettent de comprendre l'argument qui suit (Barnes, 1992, p. 4249 ; Bett, 1997).

ou non; mais tout, on ne peut pas le dire, puisque ce qui est jugé bon par l'un, comme le plaisir par Épicure, est jugé mauvais par l'autre, comme le même plaisir par Antisthène[1]; il arrivera donc que la même chose sera bonne et mauvaise. Mais si nous ne disons pas bon tout ce qui est jugé tel par tel ou tel, il nous faudra discriminer les opinions, ce qui n'est pas possible, à cause de la force égale des arguments[2]. Il est donc impossible de savoir ce qui est bon par nature.

Sources d'information

102 Il est également possible de prendre une vue complète de la manière de penser tout entière de leur école de pensée à partir des ouvrages qui ont été conservés[3]: car s'il est vrai que Pyrrhon lui-même n'a rien laissé par écrit, ce n'est pas le cas pour la lignée de ses disciples, Timon, Énésidème, Numénius, Nausiphane et d'autres de la même espèce[4].

1. Antisthène disait: « J'aimerais mieux être fou que de jouir du plaisir » (VI 3).
2. Entendez : la force égale (ἰσοσθένεια) des arguments pour et contre.
3. Passage difficile et discuté (cf. Barnes, 1992, p. 4260-4263). On peut comprendre que Diogène Laërce présente la doxographie qu'on vient de lire comme un panorama général des conceptions sceptiques, tiré des ouvrages laissés par les disciples de Pyrrhon (dans ce cas, la phrase suivante nommerait les sources, ou quelques-unes des sources, dont il s'est servi). Mais on peut aussi comprendre qu'après avoir donné un exposé sommaire il renvoie son lecteur à d'autres sources d'information plus complètes. J'adopte ici, avec l'approbation de M. P., cette seconde hypothèse.
4. Phrase difficile et parfois suspectée. Le mot συνήθης désigne un compagnon, un familier, un disciple direct; or Timon et Nausiphane ont certainement été les disciples directs de Pyrrhon, mais il n'en est probablement pas de même pour Numénius (cf. ci-dessus, § 68 et p. 1105 n. 5), et certainement pas pour Énésidème. Contrairement à Long, et avec l'approbation de M. P., nous traduisons la leçon de l'archétype, préservée par les manuscrits B et P avant correction (συνήθεις ἀπ' αὐτοῦ au lieu de συνήθεις αὐτοῦ), avec le sens « les philosophes issus de lui, familiers <de sa pensée> ».

Répliques des dogmatiques, contre-répliques des sceptiques

En réplique à ce qu'ils disent, les dogmatiques affirment que les sceptiques saisissent des choses[1] et qu'ils dogmatisent; car quand ils paraissent se borner à réfuter, ils saisissent des choses; et dans les mêmes circonstances, ils soutiennent des affirmations et ils dogmatisent[2]. Même lorsqu'ils disent qu'ils ne déterminent en rien, et qu'à tout argument s'oppose un argument, cela même, ils le déterminent, et ils en font l'affirmation dogmatique.

103 Les sceptiques leur répondent ceci[3]. Ce que nous ressentons passivement en tant qu'hommes, nous l'accordons: qu'il fasse jour, que nous soyons en vie, et beaucoup d'autres choses qui apparaissent dans la vie ordinaire, nous le savons bien. Mais les choses que les dogmatiques affirment avec fermeté dans leur discours, en prétendant qu'ils les saisissent, à leur sujet nous suspendons notre jugement, en tant qu'elles sont non évidentes: nous ne connaissons que nos affects[4]. En effet, le fait que nous voyons, nous l'accordons, et le fait que nous pensons ceci ou cela, nous le savons; mais comment nous voyons, ou comment nous pensons, nous l'ignorons; et que telle chose nous paraisse blanche, nous le disons sur le mode de la narration[5], mais sans affirmer fermement si elle l'est véritablement. **104** Quant à la formule «Je ne détermine en rien»[6] et aux autres semblables, nous ne les disons pas à titre de dogmes: elles ne sont pas semblables à un énoncé comme «Le monde est sphérique». En effet, ce dernier est non évident, alors que les autres sont de simples expressions d'accord[7]. Quand donc nous disons que nous ne déterminons en rien, cela même nous ne le déterminons pas.

---

1. Littéralement: «ils saisissent» ou «comprennent» (καταλαμβάνονται) cognitivement un certain nombre de choses. Le terme appartient typiquement à la théorie stoïcienne de la connaissance.
2. Objection classique contre le scepticisme : il ne peut éviter de poser des affirmations dogmatiques (plus précisément: métadogmatiques, cf. ci-dessus, p. 1113 n. 3).
3. Cf. Sextus Empiricus, *Esquisses pyrrhoniennes* I 13-15.
4. Emprunt à la terminologie et à la doctrine des Cyrénaïques (cf. II 92).
5. Cf. ci-dessus, § 74 et p. 1111 n. 2.
6. Cf. ci-dessus, § 74.
7. Le terme employé ici, ἐξομολόγησις, a pour fonction de montrer que les énoncés du sceptique doivent être conçus comme des actes de langage d'un type

Derechef, les dogmatiques prétendent que les sceptiques abolissent même la vie, quand ils envoient promener tout ce en quoi la vie consiste[1]. Mais ceux-ci répondent à leurs adversaires qu'ils sont dans l'erreur: en effet, ils n'abolissent pas le fait de voir, ils ignorent seulement comment l'on voit. « En effet, nous posons ce qui apparaît, mais nous ne le posons pas comme étant tel qu'il apparaît. Que le feu brûle, nous le sentons; mais s'il possède une nature brûlante, sur ce point nous suspendons notre jugement. **105** Que quelqu'un se déplace, nous le voyons, et qu'il périsse aussi; mais comment se produisent ces choses, nous ne le savons pas. Nous ne faisons objection, disent-ils, qu'aux choses non évidentes qui subsistent à côté des apparences[2]. De fait, lorsque nous disons qu'une image a du relief, nous décrivons ce qui apparaît; mais lorsque nous disons qu'elle n'a pas de relief, nous ne disons plus ce qui apparaît, mais autre chose »[3]. C'est pourquoi Timon dit, dans son *Python*[4], qu'il n'a pas transgressé les limites de l'usage ordinaire. Et dans ses *Images*[5], il s'exprime ainsi:

Mais l'apparence règne partout, où qu'elle aille.

Et dans son traité *Sur les sensations*[6], il dit: « Que le miel soit doux, je ne l'assure pas; mais qu'il paraisse doux, je l'accorde ».

---

autre que celui des assertions ou des affirmations « fermes » sur la réalité extérieure. Ils révèlent son état mental; ils en font l'« annonce » (ἀπαγγελία) ou l'« aveu » (cf. Sextus Empiricus, *Esquisses pyrrhoniennes* I 4, 15, 197, 200, 203). Voir sur ce point l'analyse de Barnes, 1990 , p. 2624-2626.

1. Second reproche classiquement adressé aux sceptiques : en prônant la « vie sans opinions », ils rendent en fait la vie pratique impossible.

2. Entendez : aux dires des dogmatiques.

3. Les peintures qui donnent l'illusion du relief sont souvent utilisées par les sceptiques, mais de façon un peu différente: elles apparaissent en relief à la vue, mais non au toucher (exemple du troisième trope d'Énésidème, Sextus Empiricus, *Esquisses pyrrhoniennes* I 92); en relief quand on les regarde sous un certain angle, non sous un autre (exemple du cinquième trope d'Énésidème, *ibid.*, I 120). Rappelons que Pyrrhon avait été peintre (ci-dessus, § 62), ainsi que son maître et ami Anaxarque (Eusèbe de Césarée, *Préparation évangélique* XIV 18, 27), qui comparait toutes choses à « un décor de théâtre » (Sextus Empiricus, *Adv. math*. VII 88).

4. Diels *PPF* 9 B 81.

5. Fr. 843 Lloyd-Jones et Parsons.

6. Diels *PPF* 9 B 74.

106 Énésidème aussi, dans le premier livre de ses *Discours pyrrhoniens*, dit que Pyrrhon ne détermine en rien de façon dogmatique en s'appliquant à contredire[1], et qu'il suit les apparences. Il dit encore les mêmes choses dans son traité *Contre la sapience*[2] et dans son livre *Sur la recherche*. De même encore, Zeuxis, le familier d'Énésidème[3], dans son *Sur les discours doubles*[4], Antiochus de Laodicée[5], Apelle[6] dans son *Agrippa*[7] posent seulement les appa-

1. Entendons: en contredisant une opinion dogmatique, il n'adoptait pas dogmatiquement l'opinion opposée, échappant ainsi à l'objection des dogmatiques, signalée au § 102 (M. P.).

2. Je traduis ainsi l'intraduisible σοφία, ici prise évidemment en mauvaise part (la prétendue science ou compétence des philosophes et savants dogmatiques).

3. D'après la « succession » exposée ci-dessous (§ 116), Zeuxis aurait été l'auditeur de Zeuxippe, lui-même auditeur d'Énésidème; cette situation n'exclut pas que Zeuxis ait pu connaître Énésidème directement. Sur les difficultés d'identification de ce Zeuxis sceptique, qui a plusieurs homonymes répertoriés, cf. Brochard, 1923², p. 236-239, et K. Ziegler, art. « Zeuxis » 6, *RE* X A, 1972, col. 386. Ces deux auteurs distinguent ce Zeuxis des médecins Zeuxis de Tarente (cf. F. Kudlien, art. « Zeuxis » 7, *ibid.*, col. 386-387) et Zeuxis de Laodicée (cf. *id.*, art. « Zeuxis » 8, *ibid.*, col. 387); mais ils l'identifient avec Zeuxis dit Pied-tordu, mentionné ci-dessous § 116. En revanche, dans l'index de Janacek, 1992, p. 303, Zeuxis familier d'Énésidème et Zeuxis dit Pied-tordu font l'objet de deux entrées distinctes.

4. Fr. 281 dans le recueil de K. Deichgräber, *Die griechische Empirikerschule*, Berlin 1930 (mais ce classement semble résulter d'une confusion avec le médecin empirique Zeuxis de Tarente, très vraisemblablement distinct de son homonyme sceptique, cf. note précédente). Le titre de « Discours doubles » était porté par un petit traité anonyme d'inspiration sophistique (DK 90; cf. M. Narcy, art. "Dissoi Logoi" D 214, *DPhA* II, p. 888-889). L'ouvrage de Zeuxis devait se rapporter à des exemples d'argumentation pour et contre la même thèse, invitant à la suspension du jugement.

5. Mentionné au § 116 comme le successeur de Zeuxis. Cf. F. Caujolle-Zaslawsky, art. « Antiochos de Laodicée », A 50, *DPhA* I, p. 218-219.

6. Ce personnage ne figure pas dans la « succession » du § 116. Cf. F. Caujolle-Zaslawsky, art. « Apelle » A 229, *DPhA* I, p. 262.

7. Le titre de l'ouvrage d'Apelle indique sans doute que c'était un dialogue, dont Agrippa était l'un des interlocuteurs. Comme Agrippa ne figure pas non plus dans la « succession » du § 116, et qu'il est inconnu de Sextus Empiricus, on a pensé qu'il pouvait s'agir d'un personnage fictif, porte-parole du scepticisme dans le livre d'Apelle et dans d'autres ouvrages sceptiques (F. Caujolle-Zaslawsky, art. « Agrippa » A 50, *DPhA* I, p. 71). Contre cette supposition, cf. Barnes, 1992, p. 4266.

rences. Il y a donc un critère selon les sceptiques, qui est l'apparence, comme le dit Énésidème[1]; Épicure également parle ainsi[2]. En revanche, Démocrite dit qu'aucune des apparences (n'est un critère), et que celles-ci n'existent pas[3]. **107** Contre ce critère des apparences, les dogmatiques disent que, lorsque des impressions différentes nous frappent provenant des mêmes choses, comme de la tour ronde ou carrée[4], ou bien le sceptique n'en préférera aucune, et alors il sera réduit à l'inaction; ou bien il suivra l'une ou l'autre d'entre elles, et alors, disent-ils, il n'attribuera pas la même force aux apparences. A quoi les sceptiques répondent: lorsque des impressions variées nous frappent, nous dirons qu'elles apparaissent, les unes et les autres; et la raison pour laquelle ils posent, disent-ils, les apparences, c'est qu'elles apparaissent[5].

La fin sceptique

La fin[6], les sceptiques disent que c'est la suspension du jugement, que suit comme son ombre l'imperturbabilité: c'est ce que disent Timon et Énésidème. **108** En effet, nous ne choisissons pas ceci ou n'évitons pas cela, pour tout ce qui est de notre ressort; pour tout ce qui n'est pas de notre ressort, mais dépend de la nécessité, nous ne pouvons l'éviter, comme d'avoir faim, d'avoir soif, de souffrir, car il n'est pas possible de supprimer ce genre de choses par décret de la raison[7]. Et quand les dogmatiques disent que le sceptique aura la

---

1. Sur le φαινόμενον comme critère de la vie pratique chez les Sceptiques, cf. Sextus Empiricus, *Esquisses pyrrhoniennes* I 21-24.

2. Par assimilation avec le critère épicurien de la sensation (qui est toutefois un critère de vérité, et non pas un critère d'action).

3. Présentation exceptionnellement négative de la théorie démocritéenne de la connaissance.

4. Entendez : de la tour qui apparaît comme ronde ou comme carrée.

5. La construction et la traduction de cette phrase m'ont été suggérées par M.P.

6. Sur le τέλος (fin dernière ou souverain bien) des Sceptiques, cf. Sextus Empiricus, *Esquisses pyrrhoniennes* I 25-30.

7. Sextus Empiricus (cf. la note précédente) exprime une distinction analogue en termes un peu différents: la fin du sceptique est l'imperturbabilité (ἀταραξία) dans tout ce qui relève du jugement ou de l'opinion (croyant que rien n'est bon ni mauvais par nature, il ne s'attache sérieusement ni à rien rechercher ni à rien éviter), et la modération des affects ou métriopathie (μετριοπάθεια)

possibilité de vivre[1] à condition de ne pas éviter, si on le lui ordonne, de dépecer son père, les sceptiques disent qu'il aura la possibilité de vivre en s'abstenant de toute enquête sur les questions dogmatiques[2], mais non sur celles qui intéressent la vie quotidienne et les usages ordinaires; de la sorte, disent-ils, nous effectuons des choix et des rejets conformes aux habitudes, et nous observons les lois et les coutumes[3].

Certains disent aussi que les sceptiques désignent l'insensibilité comme la fin, et d'autres la douceur[4].

---

dans tout ce qui relève de l'inévitable (domaine dans lequel l'imperturbabilité complète n'est pas possible).

1. Texte difficile, les dogmatiques ayant coutume de dire, au contraire, que le sceptique ne pourra pas vivre. Barnes, 1992, p. 4293, propose, soit d'insérer une négation (« le sceptique ne pourra pas vivre si ... »), soit encore de considérer que le texte a été plus gravement corrompu, par répétition de l'expression ὡς δυνήσεται βιοῦν (490, 1 et 3 Long), et de le récrire de façon à lui donner le sens « le sceptique n'évitera pas ... ». Ma traduction conserve le texte des manuscrits, auquel elle voudrait donner un sens acceptable en interprétant le participe μὴ φεύγων dans le sens d'une condition (« à condition de ne pas éviter »). L'idée est peut-être que, selon les dogmatiques, le sceptique n'agira que si on l'y oblige; mais comme il juge que rien n'est bon ni mauvais par nature, il ne pourra refuser d'exécuter les ordres les plus barbares (M. P.).

2. Entendez : sur les questions de doctrine auxquelles les dogmatiques prétendent apporter des réponses.

3. Cf. Sextus Empiricus, *Esquisses pyrrhoniennes* I 23-24.

4. Ce débat, qui ignore la distinction timonienne et néo-pyrrhonienne entre ataraxie et métriopathie (cf. ci-dessus § 108 et p. 1137 n. 7), pourrait concerner la position de Pyrrhon lui-même sur la question de la fin dernière. Certaines anecdotes racontées à son sujet (§ 66) permettent d'apercevoir pourquoi l'on pouvait être tenté de répondre à cette question soit par l'insensibilité complète ou apathie (ἀπάθεια), soit par la douceur (πραότης) (cf. § 66 et l'article cité p. 1103 n. 6).

TIMON

Sa vie

109 Apollonidès de Nicée[1], un homme de chez nous[2], dit dans le premier livre de ses *Commentaires aux Silles*, dédiés à l'empereur Tibère, que Timon avait pour père Timarque, et Phlionte pour lieu de naissance ; que, laissé seul de bonne heure, il joua dans des chœurs, puis que, se ravisant, il se rendit à Mégare auprès de Stilpon ; et qu'après avoir passé quelque temps avec ce dernier, il revint dans son pays et s'y maria. Ensuite, dit-il encore, il se rendit auprès de Pyrrhon, à Élis, avec sa femme, et il y vécut aussi longtemps que ses enfants furent petits. Il appela Xanthos l'aîné d'entre eux, il lui enseigna la médecine et il fit de lui l'héritier de son genre de vie[3]. **110** Lui-même était célèbre, à ce que dit Sotion[4] dans son livre XI.

---

1. Sur ce grammairien du début du Ier siècle, qui a commenté divers ouvrages, philosophiques ou non, voir R. Goulet, art. « Apollonidès de Nicée » A 259, *DPhA* I, p. 279-280, et Barnes, 1992, p. 4243-4244.

2. Cette expression a fait couler beaucoup d'encre (voir les études mentionnées dans la note précédente, qui renvoient à la bibliographie antérieure). On a parfois cru, sans aucune nécessité, qu'Apollonide, ayant commenté Timon, devait être un sceptique, et que Diogène Laërce signalait ici que lui-même en était un ; mais l'expression peut aussi signifier que Diogène était un descendant ou, plus simplement encore, un compatriote d'Apollonide. On a également supposé qu'il se contentait de recopier textuellement ici sa source, de sorte que l'expression litigieuse ne nous apprendrait absolument rien sur lui. D'autres ont pensé que le texte était corrompu, et diverses corrections ont été suggérées. Cf. l'Introduction générale, p. 12-13.

3. Très vraisemblablement, le genre de vie sceptique. Xanthos serait ainsi le premier d'une longue lignée de médecins sceptiques (le texte n'oblige pas à penser que Timon ait été médecin lui-même ; il signifie peut-être seulement qu'il a fait apprendre la médecine à son fils).

4. Fr. 31 Wehrli. Outre les *Successions* souvent citées par Diogène Laërce, Sotion avait écrit un livre sur les *Silles* de Timon, d'après Athénée (VIII, 336 d).

Cependant, privé de ressources, il se rendit en Hellespont et en Propontide; en exerçant ses talents de sophiste à Chalcédoine, il fit grandir sa réputation; ayant fait fortune, de là il se rendit à Athènes, où il resta jusqu'à sa mort, sauf un bref moment qu'il passa à Thèbes. Il fut le familier du roi Antigone[1] et de Ptolémée Philadelphe[2], comme il s'en donne lui-même le témoignage dans ses iambes.

Ses œuvres

Antigone[3] dit qu'il était aussi ami des poètes[4] et que, lorsque les philosophes[5] lui laissaient quelque loisir, il composait des poèmes: de fait, il a écrit des poèmes épiques, des tragédies, des drames satyriques (trente pièces comiques et soixante pièces tragiques), des *Silles*[6] et des Images[7]. **111** On lui rapporte aussi des livres en prose, dont l'étendue va jusqu'à vingt mille lignes, et qui sont mentionnés par Antigone de Caryste, qui écrivit lui aussi sa vie. Il y a trois livres de *Silles*, dans lesquels, de son point de vue de sceptique, il injurie et brocarde tous les dogmatiques sous forme de parodies[8] . Dans le

---

1. Antigone Gonatas, roi de Macédoine de 276 à 239.
2. Ptolémée II Philadelphe (« l'époux de sa sœur »), roi d'Égypte de 283 à 246.
3. Antigone de Caryste (cf. p. 1100 n. 4).
4. Avec les encouragements de M.P., et compte tenu du contexte, nous corrigeons le texte des manuscrits, φιλοπότης (« amateur de boisson ») en φιλοποιητής (« ami des poètes »). La réputation rabelaisienne de Timon a pu favoriser une mélecture d'abréviation. Cf. aussi n. 7 ci-dessous.
5. Peut-être faut-il ici compléter le texte, de façon que le sens soit « les écrits philosophiques » (R. G.).
6. Ce mot, d'étymologie incertaine, évoque l'idée de parodie satirique et burlesque. Il se peut que Xénophane déjà ait utilisé ce titre; le genre littéraire qu'il désigne avait été cultivé par les Cyniques Cratès de Thèbes et Bion de Borysthène.
7. Les manuscrits portent ici κιναίδους (« des poèmes pornographiques »). Comme les *Indalmoi* de Timon, que Diogène Laërce connaît pourtant (cf. §§ 65 et 105), ne sont pas mentionnés dans cette liste, nous nous aventurons à corriger κιναίδους en ἰνδαλμούς. La déformation pourrait provenir d'une dittographie de καί abrégé et de mélectures d'onciales (M. P.). De plus, le caractère gaillard et sarcastique de Timon pourrait expliquer qu'on lui ait facilement attribué des penchants pour le vin (cf. n. 4 ci-dessus) et pour les obscénités.
8. Les fragments conservés des *Silles* montrent en effet que Timon parodiait très souvent des vers d'Homère.

premier, il s'exprime en son nom propre dans son exposé; dans le second et dans le troisième, il adopte la forme dialoguée. Il s'y représente en tout cas comme interrogeant Xénophane de Colophon au sujet de chacun des philosophes, et ce dernier les lui décrit. Dans le second livre, il parle des plus anciens, dans le troisième de ceux qui sont venus après; c'est pourquoi certains l'ont intitulé *Épilogue*.
112 Le premier embrasse les mêmes matières, à ceci près que le poème ne comporte qu'un seul locuteur. Le début en est le suivant:

Dites-moi donc maintenant, tous tant que vous êtes, sophistes [affairés ... [1].

Sa mort

Il mourut à près de quatre-vingt-dix ans, d'après ce que disent Antigone et Sotion[2] dans son livre XI. Pour ma part, j'ai appris aussi qu'il était borgne, puisqu'il s'appelait lui-même le Cyclope. Il y eut un autre Timon, le misanthrope[3].

Caractère, anecdotes

Quoi qu'il en soit, notre philosophe était aussi grand amateur de jardins, et ne se souciait que de ses propres affaires[4], comme le dit

1. Fr. 1 Di Marco. Timon parodie ici l'invocation aux Muses qui ouvrait l'*Iliade* dans une version connue par la tradition indirecte et citée par les éditions savantes modernes, mais différente de celle qui nous a été directement transmise. Le terme de « sophistes » doit être pris en un sens évaluatif plutôt que descriptif : il ne s'agit pas de ceux que nous appelons les Sophistes, mais de tous les philosophes que Timon méprise et s'apprête à brocarder. « Affairés », « se mêlant de mille choses qui ne les regardent pas » (πολυπράγμονες), ces philosophes le sont dans la mesure où on les voit partout, désireux de se faire connaître, et peut-être aussi dans la mesure où ils se prononcent indiscrètement, dans leurs théories dogmatiques, sur des questions sur lesquelles il est inutile et impossible de s'appesantir. A leur affairement désordonné s'oppose l'attitude de Pyrrhon et de ses disciples, l'ἀπραγμοσύνη ou absence d'inclination à se mêler des affaires qui ne les regardent pas (cf. § 64 et, concernant Timon lui-même, la suite du présent paragraphe).

2. Fr. 32 Wehrli.

3. Philosophe du Vᵉ siècle av. J.-C., portraituré par Lucien et porté sur la scène par Shakespeare. Cf. Th. Lenschau, art. « Timon » 12, *RE* 2 VI, 1936, col. 1299-1301.

4. Ἰδιοπράγμων (cf. n. 1 ci-dessus).

Antigone. On raconte en tout cas que Hiéronymos le Péripatéticien[1] dit ceci à son propos: « De même que chez les Scythes, on voit tirer à l'arc ceux qui s'enfuient[2] non moins que ceux qui poursuivent leurs adversaires, de même, parmi les philosophes, il en est qui vont à la chasse aux élèves en les poursuivant, et d'autres en les fuyant, comme Timon ».

113 Il avait l'esprit prompt et la raillerie facile; il aimait la littérature, au point d'être capable de fournir des scénarios aux poètes et de collaborer à la composition de leurs pièces de théâtre: il donna du matériel pour leurs tragédies à Alexandre et à Homère[3]. Quand il était dérangé par le vacarme des servantes et des chiens, il ne faisait rien, n'ayant d'autre souci que de vivre tranquillement. L'on dit qu'Aratos[4] lui demanda comment l'on pouvait se procurer un texte sûr des poèmes d'Homère, et qu'il répondit: « En lisant les vieilles copies, et non pas les copies d'aujourd'hui qui ont été corrigées »[5]. Ses poèmes gisaient au hasard, parfois à moitié mangés aux vers: **114** au point que, voulant lire quelque chose à Zopyre le rhéteur[6], il se mit à dérouler le volume, le parcourant à la suite; ce n'est que parvenu à la moitié qu'il tomba sur le morceau qu'il n'avait pas retrouvé jusqu'alors. Telle était son indifférence. Mais il était également facile à vivre, au point d'accepter[7] de se passer de déjeuner. On dit qu'un jour, ayant vu Arcésilas traverser la place des Cercopes, il lui dit: « Qu'est-ce que tu fais là, toi, à l'endroit où nous sommes, nous autres hommes libres? » Contre ceux qui admettaient les sensations accompagnées de la confirmation de l'intellect, il avait l'habitude de dire tout le temps:

---

1. Fr. 7 Wehrli.
2. C'est ce qu'on appelle aujourd'hui la « flèche du Parthe ».
3. Alexandre d'Étolie (cf. G. Knaack, art. « Alexandros » 84, *RE* I 2, 1894, col. 1447-1448) et Homère de Byzance (cf. E. Diehl, art. « Homeros » 3, *RE* VIII 2, col. 2447-2248) sont tous deux des poètes tragiques.
4. Poète scientifique célèbre, auteur des *Phénomènes*.
5. Intéressante manifestation de « conservatisme » philologique, dirigée contre les tentatives faites par les érudits contemporains de Timon pour réviser les textes anciens.
6. Cf. H. Gärtner, art. « Zopyros » 14, *RE* X A, 1972, col. 771.
7. Nous lisons ici συγχωρεῖν avec le manuscrit B, contre συγχρόνειν (FP Long).

Sont venus ensemble Attagas et Numénius[1].

Il avait l'habitude de faire des plaisanteries de ce genre. Ainsi, à quelqu'un qui s'émerveillait de tout, il dit : « Pourquoi ne t'émerveilles-tu pas que nous n'ayons que quatre yeux, alors que nous sommes trois ? » Lui-même n'avait qu'un œil, de même que son disciple Dioscouridès[2] ; et son interlocuteur était normal. **115** Arcésilas lui ayant demandé un jour pourquoi il était venu de Thèbes (à Athènes), il répondit : « Pour vous voir en pleine lumière et rire de votre impudence ». Après s'être attaqué à Arcésilas dans les *Silles*, il fit cependant son éloge dans son écrit intitulé *Le Banquet funéraire d'Arcésilas*.

Sa postérité philosophique

D'après Ménodote[3], il n'eut aucun successeur, et cette tradition de pensée s'interrompit jusqu'au moment où Ptolémée de Cyrène[4] la fit revivre. Mais selon ce que disent Hippobote[5] et Sotion[6], il eut pour auditeurs Dioscouridès de Chypre[7], Nicolochos de Rhodes,

1. Attagas et Numénius sont deux brigands célèbres ; ce sont aussi les noms de deux espèces d'oiseaux (il n'y a pas de raisons de penser que Timon fasse allusion à un disciple de Pyrrhon qui se serait appelé Numénius, cf. ci-dessus, §§ 68, 102 et les notes concernant Numénius). La plaisanterie signifie que, même associés, les sens et l'intellect n'ont pas plus de valeur cognitive que lorsqu'ils sont séparés (cf. Barnes, 1992, p. 4261-4262). Si le nom de Numénius (Νουμήνιος) fait jeu de mot avec celui de l'intellect (νοῦς), celui d'Attagas évoque peut-être (M. P.) l'interjection ἀτταταῖ (« aïe ! aïe ! »).

2. Ce disciple de Timon est certainement Dioscouridès de Chypre, nommé de nouveau au § 115 (cf. F. Caujolle-Zaslawsky, art. « Dioscouridès de Chypre » D 203, *DPhA* II, p. 882-883).

3. *FGrHist* 541 F 4. Ménodote de Nicomédie (IIe siècle), nommé de nouveau au § 116, est le premier sceptique qui soit mentionné aussi comme « médecin empirique » ; il est bien connu, grâce en particulier aux exposés et aux critiques de Galien. Sur son rôle, qui fut important, cf. Brochard, 1923[2], p. 311-313 et 365-369 : Deichgräber[2], 1965, p. 18-19, 212-214, 264-265.

4. Cf. A. Dihle, art. « Ptolemaios » 27, *RE* XXIII 2, 1959, col. 1861. Sans doute le même que le Ptolémée mentionné au § 116, dont la vie doit se situer vers 100[a]. Selon Aristoclès (cité par Eusèbe, *Préparation évangélique* XIV 18 29), suivi par tous les Modernes, la résurrection du scepticisme « pyrrhonien » est en revanche l'œuvre d'Énésidème.

5. Fr. 22 Gigante.

6. Fr. 33 Wehrli.

7. Cf. ci-dessus, n. 2.

Euphranor de Séleucie et Praÿlos, originaire de Troade[1], qui avait une endurance telle, à ce que dit Phylarque[2] dans ses récits, qu'il supporta le châtiment qui lui avait été injustement infligé pour trahison, sans même juger bon d'adresser la parole à ses concitoyens.

116 Euphranor[3] eut pour auditeur Eubule d'Alexandrie[4]; celui-ci, Ptolémée[5]; celui-ci, Sarpédon[6] et Héraclide[7]; Héraclide eut pour auditeur Énésidème de Cnossos, qui écrivit des *Discours pyrrhoniens* en huit livres; celui-ci, Zeuxippos de Polis[8]; celui-ci, Zeuxis dit Pied-tordu[9]; celui-ci, Antiochus de Laodicée du Lycos[10]; ce dernier eut pour auditeurs Ménodote de Nicomédie, médecin empirique[11],

---

1. Nous ne savons rien de ces trois philosophes. Sur Nicolochos, cf. K. von Fritz, art. « Nikolochos » 2, *RE* XVII 1, 1936, col. 458. Sur Euphranor, cf. J. Brunschwig, art. « Euphranor de Séleucie », *DPhA* III (à paraître). Sur Praÿlos, cf. W. Aly, art. « Praylos » 2, *RE* XXII, 2 1954, col. 1813.

2. *FGrHist* 81 F 67.

3. Cf. ci-dessus, n. 1. La plupart des philosophes mentionnés dans le présent paragraphe ne sont guère plus pour nous que des noms (à l'exception d'Énésidème, de Ménodote, de Théiôdas et de Sextus Empiricus). Cette liste de philosophes sceptiques montre que Diogène Laërce était un peu postérieur à Sextus Empiricus, puisqu'il mentionne l'un de ses élèves ; c'est, par ailleurs, le seul passage des *Vies* où Diogène parle de personnages qui sont ses contemporains.

4. Seule mention de ce philosophe; cf. J. Brunschwig, art. « Euboulos d'Alexandrie », *DPhA* III (à paraître).

5. Cf. p. 1143 n. 4.

6. Cf. H. von Arnim, art. « Sarpedon » 3, *RE* II A 1, 1921, col. 47.

7. Ce nom très répandu a été porté par plusieurs médecins et commentateurs d'Hippocrate, notamment par deux médecins, Héraclide de Tarente (cf. R. Goulet, art. « Héraclide de Tarente », *DPhA* III, à paraître) et Héraclide d'Érythrée; mais il est difficile d'identifier l'un ou l'autre avec le maître d'Énésidème, pour des raisons chronologiques. Il est possible qu'il s'agisse ici d'un autre Héraclide d'Érythrée, médecin lui aussi, mentionné par Strabon (Ier siècle av. J.-C.) comme son contemporain, ou même d'un inconnu dont rien n'assure qu'il ait été médecin (cf. la discussion de Brochard, 1923², p. 231-236). On a parfois pensé aussi à l'Académicien Héraclite de Tyr (cf. T. Dorandi, art. « Héraclite de Tyr », *DPhA* III, à paraître). Sur l'ensemble de la question, voir J. Brunschwig, art. « Héraclide [maître d'Énésidème] », *DPhA* III, à paraître.)

8. Cf. H. von Geisau, art. « Zeuxippos » 6, *RE* X A, 1972, col. 379. « Polis » est le nom d'un bourg de Locride (Thuc. III 101). Cependant, certains préfèrent écrire πολίτης, et comprendre « concitoyen » (d'Énésidème).

9. Cf. § 106 et p. 1136 n. 3.

10. Cf. § 106 et p. 1136 n. 4.

11. Cf. ci-dessus, § 115 et p. 1143 n. 3.

et Theiôdas de Laodicée[1] ; Ménodote eut pour auditeur Hérodote fils d'Arieus, de Tarse[2] ; Hérodote eut pour auditeur Sextus Empiricus, de qui l'on a les *Écrits sceptiques* en dix livres[3], et d'autres très beaux ouvrages[4] ; Sextus eut pour auditeur Saturninus dit Kythènas[5], médecin empirique lui aussi.

---

1. Parfois orthographié Théodas (cf. W. Capelle, art. « Theodas », *RE* V A 2, 1934, col. 1713-1714). Médecin empirique, comme Ménodote, il fut également critiqué par Galien. Sur son rôle, cf. Brochard, 1923², p. 311-312 et 364-365 ; Deichgräber², 1965, p. 5, 18, 214-215, 288 n. 1.

2. Parfois identifié, mais à tort, avec un médecin de l'école pneumatique, mentionné par Galien. Le nom d'Hérodote serait absent des œuvres conservées de son disciple Sextus Empiricus s'il n'avait été introduit par conjecture dans un passage très corrompu des *Esquisses pyrrhoniennes*, I 222 ; mais d'autres éditeurs préfèrent supposer qu'il faut lire à cet endroit le nom de Ménodote. Cf. Brochard, 1923², p. 313-314, et J. Brunschwig, art. « Hérodote de Tarse », *DPhA* III (à paraître).

3. Le grand ouvrage de Sextus, l'*Adversus mathematicos*, compte onze livres dans nos manuscrits et dans nos éditions. Le chiffre indiqué par Diogène Laërce vient probablement de ce que le livre III (*Contre les géomètres*) et le livre IV (*Contre les arithméticiens*), qui est très court, n'avaient pas encore été séparés.

4. Sextus avait aussi écrit, outre ses célèbres *Esquisses pyrrhoniennes*, un certain nombre d'ouvrages médicaux qui n'ont pas été conservés.

5. Cf. H. von Arnim, art. « Saturninus » 16, *RE* II A 1, 1921, col. 217, qui juge le surnom « incompréhensible ». Le texte a parfois été corrigé pour donner le sens : « <du dème attique> Kydathenaion », ou encore: "mon compatriote" (cf. Introduction générale, p. 14 n. 2).

LIVRE X

Introduction, traduction et notes

par Jean-François BALAUDÉ

INTRODUCTION

Quelle que soit la richesse informative de tout ce qui a précédé, le dernier livre des *Vies* de Diogène Laërce est, du point de vue de l'histoire de la philosophie, le plus important des dix, car le biographe ne se contente pas de rassembler, comme il l'a fait jusque-là, des faits biographiques et des données doxographiques, de citer quelques extraits, de reproduire un testament (c'est encore le cas ici), mais il y ajoute – décision inestimable pour la postérité – la reproduction intégrale d'écrits d'Épicure, le philosophe sur lequel s'achève son ouvrage.

Alors que l'on note au fil des *Vies* tant de négligences dans la rédaction, dans l'entassement des anecdotes, des citations, ici de manière frappante D. L. justifie comme une décision très méditée la reproduction des trois *Lettres* d'Épicure, présentées comme un ensemble résumant sa philosophie, suivies du recueil de quarante *Maximes capitales*, qui est tenu par le biographe, il le dit non sans quelque emphase, pour un couronnement de l'ensemble de son travail :

> « Eh bien, plaçons maintenant sa couronne, comme on pourrait dire, à l'ensemble de l'ouvrage et à la vie du philosophe, en reproduisant ses *Maximes capitales*, et en refermant avec elles l'ensemble de l'ouvrage – pour faire usage à la fin du principe du bonheur. » (138)

Ceci suggère assez que D. L., que l'on a pu voir plus d'une fois flottant dans ses présentations de philosophes, se ménageant une certaine liberté d'improvisation, qu'attestent les variations dans la construction des biographies, a eu le réel souci de construire aussi clairement et harmonieusement que possible la fin de son ouvrage, qu'il fait culminer dans la présentation de l'école épicurienne, de ses préceptes, de ses maximes. Ceci est assez frappant pour que plusieurs commentateurs aient considéré D. L. comme un épicurien. En réalité, il n'est peut-être pas légitime de se prononcer de façon tranchée sur la question de l'appartenance philosophique de Diogène Laërce, non pas par exemple dans l'idée qu'il serait un éclectique (ce qu'il ne revendique pas[1]), mais plutôt parce qu'il affecte une certaine extériorité vis-à-vis des philosophes qu'il présente. Son point de vue sur eux est sensiblement décentré, il n'est pas proprement philosophique, c'est plutôt celui d'un homme cultivé, poète, qui considère avec une certaine distance l'ensemble des traditions philosophiques. Néanmoins, il est vrai que D.L. semble éprouver quelque affinité envers Épicure, qu'il s'efforce en particulier de disculper des accusations que ses adversaires font peser sur lui (X 9-12).

D.L. cite donc, pour couronner la dernière des vies, qui est celle d'Épicure, et par là même l'ouvrage entier, trois lettres-résumés: la *Lettre à Hérodote*, la *Lettre à Pythoclès*, la *Lettre à Ménécée*, et le recueil des *Maximes capitales*. C'est bien là l'élément distinctif le plus manifeste de ce livre X, et sur ces œuvres je vais revenir précisément dans la suite de cette présentation. Une deuxième caractéristique remarquable est que ce livre X présente une école entière et une seule vie, qui est celle d'Épicure[2]. Certes, D.L. mentionne nombre de ses disciples (Métrodore, Polyainos, Hermarque, Léonteus, Thémista, Colotès, Idoménée, Polystrate, Dionysios, Basilide, Apollodore, deux Ptolémée, Zénon, Démétrios Lacon, Diogène de Tarse, Orion), mais brièvement, et dans le cours même de la *Vie d'Épicure* (X 22-26). Les figures les plus individualisées sont celle de Métrodore, puisque tous les éléments d'une vie figurent en raccourci (22-24), et dans une moindre mesure celle d'Hermarque (dont une liste d'ouvrages est toutefois donnée; 24-25). Ceci s'explique assez aisément par les traits distinctifs de cette philosophie elle-même. En effet, il est reconnu par les adversaires des épicuriens eux-mêmes que l'école fondée par Épicure est celle qui a conservé tout au long de

1. Sur ce que l'on peut légitimement considérer comme éclectisme dans l'Antiquité, cf. I. Hadot, « Du bon et du mauvais usage du terme "éclectisme" dans l'histoire de la philosophie antique », dans R. Brague et J.-F. Courtine (édit.), *Herméneutique et ontologie. Hommage à P. Aubenque*, Paris 1990, p. 147-162.

2. S'il est vrai que le livre III est consacré au seul Platon, le livre IV présente à la suite les platoniciens. Dans la présentation de D. L., l'épicurisme se confond avec Épicure lui-même.

son histoire la plus grande unité doctrinale, la plus grande fidélité à son Maître[1]. On a un témoignage éloquent à cet égard, celui de Numénius, qui oppose précisément sur ce point platoniciens et épicuriens (pour déplorer du reste que l'avantage soit à ces derniers):

« Jamais, d'aucune façon, on ne les [les Épicuriens] a vus soutenir le contraire d'Épicure; à force de convenir qu'ils partageaient les idées d'un sage, ils ont joui eux aussi, et non sans raison, de ce titre; et il fut acquis dès longtemps aux épicuriens postérieurs qu'ils ne s'étaient jamais contredits entre eux, ni n'avaient contredit Épicure, en rien qui valût la peine d'en parler; c'est chez eux une illégalité ou plutôt une impiété, et toute nouveauté est proscrite. Aussi aucun n'en est-il venu même à l'oser, et leurs opinions reposent en grande paix du fait de leur constant accord mutuel. Et l'école d'Épicure ressemble à un État véritable, sans la moindre sédition, animé du même esprit, d'une seule volonté; moyennant quoi ils ont été, sont et probablement resteront dociles. »[2]

C'est sans doute dans une perspective de ce genre, si l'on veut justifier la présentation adoptée par D. L. dans le livre X, que des vies distinctes pour les disciples d'Épicure ne s'imposaient pas. Au contraire même, la *Vie d'Épicure* fournit les éléments qui permettent de comprendre pourquoi, à partir de cette vie, devient pensable et pensée toute vie philosophique digne de ce nom. Sans avancer que D.L. juge désormais dérisoire ce qu'il a jusque-là consigné avec jubilation et parfois malice, on a le sentiment qu'il tient pour finir dans la personne d'Épicure un homme dont la vie et la pensée semblent se résoudre harmonieusement dans l'unité du philosopher en acte. Ainsi comprise, la singularité de la *Vie d'Épicure* livre sa propre clé avec les lettres-résumés d'Épicure, et les *Maximes capitales*. Par voie de conséquence, la *Vie d'Épicure* vient en dernier non simplement par le fait, en tant que terme de la branche italique de la philosophie, mais encore nécessairement, au regard de ce qui semble bien constituer pour D. L. le cœur de la philosophie, à savoir la vie philosophique: ainsi, la place de choix qu'occupe la *Vie d'Épicure* la désigne comme la matrice et le modèle de toute vie philosophique à venir.

Concernant la construction de ce livre X-*Vie d'Épicure,* deux parties de longueur inégale le partagent de manière nette et tranchée,

1. Même si, à la vérité, l'école a connu une certaine évolution doctrinale. Mais ce n'est précisément pas ce que D. L. met en évidence.

2. Fr. 24 des Places, trad. des Places.

l'une biographique (1-28), l'autre doxographique (28-154), incluant les *Lettres* et *Maximes capitales.*

La première partie est assez bien organisée, signe du soin que D.L. a mis dans sa composition. Pour commencer, il livre de premiers éléments biographiques (1-3), qu'il prolonge par l'évocation des nombreuses malveillances (3-8), auxquelles il répond en se livrant à une véritable apologie d'Épicure (9-12), et en exposant la forme d'indépendance qui est la sienne (12-14). Ces §§ 3 à 12 peuvent être vus comme une longue parenthèse (mais une parenthèse essentielle) dans la biographie qui, de fait, reprend au § 14. Mais sur le plan des faits, D. L. se contente ici de donner ses dates précises de naissance et de mort, et d'évoquer sa mort, une mort ordinaire comparée à tant d'autres morts de philosophes (14-16). Tout l'intérêt porte en réalité sur le testament, long, détaillé, qu'il reproduit intégralement à la suite (16-21), ainsi que sur la *Lettre à Idoménée,* écrite par Épicure le jour de sa mort (22). De fait, le testament d'Épicure permet de toucher du doigt la réalité de la communauté épicurienne, notamment l'importance de la *philia* en son sein, *philia* entre les membres de la communauté philosophique, qui sont appelés *sumphilosophountes,* apparemment sans distinction hiérarchique[1] – seul est distingué Hermarque, en tant que premier successeur d'Épicure à la tête du Jardin –, et *philia* continuée avec les fondateurs de l'école, Épicure et Métrodore, dont la mémoire doit être célébrée à dates fixes. La biographie se poursuit d'ailleurs par l'évocation des disciples principaux d'Épicure (22-25), puis celle de ses successeurs à la tête du Jardin et de ses homonymes (25-26). D.L. présente ensuite la liste des œuvres du Maître (26-28), qui débouche alors sur la présentation doxographique (à partir de 28), qui va revêtir le caractère exceptionnel que l'on a souligné, avec les *Lettres* et les *Maximes capitales,* dont il annonce la reproduction dès ce § 28.

1. Il y a de bonnes raisons de penser que la hiérarchie que N.W. de Witt (« Organization and Procedure in Epicurean Groups », *CPh,* 31, 1936, p. 205-211) dégageait du traité de Philodème Περὶ παρρησίας, reflète une organisation ultérieure de la communauté épicurienne. Le § 10 de la *Vie d'Épicure* fait clairement ressortir que les serviteurs d'Épicure eux-mêmes étaient appelés à philosopher avec lui (συνεφιλοσόφουν αὐτῷ, et D.L. rappelle au § 10 qu'ils sont aussi mentionnés dans le testament : Épicure prévoit en effet l'affranchissement de Mys, Nicias, Lycon, et Phaidrion, cf. § 21).

D.L. proposera successivement la *Lettre à Hérodote* (35-83), puis la *Lettre à Pythoclès* (84-116), et enfin la *Lettre à Ménécée* (123-135), avant de couronner l'ouvrage, selon son expression, par les *Maximes capitales* (139-154). Cela obéit à un ordre doxographique qui se veut rigoureux : il commence par présenter les divisions de la philosophie, puis introduit à la canonique (en citant le *Canon,* § 31-34), avant d'enchaîner avec les deux premières *Lettres*, reliées par une seule phrase de transition, qui exposent l'ensemble de la physique. En revanche, pour l'éthique, il intercale, avant de reproduire la troisième *Lettre,* un assez long développement doxographique sur le sage (117-121), et reprend après la *Lettre à Ménécée* sur la question du plaisir, en opposant précisément les Épicuriens et les Cyrénaïques (131-135). Il arrive enfin aux *Maximes capitales*, présentées de la façon solennelle qui a été rappelée (*supra,* p. 1149).

Il m'a paru utile de reproduire, avec quelques modifications, les présentations des *Lettres* et des *Maximes capitales* que j'avais proposées dans mon édition des *Lettres* et *Maximes* d'Épicure (*Épicure. Lettres, Maximes, Sentences*, Paris, Le Livre de Poche, 1994, deuxième partie de l'Introduction, p. 48-137). De la sorte, la lecture de ces *Lettres*, souvent difficile en raison de l'écriture resserrée adoptée par Épicure, devrait en être sensiblement facilitée.

LETTRE À HÉRODOTE

PLAN DE LA LETTRE

Le résumé, son organisation, et la méthode de la connaissance

A première lecture, le mouvement de la lettre semble quelque peu désordonné ; le sentiment est renforcé par l'absence d'un souci quelconque de transition : Épicure se contente en effet de formules minimales telles que « mais en outre », « et aussi ». Il faut toutefois s'efforcer d'aller au-delà : l'apparent désordre des matières est calculé, et l'on repère rapidement une construction complexe, circulaire, concentrique. La preuve la plus évidente en est que la conclusion correspond étroitement à l'introduction, reprenant tous ses thèmes – mais la conclusion est cette fois renforcée par l'ensemble du résumé *(epitomè)*.

L'auteur de la lettre paraît d'ailleurs se plaire à assembler les résumés, à partir du résumé initial des principes. En fait, cet emboîtement voulu des résumés les uns dans les autres est indéfini, car le résumé représente moins une approche simplificatrice qu'il ne cherche à produire une concentration de la connaissance philosophique, que chacun peut pratiquer et faire varier selon des intensités différentes. Le terme ultime du processus de résumé-concentration est la formule, bien qu'en vérité en deçà de la formule il y ait encore le mot qui, employé proprement et justement, suffit à dire le vrai, pour autant qu'il en est fait un usage plein (renvoyant à la prénotion). Cette remontée jusqu'au mot suggère *a contrario* que toute formule, tout résumé constitue un certain développement du vrai, en tout cas une application légitime du vrai, dans la mesure où il s'agit d'exprimer la vérité de la perception. Il revient donc au lecteur, par une lecture active, de restituer les enchaînements, les articulations signifiantes dont Épicure se dispense ici.

La *Lettre à Hérodote* se développe donc en deux temps, un premier temps que l'on pourrait dire axiomatique, un second appliqué, et développé.

Conformément à l'intention de résumer la doctrine, l'organisation formelle de la lettre revient à offrir une présentation synthétique, donnant l'apparence d'un mouvement déductif en réalité sous-tendu par une procédure inductive dont Épicure fait la théorie, et dont il établit la validité, en même temps que la nécessité. En effet, la présentation déductive (des principes aux développements et conséquences) n'est possible que précédée, dans l'ordre de l'investigation, par une série d'inductions successives, amplifiantes, généralisantes, tenues pour vraies grâce à leur confirmation par l'apparaître sensible, ou du moins non infirmées par lui. Il ne doit pas y avoir désaccord avec ce qui apparaît, mais dans certains cas, nous avons des propositions générales touchant le visible, dans d'autres, ce sont des propositions touchant l'inévident *(adèlon)* par nature (les principes) ou par accident (comme les réalités célestes, pour lesquelles on se reportera en particulier à la *Lettre à Pythoclès*).

Les propositions touchant l'inévident sont induites par analogie (une analogie et une seule bien souvent rend pensable l'inévident), ou bien par suppression des propositions contradictoires : ainsi, l'impossibilité de penser le mouvement sans le vide conduit à reconnaître l'existence de celui-ci (même dans ce cas, la cohérence de l'épistémologie épicurienne impose de voir en dernier lieu une inférence inductive)[1]. Aussi l'exposition ne semble-t-elle devoir procéder déductivement que pour mieux rappeler la priorité constitutive de la procédure du raisonnement inductif, d'où la suite que présente

1. Cf. mon *Épicure*, p. 43-44.

la lettre : exposition des principes, puis exposition de la théorie de la perception, reprise détaillée de l'exposition de l'atome, suivie de l'exposition de la théorie de l'âme.

Épicure compose un résumé, qui fait apparaître, dans son cours même, comment le résumé est possible, et finalement nécessaire. En d'autres termes, l'exposition de la *phusiologia* fait constamment référence à la canonique, dont elle explique les fondements, et qui en retour fonde la validité de cette étude de la nature. Le « parcours continu » *(periodos)* dont parle l'introduction trouve là sa pleine cohérence.

Introduction de la lettre : l'utilité du résumé (35-37)

– Le premier type de destinataires

Quelle que soit la raison qui empêche de lire ses écrits (manque de temps pour des hommes exerçant des charges politiques ou autres, comme on le pense souvent, ou bien manque de repères généraux, d'indications de méthode pour des hommes qui, tel Hérodote, pourraient même avoir des connaissances en matière épicurienne), Épicure se propose d'écrire, pour tous ceux qui en éprouvent le besoin, un résumé *(epitomè)*. Cet écrit, dont il va expliquer la nécessité, est en tout cas à distinguer de deux ensembles d'écrits qui le précèdent logiquement : d'une part, l'ensemble des écrits *(anagegrammena)* portant sur la nature, qui regroupe notes et traités, et, d'autre part, les traités les plus importants, au premier rang desquels le *Sur la nature* en trente-sept livres. Le résumé ne concerne donc pas seulement ceux qui ne parviennent pas à lire la totalité des écrits physiques, mais même ceux qui sont incapables d'assimiler les traités les plus importants. D'emblée, Épicure laisse entendre que le problème n'est pas celui de la connaissance extensive des développements d'une « physique » épicurienne qui seule pourrait conférer la maîtrise philosophique à l'étudiant ; l'essentiel semble bien plutôt la parfaite compréhension de la démarche même que l'on est conduit à adopter dans le domaine de l'étude de la nature. Le problème de l'apprentissage, qui se pose aux apprentis philosophes, se ramène en somme à un problème préjudiciel, qui reste toutefois le problème majeur : celui de la légitimation méthodique de l'étude de la nature, la *phusiologia*. Voilà pourquoi le résumé sera, du point de vue d'Épicure, considéré comme possible, souhaitable, et en fait nécessaire. Ce qu'il prépare est un viatique, qui rende quiconque capable, en toute circonstance, de mettre en œuvre les principes que recense la *phusiologia*.

Le résumé concerne «l'ensemble de la doctrine» (*tès holès pragmateias* – l'expression revient quelques lignes plus bas) : la *pragmateia* est d'abord l'étude, d'où le résultat de l'étude, au sens philosophique, la doctrine. Cette valeur première d'«étude» ne doit pas être perdue de vue : c'est avant tout une démarche, procédant de certains principes, avançant d'une façon déterminée, et parvenant à certains résultats, qui va être présentée. On ne peut parler de physique qu'au prix d'une certaine équivoque par rapport à la physique d'Aristote par exemple, car la *phusiologia*, «l'étude de la nature», est d'abord conçue comme un exercice appliqué, et ses ambitions sont différentes (de fait, Épicure ne parle jamais, pour sa part, d'*epistèmè*). La suite y insiste immédiatement : le résumé ne sert pas une intention érudite, il offre directement une visée pratique.

La justification premièrement avancée de ce résumé est donc de permettre de se remémorer la doctrine, et cette remémoration met en mesure d'activer le contenu de la doctrine dans les circonstances qui en imposent la maîtrise. Ainsi, Épicure insiste d'abord sur la suffisance qui doit être atteinte, et l'explicite aussitôt : le mouvement de connaissance est finalisé. En effet, ces connaissances doivent pouvoir servir dans l'instant, dans des occasions données – et Épicure emploie ici la notion, mise en honneur par les sophistes notamment, de *kairos*. C'est au moment opportun, lorsqu'il est requis dans l'instant singulier, que le résumé doit devenir opératoire, et que le possesseur des règles majeures doit être en mesure de s'aider lui-même : avec ces opinions principales, capitales, il est armé pour régler les questions les plus importantes touchant la nature, c'est-à-dire toutes celles dont l'élucidation permettra d'écarter le trouble de l'âme.

Par «nature», il faut d'abord entendre la nature visible, les phénomènes que nous percevons *(to phainomenon)* : mais le résumé va précisément indiquer comment l'on remonte du visible à l'invisible, du phénomène à ce qui le fonde, et ceci constituera l'investigation de la nature, son approfondissement. Sous la nature visible, il y a la nature invisible, inévidente. Ne nous y trompons pas: par cette remontée, l'on ne passe pas de la nature à un degré supérieur, tel que serait l'intelligible dans la perspective platonicienne – il s'agira de l'approfondissement de la connaissance même de la nature, dans ses deux faces solidaires l'une de l'autre, visible et invisible (car c'est l'invisible qui se rend visible). Ainsi Épicure parle plus loin, à propos des atomes et du vide, de « natures générales» (40), et en résumé du développement, de « la nature des êtres » (45).

C'est donc une connaissance entièrement appliquée qui est visée ici: la *theoria* dont il est question, c'est l'étude, l'observation qui va servir la vie, et non pas la théorie opposée à la pratique.

– Le deuxième type de destinataires

Épicure évoque à la suite ceux qui, ayant une connaissance satisfaisante de la doctrine, sont capables d'observer en conséquence la nature. Ils correspondent sans doute à ceux qui ont pris connaissance des livres majeurs. Épicure explique que même eux ont besoin du résumé, en insistant cette fois sur l'acte concret de remémoration de cette esquisse de l'ensemble de la doctrine qui s'imprime dans l'esprit, le marque et oriente désormais sa manière d'appréhender la nature: s'ils considèrent correctement la totalité, c'est avant tout parce qu'ils disposent de cette esquisse générale qui délivre les éléments principaux, fondamentaux, de la doctrine. Cette explication donne son sens à «l'appréhension dense» qu'il évoque ensuite, et qui justifie le recours au résumé: cet acte est l'acte même par lequel nous appréhendons la totalité, sa densité lui est conférée par son contenu, auquel s'oppose le contenu de l'appréhension du particulier qui est rare et limité, ne fournissant d'information que pour un type de phénomène.

Mais au-delà de cette dichotomie (entre vision du tout et vision du particulier), il faut comprendre pourquoi l'on ne peut en fait espérer appréhender réellement quoi que ce soit si l'on n'est pas en possession des principes généraux (36). L'exercice de remémoration de ces derniers doit se faire continuellement, car c'est eux qui conditionnent l'appréhension vraie des réalités particulières. L'esquisse générale, en s'appliquant, devient ainsi une connaissance précise *(akribôma)* particulière; on voit donc comment, du point de vue de ce deuxième type de destinataires, le résumé peut servir : en donnant les moyens d'avancer dans la voie de la saisie correcte de la réalité.

– Le troisième type de destinataires

Épicure évoque enfin ceux qui sont parfaitement formés, dont on pourrait penser qu'ils n'ont en rien besoin d'un tel résumé, puisqu'ils sont aussi bien ceux qui ont lu tout ce qu'Épicure a pu écrire concernant la nature. Mais, sur eux aussi, l'on vérifie l'utilité d'une maîtrise des principes les plus généraux, puisque c'est au moyen de ces principes qu'ils usent « avec acuité » des appréhensions.

Ce point est d'importance : il s'agit bien ici de connaissance appliquée, et même si ce troisième groupe rassemble les proches d'Épicure, ceux qui connaissent tous ses écrits, ce n'est pas en se remémorant directement les écrits du Maître pour les développements particuliers, mais avant tout en appliquant les règles et principes capitaux qu'ils peuvent faire face aux situations individuelles données. L'appréhension livre une ou des informations sur ce qui nous apparaît, et cette information est correctement traitée, c'est-à-dire analysée dans ses éléments constitutifs, et selon les formules simples qui permettent l'identification et la compréhension. Du reste, la maîtrise des principes doit permettre de retrouver dans le détail, sur tel point, le contenu des écrits d'Épicure : s'il n'est rien de ce qu'a écrit le Maître que ne connaissent ses disciples les plus confirmés, c'est parce qu'ils sont capables de reconstituer dans le détail les argumentations particulières qui se rencontrent dans ces écrits.

Épicure rajoute un point touchant le troisième type de destinataires : il a indiqué que l'homme parfaitement avancé aura des connaissances précises et vraies, à condition de pouvoir user avec justesse des appréhensions dont il dispose ; pour cela, il doit être capable de les décomposer dans leurs éléments constitutifs, de les analyser. Il va donc du général vers le particulier, ce pour quoi il doit maîtriser le général. Mais inversement, dans cet acte de connaissance, l'on doit reconnaître que la maîtrise effective du particulier permet de fonder la maîtrise réelle du général. La fonder et la vérifier, d'où l'image du parcours circulaire *(periodeia)* : le général n'est pas donné d'emblée, il se constitue dans l'appréhension répétée du particulier ; et s'il est vrai que le rôle du résumé est justement de permettre l'acquisition rapide, ou plus sûre, des principes généraux, ces principes généraux doivent s'accorder au particulier, de telle sorte que le général soit gros du particulier, l'embrasse. C'est à ce prix que la connaissance, la maîtrise du général, devient la plus dense : lorsque dans le général, l'on est à même de retrouver le particulier.

– « La paix »

Épicure envisage donc qu'une progression continue puisse conduire du niveau de commençant à celui du plus confirmé, par le mérite du résumé de la doctrine, rassemblant les éléments généraux qui sont bien l'essentiel de l'étude de la nature, pour autant que celle-ci est d'abord et avant tout conçue comme appliquée. Ainsi, à la fin de son introduction (37), il souligne une nouvelle fois qu'il s'adresse à tous, en tenant compte de l'expérience de ceux qui pratiquent la *phusiologia*. Le but est d'étendre à ceux qui n'en sont pas encore capables ce mode de vie et de pensée, et il faut pour cela les exhorter à l'adopter. L'introduction devient protreptique dans la mesure où ce qui est promis maintenant avec la pratique continue de la *phusiologia*, c'est la paix dans la vie, la vie apaisée. Pour cela, il faut s'emparer du résumé, le faire sien.

Il parle ainsi de « la paix dans la vie » *(eggalènizôn tôi biôi)*. Plus précisément, l'image est celle de la mer apaisée, qu'avait employée déjà Platon dans le *Phédon* (84 a), pour évoquer l'âme qui suit la philosophie : (des plaisirs et des peines) « elle (l'âme) fait une mer apaisée, elle suit le raisonnement et reste toujours en lui ». Or, pour Platon, la *galènè* est une image : la mer apaisée figure l'âme débarrassée de l'agitation des plaisirs et des peines. Aussi n'est-elle pas autrement développée. Il en va différemment pour Épicure, puisqu'il ne s'agit plus pour lui de figurer un état spirituel au moyen d'une image sensible : au contraire, la *galènè*, la mer apaisée, est une image appropriée pour penser le calme de l'âme qui n'est pas agitée par des mouvements corporels violents, qu'ils soient de plaisir ou de peine, comme disait Platon. En effet, de la mer à l'âme nous ne changeons pas de plan de réalité, puisqu'il n'y en a qu'un : il s'agit donc en quelque sorte d'une translation analogique. L'image présente une pertinence supplémentaire dans la logique de l'épicurisme : l'individu dont l'âme est en paix éprouve le même sentiment que lorsqu'il découvre, après la tempête, la mer apaisée – un sentiment de profonde joie, qui est un plaisir de l'esprit, dont l'advenue ne modifie pas l'équilibre de l'âme mais au contraire le renforce, conforte sa stabilité. Il résulte de cela que l'image de la mer apaisée, à travers sa conceptualisation éthique, perd la connotation de précarité qui s'attache à elle, et ceci constitue le dernier point remarquable de cette importation de la *galènè*: l'homme au point de vue éthique doit devenir capable par la philosophie de surmonter la précarité de sa condition naturelle. Cela ne veut pas dire qu'il doive nier son être mortel, mais tant qu'il vit, il doit arriver à vivre en sorte d'être le plus conforme à la nature, de ne plus rien avoir en lui qui puisse mettre en cause son équilibre, donc d'être cette mer toujours calme. L'incorruptibilité qu'évoque Épicure comme une visée éthique, en relation avec la pensée du dieu, relève bien d'un mode de vie divin: il s'agit de transcender la vie naturelle dans et par la nature, d'être cet être naturel qui sait préserver et renforcer ce qui est la condition même de la vie, à savoir l'équilibre. Et pour cela, la pensée et son caractère réflexif s'imposent. Voilà pourquoi Épicure promet la paix de l'âme à qui aura acquis l'étude de la nature. Car le savoir, fondé naturellement, de la nature, que l'on peut appliquer à chaque instant de sa vie, transforme totalement celui qui le possède.

L'image de la mer d'huile, devenue un concept à part entière de l'éthique d'Épicure, ainsi que nous le confirment les commentateurs antiques, resurgit au § 83 pour clore la *Lettre* : le *galènismos* nomme l'état de paix, de sérénité, il signifie un état d'équilibre de l'âme, celui d'une plénitude que rien ne peut plus remettre en question. L'on doit d'ailleurs rapprocher de l'introduction, toute la conclusion de la *Lettre* (82-83), qui lui correspond point par point : les trois destinataires (dans le même ordre), et le bénéfice que l'on tire du résumé – la force de vie (mentale) qui permet un parcours d'ensemble (*periodeia* 36/*periodon* 83), la paix qui en résulte *(eggalènizôn/galènismos).*

Première partie : les principes de l'étude de la nature (37-45)

I.1 Les préceptes méthodologiques en vue de l'étude de la nature (37-38)

Premier précepte

Le premier précepte concerne le langage, qui est reconnu comme le *medium* du raisonnement. Pour élaborer un raisonnement valide, il faut s'entendre sur les règles d'utilisation du langage, avec lequel nous raisonnons en commun. Il faut donc accorder une extrême attention aux mots dont on fait usage. Lorsqu'on formulera une opinion sur ce qui est matière à opinion, il faudra un usage rigoureux du langage, qui permettra d'établir des distinctions pertinentes. Tel est l'enjeu: un langage univoque permettra de distinguer, de faire le départ au sein du donné, entre deux sortes d'objets, ce qui suscite une recherche, ce qui suscite une difficulté. La première sorte conduit à aller plus loin, la solution au problème qu'il pose n'est pas donnée par lui, mais peut l'être par une distinction appropriée (par exemple, qu'est-ce que le temps ?), ou bien ultérieurement (problème de la prévision). La seconde apparaît sans solution, soit parce que l'on n'est pas en mesure de donner cette solution (ainsi, combien y a-t-il d'étoiles ?), soit parce qu'il s'agit d'un faux problème, qui a été mal posé (comme: quelle est la limite du tout ?).

Savoir opérer les bonnes distinctions, c'est pouvoir éviter la situation d'indistinction, de confusion, qui caractérise l'attitude de ceux qui se querellent sur le sens des termes, et vont ainsi indéfiniment, laissant toutes choses sans solution – telle est selon lui la méthode de la logique, et notamment de la syllogistique, qu'il rejette[1].

C'est aussi éviter l'attitude inverse, lorsqu'on se satisfait des « sons vides », sans s'interroger sur la signification des termes: « Parmi les recherches, les unes portent sur les choses *(pragmata)*, les autres se rapportent simplement au son vocal *(phonè)* »[2]. Qui est visé dans cette dénonciation d'une recherche vide de contenu ? Sans doute l'homme du commun, mais aussi les philosophes, pour autant qu'ils ne reconnaissent pas l'exigence qu'à un son vocal corresponde un véritable référent[3]. Ainsi, les distinctions opérées par Aristote dans les *Seconds analytiques* entre thèse, axiome, hypothèse et définition[4]

1. Cf. à ce propos Cicéron, *Des fins* I 7, 22.

2. Cf. D. L. X 34.

3. Au contraire des Stoïciens, les Épicuriens ne font pas une différence nette entre signifié et référent; c'est que la forme de la chose même se donne par les simulacres: cf. l'analyse de la perception dans les § 48-50.

4. Aristote dit en effet, « J'appelle un principe immédiat du syllogisme une thèse, quand, tout en n'étant pas susceptible de démonstration, il n'est pas indispensable à qui veut apprendre quelque chose; si, par contre, sa possession est indispensable à qui veut apprendre n'importe quoi, c'est un axiome » (*Sec.*

ne peuvent pas avoir grand sens pour Épicure. Comment admettre en particulier une thèse qui ne s'accompagnerait pas d'un jugement d'existence ? En vertu du premier principe méthodologique de la *Lettre*, ce doit être une même chose que de produire un son signifiant et de poser l'existence de la chose signifiée, puisque le son n'aura de sens que s'il est lesté d'un contenu réel, dont le deuxième précepte permet d'étudier l'origine. En somme, la définition[1] est inutile: toute thèse est hypothèse[2]. De même, l'étude de la nature repose sur des axiomes généraux.

Ce qui est mis sous les sons est donc la notion première, et c'est en se tenant à la notion première que l'on pourra procéder aux distinctions requises (38). Certes, la première règle semble ainsi bien peu éclairée, puisque la notion première n'est pas définie, mais la remarque pratique selon laquelle la notion première n'a pas besoin de démonstration suggère ce qu'elle doit être. Revenir à la notion première, c'est s'exercer à écarter tout usage de la langue qui surajouterait un jugement, une autre notion, à la notion déjà exprimée par le terme (le son-signifiant). Par exemple, que la mort soit non seulement la cessation de la vie d'un organisme, mais qu'elle soit un mal pour cet organisme, ou qu'elle soit la libération de l'âme. Que ces jugements soient faux, n'est que la contrepartie inévitable de la violation du précepte qui demande que l'on raisonne et émette un jugement sur des notions premières, et non sur des notions associées, dérivées, supposant des jugements.

C'est donc un travail de dépouillement des représentations qui est exigé, afin de revenir à la notion première dont le contenu découle de l'acte perceptif. Voilà pourquoi la notion première n'a pas besoin de démonstration *(apodeixis)*: elle l'exclut par nature. De même, elle n'est pas définissable, puisqu'il faudrait alors supposer que la définition est plus claire que le nom. Si tel était le cas, le nom ne renverrait pas à une notion première.

An., I 2, 72 a 15 et suiv.). L'hypothèse est une thèse qui affirme qu'une chose est ou n'est pas; autrement, c'est une définition.

1. Au sens où Aristote l'entend, mais aussi dans l'absolu pour Épicure.

2. L'on rencontre une seule occurrence d'ὑπόθεσις dans les *Lettres*: *Lettre à Pythoclès* 95.

Ainsi, Épicure conteste de manière générale l'utilité de la définition: « Y a-t-il quelqu'un qui ignore ce qu'est le plaisir, ou qui désire une définition pour mieux le connaître[1] ? » et de la démonstration au sens syllogistique: à la démonstration se substitue l'inférence, à la définition le contenu plein du terme employé[2]. Cela ne veut pas dire que la démonstration soit une notion proscrite (cf. X 45): la démonstration correspond désormais à l'inférence. Et l'inférence *(sèmeiôsis)* est à peu près l'équivalent de l'induction *(epagôgè)* selon Aristote; mais pour Épicure, elle constitue une procédure suffisante pour atteindre le vrai; c'est la confirmation et la non-infirmation qui la contrôlent.

Deuxième précepte

Le deuxième précepte est complémentaire du premier: « En outre, il faut tout garder en suivant les sensations, et en général les appréhensions présentes, tant celles de la pensée que celles de n'importe quel critère, et de la même façon les affections existantes, afin que nous soyons en possession de ce par quoi nous rendrons manifeste ce qui attend confirmation, ainsi que l'inévident. » En effet, pour symboliser correctement, il faut que le signe utilisé corresponde à un référent primitif, et ce référent primitif se constitue dans un acte de perception sensible prolongé par un acte proprement intellectuel. C'est pourquoi l'on doit s'appuyer principiellement sur les sensations, premier critère de vérité (cf. D.L. X 31). Et il généralise immédiatement: il évoque les sensations (premier critère), et de façon plus générale, les « appréhensions présentes », soit de la pensée, soit des autres critères, avant de faire référence aux affections (troisième critère). L'*epibolè*, que traduit « appréhension », est un terme générique valant pour les sensations aussi bien que pour les actes de pensée: on pourrait à ce propos avancer à titre d'hypothèse que l'appréhension sensible se prolonge dans l'appréhension intel-

1. Cicéron, *Des fins des biens et des maux* II 2, 6; cf. surtout D. L. X 33 qui cite le *Canon*, et aussi le passage du *Commentaire anonyme au Théétète*, Diels-Schubart, p. 16: « Épicure dit que les noms sont plus clairs que les définitions ». En effet, gagnerions-nous à dire, au lieu de: « Bonjour, Socrate », « Bonjour, animal mortel rationnel » ?

2. Sur l'inutilité de la démonstration pour raisonner sur les principes éthiques, cf. Cicéron, *Des fins* I 9, 30.

lective[1]. Cette dernière est un acte qui n'implique pas encore de jugement, ce n'est pas une opinion. Lorsqu'il parle de l'appréhension présente de la pensée ou des autres critères, il doit renvoyer par le deuxième complément aux divers types de sensations pris comme autant de critères, puisque les affections ne sont introduites qu'ensuite.

L'appréhension caractérise aussi bien la sensation que la pensée, en tant que l'une et l'autre sont actives, qu'elles sont tournées vers l'objet[2]. Ainsi, le critère absent est la prénotion[3], et si l'expression du § 38 que nous venons de commenter ne renvoie pas définitionnellement à la prénotion, du moins celle-ci est-elle bien en partie descriptible comme une appréhension de la pensée, dans la mesure où la pensée fait usage d'elle. La formule consiste donc en une amplification, qui englobe la sensation dans un ensemble plus vaste qu'elle.

Pour finir, Épicure cite donc les affections qui sont mises sur le même plan que les sensations et l'ensemble des appréhensions présentes, tout en étant distinctes d'elles, puisqu'il opère un rapprochement : « et de la même façon les affections existantes ». Les affections constituent, je l'ai signalé, le troisième critère de la canonique ; elles sont, pour Épicure, de deux sortes : les affections de plaisir et de douleur, car il n'y a pas d'affection intermédiaire, neutre[4]. Et s'il est vrai que ce troisième critère est fondateur de l'éthique, il n'en reste pas moins qu'en vertu de l'unité de la philosophie les affections contribuent aussi à la constitution correcte de l'étude de la nature. Certes, les affections m'informent de ce qui est bon ou mauvais pour moi, et donc elles sont, prises isolément, par rapport aux autres critères, plutôt les critères de l'action. Mais elles sont aussi, au même titre que les autres critères, des critères du vrai. En reconnaissant ainsi aux affections cette valeur, Épicure donne les moyens de maî-

1. Ce que confirme la présentation de la prénotion, en X 33.

2. L'on rencontre l'expression d'« appréhension imaginative » aux §§ 50 et 51 de la *Lettre à Hérodote*. Ceci pose la question du quatrième critère qu'auraient ajouté les Épicuriens postérieurs selon D. L. (X 31).

3. Il est à noter que la seule occurrence de la prénotion dans la *Lettre* est au § 72, à propos du temps.

4. Cela est apparu comme une gageure de nier l'existence d'un état neutre que d'autres, tels les Cyrénaïques, affirmaient.

triser les angoisses, vaines, sans objet, qui deviennent par là même des sources majeures d'erreur. Par là, se régler strictement sur les affections existantes, conjointement avec les critères des sensations et des prénotions, libère l'esprit, qui s'affranchit de la sorte des peurs imaginaires. Ainsi pour la mort: si je considère strictement ce qui m'affecte en mon corps, je ne peux plus considérer la mort comme un mal pour moi; je peux alors examiner plus sereinement la nature physique de la mort, et me renforcer dans cette sérénité recherchée. Et en dernière analyse, on doit reconnaître que la sensation est aussi une affection; c'est bien pourquoi il n'y a pas d'hétérogénéité entre le premier et le troisième critère: la sensation est une affection, et elle est nécessairement soit plaisante soit douloureuse.

Les instruments de la méthode prescrite viennent d'être présentés; ces préalables méthodologiques seuls permettent de s'avancer vers ce qui ne nous est pas donné, et qui sans cela est l'objet des spéculations les plus débridées: ce qui est en attente (de confirmation) et l'inévident, c'est-à-dire l'inévident par accident, aussi bien que l'inévident par soi. Le raisonnement avance donc par inférences, et l'inférence est inductive: l'on part du particulier vers le général, par une induction amplifiante vérifiée par la confirmation, par exemple le fait que tout corps visible peut être partagé; l'on part de ce qui est visible pour penser l'invisible, et cela correspond à l'induction par analogie (vérifiée par non-infirmation), par exemple qu'il doit finalement exister des corps que l'on ne peut partager. Ce qui est exclu, c'est un raisonnement purement formel (significativement, Épicure refusait d'utiliser le principe du tiers exclu, notamment dans le cas des propositions portant sur le futur: aucune formalisation ne peut réduire l'indétermination des possibles; l'on doit refuser la réduction à une disjonction A ou non-A; le possible c'est A ou B ou C...). Le raisonnement étant toujours appliqué se règle sur ce qui est, et se refuse à statuer sur ce qui n'est pas.

I. 2 Les principes de l'étude de la nature: l'inévident (38-45)

Après ce rappel des préceptes méthodologiques, les principes les plus généraux atteints en accord avec ces préceptes sont introduits. Dans la perspective d'une exposition synthétique, c'est des réalités inévidentes ou non évidentes qu'il faut partir, c'est-à-dire du terme que la méthode a permis d'atteindre.

Ainsi, conformément à ce qu'indique le premier précepte, l'*adèlon* est à prendre en son premier sens – celui de non-évident, c'est le domaine de ce qui ne se voit pas, mais qui peut être pensé. Cela renvoie aux réalités les plus générales et les plus fondamentales : l'être, le tout et ce dont tous deux se composent. Ces principes, ni posés ni démontrés au sens syllogistique, sont établis par le raisonnement inductif.

I.2.1 Principes de la génération et du changement (38-39)

Épicure présente pour commencer les principes, ou axiomes, les plus généraux auxquels est parvenue l'étude de la nature[1]. Ainsi, les axiomes portant sur l'être, le tout et ensuite leurs éléments, vont expliciter le sens de ces notions fondamentales, sans qu'il s'agisse de définition ou de stricte démonstration, même si un raisonnement inductif a conduit jusqu'à eux.

– L'être (38-39)

L'inévident n'est pas le domaine du non-être, comme on pourrait le penser, en identifiant trop rapidement l'être au visible (à la manière de ce matérialisme vulgaire stigmatisé par Platon dans le *Théétète*). Cela découle d'un axiome important, que l'on rencontre dès avant Épicure, dans la tradition des penseurs présocratiques, précisément dits « physiologues » : rien ne devient à partir de ce qui n'est pas. On peut parmi d'autres citer Empédocle: « De ce qui n'est pas, le moyen de naître ?| Il ne se peut d'aucune manière que ce qui est soit aboli | Car on le verra toujours posé là où l'on a pris appui »[2]. Cela signifie donc que s'il y a devenir, c'est nécessairement à partir de l'être : l'inévident, le fond des choses que l'on ne voit pas, doit ainsi être de l'être, et non pas du non-être.

---

1. Épicure n'emploie pas ici le terme d'*axiôma* ; il l'utilise rarement, mais on le trouve en bonne place au début de la *Lettre à Pythoclès* (§ 86) où il est question de ne « pas pratiquer l'étude de la nature en s'appuyant sur des principes vides *(axiômata kena)* et des décrets de loi ». Tout *axiôma* n'est pas vide, et deux lignes plus bas, dans la *Lettre à Pythoclès*, Épicure évoque en écho l'opinion vide, qui n'est qu'une espèce d'opinion.

2. B 12 DK (46 Bollack), trad. Bollack ; cf. déjà Mélissos, B 1 et 2 DK ; on peut compléter par le passage du *De Melisso Xenophane Gorgia* 2, 6 *sqq.* (= 44 Bollack) ; cf. encore Anaxagore, B 17 DK (et Aristote, *Physique* I 4, 187 a 34-35) ; Démocrite, A 1 DK (D. L. IX 44).

Deux arguments sont livrés : (1) concernant le passage du non-être à l'être : si l'être surgit à partir de ce qui n'est pas, alors n'importe quoi peut surgir de n'importe quoi, et il n'y a plus de loi observable de la génération ; mais cela est infirmé par l'expérience : nous observons sans cesse des régularités, et il est donc légitime de parler de semence ; (2) concernant le passage de l'être au non-être : si ce qui périt devient du non-être, alors il ne devrait plus rien exister. On le voit, le second argument suppose que le premier soit maintenu comme valide (puisque l'être ne s'augmente pas d'un supplément provenant du non-être) : ils se complètent donc. Le deuxième argument est d'ailleurs préfiguré chez Anaxagore (fr. B 3), disant que l'être ne peut cesser d'être[1].

Ainsi que le souligne E. Asmis, « Épicure réduit la contradictoire de l'hypothèse "rien ne vient du non-être" à une incompatibilité avec les phénomènes[2] » ; la vérité de cet axiome ne vient pas de ce qu'il est évident par lui-même, ou de ce qu'il serait la conclusion dérivée de prémisses non empiriques, mais « il le prouve par une inférence à partir de l'observation selon laquelle tout ne vient pas de n'importe quoi »[3].

– Le tout (39)

L'axiome concernant le tout, deuxième réalité inévidente, après l'être, affirme son immutabilité. Le tout est immuable dans le temps, de sorte qu'il ne subit aucune altération : parfaite identité à soi. Ici encore, deux arguments vont être fournis : 1) on exclut un mouvement du tout vers l'extérieur – si le tout se comprend couramment

---

1. Cette idée est reprise par Épicure pour rejeter la divisibilité à l'infini, et pour établir l'existence de l'atome, au § 56. Il est à noter encore que le double argument que l'on trouve ici est très largement développé, et dans le même ordre, par Lucrèce, au livre I de son poème : après le principe de stabilité de l'être (rien ne naît de rien), v. 150-158, se trouve développé le premier argument, v. 159-215, puis le second, v. 216-265, suivi d'une conclusion, v. 266-271. Le développement du premier argument (159-160 exemplifié jusqu'à 173), en cinq arguments complémentaires montre bien alors que l'enjeu de cet axiome de l'être est aussi l'existence de la cause – l'axiome sur l'être et le non-être apparaît ainsi comme une version du principe de raison (chaque chose existe en fonction d'une cause déterminée).

2. Dans *Epicurus' Scientific Method*, p. 230.

3. *Op. cit.*, p. 231.

comme ce qui ne laisse rien hors de lui, alors il est impossible qu'il se déplace vers quelque chose (lieu) qui le ferait changer; 2) inversement, et pour la même raison, on exclut un mouvement de l'extérieur vers le tout – le mouvement doit être interne au tout, il ne peut être imprimé de l'extérieur vers le tout. J. Brunschwig propose de parler à cet égard d'« hypothèse excursive » et d'« hypothèse incursive[1] ».

I.2.2 L'identité de l'être et du tout (39-41)

Les deux réalités les plus fondamentales évoquées par les deux axiomes initiaux – être et tout – sont rassemblées, dans l'ordre des raisons l'on en vient à reconnaître maintenant leur identité : « le tout est <tout ce qui est> ». Non seulement l'être est (= unicité de l'être), et le non-être n'est pas, non seulement le tout exclut autre chose que lui-même (= identité du tout), mais l'on peut affirmer désormais que si l'être est par exclusion du non-être, c'est parce qu'il se confond avec le tout, si le tout n'a rien en dehors de lui, ne reçoit ni ne donne aucun mouvement hors de lui, c'est parce qu'il est la totalité de l'être. En affirmant cette identité de l'être et du tout, Épicure rejoint une longue tradition philosophique, mais il tend à fonder cette proposition analytiquement. Dès lors, l'on va pouvoir expliquer comment *le tout, qui est tout ce qui est,* est constitué de corps et, parce que ces corps sont mobiles, de vide, et rien de plus, tout le reste étant des attributs des corps ou du vide (cf. § 40).

– Les corps et le vide sont (39-40)

Le tout n'est pas défini comme corps et vide; l'idée de totalité se confond avec celle de l'être, mais si le tout est, cela signifie d'abord que le tout est corps, car ce dont nous connaissons d'abord l'existence, par les sens, ce sont les corps. Le tout est donc, au moins en partie, constitué de corps.

---

1. Cf. « L'argument d'Épicure sur l'immutabilité du tout », notamment p. 138. Signalons qu'un fragment d'Empédocle annonce l'hypothèse incursive : « ce tout, qu'est-ce qui viendrait l'accroître ? surgissant d'où ? » (B 14, 31 DK = 31, 31 Bollack, et aussi 48 Bollack); mais il s'agit pour Empédocle d'exclure l'existence du vide; c'est en un sens ce que fait Épicure, puisqu'il rejette l'hypothèse d'un vide entourant le tout. Enfin, le rapprochement doit être fait avec Lucrèce II 304-307, qui use là des mêmes arguments, et aussi III 816-818 (= V 361-363).

La connaissance du deuxième élément, le vide, dépend quant à elle de deux prémisses, dont l'une est que *les corps sont*, comme cela vient d'être dit, tandis que la seconde est tirée de l'observation également, à savoir que *les corps se meuvent*. Or, pour que les corps se meuvent, il ne faut pas qu'il y ait seulement des corps : en conséquence de quoi, le mouvement que l'on voit ne peut s'expliquer que par un deuxième élément qui entrera dans le tout, soit le vide, appréhendé ici dans sa dimension spatiale. De là l'approche négative : sans vide, les corps ne peuvent ni être ni se mouvoir[1].

Une fois la nature corporelle et la nature du vide identifiées, Épicure affirme que l'on ne peut rien concevoir d'aussi fondamental que ces deux natures, rien qui ait une aussi grande généralité : puisqu'il s'agit de rendre compte de ce qui est tel qu'il nous apparaît, c'est-à-dire de corps et de mouvements, pour cela, corps et vide suffisent. Tout le reste ne sera que des caractères concomitants ou accidentels des corps (cf. plus loin, § 68-73)[2].

La pensée de la totalité est atteinte d'abord par une connaissance embrassante, qui, de l'expérience de l'existence des corps, induit que les corps sont une nature générale ; elle est prolongée par une connaissance qui procède analogiquement par rapport à ce qui est embrassé, en l'occurrence le mouvement ; cette dernière est ainsi conduite à inférer l'existence du vide, deuxième nature générale. Le mouvement ne sera en revanche qu'un élément accompagnant les corps, car il ne peut y avoir de mouvement sans corps.

– Les corps : composés et atomes (41)

Les corps que les sens nous font connaître présentent une variété de forme, de taille, à partir de laquelle nous pouvons inférer qu'ils sont composés de corps plus petits. Le raisonnement inférentiel conduit à observer qu'il y a d'une part les corps composés, d'autre part les corps dont les composés sont faits. Épicure fait ici l'ellipse du raisonnement complet que l'on trouvera plus loin (56-59) : à supposer que le corps composé se décompose en composés plus petits,

---

1. On regardera en parallèle *L. à Pyth.* 86, pour la définition complète du tout ; cf. aussi Sextus Empiricus, *Adv. math.* IX 333 (75 Us.) ; Plutarque, *Contre Colotès* 1112 e (Us. 76).

2. Cf. en parallèle, Lucrèce I 445-458. Il en résulte que l'existence de toute espèce de réalité intelligible est exclue.

il n'en faut pas moins que l'analyse rencontre un terme à cette décomposition : ce sont les corps insécables, c'est-à-dire les atomes. L'on remarque que l'argument applique le deuxième axiome sur l'être, celui qui exclut la possibilité que l'être s'abîme dans le non-être.

L'on constate que les atomes ne diffèrent pas substantiellement des autres corps : parmi les corps, ils sont les corps simples, c'est-à-dire non composés. Cela se traduit par deux caractères : l'insécabilité et l'immutabilité ; c'est le premier de ces deux caractères qui est retenu pour désigner ce type de corps : *a-tomos*, « atome ». Enfin, ce qui fait la nature propre de ce corps simple, c'est, comme le dit Épicure, d'avoir une nature pleine[1]. Pour cette raison, ils sont insécables, puisqu'il n'y a pas de passage par où opérer la décomposition de ces corps. Pas de passage : pas de moyen donc non plus. La conclusion est que, pour les corps, les principes sont nécessairement ces corps simples.

I.2.3 Le tout illimité (41-42)

– Selon la signification même du tout (41)

Ce développement reprend en l'approfondissant l'axiome du tout présenté initialement (I.2.1). Le tout est illimité, s'il est vraiment le tout : en effet, pour avoir une limite, il faut avoir une extrémité, qui n'est discernable que par différence avec ce qui n'est pas elle, qui la jouxte. Mais l'axiome du tout a permis d'établir que la notion du tout exclut celle d'extrémité : le tout ne serait plus le tout, mais une partie d'un tout plus grand, englobant cet agrégat pourvu d'une extrémité et d'autres agrégats, ou des espaces interstitiels. S'il est contradictoire de penser une extrémité du tout, alors le tout est sans limite, littéralement « illimité » *(apeiron)*.

– Selon les données de l'expérience (41-42)

Le raisonnement, d'abord fondé sur l'analyse du sens du tout, se traduit sur le plan proprement physique. De ce que le tout est illimité, l'on infère que cette illimitation vaut aussi bien pour les corps que pour le vide. En effet, il serait contradictoire au regard des faits que l'une des deux natures constituant le tout soit illimitée, et l'autre

1. Cf. aussi Lucrèce I 498 et suiv., surtout 524-527.

limitée. Avec un vide illimité et des corps en nombre limité, aucun agrégat ne pourrait se constituer, puisque les corps ne se rencontreraient jamais – ce qui est contredit par les faits. Et l'hypothèse inverse est tout aussi impensable : il n'est pas possible de loger dans un espace fini un nombre infini de corps.

I.2.4 Les atomes (42-44)

– Formes indénombrables, quantité illimitée (42-43)

Épicure prend soin de distinguer, ici et en certaines autres occasions[1], trois types de quantité ou de grandeur : limitée, illimitée et indénombrable, soit dans ce dernier cas une quantité très grande mais limitée. Ce troisième type est requis dans le cadre d'une recherche visant la cohérence des représentations, afin d'introduire du point de vue gnoséologique une nuance dans notre appréhension du limité, qui sera *pour nous* soit dénombrable soit indénombrable ; Épicure évite ainsi de devoir admettre l'illimité chaque fois que nous ne pouvons pas embrasser le limité. Par là même, l'on évite aussi la contradiction.

En effet, l'on ne peut embrasser par l'esprit toutes les formes des atomes desquelles les différences visibles sont issues ; il faudrait admettre qu'un nombre indéfini de différences résulte d'un nombre limité de différences initiales. Or, l'on n'a pas les moyens de vérifier ce point, et il est en outre plus cohérent de considérer que les différences visibles résultent de deux facteurs distincts : un nombre illimité pour chaque forme d'atomes, un nombre indéfini de différences de formes. Si l'on concédait un nombre illimité de formes, l'on tomberait dans la contradiction : il faudrait alors admettre qu'une infinité de formes atomiques ait une grandeur visible. Par ailleurs, le nombre illimité des atomes se déduit de ce que nous connaissons déjà, c'est-à-dire l'illimitation du tout et des corps qu'il comprend.

Au contraire, Démocrite avait admis l'infinité des formes[2], parce qu'il n'y a pas de raison, nous rapporte Théophraste, qu'un atome soit de telle forme plutôt que de telle autre : cette remarque renvoie à un point central de la théorie de la connaissance démocritéenne, elle

1. Pour penser la vitesse des atomes notamment, cf. §§ 61-62.

2. Cf. Aristote, *De la génération et de la corruption* I 1, 314-315 (67 A 9 DK) ; Théophraste, *Opinions des Physiciens*, fr. 8 (cité par Simplicius ; 67 A 8 DK).

fait référence au principe d'indifférence que Démocrite mettait aussi en œuvre pour établir le nombre illimité des atomes, qui dans l'illimité n'avaient pas plus de raison de se trouver ici plutôt que là[1]. Seul l'argument portant sur le nombre des atomes est, on le voit, repris par Épicure. De fait, la position de Démocrite sur le nombre illimité des formes se trouvait poussée à la contradiction par Aristote, qui concluait de ces prémisses à la grandeur visible de certains atomes. En effet, s'il existe vraiment des indivisibles, il devrait y en avoir aussi de grande taille, car il n'y a pas de raison pour que les petits corps soient plus indivisibles que les grands[2]. Épicure apporte donc à cette objection une première réponse qu'il précisera plus loin (55-56).

– Mouvements des atomes (43-44)

Les atomes sont doués d'un mouvement qualifié de continu dans la durée, pour une raison qui apparaît à la fin du développement : c'est un mouvement sans fin parce qu'il n'a pas eu de commencement.

Selon Démocrite déjà, le mouvement est éternel. Aristote s'interroge à plusieurs reprises sur cette position ; ainsi : « à Leucippe et Démocrite, qui disent que les corps premiers se meuvent éternellement dans le vide, il faut demander de quel type de mouvement il s'agit, et ce qu'est pour eux un mouvement naturel »[3]. En fait, la situation d'entre-choc est naturelle : les atomes se meuvent dans toutes les directions – ils n'ont pas de poids qui les fasse chuter en ligne droite. C'est pourquoi la question de l'origine du mouvement ne se pose pas vraiment pour les Abdéritains : Démocrite évoque la nécessité, mais aucune cause n'est vraiment requise, puisque le monde est d'emblée discret, et non compact[4]. En fait, les atomes disposent en eux-mêmes du mouvement (par leur *rhusmos*, la forme en mouvement) ; ou encore, l'être est toujours en mouvement, c'est-

1. Cf. E. Asmis, *Epicurus' Scientific Method*, p. 265.
2. C'est ce que montre Aristote dans le *De la génér. et de la corr.* I 8, 326 a.
3. Aristote, *Du ciel* III 2, 300 b 8. La question de sa nature et de son origine est soulevée dans *De la génér. et de la corr., loc. cit.* Dans *Physique* VIII 1, 252 a 32 a, Aristote condamne la réponse par l'éternité ; de même le fait qu'il soit sans direction donnée.
4. Cf. pour l'ensemble, C. Bailey, *Epicurus and the Greek Atomists*, p. 85.

à-dire en état de différenciation par rapport au vide, au non-être. Leucippe et Démocrite rompent avec la structure théogonique de l'origine absolue[1].

Pour Épicure aussi, héritier de cette position, bien que récusant une nécessité principielle, les atomes et le vide sont causes à part égale, de sorte que l'on ne peut poser l'antériorité de l'un par rapport à l'autre. Il en résulte que pour lui aussi le mouvement des atomes dans le vide n'a pas commencé d'être, mais toujours les atomes ont été placés dans le vide, toujours la différence entre les atomes et le vide a causé le mouvement des atomes. C'est ce qu'explique le début du § 44 : l'atome se délimite et se détermine par rapport au vide qui l'entoure[2], et c'est cette situation même de l'atome dans le vide qui est la cause de son mouvement, puisque le vide ne peut soutenir l'atome. C'est donc, même si cela n'est pas encore précisé, que le corps est pesant : la différence entre l'atome et le vide, c'est le poids. Ainsi, deux cas principaux se présentent lorsque l'on s'efforce de penser le mouvement des atomes : dans le vide, les atomes ont un mouvement divergent, ou bien convergent. Épicure présente cela comme une alternative qui atteindrait les atomes de façon indéterminée. Si l'on s'attache pour l'instant au seul texte d'Épicure, il faut supposer que dans le vide infini, qui n'est pas orienté absolument, mais seulement relativement (voir plus loin § 60), les atomes en nombre infini ne suivent d'autre direction que celle que leur poids (dont il sera question à partir du § 54) imprime, les faisant chuter dans le vide infini.

Le mouvement se conserve indéfiniment : c'est pourquoi Épicure précise bien qu'ils se meuvent continûment. Et lorsque les atomes s'enchevêtrent, la quantité de mouvement qu'ils ont se conserve, et devient une pulsation, une vibration *(palmos)*, celle-là même qui est en chaque corps vivant. Deux cas sont alors évoqués : celui des ato-

---

1. Cf. Cicéron, *Des fins* I 6, 17 : « Selon Démocrite, les atomes (c'est ainsi qu'il les appelle), autrement dit des corpuscules, qui sont indivisibles à cause de leur solidité, répandus dans le vide infini, où il n'y a ni haut ni bas, ni rien qui soit le plus extérieur, sont portés de telle sorte que, par suite de rencontres, ils s'attachent les uns aux autres, et ainsi se produit tout ce qui est et tout ce que nous voyons ; ce mouvement des atomes doit être compris comme n'ayant eu aucun commencement, mais comme ayant existé de toute éternité. »

2. Cf. Lucrèce I 524-527.

mes qui s'enchevêtrent, et celui des atomes qui sont recouverts par un enchevêtrement d'atomes. L'enchevêtrement se stabilise tout en conservant un mouvement interne, lorsque le mouvement contraint des atomes qui tendent à se libérer est limité : la vibration en retour *(apopalmos)* provoque un retour à la situation initiale *(apokatastasis)*.

Épicure indique ainsi dans quelle voie il faut se diriger pour penser les différences de densité des corps : du plus compact au plus rare, du moins vibrant au plus vibrant, du plus inerte au plus mobile. Nous apprenons ainsi de Galien : « Épicure pense que toutes les attractions s'expliquent par des contre-vibrations et des enchevêtrements d'atomes » (fr. 293 Us.). Tel est tout spécialement le cas de la pierre de magnésie, ou d'Héraclée, c'est-à-dire l'aimant[1].

I.2.5 Conclusion (45)

« Une formule de cette force, si l'on se souvient de tous les points abordés, livre l'esquisse suffisante d'une réflexion appliquée à la nature de ce qui est. » Ainsi se clôt la première partie de la lettre, qui constitue le résumé des principes essentiels de l'étude de la nature, le résumé du résumé. La lettre-résumé illustre donc elle-même la manière dont on peut passer du plus dense au plus développé, avec une diverse précision. Ainsi, Épicure restera très bref sur la cosmologie, mais détaillera beaucoup plus l'analyse de notre faculté de connaître.

Deuxième partie : développement de l'étude de la nature

Structure et propriétés des corps (45-76)

II.1 Cosmologie : les mondes en nombre illimité (45)

La proposition générale est d'abord introduite, suivie de l'explication. Ce mode d'exposition réapparaît ensuite à plusieurs reprises.

– Tout et monde

Si le tout est illimité, si par suite le vide est illimité et les corps premiers en nombre illimité, il s'ensuit que les mondes sont eux-mêmes en nombre illimité. Se référant à la notion première, Épicure ne fait pas coïncider « tout » et « monde ». Comme on l'a vu, « tout »

1. Cf. sur ce point Lucrèce VI 906-1089.

pour lui implique une illimitation ; en revanche, « monde » signifie d'abord un ordre, un ensemble circonscrit. De la réflexion sur la limite et l'illimité, Épicure a tiré par inférence que le tout étant un ensemble sans limite, il devait pouvoir contenir plusieurs ensembles limités. Mais s'il est illimité, le nombre de ces ensembles limités doit être illimité.

– Des atomes au monde

L'inférence est en réalité conduite à partir de ce qui nous apparaît, et la position d'Épicure conduit premièrement à refuser de circonscrire le tout dans les limites que nous apercevons de notre *kosmos* : puisque certains atomes dans le tout doivent s'éloigner indéfiniment, le tout excède infiniment les limites de notre monde. L'argument est lié à celui qui valait déjà pour établir l'infinité du nombre des atomes, et qui reposait sur le principe d'indifférence[1].

– Les mondes en nombre illimité

Deuxièmement, puisque le nombre des atomes est illimité, ce n'est pas un seul monde qu'ils constituent, le nôtre, ni même plusieurs : qui développe toutes les implications de cette proposition doit reconnaître que les atomes sont toujours en excédent par rapport à un nombre quelconque de mondes, qu'il s'agisse des mondes semblables au nôtre, ou des mondes dissemblables. S'il y a un nombre illimité de mondes, il faut donc dire que certains ressembleront au nôtre, d'autres non. L'argument n'est pas davantage développé ici, et il faut le compléter par ce qui est dit plus loin, au § 74, et par la *Lettre à Pythoclès* 88-89.

Comme dans le cas des atomes, le nombre des formes cosmiques est élevé, il n'y a pas d'objection possible (par infirmation) à l'hypothèse que d'autres formes que celle de notre monde existent (au moins pour la raison que nous ne pouvons même pas dire exactement quelle est la forme de ce monde-ci : cf. § 89), mais il n'est pas illimité. Il y aura un nombre illimité de mondes ayant la même forme que le nôtre, et un nombre illimité de mondes d'autres formes. Si bien que du point de vue du vide illimité aussi bien que du point de vue des atomes en nombre illimité, nous devons reconnaître – véri-

1. Cf. plus haut, p. 1174.

fication négative – que rien ne s'oppose à ce qu'il y ait un nombre illimité de mondes.

II.2 Gnoséologie : sens et perception (46-53)

Le modèle du contact est appliqué à tous les sens : la sensation revient en dernier lieu à un mouvement d'atomes provoqué par le contact d'un corps sentant avec un autre corps qui l'atteint. Pour le toucher et le goût, le contact est immédiatement sensible ; pour les autres sens, il faut un intermédiaire entre le corps perçu et le corps percevant. Un mouvement physique, atomique, doit se produire. L'hypothèse que reprend Épicure à la tradition présocratique (Démocrite, et, au-delà, Empédocle) est celle d'émanations *(aporrhoiai)*, et plus spécialement pour la vue, d'effluves s'écoulant du corps perçu. Comme Démocrite, il parle à propos de la vision d'un flux d'*eidôla*, de simulacres. Mais à la différence de Démocrite, ces simulacres pénètrent dans les organes de la vision (comme pour Empédocle).

II.2.1 Les simulacres, condition de la vision (46-47)

Un flux continu de simulacres se forme à la surface du corps : on ne les perçoit pas un à un, mais globalement, c'est-à-dire dans l'image globale, qu'ils vont permettre de recomposer, du corps dont ils sont l'émanation. Les §§ 46-47 expliquent que de la surface *(to periekhon)* des corps se détachent des effluves ou émanations *(aporrhoiai)*. Ce flot *(rheuma)* d'effluves est constitué de répliques *(tupoi)* encore appelées simulacres *(eidôla)* ; il est mû par un mouvement vibratoire, la *palsis*. L'ensemble produit une image *(phantasia)* qui parvient aux sens, et entre en nous.

– Caractères généraux : les répliques du corps (46)

Il s'agit de rendre compte de la perception. Épargnant au lecteur toute discussion critique des théories jugées partielles ou erronées, et passant sur l'ensemble des raisonnements qui ont permis d'épuiser les diverses hypothèses causales, Épicure présente la seule théorie cohérente qui ne soit pas infirmée par les faits ; d'où la formulation négative : « il n'est pas impossible en effet... », qui fait suite à l'affirmation précédente : « il y a des répliques... », qu'elle fonde. Cela remarqué, l'on peut tenter de distinguer les différents éléments successivement introduits.

La proposition qui introduit les répliques insiste, d'une part, sur l'identité parfaite de forme : ces « répliques » *(tupoi)* redoublent le solide, elles sont « de même forme », et ainsi chaque parcelle du corps produit sa réplique ; d'autre part, sur leur caractère différentiel : elles ont une « finesse », qui fait d'elles tout autre chose que cela même qui apparaît *(phainomena)*. Par cette finesse, chacune, prise isolément, est invisible.

L'explication combine les traits de différenciation et d'identification des répliques par rapport aux corps. Les répliques se séparent du corps par « détachement » ; cela se fait précisément au niveau de la couche extérieure des corps, qui est poreuse[1]. Mais ces répliques ont du relief, de la profondeur, en même temps qu'elles sont très fines ; ainsi, la réplique qui se forme à la surface du corps reproduit exactement les caractères de ce dont elle est issue. Toutefois, les répliques s'éloignent parce qu'elles sont, comme il est dit maintenant, des « effluves » : elles sont douées de mouvement. Ce point n'est pas développé ici mais plus loin, au § 48, où sera introduite l'idée d'un mouvement interne, d'une vibration, qui explique cette production renouvelée, continue, de répliques à la surface du corps.

Tout en s'éloignant du corps, les effluves qui en émanent conservent à la fois la *thesis*, c'est-à-dire la position de l'ensemble de ces effluves par rapport au corps (ceci détermine donc la position des effluves les uns par rapport aux autres), et la *basis*, qui est la position par rapport à l'espace[2]. Ainsi, non seulement les effluves reproduisent la totalité du corps, mais en outre ils vont se déplacer en respectant l'orientation spatiale du corps observé par rapport à l'observateur, de telle sorte qu'un objet droit apparaîtra droit et non oblique, etc. En outre, les effluves produits de façon continue par le corps nous parviendront successivement, en ordre : si un corps se déplace en ligne droite puis se met à tourner, les effluves nous parviendront dans le même ordre, de telle sorte qu'ils nous restitueront fidèlement le mouvement même du corps[3].

---

1. Cf. J. et M. Bollack, H. Wismann, *La Lettre d'Épicure*, n. 2, p. 186 *sq.*
2. Cf. *op. cit.*, p. 187 *sq.*
3. La théorie pose un problème délicat, qui n'est pas abordé ici : celui de la diminution des simulacres. On doit supposer, pour rendre compte de la perception effective, que cette diminution est homogène, par frottement dans l'air ;

– Déplacement et vitesse des simulacres (46-47)[1]

La proposition générale touchant le mouvement dans le vide (évoquée aux §§ 43-44, mais précisée au § 61) est rapportée au mouvement des simulacres : en raison de leur finesse (dont il sera à nouveau question au § 47), ils circulent sans heurt, comme à travers le vide (c'est-à-dire de façon équivalente à ce qu'est le mouvement des atomes dans le vide pur). La grandeur spatiale évoquée est limitée, puisqu'elle peut être embrassée par l'esprit; le temps dans lequel les simulacres se déplacent est dit « inconcevable », tout comme était dit inconcevable le nombre des formes atomiques : nous pensons certes cette durée, mais nous ne pouvons la concevoir, car elle semble instantanée, si rapide est le mouvement des simulacres, et ce, quelle que soit la distance parcourue (dans les limites du représentable). Nous avons donc une distance que la pensée peut embrasser, parcourue en un temps inférieur au temps que la pensée peut concevoir. Ce temps « inconcevable », est un temps très court, qui semble à la fois requérir une durée et ne pas en avoir.

En effet, le simulacre ne connaît pas la résistance, et de ce fait, on peut dire qu'il se meut extrêmement vite; la vitesse, par différence avec la lenteur, étant l'équivalent sensible d'un déplacement dans le vide qui n'est pas entravé par un ou des corps. Toutefois, le simu-

deux textes, soulignant deux éléments distincts, seraient à prendre en compte : (1) d'après Sextus, *Adv. math.* VII 209, il y a réduction proportionnée des simulacres ou des parties du simulacre : ils s'usent tous proportionnellement, jusqu'à s'évanouir. Inversement, plus on s'approche, plus l'objet sensible grossit à nos yeux; (2) d'après Lucrèce IV 353-363, dans un simulacre, ce sont les parties extérieures qui vont subir la plus grande déformation (la tour s'arrondit). Une exception serait celle du soleil, qui est tel qu'il apparaît, ou à peu près : cf. *L. à Pyth,* 91 et Lucrèce, plus tranché, V 565-612. En rapprochant les deux, l'idée serait que la luminosité du soleil se propage sans déperdition de son intensité, donc que le soleil est aussi gros qu'il apparaît, ou à peu près. Mais Épicure insiste bien sur la distinction entre la grandeur du soleil rapportée à nous, et sa grandeur considérée en soi, de sorte qu'il s'interdit de trancher univoquement. Le raisonnement s'appuie sur une analogie, mais elle n'est pas considérée comme suffisante (de même, Lucrèce en vient finalement à envisager qu'il y a peut-être une masse de feu invisible autour du soleil, V 610-613).

1. Cf. aussi Lucrèce IV 70-71 ; 176-216.

lacre ne se déplace pas dans le vide pur[1]; si c'était le cas, il irait aussi vite que tout autre atome, il n'y aurait pas de différenciation de vitesse (cf. § 61). Et en fait, pour qu'il y ait des simulacres, il faut qu'existent les corps composés.

Donc (47), si les simulacres ne sont pas empêchés, ils vont de A à B, ou de A à C, nécessairement en une certaine durée, puisqu'ils se déplacent. Mais ces durées ne peuvent être perçues par les sens, en raison de leur brièveté: les simulacres semblent aller aussi vite de A à B (1:1) que de A à C (1:2). Ainsi, il n'y a pas, du point de vue de la perception sensible, de décalage entre l'objet et le simulacre – un retard de transmission de l'image n'est pas discernable. La raison refuse d'admettre qu'un simulacre parvienne en plusieurs endroits en même temps, alors même que dans le temps sensible une foule de simulacres semble arriver simultanément au même point, et ce quel que soit leur point d'origine.

Mais Épicure n'en reste pas là: en mettant l'accent sur cette durée du déplacement, il oppose la durée que perçoit la raison (comme une nécessité déduite) au temps sensible, perçu sensiblement (instantanéité), lequel ne permet pas, dans le cas des images, de soupçonner immédiatement qu'il y ait un décalage, si infime soit-il, entre l'émission des simulacres et leur aboutissement en un point quelconque.

Finalement, la raison déduit des conditions du mouvement que les simulacres ont une durée de déplacement, alors même qu'ils semblent ne pas en avoir, et de ce point de vue leur mouvement, conçu comme ne connaissant pas de heurt, et donc pas de résistance (selon la perception sensible), subit en même temps comme une résistance. Pour inconcevable qu'elle soit, leur vitesse n'est pas absolue, ce que l'on croirait si l'on s'en tenait naïvement à l'évidence sensible.

La finesse (47), qui a déjà été avancée au paragraphe précédent, confirme la déduction concernant la vitesse: il faut comprendre qu'ils sont composés des plus fins atomes; c'est ce qui les rend les plus mobiles dans un monde constitué. Car leur vitesse, insurpassable par rapport aux autres, est à proportion de la non-résistance[2]. C'est à ce titre que l'on comprendra l'opposition du mouvement

1. Cf. la description de Lucrèce IV 177: c'est dans l'air que voyagent les simulacres.

2. Sur la finesse, cf. Lucrèce IV 110-127.

sans résistance des simulacres, et celui des atomes. En effet, «dans le monde des formes, les simulacres détiennent la même liberté que les atomes dans le vide imaginaire, tandis que les atomes qui s'en dépouillent, soumis au freinage dans les heurts constitutifs des corps solides, appartiennent à deux ordres différents»[1].

II.2.2 La perception (48-50)

– Formation des simulacres, et pensée (48)

Comme auparavant, une proposition générale est avancée, sur la vitesse de formation des simulacres, dont les raisons vont ensuite être développées. C'est la première liaison entre simulacres et pensée, qui anticipe sur le contenu du § 49.

Les simulacres suscitent les pensées: ils ne peuvent être postérieurs à elles, car alors nous verrions naître nos pensées. A l'inverse, si les simulacres allaient plus vite, nous ne penserions pas. Il y a donc correspondance. On est tenté de rapprocher de cette affirmation ce qui est dit au § 61, où l'on observe que la vitesse de la pensée est la référence qui permet d'approcher la vitesse de tous les atomes (lourds ou légers) dans le vide (qui n'offre pas de résistance) ; la vitesse de la pensée apparaît ainsi comme la plus grande qui soit (c'est la plus grande vitesse finie, puisque aussi bien il n'y a pas de vitesse infinie). Ici toutefois, la pensée est pensée concrètement comme le corrélat (et non l'effet) de la production des simulacres : le simulacre va aussi vite que la pensée (qui est notre référence), parce qu'il y a stricte coïncidence entre le perçu en son origine, et le percevant dans la forme dynamique de la connaissance (l'élan de la pensée)[2].

Vient à la suite l'explication: qu'il n'y ait aucun écart entre production de simulacres et pensée est établi par plusieurs caractéristiques complémentaires de ces simulacres:

1 – l'écoulement *(rheusis)* est continu et non intermittent (la perception s'interromprait de la même façon);

2 – c'est le développement du premier point: cet écoulement continu ne se traduit par aucune perte significative pour le corps,

1. J. et M. Bollack, H. Wismann, *La Lettre d'Épicure*, p. 192.

2. La sensation immédiate et la prénotion supposent un acte d'attention ; elles ont en commun d'être des appréhensions *(epibolai)*.

puisqu'elle est en permanence compensée par un afflux d'atomes venant de l'extérieur (l'on ne perçoit pas en effet que le volume du corps diminue)[1]. Tout se passe à la surface du corps, qui est une zone d'échange permanent avec l'extérieur (le corps vivant configure son espace) ;

3 – l'écoulement est coordonné, il conserve « la position et l'ordre » des atomes de la surface du corps ;

4 – Mais il y a trois cas de transmission de simulacres à distinguer[2] :

(a) le cas le plus fréquent examiné jusqu'ici, de la réplique conforme, qui reproduit le corps et se reproduit comme telle (sans autre déformation que celle de l'usure) ;

(b) le cas de la réplique qui s'altère et se décompose, en raison du milieu extérieur (opacité, obstacles, résistance de l'air)[3] ;

(c) enfin, les simulacres qui ne sont pas la réplique conforme d'un corps, car ils ne prennent pas son empreinte, mais sont une formation spontanée « dans l'air »[4].

Le développement est conclu par la référence à la non-infirmation : si la théorie est satisfaisante, c'est parce qu'elle rend compte adéquatement de la perception sensible et de ses diverses formes. Pour que chacun s'en persuade, il faut s'appliquer à penser la relation physique de la force *(energeia)* des simulacres avec le corps émetteur et le corps récepteur, afin de comprendre de façon satisfaisante comment nous (récepteurs) entrons dans une relation de connaissance avec les réalités extérieures (émetteurs). Épicure nous invite à penser la transformation d'une force en pensée.

Par là même, c'est la relation de connaissance que fonde la « coaffection », c'est-à-dire la *sumpatheia*, que l'on se met en mesure de penser. Ce concept, un peu déroutant, est réemployé peu après au § 50. Il apparaît ici comme une liaison entre le corps extérieur et notre corps, qui repose sur la médiation des simulacres : il ne s'agit pas seulement de nommer la force, mais d'en nommer la qualité pro-

---

1. Cf. Lucrèce IV 145-146 ; le processus est envisagé en détail par Plutarque, *Contre Colotès*, 1116 c.
2. Pour les trois types de simulacres (dans l'ordre c-a-b), cf. Lucrèce IV 736.
3. Cf. Lucrèce IV 353 *sqq*.
4. Cf. Lucrèce IV 131-142.

pre, en l'occurrence la propriété d'établir une liaison de co-affection, qui fait qu'un corps est affecté par un autre (propriété évidemment réversible). Au § 50, c'est de la co-affection entre le corps émetteur et le simulacre qu'il est question: la *sumpatheia* entre deux corps (perçu et percevant) est donc établie par l'intermédiaire des simulacres (ils ont la *sumpatheia* puisqu'ils sont des répliques); le corps sentant est ainsi affecté, c'est-à-dire pénétré par l'image de l'objet. Par le simulacre s'opère une sorte de compénétration des deux corps.

– La perception des formes (49-50)

Dans la proposition générale, vision et pensée sont associées (49), pour leur commune capacité à saisir des formes (le vrai et le faux apparaissent seulement au § 50). Ainsi, la pensée n'est pas isolée: elle prolonge la sensation, ou encore la sensation s'achève en pensée, comme nous l'avons déjà entrevu avec la corrélation simulacres-pensée, et comme le confirme l'existence des prénotions. La condition nécessaire, commune à la perception et à la pensée, est d'être affecté.

L'explication conduit d'abord à rejeter la théorie de Démocrite (l'air intermédiaire)[1], et celle de Platon (le flux igné qui va à la rencontre de l'effluve de l'objet, hors de l'œil)[2]. L'on passe ensuite de la fine réplique *(tupos-eidôlon)*, qui a déjà été présentée, à la réplique dense *(tupos-phantasia)*, du simulacre à l'image. La co-affection conserve plus que jamais son importance.

Un caractère d'évidence s'ajoute à ces sensations (en l'occurrence la *phantasia* visible), qui justifie leur valeur de connaissance (le § 52 parle des « critères fondés sur les évidences »): l'*enargeia* c'est la donation de la chose même, au sens où l'image nous donne « la forme même du solide » (50): nous voyons la chose. Ce sont ces sensations qui sont la base ferme de la connaissance vraie (cf. § 50), elles qui livrent la couleur et la forme même du corps dont elles sont la réplique. Mais il faudra toutefois pouvoir distinguer l'image du phantasme, et cela n'est pas encore envisagé. Du reste, la sensation elle-même ne nous permet pas de procéder à cette distinction entre image et phantasme (cf. § 51).

1. Cf. Théophraste, *Des sens* 50 (68 A 135 DK).
2. Cf. *Timée*, 45 b.

Ainsi, la sensation ne doit surtout pas être comprise comme pure réceptivité : ce que ces sensations font apparaître, c'est la présence en elles d'un mouvement d'attention ou d'appréhension, commun avec la pensée[1]. Cet élément commun aide à comprendre le passage de la sensation à la prénotion : du fait que toute connaissance implique une activité de la part du sujet, acte d'attention, d'appréhension, la prénotion se constitue au sein même de la sensation. Ainsi, le sujet reçoit des répliques qui s'unifient en une *phantasia*, à partir du moment où l'on se saisit de l'image *epiblètikôs*, par un acte d'attention (appréhension) de la pensée ou des sens (50 ; un peu plus bas dans le même paragraphe, il est question d'une *phantastikè epibolè*, c'est-à-dire d'une appréhension de l'image, ou imaginative) : c'est cette attention qui fait vraiment naître l'image à la vue ou à la pensée[2].

II.2.3 Le faux et l'erreur : le jugement (50-52)

– Le principe du faux et de l'erreur (50)

L'appréhension de l'image, qui vient d'être analysée, est neutre. L'origine du faux consiste en un mouvement qui s'ajoute au premier mouvement d'appréhension. Ce mouvement qui double le premier n'est pas nécessairement faux, il peut être adéquat : le mouvement qui me fait percevoir une tour ronde se double d'un mouvement (le jugement par lequel se forme l'opinion) qui me fait reconnaître que cette tour est ronde. Si d'autres perceptions sensibles confirment que cette tour est ronde, le deuxième mouvement produit un jugement vrai. Mais si la tour m'apparaissait ronde à une certaine distance alors qu'elle est carrée, alors le jugement qui se contenterait de cette seule perception me ferait me tromper, et produirait le faux. On doit donc méthodiquement distinguer entre ces deux mouvements, pour ne pas perdre dans la confusion les critères du vrai.

En fait, ce deuxième mouvement est absolument nécessaire pour rendre compte de toute connaissance, puisque c'est ce qui fait que je

1. Mais le phantasme aussi s'appuie sur des appréhensions imaginatives : il y a de ce point de vue à comprendre ce qui conduit une appréhension à dériver.

2. Notons d'ailleurs que le *Traité anonyme sur les sens*, développant la doctrine épicurienne, dit bien que les sens « perçoivent » : se trouve alors employé le verbe *katalambanein*, le même que nous rencontrons aussi dans D. L. X 33, à propos de la prénotion.

reconnais quelque chose, que je l'identifie, que je puis dire : « c'est le cas », « ceci est un homme », etc. Ainsi, l'appréhension donne à l'image son unité et la reconduit à une prénotion, mais le jugement peut être conduit trop loin, si, en raison de conditions extérieures troublées, il associe une image à une prénotion qui ne lui correspond pas[1]. L'erreur n'est donc qu'une possibilité.

– Le phantasme (51)

Épicure s'attache à montrer que le phantasme n'est pas la condition suffisante, ni même nécessaire, de l'erreur.

Il s'agit en effet de l'image formée en l'absence d'un corps solide[2]. De fait, la formule du § 48 laissait supposer d'autres modes de constitution d'image que l'image constituée dans l'unité de la perception sensible liée par la co-affection (« il y a, du reste,... ») : c'est en tant qu'objection à la thèse de la vérité des sensations qu'ils sont ici envisagés. Les images – *phantasmoi* (au masculin) diffèrent donc des images – *phantasiai*, parce qu'elles sont des images non liées au substrat matériel dont la *phantasia* est la reproduction. C'est pourquoi il est important de les distinguer dans la traduction, et que l'on traduira *phantasmos* par « phantasme ».

Mais par ailleurs Épicure parle de *phantasma* (au neutre), comme au § 75. On peut ainsi esquisser le rapport de tous ces termes : il y a une image en acte, la *phantasia*, qui produit une image mentale strictement conforme à elle, et rémanente, qui est le *phantasma* (d'où la référence au *phantasma* pour l'analyse du langage) ; de même, à l'*aisthèsis*, la sensation en acte, correspond un *epaisthèma*, qui est proprement l'impression sensible. Au sens le plus large, *phantasma* au neutre peut sans doute être tenu pour la dénomination la plus générique des représentations mentales. Ainsi, Diogène Laërce l'emploie en X 32 pour expliquer : « Et les images mentales des fous et celles qui surviennent dans les rêves, sont vraies, car elles meuvent. Mais le non-être ne meut pas. » En revanche, les *phantasmoi* (au masculin) dont il est ici question sont les images qui apparaissent seulement comme des reproductions, qui ne sont pas produites

1. Cf. en parallèle Lucrèce IV 379-468, et notamment 462-468 sur l'*opinatus animi* que nous ajoutons à une image.

2. Sur l'imagination, voir aussi Lucrèce IV 722 et suiv.

directement dans la relation à un substrat, et peuvent s'évanouir instantanément, ou se transformer. Le *phantasmos* n'est pas le produit de la *phantasia*, car il est indépendant d'un corps solide présent, bien que l'esprit l'élabore librement en se servant des simulacres émis par les corps. Le *phantasmos* est donc suscité par l'esprit: c'est toute image qui n'est pas la réplique d'un corps transmise directement par la co-affection. A ce titre, nombre d'entre elles sont illusoires, mais pas nécessairement toutes.

En somme, on peut dire qu'Épicure expose ici une condition de l'erreur, et non l'erreur elle-même. Bien sûr, ces images sont fausses ou illusoires au sens où elles ne sont pas la réplique d'un corps comme l'est la *phantasia*, mais il n'y aura erreur qu'à partir du moment où un jugement se sera hâtivement appuyé sur tel phantasme.

On notera enfin qu'Épicure procède à une généralisation à partir des images dans le sommeil, pour évoquer « d'autres appréhensions de la pensée ou des autres critères ». On a cru pouvoir tirer de ce passage que l'*epibolè* ne signifiait pas nécessairement l'attention[1], mais c'est l'inverse: comme on le voit aussi dans Lucrèce, il y a de l'*epibolè* jusque dans le sommeil, et ceci vient de la pensée (ce qui signifie qu'il faut dissocier attention et conscience éveillée)[2]. Ainsi, toute vision, même onirique, suppose la capacité de recevoir des simulacres d'une part, l'attention de l'esprit d'autre part.

– L'erreur du jugement (51-52)

Source éventuelle d'erreur, les phantasmes n'en sont pas toutefois la cause déterminante: en réalité nous faisons confiance à ces phantasmes, sans vérifier leur validité, c'est-à-dire sans les reconnaître comme des phantasmes, ou sans les confronter à d'autres images pour les éprouver. Ce faisant, nous commettons une erreur plus générale, qui consiste, *à partir d'une image quelconque*, à la prolonger d'un jugement trop précipité, parce que mal ou pas du tout vérifié. Par exemple, que telle image correspond à quelque chose d'existant (« Je vois un Centaure »), que telle image nous informe sur la nature ou la constitution de telle chose existante (« C'est un chat », alors que c'est un chien).

1. D. Furley, *Two Studies in Greek Atomism*, p. 208.
2. Cf. E. Asmis, *Epicurus' Scientific Method*, p. 123.

On peut envisager trois cas simples, en s'appuyant notamment sur Lucrèce :

1) l'illusion par exemple qui me saisit au sortir du sommeil, lorsque je crois à la réalité de ce que j'ai vu en rêve, tant l'image *(phantasmos)* est encore prégnante : l'illusion suscite l'erreur (dans le rêve même, il n'y a pas erreur, car on ne peut se référer aux sens)[1] ;

2) dans l'état de veille, je me trompe, croyant qu'existe ce qui m'apparaît, et qui en fait n'existe pas (le Centaure)[2]. Dans ce dernier cas, l'hallucination rejoint le rêve (comme l'explique Diogène Laërce, X 32, l'imagination du fou est vraie, c'est son jugement qui dérape) ;

3) je me trompe lorsque je juge de loin, à partir d'une vision confuse (une *phantasia*), qu'il s'agit de telle chose, alors qu'il s'agit de telle autre (je projette la prénotion du chien sur l'image éloignée et indistincte, d'un chat). C'est le cas le plus ordinaire.

Il ne suffit pas d'un phantasme pour se tromper, il doit être soutenu par un jugement. Bien plus, nous avons également la possibilité de nous tromper à partir de l'image d'un objet présent. Dans ce cas toutefois, l'opinion sera infirmée par l'expérience ; dans le cas du phantasme au contraire, l'opinion n'est pas plus susceptible d'être infirmée que d'être confirmée : l'homme raisonnable se laissera convaincre par cette indécidabilité, le fou non. Le phantasme ne fait donc qu'augmenter le risque d'erreur, sans être par lui-même erroné. L'erreur est en fait fondamentalement liée au jugement, qui peut aussi produire le vrai ; le jugement constitue un deuxième mouvement : je me représente quelque chose (vrai ou faux), je dois le vérifier, j'y adhère (ou pas). L'exercice concret consiste ainsi à produire des représentations en s'abstenant de porter trop précipitamment un jugement.

Sans cette prudence méthodologique, la thèse qui promeut la vérité des sens se retourne en son inverse, et l'on fonde l'erreur au lieu de la vérité. La sensation est vraie et irréfutable pour autant que l'on prend soin d'en établir rigoureusement le domaine de validité ; par là même, en distinguant l'image en présence du corps, et l'image

1. Cf. Lucrèce IV 764 et 962-1029.
2. Cf. notamment IV 978-983.

in absentia (phantasme), l'on peut maintenir que l'image fournie directement par la vue est critère de vérité.

II.2.4. L'audition et l'olfaction (52-53)

Il suffira de faire remarquer ici que le modèle du contact, qui a permis d'analyser la vision, est appliqué de la même façon à l'audition et à l'olfaction. Mais les intermédiaires sont cette fois respectivement le « souffle » affectant l'ouïe (52), et des « corpuscules » odorants qui ébranlent l'odorat (53).

II. 3 Les corps simples (54-62)

Après les grandes lignes de la gnoséologie, qui donnent leur légitimité aux principes méthodologiques de l'étude de la nature, la section suivante est consacrée à l'application la plus fondamentale, celle qui concerne l'atome, et qui est un développement de I.2.2 (déjà amplifié dans la première partie, en I.2.4). La section suivante (II.4) montrera de quelle façon le corps composé est constitué en corps mobile et perceptif: par le mouvement, au sein du corps, d'un corps plus subtil qui est l'âme.

II.3.1 Caractéristiques des atomes (54-55)

Les atomes ont forme, poids et grandeur: chacun est une « qualité » *(poiotès)* que l'on rencontre aussi dans ce qui apparaît, mais ce sont les trois seules que l'on puisse référer aux atomes, à l'exception de toute autre. A leur propos pourtant, l'on aura quelque difficulté à parler de qualités, s'il est vrai que « toute qualité change ». En effet, la qualité concerne proprement les corps composés: et parce que tout composé est provisoire, les qualités de ces corps le sont également. Ainsi, la forme d'un corps visible est appelée à disparaître avec le corps lui-même, ce qui n'est pas le cas de l'atome: il est indestructible, et il conserve son poids, sa grandeur et sa forme.

Telle est en effet la caractéristique de l'atome déjà exposée dans la première partie de la *Lettre* (41), reprise dans les mêmes termes et développée: l'immutabilité qui est celle-là même de l'être subsistant indéfiniment dans les changements, les agrégations et désagrégations.

Par une analogie, Épicure avance ensuite (55) en direction d'une plus grande précision: dans ce qui nous apparaît, l'on peut voir que la forme est la plus résistante des qualités, puisqu'en dépit des changements de forme, c'est toujours une forme que conserve le corps changeant. Précisons que l'on ne doit pas interpréter comme si la forme devait être quelque chose de plus essentiel encore que le poids et la grandeur : ce qui vaut pour la première vaut pour les deux autres ; mais l'inhérence de la forme au corps est une évidence immédiate. Cela dit, il apparaît qu'il y a dans les composés des qualités plus fondamentales que d'autres, et c'est ce qui sera précisé dans la section consacrée à la distinction des caractères concomitants et accidentels des corps (68-73).

II.3.2 Grandeur des atomes (55-56)

Comme il s'était brièvement attaché dans la première partie à distinguer entre le nombre illimité des atomes et le nombre limité des formes, Épicure est amené à préciser ici que les différences de grandeur atomique sont en nombre limité. J'ai rapporté plus haut l'objection d'Aristote à la thèse démocritéenne d'une infinité de formes atomiques, qui impliquait que des atomes puissent être visibles. Or, il n'est aucun corps visible qui ne soit sécable. Donc, l'atome insécable et invisible ne peut avoir qu'une grandeur inférieure au seuil de perception.

II.3.3 Les plus petites parties des composés et des atomes (56-59)

Ce développement est un des plus complexes de la *Lettre*, en raison de son sujet et des difficultés textuelles que l'on y rencontre.

– Les plus petites parties des corps composés (56-58)

S'il est vrai que l'existence des atomes, c'est-à-dire d'unités matérielles insécables, exclut l'hypothèse d'une *division à l'infini* de la matière, ce qui a été établi dès les §§ 40-41 et qui est rappelé maintenant, il ne faut pas davantage penser que l'on puisse *parcourir à l'infini* un corps fini, car il est composé d'un nombre fini de parties ; la suite s'attache à démontrer cela.

Dans le § 57, deux arguments s'enchaînent, l'un fondé sur l'impossibilité logique qu'un corps limité contienne un nombre illimité de parties, l'autre sur l'observation directe : à partir de la limite d'un corps perçu, pris comme unité de parcours de la surface de ce corps, l'on aboutit à un nombre fini de parties. Pour parler de ces parties, Épicure emploie le terme d'*onkos*, littéralement « amas » ou « masse », que j'ai traduit par « corpuscule », et non pas *meros* que l'on attendrait. L'*onkos* semble ici intermédiaire entre le corps composé visible et l'atome : c'est la partie de taille indéterminée, en tout cas inférieure au corps constitué. La réflexion sur cet amas matériel qui n'est pas un corps complet, organique, sert ici à nous mettre sur la voie de l'atome. Toutefois, comme il ressort du § 54, l'atome a lui-même des masses : l'*onkos* désigne donc de la manière la plus générale une grandeur physique indéterminée.

Enfin, un troisième argument substantiel s'appuie sur la plus petite unité sensible, le *minimum* (58), qui doit servir de modèle pour appréhender le *minimum* dans l'atome. Le *minimum* sensible est sans partie, puisqu'il correspond au seuil inférieur du perceptible : en deçà, on ne voit rien. Il est sans partie pour l'observateur, mais en fait il est composé ; sans pouvoir être lui-même parcouru par l'œil, il n'est donc pas hétérogène à ce qui peut être parcouru, c'est-à-dire au corps visible. Dans la perception, un *minimum* ne se confond pas avec un autre, leurs parties ne se touchent pas (puisqu'on n'en perçoit pas) : c'est ainsi que le *minimum* sensible peut servir d'unité (mentale) de mesure pour parcourir le corps visible, qui apparaît ainsi, par rapport à lui, comme une certaine grandeur multiple.

– Analogie pour l'atome (58-59)

Épicure prolonge en direction de l'atome proprement dit le développement sur les grandeurs limitées (56-58), au moyen d'une analogie fondée sur l'argument du *minimum* sensible. La différence entre les plus petites parties visibles et l'atome étant bien évidente[1], il peut s'attacher à penser grâce à l'analogie le *minimum* atomique qui serait à l'atome ce que le *minimum* sensible est au corps sensible. Ainsi, le raisonnement est analogique de part en part, puisque l'atome est lui-même connu analogiquement. De la grandeur de l'atome, l'on passe donc à l'idée de parties de l'atome, qui apparaîtrait ruineuse pour la théorie atomique si l'on oubliait que l'atome se définit par son indivisibilité, sa caractéristique de plus petite unité matérielle. C'est pourquoi les parties de l'atome ne sont pas des parties réellement isolables, mais, à la manière du *minimum* sensible, des parties que la pensée se représente comme composant cette grandeur

1. Depuis les §§ 55-56.

insécable de l'atome. A partir de cet élément le plus petit, l'on pourra aisément se représenter les différences de taille entre atomes.

Pour terminer, Épicure précise toutefois que les *minima* de l'atome ne peuvent pas constituer les unités à partir desquelles se produira un rassemblement de parties. Au contraire, on doit avoir reconnu que l'unité physique réelle, douée de mouvement, et capable de constituer des composés, est l'atome (en vue de cette constitution, on peut envisager aussi des unités plus importantes, des corpuscules de taille indéterminée, cf. § 69).

II.3.4 Direction et vitesse des mouvements corporels (60-62)

– Relativité du mouvement (60)

Dans l'illimité, il n'y a ni haut ni bas absolus. Une telle hypothèse est en effet contradictoire, puisqu'elle reviendrait à poser des limites à ce qui n'en a pas. Comme l'indique brièvement Épicure, il faudrait en effet supposer que l'on puisse atteindre, à partir de nous, un point haut et un point bas absolus : l'illimitation du tout rend cette hypothèse parfaitement insensée.

Cela ne signifie pas que parler de haut et de bas soit dénué de sens : ce sont des orientations qui au contraire prennent une valeur par rapport à un point de référence donné, qui ne peut prétendre être absolu, mais seulement relatif. Ainsi, les êtres vivants complexes qui se développent dans le(s) monde(s) déterminent par rapport à eux-mêmes un bas et un haut ; l'orientation correspond à une nécessité vitale. C'est donc dans le monde que l'on peut penser un haut et un bas, mais ils sont relatifs, qu'on les rapporte à l'illimité, ou même au monde, car le haut et le bas se déterminent à chaque fois par rapport à un point donné du monde.

Dès lors, il est clair que les atomes ne suivent aucune direction absolue : ils ne chutent pas vers le bas du tout, comme s'ils tendaient à se déposer tout au fond, mais s'ils « chutent », c'est par rapport à eux-mêmes, étant donné la non-résistance du vide : ils se meuvent donc d'abord en vertu de leur propre poids, ensuite en fonction des chocs avec d'autres corps qui les font dévier, indéfiniment. C'est pourquoi il n'est pas possible de se représenter le tout : le mouvement des atomes dans le vide peut seulement être pensé, puisqu'il présente des caractères qui, pour ce que l'imagination est capable de projeter, sont irreprésentables : avec l'illimité, ce sont les limites mêmes de la représentation qui sont atteintes. On doit ainsi admettre que les atomes, tout en chutant par l'effet de leur propre poids, ne se dirigent pourtant pas vers le bas.

– Vitesse des atomes dans le vide (61)

Les atomes ont une vitesse égale dans le vide, tant qu'ils ne sont pas ralentis par des heurts, tant qu'ils ne se font pas mutuellement obstacle. Le vide se caractérise par sa non-résistance : tant qu'un atome n'en rencontre pas un autre, il va à la même vitesse que n'importe quel autre atome – vitesse que l'on ne peut se représenter, seulement penser comme qualitativement équivalente de la vitesse de la pensée[1]. Le ralentissement de la vitesse de l'atome peut se produire de deux manières : heurté de l'extérieur (une ou plusieurs fois) par des atomes sans doute plus lourds que lui, l'atome perd sa trajectoire rectiligne et se ralentit ; se heurtant à tel corps, l'atome (cette fois plus lourd) repousse ce qui le heurte et maintient sans doute sa trajectoire, mais il en résulte néanmoins pour lui un ralentissement.

– Vitesse des atomes dans les composés (62)

Les composés pour leur part ont des vitesses distinctes, qui tiennent aux ralentissements, se produisant différemment en chaque composé, des atomes les uns par rapport aux autres. A noter que trois temps sont distingués, dont le premier est le minimum du troisième : (1) le *plus petit temps continu* laisse voir une continuité du mouvement (qui confère aussi au temps sa continuité) et une direction unique des corps composés, qui implique que les atomes qui le composent aillent dans cette direction, en un moment donné ; (2) *le temps que perçoit la raison*, correspondant au plan atomique, infrasensible, laisse deviner au contraire une multiplicité de directions des atomes pris individuellement, qui s'annulent en un ensemble de chocs et contre-chocs pour converger sensiblement en un seul mouvement – c'est un temps correspondant à une discontinuité ; (3) *le temps sensible* est celui qui correspond à l'apparaître sensible, au mouvement continu des corps et aux vitesses différenciées.

1. Cf. plus haut, p. 1182-1183.

II.4 L'âme dans le composé (psychologie) (63-68)

La deuxième étape de l'étude naturelle des corps fait aborder les corps composés, et le principe corporel unifiant ces corps, à savoir l'âme ; dans un troisième moment (II.5), seront distingués caractères concomitants et accidentels de ces corps.

II.4.1 Le corps de l'âme (63)

Les sensations vont encore servir de critères, les affections également, de façon autoréférentielle : en effet, c'est l'existence même de ces critères qui atteste l'existence d'une réalité intérieure au corps, réalité d'un corps mobile au sein de l'agrégat corporel (cf. §§ 67-68). L'âme, par ses fines « parties » ou composantes, est répandue à travers tout l'agrégat : son action doit l'apparenter à un souffle mélangé à de la chaleur – telles seraient deux de ses parties ; mais il faut y ajouter une troisième, plus fine encore, qui n'a pas de nom, et qui se tient dans la même relation par rapport au corps psychique, que ce dernier par rapport à l'agrégat[1]. Il est très intéressant de voir mentionnée ici aussi la co-affection : l'on tient là pour le vivant la *sumpatheia* la plus originelle, celle qui unit l'âme au corps, et les parties de l'âme entre elles.

On doit donc attribuer à ce corps subtil, et à lui seul, les propriétés de l'affection, de la mobilité, et de la pensée, autant de choses dont la privation entraîne la mort. A cela s'ajoute la sensation, qui s'explique en grande partie par l'âme, mais pas seulement.

II.4.2 L'âme cause de la sensation (63-64)

Le cas de la sensation permet de montrer que l'âme et le corps sont nécessaires l'un à l'autre. L'âme ne peut sentir – Épicure précise qu'elle est « la cause prépondérante de la sensation » – que parce que l'agrégat la protège. Cette protection permet en retour à l'agrégat d'avoir part à la sensation, avoir part seulement, car c'est l'âme qui sent à proprement parler ; la sensation se transmet donc au corps

1. Je ne peux signaler qu'en passant un problème de taille : la divergence, sur la question de la nature de l'âme, de Lucrèce avec Épicure. Le premier avance qu'il y a quatre composantes (« natures ») de l'âme, et non pas trois, comme ici : le souffle, la chaleur, l'air, et un quatrième élément sans nom (III 231-257). Aétius, en IV 3, 11, mentionne pour sa part les quatre éléments évoqués par Lucrèce.

dans les parties sensibles, réceptrices, ce qui s'explique bien par la distinction entre la partie mobile de l'âme qui est partout et notamment dans les organes sensitifs, et la partie sans nom, retirée, dans laquelle se forment les sensations. A supposer, ce qui est en fait impossible, que l'âme puisse subsister sans le corps, elle sentirait; mais ceci n'est pas pensable, car l'on ne peut dissocier réellement, autrement qu'en pensée, le corps et l'âme. De fait, Épicure ne dit pas cela ; il se contente de souligner que, sans âme, il ne peut y avoir sensation. Épicure parle à propos de la sensation, de « puissance » ou faculté *(dunamis)*, comme tout à l'heure pour les affections, l'aisance à se mouvoir, la pensée.

La sensation est donc le résultat de la co-action de l'âme et du corps : l'âme et sa faculté de percevoir, d'une part, le corps et son aptitude à protéger l'âme et recevoir les données recueillies par les organes sensoriels, d'autre part. Voilà pourquoi l'un est nécessaire à l'autre : l'organe sensoriel va permettre à l'âme d'élaborer la sensation, en lui transmettant les influx sensibles, tout en opérant comme une sorte de filtre, qui atténue le nombre et la force des affections. Le corps protège, canalise, et ainsi permet à l'âme de produire « l'accident sensible », qui se transmet à tout le corps en retour, grâce à la liaison de co-affection.

II.4.3 L'âme inséparable du corps (65-67)

– La liaison de l'âme et du corps (65-66)

La sensibilité est l'indice permettant de statuer sur l'état d'un corps, vivant ou mort. Trois cas sont envisagés : 1) si une partie du corps est détruite, l'âme peut continuer à sentir (et si, avec une partie du corps une partie de l'âme est détruite, l'âme, lésée et souffrante, peut toutefois subsister) ; 2) si l'âme abandonne le corps, il n'y a plus sensation ; 3) si le corps est détruit, l'âme ne peut subsister.

– Réfutation de l'incorporéité de l'âme (67)

Le seul « incorporel » est le vide. Pris littéralement[1], comme absence de corps, le substantif ne peut renvoyer qu'au vide, l'autre nature. L'âme, si elle agit et subit, ce qui n'est pas le cas du vide, ne peut être incorporelle.

---

1. C'est le sens de la scholie du § 67 : « Il parle en effet en suivant l'usage le plus fréquent du terme. »

Épicure conclut cette section, au § 68, en appelant à la mise en pratique des esquisses (selon l'exigence posée au début de la section, § 63), fondée sur la référence aux sensations et affections (conformément à l'introduction, §§ 35-36).

II.5 Caractéristiques des corps composés (68-73)

Après en avoir terminé avec l'âme, c'est-à-dire avec le corps lui-même, Épicure envisage successivement les caractères concomitants *(sumbebèkota)* et les caractères accidentels *(sumptômata)* des corps.

II.5.1 Les caractères (toujours) concomitants (68-69)

Sur ce point, Épicure se démarque fortement d'Aristote : il reprend le concept de *sumbebèkos* exprimant pour ce dernier ce que l'on a souvent traduit par « accident » (de fait, pour Aristote la couleur d'un corps est un accident du corps) – soit l'accident contingent, soit même l'accident nécessaire – et lui fait signifier ce qui s'attache indéfectiblement au corps. D'où la traduction par « caractère concomitant », pour le substantif neutre : « concomitant », que l'on pourrait aussi envisager pour traduire le terme dans Aristote[1], a le mérite d'être aussi proche que possible du terme grec ; avec cette traduction, la modification de la valeur du terme, d'Aristote à Épicure, apparaît plus intelligible. Pour penser ce qui est propre à un être, Épicure récuse donc les approches aristotéliciennes à partir de l'universel (la substance seconde), de la forme seule (la forme par rapport à la matière, la forme n'étant pas engendrée ; la forme comme la substance première, individuelle elle-même). Et positivement, Épicure va distinguer entre ce qui est toujours concomitant (qu'il peut nommer plus brièvement « concomitant »), et ce qui est proprement accidentel, c'est-à-dire qui est parfois, à tel moment, concomitant[2].

Les caractères toujours concomitants mentionnés sont les formes, les couleurs, les grandeurs et les poids, mais la liste n'est pas exhaustive (« et tout ce que l'on prédique... »). Épicure se sert d'une méthode de variation pour délimiter leur statut : ce ne sont pas des

1. Cf. J. Brunschwig, pour les *Topiques, op. cit.*, p. 123.

2. Comme on le voit dans le § 71. On se reportera à l'importante contribution de D. Sedley déjà citée, « Epicurus' Anti Reductionism », pour une étude fine de la distinction.

natures existant par elles-mêmes (ce ne sont pas des corps, et l'on ne peut penser ce que seraient ces formes et autres couleurs sans corps), et ce ne sont pas non plus des choses inexistantes. Entre ces deux extrêmes, la variation se poursuit : ce ne sont pas des réalités incorporelles s'ajoutant au corps (cette possibilité a déjà été exclue pour l'âme ; ici, il faudrait que ces caractères incorporels, subsistant par eux-mêmes, viennent s'ajouter au corps – chose impensable qui revient à la première hypothèse rejetée), et ce ne sont pas non plus des parties du corps (comment penser le corps indépendamment de la forme ou de la couleur, ce qu'il faudrait pouvoir faire si elles n'en étaient que des parties matérielles ?). Ces quatre possibilités étant exclues, il en reste une dernière, seule à même de préserver les caractères concomitants et le corps dont ils sont concomitants, la seule donc qui ne soit pas infirmée : les caractères concomitants, bien que distincts du corps, lui sont inhérents, et ne peuvent donc en être séparés. Épicure y insiste : ils ne composent pas le corps par addition et juxtaposition (il a déjà rejeté le modèle des parties), mais ils sont indissociables de l'*ousia* même du corps.

Mais il faut faire une distinction : les caractères concomitants énumérés sont communs aux corps simples et aux corps composés, à l'exception des couleurs, qui n'apparaissent qu'avec la composition, et sont concomitants des seuls corps visibles (ils sont visibles parce qu'ils sont colorés, et non l'inverse : la couleur résulte de l'agencement des atomes les uns avec les autres – ce sont les réagencements atomiques qui provoquent les changements de couleur).

La fin du § 69 donne toute sa cohérence à l'ensemble : si l'on ne doit pas penser comme séparés le corps et les caractères concomitants, c'est parce que ces derniers se donnent dans l'unité d'une perception, qui livre un aperçu sur le corps dans son être coloré, pesant, étendu. La pensée, les discernant dans l'unité d'une appréhension, ne peut, même logiquement, les dissocier du corps.

Les caractères concomitants envisagés sont les plus généraux ; on pourrait ajouter pour le vivant l'ensemble des facultés du corps et de l'âme, qui durent autant que durent le corps et l'âme (cela néanmoins est à distinguer des actions de l'âme et du corps, dont la durée est, elle, limitée).

II.5.2 Les caractères accidentels (70-71)

Épicure évoque ensuite ce qui arrive aux corps, ce qui survient en eux, mais ne leur est pas continuellement attaché. Sans être, à la différence des caractères toujours concomitants, indissociables des corps qui nous apparaissent, ils ne sont pourtant pas de l'ordre de l'invisible, puisqu'ils se manifestent, tel le mouvement du corps visible, et ils ne sont pas non plus des incorporels, puisque seul ce qui peut être pensé par soi est susceptible d'être incorporel (le vide étant la seule réalité de cet ordre). Il n'y a donc d'accident que pour un corps, même si cet élément accidentel n'est pas indispensable au corps. C'est bien en cela que l'accident se distingue et du corps et du caractère toujours concomitant; sa concomitance avec le corps n'est que provisoire (71).

II.5.3 Le temps (72-73)

Le temps a une certaine réalité, mais il n'existe pas par lui-même; il accompagne le mouvement, sans être mouvement (circulaire, rectiligne ou autre), et pas davantage nombre. Il accompagne un mouvement quelconque, qu'il s'agisse d'un mouvement local ou d'un changement qualitatif, et c'est par rapport à ces mouvements qu'il est perçu. Il y a donc des durées différentes, liées à des perceptions différentes, et c'est pourquoi les affections ont autant d'importance que le mouvement nycthéméral. En fait, il n'y a pas de distinction fondamentale entre l'un et l'autre: le mouvement nycthéméral n'a de réalité pour moi que lorsqu'il m'affecte, comme les autres mouvements, et ainsi c'est le soi qui fait être cet « accident d'accident[1] » qu'est le temps, et le façonne selon son propre mode d'être.

II.6 Génération, évolution (73-76)

II.6.1 La formation des mondes et des vivants (73-74)

– Les mondes (73-74)

On retient d'abord que les mondes se forment à partir de l'infini, ils naissent par « scission »[2]. Épicure précise ensuite que l'on doit

1. Cette définition du temps comme *sumptôma sumptômatôn*, est rapportée par Sextus Empiricus, *Adv. math.* X 219 (*H. P.* III 137).

2. Cf. aussi *L. à Pyth.* 88 ; et Lucrèce V 416 *sqq.*

poser un état intermédiaire entre le tout et le monde, ce sont les « amas » de matière[1]. S'ensuit un véritable processus cosmogonique: les mondes connaissent une croissance différenciée: le § 74 fait une simple mention de différences de taille; la *Lettre à Pythoclès* (89) évoque des flux d'atomes qui conduisent à la constitution du monde, qui va croître comme un organisme. Pour durer, le monde a donc besoin d'un afflux permanent d'atomes en provenance du tout, qui compense les pertes[2]. Mais en même temps, ce mouvement compensateur ne peut durer éternellement: c'est cette rupture d'équilibre qui doit principalement expliquer la dissolution des mondes, périssant comme on voit les organismes vivants périr[3].

Sur les formes, la doxographie a retenu qu' « Épicure dit qu'il est possible que les mondes aient une forme sphérique, mais qu'il est possible qu'ils aient d'autres formes[4] ». La formule semble s'appuyer sur l'affirmation du § 74, qui évoque pour commencer la forme sphérique, avant d'envisager la forme ovoïde, et ménager la possibilité d'autres formes encore, sans que toutefois toutes soient possibles. Le passage parallèle dans la *Lettre à Pythoclès* (88), envisage une forme ronde ou triangulaire, et même – c'est là la différence entre les deux textes – toute forme, dans les limites que définit la réflexion sur la forme.

– Les vivants (74)

L'on a un principe d'explication unique, et des mondes variés en nombre illimité, selon une possibilité de variation toutefois limitée. Tout n'est donc pas possible pour les mondes, et de même tout n'est pas possible pour les vivants: un vivant suppose un monde, qui n'est pas lui-même un vivant (contre ce que dit Platon dans le *Timée*). Ayant posé cela, il s'agit dès lors pour Épicure de livrer la règle générale de formation des vivants[5]: un monde est la condition né-

---

1. *sustrophè*, § 73; Lucrèce parle, lui, de *convectus* ou *conjectus.* Il parle au livre V de « rencontres » (*conjectus*, 416) et de « rassemblements » (*convectus*, 429); en II 1062, *conjectus* est à la place de *convectus*; en II 1065, il évoque aussi des « assemblages de matière » (*congressus materiai*).
2. Lucrèce illustre clairement cette idée: I 1035-1037, et 1049-1051.
3. Cf., pour prolonger Épicure, Lucrèce I 1038-1048 ; cf. aussi II 1105-1174.
4. Aétius II 2, 3 (302 Us.).
5. Cela justifie dans le texte le *gar* (« de fait »), autrement énigmatique.

cessaire et suffisante de l'existence des vivants. Autant de mondes, autant de lieux de vie possibles. Possibles seulement, car Épicure n'établit pas la nécessité de l'existence des vivants dans les autres mondes ; on ne pourra considérer cette présence de vivants dans d'autres mondes que comme probable. A cette démonstration négative, l'on ne peut rien objecter, car il n'est pas possible d'établir l'inverse.

On peut remarquer au passage que ce développement met très sérieusement en difficulté les interprètes convaincus que, selon Épicure, les dieux ont une existence physique, indépendamment de la pensée qui nous les fait voir[1]. Les dieux d'Épicure devraient alors tomber sous le coup de la même critique qui atteint les divinités astrales.

II.6.2 L'évolution naturelle (75-76)

– De la nature au raisonnement (75)

En généralisant, et pour rabattre une première fois toute prétention à enserrer la cosmologie dans une théologie, il évoque le principe général qu'est la nature, et affirme que ce principe est totalement immanent à ce qu'il produit, n'étant que le nom des atomes et du vide. Or, le principe est pluriel, il se compose et se multiplie indéfiniment : c'est bien pourquoi le principe est modifié par les réalités produites ; s'il subit leur nécessité, c'est sa propre nécessité, qui lui impose de coïncider avec lui-même. Il ne doit pas y avoir d'extériorité à ce mouvement infini, et pourtant c'est en un certain sens ce qui se produit avec l'émergence du raisonnement : prolongeant tout en le dépassant cet automouvement de la nature, le raisonnement est créateur d'une nouvelle réalité qui n'est naturelle qu'en son origine. Le raisonnement provoque en effet une sorte de rupture dans les séries causales naturelles dont pourtant il résulte : avec lui, se produit un véritable changement d'ordre. Cela signifie que le raisonnement, s'il dépend en dernier lieu d'une certaine combinaison atomique, ne se laisse pas réduire à cela. La complexité des processus engagés est telle que le raisonnement suppose une causalité propre, non mécanique.

1. Cf. à propos de l'existence des dieux selon Épicure, la scholie à la *Maxime capitale* I, et la note *ad loc.*

– La question du langage (75-76)

L'étude de l'origine du langage permet de saisir le passage de l'homme naturel à l'homme raisonnant. L'acquisition du langage, contemporaine du mouvement de socialisation de l'homme, est en effet analysée selon trois moments, correspondant (1) à la nature des hommes, (2) à la convention entre les hommes, (3) à l'application ultérieure du raisonnement.

1) La genèse naturelle, et non intentionnelle, du langage.

Il apparaît comme une capacité expressive naturelle, les sons correspondent à des impressions particulières. Ainsi, ce pré-langage ne renvoie pas proprement à des prénotions, mais à des affections et des images ; il est au départ particulier, commençant à exister avant de faire l'objet d'une mise en commun. Pour commencer donc, chaque individu exprime ses impressions propres, et le langage prolifère de façon désordonnée. De ce premier moment de la formation naturelle doit être distingué un second moment naturel, celui du particularisme non plus individuel mais ethnique. En effet, au bout d'un certain temps, avec les premiers échanges, une sorte d'auto-régulation se produit, et des particularismes ethniques cette fois se dégagent : des aires linguistiques apparaissent.

Par là, le double écueil de la diversité des langues, argument opposé à la thèse de l'origine naturelle du langage[1], et celui de l'institution arbitraire des noms par un nomothète, se trouve évité[2]. Mais comment imaginer que le langage ait pu spontanément se régler et se perfectionner, et devenir un instrument stable de communication ? Appliquant le principe général au langage, il faut donc supposer que le raisonnement ait permis de prolonger le langage naturel.

---

1. Comme le dit J. Brunschwig : « Par un geste de grande portée, l'auteur de la *Lettre à Hérodote* cesse de voir dans l'universalité le critère par excellence de la naturalité : un fait humain peut ne pas être universel sans pour autant devoir être catalogué comme non naturel » (« Épicure et le problème du langage privé », *RSH* 434 [166], 1977, p. 165).

2. Voir également la critique de Lucrèce V 1028-1090. Pour l'hypothèse du nomothète (ou de l'onomatothète) dans Platon, cf. *Charmide*, 175 b, *Cratyle*, 389 d, et aussi 424 a.

2) L'institution conventionnelle du langage

La convention suppose une capacité à raisonner, qui a commencé à se manifester avant la convention, et se développe plus particulièrement en certains individus ; ce sont eux qui prennent l'initiative de la convention, qui vaut pour le langage, et aussi pour le groupement des individus en cité. Certains individus, par anticipation, voient la nécessité d'une convention linguistique, et la suscitent. Le langage a commencé à devenir commun, la convention ne lui fait donc pas changer de nature, mais lui permet de se perfectionner dans cette fonction désormais prévalente de communication. L'on fixe l'usage, l'on se prononce sur les éléments particuliers qui composeront le langage défini, et lui permettront d'accomplir de façon optimale sa fonction. Ainsi sont évitées ambiguïtés et longueurs, impropres à une désignation efficace.

3) Le développement ultérieur du langage

Dans chaque groupe, l'on est convenu de fixer le sens des sons vocaux déjà en usage; mais au-delà de ce que l'ensemble des individus du groupe connaît et nomme, il y a ce que certains individus parviennent à « voir », et qui échappe à la vue commune (en raison du caractère abstrait de ces réalités). C'est cela que, de la même façon que les réalités communes, ils sont conduits à nommer. Les autres hommes, parce qu'il existe désormais un fondement conventionnel du langage, comprennent que ces nouveaux sons articulés, qui ne font pas partie de la convention initiale, doivent renvoyer à des réalités inaperçues: tout en retenant ces nouveaux sons, ils s'efforcent de les interpréter, recherchant par conjecture leur sens, c'est-à-dire la cause majeure de s'exprimer ainsi. Telle serait la différence entre la notion de l'utile, entrée tout de suite dans la convention, et celle de la justice, qu'un petit nombre d'individus seulement, au départ, voient. Nommer la justice, faire comprendre sa nature, voilà qui conditionne l'institution sûre et définitive de la société, car elle conduit au pacte[1].

1. Le texte épicurien majeur sur cette question de l'institution des relations de droit est celui d'Hermarque, reproduit par Porphyre dans *De l'abstinence,* I, ch. 7 à 12.

Troisième partie : fonction et finalité de l'étude de la nature (76-82)

III.1 Contre la théologie astrale (76-77)

Épicure critique la confusion du divin et du céleste : il n'y a pas davantage de providence ou de dieu producteur (tel le Démiurge platonicien du *Timée*), que d'astres-dieux (Platon aussi bien qu'Aristote). Le mélange que certains opèrent entre le ciel et les dieux ferait perdre tout le bénéfice de la cohérence jusque-là assurée par l'analyse des principes selon l'étude de la nature. Positivement, il faut donc avant tout distinguer le divin seul (« préserver la majesté »), puis la nature seule (isolant le divin, on peut comprendre la nécessité physique). C'est à ce titre que la cohérence est maintenue, et que l'on peut penser les réalités célestes comme on a pensé les autres, en une parfaite continuité.

III.2 Étude des réalités célestes et explication multiple (78-80)

L'étude de la nature vise à appliquer une étiologie unitaire, qui doit permettre d'accéder à la félicité. Par la réduction à l'unité, à laquelle on doit procéder aussi dans le cas de l'étude des réalités célestes, le réel est compris univoquement, et ainsi se trouve réconciliée la pensée de la nature et du divin, sans qu'il puisse y avoir de confusion entre les deux (78). Il faut donc savoir, pour être heureux, pratiquer la bonne réduction, et reconnaître, pour les réalités célestes aussi, la primauté des natures fondamentales.

Une recherche sur les réalités célestes qui ne reposerait pas d'abord sur une reconnaissance des axiomes fondamentaux sur l'être et le tout, sombrerait irrémédiablement dans l'erreur (79). On serait victime de la diversité de ce qui apparaît ; le prestige de ce qui apparaît dans le ciel conduirait même à forger des fictions (astres-dieux ; matière céleste spécifique comme l'éther).

C'est pourquoi Épicure peut dans un troisième temps (79-80) se livrer à une apologie de la diversité des explications, à partir du moment où elle est contrôlée par la connaissance de ce qui est le plus fondamental. On peut donc s'attacher à l'étude de la causalité particulière, après avoir examiné pour commencer la causalité générale ; si l'on perdait de vue cette dernière, l'on échouerait sur l'écueil de l'histoire naturelle, ce type de savoir cumulatif qui ignore l'étiologie véritable. L'étude de la nature selon Épicure parvient ainsi à une combinaison originale de l'unité et de la pluralité du savoir : sur le fond d'une explication générale et unique, l'on introduit en un deuxième moment, lorsque cela est rendu nécessaire par les limites de notre capacité de connaître, la pluralité des hypothèses.

III.3 Du trouble à l'ataraxie (81-82)

L'issue de ce mouvement de connaissance est l'absence de trouble, ce trouble que suscitent les mythes et la peur des dieux qu'ils véhiculent (81-82). Aussi Épicure fait-il de l'ataraxie (82) l'effet instantané de la mise en œuvre de l'étude de la nature, et comme on le vérifiera par la conclusion, de l'ataraxie à la paix de l'âme, la conséquence est bonne. Finalement, c'est un appel réitéré à se servir des sensations (et des affections) que lance Épicure, qui nous ramène au début de l'exposé des principes, au deuxième précepte méthodologique (37-38). Il ajoute en outre une distinction très intéressante, bien que délicate d'interprétation, entre deux sortes de sensations : les sensations de ce qui est commun par ce qui est commun, et les sensations de ce qui est particulier par ce qui est particulier. On doit sans doute comprendre que le sage apprend à distinguer entre les perceptions sensibles de réalités particulières considérées dans leur particularité, et les perceptions sensibles de ce qui est commun à plusieurs réalités particulières : c'est bien là ce qui nous conduit directement à la *prolèpsis*, la prénotion[1]. Apprendre à saisir ce qui est commun avant ce qui est particulier, puis s'exercer à le reconnaître dans le particulier : voilà bien ce qu'Épicure a fixé dès le début comme l'objectif du sage, afin qu'il ne soit jamais en difficulté.

Conclusion (82-83)

Ainsi que je l'avais indiqué au départ[2], la conclusion de la lettre répond point par point au contenu de l'introduction. Elle revient circulairement sur le but que doit rechercher le sage, la paix, maintenant entrevue par chacun de ceux qui sauront faire bon usage du résumé, c'est-à-dire qui auront appris à appliquer les éléments qu'il rassemble dans toutes les circonstances, à les développer en conformité avec les évidences. Là réside toute la force du sage.

---

1. Cf. à ce propos, *infra*, X 33.
2. Cf. p. 1162.

LETTRE À PYTHOCLÈS

PLAN DE LA LETTRE

Éléments méthodologiques (86-88)

Premier précepte : l'ataraxie, l'impossible et le possible (85-86)

Ainsi qu'il l'indique dès le début de sa présentation de la méthode, la finalité de la connaissance est « l'ataraxie et la certitude ferme » *(ataraxian kai pistin bebaion)*[1]. Cette *pistis* est en effet la certitude que procurent les sens. Or, dans le cas des réalités célestes, comme il va ensuite largement l'illustrer, cette certitude ne peut plus être atteinte de la même façon que dans le cas des corps rapprochés : elle repose sur les données très partielles des sens et sur l'élaboration d'explications multiples, également valides. La vérité pourra néanmoins être circonscrite, car la réflexion cherche à épuiser les possibilités de compréhension, et nous fait conclure à un nombre fini d'hypothèses étiologiques. L'on obtiendra donc aussi toute la certitude possible.

Dans le cas des réalités célestes, « l'impossible »[2] consisterait selon Épicure à produire un discours unique sur ce qui échappe à la vérification complète, et donc interdit précisément de réduire à une seule les hypothèses susceptibles d'expliquer un cas donné : « se présente une multiplicité de causes pour leur production, et d'attributs de leur être même, en accord avec les sensations ». Ainsi qu'il l'affirme plus loin au § 113, il est proprement délirant de s'en tenir à une seule cause.

Telle est la profonde différence, indiquée aussitôt, avec le raisonnement appliqué aux modes de vie, ou avec celui qui porte sur les autres problèmes physiques, en particulier les problèmes les plus essentiels, touchant les natures fondamentales (86).

Épicure fait la chasse aux « opinions vides », c'est-à-dire aux opinions qui pensent l'impossible, n'obéissent pas à ce qui nous apparaît, et qui jettent le trouble ; avec elles, l'on sombre dans le « mythe »[3], déjà dénoncé dans la *Lettre à Hérodote* (81). Parler de mythe ici n'est pas un vain mot, car c'est à tous ceux (théologiens et physiciens) qui font intervenir les dieux, qu'il pense : en ce sens, la phy-

---

1. La deuxième expression est très proche de celle de la *L. à Hér.* 63.
2. « Il ne faut pas faire violence à l'impossible... », § 86.
3. § 87 ; il en reparle au § 104 à propos de la foudre.

sique d'Aristote ne serait somme toute pas moins mythique que celle de Platon dans le *Timée*[1].

Deuxième précepte: le mode explicatif multiple pour accéder à l'ataraxie (87)

Il faut donc pour celui qui cherche l'ataraxie refuser le coup de force qui consisterait à choisir une explication au détriment d'une autre, sans raison suffisante: en interrompant l'examen des causes possibles, l'on court le risque d'entrer en conflit avec les évidences (par exemple § 96). En effet, l'on se prive de la certitude de cerner la nature de ce qui est examiné. En outre, celui qui interrompt l'examen des causes physiques le fait parce qu'il résiste à ce mode de pensée a-théologique qu'implique la pratique de l'étude de la nature; s'il s'interrompt, c'est, il faut le craindre, pour revenir à des conceptions providentialistes, et aux facilités de la théologie astrale, dont Épicure faisait dans la *Lettre à Hérodote* la plus grande menace pour la pensée (76-77). La crainte s'exprime explicitement ici aussi au § 113. Il convient donc au contraire de pratiquer le mode de l'explication multiple, de recueillir les causes possibles, même si en réalité il n'y en a qu'une qui vaut pour un cas particulier. C'est à ce prix que se constitue dans ce domaine le savoir de la nature.

Troisième précepte: la recherche des signes (87-88)

La mise en œuvre du programme qu'esquissent les deux premiers préceptes suppose d'abord d'apprendre à rassembler des données accessibles, observées autour de nous, d'en dégager des liaisons causales, pour pouvoir les utiliser comme des signes *(sèmeia)* de ces réalités célestes dont nous n'observons à jamais qu'une apparence lointaine. A partir des réalités observables proches de nous, nous inférons analogiquement ce qu'il peut en être pour ce qui n'est pas accessible directement, qui n'est observable que sous un aspect, et à distance. Une remontée est ainsi possible de ce qui est visible à ce qui est partiellement invisible, et qui est légitime si l'on n'oublie pas la nature de ces hypothèses que l'on formule: possibles mais invérifiables, donc aussi légitimes les unes que les autres, aussi légitimes que toute autre qui parviendrait à rendre compte du même fait.

---

1. La démence qu'évoque le § 113 est avant tout celle des tenants d'une théologie astrale.

Les signes recherchés constituent donc des modèles qui mettent en mesure de remonter analogiquement vers les réalités célestes elles-mêmes. Avec ces signes l'on obtient la solution au problème de la connaissance des réalités célestes ; à l'impossible que dénonce Épicure, et qui croit dire ce qui est, s'oppose cette fois le possible, qui dit ce qui peut être (93).

Les types de mode explicatif

– L'accord

Tout d'abord, il faut rechercher l'accord *(sumphônia)* des hypothèses touchant les réalités célestes, avec ce qui apparaît et que l'on observe : il parle par exemple au § 86 « d'attributs de leur être même, en accord avec les sensations » ; et au § 87, de « tout ce que l'on a traité complètement selon le mode multiple en accord avec ce qui apparaît » (voir aussi § 112). Il parle encore de façon synonyme de « conformité » : « les hypothèses et les causes qui sont conformes *(akolouthous)* à ce qui apparaît » (95).

Au § 93, la chose est tournée négativement : on retiendra toute explication qui « n'est pas en désaccord *(diaphônei)* avec les évidences ». Il faut donc se débarrasser à l'inverse de ce qui n'est pas conforme (95, *anakoloutha*, c'est-à-dire non conforme « à ce qui apparaît ») ; il parle également volontiers en ce sens de ce qui entre « en conflit » (*makhomenon*, § 90 et 96).

– Les causes

A partir de la troisième section de la lettre (92 et suiv.), interviennent les modes explicatifs et les causes. La plupart des cas sont expliqués par plusieurs causes simples : lever et coucher de soleil (92), rétrogradation du soleil et de la lune (93), mouvements et aspect de la lune (94-96), éclipses (96), etc. Mais à chaque fois, Épicure prend soin d'éviter de clore la liste des hypothèses, comme on le voit notamment au § 93 sur la question de la rétrogradation, au § 94 sur le cycle lunaire, ou au § 95 sur le visage dans la lune. Inversement, il condamne la réduction à une hypothèse (94 et 95, et plus encore 97 ; aussi 98).

Par ailleurs, il pose la possibilité de composer les modes explicatifs entre eux.

– La concurrence des hypothèses

La formule du § 96, qui introduit cette possibilité, a beaucoup gêné les commentateurs :

« C'est de cette façon qu'il faut considérer ensemble les modes apparentés les uns aux autres, et voir que le concours simultané de certains modes n'est pas impensable. »

Si l'on interprète en disant qu'un même phénomène (le tonnerre, le tremblement de terre) peut s'expliquer par diverses causes, dont une seule opère en même temps pour un phénomène singulier (suivant ce que dit Lucrèce V 526-533)[1], l'on avance une proposition juste en soi, mais l'on passe à côté du point présent ; ici, Épicure précise que l'on peut envisager, en vue d'une même explication, une combinaison de modes, et non pas des combinaisons d'explications.

Dans le parcours théorique des types d'explication possibles, l'on cherche à regrouper sous un même mode les causes apparentées : ainsi, les types d'extinction ou d'occultation[2]. Ce que la formule citée précise, c'est qu'on ne peut exclure que certains raisonnements explicatifs puissent utiliser plusieurs modes en même temps, telle l'explication (qu'il ne donne pas mais laisse imaginer) qui pourrait rendre compte du phénomène par le mélange d'une forme d'extinction et d'une forme d'occultation. Une telle explication serait acceptable, et c'est d'ailleurs ce que, dans d'autres cas, Épicure fait, comme pour l'étoile filante, dont les trois hypothèses explicatives mettent chacune en œuvre deux causes (114-115). La construction ouverte de l'hypothèse apparaît mieux encore à propos de la formation des astres : les agrégats se sont constitués grâce à des particules de souffle, de feu, ou les deux à la fois (90). Mais, cela indiqué, on doit rappeler que former des hypothèses simples ou complexes ne revient pas à trancher sur le processus en lui-même, car cela n'est justement pas possible.

En imposant le doute sur le principe de la combinaison des modes explicatifs, comme le fait M. Conche, on réintroduit la possibilité de l'erreur et du trouble, puisque l'important est précisément de ne pas bloquer la recherche des causes, et de conserver la liberté d'esprit,

---

1. Ainsi fait M. Conche, *Épicure*, Introduction, p. 37.

2. Cf. le commentaire de J. Bollack et A. Laks, *Épicure à Pythoclès*, p. 184-185.

l'indépendance qui interdit en ce domaine de s'arrêter à aucun dogme injustifiable. En fait, pouvoir connaître la causalité effective n'est d'aucune importance, ce que dit de la manière la plus nette Épicure dans la *Lettre à Hérodote* 80[1].

– Les causes composées

Elles apparaissent dans la quatrième partie de la lettre, proprement météorologique. A partir du développement sur les éclairs (101-102) en effet, apparaissent des causes composées, autrement dit une explication causale faisant jouer au moins deux causes dont la combinaison peut rendre compte de l'effet constaté: c'est le cas notamment des cyclones (104-105), des tremblements de terre (105-106), de la neige (107-108), des étoiles filantes (114-115).

L'on constate également que les modes explicatifs en viennent à comporter deux moments ou plus, comme dans le cas de la grêle (106), de la rosée ou de la glace (108-109). C'est une vraie chaîne causale qui se découvre alors.

Mais des causes simples se rencontrent encore dans les analyses météorologiques: pour l'arc-en-ciel ou le halo (110-111), et dans le dernier moment astronomique, elles sont à nouveau dominantes: pour les comètes, les mouvements sur place (112), les planètes (112-113), les retards (114).

La conclusion même de la lettre réitère le mot d'ordre d'Épicure, déjà lancé dans la *Lettre à Hérodote*, de fuir le mythe, car la connaissance des principes et le mode de pensée mythique ou mythifiant sont mutuellement exclusifs. Et l'on revient à cette idée énoncée au début de la *Lettre à Hérodote*: qui maîtrise les principes, maîtrise aussi les applications particulières, sachant que ces dernières ne sont mises en œuvre qu'en vue de permettre effectivement la réalisation de la paix de l'esprit.

Mais les conditions du bonheur méritent d'être systématiquement exposées dans le cadre d'un résumé; c'est à cela que s'efforce la dernière lettre citée par Diogène Laërce, la *Lettre à Ménécée.*

1. Cf. aussi Lucrèce V 526-533, et VI 703-711.

LETTRE À MÉNÉCÉE

PLAN DE LA LETTRE

La *Lettre*, qui est un résumé de la doctrine éthique, présente les quatre parties du « quadruple remède », le *tetrapharmakos* : « Le dieu n'est pas à craindre ; la mort ne donne pas de souci ; et tandis que le bien est facile à obtenir, le mal est facile à supporter »[1]. La *Lettre* semble d'ailleurs le présenter sans le nommer comme tel (133), et on le retrouve aussi dans les *Maximes capitales* I à IV. Il s'agit bien là d'un unique remède, dont les quatre composantes ne sont pas dissociables, mais solidaires les unes des autres : la mise en œuvre effective d'une partie du remède implique que l'on puisse aussi appliquer les autres, puisque c'est un même type de raisonnement qui y conduit.

La *Lettre* néanmoins n'est pas exactement structurée par le *tetrapharmakos*, au point que l'on puisse affirmer que son plan serait cal-

1. C'est ainsi qu'il est cité par Philodème, dans *Contre les Sophistes*, IV, 10-14 (cf. texte dans Long-Sedley, *The Hellenistic Philosophers*, II, 25 J, p. 161).

qué entièrement sur lui : en effet, ayant abordé le thème des dieux et celui de la mort, Épicure traite simultanément de la question des biens et des maux, pour finalement tracer les contours du plus grand bien, qui est la sagesse en acte, vécue.

Adoptant la forme du protreptique, Épicure esquisse les éléments d'une progression éthique, en partant du plus urgent, de ce qui est le plus grand motif de trouble pour l'esprit, les dieux, la mort, pour acheminer le lecteur vers l'exercice conjoint du corps et de l'âme, c'est-à-dire pour apprendre à repousser le mal, et à obtenir durablement le bien. Les motifs de trouble et de souffrance maîtrisés, c'est au plus grand bien que l'on est conduit, à la philosophie comme prudence. Et tout cela se tient, car supprimer les troubles de la pensée que sont la crainte des dieux et de la mort, c'est-à-dire les maux de l'âme, revient à constituer le bien de la pensée ; de la même façon qu'envisager désirs et plaisirs conduit à « traiter », au sens technique, les biens et les maux en général, de l'âme et du corps.

I. Le soin de l'âme : combattre les troubles de la pensée (123-127)

Épicure aborde pour commencer les deux premiers objets de l'éthique, les dieux et la mort, dont la pensée engendre des angoisses liées à la finitude individuelle (la limitation du pouvoir de connaître et d'agir d'un côté, la limitation de la durée de vie de l'autre). L'angoisse qui étreint l'homme se constitue dans des séries d'oppositions : infini-fini ; éternel-temporel. La finitude est éprouvée sur un mode que l'on qualifierait aujourd'hui de paranoïaque : l'infini semble chercher à détruire le fini, brisant par là les possibilités d'immortalité du mortel. Et si une attitude de pieuse observance, soumise, laisse espérer une récompense dans l'au-delà, les Îles des Bienheureux plutôt que les Enfers, c'est notre vie entière qui doit alors, dans l'angoisse et les tremblements, se passer à attendre ce salut incertain. Méritera-t-on cette élection, aura-t-on su conserver la pureté nécessaire ? La vie présente n'est plus que l'attente d'un au-delà d'autant plus espéré ou redouté, qu'il n'est qu'imaginé (cf. *Sent. Vat.* 14).

I.1 La pensée des dieux (123-124)

Il s'agit d'abord de montrer que ces angoisses sont causées par des opinions vides : les dieux ne peuvent pas se mêler des affaires des hommes, étant ce qu'ils sont – quel intérêt y auraient-ils (à moins que nous ne devions les imaginer se nourrissant véritablement des sacrifices des hommes, et pour cela les surveillant étroitement) ? –, tout comme la mort n'a aucun rapport avec nous en tant que nous sommes vivants – de quelle façon ce qui est non-vie pourrait-il affecter ce qui est vie ? Par là même, du fait que les dieux ne vivent pas de la lutte contre les hommes ou du commerce avec eux – ce qu'attestent seulement les mythes aux mille illusions, si souvent visés par la critique épicurienne –, se dégage une autre image du divin, indépendant, tourné vers soi, qui nous libère de l'angoisse et nous aide à nous orienter : ils apparaissent immortels non pas comme s'ils traversaient le temps, mais bien comme s'ils étaient hors du temps. Parfaitement autosuffisants, ils ne dépendent pas de nous et nous-mêmes ne devons pas dépendre d'eux. En commençant par restaurer, dès le début de sa présentation de l'éthique, l'immortalité véritable des dieux qui est à comprendre en dehors de la linéarité temporelle, Épicure rassure l'homme, et lui fournit un véritable modèle de ce que nous pourrions être, si nous nous comportions en accord avec cette représentation authentique du divin. La leçon est tirée à la fin du résumé (135).

I.2 La pensée de la mort et des limites (124-127)

A la manière de ce qui a été esquissé pour les dieux, l'on dira de la mort que, du fait d'être un état qui ne communique pas avec l'état de vivant, elle ne peut être tenue, d'un point de vue physique, pour quelque chose qui pourrait perturber l'organisation de la vie. La vie du vivant n'est pas mêlée de mort.

Pour résoudre le faux problème de la mort, il faut s'entraîner à ne pas penser la vie par référence au temps, un temps qui nous envelopperait[1]. La mort n'est pas le terme de la vie au sens où elle passerait pour son horizon fondamental, constitutif; loin qu'il s'agisse de nier que nous sommes mortels, nous devons refuser de faire de la mort la référence de notre vie et de nos actes. Par là même disparaît l'idée d'un ultime jugement (divin) de notre vie, qui nous ferait mériter tel ou tel sort: la juste pensée de la mort rejoint ainsi la juste pensée des dieux. L'assimilation de cette analyse nous libère (de la pensée) de la mort.

1. Cf. à ce propos, J.-F. Balaudé, *Épicure*, p. 133-135.

II. Le soin conjoint du corps et de l'âme : désirs et plaisirs (127-131)

L'assimilation de ces deux premières leçons de l'éthique épicurienne est la condition d'un mode de vie nouveau, qu'elles annoncent déjà, qui ne reposera plus sur la crainte. Éradiquer le trouble de l'âme, faire en sorte qu'il ne puisse plus resurgir à certaines occasions, telle est probablement la visée majeure d'Épicure. Mais ce renouvellement ne sera complet qu'à condition de ne pas en rester à un plan théorique, qui envisagerait les craintes de l'âme, sans se soucier de la vie corporelle de l'homme. Cette question ne peut être éludée, et il faut au contraire parvenir à accorder dans l'unité d'une même démarche l'apaisement de l'âme et du corps. Dans cette philosophie où les sens et les affections sont critères de vérité, il est bien clair que la question du corps est centrale pour l'éthique, et ne peut être désolidarisée de la recherche du bonheur de l'âme : si la recherche du bonheur a un sens, c'est à condition de le réaliser dans l'âme et le corps, en accordant tout son soin à l'âme et au corps. En l'occurrence, si le trouble est la douleur qui a son origine en l'âme, trouble dont Épicure a déjà indiqué la manière de le supprimer, son équivalent somatique est la douleur proprement dite, qui a son origine dans le corps et se trouve ressentie par l'âme.

On ne peut certes supprimer la douleur physique, comme on met fin à la douleur de l'âme, mais on peut du moins apprendre à maîtriser son corps et ses affections, de telle sorte que la nuisance de la douleur soit jugulée. C'est pourquoi il faut d'abord soigner l'âme pour les maladies qui viennent d'elle-même, afin de la rendre capable aussi d'appliquer à chaque instant la cure appropriée au corps. Par là, la philosophie devient une véritable thérapeutique.

Ainsi, Épicure va s'efforcer de montrer qu'il n'y a aucune crainte à avoir concernant le bien et le mal. Le bien est facile à atteindre, et le mal facile à écarter. Pour aborder le plus largement la question éthique, Épicure traite du désir, qui pousse à agir, et présente une classification des types de désir.

II.1 La classification des désirs (127-128)

Épicure spécifie le raisonnement dont il se sert pour classer les désirs : c'est un raisonnement analogique, fondé probablement (car cela reste quelque peu obscur) sur la saisie des similitudes entre les divers types de désir dont nous faisons l'expérience. On peut du reste observer que dans les considérations précédentes, il a déjà fourni des éléments permettant de distinguer des types de désir que l'on va voir maintenant ordonnés. En effet, avec les exemples tirés des dieux et de la mort, Épicure s'en prenait à ces désirs faux et les plus redoutables que sont le désir de ne rien subir des dieux, ou le désir de ne pas mourir ; mais il avait pris aussi l'exemple de la nourriture, agréable ou abondante (rapprochée du temps, § 126). L'on a donc déjà eu précédemment des exemples de désirs naturels ou vides, correspondant à des représentations naturelles ou vides.

1. Les désirs vides naissent donc des opinions vides : l'on pourrait penser par exemple à l'espoir d'être immortel, quand tout être est voué à la destruction.

2. Les désirs seulement naturels correspondent à des fonctions naturelles, ils peuvent être satisfaits, sans que leur non-satisfaction ait une incidence véritable sur les fonctions auxquelles ils s'appliquent (boire sans soif ; manger une langouste plutôt que du pain)[1]. On doit supposer d'ailleurs qu'un désir naturel mais non nécessaire puisse devenir vide par excès et dérèglement (que rien n'apparaisse plus important au monde que de manger des langoustes).

3. Viennent enfin les désirs naturels et nécessaires, qui sont rangés en ordre d'importance décroissante : ceux qui contribuent au bonheur, à la paix du corps, et à la vie. Il est clair que les trois termes ne sont pas sur le même plan, et que le bonheur ne peut être identifié à la simple survie, ni même à la santé ou à la paix du corps. Il les suppose seulement comme conditions ; c'est d'ailleurs parce que de telles conditions doivent être remplies que notre bonheur ne peut pas être simplement comparé à celui des dieux. L'on ne va donc pas dans ce classement du moins nécessaire au plus nécessaire, mais c'est l'inverse : il n'est pas de désir qui soit plus naturel et nécessaire que le désir de bonheur ; la paix du corps et la vie sont des conditions préalables pour réaliser le bonheur, mais ce ne sont pas des fins en soi, à la différence de ce dernier. La *Lettre à Ménécée* ne commence-t-elle d'ailleurs pas par la remarque que nous faisons tout pour obtenir le bonheur, et qu'en conséquence nous ne devons pas différer sa recherche, ne jamais y renoncer (122) ? Épicure ne commence-t-il

1. Cf. *M. C.* XXIX et scholie *ad loc.*

pas par écarter les plus graves causes d'inquiétude, la fausse pensée des dieux et de la mort ?

Le § 128 justifie cette taxinomie en fonction de la finalité de la vie bienheureuse, déterminée ici comme « santé du corps et ataraxie ». De ce point de vue, tous les désirs ne se valent pas, puisque les objets du désir entrent dans cette fin, ou l'entravent, ou sont indifférents. Et dans ce qui suit, Épicure rend raison de cette affirmation qui définit négativement le bonheur : conçu comme fin, le bonheur est un état où l'on ne doit plus éprouver d'affection douloureuse, que son origine en soit le corps ou l'âme. C'est bien pourquoi le bonheur ne se réduit pas à la paix du corps : la paix du corps est en vue de la paix de l'âme. Le bonheur représente donc un état de paix, qui réalise une certaine plénitude physique (de l'âme et du corps). Pour cela, il faut savoir opposer le plaisir à la douleur, lorsque cela est nécessaire. Et lorsque la douleur est supprimée, la recherche du plaisir n'est plus nécessaire, puisqu'il est déjà donné.

En même temps, cela montré, nous n'avons encore qu'une détermination négative du bonheur, par suppression des entraves au bonheur. Cela n'est guère étonnant, puisque tel est l'objectif majeur de la lettre : offrir une propédeutique au bien-vivre ; toutefois, la fin du résumé fera entrevoir la face positive de cet itinéraire.

II.2 Le plaisir – principe (128-130)

Le résumé étant parti de ce qu'il y avait de plus urgent à écarter, il gagne ensuite en généralité, et après la classification des désirs, il fournit le véritable fondement de la réflexion éthique (« Et c'est pour cette raison... »), en ramenant tout choix et tout refus au principe de l'action, le principe de plaisir.

Ainsi que l'explique Diogène Laërce X 34 dans sa présentation des critères de la vérité selon les Épicuriens :

> « Ils disent qu'il y a deux types d'affection, le plaisir et la douleur, qui se trouvent en tout être vivant ; l'une est appropriée, l'autre est altérante, et c'est par elles que nous décidons ce que nous choisissons et ce que nous refusons ; et parmi les recherches, les unes portent sur les choses, les autres se rapportent simplement au son vocal. »

Or, la fin éthique est pensée en prenant pour règle, ou « canon », le plaisir : la *Lettre à Ménécée* dit expressément que le plaisir est le principe et la fin de la vie bienheureuse (128). Ensuite, il exprime également l'idée que la suffisance à soi *(autarkeia)* est un grand bien (130); et plus loin, il ajoute que « de tout cela le principe et le plus grand bien est la prudence » (132). De cette manière, la *Lettre*, après avoir atteint le plan le plus fondamental au sens de ce qui a la plus grande universalité (128), nous reconduit vers le bonheur, qui est la fin pratique.

C'est le critère des affections qui est au cœur de la vie pratique: ainsi, la mise en œuvre de la vie heureuse sur ce fondement affectif est strictement parallèle à celle de la connaissance vraie sur les sensations. Mais ces parallèles tendent en fait à se confondre, non seulement parce que dans la *Lettre à Hérodote* Épicure lie de la manière la plus nette le critère de l'affection au critère de la sensation (38, avant de réclamer que l'on s'appuie sur tous les critères au § 82), mais aussi parce que la connaissance procure le plus parfait plaisir, et le plaisir qui nourrit le bonheur procède de la connaissance[1]. Sans épuiser l'éthique, la connaissance que procure l'étude de la nature se trouve être son principe, en écartant le trouble, et son terme, en faisant éprouver le plaisir plein de la connaissance sereine.

– Le calcul des plaisirs (129-130)

En fait, ce que l'on appelle le calcul des plaisirs, universellement pratiqué, intervient manifestement dans l'apprentissage de la sagesse, mais il peut valoir comme un précepte de morale moyenne (car on doit pouvoir aisément convaincre le grand nombre qu'il est plus raisonnable de renoncer à certains plaisirs pour en obtenir d'autres, plutôt que de se livrer aveuglément à la quête des plaisirs qui s'offrent à l'aventure), et en même temps rester pertinent pour le sage. En vue de la sagesse, il doit en tout cas se faire selon le plus simple, puisque la sagesse vise l'abaissement des besoins. Il reste que par ce calcul est pris en compte le temps à venir, en vue de la plus grande continuité du plaisir. L'on doit donc renoncer aux plaisirs les plus mobiles, ceux qui nous exposent le plus à la dépendance, aux plaisirs de la chair – ce que faisait déjà voir la classification des désirs[2]. Si donc tout plaisir est un bien, et si pour commencer l'on recherche

1. Cf. *M. C.* XVIII et XX.
2. Cf. Cicéron, *Des fins des biens et des maux* I 14, 48.

tout plaisir, tout plaisir toutefois, l'expérience l'enseigne, n'est pas à choisir.

– Plaisirs, mouvement et stabilité : les types de plaisir

On pourrait objecter qu'à chaque renaissance du besoin le plaisir est détruit, déstabilisé : comment peut-on alors prétendre se maintenir constamment dans le plaisir ? N'est-ce pas une série de discontinuités qui composent (ou décomposent) un *continuum* de plaisir ? Prise à la lettre, la nécessité d'un calcul des plaisirs pourrait sembler rendre illusoire la possibilité d'un état de plaisir continu. Considérer ainsi les choses serait pourtant erroné, comme on le comprendra mieux en se référant à quelques textes complémentaires, qui abordent exhaustivement la théorie du plaisir. En fait, le calcul des plaisirs conduit à la suffisance à soi, et la suffisance à soi à la vie de sagesse.

Le plaisir est bien défini comme fin : mais comment peut-on définir le plaisir par la seule suppression de la douleur ? Est-ce une vue consistante ? Ces remarques de J. Bollack indiquent une direction : « S'il est question de suppression, c'est parce que l'absence de la souffrance, au lieu d'être la finalité qu'on en fait, est la condition première de toutes les conversions possibles[1]. » Et le même auteur précise plus loin : « Le plaisir n'est pas dans l'absence de douleur même, mais dans l'appropriation par la pensée de cet état qui n'est plus ressenti comme un manque, mais devient l'usage véritable du plaisir. Il y a entre la présence du plaisir et l'absence de douleur le même écart qu'entre l'absence de douleur et la douleur[2]. » Nous sommes loin de l'hédonisme vulgaire que stigmatise la *Sentence vaticane* 11, paraissant osciller entre excitation et engourdissement.

Diogène Laërce atteste la distinction par Épicure d'un plaisir en mouvement, « cinétique », et d'un plaisir stable, « catastématique[3] » :

1. *La Pensée du plaisir*, p. 245.
2. *Ibid.*, p. 54 *sq.*
3. La distinction du plaisir en repos et du plaisir en mouvement est ébauchée par Aristote (cf. *Éthique à Nicomaque* VII 13, 1153 a 9-11) : « Les plaisirs ne sont pas des devenirs, ni ne sont tous liés à des devenirs mais ils sont des actes et une fin ; et ils ne se produisent pas parce qu'ils sont des devenirs, mais parce que l'on fait usage d'eux ». Le parfait plaisir, qui n'est pas mêlé au devenir, est celui que connaissent les dieux (VII 15, 1154 b 27-28).

« Il se distingue des Cyrénaïques sur le plaisir; ces derniers en effet ne retiennent pas le plaisir stable, mais seulement le plaisir en mouvement. Lui au contraire retient les deux, pour l'âme et pour le corps, comme il l'explique dans le traité *Sur le choix et le refus*, dans celui *Sur la fin*, et dans le livre I du traité *Sur les modes de vie*, et dans la *Lettre aux philosophes de Mytilène*. De la même manière, Diogène dans le dix-septième livre des *Épilectes*, aussi bien que Métrodore dans son *Timocrate* parlent comme lui, puisque le plaisir est pensé comme plaisir selon le mouvement et plaisir stable. Épicure dans le traité *Sur les choix*, s'exprime ainsi : "L'absence de trouble et l'absence de peine[1] sont des plaisirs stables, mais la joie et la gaieté sont vues comme des plaisirs selon le mouvement, lorsqu'elles sont en acte"[2] ».

Ceci est confirmé et complété par la doxographie que l'on trouve dans le dialogue *Des fins des biens et des maux* de Cicéron, l'on est en mesure de reconstituer une grande partie de la théorie du plaisir d'Épicure: le plaisir est de deux types, le premier ne définit pas le bien suprême, mais représente un plaisir qu'il n'est pas illégitime de poursuivre. C'est un plaisir « qui meut notre nature même par une douceur *(suavitas)* et qui est perçu par les sens avec un certain agrément *(jucunditas)* » ; c'est donc un plaisir en mouvement, lié à notre sensibilité. Le second type de plaisir est « le plus grand plaisir, que l'on perçoit lorsque la douleur a disparu ». Tel est le plaisir stable, et c'est cette définition du plaisir qui prévaut pour déterminer le souverain bien, comme l'indique le qualificatif de *maxima*. Et Torquatus, le porte-parole épicurien dans le dialogue, d'expliquer :

« Car lorsque nous sommes privés de la douleur, par cette libération et cette évacuation de tout désagrément, nous nous réjouissons *(gaudemus)*, or tout ce par quoi nous nous réjouissons est un plaisir, comme tout ce par quoi nous sommes offensés est une douleur, donc la privation de toute douleur a été à juste titre appelée plaisir[3]. »

L'exemple, pris à la suite, de la satisfaction de la faim, n'est que la référence première, évidente, pour penser « toute douleur », la douleur morale aussi bien que physique. Par là, le raisonnement épicurien fait tourner une description (que se passe-t-il lorsqu'on apaise la faim ?) en un discours prescriptif (chasser l'angoisse apporte la paix), l'analyse physique en un discours éthique.

---

1. L'*ataraxia* et l'*aponia*.
2. D. L. X 136.
3. *Des fins des biens et des maux* I 11, 37.

« Épicure pense que le plaisir suprême est délimité par la privation de toute douleur, de sorte qu'ensuite le plaisir peut être varié, différencié, mais ne peut être augmenté ni amplifié »,

dit encore Torquatus[1], en conformité avec les *Maximes capitales* III et XVIII où est énoncée la règle de limitation des plaisirs. Ainsi, le bonheur est délimité par une limite inférieure, et non supérieure; il est défini négativement par rapport au corps (pour l'absence de douleurs du corps, l'aponie, et, prenant appui sur elle, l'ataraxie).

Quelle que soit la nature particulière du plaisir, il faut que le plaisir définissant le souverain bien écarte la douleur (ce plaisir est ainsi une réponse à un désir naturel et nécessaire). La question est de savoir si la variation du plaisir ensuite reste dans les limites du plaisir suprême, et comment. Ici, une alternative se présente: varier le plaisir indolore par des plaisirs corporels, ou par des plaisirs mentaux. La nécessité, à partir d'un hédonisme naturel, de faire le choix de la vie proprement philosophique apparaît ici.

D'où l'idée sans doute que le type de plaisir dont il faut s'écarter est celui qui cherche sans cesse à s'accroître: tel est le plaisir de la chair quand l'homme se met à le poursuivre de manière irréfléchie[2]. Or, la prise de conscience de la limite de la chair conduit à modifier son comportement vis-à-vis du plaisir, moins recherché dans des excitants extérieurs qu'en soi-même, de sorte que les variations du plaisir, qui entretiennent cet état de suppression de la douleur, sont d'abord intellectuelles. Mais au total, la suppression de la douleur se réalise dans l'équilibre des parties corporelles et psychiques du composé vivant, et cela suppose un exercice renouvelé, réitéré de soi sur soi. Pour l'esprit, supprimer la douleur, c'est chasser les motifs intellectuels de trouble (concernant les dieux, la mort, le bien et le mal) aussi bien que surmonter les causes corporelles de douleur.

Tout acte de connaissance supprime la douleur, en même temps qu'il est par lui-même un acte joyeux. C'est ce que dit Torquatus : le mouvement de joie accompagne le plaisir stable et la stabilité est à comprendre par rapport à l'état général du corps.

Au total, on peut avancer la thèse double selon laquelle le mauvais état du corps (par la douleur non surmontée, ou la recherche exces-

---

1. *Ibid.*, I 11, 38.
2. Cf. *M. C.* XX.

sive des plaisirs, les effets de l'une et l'autre revenant peut-être au même) entraîne le mauvais état de l'âme (angoisse, trouble)[1], et qu'à l'inverse la claire vision de l'âme conduisant à la paix de l'âme conduit aussi à la paix du corps : il n'est pas de douleur du corps qui ne puisse être surmontée – la douleur qui dure est légère, elle est réduite au point de tendre vers le plaisir stable[2].

Dans un passage ultérieur du dialogue de Cicéron[3], Torquatus explique particulièrement bien en quoi consiste la vie bienheureuse fondée sur le plaisir : c'est une vie de plaisir pour l'âme et pour le corps, qui écarte toute douleur. On y saisit excellemment combien la pratique philosophique s'assimile à une technique de suppression des douleurs et des craintes : on écarte la crainte de la mort (parce qu'elle est un non-être physique), la douleur (la douleur du corps est dominée par la pensée, qu'elle soit légère ou forte), la crainte des dieux, la perte des moments de plaisir. Cela n'est rien d'autre que l'application du *tetrapharmakos*, qui est donc la clé même du bonheur.

Il doit y avoir une économie des plaisirs, une conservation et administration des plaisirs qui réalise en quelque sorte l'autonomisation de la vie heureuse, qui permet de faire pièce à tous les obstacles, à toutes les agressions extérieures, d'opposer aux douleurs des plaisirs pensés, remémorés[4]. Ainsi, la réponse définitive à la question déjà posée touchant la continuité du plaisir pour le sage, est livrée par Diogène Laërce :

> « Mais une fois que l'on est devenu un sage, on ne peut plus connaître la disposition opposée, pas même feindre de son propre chef.[5] »

II.3 La suffisance à soi *(autarkeia)* (130-132)

Parce que la maîtrise des désirs et le calcul des plaisirs conduisent à l'absence de douleur du corps, l'« aponie », et à l'ataraxie de l'âme (correspondant au plaisir stable), le bonheur sera – premier point – cet état dans lequel *nous ne sommes plus dépendants du besoin*, car nous nous rendons maîtres de cette dépendance (circonscrite aux

1. Cela correspond en partie à ce que dit la *M. C.* X.
2. Cf. *M. C.* IV ; cela rejoint partiellement la *M. C.* XII.
3. *Des fins des biens et des maux* I 12, 40-42.
4. Cf. notamment la *M. C.* XX déjà citée, et la XXI.
5. D. L. X 117.

besoins nécessaires), et c'est nous-mêmes qui pouvons nous en libérer, comme il a été indiqué. Ainsi le besoin est réduit, et plutôt qu'avoir besoin des plaisirs, désormais – c'est le deuxième point – il s'agit pour nous d'*user des plaisirs*; cela ne signifie pas que tout besoin est définitivement supprimé, que le sage ne souffre absolument plus, s'il est vrai qu'en tant que vivant nous restons soumis à des besoins essentiels, du fait des nécessités irréductibles, des hasards. Mais le sage sait passer sans encombre de la satisfaction du besoin à l'accomplissement eudémonique[1], parce que ce besoin a été réduit au minimum. Ce n'est donc pas un état d'immobilité, mais bien de stabilité; dans le bonheur, le sage jouit d'un plaisir global qui est devenu inentamable: il n'est pas soumis à variation, il est constant, quand bien même le corps nous ferait éprouver des douleurs. C'est ce plaisir stable que rend possible l'ataraxie, qui correspond même à l'ataraxie[2].

Ne pas avoir besoin de plaisir ne signifie donc pas se passer de plaisir : c'est un autre plaisir qui a cours, maîtrisé et libre. Ou plutôt, c'est un même sentiment de plaisir (qui fait parler dans tous les cas de « plaisir »), fondé sur d'autres causes, puisque le plaisir n'est pas d'abord cherché dans un mouvement corporel, mais est trouvé dans une stabilité d'ensemble qui se tient à l'écart des mouvements excessifs. La *Maxime capitale* IX énonce à quelle condition tous les plaisirs se vaudraient : s'ils se condensaient en un seul, devenant le plaisir catastématique lui-même. Ainsi, un troisième point de l'analyse se dégage : l'usage des plaisirs, ce sont des *variations modérées de plaisir*, qui ne sont pour ainsi dire plus dépendantes des besoins, ce sont des *exercices de maîtrise de soi*. A cet égard, on ne doit pas se tromper sur le sens de cette formule : « Jouissent avec le plus de plaisir de la profusion ceux qui ont le moins besoin d'elle » (130). Ce n'est pas d'une variation dans l'intensité du plaisir qu'il s'agit. Comme il le rappelle dans les lignes qui suivent (et comme l'exposent clairement les *Maximes capitales* III et XVIII), la limite de la grandeur des plaisirs est la suppression de la douleur : il peut y avoir variation, mais non accroissement. C'est justement de cette illusion que sont victimes ceux qui voient le plaisir comme un excès. En conséquence,

1. Cf. § 128 ; *M. C.* XXI.
2. Cf. Cicéron, *Des fins des biens et des maux* I 18, 59 ; I 19, 62.

l'extrême plaisir qu'éprouve ici l'homme autosuffisant tient au caractère exceptionnel de la profusion dont il jouit. La modération du sage est d'ailleurs si grande que la profusion est vue comme un excès par rapport au minimum nécessaire : tout écart par rapport au régime le plus sobre apparaît ainsi comme une profusion. Le plaisir qu'engendre l'exceptionnel, ne pouvant procéder d'un surcroît d'intensité physique, est donc en fin de compte un plaisir de l'esprit ; il se lie au plaisir de la fête, à la joie du partage communautaire.

L'état de paix qui est atteint est donc un état plaisant, puisque le plaisir stable, dont la stabilité tient à l'absence de mouvement physique fort (en particulier, pas d'excitation du corps liée à un manque), n'est pas absence de plaisir.

Cette stabilité signifie au sens strict la suffisance à soi de l'individu, et tout repose finalement – quatrième point – sur *le plaisir de pensée* (la joie qu'éprouve l'âme a son origine en elle-même) qui permet effectivement de se rendre maître de soi, et garantit de la manière la plus durable la stabilité. Mais alors il est clair que la vérité du plaisir nous a été montrée d'emblée, lorsque Épicure purgeait les troubles de l'âme et lui donnait les moyens de penser, libre de toute crainte : la représentation correcte des dieux et de la mort nous donne la véritable clé pour chasser le mal, et acquérir notre bien, c'est-à-dire réaliser le bonheur.

III. La philosophie comme exercice (132-135)

III.1 La prudence : la vie vertueuse comme vie de plaisir (132)

Épicure ne se prononce pas en faveur de la prudence, contre la philosophie, comme on l'a compris le plus souvent[1], – pourquoi commencerait-il sa lettre en enjoignant à Ménécée de philosopher ? – mais, voyant dans le fait de philosopher un exercice appliqué[2], il définit la philosophie en son sens le plus haut, *comme* sagesse pra-

---

1. On a le plus souvent retenu la leçon φιλοσοφίας de F et P^{pc} au point de ne pas même signaler dans l'apparat (ainsi Diano, Long, Long-Sedley) la leçon φιλοσοφία, transmise à la fois par P^{ac} et B, tant était forte l'idée qu'Épicure faisait de la *phronèsis* quelque chose de plus précieux que la philosophie. Mais *en réalité*, si l'on suit la leçon BP^{ac}, la position d'Épicure est encore plus forte, puisqu'*il les identifie*.

2. Cf. mon *Épicure*, p. 5-8, et 17-30.

tique, ou prudence, contre tout idéal contemplatif[1]. Et parce que cette détermination résulte du fondement hédoniste de l'éthique, Épicure peut, retrouvant les accents socratiques[2] du *Protagoras*, faire de la prudence la condition du plaisir, du plaisir la condition des vertus, au point que la véritable vie de plaisir, telle que l'entend Épicure, se confonde strictement avec la vie vertueuse. Cela ne signifie pas toutefois que le plaisir soit identique à la vertu : le plaisir est éprouvé par tous les animaux, et la vertu morale, ou plus exactement l'action moralement vertueuse, est pour l'homme le seul moyen sûr de vivre une vie de plaisir.

La présentation que fait Épicure, si l'on suit ma compréhension du texte non corrigé, est d'ailleurs subtile. Il s'agit bien d'établir la corrélation entre plaisir et vertu, mais Épicure ne se contente pas d'opérer un renversement symétrique, nous disant que la vie de plaisir est la vie de vertu, et la vie de vertu la vie de plaisir. La phrase indique dans son premier membre que pour vivre avec plaisir, il faut la prudence, c'est-à-dire la sagesse pratique : elle est la vertu majeure, la vertu des vertus, qui est principe, car c'est elle qui procure les moyens de la moralité, qui sont aussi les moyens du plaisir le plus continu. Le deuxième membre part inversement de la vie morale en acte, réalisée, la vie bonne et juste, qui ne peut, en vertu de la précédente proposition, que s'accomplir dans le plaisir. Cela indiqué, vient la conclusion générale, bien connue, selon laquelle vertu et plaisir sont inséparables.

III.2 La force du sage (133-134)

Une longue phrase rappelle à Ménécée l'essentiel des différents points abordés, et introduit consécutivement une distinction entre trois notions que le discours éthique (en général) fait intervenir : la nécessité, la fortune et ce qui dépend de nous.

---

1. La *theôria* dont il parle fréquemment ne signifie rien de plus pour lui que l'observation, l'étude ; c'est en ce sens aussi que l'emploie Aristote, même si ce n'est pas, pour ce dernier, la seule valeur du terme.

2. Cf. l'argumentation que Platon fait développer à Socrate, face au sophiste Protagoras (351 b - 358 d).

– Remémoration des préceptes (133)

Le contenu du *tetrapharmakos* apparaît ici, présenté par Épicure lui-même (pour la première fois peut-être), et condensant le plus brièvement les sujets abordés précédemment dans la *Lettre* : les dieux, la mort, les biens et les maux. L'appel à la piété se comprend bien rapporté aux § 123-124, la sérénité à l'égard de la mort est bien la conséquence des arguments des § 124-127, tandis que l'attitude à l'égard des biens et des maux découle des développements des §§ 127-131 consacrés aux désirs et aux plaisirs. A la vérité, c'est plutôt la manière d'accéder au bien qui ressort désormais clairement; quant à la manière dont les maux en général sont peu de chose pour le sage, ce point reste en partie implicite. On peut avoir le sentiment d'en apprendre plus sur cette dernière question grâce à la *Maxime capitale* V, qui introduit différents types de douleur corporelle, et différentes manières de les endiguer, ou grâce aux passages de Cicéron déjà cités.

Aussi faudrait-il surtout insister, pour justifier la maîtrise des maux, sur la manière dont l'âme est capable par elle-même d'endiguer les douleurs du corps (notamment celles de la maladie). En effet, une douleur qu'éprouve le corps peut être supprimée soit corporellement (manger pour la faim) soit psychiquement (opposer à la douleur de la maladie le plaisir de souvenirs plaisants). Et c'est bien ce dernier cas qui est le plus intéressant : Épicure nous montre comment surmonter la maladie, en endiguant l'élan de la douleur, issu du corps, par l'élan du plaisir issu de l'âme seule. Ainsi, Épicure écrit mourant à Idoménée pour lui laisser un dernier message philosophique : bien qu'il ait dû endurer des douleurs physiques très fortes, « à tout cela a résisté la joie dans l'âme, au souvenir de nos conversations passées »[1]. Or, la pensée juste, que l'on oppose aux craintes, et qui procure en elle-même le plaisir, procède du même mouvement de réduction de la douleur. C'est donc un seul et même savoir qui nous place à l'abri du mal, et nous oriente vers le bien.

Comme je l'ai indiqué plus haut[2], les plaisirs (psycho-)somatiques sont toujours « en mouvement », à l'exception du plaisir dans l'état

1. D. L. X 22.
2. Cf. p. 1218-1221.

de stabilité qu'éprouve celui qui n'est plus troublé ; le plaisir psychique est alors en repos, et il redouble ainsi l'état neutre du corps. Au-delà, et sans qu'il y ait plus désormais de parallélisme entre l'âme et le corps, se fait jour un plaisir de l'âme, qui est pur plaisir de pensée. Ce mouvement de l'âme, physiquement imperceptible, bien qu'il puisse s'épancher, est désigné comme « joie » *(chara, euphrosunè)*. Du passage de X 136 déjà cité[1], on doit ici particulièrement retenir la fin :

> « Épicure dans le traité *Sur les choix*, s'exprime ainsi : " L'absence de trouble et l'absence de peine sont des plaisirs stables, mais la joie et la gaieté sont vues comme des plaisirs selon le mouvement, lorsqu'elles sont en acte." »

Au sein du plaisir catastématique, qui est en quelque sorte plaisir d'exister, il y a un plaisir en mouvement, qui est l'acte de l'âme seule, de « l'âme de l'âme », comme dit Lucrèce (III, 275), jouissant d'elle-même et de ses pensées ; c'est cet état qu'alimente l'amitié. Cet acte n'affecte les membres et les organes qu'en ce qu'il endigue les désirs que le corps pourrait susciter, il reste essentiellement plaisir de pensée[2]. De même Lucrèce évoque la joie de l'âme seule *(animus)*, sans mouvement de l'*anima* ni du corps[3]. Ce mouvement débordant de l'âme serait à lier à la représentation des dieux, image de soi parfaite (que chacun commence par former, mais recouvre) ; et c'est ce mouvement qui se réalise dans la relation d'amitié.

– La nécessité, la fortune, et ce qui dépend de nous (133-134)

Épicure procède à des distinctions capitales, entre la nécessité-destin, la fortune, et ce qui dépend de nous. La thèse rejetée est celle d'une nécessité comprise comme principe cosmique, Nécessité ou Destin. On pensera à Parménide, pour cette Nécessité cosmique supposée gouverner toutes choses, ou encore à Empédocle[4] ; mais c'est peut-être l'usage important que faisait Démocrite de la nécessité, visé au début de la *Lettre à Pythoclès* (90), qui est le plus en vue. Quant au Destin, son sens populaire et mythique tend à se systématiser au contact de la pensée physique : le résultat est que l'individu semble pris dans un réseau de causes mécaniques lui retirant toute

1. Cf. p. 1219.
2. Cf. aussi *S. V.* 14, 17, 48.
3. III 147-151.
4. Parménide, fr. B 8, 30 DK ; Empédocle, 110 Bollack (B 115, 1-2 DK).

capacité d'autodétermination; c'est la position stoïcienne qui se trouve d'ores et déjà critiquée ici. Ériger de tels principes conduit au déterminisme, ce qu'exclut Épicure; comme le dit la *Sentence vaticane* 9, la nécessité est un mal qui n'est pas nécessaire. Cette dernière formule semble impliquer que l'on ne subit pas la nécessité; tel est précisément ce que vise à montrer l'argument de la *Sentence vaticane* 40, qui a souvent paru étrange:

« Celui qui dit que tout arrive selon la nécessité n'a rien à redire à celui qui dit que tout n'arrive pas selon la nécessité ; car il dit que cela même arrive selon la nécessité. »

A la thèse du nécessitariste, le non-nécessitariste oppose une thèse contradictoire: la nécessité défendue par le nécessitariste l'empêche de discuter, et plus encore de réfuter la thèse d'une nécessité partielle. Ainsi, le nécessitariste ne peut pas faire triompher sa thèse. Étant incapable d'imposer la validité de sa thèse, il renforce par contrecoup la validité de la thèse opposée, celle de la nécessité partielle. Cet argument que restitue la sentence entrait en fait dans une discussion plus large touchant le nécessitarisme, et qui établissait l'autoréfutation du partisan d'une telle thèse[1].

Le nécessitarisme découle de deux illusions principales: une illusion rétrospective, qui nous fait considérer comme nécessaire ce qui a eu lieu, alors que le futur est ouvert et ne permet même pas qu'on lui applique la logique du tiers exclu (cette détermination du futur n'implique évidemment pas que seul le hasard y satisfasse, mais la fortune et ce qui dépend de nous)[2]; une illusion généralisante: du constat que des nécessités pèsent sur nous, l'on peut penser que tout est soumis à des nécessités. C'est l'erreur qu'Épicure évite, lui qui circonscrit le domaine du nécessaire dans son analyse du désir (les désirs naturels et nécessaires), comme il circonscrit le domaine du nécessaire qui pèse sur le réel et sur l'analyse physique (la mise en évidence de ce qui est impossible, permet de dégager une certaine valeur de la nécessité physique, en fonction des contraintes récipro-

---

1. Par chance, nous avons cette argumentation complète dans un passage du *De la nature* d'Épicure remarquablement étudié par D. Sedley, dans « Epicurus' Refutation of Determinism », *Suzètèsis*, I, p. 11-51. De façon analogue, Lucrèce montre, en IV 469-477, comment le sceptique s'autoréfute.

2. Cf. Cicéron, *De la nature des dieux* I 25, 70; *Du destin* X 21; XVI 37-38; *Académiques* II 97.

ques qu'exercent les atomes entre eux, les atomes et le vide, les combinaisons atomiques ; l'origine du monde est même liée à une certaine nécessité)[1]. Du point de vue moral, les nécessités qui pèsent sur nous ne peuvent évidemment pas être tenues pour responsables, puisqu'elles constituent des contraintes qui ne sauraient expliquer ce que nous sommes, ce que nous choisissons d'être. La maîtrise des désirs permet même de se libérer de ces contraintes-là, puisque la réponse que l'on donne à ces désirs est entièrement dirigée, choisie par nous. Inversement, la position éthique du physicien nécessitariste doit le conduire à renoncer à cette maîtrise. De plus, cette illusion nécessitariste permet de comprendre le développement de cette autre illusion qu'est le désir vide pléonexique, ne pouvant jamais se satisfaire, comme si, ne pouvant nous donner de règle, et toujours menacés de destruction, ne s'offrait que l'issue d'une fuite en avant.

Ainsi, la nécessité est assurément une catégorie éthique, mais elle ne permet pas de penser l'agent moral : « la nécessité n'est pas responsable », elle ne produit rien, elle est le nom générique des contraintes qui pèsent sur nous. Il reste alors deux autres catégories qu'envisage à la suite Épicure : la fortune, et ce qui dépend de nous. Toutes deux sont d'abord déterminées négativement, à la manière de la nécessité, mais cette approche négative ne revêt pas pour chacune la même signification.

A la différence de la nécessité, la fortune peut contribuer à obtenir le bien, ainsi qu'il va l'expliquer ensuite, mais c'est en tant que cause « instable ». Ainsi, Épicure considère que les causes extérieures qui influent sur notre comportement, et contribuent à notre bien, sont des causes qui surviennent par fortune plutôt qu'elles ne sont l'effet de la nécessité. Mais ceci ne signifie pas que nous soyons voués à la fortune ; et ce que nous voulons penser, ce n'est pas l'aléatoire en tant que tel, bien plutôt le moyen d'être heureux. S'en tenir à la seule fortune nous conduirait à dériver au fil des événements : elle est certes préférable au « destin des physiciens », mais cette fortune mythique, en laquelle certains voient à tort un dieu, ne permet pas de fonder une éthique. Il faut pour cela reconnaître une instance responsable, et tel est ce qui nous revient, c'est-à-dire « ce qui

1. Cf. *L. à Hér.* 77 ; *L. à Pyth.* 92.

dépend de nous», qui est susceptible d'imputation, que l'on peut blâmer ou l'inverse.

Épicure n'exclut pas du reste que la fortune puisse contribuer au bonheur, mais elle n'est pas essentielle. Elle l'est si peu que dans la *Maxime capitale* XVI, Épicure met en évidence l'indifférence du sage à la fortune, puisque aussi bien celle-ci peut nous être défavorable :

« Faiblement sur le sage la fortune s'abat : le raisonnement a ordonné les éléments majeurs et vraiment capitaux, et tout au long du temps continu de la vie les administre et les administrera. »

Plus encore, il faut savoir s'opposer à la fortune, pour imposer précisément son indépendance :

« Je t'ai devancée, Fortune, et j'ai fait pièce à toutes tes intrusions. Et nous ne nous livrerons nous-mêmes ni à toi ni à aucune autre sorte d'embarras ; mais lorsque l'inéluctable nous fera partir, lançant un grand crachat sur la vie et sur ceux qui se collent vainement à elle, nous sortirons de la vie, clamant en un péan plein de beauté que nous avons bien vécu » (*S. V.* 47).

La fortune s'abat sur quelqu'un, elle n'est pas seulement le hasard[1], mais consiste en une série causale qui va non intentionnellement, mais avec les apparences d'une intention, à la rencontre d'un individu, venant entraver, interrompre ou favoriser l'action spontanée d'un agent. L'importance de la fortune, qui revêt les apparences d'une intention, doit être par le sage réduite. Mais elle ne saurait être supprimée, puisque la fortune résulte de cette indétermination, de ce hasard, qui rend possible l'autodétermination.

Conclusion (134-135)

La conclusion, brève, fait pourtant retentir la promesse d'un bonheur parfait. De même que le résumé de la *phusiologia* dans la *Lettre à Hérodote* visait à débarrasser des troubles majeurs, pour atteindre l'ataraxie, de même ici le résumé des propositions essentielles de la doctrine éthique, dûment remémoré et appliqué, doit permettre d'éloigner tout motif de trouble. L'accès définitif au bonheur suppose finalement de savoir bien se situer par rapport à la fortune, d'en reconnaître l'action éventuelle en faveur de soi, sans jamais en

1. Hasard correspond en grec à *to automaton*, que l'on rencontre dans des fragments de l'œuvre d'Épicure (notamment *Sur la nature* 34 Arrighetti), mais pas ici.

dépendre. Ainsi, il n'est pas interdit de faire bonne chère si l'occasion se présente, mais dépendre de la bonne chère est ruineux pour la quête du bonheur. De la manière la plus légère et la plus libre qui soit, le sage sait faire sa part à la fortune, sans que celle-ci soit jamais constitutive du bonheur lui-même, qui dépend de soi seul.

De façon assez singulière, Épicure évoque alors l'état de veille et l'état de sommeil, pour suggérer que l'entraînement à la sagesse est continu, et ne s'interrompt pas, même lorsque nous dormons. Car nous devons d'abord faire effort sur nous-mêmes, et trouver une aide dans l'autre qui, comme nous, s'efforce à la sagesse, c'est-à-dire dans l'ami. A cet entraînement diurne se lie un entraînement nocturne : le sage libéré du trouble apprend à user de représentations, de rêves correspondant à son propre état intérieur. L'on projette ainsi dans la figure du dieu la perfection que l'on recherche pour soi-même.

Tel est d'ailleurs le résultat de cette préparation à la sagesse : grâce à l'ataraxie, l'individu peut vivre « comme un dieu parmi les hommes ». Cette vie divine n'est pas une divinisation, ou une immortalisation liée à une contemplation des Idées ou des Principes, à une séparation de l'âme et du corps : elle se produit sur terre, parmi les hommes, par cette vie pacifiée. Cette promesse d'une vie en dieu rejoint exactement la promesse d'une vie de paix, au sens le plus fort, qu'annonçait la *Lettre à Hérodote*. C'est là le versant positif de la recherche d'une sécurité : le sage connaît l'accomplissement unique d'une perfection, l'immortalisation – hors du temps – de ce qui est mortel, de l'éphémère.

Porteur de l'immortalité, l'homme l'est, comme Épicure s'est efforcé de le rappeler à Ménécée, et au-delà de lui à chaque homme, quand il a commencé son résumé de l'éthique avec la pensée du dieu. C'est en quoi le résumé, et par là l'éthique tout entière, accomplit une boucle parfaite : comprendre que l'on a en soi toutes les raisons du bonheur, puisque le dieu n'est rien d'autre que ce que l'on voit, ce que l'on voudrait être, et que l'on devient.

MAXIMES CAPITALES

La série de quarante *Maximes capitales* consignées par Diogène Laërce à la fin de ses *Vies* (X 139-154) contient des énoncés généraux ou plus particuliers, relatifs à l'éthique essentiellement. La citation de l'ensemble des *Maximes capitales*, à la suite des trois lettres-résumés, indique suffisamment l'importance que ce recueil, sans doute mis en forme par des proches du Maître, devait revêtir pour les Épicuriens. Ils trouvaient là un certain nombre de préceptes essentiels, du quadruple remède (I à IV) aux propositions sur le plaisir (VIII, IX, X, XVIII, XIX, XX), sur les vertus (V), sur les désirs, la limite et l'illimité (XV, XXI, XXVI, XXIX, XXX), sur la suppression des craintes et la sécurité (VI, VII, XIII, XIV, XXXIX, XL), sur la justice (XVII, XXXI à XXXVIII), sur l'étude de la nature, les critères et le raisonnement (XI, XVI, XXII à XXV, XXVIII), sur l'amitié (XXVII, XXVIII). Souvent, ces énoncés articulent l'argument éthique avec le raisonnement physique, fournissant ainsi les éléments d'une liaison seulement implicite dans la *Lettre à Ménécée.*

On peut penser que certaines maximes sont des citations extraites de lettres ou de traités, mais un grand nombre apparaissent souvent trop bien frappées pour ne pas avoir été forgées *ad hoc*, en vue de cet extrême raccourci de pensée qu'est la formule. Il serait en tout cas dangereux, et réducteur, de ne voir dans telle maxime que la version déformée, altérée, d'une formule proche se trouvant dans une lettre ou ailleurs[1]. Rien ne nous permet de penser que l'énoncé d'une formule soit en tel endroit plus légitime, car Épicure pouvait faire porter l'accent différemment, par la seule variation d'un mot. La variation est même bénéfique, elle impose au lecteur-philosophe de rester attentif, de se référer aux évidences, au bon usage des critères*.

---

1. Sur le rapport entre les *Maximes capitales* et les *Sentences vaticanes (Epikourou prosphônèsis)*, transmises grâce à un unique manuscrit grec (*Vaticanus gr.* 1950, datant du XIVe siècle, et contenant d'autres œuvres philosophiques, notamment les *Pensées* de Marc-Aurèle), voir mon *Épicure*, p. 136-137, et, pour la traduction des sentences, p. 209-219.

* La traduction du livre X a été revue par M. Patillon, T. Dorandi et R. Goulet. Qu'ils trouvent ici l'expression de ma reconnaissance.

BIBLIOGRAPHIE SUR LE LIVRE X

Éditions et traductions (*Lettres, Maximes capitales,* ou livre X de Diogène Laërce)

ARRIGHETTI G., *Epicuro. Opere*, Torino 1960, 1973².

BALAUDÉ J.-F., *Lettres, Maximes, Sentences,* Paris 1994.

BOLLACK J. et M., WISMANN H., *La Lettre d'Épicure*, Paris 1971.

BOLLACK J., *La Pensée du plaisir. Épicure : textes moraux, commentaires,* Paris 1975.

BOLLACK J. et LAKS A., *Épicure à Pythoclès. Sur la cosmologie et les phénomènes météorologiques,* Lille 1978.

CONCHE M., *Épicure, Lettres et Maximes*, Paris 1987², rééd. 1990.

DIANO C., *Epicuri Ethica et Epistulae,* Firenze 1946, 1974².

ID., *Epicuro. Scritti morali,* Padoue 1970, rééd. Milano 1987.

ISNARDI PARENTE M., *Opere di Epicuro*, Torino 1983².

MÜHLL P. VON DER, *Epicuri Epistulae tres et Ratae Sententiae a Laertio Diogene servatae, accedit Gnomologium Epicureum Vaticanum,* Leipzig 1922 (réimpr. Stuttgart 1966).

USENER H., *Epicurea*, Leipzig, 1887 (réimpr. Stuttgart-Leipzig 1996).

Lexique

USENER H., *Glossarium Epicureum* (éd. par M. GIGANTE et W. SCHMID), Roma 1977.

Études

Collectifs consacrés à Épicure et l'épicurisme :

Actes du VIIIe congrès de l'Association Guillaume Budé, (Paris, 5-10 avril 1968), Paris 1969.

BOLLACK J. et LAKS A. (édit.), *Études sur l'épicurisme antique,* coll. « Cahiers de philologie » 1, Lille 1976.

BRUNSCHWIG J. et NUSSBAUM M. C., *Passions and Perceptions. Studies in Hellenistic Philosophy of Mind.* Proceedings of the Fifth Symposium Hellenisticum, Cambridge 1993.

PUGLIESE CARATELLI G. (édit.), *Suzètèsis, Studi sull'epicureismo greco e romano offerti a Marcello Gigante,* I et II, Napoli 1983.

Proceedings of conference: Tradition and Innovation in Epicureanism, numéro spécial de *Greek, Roman and Byzantine Studies,* 30.2, 1989

ANNAS J., *Hellenistic Philosophy of Mind,* Berkeley-Los Angeles-London 1992.

EAD., « Epicurus on Agency », dans J. BRUNSCHWIG et M. C. NUSSBAUM (édit.), *Passions and Perceptions. Studies in Hellenistic Philosophy of Mind,* Cambridge 1993, p. 53-71.

ASMIS E., *Epicurus' Scientific Method,* Ithaca, New York 1984.

BAILEY C., *The Greek Atomists and Epicurus,* Oxford University Press 1928.

BALAUDÉ J.-F., « Connaissance des dieux et idéal autarcique dans la philosophie épicurienne », dans *Études de philosophie,* Aix-en-Provence, mars 1994, p. 61-83.

BIGNONE E., *L'Aristotele perduto e la formazione filosofica di Epicuro,* I et II, Firenze, 1936, 2° éd., 1973.

BRUNSCHWIG J., « L'argument d'Épicure sur l'immutabilité du tout », dans *Permanence de la philosophie,* Mélanges J. Moreau, Neuchâtel 1977, p. 127-150, repris dans ses *Études sur les philosophies hellénistiques,* Paris 1995, p. 15-42.

ID., « Épicure et le problème du langage privé », *Revue des Sciences humaines,* 43 (166), 1977, p. 157-177, repris dans ses *Études sur les philosophies hellénistiques,* Paris 1995, p. 43-68.

ID., *Études sur les philosophies hellénistiques,* Paris 1995.

EVERSON S., « Epicurus on mind and language », dans S. EVERSON (édit.), *Language,* Cambridge 1994, p. 74-108

FESTUGIÈRE A.-J., *Épicure et ses dieux,* Paris 1946, 1968², rééd. coll. « Quadrige » 64, Paris 1985³.

FURLEY D.J., *Two Studies in the Greek Atomists*, Princeton 1967.

GIGANTE M., *Scetticismo e Epicureismo,* Napoli 1981.

ID., *Cinismo e Epicureismo,* coll. « Memorie dell'Istituto Italiano per gli Studi Filosofici » 23, Napoli 1992.

GOLDSCHMIDT V., *La Doctrine d'Épicure et le droit*, Paris 1977.

HADOT I., « Épicure et l'enseignement philosophique hellénistique et romain », dans *Actes du VIII*[e] *Congrès Budé*, Paris 1969, p. 347-354.

KLEVE K., *Gnosis theon*, coll. « Symbolae Osloenses Suppl. » 19, Oslo 1963.

KÖRTE A., « Metrodori Epicurei Fragmenta », *Jahrb. Klass. Philol.*, Suppl. 17, Leipzig 1890, p. 531-597.

LAKS A., « Édition critique et commentée de la " Vie d'Épicure " dans Diogène Laërce (X, 1-34) », dans *Études sur l'épicurisme antique* coll. « Cahiers de philologie » 1, p. 1-118.

ID., « Épicure et la doctrine aristotélicienne du continu », dans F. DE GANDT et P. SOUFFRIN (édit.), *La Physique d'Aristote et les conditions d'une science de la nature*, Paris 1991, p. 181-194.

LÉVY C., *Les Philosophies hellénistiques,* Paris 1997.

LONG A. A., « *Aisthesis, prolepsis* and linguistic theory in Epicurus », *BICS*, 18, 1971, p. 114-133.

ID., « Pleasure and social utility – the virtues of being Epicurean », dans *Aspects de la philosophie hellénistique*, coll. « Entretiens sur l'Antiquité classique » 32, Genève 1986, p. 283-324.

LONG A. A. et SEDLEY D., *The Hellenistic Philosophers,* vol. 1 et 2, chap. 4 à 25, Cambridge 1987.

LONGO AURICCHIO A., *Ermarco. Frammenti,* Napoli 1988.

MITSIS P., *Epicurus' Ethical Theory,* Ithaca (N. Y.) 1988.

MOREL P.-M., *Démocrite et la recherche des causes,* Paris 1996.

RIST J. M., *Epicurus. An Introduction,* Cambridge 1972.

RODIS-LEWIS G., *Épicure et son école*, Paris 1975.

SALEM J., *Tel un dieu parmi les hommes. L'éthique d'Épicure*, Paris 1989.

ID., *Commentaire de la lettre d'Épicure à Hérodote,* coll. « Cahiers de philosophie ancienne » 9, Bruxelles 1993.

SEDLEY D., « Epicurus and his professional rivals », dans *Études sur l'épicurisme antique,* coll. « Cahiers de philologie » 1, p. 119-159.

ID., « Epicurean Anti-Reductionism », dans J. BARNES et M. MIGNUCCI (édit.), *Matter and Metaphysics*, Napoli 1988, p. 297-327.

ID., « Epicurus' Refutation of Determinism », dans *Suzètèsis*, I, p. 11-51.

STRIKER G., « Epicurean hedonism », dans J. BRUNSCHWIG et M. C. NUSSBAUM (édit.), *Passions and Perceptions,* p. 3-17.

VOELKE A.-J., « Santé de l'âme et bonheur de la raison : la fonction thérapeutique de la philosophie dans l'épicurisme », et « Opinions vides et troubles de l'âme : la médication épicurienne », dans *La Philosophie comme thérapie de l'âme. Études de philosophie hellénistique,* Fribourg-Paris 1993, p. 37-57 et 59-72.

ÉPICURE

Premiers éléments biographiques

1 Épicure, fils de Néoclès et de Chéréstratè, athénien, du dème de Gargettos, de la tribu des Philaïdes, comme le dit Métrodore dans son ouvrage *Sur la noblesse*[1]. D'autres, en particulier Héraclide[2] dans son résumé de Sotion, disent qu'il fut élevé à Samos[3], où les Athéniens avaient installé une colonie ; et il vint à Athènes à l'âge de dix-huit ans, alors que Xénocrate vivait à l'Académie et Aristote à Chalcis[4]. Mais lorsque Alexandre de Macédoine mourut[5], et que les Athéniens[6] eurent été chassés par Perdiccas[7], il retourna auprès de son père à Colophon[8]. **2** Après être resté là-bas un certain temps et y avoir rassemblé des disciples, il retourna à Athènes, sous l'archontat

1. Fr. 4 Körte.
2. *FHG* III 170. Héraclide Lembos (IIe av. J.-C.), bien souvent utilisé dans les livres précédents pour son abrégé de la *Succession des philosophes* (Διαδοχὴ φιλοσόφων) de Sotion d'Alexandrie, comme c'est encore le cas ici.
3. Île la plus septentrionale du Dodécanèse.
4. Soit en 323-322 av. J.-C., puisque Aristote dut quitter Athènes après la mort d'Alexandre, et se réfugia à Chalcis, où il mourut. Épicure est donc né en 341 av. J.-C.
5. En 323 av. J.-C. Mais, comme on l'a rappelé à la note précédente, Alexandre était déjà mort lorsqu'il se rendit à Athènes. Ce n'est donc pas la mort d'Alexandre qui le fait repartir d'Athènes. Cette mort (suivie de l'action de Perdiccas) ne peut expliquer que le déplacement de ses parents de Samos à Colophon.
6. Les colons athéniens de Samos.
7. Le second d'Alexandre le Grand, qui régenta l'Empire à la mort du roi.
8. Cité grecque de la côte ionienne, en Asie Mineure, assez proche de Samos. Il quitte Athènes, libéré des obligations militaires, en 321 av. J.-C.

d'Anaxicrate[1]. Jusqu'à un certain moment, il pratiqua la philosophie en ayant des relations avec les autres[2], puis d'une façon propre en quelque sorte[3], lorsqu'il eut créé l'école désignée d'après son nom.[4]

Il dit lui-même avoir eu son premier contact avec la philosophie à l'âge de quatorze ans[5]. Apollodore l'épicurien[6] déclare dans le premier livre de son ouvrage *Sur la vie d'Épicure* qu'il est venu à la philosophie par mépris pour ses professeurs de lettres, du fait qu'ils étaient incapables de lui expliquer le passage concernant le chaos chez Hésiode. Mais Hermippe[7] dit qu'il a été maître d'école, et que c'est ensuite, après avoir découvert les livres de Démocrite[8], qu'il s'est élancé vers la philosophie. **3** C'est pourquoi Timon[9] dit de lui :

> Ce porc, le dernier[10] des physiciens, et le plus chien, venu de Samos
> en petit maître d'école, le plus mal dressé des animaux.

Ses trois frères aussi, qui sont Néoclès, Chérédème, Aristobule[11], pratiquaient la philosophie avec lui, sur ses injonctions, d'après ce

---

1. C'est en 306 av. J.-C. qu'Épicure retourne à Athènes. Nous avons là un raccourci, car D. L. saute ici les séjours à Mytilène et Lampsaque, entre 311 et 306, qui font suite aux dix ans passés à Colophon (321-311).

2. Entendons les autres philosophes.

3. L'établissement du texte est incertain. Je retiens ἰδίᾳ πως de P^pc.

4. Faut-il comprendre qu'arrivé à Athènes accompagné de disciples, Épicure ne put pas ou ne voulut pas tout de suite fonder une école ? Il est plus probable que la phrase englobe l'ensemble de la période de formation, et qu'elle inclut donc la période pré-athénienne.

5. Fr. 179 Usener. Cf. aussi X 14.

6. Épicurien du IIe siècle av. J.-C., scholarque du Jardin dit « le maître du Jardin », cf. *infra,* § 25.

7. Fr. 60 Wehrli. Hermippe de Smyrne (IIIe siècle ap. J.-C.), le biographe très régulièrement cité tout au long des *Vies*.

8. La filiation démocritéenne est déjà en place, mais l'indication donnée ici ne préjuge en rien du degré de dépendance d'Épicure à l'égard du champion de l'atomisme.

9. Fr. 51 Diels = 51 Di Marco ; *Suppl. Hell.* 825. A cet auteur des *Silles,* D. L. a consacré la dernière *Vie* du l. IX.

10. Le superlatif « le dernier » (ὕστατος), comporte aussi un jeu de mots intraduisible avec ὗς, le porc. Cf. Di Marco, 91, 107, 226-232.

11. On sait qu'Épicure a adressé une lettre (ou deux) à Aristobule, et qu'il a écrit son éloge (un *Aristobule* est mentionné dans la liste des ouvrages d'Épicure, cf. *infra,* § 28. Cf. T. Dorandi, art. « Aristoboulos » A 362, *DPhA* I, p. 378.

que dit Philodème l'épicurien[1] dans le dixième livre de sa *Collection des philosophes* ; mais ce fut aussi le cas d'un esclave du nom de Mys, comme le dit Myronianus[2] dans ses *Chapitres historiques similaires.*

Les malveillances

Diotime le Stoïcien, plein de malveillance envers lui, le calomnia acerbement, diffusant cinquante lettres licencieuses sous le nom d'Épicure[3]; et c'est aussi le cas de celui qui a réuni sous le nom d'Épicure les lettres que l'on attribue à Chrysippe[4]; **4** mais l'ont également calomnié[5] Posidonios le Stoïcien et son école[6], Nicolas et

---

Un *Néoclès* et un *Chérédème* figurent également dans la liste des œuvres d'Épicure en X 27-28.

1. Philodème de Gadara, figure majeure de l'épicurisme romain du Ier siècle av. J.-C., auteur prolifique, dont on connaît maintenant beaucoup de fragments grâce aux papyri d'Herculanum. Cf. sur cet auteur, M. Gigante, *La Bibliothèque de Philodème et l'Épicurisme romain,* Paris 1987.

2. *FHG* IV 455. Myronianus d'Amastrée, historien, déjà cité par D. L. pour ce même ouvrage (cf. notamment IV 14 et V 36).

3. Une anecdote en partie semblable est rapportée par Athénée (*Deipnosophistes* XIII, 611 b) qui s'appuie sur les *Homonymes* de Démétrios de Magnésie (fr. 7 Mejer), mais concernant un certain Théotimos : « Théotimos qui avait écrit des ouvrages dirigés contre Épicure fut exécuté après avoir été poursuivi par Zénon l'Épicurien. » Que le nom original soit Théotimos ou Diotimos, il est assez probable qu'il s'agisse du même personnage. Cela permet de situer Diotimos-Théotimos vers la fin du IIe-début du Ier siècle av. J.-C., Zénon ayant été scholarque du Jardin de 110 à 75 environ (cf. sur ce personnage, R. Goulet, art. « Diotimos (Théotimos ?) » D 205, *DPhA* II, p. 885).

4. Il pourrait s'agir des *Lettres d'amour,* dont il est question dans un fragment des *SVF* III, *Appendix* II, n° XXI, p. 197 (= *SVF* II 1072; c'est dans ces *Lettres* qu'il aurait été question de l'exégèse allégorique d'un tableau très licencieux qui se trouvait à Argos, mettant en scène Zeus et Héra ; D. L. y fait précisément référence en VII 187-188). Cf. à ce propos R. Goulet, art. « Chrysippe de Soles », *DPhA* II, p. 357, où ces *Lettres* sont recensées dans la liste des ouvrages de Chrysippe, sous le numéro 179.

5. Il faut sous-entendre une reprise implicite du verbe de la phrase précédente. Le point commun entre Diotime, Posidonios, Nicolas, Sotion et Denys est la calomnie.

6. Philosophe du IIe siècle ap. J.-C. Comme le signale Kidd, qui fait du passage « Diotime le Stoïcien ... Denys d'Halicarnasse », le fragment F 288 de son édition des fragments de Posidonios, l'hostilité de Posidonios envers l'épicurisme ressort clairement des fragments 22, 46, 47, 149, 160, 187.28 *sqq.* ; les fr. 46

Sotion[1], dans les douze livres de l'ouvrage intitulé *Réfutations de Dioclès,* qui portent sur les vingt-quatre (livres de Dioclès)[2], ainsi que Denys d'Halicarnasse[3]; en effet, ils disent qu'avec sa mère il faisait le tour des masures pour y lire des purifications, et qu'avec son père il enseignait les lettres pour un salaire de misère; que, de plus, il a prostitué l'un de ses frères, et avait commerce avec la courtisane Léontion[4]; et qu'il a présenté comme lui étant propres la doctrine de Démocrite sur les atomes[5], et celle d'Aristippe sur le plaisir[6].

A ce que dit Timocrate[7], tout comme Hérodote dans l'ouvrage *Sur l'éphébie d'Épicure*, il n'était pas citoyen légitime[8], et il flatte honteusement Mithrès[9], l'administrateur de Lysimaque[10], le quali-

---

et 47 sont spécialement virulents (cf. *Posidonius*, II : *The Commentary (II) Fragments 150-293*, Cambridge 1988, p. 977).

1. Nicolas de Damas, philosophe commentateur d'Aristote et historien, de la seconde moitié du Ier siècle av. J.-C. (fr. 37 Usener-Radermacher). Il est bien possible que ce Sotion ne soit pas l'Alexandrin, auteur d'une Διαδοχὴ φιλοσόφων, (dont D. L. a cité au § 1 le *Résumé* fait par Héraclide), mais le maître de Sénèque (cf. Sénèque, *Lettres à Lucilius* 49, 2; 108, 17 et 20).

2. J'adopte la conjecture, ἅ ἐστι περὶ τῶν κδ', de préférence au difficile περὶ τοῖς κδ' (malgré Laks, *Vie d'Épicure*, p. 40). Voir Note compl. 1 (p. 1325).

3. Le rhéteur du début du Ier siècle ap. J.-C.

4. L'affirmation se fonde peut-être sur la lettre citée au § 5. Elle était plus probablement la concubine de Métrodore, comme il est indiqué au § 6.

5. Cette fois, le groupe des quatre qui vient d'être mentionné accuse expressément Épicure de s'être approprié la théorie de Démocrite. C'est une tradition biographique franchement hostile et calomnieuse, comme le manifestent les allégations précédentes.

6. Aristippe de Cyrène (env. 435-350 av. J.-C.) a été longuement présenté au livre II (II 65-104). Cf. § 136-137 pour le rapport polémique entre Épicuriens et Cyrénaïques sur la nature du plaisir.

7. Le frère de Métrodore, qui polémiqua férocement contre Épicure par des arguments essentiellement *ad hominem*, après avoir été son disciple.

8. L'association d'Hérodote, le destinataire de la *Lettre* d'Épicure, à Timocrate est à première vue étonnante : on s'est demandé s'il s'était lui aussi éloigné d'Épicure à un certain moment. On peut plus simplement imaginer que D. L. le rapproche de Timocrate, parce que sur un point précis (la citoyenneté d'Épicure) leurs témoignages semblent se corroborer.

9. Dans le catalogue des œuvres d'Épicure, un traité est dédié à Mithrès (cf. § 28). Ce Mithrès aurait été sauvé par Métrodore (cf. Plutarque, *Adv. Col.*, 33, 1126 e-f).

10. Lysimaque, diadoque, roi de Thrace.

fiant dans ses lettres de « Sauveur »[1] et « Seigneur »; **5** on dit aussi qu'il fait l'éloge d'Idoménée, Hérodote et Timocrate, qui avaient divulgué son enseignement confidentiel[2], et qu'il les flatte pour cela même. Dans ses lettres[3], il écrit à Léontion : « Par le Seigneur Sauveur, ma chère petite Léontion, lorsque nous avons lu ta lettre, de quel tonnerre d'applaudissements elle nous a empli! » Et à Thémista, la femme de Léonteus, il écrit : « Je suis capable, si vous ne venez pas près de moi, de me précipiter au triple galop[4], où que vous et Thémista m'appeliez. » Et à Pythoclès[5] qui était dans la fleur de l'âge, il écrit : « Je m'assiérai[6], attendant ton entrée si désirée et digne d'un dieu. » Une autre fois, écrivant à Thémista, il juge bon de lui adresser une exhortation[7], comme le rapporte Théodore dans le

---

1. Παιᾶνα, nom d'Apollon sauveur. Il s'agit probablement d'une exclamation (comme on la trouve au début de la *Lettre à Léontion* citée au § 5) détournée de façon polémique.

2. Le propos est très polémique et sans pertinence, dès lors qu'il n'y a aucune véritable pratique du secret dans l'épicurisme.

3. Les extraits de lettres évoqués jusqu'au début du § 6 visent à discréditer Épicure, pour des formules un peu emphatiques prises au pied de la lettre. On a sous les yeux le matériau avec lequel Timocrate s'est attaché à calomnier Épicure.

4. Plus littéralement : « roulé à triple vitesse », mais l'expression française me semble bien rendre l'idée. Toutefois, τριχύλιστος est un hapax délicat à interpréter. Comme De Witt (« Epicurus' three wheeled chair », *CPh* 35, 1940, p. 184), M. Isnardi Parente, *Epicuro,* p. 103, A. Laks, *Vie d'Épicure,* p. 44, interprètent autrement : ce serait l'idée de se véhiculer soi-même sur trois roues, autrement dit, il s'agirait ici de se déplacer en chaise roulante.

5. Destinataire de la deuxième lettre reproduite plus loin, sur les réalités célestes. C'est ici un extrait d'une autre lettre à Pythoclès, dont nous avons au § 6 un deuxième extrait.

6. La formule suggère une attitude solennelle de la part d'Épicure.

7. παραινεῖν. Tel est le texte des manuscrits, souvent corrigé pour son manque de sens dans le contexte, mais que conservent Usener, Long, Hicks et Laks. παροινεῖν, « dire des choses obscènes », adopté par Gigante et Isnardi Parente, suppose tout simplement qu'Épicure ait *effectivement* poussé Thémista à la débauche; mais toutes ces citations, tirées de lettres authentiques, ne sont prises en mauvaise part que de façon malveillante, et il n'y a aucune raison de supposer une quelconque incitation à la débauche! C'est le seul fait de s'adresser sur un mode exhortatif, de parénèse philosophique, à une courtisane, qui paraît déjà vil aux yeux des adversaires d'Épicure.

quatrième livre de son *Contre Épicure*[1]. **6** Il écrivit, dit-on, à beaucoup d'autres courtisanes, mais surtout à Léontion, que Métrodore aussi aima.

Et[2] dans son traité *Sur la fin*, il écrit ceci : « Pour moi, c'est assuré, je ne sais plus à quoi reconnaître le bien, si je mets de côté les plaisirs pris aux saveurs, et si je mets aussi de côté les plaisirs pris à l'amour, ceux pris aux sons et ceux pris aux formes » ; et dans la *Lettre à Pythoclès*[3], il écrit : « Fuis toute espèce de culture, bienheureux, toutes voiles déployées. »

Épictète le qualifie de « profêrateur d'obscénités », et lui adresse les plus grandes injures[4]. Et dans son ouvrage intitulé *Réjouissances*, Timocrate aussi[5], le frère de Métrodore, élève d'Épicure qui a abandonné l'école, dit que ce dernier vomissait deux fois par jour en raison de ses excès, et il raconte que lui-même avait à peine eu la force de fuir ces réunions philosophiques nocturnes et cette vie communautaire proche des Mystères[6]. **7** Il dit qu'Épicure était très ignorant pour raisonner et bien plus encore pour vivre, que son corps était dans un état pitoyable, si bien que plusieurs années durant il fut dans l'incapacité de se lever de sa litière ; qu'il dépensait une mine par jour pour la table, comme il l'écrit lui-même dans la lettre à Léontion et dans celles adressées aux philosophes habitant Mytilène[7]. Il dit

1. Si ce Théodore est Théodore l'athée (cf. Steckel, *RESuppl* XI, 590-591), il doit plutôt s'agir d'un adversaire cyrénaïque, d'après M. Isnardi Parente, *Epicuro*, p. 103 n. 3.

2. Il s'agit toujours ici des arguments des accusateurs d'Épicure. Le présent extrait, tiré d'un des traités éthiques d'Épicure, est supposé confirmer le goût d'Épicure pour la débauche.

3. Deuxième extrait de la lettre citée au-dessus ; cf. p. 1241 n. 5. Cet extrait-là appuyait sans doute l'accusation de grossièreté d'Épicure.

4. Cf. *Entretiens*, III 24, 38.

5. Commence ici une longue énumération de faits et arguments malveillants tirés de Timocrate (jusqu'au § 8 inclus). Sur tout ce développement, on doit lire en priorité D. Sedley, « Epicurus and his professional rivals », dans *Études sur l'épicurisme antique*, coll. « Cahiers de philologie » 1, Lille 1976, p. 119-159.

6. A rapprocher de l'idée de divulgation évoquée au § 5.

7. C'est assurément une grosse somme... mais destinée à subvenir aux besoins de l'ensemble de la communauté !

qu'avec lui et Métrodore vivaient aussi d'autres courtisanes comme Mammarion, Hédeia, Érotion et Nikidion[1].

Et il ajoute que dans les trente-sept livres de son traité *Sur la nature*, il dit la plupart du temps les mêmes choses, il y écrit contre les autres et tout particulièrement contre Nausiphane, et s'exprime textuellement ainsi: « Mais †...[2]†; mais cet individu ne cessait d'enfanter la gloriole sophistique qui sort par la bouche, comme beaucoup d'autres esclaves. » **8** Et il dit qu'Épicure lui-même dans ses lettres déclare à propos de Nausiphane: « Cela l'a mis tellement hors de lui qu'il m'a injurié et m'a traité de "maître"[3]. » Il l'appelait «poumon marin», «illettré», «fraudeur», «putain[4]»; quant aux platoniciens, il les appelait «flatteurs de Denys[5]», et Platon lui-même, « doré[6] », et il disait d'Aristote qu'il était « un dilapideur qui, une fois dévoré son patrimoine, est devenu soldat et marchand de drogues[7] »; il appelait Protagoras «portefaix», et « scribe de Démocrite[8] », et disait qu'« il a enseigné à lire dans les villages »; il appelait Héraclite «le perturbateur[9]», Démocrite, « Radotcrite[10] »; Antidore,

1. Un certain nombre de calomnies tournent autour de la présence des femmes dans le Jardin (Léontion et Thémista ont déjà été citées), qui atteste en fait le caractère non discriminatoire de la philosophie épicurienne.

2. Le texte est ici corrompu.

3. C'est-à-dire sans doute « maître d'école ». Mais la formule privée de son contexte reste suspendue en l'air; on aimerait savoir ce qui a suscité de la part de Nausiphane une telle colère; Épicure avait-il voulu lui donner la leçon ?

4. D. Sedley, « Professional rivals », p. 135-136.

5. Cf. *ibid.*, p. 134.

6. Cf. *ibid.*, p. 133-134.

7. Cf. *ibid.*, p. 125-127.

8. *Ibid.*

9. Cf. *ibid.*, p. 132-133.

10. Pour essayer de rendre le jeu de mots; ce sobriquet Ληρόκριτον (directement transcrit: « Lérocrite »), signifiant si on le glose quelque chose comme « juge des sottises », implique de la part d'Épicure une critique. Mais ce n'est sans doute pas une critique radicale, comme le soulignent notamment D. Sedley (« Professional Rivals », p. 134-135) ainsi que P.-M. Morel (*Démocrite et la recherche des causes*, Paris 1996, p. 250-251) pour qui cela « exprime plutôt l'ironie d'un disciple à l'égard d'un maître reconnu ». Il me paraît assez tentant de considérer que la pique de ce surnom soit dirigée contre le nécessitarisme démocritéen (D. Sedley n'est pas loin de le suggérer; cf. « Professional Rivals », n. 67, p. 155).

« Imbécidore[1] » ; ceux de Cyzique[2] « ennemis de la Grèce » ; il qualifiait les dialecticiens de « pleins d'envie[3] », et Pyrrhon d'« ignorant et sans éducation[4] ».

Apologie d'Épicure

9 Mais ces détracteurs sont des fous furieux ; sur cet homme en effet, on a suffisamment de témoignages de son insurpassable bienveillance envers chacun: sa patrie, qui l'a honoré de vingt statues, ses amis, si nombreux que des villes entières ne suffiraient pas à en donner la mesure, ses disciples, tous possédés par les charmes de son enseignement, à l'exception de Métrodore de Stratonice, qui passa chez Carnéade, peut-être parce qu'il était accablé par ses insurpassables bontés[5], sa succession qui, lorsque presque toutes les autres se sont éteintes, se maintient toujours et d'innombrables fois libère[6] une direction de l'un des disciples après celle d'un autre, sa reconnaissance envers ses parents, **10** ses bienfaits envers ses frères, sa douceur à l'égard de ses serviteurs, comme il ressort clairement de son testament, et aussi du fait qu'ils philosophaient avec lui – parmi eux le plus connu était Mys, dont j'ai déjà parlé[7] – et en général sa philanthropie à l'égard de tous ; car ses dispositions aussi bien de piété pour les dieux que d'amour pour sa patrie ne peuvent se décri-

1. Transcription directe : « Sannidore ». Dans la liste des ouvrages d'Épicure, D. L. mentionnera un *Antidore* en deux livres. Étant donné ce surnom désobligeant et la polémique de Colotès contre lui (Plutarque, *Adv. Col.*, 1126 a), étant donné qu'il est peut-être cité par D. L. en V, 92 comme épicurien (si l'on corrige Ἀντόδωρος en Ἀντίδωρος, il s'agit peut-être d'un épicurien qui aurait rompu avec l'école, comme Timocrate (ainsi W. Crönert, *Kolotes und Menedemos*, p. 24-26, en fait un transfuge passé chez les Mégariques). D. Sedley reste circonspect sur cette hypothèse (« Professional Rivals », p. 133, et n. 54, p. 155) ; de même T. Dorandi, art. « Antidoros » A 191, *DPhA* I, p. 208.

2. τούς τε Κυζικηνοὺς mss.

3. πολυφθονερούς. Mais on corrige souvent en πολυφθόρους, « destructeurs de nombreuses choses », insulte plus immédiatement intelligible, mais qui en vérité conviendrait mieux appliquée aux sceptiques. L'« envie » des dialecticiens se manifeste par leur usage effréné du raisonnement.

4. Cf. D. Sedley, « Professional rivals », p. 136-137.

5. Celles d'Épicure.

6. ἀπολύουσα, qui n'est pas aisé d'interprétation. Il s'agit le plus probablement de la métaphore de l'accouchement.

7. Cf. § 3.

re; en effet, par excès d'honnêteté il s'est même gardé de tout contact avec la vie politique.

Et bien que la Grèce traversât une période de troubles graves, il a continué d'y vivre, ne faisant que deux ou trois incursions en[1] territoire ionien, auprès de ses amis; et eux venaient à lui de toutes parts, et vivaient avec lui dans le Jardin, comme le dit Apollodore (Jardin qu'il avait acheté quatre-vingts mines, précise-t-il, **11** comme Dioclès dans le troisième livre de son *Répertoire cursif*[2]), en suivant le régime de vie le plus frugal et le plus simple. Selon lui en tout cas, « ils se satisfaisaient d'un cotyle de vin[3]; mais en général, ils buvaient de l'eau ».

Épicure n'était pas d'avis que l'on dût mettre ses biens en commun, comme Pythagore qui disait qu'entre amis tout est commun[4]. Car un tel précepte ne peut revenir qu'à des gens méfiants, et s'ils sont méfiants, ils ne sont pas amis.

Il dit lui-même dans ses lettres qu'il a son content avec seulement de l'eau et du pain de froment, et il écrit: « Envoie-moi un pot de fromage, afin que je puisse, quand je le voudrai, faire grande chère ».

Tel était celui qui enseignait que le plaisir est la fin; c'est cet homme qu'Athénée[5], dans une épigramme, chante en ces termes:

---

1. Je garde le εἰς des mss.

2. Je construis comme Arrighetti et Laks. D. L. s'appuie ici sur Dioclès de Magnésie, déjà mentionné au § 4 (cf. R. Goulet, art. « Dioclès de Magnésie », D 115, *DPhA* II, p. 775-777). L'ouvrage est cité une première fois en VII 48, sous un titre plus développé Ἐπιδρομὴ τῶν φιλοσόφων, *Répertoire cursif des philosophes.* Il est possible que D.L. désigne sous le titre Βίοι τῶν φιλοσόφων, *Vies des philosophes* (VII 148, ou encore II 82, Περὶ βίων φιλοσόφων, *Sur les vies des philosophes*), le même écrit (pour un avis différent, cf. Mejer, *op. cit.*, p. 80-81). On peut penser que la suite immédiate est également reprise de Dioclès. Après l'épigramme d'Athénée, il est à nouveau cité comme source (début § 12).

3. Soit un quart de litre.

4. Cf. *supra*, VIII 10 pour ce précepte.

5. Cet auteur d'épigrammes n'est pas autrement connu, mais on notera que D. L. cite une autre épigramme de lui qui évoque les Stoïciens (à deux reprises, en VI 14 et VII 30). L'hypothèse qu'il ait été le père de Métrodore (cf. Usener, *s. v.* Ἀθήναιος) tient à une correction contestable en X 22.

12 Hommes, vous souffrez le pire, et pour un gain
insatiable[1], vous faites naître querelles et guerres;
la richesse de la nature[2] s'en tient à une limite ferme,
tandis que les jugements vides suivent une route sans limite.
Voilà ce que le fils inspiré de Néoclès a appris, soit des Muses,
[soit du trépied sacré de Pytho.

Mais nous verrons mieux cela, si nous avançons en prenant appui sur ses doctrines et ses paroles[3].

L'originalité d'Épicure

Des anciens, selon Dioclès, c'est surtout Anaxagore qu'il appréciait, bien qu'en certains endroits il l'ait contredit[4], ainsi qu'Archélaos, le maître de Socrate[5]; Dioclès dit aussi qu'il allait jusqu'à entraîner ses disciples à garder en mémoire ses propres écrits[6]. **13** De lui, Apollodore dit dans sa *Chronologie*[7] qu'il a été auditeur de Nausiphane[8] et de Praxiphane[9]. Mais lui-même s'en défend, et déclare

1. Avec le ἄπληστον des mss. Κέρδος ἄπληστον s'oppose à ὅρον... βαιόν. L'expression est par conséquent sur le même plan que τὰν ἀπέραντον ὁδόν.

2. C'est-à-dire la richesse conforme à la nature, cf. *M. C.* XV.

3. On peut penser que D. L. fait référence d'une part aux exposés doxographiques qui vont suivre, de l'autre aux trois *Lettres* et aux *Maximes capitales.* Pour R. Goulet, « ses paroles » (τῶν ῥητῶν αὐτοῦ) annoncent plutôt une collection disparue d'apophtegmes.

4. Dans un fragment de la *Lettre aux philosophes de Mytilène* (104 Arrighetti), Épicure s'en prend à Nausiphane, et à ses lectures d'Anaxagore et d'Empédocle. Mais le blâme semble d'abord porter sur Nausiphane. Pour un exemple de rapprochement précis entre Anaxagore et Épicure, voir *supra* comm. *Lettre à Hérodote* 38-39, p. 1169.

5. Archélaos d'Athènes. L'association d'Archélaos à Anaxagore est très intéressante, et cohérente. D. L. a en effet présenté Archéalos (dont la *Vie* se trouve en II 16-17) comme l'élève d'Anaxagore et le maître de Socrate (II 16), et ceci se trouve corroboré par divers témoignages antiques. Par là, Dioclès réinscrivait Épicure dans une tradition ionienne.

6. Ce qu'attestent les préfaces des *Lettres à Hérodote* (cf. *infra,* § 35) et *à Pythoclès* (§ 84) en particulier.

7. *FGrHist* 244 F 41.

8. Cf. § 7 et 8 à ce propos.

9. Philosophe péripatéticien (fin IVe-début IIIe s. av. J.-C.). Disciple de Théophraste, il a enseigné à Rhodes. Il est mentionné deux fois dans la *Vie de Platon* (III 8 et 109).

dans la *Lettre à Euryloque* qu'il a été son propre auditeur[1]; de plus, aussi bien Hermarque que lui[2] prétendent qu'il n'a même pas existé un philosophe du nom de Leucippe, que certains (dont Apollodore l'épicurien) tiennent pour le maître de Démocrite. Démétrios de Magnésie[3] dit qu'il a même été auditeur de Xénocrate[4].

Il se sert, pour désigner les réalités, de l'expression propre[5], à laquelle Aristophane le grammairien[6] reproche d'être très personnelle. Mais ainsi elle était claire, en accord avec son traité *Sur la rhétorique*[7], où il est d'avis de ne réclamer rien d'autre que la clarté. **14** Et dans les lettres, au lieu de « Salut à toi », il dit « Réussis », et « Vis avec zèle[8] ». Mais Ariston[9] dit dans sa *Vie d'Épicure* qu'il a

1. Cf. le développement que j'ai consacré au thème d'« Épicure autodidacte », dans *Épicure*, p. 17-28. Rien ne permet de supposer qu'une telle déclaration ait eu pour but de dissimuler la dette d'Épicure envers des philosophes qu'il a pu effectivement écouter. Par cette affirmation, il revendique avant tout un autre rapport au savoir.

2. Le texte de Long est fautif (cf. Laks, *Vie d'Épicure*, n. 6, p. 69 *ad loc.*); il omet un des deux οὔτε (= p. 500, 5). Il faut lire en fait : οὔτε αὐτὸς οὔτε Ἕρμαρχος.

3. Fr. 31 Mejer.

4. Épicure était arrivé adolescent à Athènes, alors que Xénocrate dirigeait l'Académie, cf. X 1. Cela est donc chronologiquement possible, quoique improbable (cf. D. Sedley, « Professional Rivals », p. 121 et n. 1).

5. λέξει κυρίᾳ. Je retiens l'idée de « propre » plutôt que celle d'« ordinaire » (cf. A. Laks, *Vie d'Épicure*, p. 17 : « les mots de la langue »), car alors on ne comprend plus le jugement d'Aristophane sur le mode d'expression d'Épicure : cette langue qui cherche la désignation propre, se voit reprocher par le grammairien son caractère très personnel, trop personnel même (qu'en revanche, son expression soit courante ou ordinaire, et puisse en même temps passer pour très personnelle, ne se comprend guère, malgré le plaidoyer de Laks, *Vie d'Épicure*, p. 73, sauf à donner à ἰδιωτάτη le sens de « très triviale »). D. L. lui-même ne contredit pas le dernier point (« Mais ce faisant… ») ; ainsi, la désignation propre que recherche Épicure, et qui peut surprendre, est aussi la désignation précise.

6. Aristophane de Byzance (IIIᵉ-IIᵉ siècle av. J.-C.), fr. 404 Slater.

7. Le titre du traité ne figure pas dans la liste des ouvrages d'Épicure dressée plus loin par D. L. Pour une situation de cette théorie minimaliste du style par rapport à d'autres, cf. M. Patillon, *Hermogène. L'art rhétorique*, Paris 1997, p. 107-109.

8. Voir Note complémentaire (p. 1325).

9. Ariston de Céos, fr. 32 Wehrli. Cf. Note complémentaire 2. Je me range à la correction et à la construction traditionnelle, sans exclure que le passage soit corrompu. D. L. fait encore valoir la thèse de la dépendance en s'appuyant sur

écrit son *Canon* d'après le *Trépied* de Nausiphane[1], dont Ariston ajoute qu'il a été aussi l'auditeur, ainsi que de Pamphilos le platonicien à Samos ; qu'il a commencé à pratiquer la philosophie à l'âge de douze ans, et à diriger son école à l'âge de trente-deux ans.

Dates biographiques : naissance, fondation de l'école, mort et circonstances de la mort

Il naquit, dit Apollodore dans sa *Chronologie*[2], la troisième année de la cent-neuvième Olympiade[3], sous l'archontat de Sosigène, le septième jour du mois de Gamélion[4], sept ans après la mort de Platon[5]. **15** Il avait trente-deux ans lorsqu'il fonda pour commencer, à Mytilène et Lampsaque, une école dont il s'occupa cinq ans, à la suite de quoi il alla s'installer à Athènes ; il mourut la deuxième année de la cent vingt-septième Olympiade[6], sous l'archontat de Pytharatos, après avoir atteint l'âge de soixante-douze ans[7] ; Hermarque le fils d'Agémortos, de Mytilène, lui succéda à la tête de l'école[8].

Il est mort d'une rétention d'urine causée par la pierre, comme le dit Hermarque dans ses lettres[9], après une maladie qui a duré qua-

---

cette *Vie d'Épicure*. La question du rapport à Nausiphane a déjà surgi aux § 7-8 et 13. La référence au traité de Nausiphane, le *Trépied*, est cette fois un élément précis ; malheureusement, l'on sait très peu de choses à son sujet. Il faut remarquer que la fin de l'épigramme d'Athénée (*supra*, § 12) fait peut-être allusion à la dépendance d'Épicure envers Nausiphane.

1. Cf. fragments dans DK 75 B.

2. *FGrHist* 244 F 42.

3. 342/341 av. J.-C.

4. Au mois de janvier-février (= mois de Gamélion).

5. Platon étant mort en 348, c'est donc en février 341 av. J.-C. qu'est né Épicure.

6. C'est-à-dire en 271/270 av. J.-C.

7. Ici se présente un problème : selon cet âge, Épicure devrait être mort en 269 av. J.-C. A moins qu'il ne faille remonter d'un an sa date de naissance, cf. à ce propos R. Goulet, « Épicure », *DPhA* III (à paraître), qui retient comme dates apolodoréennes 342/1-271/0.

8. Hermarque fut scholarque du Jardin, de 270 à sa mort (la date en est inconnue). D. L. évoque plus loin sa disparition, et la désignation qu'il fit de Polystrate comme son successeur (cf. § 25). Sur sa biographie, cf. F. Longo Auricchio, *Ermarco. Frammenti*, p. 25-27.

9. Fr. 47 Krohn = fr. 6 Longo.

torze jours ; Hermippe[1] raconte qu'alors il entra dans une baignoire de bronze tempérée d'eau chaude, demanda du vin pur et l'avala[2]. **16** Après avoir enjoint à ses amis de se remémorer ses doctrines, ainsi mourut-il. Voici nos vers le concernant[3] :

> Salut à vous, et souvenez-vous de mes doctrines ; telle est la dernière [parole
> qu'Épicure adressa à ses amis, au moment de mourir ;
> il entra en effet dans[4] une baignoire chaude, huma
> le vin pur, puis huma le froid Hadès.

Telle a été la vie de l'homme, et telle sa mort[5].

Le testament et la Lettre à Idoménée

Et il a pris par testament les dispositions suivantes :

« Par la présente, je lègue tous mes biens à Amynomaque[6] fils de Philocratès, du dème de Baté, et à Timocrate[7] fils de Démétrios, du dème Potamos, suivant la donation, inscrite au Métrôon[8], pour chacun des deux, **17** à la condition qu'ils mettent le Jardin[9] et ses dépendances à la disposition d'Hermarque[10], fils d'Agémortos, de Mytilè-

---

1. Fr. 61 Wehrli.

2. Comme le remarque A. Laks (*Vie d'Épicure*, p. 78, n. 5), Hermippe prête également à d'autres philosophes une mort consécutive à une absorption de vin pur (Stilpon, II 120 ; Arcésilas, IV 44 ; Chrysippe, VII 184).

3. *Anth. Pal.* VII 106.

4. θερμὴν ἐς πύελον, leçon de l'*Anth. Pal.*, qui seule évite au vers d'être bancal.

5. La formule clôt la partie proprement biographique de la *Vie*.

6. Cf. note suiv.

7. On ne sait pour ainsi dire rien de ces deux légataires d'Épicure, qui ne sont pas présentés, ici ou ailleurs, comme des disciples du Maître. R. Goulet suppose que ce sont « des sympathisants athéniens de l'école qui acceptaient de servir de gérants pour assurer la continuité matérielle de l'institution » (art. « Amynomaque d'Athènes » A 151, *DPhA* I, p. 175). De fait, n'étant pas athénien, Hermarque ne pouvait hériter légalement des biens d'Épicure.

8. Bâtiment qui servait de bureau des archives, ainsi nommé parce qu'il abritait une statue de Phidias représentant la Mère des dieux.

9. Le Jardin, dont D. L. a indiqué plus haut le prix d'achat (cf. § 10 : 80 mines), se situait dans la banlieue d'Athènes (cf. Sénèque, *Lettres* 79, 15), à l'ouest.

10. A Hermarque l'usufruit. Fidèle entre tous, Hermarque succède effectivement à Épicure à la tête du Jardin. Il est évoqué brièvement, avec une liste d'ouvrages, aux § 24-25.

ne, ainsi qu'à ceux qui philosophent avec lui, et aussi à ceux qu'Hermarque laissera après lui comme nos successeurs en philosophie, pour y mener une vie conforme à la philosophie ; et je confie définitivement à ceux qui philosophent à ma suite, afin qu'avec Amynomaque et Timocrate ils la préservent autant que possible[1], la vie dans le Jardin, ainsi qu'aux héritiers de ces derniers, quelle que puisse être la manière la plus sûre de le faire, afin qu'eux aussi préservent le Jardin, tout comme les personnes à qui le transmettront ceux qui philosophent à ma suite. Pour ce qui est de ma maison à Mélitè[2], qu'Amynomaque et Timocrate permettent à Hermarque et ceux qui philosophent avec lui, tant qu'Hermarque vivra, d'y habiter.

18 Pour les revenus dont j'ai fait don à Amynomaque et Timocrate, qu'ils en fassent le partage après concertation avec Hermarque[3], en tenant compte des offrandes funèbres à mon père, ma mère, mes frères et à moi, le jour anniversaire habituel chaque année, dix jours avant la fin du mois de Gamélion[4], tout comme de la réunion qui rassemblera le vingt de chaque mois ceux qui philosophent avec moi, réunion organisée pour célébrer la < mémoire > de Métrodore et la mienne ; qu'ils consacrent aussi le jour de mes frères, au mois de

1. Diano, suivi par d'autres, a permuté ce membre de phrase, mais cela ne semble pas indispensable (*idem* Bailey, Laks).

2. Maison modeste située dans un quartier populaire, qui aurait coûté 20 mines (Pline, *N. H.* XIX 4).

3. Je ne retiens pas κατὰ τὸ δυνατόν, qui a peut-être été introduit par F et P^{pc} à cause de la formule figurant au § 17 (p. 502, 5 Long).

4. Janvier-février. On a souvent compris τῇ προτέρᾳ δεκάτῃ τοῦ Γαμηλιῶνος, comme signifiant le 10 du mois de Gamélion, en essayant ensuite d'expliquer le décalage entre la date de naissance d'Épicure donnée au § 14, le 7 du mois de Gamélion, et cette nouvelle date du 10. En fait, τῇ προτέρᾳ δεκάτῃ désigne bien le vingtième jour du mois (cf. *I. G.* ed. min., II/III 2, 1, 1673, 75 et suiv.), et plusieurs témoignages confirment du reste que la fête anniversaire avait bien lieu le 20 du mois de Gamélion. Ceci n'implique pas du reste que la date de naissance d'Épicure doive être révisée : en fait, une réunion avait lieu tous les vingt du mois (cf. précision suivante), et le mois de Gamélion, mois de l'anniversaire, avait de ce point de vue pu être aligné sur les autres. On consultera sur cette question K. Alpers, « Epikurs Geburtstag », *MH* 61, 1968, p. 48 *sqq.*, et A. Laks, *Vie d'Épicure*, n. 21 *ad loc*, p. 85-86.

Poseidéon[1]; qu'ils consacrent également le jour de Polyainos[2], au mois de Métageitnion[3], comme je le faisais moi-même.

19 Qu'Amynomaque et Timocrate prennent soin du fils de Métrodore, Épicure[4], et du fils de Polyainos[5], pourvu qu'ils philosophent et vivent dans la compagnie d'Hermarque. De même, qu'ils accordent leur soin à la fille de Métrodore, et qu'une fois en âge, ils la donnent en mariage à celui qu'Hermarque, parmi ceux qui philosophent avec lui, aura choisi, pourvu qu'elle soit disciplinée et obéisse à Hermarque. Qu'Amynomaque et Timocrate prélèvent, sur mes revenus, pour élever ces enfants, ce qui annuellement leur semble convenir, après concertation avec Hermarque. **20** Qu'ils donnent à Hermarque la responsabilité de ces revenus, au même titre qu'eux-mêmes, afin que tout se fasse avec l'accord de celui qui a vieilli avec moi dans la philosophie et que je laisse comme maître de ceux qui philosophent avec moi. Pour la dot de la petite fille, qu'une fois en âge, Amynomaque et Timocrate lui en fixent la part, retirant autant qu'il convient des ressources existantes, et suivant l'avis d'Hermarque.

Qu'ils prennent soin aussi de Nicanor[6], comme je l'ai fait moi-même, afin que, d'entre ceux qui philosophent avec moi, tous ceux qui m'ont offert leur assistance[7] dans des affaires privées, et qui, me faisant la preuve de leur total attachement, ont choisi de vieillir avec

---

1. Décembre.
2. Disciple d'Épicure rapidement évoqué ensuite (cf. § 24).
3. Août.
4. Homonyme du philosophe donc, qui n'est pas rappelé ensuite dans la liste du § 26, à la différence du fils de Léonteus et Thémista, lui aussi appelé Épicure par ses parents.
5. Vogliano (*RFIC* 1926, p. 321) et Arrighetti (*Epicuro*, p. 15) introduisent ici un deuxième Polyainos, τοῦ υἱοῦ τοῦ Πολυαίνου <Πολυαίνου>, suivant l'indication d'un papyrus (*PHerc*, 176, 5, col. XXII 6 et suiv.) qui évoque Polyainos et son père homonyme. Mais si le fils de Polyainos n'est pas nommé en propre, à la différence du fils de Métrodore, c'est également le cas de la fille de Métrodore, mentionnée juste après.
6. Le personnage n'est pas autrement connu. Il peut s'agir d'un disciple d'Épicure qui lui aurait légué tous ses biens, et mériterait une distinction et une reconnaissance spéciales.
7. Interprétation de χρεία dérivée du sens de « relations mutuelles ».

moi dans la philosophie, ne se trouvent manquer de rien de nécessaire, pour ce qui est en mon pouvoir.

21 Que tous les livres qui m'appartiennent soient légués à Hermarque; et s'il arrive à Hermarque quelque vicissitude humaine[1] avant que les enfants de Métrodore aient atteint l'âge adulte, qu'Amynomaque et Timocrate leur donnent de quoi avoir, s'ils mènent une vie convenable, tout ce qui est nécessaire dans la mesure du possible; ils le prélèveront sur les revenus que je laisse.

Et qu'ils prennent soin de toutes les autres dispositions que j'ai fixées, afin que tout se fasse dans la mesure du possible.

Enfin, parmi mes esclaves, je déclare libres Mys[2], Nicias, Lycon; Phaidrion également, je la déclare libre. »

22 Déjà sur le point de mourir, il écrit à Idoménée la lettre suivante:

« Je vous écris cette lettre alors que je passe et achève[3] en même temps le bienheureux jour de ma vie; les douleurs que provoquent la rétention d'urine et la dysenterie se sont succédé[4] sans que s'atténue l'intensité extrême qui est la leur; mais à tout cela la joie qu'éprouve mon âme a résisté, au souvenir de nos conversations passées; quant à toi[5], prends soin des enfants de Métrodore, en te montrant digne de

1. Périphrase pour évoquer la mort, bien sûr.

2. Déjà mentionné au § 3.

3. Le texte des manuscrits que je suis: τελευτῶντες ἡμέραν τοῦ βίου, est corrigé depuis Davies (à l'exception de Laks) avec τελευταίαν, sur la foi de Cicéron, *De fin.* II, 30, 96 (il serait alors question dans la lettre, du bienheureux dernier jour de la vie d'Épicure). Je conserve le texte de D. L. qui me semble pouvoir être justifié, si l'on prend l'expression « le jour de ma vie » dans un sens figuré: le jour est alors la métaphore de la vie entière. Dans ce cas, le « jour » est bienheureux non pas parce qu'il est celui qui donne la délivrance de la mort, mais parce qu'il se confond avec la vie même du sage.

4. Je reviens, comme Laks, à la leçon des mss. παρηκολουθήκει (cf. Cicéron *aderant*).

5. On néglige souvent, dans les traductions, le passage du « vous » au « tu », estimant qu'il s'adresse à un seul destinataire, Idoménée. Or, Cicéron cite ce début de lettre, mais avec une adresse à Hermarque (*De finibus* II, XXX, 96). Il n'est pas absurde de penser que le début de la lettre ait été adressé à tous les amis (jusqu'à « nos conversations passées »), suivi d'un mot personnel à tel ou tel d'entre eux. Hermarque et Idoménée, attachés à Épicure depuis leur jeunesse, pouvaient avoir reçu ensuite le même type de formule (qui en tout cas

la disposition d'esprit que tu as manifestée envers moi depuis que tu es jeune, et de la philosophie[1]. »

Voilà ce qu'il décida[2].

Les disciples: Métrodore

Il eut de nombreux disciples, et parmi les plus remarquables Métrodore d'Athènes[3], ou encore †Timocrate et Sandè† de Lampsaque qui, à partir du moment où il connut cet homme, ne s'éloigna plus de lui, à l'exception d'une période de six mois où il partit chez lui, puis revint. **23** C'était un homme de valeur à tous égards, comme l'écrit Épicure dans ce qui précède[4]; même Timocrate en témoigne dans son troisième livre.[5] Tel était bien l'homme, car il donna sa sœur Batis en mariage à Idoménée, et accueillant Léontion,

s'applique particulièrement bien à Hermarque, d'après les termes du testament concernant les enfants de Métrodore).

1. φιλοσοφίας mss.

2. Malgré la formule introductive du testament au § 16 (Καὶ διέθετο ὧδε), l'on peut conserver le ἔθετο des mss., en sous-entendant le complément γνώμην.

3. 331-278/7 av. J.-C. Je suis ici les mss.: Μητρόδωρον Ἀθηναῖον ἢ †Τιμοκράτην καὶ Σάνδην† Λαμψακηνόν. En effet, Métrodore est originaire de Lampsaque, mais un texte de Philodème semble confirmer ce qualificatif d'athénien pour lui (*Pragmateiai*, XVI). D. L. mentionnerait ainsi les deux ethniques. Moins aisée à justifier est la présence du nom Timocrate, qui est celui du frère de Métrodore, d'abord épicurien, puis adversaire de l'école (cf. *infra*). Quant au nom Sandè(s), il n'est pas autrement connu. Laks (*Vie d'Épicure*, n. 1 *ad loc.*, p. 92-93) propose ingénieusement d'y voir le nom de Métrodore à Lampsaque. Mais il reste ce Timocrate intercalé, dont il faudrait supposer qu'il soit encore un autre nom de Métrodore, ce qui paraît peu crédible; comme le frère Timocrate est ensuite mentionné (§ 23), il s'agit peut-être d'une interpolation. Selon la correction retenue par Long, Ἀθηναίου pour Ἀθηναῖον on comprendra : « Métrodore, fils d'Athénaios (ou encore de Timocrate) et de Sandè, de Lampsaque ».

4. J'adopte le texte des mss., ἐν προηγουμέναις γράφει Le renvoi est alors au testament (cf. en particulier § 18 ; quant à la *Lettre à Idoménée*, citée § 22, elle mentionne aussi Métrodore, mais sans porter de jugement de valeur).

5. Τιμοκράτης, avec les manuscrits B et P (mais on adopte le plus souvent, comme Long, Τιμοκράτους, de sorte que l'on comprend : « et dans le troisième livre de son *Timocrate* » ; Épicure a écrit en effet un tel ouvrage, cf. § 28). Mais l'ouvrage de Timocrate, *Réjouissances*, a été cité au § 6 ; c'est à lui que Diogène Laërce doit renvoyer. De fait, on sait qu'il parlait de son frère (cf. Philodème, *De lib. dic*, XX b, 3 et suiv. Olivieri).

qui était une courtisane attique, la prit pour concubine. Il ne se sentait pas touché par les souffrances et la mort, comme le dit Épicure dans le premier livre de son *Métrodore*[1]. Il est mort, dit-on, sept ans avant lui[2], alors qu'il était dans sa cinquante-troisième année, et Épicure lui-même, dans le testament dont j'ai déjà parlé, fait des recommandations – parce qu'il est parti avant lui, c'est clair – sur le soin à accorder à ses enfants. Épicure eut aussi pour disciple un frère de Métrodore, homme médiocre dont on a déjà parlé, Timocrate[3].

24 Les ouvrages[4] de Métrodore sont les suivants :

Contre les médecins, trois livres,
Sur les sensations,
Contre Timocrate,
Sur la magnanimité,
Sur la faible constitution d'Épicure,
Contre les dialecticiens,
Contre les sophistes, neuf livres,
Sur l'acheminement vers la sagesse,
Sur le changement,
Sur la richesse,
Contre Démocrite,
Sur la noblesse[5].

Autres disciples, dont Hermarque

Il y eut aussi[6] Polyainos[7] fils d'Athénodore, de Lampsaque, homme mesuré et disposé à l'amitié, ainsi que le dit Philodème[8] ; et

1. Ce *Métrodore* était en cinq livres, d'après la liste des ouvrages d'Épicure (*infra*, § 28).
2. Donc, en 277 av. J.-C.
3. Ses calomnies à l'encontre d'Épicure ont été évoquées aux §§ 6-8 (cf. aussi § 4).
4. Cf pour les fragments de Métrodore l'édition de A. Körte, « Metrodori Epicurei Fragmenta », *Jahrb. Klass. Philol.*, Suppl. 17, Leipzig 1890, p. 531-597.
5. Mentionné au début de la *Vie* (*supra*, § 1).
6. D. L. poursuit la liste des disciples.
7. Entre 340 et 330 - 278/277 av. J.-C.
8. C'est la seconde et dernière mention de Philodème de Gadara dans la *Vie d'Épicure*, après celle du § 3.

l'homme qui lui a succédé[1], Hermarque[2], fils d'Agémortos, de Mytilène; son père était pauvre, et il se consacrait au début à la rhétorique. On lui attribue, à lui aussi, les très beaux livres qui suivent[3]:

25 *Recueils épistolaires*[4],
Sur Empédocle, vingt-deux livres[5],
Sur les disciples[6],
Contre Platon,
Contre Aristote.

Homme de valeur, il mourut de paralysie.

Et il y eut[7] Léonteus de Lampsaque, de même que sa femme Thémista, à qui également Épicure écrivit. Et encore Colotès et Idoménée, eux aussi de Lampsaque. Voilà quels furent les disciples remarquables. Et parmi eux, il y eut aussi Polystrate, qui succéda à Hermarque; lui succéda Denys[8], auquel succéda Basilide[9]. Et Apollodore « le maître du Jardin »[10] aussi fut remarquable, lui qui a écrit plus de quatre cents livres; et de même les deux Ptolémée d'Alexan-

1. *i. e.* à Épicure.

2. Ses dates sont inconnues.

3. Cf pour les fragments d'Hermarque l'édition d'A. Longo Auricchio, *Ermarco. Frammenti*, Napoli 1988.

4. Ἐπιστολικά. Ce ne sont pas simplement des lettres, mais vraisemblablement des recueils de lettres.

5. Je mets une ponctuation entre *Épistolaires*, et *Sur Empédocle*, qui sont bien deux ouvrages différents (cf. déjà Bernays et Gomperz), comme les témoignages papyrologiques ont récemment permis de l'établir; cf. à ce propos Longo Auricchio, *Ermarco. Frammenti* , fr. 25, p. 65, et comm., p. 123-125.

6. Περὶ μαθητῶν, leçon des mss. (que je maintiens avec Laks, *Vie d'Épicure*, p. 25). Le titre n'a pas à être corrigé en « Sur les sciences », comme on le fait le plus souvent (ainsi, Long). X 13 livre peut-être une information sur ce traité.

7. C'est la suite des disciples.

8. Denys de Lamptres (IIIᵉ-IIᵉ siècle av. J.-C.), scholarque de 220-219 à 201-200; cf. T. Dorandi, art. « Dionysios de Lamptres » D 181, *DPhA* II, p. 866.

9. Basilide le syrien (env. 245-175 av. J.-C.), scholarque de 201/200 à 175; cf. T. Dorandi, art. « Basilide le syrien », B 16, *DPhA* II, p. 91.

10. Apollodore d'Athènes, né vers 190 av. J.-C., et scholarque du Jardin dans les années 150 à 110. D. L. l'a déjà cité aux § 2, 10 et 13 pour son ouvrage *Sur la vie d'Épicure* (auquel il se réfère nommément au § 2). Cf. T. Dorandi, art. « Apollodore d'Athènes dit "Képotyrannos" » A 243, *DPhA* I, p. 271.

drie, le Noir et le Blanc[1]; et Zénon de Sidon[2], auditeur d'Apollodore, auteur de nombreux ouvrages; **26** et Démétrios dit Lacon[3]; et Diogène de Tarse[4], auteur des *Leçons choisies*; et Orion et d'autres, que les épicuriens authentiques qualifient de « sophistes »[5].

Homonymes

Il y eut trois autres Épicure : le fils de Léonteus et de Thémista, un autre de Magnésie, le quatrième maître d'armes[6].

L'œuvre d'Épicure

Épicure fut un auteur des plus prolixes, les dépassant tous par le nombre de ses livres : il existe en effet environ trois cents rouleaux, et sur ces derniers n'est reproduite aucune citation extérieure : ce sont les paroles d'Épicure lui-même. Chrysippe cherchait à égaler sa prolixité, comme le dit Carnéade, qui le traite de « parasite des livres[7] » : en effet, si Épicure venait à écrire quelque chose, par goût de la dispute, Chrysippe en écrivait autant[8]. **27** C'est pourquoi il s'est bien souvent répété et a écrit ce qui lui venait à l'esprit, et a laissé des écrits non corrigés, dans sa précipitation; quant aux cita-

---

1. Ces personnages ne sont pas autrement connus. Mais Philodème mentionne un Ptolémée, dans *Rhét.*, II, p. 127 Sudhaus.

2. Le maître de Philodème, à la tête du Jardin au début du Ier siècle av. J.-C. Il a notamment polémiqué contre la logique stoïcienne et contre Carnéade.

3. 150-75 av. J.-C. De cet important épicurien, plusieurs fragments d'ouvrages sont conservés; cf. T. Dorandi, art. « Démétrios Lacon (ou le Laconien) » D 60, *DPhA*, II, p. 637-641.

4. La datation de cet épicurien est incertaine, peut-être la seconde moitié du IIe siècle av. J.-C. (cf. T. Dorandi, art. « Diogène de Tarse » D 149, *DPhA* II, p. 823-824). L'ouvrage distingué ici est plusieurs fois cité par D. L. dans le dernier tiers de la *Vie*, au moment de compléter la doxographie éthique en particulier (§ 119, § 136 et § 138, pour l'ouvrage mentionné ici), mais aussi dans une scholie à la *Lettre à Pythoclès* (§ 97). Au § 118, il citera un autre ouvrage de Diogène de Tarse, le *Résumé des opinions éthiques d'Épicure*.

5. Cf., sur la question des dissidents épicuriens, F. Longo Auricchio et A. Tepedino Guerra, « Aspetti e problemi della dissidenza epicurea », *CronErc* 11, 1981, p. 26

6. Le fils de Métrodore mentionné en X 19 est oublié.

7. Hésychius écrit παράσιτον αὐτὸν τῶν ἐκείνου βιβλίων, « parasite des livres de ce dernier », qui justifie encore mieux le γάρ suivant.

8. Cette rivalité littéraire a-t-elle quelque fondement ? D. L. paraît pour sa part en être tout à fait convaincu; cf. note suiv.

tions qu'il fait, elles sont si nombreuses que ses livres ne sont remplis que d'elles, comme cela peut se trouver également chez Zénon et Aristote[1]. Voilà pour le nombre et l'importance des ouvrages d'Épicure. Les meilleurs d'entre eux sont les suivants :

Sur la nature, trente-sept livres[2];
Sur les atomes et le vide;
Sur l'amour;
Résumé des livres Contre les physiciens;
Contre les Mégariques;
Difficultés[3];
Maximes Capitales[4];
Sur les choix et les refus[5];
Sur la fin[6];
Sur le critère, ou *Canon*[7];
Chérédème[8];
Sur les dieux;
Sur la sainteté;
28 *Hégésianax*[9];
Sur les modes de vie, quatre livres[10];
Sur l'action juste;

---

1. On doit rapprocher cette digression sur Chrysippe d'un passage à peu près parallèle en VII 181, où D. L. s'appuie cette fois, non pas sur Carnéade, mais sur Apollodore d'Athènes, l'épicurien, qu'il cite.

2. Le maître ouvrage d'Épicure. Cf. à son sujet G. Arrighetti, « L'opera "Sulla Natura" di Epicuro », *CronErc* 1, 1971, p. 41-56, et D. Sedley, « The Structure of Epicurus' On Nature », *CronErc* 4, 1974, p. 89-92. On trouvera dans G. Arrighetti, *Epicuro. Opere*, n° 23-39 les fragments conservés de l'ensemble des livres. Pour un point récent sur les derniers travaux concernant les fragments papyrologiques du traité, cf. R. Goulet, art. « Épicure » , *DPhA* III (à paraître).

3. Ouvrage mentionné plus bas, § 119.

4. Reproduites à la fin du livre X (§ 139 à 154).

5. Ouvrage mentionné plus bas, § 136.

6. D. L. en a donné une citation au § 6.

7. L'ouvrage est présenté et cité ensuite (§ 31-34).

8. Nom de l'un des frères d'Épicure, cf. *supra* § 3.

9. Disciple d'Épicure, lequel, après sa mort, écrivit une lettre de consolation destinée à son père.

10. Ouvrage mentionné plus bas, § 119 (pour les livres I et II) et 136 (pour le livre I).

Néoclès, à Thémista[1];
Banquet[2];
Euryloque, à Métrodore[3];
Sur la vision;
Sur l'angle dans l'atome;
Sur le toucher;
Sur le destin;
Opinions sur les passions, à Timocrate[4];
Le pronostic;
Protreptique;
Sur les simulacres;
Sur l'image;
Aristobule[5];
Sur la musique;
Sur la justice et les autres vertus;
Sur les dons et la gratitude;
Polymède;
Timocrate, trois livres[6];
Métrodore, cinq livres[7];
Antidore, deux livres[8];
Opinions sur les maladies <et la mort>[9], *à Mithrès*[10];

---

1. Le nom Néoclès renvoie soit au père d'Épicure (cf. § 1) soit à l'un de ses frères (cf. 3). Thémista est la femme de Léonteus de Lampsaque, amie d'Épicure. D. L. a cité au-dessus une lettre de ce dernier à Thémista, et fait référence à un écrit exhortatif qui lui était destiné (cf. *supra* § 5).
2. Ouvrage mentionné plus bas, § 119.
3. D. L. mentionne au l. IX un disciple de Pyrrhon, du même nom (IX 68). Sur Métrodore, voir au-dessus, § 22-24.
4. Le dédicataire est peut-être ce Timocrate héritier des biens d'Épicure avec Amynomaque, cf. § 17.
5. Un de ses frères, cf. § 3.
6. Le frère de Métrodore, épicurien puis transfuge et calomniateur d'Épicure (cf. *supra* §§ 6-8 pour les calomnies, et 23 pour le personnage). Je ne pense pas que l'ouvrage soit cité au § 23 (cf. note *ad loc.*).
7. Cf. § 22-24 sur Métrodore, le disciple le plus remarquable. D. L. mentionne au § 23 le premier livre de ce traité.
8. Cf. *supra* § 8, sur Antidore, et note *ad loc.*
9. <καὶ θανάτου>, d'après Démétrios Lacon, *PHerc.* 1012, col. XXII, éd. Puglia (= 18 Arrighetti).
10. Cf. à propos de ce personnage, *supra* § 4.

Callistolas ;
Sur la royauté ;
Anaximène ;
Lettres[1].

Les doctrines qu'il défend dans ces écrits, je m'efforcerai de les exposer, en citant côte à côte trois de ses lettres, dans lesquelles il a résumé toute sa philosophie[2]. **29** Nous ferons aussi figurer ses *Maximes capitales* et les propos qui ont paru dignes d'être recueillis[3], afin que tu[4] connaisses l'homme par tous ses aspects, et que je sache en juger[5]. Et donc il écrit la première de ces lettres à Hérodote < – c'est celle qui porte sur les réalités physiques ; la deuxième est écrite à Pythoclès – > elle porte sur les réalités célestes ; la troisième est écrite à Ménécée – elle traite des modes de vie. Mais il faut commencer par la première, après avoir présenté en peu de mots la division de la philosophie qui est la sienne.

Doxographie – les parties de la philosophie

Elle est donc divisée en trois domaines : la canonique, la physique et l'éthique. **30** La canonique contient les voies d'accès à la doctrine, et on la trouve dans un ouvrage unique intitulé *Canon*. La physique contient l'ensemble de la doctrine correspondant à l'observation de la nature[6], et se trouve dans les trente-sept livres du traité *Sur la nature*, ainsi que dans les *Lettres* qui en présentent les éléments fon-

---

1. Cf. G. Arrighetti, *Epicuro. Opere*, n° 40-133, pour l'ensemble des fragments conservés des *Lettres*, fort nombreuses.

2. Diogène Laërce, avec les trois lettres qu'il s'apprête à citer et les *Maximes capitales*, va livrer un ensemble qu'il juge complet. Cette reproduction intégrale est sans équivalent dans l'ensemble de l'ouvrage.

3. C'est, pour R. Goulet, une nouvelle allusion à une collection d'apophtegmes (ἀνεφθέγχθαι) qui n'a finalement pas été incorporée. Sur ce point, M. Patillon me suggère que les deux séries ont pu être mêlées, étant donné le caractère linguistiquement assez disparate des maximes.

4. Resurgit ici le mystérieux destinataire des *Vies* ; cf. III 47.

5. κἀμὲ κρίνειν εἰδέναι, leçon de FP[pc]. J'interprète la formule en un sens pédagogique : D. L. donne à son destinataire les moyens de connaître entièrement Épicure, et ainsi se donne les moyens de contrôler ce savoir.

6. J'adopte le texte de P[ac], τῆς περὶ φύσεως θεωρίας πᾶσαν (sous-entendu τὴν πραγματείαν). Il est à noter que l'expression ἡ περὶ φύσεως θεωρία se retrouve textuellement dans la *L. à Hér.*, 35.

damentaux[1]. L'éthique contient ce qui a trait au choix et au refus ; on la trouve dans les livres *Sur les modes de vie*, dans les *Lettres* ainsi que dans le traité *Sur la fin*. Les Épicuriens ont cependant l'habitude de classer la canonique avec la physique : pour nommer la première, ils disent « sur le critère et le principe », et « qui traite des éléments fondamentaux » ; pour la physique, ils disent « sur la génération et la corruption », et « sur la nature » ; pour l'éthique, ils disent « sur ce qui est à choisir et à refuser », et « sur les modes de vie et la fin »[2].
31 Ils repoussent la dialectique, la jugeant superflue ; selon eux, il suffit en effet que les physiciens s'avancent en s'appuyant sur les sons qui se rapportent aux choses[3].

Canonique

C'est pourquoi, dans le *Canon*, Épicure dit que[4] les critères de la vérité sont les sensations et prénotions[5], et les affections. Mais les Épicuriens disent qu'il y a aussi les appréhensions imaginatives de la pensée ; et lui en parle aussi bien dans le résumé destiné à Hérodote

1. κατὰ στοιχεῖον, que je prends au sens du κατεστοιχειωμένον de la *Lettre à Hérodote* 35 (cf. aussi § 36, στοιχειώματα).

2. S'appuyant sur les formules mêmes des Épicuriens, D. L. cherche à montrer la pertinence de la division de la philosophie en canonique, physique, éthique. Cela donne à penser que cette structure tripartite ne se présentait pas de manière aussi rigide, du moins pour Épicure. Les exigences d'un enseignement scolaire ont pu favoriser cette façon « normalisée » de décrire la philosophie épicurienne, mais c'est sans doute la transmission doxographique qui a dû le plus fortement contribuer à la tripartition de la philosophie épicurienne, les épicuriens ne paraissant pas pour leur part réellement distinguer la canonique et la physique (voir le début de la phrase).

3. Voir *Lettre à Hérodote* 37-38 ; ce passage aide à comprendre la force du précepte évoqué ici : les sons correspondent à des notions premières. C'est jusqu'à elles qu'il faut se mettre en mesure de remonter. Épicure cherche en effet à éliminer les erreurs dues au langage (ambiguïté, raffinements de vocabulaire vides de sens, et finalement opinions erronées) ; ce travail de simplification nous met à pied d'œuvre pour penser la nature des choses.

4. λέγων ἐστὶν ὁ 'Επίκουρος de FP^{pc} retenu par Long n'est pas très satisfaisant ; l'on peut corriger le simple ἐστιν de BP^{ac}, en λέγει.

5. « sensations et prénotions » : il ne paraît pas légitime de corriger les mss., en rajoutant un article supposé manquant devant προλήψεις : les prénotions sont intimement liées aux sensations, *du point de vue même de la canonique*, et ne sont donc pas un critère indépendant. Cf. plus loin sur la prénotion, § 33.

que dans les *Maximes Capitales*[1]. « Toute sensation, dit-il[2], est dénuée de raison et totalement dépourvue de mémoire ; en effet, elle n'est pas mue par cette dernière[3], et lorsque quelque autre chose la meut, elle n'est pas capable d'y ajouter ou d'en retrancher quoi que ce soit[4]. **32** Et il n'est rien qui puisse réfuter les sensations. Car une sensation de même genre ne réfutera pas une autre sensation de même genre, en raison de leur force égale, ni une sensation d'un autre genre ne réfutera une deuxième d'un autre genre, car elles ne distinguent pas les mêmes choses, et la raison certes non plus, car toute raison est suspendue aux sensations, ni l'une ne réfutera l'autre, car c'est vers toutes que nous sommes tendus[5]. Que les impressions sensibles[6] existent accrédite la vérité des sensations ; car pour nous le fait de voir et d'entendre existe de la même manière que le fait de souffrir. »

1. Nous n'avons en fait dans la *Lettre à Hérodote* qu'une partie de l'expression (φανταστικὴ ἐπιβολή, § 50 et 51) ; en revanche l'expression complète φανταστικὴ ἐπιβολὴ τῆς διανοίας figure effectivement dans la *M. C.* XXIV.

2. L'on a certainement là une citation du *Canon*, qui va soit jusqu'à la fin du § 32 (ainsi Usener, Long, Gigante), soit s'arrête sensiblement avant, selon le découpage que j'adopte avec Laks, *Vie d'Épicure*, p. 29, et n. 17, p. 105-106. Sur l'argumentation concernant la vérité de la sensation, cf. mon comm. *in Épicure*, p. 33-36.

3. La sensation a lieu dans l'instantané : elle est à ce titre sans mémoire par elle-même, et par voie de conséquence elle ne peut être mise en branle non plus par la faculté de remémoration, comme ce sera au contraire le cas de la prénotion.

4. En dépit du plaidoyer de Laks (cf. *Vie d'Épicure*, n. 18, p. 106-107), il n'est pas possible de maintenir la leçon manuscrite ἀδυνατεῖ, qui s'explique par dittographie (…σαα δυν…). Ce dernier membre de phrase explicite le fait que la sensation soit dépourvue de raison : à ce titre, la sensation ne peut ni ajouter ni retrancher quoi que ce soit à ce qu'elle perçoit, ce que confirme l'observation du fait de la sensation. Cet extrême dépouillement de la sensation est, notons-le bien, également sa force, car la sensation restitue par là très exactement ce qui l'affecte, ni plus ni moins.

5. Cf. *M. C.* XXIII et XXIV, et mon comm. dans *Épicure*, p. 34-35.

6. Comme l'indique Aétius (IV 8, 2), le terme ἐπαίσθημα renvoie, par rapport à αἴσθησις, à la sensation en acte. Il est expliqué ici que la sensation est une donnée aussi intime que l'affection ; on ne peut la récuser qu'arbitrairement.

De là vient que même les réalités inévidentes sont à rendre manifestes[1] à partir de ce qui apparaît; de fait, toutes les pensées supplémentaires[2] tirent leur origine des sensations, aussi bien par la rencontre, l'analogie, la ressemblance, la composition, ce à quoi le raisonnement apporte aussi sa contribution; et les images mentales[3] des fous et celles qui surviennent dans les rêves sont vraies, car elles meuvent. Mais ce qui n'est pas ne meut pas.

33 Quant à la prénotion[4], ils disent qu'elle est comme une perception[5], ou une opinion droite, ou une notion, ou une conception générale[6] que nous avons en réserve en nous, c'est-à-dire la mémoire

---

1. L'expression traduit le verbe σημειοῦσθαι, que l'on rend couramment par le commode « inférer ». Mais cette traduction fait en particulier disparaître la racine verbale, essentielle dans le contexte épicurien pour saisir la nature de cette opération mentale: il s'agit de faire signifier l'invisible par des signes cherchés dans ses manifestations phénoménales.

2. ἐπίνοιαι. Ce sont des pensées supplémentaires par rapport à ce que nous livrent les sens. Le problème est donc de parvenir à comprendre comment l'on connaît l'*adèlon*. Cette connaissance aura lieu, pour autant que l'inévident est connaissable, c'est-à-dire pour autant qu'il est possible, à partir de la sensation qui donne immédiatement accès à l'évident, d'accéder à ce qui n'est pas l'objet d'une saisie sensible immédiate. Pour cela, divers procédés, irréductibles à la stricte saisie sensible, sont mis en jeu; ils sont ici énumérés. Il faut noter que la présentation en VII 52-53, de l'origine des concepts selon les Stoïciens, est très proche de ce que l'on peut lire ici.

3. D. Sedley (*The Hellenistic Philosophers,* II, p. 85) fait remarquer que φάντασμα est employé ici dans le sens (stoïcien) de « figment », et non pas d'« impression » en général; Épicure n'est donc pas cité textuellement. Il est vrai que dans la *L. à Hér.* 51, c'est par le terme de φαντασμός qu'Épicure évoque les images des rêves, et toutes celles qui ne sont pas l'effet d'une vision présente. On notera toutefois que dans *L. à Hér.* 75, il utilise φάντασμα pour désigner les représentations mentales, et non φαντασία. La valeur du terme à cet endroit n'est pas très éloignée de celle que l'on rencontre ici.

4. Le terme de πρόληψις est un néologisme d'Épicure, dont « prénotion » (latin *praenotio*) est un équivalent imparfait. « Anticipation » (lat. *anticipatio*) est parfois retenu; l'on peut encore préférer transporter le néologisme dans notre langue, et parler ainsi de « prolepse ».

5. Une perception non sensible. κατάληψις, notion plutôt stoïcienne, pourrait aussi être rendu par « appréhension »; cf. *SVF* I 20 pour Zénon et II 30.

6. καθολικὴν νόησιν, qu'il me paraît trompeur de traduire par « notion (ou idée) universelle », car d'une part nous avons ici le substantif actif νόησις, d'autre part il n'y a pas à proprement parler de théorie de l'universel chez Épicure. Il ne me semble pas impossible qu'à partir d'ici jusqu'à « Les prénotions sont donc

de ce qui nous est souvent apparu en provenance du dehors, par exemple quand on dit que « telle sorte de chose est un homme ». En effet, en même temps que l'on prononce « homme », aussitôt par la prénotion on pense à une image[1] de l'homme, du fait que les sensations précèdent. Et donc pour tout nom, ce qui en premier est mis à ses côtés[2] est clair. Et nous n'aurions pas entrepris de chercher ce que nous recherchons, si nous ne l'avions pas connu auparavant, comme lorsqu'on dit : « Ce qui se trouve là-bas est un cheval ou un bœuf » ; car il faut par la prénotion avoir connu[3] un jour la forme du cheval et du bœuf. Et nous n'aurions pas non plus donné un nom à quelque chose si auparavant nous n'avions pas connu son image par la prénotion. Les prénotions sont donc claires.

Et ce à quoi l'on opine est suspendu à une évidence antérieure, à quoi nous nous référons en parlant, pour dire par exemple : d'où savons-nous que ceci est un homme ? **34** Quant à l'opinion, ils l'appellent aussi supposition[4], et ils disent qu'elle peut être vraie et fausse. Si elle est confirmée, ou si elle n'est pas infirmée, elle est vraie ; mais si elle n'est pas confirmée, ou si elle est infirmée, elle se

claires » nous ayons à nouveau une citation du *Canon* (noter ensuite l'usage récurrent du « nous », et surtout la formule : « Et nous n'aurions pas entrepris de chercher ce que nous recherchons… »).

1. C'est le terme de τύπος qui est ici employé pour désigner cette image générale – une image « typique » donc, qui s'est formée dans la récurrence des sensations et fournit son contenu à la prénotion.

2. ἐπιτεταγμένον des mss., le plus souvent (Laks fait exception) corrigé en ὑποτεταγμένον depuis Gassendi, qui faisait le rapprochement avec *L. à Hérod.* 37. Mais il est difficile de décider si dans ce dernier passage il est question de la prénotion (cf. E. Asmis, *Epicurus' Scientific Method*, Ithaca N.Y. 1984, p. 22 n. 4) ; indubitablement, il s'agit d'abord de penser la signification du nom. Ici en revanche, il est plus centralement question de la prénotion, dont la liaison première avec le nom (ἐπιτεταγμένον, « ce que l'on range à côté ») est signalée, pour éviter toute méprise sur les arguments développés (risque de confusion prénotion et mot). Bref, la correction est abusivement simplificatrice.

3. Le commentaire étymologise la πρόληψις : εἰ μὴ πρότερον ἐγνώκειμεν αὐτό, « si nous ne l'avions pas connu auparavant », une ligne au-dessus, s'explique en fait ici par κατὰ πρόληψιν ἐγνωκέναι.

4. ὑπόληψιν. On songe à ce passage du *De anima* (III 3, 427 b 24-26), où Aristote faisait de l'ὑπόληψις, qui est à entendre au sens le plus général de croyance, c'est-à-dire de « tenir pour vrai », le genre dont la δόξα était une espèce.

trouve être fausse ; c'est ce qui explique qu'a été introduit « ce qui est attendu »[1] ; par exemple on attend, on se rapproche de la tour et on découvre comment elle apparaît de près.

Ils disent qu'il y a deux types d'affection, le plaisir et la douleur, qui se trouvent en tout être vivant; l'une est appropriée, l'autre est altérante[2], et c'est par elles que nous décidons de nos choix et nos refus. Et parmi les recherches, les unes portent sur les choses, les autres se rapportent simplement au son vocal[3]. Voilà ce qu'on peut dire de la division et du critère, pour ce qui est des éléments fondamentaux.

Mais il faut passer à la lettre[4].

Lettre à Hérodote

« Épicure à Hérodote, salut.

35 A l'intention de ceux qui ne peuvent pas, Hérodote, étudier précisément et dans le détail mes écrits sur la nature, ni même examiner les plus importants des livres que j'ai composés, pour eux[5] j'ai préparé un résumé de la doctrine complète, destiné à leur faire garder suffisamment en mémoire les opinions les plus générales, afin qu'en chaque occasion, sur les questions capitales, ils puissent se venir en aide à eux-mêmes, pour autant qu'ils s'appliquent à l'observation de la nature. Et même ceux qui ont suffisamment progressé

---

1. J'adopte, comme Long-Sedley (*The Hellenistic Philosophers,* II, 18 B, p. 94), <τὸ> προσμενό<μενο>ν (je rectifie l'erreur dans la position du deuxième crochet oblique), d'après la *M. C.* XXIV (leçon de BP ; cf. *The Hellenistic Philosophers,* II, 17 B, p. 91).

2. Tandis que le plaisir est une affection qui indique la bonne disposition, la disposition favorable du corps, la douleur inversement indique soit un manque dans le corps, soit une lésion, une maladie. Je n'adopte pas la traduction courante d'ἀλλότριον par « étrangère », car elle ne veut pas dire grand-chose : en tant qu'on l'éprouve, la douleur ne nous est pas étrangère. ἀλλότριον étant l'antonyme d'οἰκεῖον, je crois plus juste de le traduire par « altérante », adjectif à peu près sorti de la langue en français, mais qu'il me semble pertinent d'utiliser ici : la douleur altère, en tant qu'elle est signe d'une altération.

3. Cf. le premier précepte méthodologique de *L. à Hér.* 37.

4. Qu'il avait déjà annoncée au § 29.

5. αὐτοῖς mss.

dans la considération de l'ensemble[1] doivent garder dans leur mémoire l'esquisse, présentée selon les principes élémentaires, de la doctrine complète ; en effet, nous avons fortement[2] besoin d'une appréhension pleine[3], et pas de la même façon d'une appréhension du détail. **36** Il faut donc continuellement aller vers cela, il faut produire dans sa mémoire[4] seulement ce grâce à quoi l'on fera porter l'appréhension capitale sur les réalités, et de fait, l'on découvrira aussi toutes les précisions de détail, dès lors que les esquisses les plus générales auront été bien embrassées et remémorées ; car même pour celui qui est parfaitement formé, la condition majeure de toute connaissance précise consiste à pouvoir faire usage des appréhensions avec acuité[5], en ramenant chaque chose à des éléments et à des formules simples. En effet, il n'est pas possible de procéder[6], dans toute sa densité, au parcours continu des éléments généraux, si l'on n'est pas capable, en s'aidant de brèves formules, d'embrasser en soi-même tout ce qui a pu être connu avec précision, jusque dans le

---

1. En évoquant « l'ensemble », τὰ ὅλα, Épicure ne fait pas l'apologie d'une connaissance systématisante, totalisante, pas plus qu'il n'évalue les individus en fonction de leur connaissance de ses écrits ; ce qui importe d'abord est leur maîtrise d'un savoir d'ensemble, général, dont l'efficience est vérifiée par sa capacité à couvrir le plus grand nombre de situations (touchant les « questions capitales »), sinon toutes. On ne trouvera pas dans l'épicurisme de théorie de l'universel (καθόλου), à la façon d'Aristote : une notion (prénotion) peut prétendre à une généralité en vertu de son mode même de constitution (à partir de la répétition des sensations), et le raisonnement porte sur les notions générales, qu'il articule ; il a donc en vue ici l'ensemble qui donne accès au « général », par opposition au « particulier ». C'est vers le plus général que le philosophe doit aller – c'est donc de lui que le résumé doit partir, comme on va le vérifier dès le § 38.

2. Ce sens intensif de πυκνόν englobe la valeur temporelle, « fréquemment », qu'on lui donne souvent, mais qui ne fait qu'en dériver (cf. le statut du temps selon Épicure, *infra* §§ 72-73).

3. ἀθρόας : pleine, et par là même, globale.

4. ἐν τῇ μνήμῃ, mss.

5. Après la valeur générale du savoir, l'insistance d'Épicure porte avant tout sur la précision de la connaissance, selon le rapport du plus plein au particulier ; c'est pourquoi il faut une appréhension perçue par l'esprit avec acuité (correctement analysée), comme l'on peut dire d'un regard qu'il est meilleur lorsqu'il est aigu (cf. en ce sens, Platon, *République*, 567 b).

6. Je conserve le εἶναι des mss.

détail. **37** C'est pourquoi, étant donné qu'une telle voie est utile à tous ceux qui sont familiers de l'étude de la nature[1], moi qui, en prescrivant l'activité continue dans l'étude de la nature, introduis principalement par là la paix dans la vie, j'ai écrit pour toi un résumé de ce genre, une présentation selon leur forme élémentaire des opinions de portée générale.

Pour commencer, Hérodote, il faut saisir ce qui est placé sous les sons vocaux, afin qu'en nous y rapportant nous soyons en mesure d'introduire des distinctions dans ce qui est matière à opinion – que cela suscite une recherche ou soulève une difficulté –, et pour éviter que tout ne reste pour nous sans distinction dans des démonstrations que nous mènerions à l'infini, ou bien que nous n'ayons que des sons vocaux vides. **38** Car il est nécessaire que, pour chaque son vocal, la notion première soit vue et n'ait nullement besoin de démonstration, si nous devons bien posséder l'élément auquel rapporter ce qui suscite une recherche ou soulève une difficulté, et qui est matière à opinion.

Ensuite[2], il faut observer toutes choses suivant[3] les sensations, et en général suivant les appréhensions présentes, tant celles de la pensée que celles de n'importe quel critère, et de la même façon les affections existantes, afin que nous soyons en possession de ce par quoi nous rendrons manifeste ce qui attend confirmation ainsi que l'inévident[4].

Une fois que l'on a distinctement saisi cela, on doit dès lors avoir une vision d'ensemble sur les réalités inévidentes.

---

1. φυσιολογία. Épicure ne parle pas de « (science) physique » ; par-delà les écoles de Platon et d'Aristote, celui qui a aussi écrit un ouvrage *Contre les physiciens* semble ainsi vouloir se rattacher à une autre tradition, celle de Démocrite (cf. J.-F. Balaudé, *Épicure*, p. 13-15). De fait, le maître honni, Nausiphane (cf. J-F. Balaudé, *Épicure*, p. 16-18), revendiquait aussi pour lui-même la pratique d'une *phusiologia* (cf. B 2 DK).

2. εἶτα Gassendi.

3. Pour ne pas corriger le texte, il faut supposer que ce κατὰ régit à distance trois compléments, qui sont donc τὰς αἰσθήσεις, τὰς παρούσας ἐπιϐολάς, τὰ ὑπάρχοντα πάθη.

4. Traduction pour ἄδηλον, de préférence à « invisible », car Épicure emploie aussi ἀόρατον. ἄδηλον s'oppose à ἐναργές.

D'abord[1], rien ne devient à partir de ce qui n'est pas; en effet, tout deviendrait à partir de tout, sans aucun besoin d'une semence. **39** Et si ce qui disparaît était détruit et allait dans le non-être, toutes choses auraient péri, puisque ce en quoi elles se sont dissoutes ne serait pas.

En outre[2], le tout a toujours été tel qu'il est maintenant, et tel il sera toujours; car il n'y a rien vers quoi il aille changer[3]; car aussi[4], aux côtés du tout, il n'y a rien qui puisse entrer en lui et le changer.

Mais aussi[5], le tout est <tout ce qui est>[6]; car, que les corps soient, c'est ce qu'atteste en toute occasion la sensation même, qu'il

---

1. Premier axiome, montrant que seul l'être est, à l'exclusion du non-être.

2. Deuxième axiome, montrant que rien n'est en dehors du tout, lequel est identique à lui-même.

3. Comme le suggèrent Long et Sedley, le sens de μεταβάλλει ici peut se développer ainsi: « il n'y a rien en quoi il passe et en conséquence change » (cf. *The Hellenistic Philosophers,* I, p. 27, et II, p. 18).

4. Le deuxième « car » (γάρ), qui est explicatif, comme le précédent, de la première proposition (cf. de même *infra,* § 45, et sur les γάρ coordonnés, Denniston, *Greek particles,* p. 64-65), introduit cette fois l'hypothèse inverse de celle qui précède; cf. la démonstration de ce point par J. Brunschwig, dans « L'argument d'Épicure sur l'immutabilité du tout ».

5. SCHOLIE : « Il dit cela également dans le *Grand Résumé*, au début, et dans le premier livre *Sur la nature.* » Nous avons là le troisième axiome, montrant que le tout est, c'est-à-dire est ce qui est, tout ce qui est. Cf. note suiv.

6. τὸ πᾶν ἐστι <πᾶν ὅ ἐστι>. Bollack-Wismann ont eu le mérite de remettre en question l'évidence de l'addition de Gassendi <σώματα καὶ κενόν>, après τὸ πᾶν ἐστι. Je les ai suivis dans mon *Épicure,* p. 67 et 154, considérant que « le tout est » peut être vu à bon droit comme la stricte résultante des deux axiomes précédents concernant respectivement l'être et le tout. Il me semble que cela reste la direction d'interprétation à suivre, car ce qui est à montrer, c'est d'abord que le tout et l'être s'équivalent parfaitement. Cela étant, la formule des mss. reste bien abrupte, c'est pourquoi je suis tenté aujourd'hui de supposer une lacune telle que <πᾶν ὅ ἐστι>, qui pourrait s'expliquer par haplographie. Par là, l'argumentation se comprend nettement mieux qu'avec l'addition traditionnelle. En effet, la justification de cette équivalence conduit à établir les deux principes réels, complets, de la physique : 1. le vide, comme corrélat nécessaire des corps en mouvement, 2. les atomes, comme seul moyen de penser avec cohérence le devenir des corps. Cette déduction des principes fondamentaux obéit parfaitement, remarquons-le, au principe méthodologique précédemment mis en avant, puisque l'on part effectivement du plus général, tout en s'appuyant simultanément sur les données immédiates des sens (les corps et leurs mouvements), et en procédant déductivement à partir de ces données. Bref, il s'agit de montrer

est nécessaire de suivre pour conjecturer, avec l'aide du raisonnement, l'inévident, comme je l'ai dit auparavant[1]. **40** Et si n'existait pas ce que nous appelons vide, espace et nature intangible, les corps n'auraient pas d'endroit où être ni à travers quoi se mouvoir, comme manifestement ils se meuvent. Mais en dehors de ces natures, on ne peut rien parvenir à penser, par une connaissance qui embrasse[2] ou par analogie avec les choses que la connaissance embrasse, tel que cela soit pris comme des natures complètes[3] et non comme ce que l'on nomme accidents ou caractères[4], concomitants de ces natures.

En outre[5], parmi les corps, les uns sont des composés, les autres ce avec quoi les composés sont faits; **41** ces corps-ci sont insécables et immuables, s'il est vrai que toutes choses ne sont pas destinées à se détruire dans le non-être; au contraire ils ont la force de subsister dans les dissolutions des composés, étant pleins par leur nature, n'ayant rien par où ni par quoi ils pourraient être dissous. De sorte

---

d'abord que le tout qui est, est corps et vide, en déduisant l'être du vide, puis celui des atomes, et non pas simplement et directement que le tout est corps et vide. Deux rapprochements très éclairants sont à mon sens un passage de l'*Adv. Col.* de Plutarque, où Colotès est cité : « Épicure est un meilleur philosophe que Platon en ce qu'il appelle semblablement toutes choses "êtres" (πάντα ὁμοίως ὄντα προσαγορεύει), le vide intangible, le corps résistant, les principes, les composés, ...» (1116 d ; je traduis), et un passage de la *Métaphysique* de Théophraste, expliquant de manière critique : « Quant à ceux qui poussent le paradoxe encore plus loin, ils vont jusqu'à compter dans la nature du tout aussi ce qui n'est pas ni n'a été ni ne sera » (18, 8 b 6-8, trad. Laks-Most). On peut penser que Démocrite est visé par Théophraste, et c'est bien de Démocrite qu'Épicure se démarque ici.

1. C'est le contenu du deuxième précepte, exposé au § 38.

2. περιληπτῶς BPF. Cette forme de connaissance embrassante, synthétique, consiste en une perception complète de la chose, et n'est pas limitée à l'appréhension sensible.

3. καθ' ὅλας φύσεις : c'est à partir des « natures complètes » que le tout (τὸ πᾶν) est constitué.

4. J'ai introduit « caractère » pour servir de support en français au substantif neutre que l'adjectif « concomitant » me semblait rendre le mieux. Ainsi se trouve évitée la traditionnelle mais insatisfaisante traduction par « propriété ».

5. SCHOLIE : « Il dit cela aussi dans le premier livre *Sur la nature*, et dans les livres XIV et XV, ainsi que dans le *Grand Résumé*. »

que les principes sont nécessairement les natures corporelles insécables[1].

Mais aussi, le tout est illimité. Car ce qui est limité a une extrémité; mais l'extrémité est observée à côté d'autre chose; de sorte que, n'ayant pas d'extrémité, il[2] n'a pas de limite; et n'ayant pas de limite, il sera illimité et non limité.

En outre, illimité est le tout à la fois par le nombre des corps et par la grandeur du vide. **42** Car si le vide était illimité, mais les corps en nombre fini, les corps ne demeureraient nulle part, mais ils seraient emportés et dispersés à travers le vide illimité, n'ayant rien pour les soutenir et les renvoyer dans les heurts[3]; et si le vide était fini, les corps en nombre illimité n'auraient pas de lieu où prendre place[4].

Outre cela, les corps insécables et pleins, à partir desquels les composés se constituent et dans lesquels ils se dissolvent, présentent des différences de formes que l'esprit ne peut embrasser; car il n'est pas possible que tant de différences naissent d'un nombre de formes identiques, que l'on embrasserait. Et pour chaque configuration, les atomes semblables sont en nombre absolument illimité, mais du point de vue des différences ils ne sont pas absolument illimités mais seulement ne peuvent pas être embrassés, **43**[5] si l'on ne veut pas, pour les grandeurs aussi, les renvoyer dans l'absolument illimité.

Les atomes ont un mouvement continu[6] perpétuel, et certains s'éloignent à une grande distance les uns des autres, tandis que d'au-

---

1. ἀτόμους - σωμάτων φύσεις : ce sont les atomes. L'analyse de la constitution du tout a atteint sa précision maximale : non seulement on peut dire que le tout est constitué de corps (< sensation) et de vide (< déduction), mais les corps véritablement constitutifs du tout sont de nature insécable – les atomes.

2. Le tout.

3. C'est là le double mouvement, heurt et renvoi, qui va expliquer la « vibration », dont il sera question au paragraphe suivant.

4. La démonstration se fait *a contrario*, par l'établissement de l'impossibilité des hypothèses contraires.

5. SCHOLIE : « Car il dit plus bas que l'on ne peut mener une division illimitée ; il dit cela, étant donné que les qualités changent. » Sur la question de la division, cf. § 56-58.

6. SCHOLIE : « Il dit plus bas qu'ils se meuvent à vitesse égale, car le vide offre semblablement un passage direct (ἴξιν B) au plus léger comme au plus lourd. » Le renvoi du scholiaste est aux § 61-62.

tres gardent leur vibration sur place[1], lorsqu'ils se trouvent détournés[2] dans un enchevêtrement, ou sont recouverts par des atomes enchevêtrés. **44** En effet, c'est la nature du vide qui, délimitant chaque atome en lui-même, conduit à cela, puisqu'elle n'est pas capable de fournir un soutien; et en même temps la solidité qu'ils ont, produit dans l'entre-choc la vibration en retour, dans la mesure où l'enchevêtrement autorise le retour à la situation initiale, à la suite de l'entre-choc. Et il n'y a pas de commencement à ces mouvements, puisqu'en sont causes[3] les atomes, et le vide[4]. **45** Une formule de cette force[5], si l'on se souvient de tous les points abordés, livre l'esquisse suffisante d'une réflexion appliquée à la nature de ce qui est[6].

Mais aussi, les mondes sont en nombre illimité, les semblables à celui-ci comme les[7] dissemblables. En effet, comme les atomes sont en nombre illimité, ainsi qu'il a été démontré à l'instant, ils sont emportés au plus loin; car les atomes, tels qu'on les décrit, dont pourrait naître un monde, ou par lesquels il pourrait être produit, ne sont pas épuisés en un seul monde, ou en un nombre limité de mondes, ni dans tous ceux qui sont tels que celui-ci, ni dans tous ceux qui en sont différents. Si bien que rien ne s'oppose au nombre illimité des mondes.

---

1. J'adopte le αὐτοῦ proposé par Brieger.
2. κεκλιμέναι des mss., qui donne un sens acceptable. Avec le κεκλειμέναι proposé par Brieger et généralement retenu, le sens est alors: « lorsqu'ils sont enfermés... ».
3. αἰτίων mss.
4. SCHOLIE : « Il dit plus bas que les atomes n'ont pas d'autre qualité que la forme, la grandeur et le poids; quant à la couleur, il dit dans ses *Douze Présentations élémentaires* qu'elle change selon la position des atomes. Et il dit que l'on ne trouve pas toute grandeur en eux ; ce qui est certain, c'est qu'on ne peut avoir une vision sensible de l'atome. »
5. A savoir la formule précédente, dont l'extrême densité livre l'essentiel : mouvement, absence de commencement, atomes, vide, à condition évidemment que l'on puisse correctement remobiliser les réflexions précédentes.
6. Je ne retiens pas l'addition <ταῖς περὶ>, et adopte τῆς τῶν ὄντων φύσεως ἐπινοίας.
7. καὶ οἱ P.

46 En outre, il y a des répliques[1] de même forme que les solides, qui, par leur finesse, sont fort éloignées de ce qui apparaît. Il n'est pas impossible en effet que se produisent de tels détachements dans l'enveloppe [des solides], ni que s'y trouvent les dispositions propres à élaborer la concavité et la finesse, ni que des effluves conservent avec précision la position et la situation successives qu'ils avaient sur les solides. Ces répliques, nous les appelons des simulacres.

En outre, le mouvement à travers le vide, lorsqu'il se produit sans aucune rencontre de corps qui le heurtent[2], franchit toute grandeur que l'on peut embrasser, en un temps inconcevable. Le heurt et l'absence de heurt sont en effet assimilables à la lenteur et à la vitesse[3].

47 Certes, ce n'est pas non plus en même temps, suivant les durées qu'observe la raison, que le corps mû lui-même[4] arrive en plusieurs endroits – car cela est impensable – et ce, alors que ce corps arrive en même temps que d'autres dans le temps sensible, d'où qu'il se soit détaché dans l'illimité, pas même du lieu à partir duquel nous puissions embrasser son mouvement[5]. En effet, on peut l'assimiler à un heurt, même si, jusqu'au point que nous avons atteint, nous admettons que la vitesse du mouvement peut être assimilée à l'absence de heurt[6]. Il est également utile de retenir cet élément-là.

Ensuite, que les simulacres soient d'une finesse insurpassable, aucun témoignage appuyé sur ce qui apparaît ne l'infirme; d'où aussi le fait qu'ils aient des vitesses insurpassables, car ils ont tous un passage adapté[7], outre que rien ne provoque de heurt, ou très peu,

1. C'est le terme de τύπος, qui est apparu au début de la *Lettre* avec le sens différent d'« esquisse » (§§ 35-36).

2. τῶν ἀντικοψάντων mss.

3. Ce développement a valeur générale, mais on ne doit pas oublier qu'il est appliqué spécifiquement aux simulacres. 1. Les simulacres vont donc extrêmement vite, mais, 2. comme la suite le montre, ils ont une vitesse finie que saisit la raison.

4. Formule là encore de portée générale, mais qui vaut ici pour le simulacre.

5. Cf. Introduction au livre X, p. 1181-1182.

6. J'adopte l'aménagement de Sedley, ἀντικοπῇ ὄν.

7. Le passage proportionné peut être spécialement celui qui, dans le corps, et plus précisément à la surface du corps, leur permet de s'échapper (cf. Lucrèce, IV 143-175, et surtout, 157-160), ou plus largement le passage qu'ils trouvent partout en raison de leur taille.

avec un nombre illimité[1] d'entre eux, tandis que pour un grand nombre et même un nombre illimité d'atomes[2], quelque chose provoque instantanément le heurt.

48 Outre cela, rien n'infirme que la production des simulacres a lieu aussi vite que la pensée. D'abord en effet, l'écoulement qui part de la surface des corps est continu – il n'est pas rendu manifeste par la diminution en raison du remplissement compensatoire – et maintient la position et l'ordre qui étaient ceux des atomes à la surface du solide pendant longtemps, même si parfois il se répand en désordre; et aussi de rapides assemblages se forment sur l'enveloppe, parce qu'il n'est pas nécessaire que le remplissement se fasse en profondeur; et il existe encore d'autres modes d'engendrement concernant de telles natures. Rien de tout cela n'est infirmé par les sensations, si[3] l'on considère de quelle manière l'on rapportera les forces agissantes[4] des réalités extérieures à nous, afin de rapporter aussi les co-affections[5].

49 Et il faut aussi considérer que nous voyons les formes et les discernons par la pensée lorsque, depuis les réalités extérieures, quelque chose s'introduit en nous ; car leur nature propre, aussi bien celle de leur couleur que celle de leur forme, les réalités extérieures ne sauraient l'imprimer par le moyen de l'air, intermédiaire entre elles et nous, ni par des rayons lumineux ou des écoulements, quels qu'ils soient, allant de nous à elles[6], comme c'est bien le cas lorsque,

---

1. J'adopte πρὸς τῷ ἀπείροις proposé par Sedley, en symétrie avec la suite de la phrase.

2. L'opposition est entre les simulacres faits d'atomes très fins, et les atomes en général, dont certains, proportionnellement aux premiers, sont très gros. Pour les atomes en général, les différences de forme vont devenir des différences de poids et de vitesse, en se composant.

3. Je retiens pour la fin de la phrase le texte suivant : ἂν βλέπῃ τις τίνα τρόπον τὰς ἐνεργείας, ἵνα καὶ τὰς συμπαθείας, ἀπὸ τῶν ἔξωθεν πρὸς ἡμᾶς ἀνοίσει.

4. A l'ἐνεργείας des mss., adopté ici, on préfère en général (à l'exception de Bollack-Wismann) le ἐναργείας proposé par Gassendi, paléographiquement fort plausible.

5. Je place entre virgules ἵνα καὶ τὰς συμπαθείας.

6. M. Patillon me suggère une autre construction, avec un génitif absolu : « si la couleur ou la forme nous étaient présentes par le moyen de l'air, intermédiaire entre elles et nous, ou celui des rayons lumineux ou des écoulements,

depuis les réalités, des répliques s'introduisent en nous, de même couleur et de même forme, en fonction de l'adaptation de leur taille à la vue ou à la pensée, avec leurs mouvements rapides; **50** ensuite, pour cette raison, ce qui est un et continu[1] restitue[2] l'image, et conserve[3] la co-affection à distance du substrat, par la pression proportionnée qui vient de lui, et qui résulte de la vibration profonde des atomes dans le solide. Et l'image, que nous saisissons par une appréhension de la pensée ou par les organes des sens, soit de la forme soit de ses caractères concomitants, est cette forme du solide, qui se constitue selon la succession compacte du simulacre ou selon ce qui en reste[4].

Le faux et l'erreur tiennent à chaque fois dans le fait d'ajouter l'opinion que cela va être confirmé ou non infirmé[5], tandis qu'ensuite cela n'est pas confirmé, en raison d'un certain mouvement[6] en nous-mêmes lié à une appréhension imaginative[7], mais qui s'en distingue[8]; et par ce mouvement se produit le faux.

---

quels qu'ils soient, les réalités extérieures ne déposeraient pas en nous l'empreinte de leur nature, ... ».

1. Après l'explication du mode de transmission de l'image, on revient à l'unité du « quelque chose » entrant en nous qu'évoquait le début du § 49.

2. ἀποδιδόντος mss.

3. σῴζοντος mss.

4. « Simulacre » au singulier est entendu comme simulacre global du corps (composé d'un ensemble d'atomes); lorsque l'émission de ces simulacres est continue, il y a image, et c'est précisément ce que suggère l'expression « succession compacte ». « ce qui en reste » est aussi une difficulté: puisqu'il s'agit de l'image sensible, il doit être fait allusion à l'image diminuée, mais se rapportant à un solide présent, éventuellement déformée (par la distance, les conditions extérieures).

5. Je ne retiens pas les additions d'Usener, <ἐπὶ τοῦ προσμένοντος> ici, et <ἢ ἀντιμαρτυρουμένου> deux lignes plus bas.

6. En suivant les manuscrits, comme J. et M. Bollack, H. Wismann, (cf. *La Lettre d'Épicure*, p. 50), l'on traduirait: « en raison d'une certaine appréhension immobile »; mais cette détermination de la nature du faux reste sans parallèle. Le plus difficile est en fait d'admettre qu'Épicure ait pu parler d'une appréhension immobile, au sens d'une appréhension qui ne se produirait pas.

7. C'est de cette expression que les Épicuriens postérieurs ont fait un quatrième critère, selon Diogène Laërce (X 31).

8. Littéralement: « qui comporte une distinction » (διάληψιν δὲ ἔχουσαν). L'usage des substantifs abstraits est fréquent chez Épicure, et l'on peut tirer des § 57-58 l'équivalence des formules διαληπτόν et διάληψιν ἔχον. L'idée de ce

51 Car la ressemblance des phantasmes saisis comme des reproductions, qu'ils surgissent dans les rêves, ou selon d'autres appréhensions de la pensée, ou des autres critères, ne saurait exister pour ce que l'on dit être et être vrai, si n'avaient pas de réalité ces choses vers lesquelles nous lançons [le regard][1].

Mais l'erreur n'existerait pas, si nous n'avions également un autre mouvement en nous-mêmes qui, tout en étant lié[2], est distinct[3]; suivant ce mouvement[4], s'il n'y a pas confirmation, ou s'il y a infirmation, survient le faux; et s'il y a confirmation ou non-infirmation, survient le vrai. **52** Et il faut bien conserver cette opinion, afin que les critères conformes aux évidences ne soient pas détruits, et que l'erreur, affermie de semblable manière, n'introduise le trouble partout.

Mais aussi, l'audition provient d'un souffle[5] qui se transporte depuis ce qui parle, résonne, fait entendre un bruit ou affecte de quelque manière l'ouïe. Et cet écoulement[6] se répand en masses[7] ayant des parties semblables, qui conservent en même temps qu'une co-affection réciproque, une unité propre, s'étendant jusqu'à l'émetteur et produisant la sensation qui s'applique habituellement à ce dernier, et sinon rend seulement évidente sa provenance extérieure. **53** En effet, sans une certaine co-affection, qui ramène[8] à la source dont elle part, il n'y aurait pas de sensation telle qu'on l'éprouve. Il ne faut donc pas considérer que l'air lui-même est informé par la

---

passage délicat est donc que dans l'opinion qui s'ajoute à la sensation réside l'origine du faux et de l'erreur.

1. τινα καὶ ταῦτα πρὸς ἃ βάλλομεν mss.
2. Je ne retiens pas l'addition <τῇ φανταστικῇ ἐπιβολῇ>.
3. Le premier mouvement est celui par lequel nous appréhendons les réalités (cf. la phrase précéd. et la scholie dans la note suiv.).
4. Scholie : « lié à l'appréhension imaginative, et qui comporte une distinction ».
5. πνεύματος mss.
6. Épicure vient de parler d'un souffle, qui peut aussi bien être décrit en termes d'écoulement, comme le confirme, *infra* § 53, l'expression ῥεύματος πνευματώδους, « écoulement fait de souffles ».
7. Le terme d'ὄγκοι revient plusieurs fois dans la *Lettre*, et je suis contraint selon les contextes de le traduire soit par « masses » soit par « corpuscules ».
8. ἀναφερομένης ne me semble pouvoir avoir qu'un sens moyen. La co-affection du son nous atteint à partir de l'émetteur, et ramène à lui.

voix proférée ou par des sons du même genre – il s'en faut de beaucoup qu'il puisse subir cette transformation sous l'action de la voix – mais immédiatement, lorsque nous donnons de la voix, le choc qui survient en nous provoque une expression de masses propres à constituer un écoulement fait de souffles, et cette expression[1] provoque en nous l'affection auditive.

En outre, il faut considérer que l'odorat, comme c'est le cas pour l'ouïe, ne produirait aucune affection, si, depuis la chose, ne se détachaient des corpuscules, adaptés à cet organe sensible, à même de l'ébranler[2], les uns en le troublant et en l'altérant, les autres sans trouble et de manière appropriée.

54 En outre, il faut considérer que les atomes ne présentent aucune des qualités qui appartiennent à ce qui apparaît, hormis la forme, le poids, la grandeur, et tout ce qui est nécessairement et naturellement lié à la forme. Car toute qualité change; mais les atomes ne changent nullement, puisqu'il faut que quelque chose de solide et d'indissoluble subsiste dans la dissolution des composés, qui produira des changements non pas vers le non-être ni à partir du non-être, mais grâce à des déplacements dans de nombreux corps, et pour certains grâce à des apports et des retraits. D'où il est nécessaire que ce qui ne connaît pas de déplacement de position[3] soit incorruptible et n'ait pas la nature de ce qui change, mais qu'il ait des masses et des formes propres; en effet il est nécessaire aussi que cela subsiste. **55** De fait, dans ce qui près de nous change de configuration par l'érosion de la périphérie, on saisit que la forme est inhérente, alors que les qualités de ce qui change ne sont pas inhérentes (à la façon dont se maintient cette forme), mais périssent en quittant le corps tout entier. Ces éléments subsistants suffisent donc pour produire les différences des composés, puisqu'il est évidemment nécessaire

---

1. J'édite ἧ.

2. J'adopte le texte de BP, σύμμετροι πρὸς τοῦτο τὸ αἰσθητήριον κινεῖν, la *summetria* étant toujours entre une chose et une autre, et non entre une chose et une action. Comme le soulignaient Bollack-Wismann (*La lettre*, p. 203), κινεῖν est un infinitif à valeur consécutive qui dépend du groupe entier.

3. Je maintiens le μὴ des mss. avec Bollack-Wismann et Long-Sedley : μετατιθέμενα est à prendre comme un moyen. Les atomes se composent et se recomposent dans les corps, mais en eux-mêmes ils ne se modifient pas.

que certaines choses subsistent, et <ne> se détruisent <pas> en allant dans le non-être.

Pour autant, il ne faut pas considérer que toute grandeur se trouve dans les atomes, pour éviter que ce qui apparaît ne témoigne du contraire; mais il faut considérer qu'il y a des variations de grandeur[1]. Car, si l'on ajoute cette précision, on rendra mieux compte de ce qui a lieu d'après les affections et les sensations[2]. **56** En revanche, penser qu'il s'y trouve toute grandeur n'est d'aucune utilité pour expliquer les différences de qualité[3]: des atomes devraient parvenir jusqu'à nous, en étant visibles, or on n'observe pas que cela se produise, et l'on ne peut parvenir à penser comment un atome pourrait être visible.

En outre, il ne faut pas considérer que dans le corps fini se trouvent des corpuscules en nombre illimité ni de n'importe quelle taille. De sorte qu'il faut non seulement supprimer la division à l'infini vers le plus petit, afin de ne pas exténuer toutes choses et, quand nous embrassons des corps denses, de ne pas être contraints en comprimant les êtres de les consumer jusqu'au non-être, mais en outre il ne faut pas croire que le parcours, dans les corps finis, ait lieu à l'infini, ni <vers> le plus petit[4].

57 D'abord en effet, si l'on vient à affirmer que ces corpuscules sont en nombre illimité dans un corps quelconque, ou de n'importe quelle taille, il n'y a pas moyen de penser comment cela est possible: comment ce corps serait-il encore limité en grandeur ? Il est évident

---

1. Non pas d'un même atome bien sûr, il s'agit de variation de grandeur entre les atomes.

2. La phrase suivante explique *a contrario* pourquoi il faut s'en tenir à la simple idée de la variation de grandeur.

3. A partir de la forme et de la grandeur des atomes, on peut expliquer les différences de qualité sensible, comme Épicure le suggère depuis le début du § 54. Mais la diversité des tailles atomiques est limitée; les multiples combinaisons possibles (forme-taille) suffisent à rendre raison de toutes les différences qualitatives. En conséquence, faire l'hypothèse d'un nombre illimité de grandeurs atomiques, de ce point de vue, 1. est gratuit, sans utilité, 2. implique même une impossibilité (celle d'atomes visibles).

4. S'il est vrai que l'existence des atomes exclut la division de la matière à l'infini, on ne doit pas non plus penser que l'on puisse parcourir à l'infini un corps fini, puisqu'il est composé d'un nombre fini de parties ; la suite s'attache à le démontrer.

en effet que ces corpuscules en nombre illimité ont eux-mêmes une certaine taille; et la grandeur constituée par ces corpuscules[1], quelle que soit leur taille, sera aussi illimitée.

D'autre part, ce qui est limité a une extrémité que l'on peut distinguer, même si on ne peut l'observer en soi[2], et il n'est pas possible de ne pas penser comme tel ce qui la suit, et ainsi, suivant la succession, en allant de l'avant, il n'est pas possible d'arriver par la pensée, en suivant <ce qui est> tel, au résultat que l'illimité existe[3].

58 Enfin, il faut bien penser que ce qu'il y a de plus petit dans la sensation n'est pas semblable à ce qui peut être parcouru, et n'en est pas non plus totalement dissemblable, de telle sorte qu'il présente un caractère commun avec ce qui se laisse parcourir, bien qu'on ne distingue pas en lui de parties. Mais quand, en raison de la ressemblance que procure ce caractère commun, nous pensons distinguer quelque chose de lui, à savoir une partie antérieure, et une partie postérieure, nous parvenons nécessairement à l'égalité entre elles. Nous observons ces plus petits éléments les uns à la suite des autres, en commençant par le premier, sans qu'ils soient dans le même lieu, sans que par leurs parties ils touchent les autres parties, mais fournissant les mesures pour les grandeurs en ce qui fait leur caractère propre, un plus grand nombre dans une grandeur plus grande, un plus petit nombre dans une grandeur plus petite.

Il faut considérer que cette analogie vaut pour l'élément le plus petit dans l'atome. **59** En effet, il est évident que celui-ci diffère par la petitesse de ce qui est observé dans la sensation, mais la même analogie vaut; car précisément, que l'atome est pourvu d'une grandeur, c'est ce que nous avons affirmé, en suivant cette analogie sen-

1. J'adopte la leçon de FP, en ponctuant comme Sedley : καὶ οὗτοι· ἐξ ὧν.
2. Indépendamment de ce dont elle est l'extrémité.
3. Le sens général de l'argument est assez clair, mais la lettre difficile. Il s'agit en effet de montrer l'inanité d'un principe de division à l'infini, étant donné que l'on part d'une grandeur finie. Mais sur la base de cet accord, certains, comme Long-Sedley, comprennent à l'inverse la fin de la phrase : « and by thus proceeding forward in sequence it must be possible, to that extent, to reach infinity in thought » (*The Hellenistic Philosophers*, I, p. 39). La question est en fait de savoir si la double négation οὐκ ἔστι μὴ οὐ (p. 521, 15 Long) s'applique également au premier membre et au second. Je comprends que μὴ οὐ ne vaut que pour le premier.

sible, nous contentant d'agrandir[1] quelque chose qui est petit. En outre, il faut considérer que les éléments les plus petits et sans mélange sont les limites des longueurs, qui fournissent la mesure, à partir d'eux-mêmes pris comme premiers, aux grandeurs plus grandes et plus petites, cela par l'observation rationnelle appliquée aux réalités invisibles. Car la communauté qui existe entre eux et ce qui n'admet pas le passage est suffisante pour parvenir jusqu'à ce point. Mais il n'est pas possible qu'un rassemblement se constitue à partir d'eux, dans l'idée qu'ils disposeraient du mouvement.

60 En outre, il ne faut pas affirmer que dans l'illimité le haut et le bas sont le plus haut ou le plus bas. Nous savons bien[2] que ce qui est au-dessus de notre tête étant susceptible, à partir du point où nous nous tenons, d'aller à l'infini, ne nous apparaîtra jamais tel[3], ou encore ce qui est en dessous (pour ce que l'on pense aller à l'infini à la fois vers le haut et vers le bas par rapport au même point) ; il est en effet impossible de penser cela. De sorte qu'il est possible de prendre comme un mouvement celui que l'on pense dirigé vers le haut, à l'infini, et comme un autre celui qui est dirigé vers le bas, même si des milliers de fois ce qui se déplace à partir de nous vers des lieux au-dessus de notre tête arrive aux pieds de ceux qui sont au-dessus de nous, ou ce qui à partir de nous se déplace vers le bas, arrive au-dessus de la tête de ceux qui sont en dessous. Car le mouvement entier est néanmoins pensé comme s'opposant par chacun des deux aspects, jusqu'à l'illimité[4].

61 En outre, il est nécessaire que les atomes aient une vitesse égale, lorsqu'ils se portent à travers le vide, sans être heurtés par rien ; en

1. μακρὸν mss., la correction μακρὰν n'apportant à mon sens rien de significatif. Le verbe signifie plutôt « rejeter », « repousser »: il s'agit donc de rejeter (mieux : projeter) comme (ou : en) grand ce qui est petit.

2. ἴσμεν τοι B.

3. C'est-à-dire comme le plus haut (et ensuite à l'inverse le plus bas), puisqu'une ligne prolongée à l'infini ne peut par hypothèse être limitée. D'où Épicure conclut ensuite à l'impossibilité.

4. Ainsi, il n'y a pas de haut et de bas absolu dans l'univers ; néanmoins pour les êtres vivants, l'univers est orienté (à partir d'eux-mêmes), et pour les hommes il est représenté à la fois comme orienté, et comme infini. Pour autant, je ne crois pas que ceci fonde une théorie du mouvement des atomes orienté vers un bas unique (cf. *contra* Long-Sedley, *The Hellenistic Philosophers*, I, p. 46).

effet, les lourds ne seront pas emportés plus vite que les petits et légers, du moins quand rien ne va à leur rencontre; et les petits ne seront pas emportés plus vite que les grands, car ils ont tous un passage adapté, du moins lorsqu'à ces derniers rien ne se heurte; le mouvement vers le haut et le mouvement oblique résultant des chocs ne sont pas non plus plus rapides, ni les mouvements vers le bas[1] résultant de leurs poids propres – car aussi loin que l'atome conserve l'un des types de mouvement[2], jusque-là il aura un mouvement aussi rapide que la pensée, jusqu'à ce que se produise un heurt, par suite d'une action extérieure, ou de son poids propre résistant à la puissance du corps qui l'a frappé.

62 Mais en outre, s'agissant des composés, l'on dira[3] l'un plus rapide que l'autre, alors que les atomes ont des vitesses égales, du fait que les atomes dans les agrégats se déplacent vers un seul lieu et selon le plus petit temps continu, même s'ils[4] ne se déplacent pas vers un seul lieu dans les temps qu'observe la raison; mais ils se heurtent fréquemment, jusqu'à ce que la continuité du mouvement parvienne jusqu'aux sens.

Car ce que l'opinion ajoute au sujet de l'invisible, à savoir que même les temps observés par la raison comporteront la continuité du mouvement, n'est pas vrai pour de tels corps, puisque du moins tout ce qui est observé ou saisi en une appréhension, grâce à la pensée, est vrai[5].

63 A la suite de cela, il faut considérer, en se référant aux sensations et aux affections – car c'est ainsi que l'on obtiendra la certitude la plus ferme –, que l'âme est un corps composé de fines parties, répandu à travers tout l'agrégat, ressemblant fort à un souffle mélangé à une certaine proportion de chaleur, semblable tantôt à

1. αἱ κάτω BP[ac].

2. Je retiens le ἑκατέρων des mss. avec Sedley (cf. Long-Sedley, *The Hellenistic Philosophers*, II, p. 45). Les deux types de mouvement sont d'une part les mouvements déviés par suite d'un heurt, d'autre part les mouvements vers le bas.

3. ῥηθήσεται mss.

4. εἰ μὴ mss.

5. Ce que l'observation ou l'appréhension de la pensée font voir est vrai, car cela est atteint par une bonne analogie. L'opinion qui s'égare (par des analogies simplificatrices) fonctionne à vide.

l'un tantôt à l'autre ; mais il y a la partie[1] qui diffère grandement de ces mêmes éléments par la finesse de ses parties, et qui, pour cette raison, est d'autant plus en co-affection avec le reste de l'agrégat. C'est tout cela que manifestent les facultés de l'âme, aussi bien les affections que l'aisance à se mouvoir, les pensées et tout ce dont la privation nous fait mourir.

En outre, il faut retenir que l'âme est la cause prépondérante de la sensation. **64** Certes, il ne lui reviendrait pas d'être la cause de la sensation, si elle n'était pas en quelque sorte protégée par le reste de l'agrégat ; et comme le reste de l'agrégat a permis à l'âme d'exercer ce rôle de cause, il reçoit lui aussi sa part de cette sorte d'accident qui lui vient de l'âme, non pas toutefois de tout ce que cette dernière possède. C'est pourquoi, si l'âme s'en va, il ne conserve pas la sensation. Car lui ne possède pas en lui-même cette puissance[2], mais il la procure à[3] une autre réalité développée en même temps que lui, et qui, grâce à la puissance constituée en elle, réalisant aussitôt pour elle-même, par le mouvement, l'accident sensible[4], le lui transmet en retour, parce qu'elle lui est contiguë et qu'elle est en co-affection avec lui, ainsi que je l'ai dit[5].

65 C'est pourquoi aussi l'âme, quand elle se trouve dans l'agrégat, même si quelque autre partie a été enlevée, ne sera jamais insensible[6] ; mais si elle meurt avec une partie en tel endroit[7], lorsque l'agrégat qui la protège est défait soit en totalité soit en partie, à condition qu'elle subsiste, elle ressent de façon aiguë[8] la sensation. En revanche, le reste de l'agrégat, qui subsiste entier ou en partie, ne possède pas la sensation si l'âme l'a quitté, quel que puisse être le

---

1. ἔστι δὲ τὸ μέρος mss.

2. C'est la faculté de sentir, dont Épicure analyse la constitution dans le jeu de forces entre corps protecteur et âme capable de sentir.

3. J'adopte ἑτέρῳ ... συγγεγενημένῳ (leçon des mss. accentuée), comme Arrighetti, Bollack-Wismann et Long-Sedley.

4. Pour l'âme, les sensations sont des accidents (συμπτώματα, cf. §§ 70-71), ainsi qu'il le dit ici, mais c'est aussi le cas des affections, ou des pensées, qui ne sont pas là en permanence.

5. Cf. § 63.

6. ἀναισθητήσει· Kuhn.

7. ἀλλὰ ἂν καὶ ταύτῃ BP[ac].

8. ὀξύναι φ.

nombre des atomes qui tendent à constituer la nature de l'âme. Et en vérité, quand l'agrégat entier se défait, l'âme se répand, elle n'a plus les mêmes puissances ni ne se meut, de sorte qu'elle ne possède plus la sensation. **66** Car il n'est pas possible de penser qu'elle sente si elle ne se trouve pas dans cet ensemble, et qu'elle fasse usage de ces mouvements, quand ce qui la protège et l'enveloppe n'est plus dans l'état qui permet à l'âme, comme maintenant, d'avoir ces mouvements.

Mais voici aussi **67** le point[1] qu'il faut assurément méditer : l'incorporel[2] s'applique à ce qui peut être pensé par soi ; or, il n'est pas possible de penser que l'incorporel existe par soi, en dehors du vide ; et le vide ne peut ni agir ni subir, mais offre seulement aux corps le mouvement à travers lui. Si bien que ceux qui affirment que l'âme est incorporelle parlent en l'air. Car elle ne pourrait en rien agir ni subir, si elle était telle qu'ils le disent ; mais en réalité, il est évident que l'un et l'autre[3] sont distinctement perçus comme des accidents de l'âme.

68 Si l'on ramène donc tous ces raisonnements sur l'âme aux affections et aux sensations, si l'on se souvient de ce qui a été dit au début[4], on verra avec clarté qu'ils sont suffisamment contenus dans les esquisses pour que l'on puisse, à partir d'eux, préciser le détail avec fermeté.

---

1. SCHOLIE : « – Il dit ailleurs qu'elle est constituée d'atomes très lisses et très ronds, qui diffèrent de beaucoup de ceux du feu ; et qu'il y a la partie irrationnelle de l'âme, qui est répandue dans le reste du corps, tandis que la partie rationnelle se trouve dans le thorax, comme le montrent avec évidence les peurs et les joies ; le sommeil survient lorsque les parties de l'âme qui sont répandues dans la totalité du composé sont retenues, ou alors se dispersent, et arrivent ensuite dans les passages ; le sperme provient des corps tout entiers. » Je maintiens la scholie à la place qu'elle occupe dans les mss. J'adopte par ailleurs p. 525, 17 Long τοῖς πορίμοις (*idem* Long-Sedley, *The Hellenistic Philosophers*, II, p. 74), au lieu de τοῖς ἐπερεσμοῖς Usener.
2. SCHOLIE : « Il parle en effet en suivant l'usage prédominant du terme. » Je conserve le texte des mss., considérant avec Usener et Bollack-Wismann λέγει γὰρ κατὰ τὴν πλείστην ὁμιλίαν τοῦ ὀνόματος comme une scholie.
3. C'est-à-dire l'agir et le subir.
4. Cf. §§ 35-36.

Mais en outre les formes, les couleurs, les grandeurs, les poids, et tout ce que l'on attribue au corps en les prenant comme toujours[1] concomitants soit de tous les corps, soit de ceux qui sont visibles et connaissables en eux-mêmes[2] par la sensation, il ne faut les considérer ni comme des natures qui existent par elles-mêmes – car il n'est pas possible de parvenir à penser cela – **69** ni comme n'existant pas du tout, ni comme des réalités autres, incorporelles, qui s'ajoutent au corps, ni comme des parties du corps, mais, de façon générale, comme le corps tout entier, qui, <au moyen de> tous ces caractères, possède sa propre nature permanente; et il n'est pas possible qu'il résulte de leur assemblage – comme lorsque à partir des corpuscules[3] mêmes l'on constitue un agrégat plus grand, que ce soit à partir des constituants premiers, ou à partir de grandeurs inférieures à cet ensemble donné – mais c'est seulement, comme je le dis, au moyen de tous ces caractères qu'il possède sa propre nature permanente.

Et tous ces caractères relèvent d'appréhensions propres, et comportent des éléments distinctifs, tandis que de son côté l'ensemble dense leur reste conjoint et n'en est en aucun cas séparé: ce qu'on attribue à ce dernier l'est d'après la notion dense du corps.

70 En outre, il arrive souvent aux corps, et ils ne leur sont pas joints durablement, des accidents[4] qui ne sont pas au nombre des invisibles, sans être non plus des incorporels[5]. De sorte que, si nous nous servons de ce nom suivant l'acception dominante, nous rendons manifeste que les accidents n'ont pas la nature de la totalité que, par le rassemblement suivant l'ensemble dense, nous appelons corps, pas plus qu'ils n'ont la nature de ce qui lui est joint durablement, et sans lequel il n'est pas possible de penser le corps. Chacun de ces caractères pourrait être nommé d'après certaines appréhensions, tandis que l'ensemble dense reste joint, **71** mais au moment

1. ὡς ἀεὶ Sedley.
2. † αὐτοῖς γνωστοῖς BP^{ac}.
3. Je traduis ainsi le terme ὄγκοι.
4. παρακολουθεῖ ἃ Sedley. Je tire l'idée d'« accident » du verbe συμπίπτει lui-même.
5. Les caractères accidentels ne peuvent être mis sur le même plan que les invisibles que sont les atomes ou les simulacres, pas plus que sur celui des incorporels, car il n'est d'incorporel que le vide.

même où l'on observe que chacun d'eux est concomitant[1], puisque les caractères accidentels ne sont pas joints en permanence au corps.

Et il ne faut pas exclure de l'être cette évidence-là, sous prétexte qu'ils n'ont pas la nature de la totalité dont ils sont concomitants – que nous appelons aussi corps –, ni celle des réalités qui lui sont jointes en permanence, mais il ne faut pas non plus penser qu'ils sont par eux-mêmes – car cela n'est pensable ni pour eux ni pour les caractères concomitants permanents –; au contraire, c'est ce qui précisément apparaît, il faut penser que tous les caractères accidentels sont relatifs aux corps, qu'ils ne lui sont pas joints en permanence et n'ont pas non plus par eux-mêmes le rang d'une nature, mais, suivant la manière dont la sensation même les particularise, c'est ainsi qu'on les observe.

72 En outre, il faut méditer avec force le point suivant : il n'y a certainement pas à mener la recherche sur le temps comme sur le reste, c'est-à-dire tout ce que nous cherchons en un substrat, et que nous rapportons aux prénotions considérées en nous-mêmes, mais nous devons, par analogie, nous référer à l'évidence même, suivant laquelle nous parlons d'un temps long ou court, parce que nous la portons en nous, congénitalement[2]. Et il ne faut pas changer les termes pour d'autres qui seraient meilleurs, mais il faut se servir à son propos de ceux qui existent ; et il ne faut pas non plus lui attribuer quelque autre chose, dans l'idée que son être est identique à cette propriété-là[3] – c'est bien ce que font certains –, mais il faut surtout raisonner avec précision sur cette seule chose : à quoi nous lions ce caractère qui lui est propre, et par quoi nous le mesurons. **73** Celui-ci en effet ne requiert pas une démonstration mais un raisonnement précis, du fait que nous le lions aux jours et aux nuits et à leurs parties, tout comme aux affections et aux non-affections, aux mouvements et aux repos, concevant en retour que ceci même, par

1. Ces caractères étant accidentels, leur concomitance avec le corps est provisoire.

2. Même si le temps se pense d'abord en relation à nous-mêmes, nous ne pouvons le réduire à un sens interne, car ce n'est pas seulement en nous que se découvre la durée, mais aussi hors de nous, dans les alternances cosmiques, ainsi qu'il l'explique § 73.

3. Je traduis ainsi le terme ἰδίωμα.

quoi nous désignons le temps, est un certain accident particulier, qui a rapport à ces choses[1].

En plus de ce qui a été dit auparavant, il faut considérer que les mondes et tout composé limité, présentant une forte ressemblance de forme avec ce que nous voyons[2], sont issus de l'illimité, et que tous se sont séparés à partir d'amas particuliers, qu'ils soient plus grands ou plus petits; et qu'à l'inverse, tous se dissolvent, les uns plus vite, les autres plus lentement, les uns subissant cela par l'effet de tels agents, les autres de tels autres. **74**[3] En outre, il ne faut pas considérer que les mondes ont nécessairement une seule configuration, * * mais ils sont différents[4], car les uns sont sphériques, d'autres ovoïdes, et d'autres ont d'autres formes; ils n'ont pas cependant toutes les formes possibles[5].

Il ne faut pas considérer non plus qu'existent des vivants qui se sont séparés de l'illimité. De fait[6], personne ne saurait démontrer

---

1. SCHOLIE : « Il dit aussi cela dans le deuxième livre *Sur la nature*, et dans le *Grand Abrégé.* » La propriété du temps est de dépendre finalement entièrement des diverses réalités mobiles et alternantes au moyen desquelles nous l'appréhendons.

2. Épicure fait référence aux réalités célestes, et non à l'ensemble des corps visibles : les vivants, comme il le dit ensuite, ne sont précisément pas issus de l'illimité.

3. SCHOLIE : « Il dit donc clairement que tous les mondes sont périssables, puisque leurs parties changent. Et ailleurs, que la terre est montée sur l'air. »

4. SCHOLIE : « il parle de cela dans le livre XII <*Sur la nature* >. » Je réduis la scholie aux mêmes dimensions que Bollack-Wismann, mais adopte la correction d'Hermann Περὶ φύσεως (dans le texte d'Usener repris par Long, αὐτός ne se justifie pas).

5. Cf. en parallèle *L. à Pyth.* 88.

6. Venant d'indiquer qu'un vivant suppose un monde, Épicure livre maintenant une proposition générale touchant la formation des vivants, ce qui peut justifier un γάρ autrement surprenant (le lien logique serait encore plus fort s'il s'agissait maintenant d'expliquer pourquoi les vivants ne peuvent se séparer de l'illimité ; or, ἐν <μὲν> τοιούτῳ ... ἐν δὲ τοιούτῳ pourraient à la rigueur désigner des points quelconques du tout, et pas spécialement des mondes ; la compréhension de la phrase est alors profondément changée. Je ne retiens toutefois pas cette option, car un point quelconque du tout, ce peut être aussi bien un monde, et la « démonstration » devient alors peu compréhensible). Il s'agit donc d'une application du principe d'isonomie au cas des vivants : si dans un monde donné, les conditions sont réunies pour que naissent les vivants, l'on doit admettre qu'elles peuvent être tout autant réunies dans tel autre monde.

que dans tel monde ne seraient pas comprises les semences dont les vivants, les plantes et tous les autres êtres que l'on observe sont formés, tandis que dans tel autre elles ne pourraient pas ne pas être comprises. Et il faut considérer qu'ils croissent tout autant, et de la même façon que sur terre.

75 En outre, il faut comprendre que la nature aussi a reçu des réalités mêmes un enseignement multiple et varié, qu'elle a été contrainte par elles, et que plus tard le raisonnement a introduit des précisions et ajouté des découvertes à ce que la nature transmettait, dans certains cas plus vite, dans certains autres plus lentement, dans certaines périodes et moments, <suivant des progrès plus importants>[1], dans d'autres, suivant[2] des progrès moindres[3].

De là, il suit que les noms au début ne sont pas nés par convention, mais les natures mêmes des hommes qui, selon chaque peuplade, éprouvaient des affections particulières et recevaient des impressions particulières, exprimaient de façon particulière l'air, comme le disposait chacune des affections et impressions, pour qu'à un moment[4] apparût même la différence selon les lieux qu'occupaient les

---

1. J'adopte l'addition de Leopold <κατὰ μείζους ἐπιδόσεις>.

2. κατ' mss.

3. Si l'on distingue la nature même, son devenir, qui est source d'innovation, et le stade du raisonnement, qui introduit d'autres nouveautés, l'on voit comment s'enchâsse dans une temporalité cosmique une temporalité des cités, humaine (marquée par des discontinuités (dans le rythme et l'importance des découvertes). Le terme médiant, ce sont donc les réalités (πράγματα); ailleurs, il parle de φυσεις, issues de la nature-principe: le raisonnement provient de ces réalités devenues que sont les hommes. Ce que le raisonnement découvre vient, par son propre mouvement, prolonger une évolution naturelle ; l'évocation de la genèse du langage va fournir une illustration immédiate de cette idée.

4. Le sens de la dernière proposition est très délicat à saisir, mais J. Brunschwig en a fait décisivement avancer la compréhension, dans son étude « Épicure et le problème du "langage privé" » (repris dans *Études de philosophie hellénistique*, Paris 1995, p. 43-68). Il comprend ainsi le dernier membre de phrase: « selon la différence qu'il peut aussi (καὶ) y avoir entre les peuples du fait des lieux qu'ils habitent » (*art. cit.*, p. 49 ; cf. Long-Sedley, *The Hellenistic Philosophers*, I, p. 97, et aussi II, p. 98 : « according also to the racial differences from place to place »). J. Brunschwig voit à raison ici apparaître un facteur supplémentaire de différenciation (il insiste sur le καὶ) par l'ethnie, liée à « l'identité de milieu pour les habitants d'une même zone géographique et la similitude des réactions naturelles chez les membres d'un même groupe

peuplades. **76** Ensuite, c'est en commun que l'on fit une convention dans chaque peuplade sur les termes particuliers[1], afin de rendre les désignations moins ambiguës les unes par rapport aux autres[2], et plus concises; et certaines réalités, qui n'étaient pas visibles avec les autres, ceux qui les concevaient les introduisaient en faisant circuler des sons vocaux qu'ils[3] étaient poussés à proférer, tandis que les autres, qui les adoptaient au moyen du raisonnement, en suivant la cause prépondérante[4], parvenaient ainsi à les interpréter.

En outre, dans le domaine des réalités célestes, il faut considérer que le mouvement, le solstice, l'éclipse, le lever, le coucher, et les choses du même ordre se produisent sans que quelqu'un en ait la charge, qui les mette en ordre ou doive les mettre en ordre, et conserve en même temps son entière félicité jointe à l'incorruptibilité **77** – en effet, les occupations, les soucis, les colères et les bienfaits ne s'accordent pas avec la félicité, mais ceux-là surviennent dans la faiblesse, la peur et le besoin de proches –, et inversement sans que des êtres qui, en même temps qu'ils seraient du feu compact, disposeraient de la félicité, se chargent de ces mouvements-là, par leur

---

ethnique » (p. 67). Je partage entièrement cette lecture, mais je comprends que le ὡς ἂν a une valeur finale (modalisée par le ἂν), car c'est un pas supplémentaire qui est franchi dans la genèse naturelle, non conventionnelle, du langage: dans une même aire géographique, les langages en voie de constitution (au niveau individuel) finissent par révéler des traits communs, qui sont autant d'éléments de différenciation de l'aire en question. L'évolution se trouve donc rétrospectivement finalisée : les désignations individuelles, par ces similitudes au sein d'une même aire géographique (en raison d'affections et d'impressions communes), ont tendu vers l'émergence d'un langage commun à une ethnie. Il ne manquera plus que la convention, pour perfectionner cette évolution. Ne voyons toutefois là aucune téléologie: le hasard ayant rendu imprévisible la progression, à un moment indéterminé (ποτε), les différences ethniques sont apparues.

1. La convention perfectionne le langage: pour être efficace, le langage doit être en lui-même le mieux articulé possible, le moins amphibolique, et plus concis, pour permettre de désigner précisément et en particulier.

2. ἀλλήλαις BF^pc^P.

3. Je supprime τοὺς, comme Usener.

4. L'auditeur, à l'écoute d'un terme neuf, doit en déterminer le sens : entre plusieurs causes-référents possibles, il choisit la cause prépondérante, *i. e.* la plus probable, d'employer tel terme. A l'inverse, en tant que locuteur, Épicure choisit (et recommande) de s'exprimer suivant l'usage dominant (cf. § 70, et la scholie § 67).

volonté; mais il faut préserver dans sa totalité la majesté, en s'appuyant sur tous les noms usités pour de telles notions, à condition[1] qu'ils <n'amènent> pas d'opinions opposées à la majesté; sinon, l'opposition même produira le plus grand trouble dans les âmes. Dès lors, on doit considérer que c'est parce qu'il s'est produit des interceptions résultant, à l'origine, de ces amas, lors de la naissance du monde, que se produisent cette nécessité et ce mouvement circulaire.

78 En outre, il faut considérer que la tâche de l'étude de la nature est de préciser exactement la cause afférente aux questions capitales[2], et que la félicité dans la connaissance des réalités célestes se réalise à ce moment-là, lorsque[3] l'on sait quelles sont les natures que l'on observe dans ces réalités célestes, et tout ce qui leur est apparenté, pour parvenir à la précision qui conduit à cette fin.

De plus, sur de telles questions, il faut considérer qu'il n'y a pas de mode explicatif multiple, pas plus que la possibilité que cela soit autrement que cela n'est, et qu'il n'y a simplement rien dans la nature incorruptible et bienheureuse qui suggère la division ou le trouble[4]; et il est possible par la réflexion de saisir que cela est simplement ainsi.

79 Et il faut penser que ce qui entre dans l'enquête relative au coucher, au lever, au solstice, à l'éclipse, et toutes choses apparentées, n'achemine pas davantage vers la félicité que l'on doit à la connaissance: au contraire ceux qui ont examiné[5] ces questions, tout en ignorant quelles sont les natures et quelles sont les causes capitales[6], ressentent des peurs semblables à celles qu'ils éprouveraient s'ils n'avaient pas ce savoir supplémentaire; peut-être sont-elles

1. ἐὰν mss.
2. Je ne retiens pas le <τὸ> p. 530, 18 Long.
3. J'édite [καὶ] ἐν τῷ; on doit sous-entendre à la suite γνῶναι ou εἰδέναι.
4. En rappelant qu'il s'agit avant tout, à travers l'étude de la nature, de ramener tout ce qui est, y compris les réalités célestes, aux natures que sont les atomes et le vide, Épicure montre qu'il n'y a pas lieu à cet égard d'introduire un désordre ou un arbitraire physique, qui s'appuierait en outre sur une conception mythique du divin agissant (cf. § 80).
5. κατιδόντας FP.
6. A l'attention portée principalement aux questions capitales, correspond la connaissance des causes dont il a déjà été question, les atomes et le vide, qui méritent d'être elles-mêmes appelées capitales.

même plus nombreuses, toutes les fois que l'effroi produit par les remarques accumulées sur ces réalités célestes empêche d'obtenir la solution, ainsi que la maîtrise des questions capitales.

C'est pourquoi nous découvrons un plus grand nombre de causes[1] aux solstices, couchers, levers, éclipses et modes du même ordre[2], tout comme pour les faits particuliers. **80** Et[3] il ne faut pas considérer que notre manière d'en user avec ces choses n'apporte pas en retour une précision suffisamment grande pour atteindre un état sans trouble, de félicité. De sorte qu'il faut, en observant par comparaison de combien de façons le semblable se produit auprès de nous, raisonner sur les causes touchant les réalités célestes et l'inévident en totalité[4], méprisant ceux qui ne reconnaissent pas ce qui est ou devient d'une seule façon, ni ce qui a plusieurs façons d'arriver[5], pour les réalités transmettant[6] leur image à grande distance, et qui de plus ignorent même dans quelles situations il n'est pas possible d'être sans trouble[7]. Si donc nous pensons tout à la fois qu'il est possible à une chose de se produire de telle façon, et aussi aux cas où il est possible semblablement d'être sans trouble[8], lorsque nous découvrirons que cela arrive de multiples façons, nous serons sans trouble, comme si nous savions que cela arrive de telle façon[9].

---

1. καὶ πλείους αἰτίας εὑρίσκομεν mss. Épicure parle d'un plus grand nombre de causes par rapport aux astronomes, qui élisent arbitrairement tel type de cause, mais en retour doivent à cet arbitraire une crainte accrue.

2. τοιούτων τρόπων mss. Le mode, avant d'être le mode explicatif, est le mode selon lequel une chose arrive : unique (ce qui est d'une seule façon), multiple (ce qui peut être de plusieurs façons).

3. J'adopte … γινομένοις. καὶ (Meibom) οὐ.

4. Il s'agit donc de procéder à des inférences analogiques à partir de ce que l'on observe.

5. Littéralement : « d'être concomitant ».

6. <ἐπὶ τῶν> (Bignone) … παραδιδόντων (mss.).

7. Lorsqu'on mêle les dieux aux processus physiques, puisque « ces réalités » renvoie aux réalités célestes. Je ne maintiens pas l'addition <καὶ ἐν ποίοις ὁμοίως ἀταρακτῆσαι>.

8. Je rétablis ici, à sa place dans les mss., καὶ ἐν ποίοις ὁμοίως ἀταρακτῆσαι.

9. La formule d'Épicure, un peu contournée, dit la chose suivante : sachant que x peut être produit par A, et que, lorsqu'une réalité a plusieurs causes possibles, on doit toutes les retenir pour ne pas subir le trouble ; alors, si je découvre comme autres causes possibles de x, B et C, j'aurai la même sérénité que si je savais que x est seulement produit par A.

81 En plus de toutes ces considérations d'ensemble, il faut bien penser que le trouble capital pour les âmes des hommes tient à ce qu'ils forgent l'opinion que ces réalités sont bienheureuses et incorruptibles[1] et conservent aussi en même temps des volontés, des actions, des raisons d'agir contraires à ces caractères-là, et il tient également à ce qu'ils s'attendent toujours – ou le redoutent – à quelque chose d'éternellement terrible, en raison des mythes ou encore de[2] cette insensibilité qu'il y a dans l'état de mort, qu'ils craignent comme si elle pouvait les atteindre, et il tient aussi au fait que ces affections sont moins dues à des opinions qu'à une disposition d'esprit irrationnelle : il s'ensuit qu'en ne définissant pas ce qui est à craindre ils ressentent un trouble égal à celui qu'ils auraient s'ils en formaient des opinions, ou même plus intense[3]. **82** Mais l'ataraxie consiste à être affranchi de tous ces troubles et à garder continuellement en mémoire les éléments généraux et capitaux.

De là suit qu'il faut s'attacher aux affections présentes, et aux sensations – aux sensations de ce qui est commun selon ce qui est commun, aux sensations de ce qui est particulier selon ce qui est particulier – et à toute évidence présente, selon chacun des critères ; si nous nous appliquons à cela, nous découvrirons de façon correcte la cause d'où provenaient le trouble et la peur, et nous nous affranchirons[4], en raisonnant sur les causes des réalités célestes et de tout le reste qui

1. L'addition de <εἶναι> n'est pas indispensable ; le verbe est de toute façon sous-entendu.

2. εἴ τε κατὰ ταύτην mss.

3. Épicure parle des hommes en général. Trois éléments concourent à produire en eux le trouble le plus grave : Épicure part du motif intellectuel, la représentation erronée du divin ; il poursuit par le motif-pivot, que présuppose le précédent, mêlant représentation et affectivité : la réduction égocentrique, qui fait des dieux et de la mort une menace *pour soi* ; il dévoile enfin, comme terme de l'analyse morale, le fond de ce trouble : une disposition irrationnelle qui, n'étant pas analysée comme telle par ceux qui l'éprouvent, les empêche même de former des représentations et des opinions, qui assigneraient une origine, fausse sans doute mais finalement rassurante, à cette angoisse. Néanmoins, c'est bien là le fond de tout le trouble, et la peur des dieux ou de la mort, qui vient s'ajouter, ne fait que renvoyer à cette terreur fondamentale.

4. La cause des peurs est d'abord les réalités célestes qu'il faut dégager de ces troubles, et voir telles qu'elles sont.

en permanence advient, de toutes ces choses qui effraient les autres hommes au dernier degré.

Voilà, Hérodote, les points récapitulatifs les plus importants sur la nature de toutes choses, que j'ai résumés à ton intention. **83** De sorte que ce discours saisi avec précision[1] permettra, je pense, à quiconque, même s'il n'en vient pas à toutes les précisions particulières, d'acquérir une vigueur incomparable par rapport aux autres hommes. Et par lui-même il aidera à clarifier beaucoup de questions particulières, car la précision[2] que j'y ai introduite suit la doctrine complète, et ces éléments mêmes, conservés en mémoire, offriront une aide continuelle. En effet, ces éléments sont tels que, même ceux qui mènent désormais, avec une précision suffisante ou complète, des études particulières, peuvent faire porter la plupart de leurs parcours, en remontant à des appréhensions de ce genre, sur la nature dans son ensemble; et tous ceux qui ne font pas totalement partie du groupe même des confirmés, grâce à ces éléments et de façon non verbale, effectuent à la vitesse de la pensée un parcours des éléments capitaux, pour gagner la paix. »

Voilà donc sa lettre sur les réalités physiques ; et voici maintenant celle sur les réalités célestes.

Lettre à Pythoclès

« Épicure à Pythoclès, salut.

84 Cléon m'a apporté ta lettre, dans laquelle tu te montrais à mon égard plein de sentiments d'amitié, dignes du soin que je prends de toi ; tu as essayé de façon convaincante de te remémorer les arguments qui tendent à la vie bienheureuse, et tu m'as demandé pour toi-même de t'envoyer une argumentation résumée et bien délimitée touchant les réalités célestes, afin de te la remémorer facilement ; en effet, ce que j'ai écrit ailleurs est malaisé à se remémorer, bien que, me dis-tu, tu l'aies continuellement en main. En ce qui me concerne, j'ai reçu avec plaisir ta demande, et j'ai été rempli de plaisants espoirs. **85** Aussi, après avoir écrit tout le reste, je rassemble tels que

1. κατασχεθεὶς Gassendi.
2. ἐξακριβούμενος mss. La précision tient d'abord à la maîtrise du plus général, tel qu'il a été présenté (cf. § 78). La connaissance de détail s'ensuit.

tu les as souhaités ces arguments qui seront utiles à beaucoup d'autres, et tout spécialement à ceux qui ont depuis peu goûté à l'authentique étude de la nature, ainsi qu'à ceux qui sont pris dans des occupations plus accaparantes que l'une des occupations ordinaires[1]. Saisis-les distinctement et, les gardant en mémoire, parcours-les avec acuité ainsi que tous les autres que, dans le petit abrégé, j'ai envoyés à Hérodote[2].

Tout d'abord, il ne faut pas penser que la connaissance des réalités célestes, qu'on les examine en relation à autre chose, ou pour elles-mêmes, ait une autre fin que l'ataraxie et la certitude ferme[3], ainsi qu'il en est pour tout le reste. **86** Il ne faut pas non plus faire violence à l'impossible, ni tout observer de la même façon que dans les raisonnements qui portent sur les modes de vie, ou dans ceux qui nous donnent une solution aux autres problèmes physiques, comme le fait que le tout est corps[4] et nature intangible, ou que <les> éléments sont insécables, et toutes les propositions de ce genre qui sont seules à s'accorder avec ce qui apparaît ; cela n'est pas le cas pour les réalités célestes : au contraire se présente une multiplicité de causes pour leur production, et d'assertions relatives à leur être[5], en accord avec les sensations. Car il ne faut pas pratiquer l'étude de la nature en s'appuyant sur des principes vides et des décrets de loi, mais comme le réclame ce qui apparaît. **87** En effet, notre mode de vie ne requiert pas une recherche qui nous serait propre[6], et une opinion vide, bien plutôt une vie sans trouble[7]. Tout devient inébranlable pour tout ce que l'on résout entièrement selon le mode multiple en

---

1. J'adopte la même construction et compréhension qu'Isnardi Parente (*Epicuro. Opere*, p. 179) et Bollack-Laks (*Épicure à Pythoclès*, p. 76 ; cf. comm., p. 115-116).

2. Épicure renvoie Pythoclès à sa *Lettre à Hérodote* que vient de reproduire D. L. (§§ 35-83). Cette lettre, écrite après celle à Hérodote, est donc clairement destinée à la compléter.

3. Une formule similaire apparaît dans la *L. à Hér.* 63.

4. σῶμα mss.

5. « être » traduit οὐσία.

6. Je traduis ainsi ἰδιολογίας, correction proposée par Étienne que je retiens (le terme est intégré par LSJ, qui le présente toutefois comme conjecture douteuse ; cf. LSJ, *s. v.* ἰδιολογία : « subjective theorizing »).

7. Épicure met en relation le mode de vie *(bios)*, qui résulte d'un choix, d'options éthiques, et la vie physique *(zèn)*, par laquelle on sent et on est affecté.

accord avec ce qui apparaît, lorsqu'on conserve, comme il convient, ce qu'à propos de ces réalités on énonce avec vraisemblance; mais lorsqu'on admet une explication et qu'on rejette telle autre, qui se trouve être en un semblable accord avec ce qui apparaît, il est clair que l'on sort du domaine de l'étude de la nature, pour se précipiter dans le mythe.

Ce sont certaines des choses[1] qui apparaissent près de nous, qui fournissent des signes de ce qui s'accomplit dans les régions célestes, car on les observe comme elles sont, et non pas celles qui apparaissent dans les régions célestes; il est en effet possible que ces dernières arrivent de multiples façons[2]. **88** Il faut toutefois observer[3] l'image de chacune des réalités célestes, et en rendre compte par ce qui lui est rattaché, dont la réalisation multiple n'est pas infirmée par les choses qui arrivent près de nous.

Un monde est une enveloppe du ciel, enveloppant astres, terre et tout ce qui apparaît, qui s'est scindée de l'illimité, et qui se termine par une limite ou rare ou dense, dont[4] la dissipation bouleversera tout ce qu'elle contient; et elle se termine[5] sur une limite soit en rotation soit en repos, avec un contour rond, triangulaire ou quel qu'il soit; car tous sont possibles: rien de ce qui apparaît ne s'y oppose <dans> ce monde-ci, où on ne peut saisir de terme. **89** Mais il y a moyen de saisir qu'à la fois de tels mondes sont en nombre illimité, et qu'aussi un tel monde peut survenir tant dans un monde que dans un inter-monde, comme nous appelons l'intervalle entre des mondes, dans un lieu comportant beaucoup de vide, mais non

---

1. δέ τινα FP[pc].

2. Ce qui apparaît dans le ciel résulte de processus que l'on ne peut observer directement. C'est pourquoi le détour par ce qui près de nous apparaît est requis, car pour ces réalités-ci, il est possible d'observer ce qui les produit ou ce qu'elles produisent. Entre ce qui apparaît ici et ce qui apparaît là-haut, nous pouvons donc établir un rapport d'analogie. On ne réduira donc pas la multiplicité des causes, faute d'en avoir les moyens, et l'on s'efforcera au contraire de parcourir ce multiple.

3. En fait, le verbe τηρεῖν peut signifier observer et conserver. Il a ici les deux valeurs à la fois : il s'agit d'observer l'image en la conservant, la préservant.

4. Je rétablis à sa place οὗ λυομένου πάντα τὰ ἐν αὐτῷ σύγχυσιν λήψεται.

5. καὶ λήγουσα Gassendi.

dans un vaste lieu, pur et vide, comme le disent certains[1], et ce, dans la mesure où des semences appropriées s'écoulent d'un seul monde, ou inter-monde, ou bien de plusieurs, produisant peu à peu des adjonctions, des articulations et des déplacements vers un autre lieu, selon les hasards, et des arrosements provenant de réserves appropriées, jusqu'à parvenir à un état d'achèvement et de permanence, pour autant que les fondations posées permettent de les recevoir. **90** Car il ne suffit pas qu'un agrégat, ou un tourbillon se forment dans le vide, où il est possible qu'un monde surgisse, d'après ce que l'on croit advenir par nécessité, et qu'il s'accroisse jusqu'à ce qu'il s'entrechoque avec un autre monde, ainsi que l'un des réputés physiciens le dit[2]; car cela est en conflit avec ce qui apparaît.

Le soleil, la lune et les autres astres, qui se formaient[3] par eux-mêmes, étaient ensuite enveloppés par le monde, ainsi[4] évidemment que tout ce qu'il préserve[5], mais dès le début ils se façonnaient et s'accroissaient (de[6] la même façon que la terre et la mer) grâce à des accrétions et des tournoiements de fines particules, qu'elles soient de nature ventée ou ignée, ou bien les deux; la sensation nous indique en effet que cela se fait ainsi.

91 La grandeur du soleil et des autres astres, considérée par rapport à nous, est telle qu'elle apparaît[7], car il n'y a pas d'autre distance qui puisse mieux correspondre à cette grandeur. Si on le considère en lui-même, sa grandeur est ou plus grande que ce que

---

1. L'hypothèse est celle de l'atomisme ancien, de Leucippe et Démocrite; cf. D. L. IX 31.
2. L'on pense à Leucippe et Démocrite, mais pour Épicure, il ne peut s'agir que de Démocrite, puisque Leucippe n'aurait pas existé (cf. *supra* § 13). Cf. pour le point de doctrine, Hippolyte de Rome, I 13, 3 sur Démocrite (DK 68 A 40).
3. Je supprime <οὐ>.
4. Je rétablis dans le texte καὶ ὅσα γε δὴ σῴζει.
5. Le sujet est « le monde ». Les astres se forment indépendamment de l'achèvement de l'enceinte céleste, ainsi qu'un passage de Lucrèce le confirme (V 453 *sq.*); cf. J. Bollack et A. Laks, *Épicure à Pythoclès*, p. 142 *sq.*
6. Je rétablis dans le texte ὁμοίως δὲ καὶ γῆ καὶ θάλαττα entre virgules.
7. SCHOLIE : « Ceci est traité aussi dans le livre XI *Sur la nature* : " car, dit-il, si la grandeur avait diminué en raison de la distance, ce serait bien plus le cas encore de la luminosité". »

l'on voit, ou un peu plus petite, ou identique (pas en même temps)[1]. C'est ainsi également que les feux, qu'auprès de nous l'on observe à distance, sont observés selon la sensation. Et on résoudra aisément tout ce qui fait obstacle dans cette partie, si l'on s'applique aux évidences, ce que nous montrons dans les livres *Sur la nature*.

92 Levers et couchers du soleil, de la lune et des autres astres peuvent résulter respectivement d'une inflammation et d'une extinction, si l'environnement est tel – et ce en chacun des deux lieux correspondants – que ce qui vient d'être dit s'accomplisse ; car rien de ce qui apparaît ne l'infirme ; et c'est encore par une émergence au-dessus de la terre, puis au contraire par une interposition, que levers et couchers pourraient se produire ; car rien non plus de ce qui apparaît ne l'infirme.

Pour leurs mouvements, il n'est pas impossible qu'ils résultent soit d'une rotation du ciel tout entier, soit du fait que, si celui-ci est en repos, eux connaissent une rotation engendrée à l'orient suivant la nécessité à l'œuvre, à l'origine, lors de la naissance du monde[2], **93** ensuite[3], prenant en compte la chaleur, du fait d'une certaine propagation du feu qui progresse toujours vers des lieux contigus.

Les rétrogradations du soleil et de la lune peuvent survenir en raison de l'obliquité du ciel que dans le temps la nécessité a rendu tel ; également, parce que de l'air les repousse, ou bien aussi parce que la matière dont ils ont constamment besoin, et qui s'enflamme progressivement, les a abandonnés à cet endroit[4] ; ou il se peut aussi que dès le début un tourbillon ait enveloppé ces astres, un tourbillon tel que leur mouvement soit comme celui d'une spirale. Car toutes ces

1. Cette dernière remarque vise à rappeler que dans le troisième cas envisagé, celui où le soleil a une taille identique à son image, l'image du soleil n'est toutefois pas le soleil lui-même, et que cette lumière a dû se propager. Pour résumer, le fait remarquable qu'Épicure envisage à titre d'hypothèse possible, c'est qu'en raison de l'intensité extrême de la lumière, la propagation de l'image solaire se soit faite sans aucune déperdition.

2. La liaison de la nécessité et de l'origine du monde s'observe aussi dans la *L. à Hér.* 77.

3. εἶτα τῇ F.

4. τῇδε καταλιπούσης *scripsi.* τῇδε doit indiquer le point de rebroussement du soleil et de la lune ; par cette conjecture, l'on échappe à la difficulté d'expliquer ce que seraient les deux matières (avec τῆς δὲ) supposées être en jeu dans l'explication.

raisons et celles qui leur sont apparentées ne sont en désaccord avec aucune des évidences si, s'attachant toujours au possible, pour des points particuliers de cette nature, l'on peut ramener chacune d'elles à un accord avec ce qui apparaît, sans redouter les artifices des astronomes, qui rendent esclave.

94 Les évidements[1] et les remplissements[2] de la lune pourraient[3] se produire aussi bien en raison du tour qu'effectue ce corps qu'en raison également des configurations de l'air, mais encore en raison d'interpositions, et de tous les modes par lesquels ce qui apparaît auprès de nous, nous appelle à rendre compte de cet aspect-là, à condition que l'on ne se satisfasse pas du mode unique et que l'on ne repousse pas de façon vaine les autres modes, n'ayant pas observé ce qu'il était possible et ce qu'il était impossible à un homme d'observer, et désireux en conséquence d'observer l'impossible.

En outre, il se peut que la lune soit lumineuse par elle-même, possible aussi qu'elle le soit grâce au soleil. **95** De fait, autour de nous, l'on voit beaucoup de choses qui sont lumineuses par elles-mêmes, et beaucoup qui le sont grâce à d'autres. Et rien de ce qui apparaît dans le ciel ne fait obstacle à cela, si l'on garde toujours en mémoire le mode multiple et si l'on considère ensemble les hypothèses[4] et les causes qui sont conformes à ce qui apparaît, si l'on ne considère pas ce qui ne lui est pas conforme, que l'on grossit en vain, et si l'on n'incline pas, que ce soit dans un sens ou dans un autre, vers le mode unique.

L'apparent visage en elle peut résulter aussi bien de la différence de ses parties successives que d'une interposition, ainsi que de tous les modes dont, en tous points[5], l'on observerait l'accord avec ce qui apparaît; **96** pour toutes les réalités célestes en effet, il ne faut pas renoncer à suivre une telle piste; car si l'on entre en conflit avec les évidences, jamais à coup sûr il ne sera possible d'avoir part à l'ataraxie authentique.

---

1. κενώσεις mss.
2. πληρώσεις mss.
3. δύναιντ' mss.
4. Unique occurrence d'ὑπόθεσις dans les *Lettres*.
5. πάντα mss.

Une éclipse de soleil et de lune peut résulter aussi bien d'une extinction – comme auprès de nous l'on voit cela arriver – qu'également d'une interposition d'autres corps, soit la terre, soit le ciel, ou un autre du même type ; et c'est de cette façon qu'il faut considérer ensemble les modes apparentés les uns aux autres, et voir que le concours simultané de certains modes n'est pas impensable[1].

En outre, comprenons l'ordre régulier de la révolution à la façon dont certaines choses se produisent également près de nous, et que la nature divine ne soit en aucun cas poussée dans cette direction, mais qu'on la conserve dépourvue de charge et dans une entière félicité ; car si l'on ne procède pas ainsi, toute l'étude des causes touchant les réalités célestes sera vaine, comme cela est déjà arrivé à certains qui ne se sont pas attachés au mode possible, mais sont tombés dans la vanité pour avoir cru que cela arrivait seulement selon un seul mode, et avoir rejeté tous les autres qui étaient compatibles avec le possible, emportés vers l'impensable et incapables d'observer ensemble tout ce qui apparaît, qu'il faut recueillir comme des signes.

98 Les longueurs changeantes des nuits et des jours peuvent venir soit des mouvements rapides et inversement, lents, du soleil au-dessus de la terre, parce qu'il change les longueurs des espaces parcourus, soit parce qu'il parcourt[2] certains espaces plus vite ou plus lentement, comme on observe aussi des cas près de nous, avec lesquels il faut s'accorder lorsqu'on parle des réalités célestes. Mais ceux qui se saisissent de l'unité entrent en conflit avec ce qui apparaît et échouent à se demander s'il[3] est possible à l'homme de la[4] considérer.

1. SCHOLIE : « Dans le livre XII *Sur la nature,* il dit cela (ταῦτα mss.) et en plus, que le soleil s'éclipse quand la lune l'obscurcit, tandis que la lune c'est en raison de l'ombre de la terre, et aussi à cause d'un retrait. **97** C'est aussi ce que dit Diogène l'Épicurien dans le livre I de ses *Passages choisis.* » Épicure évoque ici la possibilité d'une composition des modes étiologiques ; cf. Introduction au livre X, p. 1209.

2. περαιοῦντα mss.

3. εἰ mss.

4. C'est-à-dire l'unité.

Les signes précurseurs[1] peuvent apparaître soit à la faveur de concours de circonstances, comme dans le cas des animaux qui en manifestent près de nous, soit en raison d'altérations et de changements de l'air ; car ces deux explications ne sont pas en conflit avec ce qui apparaît ; **99** mais dans quels cas cela se produit pour telle ou telle cause, il n'y a pas moyen de le voir de surcroît.

Les nuages peuvent se constituer et s'assembler soit par le foulage de l'air dû à la compression des vents, soit par des enchevêtrements d'atomes concaténés et propres à produire ce résultat, soit en raison de la réunion de courants issus de la terre et des eaux; mais il n'est pas impossible que les assemblages de tels éléments se réalisent selon bien d'autres modes. Par suite, les eaux peuvent se former en[2] eux pour autant que les nuages se pressent, et changent, **100** et aussi parce que des vents[3], s'exhalant des lieux appropriés, se déplacent dans l'air, l'averse plus violente se produisant à partir de certains agrégats convenant pour de telles précipitations.

Il est possible que les coups de tonnerre se produisent en raison du roulement du vent dans les cavités des nuages, comme c'est le cas dans nos viscères, également par le grondement du feu qu'un vent, dans les nuages, alimente, aussi en raison des déchirures et des écartements des nuages, et aussi en raison des frottements et des ruptures des nuages s'ils se sont congelés comme de la glace ; ce qui apparaît nous appelle à reconnaître qu'au même titre que l'ensemble cette réalité particulière se produit selon plusieurs modes.

101 Et les éclairs, de même, se produisent selon plusieurs modes ; en effet, c'est par le frottement et le choc des nuages que la configuration du feu propre à produire cet effet, lorsqu'elle s'en échappe, produit l'éclair; également par l'attisement, sous l'action des vents, de corps de ce genre arrachés aux nuages, qui disposent l'éclat que l'on voit ; également par pressurage, si les nuages sont comprimés,

1. Les signes annonçant les changements de temps ou de saison. Ce sont, semble-t-il, des signes atmosphériques, tandis qu'à la fin, au § 115, il évoquera plutôt la question des signes astronomiques, avec les animaux du zodiaque. Ces deux passages sont fort obscurs ; nous entrons en tout cas ici dans la section proprement météorologique.

2. ἐπ' mss.

3. πνευμάτων Usener.

soit les uns par les autres, soit par les vents ; également par l'enveloppement de la lumière qui s'est répandue depuis les astres, car ensuite elle est contractée par le mouvement des nuages et des vents, et elle s'échappe à travers les nuages; ou bien par le filtrage, dû aux nuages, de la lumière la plus fine[1], et par le mouvement de cette lumière; ou encore par l'embrasement du vent, qui se produit en raison de la forte tension du mouvement et d'un violent enroulement; **102** aussi par les déchirures des nuages sous l'effet des vents et l'expulsion des atomes producteurs de feu, qui produisent l'image de l'éclair. Et il sera facile de voir distinctement cela en suivant bien d'autres modes, si l'on s'en tient toujours à ce qui apparaît, et si l'on est capable de considérer ensemble ce qui est semblable.

L'éclair précède le tonnerre dans une disposition nuageuse de ce genre, soit parce que, en même temps que le vent tombe (sur les nuages), la configuration produisant l'éclair est expulsée, et ensuite le vent qui est roulé produit ce grondement ; soit, en raison de la chute de l'un et l'autre en même temps, l'éclair vient jusqu'à nous grâce à une vitesse plus soutenue, **103** et le tonnerre arrive avec du retard, comme c'est le cas pour certaines choses vues de loin, qui produisent des coups.

Il est possible que les foudres se produisent en raison de réunions de vents en plus grand nombre, d'un puissant enroulement et d'un embrasement, et d'une déchirure d'une partie suivie d'une expulsion de celle-ci plus puissante encore, en direction des lieux inférieurs – la déchirure survient parce que les lieux attenants sont plus denses, en raison du foulage des nuages ; aussi en raison du feu comprimé qui est expulsé, comme il est possible aussi que le tonnerre se produise, lorsqu'il est devenu plus important, que le vent l'a puissamment alimenté et qu'il a rompu le nuage, du fait qu'il ne peut se retirer dans les lieux attenants, à cause du foulage (le plus souvent contre une montagne élevée, sur laquelle les foudres tombent avant tout), qui se fait toujours entre les nuages. **104** Et il est possible que les foudres se produisent selon bien d'autres modes; que seulement soit banni le mythe ! Et il sera banni si l'on procède à des inférences sur

---

1. SCHOLIE : « à moins que les nuages ne soient pressés ensemble (συνειλέχθαι mss.) par le feu et que des coups de tonnerre ne se produisent ».

ce qui n'apparaît pas, en s'accordant correctement avec ce qui apparaît.

Il est possible que les cyclones se produisent d'une part en raison de la descente d'un nuage dans des lieux inférieurs, qui change de forme[1] en étant poussé par un vent dense, et se trouve emporté en masse du fait de ce vent abondant, en même temps qu'un vent extérieur pousse le nuage de proche en proche[2]; et aussi bien en raison d'une disposition circulaire du vent, lorsque de l'air se trouve poussé par en haut, et qu'un fort flux de vent se crée, incapable de s'écouler sur les côtés, à cause du foulage de l'air tout autour. **105** Et si le cyclone descend jusqu'à la terre, apparaissent des tornades, suivant la façon dont elles se forment, en fonction du mouvement du vent; s'il descend jusqu'à la mer, ce sont des tourbillons qui se constituent.

Il est possible que les séismes se produisent en raison de l'interception de vent dans la terre, de sa disposition le long de petites masses de cette dernière, et de son mouvement continu, ce qui provoque un tremblement dans la terre. Et ce vent, la terre l'embrasse ou bien parce qu'il vient de l'extérieur, <ou bien> parce que s'effondrent des fonds intérieurs qui chassent l'air capturé dans les lieux caverneux de la terre. Et en raison de la communication même du mouvement par suite de l'effondrement de nombreux fonds et de leur renvoi en sens inverse, quand ils rencontrent des concentrations plus fortes de terre – il est possible que se produisent les séismes. **106** Et il est possible que ces mouvements de la terre se produisent selon plusieurs autres modes.

Il arrive que les vents[3] surviennent au bout d'un certain temps, lorsqu'un élément étranger s'introduit, régulièrement et peu à peu, et aussi par le rassemblement d'eau en abondance; et les autres vents se produisent, même si ce sont de faibles quantités qui tombent dans les nombreuses cavités, lorsqu'elles se diffusent.

La grêle se forme à la fois en raison d'une congélation assez forte, du rassemblement de certains éléments venteux venus de tous côtés, et de leur division en parties, et aussi <par> la congélation assez modérée de certains éléments aqueux, en même temps que leur rup-

1. ἀλλοειδῶς mss.
2. εἰς τὸ πλησίον mss.
3. Il s'agit des vents souterrains.

ture, qui produisent à la fois leur compression[1] et leur éclatement, conformément au fait que lorsqu'ils gèlent ils se condensent par parties et en masse. **107** Et la rondeur, il n'est pas impossible qu'elle tienne au fait que de tous côtés les extrémités fondent, et que lors de sa condensation, de tous côtés, comme on dit, se disposent autour de manière égale, partie par partie, des éléments aqueux ou venteux.

Il est possible que la neige se forme d'une part lorsqu'une eau fine s'écoule à la suite de l'adaptation de nuages différents[2], de la pression[3] des nuages appropriés, et de sa dissémination[4] par le vent, et qu'ensuite cette eau gèle en se déplaçant, parce que, dans les régions situées au-dessous des nuages, il y a un fort refroidissement; et aussi, en raison d'une congélation dans les nuages qui présentent une densité faible et régulière, pourrait se produire une émission, hors des nuages qui se pressent les uns contre les autres, d'éléments aqueux[5] disposés côte à côte, lesquels, s'ils subissent une sorte de compression, produisent finalement de la grêle, chose qui arrive surtout dans l'air[6]. **108** Et aussi en raison du frottement des nuages qui ont gelé, cet agrégat de neige pourrait, en retour, s'élancer[7]. Et il est possible que la neige se forme selon d'autres modes.

La rosée se forme d'une part en raison de la réunion mutuelle d'éléments en provenance de l'air, de nature à produire une humidité de cette sorte; et c'est d'autre part en raison d'un mouvement[8] qui part ou des lieux humides ou des lieux contenant de l'eau, que la

1. Il s'agit de la σύνωσις, qui intervient dans plusieurs hypothèses explicatives, aussi bien pour la grêle (ici et § 107), que pour les nuages (§ 99), la glace (§ 109) et l'arc-en-ciel (§ 110).
2. διαφόρων BP^ac.
3. θλίψεως mss.
4. καὶ ... σπορᾶς mss.
5. Je supprime <τῶν>.
6. ἀέρι mss.
7. ἀναλαμβάνοιτο BP^ac (selon Mühll); comme le rappellent Bollack-Laks (*Épicure à Pythoclès*, n. 8, p. 258), l'emploi de l'optatif sans ἄν est rare, mais pas impossible. Selon la présente hypothèse, c'est un frottement de nuages gelés qui pourrait être cause de la neige: en réaction à l'action de frottement, se produit une ἀπόπαλσις, un élan en retour. Cet élan, dont la force provient en retour du choc des deux nuages, projette certaines parties extérieures des nuages qui se sont ainsi éraflés.
8. κατὰ φορὰν mss.

rosée se forme surtout en ces lieux[1] : ensuite ces éléments se réunissent au même point, produisent l'humidité, et vont en sens inverse vers le bas, ainsi que souvent, même près de nous, se forme de manière semblable ce genre de choses. **109** <Et la gelée blanche se forme>[2] lorsque ces rosées connaissent une sorte de congélation, à cause d'une disposition d'air froid.

La glace se forme aussi bien par l'expression hors de l'eau de la forme arrondie, et la compression des éléments inégaux et à angle aigu qui se trouvent dans l'eau, que par le rapprochement, à partir de l'extérieur, d'éléments de cette nature qui, réunis, font geler l'eau, une fois qu'ils ont exprimé une certaine quantité d'éléments ronds.

L'arc-en-ciel survient en raison de l'éclairement par le soleil d'un air aqueux, ou bien en raison d'une nature particulière de l'air[3], faite à la fois de lumière et d'air, qui produira les particularités de ces couleurs, soit dans leur totalité, soit uniformément[4] ; et à partir de cet air-là, qui renvoie en retour[5] sa lumière, les parties limitrophes de l'air prendront cette coloration, telle que nous la voyons par l'éclairement des parties ; **110** quant à sa forme arrondie, cette image se forme parce que la vision voit un intervalle partout égal, ou parce

---

1. ἐν οἷς (Meibom) τόποις.

2. Je ne conserve pas l'addition d'Usener reprise par Long : <συντελούμενα θεωρεῖται. καὶ πάχνη δὲ οὐ διαφερόντως>. Supposant néanmoins une lacune après συντελεῖται, je propose simplement : <πάχνη δὲ συντελεῖται>. L'on fera donc de τῶν δρόσων le sujet du génitif absolu.

3. κατ' ἀέρος φύσιν mss. Je suis l'analyse de Bollack-Laks (*Épicure à Pythoclès*, p. 265-266) pour défendre cette leçon manuscrite. Alors que la première explication fait jouer au soleil le rôle actif, ici c'est l'air qui est principalement cause, étant un air lumineux, mêlé de lumière.

4. Dans cet air lumineux, ou les couleurs de l'arc-en-ciel sont déjà différenciées, avant de devenir visibles dans l'air ambiant, ou elles reçoivent une coloration uniforme particulière, qui se décomposera dans un second temps, dans l'air ambiant (cf. la suite de la phrase).

5. Cet air, qui est un air mêlé de lumière, suppose d'avoir été constitué selon un processus qui n'est pas du tout détaillé ici. Toujours est-il que son irradiation a lieu après qu'il a été formé, *en retour*. Il a donc pour effet de colorer l'air qui lui est limitrophe. Dans cette deuxième hypothèse explicative, Épicure parvient encore (après la lumière traversant l'air aqueux) à rendre raison de l'effet de nimbe de l'arc-en-ciel, puisque nous avons 1. le mécanisme de production de la lumière (= l'air lumineux), 2. le mécanisme de diffusion (= de l'air éclairant à l'air éclairé).

que les sections[1] dans l'air se compriment de la sorte, ou bien parce que dans les nuages, les atomes[2] étant emportés à partir d'un même air, un certain arrondi se dépose dans[3] ce composé.

Le halo autour de la lune se produit parce que de l'air se porte de tous côtés vers la lune, et que, ou bien il renvoie également les écoulements qui sont émanés d'elle, jusqu'à disposer en un cercle la nébulosité que l'on voit, sans opérer une séparation complète, ou bien il renvoie de façon proportionnée, de tous côtés, l'air qui est autour de la lune, pour disposer ce qui entoure cette dernière en une périphérie ayant une épaisseur. **111** Cela se produit seulement en certaines parties soit parce qu'un écoulement venu de l'extérieur exerce une violente pression, soit parce que la chaleur s'empare des passages appropriés pour réaliser cet effet.

Les astres chevelus[4] naissent soit parce que apparaît la disposition qui fait que du feu prend consistance dans les régions célestes, en certains lieux, à certains moments, soit parce que le ciel, par moments, adopte au-dessus de nous un mouvement particulier, propre à faire apparaître de tels astres, ou encore ils s'élancent à certains moments en raison d'une disposition donnée, se dirigent vers les lieux que nous occupons, et deviennent visibles. Et leur disparition survient par suite de causes opposées à celles-là.

112 Certains astres tournent sur place[5]: cela arrive non seulement parce que cette partie du monde autour de laquelle le reste tourne, est immobile, comme le disent certains, mais aussi parce qu'un tourbillon d'air tourne autour de lui en cercle, et l'empêche de faire un parcours identique à celui des autres ; ou bien parce qu'à proximité ils n'ont pas la matière appropriée, tandis qu'ils l'ont dans le lieu où on les voit demeurer. Et il est possible que cela arrive selon bien d'autres modes, si l'on peut rassembler par le raisonnement ce qui est en accord avec ce qui apparaît.

---

1. τομῶν mss. Ce sont les sections colorées qui constituent l'arc-en-ciel.
2. Je rétablis ἀτόμων (mss.) dans le texte.
3. εἰς τὴν mss.
4. Les comètes.
5. τινὰ <τῶν ἄστρων> ἀναστρέφεται αὐτοῦ Schneider. Plutôt que des étoiles circumpolaires, il doit s'agir des étoiles fixes, dont Platon avait déjà supposé le mouvement de rotation axiale (*Timée*, 40 a-b).

Que certains astres soient errants, s'il arrive qu'ils aient des mouvements de cette sorte, tandis que d'autres ne se meuvent pas <ainsi>, **113** il est possible d'une part que cela tienne à ce qu'ils ont été contraints dès le commencement à se mouvoir en cercle, si bien que les uns sont transportés par le même tourbillon parce qu'il est égal, tandis que les autres le sont par un tourbillon qui comporte en même temps des inégalités. Mais il est possible également que selon les lieux où ils sont transportés, il se trouve des étendues d'air égales qui les poussent successivement dans la même direction et les enflamment de façon égale, tandis que d'autres sont assez inégales pour que puissent s'accomplir les changements que l'on observe. Mais donner de ces faits une seule cause, alors que ce qui apparaît en appelle une multiplicité, est délirant et se trouve mis en œuvre, au rebours de ce qu'il convient de faire, par les zélateurs de la vaine astronomie, qui donnent de certains faits des causes dans le vide, dès lors qu'ils ne délivrent pas la nature divine de ces charges-là.

114 Il arrive d'observer que certains astres sont laissés en arrière par d'autres, soit parce que, tout en parcourant le même cercle, ils sont transportés autour de lui plus lentement, soit parce qu'ils sont mus selon un mouvement contraire, et sont tirés en sens inverse par le même tourbillon, soit parce qu'ils sont transportés, tantôt sur un espace plus grand, tantôt plus petit, tout en tournant en cercle autour du même tourbillon. Et se prononcer de façon simple sur ces faits ne convient qu'à ceux qui veulent raconter des prodiges à la foule.

Les astres que l'on dit tomber, et par parties, peuvent se constituer, soit par leur propre usure[1], et par leur chute, là où se produit le dégagement de souffle, ainsi que nous l'avons dit pour les éclairs aussi ; **115** soit par la réunion d'atomes producteurs de feu, lorsque apparaît un regroupement susceptible de produire cela, et par un mouvement là où l'élan surgit depuis le commencement, lors de leur réunion ; soit par un rassemblement de souffle dans certains amas nébuleux et par leur[2] embrasement dû à l'enroulement qu'ils subissent, ensuite par la désintégration des parties enveloppantes ; et l'endroit vers lequel entraîne l'élan, c'est vers là que le mouvement se

---

1. καὶ παρὰ τρίψιν mss.
2. τούτων mss.

porte. Et il y a d'autres modes permettant à cela de s'accomplir, en un nombre que je ne saurais dire[1].

Les signes précurseurs qui se produisent en certains animaux[2] se produisent par un concours de circonstances ; car les animaux n'introduisent aucune espèce de nécessité qui ferait se réaliser le mauvais temps, et aucune nature divine ne trône en surveillant les sorties de ces animaux, ni, ensuite, n'accomplit ce que ces signes annoncent;
116 car ce n'est pas[3] sur le premier animal venu, même[4] un peu plus sensé[5], qu'une telle folie pourrait tomber[6], encore moins sur le vivant[7] qui dispose du parfait bonheur[8].

Remémore-toi tous ces points, Pythoclès, car tu t'écarteras de beaucoup du mythe, et tu seras capable de concevoir ce qui est du même genre. Mais surtout, consacre-toi à l'observation des principes, de l'illimité et de ce qui leur est apparenté, et encore des critères et des affections, et de ce en vue de quoi nous rendons compte

---

1. Cette proposition traduit l'adjectif ἀμύθητοι qui a posé problème, parce qu'on ne voyait pas pourquoi les modes seraient innombrables ; aussi, beaucoup, forçant le sens, ont compris que cela signifiait « étranger au mythe ». Cela n'est pas possible, et en fait le sens propre de l'adjectif se justifie: par rapport aux autres cas envisagés, celui de l'étoile filante se distingue par une indétermination encore bien plus grande : ainsi, un nombre bien supérieur d'hypothèses aux trois envisagées pourrait être produit.

2. Cette fois-ci, étant donné le contexte, et le fait que le résumé a auparavant évoqué les signes précurseurs observés chez les animaux terrestres dans ma compréhension (cf. § 98), il doit s'agir des animaux qui constituent les signes du zodiaque. Ce type de prévision critiqué est lié à l'astronomie.

3. Je supprime <ἂν>.

4. Je supprime <εἰ>.

5. ᾖ, ἡ mss. sauf B (selon Mühll). La formule est très difficile à comprendre (le désaccord des traducteurs est à peu près général), et l'on pourrait aussi bien défendre une traduction inverse, « si peu sensé soit-il ». A signaler l'intéressante conjecture de D. Sedley (« Epicurus and the Mathematicians of Cyzicus », *CronErc*, 6, 1976, p. 41), κἂν μικροχαρέστερον ᾖ, « même s'il prend un excessif plaisir aux futilités ».

6. ἐκπέσῃ mss.

7. Il est inévitable ici de varier la traduction de ζῷον, puisqu'il s'agit bien au départ de désigner les animaux (astraux), mais maintenant pour terminer d'évoquer le dieu.

8. On ne peut pas attribuer la cause du mauvais temps à ces figures animales astrales – telle serait la folie enracinée dans la croyance que les dieux gouvernent le monde.

de ces questions. Car ce sont eux surtout, lorsqu'on les observe ensemble, qui feront concevoir facilement les causes des réalités particulières; mais ceux qui n'ont pas ressenti pour eux le plus vif attachement, ne sauraient correctement observer ensemble ces éléments mêmes, ni obtenir ce en vue de quoi il faut les observer. »

Voilà ses opinions sur les réalités célestes.

117 Sur ce qui touche les modes de vie, et sur la façon dont il faut que nous choisissions certaines choses et que nous en refusions d'autres, il s'exprime de la façon que l'on va voir[1] – mais d'abord, présentons ses opinions à lui et ses disciples, sur le sage.

Doxographie éthique, sur le sage et ses préceptes

Les dommages qui viennent des hommes sont causés par la haine, la jalousie ou le mépris, que le sage surmonte grâce au raisonnement.

De plus, celui qui est devenu sage une fois ne peut plus de son plein gré avoir une disposition contraire, ni simuler une telle disposition.

Serait-il[2] davantage assailli par les passions, elles ne l'entraveraient pas pour la sagesse.

Et ce n'est certes pas à partir de n'importe quel état corporel qu'on devient sage non plus que dans n'importe quel peuple.

118 Même si le sage vient à connaître la torture, il est heureux; seul[3] il éprouvera de façon égale de la reconnaissance envers ses amis, les présents comme les absents, et il sera continuellement dans la joie[4]; lorsque pourtant il subit la torture, alors il gémit et se lamente[5].

---

1. Diogène Laërce annonce dès maintenant la troisième lettre, la *Lettre à Ménécée*, mais se reprend aussitôt pour introduire une série d'énoncés doxographiques consacrés au sage, au σοφός. La lettre ne sera ainsi reproduite qu'à partir du § 122.

2. M. Patillon me suggère d'atténuer l'asyndète par un <εἰ καὶ γὰρ>. Il est clair en tout cas que cette proposition est la suite de la précédente.

3. Dans la circonstance évoquée.

4. Le texte comporte probablement une lacune. Je reprends ici en la modifiant (infinitif futur au lieu du présent) la conjecture de Bignone (cf. l'apparat d'Arrighetti) : διά τε ὅλου χ<αιρήσειν>.

5. On a longtemps présenté cette dernière proposition comme une interpolation malveillante, dans l'idée que le sage, comme il était dit juste au-dessus, ne peut se départir de sa félicité. Mais la position d'Épicure sur ce point est

Le sage ne s'unira pas à la femme dans[1] les cas où les lois l'interdisent, ainsi que le dit Diogène[2] dans le *Résumé des doctrines éthiques d'Épicure*.

Il ne punira pas ses serviteurs, mais aura plutôt pitié d'eux, et accordera son pardon à tel de ses serviteurs zélés.

Ils pensent que le sage n'éprouvera pas la passion amoureuse, ni ne se souciera de sa sépulture.

Ils ne pensent pas non plus que l'amour soit envoyé par le dieu, comme le dit Diogène dans son [...][3], ni qu'il[4] pratiquera une belle rhétorique. On n'a jamais tiré aucun profit de la relation sexuelle, disent-ils, et l'on peut être satisfait de ne pas en subir de dommage.

119 En outre, le sage se mariera et fera des enfants, comme le dit Épicure dans les *Difficultés*[5] et les livres *Sur la nature*. Mais c'est suivant les circonstances de la vie qu'il se mariera.

Il se détournera de certaines personnes.

Et il ne déraisonnera pas en état d'ivresse, comme le dit Épicure dans le *Banquet*.

Et il ne fera pas de politique, comme il le dit dans le premier livre du traité *Sur les modes de vie* ; il n'exercera pas non plus la tyrannie; pas plus qu'il ne pratiquera le cynisme, comme il le dit dans le deuxième livre du traité *Sur les modes de vie*, et la mendicité; mais même s'il est privé de l'usage de ses yeux, il aura part à la vie, comme il le dit dans le même livre.

Et le sage éprouvera du chagrin, comme le dit Diogène[6] dans le cinquième livre des *Leçons choisies*.

120 a Et il mènera des actions en justice.

Et il laissera des ouvrages; mais il ne fera pas d'éloge public.

---

nuancée, car la félicité ne signifie pas l'insensibilité: le sage éprouve la souffrance, par exemple sous la torture, mais reste dans la joie.

1. On pourrait aussi comprendre: « à laquelle les lois interdisent de s'unir ».
2. Diogène de Tarse. Cf. *supra*, § 26, note *ad loc.*
3. Le texte comporte une lacune. Il doit toujours s'agir de Diogène de Tarse.
4. Il doit toujours s'agir du sage.
5. Les deux ouvrages sont mentionnés dans le catalogue donné plus haut (§ 27).
6. Toujours Diogène de Tarse. Les *Leçons choisies*, comme la scholie du § 97 aide à le voir, devaient constituer un manuel résumant l'ensemble des doctrines, de la physique à l'éthique. Il comportait au moins vingt livres, cf. *infra*, § 138.

Il prêtera attention à ce qu'il possède et à l'avenir.

Il aimera la campagne.

Il fera front à la fortune.

Et il ne fera l'acquisition de rien qui lui soit cher[1].

Il sera attentif à sa bonne réputation, juste assez pour ne pas être objet de mépris.

Il sera plus charmé que les autres hommes par les spectacles.

121 b Il consacrera des statues ; mais il lui serait indifférent qu'il en eût une.

Le sage seul pourra correctement discuter sur la musique et la poésie ; en pratique, il ne composera pas de poésie.

Il n'est pas de sage qui soit plus sage qu'un autre.

Il gagnera de l'argent, s'il est dans le besoin de par la seule sagesse[2].

Il servira le monarque, à l'occasion.

Il se réjouira pleinement que quelqu'un s'amende.

Il tiendra école, mais sans chercher à rassembler des foules.

Il fera des lectures devant un large public, sans que ce soit sa volonté.

Il élaborera des doctrines, et ne restera pas dans le doute.

Même dans son sommeil, il restera semblable à lui-même.

Et pour un ami, il pourra éventuellement mourir.

120 b Leur opinion est que les fautes sont d'inégale importance.

Pour les uns, la santé est un bien, pour les autres, elle est indifférente.

Le courage ne vient pas naturellement, mais à la suite d'un raisonnement sur l'utile.

L'amitié se forge à l'usage[3] ; il faut pourtant qu'elle ait commencé avant (de fait, nous ensemençons la terre), mais elle se constitue dans la communauté de ceux qui ont été comblés par les plaisirs.

---

1. κτήσεσθαι mss. La formule n'est pas aussi absurde qu'on le dit : ce qui est « cher », lié à la relation à l'ami, ne se monnaie pas.

2. Une activité lucrative n'aura d'autre justification que de continuer à rendre possible la vie de sagesse.

3. Il s'agit de la χρεία. Si on traduit « avec le besoin », comme il est habituel, la suite immédiate devient difficilement intelligible. C'est l'idée de communauté de plaisir qui explicite la proposition générale ; le besoin dans ce cas est au mieux une amorce pour l'amitié véritable, qui est au-delà du besoin. C'est pourquoi il

121 a Le bonheur est pensé de façon double : le bonheur suprême, tel qu'il se rapporte au dieu, qui ne peut croître en intensité, et celui < qui comporte > adjonction et suppression de plaisirs.

Venons-en à la lettre.

Lettre à Ménécée

« Épicure à Ménécée, salut.

122 Que personne, parce qu'il est jeune, ne tarde à philosopher, ni, parce qu'il est vieux, ne se lasse de philosopher ; car personne n'entreprend ni trop tôt ni trop tard de garantir la santé de l'âme. Et celui qui dit que le temps de philosopher n'est pas encore venu, ou que ce temps est passé, est pareil à celui qui dit, en parlant du bonheur, que le temps n'est pas venu ou qu'il n'est plus là. En sorte qu'il faut philosopher et lorsqu'on est jeune et lorsqu'on est vieux, dans un cas pour qu'en vieillissant l'on reste jeune avec les biens, par la reconnaissance[1] que l'on éprouve pour ce qui est passé, dans l'autre cas, pour que l'on soit à la fois jeune et vieux en étant débarrassé de la crainte de ce qui est à venir. Il faut donc avoir le souci de ce qui produit le bonheur, puisque s'il est présent nous avons tout, tandis que s'il est absent nous faisons tout pour l'avoir. **123** Et ce à quoi, continûment, je t'exhortais, cela pratique-le, à cela exerce-toi, en saisissant distinctement que ce sont là les éléments du bien-vivre.

D'abord, considérant que le dieu est un vivant incorruptible et bienheureux, suivant ce que trace la conception commune du dieu, ne lui attache rien qui soit étranger à son incorruptibilité ni qui soit inapproprié à sa félicité ; mais forme en toi, le concernant, toute opinion qui est en mesure de préserver sa félicité jointe à son incorruptibilité. Car les dieux existent : en effet, évidente est la connaissance que l'on a d'eux ; en revanche, tels que la multitude les considère, ils n'existent pas ; en effet, la multitude ne préserve pas les dieux, tels qu'elle les considère. Et l'impie n'est pas celui qui supprime les dieux de la multitude, mais celui qui attache aux dieux les opinions de la multitude. **124** Car les affirmations de la multitude

---

faut adopter ici (et comme très souvent chez Épicure) le sens d'« usage » pour χρεία.

1. Ou « la joie », χάριν.

concernant les dieux ne sont pas des prénotions, mais des suppositions fausses. De là l'idée[1] que les plus grands dommages – accusations[2] contre les méchants[3] – sont amenés par les dieux, ainsi que les bienfaits[4]. En fait, c'est en totale affinité avec ses propres vertus, que l'on[5] accueille ceux qui sont semblables à soi-même, considérant comme étranger tout ce qui n'est pas tel que soi[6].

Accoutume-toi à penser que la mort avec nous n'a aucun rapport; car tout bien et tout mal résident dans la sensation: or, la mort est privation de sensation. Il s'ensuit qu'une connaissance correcte du fait que la mort avec nous n'a aucun rapport permet de jouir du caractère mortel de la vie, puisqu'elle ne lui impose pas un temps inaccessible[7], mais au contraire retire le désir de l'immortalité.

125 Car il n'y a rien à redouter, dans le fait de vivre, pour qui a authentiquement compris qu'il n'y a rien à redouter dans le fait de ne pas vivre. Si bien qu'il est sot celui qui dit craindre la mort, non pas parce qu'elle l'affligera lorsqu'elle sera là, mais parce qu'elle l'afflige à l'idée qu'elle sera là. Car la mort qui, une fois là[8], ne nous cause pas d'embarras, provoque une affliction vide lorsqu'on l'attend. Le plus terrifiant des maux, la mort, n'a donc aucun rapport avec nous, puisque précisément, tant que nous sommes, la mort n'est pas là, et une fois que la mort est là, alors nous ne sommes plus. Ainsi, elle n'a de rapport ni avec les vivants, ni avec les morts, puisque pour les uns elle n'est pas, tandis que les autres ne sont plus. Mais la multitude fuit la mort tantôt comme le plus grand des maux,

---

1. Épicure esquisse ici la conséquence directe de l'erreur commise à propos des dieux.
2. αἰτίαι mss.
3. Cette remarque est peut-être une scholie; peut-être aussi le passage est-il corrompu.
4. Je ne maintiens pas <τοῖς ἀγαθοῖς>.
5. On peut comprendre que la formule est applicable à tous les hommes, bons et mauvais, mais aussi bien aux dieux, tels que les hommes se les représentent.
6. Ceci suggère que les hommes font les dieux à leur image, s'appuyant sur la prénotion, comme il convient, ou sur l'opinion fausse, comme la plupart.
7. ἄπορον mss.
8. ὃ γὰρ παρὼν mss. θάνατος est sous-entendu.

tantôt comme la cessation des fonctions vitales[1]. **126** Le sage, lui[2], ne craint pas la non-vie, car la vie ne l'accable pas, et il ne pense pas que la non-vie soit un mal[3]; et de même qu'il ne choisit pas du tout la nourriture qui est la plus copieuse, mais la plus agréable, de même aussi il cueille les fruits du temps non pas le plus long, mais le plus agréable. Et celui qui exhorte le jeune homme à vivre bien et le vieillard à bien s'éteindre, est stupide, non seulement parce que la vie est agréable, mais également parce que c'est une seule et même chose que le souci de bien vivre et celui de bien mourir. Et il est encore bien plus vil celui qui dit qu'il est bien de ne pas être né,

> mais une fois né, [de] franchir au plus vite les portes de l'Hadès[4].

127 En effet, s'il est persuadé de ce qu'il dit, comment se fait-il qu'il ne sorte pas de la vie ? Cela se trouve en son pouvoir, si vraiment il en a pris la ferme décision. Mais s'il raille, il montre de la futilité dans des questions qui n'en admettent pas.

Et il faut se remémorer que l'avenir ne nous appartient pas sans nous être absolument étranger, afin que nous ne nous attendions pas absolument à ce qu'il arrive, ni ne désespérions comme s'il ne pouvait absolument pas arriver.

Et il faut voir, en raisonnant par analogie[5], que parmi les désirs, certains sont naturels, d'autres vides, et que parmi les désirs naturels, certains sont nécessaires, d'autres seulement naturels ; et parmi les désirs nécessaires, certains sont nécessaires au bonheur, d'autres à l'absence de perturbations du corps, d'autres à la vie même. **128** En effet, une observation sans détour de ces distinctions sait rapporter

---

1. Cela semble signifier que le commun des hommes voit à la fois juste et faux sur la mort : il en a la prénotion (la mort est la cessation de la vie), mais s'y ajoutent de fausses idées (le plus grand mal), qui le font osciller, dans l'inquiétude et la crainte, de l'une à l'autre, toutes choses qu'il appartient au philosophe de dissiper.

2. J'édite ici : ἐν τῷ ζῆν. <ὁ δὲ σοφὸς> ... Cette addition suffit : deux οὔτε sont en balance, le troisième intercalé entre eux forme une parenthèse.

3. L'illusion mise en évidence, c'est le point de vue du sage qui s'énonce : inversement donc, pour tout individu qui prétend à la sagesse, la mort n'est pas redoutée, etc.

4. Citation de Théognis, v. 427.

5. Cf. la présentation de la lettre, Introduction au livre X, p. 1214-1215. Il s'agit d'un rassemblement analogique de similitudes.

tout choix et tout refus à la santé du corps et à l'ataraxie de l'âme, puisque telle est la fin de la vie bienheureuse ; car ce pour quoi nous faisons toutes choses, c'est ne pas souffrir et ne pas être dans l'effroi ; et une fois que cela se réalise en nous, se dissipe toute la tempête de l'âme, puisque le vivant n'a pas à se diriger vers quelque chose comme si cela lui manquait, à la recherche de ce qui permettrait au bien de l'âme et à celui du corps d'atteindre leur plénitude ; en effet, c'est à ce moment que nous avons besoin d'un plaisir, lorsque nous souffrons par suite de l'absence du plaisir ; < mais lorsque nous ne souffrons pas, nous n'avons plus besoin du plaisir >.

Et c'est pour cette raison que nous disons que le plaisir est le principe et la fin de la vie bienheureuse. **129** Car c'est le plaisir que nous avons reconnu comme le bien premier et congénital, et c'est à partir de lui que nous commençons à choisir et refuser, et c'est à lui que nous aboutissons, en jugeant tout bien d'après l'affection prise comme règle[1]. Et parce que c'est là le bien premier et co-naturel, pour cette raison-là nous choisissons tout plaisir[2] ; mais il y a des cas où nous passons par-dessus de nombreux plaisirs, chaque fois qu'un désagrément plus grand résulte pour nous de ces plaisirs ; et nous pensons que bien des douleurs sont préférables à des plaisirs, lorsqu'un plus grand plaisir s'ensuit pour nous, après avoir longtemps supporté les douleurs. Donc, tout plaisir, parce qu'il a une nature appropriée, est un bien, et cependant tout plaisir n'est pas à choisir ; de même aussi que toute douleur est un mal, bien que toute douleur ne soit pas de nature à toujours être évitée.

130 Cependant, c'est par la mesure comparative et la considération des avantages et des désavantages, qu'il convient de juger de tous ces points. Car à certains moments nous traitons le bien comme s'il était un mal, et inversement le mal comme s'il était un bien.

Et nous estimons que la suffisance à soi[3] est un grand bien, non pas pour faire dans tous les cas usage de peu, mais pour faire en sorte, au cas où nous n'aurions pas beaucoup, de faire usage de peu, étant authentiquement convaincus que jouissent avec le plus de

1. C'est le « canon » : la valeur de critère de l'affection est ici rappelée.
2. καὶ πᾶσαν ἡδονὴν αἱρούμεθα FP^{ac}.
3. L'αὐτάρκεια.

plaisir[1] de la profusion ceux qui ont le moins besoin d'elle, et que ce qui est naturel est tout entier facile à se procurer, mais ce qui est vide, difficile. Les saveurs simples apportent un plaisir égal à un régime alimentaire profus, dès lors que toute la douleur venant du manque est supprimée ; **131** et le pain et l'eau donnent le plaisir le plus élevé, dès que dans le besoin on les prend. Ainsi donc, l'habitude de régimes alimentaires simples et non profus est constitutive de la santé, rend l'homme endurant dans les nécessités de la vie courante, nous met dans de meilleures dispositions lorsque, par intervalles, nous nous approchons de la profusion, et, face à la fortune, nous rend sans peur.

Ainsi donc, lorsque nous disons que le plaisir est la fin, nous ne voulons pas parler des « plaisirs des fêtards » ni des « plaisirs qui se trouvent dans la jouissance »[2], comme le croient certains qui, par ignorance, sont en désaccord avec nous ou font à nos propos un mauvais accueil, mais de l'absence de douleur en son corps, et de trouble en son âme. **132** Car ce ne sont pas les banquets et les fêtes ininterrompus, ni les jouissances que l'on trouve avec des garçons et des femmes, pas plus que les poissons et toutes les autres nourritures que porte une table profuse, qui engendrent la vie de plaisir, mais le raisonnement sobre qui recherche les causes de tout choix et de tout refus, et repousse les opinions par lesquelles le plus grand tumulte se saisit des âmes.

De tout cela le principe et le plus grand bien est la prudence[3]. C'est pourquoi la philosophie est, en un sens plus précieux, prudence, de laquelle toutes les autres vertus sont issues : elle nous enseigne qu'il n'est pas possible de vivre avec plaisir sans vivre avec prudence, et qu'il n'est pas possible de vivre de façon bonne et juste, sans vivre avec plaisir[4], car les vertus sont naturellement associées au

---

1. Cf. Présentation, Introduction au livre X, p. 1222-1223.

2. On ne voit pas clairement comment distinguer ces deux types de plaisir qu'Épicure rejette : il peut faire allusion ici à deux déformations de sa doctrine par des adversaires, ceux qu'il évoque aussitôt après.

3. Autrement dit, la sagesse pratique.

4. Je supprime l'addition <οὐδὲ φρονίμως καὶ καλῶς καὶ δικαίως>. En effet, on suppose en général une lacune, par saut du même au même ; cela ne me semble pas certain. Dans le passage de Cicéron que l'on invoque pour corriger le texte de Diogène Laërce (*Des fins des biens et des maux* I 18, 57), la symétrie

fait de vivre avec plaisir, et vivre avec plaisir est inséparable de ces vertus[1].

133 Ensuite, penses-tu que l'on puisse être supérieur à qui a des opinions pieuses sur les dieux, et qui, à propos de la mort, est constamment sans peur, qui a appliqué son raisonnement à la fin de la nature, et qui comprend qu'il est facile d'atteindre pleinement et de se procurer le terme des biens, et que le terme des maux tient à une brève durée ou bien une faible souffrance, qui se rirait de ce qui est présenté par certains comme la maîtresse de toutes choses[2], < mais qui voit que certaines choses arrivent par nécessité, >[3] d'autres par la fortune, d'autres dépendent de nous, parce qu'il voit que la nécessité n'est pas responsable, que la fortune est instable et que ce qui dépend de nous est sans maître, d'où découlent naturellement le blâmable et son contraire **134** (car il serait préférable de suivre le mythe touchant les dieux plutôt que de s'asservir au destin des physiciens : le premier en effet esquisse l'espoir de fléchir les dieux en les honorant, tandis que l'autre présente l'inflexible nécessité) ?[4]

Sans supposer[5] que la fortune est un dieu, comme beaucoup le croient (car rien n'est fait au hasard par un dieu), ni une cause sans fermeté (car on peut[6] bien estimer qu'un bien ou un mal contribuant à la vie heureuse sont donnés aux hommes par la fortune, mais non[7]

---

observée est liée à l'assimilation du schéma des quatre vertus cardinales, et se trouve peut-être suscitée par elle ; par ailleurs Sénèque ne fait que renverser vertu et plaisir dans la *Lettre à Lucilius* 85, 18, ou encore beau et agréable, dans *De la vie heureuse* 6, 3 et 9, 4.

1. Par un élargissement, Épicure fait s'équivaloir plaisir et vertu (sans que l'un toutefois s'identifie à l'autre). Cette proposition établit donc la circularité du système éthique : le plaisir est point de départ et point d'arrivée. Le plaisir est fin en tant que principe.

2. J'adopte ici la proposition de Sedley : ἂν γελῶντος, <ἀλλ' ἃ μὲν κατ' ἀνάγκην ὄντα συνορῶντος>, sans maintenir toutefois εἱμαρμένην (Usener). L'expression et le contexte ne permettent pas de s'y tromper : c'est à la Nécessité ou au Destin comme principes, qu'il est fait allusion. La suite réduit la part de la nécessité, et annule la force de ce que d'aucuns nomment le Destin.

3. Cf. note précédente.

4. 'Απαραίτητον τὴν ἀνάγκην.

5. ὑπολαμβάνων mss.

6. Je supprime <οὐκ>.

7. J'écris ici <οὐκ> ἀρχὰς μέντοι.

que les principes des grands biens ou des grands maux sont régis par elle)[1], **135** en pensant[2] qu'il vaut mieux être infortuné en raisonnant bien, qu'être fortuné sans raisonner (en effet, ce qui est préférable, dans nos actions, c'est que la fortune confirme[3] ce qui est bien jugé), ces enseignements donc, et ce qui s'y apparente, mets-les en pratique, en relation avec toi-même, le jour et la nuit, et en relation avec qui t'est semblable, et jamais tu ne seras troublé, ni dans la veille ni dans les rêves, mais tu vivras comme un dieu parmi les hommes. Car il ne ressemble en rien à un animal mortel, l'homme vivant dans les biens immortels. »

Il rejette en totalité la divination dans d'autres écrits, comme aussi dans le *Petit abrégé*. Et il dit : « La divination n'a aucune réalité. Et si[4] elle en a, il faudra considérer que les événements ne dépendent en rien de nous »[5].

Voilà pour ce qui concerne les modes de vie[6], dont il a discuté ailleurs plus longuement.

Doxographie éthique : sur le plaisir, contre les Cyrénaïques

136 Il se différencie des Cyrénaïques sur le plaisir ; ces derniers en effet ne retiennent pas le plaisir stable, mais seulement le plaisir en

1. L'on accordera que la fortune puisse accidentellement apporter un bien ou un mal (en ce sens elle a une certaine fermeté), mais non que les principes des biens et des maux puissent être suspendus à cette cause instable, ainsi que le pensent la plupart des hommes ; car l'intervention de la fortune, et le sens de son intervention, sont imprévisibles.

2. νομίζων BP.

3. Je supprime <μὴ>.

4. εἰ δὲ FP[pc]. Adopter εἰ καὶ, comme Long, impose de comprendre que τὰ γινόμενα désigne les événements tels qu'ils sont prédits. Dans ma compréhension, il s'agit des événements en général.

5. Reparaît ici le troisième terme de la tripartition éthique que nous avions à la fin de la *Lettre à Ménécée* (§ 133). Admettre la mantique reviendrait donc à supprimer ce qui ne relève ni de la nécessité ni du hasard, à savoir les actions individuelles. Pour d'autres références touchant la critique épicurienne de la divination, cf. Arrighetti, *Epicuro*, note *ad* [6] 24, p. 559-560, qui renvoie aussi à Diano, *SIFC* 1935, p. 237 et suiv. Cf. enfin la polémique de l'épicurien Diogénianus contre la défense chrysippéenne de la mantique dans Eusèbe, *Prép. évang.* IV 3, 13 p. 172, 13-15 Mras (= fr. 4 Gercke). Je dois cette dernière référence à Emidio Spinelli.

6. La formule, conclusive, répond à celle introductive du § 117.

mouvement[1]. Lui au contraire retient les deux, pour l'âme et pour le corps, comme il l'explique dans le traité *Sur le choix et le refus*, dans celui *Sur la fin*, et dans le livre I du traité *Sur les modes de vie*, et dans la *Lettre aux amis de Mytilène.* De même, Diogène[2] dans le dix-septième livre des *Leçons choisies*, aussi bien que Métrodore dans son *Timocrate* parlent ainsi: « car le plaisir est pensé comme plaisir selon le mouvement et comme plaisir stable. » Épicure dans le traité *Sur les choix*, s'exprime ainsi: « l'absence de trouble et l'absence de peine sont des plaisirs stables, mais la joie et la gaieté sont perçues en acte, dans un mouvement. »

137 Voici encore contre les Cyrénaïques: selon ces derniers, les douleurs du corps sont pires que celles de l'âme – en tout cas c'est dans leur corps que les coupables subissent le châtiment; mais Épicure dit que les pires douleurs sont celles de l'âme. En tout cas, la chair n'est agitée que par le présent, tandis que l'âme est agitée par le passé, le présent et le futur. De la même façon, les plus grands plaisirs sont ceux de l'âme.

Et l'argument dont il se sert pour démontrer que le plaisir est la fin, c'est que les animaux, dès leur naissance, se complaisent au plaisir, et s'emportent contre la douleur, par nature et sans raisonnement. Donc, dès que nous l'éprouvons, nous fuyons la douleur; au point que même Héraclès, dévoré par sa tunique, la fuit dans un cri[3],

> mordant et hurlant ; autour gémissaient les pierres
> et les pics des montagnes de Locres, et les sommets de l'Eubée[4].

138 C'est en vue du plaisir que l'on choisit aussi les vertus, et non pour elles-mêmes, tout comme on choisit la médecine en vue de la santé, ainsi que le dit dans le vingtième livre des *Leçons choisies* Diogène[5], qui qualifie même la conduite de sa vie de « conduite orien-

---

1. On se reportera à l'exposition de la position des Cyrénaïques en II 86-93, avec déjà une opposition entre leur doctrine du plaisir et celle des épicuriens.
2. Diogène de Tarse. Cf. à son propos *supra,* § 26 et note *ad loc.*.
3. Le plus probant est de conserver le datif βοῇ, et de sous-entendre dans cette proposition (introduite par un ἵνα à valeur consécutive) une reprise du verbe précédent.
4. Sophocle, *Trachiniennes* 787-788.
5. Toujours Diogène de Tarse.

tée »[1]. Quant à Épicure, il dit que seule la vertu ne peut pas même être séparée du plaisir, alors que le reste peut l'être, comme la nourriture[2].

Eh bien, plaçons maintenant sa couronne, comme on pourrait dire, à l'ensemble de l'ouvrage et à la vie du philosophe, en reproduisant ses *Maximes capitales,* et en refermant avec elles l'ensemble de l'ouvrage – pour faire usage à la fin de ce qui est le principe du bonheur.

Maximes capitales

139 « I. Ce qui est bienheureux et incorruptible n'a pas soi-même d'ennuis ni n'en cause à un autre, de sorte qu'il n'est sujet ni aux colères ni aux faveurs; en effet, tout cela se rencontre dans ce qui est faible[3].

---

1. Jeu de mots difficilement traduisible entre ἀγωγήν et διαγωγήν. La formule de Diogène de Tarse visait à illustrer le fait que notre vie est réglée par des considérations d'utilité, elle est tournée vers un but, elle est « en vue de » (δια-) : « en vue du plaisir », « en vue de la santé ». C'est pourquoi le sens d'ἀγωγή ne me semble pas se restreindre à celui d'« éducation » (d'où ma traduction par « conduite de sa vie »), tandis que διαγωγή se voit attribuer un sens forgé, étymologisé, reposant sur le préfixe.

2. L'opposition est à première vue étonnante, puisque la nourriture répond à un besoin naturel nécessaire, et apporte un plaisir spécifique. Mais la nourriture peut être prise en excès, et provoquer finalement des souffrances au lieu du plaisir. Rien de tel bien sûr s'agissant de la vertu, qui apporte toujours et dans tous les cas du plaisir.

3. SCHOLIE : « Ailleurs, il dit que les dieux sont visibles par la raison, existant d'une part numériquement, d'autre part selon l'identité de forme, à partir d'un écoulement continu de simulacres semblables qui ont été constitués en une identité, de forme humaine. » Cette scholie est, en vue de reconstituer la théologie d'Épicure, aussi importante qu'obscure. Elle indique que la vision des dieux est à penser selon deux axes: distinction de dieux individuels, identité fondamentale de tous les dieux (qui renvoie à la prénotion divine). Je dis bien : deux axes. Il ne me semble pas en effet possible de rendre compte de l'existence supposée de deux types de dieux distincts, les uns existant numériquement, les autres selon l'identité (les « identiques » ne seraient pas plusieurs; les plusieurs ne seraient pas identiques ?). En d'autres termes, il n'est pas consistant de tenir que οὓς μὲν – οὓς δὲ renvoie à deux catégories (ce que l'on a toujours fait néanmoins), mais il faut comprendre que le scholiaste renvoie à *deux aspects* des dieux épicuriens (d'où ma traduction). Pour rare que soit l'usage dans ce sens de ὁ au masculin avec les particules μέν et δέ, je le retrouve sans ambiguïté dans un développement d'Aristote consacré au νοῦς : καὶ γὰρ τῶν πρώτων ὅρων καὶ

II. La mort n'a aucun rapport avec nous; car ce qui est dissous est insensible, et ce qui est insensible n'a aucun rapport avec nous.

III. La suppression de tout ce qui est souffrant est la limite de la grandeur des plaisirs. Et là où se trouve ce qui ressent du plaisir, tout le temps qu'il est, là n'est pas ce qui est souffrant, affligé, ou les deux[1].

140 IV. Ce qui, dans la chair, est continuellement souffrant[2], ne dure pas: en fait, sa pointe extrême est présente un très court instant, tandis que ce qui, dans la chair, est seulement en excès par rapport à ce qui éprouve le plaisir, se trouve concomitant[3] peu de jours; et dans le cas des maladies chroniques, ce qui dans la chair ressent du plaisir l'emporte sur ce qui est souffrant.

V. Il n'est pas possible de vivre avec plaisir sans vivre avec prudence, et il n'est pas possible de vivre de façon bonne et juste, sans

---

τῶν ἐσχάτων νοῦς ἐστι καὶ οὐ λόγος, καὶ ὁ μὲν κατὰ τὰς ἀποδείξεις τῶν ἀκινήτων ὅρων καὶ πρώτων, ὁ δ' ἐν ταῖς πρακτικαῖς τοῦ ἐσχάτου καὶ ἐνδεχομένου καὶ τῆς ἑτέρας προτάσεως (*Éthique à Nicomaque* VI 12, 1143 b 1-2). Sur la question générale de la théologie, je me permets de renvoyer à mon étude « Connaissance des dieux et idéal autarcique dans la philosophie épicurienne ».

1. Plaisir et douleur sont mutuellement exclusifs. Or, il peut y avoir dans le corps diverses causes de douleur : le début de la maxime indique donc la limite extensive du plaisir, c'est-à-dire la suppression de toute douleur. Mais d'un point de vue intensif, le plaisir n'est pas plus ou moins, il est (l'illusion est de croire qu'on peut l'accroître, quand on ne fait que le varier, cf. *M. C.* XVIII). On note en outre que la maxime raisonne sur ce qui éprouve plaisir ou douleur, c'est-à-dire sur une certaine disposition du corps dans laquelle il éprouve plaisir ou douleur. Enfin, la maxime distingue entre état souffrant, pour le corps, et état d'affliction pour l'âme, sans que l'un implique nécessairement l'autre; mais l'état de plaisir, lui, est présenté comme l'opposé de l'un et de l'autre.

2. Épicure emploie les participes neutres (comme dans la *M. C.* III ou la *M. C.* X) qu'il faut restituer comme tels: c'est un traitement éthique de la douleur physique éprouvée par l'être sentant et affecté qu'administre la maxime. Trois cas sont envisagés: 1. l'état douloureux pur, qui ne dure pas; 2. l'état douloureux causé par une affection aiguë, qui n'est qu'en excès par rapport à ce qui éprouve le plaisir, et ne dure pas longtemps ; 3. l'état douloureux causé par une affection chronique, inférieure à ce qui éprouve le plaisir. Cette gradation descendante de l'état de souffrance paroxystique à la maladie chronique, suggère que l'état de souffrance va, pour celui qui l'éprouve, s'atténuant dans la durée, si le sujet lui a résisté.

3. συμβαίνει mss. Concomitant, *i. e.* de la chair.

vivre avec plaisir[1]. Qui ne dispose pas des moyens de vivre de façon prudente, ainsi que de façon bonne et juste, celui-là ne peut pas vivre avec plaisir.

VI. En vue de la confiance que donnent les hommes, il y a, conformément à la nature, le bien du pouvoir et de la royauté[2], à supposer qu'à partir de ces derniers il soit possible de se la ménager[3].

141 VII. Certains ont voulu devenir réputés et célèbres, se figurant qu'ainsi ils acquerraient la sécurité que procurent les hommes; en sorte que, si la vie de tels hommes a été sûre, ils ont reçu en retour le bien de la nature; mais si elle n'a pas été sûre, ils ne possèdent pas ce vers quoi ils ont tendu au début, conformément à ce qui est le propre de la nature.

VIII. Nul plaisir n'est en soi un mal; mais les causes productrices de certains plaisirs apportent de surcroît des perturbations bien plus nombreuses que les plaisirs.

142 IX. Si tout plaisir se condensait, et s'il durait en même temps qu'il était répandu dans tout l'agrégat, ou dans les parties principales de notre nature, les plaisirs ne différeraient jamais les uns des autres[4].

X. Si les causes qui produisent les plaisirs des gens dissolus défaisaient les craintes de la pensée, celles qui ont trait aux réalités célestes, à la mort et aux douleurs, et si en outre elles enseignaient la limite des désirs, nous n'aurions rien, jamais, à leur[5] reprocher, eux qui seraient emplis[6] de tous côtés par les plaisirs, et qui d'aucun côté

---

1. Je supprime l'addition <οὐδὲ φρονίμως καὶ καλῶς καὶ δικαίως>. Cf. déjà *L. à Mén.* 132.

2. Je rétablis dans le texte ἀρχῆς καὶ βασιλείας.

3. Cette maxime doit être lue avec la suivante, qui aide à l'expliciter.

4. En fait, les plaisirs diffèrent et ne durent pas : l'hypothèse qui est formulée ici cherche à représenter ce que serait le plaisir parfaitement stable du vivant, dont Épicure fait un objectif majeur de la progression éthique (cf. Introduction au livre X, p. 1218-1221).

5. Les gens dissolus. Nous ne leur faisons de reproche, nous ne les jugeons, que sous le rapport du bonheur, qu'ils n'atteignent pas. Le dérèglement des sens n'est pas condamné *a priori* mais exclu pour ses conséquences néfastes.

6. εἰσπληρουμένοις mss.

ne connaîtraient ce qui est souffrant ou affligé, ce qui est précisément le mal.

XI. Si les doutes sur les réalités célestes ne nous perturbaient pas du tout, ni ceux qui ont trait à la mort, dont on redoute qu'elle soit jamais quelque chose en rapport avec nous, ou encore le fait de ne pas bien comprendre les limites des douleurs et des désirs, nous n'aurions pas besoin de l'étude de la nature[1].

143 XII. Il n'est pas possible de dissiper ce que l'on redoute dans les questions capitales[2] sans savoir parfaitement quelle est la nature du tout – au mieux peut-on dissiper quelque inquiétude liée aux mythes ; de sorte qu'il n'est pas possible, sans l'étude de la nature, de recevoir en retour les plaisirs sans mélange[3].

XIII. Il n'y a aucun profit à se ménager la sécurité parmi les hommes, si ce qui est en haut reste redouté, ainsi que ce qui est sous terre et en général ce qui est dans l'illimité[4].

XIV. Si la sécurité que procurent les hommes est due jusqu'à un certain degré à une puissance bien assise et à l'abondance, la plus pure des sécurités est celle qui vient de la tranquillité, et de la vie à l'écart de la foule.

144 XV. La richesse de la nature est à la fois bornée et facile à atteindre ; mais celle des opinions vides se perd dans l'illimité.

XVI. Faiblement sur le sage la fortune s'abat : le raisonnement a ordonné les éléments majeurs et vraiment capitaux, et tout au long du temps continu de la vie les ordonne et les ordonnera.

XVII. Le juste est le plus à l'abri du trouble, l'injuste est rempli par le plus grand trouble[5].

---

1. L'étude de la nature est donc justifiée par le besoin de mettre en œuvre le *tetrapharmakos* dont le premier élément, portant sur les dieux, voit ici se substituer les réalités célestes – cela est aisément compréhensible, puisque les dieux et le ciel sont unis dans les mêmes peurs.

2. Celles qu'évoque la *L. à Hér.* 35.

3. Le verbe ἀπολαμϐάνειν établit une corrélation entre l'étude de la nature et les plaisirs sans mélange : ils sont le bénéfice que l'on tire d'une telle étude.

4. C'est un nouvel appel à la pratique de la *phusiologia*, pour chasser les mondes imaginaires, faire s'évanouir la fiction des dieux belliqueux.

5. Épicure joue sur l'opposition entre l'état d'ataraxie et l'état de trouble, appliquée à une réflexion sur la justice, et ici encore le soi est pensé par rapport à la figure d'un navire sur la mer : l'injuste est comme un bateau livré à la tempête, tandis que le juste est à l'abri de cette tempête.

XVIII. Dans la chair, le plaisir ne s'accroît pas une fois que la douleur liée au besoin est supprimée, mais varie seulement. Mais pour la pensée, la limite qui est celle du plaisir naît du décompte de ces réalités mêmes, et de celles du même genre, qui procurent les plus grandes peurs à la pensée.

145 XIX. Un temps illimité[1] comporte un plaisir égal à celui du temps limité, si l'on mesure les limites du plaisir par le raisonnement.

XX. La chair reçoit les limites du plaisir comme illimitées, et c'est un temps illimité qui le lui prépare. De son côté, la pensée, s'appliquant à raisonner sur la fin et la limite de la chair, et dissipant les peurs liées à l'éternité, prépare la vie parfaite – ainsi nous n'avons plus besoin en quoi que ce soit du temps illimité; mais elle ne fuit pas le plaisir, et pas davantage, lorsque les circonstances préparent la sortie de la vie, elle ne disparaît comme si quelque chose de la vie la meilleure lui faisait défaut[2].

146 XXI. Celui qui connaît bien les limites de la vie sait qu'il est facile de se procurer ce qui supprime la souffrance due au besoin, et ce qui amène la vie tout entière à sa perfection; de sorte qu'il n'a nullement besoin des situations de lutte.

XXII. Il faut s'appliquer à raisonner sur la fin qui est donnée là, et sur toute l'évidence à laquelle nous ramenons les opinions; sinon, tout sera plein d'indistinction et de trouble.

XXIII. Si tu combats toutes les sensations, tu n'auras même plus ce à quoi tu te réfères pour juger celles d'entre elles que tu prétends être erronées.

147 XXIV. Si tu rejettes purement et simplement une sensation donnée, et si tu ne divises pas ce sur quoi l'on forme une opinion, en

---

1. Ἄπειρος χρόνος BP^ac. Je pense avec Bollack (*La Pensée du plaisir*, p. 306) que la dissymétrie avec ὁ πεπερασμένος est signifiante.

2. Le sage forge une position qui le rend indépendant de la contingence des plaisirs : en opposition complète à ce que la chair imposerait, livrée à elle-même, soumise à la loi du temps, la pensée fait le tour de la chair et d'elle-même – elle dissipe la perspective d'une souffrance continue (du corps et de l'esprit), et ainsi libère le vivant de la dépendance du temps. Dans l'action, le sage se sert des plaisirs, sans être soumis au besoin; ainsi, lorsqu'il meurt, le sage meurt sans aucun regret, n'étant pas soumis à la loi du plaisir en mouvement, non plus qu'à celle du temps.

ce qui est attendu[1] et ce qui est déjà présent selon la sensation, les affections et toute appréhension imaginative de la pensée, tu iras jeter le trouble jusque dans les autres sensations avec une opinion vaine, et cela t'amènera à rejeter en totalité le critère. Mais si tu établis fermement, dans les pensées qui aboutissent à une opinion, aussi bien tout ce qui est attendu[2] que tout ce qui n'a[3] pas de confirmation, tu ne renonceras pas à l'erreur, si bien que tu auras supprimé[4] toute possibilité de discuter ainsi que[5] tout jugement sur ce qui est correct et incorrect.

148 XXV. Si en toute occasion tu ne rapportes pas chacun de tes actes à la fin de la nature, mais tu te détournes, qu'il s'agisse de fuir ou de poursuivre, vers quelque autre chose, tu n'accorderas pas tes actions avec tes raisons.

XXVI. Parmi les désirs, tous ceux qui ne reconduisent pas à la souffrance s'ils ne sont pas comblés, ne sont pas nécessaires, mais ils correspondent à un appétit que l'on dissipe aisément, quand ils semblent difficiles à assouvir ou susceptibles de causer un dommage.

XXVII. Parmi les choses dont la sagesse se munit en vue de la félicité de la vie tout entière, de beaucoup la plus importante est la possession de l'amitié.

XXVIII. C'est le même jugement qui nous a donné confiance en montrant qu'il n'y a rien d'éternel ni même d'une longue durée à redouter, et qui a reconnu que la sécurité de l'amitié, dans cela même qui a une durée limitée, s'accomplit au plus haut point.

149 XXIX. Parmi les désirs <non nécessaires>[6], les uns sont naturels et[7] non nécessaires, les autres ne sont ni naturels ni nécessaires, mais proviennent d'une opinion vide[8].

---

1. κατὰ τὸ προσμενόμενον BP.
2. καὶ τὸ προσμενόμενον BP.
3. Peut-être <ἔχον>.
4. ὥστ' ἐξῃρηκὼς Usener.
5. καὶ mss.
6. J'ajoute <οὐκ ἀναγκαίων>.
7. Je supprime l'addition <ἀναγκαῖαι, αἳ δὲ φυσικαὶ καὶ>.
8. Scholie : « Épicure estime naturels et nécessaires les désirs qui dissipent les douleurs, comme la boisson pour la soif ; naturels et non nécessaires les désirs qui ne font que varier le plaisir, mais qui ne suppriment pas la douleur, comme une nourriture coûteuse ; ni naturels ni nécessaires, comme les couronnes et

XXX. Parmi les désirs naturels qui ne reconduisent pas à la souffrance s'ils ne sont pas réalisés, ceux où l'ardeur est intense sont les désirs qui naissent d'une opinion vide, et ils ne se dissipent pas, non pas en raison de leur propre nature, mais en raison de la vide opinion de l'homme.

150 XXXI. Le juste de la nature est une garantie[1] de l'utilité qu'il y a à ne pas se causer mutuellement de tort ni en subir.

XXXII. Pour tous ceux des animaux[2] qui ne pouvaient pas passer des accords sur le fait de ne pas causer de tort, mais[3] également de ne pas en subir, pour ceux-là rien n'était juste ni injuste; et il en allait de même pour ceux des peuples qui ne pouvaient pas ou ne voulaient pas passer des accords sur le fait de ne pas causer de tort et de ne pas en subir.

XXXIII. La justice n'était pas quelque chose en soi, mais dans les groupements des uns avec les autres, dans quelque lieu que ce fût, à chaque fois, c'était un accord sur le fait de ne pas causer de tort et de ne pas en subir.

151 XXXIV. L'injustice n'est pas un mal en elle-même, mais elle l'est dans la crainte liée au soupçon qu'elle ne puisse rester inaperçue de ceux qui sont chargés de punir de tels actes.

XXXV. Il n'est pas possible que celui qui, en se cachant, commet ce que les hommes se sont mutuellement accordés à ne pas faire, afin de ne pas causer de tort ni en subir, soit certain que cela restera inaperçu, même si à partir[4] de maintenant cela passe dix mille fois

---

l'érection de statues. » La scholie rappelle la tripartition des désirs que l'on trouve dans la *Lettre à Ménécée* (127-128).

1. Cela rend le grec σύμβολον: l'utilité est ce qui fournit à chacun son bien; l'utilité mutuelle est le juste, tel que la nature même le détermine. Entre le juste et l'utilité, il y a donc une complémentarité, et ce sont les hommes qui conviennent de ce juste qui vise à ne pas causer ni subir de tort.

2. Il ne s'agit pas de distinguer entre animaux apprivoisés et sauvages, car nul animal ne peut contracter avec l'homme : le contrat suppose le langage. Ainsi, le seul animal pour qui il y ait du juste et de l'injuste, c'est un fait, est l'homme. La formule change ensuite de plan, et envisage les grands ensembles, les peuples ; apparaît alors une nouvelle dichotomie : certains tendent à établir un droit « international », d'autres pas.

3. ἀλλὰ BF.

4. ἀπὸ BP^{ac}.

inaperçu ; car jusqu'à sa disparition, il n'y a nulle évidence que cela continue de rester inaperçu.

XXXVI. Considérant ce qui est commun, le juste est le même pour tous, car c'est quelque chose d'utile dans la communauté mutuelle des hommes ; mais considérant la particularité du pays et toutes les autres causes que l'on veut, il ne s'ensuit pas que la même chose soit juste pour tous[1].

152 XXXVII. Ce qui confirme son utilité dans les us de la communauté mutuelle des hommes, parmi les choses tenues pour légalement justes, vient occuper la place du juste[2], que ce soit la même chose pour tous ou non[3]. Mais si on l'établit seulement[4], sans se conformer à ce qui est utile à la communauté mutuelle des hommes, cela n'a plus la nature du juste. Et même si c'est l'utile conforme au juste qui vient à changer, du moment qu'il s'accorde un temps à la prénotion, il n'en était pas moins juste pendant ce temps-là, pour ceux qui ne se troublent pas eux-mêmes avec des formules vides, mais regardent le plus possible les réalités.

153 XXXVIII. Là où, sans que des circonstances extérieures nouvelles soient apparues, dans les actions mêmes, ce qui avait été institué comme juste ne s'adaptait pas à la prénotion, cela n'était pas juste ; en revanche, là où, à la suite de circonstances nouvelles, les mêmes choses établies comme justes n'avaient plus d'utilité, alors, dans ce cas, ces choses avaient été justes, lorsqu'elles étaient utiles à la communauté des concitoyens entre eux, et ultérieurement ne l'étaient plus, lorsqu'elles n'avaient pas d'utilité.

154 XXXIX. Celui qui a le mieux aménagé le manque de confiance causé par ce qui est au-dehors, celui-là s'est fait un allié de

---

1. La prénotion du juste (nommée dans les *M. C.* XXXVII et XXXVIII) suppose celle de groupe, de communauté d'êtres capables de se mettre d'accord pour garantir leurs intérêts réciproques ; dans tous les cas, pour « ce qui est commun », le juste est ce qui rend possible la coexistence d'individus et donc la vie d'une communauté. Cela étant, il y a une infinité de particularismes s'attachant aux règlements de justice, qui n'affectent pas l'unité formelle du juste.

2. J'édite τὴν τοῦ δικαίου χώραν [εἶναι].

3. Épicure dissocie ici clairement le juste et le légal : ce qui fait que le légal est juste, c'est son utilité, qui ne se vérifie qu'à l'usage. Le législateur peut donc se tromper.

4. μόνον mss.

ce qui pouvait l'être, et de ce qui ne pouvait pas l'être, il n'a pas fait du moins un ennemi. Mais ce sur quoi il n'avait même pas ce pouvoir, il ne s'en est pas mêlé, et il a lutté[1] pour tout ce à propos de quoi il lui était utile de le faire.

XL. Tous ceux qui ont pu se pourvoir de la force de la confiance, surtout grâce à leurs proches, ont ainsi aussi vécu les uns avec les autres, avec le plus de plaisir, le mode de vie le plus ferme[2], puisqu'ils avaient la certitude; et comme ils en avaient retiré la plus pleine des familiarités, ils ne se sont pas lamentés, comme par pitié, sur la disparition, avant eux, de celui qui était parvenu au terme de sa vie. »

1. ἐξηρίσατο mss. (excepté h). Pour la défense de la leçon manuscrite, cf. Bollack, *La Pensée du plaisir*, p. 395-396.

2. ἥδιστον τὸν βεβαιότατον B.

Notes complémentaires (livre X)

1. C'est un passage sans doute corrompu, auquel des corrections savantes n'ont rien changé (je m'en tiens pour ma part aux manuscrits). On ne sait rien d'autre sur cet ouvrage polémique, dont Gassendi avait, de son propre chef, supposé que seul le douzième livre visait Épicure (correction de τοῖς δώδεκα en τῷ δωδεκάτῳ). L'interprétation de la relative, au moins lacunaire, est très précaire ; on peut supposer que l'ouvrage en 12 livres de Sotion s'en prenait à celui, en 24 livres, de Dioclès ; reste à savoir lequel (A. Laks, *Vie d'Épicure*, p. 40, envisage aussi que 24 puisse qualifier un ensemble d'arguments ; il est à noter que la plupart des éditeurs adoptent la correction de Hübner, ἅ ἐστι περὶ τῆς εἰκάδος, par référence aux dîners communs qui avaient lieu le 20 du mois – correction aussi ingénieuse que gratuite). D'après le contexte, Sotion, en réfutant Dioclès, critiquait Épicure. Est-ce à dire que le Dioclès en question était épicurien ? Rien ne permet de l'affirmer ; du moins est-il clair que Dioclès de Magnésie, l'auteur de l'*Epidromè*, cité un peu plus loin (cf. § 11), présentait avec précision et sans esprit polémique le mode de vie épicurien. On pourrait alors, de façon très hypothétique, supposer que l'*Epidromè-Vie des philosophes* (à ce propos, cf. *ad* § 11, p. 1245 n. 2) de Dioclès était en 24 livres. Ajoutons enfin que rien n'oblige à considérer que les douze livres de Sotion étaient intégralement tournés contre Épicure.

2. La proposition de traduction d'A. Laks (« il utilise, au lieu de "réjouis-toi", "fais bien" ; et Ariston, "vis avec noblesse". Mais d'autres disent dans leur *Vie d'Épicure* ... », *op. cit.*, p. 17 ; cf. n. 12, p. 75-76) retient le nom d'Ariston (d'après la suggestion de Cobet : Ἀρίστων pour ἄριστον) sans en faire le sujet de la phrase suivante, laquelle conserve ainsi la forme plurielle des manuscrits (οἱ δέ φασιν). Cela est tentant mais difficile et pour la syntaxe et pour le sens (quels sont ces « autres » et « leur » *Vie d'Épicure* ?). Par ailleurs, rien n'assure qu'Ariston de Céos, le Péripatéticien, auquel on pense pour identifier le personnage, ait écrit une *Vie d'Épicure*. (Usener et Wilamowitz ont exprimé des doutes à ce propos.) A. Laks (*loc. cit.*) propose, lui, de voir dans l'Ariston qu'il suppose rapproché d'Épicure pour ses formules épistolaires, Ariston de Chios (cf. D.L., VII 163) ; il mentionne un procédé analogue de mise en relation en III 61 (Platon, Cléon, Épicure), qui porte du reste sur les formules de politesse. Ce passage pose ici un problème de fond, car en III 61 on prête à Épicure l'usage d'un εὖ διάγειν, et précisément pas d'un εὖ πράττειν, comme ici, formule qui est au contraire prêtée à Platon, et ce, à raison (cf. le début de la *Lettre* III, 315a6-b2, qui justifie la formule). De surcroît, les trois lettres intégralement citées par D. L. commencent toutes par χαῖρε, fomule que selon notre passage il est précisément supposé avoir écartée! Autant de raisons de s'étonner de ce que D. L. expose ici.

INDICES

INDEX DES SOURCES ET DES CITATIONS

Sigles utilisés dans l'index

CAF	*Comicorum Atticorum Fragmenta,* ed. T. Kock, Leipzig 1880-1888.
DK	DIELS H. (édit.), *Die Fragmente der Vorsokratiker. Griechisch und Deutsch* von H.D. (1903), 6. verbesserte Auflage, herausgegeben von W. KRANZ, t. I-II, Zürich 1951; t. III: *Wortindex, Namen- und Stellenregister,* Zürich 1952.
Döring	DÖRING K., *Die Megariker.* Kommentierte Sammlung der Testimonien, Amsterdam 1972.
DPhA	*Dictionnaire des Philosophes Antiques,* publié sous la direction de R. GOULET, Paris 1989 – .
FGrHist	JACOBY F., *Die Fragmente der griechischen Historiker,* t. I-III C 2, Berlin/Leiden 1926-1958 «vermehrte Neudrucke», Leiden 1954–1960. Continuation: *Die Fragmente der griechischen Historiker continued,* Part Four: *Biography and antiquarian Literature* edited by G. SCHEPENS, IV A: *Biography,* Fasc. I: *The Hellenistic Period* [n^{os}1000-1013] by J. BOLLANSÉE, J. ENGELS, G. SCHEPENS, E. THEYS, Leiden 1998.
FHG	*Fragmenta Historicorum Graecorum,* edd. C. und Th. MÜLLER, 5 vol. Paris 1841-1870.
Hercher	HERCHER R., *Epistolographi Graeci,* Paris 1873, réimpr. Amsterdam 1965.
Nauck^2	NAUCK A., *Tragicorum graecorum fragmenta,* Leipzig 1889^2.
PCG	*Poetae Comici Graeci* ed. R. KASSEL et C. AUSTIN, Berlin 1984–.
SR / SSR	GIANNANTONI G. (édit.), *Socraticorum Reliquiae* collegit, disposuit, apparatibus notisque instruxit G.G., [Roma / Napoli] 1983-1985, 4 vol. L'ensemble a été repris et élargi dans *Socratis et Socraticorum Reliquiae* collegit, disposuit, apparatibus notisque instruxit G.G., coll. «Elenchos» 18, Napoli 1990, 4 vol.

Suppl. Hell. LLOYD-JONES H. & PARSONS P. (édit.), *Supplementum Hellenisticum*. Indices in hoc Supplementum necnon in Powellii *Collectanea Alexandrina* confecit H.-G. NESSELRATH, Berlin/New York 1983.

TrGF *Tragicorum Graecorum Fragmenta*, I: Göttingen 1986[2], II: Göttingen 1981, ed. R. KANNICHT et B. SNELL; III: Göttingen 1985, IV: Göttingen 1977, ed. S. RADT.

SVF *Stoicorum Veterum Fragmenta* collegit Ioannes ab Arnim [H. VON ARNIM], t. I: *Zeno et Zenonis discipuli*, Leipzig 1905; t. II: *Chrysippi fragmenta logica et physica*, Leipzig 1903; t. III: *Chrysippi fragmenta moralia. Fragmenta successorum Chrysippi*, Leipzig 1903; t. IV: *Indices*, ed. M. ADLER, Leipzig 1924.

INDEX DES NOMS PROPRES

Les homonymes bénéficient d'entrées séparées
dès l'instant où l'identification n'est pas certaine.

Léon (Tyran de Phlionte): I 12; VIII 8.

Léon de Byzance (Auteur supposé de l'*Alcyon*): III 62.

Léon de Salamine (Riche Athénien victime des Trente): II 24.

Léonteus de Lampsaque (Disciple d'Épicure): X 5, 25.

Léontion (Courtisane épicurienne): X 4, 5, 6, 7, 23.

Léophantos de Lébédée ou d'Éphèse (Sage): I 41, 42.

Léosthène (Exécuteur testamentaire de Platon): III 43.

Leptinès (Dédic. de Chrysippe): VII 201.

Leptinès (Père de Glaucos): IX 71.

Leucippe: I 15; IX **30-33**, 34, 46; X 13.

Linos de Thèbes: I 3, 4, 42.

Lobon d'Argos: I 112, 34.

Loxias (Épithète d'Apollon): VIII 37.

Lucien (Père de Pasiphon): VI 73.

Lyaios (Épithète de Dionysos): IV 61.

Lycée: V 2, 10; VII 11, 185; IX 54.

Lycomède (Disciple de Lycon de Troade): V 70.

Lycon (Accusateur de Socrate): II 38. 39.

Lycon (Disciple de Lycon de Troade, distinct de son neveu): V 70.

Lycon (Esclave d'Épicure): X 21.

Lycon (Neveu et héritier de Lycon de Troade): V **65-74**.

Lycon (Poète épigrammatique): V 69.

Lycon (Poète épique): V 69.

Lycon de Troade: V 62, 64, 65, 68, 69.

Lycon le Pythagoricien: V 16, 69.

Lycophron: II 140.

Lycophron (Fils de Périandre): I 94.

Lycophron de Chalcis (Poète tragique): II 133, 140.

Lycurgue (Orateur): III 46.

Lycurgue (Dans le titre d'un ouvrage de Sphaïros): VII 178.

Lycurgue de Sparte (Législateur): I 38, 68.

Lysandre d'Hyba (Témoin du testament de Théophraste): V 57.

Lysanias (Fils d'Aischrion): VI 23.

Lysanias (Père d'Eschine de Sphettos): II 60.

Lysias (Apothicaire): VI 42.

Lysias (Orateur, fils de Céphale): I 55; II 40, 41, 63; III 25.

Lysias (Titre d'un ouvrage de Speusippe): IV 5.

Lysias (Dans le titre d'un ouvrage d'Antisthène): VI 15.

Lysiclès (Concitoyen de Polémon, Cratès et Crantor): IV 22.

Lysidè (Épouse de Périandre): I 94.

Lysimachidès (Archonte athénien): IV 14.

Lysimaque (Archonte athénien): III 3.

Lysimaque (Général d'Alexandre): II 102, 140; VI 97; X 4.

Lysippe (Sculpteur): II 43.

Lysis (Dialogue de Platon): III 35, 51, 59.

Lysis (Personnage du dialogue homonyme de Platon): II 29.

Lysis de Tarente: VIII 7, 39, 42.

Lysistrate de Thasos (Témoin du testament de Théophraste): V 57.

Lysitheidès (Dialogue de Glaucon): II 124.

Machaon (Ancêtre d'Aristote): V 1.

Magas (Nom reconstitué par Ménage): II 103.

Ménexène (Dernier né de Socrate) : II 26.

Ménexène (Dialogue de Glaucon) : II 124.

Ménexène (Dialogue de Platon) : III 50, 60.

Ménexène (Ouvrage d'Antisthène) : VI 18.

Ménexène (Dialogue perdu d'Aristote) : V 22.

Ménippe (Historien) : VI 101.

Ménippe (Sculpteur) : VI 101.

Ménippe de Sinope (Disciple de Cratès) : VI 95, **99-101**.

Ménippe de Stratonice (Sophiste) : VI 101.

Ménippe I (Peintre) : VI 101.

Ménippe II (Peintre) : VI 101.

Ménippe le Phénicien : VI 29, 99, 100, 101.

Ménodora (Esclave de Lycon de Troade) : V 73.

Ménodore (Ami d'Eudamos) : IV 30, 31.

Ménodote (Auteur d'un ouvrage sur un peintre du nom de Théodore) : II 104.

Ménodote de Nicomédie (Médecin empirique) : IX 115, 116.

Ménon (Dialogue de Platon) : II 38 ; III 59.

Ménon de Pharsale (Adversaire de Xénophon) : II 50.

Mentor (De Rhodes, destinataire d'une lettre d'Aristote) : V 27.

Mentor de Bythinie (Disciple de Carnéade) : IV 63, 64.

Mère des Dieux : VI 1.

Mérops : I 33.

Métageitnion (Mois du calendrier attique) : X 18.

Métallos (Père d'Ichtyas) : II 112.

Méton (Père d'Empédocle) : VIII 51, 52, 72.

Métroclès de Maronée : II 102 ; VI 33, **94-95**, 96.

Métroclès (Dialogue de Stilpon) : II 120.

Métrodore (Dédic. de Chrysippe) : VII 189, 191, 198, 199.

Métrodore (Époux de Pythias, la fille d'Aristote de Stagire) : V 53.

Métrodore (Titre d'un ouvrage d'Épicure) : X 23.

Métrodore d'Athènes (= de Lampsaque ; problème textuel) : X 22.

Métrodore de Chios (Dans le titre d'un ouvrage de Théophraste) : V 44.

Métrodore de Chios (Maître de Diogène de Smyrne) : IX 58.

Métrodore de Lampsaque (Disciple d'Épicure et dédicataire de son *Euryloque*) : X 28.

Métrodore de Lampsaque (Disciple d'Épicure) : X 1, 6, 7, 8, **10-24**, 136.

Métrodore de Lampsaque (Élève d'Anaxagore de Clazomènes) : II 11.

Métrodore de Scepsis : V 84.

Métrodore de Stratonice (Transfuge épicurien) : X 9.

Métrodore le théorématique : II 113.

Métron (Autre nom de Métrodore de Chios ? Dans le titre d'un ouvrage d'Héraclide du Pont) : V 87.

Micros (Esclave de Lycon de Troade) : V 72, 73.

Midas : I 89, 90.

Midas (Dans le titre d'une œuvre d'Antisthène) : VI 18.

Midias (Adversaire de Diogène de Sinope) : VI 42.

Midias (Barbier) : II 30.

Midon (Dialogue faussement attribué à Platon) : III 62.

Onétor (Dédic. de Chrysippe): VII 197.
Ophélion (Esclave de Lycon de Troade): V 73.
Orestadas (Pythagoricien): IX 20.
Oreste (Ouvrage d'Antisthène): VI 15.
Oreste: III 81.
Orion (Épicurien): X 26.
Ôromasdès: I 8.
Orontobate (Père de Mithridate): III 25.
Orphée le Thrace: I 5, 42; VIII 8.
Orphiques (Mystères –): VI 4.
Orthomène (Père de Xénophane selon Apollodore): IX 18.
Osiris: I 10.
Ostanas: I 2.
Ourania (Muse): I 4.
Paioneios (Dialecticien): II 113.
Palamède d'Élée (Surnom donné à Zénon d'Élée par Platon, *Phèdre* 261 d): IX 25.
Pallas (Surnom d'Athéna): IX 56.
Pamphilè d'Épidaure: I 24, 68, 76, 90, 98; II 24; III 23; V 36.
Pamphilos le Platonicien: X 14.
Pamphylos (Sage): I 41.
Panathénées: III 56.
Pancalos (Éromène de Denys d'Héraclée): V 93.
Pancréon (Disciple et héritier de Théophraste): V 51, 53, 54, 55, 56.
Panétius de Rhodes: II 64, 85, 87; III 37, 109; V 84; VII 41, 92, 128, 142, 149, 163; IX 20.
Panthée (Guérie par Empédocle (d'Agrigente): VIII 69.
Panthoidès (Dialecticien): V 68; VII 193.
Paraibatès de Cyrène: II 86, 134.
Pâris: II 67.
Parménide (Dialogue de Platon): IX 23.
Parménide (Rhétoricien, auteur d'un traité): IX 23.
Parménide d'Élée: I 15, 16, 107; II 3, 106; III 6; VIII 14, 48, 54, 55, 56; IX **21-23**, 24, 25, 29, 42.
Parménide (Dans le titre d'un ouvrage de Xénocrate): IV 13.
Parménide (Dialogue de Platon): III 50, 58.
Parméniscos (Pythagoricien): IX 20.
Parménon (Esclave de Théophraste): V 55.
Parthénopée (Titre d'une tragédie de Denys d'Héraclée ou de Spintharos): V 92.
Pasiclès (Fils de Cratès de Thèbes et d'Hipparchia): VI 88.
Pasiclès (Frère de Cratès de Thèbes): VI 89.
Pasiphon l'Érétrique (Auteur présumé de certains ouvrages d'Eschine de Sphettos et des tragédies de Diogène de Sinope): II 61; VI 73.
Pasiphon l'Érétrique (Auteur de certains ouvrages d'Eschine de Sphettos): II 61.
Pasithémis (Médecin de Lycon de Troade): V 72.
Pasylos (Dédic. de Chrysippe): VII 191, 195, 197, 198.
Patrocle: IX 67.
Pausanias (Disciple d'Empédocle): VIII 60, 61, 67, 68, 69, 71.
Pausanias (Surnommé l'Héraclitiste, a commenté Héraclite): IX 15.
Pazatas: I 2.
Peisianax (Portique de): VII 5.
Peisianax de Syracuse (Contemporain d'Empédocle): VIII 67, 71.

INDEX DES NOMS GÉOGRAPHIQUES

Géographique doit ici être entendu dans un sens large. Cet index regroupe des noms de régions, de villes, de lieux-dits, de quartiers, de monuments, de peuples, etc.

TABLE DES MATIÈRES

Imprimé en Italie par

LTV

LA TIPOGRAFICA VARESE
Società per Azioni

Varese
Dépôt légal éditeur : 7762-11/1999
Édition n° 02
ISBN : 2-253-13241-1

Ⓗ 31/3241/2